南北史通俗演义

蔡东藩◎著

陕西新华出版传媒集团
三　秦　出　版　社

图书在版编目(CIP)数据

南北史通俗演义 / 蔡东藩著. —西安 : 三秦出版社, 2018. 7

ISBN 978-7-5518-1671-7

Ⅰ. ①南… Ⅱ. ①蔡… Ⅲ. ①章回小说-中国-现代 Ⅳ. ①I246. 4

中国版本图书馆 CIP 数据核字（2017）第 296413 号

南北史通俗演义

蔡东藩　著

出版发行　陕西新华出版传媒集团　三秦出版社
社　　址　西安市雁塔区曲江新区登高路 1388 号
电　　话　（029）81205236
邮政编码　710061
印　　刷　三河市同力彩印有限公司
开　　本　640mm×920mm　1/16
印　　张　52. 5
字　　数　779. 3 千字
版　　次　2018 年 7 月第 1 版
　　　　　2019 年 6 月第 1 次印刷
印　　数　1-3000
标准书号　ISBN 978-7-5518-1671-7
定　　价　62. 00 元

网　　址　http：//www. sqcbs. cn

《中国历朝通俗演义》序

●霍松林

毛泽东在红军长征到达陕北不久，即致电李克农："请购整个《中国历朝通俗演义》两部。"当内战未已、外患方殷、戎马倥偬、日理万机之际，犹急于阅读这部巨著，充分说明它能够发挥巨大的历史借鉴作用。时过半个多世纪，改革开放，百废俱兴，人们依然需要阅读它。三秦出版社的朋友们有鉴于此，决定据会文堂原版整理重印，这的确是读书界的大喜事，值得欢迎。

我国历史悠久，历史著作浩如烟海。仅就其中的"正史"而言，清乾隆时所定的"二十四史"，包括《史记》《汉书》《后汉书》《三国志》《晋书》《宋书》《南齐书》《梁书》《陈书》《魏书》《北齐书》《周书》《隋书》《南史》《北史》《旧唐书》《新唐书》《旧五代史》《新五代史》《宋史》《辽史》《金史》《元史》和《明史》，共3259卷。再加上《新元史》257卷和《清史稿》536卷，共4052卷。这种代代相衔，自成体系，记载我国从上古至清末几千年历史的皇皇巨著，世界罕有其匹，是巨大的精神财富。然而卷帙浩繁，文义精奥，令非专业的广大读者望洋兴叹。因此，民间艺人和文人中的有识之士，早就注意做通俗化、趣味化的工作。《三国演义》和《东周列国志》就是这方面的代表作。

晚清以来，列强入侵，国势陵夷，爱国志士们从各方面谋求救国之道，"小说救国""演义救国"的理论和实践，也层出不穷。1897年创刊的《演义白话报》连载《通商原委演义》（共24回），专写鸦片战争历史，后来出单行本，题为《罂粟花》。1912年上海书局印行自由生著的《新汉演义》（共40回），写辛亥革命史。同一年，广益书局刊行雪巷著的《神州光复志演义》（共120回），写明亡至民国成立的历史。《太平天国演义》《洪秀全演义》等也纷纷问世。著名谴责小说《二十年目睹之怪现状》的作者吴沃尧（1866～1910）更“发大誓愿编撰历史小说”（《历史小说总序》），可惜他只写了半部《西晋演义》就搁笔了。而真正完成规模宏大的历史小说《中国历朝通俗演义》的创作的，则是比吴沃尧晚生11年的蔡东藩。

蔡东藩（1877～1945），名郕，字椿寿，笔名东帆，是一位诗人、教育家、编辑、历史学家、演义作家与医生，浙江萧山县临浦镇戴家桥人。十七岁中秀才，二十七岁时以优贡生朝考入选，调遣江西省以知县候补，因看不惯官场恶习，称病归里。辛亥革命前夕，曾一度去福建，不久即归。民国元年，同乡友人邵伯棠把他介绍给上海会文堂书局的主持人汤涤先，参与书局的编辑工作，修改邵著《高等小学论说文范》，自己另撰《中等新论说文范》，并开始为会文堂撰写《中国历朝通俗演义》。

《中国历朝通俗演义》上起秦始皇，下至1920年，共写了2166年的历史，包括《前汉通俗演义》《后汉通俗演义》《两晋通俗演义》《南北史通俗演义》《唐史通俗演义》《五代史通俗演义》《宋史通俗演义》《元史通俗演义》《明史通俗演义》《清史通俗演义》《民国通俗演义》共11部、1040回，约600万字，均由上海会文堂书局陆续印行。其中的《民国通俗演义》共120回，写至1920年。其后书局请许廑父续写40回，写至1924年。许廑父初为小学教员，后来当报社记者，编过杭州《东南日报》副刊，抗战初期，曾写过一本《镜花新缘》讽刺小说问世。

蔡东藩最先撰写的是《清史通俗演义》，1916年9月问世，最后完成的是《后汉通俗演义》，1926年秋季脱稿。在大约11年的时间里完成了11部演义，而每写一部演义，都得搜集、研读有关的大量史料。前面谈过，光“正史”就有4052卷，但光研读“正史”还远远不够。例如他写《元史通俗演义》，除了根据《元史》，还参考了《元秘史》《蒙鞑备录》《蒙古源流》《元史译文补证》与国外有关蒙古史的译文。由此可见，蔡东藩为了完成这部普及祖国历史知识的通俗演义，付出了多么艰巨的、几乎令人难以想象的精神劳动。

蔡东藩写这部历史演义，有明确的宗旨。其宗旨可概括为：普及历史知识，揭示历史经验、教训，“为通俗教育之助”。《前汉通俗演义序》云：

> 所有前汉治乱之大凡备载而无遗，而于女祸、外戚之兴衰，尤再三致意，揭示后人。非敢谓有当史学，但以浅近之词，演述故乘，期为通俗教育之助云尔。

《五代史通俗演义序》云：

> 五代之祸烈矣，而推厥祸胎，实始于唐季之藩镇。病根不除，愈演愈烈，因此有五代史之结果。今则距五季已阅千年，而军阀乘权，争端迭起，纵横捭阖，各戴一尊，几使全国人民涂肝醢脑于武夫之腕下，抑何与五季相似欤！况乎纲常凌替，道德沦亡，内治不修，外侮益甚，是又与五季之世有同慨焉者。殷鉴不远，覆辙具存，告往而果能知来，则泯泯棼棼之中国，其或可转祸为福，不致如五季五十余年之忧乱也欤！

《两晋通俗演义序》云：

> 不有内讧，即有外侮，甚矣哉，有史以来未有若两晋祸乱之烈也！夫内政失修，则内讧必起；内讧起，则外侮即乘之而入。木朽虫生，墙罅蚁入，自古皆然，晋特其较著耳。鄙人愧非论史才，但据历代之事实，编为演义，自南北朝以迄民国，不下十数册，大旨在即古证今，惩恶劝善，而于《两晋演义》之着手，则于内讧、外侮之所由始，尤三致意焉。盖今日之大患，不在外而在内，内讧迭起而未艾，吾恐五胡十六国之祸，不特两晋为然，而两晋即今日之前车也。天下宁有蚌鹬相争而不授渔人以利乎？若大辨忠奸、别贞淫、抉明昧、核是非，则为书中应有之余义，非敢谓上附作者之林，亦聊以寓劝戒之意云尔。

《清史通俗演义序》云：

> 择其关系最大者编为通俗演义，……至关于帝王专制之魔力，尤再三致意，悬为炯戒，……以之供普通社会之眼光，或亦

国家思想之一助云尔。

其他几部演义的序，也体现了同样的精神。可以看出：作者以史为鉴、古为今用的写作意图，表现得十分突出。而通读《中国历朝通俗演义》，便可验证他的这种写作意图，是贯彻始终的。

蔡东藩的写作宗旨决定了他的写作体例。罗贯中的《三国演义》在吸取陈寿《三国志》和裴松之注及范晔《后汉书》史料的同时，还吸取了民间艺人几百年"说三分"的艺术积累（如《三国志平话》），并运用了艺术虚构和夸张，对于三国历史来说，"七实三虚"，是一部故事性极强、又塑造了许多生动的人物形象的文学名著。而蔡东藩的写作宗旨使他不能走罗贯中的创作道路。他在《后汉通俗演义序》中说：

> 若罗氏所著之《三国志演义》，则脍炙人口，加以二三通人之评定，而价值益增。然与陈寿《三国志》相勘证，则粉饰者十居五六。寿虽晋臣，于蜀魏事不无曲笔，但谓其穿凿失真，则必无此弊。罗氏第巧为烘染，悦人耳目，而不知以伪乱真，愈传愈讹，其误人亦不少也。

在《后汉通俗演义》写三国历史的部分，便经常与罗贯中抬杠。而他自己在历史取材和语言表述方面的原则，则是：

> 事必纪实，语不求深，合正稗为一贯，俾雅俗之相宜。
>
> ——《后汉通俗演义序》
>
> 以正史为经，务求确凿；以轶闻为纬，不尚虚诬。
>
> ——《唐史通俗演义序》
>
> 取其易知易解，一目了然，无艰僻渊深之虑。……几经搜讨，几经考证，巨政固期核实，琐录亦必求真。
>
> ——《清史通俗演义序》
>
> 鄙人之撰历史演义也有年矣，每书一出，辄受阅者欢迎，得毋以辞从浅近，迹异虚诬，就令草草不工，而于通俗之本旨，固尚不相悖者欤！
>
> ——《南北史通俗演义序》
>
> 若夫燕词郢说，不列正史，其有可旁证者，则概存之；其无

可旁证而太涉荒唐者，则务从略，或下断语以明之。文不尚虚，语惟从俗。

——《明史通俗演义序》

他反复强调两点：一、以“正史”为主，兼采稗史、轶闻，而出于稗史、轶闻者须有旁证，对史料“几经考证”“务求确凿”；二、语言力求浅近、通俗，“易知易解”。这两点，都是从普及历史知识、提供历史借鉴，有助于“通俗教育”的角度考虑的。

《中国历朝通俗演义》的体例还有一点值得一提。《水浒传》有金圣叹的批语，《三国演义》有毛宗岗的批语，而蔡东藩则自批自注。批注有夹批夹注和总批，涉及许多方面：一、对有关的虚诞说法加以批驳，如《明史通俗演义》第11回写朱元璋欲火攻陈友谅舟师而无东北风，铁冠道人说：“真人出世，鬼神效灵。”周颠说：“今日黄昏便有东北风。”夹批云：“此系测算所知，莫视他能呼风唤雨。”二、对于某些史料的运用注明出处和异同，如《宋史通俗演义》第33回写到朱寿昌弃官寻母时，夹注云：“《宋史·寿昌本传》谓刘氏方娠即出，寿昌生数岁还家。但王偁《东都事略》、苏轼《志林》，皆云寿昌三岁出母，今从之。”三、对于古代的某些官制、法制、地理、器物、名号乃至方言俚语，加以通俗的解释，如《前汉通俗演义》第82回写霍光出葬时“用辒辌车载灵柩”，夹注云：“辒辌车为天子丧车，车中有窗，闭则温，开则凉，故名辒辌车。”四、对所写某些人物或褒或贬，如《明史通俗演义》第三回写马氏多次向朱元璋进谏，夹批云：“好马氏，好贤妇，我愿范金事之。”如《民国通俗演义》第75回总批云：“袁氏一生之目的，莫过于为帝，而袁氏一生之大误，亦莫甚于为帝。小言之，则有背盟之咎；大言之，则有叛国之愆。”五、对自己的构思、布局、笔法、见解等自夸自赞，如《前汉通俗演义》第1回痛斥秦始皇为“绝对专制”，而称“集思广益，依从舆论，好民所好，恶民所恶”的“圣帝明王”为“开明专制”，夹评云：“声大而闳。”至于“别具只眼”“眼光四射”“插入此段，包含无数笔墨”“摹写有致”“用虚写法，比实写大有神采”之类的评语，更多处可见。总之，种种批注，都有助于读者理解正文、弄清历史，是和进行“通俗教育”的写作宗旨一致的。

蔡东藩是一位热诚的爱国主义者。他的这部《中国历朝通俗演义》在许多地方体现了反对专制、反对割据、反对内讧、反对外来侵略和爱国、爱民、爱民主的思想。

这部用章回小说体裁写成的《中国历朝通俗演义》不是像《三国演义》那样创造了一系列艺术形象的文学作品，而是史实力求确凿的通俗历史书。当然，写通俗的历史书，也需要有文学修养。蔡东藩早年有“神童”之誉，才思敏捷，文笔雄健，博览群书，其后又在诗词、散文、楹联等方面有丰富的创作实践。未出版的诗词有《风月吟草》《写忧草》和《劫后余生》（长篇叙事诗），已出版的著作有《中等新论说文范》《客中消遣录》《楹联大全》《续增唐著新尺牍》和《新幼学琼林》等。他的文笔，是经过多方面锻炼的。因此，《中国历朝通俗演义》的正文、批注、章回题目、咏史诗、下场诗等，都明畅、工稳，其写景摹人，也不乏精彩之处。问世以来颇受读者欢迎，并非偶然。

作者历史观的局限性和某些错误思想，也不可避免地表露于这部巨著之中。例如对农民起义和少数民族运动横加诬蔑，对妇女的看法充溢着封建气味，在人事休咎、朝代兴亡问题上未能跳出天命论、因果报应论的泥坑等等，虽然与全书的民主性精华和巨大成就相比只处于次要地位，但毕竟是白璧之玷。我们渴望有一部观念先进、文笔优美、足以充分反映历史真实的新的中国历代通俗演义问世，但在尚无此类新著问世的今天，蔡东藩的这部巨著仍然是迫切需要的。只要以分析的、批判的态度阅读它，便会在普及历史知识、提供历史借鉴方面发挥积极作用。

1996年10月中旬写于陕西师范大学文研所

序

子舆氏有言曰：“世衰道微，邪说暴行有作，臣弑其君者有之，子弑其父者有之。孔子惧，作《春秋》；《春秋》作，而乱臣贼子惧。”夫孔子惧乱贼，乱贼亦惧孔子，则信乎一字之贬严于斧钺，而笔削之功为甚大也。春秋以降，乱贼之迭起未艾，厥惟南北朝，宋武为首恶，而齐而梁而陈，无一非篡弑得国，悖入悖出，忽兴忽亡。索虏适起而承其敝，据有北方，历世十一，享国至百七十余年（合东西二魏在内）。夷狄有君，诸夏不如，可胜慨哉！至北齐、北周，篡夺相仍，盖亦同流合污，骎骎乎为乱贼横行之世矣。隋文以外戚盗国，虽得混一南北，奄有中华，而冥罚所加，躬遭子祸。阿麽弑君父，贼弟兄，淫辟无度，卒死江都，夏桀、商辛不过是也。二孙倏立倏废，甚至布席礼佛，愿自今不复生帝王家，倘非乃祖之贻殃，则孺子何辜，乃遽遭此惨报乎？然则隋之得有天下，亦未始非过渡时代，例以旧史家正统之名，隋固不得忝列也。沈约作《宋书》，萧子显作《齐书》，姚思廉作梁、陈二书，语多回护，讳莫如深。沈与萧为梁人，投鼠忌器，尚有可原；姚为唐臣，犹曲讳梁、陈逆迹，岂以唐之得国，亦仍篡窃之故智欤？抑以乃父察之曾仕梁、陈，乃不忍直书欤？彼夫崔浩之临修《魏史》，直书无隐，事未蒇而身死族夷。旋以谄谀狡佞之魏收继之，当时号为“秽史”，其不足征信也明甚。《北齐书》成于李百药，《北周书》成于令狐德棻，率尔操觚，徒凭两朝之记录，略加删润，于褒贬亦无当焉。《隋书》辑诸唐臣之手，而以魏徵标名。魏以直臣称，何以《张衡传》中，不及弑隋文事，明明为乱臣贼子，而尚曲讳之，其余何足观乎？若李延寿之作南北史，本私家之著述，作官书之旁参，有此详而彼略者，有此略而彼详者，兹姑不暇论其得失，但以隋朝列入《北史》，后人或讥其失宜，窃谓《春秋》用“夷礼”则夷之，李氏固犹此意也。嗟乎！乱臣贼子盈天下，即幸而牢笼九有，囊括万方，亦岂真足光耀史乘，流传后世乎哉？本编援李氏《南北史》之例，拾摭事实，演为是书；复因年序之相关，合南北为一炉，融而冶之，以免阅者之对勘，非敢谓是书之作，足以步官私各史之后尘。但阅正史者，常易生厌，而览小说者不厌求详。鄙人之撰历史演义也有年矣，每书一出，辄受阅者欢迎，得毋以辞从浅近，迹异虚诬，就令草草不工，而于通俗之本旨，固尚不相悖者欤！抑尤有进者，是书于乱贼之大防，再三致意，不为少讳。值狂澜将到之秋，而犹欲扬汤止沸，鄙人固不敢出此也。若夫全书之体例，已数见前编之各历史演义中，兹姑不赘云。

中华民国十三年一月古越蔡东藩自叙于临江书舍

目录

第一回　射蛇首兴王呈预兆　睹龙颜慧妇忌英雄

世运百年一大变，三十年一小变，变乱是古今常有的事情，即使圣帝明王，善自贻谋，也不能令子子孙孙，万古千秋的太平过去。所以治极必乱，盛极必衰，衰乱已极，复治复盛，好似行星轨道一般，往复循环，周而复始。一半是关系人事，一半是关系天数，人定胜天，天定亦胜人，这是天下不易的至理。但我中国数千万里疆域，好几百兆人民，自从轩辕黄帝以后，传至汉、晋，都由汉族主治，凡四裔民族，僻居遐方，向为中国所不齿，不说他犬羊贱种，就说他虎狼遗性，最普通的赠他四个雅号，南为蛮，东为夷，西为戎，北为狄。这蛮、夷、戎、狄四种，只准在外国居住，不许他闯入中原，古人称为华夏大防，便是此意。（界划原不可不严，但侈然自大，亦属非是。）

汉、晋以降，外族渐次来华，杂居内地，当时中原主子，误把那怀柔主义，待遇外人，因此藩篱自辟，防维渐弛，那外族得在中原境内，以生以育，月炽日长，涓涓不塞，终成江河，为虺勿摧，为蛇若何。嗣是五胡十六国，迭为兴替，害得荡荡中原，变做了一个胡虏腥膻的世界。后来弱肉强食，彼吞此并，辗转推迁，又把十六国土宇，浑合为一大国，叫作北魏。北魏势力，很是强盛，查起他的族姓，便是五胡中的一族。其时汉族中衰，明王不作，只靠了南方几个枭雄，抵制强胡，力保那半壁河山，支持危局，我汉族的衣冠人物，还算留贻了一小半，免致遍地沦胥。无如江左各君，以暴易暴，不守纲常，不顾礼义，你篡我窃，无父无君，扰扰百五十年，易姓凡三，历代凡四，共得二十三主，大约英明的少，昏暗的多，（评论确当。）反不如北魏主子，尚有一两个能文能武，（武指太武帝焘，文指孝文帝宏。）

经营四方，修明百度，扬武烈，兴文教，却具一番振作气象，不类凡庸。他看得江左君臣，昏淫荒虐，未免奚落，尝呼南人为岛夷。（易华为夷，无非自取。）南人本来自称华胄，当然不肯忍受，遂号北魏为索虏。口舌相争，干戈继起，往往因北强南弱，累得江淮一带，烽火四逼，日夕不安。幸亏造化小儿，巧为播弄，使北魏亦起内讧，东分西裂，好好一个魏国，也变做两头政治，东要夺西，西要夺东，两下里战争未定，无暇顾及江南，所以江南尚得保全。可惜昏主相仍，始终不能展足，局促一隅，苟延残喘。

及东魏改为北齐，西魏改为北周，中土又作为三分，周最强，齐为次，江南最弱，鼎峙了好几年，齐为周并，周得中原十分之八，江南但保留十分之二，险些儿要尽属北周了。就中出了一位大丞相杨坚，篡了周室，复并江南，其实就是仗着北周的基业。不过杨系汉族，相传为汉太尉杨震后裔，忠良遗祚，足孚物望；更兼以汉治汉，无论南北人民，统是一致翕服，龙角当头，王文在手，（均见后文。）既受周禅，又灭陈氏，居然统一中原，合并南北。当时人心归附，乱极思治，总道是天下大定，从此好安享太平，那知他外强中干，受制帷帟。阿么（炀帝小名）小丑，计夺青宫，甚至弑君父，杀皇兄，烝庶母，骄恣似苍梧（宋主昱），淫荒似东昏（齐主宝卷），愚蔽似湘东（梁主绎），穷奢极欲似长城公（陈主叔宝），凡江左四代亡国的覆辙，无一不蹈，所有天知地知人知我知的祖训，一古脑儿撇置脑后，衣冠禽兽，牛马裾襟，遂致天怒人怨，祸起萧墙，好头颅被人砍去，徒落得身家两败，社稷沦亡，妻妾受人污，子弟遭人害，闹得一塌糊涂，比宋齐梁陈末世，还要加几倍扰乱。咳！这岂真好算做混一时代么？

小子记得唐朝李延寿，撰南北史各一编，宋、齐、梁、陈属南史，魏、齐、周、隋属北史，寓意却很严密，不但因杨氏创业，是由北周蝉蜕而来，可以属诸北史；就是杨家父子的行谊，也不像个治世真人，虽然靠着一时侥幸，奄有南北，终究是易兴易衰，才经一传，便尔覆国，这也只好视作闰运，不应以正统相待。（独具只眼。）小子依例演述，摹仿说部体裁，编成一部《南北朝通俗演义》，自始彻终。看官听着，开场白已经说过，下文便是南北朝正传了。（虚写一段，已括全书大意。）

且说东晋哀帝兴宁元年，江南丹徒县地方，生了一位乱世的枭雄，姓刘名裕，字德舆，小字叫作寄奴。他的远祖，乃是汉高帝弟楚元王刘交，受封楚地，建国彭城，子孙就在彭城居住。及晋室东迁，刘氏始徙居丹徒县京口里。东安太守刘靖，就是裕祖，郡功曹刘翘，就是裕父。自从楚元王交起算，传至刘裕，共历二十一世。裕生时适当夜间，满室生光，不啻白昼。偏偏婴儿堕地，母赵氏得病暴亡，乃父翘以生裕为不祥，意欲弃去，还亏有一从母，怜惜侄儿，独为留养，乳哺保抱，乃得生成。翘复娶萧氏女为继室，待裕有恩，勤加抚育，裕体益发育，年未及冠，已长至七尺有余。会翘病不起，竟致去世，剩得一对嫠妇孤儿，凄凉度日，家计又复萧条，常忧冻馁。裕素性不喜读书，但识得几个普通文字，便算了事。平日喜弄拳棒，兼好骑射，乡里间无从施技，并因谋生日亟，不得已织屦易食，伐薪为炊，劳苦得了不得，尚且饔飧鲜继，饥饱未匀；惟奉养继母，必诚必敬，宁可自己乏食，不使甘旨少亏。（揭出孝道，借古风世。）

一日，游京口竹林寺，稍觉疲倦，遂就讲堂前假寐。僧徒不识姓名，见他衣冠褴褛，有逐客意，正拟上前呵逐，忽见裕身上现出龙章，光呈五色，众僧骇异得很，禁不住哗噪起来。裕被他惊醒，问为何事？众僧尚是瞧着，交口称奇。及再三诘问，方各述所见。裕微笑道："此刻龙光尚在否？"僧答言："无有。"裕又道："上人休得妄言！恐被日光迷目，因致幻成五色。"众僧不待说毕，一齐喧声道："我等明明看见五色龙，罩住尊体，怎得说是日光迷目呢？"裕亦不与多辩，起身即行。既返家门，细思众僧所言，当非尽诬，难道果有龙章护身，为他日大贵的预兆？左思右想，忐忑不定，到了黄昏就寝，还是狐疑不决，辗转反侧，蒙眬睡去。似觉身旁果有二龙，左右蟠着，他便跃上龙背，驾龙腾空，霞光绚彩，紫气盈途，也不识是何方何地，一任龙体游行。经过了许多山川，忽前面笼着一道黑雾，很是阴浓，差不多似天地晦冥一般，及向下俯瞩，却露着一线河流，河中隐隐现出黄色，（黑气隐指北魏，河中黄色便是黄河，宋初尽有河南地，已兆于此。）那龙首到了此处，也似有些惊怖，悬空一旋，堕落河中。裕骇极欲号，一声狂呼，便即惊觉，开眼四瞧，仍然是一张敝床，惟案上留着一盏残灯，临睡时忘记吹熄，所以余焰犹存。回忆梦中情景，也难索解，但想到乘龙上天，究竟是个吉兆，将来应运而兴，亦未可知，乃吹灯再寝。不意此次却未得睡熟，不消多时，便晨鸡四啼，窗前露白了。

裕起床炊爨，奉过继母早膳，自己亦草草进食，已觉果腹，便向继母禀白，往瞻父墓，继母自然照允。裕即出门前行，途次遇着一个堪舆先生，叫作孔恭，与裕略觉面善。裕乘机扳谈，方知孔恭正在游山，拟为富家觅地，当下随着同行。道出候山，正是裕父翘葬处，裕因家贫，为父筑坟，不封不树，只耸着一抔黄土，除裕以外，却是没人相识。裕戏语孔恭道："此墓何如？"恭至墓前眺览一周，便道："这墓为何人所葬，当是一块发王地呢。"裕诈称不知，但问以何时发贵？恭答道："不出数年，必有征兆，将来却不可限量。"裕笑道："敢是做皇帝不成？"恭亦笑道："安知子孙不做皇帝？"彼此评笑一番。恭是无心，裕却有意，及中途握别，裕欣然回家，从此始有意自负。不过时机未至，生计依然，整日里出外劳动，不是卖履，就是砍柴；或见了飞禽走兽，也就射倒几个，取来充庖。

时当秋日，州边芦荻萧森，裕腰佩弓矢，手执柴刀，特地驰赴新州，伐荻为薪。正在俯割的时候，突觉腥风陡起，流水齐嘶，四面八方的芦苇，统发出一片秋声，震动耳鼓。裕心知有异，忙跳开数步，至一高涧上面，凝神四望。蓦见芦荻丛中，窜出一条鳞光闪闪的大蛇，头似巴斗，身似车轮，张目吐舌，状甚可怖。裕见所未见，却也未免一惊，急从腰间取出弓箭，用箭搭弓，仗着天生神力，向蛇射去，飕的一声，不偏不倚，射中蛇项。蛇已觉负痛，昂首向裕，怒目注视，似将跳跃过来。裕接连又发了一箭，适中蛇目分列的中央，蛇始将首垂下，滚了一周，蜿蜒而去，好一歇方才不见。裕悬空测量，约长数丈，不禁失声道："好大恶虫，幸我箭干颇利，才免毒螫。"

说至此，复再至原处，把已割下的芦荻捆做一团，肩负而归。（汉高斩蛇，刘裕射蛇，远祖裔孙，不约而同。）次日，复往州边，探视异迹，隐隐闻有杵臼声，越加诧异，随即依声寻觅。行至榛莽丛中，得见童子数人，俱服青衣，围着一臼，轮流杵药。裕朗声问道："汝等在此捣药，果作何用？"一童子答道："我王为刘寄奴所伤，故遣我等采药，捣敷患处。"裕又道："汝王何人？"童子复道："我王系此地土神。"裕輾然道："王既为神，何不杀死寄奴？"童子道："寄奴后当大贵，王者不死，如何可杀？"裕闻童子言，胆气益壮，便呵叱道："我便是刘寄奴，来除汝等妖孽，汝王尚且畏我，汝等独不畏我么？"童子听得刘寄奴三字，立即骇散，连杵臼都不敢携去。裕将臼中药一齐取归，每遇刀箭伤，一敷即愈。裕历得数兆，自知前程远大，不应长栖陇亩，埋没终身，遂与继母商议，拟投身戎幕，借图进阶。继母知裕有远志，不便拦阻，也即允他投军。

裕辞了继母，竟至冠军孙无终处，报名入伍。无终见他身材长大，状貌魁梧，已料非庸碌徒，便引为亲卒，优给军粮，未几即擢为司马。晋安帝隆安三年，会稽妖贼孙恩作乱，晋卫将军谢琰，及前将军刘牢之，奉命讨恩。牢之素闻裕名，特邀裕参军府事，裕毅然不辞，转趋入牢之营。牢之命裕率数十人，往侦寇踪，途次遇贼数千，即持着长刀，挺身陷阵，贼众多半披靡。牢之子敬宣，又带兵接应，杀得孙恩大败亏输，遁入海中。

既而牢之还朝，裕亦随返，那孙恩无所顾惮，复陷入会稽，杀毙谢琰。再经牢之东征，令裕往戍勾章。裕且战且守，屡败贼军，贼众退去，恩复入海。嗣又北犯海盐，由裕移兵往堵，修城筑垒。恩日来攻城，裕募敢死士百人，作为前锋，自督军士继进，大破孙恩。恩转走沪渎，又浮海至丹徒。丹徒为裕故乡，闻警驰救，倍道趋至，途次适与恩相遇，兜头痛击。恩众见了裕旗，已先退缩，更因裕先驱杀入，似生龙活虎一般，那里还敢抵挡？彼逃此窜，霎时跑散，恩率余众走郁州。晋廷以裕屡有功，升任下邳太守。裕拜命后，再往剿恩。恩闻风窜去，自郁州入海盐，复自海盐徙临海，徒众多被裕杀死，所掳三吴男女，或逃或亡。临海太守辛景，乘势逆击，杀得孙恩上天无路，入地无门，只好自投海中，往做水妖去了。（孙恩了。）

恩有妹夫卢循，神采清秀，由恩手下的残众，推他为主，于是一波才平，一波又起。荆州刺史桓玄，方都督荆江八州军事，威焰逼人。安帝从弟司马元显，与玄有隙，玄遂举兵作乱，授卢循为永嘉太守，使作爪牙。安帝即令元显为骠骑大将军、征讨大都督，并加黄钺，调兵讨玄。遣刘牢之为先锋，裕为参军，即日出发。

行至历阳，与玄相值，玄使牢之族舅何穆，来作说客，劝牢之倒戈附玄。牢之也阴恨元显，意欲自作下庄，姑与玄联络，先除元显，后再除玄。裕闻知消息，与牢之甥何无忌，极力谏阻，牢之不从。裕再嘱牢之子敬宣，从旁申谏，牢之反大怒道："我岂不知今日取玄，易如反掌？但平玄以后，内有骠骑，猜忌益深，难道能保全身家么？"（联络桓玄，亦未必保身。）遂遣敬宣赍着降书，投入玄营。

玄收降牢之，进军建康（即晋都）。元显毫无能力，奔入东府，一任玄军入城。玄遂派兵捕住元显，及元显党羽庚楷、张法顺，与谯王尚之，一并杀死，自称丞相，总百揆，都督中外。命刘牢之为会稽内史，撤去兵权。牢之始惊骇道："桓玄一入京城，便夺我兵柄，恐祸在旦夕了！"（嗟何及矣。）

敬宣劝牢之袭玄，牢之又虑兵力未足，不免迟疑。当下召裕入商道："我悔不用卿言，为玄所卖。今当北至广陵，举兵匡扶社稷，卿肯从我否？"裕答道："将军率禁兵数万，不能讨叛，反为虎伥。今枭桀得志，威震天下，朝野人情，已失望将军，将军尚能得广陵么？裕情愿去职，还居京口，不忍见将军孤危呢。"言毕即退。

牢之又大集僚佐，议据住江北，传檄讨玄。僚佐因牢之反复多端，都有去意，当面虽勉强赞成，及牢之启行，即陆续散去，连何无忌亦不愿随着，与裕密商行止。裕与语道："我观将军必不免，君可随我还京日，玄若能守臣节，我与君不妨事玄，否则设法除奸，亦未为晚。"无忌点首称善，未与牢之告别，即偕裕同往京口去了。

牢之到了新洲，部众俱散，日暮途穷，投缳自尽；子敬宣逃往山阳；独刘裕还至京口，为徐兖刺史桓修所召，令为中书参军。可巧永嘉太守卢循，阳受玄命，阴仍寇掠，潜遣私党徐道复，袭攻东阳，被裕探闻消息，领兵截击，杀败道复，方才回军。

既而桓玄篡位，废晋安帝为平固王，迁居寻阳，改国号楚，建元永始。桓修系玄从兄，由玄征令入朝。修驰入建业，裕亦随行。当时依人檐下，只好低头，不得不从修谒玄。玄温颜接见，慰劳备至，且语司徒王谧道："刘裕风骨不常，确是当今人杰呢。"谧乘机献媚，但说是天生杰士，匡辅新朝，玄益心喜，每遇宴会，必召裕列座，殷勤款待，赠赐甚优。独玄妻刘氏，为晋故尚书令刘耽女，素有智鉴，尝在屏后窥视，见裕状貌魁奇，知非凡相，便乘间语玄道："刘裕龙行虎步，瞻顾不凡，在朝诸臣，无出裕右，不可不加意预防！"玄答道："我意正与卿相同，所以格外优待，令他知感，为我所用。"刘氏道："妾见他器宇深沉，未必终为人下，不如趁早翦除，免得养虎贻患！"玄徐答道："我方欲荡平中原，非裕不能为力，待至关陇平定，再议未迟。"刘氏道："恐到了此时，已无及了！"玄终不见听，仍令修还镇丹徒。

修邀裕同还，裕托言金创疾发，不能步从，但与何无忌同船，共还京口。舟中密图讨逆，商定计划。既至京口登岸，无忌即往见沛人刘毅，与议规复事宜。毅说道："以顺讨逆，何患不成？可惜未得主帅！"无忌未曾说出刘裕，惟用言相试道："君亦太轻量天下，难道草泽中必无英雄？"毅奋然道："据我所见，只有一刘下邳罗。"（下邳见前。）无忌微笑不答，还白刘裕。适青州主簿孟昶，因事赴都，还过京口，与裕叙谈，彼此说得投机。裕因诘昶道："草泽间有英雄崛起，卿可闻知否？"昶答道："今日英雄，舍公以外，尚有何人？"裕不禁大笑，遂与同谋起义。

裕弟道规，为青州中兵参军。青州刺史桓弘，为桓修从弟，裕因令昶归白道规，共图杀弘。且使刘毅潜往历阳，约同豫州参军诸葛长民，袭取豫州刺史刁逵。一面再致书建康，使友人王元德、辛扈兴、童厚之等，同作内应。自与何无忌用计图修，依次进行。看官听说，

这是刘裕奋身建功的第一着!(画龙点睛。)小子有诗咏道:

发愤终为天下雄,不资尺土独图功。

试看京口成谋日,豪气原应属乃公。

欲知刘裕能否成功,容待下回续叙。

开篇叙一楔子,括定全书大意,且援李延寿史例,将隋朝归入《北史》,见地独高。及正传写入刘裕,历述符谶,俱系援引《南史》,并非向壁臆造。惟经妙笔演出,愈觉有声有色,足令人刮目相看。桓玄妻刘氏鉴貌辨色,能知裕不为人下,劝玄除裕。夫蛇神尚不能害寄奴,何物桓玄,乃能置裕死地乎?但巾帼中有此慧鉴,不可谓非奇女子,惜能料刘裕而不能料桓玄,当桓玄篡位之先,不闻出言匡正,是亦所谓知其一不知其二者欤?惟晋事当具晋史,故于晋事从略,第于刘裕事从详云。

第二回　起义师入京讨逆　迎御驾报绩增封

却说刘裕既商定密谋，遂与何无忌托词出猎，号召义徒，共得百余名，最著名的约二十余人，除何无忌、刘毅外，姓名如下：

刘道怜（刘裕弟）　魏咏之　魏欣之（咏之弟）　魏顺之（欣之弟）

檀凭之　檀祗隆（凭之弟）　檀道济（凭之叔）　檀范之（道济从兄）

檀韶（凭之从子）　刘藩（刘毅从弟）　孟怀玉（孟昶族弟）　向弥

管义之　周安穆　刘蔚　刘珪之（蔚从弟）　臧熹　臧宝符（熹从弟）

臧穆生（熹从子）　童茂宗　周道民　田演　范清

这二十余人各具智勇，充作前队。何无忌冒充敕使，一骑当先，扬鞭入丹徒城，党徒随后跟入。桓修毫不觉察，闻有敕使到来，便出署相迎，无忌见了桓修，未曾问答，即拔出佩刀，把修杀死。随与徒众大呼讨逆，吏士惊散，莫敢反抗。刘裕也驰入府署，揭榜安民，片刻即定。当将桓修棺殓，埋葬城外。召东莞人刘穆之为府主簿，更派刘毅至广陵，嘱令孟昶、刘道规，即日响应。

昶与道规，伪劝桓弘出猎，以诘旦为期。翌日昧爽，昶等率壮士数十人，伫待府署门前，一俟开门，便即驰入。弘方在啜粥，被道规持刃直前，劈破弘脑，死于非命。当即收众渡江，来会刘裕。

徐州司马刁弘，闻丹徒有变，方率文武佐吏，来至丹徒城下，探问虚实，裕登城伪语道：郭江州已奉戴乘舆，反正寻阳，我等奉有密诏，诛除逆党，今日贼玄首级，已当晓示大航，诸君皆大晋臣，无故来此，意欲何为?”刁弘等信为真言，便即退去。

可巧刘道规、孟昶等，自广陵驰至，众约千人，裕即令刘毅追杀刁弘。待毅归报，又令毅作书与兄，即遣周安穆持书入京，促令起事。原来毅兄刘迈，留官建康。桓玄令迈为竟陵太守，整装将发。既得毅书，踌躇莫决。安穆见迈怀疑，恐谋泄罹祸，匆匆告归，连王元德、辛扈兴、童厚之等处，也未及报闻。迈计无所出，意欲夤夜下船，赴任避祸。忽由桓玄与书，内言北府人情，未知何如?近见刘裕，亦未知彼作何状，须一一报明。此书寓意，乃俟迈抵任后，令他禀报。偏迈误会书意，还道玄已察裕谋，不得不预先出首。（这叫作贼胆心虚。）遂不便登舟，坐以待旦，一俟晨光发白，即入朝报玄。

玄闻裕已发难，不禁大惧，面封迈为重安侯。迈拜谢退朝，偏有人向玄谮迈，谓迈纵归周安穆，未免同谋。玄乃收迈下狱，并捕得王元德、辛扈兴、童厚之三人，与迈同日加刑。一面召弟桓谦，及丹阳尹卞范之等，会议拒裕。谦请从速发兵，玄欲屯兵覆舟山，坚壁以待，经谦等一再固请，始命顿邱太守吴甫之、右卫将军皇甫敷，北遏裕军。

裕闻桓玄已经发兵，也锐意进取，自称总督徐州事，命孟昶为长史，守住京口。集得二州义旅，共千七百人，督令南下。且嘱何无忌草檄，声讨玄罪。

无忌夜作檄文，为母刘氏所窥，且泣且语道：“我不及东海吕母（王莽时人），汝能如此，我无遗恨了!”（兄弟之仇，不可不报。）至无忌檄已草就，翌晨呈入，裕即令颁发远近，大略说是：

夫成败相因，理不常泰，狡焉肆虐，或遇圣明。自我大晋，屡构阳九，隆安（晋安帝嗣位时年号）以来，国家多故，忠良碎于虎口，贞贤毙于豺狼。逆臣桓玄，敢肆陵慢，阻兵荆郢，肆暴都邑。天未忘难，凶力繁兴，逾年之间，遂倾皇祚，主上播越，流幸非所，神器沉辱，七庙毁坠。虽夏后之罹浞殪，有汉之遭莽卓，方之于兹，未足为喻。自玄篡逆，于今历年，亢旱弥时，民无生气，加以士庶疲于转输，文武困于版筑，室家分析，父子乖离，岂惟大东有杼轴之悲，摽梅有倾筐之怨而已哉！仰观天文，俯察人事，此而可存，孰为可亡？凡在有心，谁不扼腕？裕等所以椎心泣血，不遑启处者也！是故夕寐宵兴，搜奖忠烈，潜构崎岖，险过履虎，乘机奋发，义不图全。辅国将军刘毅、广武将军何无忌、镇北主簿孟昶、兖州主簿魏咏之、宁远将军刘道规、龙骧参军刘藩、振威将军檀凭之等，忠烈断金，精白贯日，荷戈奋袂，志在毕命。益州刺史毛璩，万里齐契，扫定荆楚。江州刺史郭昶之，奉迎主上，宫于寻阳。镇北将军王元德等，并率部曲，保据石头。扬武将军诸葛长民，收集义士，已据历阳。征虏参军庾赜之，潜相连结，以为内应。同力协规，所在蜂起，即日斩伪徐州刺史安城王桓修、青州刺史桓弘。义众既集，文武争先，咸谓不有统一，则事无以辑。裕辞不获命，遂总军要，庶上凭祖宗之灵，下罄义夫之力，翦馘逋逆，荡清京华。公侯诸君，或世树忠贞，或身荷爵宠，而并俯眉猾竖，无由自效，顾瞻周道，宁不吊乎！今日之举，良其会也。裕以虚薄，才非古人，受任于既颓之运，接势于已替之机，丹忱未宣，感慨愤激，望霄汉以永怀，盼山川以增伫。投檄之日，神驰贼廷，檄到如律令！

观檄中所载如毛璩以下，多半是虚张声势，未得实情。郭昶之何曾反正，王元德并且被诛。就是诸葛长民，亦未能据住历阳，不过以讹传讹，也足使中土向风，贼臣丧胆。桓玄自刘裕起兵，连日惊惶，或谓裕等乌合，势必无成，何足深惧？玄摇首道："刘裕为当世英雄，刘毅家无担石，樗蒲且一掷百万，何无忌酷似若舅，共举大事，怎得说他无成呢？"（恐亦惭对令正。）果然警报频来，吴甫之败死江乘，皇甫敷败死罗洛桥，那刘裕军中，只丧了一个檀凭之，进战益厉。玄急遣桓谦出屯东陵，卞范之出屯覆舟山西，两军共计二万人。

裕至覆舟山东，令各军饱餐一顿，悉弃余粮，示以必死。刘毅持槊先驱，裕亦握刀继进，将士踊跃随上，驰突敌阵，一当十，十当百，呼声动天地。凑巧风来助顺，因风纵火，烟焰蔽天，烧得桓谦、卞范之两军，统变成焦头烂额，与鬼为邻。桓谦、卞范之，先后骇奔。裕复率众力追，数道并进。玄已料裕军难敌，先遣殷仲文具舟石头，为逃避计。至是接桓谦败耗，忙令子升策马出都，至石头城外下舟，浮江南走。裕得乘胜长驱，直入建康。

京中已无主子，由裕出示安民，且恐都人惶惑，徙镇石头城，立留台，总百官，毁去桓氏庙主，另造晋祖神牌，纳诸太庙。更遣刘毅等追玄，并派尚书王嘏，率百官往迎乘舆。一面收诛桓氏宗族，使臧熹入宫，检收图籍器物，封闭府库。

司徒王谧本系桓玄爪牙，玄篡位时，曾亲解安帝玺绶，奉玺授玄。当时大众目为罪魁，劝裕诛谧。偏裕与谧有旧，少年孤贫时，尝由谧代裕偿债，至此不忍加诛，仍令在位。（未免因私废公。）谧又向裕贡谀，愿推裕领扬州军事。裕一再固辞，令谧为侍中，领扬州刺史，录尚书事。谧更推裕都督八州（扬、徐、兖、豫、青、冀、幽、并），兼徐州刺史，裕乃受任不辞。令刘毅为青州刺史，何无忌为琅琊内史，孟昶为丹阳令，刘道规为义昌太守，所有军国处分，均委任刘穆之。仓猝立办，无不允惬。

惟诸葛长民愆期未发，谋泄被执，刁逵尚未得建康音信，把长民羁入槛车，派使解京。途次闻桓玄败走，建康已为刘裕所据，那使人乐得用情，即将长民放出，还趋历阳。历阳军民，乘机起事，围攻刁逵。逵溃围出走，凑巧遇着长民，兜头截住，再经城中兵士追来，任你刁逵如何逞刁，也只好束手受缚，送入石头，饮刀毕命！

桓玄逃至寻阳，刺史郭昶之，供玄乘舆法物，（可见刘氏前次檄文，纯系虚声。）玄仍自称楚帝，威福如故。嗣闻刘毅等率军追来，将到城下，玄又惊惶失措，急遣部将庾雅祖、何澹之堵住湓口，自挟一主（即晋安帝）二后（一系穆帝后何氏，一系安帝后王氏），西走江陵。刘毅与何无忌、刘道规诸将，至桑落洲，大破何澹之水军，夺湓口，拔寻阳，遣使报捷。刘裕因安帝西去，乃奉武陵王司马遵为大将军，入居东宫，承制行事，再饬刘毅等西追桓玄。

玄至江陵，收集荆州兵，有众二万，复挟安帝东下。行抵峥嵘洲，正值刘毅各军扬帆前来。刘道规望玄船，麾众先进，刘毅、何无忌，鼓棹随行。此时正是仲夏天气，西南风吹得甚劲，道规乘风纵火，毅等亦助薪扬威，烧得长江上下，烟雾迷蒙，玄所督领诸战舰，多半被焚，部卒大乱。玄慌忙改乘小舟，仍将安帝挟去，遁还江陵。

部将殷仲文，叛玄降刘，奉晋二后还京。玄再返江陵，人情离叛，没奈何乘夜出奔，欲往汉中。南郡太守王腾之、荆州别驾王康产，奉安帝入南郡府，寻迁江陵。

益州刺史毛璩，有侄修之，为玄屯骑校尉，诱玄入蜀。玄依言西行，至枚回洲，适上流来了丧船数艘，船首立着一员卫弁，与修之打了一个照面，便厉声呼道："来船中有无逆贼？"修之不答，桓玄却颤声说道："我是当今新天子，何处盗贼，敢来妄言！"（此时还想称帝，太不自量。）道言未绝，那对船上又跳出二将，拈弓搭矢，飞射过来，玄嬖人万盖、丁仙期，挺身蔽玄，俱被射倒。玄正在惊惶，突有数人持刀跃入，为首的正是对船卫弁，便骇问道："汝……汝等何人？敢犯天子！"卫弁即应声道："我等来杀天子的贼臣！"说至此，即用刀劈玄，光芒一闪，玄首分离。看官道卫弁为谁？原来是益州督护冯迁。

益州毛璩有弟毛璠，为宁州刺史，在任病殁。璩使兄毛祐之，及参军费恬，扶榇归葬，并派冯迁护丧。恰巧中流遇着玄船，由修之传递眼色，便一齐动手，杀死贼玄。看官不必细问，就可知对船发矢的二将，便是费恬、毛祐之了。冯迁既枭玄首，执住玄子桓升，杀死玄族桓石康、桓浚，令毛修之赍献玄首，及槛解桓升，驰诣江陵。安帝封毛修之为骁骑将军，诛升东市，下诏大赦，惟桓氏不原。

玄从子桓振，逃匿华容浦中，招聚党徒，得数千人，探得刘毅等退屯寻阳，即袭击江陵城。桓谦亦匿居沮川，纠众应振。江陵城内，只有王腾之、王康产二人守着，士卒无多，径被两桓掩入。腾之、康产战死。安帝尚寓居江陵行宫，振持刀进见，意欲行弑。还是桓谦驰入劝阻，方才罢手，下拜而出，为玄举哀发丧。谦率百官朝谒安帝，奉还玺绶，所有侍御左右，一律撤换，改用两桓党羽，乘势攻取襄阳等城。

刘毅等还居寻阳，总道是元凶就戮，逆焰消除，可以高枕无忧，那知死灰复燃，复有两桓余孽，袭取江陵。急忙令何无忌、刘道规二将，进讨两桓。师至马头，已由桓谦派兵扼住。两下里杀了一场，谦众败退，无忌、道规，直趋江陵。桓振令党徒冯该，设伏杨林，自率众逆战灵溪。无忌恃胜轻进，被贼军两路杀出，冲断阵势，大败奔还。幸亏刘敬宣聚粮缮船，接济无忌、道规，复得成军，蹶而复振。

敬宣即刘牢之子，前时逃往山阳，拟募兵讨玄，未克如愿。再往南燕乞师，南燕主慕容德，不肯发兵。敬宣潜结青州大族，及鲜卑豪酋，谋袭燕都，事泄还南。时玄已败死，走归刘裕，裕令为晋陵太守，寻又迁授江州刺史。他因刘毅等讨玄余党，所以筹备舟械，随时接应。（补笔不漏。）

无忌、道规得此一助，再进兵夏口。毅亦督军随进，攻入鲁城。道规亦拔偃月垒，复会师进克巴陵。号令严整，沿途无犯，再鼓众至马头。桓振挟安帝出屯江津，遣使请和，求割江荆二州，奉还天子，（以皇帝为交换品，却是奇闻。）毅等不许。会南阳太守鲁宗之，起兵袭襄阳，振还军与战，留桓谦、冯该守江陵。谦遣该守豫章口，为毅等击败，谦弃城遁走。毅等驰入江陵，擒住逆党卞范之等，一并枭斩。

安帝时在江陵，未被桓振挟去，毅得入行宫谒帝，由帝面加慰劳，一切处置，悉归毅主持。毅正拟追剿两桓，适振回救江陵，在途闻城已失守，众皆骇散，振亦只好逃匿涢州。既而召集散众，复袭江陵，为将军刘怀肃所闻，伏兵邀击，一鼓诛振。振为桓氏后起悍将，至此毙命，桓氏遗孽垂尽，惟桓谦等奔入后秦。

安帝改元义熙，再下赦书，除桓谦等不赦外，独赦桓冲孙胤，徙居新安，令存桓冲宗祀，保全功臣一脉。（冲系桓玄叔父，有功晋室，封丰城公，详见《两晋演义》。）刘裕闻报，使刘毅、刘道规留屯夏口，命何无忌奉帝东归。安帝乃自江陵启銮，还至建康。百官诣阙待罪，有诏命一并复职。授琅琊王司马德文为大司马，武陵王司马遵为太保，且封赏功臣，首刘裕，次及刘毅、何无忌、刘道规。诏敕有云：

朕以寡昧，遭家不造，越自遘闵，属当屯极。逆臣桓玄，乘衅纵慝，穷凶恣虐，滔天猾夏，诬罔神人，肆其篡乱，祖宗之基既湮，七庙之飨胥殄，若坠渊谷，未足斯譬。皇度有晋，天纵英哲，都督扬、徐、兖、豫、青、冀、幽、并江九州诸军事镇军将军徐、青二州刺史刘裕，忠诚天亮，神武命世，用能贞明协契，义夫向臻，故顺声一唱，二溟卷波，英风振路，宸居清翳。冠军将军刘毅、辅国将军何无忌、振武将军刘道规，舟旗遄迈，而元凶传首，回戈迭挥，则荆汉雾廓。俾宣元之祚，永固于嵩岱，倾基重造，再集于朕躬。宗庙歆七百之祐，皇基融载新之命。念功惟德，永言铭怀，固已道冠开辟，独绝终古，书契以来，未之前闻矣。虽则功高靡尚，理至难文，而崇庸命德，哲王攸先者，将以弘道制治，深关盛衰，故伊望膺殊命之锡，桓文飨备物之礼，况宏征不世，顾邈百代者，宜极名器之隆，以光大国之盛。而镇军谦虚自衷，诚旨屡显，朕重逆仲父，乃所以愈彰德美也。镇军可进位侍中车骑将军，都督中外诸军事，使持节徐、青二州刺史如故。显祚大邦，启慈疆宇。特此诏闻！

这诏下后，裕上表固辞。再加录尚书事，裕又不受，且乞请归藩。安帝不允，遣百僚敦劝，裕仍然固让，入朝陈情，愿就外镇，乃改授裕都督荆、司、梁、益、宁、雍、凉七州，并前十六州诸军事，仍守本官，裕始受命，还镇丹徒。封刘毅为左将军，何无忌为右将军，分督豫州，扬州军事，刘道规为辅国将军，督淮北诸军事。余如并州刺史魏咏之以下，皆加官进爵有差。

先是刘毅尝为刘敬宣参军，时人推毅为雄杰。敬宣道：“有非常的材具，必有非常的度量，此君外宽内忌，夸己轻人，设使一旦得志，亦恐以下凌上，自取危祸呢。”（为后文刘裕杀毅张本。）裕闻敬宣言，尝引以为憾。及得授方镇，遂使人白刘裕道：“敬宣未与义举，授为郡守，已觉过优，擢置江州，更足令人骇惋，恐猛将劳臣，不免因此懈体呢。”裕迟迟不发。敬宣得知消息，心不自安，乃表请解职，因召还为宣城内史。刘毅再与何无忌分道出讨桓玄余党，所有桓亮、符玄等小丑，一概诛灭，荆、湘、江、豫皆平。晋廷命毅都督淮南五郡，兼豫州刺史。何无忌都督江东五郡，兼会稽内史。毅自是益骄，免不得目空一切，有我无人了。小子有诗叹道：

平矜释躁始成才，器小何堪任重来！

古有一言须记取，谦能受益满招灾。

过了一年，追叙讨逆功绩，又有一番封赏，待小子下回说明。

桓玄一乱，而刘裕即乘之而起，是不啻为渊驱鱼，为丛驱雀，玄死而裕贵，玄固非鹯即獭也。大抵枭桀之崛兴，其始必有绝大之功业，足以耸动人心，能令朝野畏服，然后可以任所欲为，潜移国祚于无形。莽懿之徒，无不如是。裕为莽懿流亚，有玄以促成之，玄何其愚，裕何其智耶！至于安帝返驾，封赏功臣，裕为功首，而再三退让，成功不居。“周公恐惧流言日，王莽谦恭下士时，假使当年身便死，一生真伪有谁知？”我读此诗，我更有以窥刘裕矣。

第三回　伐南燕冒险成功　捍东都督兵御寇

却说晋安帝复辟逾年，追叙讨逆功绩，封刘裕为豫章郡公，刘毅为南平郡公，何无忌为安成郡公。（一国三公，恐刘裕未免介介。）此外亦各有封赏，不用枚举。独殷仲文自负才望，反正后欲入秉朝政，因为权臣所忌，出任东阳太守，心下很是怏怏。何无忌素慕仲文，贻书慰藉，且请他顺道过谈。仲文复书如约，不意出都赴任，心为物役，竟致失记。无忌伫候多日，并不见到，遂心疑仲文薄己，伺隙报怨。适南燕入寇，刘裕拟督军出讨，无忌即向裕致书道："北虏尚不足忧，惟殷仲文、桓胤，实系心腹大病，不可不除。"裕心以为然。会裕府将骆球谋变，事发伏诛，裕因谓仲文及胤，与球通谋，即捕二人入京，并加夷诛。（已露锋芒。）

司徒兼扬州刺史王谧病殁，资望应由裕继任。刘毅等已是忌裕，不欲他人朝辅政，乃拟令中领军谢混为扬州刺史。或恐裕出来反对，谓不如令裕兼领扬州，以内事付孟昶。安帝不能决议，特遣尚书右丞皮沈驰往丹徒，以二议咨裕。（用人必须下问，大权已旁落了。）沈先见裕记室刘穆之，具述朝议。穆之伪起如厕，潜入白裕，谓皮沈二议，俱不可从。裕乃出见皮沈，支吾对付，暂令出居客舍，复呼穆之与商。穆之道："晋政多阙，天命已移，公匡复皇祚，功高望重，难道可长作藩将么？况刘、孟诸公，与公同起布衣，倡立大义，得取富贵，不过因事有先后，权时推公，并非诚心敬服，素存主仆的名义，他日势均力敌，终相吞噬。扬州为国家根本，关系重大，如何假人？前授王谧，已非久计，今若复授他人，恐公将为人所制，一失权柄，无从再得。今但答言事关重要，不便悬论，当入朝面议，共决可否。

俟公一至京邑，料朝内权贵，必不敢越次授人，公可坐取此权位了。”（为裕设计，恰是佳妙，但亦一许攸、荀彧之徒。）

裕极口称善，遂遣归皮沈，托言入朝面决。沈回京复命，果然朝廷生畏，立即下诏，征裕为侍中扬州刺史，录尚书事。裕又佯作谦恭，表解兖州军事，令诸葛长民镇守丹徒，刘道怜屯戍石头城，又遣将军毛修之，会同益州刺史司马荣期，共讨谯纵。

纵系益州参军，擅杀刺史毛璩，自称成都王，蜀中大乱。晋廷简授司马荣期为益州刺史，令率兵讨蜀。荣期至白帝城，击败纵弟明子，再拟进师，因恐兵力不足，表请缓应。裕乃再遣毛修之西往。修之入蜀，与荣期相会，当令荣期先驱，自为后应，进薄成都。荣期抵巴州，又为参军杨承祖所杀，承祖自称巴州刺史。及修之进次宕渠，始接荣期死耗，不得已退屯白帝城。时益州故督护冯迁，已升任汉嘉太守，发兵来助修之。修之与迁合兵，击斩杨承祖。拟乘胜再进，不意朝廷新命鲍陋为益州刺史，驰诣军前，与修之会议未协。修之据实奏闻，裕乃表刘敬宣为襄城太守，令率兵五千讨蜀，并命荆州刺史刘道规为征蜀都督，调度军事。

谯纵闻晋军大至，忙向后秦称臣，乞师拒晋。秦主姚兴，遣部将姚赏等援纵，会同纵党谯道福，择险驻守。刘敬宣转战而前，至黄虎岭，距城约五百里，岭路险绝。再经秦蜀二军坚壁守御，敬宣屡攻不入，相持至六十余日，粮食已尽，饥疲交并，没奈何引军退还，死亡过半。敬宣坐是落职，道规亦降号建威将军。裕以敬宣失利，奏请保荐失人，自愿削职。（无非做作。）有诏降裕为中军将军，守官如故。

裕拟自往伐蜀，忽闻南燕入寇，大掠淮北，乃决计先伐南燕，再平西蜀。南燕主慕容德，系前燕主慕容皝少子，后燕主慕容垂季弟。皝都龙城，传三世而亡；垂都中山，传四世而亡。（详见《两晋演义》）。独德为范阳王收集两燕遗众，南徙滑台，东略晋青州地，取广固城，据作都邑，初称燕王，后称燕帝，改名备德，史家称为南燕。德僭位七年，殁后无嗣，立兄子超为嗣。超宠私人公孙五楼，猜忌亲族，屡加诛戮，且遣部将慕容兴宗、斛谷提、公孙归等，率骑兵入寇宿豫，掳去男女数千人，令充伶伎。嗣又大掠淮北，执住阳平太守刘千载，及济南太守赵元，驱略至千余家。刘裕令刘道怜出戍淮阴，严加防堵，一面抗表北伐，即拟启行。

朝臣因西南未平，拟从缓图。惟左仆射孟昶、车骑司马谢裕、参军臧熹，赞同裕议，乃诏令裕调将出师。裕使孟昶临中军留府事，调集水军出发，沂淮入泗，行抵下邳，留下船舰辎重，但麾众登岸，步进琅琊。所过皆筑城置守，诸将或生异议，叩马谏阻道："燕人闻我军远至，谅不敢战，但若据大岘山，刈粟清野，使我无从觅食，进退两难，如何是好！"裕微笑道："诸君休怕！我已预先料透，鲜卑贪婪，不知远计，进利掳掠，退惜禾苗，他道我孤军深入，必难久持，不过进据临朐，退守广固罢了。我一入岘，人知必死，何虑不克！我为诸君预约，但教努力向前，此行定可灭虏呢。"（所谓知彼知己。）乃督兵亟进，日夕不息。果然南燕主慕容超，不听公孙五楼等计议，断据大岘，惟修城隍，简车徒，静待一战。

及裕已过岘，尚不见有燕兵，不禁举手指天道："我军幸得天祐，得过此险，因粮破虏，在此一举了！"

时慕容超已授公孙五楼为征虏将军，令与辅国将军贺赖卢、左将军段晖等，率步骑五万人，出屯临朐。至闻晋军入岘，复自督步骑四万，出来援应。临朐南有巨蔑水，离城四十里，超使公孙五楼，领兵往据。五楼甫至水滨，晋龙骧将军孟龙符，已率步兵来争，势甚锐猛。五楼抵敌不住，向后退去。晋军有车四千辆，分为左右两翼，方轨徐进，直达临朐。距城尚约十里，慕容超已悉众前来。两下相逢，立即恶斗，杀得山川并震，天日无光。转眼间夕阳西下，尚是旗鼓相当，不分胜负。

参军胡藩白裕道："燕兵齐来接仗，城中必虚，何不从间道出兵，往袭彼城？这就是韩信破赵的奇计呢。"裕连声称善，即遣藩及咨议将军檀韶、建威将军向弥，率兵数千，绕出燕兵后面，往袭临朐城。城内只留老弱居守，惟城南有一营垒，乃是段晖驻扎，手下兵不过千名。向弥擐甲先驱，径抵城下，大呼道："我等率雄师十万，从海道来此，守城兵吏，如不怕死，尽管来战，否则速降，毋污我刃！”这话说出，吓得城外的燕兵，不敢出头。弥即架起云梯，执旗先登，刘藩、檀韶等麾军齐上，即攻入临朐城。

段晖飞报慕容超，超大吃一惊，单骑驰还。燕兵失了主子，当然溃退，被刘裕纵兵奋击，追杀至城下，乘胜踹段晖营。晖慌忙拦阻，措手不及，也为晋军所杀。慕容超策马飞奔，马蹶下坠，险些被恶军追着，亏得公孙五楼等替他易马授辔，仓皇走脱。所有乘马伪辇、玉玺豹尾等件，尽行弃去，由晋军沿途拾取，送入京师。

慕容超逃回广固，未及整军，那晋军已经追到，突入外城。超与公孙五楼等，忙入内城把守。裕猛扑不下，乃筑起长围，为久攻计。垒高三丈，穿堑三重，抚纳降附，采拔贤俊，华夷大悦。超遣尚书郎张纲，缒城夜出，至后秦乞师。秦主姚兴，方有夏患，（夏主赫连勃勃攻秦，详下回。）无暇分兵救燕，但佯允发兵，遣纲先行返报。纲还过泰山，被太守申宣擒住，送入裕营。裕得纲大喜，亲为释缚，赐酒压惊。纲感裕恩，情愿归降。

先是裕治攻具，城上人尝揶揄道："汝等虽有攻具，怎能及我尚书郎张纲？"及纲既降裕，裕令纲登楼车，呼语守卒，谓秦人不遑来援。守卒大惧，慕容超亦惊惶得很，乃遣使至裕营请和，愿割大岘山为界，向晋称藩。裕斥还来使，超穷急无法，只得再命尚书令韩范，向秦乞师。秦主兴遣使白裕，请速退兵，且言有铁骑十万，进屯洛阳，将涉淮攻晋。裕怒答道："汝去传语姚兴，我平定青州，将入函谷，姚兴自愿送死，便可速来！"（妙极。）

秦使自去，录事参军刘穆之入谏道："公语不足畏敌，反致怒敌。若广固未下，羌寇掩至，敢问公将如何对待呢？"裕笑道："这是兵机，非卿所解。试想羌人若能救燕，方且潜师前来，攻我无备，何致先遣使命，使我预防？这明是虚声吓人，不足为虑！"（一语道破，裕固可号智囊。）穆之亦领悟而退。

裕即令张纲制造攻具，备极巧妙，设飞楼，悬梯木，幔板屋，覆以牛皮，城上矢石，毫无所用。眼见得城内孤危，形势岌岌。韩范自后秦东归，见围城益急，竟至裕营投诚，裕表范为散骑常侍，并令范至城下，招降守将。城中人情离沮，陆续逾城出降。慕容超尚坚守两三月，且遣公孙五楼潜掘地道，出击晋兵。晋营守御极严，无懈可击，于是阖城大困。刘裕知城中穷蹙，乃誓众猛攻。是日适为往亡日，不利行师，裕奋然道："我往彼亡，有何不利？"（足破世人迷梦。）遂遍设攻具，四面攻扑。南燕尚书悦寿，料知不支，即开门迎纳晋军。慕容超即率左右数十骑，惶遽越城，逃窜里许，被晋军追到，捉得一个不留，牵回城中。

刘裕升帐，责超抗命不降的罪状，超神色自若，一无所言。裕屠南燕王公以下三千人，没入家口万余，把慕容超囚解进京，自请移镇下邳，进图关洛。

晋廷诛慕容超，加裕兼青、冀二州刺史，拟许便宜行事。不料卢循陷长沙，徐道复陷南康、庐陵、豫章，顺流而下，将袭晋都，江东大震，急得晋廷君臣，不知所措，只好飞召刘裕，率军还援。（只靠一人，怪不得晋祚垂尽。）原来刘裕讨灭桓玄，迎帝回銮，彼时因朝廷新定，不暇南顾，暂授卢循为广州刺史，徐道复为始兴相，权示羁縻。循遗裕益智粽，裕报以续命汤。及裕出师伐燕，道复劝循乘虚入袭，循初尚不从，经道复亲往献议，谓裕尚未归，机不可失，乃分道入寇。

循攻长沙，一鼓即下，道复且连陷南康、庐陵、豫章诸郡，沿江东趋，舟楫甚盛。江荆都督何无忌，自寻阳引兵拒贼，与道复交战豫章。道复令弓弩手数百名，登西岸小山，顺风迭射，无忌急命船内水军，用藤牌遮护。偏是西风暴急，战船停留不住，竟由西岸飘至东岸，贼众乘势驰击，用着艨艟大舰，进逼无忌坐船，无忌麾下顿时骇散。无忌厉声语左右道："取我苏武节来！"至节取至，无忌持节督战，风狂舟破，贼势四蹙。可怜无忌身受重伤，握节而死！（无忌亦一时名将，可惜死于小贼之手。）

刘裕已奉召至下邳，用船载运辎重，自率精锐步归。道出山阳，接得无忌凶耗，恐京邑失守，急忙卷甲疾趋，引数十骑至淮上。遇着朝使敦促，便探问消息。朝使说道："贼尚未至，但教公速还都，便可无忧。"裕心甚喜。驰至江滨，正值风急浪腾，大众俱有难色，裕慨然道："天命助我，风当自息，否则不过一死，覆溺何害！遂麾众登舟，舟移风止，过江至京口。江左居民望见旗麾，统是额手欢呼，差不多似久旱逢甘，非常欣慰。（晋祚潜移，于此可见。）

越二日即入都陛见，具陈御寇规画，朝廷有恃无恐，诏令京师解严。豫州都督刘毅，自告奋勇，愿率部军南征。裕方整治舟械，预备出师，既得毅表，令毅从弟刘藩赍书复毅，略言贼新获利，锋不可当，今修船垂毕，愿与老弟会师江上，相机破贼云云。

藩至姑熟，将书交毅，毅阅书未终，已有怒色，瞋目视藩道："前次举义平逆，不过因刘裕发起，权时推重，汝便谓我真不及刘裕么？"说着，把来书掷弃地上，立集舟师二万，从姑熟出发。（是谓忿兵。）急驶至桑落洲。正值卢循、徐道复两贼，顺流鼓棹，舣舰前来。船头甚是高锐，突入毅水师队中，毅舰低脆，偶与贼舰相撞，无不碎损，没奈何奔避两旁。舟队一散，全军立涣。两贼渠指挥徒众，东蹿西突，害得毅军逃避不遑，或与舟俱沉，或全船被掳。毅无法支撑，只好带着数百人，弃船登岸，狼狈遁走，所有辎重粮械，一古脑儿抛置江心，被贼掠去。（毅试自问，果能及刘裕？）

这败报传达都中，上下震惧，刘裕急募民为兵，修治石头城，为控御计。时北师初还，疮痍未复，京邑战士不满数千，诸葛长民、刘道怜等，虽皆闻风入卫，但也是部曲寥寥，数不盈万。

那卢、徐二贼，毙何无忌，败刘毅，连破江、豫二镇，有众十万余，舟车百里不绝，楼船高至十二丈，横行江中。他心目中只畏一刘裕，闻裕还军建业，未免惊心。循欲退还寻阳，转攻江陵，独道复谓宜乘胜进取。两人议论数日，方从道复言，联樯东下。

警报与雪片相似，飞达都中；还有败军逃还，亦统称贼势甚盛，不应轻敌。孟昶、诸葛长民，倡议避寇，欲奉乘舆过江，独刘裕不许。参军王仲德进白刘裕道："明公新建大功，威震六合，今妖贼乘虚入寇，骤闻公还，必当惊溃；若先自逃去，势同匹夫，何能号召将士？公若误徇时议，仆不忍随公，请从此辞！”裕亟慰谕道：“南山可改，此志不移！愿君勿疑。”

孟昶尚固请不已，裕勃然道：“今日何日！尚可轻举妄动么？试想重镇外倾，强寇内逼，一或迁徙，全体瓦解，江北亦岂可得至？就使得至江北，亦不过苟延时日罢了。今兵士虽少，尚足一战，战若得胜，臣主同休，万一挫败，我当横尸庙门，以身殉国，断不甘窜伏草间，偷生苟活呢。我计已决，君勿复言！”（据裕此言，几似忠贯天日，可惜后此不符。）昶尚涕泣陈词，自愿先死，惹得刘裕兴起，厉声呵叱道：“汝且看我一战，再死未迟！”昶惘惘归第，手自草表道：“臣欲北讨，众议不同，惟臣赞成裕计，令强贼乘虚进逼，危及社稷，臣自知死罪，谨引咎以谢天下。”表既封就，仰药竟死。（呆鸟）

未几，闻卢循已至淮日，内外戒严，琅琊王司马德文督守宫城，刘裕自出屯石头，使咨议参军刘粹，引第三子义隆，往戍京口。义隆年仅四龄，裕借此励军，表示毁家纾难的意思。且召集诸将，预揣贼势道：“贼若由新亭直进，不易抵御，只好暂时回避，将来胜负，尚未可料；倘或回泊西岸，贼锋已靡，便容易成擒了。”遂常登城西望，起初尚未见寇踪，但觉烟波一碧，山水同青。（百忙中叙此闲文，格外生色。）俄而，鼓声到耳，远远有敌船出没，引向新亭，不由得旁顾左右，略露忧容。嗣见敌船回泊蔡洲，乃变忧为喜道：“果不出我所料，贼党虽盛，无能为了。”

原来徐道复既入淮口，本拟由新亭进兵，焚舟直上，独卢循多疑少决，欲出万全，所以徘徊江中，既东复西。道复曾叹息道：“我终为卢公所误，事必无成，使我得独力举事，取建康如反掌哩。”一面说，一面拔椗西驶。

自卢、徐等回泊蔡洲，刘裕得从容布置，修治越城以障西南，筑查浦、药园（种芍药之所）、廷尉（宦寺所居，因以为名）三垒，以固西鄙；饬冠军将军刘敬宣屯北郊。辅国将军孟怀玉屯丹阳郡西，建武将军王仲德屯越城，广武将军刘默屯建阳门外；又使宁朔将军索邈，仿鲜卑骑装，用突骑千余匹，外蒙虎斑文锦，光成五色。自淮北至新亭，步骑相望，壁垒一新。小子有诗咏道：

从容坐镇石头城，匕鬯安然得免惊。

可笑怯夫徒慕义，仓皇仰药断残生。

欲知卢、徐二贼，进退如何，且待下回分解。

观本回之叙刘裕，备述当时计议，益见其智勇深沉，非常人所可及。大岘山，南燕之险阻也，裕料慕容超之必不扼守，故冒险前进，困粮于敌，卒得成功。新亭，东晋之要害也，裕料卢循之必不敢进，故决计固守，效死勿去，卒能却寇。盖行军之道，必先知敌国之为何如主，贼渠之为何如人。然后可进可退，能战能守。彼何无忌、刘毅之轻战致败，孟昶之怯敌自戕，非失之躁，即失之庸，亦岂足与刘裕比耶？裕固一世之雄也，曹阿瞒后，舍裕其谁乎？

第四回 毁贼船用火破卢循 发军函出奇平谯纵

却说卢循、徐道复，回泊蔡洲，静驻了好几日，但见石头城畔，日整军容，一些儿没有慌乱。循始自悔蹉跎，派遣战舰十余艘，来攻石头城外的防栅。刘裕命用神臂弓迭射，一发数矢，无不摧陷，循只好退去。寻又伏兵南岸，使老弱乘舟东行，扬言将进攻白石。白石在新亭左侧，也是江滨要害，裕恐他弄假成真，不得不先往防堵。会刘毅自豫州奔还，诣阙待罪，安帝但降毅为后将军，令仍至军营效力，带罪图功。毅见了刘裕，未免自惭，裕却绝不介意，好言抚慰，即邀他同往白石，截击贼船，但留参军沈林子、徐赤特等，扼定查浦，令勿妄动。

及裕已北往，贼众自南岸窃发，攻入查浦，纵火焚张侯桥。徐赤特违令出战，遇伏败遁，单舸往淮北。独沈林子据栅力战，又经别将刘钟、朱龄石等，相继入援，贼始散去。卢循引锐卒往丹阳，裕闻报驰还，赤特亦至，由裕责他违令，斩首徇众。自己解甲休息，与军士从容坐食，然后出阵南塘，命参军诸葛叔度及朱龄石，分率劲卒，渡淮追贼。

龄石部下，多鲜卑壮士，手握长槊，追刺贼众，贼虽各挟刀械，终究是短不敌长，靡然退去。龄石等亦收军而回。卢循转掠各郡，郡守皆坚壁待着，毫无所得，乃语徐道复道："我军已敝，不如退据寻阳，并力取荆州，徐图建康罢了。"（兵法有进无退，一退便要送终了。）乃留贼党范崇民，率众五千，踞守南陵，自向寻阳退去。

晋廷授刘裕太尉中书监，并加黄钺。裕受钺辞官，朝旨不许。裕表荐王仲德为辅国将军，刘钟为广川太守，蒯恩为河间太守，令与咨议参军孟怀玉等，率众追贼，自己大治水军，广筑巨舰，楼高十余丈，令与贼船相等。船既筑成，一即派将军孙处、沈田子领着百艘，由海道径袭番禺，直捣卢循老巢。诸将以为海道迂远，跋涉多艰，且自分兵力，尤觉非计。裕笑而不答，但嘱孙处道："大军至十二月间，必破妖虏。卿为我先捣贼巢，使彼走无所归，不怕他不为我擒了。"（料敌如神。）孙处等奉命去讫。

那卢循还入寻阳，遣人从间道入蜀，联结谯纵，约他夹攻荆州。纵复言如约，（回应前回。）一面向后秦乞师。秦主姚兴，封纵为大都督，兼相国蜀王，且拨桓谦助纵。（桓谦奔秦，见第二回。）纵令谦为荆州刺史，谯道福为梁州刺史，率众二万寇荆州。秦将军苟林，亦奉秦主兴命令，率骑兵往会，声势甚盛。

先是卢循东下，荆、扬二州，隔绝音问。荆州刺史刘道规，遣司马王镇之，与天门太守檀道济、广武将军到彦之，入援建业。途次与苟林相遇，正在交锋，忽由卢循等派兵接应，夹攻镇之，镇之败退。卢循厚犒秦军，并授苟林为南蛮校尉，分兵为助，令林进攻江陵。（苟林系后秦将军，奈何受卢循封职，贪利若此，安得不死！）林遂入屯江津。桓谦沿途召募旧党，又集众至二万人，进据枝江。两寇交逼，江陵大震，士民多怀观望。刘道规默察舆情，索性大开城门，令士民自择去就，一面严装待寇。士民不禁惮服，无人出走，城中反觉安堵。（道规权术可爱，不愧为刘裕弟。）

时鲁宗之已升任雍州刺史，自襄阳率兵援荆。或谓宗之情不可测，独道规单骑出迎，导入城中，叙谈甚欢。竟留宗之居守，自领各军出讨桓谦，水陆并进，疾抵枝江。桓谦大陈舟师，与道规对仗。道规前锋为檀道济，首突谦阵，水陆各军，乘势随上，夹击桓谦，谦众大溃。道规鼓众力追，将谦射死，遂移军出江津，往攻苟林。林闻桓谦败死，未战先怯，望尘便遁。道规令参军刘遵从后追赶，驰至巴陵，得将苟林围住，一鼓击毙。

遵回军报功，刘道规已返江陵，送归鲁宗之。蓦闻徐道复统众三万，长驱前来，免不得谣言散布，安而复危。道规欲追召宗之，已是不及，只得部署各军，再出迎战。可巧刘遵得胜回来，遂命遵为游军，自至豫章口抵御遭复。道复联舟直上，兵势甚张，遇着道规前队，兜头接仗，凭着一鼓锐气，横厉无前。道规督军力战，尚是退多进少。道复兴高采烈，步步逼入，不防刘遵自外面杀到，把道复麾下的兵舰，冲作两段。道复顾前失后，顾后失前，禁不住慌张起来。遵与道规，并力夹击，斩贼首万余级，挤溺无算。道复奔还湓口，江陵复安。

刘裕闻江陵无恙，贼众皆败，遂亲率刘藩、檀韶等，南讨贼党。留刘毅监太尉府，委以内事。诸军方发，接得王仲德捷报，已逐去悍贼范崇民，夺还南陵。裕很是喜慰，溯流出南陵城，与王仲德等会师，进达雷池。好几日不见贼至，再进军大雷。

翌日黎明，方闻贼众趋至，由裕自登船楼，向西眺望，只见舳舻衔接，绵亘江心，几不知有多少战船。他仍不动声色，先拨步骑往屯西岸，嘱他备好火具，待时纵火。然后躬提幡鼓，悉发轻利斗舰，齐力向前。右军参军庾乐生乘舰徘徊，立命斩首号令。于是各军争奋，万弩齐发，好在风又助顺，水亦扬波，把贼船逼往西岸。岸上早列着步兵，手执火具，各向贼船抛去。火随风炽，风助火威，霎时间烈焰飞腾，满江俱赤，贼船多半被毁，骇得贼众狂奔。卢、徐两贼，仓猝遁走，既还寻阳，复趋豫章，就左里竖起密栅，阻遏晋军。

裕大获胜仗，留孟怀玉守雷池，再督兵往攻左里。将到栅前，忽裕所执麾竿，无故自折，沉入水中。大众不禁惶惧，裕欣然道："从前覆舟山一役，（见第二回。）幡竿亦折，今复如此，破贼无疑了！"（无非稳定众心。）遂易麾督攻，破栅直进。贼众虽然死战，始终招架不住，或饮刃，或投水，死亡至万余人。卢循孤舟驰去，余众多降。裕还至雷池，遣刘藩、孟怀玉追剿卢、徐，自率余军凯旋。安帝遣侍中黄门诸官，出郊迎劳，俟裕入阙，面加奖赏，授裕为大将军扬州牧，给仪卫二十人，裕又固辞。（假惺惺做甚？）略称卢、徐未诛，怎可受封？安帝乃收回成命。

那卢循收集散卒，尚不下万人，走还番禺；徐道复退保始兴。始兴尚幸无恙，番禺早入晋军手中。晋将军孙处、沈田子等，自海道袭番禺，番禺虽有贼党守着，毫不防备，处等率军掩至。天适大雾，咫尺不辨，及晋军四面登城，城中方才惊觉，百忙中如何对敌？顿时夺门逃散，有许多生得脚短的，都做了刀头鬼。处安抚旧民，捕戮贼渠亲党，勒兵谨守，全城大定。又遣沈田子等分击岭表诸郡，依次克复。

卢循闻巢穴被破，惊慌的了不得，忙率众驰攻番禺，由孙处独力固守，相持不下。刘藩、孟怀玉分追卢、徐。怀玉到了始兴，攻破城池，阵斩徐道复；藩入粤境，正与沈田子遇着，即分军与田子，令救番禺。田子引兵至番禺城下，捣入循营，喊杀声震彻城中。孙处闻有援兵到来，也出兵助战。一场合击，杀死贼党数千名，循向南窜去。处与田子奋力追蹑，至苍梧、郁林、宁浦诸境，三战皆捷。循势穷力蹙，逃入交州。交州刺史杜慧度，发兵至龙编津，截循去路。循众尚有三千人，舟约数十艘，被慧度掷炬纵火，毁去循船，岸上又飞矢如雨，无隙可钻。循自分必死，先鸩妻子，后杀妓妾，一跃入水，顷刻毙命。慧度命军士捞起循尸，枭取首级，传入建康。南方逆党，至此才平。（了结卢、徐。）

会荆州刺史刘道规，因病求代，晋廷遣刘毅往镇荆州，调道规为豫州刺史。道规在荆州数年，秋毫无犯，惠及人民，及调任豫州，未几即殁，荆人闻讣，相率流涕。（有善必录。）

刘毅自豫州败后，与刘裕同朝相处，外似逊顺，内益猜疑。裕素不学，毅独能文，所以朝右词臣，喜与毅相结纳。仆射谢混、丹阳尹郗僧施，往来尤密。及毅出镇荆州，多反道规旧政，檄调豫州文武旧吏，隶置麾下。且求兼督交广，请任郗僧施为南蛮校尉，毛修之为南郡太守。

刘裕在朝览表，一一允行。将军胡藩白裕道：“公谓刘将军终为公屈么？”裕沉吟半晌，方说道：“卿意如何？”藩答道：“统百万雄师，战必胜，攻必取，毅原愧不如公，若涉猎传记，一谈一咏，却自命为豪雄。近见缙绅文士，多半归附，恐未必终为公下！”裕微笑道："我与毅协同规复，功不可忘，过尚未著，怎得无故害人？"(仿佛郑庄之待段叔。)藩默然趋出。

裕复因刘藩讨逆有功，擢任兖州刺史，出镇广陵。会毅在任遇疾，郗僧施劝毅上表，乞调藩为副帅。毅依言表闻，刘裕始有心防毅，佯从毅请，召藩入朝。藩自广陵入都，甫至阙下，即由裕饬令卫士，收藩下狱；并请得诏书，诬称刘毅兄弟，与仆射谢混，共谋不轨，立命并混拿下，与刘藩同日赐死。一面自请讨毅，刻日召集诸军，仗钺四征。(真是辣手。)

授前镇军将军司马休之，为平西将军荆州刺史，随同前往，且遣参军王镇恶、龙骧将军蒯恩，带领前队军士，掩袭江陵。镇恶用轻舸百艘昼夜兼行，伪充刘兖州旗号，直至豫章口。荆州人士，尚未知刘藩死状，总道是刘藩西来，绝不疑忌。镇恶舍舟登岸，径达江陵。刘毅探悉实信，急欲下关，已被王镇恶闯入，关不及键，兵不及甲，顿时全城鼎沸。毅率左右数百人，驰突出城，夜投佛寺，寺僧不肯收纳，仓猝缢死。镇恶搜得毅尸，枭首市曹，并将毅所有子侄，一并杀毙。

越数日，刘裕大军至江陵，捕杀郗僧施，宥免毛修之，宽租省调，节役缓刑，荆民大悦。遂留司马休之镇守江陵，自率大军还京师。

先是裕西行时，留豫州刺史诸葛长民，监太尉军府事；又加刘穆之为建威将军，使佐长民。长民闻刘毅被杀，私语亲属道："昔日醢彭越，今日斩韩信，恐我等亦将及祸了！"长民弟黎民献议道："刘氏灭亡，诸葛氏岂能独免？宜乘刘裕未归时，速图为是。"长民犹豫未决，潜问刘穆之道："人言太慰与我不平，究为何因？"穆之道："刘公泝流远征，以老母稚子委节下，若与公有嫌，怎肯出此？"

长民意终未释，复贻冀州刺史刘敬宣书，有共图富贵等语。敬宣竟寄与刘裕。裕扬言某日入都，长民等逐日出候，并未见到。不意裕夤夜入府，除刘穆之外，无人得闻。越日天晓，裕升堂视事，长民才得闻知，惊趋入门。裕下堂握长民手，屏人与语，备极欢洽。长民方欲告别，忽帐后突出壮士，抓住长民，把他勒死，舆尸付廷尉。长民弟黎民、幼民及从弟秀之，均遭逮捕。黎民素来骁勇，格斗而死，幼民、秀之被杀。

当时都下传语道："勿跋扈，付丁旿。"看官道是何说？原来刘裕伏着的壮士，叫作丁旿。勒长民，毙黎民，统出旿手。大众畏他强悍，所以有此传闻。（丁旿亦典韦流亚。）

这且休表。且说刘裕既翦灭诸葛，乃命朱龄石为益州刺史，令与宁朔将军臧熹、河间太守蒯恩，下邳太守刘钟等，率军二万，往讨西蜀。时人多谓龄石望轻，难当重任，裕独排众议道："龄石既具武干，又练吏职，此去必能成功。诸君不信，待后便知。"（另眼看人。）当下召入龄石，密谈数语，且付一锦函，上书六字道："待至白帝乃开。"龄石持函出都，泝江西行。诸将闻龄石受裕密计，究不知他如何进取，但一路随着，晓行夜宿，好容易到了白帝城，龄石乃披发锦函，但见函中藏有一纸，上面写着：

众军悉从外水取成都，臧熹从中水取广汉，老弱乘高舰，从内水向黄虎，速行不误，违令毋赦！

看官阅过前回，应知刘敬宣前时伐蜀，道出黄虎，无功而还。此次独令众军取道外水，明明是惩着前辙，改道行军，又恐蜀人预料，特令龄石派遣老弱，作为疑兵，牵制蜀人。复命臧熹从中水进兵，亦无非是分蜀兵势。伪蜀王谯纵，果疑晋军仍薄黄虎，急遣谯道福出守涪城，严防内水。那龄石已自外水趋平模，距成都只二百里，谯纵才得知晓，派秦州刺史侯晖、尚书仆射谯诜率众万余，出屯平模对岸，筑城拒守。

天适盛暑，赤日炎炎，龄石颇费踌躇，与刘钟密商道："今天时甚热，贼众据险自固，未易攻入，我拟休兵养锐，伺隙乃发，君意以为何如？"刘钟道："此计错了！我军以内水为疑兵，所以谯道福出守涪城。今重军到此，出其不意，侯晖等虽然来拒，未免惊慌，我乘他惊疑未定，尽锐往攻，定可必胜。俟平模战克，鼓行西进，成都自不能守了。若顿兵不前，使他知我虚实，调涪军前来援应，并力拒守，我既不能进，又不能退，师老食绝，二万人将尽为蜀虏，岂不可虑！”龄石愕然道：“非君言，几误大事！”遂麾兵齐进，共集城下。

蜀人筑有南北城，北城倚山靠水，地阴兵多，南城较为平坦，诸将请先攻南城，龄石道：“攻坚难，抵瑕易，我能先拔坚城，贼众自靡，南城可以立取，这才是一劳永逸呢。”于是拥众攻北城，前仆后继，半日即下。侯晖、谯诜，先后战死，蜀兵大败。龄石引兵趋南城，南城守卒已经溃散，寂无一人，乃毁去二垒，舍舟步进。臧熹从中水趋入，阵斩蜀将谯抚之，击走蜀吏谯小苟，据住广汉，留兵戍守，自率亲军来会龄石。两军直向成都，势如破竹。

谯纵迭接败耗，吓得魂飞天外，急弃成都出走。纵女年仅及笄，涕泣谏纵道：“走必不免，徒自取辱，不若至先人墓前，一死了事。”纵不能从，辞墓即行，女竟撞死于墓侧。（还是此女烈毅，可惜生于谯家。）谯道福闻平模失守，自涪城还兵入援，途中与纵相遇，见纵狼狈情状，不禁忿忿道：“大丈夫有如此功业，一旦轻弃，去将安归！人生总有一死，有甚么畏怯呢！”因拔剑投纵，掷中马鞍。纵情急奔避，左右四散，没奈何解带自经。巴西人王志，斩了纵首，献与龄石。

道福尽散金帛，犒赏军士，再拟背城一战，偏军士得了赏给，仍然散去。道福孑身远窜，为巴民杜瑾所执，也送至龄石军前。龄石已入成都，搜诛谯纵亲属，余皆不问。及道福执至，因系谯氏宗族，亦枭示军门。

蜀尚书令马耽，封闭府库，留献晋军。龄石独徙耽至越隽，耽叹息道：“朱公不送我入京，无非欲杀我灭口，我必不免了！”（求荣反辱，虽悔曷追？）乃盥洗而卧，引绳缢死。既而龄石使至，果来杀耽，见耽已死，戮尸归报。龄石驰书奏捷。诏命龄石进监梁秦州六郡军事，赐爵丰城县侯。小子有诗咏道：

锦函授策似先知，外水长驱计独奇；
莫道蚕丛天险在，王师履险竟如夷！

龄石平蜀，谋出刘裕，当然叙功加封。欲知封赏大略，且至下回表明。

非刘裕不能破卢、徐，非刘裕不能平谯纵；卢循智过孙恩，徐道复且智过卢循，往来江豫，盘踞中流，实为东晋腹心之大蠹。议者谓循之致败，误于不用徐道复之言；然大雷一战，徐亦在列，胡不预备火攻，严师以待，且败走始兴，先循被杀。彼尝欲身为英雄，奈智不若刘裕何也！谯纵据有成都，负隅自固，刘敬宣挫师黄虎，天险足凭。乃朱龄石等引军再进，多方误蜀，破竹直入，杀敌致果者为诸将，发纵指示者实刘裕。锦函之援，远睹千里，裕诚一枭杰矣哉！至若杀刘毅，杀诸葛长民，一挥手而两首悬竿，何其敏且速也！然讨卢循、徐道复、谯纵，犹似近公，袭杀刘豫、诸葛长民，纯乎为私，司马昭之心，路人皆知，宁待至篡国后哉！

第五回 捣洛阳秦将败没 破长安姚氏灭亡

却说晋安帝加赏刘裕，仍申前命，授裕太傅扬州牧，加羽葆鼓吹二十人。裕只受羽葆鼓吹，余仍固辞。（还要作伪。）乃另封裕次子义真为桂阳县公。一门烜赫，父子同荣，不消细说。会司马休之子文思，入继谯王，（宋书谓系休之兄子。）性情暴悍，滥结党徒，素为裕所嫉视。文思又捶杀都中小吏，由有司上章弹劾，有诏诛文思党羽，贷文思死罪。休之在江陵闻悉，奉表谢罪。裕饬将文思执送江陵，令休之自加处治。休之但表废文思，并寄裕书，陈谢中寓讥讽意。裕由是不悦，使江州刺史孟怀玉，兼督豫州六郡，监制休之。

越年又收休之次之文质、从子文祖，并皆赐死。自领荆州刺史，出讨休之。留弟中军将军刘道怜，掌管府事，刘穆之为副。事无大小，皆取决穆之。遂率大军出都，泝江直上。

休之因上书罪裕，并联合雍州刺史鲁宗之，及宗之子竟陵太守鲁轨，抵御裕军。裕招休之录事韩延之，延之复书拒绝。乃使参军檀道济、朱超石，率步骑出襄阳；又檄江夏太守刘虔之，聚粮以待。道济等未曾得粮，虔之已被鲁轨击死。裕再使女夫振威将军徐逵之，偕参军蒯恩、王允之、沈渊子等，出江夏口，与鲁轨对垒。轨用埋伏计诱击逵之，逵之遇伏阵亡；允之、渊子赴援，亦皆战死。独蒯恩持重不动，全军退还。

刘裕闻报大怒，自率诸将渡江。鲁轨与司马文思，统兵四万，夹江为守，列阵峭岸。岸高数丈，裕军莫敢上登，彼此相觑。裕怒不可遏，自被甲胄，突前作跳跃状。诸将苦谏不从，主簿谢晦将裕掖住，气得裕头筋暴涨，瞋目扬须，拔剑指晦道："汝再阻我，我将杀汝！"

（想为女婿被杀，因致如此。）晦从容道："天下可无晦，不可无公！"（必欲留他篡晋耶。）

裕尚欲上跃，将军胡藩，亟用刀头凿穿岸上，可容足指，蹑迹而上。随兵亦稍稍登岸，直前力战，轨众少却。裕麾军上陆，用着大刀阔斧，奋杀过去，轨与文思，立即败溃。一走一追，直抵江陵城下。休之与鲁宗之、韩延之等，弃城皆走，独鲁轨退保石城。裕令阆中侯赵伦之、参军沈林子攻轨，另派内史王镇恶，领舟师追休之等。休之闻石城被攻，拟与宗之收军往援，那知到了中途，遇轨狼狈奔来，报称石城被陷，乃相偕奔往襄阳。偏偏襄阳参军李应之，闭门不纳，休之等无可如何，俱西奔后秦。

是时司马道赐，为休之亲属，与裨将王猛子密谋，刺死青、冀二州刺史刘敬宣，响应休之。敬宣府吏即时起兵攻道赐，把他击毙，连王猛子亦砍作肉泥。青、冀二州仍然平定。

刘裕奏凯班师，诏仍加裕为太傅扬州牧，剑履上殿，入朝不趋，赞拜不名。裕仍固辞太傅州牧，余暂受命。嗣又加裕领平北将军，都督南秦，凡二十二州。未几且晋封中外大都督。裕长子义符为兖州刺史，兼豫章公，三子义隆为北彭城县公，弟道怜为荆州刺史。

裕因后秦屡纳逋逃，决意声讨。后秦自姚苌僭位，传子姚兴，灭前秦，降后凉，在位二十二年，颇号强盛。兴死，长子泓嗣，骨肉相争，关中扰乱。（详见《两晋演义》。）裕乘机西征，加领征西将军，兼司、豫二州刺史。长子义符为中军将军，临留府事。刘穆之为左仆射，领监军中军二府军司，入居东府，总摄内外。司马徐羡之为副。左将军朱龄石守卫殿省。徐州刺史刘怀慎守卫京师。

裕将启行，分诸军为数道，龙骧将军王镇恶、冠军将军檀道济，自淮淝向许洛；新野太守朱超石、宁朔将军胡藩趋阳城；振武将军沈田子、建威将军傅弘子趋武关；建武将军沈林子、彭城内史刘遵考，率水军出石门，自汴达河。又命冀州刺史王仲德为征虏将军，督领前锋，开钜野入河。刘穆之语王镇恶道："刘公委卿伐秦，卿宜勉力，毋负所委！"镇恶道："我不克关中，誓不复济江！"当下各队出都，依次西进。刘裕在后督军，亦即出发，浩浩荡荡，行达彭城。

镇恶、道济驰入秦境，所向皆捷。秦将王苟生，举漆丘城降镇恶；刺史姚掌，举项城降道济。诸屯守俱望风款附，惟新蔡太守董遵，守城不下。道济一鼓入城，将遵擒住，立命斩首。进克许昌，又获秦颍川太守姚垣，及大将杨业。

沈林子自汴入河，襄邑人董神虎来降，从林子进拔仓垣，收降秦刺史韦华。神虎擅还襄邑，为林子所杀。

王仲德水军渡河，道过滑台。滑台为北魏属地，守吏慰建庸懦，还道是晋军来攻，即弃城北走。仲德入滑台宣言道："我军已预备布帛七万匹，假道北魏，不意北魏守将，弃城遽去，我所以入城安民，大众不必惊惶，我将自退。"魏主嗣接得军报，立命部将叔孙建、公孙表等，自河内向枋头，引兵济河。途遇尉建还奔，将他缚至滑石城下，投尸河中，仰呼城上晋兵，问他何故侵寇？仲德使人答语道："刘太尉遣王征虏将军，自河入洛，清扫山陵，并未敢侵掠魏境，魏守将自弃滑台，剩得一座空城，王征虏借城息兵，秋毫无犯，不日即当西去，晋魏和好，始终守约，幸勿误会！"叔孙建也无词可驳，遣人飞报魏主。魏主又令建致书刘裕，裕婉辞致复道："洛阳为我朝旧都，山陵俱在，今为西羌所据，几至陵寝成墟。且我朝罪犯，均由羌人收纳，使为我患，我朝因发兵西讨，欲向贵国假道，想贵国好恶从同，断不致有违言。滑台一军，自当令彼西引，愿贵国勿忧！"（远交近攻，却是要着。）魏主嗣乃令叔孙建等按兵不动，俟仲德退去，然后收复滑台。

晋将军檀道济，领兵前驱，连下秦阳、荥阳二城，直抵成皋。秦征南将军陈留公姚洸，屯驻洛阳，忙向关中求救。秦主泓遣武卫将军姚益男、越骑校尉阎生，合兵力三千人，往援洛阳。又令并州牧姚懿，南屯陕津，遥作声援。姚益男等尚未到洛，晋军已制服成皋，进攻柏谷。秦将军赵玄，在洸麾下，先劝洸据险固守，静待援兵。偏司马姚禹，暗向晋军输款，促洸发兵出战。洸即遣赵玄率兵千余，南出柏谷坞，迎击晋军。玄泣语洸道："玄受三主重恩，有死无二，但明公误信谗言，必致后悔！”说毕，麾旗趋出，与行军司马蹇鉴，驰往柏谷，兜头遇着晋龙骧司马毛德祖，带兵前来，两下不及答话，便即交战，自午至未，杀伤相当，未分胜负。那晋军越来越多，玄兵越斗越少，再战了好多时，玄身中十余创，力不能支，呕血无数，据地大呼。司马蹇鉴抱玄泣下，玄凄声道：“我创已重，自知必死，君宜速去！”鉴泣答道：“将军不济，鉴将何往？”玄再呼毕命。鉴拔刀死战，格毙晋军数人，亦自刎而亡。（为主捐躯，不失为忠。）毛德祖杀尽玄兵，直捣洛阳。檀道济亦至，四面围攻。洛阳司马姚禹，即逾城出降。姚洸无法可施，也只好举城奉献，作为贽仪。道济俘得秦兵四千余名，或劝道济悉数坑毙，作为京观，道济道：“伐罪吊民，正在今日，何用多杀哩！”因皆释缚遣归，秦人大悦，相率趋附。

秦将军姚益男、阎生等，闻洛阳已陷，不敢进兵，退还关中。秦廷惶急得很，偏并州牧姚懿，到了陕津，听了司马孙畅的计议，反攻长安。秦主泓急令东平公姚绍等，往击姚懿。懿败被擒，畅亦伏诛。既而征北将军齐公姚恢，又复自称大都督，托言入清君侧，进关西向。秦主又飞召姚绍等击恢，恢亦败死。看官听说！这姚懿为秦主泓母弟，姚恢乃秦主泓诸父，本来休戚相关的至亲，乃国危不救，反且倒戈内逼，试想姚氏至此，阋墙构变，不顾外侮，还能保全国家么？（当头棒喝。）恢、懿等虽然伏法，秦兵已伤了一半。

晋太尉刘裕，且引水军发彭城，留三子彭城公义隆居守，兼掌徐、兖、青、冀四州军事，自督大军西进。

王镇恶入渑池，趋潼关；檀道济、沈林子，自陕北渡河，进攻蒲阪。秦东平公姚绍，升任鲁公，进官太宰，督武卫将军姚鸾等，率兵骑五万援潼关，别遣副将姚驴救蒲阪。道济、林子攻蒲阪不克，林子语道济道：“蒲阪城坚兵众，未易猝拔，不若往会镇恶，并力攻潼关。潼关得手，蒲阪可不战自下了。”道济依言，移军往潼关，与镇恶会师合攻。姚绍开关出战，由道济、林子等奋击，大破绍兵，斩获千数。绍退屯定城，据险固守，令姚鸾屯兵大路，堵堆晋军粮道。晋沈林子夜率锐卒，突入鸾营，鸾措手不及，竟为所杀。余众数千人，立时扫尽。姚绍又遣东平公姚赞，出师河上，断晋水道，复被沈林子击败，奔还定城。

秦兵累败，急得秦主泓不知所为，忙遣人向魏乞援。泓有女弟西平公主，曾适北魏为夫人。北魏主拓跋嗣，正欲发兵，可巧刘裕泝河西上，亦有假道书传入，累得北魏主左右两难，不得不集众会议。左右齐声道："潼关号称天险，刘裕用水军攻关，必难得志，若登岸北侵，便较容易。况裕虽声言伐秦，志不可测，今日攻秦，安知他日不来攻我。我与秦固为婚媾国，更当相救，宜发兵断河上流，勿使得西。"博士祭酒崔浩，独抗言道："不可不可！刘裕早蓄志图秦，今姚兴已死，子泓懦弱，国内多难，势已岌岌，裕大举入秦，志在必克。我若遏他上流，裕心忿戾，必上岸北侵，是我转代秦受敌呢！为今日计，不若假裕水道，听裕西上，然后用兵塞住东路。裕若克捷，必感我假道，断不与我为仇，否则我亦有救秦美名，这才是一举两得的上策。况且南北异俗，就使我国家弃去恒山以南，俾裕占据，裕亦不能驱吴越士卒，与我争河北地，可见是不足为患哩！"

魏主始终以为疑，且因左右啧有烦言，夫人拓跋氏亦在内吁请，乃遣司徒长孙嵩督领山东诸军事，率同将军娥清、刺史阿薄干屯河北岸。遇有晋军船被风漂流，由南至北，辄加杀掠。

裕遣兵往击，魏人即去，及晋兵退还，魏人又来。裕因遣亲军队长丁旿，率勇士七百人，坚车百乘，渡往北岸。上岸百余步，列车为阵，每车内置勇士七人，总竖一帜，用旄为饰，叫作白旄。魏人莫明其妙，只眼睁睁的望着，忽见白旄高举，由晋将军朱超石，领着二千人过来，赍了连臂弓百张，分登车上，一车增二十人。魏都督长孙嵩，恐晋军进逼，乃用先发制人的计策，麾众三万骑，来攻车阵。晋军发矢迭射，伤毙魏兵不少。但魏兵抵死不退，四面猛扑，血肉齐飞。突见晋军取出两般兵器，迎头痛击，一件是数十斤重的大锤，一件是三四尺长的短槊。锤过处头颅粉碎，槊戳处胸脊洞穿，更兼车高临下，容易击人。魏兵招架不住，当然倒退。那知车阵展开，四面蹂躏，魏兵稍一缓行，即被撞倒，碾入车下，肠破血流。长孙嵩、娥清，拨马逃脱，阿薄干迟了一步，马蹶仆地，立被踏死。（至此才知车阵利害。）还有晋将军胡藩、刘荣祖等也来援应超石，追击至数十里外，斩获千计。及魏兵退入平城，才收兵南旋。魏主闻败，始悔不用崔浩言，但已是无及了。

惟王镇恶等驻扎潼关，食尽兵器，意欲遁还，沈林子拔剑击案道："今许洛已定，关右将平，夺何自阻锐气，致隳前功，况前锋为全军耳目，前锋一退，后军必靡，怎得成功！"镇恶乃遣使白裕，乞即济粮。裕本令镇恶等静待洛阳，与大军齐进，镇恶等贪利邀功，径趋潼关，已为裕所介意，况正与魏人交战，也无暇顾及镇恶。镇恶得去使返报，无粮可济，乃自至弘农劝谕百姓，令他赍送义租。百姓应命输粮，军乃得食，众心方定。林子复击破河北秦军，斩秦将姚洽、姚墨蠡、唐小方，因遣人驰报刘裕道："姚绍气盖关中，今一蹶不振，命且垂尽，恐不得膏我铁钺。但姚绍一死，关中无人，取长安如反掌了！"果然不到数日，姚绍愤恚成疾，呕血而死，把军事付与东平公姚赞。赞引兵袭沈林子，为林子所料，设伏击退。

既而沈田子、傅弘之得入武关，进屯青泥。秦主泓自率步骑数万，往击田子。田子麾下，本非正兵，但率游骑千余人，袭破武关，至此闻姚泓亲至，并不畏避，反欲上前迎击。傅弘之以众寡不敌，劝令暂避，田子慨然道："兵贵用奇，不在用众，且今众寡相悬，势不两立，若彼结营既固，前来困我，我从何处逃命！不如乘他初至，营阵未立，先往杀入，尚可图功。"说至此，即策马先往。弘之亦从后继进。约行数里，便见秦军漫山遍野，徐徐而来。田子慨然誓众道："诸君冒险远来，正求今日一战，若幸得战胜，拜将封侯，就在此举了！"士卒踊跃争先，各执短兵临阵，鼓噪齐进。古人说得好，一夫拚命，万夫莫当，况田子有兵千人，一当十，十当百，任他数万秦军，尚不值千人一扫。秦主泓未经劲敌，骤见晋军这般犷悍，正是见所未见，不由的魂驰魄散，易马返奔。主子一走，全军四溃，倒被田子追杀一阵，斩馘万余级，连秦王乘舆法物，也一并夺来。

刘裕到了潼关，正虑田子兵少，亟遣沈林子带兵数千，自秦岭赴援。到了青泥，秦主已经败去，乃相偕追入。关中郡县，多望风迎降。田子陆续报捷，刘裕大喜。

将军王镇恶愿统水军，自河入渭，径捣长安，裕允令前往。镇恶行至泾上，正值秦恢武将军姚难，与镇北将军姚强，会师拒战。镇恶使毛德祖进击，秦兵皆溃，强死难遁。秦主泓自屯逍遥园，使姚赞屯灞东，胡翼度屯石积，姚丕屯渭桥。镇恶泝渭直上，所乘皆蒙冲小舰，水手俱在舰内，秦人见他行驶如飞，并无水手，统惊为神助。及镇恶到了渭桥，令军士食毕，各持械登岸，落后者斩。霎时间大众毕登，舰皆随流漂去，不知所向。（仿佛是破釜沉舟。）镇恶申谕士卒道："我辈俱家居江南，今至长安北门，去家万里，舟楫衣粮，统已随水漂没，若进战得胜，功名俱显，否则骸骨不返，无他希望了！愿与诸君努力，一决死生！"众齐声应命，激响如雷，镇恶身先士卒，持槊直前，众皆竞进，奋击姚丕。丕军大败，向西乱窜。

那冒冒失失的秦主姚泓，方引兵来援，巧值丕军败还，自相践踏，不战即溃。王镇恶追杀过去，乱杀乱剁，如刈草芥。秦镇西将军姚谌、前军将军姚烈、左卫将军姚宝安、散骑常侍王帛、扬威将军姚蚝、尚书右丞孙玄等，并皆战殁，秦主泓单骑还都。王镇恶追入平朔门，泓挈妻子奔石桥。姚赞引众救泓，众皆溃去，胡翼度走降晋军。晋军驰至石桥，将泓围住，泓束手无策，只好送款乞降。泓子佛念，年才十二，涕泣语泓道："陛下今欲降晋，晋人将甘心陛下，终必不免，请自裁决为是！"泓怃然不应。佛念遂登宫墙，一跃而下，脑裂身亡。（不亚蜀北地王刘谌，尤难得是少年殉国。）泓率妻子及群臣，诣镇恶营前请降，镇恶命属吏收管，待刘裕入城处置。城中居民六万余户，由镇恶出示抚慰，号令严肃，阖城安堵。

越数日，刘裕统军入长安，镇恶出迎灞上，裕面加慰劳道："成吾霸业，卿为首功！"镇恶拜谢道："这都仗明公威灵、诸将武力，所以一举成功，镇恶有何功足称呢？"裕笑道："卿亦欲学汉冯异么？"遂与镇恶并辔入城。嗣闻镇恶盗取库财，不可胜纪，亦置诸不问。收秦彝器、浑仪、土圭、记里鼓、指南车等，送入京师，其余金帛财宝，悉分给将士。

秦镇东将军平原公姚璞，与并州刺史尹昭，以蒲阪降。抚军将军东平公姚赞，率姚氏子弟百余人，亦诣军门投诚。裕不肯赦免，一律处斩，且解送姚泓入都，戮诸市曹，年才三十。小子有诗叹道：

嗣祚关中仅二年，东师一入即颠连。

河山破碎头颅陨，弱主由来少瓦全。

裕既灭秦，再索逃犯司马休之等人。究竟捕获与否，容至下回再叙。

司马休之并无逆迹，第为文思所累，得罪刘裕，遂致江陵受祸，西走入秦。秦虽屡纳逋逃，然所纳诸人，皆刘裕之私仇，非东晋之公敌，来者不拒，亦仁人所有事耳。史称秦主泓孝友宽和，尊师好学，似亦一守文之主，误在仁柔有余，英武不足，内变未靖于萧墙，外侮复迫于疆场，卒至泥首献阙，被戮市曹。弱肉强食，由来已久，固无所谓公理也。王镇恶、沈田子等助裕攻秦，冒险入关，不可谓非智勇士；然立功最巨，致死最速，以视赵玄蹇鉴，且有愧色矣！良禽择木而栖，良臣择主而事，彼王沈诸徒，胡甘为许褚、典韦之流亚，而求荣反辱耶！读此当为一叹。

第六回　失秦土刘世子逃归　移晋祚宋武帝篡位

却说司马休之、鲁宗之、韩延之等曾奔投后秦，秦为晋灭，宗之已死，休之等见机先遁，转入北魏，北魏各给官阶，使参军政。休之寻卒，子文思及鲁轨等，遂为魏臣。刘裕大索不获，只好罢休。晋廷已遣琅琊王司马德文，与司空王恢之，先后至洛，修谒五陵。刘裕欲表请迁都，仍至洛阳，王仲德谓劳师日久，士卒思归，迁都事未可骤行，裕乃罢议。晋廷已加授裕为相国，总掌百揆，封十郡，为宋公，备九锡礼，裕又佯辞不受。再进爵为王，增封十郡，裕仍表辞。（封爵虽崇，终未满意。）更欲进略西北，为混一计，忽由京中递到急报，乃是前将军刘穆之，得病身亡，禁不住惊惶悲恸，泪下数行。

穆之为裕心腹，自裕西征后，内总朝政，外供军需，决断如流，事无壅滞。属吏抱牍入白，盈阶满室，经穆之目览耳听，手批口酬，不数时便即了清。平时喜交名士，座上常满，谈答无倦容。又食必方丈，未尝独餐。尝语刘裕道："仆家贫贱，养生多阙，蒙公宠遇，得叨禄位，朝夕所须，未免过丰，此外一毫不敢负公！"裕当然笑允，始终倚任不疑。每届出师，无论国事家事，悉数委托，穆之极尽心力，勉图报效。及九锡诏下，穆之未曾与谋，闻由行营长史王弘，奉裕密旨，自来讽请，因此不免怀惭。（刘裕讽求九锡，又复表辞，何其鬼祟若此？）嗣是愧惧成疾，竟致逝世。（比荀彧尚觉勿如。）

刘裕失一良佐，恐根本无托，决意东归，留次子义真为安西将军，都督雍梁秦州军事，镇守关中。义真年才十二，少不更事，（关中重地，偏留稚子居守，未知何意？）裕令咨议将军王修为长史，王镇恶为司马，沈田子、毛德祖、傅弘之为参军从事，留辅义真，自率各军东还。三秦父老，闻裕整装欲返，俱诣军门泣请道："残民不沾王化，已阅百年，今复得睹汉仪，人人相贺。长安十陵，是公家祖墓，（指汉高以下十陵。）咸阳宫阙，是公家旧宅，舍此将何往呢？"裕亦黯然欲涕，随即慰谕道："我受命朝廷，不得擅留，诸君诚意可感，今由次子义真及文武贤才，共守此土，汝等勉与安居，谅不至有意外变动呢！"大众乃退。

沈田子忌镇恶功，屡言镇恶家住关中，不可保信，至是复与傅弘之同入白裕。裕答道："猛兽不如群狐，这是古人名论。今留卿等文武十余人，统兵逾万，难道还怕一王镇恶么？"（既知军将相忌，奈何不为之防，反导之使乱，想是篡弑心急，故不遑远图。）语毕即行，自洛入河，开汴渠以归。

当时后秦西北，有统万城，为夏主赫连勃勃根据地。勃勃本姓刘，父名卫辰，建牙代他，卫辰为北魏所灭，勃勃奔至后秦，秦授他为安北将军，使镇朔方。秦魏通好，勃勃背秦自主，僭称夏王，改姓赫连氏，屡寇秦边。及闻刘裕入秦，顾语群臣道："裕此行必得关中，但不能久留，若留子弟及将吏戍守，必非我敌，我取关中不难了！"乃秣马厉兵，进据安定，收降岭北郡县。刘裕曾遗勃勃书，约为兄弟，勃勃含糊答复。裕不遑西顾，仓猝东归。勃勃即遣子璝率兵二万，南向长安，使前将军赫连昌出潼关，长史王买德出青泥，自率大军为后继。

关中守将沈田子，与傅弘之督兵出御，因闻夏兵势盛，不敢向前，退屯留回堡，遣使还报王镇恶等。镇恶语王修道："刘公以十岁儿付我侪，应该竭力夹辅，乃大敌当前，拥兵不进，试问将如何退敌呢？"（镇恶为裕出力，虽事非其主，但不负委托，心术尚可取。）遂遣还来使，自率部曲往援。

田子得使人返报，益恨镇恶，当下造出一种讹言，谓镇恶欲尽杀南人，送归义真，自据关中为王。这语一传，此唱彼和，几乎众口同声。惟镇恶尚未得闻，匆匆至留回堡，与田子会议军情。田子邀镇恶至弘之营，托言有密计相商，请屏左右。镇恶不知有诈，单骑驰入，突由田子族党沈敬仁驱兵杀出，竟将镇恶砍死幕下。

田子即矫称刘太尉密命，饬诛镇恶。镇恶本前秦王猛孙，南奔依裕，裕一见如故，擢为参军，任至上将，（前进谗言，后起讹传，原因从此处补出。）至是为田子所杀。弘之未免惊惧，奔告义真。义真急召王修计事。修拥义真被甲登城，潜令亲军埋伏城外，从容待变。俄见沈田子率数十骑到来，即在城上遥呼，问以镇恶情状。田子下马答词，才说出“镇恶造反”四字，那伏兵已经尽发，立将田子拿下。王修责他擅戮大将，立命枭首。（实是该死。）一面令冠军将军毛修之代为安西司马，与傅弘之等同出拒战。一败赫连璝于池阳，再破夏兵于寡妇渡，斩获甚众，夏人乃退。

刘裕还镇彭城，未曾入朝，闻王镇恶被害，上表朝廷，请追赠镇恶为左将军青州刺史。并令彭城内史刘遵考为并州刺史，兼领河东太守，出镇蒲阪。征荆州刺史刘道怜为徐、兖二州刺史；调徐州刺史刘义隆出镇荆州，以到彦之、张邵、王昙首、王华等为参佐。义隆年少，府事皆决诸张邵。裕又召谕义隆道：“王昙首器度深沉，真宰相才，汝当遇事咨询，自不致有误事了。”义隆应命而去。

忽又接到关中急报，长安大乱，夏兵四逼，顿令这雄毅沈鸷的刘寄奴，也不免惶急起来。原来刘义真年少好狎，昵近群小，赏赐无节，王修每加裁抑，激成众怨，遂交谮王修道：“王镇恶欲反，为沈田子所杀，王修又杀沈田子，难道是不欲反么？”义真始尚未信，继经左右浸润，竟信以为真，遽遣嬖人刘乞等，刺杀王修。修既刺死，人情惶骇，长安城中，一日数惊。义真悉召外军入卫，闭门拒守。夏兵伺隙复来，秦民相率迎降，郡县多为夏有。赫连勃勃入据咸阳，截断长安樵汲，义真大惧，飞使求援。刘裕急遣辅国将军蒯恩，率兵速往，召还义真。一面派右司马朱龄石为雍州刺史，代镇关中。龄石临行，裕与语道：“卿若抵长安，可饬义真轻装速发，既出关外，然后徐行，若关右必不可守，可与义真俱归便了。”（先时若果加慎，何至狐埋狐搰。）

龄石既去，又遣中书侍郎朱超石，宣慰河洛，随后继进。蒯恩先入长安，促义真整装东归。义真摒挡行李，悉集服货珍玩，足足收拾了三五天，及龄石驰至，尚未启程。龄石一再敦促，乃出发长安。义真左右，又趁势掠夺财物，并强劫美色妇女，尽载车上，方轨徐行。途次得着警耗，乃是夏世子赫连璝，率兵三万，从后追来，傅弘之急白义真道："刘公有命，令速出关，今辎重杂沓，一日行不过十里，虏骑复将追至，如何抵御？请即弃车轻行，方可免祸。"义真怎肯割舍辎重，其余亲吏，尚且贪心不足，更不愿从弘之言，仍然徐徐而行。猛听得几声胡哨，从后吹来，回头一望，那夏兵似蜂蚁一般，疾趋而至。弘之急令义真先行，自与蒯恩断后，力拒夏兵。夏兵先被击却，俟傅、蒯两人东行，又复追蹑。傅弘之、蒯恩，走一程，战一场，一日数战，累得人困马乏，无从休息；再经义真等尚在前面，辎重车行得甚慢，又不好抢前越行。好容易得到青泥，天色将晚，斜刺里杀出一支敌兵，敌帅就是夏长史王买德。（接应上文。）看官，你想此时的傅弘之、蒯恩，还能支撑得住么？弘之拼着一死，奋力再战，蒯恩也是死斗，被夏兵围绕数匝，用箭射倒两人坐马，相继擒去，部兵亦无一得免。还有司马毛修之，因与义真相失，四处寻觅，冤冤相凑，遇着了王买德，亦为所擒。义真逃匿草中，左右尽散，辎重车统已失去，形单影只，倍极凄凉。（服货尚在否？珍宝无恙否？我愿一问。）天已昏黑，辨不出路径，眼见是死多活少。偶闻有人相呼，声音甚熟，乃匍匐出来，见是参军段宏，喜极而泣。宏将义真束诸背上，策马飞遁，始得脱归。

赫连勃勃进攻长安，长安人民逐走朱龄石。龄石焚去宫殿，出奔潼关，偏被赫连昌截住，进退无路，束手就擒。朱超石即龄石弟，趋至蒲阪，往探龄石，亦为夏人所执，送至勃勃军前，同时被杀。勃勃闻傅弘之骁勇，迫令投降，弘之不屈。勃勃因天气严寒，褫弘之衣，裸置雪窖中，弘之叫骂而死。勃勃遂入长安，据有关中。

刘裕得青泥败耗，未知义真存亡，投袂而起，即欲出师报怨，侍中谢晦等固谏，尚未肯从。会得段宏驰报，知已救出义真，乃不复发兵，（可见他全然为私。）但登城北望，慨然流涕罢了。义真还至彭城，降为建威将军兼司州刺史。进段宏为黄门郎，领太子右卫率。召刘遵考东还，令毛德祖接替，退戍虎牢。（为德祖被擒伏案。）嗣闻勃勃称帝，也不禁雄心思逞，想与勃勃东西并峙，做一个江南天子，聊娱晚年。于是相国宋公的荣封，也承受了，九锡殊礼也接领了，尊继母萧氏为宋公太妃，世子义符为中军将军，副贰相国府，用太尉军咨祭酒孔靖为宋国尚书令，青州刺史檀袛为领军将军，左长史王弘为仆射，从事中郎傅亮、蔡廓为侍中，谢晦为右卫将军右长史，郑鲜之为参军，殷景仁为秘书郎。此外僚属，均依晋朝制度，差不多似晋宋分邦，彼此敌体，独孔靖不愿受职，慨然辞去。（气节可嘉。）

裕按据谶文，谓昌明后尚有二帝。昌明系晋孝武帝表字，安帝承嗣孝武，尚止一代，似晋祚不致遽绝，当还有一个末代皇帝。数不可违，时难坐待，只得想出一法，密嘱中书侍郎王韶之，入都行计。看官道是何策？乃是使王韶之贿通内侍，要做那篡逆的大事。（语有筋节。）

琅琊王司马德文，系是晋安帝母弟，自谒陵还都，（谒陵见上。）见刘裕权位日隆，已恐他进逼安帝，随时加防。每日入值宫中，小心检察，就是安帝饮食，亦必尝而后进，所以王韶之等无隙可乘，安帝尚得苟活数天。不料安帝命数该绝，致德文无端生病，出居外第，那时韶之正好动手，指挥内侍，竟将安帝揿住，用散衣作结，硬将安帝勒毙。（是可忍，孰不可忍！）

当下托言安帝暴崩，传出遗诏，奉德文即皇帝位。德文亦明知有变，怎奈宫廷内外，已都是刘裕爪牙，孤身如何发作，只好得过且过，权登帝座，史家称他为晋恭帝。越年改安帝义熙年号，称为元熙元年，立王妃褚氏为后，依着历代故例，大赦天下，加封百官。再进封刘裕为宋王，又加给十郡采邑。裕此时是老实受封，徙都寿阳，嗣复讽令朝臣，申加殊礼。恭帝不敢违慢，更命裕得戴冕旒，建天子旌旗，出警入跸，乘金根车，驾六马，备五时副车，乐舞八佾，设钟虡宫悬，进王太妃为太后，世子为太子，居然与晋朝无二了。（是古来所未有。）

勉强过了一年，裕已六十有五岁，自思来日无多，急欲篡位，一时又不好启口，只得宴集群臣，微示己意。酒至半酣，乃掀须徐语道："桓玄篡国，晋祚已移，我倡义兴复，平定四海，功成业著，始邀九锡，今年将衰迈，备极宠荣，物忌盛满，自觉不安，现欲奉还爵位，归老京师，卿等以为何如?"群臣听了，尚摸不着头脑，只得随口敷衍，把那功德巍巍，福寿绵绵的谀词，说了数十百言，但见裕毫无喜容，反露出一种惆怅的形状。（实是闷闷。）群臣始终不解，挨至日暮撤席，方各散去。

中书令傅亮，已出门外，忽恍然悟道："我晓得了!"（还算汝有些聪明。）遂又转身趋入。门已下扃，特叩扉请见，面白刘裕道："臣暂应还都。"裕不禁点首，面有喜色。亮知已猜着裕意，便即辞出，仰见天空现一长星，光芒烛天，因拊髀长叹道："我常不信天文，今始知天象有验了!"越日即赴都中。

刘裕遣发傅亮，专待好音。过了数日，果有诏旨到来，召令入辅。裕留四子义康镇寿阳，命参军刘湛为长史，裁决府事，自率亲军即日启行。才入京师，傅亮已遍结朝臣，迫帝禅位，自具诏草，呈入恭帝。恭帝览毕，语左右道："桓玄跋扈，我晋朝已失天下，幸赖刘公恢复，统绪复延，迄今将二十年，我早知有今日，禅位也是甘心呢。"遂操笔为书，令裕受禅。越日即传出赤诏，略云：

咨尔宋王：夫玄古权舆，悠哉邈矣，其详靡得而闻。爰自书契，降逮三五，莫不以上圣君四海，止戈定大业；然则帝王者宰物之通器，君道者天下之至公也。昔在上叶，深鉴兹道，是以天禄既终，唐、虞弗得传其嗣；符命来格，舜、禹不获全其谦。所以经纬三才，澄叙彝化，作范振古，垂风万叶，莫尚于兹。自是厥后，历代弥劭，汉既嗣德于放勋，魏亦方轨于重华，谅以协谋乎人鬼，而以百姓为心者也。昔我祖宗钦明，辰居其极，而明晦代序，盈亏有期，翦商兆祸，非惟一世，曾是弗克，矧伊在今，天之所废，有自来矣。惟王体上圣之姿，苞二仪之德，明齐日月，道合四时。乃者社稷倾覆，王拯而存之，中原芜梗，又济而复之。自负固不宾，干纪放命，肆逆滔天，窃据万里，靡不润之以风雨，震之以雷霆，九伐之道既敷，八法之化自理，岂徒博施于民，济斯黔庶？固以义洽四海，道盛八荒者矣。至于上天垂象，四灵效征，图谶之文既明，人神之望已改，百工歌于朝，庶人颂于野，亿兆抃踊，倾伫惟新，自非百姓乐推，天命攸集，岂伊在予所得独专？是用仰祗皇灵，俯顺群议，敬禅神器，授帝位于尔躬，大祚告穷，天禄永终。于戏！王其允执其中，敬遵典训，副率土之嘉愿，恢洪业于无穷，时膺休祐，以答三灵之眷望。此咨！

这诏传出，遂由光禄大夫谢澹、尚书刘宣范，奉着皇帝玺绶，送交宋王刘裕。复附一禅位书云：

盖闻天生蒸民，树之以君；帝皇寄世，实公四海。崇替系于勋德，升降存乎其人，故有国必亡，卜年著其数；代谢无常，圣哲握其符。昔在上世，三圣系轨，畴咨四岳，以弘揖让，惟先王之有作，永垂范于无穷。及刘氏致禅，实尧是法，有魏告终，亦宪兹典。我世祖所以抚归运而顺人事，乘利见而定天保者也。乃道不常泰，戎夷乱华，丧我洛京，爨国江表，仍遘否运，沦没相因，逮于元兴，遂倾宗祀。幸赖神武光天，大节宏发，匡复我社稷，重造我国家，内纾国难，外播弘略。诛大憝于汉阳，逋僭盗于沂渚，澄氛西岷，肃清南越，再静江湘，拓定樊沔。若乃永怀区宇，思一声教，王师首路，则伊洛澄流，棱威崤潼，则华岳褰霭，伪酋衔璧，咸阳即叙，虽彝器所铭，诗书所咏，庸勋之盛，莫之与贰也。遂偃武修文，诞敷德政，八统以驭万民，九职以刑邦国，思兼三王以施四事，故能信著幽显，义感殊方。朕每敬维道勋，永察符运，天之历数，实在尔躬。是以五纬升度，屡示除旧之迹，三光协数，必昭布新之祥，图谶祯瑞，皎然斯在。昔土德告沴，传祚于我有晋，今历运改卜，永终于兹，亦以金德而传于宋。仰四代之休义，鉴明昏之定期，询于群公，爰逮庶尹，佥曰休哉，罔违朕志。今遣使持节兼太保散骑常侍光禄大夫谢澹，兼太尉尚书刘宣范，奉交皇帝玺绶，受终之礼，一如唐虞汉魏故事。王其允答神人，君临万国，时膺灵祉，酬于上天之眷命！

刘裕得禅位书，尚且上表陈让，佯作谦恭。那时晋恭帝已被逼出宫，退居琅琊王旧第，百官送旧迎新，扬扬得意，惟秘书监徐广犹带哀容。（也是无益。）刘裕三揖三让，还是装腔作势。太史令骆达，掇拾天文符瑞数十条，作为宋王受命的证据，裕乃筑坛南郊，祭告天地，还宫御太极殿，受百官朝贺，颁制大赦。改晋元熙二年为宋永初元年，封晋帝为零陵王，迁居故秣陵城。令将军刘遵考率兵防卫，明明是管束故主的意思。小子有诗叹道：

洛阳当日归夷虏，江左残邦付贼臣；

剩得秣陵一片地，留埋亡国主人身。

宋主裕既即帝位，当然有尊亲酬庸的典礼。欲知详情，请看官续阅下回。

刘裕数子，年皆童稚，裕各令为镇帅，岂不知其不能胜任？而漫为出此者，有二因焉：一则为分封子姓之预备。二则为镇压将吏之先机。裕之帝制自为，目无晋室也，盖已久矣。然稚子究未能守土，虚声亦宁足制人，观关中之乍得乍失，自丧爪牙，几至委义真于强虏之手，天下事之专欲难成者，何一不可作如是观耶？至若胁晋禅位，由渐而进，始则佯为逊让以欺人，继则实行篡弑以盗国，其心术之狡鸷，比操懿为尤甚。魏晋已导于前，裕乃起而踵于后，青出于蓝，冰寒于水，固非偶然也。顾晋之得国也如是，其失国也亦如是。天道好还，司马氏其固甘心哉！

第七回 弑故主冤魂索命 丧良将胡骑横行

却说宋主刘裕，开国定规，追尊父刘翘为孝穆皇帝，母赵氏为孝穆皇后，奉继母萧氏为皇太后，追封亡弟道规为临川王。道规无嗣，命道怜次子义庆过继，承袭封爵。晋封弟道怜为长沙王。故妃臧氏（即臧熹姊）已于晋安帝义熙四年，病殁东城，追册为后，予谥曰敬，立长子义符为皇太子，封次子义真为庐陵王，三子义隆为宜都王，四子义康为彭城王。加授尚书仆射徐羡之为镇军将军，右卫将军谢晦为中领军，领军将军檀道济为护军将军。从前晋氏旧吏，宣力义熙，与宋主预同艰难，一依本秩，惟降始兴、庐陵、始安、长沙、康乐五公为县侯，令仍奉晋故臣王导、谢安、温峤、陶侃、谢玄宗祀，晋临川王司马宝亦降为西丰县侯。进号雍州刺史赵伦之为安北将军，北徐州刺史刘怀慎为平北将军，征西大将军杨盛为车骑大将军，又封西凉公李歆为征西大将军，西秦主乞伏炽磐为安西大将军，高句丽王高琏为征东大将军，百济王扶余映进为镇东大将军。蠲租省刑，内外粗安。

西凉公李歆，相传汉前将军李广后裔，父名暠，曾臣事北凉，任敦煌太守，后来自称西凉公，与北凉脱离关系，取得沙州、秦州、凉州等地，定都酒泉。暠殁歆嗣，曾遣使至江东，报称嗣立，是时晋尚未亡，封歆为酒泉公。及宋主受禅，更覃恩加封。北凉主蒙逊，与歆为仇，伪引兵攻西秦，潜师还屯川岩，果然李歆中计，还道是北凉虚空，乘隙往袭，途中被蒙逊邀击，连战皆败，竟为所杀，蒙逊遂入据酒泉，转攻敦煌。敦煌太守李恂，即李歆弟，乘城拒守，被蒙逊用水灌入，城遂陷没，恂自刎死。子重耳出奔江左，因道远难通，投入北魏，五传至李渊，就是唐朝第一代的高祖，这是后话慢表。（随笔带叙西凉灭亡。）

宋主裕闻西凉被灭，无暇往讨北凉，惟自思年老子幼，不能图远，亦当顾近。那晋祚虽然中绝，尚留一零陵王，终究是胜朝遗孽，将来或死灰复燃，适贻子孙祸患，左思右想，总须再下辣手，斩草除根。（是为残忍。）乃用毒酒一罂，授前琅琊郎中令张伟，使鸩零陵王。伟受酒自叹道："鸩君求活，徒贻万世恶名，不如由我自饮罢！"遂将酒一口饮尽，顷刻毒发，倒地而亡。（却是司马氏忠臣。）宋主得张伟讣音，倒也叹息，迁延了好几月，心终未释。

太常卿褚秀之、侍中褚淡之，统是故晋后褚氏兄。褚氏本为恭帝后，帝已被废，后亦降为妃。秀之兄弟，贪图富贵，甘做刘家走狗，不顾兄妹亲情，褚妃生男，秀之等受裕密嘱，害死婴孩。零陵王忧惧万分，镇日里与褚妃共处，相对一室，饮食一切，概由褚妃亲手办理，往往炊爨床前，不劳厨役，所以宋人尚无隙可乘。

宋主裕不堪久待，乃于永初二年秋九月，决计弑主，遣褚淡之往视褚妃，潜令亲兵随行。妃闻淡之到来，暂出别室相见，那知兵士已逾垣进去，置鸩王前，迫令速饮。王摇首道："佛教有言，人至自杀，转世不得再为人身。"（现世尚是难顾，还顾转世做甚？）兵士见王不肯饮，索性挟王上床，用被掩住，把他扼死，随即越垣还报。及褚妃返室视王，早已眼突舌伸，身僵气绝了。（可怜！可叹！）

淡之本是知情，闻妹子入室大恸，已料零陵王被弑，当即入内劝妹，代为料理丧事，（狼心狗肺。）一面讣闻宋廷。宋王已经得报，很是喜慰，至讣音到后，佯为惊悼，率百官举哀朝堂，依魏明帝服山阳公故事。（魏明帝即曹睿，山阳公即汉献帝。）且遣太尉持节护丧，葬用晋礼，给谥为恭，这也不在话下。

且说宋主裕既弑晋恭帝，自谓无患，遂重用徐羡之、傅亮、谢晦三人，整理朝政，有心求治。可奈年华已迈，筋力已衰，渐渐的饮食减少，疾病加身，到了永初三年春季，竟至卧床不起。长沙王刘道怜、司空录尚书事徐羡之、尚书仆射傅亮、领军将军谢晦、护军将军檀道济，并入侍医药，见宋主时有呓语，请往祷神祇，宋主不许。但使侍中谢方明，以疾告庙，一面专命医官诊治，静心调养。幸喜服药有灵，逐渐痊愈，乃命檀道济出镇广陵，监督淮南诸军。

太子义符，素来是狎昵群小，及宋主得病时，更好游狎。谢晦颇以为忧，俟宋主病瘳，乃进言道："陛下春秋已高，应思为万世计，神器至重，不可托付非人。"宋主知他言出有因，徐徐答道："庐陵可如？"晦答道："臣愿往观可否。"乃出见义真，义真雅好修饰，至是益盛服与谈，娓娓不倦。晦不甚答辨，还报宋主道："庐陵才辨有余，德量不足，想亦非人君大度呢。"宋主乃出义真镇历阳，都督雍、豫等州军事，兼南豫州刺史。既而宋主复病，病且日剧，有时蒙眬睡着，但见有无数冤魂前来索命，且故晋安、恭二帝，亦常至床前，（疑心生暗鬼。）往往被他们惊醒，汗流浃背。自思鬼魅萦缠，病必不起，乃召太子义符，至榻前面嘱道："檀道济虽有武略，却无远志，徐羡之、傅亮事朕已久，当无异图；惟谢晦屡从征伐，颇识机变，将来若有同异，必出是人。汝嗣位后，可处以会稽、江州等郡，方免他虑。"（专防谢晦，当是尚记前言。）又自为手诏，谓后世若有幼主，朝事一委宰相，母后不烦临朝。待至弥留，复召徐羡之、傅亮、谢晦等，入受顾命，令他辅导嗣君，言讫遂殂，在位只二年有余，年六十七岁。

宋主裕起自寒微，素性俭约，游宴甚稀，嫔御亦少，不宝珍玩，不爱纷华。宁州尝献琥珀枕，光色甚丽，会出征后秦，谓琥珀可疗金创，即命捣散，分给诸将。及平定关中，得秦主兴从女，姿色甚丽，一时也为色所迷，几至废事。谢晦入谏，片语提醒，即夕遣出。宋台既建，有司奏东西堂施局脚床，用银涂钉，致为所斥，但准用铁。岭南献入筒细布，一端八丈，精致异常，宋主斥为纤巧，即付有司弹劾太守，并将布发还，令此后禁作此布。公主下嫁，遣送不过二十万缗，无锦绣金玉物。平时事继母甚谨，即位后入朝太后，必在清晨，不逾时刻。诸子旦问起居，入阁脱公服，止著裙帽，如家人礼。又命将微时农具，收贮宫中，留示后世，这都是宋主的美德。惟阴移晋祚，迭弑二主，为南朝篡逆的首倡，实是名教罪人。看官阅过上文，已可知宋主刘裕的定评了。（褒贬处关系世道。）是年七月，安葬蒋山初宁陵，群臣上谥曰武皇帝，庙号高祖。（南北朝各君，实皆不足列为正统，故本书演述，但称某主，与汉唐诸代不同，《五代史》亦仿此例。）

太子义符即位，制服三年，尊皇太后萧氏为太皇太后，生母张夫人为皇太后，立妃司马氏为皇后。妃即晋恭帝女海盐公主，小名茂英。命尚书仆射傅亮为中书监尚书，与司空徐羡之、领军将军谢晦，同心辅政。长沙王刘道怜病逝，追赠太傅。太皇太后萧氏，年逾八十，因哭子过哀，不久亦殁，追谥孝懿。宋廷连遇大丧，忙碌的了不得。那嗣主义符，年才十七，童心未化，但知戏狎，一切居丧礼仪，多从阙略。特进致仕范泰，上书规谏，毫不见从。就是徐羡之、傅亮、谢晦等，随时指导，亦似聋瞽一般，无一所纳。都人士已料他不终，偏是北方强寇，乘隙而来；河南诸郡，遍罹兵革，累得宋廷调兵遣将，又惹起一番战争。看官听着：这就是宋、魏交兵的开始。（事关重大，特笔提明。）

魏太祖拓跋珪，源出鲜卑，向例用索辫发，因沿称为索头部。世居北荒，晋初始通贡使。怀帝时拓跋猗卢，与并州刺史刘琨，结为兄弟。琨表猗卢为大单于，封以代郡，号为代公。嗣复进爵为王，六传至什翼犍，有众数十万，定都盛乐，威震云中。匈奴部酋刘卫辰，被逐奔秦。秦主苻坚大举伐代，令卫辰为向导。什翼犍拒战败绩，还走盛乐，为庶子寔君所弑，部落分散。秦主坚捕诛寔君，分代为二，西属刘卫辰，东属什翼犍甥刘库仁。什翼犍有孙名珪，由库仁抚养，恩勤周备，及长颇有智勇，为库仁子显所忌，走依贺兰部母舅家。会秦已衰灭，代亦丧乱，朔方诸部，推珪为主，即代王位，仍还盛乐，逐去刘显，改国号魏，纪元天赐。史家称为后魏，亦称北魏，因恐与三国时曹魏有混，故有此称。

刘卫辰攻珪，败窜而死。子勃勃逃奔后秦，后为夏国，已见前回。珪复破柔然，掠高车，蹂躏后燕，遂徙都平城，立宗庙社稷，僭号称帝。初纳刘库仁从女，宠冠后宫，生子名嗣。寻获后燕主慕容宝幼女，姿色过人，即立为后。后又见姨母贺氏，貌更美艳，竟将她本夫杀毙，硬夺为妃，产下一男，取名为绍。珪晚年服饵丹药，躁急异常，往往因怒杀人，贺夫人偶然忤珪，亦欲加刃，吓得贺氏奔匿冷宫，向子求救。子绍已封清河王，夜入弑珪。长子嗣受封齐王，闻变入都，执绍诛死，并杀贺氏，乃即帝位，尊珪为太祖道武皇帝。于是勤修政治，劝课农桑，任用博士崔浩等，兴利除弊，国内小康。

自从南军鏖战河北，失利而还，滑台一城，始终不得收复，未免引为恨事。（应第五回。）只因刘宋开基，气焰方盛，不得不虚与周旋，请和修好，岁时聘问。（北魏亦占本书之主位，叙述源流较他国为详。）及宋主裕老病去世，宋使沈范等自魏南归，甫及渡河，忽被魏兵追来，把范等截拿而去。看官道为何因？原来魏主嗣欲乘丧南侵，报复旧怨，因将宋使执回，即日遣将征兵，进攻滑台，并及洛阳虎牢。崔浩谓伐丧非义，应吊丧恤孤，以义服人，魏主嗣驳道：“刘裕乘姚兴死后，即灭姚氏，今我乘裕丧伐宋，有何不可？”浩答道：“姚兴一死，诸子交争，故裕得乘衅侥功，今江南无衅，不得援为比例。”（崔浩言固近义，但刘裕乘丧伐秦，适为魏主借口，故人必自侮，然后人侮之。）魏主仍然不从，命司空奚斤为大将军，使督将军周几、公孙表等，渡河南行。

先是晋宗室司马楚之，亡命汝颍间，聚众万人，屯据长社，欲为故国复仇。宋主裕尝遣刺客沐谦往刺，谦不忍下手，且因楚之待遇殷勤，反为表明来意，愿作楚之卫士。（刺客却有良心。）楚之留谦自卫，日思东攻，苦不得隙。及闻魏兵渡河，遂遣人迎降，请作前驱。魏授楚之为征南将军，兼荆州刺史，令侵扰北境。奚斤等道出滑台，与楚之遥为犄角，来攻河洛。

宋司州刺史毛德祖，屯戍虎牢，亟遣司马翟广等，往援滑台；又檄长社令王法政，率五百人戍召陵，将军刘怜，领二百骑戍雍丘，防御楚之。楚之引兵袭刘怜，未能得手，就是奚斤等围攻滑台，亦不能下，惟魏尚书滑稽，引兵袭仓垣，得乘虚攻入。宋陈留太守严棱，自恐不支，向奚斤处请降。奚斤屯兵滑台城下，仍然未克，遣人至平城乞师，魏主嗣自将五万余人，南逾恒岭，为奚斤声援，且令子焘出屯塞上，一面严谕奚斤，促令猛攻。

奚斤惧罪思奋，亲冒矢石，督众登城。滑台守吏王景度，力竭出奔，司马阳瓒尚率余众拒魏兵，至魏兵已经攻入，还与他巷战多时，受伤被执，不屈而死。奚斤乘胜过虎牢，击走翟广，直抵虎牢城东。毛德祖且守且战，屡破魏军。魏军虽多杀伤，毕竟人多势众，未肯退去。

两下相持不舍，那魏主又遣黑矟将军于栗磾，出兵河阳，进攻金墉。栗磾为北魏有名骁将，善用黑矟，因封黑矟将军。德祖再遣派振威将军窦晃，屯戍河滨，堵截栗磾。魏主更派将军叔孙建等，东略青、兖，自平原逾河。宋豫州刺史刘粹，忙遣属将高道瑾，据项城。徐州刺史王仲德，自督兵出屯湖陆，与魏兵相持。魏中领军娥清、期思侯、闾大肥等，复率兵会叔孙建，进至龙确磝，宋兖州刺史徐琰，望风生畏，便即南奔。凡泰山、高平、金乡等郡，皆被魏兵陷没。叔孙建东入青州，青州刺史竺夔，方出镇东阳城，飞使至建康求救。宋遣南兖州刺史檀道济，监督军事，会同冀州刺史王仲德，出师东援。庐陵王刘义真，亦遣龙骧将军沈叔貍，带领步骑兵三千人，往就刘粹，随宜救急。

好容易过了残冬，便是宋主义符即位的第二年，改元景平，赐文武官进秩各二等，（改元纪年，万难略过。）享祀南郊，颁发赦书。京都里面，好像是国泰民安，那知河南的警信，却日紧一日。魏将于栗磾，越河南下，与奚斤合攻宋军，振威将军窦晃等，均被杀败，相率退走。栗磾进攻金墉城，河南太守王涓之，复弃城遁走，金墉被陷，河洛失守。魏令栗磾为豫州刺史，镇守洛阳，虎牢越加吃紧。奚斤、公孙表等，并力攻扑，魏主又拨兵助攻。毛德祖竭力抵御，日夕不懈，且就城脚边凿通地道，分为六穴，出达城外，约六七丈，募敢死士四百人，从穴中潜出，适在魏营后面，一声呐喊，突入魏营。魏兵还疑是天外飞来，不觉惊骇，一时不及抵敌，被敢死士驰突一周，杀死魏兵数百人，毛德祖乘势开城，出兵大战，又击毙魏兵数百，收集敢死士，然后入城。

魏兵退散一二日，又复四合，攻城益急。德祖特用了一个反间计，伪与公孙表通书，书中所说，无非是结约交欢的意思。表得书示斤，自明无私，斤却心中起疑。德祖又更作一书，书面是送至公孙表，却故意投入斤营，斤展阅后，比前书更进一层，乃遣人赍着原书，驰报魏主。魏太史令王亮，与表有隙，乘间言表有异志，不可不防，魏主遂使人夜至表营，将表勒毙。表权谲多谋，既被杀死，虎牢城外，少一敌手，德祖当然快意，嗣是一攻一守，又坚持了好几月。(极写德祖智勇。)

魏主嗣自至东郡，令叔孙建急攻东阳城，又授刁雍为青州刺史，令助叔孙建。刁雍与前豫州刺史刁逵同族，刁逵被杀，家族诛夷，(见第二回。)惟雍脱奔后秦，秦亡奔魏，魏令为将军。此时遣助叔孙，明明是借刀杀人的意思。东阳守吏竺夔，检点城中文武将士，只千五百人，忙招城外居民入守，还有未曾入城的百姓，令他伏据山谷，芟夷禾稼，所以魏军虽据有青州，无从掠食。济南太守桓苗，驰入东阳，与夔协同拒守。及魏兵大至，列阵十余里，大治攻具，夔预浚四重濠堑，阻遏魏兵。魏兵填满三重，造撞车攻城，城中屡出奇兵，随时奋击。又穴通隧道，遣人潜出，用大麻绳挽住撞车，令它自折。魏人一再失败，遂筑起长围，四百环攻。历久城坏，坍陷至三十余步，夔与苗连忙抢堵，战士多死，用尸填缺，勉强堵住。好在天气盛暑，魏军多半病殁，无力续攻，城才免陷。刁雍以机会难得，请一再接厉，为破城计，建拟稍缓时日，忽闻檀道济引兵将至，不禁太息道："兵人疫病过半，不堪再战，今全军速返，还不失为上策哩！"乃毁营西遁。

道济到了临朐，因粮食将尽，不能追敌，但令竺夔缮城筑堡，防敌再来。夔因东阳城圮，急切里不遑修筑，移屯不其城，青州还算保全。

魏主因东略无功，索性西趋河内，并力攻虎牢，所有叔孙建以下各军，统令至虎牢城下会齐，由魏主亲往督攻，真个是杀气弥空，战云蔽日。

虎牢被围已二百日，无日不战，劲兵伤亡几尽，怎禁得魏兵合攻，防不胜防，毛德祖拼死力御，尚固守了一二旬。及外城被毁，又迭筑至三重城，魏人更毁去二重，只有一重未破。兀自留着。守卒眼皆生疮，面如枯柴，仍然昼夜相拒，终无贰心。（可见德祖之义勇感人。）时檀道济出军湖陆，刘粹驻军项城，沈叔貍屯军高桥，皆畏魏兵强盛，不敢进援。（统是饭桶。）魏人遍掘地道，泄去城中井水，城中人渴马乏，兼加饥疫，眼见是束手就毙，不能再支。魏兵陆续登城，守将欲挟德祖出走，德祖大呼道："我誓与此城俱亡，断不使城亡身存！"因引众再战，挺身死斗。

魏主下令军中，必生擒德祖，将军豆代田，用长矛搠倒德祖坐马，方将德祖擒献，将士亦尽作俘虏，惟参军范道基，率二百人突围南奔。魏兵亦十死二三，司、兖、豫诸郡县，俱为魏有。魏主劝德祖投降，德祖怎肯屈节，由魏主带回平城，留周几镇守河南。德祖身已受创，未几遂亡。小子有诗赞道：

频年苦守见忠忱，可奈城孤寇已深，
援卒不来身被虏，宁拼一死表臣心。

败报传达宋廷，未知如何处置，且俟下回说明。

教子正道也，不能教子，反欲弑主以绝后患，何其谬欤！子舆氏有言，杀人之父，人亦杀其父，杀人之兄，人亦杀其兄。楚灵王曰："余杀人子多矣，能无及此乎！"刘裕以年老子幼，决弑零陵，亦思乃祖汉刘季，以匹夫而得天下，其果为帝胄否耶？义符童昏，不知教导，徒犯大不韪之名，迭行弑逆，造恶因者必种恶果，几何不还报子孙也。即如北魏之乘丧侵宋，亦何莫非刘裕之自取。观魏主嗣答崔浩言，即起刘裕于地下而问之，亦将无以自解。南北鏖兵，连年不已，卒致司、兖、豫三州，俱沦左衽，忠勇如毛德祖、阳瓒等，先后被执，捐躯殉难，丧良将，失膏腴，庸非大可慨乎！本回特揭出之以垂后戒，而世之为子孙计者，可以鉴矣。

第八回 废营阳迎立外藩 反江陵惊闻内变

却说宋廷迭接败报，相率惊惶，徐羡之、傅亮、谢晦三相，因亡失境土，上表自劾。宋主义符，专务游幸，管什么黜陟事宜，但说是无庸议处，便算了事。当时内外臣僚，尚虑魏兵未退，进逼淮泗，嗣闻魏主北归，稍稍放心。魏将周几，留守河南，复陷入许昌、汝阳。宋豫州刺史刘粹，屯兵项城，恐魏人深入，日夕戒严。会值魏主嗣病殁平城，太子焘入承魏祚，尊嗣为太宗明元皇帝，改元始光，仍然重用崔浩。浩劝焘休兵息民，乃饬周几等各守疆土，暂停战争。宋军已日疲奔命，更兼新败以后，疮痍未复，巴不得相安无事，暂免兵戈。

越年为景平二年，宋主义符不改旧态，整日游戏，无心朝事。庐陵王义真，颇加觊觎。尝与太子左卫率谢灵运、员外常侍颜延之，及慧琳道人等，往来通问，非常款洽，且侈然道："我若得志，当令灵运、延之为宰相，慧琳为西豫州都督。"这数语传入都中，徐羡之等阴加戒惧，特出灵运为永嘉太守，延之为始安太守。义真闻二人左迁，明知执政与己反对，益生怨言，且性好浮华，时有需索，又被羡之等裁抑，不肯照给，因此恨上生恨，自请还都，表文中言多不逊，隐然有入清君侧的语意。（乃父一生鬼蜮，其子何不肖若此！）羡之等因嗣主不肖，正密谋废立事宜，既得义真表文，更激动一腔怒意，一不做，二不休，索性先除了义真，然后再废嗣主义符，乃由徐、傅、谢三相会衔，奏陈义真过恶，请即废黜。疏词有云：

臣闻二叔不咸，难结隆周，淮南悖纵，祸兴盛汉，莫非义以断恩，情为法屈；二代之事，殷鉴未远，仁厚之主，行之不疑。故共叔不断，几倾郑国，刘英容养，衅广难深；前事之不忘，后王之成鉴也。案车骑将军庐陵王义真，凶忍之性，生自稚弱，咸阳之酷，丑声远播，先朝犹以年在纨绮，冀能改厉，天属之爱，想能革心。自圣休不豫以及大渐，臣庶忧惶，内外屏气，而彼乃纵博酣酒，日夜不辍，肆口纵言，多行无礼。先帝贻厥之谋，图虑谨固，亲敕陛下，面诏臣等，若遂不悛，必加放黜，至言若厉，犹在纸翰。而自兹迄今，日月增甚，至乃委弃藩屏，志还京邑，潜怀异图，希幸非冀，转聚甲卒，征召车马。陵墓未乾，情事犹昨，遂蔑弃遗旨，显违成规，整棹浮舟，以示归志，肆心专己，无复谘承。圣恩低徊，深垂隐忍，屡遣中使，苦相敦释，而乃亲对散骑侍郎邢安泰、广武将军茅仲思，纵其悖骂，讪主谤朝，此久播于远近，暴于人听。臣以为燎原不扑，蔓延难除，青青不灭，终致寻斧，况忧深患者，社稷虑切。请一遵晋朝广陵旧典，使顾怀之旨，不坠于武庙；全宥之德，或申于昵亲，临启感动，无任悲咽。（表中援引刘英，疑即汉朝楚王英；广陵，疑即广陵王司马遹。）

宋主义符，本与义真不甚和协，况朝政由羡之等主持，义符除狎游外，悉听三相裁决，因即下诏废义真为庶人，徙居新安郡，改授皇五弟义恭为冠军将军，任南豫州刺史。

原来宋武帝刘裕有七子，长子义符，为张夫人所出。（已见上回。）次子义真，生母为孙修华；三子义隆，生母为胡婕妤；四子义康，生母为王修容；五子义恭，生母为王美人；六子义宣，生母为孙美人；七子义季，生母为吕美人。前时只封义真、义隆、义康为王，不及义恭以下诸子，因为义恭等年皆幼稚，所以未曾加封。（补叙义恭以下诸子，俱为后文伏案。）此次义真被废，义隆、义康俱有封邑，故将义恭挨次补入，这却待后再表。

惟义真年只十八，仓猝废徙，尚没有确实逆迹，未免令人不服。前吉阳令张约之上书谏阻，力请保全懿亲，赐还爵禄。为这一奏，顿时触怒当道，谪往梁州，寻且赐死。复遣人到了新安，亦将义真勒毙。乃召南兖州刺史檀道济、江州刺史王弘，即日入朝。两人不知何因，星夜前来，即由徐羡之等召入密室，与谋废立，两人一体赞成。谢晦因府舍敝隘，尽令家人出外，但调将士入府，诘旦举事。又约中书舍人邢安泰、潘盛为内应。夜邀檀道济同宿，道济就寝，便有鼾声，惟晦徬徨顾虑，竟夕不眠，不由得暗服道济。（为下文讨晦伏线。）

时已为景平二年六月，天气溽暑，入夜不凉。宋主义符，避暑华林园中，设肆沽酒，戏为酒保。傍晚乘坐龙舟，与左右同游天渊池，直至月落参横，才觉稍疲，就在龙舟中留宿。翌日天晓，檀道济自谢领军府出来，引兵前驱，突入云龙门，徐羡之、傅亮、谢晦，随后继进。门内宿卫，已由邢安泰等预先妥嘱，统皆袖手旁观，一任道济等驰入，径造华林园。宋主义符，尚在龙舟内作华胥梦，猛闻喧声入耳，才从梦中惊醒，披衣急起，已见来兵拥登舟中，持刃直前，杀死二侍。仓猝中不及启问，竟被军士牵拥上舟，扯伤右指，你推我挽，迫至东阁。由徐羡之等收去玺绶，召集百官，宣布皇太后命令。略云：

王室不造，天祸未悔，先帝创业弗永，弃世登遐。义符长嗣，属当天位，不谓穷凶极悖，一至于此。大行在殡，宇内哀惶，幸灾肆于悖词，喜容表于在戚，至乃征召乐府，鸠集伶官，倡优管弦，靡不备奏；珍羞甘膳，有加平日；采择媵御，产子就宫，靦然无怍，丑声四达。及懿后崩背，（懿后即萧太后，见前。）重加天罚，亲与左右，执绋歌呼，推排梓宫，抃掌笑谑，殿省备闻。又复日夜媟狎，群小漫戏，兴造千计，费用万端，帑藏空虚，人力殚尽，刑罚苛虐，幽囚日增。居帝王之位，好皂隶之役，处万乘之尊，悦厮养之事，亲执鞭扑，殴击无辜，以为笑乐。穿池筑观，朝成暮毁，征发工匠，疲极兆民，远近叹嗟，人神怨怒，社稷将坠，岂可复嗣守洪业，君临万邦！今废为营阳王，一依汉昌邑（即昌邑王贺）晋海西（即海西公奕）故事，奉迎镇西将军宜都王义隆，入纂大统，以奠国家而乂人民。特此令知！

宣令既毕，百官拜辞义符，暂送至故太子宫，令他具装出都，徙往吴郡；并废皇后司马氏为营阳王妃。使檀道济入守朝堂，一面令傅亮率领百官，备齐法驾，至江陵迎宜都王。祠部尚书蔡廓，偕傅亮同至寻阳，遇疾不能行，乃与亮别，且语亮道："营阳徙吴，宜厚加供奉，倘有不测，恐廷臣俱蒙弑主恶名，将来有何面目再生人世呢!"（览廓语意，似不愿废立，恐中途遇病，亦属托词。）亮出都时，营阳王已就道，他本与徐羡之议定，令邢安泰随王前去，到吴行弑，至是亮闻廓言，也觉有理，忙遣人谕止安泰，然已是无及了。

原来安泰送义符至金昌亭，即遵照羡之等密嘱，麾兵将亭围住，持刃径入。义符颇有勇力，立起格斗，且战且走，竟得突围出奔，驰越昌门。安泰率兵追上，用门闩掷去，正中义符腰背，受伤仆地，安泰赶上一刀，结果性命，年仅一十九岁，史家称为少帝。

傅亮得去使返报，未免愧悔，但人死不能重生，只好付诸一叹，遂西行至江陵，诣行台奉表，并进玺绶。表文有云：

> 臣闻否泰相革，数穷则变，天道所以不谄，卜世所以灵长。乃者运距陵夷，王室艰晦，九服之命，靡所适归，高祖之业，将坠于地。赖基厚德深，人神同奖，社稷以宁，有生获义。伏惟陛下君德自然，圣明在御，孝悌著于家邦，风猷宣于藩牧，是以征祥杂沓，符瑞燿辉，宗庙神灵，乃眷西顾，万邦黎献，望景托生。臣等忝荷朝列，预充将军，后集休明之运，再睹太平之业，行台至止，瞻望城阙，不胜喜悦，凫藻之情，谨诣门拜表以闻!

宜都王义隆，亦下教令答复道：

> 皇运艰敝，数钟屯夷，仰惟崇基，感寻国故，永慕厥躬，悲慨交集。赖七百祚永，股肱忠贤，故能休否以泰，天人式序。猥以不德，谬降大命，顾己兢悸，何以克堪！行当暂归朝廷，展哀陵寝，并与贤彦申写所怀。望体其心，勿为辞费！

既而府州佐吏，并皆称臣，申请题榜诸门，一依宫省，义隆不许。宜都将佐，闻营阳、庐陵二王，后先遇害，亦劝义隆不可东下，独司马王华道："先帝为天下立功，四海畏服，虽嗣主不纲，人望仍然未改。徐羡之中材寒士，傅亮布衣诸生，并非晋宣帝（司马昭）、王大将军（王敦）可比；且受寄深重，未敢骤然背德，不过畏庐陵严断，将来不能相容，不如奉迎殿下，越次辅立，尚得徼功。况羡之等同功并位，莫肯相让，欲谋不轨，势亦难行。今因废主尚存，或恐受祸，不得已下此毒手，此外当无逆谋，尽可勿疑，殿下但整辔入都，上顺天心，下副人望，臣敢为殿下预贺呢！”（料得定，拿得稳。）义隆微笑道：“卿亦欲为宋昌么?”（宋昌劝汉文帝事，见汉史。）长史王昙首，校尉到彦之，亦劝义隆东行。义隆乃留王华镇荆州，到彦之镇襄阳，自率将佐发江陵。

当下召见傅亮，问及营阳、庐陵二王事，悲恸呜咽，左右亦为之流涕。亮亦汗流浃背，几不能对。义隆止泪后，即引傅亮等登舟，中兵参军朱容之，佩刀侍侧，不离左右，就是夜间寝宿，亦衣不解带，防备非常。

既抵京师，由群臣迎谒新亭。徐羡之私问傅亮道：“今上可比何人?”亮答道：“在晋文景以上。”羡之道：“英明若此，定能鉴我赤心。”（恐未免带黑了。）亮徐徐答道：“恐怕未必！”羡之亦不暇再问，谒过义隆，导驾入城。义隆顺道谒初宁陵，（即宋武帝陵，见前回。）然后乘辇入阙。百官奉上御玺，义隆谦让再四，方才接受。遂御太极前殿，即皇帝位，大赦改元。称景平二年为元嘉元年，追尊生母胡婕好为太后，奉谥曰章。复庐陵王义真封爵，迎还灵柩，并义真母孙修华、妻谢妃，尽归京都。彭城王南徐州刺史义康，官爵如故，进召骠骑将军。南豫州刺史义恭，进号抚军将军，加封江夏王。册第六皇弟义宣为竟陵王，第七皇弟义季为衡阳王。进授司空徐羡之为司徒，卫将军王弘为司空，中书监傅亮加左光禄大夫，开府仪同三司，南兖州刺史檀道济为征北将军。弘与道济并皆归镇，惟领军将军谢晦，前由尚书录命，除授荆州刺史，权行都督荆襄等七州诸军事，此时实行除拜，加号抚军将军。

看官听说！司空徐羡之，本兼录尚书事，他恐义隆入都，荆州重地，授与他人，所以先用录命，使晦接任，好教他居外为援。所有精兵旧将，悉数隶属。晦尚未登程，新皇已至，因即随同朝贺，至此奉诏真除，当然喜慰。临行时密问蔡廓道："君视我能免祸否？"廓答道："公受先帝顾命，委任社稷，废昏立明，义无不可；但杀人二兄，仍北面为臣，内震人主，外据上流，援古推今，恐未能自免，还请小心为是。"（依情度理之言。）晦听了此言，只恐不得启行，即遭危祸，及陛辞而去，回望石头城道："我今日幸得脱身了！"（慢着！）

宋主义隆，因谢晦出镇荆州，即召还王华，令与王昙首并官侍中，昙首兼右卫将军，华兼骁骑将军，更授朱容子为右将军。未几又召还到彦之，令中领军，委以戎政。彦之自襄阳还都，道出江陵，正值谢晦莅任，便亲往投谒。表示诚款，且留马及刀剑，作为馈遗。晦亦殷勤饯别，厚自结纳，待彦之东行，总道是内援有人，从此可高枕无忧了。宋主义隆年才十八，却是器宇深沉，与乃兄静躁不同。他心中隐忌徐、傅、谢三人，面上却不露声色，遇有军国重事，仍然一体咨询。而且立后袁氏，所备礼仪，均委徐、傅酌定。徐、傅均为笼络，盛称主上宽仁，毫不疑忌。（袁后事就此带叙。）

未几已是元嘉二年，徐羡之、傅亮上表归政，宋主优诏不许。及表文三上，乃准如所请，自是始亲览万机，方得将平时积虑，逐渐展布出来。江陵参军孔宁子，向属义隆幕下，扈驾入都，得拜步军校尉。他与侍中王华，为莫逆交，尝恨徐羡之、傅亮擅权，日加媒蘖。宋主因遂欲除去二人，并及荆州刺史谢晦。

晦有二女，一字彭城王义康，一字新野侯义宾（系刘道怜第五子）。此时正遣妻室曹氏，及长子世休，送女入都，完成婚礼。宋主授世休为秘书郎，把他留住都中，（好一个软禁方法。）一面托词伐魏，预备水陆各师，并召南兖州刺史檀道济入都，令主军事。王华入奏道："陛下召道济入都，果真要伐魏么？"宋主屏去左右，便语华道："卿难道尚未知朕意？"华答道："臣亦知陛下注意江陵，但道济前与同谋，怎可召用？"宋主道："道济系是胁从，本非首犯，况杀害营阳，更与他无涉，若先加抚用，推诚相待，定当为朕效力，保无他虑！"华乃趋退。宋主又授王弘为车骑大将军，加开府仪同三司。

弘即昙首长兄，从前加封司空，尝再三辞让，仍然出镇江州，至是宋主有意笼络，别给崇封，且遣昙首密报乃兄。弘当然赞同，毫无异议。

徐羡之、傅亮，虽在朝辅政，尚未得知消息，不过北伐计议，未以为然，特会同百僚，上书谏阻。宋主义隆搁置不报，徐、傅也莫明其妙。嗣由宫廷中传出消息，谓当遣外监万幼宗，往访谢晦，再定进止。傅亮因潜贻晦书，述及朝廷情事，且言万幼宗若到江陵，幸勿附和云云。晦照书答复，无非是谨依来命等语。

未几已是元嘉三年，都中事尚未发作，那宋主与王华密谋，已稍稍泄露。黄门侍郎谢皭，系谢晦弟，急使人往江陵报闻。晦尚未信，召入参军何承天，取示亮书，且与语道："万幼宗想必到来，傅公虑我好事，所以驰书预报。"承天道："外间传言，统言北征定议，朝廷即将出师，还要幼宗来做什么？"晦又说道："谣传不足信，傅公岂来欺我！"遂使承天预草答表，略谓征虏须俟来年。

忽由江夏参军乐冏，奉内史程道惠差遣，递入密函。晦急忙展阅，乃是寻阳人寄书道惠，报称朝廷有绝大处分，不日举行。晦始觉不安，乃呼承天入议，再出程书相示，因即启问道："幼宗不来，莫非朝廷果有变端么？"承天道："幼宗本无来理，如程书言，事已确凿，何必再疑！"晦又道："若果与我不利，计将安出？"承天道："蒙将军殊遇，尝思报德，今日事变已至，区区所怀，恐难尽言！"晦不禁失色道："卿岂欲我自裁么？"承天道："这却尚不至此，惟江陵一镇，势不足敌六师，将军若出境求全，最为上计；否则用心腹将士，出屯义阳，将军自率大军进战夏口，万一不胜，即从义阳出投北境，尚不失为中策。"晦踌躇良久，方答说道："荆州为用武地，兵粮易给，暂且决战，战败再走，料亦未迟。"（逐次写来，见谢晦实是寡智。）乃立幡戒严，先与咨议参军颜邵，商议起兵。邵劝晦勉尽臣节，被晦诘责数语，邵即退出，仰药自杀。晦又召语司马庾登之道："我拟举兵东下，烦卿率三千人守城。"登之道："下官亲老在都，又素无部众，此事不敢奉命！"（一个已死，一个又辞，即为后日离散之兆。）

晦愈加怅闷，传问将佐，何人愿守此城。有一人闪出道：“末将不才，愿当此任！”晦瞧将过去，乃是南蛮司马周超，便又问道：“三千人足敷用否？”超答道：“不但三千人已足守城，就使外寇到来，亦当与他一战，奋力图功！”（粗莽。）庾登之听了超言，忙接口道：“超必能办此，下官愿举官相让。”晦即面授超为行军司马，领南义阳太守，徙登之为长史，一面筹集粮械，草檄兴兵。

才阅一两日，忽有人入报道：“不好了，司徒徐羡之、左光禄大夫傅亮，已身死家灭了！”晦不禁跃起道：“果有这等事么？”言未已，复有人入报道：“不好了！不好了！黄门侍郎二相公，新除秘书郎大公子，并惨死都中了！”晦但说出啊哟二字，晕倒座上，猝然死去。小子有诗咏道：

欲保身家立嗣皇，如何功就反危亡？

江陵谋变方书檄，子弟先诛剧可伤。

毕竟谢晦性命如何？容至下回再叙。

营阳童昏，废之尚或有辞，弑之毋乃过甚。庐陵罪恶未彰，废且不可，况杀之乎！宋主刘裕，翦灭典午遗胄，无非为保全子嗣计，庸讵知死灰难燃，而害其子嗣者，乃出于托孤寄命之三大臣乎？徐羡之、傅亮、谢晦，越次迎立义隆，意亦欲乞怜新主，借佐命之功，固一时之宠，不谓求荣而招辱，希功而得罪。义隆嗣立，才及二年，而三子皆为义隆所杀。三子固有可诛之罪，但诛之者乃为一力助成之新天子，是不特为三子所未及料，即他人亦不料其若此也。人有千算，天教一算，观于营阳、庐陵之遭害，及徐、傅、谢三子之被诛，是正天之巧于报复欤！

第九回 平谢逆功归檀道济 入夏都击走赫连昌

却说谢晦闻子弟被诛，禁不住一阵心酸，顿时晕倒座上。左右急忙施救，灌入姜汤，方才苏醒。又恸哭多时，先令江陵将士，为徐羡之、傅亮举哀，继发子弟凶讣，即日治丧。嗣又接到朝廷诏敕，由晦阅毕，撕掷地上，即出射堂阅兵，调集精兵三万人，克期东下。看官！你道诏书中如何说法？由小子录述如下。

盖闻臣生于三，事之如一，爱敬同极，岂惟名教？况乃施侔造物，义在加隆者乎？徐羡之、傅亮、谢晦，皆因缘之才，荷恩在昔，超居要重，卵翼而长，未足以譬。永初之季，天祸横流，大明倾曜，四海遏密，实受顾托，任同负图，而不能竭其股肱，尽其心力，送往无复言之节，事居阙忠贞之效，将顺靡记，匡救蔑闻，怀宠取容，顺成失德。虽末因惧祸以建大策，而逞其悖心，不畏不义，播迁之始，谋肆鸩毒，至止未几，显行怨杀，穷凶极虐，荼毒备加，颠沛皂隶之手，告尽逆旅之馆，都鄙哀愕，行路饮涕。故庐陵王英秀明远，风徽夙播，鲁卫之寄，朝野属情。羡之等暴蔑求专，忌贤畏逼，造构贝锦，成此无端。罔主蒙上，横加流屏，矫诬朝旨，致兹祸害，寄以国命而翦为仇雠，旬月之间，再肆鸩毒，痛感三灵，怨结人鬼。自书契以来，弃常安忍，反易天明，未有如斯之甚者也。昔子家从弑，郑人致讨，宋肥无辜，荡泽为戮；况逆乱倍于往衅，情痛深于国家，此而可容，孰不可忍？即宜诛殛，告谢存亡。而当时大事甫定，异同纷结，匡国之勋未著，莫大之罪未彰，是以远酌民心，近听舆讼，虽或讨乱，虑或难图，故忍戚含哀，怀耻累载。每念人生实难，情事未展，何尝不顾影恸心，伏枕泣血。今逆臣之衅，彰暴遐迩，君子悲情，义徒思奋，家仇国耻，可得而雪，便命司寇肃明典刑。晦据有上流，或不即罪，朕当亲率六师，为其遏防，可遣中领军到彦之即日电发，征北将军檀道济，络绎继路，并命征虏将军刘粹，断其走伏。罪止元凶，余无所问，敕示远迩，咸使闻知！

原来宋主义隆，未发此诏时，已招徐羡之、傅亮入宫，密令卫士待着，拿付有司。偏为谢皭所闻，急报傅亮，令勿应召。亮俟内使至门，托言嫂病正笃，少待即来。一面通知徐羡之，自乘轻车出郭门，奔避兄傅迪墓旁。羡之已奉命赴朝，行至西明门外，始接傅亮急报，乃折还私第，改乘内人问讯车，微行出都。奔至新林，见后面有追骑到来，慌忙趋匿陶灶内，自经而死。亮亦被屯骑卫尉郭泓追获，送入都门。宋主遣中使持示诏书，且传谕道："卿躬与弑逆，罪在不赦，但念汝至江陵时，诚意可嘉，当使汝诸子无恙。"亮读诏毕，且悲且恨道："亮受先帝宠眷，得蒙顾托，黜昏立明，无非为社稷计，今欲加亮罪，何患无辞。"未几复有诏使出来。命诛傅亮，赦亮妻子，流徙建安。又收捕羡之子乔之、乞奴，及谢晦子世休，一并诛死。逮晦弟谢皭下狱。当时晦闻子弟被诛，尚有讹词，其实皭在狱中，尚未受诛。（补叙徐傅二人死状，是倒戟而出之法。）晦即整兵待发，复奉表自讼道：

臣晦言：臣昔蒙武皇帝殊常之眷，外闻政事，内谋帷幄，经纶夷险，毗赞王业，预佐命之勋，膺河山之赏。及先帝不豫，导扬末命，臣与故司徒臣羡之，左光禄大夫臣亮，征北将军道济等，并升御床，跪受遗诏，载贻话言，托以后事。臣虽凡浅，感恩自励，送往事居，诚贯幽显。逮营阳失德，自绝宗庙，朝野岌岌，忧及祸难，忠谋协契，殉国忘己，援登圣朝，惟新皇祚。陛下驰传乘流，曾不加疑，临朝殷勤，增崇封爵，此则臣等赤心，已亮于天鉴，远近万邦，咸达于圣旨。若臣等志欲专权，不顾国典，便当协翼幼主，孤负天日，岂复虚馆七旬，仰望鸾旗者哉！

故庐陵王于营阳之世，屡被猜嫌，积怨犯上，自贻非命。天祚明德，属当昌运，不有所废，将何以兴！成人之美，春秋之高义，立帝清馆，臣节之所司。耿弇不以贼遗君父，臣亦何负于宋室耶！况衅积阅墙，祸成威逼，天下耳目，岂伊可诬！臣忝居藩任，乃诚匪懈，为政小大，必先启闻，纠剔群蛮，清夷境内，分留弟侄，并侍殿省。陛下聿遵先志，申以婚姻，童稚之目，猥荷齿召。荐女遣子，阖门相送，事君之道，义尽于斯。臣羡之总录百揆，翼亮三世，年耆乞退，屡抗表疏。优旨绸缪，未垂顺许。臣亮管司喉舌，恪虔夙夜，恭谨一心，守死善道，此皆皇宋之宗臣，社稷之镇卫。而谗人倾覆，妄生国衅，天威震怒，加以极刑，并及臣门，同被拿戮。元臣翼命之佐，剿于奸邪之手，忠良匪躬之辅，不免夷灭之诛。陛下春秋方富，始览万机，民之情伪，未能鉴悉。王弘兄弟，轻躁昧进，王华猜忌忍害，盗弄威权，先除执政，以逞其欲，天下之人，知与不知，孰不为之痛心愤怨者哉！昔白公称乱，诸梁婴胄，恶人在朝，赵鞅入伐，臣义均休戚，任居分陕，岂可颠而不扶，以负先帝遗旨？爰率将士，缮治舟甲，须其自送，投袂扑讨。若天祚大宋，卜世灵长，义师克振，中流轻荡，便当浮舟东下，戮此三竖，申理冤耻，谢罪阙廷，虽伏锧赴镬，无恨于心。伏愿陛下远寻永初托付之旨，近存元嘉奉戴之诚，则微臣丹款，犹存可察。临表哽慨，不尽欲言！

这篇表文到了宋廷，宋主义隆当然愤怒，当即下诏戒严，命讨谢晦。檀道济已早入都，由宋主面加慰问，且与商讨逆事宜。道济自请效力，且申奏道："臣昔与晦同从北征，入关十策，晦居八九，才略明练，近今少匹。但未尝孤军决胜。戎事殆非所长，臣服晦智，晦知臣勇。今奉命往讨，以顺诛逆，定可为陛下擒晦呢！"（道济自愿效力，不出宋主所料。）宋主大喜，即召入江州刺史王弘，授侍中司徒，录尚书事，兼扬州刺史。命彭城王义康，都督荆襄等八州诸军事，兼荆州长史，留都居守。自率六军亲征，命到彦之为前锋，檀道济为统帅，陆续出都，泝流西进。

先是袁皇后产下一男，形貌凶恶，后令人驰白宋主道：“此儿状貌异常，将来必破国亡家，决不可育，愿杀儿以绝后患！”（袁后颇有相术。）宋主闻报，不胜惊异，忙至后寝殿中，拨幔示禁，乃止住不杀，取名为劭。（祸在此矣。）

此时宋主服尚未阕，讳言生子，因戒宫中暂从隐秘，不许轻传。至是已经释服，更因亲征在即，乐得将弄璋喜事，宣布出来。不过说是皇子初生，皇后分娩尚未满月，特令皇姊会稽公主入内，总摄六宫诸事。这位会稽长公主，系是宋武帝正后臧氏所出，下嫁振威将军徐逵之。逵之战殁江夏，（事见第五回。）长公主嫠居守节，随时出入宫中，所以宋主命她暂掌宫事。宫廷已得人主持，乃启跸出都，放胆西行。

谢晦也命弟遯领兵万人，与兄子世猷、司马周超、参军何承天等，留戍江陵，自引兵二万人，令庾登之总参军事，由江津直达破冢，舳舻相接，旌旗蔽空。晦临流长叹道：“恨不用此作勤王兵！”（谁叫你造反。）遂传檄京邑，以入诛三竖为名，顺流至江口，进据巴陵。前哨探得宋军将至，乃接兵待战。会霖雨经旬，庾登之不发一令，但在舟中闲坐。参军刘和之白晦道：“天降淫雨，彼此皆同，奈何不进军速战？”晦乃促登之进兵，登之道：“水战莫若火攻，现在天气未晴，只好准备火具，俟晴乃发。”晦亦以为然，仍逗留不前。（登之不愿从反，已见前言，晦仍令参决军事，且信其迂说，智者果如是耶？）但使小将陈祐，督刈茅草，用大囊贮着，悬挂帆墙，待风干日燥，充作火具。

延宕至十有五日，天已晴霁，始遣中兵参军孔延秀，进攻彭城洲。洲滨已立宋军营栅，由到彦之偏将萧欣领兵守着。欣怯懦无能，没奈何出来对敌，自己躲在阵后，拥楯为卫。及延秀驱兵杀入，前队少却，他即弃军退走，乘船自遁，余众皆溃。延秀乘胜纵火，毁去营栅，据住彭城洲。彦之闻败，不免心惊。（也是个无用人物。）诸将请还屯夏口，以待后军。彦之恐还军被谴，留保隐圻，使人促道济会师，道济率众趋至，军始复振。

谢晦闻延秀得胜，复上表要求，语多骄肆，内有枭四凶于庙廷，悬三监于绛阙，申二台之匪辜，明两藩之无罪，臣当勒众旋旗，还保所任等语。看官听着！这表文中所说两藩，一说自己，一说檀道济，他以为道济同谋，必难独免，所以替道济代为解免，那知辅主西征的大元帅，正是南兖州刺史檀道济。

表文方发，军报已来，说道济与到彦之合师，渡江前来，惊得谢晦仓皇失措，不知所为。方焦急间，孔延秀亦已败回，报称彭城洲又被夺去。没奈何整军出望，远远见有战舰前来，不过一二十艘，还道是来兵不多，可以无恐。当命各舰列阵以待，呐喊扬威。那来舰泊住江心，并不前来交战，晦亦勒兵不进。

到了日暮，东风大起，来舰四集，前后绵亘，几不知有多少兵船，且处处悬着檀字旗号。蓦闻鼓声大震，来舰如飞而至。这一惊非同小可，慌忙下令对仗。偏部众不战先溃，顷刻四散。晦亦只好投巴陵，继思巴陵狭小，必不能守，索性夜乘小舟，逃还江陵去了。

前豫州刺史刘粹，调任雍州，奉旨往捣江陵。驰至沙桥，被周超驱兵杀败，退至数十里外。超收军回城，见晦狼狈奔还，才知全军溃败，不由得忧惧交并。晦愧谢周超，嘱令并力坚守，超佯为允诺，竟夜出潜奔，往投到彦之军。

晦失去周超，越加惶急，又闻守兵亦溃，无一可恃，忙与弟遁及兄子世基、世猷，共得七骑，出城北走。遁体肥壮，不能骑马，晦沿途守候，行不得速，才至安陆，为守吏光顺之所执。七个人无一走脱，尽被拘入囚车，解送行在。庾登之、何承天、孔延秀等，悉数迎降。

宋主奏凯班师，入都后敕诛谢晦、谢遁、谢世基、谢世猷，并将谢皭亦提出狱中，斩首市曹。晦有文才，兄子世基，尤工吟咏，临刑时世基尚吟连句诗道："伟哉横海鳞！壮矣垂天翼！一旦失风水，翻为蝼蚁食！"晦亦不觉技痒，随口续下道："功遂侔昔人，保退无智力，既涉太行险，斯路信难陟。"叔侄吟罢，伸头就戮。（迂腐可笑。）

忽有一少妇披发跣足，号啕而来，见了谢晦即抱住晦头，且舐且哭，刑官因刑期已至，劝令让避，该妇乃与晦永诀道："大丈夫当横尸战场，奈何狼藉都市？"晦凄然道："事已至此，不必多说了。"言未已，一声炮响，头随刀落。少妇尚晕仆地上，经从人救她醒来，舁入舆中，疾行去讫。看官道少妇何人？原来是晦女彭城王妃。（此妇颇有烈气。）

晦既被诛，同党周超、孔延秀等，虽已投降，终究是抗拒王师，罪无可贷，亦令受诛，惟庾登之、何承天等，总算免他一死。宋主加封檀道济为征南大将军，开府仪同三司，兼江州刺史，到彦之为南豫州刺史。此外将士，各赏赉有差。又召还永嘉太守谢灵运，令为秘书监；始兴太守颜延之，令为中书侍郎。既而命左卫将军殷景仁、右卫将军刘湛，与王华、王昙首并为侍中，擢镇西咨议军谢弘微为黄门侍郎，都人号为元嘉五臣，冠冕一时。

这且慢表。且说魏主焘嗣位以后，休息经年，国内无事，忽报柔然入寇，攻陷云中。那时魏主焘不好坐视，当然督兵赴援。这柔然国系匈奴别种，先世有木骨闾，曾为魏主远祖代王猗卢骑卒，因坐罪当斩，遁居沙漠。生子车鹿会，很有勇力，招集番人，成一部落，号为柔然，即以木骨闾为氏，转音叫作郁久闾。六传至社仑，骁悍有智，与魏太祖拓跋珪同时，两雄相遇，免不得互启战争，拓跋珪卒破社仑，社化奔至漠北，并有高车，兼灭匈奴余种，气焰益盛，自号豆代可汗。可汗二字，就是中国人所称的皇帝，豆代二字，乃是驾驭开张的意思。尝南向侵魏，欲报前败。社仑死后，兄弟继立，篡杀相寻，从弟大檀，先统西方别部，入靖国乱，自号纥升盖可汗，寓有制胜的意义，承兄遗志，复来攻魏。且闻魏主新立，意存轻视，竟率众六万骑，大举入云中。

魏主焘兼程驰救，三日二夜，趋至盛乐。盛乐是北魏旧都，已被大檀夺去。大檀复纵骑来战，兵多势盛，围绕魏主至五十余重，魏兵大惧，独魏主焘神色自若，亲挽强弓，射倒柔然大将于陟斤，柔然兵不战自乱，再经魏主麾兵力击，得将大檀击退。魏主焘收复盛乐，还至平城，再遣将士五道并进，追逐大檀出漠北，杀获甚多，方才班师。（叙述柔然源流，笔不苟略。）魏主焘因他无知，状类虫豸，改号柔然为蠕蠕。越年，夏主勃勃病殁，长子璝先死，次子昌嗣立。魏尝称勃勃为屈丐，意在卑辱勃勃。但勃勃凶狡善兵，颇亦为魏所惧。至是闻勃勃已死，因欲乘机伐夏，群臣请先伐蠕蠕，然后西略，独太常博士崔浩请先伐夏。魏相长孙嵩道："我若伐夏，大檀必乘虚入寇，岂不可虑?"浩驳道："赫连残虐，人神共弃，且土地不过千里，我军一到，彼必瓦解。蠕蠕新败，一时未敢入寇，待他来袭，我已奏凯归来了!"魏主焘与浩意合，决计西征，乃遣司空奚斤率四万五千人袭蒲阪，将军周几袭陕城，用河东太守薛谨为向导，向西进发。魏主焘自为后应，行次君子津，适遇天气暴寒，河冰四合，遂率轻骑二万渡河，掩袭夏都统万城。夏主昌方宴集群臣，蓦闻魏兵掩至，惊忧得了不得，慌忙撤去筵席，号召兵将，由夏主亲自督领，出城拒战。看官！你想这仓猝召集的部众，怎能敌得过百战雄师?一经交锋，便即败溃。夏主昌匆匆走还，城未及闭，已被魏将豆代田，麾轻骑追入，直逼西宫，纵火焚西门。宫门骤闭，代田恐被截住，逾垣趋出，仍还大营。魏主焘尚在城外，见代田回来，面授勇武将军，再分兵四掠，俘获万计，得牛马十余万头。会夏主昌复登陴拒守，兵备颇严。魏主焘乃语诸将道："统万城坚，尚未可取，且俟来年再举，与卿等共取此城便了。"遂掠夏民万余人而还。

时周几已攻破弘农，逐去守吏曹达。几入弘农，一病身亡，由奚斤代统各军，进攻蒲阪。守将乙斗，即遁往长安。长安留守赫连助兴，为夏主弟，见乙斗来奔，也弃城奔往安定，大好关中，被奚斤唾手取去。（易得易失，也有定数。）

北凉王沮渠蒙逊，氐王杨盛子玄，闻魏兵连捷，并皆惶恐，各遣使至魏，纳贡称藩。（北凉及氐详见后文。）魏主焘当然喜慰，更命军士伐木阴山，大造攻具，再谋伐夏。可巧夏主遣弟平原公定，率众二万，进攻长安，与魏帅奚斤，相持数月，未见胜负。魏主焘仍用前策，拟乘虚往袭统万，简兵练士，部分诸将，命司徒长孙翰，及常山王拓跋素等，陆续出发。自督骑兵继进，至拔邻山，舍去辎重，径率轻骑三万人，倍道先行。群臣俱劝阻道：“统万城非旦夕可下，奈何轻进？”魏主笑道：“兵法以攻城为最下，不得已出此一策，若与步兵攻具，同时俱进，彼必坚壁以待。我攻城不下，食尽兵疲，进退无路，如何了得！不如用轻骑直薄彼都，再用羸形诱敌，彼或出战，定可成擒。试想我军离家已二千余里，又有大河相隔，全靠着一鼓锐气，来求一战，置诸死地而后生，便在此一举了！”（番主却亦能军。）遂扬鞭急进，分兵埋伏深谷，但用数千人至城下。

夏主昌飞召平原公定，叫他还援。定命使人返报，请夏主坚守，俟擒住奚斤，便即还救。夏主依议施行。适夏将狄子玉，缒城出降，报明定计。魏主焘即命退军，军士稍稍迟慢，立加鞭扑，又纵使奔夏，令报魏军虚实。夏主闻魏兵无继，且乏辎重，便督众出击。（要中计了。）

魏主焘且战且走，夏兵分作两翼，鼓噪追来。约行五六里，突遇风雨骤至，扬沙走石，天地晦冥。魏宦官赵倪颇晓方术，亟白魏主道：“今风雨从贼上来，彼顺风，我逆风，天不助人，愿陛下速避贼锋！”道言未毕，崔浩在旁呵叱道：“你说什么？我军千里远来，赖此决胜，贼贪进不止，后军已绝，我正好发伏掩击，天道无常，全凭人事作主呢！”

魏主连称称善，再诱夏兵至深谷间，一声鼓号，伏兵齐起，魏主焘分为两队，抵挡夏兵，复一马当先，突入夏兵阵内。夏尚书斛黎文，持槊刺来，魏主焘揽辔一跃，马失前蹄，身随马仆。（危乎险哉。）斛黎文见魏主坠马，即下马来捉魏主，亏得魏将拓跋齐，上前急救，大呼勿伤我主！一面说，一面拦住斛黎文，拼死力斗。斛黎文未及上马，那魏主已腾身跃起，拔刀刺毙斛黎文。复乘马驰突，杀死夏兵十余人，身中数箭，仍然奋击不止。魏兵俱一齐杀上，夏兵大败。

夏主昌欲逃回城中，偏被魏主绕出马前，截住去路，没奈何拨马斜奔，逃往上邽去了。魏司徒长孙翰，率八千骑追夏主昌，直至高平，不及乃还。魏主焘乘胜攻城，城中无主，立即溃散，当由魏兵拥入，擒住文武官吏，及后妃公主宫女，不下万人。只夏主母由夏将拥出，西奔得脱。此外马约三十余万匹，牛羊约数千万头，均为魏兵所得，还有府库珍宝，车旗器物，不可胜计。小子有诗叹道：

雄踞西方建夏都，一传即被索头驱，

可怜巢覆无完卵，男作俘囚女作奴！

魏主焘既得统万城，亲自巡阅，禁不住叹息起来。究竟为着何事，且看下回便知。

谢晦举兵，上表自讼，看似振振有词，曾亦思废立何事，弑逆何罪，躬冒大不韪之名，尚得虚词解免乎？夫贤如霍光，犹难免芒刺之忧，卒至身后族灭。谢晦何人，乃思免责。叛军一举，便即四溃，晦叛君，晦众即叛晦，势有必至，无足怪也。赫连勃勃乘乱崛起，藉凶威以据西陲，祸不及身，必及其子。赫连昌之为魏所制，虽曰不乃父若，要亦勃勃之贻祸难逃耳。故保身在义，保国在仁，仁义两失，未有不身死国亡者也，观此回而益信云。

第十回 逃将军弃师中虏计 亡国后侑酒作人奴

却说魏主焘巡阅夏都，见他城高基厚，上逾十仞，下阔三十步，就是宫墙，亦备极崇隆，内筑台榭，统皆雕镂刻画，饰以绮绣，不禁喟然叹道："蕞尔小国，劳民费财，一至于此，怎得不亡呢！"（可为后鉴。）遂将所得财物，分给将士，留常山王素镇守统万，自率众还平城。所有男女俘虏，悉数带归。夏太史令张渊、徐辩，颇有才学，仍命为太史令。故晋将军毛修之，前被夏掳，（见第六回。）至是复为魏所俘，因他善解烹调，用为大官令。夏后、夏妃，没入掖庭。夏公主数人，内有三女生成绝色，统是赫连勃勃所出。魏主焘召纳后宫，迫令侍寝。红颜力弱，只好勉抱衾裯，轮流当夕，魏主特降恩加封，俱号贵人。（其父可名为丐，其女如何骤贵？）寻且进册赫连长女为继后，这且不必细表。

惟魏主焘因奚斤在外，日久劳师，特召令北还。斤上书答复，力请添兵灭夏，乃命宗正娥清、太仆邱堆，率兵五千，进略关右，援应奚斤；复拨精兵万人，马三千匹，发往军前。赫连定闻统万失守，更见魏兵日增，也奔往上邽，奚斤追赶不及，乃进军安定，与娥清、邱堆合兵，拟再进取上邽。偏是天气不正，马多疫死，营中亦渐渐乏粮，一时不便再进，但深垒自固，遣邱堆督课民间，勒令输粟；士卒又四处劫掠，不设儆备。夏主昌伺隙掩击，杀败邱堆，堆收残骑还安定城，夏兵又时至城下抄掠，令魏军不得刍牧。

奚斤颇以为忧，监军侍御史安颉道："赫连昌轻率寡谋，往往自出挑战，若伏兵掩击，定可擒他。"斤以粮少马乏为辞，安颉道："今日不战，明日又不战，粮愈少，马愈乏，死在旦夕，还想破敌么?”斤尚欲静守待援，颉知他无能，自与将军尉眷密议，选骑以待。果然夏主昌自来攻城，当先督阵，颉与尉眷，纵骑杀出，奋力搏战。适大风骤起，尘沙飞扬，魏兵乘风驰突，专向夏主前杀去。夏主料不可敌，情急返奔，被颉策马追上，槊伤夏主坐骑，夏主昌坠落马下，魏兵活捉而归。夏兵除死伤外，悉数遁去。

安颉、尉眷，押夏主昌至平城，魏主焘却优礼相待，赐爵会稽公，令居西宫门内。昌仪容颇伟，又娴骑射，为魏主所爱宠，便将妹子始平公主，给与为妻。(掳人妻妹，却以己妹偿之，好算特别报酬。)且尝与出猎逐鹿，深入山谷。群臣恐昌有异心，一再进谏，魏主道：“天命有归，何必顾虑!”仍昵待如初。封安颉为建威将军，兼西平公，尉眷为宁北将军，兼渔阳公。

奚斤以功出偏裨，引为己耻，探得夏主弟赫连定，自上邽奔平凉，僭号称帝，便赍三日军粮，率兵击定。定设伏邀击，大破魏军，擒去奚斤，并及他将娥清、刘拔。太仆邱堆，输辎重至安定，闻斤等被擒，弃去辎重，还奔长安。夏主定乘胜进逼，邱堆又弃城奔蒲阪。

魏主闻报，立命安颉往斩邱堆，代领部众，控御夏兵。且又欲督军出讨，会闻柔然寇边，乃先击柔然，星夜北驱，直抵栗水。柔然酋长大檀，不及抵御，自毁庐舍，仓皇西走，部落四散。魏主分军搜讨，俘获甚众。进至涿邪山，俱有伏兵，乃引军南归。大檀一蹶不振，愤悒而死。子吴提嗣立，号敕连可汗，番语称神圣为敕连，他亦自知衰弱，遣人至平城朝贡，向魏乞和。魏主得休便休，许为北藩，北方已算征服了。

先是宋主义隆嗣位，曾遣使如魏修好，魏亦遣使报聘。及魏主将伐柔然，正值魏使北归，述宋主语，索还河南，否则将发兵攻取云云。魏主大笑道：“龟鳖小竖，有何能为?我若不先灭蠕蠕，转使腹背受敌了。今日北征，他日南伐未迟!”崔浩又从旁怂恿。乃决计北行，果得征服柔然，马到成功。凯旋后，加授浩为侍中，特进抚军大将军，凡遇军国大事，必先咨浩，然后施行。

宋元嘉七年春季，宋主义隆，特选甲卒五万，命右将军到彦之、安北将军王仲德、兖州刺史竺灵秀，并为统领，泛舟入河。使骁骑将军段宏，率骑兵八千，直指虎牢，豫州刺史刘德武，领兵万人继进，皇从弟长沙王刘义欣（即道怜长子），统兵三万，监督征讨诸军事，出镇彭城。先遣殿前将军田奇使魏，传语魏主道："河南是我宋地，故遣兵修复旧境，与河北无涉。"

魏主焘勃然道："我生发未燥，已闻河南属我，奈何前来相侵？必欲进军，悉听汝便，看汝能夺我河南否！"遂遣奇返报，一面使群臣会议。众请出兵三万，先发制人，并诛河北流民，绝宋向导。独崔浩进议道："南方卑湿，入夏水涨，草木蒙密，地气郁蒸，容易生疫，不利行师。若彼果能北来，我正可以逸待劳，俟他疲倦，然后出击，那时秋高马肥，因敌取食，才不失为万全计策呢！"魏主素来信浩，便按兵不发。

嗣由南方诸将，一再上表，乞派兵助守。并请就漳水造舰，为御敌计，朝臣统是赞成。更想出一法，谓宜署司马楚之、鲁轨、韩延之为将帅，使他招诱南人。（楚之等入魏，均见上文。）崔浩又谏阻道："楚之等为宋所忌，今闻我悉发精兵，大造舟舰，欲存立司马氏，诛除刘宗，他必全国震骇，拼死来争，我徒张虚声，反召实害，岂非大谬！况楚之等皆纤利小才，止能招合无赖，断不能成就大功，徒使我兵连祸结，有何益处！"（见地原胜人一筹。）魏主未免踌躇，浩更援据天文，谓南方举兵，实犯岁忌，定必不利，我国尽可无忧！

魏主不欲违众，命造战舰三千艘，调幽州以南戍兵，会集河上。且授司马楚之为安南大将军，封琅琊王出屯颍川。

宋右将军到彦之等，自淮入泗，适值淮水盛涨，逆流而上，每日止行十里，自孟夏至孟秋，始至须昌，（未免沿途逗留，否则亦未必至此。）乃溯河西上。到了碻磝，魏兵已撤戍北归，再进滑台，也只留一空城，又趋向洛阳虎牢，统是城门大开，并无一个魏卒。彦之大喜，命朱修之守滑台，尹冲守虎牢，杜骥守金墉，余军入屯灵昌津，列守南岸，直抵潼关。大众统有欢容，惟王仲德有忧色，语诸将道："诸君未识北土情伪，必堕狡计。胡虏仁义不足，凶狡有余，今敛戍北归，并力完聚，待至天寒冰合，必将复来，岂不可虑?”彦之等尚似信未信，说他多心。(是谓之愚。)

才过月余，天气转寒，魏主焘大举南侵，令冠军将军安颉，督护诸军，来击彦之。彦之遣裨将姚耸夫等，渡河接战，那里挡得住魏军，慌忙退还，麾下已十亡五六。颉乘胜逾河，攻金墉城，城中乏粮，宋将杜骥南遁，城遂被陷。洛阳已拔，又移军攻虎牢。守将尹冲，忙向彦之处求援。彦之令裨将王蟠龙，率军援应，行至七女津，被魏将杜超截击，阵斩蟠龙。尹冲闻援军败没，便与荥阳太守崔模，迎降魏军，虎牢又复失去。

彦之自魏兵南渡，畏缩得很，逐日退师，还保东平，且上表宋廷，请速派将添兵。宋主义隆，命征南将军檀道济，都督征讨诸军事，出兵伐魏。魏亦续遣寿光侯叔孙建、汝阴公长孙道生，越河南下，接应安颉。到彦之闻魏军大至，道济未来，不禁惶急异常，便欲引退，将军垣护之贻书谏阻，谓宜令竺灵秀助守滑台，更督大军进趋河北。彦之怎肯听从，且拟焚舟步走。王仲德进言道：“洛阳既陷，虎牢自不能守，这是应有的事情。今我军与虏军相距，不下千里，滑台尚有强兵，若遽舍舟南走，士卒必散，愚意谓且引舟入济，再定行止。”彦之乃督率舰队，自清河入济南。才至历城，闻报魏兵追来，慌忙焚舟弃甲，登岸徒步，一溜风似的逃还彭城。(何不改姓为逃。)竺灵秀也弃了须昌，南奔胡陆，青、兖大震。

长沙王义欣誓众戒严，将佐恐魏兵大至，劝义欣委镇还都，义欣慨然道：“天子命我镇守彭城，义当与城存亡，奈何弃去?”(如君才不愧一义字。)遂坚持不动，人心稍定。

魏兵东至济南，济南城内，兵不满千，太守萧承之，用了一个空城计，开门以待。魏人疑有伏兵，探望多时，始终不敢进城，相率退去。叔孙建入攻河陆，竺灵秀弃军遁走。

各败报传入宋都，宋主大怒，命诛灵秀，收系到彦之、王仲德，下狱免官。(仲德似尚可贷。)迁垣护之为北高平太守，旌赏直言，并促檀道济速救滑台。

道济自清河进兵，为魏将叔孙建、长孙道生所拒，先后三十余战，多半得胜。转战至历城，被叔孙建等前后邀击，焚去刍粮，遂不得进。魏将安颉、司马楚之等，得并力攻滑台。朱修之坚守数月，援绝粮空，甚至熏鼠为食。魏又使将军王慧龙助攻，眼见得城池被陷，修之成擒。

檀道济食尽引还，魏叔孙建得宋降卒，问讯知道济乏食还军，即趋兵追赶。将及宋军，宋军大惧，道济却不慌不忙，择地下营，夜令军士唱筹量沙，贮作数囤，用米少许，遮盖囤上，摆列营前。到了黎明，魏兵前哨探视，见米囤杂列，不胜惊讶，忙报知叔孙建。叔孙建闻道济有粮，还道是降卒妄言，喝令处斩，率骑士逼道济营，道济令军士被甲随着，自己白服乘舆，从容出来，向南徐走。叔孙建疑为诱敌，不敢进击，反且引退，道济得全军而回。（宋将中应推此人。）

魏主已攻克河南，饬安颉旋师。安颉系归朱修之，魏主嘉他固守，拜为侍中，妻以宗女。司马楚之请再举伐宋，魏主不许，召楚之为散骑常侍，令王慧龙为荥阳太守。慧龙在郡十年，农战并修，声威大著。宋主义隆，使人往魏，散布谣言，但称慧龙功高位下，积怨已久，有降宋背魏等情。魏主不信，宋主复遣刺客吕玄伯，往刺慧龙。玄伯诈为降人，投入荥阳，被慧龙搜出匕首，纵使南归，且笑语道："彼此各皆为主，我不怪汝！"玄伯感泣请留，慧龙竟留侍左右，待遇甚优。后来慧龙病殁，玄伯代为守墓，终身不去，这也好算做豫让第二了。（褒中寓贬。）

且说夏主赫连定战败魏军，擒住魏帅奚斤等，据有关中，声势复盛，尝遣使至宋，约同攻魏，共分魏地。魏主焘正拟出兵讨夏，闻报大怒，遂亲赴统万城，进袭平凉。夏主方出居安定，引兵还救，途中遇魏将古弼，便即交战。古弼佯退，引夏主入伏中，杀得夏兵东倒西歪，斩首至数千级。夏主走保鹑觚原，命余众结一方阵，抵御魏兵。魏将古弼，纵兵环集，又由魏主遣将尉眷等，来助古弼。两军相合，把鹑觚原围住，截断夏兵粮道，连樵汲都无路可通。夏兵又饥又渴，马亦乏草可食，没奈何下鹑觚原，突围出走。夏主定从西面杀出，正遇魏将尉眷截往，一场死斗，方得杀开一条血路，奔往上邽。所有夏主弟乌视拔秃骨，及公侯以下百余人，一古脑儿被魏人擒去。

魏兵乘胜攻安定。夏将东平公乙斗，竟弃了安定城，遁入长安，嗣复西奔上邽，往依赫连定去了。

那平凉城为魏主所攻，经旬未下。夏上谷公杜干、广阳公度洛弧，婴城固守，专望夏主定来援。魏主使赫连昌招降，亦不见从。乃掘堑营垒，督兵围攻。相持至一月有余，杜干等已是力尽，且闻夏主定败奔上邽，无从得援，没奈何开城出降。

魏将豆代田先驱入城，掠得夏宫中后妃，并在狱中释出奚斤等人，送交魏主。魏主大喜，入城安民，置酒高会，令豆代田就座左席，位出诸将上，并呼奚斤至前道："全汝生命，赖有代田，汝宜膝行奉酒，方可报德。"奚斤不敢违命，只好捧觞至代田前，屈膝奉饮。代田起座接受，一饮而尽。魏主又命将夏后释缚，唤她侑宴，令就代田处斟酒。代田见她低眉半蹙，泪眼微红，一种娇愁态度，令人暗暗生怜，便起禀魏主道："她也是一个主母，望陛下稍稍顾全！"魏主微笑道："你爱她么？我便把她赐你便了。"代田喜出望外，出座拜谢，及酒阑席散，便将夏后领去，享受美人滋味。越宿又接到诏敕，晋封井陉侯，加散骑常侍右卫将军，既邀艳福，复沐宠荣，真个是喜气重重得未曾有了。（只难为了赫连定，叫他作元绪公。）

平凉既下，长定一带复为魏有，魏主留巴东公延普镇安定，镇西将军王斤镇长安，自率各军还平城。那夏主定仅保上邽，所有故土，多半失去，自思东隅难复，不如改辟西境，还可取彼偿此，再振雄图。

当时陇西有西秦国，系鲜卑种族，初属苻秦，苻秦败亡，乞伏国仁，据有凉州、临洮、河州，自称大单于，领秦、河二州牧。国仁死，弟乾归嗣，尽有陇西地，始称秦王，历史上号为西秦。乾归为兄子公府所弑，公府复为乾归子炽磐所杀。炽磐并吞南凉秃发氏，（秃发傉檀为西秦所灭，事见晋史。）拓地益广。传子暮末，屡与北凉战争，师财劳匮，众叛亲离。暮末不得已向魏乞降，魏遣将往迎暮末，暮末焚城邑，毁宝器，率部民万五千人东行。道出上邽，正值夏主定有心西略，便出兵邀击。暮末不敢争锋，退保南安。夏主定令叔父韦伐，驱兵进逼，即将南安城围住。城中无粮可依，人自相食，秦侍中出连辅政乞伏国祚，及吏部尚书乞伏跋跋，逾城奔夏。暮末窘急万状，只好面缚舆榇，出城请降。

夏将韦伐，把暮末送至上邽，又将乞伏氏宗族五百余人，悉数擒献，当被夏主定严刑屠戮，杀得一个不留。（危亡在即，还要如此惨虐，安得不自速其死！）复驱秦民十余万口，自治城渡河，欲夺北凉疆土，作为根据。不意吐谷浑（吐读如突，谷读如欲）王慕璝，骤发劲骑三万人，前来袭击，顿令这痴心妄想的赫连定，从此了结，一命呜呼。

吐谷浑也是鲜卑支派，远祖名叫谷吐浑，为晋初鲜卑都督慕容廆庶兄，旧居辽西。迁往阴山，再传至孙叶延，颇好学问，用王父字为氏，故国号吐谷浑。又三传至阿豺，据有并、氐、羌地方数千里，自称骁骑将军沙州刺史。宋景平初年，通使江南，进献方物，宋少帝封为浇河公，未及拜受。至宋主义隆入嗣，始受册命。阿豺有子二十人，临死时，命诸子各献一箭，共得二十支。又召母弟慕利延入帐，令他取折一箭，应手而断，更命把十九箭总作一束，再使取折，慕利延费尽腕力，不损分毫。阿豺顾语子弟道："汝等可共视此箭，孤单易折，众厚难摧，愿汝等戮力同心，保全社稷！"（至理名言，不可忽视。）言讫即逝。

弟慕璝嗣立，奉表至宋，宋封为陇西公。慕璝又遣使通魏，魏亦封为大将军。至是闻夏主西来，遂遣慕利延等率骑三万，沿河截击，乘着夏兵半济，奋杀过去，夏兵大半溺死。夏主定拖泥带水，登岸飞逃，偏被敌骑逾河追至，七手八脚，把他拖去。当下置入囚车，献与慕璝，慕又遣侍郎谢太宁，押定送魏。魏主焘即令斩定，且嘉奖慕璝，加封为西秦王。

既而赫连昌亦叛魏西走，为河西将军格毙，并收捕赫连昌子弟，一并诛夷。夏传三主而亡，勃勃子孙，被诛殆尽。小子有诗叹道：

侈言徽赫与天连，（勃勃改姓赫连本此意。）三主相传廿六年；虎父不能生虎子，平城流血几成川。

夏已灭亡，上邽为氐王所据，称都督雍、凉、秦三州军事，且发兵进窥汉中，与宋构衅。欲知详情，俟下回说明。

宋主欲规复河南，何不先用檀道济，而乃命怯懦无能之庸帅，侥幸一试，痴望成功？魏兵之不战而退，明明是欲取姑与之谋，比如鸷鸟搏食，必先敛翼，然后一往无前，王仲德虽尚能料事，顾亦徒托空言，未尝预备。至于魏兵再下，宋师屡败，始用檀道济以援应之，晚矣！道济之唱筹量沙，古今传为奇计，但只能却敌，不能破敌，大好中州，终沦左衽，嗟何及耶！赫连兄弟，先后就擒，男作俘囚，女作妾媵，未始非勃勃残恶之报。赫连定已经授首，赫连昌尚属幸存，受魏封爵，娶魏公主，假令安分守己，不生异图，则赫连氏何至无后？乃复叛魏西走，卒至全族诛夷，凶人之后，其果无噍类也乎！

第十一回 破氐帅收还要郡 杀司空自坏长城

却说关陇南面，有一胜地，叫作仇池，地方百顷，平地起凸，四面斗绝，高约七里有奇，统是羊肠曲道，须经过三十六个回峰，乃登绝顶。上面水草丰美，且可煮盐，向为氐族所据。东汉末年，氐族头目，姓杨名腾，占据此地。其孙名千万，称臣曹魏，受封百顷王。再传至杨飞龙，势渐强盛，晋封他为平西将军。飞龙无嗣，养外甥令狐茂搜为子，茂搜冒姓杨氏，又三传至杨初，自号仇池公。曾孙名纂，为苻秦所灭。苻秦败亡，杨氏遗族杨定，亡奔陇右，收集旧众千余家，仍据仇池，徙居历城（距仇池二十里，与山东之历城不同），夺取天水、略阳等地，僭称陇西王，后为西秦王乞伏乾归所杀。从弟杨盛，留守仇池，自称仇池公，出略汉中，向晋称藩，晋封盛为征西大将军，兼仇池王。宋主篡晋，复封为车骑将军，晋爵武都王。盛仍奉晋正朔，尚沿用义熙年号。

元嘉二年，盛病将死，授遗嘱与子玄道："我年已老，当终为晋臣，汝宜善事宋帝。"玄涕泣受命。及盛殁后，向宋告哀，始用元嘉正朔。宋令玄仍袭父爵，玄又通好北魏，受封征南大将军，兼南秦王。

才越四年，又复病剧，召弟难当入语道："今国境未宁，正须抚慰，我子保宗，年尚冲昧，烦弟继承国事，毋坠先勋！"难当固辞，愿辅立保宗。至玄死发丧，难当果不食言，立保宗为嗣主。偏是难当妻姚氏，密语难当道："国险未平，应立长君，奈何反事孺子呢？"（妇人专喜播弄是非。）难当听信妇言，竟将保宗废去，自称都督雍、凉、秦三州军事，兼征西大将军秦州刺史武都王。

可巧赫连族灭，上邽空虚，他即命子顺收取上邽，充任留守。又授保宗为镇南将军，使戍宕昌。保宗谋袭难当，事泄被拘。难当又欲并吞汉中，伺隙思逞。（补叙详明。）

会梁州刺史甄法护，刑政不修，宋主特遣刺史萧思话代任。思话尚未莅镇，那杨难当又乘机先发，调拨兵将，径袭梁州。甄法护本来糊涂，一切兵备，统已废弛，蓦闻氐众到来，吓得魂驰魄散，慌忙挈领妻孥逃出城外，奔投洋州。氐众当然入城。

萧思话到襄阳，接着梁州失守的消息，忙遣司马萧承之，率五百人前进；长史萧汪之，率五百人为后应。看官听着！这萧承之就是后来齐太祖的父亲，前为济南太守，曾用空城计却魏。（事见前回。）此次调任汉中太守，偕思话东行，兼充行军司马。既奉思话军令，作为前驱，自思随兵太少，应该沿途招募，便陆续收集丁壮，约得千人，乃进据磝头。

杨难当焚掠汉中，引众西还，留将军赵温据守梁州，温令魏兴太守薛健据黄金山，副守姜宝据铁城。铁城与黄金山相对，仅隔里许，斫树塞道，阻截宋军。萧承之遣阴平太守萧坦，进攻二戍，扫除芜秽，长驱直达，先拔铁城，继下黄金山，杀得薛健、姜宝大败而逃。赵温亲自出马，来攻坦营，坦又出兵奋击，舞刀先进，左斫右劈，杀死氐众数十人。后面兵士随上，搅破温阵。温知不可当，狼狈遁去。坦亦受创，退归大营养疴。承之另遣司马锡文祖，往戍黄金山。后队萧汪之亦至，还有平西将军临川刘义庆（印道规继子，见第七回）方出镇荆州，也遣将军裴方明，带兵三千，来助思话。思话派参军王灵济，率偏师出洋川，进向南城。氐将赵英，据险扼守，为灵济所破，将英擒住。南城空虚，无粮可因，灵济引军退还，与承之合师。

承之督令诸军，追击氐众，行抵汉津，但见两岸遍布敌营，中通浮桥，步骑杂沓，戈戟森严，料知有一场恶斗，乃立营布阵，从容待战。（极写承之。）那敌营中的统帅，乃是杨难当子杨和，会集赵温、薛健等人，据津拒敌，兵约万余。既见宋军到来，便麾众来攻，环绕承之行营，至数十匝。承之开营逆战，因与敌接近，弓箭难施，只好各用短刀，上前力搏。偏氐众尽穿犀甲，刃不能入，承之急命将士截断长矟，上系大斧，横砍过去，每一动手，砍倒氐兵十余人，氐众抵敌不住，纷纷溃散。杨和等逃回寨中，放起一把无名火来，将所有营帐，及所筑浮桥，尽行毁去，退保大桃。

既而萧思话、裴方明等，一齐驰至，与承之并力进攻，连战皆捷，不但将大桃敌众悉数逐走，就是梁州，亦唾手取来。从前杨盛时候，略汉中地，夺去魏兴、上庸、新城三郡，至是且尽行克复，汉中全境，无一氐人。杨难当恐宋军入境，慌忙上表谢罪。宋主义隆，方下诏赦宥。令萧思话镇守汉中，加号宁朔将军，召萧承之还都，令为太子屯骑校尉，收逮甄法护下狱，赐令自尽。此外有益州贼赵广、秦州贼马大玄，先后作战，俱得荡平，这也无容细表。

且说魏主焘既得河南，分兵戍守，加授崔浩为司徒，长孙道生为司空。道生平素俭约，得一熊皮为毯，数十年不易。魏主尝使歌功作颂，有智如崔浩，廉如道生二语。浩更劝魏主偃武修文，征求世胄遗逸，得范阳人卢玄、博陵人崔绰、赵郡人李灵、河间人邢颖、渤海人高允、广平人游雅、太原人张伟等，各授中书博士，惟崔绰以母老为辞，不肯受官。浩又改定律令，陈四岁、五岁刑律，增一年刑，授议亲议贵议功诸例，凡官阶九品以上，得酌量减免；妇人当刑而孕，概令延期，待产后百日，始按律取决。阙下悬登闻鼓，使冤民得诣阙伸诉，击鼓上闻。舆情翕服，国内称治。一面欲通好江左，息争安民，乃请命魏主，令散骑侍郎周绍南来，至宋聘问，并乞和亲。宋主含糊作答，但遣使臣魏道生报聘，嗣是两国使节，往来不绝。

魏主立子晃为太子，又派散骑常侍宋宣至宋，为太子求婚。宋主仍然支吾对付，卒无成议，惟南北和好，约得十余年，好算是魏主的美意。（应该使南人领情。）

宋主义隆，闻魏主求贤恤民，也下了几道劝农举才的诏敕，无如亲贵擅权，吏胥舞法，就使有几个遗贤耆老，怎肯冒昧出山，虚縻好爵。武帝时，尝召武阳人李密为太子洗马，密愿终养祖母刘氏，上了一篇《陈情表》，决意辞征。（一表千秋，应叙大名。）武帝只好收回成命，许令终养。还有谯郡戴逵子颙，承父遗训，雅好琴书，屡征不起。南阳人宗炳，与妻罗氏，并隐江陵，亦终不就征。他如广武人周续之、临沂人王弘之、鲁人孔淳之、枝江人刘凝之等，均立志高尚，迭经宋廷召用，并皆固辞。最著名的是寻阳陶渊明先生，他名潜，字元亮，系晋大司马陶侃曾孙，晋季曾为彭泽县令，郡遣督邮至县，故例应束带迎见，渊明慨然道："我不能为五斗米折腰！"乃解组自归。随赋《归去来兮辞》，自明志趣。门前种五柳树，因作《五柳先生传》，为己写照。妻翟氏亦与同志，偕隐栗里，渊明前耕，翟氏后锄，并安勤苦，不慕荣利。宋司徒王弘，为江州刺史时，尝使渊明友人庞通之，赍着酒肴，邀他共饮。渊明嗜酒，欣然应召，入坐便饮。俄顷弘至，渊明只自饮酒，不通姓名，既醉即去。平时所著文章，必书年月，但在晋义熙以前，尝署年号，一入宋初，惟署甲子，隐寓不事宋室的意思。宋主义隆，正拟遣发征车，适渊明病殁，方才罢议，后世号渊明为靖节先生。（迭叙高人，以愧干禄之士。）

王弘闻讣，亦叹息不置。元嘉九年，弘进爵太保，才阅月余，亦即逝世。王华、王昙首，又皆病重。荆州刺史彭城王义康，已入任司徒，录尚书事，至是因元老丧亡，随得专握政权。领军将军殷景仁，升任尚书仆射，太子詹事刘湛升任领军将军。湛本为景仁所引，既沐荣宠，却暗忌景仁。且前时曾为彭城长史，与义康有僚佐情，遂格外巴结义康，想将景仁挤排出去。（是谓小人。）偏偏景仁深得主心，更加授中书令兼中护军，湛未得加官，但命兼任太子詹事，湛益愤怒，与义康并进谗言，诋毁景仁。宋主始终不信，待遇景仁，反而加厚。景仁亦知刘湛排己，尝对亲旧叹息道："引虎入室，便即噬人！"乃托疾辞职，累表不许，但命他在家养疴。湛尚不能平，拟令兵士诈为劫盗，夜入景仁私第，刺杀景仁。谋尚未发，偏有人传报宋主，宋主亟令景仁徙居西掖门，使近宫禁，因此湛计不行。（宋主既知湛阴谋，何不立加穷治，乃使其连害骨肉耶？）

嗣是义康僚属，及湛相知的友人，潜相约勒，无敢入殷氏门。独彭城王主簿刘敬文，有父名成，尚向景仁处求一郡守。敬文得悉，忙至湛第，长跪叩首，湛惊问何因？敬文呜咽道："老父悖耄，就殷家干禄，竟出敬文意外。敬文不知豫防，上负生成，阖门惭惧，无地自容！为此踵门请罪。"（无耻已极。）湛徐答道："父子至亲，奈何不先通知，此次且不必说，下次需要加防！"敬文听了，如遇皇恩大赦一般，又捣了几个响头，方才辞出。（作者亦太挖苦。）

后将军司马庾炳之，颇有才辩，往来殷、刘两家，皆得相契，暗中却输忠宋主。宋主屡使炳之使达密命，往谕景仁。景仁虽称疾不朝，仍然有问必答，密表去来，俱令炳之代达，刘湛全然未知，但闻炳之出入殷家，也还道是探问疾病，不加猜疑。（此等处何独放心？）

嗣因谢灵运得罪被收，宋主怜他多才，拟加赦宥，彭城王义康，听刘湛言，说他恃才傲物，犯上作乱，定须置诸重典，乃流戍广州。究竟灵运有何逆迹，待小子略略叙明。

灵运前曾蒙召为秘书监，（见第九回。）使整理秘阁书籍，补足阙文，且命他撰述《晋书》。他尝挟才自诩，意欲入朝参政，不料应召以后，但教他职司翰墨，未免心下怏怏，所以奉命撰史，不过粗立条目，日久无成。及迁任侍中，朝夕引见，或陈诗，或献字，宋主尝称为二宝，辄加叹赏。惟总不令他参预朝纲，因此灵运益觉不平，时常称疾不朝。有时出郭游行，兼旬不返，既未表闻，又不请假，廷臣啧有烦言。宋主亦嫌他不守官方，讽令辞职，灵运始上表陈疾，奉旨东归。

族父谢方明，为会稽太守，灵运即往省视，与方明子惠连相见，大加赏识。又与东海人何长瑜、颍川人荀雍、泰山人羊璇之，诗酒唱和，联为知交，惠连亦得与列，称为四友。谢氏本为名族，灵运得先世遗资，畜养僮奴数百人，又得门生数百，同游山泽间，穷幽极险，伐木开径，百姓惊扰，目为山贼。可巧会稽太守，换了一个新任官，叫作孟𫖮。𫖮迷信佛教，灵运独面讽道："得道须慧业文人，公升天当在灵运前，成佛必在灵运后。"𫖮深恨此言，遂与灵运有隙，上书奏讦。（灵运原是多嘴。孟𫖮亦觉逞刁。）

灵运忙诣阙自讼，得旨令为临川内史。一行作吏，仍然游放自若，为有司所纠劾，遣使逮治，偏他抗衡不服，竟将来使执住，且作诗道："韩亡子房奋，秦帝鲁连耻，本自江海人，忠义感君子。"这诗一传，有司越加借口，称为逆迹昭著，兴兵捕住灵运，请旨正法。还是宋主特别垂怜，连义康面奏诸词，都未听从，才得免死流粤。也是灵运命运该绝，又有人奏了一本，说他私买兵器，纠结健儿，欲就三江口起事。那时宋主只好割爱，饬令在广州弃市。看官！你想灵运是个文人，怎能造反？无非是文辞狂放，触怒当道，徒落得身首异处，贻恨千秋呢！（实是一种文字狱。）

未几又由刘湛主谋，要把那宋室长城，凭空毁坏。真是个谗人罔极，妨功害能，说将起来，可痛可恨！当时宋室良将，首推檀道济，自历城全师退归，进位司空，仍然还镇寻阳（即江州）。左右心腹，并经百战，有子数人，如给事黄门侍郎檀植、司徒从事中郎檀粲、太子舍人檀隰、征北主簿檀承伯、秘书郎檀遵等，又皆秉受家传，才具卓荦。功高未免震主，气盛益足凌人，朝廷已时加疑忌，留意豫防。会宋主寝疾，历久不愈，刘湛密语义康道："宫车倘有不测，余无足忧，最可虑的是檀道济。"义康道："君言甚是，应如何预先处置？"湛答道："莫如召他入朝，但托言索虏入寇，要他来都面议，如欲乘此除患，便容易下手了。"义康点首称赞，入白宋主，请召道济入朝。宋主神疲意懒，无暇问明底细，但模糊答应了一声，义康遂飞诏驰召。道济接到诏敕，即整装起行，妻向氏语道济道："震世功名，必遭人忌，今无故相召，恐不免及祸哩！"（颇有见议，但奉召不入，亦属非是。）道济道："诏敕中说有边患，不得不赴，谅来亦无甚妨碍，卿可放心！"（言为心声，可见道济存心不贰。）随即启程入都。

及至建康，与义康等晤谈，义康谓索虏已退，只是主疾可忧。道济遂入宫问疾，见宋主却是狼狈，略略慰问，便即趋出。嗣是宋主病势，牵缠不退，道济只好在都问安，计自元嘉十二年冬季入都，直至次年春暮，始见宋主少瘥，乃辞行还镇。方才下船，忽有中使驰至，谓圣躬又复不安，仍命他返阙议事。道济不敢不依，还入都城，甫至阙下，忽由义康出来，指示禁军，拿下道济，且令他跪听宣敕，旁边趋出刘湛，即捧敕朗读道：

檀道济阶缘时幸，荷恩在昔，宠灵优渥，莫与为比，曾不感佩殊遇，思答万分，乃空怀疑贰，履霜日久。元嘉以来，猜阻滋结，不义不昵之心，附下罔上之事，固已暴之民听，彰于远迩。谢灵运志凶辞丑，不臣显著，纳受邪说，每相容隐，又潜散金货，诏诱剽猾逋逃，必至实繁弥广，日夜伺隙，希冀非望。镇军将军王仲德，往年入朝。屡陈此迹，朕以其位居台铉，预班河岳，弥缝容养，庶或能革。而乃长恶不悛，凶慝逐遘，因朕寝疾，规肆祸心。前南蛮行参军庞延祖，具悉奸状，密以启闻。夫君亲无将，刑兹罔赦，况罪衅深重，若斯之甚，便可收付廷尉，肃正刑书，事止元恶，余无所问。特诏！

道济听毕诏书，不禁大愤，张目注视刘湛，好似电闪一般。转思已落人手，多言无益，索性脱帻投地道："乃汝坏万里长城！"说着，即起身自投狱中。那阴贼险狠的刘湛，竟怂恿义康，收捕道济诸子，令与乃父一同牵出，骈首都市。还有随从道济的参军薛彤，一体收斩。又遣尚书库部郎顾仲文、建武将军茅亨，领兵至寻阳，捕系道济妻向氏，少子夷、邕、演等，及参军高进之，悉置死刑。道济有子十一人，统遭骈戮，诸孙亦死，只留邕子孺一人，使续檀氏宗祀。（何罪至此？）薛彤、高进之，皆有勇力，为道济所倚任，时人比为关羽、张飞。魏人闻道济被诛，私自庆贺道："道济一死，吴人均不足畏了！"小子走笔至此，也不禁为道济呼冤，即自录一诗道：

百战经营臣力多，无端谗构起风波。

都门脱帻留遗恨，坏汝长城可奈何！

义康与湛既冤杀檀道济，宋主病亦渐愈。忽有前滑台守将朱修之，自虏中逃归，替燕求援。欲知燕国详情，容至下回再叙。

萧承之力破氐众，为萧氏篡刘之滥觞，故本回特别叙明；志功首，即所以记祸始也。刘湛列元嘉五臣之一，而二王迭逝，彭城秉政，乃隐结义康，以排殷景仁，始联殷而得主宠，继倾殷而欲自专，小人变诈，几不胜防，无怪景仁之引为长叹也。谢灵运之被诛，当时谓其逆迹昭著，而史官独以恃才凌物，为其致祸之由，诚有特见。灵运一文人耳，吟诗遣忌，锻炼深文，刑重罚轻，已为可悯。檀道济以不世之功，罹不测之祸，自坏长城，冤无从诉。乃知陶靖节之归隐柴桑，自耽松菊，其固有加入一等者欤！本回连类汇叙，彰瘅从公，益可见下笔之不苟云。

第十二回 燕王弘投奔高丽 魏主焘攻克姑臧

却说燕主冯弘，为后燕中卫将军冯跋弟。跋尝得罪后燕，亡命山泽，后燕主慕容熙（即慕容宝之叔），淫荒失德，跋即乘势作战，推慕容氏（即慕容宝）养子高云为主，弑慕容熙。云自称天王，寻复遇弑，由跋代定国乱，继为燕主，定都龙城，史家称为北燕。魏遣使臣于什门至燕，敕令称藩，冯跋不从，拘住于什门，迫令投降。什门不屈，跋亦不肯遣归，魏遂与燕有隙，屡次鏖兵。既而冯跋病剧，令太子翼摄政。跋妃宋氏，欲立亲子受居，迫翼退居东宫。跋弟弘乘间入阁，便即篡位，跋竟惊死。弘杀太子翼，及跋子弟百余人。

魏主焘再督兵伐燕，连败燕兵。燕尚书郭渊，劝弘送款献女，向魏求和。弘摇首道："负衅在前，结怨已深，就使屈志降敌，也未必保全，不如另图别计。"乃再行调兵，与魏相持。魏降将朱修之，系怀祖国，因魏主自出攻燕，拟与前时被俘诸南人，联络起事，往袭魏主，事成归宋。当下商诸毛修之，毛修之亦系宋臣，被掳多年，甘心事魏，不肯相从。（同名不同姓，同迹不同心，我为一叹。毛修之被掳，见第六回。）朱修之恐他泄谋，逃奔入燕。燕主弘遣令归宋，乞师北援，因即泛海南行，仍返故都。看官！你想此时的彭城王义康，及领军将军刘湛，方自坏长城，冤杀良将，还有何心去援北燕，再伐北魏！朱修之替燕求救，徒托空言，惟得了一个官职，充任黄门侍郎，没奈何蹉跎过去。

魏主焘闻南人谋变，引兵西还，燕得苟延旦夕。不意内讧复起，反召外侮，遂令冯弘自取危祸，从此败亡。

原来弘妻王氏，生有三子，长名崇，次名朗，又次名邈；妾慕容氏生子王仁。及弘已篡国，以妾为妻，竟立慕容氏为后，王仁为太子。崇受封长乐山，出镇辽西。朗与邈私议道："今国家将亡，无人不晓，我父又听慕容氏谗言，恐我兄弟要先遭惨祸了，不如先走为是。"乃同奔辽西，劝兄降魏。（嫡庶相争，非乱即亡，弘之得国也在此，其失国也亦在此，可谓天道好还。）崇遂使邈赴魏都，举郡请降。

冯弘闻三子卖国，勃然大怒，立遣部将封羽往讨。崇再向魏求救，魏授崇为车骑大将军，兼幽、平二州牧，封辽西王，食辽西十郡。更派永昌王拓跋健、左仆射安原，往援辽西，进攻龙城。拓跋健到了辽西，探得燕将封羽在凡城驻兵，便遣裨将楼勃，率五千骑兵往攻。封羽不战即降，凡城复为魏有。

冯弘大惧，不得已遣使至魏，情愿纳女求成。魏主焘索还于什门，且令燕太子王仁为质，方许罢兵。弘乃遣于什门归燕。什门在燕二十一年，终不屈节，魏主比为苏武，拜治书御史。惟弘子王仁，仍未遣往，由魏使征令入朝。弘钟爱少子，当然迟疑，更兼庞后慕容氏从旁阻挠，掩袖工啼，牵袍揾泪，惹得这位燕王弘倍加怜惜，宁可亡国，不肯割爱。（小不忍，则乱大谋。）

散骑常侍刘滋入谏道："从前蜀刘禅依山为固，吴孙皓据江为城，后来俱为晋俘，可见得强弱不同，终难幸免。今魏比晋强，我且不如吴蜀，若不从魏命，恐速危亡，还请陛下暂舍太子，令他入魏。一面修政治，抚百姓，收离散，赈饥穷，劝农桑，省赋役，维持国本，返弱为强，那时魏主亦不敢轻视，太子自得重归了。"（计划甚是。）道言未绝，弘已拍案道："你也有父子情谊，难道教朕送儿就死么？"滋亦抗声道："陛下遣子往魏，子未必死，国家可保；否则危亡在即，不但失一太子呢！"弘更大怒道："逆臣咒诅朕躬，罪无可赦，左右快将他绑出朝门，斩首报来。"左右一声遵旨，便将刘滋绑出，一刀了命。（可与龙逄、比干共传不朽，故本书不肯略过。）随即叱还魏使，另遣使至建康，称藩乞援。宋廷称他为黄龙国，会燕使赍还诏书，封弘为燕王，但未尝出师相救。弘料不可恃，再命部将汤烛，奉贡魏都，托言太子有疾，故未遣质。魏主焘知他饰词，下诏逐客。先命永昌王拓跋健等伐燕，割取禾稼；继命骠骑大将军乐平王拓跋丕、镇东大将军徒河屈坦等，带领骑兵四万，直捣龙城。

弘闻报大惧，亟备牛酒犒师。魏将屈坦先到城下，由弘遣发部吏，牵羊担酒，犒劳魏兵，并令太常卿杨峪求和。屈坦道："汝国不送侍子，所以我军前来。如果悔罪投诚，速将侍子献出，不得迟延！"杨峪唯唯而还。屈坦待了一日，未见复音，乃纵兵大掠，掳得男女六千余口。未几拓跋丕亦至，麾兵薄城。燕主弘既忧外侮，复舍不得膝下宠儿，害得彷徨失措，昼夜不安。没奈何再遣杨峪出城，限期送入侍子，求他退兵。拓跋丕总算应允，许以一月为期，自率四万骑兵，及所掠人口，从容退去。

转眼间限期已满，弘仍未践约，杨峪一再入劝，弘答道；"我终不忍出此，万一事急，不如东投高丽，再图后举。"峪对道："魏用全国兵力，来压我国，理无不克；高丽也是异族，始虽相亲，终必为变，不可不防！"（燕臣非无智虑。）弘终不从，密遣尚书阳伊，东往高丽，请发兵相迎。阳伊未返，魏师又来，弘又向魏进贡方物，愿送侍子入质。魏主焘到了此时，却不肯应许了。魏平东将军娥清、安西将军古弼，奉魏主命，率精骑万人，杀入燕境。再檄平州刺史拓跋婴，调集辽西诸军，一齐会合，鼓行而进，攻陷白狼城，入捣燕都。

凑巧燕尚书阳伊，也乞得高丽兵将数万人，来迎燕王，进屯临川。燕尚书令郭生，不欲东迁，骤开城门纳魏兵。魏兵疑他有诈，未敢径入，郭生竟勒兵攻弘。弘急引高丽将葛卢、孟光入城，与生交锋。生中箭倒毙，余众奔散。葛卢、孟光乘势掠取武库，搬出甲胄刀械，颁给高丽兵士。高丽兵易去旧褐，焕然一新，且见城中人民殷实，索性任情打劫，彻夜不休。（燕民何辜！）燕主弘遂迫民东徙，纵火焚去宫阙，但携细软杂物，出城启行。命后妃、宫人被甲居中，阳伊率兵外护，葛卢、孟光殿后，方轨并进，绵亘八十余里。

魏将古弼，因高丽兵众，立营自固，作壁上观。至燕主东行，弼正举酒独酌，陶然忘情。忽由部将高苟子入报，请率骑兵追击燕人，弼已含有醉意，拔刀斫案道："谁敢打断老夫酒兴，如再多言，便即斩首!”高苟子伸舌而退。弼醉后就寝，翌日始醒，闻燕主已经遁去，始有悔意，乃率兵驰入龙城，据实奏报。不到数日，即有槛车到来，责弼拥兵纵寇，把他拘去，并召还娥清，一律加罪，黜为门卒。另派散骑常侍封拨，驰诣高丽，饬他送弘入魏。

高丽王高琏，不肯送弘，但复书魏都，谓当与冯弘俱奉王化。魏主焘恨他违命，拟发兵进讨，还是乐平王丕上书规谏，方才罢议。弘到了高丽，由高琏遣人郊劳道:“龙城王冯君，远来敝郊，敢问士马劳苦否?”弘且惭且愤，还要摆着皇帝架子，使人赍着诏书，谯让高琏。(太不自量。)高琏未免动怒，不许入城，但令弘寓居平郭，嗣复徙往北丰。弘侈然自大，政刑赏罚，独行独断，仍与在龙城时相似，惹得高琏怒上加怒，竟遣发骑士，驰至北丰，夺去冯弘侍臣，并把他太子王仁，一并拘去。(令人一快。)

看官试想!这冯弘为了爱子娇妻，甘心弃国，此时仍弄到父子生离，那得不悲愤交集?当下再遣密使，奉表宋廷，哀求援助。宋主遣吏王白驹等，往迎冯弘，且饬高琏给资遣送。高琏益加愤恨，索性差了两员大将，一是孙漱，一是高仇，带了数百兵士，至北丰杀死冯弘，并弘子孙十余人。(慕容后如何下落，可惜史中未详。)

北燕自冯跋篡立，一传即亡。高琏阳谥弘为昭成皇帝，但说他因病暴亡，浼王白驹返报宋主。宋主原不过貌示怀柔，既闻冯弘病殁，也就罢休，不复追诘了。

魏主焘既灭北燕，乃进图北凉。北凉沮渠氏，世为匈奴左沮渠王，以官为姓。后凉主吕光，背秦自立，用那沮渠罗仇为尚书(后凉兴灭，见《两晋演义》。)出伐西秦，竟致败绩。吕光归罪罗仇兄弟，将他处斩。罗仇从子蒙逊，起兵报怨，推太守段业为凉州牧，自为部将，击败后凉，擒住吕光侄吕纯。段业遂自称凉王，用蒙逊为尚书左丞，历史上称为北凉。蒙逊功高权重，为业所忌，出为西平太守，因密约从兄男成，谋共除业。男成亦辅业有功，不从蒙逊计议，蒙逊先谮男成，令业赐男成自尽，然后托词纠众，为兄报仇。(阴害从兄，为弑主计，仁义安在?)遂攻入凉州，弑了段业，自为大都督大将军凉州牧，兼张掖公。至后凉为后秦所灭，令南京主秃发傉檀据守姑臧。蒙逊击走傉檀，即将姑臧夺来，作为国都，挈族迁居，加号河西王。嗣又破灭西凉，得地更广。（蒙逊灭西凉，见第七回。）尝遣使通好江南，迭受册封，又遣子安周入侍北魏，魏亦遣官授册。（两头讨好，计亦甚狡。）僭号至二十余年，免不得骄淫起来。

西僧昙无谶，自言能使鬼治病，且有秘术，为蒙逊所信重，尊为圣人，令诸女及子妇，皆往受教。魏主焘独信道教，甚嫉释徒，闻蒙逊礼事西僧，遂遣尚书李顺，往征无谶。蒙逊抗命不遣，因此失魏主欢。李顺屡至姑臧，蒙逊渐不为礼，甚至箕踞上坐，受书不拜。顺正色道："齐桓公九合诸侯，一匡天下，周天子赐祚，命无下拜，桓公犹谨守臣道，下拜登受。今王不及齐桓，我朝又未尝谕王免拜，乃反骄蹇无礼，莫非轻礼我朝不成！"这一席话，说得蒙逊神色惶悚，方起拜受诏。

顺辞行归魏，魏主焘问及凉事，顺答道："蒙逊控制河右，将三十年，粗识机谋，绥集荒裔，虽不能贻厥孙谋，尚足传及一世。惟礼为德舆，敬为德基，蒙逊无礼不敬，死期将至，不出一两年，就当毙命了。"魏主复问道："易世以后，何时当灭？"顺又道："蒙逊诸子，臣皆见过，统是庸才，惟敦煌太守牧犍，较有器识，继位必属此人，但终不及乃父，这乃是天授陛下呢。"魏主喜道："能如卿言，朕当记着！"果然过了一年，北凉遣使告哀，说是蒙逊已殁，由世子牧犍嗣位。魏主谓李顺道："卿言已验，看来朕取北凉，亦当不远了。"乃进授安西将军，乃命他赍送封册，拜牧犍为凉州刺史兼河西王。

牧犍有妹兴平公主，曾由魏主求为夫人，蒙逊前已允诺，尚未遣送，至是牧犍奉父遗命，特派右丞李繇送妹入魏，得册为右昭仪。魏主亦愿将亲妹武威公主，嫁与牧犍，牧犍仍遣李繇迎归。彼此联姻，共敦睦谊，总道是亲戚关系，可以无虞，偏魏主征令牧犍子封坛，入侍左右。牧犍虽然不愿，也只好惟命是从。且因魏使李顺，仍然往来，特厚加馈赂，托他斡旋，所以魏主欲依顺前言，加兵北凉，均经顺婉言劝止，暂免兵戈。

忽有老人在敦煌东门投入书函，函中写道："凉王三十年若七年。"守吏得书，视为奇事，四处寻觅老人，并无下落，乃将原书呈献牧犍。牧犍也是不懂，召问奉常张慎。（奉常官官。）慎答道："臣闻虢国将亡，有神降莘，愿陛下崇德修政，保有三十年世祚；若好游畋，耽酒色，臣恐七年以后，必有大变。（可作警铎。）牧犍听了，很是不乐。

原来牧犍有嫂李氏，色美好淫，牧犍兄弟三人，均与通奸，惟妇人格外势利，对着牧犍，特别加媚，大得牧犍欢心。独王后拓跋氏（即武威公主。）看不过去，常有怨言。李氏遂与牧犍姊密商，置毒食中，谋毙王后。（牧犍姊何故通谋，莫非想做鲁文姜么？）幸拓跋氏稍稍进食，便觉腹痛，自知遇毒，即令内侍飞报魏主。魏主焘急遣解毒医官乘传往救，始得告痊。医官还报魏主，魏主又传谕牧犍，索交李氏，牧犍与李氏结不解缘。怎肯将她献出，佯对魏使，将李氏黜居酒泉，其实是辟窟藏娇，仍与往来。

魏主再遣尚书贺多罗至凉州，探伺牧犍举动。多罗返报，谓牧犍外修臣礼，内实乖悖。魏主乃更问崔浩，浩答道："牧犍逆萌已露，不可不诛！"于是大集公卿，会议出师，自奚斤以下三十余人，统说牧犍心虽未纯，职贡无阙，朝廷待以藩臣，妻以公主，原为羁縻起见，今罪恶未彰，应加恕宥；且北凉土地卤瘠，难得水草，若往攻不下，野无所掠，反致进退两难，不如不讨为是。魏主因李顺常使北凉，复详加咨询。顺至北凉已有十二次，前时亦尝得蒙逊赂遗，及牧犍嗣立，赠馈加厚，乃伪语道："姑臧附近一带，地皆枯石，野无水草，城南天梯山上，冬有积雪，深至丈余，春夏消释，下流成川，居民引以灌溉。若我军往讨，彼必决通渠口，泄去积水，并且无草可资，人马饥渴，如何久留！奚斤等所言，不为无见，还请陛下三思！"

魏主召入崔浩，与述众议，浩对众辩论道："《汉书·地理志》曾谓凉州畜产，素有饶富。若无水草，畜何由蕃？且前人筑造城郭，建设郡县，定有地利可因，难道无水无草，尚可立足么？如谓人民汲饮，全恃雪水，试想雪水消融，仅足敛尘，何能通渠灌溉？似此妄言，只可欺人，何能欺我！”（数语道破，不啻亲睹。）李顺又接口道：“眼见是真，耳闻是假，我尝亲见，何必多辩！”浩厉声道：“汝受人金钱，便以为我目不见，乐得替人掩饰么？”顺被浩说出心病，禁不住满面羞惭，低首而退。奚斤亦即趋出。

振威将军伊馛，独留白魏主道：“凉州若果无水草，凉人如何立国？众议皆不可用，请从浩言！”魏主乃治兵西郊，下敕亲征，留太子晃监国，宜都王穆寿为辅。又使大将军嵇敬，率二万人屯漠南，防御柔然，自率大军登程。传诏北京，数牧犍十二罪，结末有数语道：“汝若亲率群臣，委贽远迎，谒拜马首，尚不失为上策；至六军既临，面缚舆榇，已是下策；倘执迷不悟，困死孤城，自甘族灭，为世大戮，乃真正无策了。”

牧犍受语不报，魏主遂由云中渡河，至上郡属国城，部分诸军，命永昌王拓跋健、尚书令刘絜，与常山王拓跋素为先锋，两道并进，乐平王拓跋丕、阳平王杜超为后继，用平西将军秃发源贺为向导。源贺系秃发傉檀子，入魏拜官，由魏主询问征凉方略，源贺答道：“姑臧城旁，有四部鲜卑，均系祖父旧民，臣愿处军前，宣扬威信，他必相率归命。外援既服，取孤城如反掌了。”魏主称善。源贺沿途招慰，收得诸部三万余人，魏军得专攻姑臧。永昌王拓跋健，掠得河西畜产二十余万头，北凉大震。

牧犍向柔然求救，柔然路远不至，乃遣弟董来领兵万人，出战城南，略略争锋，便即溃退。牧犍婴城固守，魏主亲自督攻，见姑藏附近，水草甚饶，顾语崔浩道：“卿言已验，可恨李顺欺朕！”浩答道：“臣原不敢虚言呢。”魏主又遣使入城，谕令牧犍速降。牧犍还未肯应命，等到城中内溃，兄子万年，领众降魏，牧犍乃无法可施，面缚出降。计自牧犍嗣位至此，正满七年。（回应老人书中语。）

魏主但诘责数语，但仍释缚，以妹婿礼相待。一面统军入城，收抚户口二十余万，所得仓库珍宝，不可胜计。又使张掖王秃发保周、龙骧将军穆罴等，分徇诸部，杂胡闻风降附，又得数十万人。魏主遂留乐平王丕，及征西将军贺多罗，镇守凉州，命牧犍带领宗族，及吏民三万户，随归平城，北凉遂亡。

尚有牧犍弟无讳、宜得、安周等，前曾分戍沙州、酒泉、张掖等处，至此为魏军所攻，相继奔散。无讳又收集遗众，更取酒泉，由魏主再遣永昌王健，督军往讨。无讳穷蹙，方才请降。魏授无讳为征西大将军兼酒泉王，又封万年为张掖王。

无讳复有异志，再经魏镇南将军奚眷往击，无讳食尽，与弟安周西走鄯善。鄯善王比龙怯走，城为无讳所据。无讳兄弟，又还据高昌，遣部吏氾隽奉表宋廷。宋封无讳为征西大将军、河州刺史、河西王，都督凉、河、沙三州军事。无讳病死，弟安周继得宋封，仍袭兄职，后为柔然所并。

万年调任冀、定二州刺史，复坐谋叛罪赐死。就是牧犍父子，留居平城，忽被魏人告讦，说他隐蓄毒药，姊妹皆为左道，朋行淫佚，毫无愧颜。（终为西僧所误。）魏主遂将沮渠昭仪，勒令自尽，（也怕做元绪公么？）并令司徒崔浩，赐牧犍死，诛沮渠氏宗族数百人。惟牧犍妻武威公主，系是魏主胞妹，才得保全。小子有诗叹道：

休言婚媾本相亲，隙末凶终反丧身；
才识丈夫应自立，事功由己不由人。

魏主已灭北凉，大河南北，尽为魏有，只有一氐王杨难当，尚据上邽，一隅仅保，免不得同就灭亡。欲知后事，再阅下回。

北燕、北凉，兴亡之迹不同，而其因女色而亡也则同。冯弘以妾为妻，偏爱少子，沮渠牧犍以叔盗嫂，下毒正妃，卒皆得罪强邻，同归覆灭。故弘之有妾慕容氏，牧犍之有嫂李氏，实皆燕、凉之祸水，而以美色倾人家国者也。然冯弘之得国也，由于乃兄之宠宋夫人，嫡庶相争，因乱窃位，故其受报也亦在于宠妾。沮渠牧犍之嗣国也，由于乃父之谮杀男成，昆季相戕，托名报怨，故其受报也，即在于艳嫂，报应之来，迟早不爽，阅者观于燕、凉之遗事，有以知亡国之由来矣。

第十三回　捕奸党殷景仁定谋　露逆萌范蔚宗伏法

却说氐帅杨难当，自梁州兵败，保守己土，不敢外略，每年通使宋、魏，各奉土贡。过了年余，复自称大秦王，立妻为王后，世子为太子，也居然大赦改元。释出兄子杨保宗，使镇薰亭。魏主焘闻难当僭号，即命乐平王拓跋丕、尚书令刘絜等，率军进讨。先遣平东将军崔颐赍奉诏书，往谕难当。难当大惧，情愿将上邽归魏，令子顺引还仇池。魏主才算允议，但饬拓跋丕入上部城，抚慰初附，全军还朝。

看官听着！从东晋时代，五胡并起，迭为盛衰，先后凡十六国，二赵（前赵、后赵）、四燕（前燕、后燕、南燕、北燕）、三秦（前秦、后秦、西秦）、五凉（前凉、后凉、南凉、西凉、北凉）还有成夏。到了晋亡宋兴，只有夏赫连氏、北燕冯氏、北凉渠氏，尚算存在。魏主焘连灭三国，（灭夏见第九回，灭燕、灭凉见前回。）于是窃据一方的酋长，划除殆尽。总计十六国的土地，惟李雄据蜀称王，三传为晋所灭，中经谯纵攻取，复由刘裕克复。（见第四回。）裕篡晋祚，蜀亦由晋归宋，此外统为北魏所并，所以中国疆域，宋得三四，魏得六七，两国对峙，划分南北，后世因称为南北朝。（总揭数语，为上文结束，俾阅者醒目。）

魏以此时为最盛，威震塞外，就是西域诸国，如龟兹、疏勒、乌孙、悦般、渴槃陀、鄯善、焉耆、车师、粟特九人部落，先后入贡。远如破落那、者舌两国，去魏都约万五千里，亦向魏称臣，极西如波斯，极东如高丽，统皆服魏。独柔然不服，经魏主屡次出师，逐出漠北，部落亦渐渐离散，不敢入犯。魏主焘乃专意修文，命司徒崔浩、侍郎高允，纂修国史，订定律历；尚书李顺，考课百官，严定黜陟。

顺素性贪利，未免受贿，品弟遂致不平。魏主察破赃私，并忆及前时包庇北凉、面欺误国等情，索性两罪并发，立赐自尽，仕途为之一肃。

惟当时有嵩山道士寇谦之，崇尚道教，自言遇老子玄孙李谱文，授以图籍真经，令佐辅北方太平真君，因将神马献入魏主，魏主转示崔浩，浩竟拟为河图洛书，极言天人相契，应受符命，说得魏主欣慰无比，下诏改元，称为太平真君元年（即宋元嘉十七年）。尊寇谦之为天师，立道场、筑道坛、亲受箓。谦之请魏主作静轮宫，高约数仞，使鸡犬无闻，才可上接天神。崔浩在旁怂恿，工费巨万，经年不成。（崔浩为北魏智士，奈何迷信异端？）太子晃入谏道："天下道殊，高下有定，怎能与神相接？今耗府库，劳百姓，无益有损，不如勿为。"魏主不听，一意信从寇谦之。

这且慢表。且说宋主义隆，素好俭约，尝戒皇后袁氏，服饰毋华，袁后亦颇知节省，得宋主欢。惟后族寒微，不足自赡，每由后代求钱帛，接济母家。宋主虽然照允，但不肯多给，每约钱只三五万缗，帛只三五十匹。后来选一绝色丽姝，纳入后宫，大得宋主宠爱，不到数年，便加封至淑妃，与皇后只差一级。这淑妃姓潘，巧笑善媚，有所需求，辄邀宋主允许。袁皇后颇有所闻，故意转托潘妃，向宋主索求三十万缗。果然片语回天，求无不应，仅隔一宿，即由潘妃报达袁后，如数给发。袁皇后佯为道谢，暗中却深怨宋主，并及潘妃，往往托病卧床，与宋主不愿相见。

宋主得新忘旧，把袁皇后置诸度外，每日政躬有暇，即往西宫餐宿。潘淑妃产下一男，取名为浚，母以子贵，子以母贵，潘淑妃越加专宠，宋主义隆亦越觉垂怜。（区区老命，要在他母子手中送死了。）古人有言，蛾眉是伐性的斧头，况宋主本来羸弱，自为潘淑妃所迷，越害得精神恍惚，病骨支离，一切军国大事，统委任彭城王义康。

义康外总朝纲，内侍主疾，几乎日无暇晷，就是宋主药食，必经义康亲尝，方准献入。友爱益笃，倚任益专，凡经义康陈奏，无不允准。方伯以下，俱得义康选用，生杀予夺，往往由录命处置，（义康录尚书，事见十一回。）势倾远近，府门如市。义康聪敏过人，好劳不倦，所有内外文牍，一经披览，历久不忘，尤对钩考厘剔，务极精详。惟生平有一极大的坏处，不学无术，未识大体。他自以为兄弟至亲，不加戒慎，朝士有才可用，并引入己府，又私置豪僮六千余人，未尝禀报。四方献馈，上品概达义康，次品方使供御。宋主尝冬月啖柑，嫌他味劣，义康在侧，即令侍役至己府往取，择得大柑数枚，进呈宋主，果然色味俱佳，宋主不免动了疑心。还有领军刘湛，仗着义康权势，奏对时辄多骄倨，无人臣礼，宋主益觉不平。殷景仁密表宋主，谓相王权重，非社稷计，应少加裁抑，宋主也以为然。

义康长史刘斌、王履、刘敬文、孔胤秀等，均谄事义康，见宋主多疾，尝密语义康道："主上千秋以后，应立长君。"这句话是挑动义康，明明有兄终弟及，情愿拥立义康的意思。可巧袁皇后一病不起，竟尔归天，宋主悼亡念切，也累得骨瘦如柴，不能视事。原来宋主待后，本来恩爱，不过因潘妃得宠，遂致分情。袁皇后愤恚成疾，竟于元嘉十七年孟秋，奄奄谢世。临终时由宋主入视，执袁后手，唏嘘流涕，问所欲言，袁后不答一词，但含着两眶眼泪，注视多时。既而引被覆面，喘发而亡。宋主见了袁后死状，免不得自嗟薄幸，悲悔交乘，特令前中书侍郎颜廷之作一诔文，说得非常痛切，益使宋主悲不自胜，尝亲笔添入"抚存悼亡，感今怀昔"八字，特诏谥后为元。哀思过度，旧恙复增，（既有今日，何必当初？）好几日不进饮食，遂召义康入商后事，预草顾命诏书。义康还府，转告刘湛，湛说道："国势艰难，岂是幼主所可嗣统？"义康流涕不答。湛竟与孔胤秀等，就尚书部曹索检晋立康帝故例（康帝系成帝弟，事见《晋史》。）竟欲推戴义康。其实义康全未预闻。那知宋主服药有效，得起沉疴，渐渐闻知刘湛密谋，总道是义康串通一气，疑上加疑。义康欲选刘斌为丹阳尹，宋主不允，义康也罢议，偏刘湛从旁窥察，引为己忧；不幸母又去世，丁艰免职，湛顾语亲属道："这遭要遇大祸了！"（汝亦自知得罪么？）

先是殷景仁卧疾五年，常为刘湛等所谗毁，亏得宋主明察，不使中伤。及湛免官守制，景仁遽令家人拂拭衣冠，似将入朝，家人统莫明其妙。到了黄昏，果有密使到来，立促景仁入宫。景仁戴朝冠，服朝衣，应召趋入，见了宋主，尚自言脚疾，由宋主指一小床舆，令他就坐，密商要事。看官道为何因？就是要收诛刘湛，黜退义康的密谋。景仁一力担承，便替宋主下敕，先召义康入宿，留止中书省。待至义康进来，时已夜半，复开东掖门召沈庆之。庆之为殿中将军，防守东掖门，蓦闻被召，猝着戎服，缚裤径入。宋主惊问道："卿何故这般急装？"庆之答道："夜半召臣，定有急事，所以仓猝进来。"宋主知庆之不附刘湛，遂命他捕湛下狱，与湛三子黯、亮、俨，及湛党刘斌、刘敬文、孔胤秀等。时已天晚，当即下诏暴湛罪恶，就狱诛湛父子，及湛党八人。一面宣告义康，备述湛等罪状。义康自知被嫌，慌忙上表辞职，有诏出义康为江州刺史，往镇豫章；进江夏王义恭为司徒，录尚书事。义康待义恭到省，便即交卸，入宫辞行。宋主惟对他恸哭，不置一言，义恭、义康亦涕泣而出。宋主遣沙门慧琳送行，义康问道："弟子有还理否？"慧琳道："恨公未读数百卷书！"义康尚将信将疑，怅怅辞去。（梦尚未醒。）

骁骑将军徐湛之，系是帝甥，为会稽长公主所出，（公主嫁徐逵之，见第九回。）至是亦坐刘湛党，被收论死。会稽长公主闻报，仓皇入宫，手中携一锦囊，掷置地上，囊内贮一衲布衫袄，取示宋主，且泣且语道："汝家本来贫贱，此衣便是我母与汝父所制，今日得一饱餐，便欲杀我儿么？"宋主瞧着，也不禁泪下。这衲布衫袄的来历，系是宋武微贱时，由臧皇后手制，臧后薨逝，留付公主道："后世子孙，如有骄奢不法，可举此衣相示。"公主奉了遗嘱，因将此衣藏着，这次正好取用，引起宋主怅触，乃将湛之赦免。

吏部尚书王球，素安恬淡，不阿权贵，独兄子履为从事中郎，深结刘湛，往来甚密，球屡戒不悛。及湛在夜间被收，履闻变大惊，徒跣告球，球从容自若，命仆役代为取鞋，且温酒与宴，徐徐笑问道："我平日语汝，汝可记得否？"履俯首呜咽，不敢答言。球见他觳觫可怜，方道："有汝叔在，汝怕什么？但此后须要小心！"履始泣谢。

越日诏诛湛党，履果免死，但褫夺官职，不得再用。球却得进官仆射，受任未几，即称疾乞休，卒得令终。（热中者其视之。）

宋主命殷景仁为扬州刺史，仍守本官，尚书刘义融为将军。又因会稽长公主的情谊，特任徐湛之为中护军，兼丹阳尹。会稽长公主入宫道谢，由宋主留与宴饮，相叙甚欢。公主忽起，离座下拜，叩首有声。宋主不知何意，慌忙下座搀扶，公主悲咽道："陛下若俯纳愚言，方敢起来。"宋主允诺，公主乃起，随即说道："车子岁暮，必不为陛下所容，今特替他请命！"说着，泪如雨下。宋主亦觉欷歔，便与公主出指蒋山道："公主放心，我指蒋山为誓，若背今言，便是负初宁陵（即宋武陵）！"公主乃破涕为欢，入座再饮，兴尽始辞。看官欲问车子为谁？车子就是彭城王义康小字。宋主又将席间余酒，封赐义康，并致书道："顷与会稽姊饮宴，记及吾弟，所有余酒，今特封赠。"义康亦上表谢恩，无容絮述。

惟殷景仁既预诛刘湛，兼领扬州，忽致神精瞀乱，变易常度。冬季遇雪，出厅观望，愕然失色道："当阁何得有大树？"寻复省悟道："我误了！我误了！"遂反寝卧榻，呓语不休。才阅数日，一命呜呼！或说是刘湛为祟，亦未知真否，小子未敢臆断。宋主追赠司空，赐谥文成，扬州刺史一缺，即授皇次子始兴王浚。

宋主长子名劭，已立为太子，次子浚年尚幼冲，偏付重任，州事一切，悉委任后军长史范晔、主簿沈璞。晔字蔚宗，具有隽才，《后汉书》百二十卷，实出晔手，几与司马迁、班固齐名。惟素行佻达，广置妓妾，常为士论所鄙。晔尚谓用不尽才，屡怀怨望。宋主爱晔才具，令为扬州长史，嗣又擢任左卫将军，兼太子詹事，与右卫将军沈演之，分掌禁旅，同参机密。吏部尚书何尚之，入谏宋主道："范晔志趋异常，不应内任，最好是出为广州刺史，距都较远，免致生事，尚可保全。若在内构衅，终加铁锧，是陛下怜才至意，反不能慎重如始了！"宋主摇首道："方诛刘湛，复迁范晔，人将疑朕好信谗言，但教知晔性情，预为防范，他亦怎能为害呢！"（忠言不听，终致误事。）尚之不便再言，只好趋退。

彭城王义康，出镇江州，越年表辞刺史，乃令都督江、处、广三州军事。前龙骧将军扶令育，诣阙上书请召还义康，协和兄弟，偏偏触动主怒，下狱赐死。宋主始终疑忌义康，只因会稽长公主在内维持，义康还得无恙。公主又因竟陵王义宣、衡阳王义季，年已浸长，未邀重任，亦尝与宋主谈及，请令出镇上游。宋主不得已任义宣为荆州刺史，义季为南兖州刺史，已而复调义季镇徐州。

先是广州刺史孔默之，因赃得罪，由义康代为奏解，方邀宽免。默之病死，有子熙先，博学文史，兼通数术，充职员外散骑侍郎。他感义康救父深恩，密图报效。尝按天文图谶，料宋主必不令终，祸由骨肉，独江州应出天子。（后事果如所料，可惜尚差一着。）当下属意义康，总道是江州应谶，可以乘机佐命，一则期报私惠，二则借立奇功，主见已定，伺机待发。

好容易待了两三年，无隙可乘，默思孤掌难鸣，必须联结几个重臣，方可起事。左瞻右瞩，只是范晔自命不凡，常怀觖望，或可引与同谋。乃先厚结晔甥谢综，使为先容。综为太子中书舍人，本与晔并处都中，朝夕过从，乐得引了熙先，同往见晔。晔与熙先谈论今古，熙先应对如流，已为晔所器重；晔素好博，熙先又故意输钱，买动晔欢，晔遂格外亲爱，联作知交。（熙先以樗蒲买欢，实开后世干禄法门。）熙先因从容说晔道："彭城王英断聪敏，神人所归，今远徙南陲，天下共愤，熙先受先君遗命，愿为彭城王效死酬恩。近见人情骚动，天文舛错，正是智士图功的机会。若顺天应人，密结英豪，表里相应，发难肘腋，诛异己，奉明圣，号令天下，谁敢不从，未知尊见以为何如?"晔听见一番言语，禁不住错愕失色。熙先又道："公不见刘将军么？挟权千日，碎首一朝。公自问谅不及刘将军，万一祸及，不可幸逃，若乘势建功，易危为安，享厚利，收大名，岂不较善!"（再进一步，是晓以利害。）晔尚沉吟不决，熙先复说道："愚尚有一言，不敢不向公直陈。公累世通显，乃不得连姻帝室，人以犬豕相待，公岂不知耻！尚欲为人效力么?"（更进一步，是抉透隐情。）这数语激起晔恨，不由的感动起来。晔父范泰，曾任为车骑将军，从伯弘之，袭封武兴县五等候，只因门无内行，不得与帝室为婚，晔原引为耻事，所以被熙先揭破，遂启异图。熙先鉴貌辨色，已知晔被说动，便与晔附耳数语，晔点首示意，熙先乃出。

谢综尝为义康记室参军，综弟约娶义康女为妻，当然与康联络。又有道人法略、女尼法静，皆受义康豢养，素感私恩，并与熙先往来。法静妹夫许曜，领队在台，约为内应，就是中护军丹阳尹徐湛之，本是义康亲党，熙先更与连谋，并羼入前彭城府史仲承祖，日夕密议废立事。三个缝皮匠，比个诸葛亮，况有十数人主谋，便自以为诸葛复生，定可成功。当下想出一法，拟嫁祸领军将军赵伯符，诬他逞凶行弑，由范晔、孔熙先等，入平内乱，迎立彭城王义康。（逞情妄噬，怎得不败？）一面由熙先遣婢采藻，随女尼法静往豫章，先与义康接洽。及法静、采藻还都，熙先又恐采藻泄言，把她鸩死。（残忍。）又诈作义康与湛之书，令在内执除谗慝，阳示同党，待期举发。

适衡阳王义季辞行出镇，皇三子武陵王刘骏，简任雍州刺史，皇四子南平王铄，也出为南豫州刺史，同日启行。宋主赐饯武帐冈，亲往谕遣。熙先与晔，拟即就是日作乱。许曜佩刀侍驾，晔亦在侧。宋主与义季等共饮，曜一再指刀，斜目视晔，究竟晔是文人，胆小如鼠，累得心惊肉乱，始终未敢动手。（原来是银样蜡枪头。）

俄而座散，义季等皆去，宋主还宫。徐湛之恐事不济，竟密表上闻。宋主即命湛之收查证据，得晔等预备檄草，上面已署录姓名。当即按次掩捕，先呼晔及朝臣，集华林园东阁，留憩客省，然后饬拿谢综、孔熙先等一一审讯，并皆供服。宋主出御延贤堂，遣人问晔，晔满口抵赖。再命熙先质对，熙先笑语道："符檄书疏，统由晔一人主稿，怎得诬赖别人！"（自己本是首谋，偏说他人主议，小人之口可畏也如此。）晔还未肯供认，经宋主取示草檄，上有晔亲笔署名手迹，自知无可隐讳，只好据实直陈。乃将晔拿下，与熙先等同拘狱中。

晔在狱中上书，备陈图谶，申请宋主推诚骨肉，勿自贻祸等语。宋主置诸不理，但命有司穷治逆案，延至二旬，还未定刑。晔在狱中赋诗消遣，尚望更生。小子阅《范晔列传》，见有晔咏五古一首，当即随笔抄录，作为本回的结束。其诗云：

祸福本无兆，惟命归有极；

必至定前期，谁能延一息？

在生已可知，来缘愐（音画，不慧貌。）无识。

好丑共一丘，何足异枉直！

岂论东陵上，宁辨首山侧。

虽无嵇生琴，（晋嵇康被害遭刑，索琴弹曲，操广陵散。）庶同夏侯色。（魏夏侯玄为司马师所杀，就刑东市，神色不变。）

寄言生存子，此路行复即。

既而刑期已至，范晔等统要骈首市曹，临刑时尚有各种情形，待小子下回再叙。

义康未尝图逆，而刘湛、范晔先后构衅，名若为义康谋，实则为身家计，求逞不成，杀身亡家，观于本回之叙录，病其狡，转不能不悯其愚焉！夫刘湛、范晔，无功业之足称，而一则为领军将军，一则兼太子詹事，入参机密，位非不隆，曩令废立事成，逆谋得遂，度亦不过拜相封侯已耳。况古来之佐命立功者，未必能长享富贵，飞鸟尽、良弓藏、狡兔死、走狗烹。刘、范固自称智士，胡为辨不蚤辨，自取诛夷耶？子舆氏有言：其为人也小有才，未闻君子大道，则足以杀其躯而已。刘湛、范晔，正此类也。彼刘斌、孔熙先辈，鄙诈小人，更不足道，而义康为所播弄，始被黜，继遭废，死期已不远矣。

第十四回 陈参军立栅守危城 薛安都用矛刺虏将

却说范晔等系狱兼旬，谳案已定，当然处斩。晔为首犯，当先赴市，谢综、孔熙先等随后，彼此互相问答，尚有笑声。（是谓憨不畏死。）会晔家母妻，并来探视，且泣且詈，晔无愧色，亦无戚容。嗣由晔妹及妻妾来别，晔不禁悲涕流连。谢综在旁冷笑道："舅所言夏侯色，恐不若是！"晔乃收泪，旁顾亲属，不见综母，遂顾语综道："我姊不来，究竟比众不同！"又呼监刑官道："为我寄语徐童，鬼若有灵，定当相讼地下！"原来徐湛之小名仙童，晔怨湛之泄谋，故有此言。未几由监刑官促令开刀，几声脆响，头都落地。晔子蔼遥、叔蒌，孔熙先弟休先、景先、思先，子桂甫，孙白民，谢综弟约，及仲承祖、许曜等，皆同时伏诛。查抄晔家资产，乐器服玩，并皆珍丽，妻妾所有珠翠，不可胜计。惟晔母居处敝陋，只有一厨中少积刍薪，晔弟子冬无被，叔父单布衣。薄父母，厚妾媵，不仁如晔，宜乎速死。（世人其听之。）

晔孙鲁连、谢综弟纬，蒙恩免死，流徙远州。臧皇后从子臧质，前为徐、兖二州刺史，与晔厚善，宋主顾念亲情，不令连坐，但降为义兴太守。削彭城王义康官爵，列为庶人，徙安成郡。命宁朔将军沈邵，为安成相，领兵防守。用赵伯符为护军将军。伯符系宋主祖母赵氏从子，宋主因逆党革檄仇视伯符，所以引为宿卫，格外亲信。义康到了安成，记及慧琳赠言，方开箧阅书，读至汉淮南厉王长事，竟掩卷自叹道："古时已有此事，我未曾知晓，怪不得要遭重谴了！"（悔之晚矣。）

衡阳王义季，自南兖州移镇徐州，闻义康被废，未免灰心，遂终日饮酒，沉湎不治，宋主屡戒不悛。俄闻北魏寇边，越觉纵饮，夜以继昼。他本自祈速死，所以借酒戕生。果然不出两年，便即送命，年止二十三岁。（原是速死为幸。）赠侍中司空，有子名嶷，许令袭爵。调皇三子武陵王骏为徐州刺史，捍卫京畿，控遏北虏。

看官阅过上文，应知宋、魏已经修和，为何又要开战呢？说来话长，由小子逐事叙明。（接入无痕。）

自氐王杨难当，投顺北魏，遣兄子保宗出镇熏亭（事见前回。）保宗竟奔往北魏。魏授保宗为征西大将军，都督陇西军事，兼秦州牧武都王，镇守上邽，妻以公主；一面拜难当征南大将军领秦、凉二州牧，兼南秦王。难当以受职征南，进窥蜀土，驱兵袭宋益州，拔葭萌关，围攻涪城。太守刘道锡固守不下，难当乃移寇巴西，掠去维州流人七千余家。宋遣龙骧将军裴方明，会同梁、秦二州刺史刘真道，合兵往讨，大破难当，捣入仇池，擒住难当子虎，及兄子保炽，难当走依上邽。仇池无主，乃留保炽居守，献虎入宋都，杀死了事。宋命辅国司马胡崇之为北秦州刺史，监管保炽，助守仇池。魏独遣人迎难当至平城，起用古弼为统帅，与杨保宗等出兵祁山，直向仇池进发。胡崇之督军逆战，军败被擒，杨保炽遁走，仇池被魏夺去。魏使河间公拓跋齐，与杨保宗对镇骆谷。保宗弟文德，劝保宗乘间叛魏，规复故国，保宗也颇感动，只恐妻室不从，未敢遽发。那知他妻室魏公主，窥透隐情，竟提及出家从夫四字，愿与保宗背魏；或谓公主不宜忘本，公主道："事成当为国母，不比一小县公主了。"（也是利令智昏。）于是保宗决计叛魏。拓跋齐微有所闻，计诱保宗，把他擒住，送往平城。活活处死。

独杨文德即据住白崖山，进图仇池，自号仇池公，称为保宗复仇。魏将军古弼击败文德，文德退走，遣使至宋廷乞援。宋命文德为征西大将军武都王，特派将军姜道盛驰救，与文德攻魏浊水城。魏将拓跋齐等逆战，道盛败死，文德退守葭芦，后来又被魏兵攻破，奔入汉中，妻子、僚属，悉数陷没。就是杨保宗妻魏公主，亦为所取，由魏主赐令自尽。宋亦以文德失守故土，削爵免官。为这一事，宋、魏复成仇敌。

偏偏一波未平，一波又起，魏国属部卢水胡盖吴，纠众叛魏，为魏所破，吴又奉表宋廷，乞师为助。宋主也忘了前辙，即封吴为北地公，发雍梁兵出屯境上，为吴声援。吴终敌不住魏兵，未几败死。魏主遂借口南侵，亲督步骑十万，逾河南来。

南顿太守郑琨、颍川太守郑道隐，望风遁去。豫州刺史南平王刘铄，方镇寿阳，亟遣参军陈宪，往戍悬瓠城。城中战士不满千人，魏兵大举来攻，环城数匝，且多设高楼瞰城，飞矢迭射，好似急雨一般，乱入城中。宪令军士拥盾为蔽，昼夜拒守，兵民汲水，统负着户板，为避矢计。魏兵又在冲车上面，设着大钩，牵曳楼堞，毁坏南城。宪复内设女墙，外立木栅，督兵力拒，誓死不退。魏主怒起，亲出指挥，使军士运土填堑，肉薄登城。宪率众苦战，杀伤甚众，尸与城齐。魏兵乘尸上城，挟刃相接，经宪奋臂一呼，士气益奋，一当十，十当百，任你魏兵如何骁勇，总不能陷入城中。但见头颅乱滚，血肉横飞，自朝至暮，杀了一日，那孤城兀自守着，不动分毫，魏兵却死了万人，只好退休。城中兵民，亦伤亡过半，陈宪仍然抚定疮痍，再与魏主相持，毫无惧色。（好一员守城将吏。）

魏永昌王拓跋仁，掠得沿途生口，驻扎汝阳。徐州刺史武陵王刘骏。奉宋主命，发骑兵赍三日粮，遣参军刘泰之、垣谦之、臧肇之及左常侍杜幼文、殿中将程天祚等，出兵五千，往袭拓跋仁。拓跋仁但防寿阳兵，不防彭城兵，忽被泰之等突入，顿时骇散。泰之等杀毙魏兵三千余人，毁去辎重，放出许多生口，悉令东还，然后收兵徐退。拓跋仁收集溃兵，探得泰之等兵无后继，复来追击，垣谦之纵辔先走，士卒惊溃。泰之战死，肇之溺毙，天祚被擒，惟幼文得脱，检查士卒，只得九百余人，余皆阵亡。

宋主闻报，命诛垣谦之，系杜幼文，降武陵王骏为镇军将军；再遣南平内史臧质、司马刘康祖，率兵万人，往援悬瓠。

魏主令任城乞地真截击，与臧质等鏖斗一场，乞地真马蹶被杀，余众除死伤外，溃归大营。魏主在悬瓠城下，已阅四十二日，正虑城坚难克，又闻兵挫将亡，援师将至，恐将来进退两难，不如知难先退，乃下令撤围，引兵北归。陈宪以守城有功，得擢为龙骧将军，兼汝南、新蔡两郡太守。

宋主因与魏失和，遂欲经略中原。彭城太守王玄谟，素好大言，屡请北伐，丹阳尹徐湛之、吏部尚书江湛，更从旁怂恿，独新任步兵校尉沈庆之，入朝谏阻道："我步彼骑，势不相敌，昔檀道济两出无功，到彦之失利退还，今王玄谟等未过两将，兵力也未见强盛，不如休养待时，徐图大举！"宋主怫然道："道济养寇自资，彦之中途疾返，所以王师再屈，未见成功。朕思北虏所恃，以马为最，今夏水盛涨，河道流通，泛舟北进，碻磝必走，滑台易下，虎牢、洛阳，自然不守。待至冬初，城戍相接，虏马过河，亦属无用，或反为我所擒获，亦未可知。此机如何轻失呢？(能说不能行奈何？)庆之仍力言不可，宋主使徐湛之、江湛面与辩驳，庆之道："治国譬如治家，耕当问奴，织当问婢，陛下今欲伐魏，反与白面书生商议，怎能有成？"江、徐二人，面有惭色，宋主大笑而罢。

太子劭及护军将军萧思话，亦奏称不宜出师，宋主始终不信；又接到魏主来书，语语讥讽，益足增恼。更闻魏臣崔浩，得罪被诛，虏廷少一谋士，越觉有隙可乘，(崔浩被诛，详见下文，因为时序起见，故特带叙一笔。)遂毅然决计，下诏北征。特加授王玄谟为宁朔将军，令偕步兵校尉沈庆之、咨议参军申坦、率水军入河，归青、冀二州刺史萧斌调度。新任太子左卫率臧质、骁骑将军王方回，出兵许洛。徐州刺史武陵王骏、豫州刺史南平王铄，各率部众出发，东西并地。梁、秦二州刺史刘秀之，西徇汧陇，太尉江夏王义恭，出次彭城，节制各军。一朝大举，饷运浩繁，国库中本无储积，不得不竭力搜括，凡王公妃主，及朝士牧守，各令量力输款，接济兵繁。且遍查扬、徐、兖、江四州人民，计家资在五十万以上，四成中要硬借一成；僧尼或有二十万积蓄，亦应四分借一，待军事已竣，乃计归偿。又恐兵力未足，悉征青、冀、徐、豫、兖诸州民丁，充入行伍。如有骑射优长、武技出众诸壮士，先加厚赏，继委兵官，真个是八方搜罗，不遗余力。（真正何苦？）

建武司马申元吉，引兵趋确磝，魏刺史王买德弃城北遁；将军崔猛引兵投安乐，魏刺史张淮之亦弃城遁去。萧斌与沈庆之留守确磝，王玄谟率领大军进攻滑台。魏主初闻宋师大举，顾语左右道："马今未肥，天时尚热，我若速出，未必有功。倘敌来不止，不如退避阴山，延至冬初，便无忧了。"及滑台被围，已值暮秋，魏主即命太子晃屯兵漠南，防御柔然，更令庶子南安王余，留守平城，自引兵南救滑台。

宋将王玄谟本不知兵，但遣钟离太守垣护之，率百舸为前锋，往据石济。石济距滑台西南百二十里，总算要他扼截援军，作为犄角，自领各军驻扎滑台城下，四面环攻。城中本多茅屋，诸将请用火箭射入，使他延烧，玄谟摇首道："城中一草一木，统是值钱，将来都当属我，奈何遽令烧毁呢？"（无非妄想。）过了一日，城中居民，即撤屋穴处，守将日夕防备，无懈可击。玄谟又出示召募兵民，河洛壮丁，络绎奔赴，操械投营，玄谟只给他每家匹布，还要勒供大梨八百枚，遂致众心失望，相率解体。

城下顿兵数月，士气日衰，忽接到垣护之来书，说是魏兵将至，请促兵攻城，愈速愈妙云云，玄谟尚不在意，蹉跎过去。又越旬余，由侦骑仓皇奔入，报称魏主南来，已到枋头，有众百乃人，吓得玄谟面如土色，急召诸将会议。诸将又请发车为营，防备冲突，玄谟仍迟疑不决。到了夜间，但听得鼓声隐隐，自远传来，更觉惊慌失措。三更已过，斗转参横，突有铁骑冲围直入，驰向城中，玄谟也不敢下令截击，一任来骑入城。看官欲问骑将姓名，原来叫作陆真，是奉魏主焘命令，先来抚慰城中，报知援师消息。麾下不过数骑，王玄谟尚是怯战，何况魏主带来的大兵呢？

是夕魏兵大至，鼙鼓声喧，比昨夜还要震耳。玄谟出营北望，从月光下瞧将过去，尘头陡乱，扑面生惊，慌忙入帐传令，立刻退走。将士已无斗志，一闻令下，争先奔还，玄谟也上马急奔，只恨爹娘少生两翅，急切飞不到江东。那魏兵从后赶来，乘势乱斫，把宋军后队的将士，一古脑儿杀光。就是前队人马，亦多逃散。沿途委弃军械，几同山积，眼见是赠与魏人了。（一刀一剑，统是值钱，奈何甘心赠虏？）

垣护之尚在石济，得知魏军渡河，正拟致书玄谟，与约夹攻，不料玄谟未战先溃，魏人夺得玄谟战舰，反来截击护之归路。护之又惊又愤，把百舸列成一字，横驶归来，中流被战舰阻住，连贯铁绠三重，系以巨锁。护之先执长柄巨斧，猛力奋劈，得将铁绠割断一重，部众也依法施行，你斩我斫，立将三重攻破，越舸南下。魏人见他来势凶猛，却也不敢拦阻，由他冲过，各舸多半无恙，只失去了一舸。

萧斌尚在碻磝，闻报魏主来援，便命沈庆之率兵五千，往救玄谟。庆之道："玄谟士坐疲敝，不足一战，寇虏已逼，五千人何足济事，不如勿往！"斌强令驰救，庆之方才出城，约行数里，即见玄谟狼狈奔还，自知前进无益，也只好中途折回。与玄谟同见萧斌。斌面责玄谟，意欲将他处斩，庆之忙谏阻道："佛狸（系魏主焘小字）威震天下，控弦百万，岂玄谟所能抵敌，徒杀战将，反以示弱，愿明公慎重为是！"（玄谟罪实可杀，不过所杀非时。）斌意乃解，再议固守碻磝，庆之道："今青、冀虚弱，乃欲坐守穷城，实非良策；若虏从东趋，青、冀恐非我有了。"斌因欲还镇，适值诏使到来，令斌等留住碻磝，再图进取。庆之又入语斌道："将在外，君命不受，诏从远来，未明事势，今日须要从权，未可专从君命！"斌答道："且俟经过众议，方定行止。"庆之抗声道："节下有一范增不能用，空议何益？"（范增系项羽臣，庆之借以自比。）斌笑顾左右道："不意沈公却有此学问。"庆之益厉声道："众人虽知古今，尚不如下官耳学呢。"斌乃留王玄谟戍碻磝，申坦、垣护之据清口，自率诸军还历城。

先是宋主出师，除饬徐、豫两亲王分道发兵外，又任第六子随王诞为雍州刺史，使镇襄阳；且暂辍江州军府，将所有文武官吏，移住雍州，归诞调拨。诞遣中兵参军柳元景、振威将军尹显祖、奋武将军曾方平、建武将军薛安都、略阳太守庞法起等，从西北进兵。入卢氏县，斩魏县令李封，用城内豪民赵难为县令，使充向导。再进兵攻弘农，擒住魏太守李初古。连章奏捷，有诏命元景为弘农太守。元景又使庞法起、薛安都、尹显祖等西进，自在弘农督饷济军。

法起等到了陕城，城垣险固，攻打不下。魏洛州刺史张是连提，率众二万，度崤救陕，纵骑突入宋军，很是厉害。宋军纷纷却退，薛安都呼喝不住，恼得气冲牛斗，脱去盔甲，只着绛袖两裆；（前当心，后当背，谓之两裆。）并御去马鞍，跃马横矛，当先突出，直向魏军阵内杀入。无论魏军如何精悍，但教被他矛头钩着，无不丧命。宋军也趁势杀转，反将魏军冲散。说是迟，那时快，魏将张是连提，见安都奋着两条赤膊，锐不可当，便令军士一齐放箭，统向安都射来，偏安都这枝蛇矛，神出鬼没，看他四面旋舞，连箭镞都不能近身，不过安都手下的随军，倒被射死了好几个。战至日暮，两军尚有余勇，未肯罢手，可巧宋将鲁元保，从函谷关杀到，来助安都。魏将见有生力军来援，方收军退去。

越宿天晓，曾方平又引兵到来，与安都谈及战事。方平也是个不怕死的好汉子，慨然语安都道："今强敌在前，坚城在后，正是我等效死的日子。我与君约，同出决战，君若不进，我当斩君，我若不进，君可斩我！"安都大喜道："愿如君言！"（以死为约，越不怕死，越是不死。）方平又召入副将柳元佑，与他附耳数语，元佑应令自去。（有勇还贵有谋。）乃与安都至陕城西南，列阵待战。

魏将张是连提，倒也不管他死活，仗着兵多马众，前来接仗。安都在左，方平在右，各率部众猛进。两下里喊杀连天，声震山谷。约有百数十个回合，魏兵死伤甚众，已觉无力支撑。蓦然听得鼓声大震，一彪军从南门杀来，旌旗甲胄，很是鲜明，吓得魏军胆战心惊，步步倒退。这支人马，就是柳无佑领计前来。安都乘势奋击，流血凝肘，矛被折断，易矛再进，杀到天昏地暗，日薄西山。张是连提料知不能再持，策马欲奔，不防安都突至马前，兜心一矛，戳破胸膛，倒毙马下。魏军失了主帅，当然大溃，将卒伤亡三千余人，此外坠河填堑，不可胜数，有二千人无路可走，降了宋军。

翌日，柳元景亦驰至陕城，责语降卒道："汝等本中国人民，反为虏尽力，必待力屈乃降，究是何意？”降卒齐声道：“虏将驱民使虞，稍一落后，便是灭族，且用骑蹙步，未战先死，这是将军所亲见，还乞见原！”诸将请尽杀降兵，元景道：“王旗北指，当使仁声载路，奈何多杀无辜！”（仁人之言。）遂悉数纵归，众皆罗拜，欢呼万岁而去。

元景乃督攻陕城，隔宿即下，更令庞法起等进攻潼关。魏戍将娄须遁去，关为法起所据，揭榜安民。关中豪杰，及四山羌胡，统输款军前，情愿投效。不意宋廷传下诏书，竟召柳元景等还镇，元景只好奉诏班师，仍归襄阳。小子有诗叹道：

王旗西指入河潼，百战功成指顾中。

谁料朝廷常失策，无端马首促归东！

欲知宋廷召还西师的原因，且至下回再表。

陈宪、薛安都，一善守，一善战，将将或不足，将兵则固属有余。他如沈庆之之持重，柳元景之好仁，俱有名将态度，以之将将，未必不能胜任。有此干城之选，而不获重用，乃独任阘茸无能之萧斌为正军之统帅，虚矫无识之王玄谟为正军之前驱，几何而不丧师失律，贻误军机也！《周易》有言：长子帅师，弟子舆尸，贞凶。如萧斌、王玄谟者，正受此害，汉弧不张，胡焰益炽，不谓之贞凶得乎！师贵文人，恶小子，宋室君臣，皆未足语此，必以恢复河南为宋主咎，尚非探本之论也。

第十五回　骋辩词张畅报使　贻溲溺臧质复书

却说宋廷驰诏入关，召还柳元景以下诸将，诏中大略，无非因王玄谟败还，柳元景等不宜独进，所以叫他东归。元景不便违诏，只好收军退回，令薛安都断后，徐归襄阳。为这一退，遂令魏兵专力南下，又害得宋室良将，战死一人。

原是豫州刺史南平王刘铄，曾遣参军胡盛之出汝南，梁坦出上蔡，攻夺长社，再遣司马刘康祖，进逼虎牢。魏永昌王拓跋仁，探得悬瓠空虚，一鼓攻入，又进陷项城。适宋廷召还各军，各归原镇，刘康祖与胡盛之，引兵偕归。行至威武镇，那后面的魏兵，却是满山遍野，蜂拥而来。胡盛之急语康祖道："追兵甚众，望去不下数万骑，我兵只有八千人，众寡不敌，看来只好依山逐险，间道南行，方不致为虏所乘哩。"康祖勃然道："临河求敌，未得出战，令得他自来送死，正当与他对垒，杀他一个下马威，免令深入，奈何未战先怯呢?"（勇有余而智不足。）遂结车为营，向北待着，且下令军中道："观望不前，便当斩首！惊顾却步，便当斩足!"军士却也齐声应令。声尚未绝。魏军已经杀到，四面兜集，围住宋营。宋军拼命死斗，自朝至暮，杀毙魏兵万余人，流血没踝，康祖身被数创，意气自若，仍然麾众力战。会日暮风急，虏帅拓跋仁，令骑兵下马负草，纵火焚康祖车营，康祖随缺随补，亲自指挥，不防一箭飞来，穿透项颈，血流不止，顿时晕倒马下，气绝身亡。余众不能再战，由胡盛之突围出走，带着残兵数百骑，奔回寿阳，八千人伤亡大半。

魏兵乘势蹂躏威武，威武镇将王罗汉，手下只三百人，怎禁得虏骑数万，把他困住，一时冲突不出，被他擒去。魏使三郎将锁住罗汉，在旁看守，罗汉伺至夜半，觑着三郎将睡卧，扭断铁练，潜至三郎将身旁，窃得佩刀，枭他首级，抱锁出营，一溜风似的跑到盱眙，幸得保全性命。

拓跋仁进逼寿阳，南平王铄登陴固守。魏主拓跋焘把豫州军事，悉委永昌王仁，自率精骑趋徐州，直抵萧城。（前写宋师出发，何等势盛，此时乃反客为主，可见胜败无常，令人心悸。）萧城距彭城只十余里，彭城兵多粮少，江夏王义恭恐不可守，即欲弃城南归。沈庆之谓历城多粮，拟奉二王及妃女，直趋历城，留护军萧思话居守。长史何勋与庆之异议，欲东奔郁州，由海道绕归建康。独沛郡太守张畅，闻二议龃龉不决，即入白义恭道："历城、郁州，万不可往，亦万不易往，试想城中乏食，百姓统有去志，但因关城严闭，欲去无从，若主帅一走，大众俱溃，虏众从后追来，难道尚能到历城、郁州么？今兵粮虽少，总还可支持旬月，哪有舍安就危，自寻死路？若二议必行，下官愿先溅颈血，污公马蹄。"道言甫毕，武陵王骏亦入语道："叔父统制全师，欲去欲留，非道民（道民系骏小字）所敢干预；惟道民本此城守吏，今若委镇出奔，尚有何面目归事朝廷？城存与存，城亡与亡，道民愿依张太守言，效死勿去！"（十一年南朝天子，是从此语得来。）义恭乃止。

魏主焘到了彭城，就戏马台上，叠毡为屋，瞭望城中，见守兵行列整齐，器械精利，倒也不敢急攻。便遣尚书李孝伯至南门，馈义恭貂裘一袭，饷骏橐驼及骡各数头，且传语道："魏主致意安北将军，可暂出相见，我不过到此巡阅，无意攻城，何必劳苦将士，如此严守！"武陵王骏，曾受安北将军职衔，恐魏主不怀好意，因遣张畅开门报使，与孝伯晤谈道："安北将军武陵王，甚欲进见魏主，但人臣无外交，彼此相同，守备乃城主本务，何用多疑？"

孝伯返报魏主，魏主求酒及橘蔗，并借博具，由骏一一照给。魏主又饷毡及胡豉与九种盐，乞假乐器，义恭仍遣张畅出答。畅一出城，城中守将，见魏尚书李孝伯控骑前来，便拽起吊桥，阖住城门。孝伯复与畅接谈，畅即传命道："我太尉江夏王，受任戎行，未赍乐具，因此妨命！”孝伯道：“这也没甚关系，但君一出城，何故即闭门绝桥？”畅不待说毕，即接口道：“二王因魏主初到，营垒未立，将士多劳，城内有十万精甲，恐挟怒出城，轻相陵践，所以闭门阻止，不使轻战。待魏主休息士马，各下战书，然后指定战场，一决胜负。”（颇有晋栾针整暇气象。）

孝伯正要答词，忽又由魏主遣人驰至，与畅相语道：“致意太尉安北，何不遣人来至我营，就使言不尽情，也好见我大小，知我老少，观我为人究竟如何？若诸佐皆不可遣，亦可使僮干前来。”畅又答道：“魏主形状才力，久已闻知，李尚书亲自衔命，彼此已可尽言，故不复遣使了。”孝伯接入道：“王玄谟乃是庸才，南国何故误用，以致奔败？我军入境七百里，主人竟不能一矢相遗，我想这偌大彭城，亦未必果能长守哩！”畅驳说道：“玄谟南士偏将，不过用着前驱，并非倚为心膂，只因大军未至，河水适合，玄谟乘夜还军，入商要计，部兵不察，稍稍乱行，有甚么大损呢？若魏军入境七百里，无人相拒，这由我太尉神算，镇军秘谋，用兵有机，不便轻告。”（亏他自圆其说。）孝伯又易一词道：“魏主原无意围城，当率众军直趋瓜步，若一路顺手，彭城何烦再攻？万一不捷，这城亦非我所需，我当南饮江湖，聊解口渴呢！”畅微笑道：“去留悉听彼便，不过北马饮江，恐犯天忌；若果有此，可是没有天道了！”这语说出，顿令孝伯出了一惊。看官道为何故？从前有一童谣云：“虏马饮江水，佛狸死卯年。”是年正岁次辛卯，孝伯亦闻此语，所以惊心，便语畅告别道：“君深自爱，相去数武，恨不握手！”畅接说道：“李尚书保重，他日中原荡定，尚书原是汉人，来还我朝，相聚有日哩！”遂一揖而散。（好算一位专对才。）

次日，魏主督兵攻城，城上矢石雨下，击伤魏兵多人。魏主遂移兵南下，使中书郎鲁秀出广陵，高凉王拓跋那出山阳，永昌王拓跋仁出横江，所过城邑，无不残破。江淮大震，建康戒严，宋主亟授臧质为辅国将军，使统万人救彭城。行至盱眙，闻魏兵已越淮南来，亟令偏将臧澄之、毛熙祚等，分屯东山及前浦，自在城南下营。那知臧毛两垒，相继败没，魏燕王拓跋谭，驱兵直进，来逼质营。质军惊散，只剩得七百人，随质奔盱眙城，所有辎重器械，悉数弃去。

盱眙太守沈璞，莅任未久，却缮城浚隍，储财积谷，以及刀矛矢石，无不具备。当时僚属犹疑他多事，及魏军凭城，又劝璞奔还建康。璞奋然道："我前此筹备守具，正为今日，若虏众远来，视我城小，不愿来攻，也无庸多劳了。倘他肉薄攻城，正是我报国时候，也是诸君立功封侯的机会哩！诸君亦尝闻昆阳、合肥遗事么？新莽、苻秦，拥众数十万，乃为昆阳、合肥所摧，一败涂地。几曾见有数十万众，顿兵小城下，能长此不败么？"僚佐闻言，方有固志。

璞招得二千精兵，闭城待敌。至臧质叩关，僚属又劝璞勿纳，璞又叹道："同舟共济，胡越一心，况兵众容易却虏，奈何勿纳臧将军！"遂开城迎质。质既入城，见城中守备丰饶，喜出望外，即与璞誓同坚守，众皆踊跃呼万岁。

那魏兵不带资粮，专靠着沿途打劫，充作军需。及渡淮南行，民多窜匿，途次无从抄掠，累得人困马乏，时患饥荒，闻盱眙具有积粟，巴不得一举入城，饱载而归。偏偏攻城不拔，转令魏主无法可施，因留数千人驻扎盱眙，自率大众南下。

行抵瓜步，毁民庐舍，取材为筏，屋料不足，济以竹苇，扬言将渡江深入，急得建康城内，上下震惊。宋主亟命领军将军刘遵考等，率兵分扼津要，自采石至暨阳，绵亘六七百里，统是陈舰列营，严加备御。太子劭出镇石头，总统水师。丹阳尹徐湛之，往守石头仓城。吏部尚书江湛，兼职领军，军事处置，悉归调度。宋主亲登石头城，面有忧色，旁顾江湛在侧，便与语道："北伐计议，本乏赞同，今日士民怨苦，并使大夫贻忧，回想起来，统是朕的过失，愧悔亦无及了！"江湛不禁赧颜，俯首无词。宋主复叹道："檀道济若在，岂使胡马至此！"（谁叫你自坏长城）

嗣又转登幕府山，观望形势，自思重赏之下，当有勇夫，因即榜示军民，有能得魏主首，封万户侯，或枭献魏王公首，立赏万金。又募人赍野葛酒，置空村中，诱令魏人取饮，俾他毒死。（统是儿女计策。）偏偏所谋不遂，智术两穷。还幸魏主无意久持，遣使携赠橐驼名马，请和求婚。宋主亦遣行人田奇，答送珍羞异味。魏主见有黄柑，当即取食，且大进御酒。左右疑食中有毒，密戒魏主，魏主不应，但出雏孙示田奇道："我远来至此，并非食汝土地，实欲继好息民，永结姻缘。汝国若肯以帝女配我孙，我亦愿以我女配武陵王，从此匹马不复南顾了！"田奇乃归白宋主。宋廷大臣多半主张和亲，独江湛谓戎狄无信，不如勿许。忽有一人抢入道："今三王在厄，主上忧劳，难道还要主战么？"这数语的声浪，几乎响彻殿瓦，（豺狼之声。）害得江湛大惊失色，慌忙审视，进言的不是别人，乃是太子刘劭。自知此人难惹，便即匆匆退朝。劭且顾令左右，当阶挤湛，几至倒地，宋主看不过去，出言呵禁，劭尚抗声道："北伐败辱，数州沦破，独有斩江、徐二人，方可谢天下！"宋主蹙额道："北伐原出我意，休怪江、徐！"（汝肯认过，怪不得后来遇弑。）劭怒尚未平，悻悻而出。

可巧魏主也不复请和，但在瓜步山上，过了残年。越日已为元嘉二十八年元旦，魏主大集群臣，班爵行赏，便下令拔营北归。道出盱眙，魏主又遣使入城，馈送刀剑，求供美酒。守将臧质，却给了好几坛，交来使带回。魏主酒兴正浓，即命开封取酒。那知一股臭气，由坛冲出，仔细验视，并不是酒，乃是混浊浊的小溲！（臧质亦太恶作剧。）

魏主大怒，便令将士攻城，四成筑起长围，一夕即就。且运东山土石，填彻濠堑，就君山筑造浮桥，分兵防堵，截断城中水陆通道。一面贻臧质书道：

尔以溲代酒，可谓智士。我今所遣攻城各兵，尽非我国人，城东北是丁零与胡，南是氐羌。设使丁零死，正可减常山赵郡贼，胡死可减并州贼，氐羌死可减关中贼。尔若能尽加杀戮，于我甚利，我再观尔智计也！

臧质得书，亦复报道：

省示具悉奸怀。尔自恃四足，屡犯边境，王玄谟退于东，梁坦散于西，尔知其所以然耶？尔独不闻童谣之言乎？盖卯年未至，故以二年开饮江之路耳！冥期使然，非复人事。我受命归虏，期至白登，师行未远，尔自送死，岂容复令尔生全，飨有桑干哉！尔有幸得为乱兵所杀，不幸则生遭锁缚，载以一驴，直送都市耳！我本不图全，若天地无灵，力屈于尔，齑之粉之，屠之裂之，犹未足以谢本朝。尔智识及众力，岂能胜苻坚耶！今春雨已降，兵方四集，尔但安意攻城，切勿遽走！粮食乏者可见语，当出廪相遗。得所送剑刀，欲令我挥之尔身耶？各自努力，毋烦多言！

魏主接闻复书，当然大怒，特制铁床一具，上置许多铁镵，仿佛与尖刀山相似，且咬牙切齿，指床示众道："破城以后，誓生擒臧质，叫他坐在镵上，尝试此味！"臧质得知消息，亦写着都中赏格，有斩佛狸首封万户侯等语。魏主益怒，麾兵猛攻，并用钩车钩城楼。臧质将计就计，命守卒数百人，各执巨絙，将他来钩系住，反令车不得退。相持至夜间，质见魏兵少懈，缒桶悬卒，出截各钩，悉数取来。次日辰刻，魏主改用冲车攻城，城土坚密，颓落不多。魏兵即肉薄登城，更番相代，前仆后继，质与沈璞分段扼守，饬用长矛、巨斧，或戳或斫，一些儿没有放松。可怜魏兵只有下坠，不能上升，究竟性命是人人所惜，死了几十百个，余外亦只好退休。今日攻不下，明日又攻不下，好容易过了一月，仍然不下，魏兵倒死了万余人。春和日暖，尸气熏蒸，免不得酿成疫疠，魏兵多半传染，均害得骨软神疲。探得宋都消息，将遣水军自海入淮，来援盱眙，并饬彭城截敌归路，魏主知不可留，乃毁去攻具，向北退走。

盱眙守将欲追蹑魏兵，沈璞道："我军不过二三千名，能守不能战，但教佯整舟楫，示欲北渡，能使虏众速走，便无他虑了！"（可行则行，可止则止，是谓良将。）魏主闻盱眙具舟，果然急返，路过彭城，也无暇住足，匆匆驰去。彭城将佐，劝义恭出兵追击，谓虏众驱生口万余，当乘势夺回。义恭很是胆怯，不肯允议。

越日诏使到来，命义恭尽力追虏，是时魏兵早已去远，就使有翅可飞，也是无及。义恭但遣司马檀和之驰向萧城，总算是奉诏行事，沿途一带，并不见有魏兵，但见尸骸累累，统是断脰截足，状甚可惨。途次遇着程天祚，乃是由虏中逃归，报称南中被掠生口，悉数遭屠，丁壮都斩头斩足，婴儿贯诸槊上，盘舞为戏，所过郡县，赤地无余，连春燕都归巢林中，说将起来，真是可叹！（谁生厉阶，一至于此?）还有王玄谟前戍碻磝，也由义恭召还，碻磝仍被魏兵夺去。

看官听着！这废王刘义康，就在这战鼓声中了结生命。当时故将军胡藩子诞世，拟奉义康为王，纠集羽党二百余人，潜入豫章，杀死太守桓隆之，据郡作乱。适值交州刺史檀和之，卸职归来，道出豫章，号召兵吏，击斩诞世，传首建康。太尉江夏王义恭，引和之为司马，且奏请远徙义康。宋主乃拟徙义康至广州，先遣使人传语，义康答道："人生总有一死，我也不望再生，但必欲为乱，何分远近？要死就死在此地，已不愿再迁了！"宋主得来使返报，很是介意。及魏兵入境，内外戒严，太子劭及武陵王骏等，恐义康乘隙图逞，屡把大义灭亲四字，申劝宋主。宋主遂遣中书舍人严龙，持药至安成郡赐义康死。（如前誓何?）义康不肯服药，蹙然道："佛教不许自杀，愿随宜处分。"（零陵王曾有此语，不意于此复得之，刘裕有知，亦当悔弑零陵。）严龙遂用被掩住义康，将他缢死。（死法亦与零陵相同。）

太尉江夏王义恭，徐州刺史武陵王骏，俱因御虏无功，致遭谴责，义恭降为骠骑将军，骏降为北中郎将。青、冀刺史萧斌、将军王玄谟，亦坐罪免官。自经此次宋魏交争，南兖、徐、豫、青、兖、冀六州，邑里为墟，倍极萧条，元嘉初政，从此衰了。小子有诗叹道：

自古佳兵本不祥，况闻将帅又非良；
六州残破民遭劫，毕竟车儿太不明。（车儿系宋主义隆小字。）

兵为祸始，身且凶终。过了一两年，南北俱有重大情事，出人意表，小子当依次演述，请看官续阅下回。

观张畅之出报魏使，措词敏捷，可称为外交家。观臧质之答复魏书，下笔诙谐，可称为滑稽派。但吾谓宁效张畅，毋效臧质。张畅所说，不亢不卑，能令魏使李孝伯自然心折，三寸舌胜过十万师，张畅有焉。臧质以溲代酒，殊出不情，所致复书，语语挑动敌怒，曩令沈璞无备，区区孤城，岂能长守！且使魏主无意北归，誓拔此城，彭城又不敢发兵相救，则援绝势孤，终有陷没之一日，恐虏主所设之铁床，难免质之一坐耳。然而张畅之却敌也，得之于镇定；臧质之却敌也，得之侥幸，镇定可恃，侥幸不可恃，臧质一试见效，至欲再试三试，宜后来之发难江州，一跌赤族也。

第十六回 永安宫魏主被戕 含章殿宋帝遇弑

却说魏主焘驰还平城，饮至告庙，改元正平，所有降民五万余家，分置近畿，无非是表扬威武，夸示功绩的意思。魏自拓跋嗣称盛，得焘相继，国势益隆，但推究由来，多出自崔浩功业。浩在魏主南下以前，已为了修史一事，得罪受诛，小子于十四回中，曾已提及，不过事实未祥，还宜补叙。本回承前启后，正应就此表明。

浩与崔允等监修国史。已有数年（见十三回。）魏主尝面谕道："务从实录。"浩因将魏主先世，据实列叙，毫不讳言。著作令史闵湛、郗标，素来巧佞，见浩平时撰著，极口贡谀，且劝浩刊布国史，勒石垂示，以彰直笔。浩依言施行，镌石立衢，所有北魏祖宗的履历，无论善恶，一律直书。时太子晃总掌百揆，用四大臣为辅，第一人就是崔浩，此外三人，为中书监穆寿，及侍中张黎、古弼。弼头甚锐，形似笔尖，忠厚质直，颇得魏主信任，尝称为笔头公。浩亦直言无隐，常得太子敬礼，因此权势益崇，为人所惮。古人说得好，道高一尺，魔高一丈，崔浩具有干才，更得两朝优宠，事皆任性，不避嫌疑，免不得身为怨府，遭人构陷，中书侍郎高允，已早为崔浩担忧，浩全不在意，放任如故。（致死之由。）果然谗夫交构，大祸猝临，一道敕书，竟将浩收系狱中。

高允与浩同修国史，当然牵连，太子晃尝向允受经，意图营救，便召允与语道："我导卿入谒内廷，至尊有问，但依我言，当可免罪。"允佯为遵嘱，随太子进见魏主。太子先入，谓允小心慎密，史事俱由崔浩主持，与允无涉，请贷允死罪。魏主乃召允入问道："国史统出浩手么？"允跪答道："太祖记是前著作郎邓渊所作，先帝记及今上记，臣与浩共著，浩但为总裁，至下笔著述，臣较浩为更多。”魏主不禁盛怒，瞋目视太子道：“允罪比浩为大，如何得生？”太子面有惧色，慌忙跪求道：“天威严重，允系小臣，迷乱失次，故有此言。臣儿曾向允问明，俱说是由浩所为。”魏主又问允道：“东宫所陈，是否确实？”允从容答道：“臣罪当灭族，不敢虚妄，殿下哀臣，欲丐余生，所以有此设词。”（壮哉高允。）魏主怒已少解，复顾语太子道：“这真好算得直臣了！临死不易辞，不失为信，为臣不欺君，不失为贞，国家有此纯臣，奈何加罪！”便谕令起身，站立一旁，复召崔浩入讯。浩面带惊惶，不敢详对。魏主令左右牵浩使出，即命高允草诏，诛浩及僚属僮吏，凡百二十八人，皆夷五族。允持笔不下，魏主一再催促，允搁笔奏请道：“浩若别有余衅，非臣所敢谏诤，但因直笔触犯，罪不至死，怎得灭族！”魏主又怒，喝令左右将允拿下。太子晃更为哀求，魏主乃霁颜道：“非允敢谏，更要致死数千人。”太子与允，拜谢而退。越日有诏传出，命诛崔浩，并夷浩族；余止戮身，不及妻孥。（还是一场冤狱。）

他日太子责允道：“我欲为卿脱死，卿终不从，致触上怒，事后追思，尚觉心悸。”允答道：“史所以记善恶，垂戒今古。崔浩非无他罪，但作史一事，未违大体，不应加诛，臣与浩同事，浩既诛死，臣何敢独生！蒙殿下替臣解救，恩同再造，不过违心苟免，非臣初愿，臣今独存，尚有愧死友哩！”太子不禁动容，称叹不置。语为魏主所闻，也有悔意。会尚书李孝伯病笃，讹传已死，魏主呜咽道：“李尚书可惜！”半晌又改言道：“朕几失词，崔司徒可惜！李尚书可哀！”嗣闻孝伯病愈，遂令入代浩职，每事与商，仿佛如浩在时，这且毋庸细表。

惟太子晃为政精察，素与中常侍宗爱有嫌。给事中仇尼道盛，得太子欢，亦与爱不协。偏魏主好信爱言，爱遂谗间东宫，先将仇尼道盛，指为首恶，次及东宫官属十数人。魏主意一体处斩，害得太子晃日夕惊惶，致成心疾，未几遂殁。（太吓不起。）

既而魏主知晃无罪，很是悲悼，追谥晃为景穆太子，封晃子浚为高阳王。嗣又以皇孙世嫡，不当就藩，乃复收回成命。浚时年十二，聪颖过人，魏主格外钟爱，常令侍侧。只宗爱见魏主追悔，自恐得罪，遂想了一计，作出弑逆的大事来了。

一年易过，苦难下手，至魏正平二年春季，魏主焘因酒致醉，独卧永安宫。宗爱伺隙进去，不知他如何动手，竟令这英武果毅的魏主焘，死得不明不白，眼出舌伸。（也是杀人过多的报应。）

经过了好多时，始有侍臣入视，见魏主这般惨状，骇极欲奔，狂呼而出。那时宗爱早已溜出外面，佯作惊愕情状，即与尚书左仆射兰延，侍中和疋、（音雅。）薛提等，商量后事，暂不发丧。当下审择嗣君，互生异议。和疋以皇孙尚幼，欲立长君，薛提独援据经义，决拟立孙。彼此辩论一番，尚未定议，和疋竟召入东平王翰置诸别室，将与群臣会议，立为嗣君。宗爱独密迎南安王余，自便门入禁中，至柩前嗣位。这东平王翰及南安王余，统是魏主焘子，太子晃弟翰排行第三，余排行第六，宗爱尝谮死东宫，听着薛提立孙的议论，原是反对，但与翰亦夙存芥蒂，不愿推立，因即矫传赫连皇后命令。（魏立赫连后见第十回。）召入兰延、和疋、薛提三人，待他们联翩入宫，竟突出宦官数十名，各持刀械，一拥而上，吓得三人浑身发颤，眼睁睁的被他缚住，霎时间血溅颈中，头颅落地。东平王翰居别室中，还痴望群臣来迎，好去做那嗣皇帝，不意室门一响，闯入许多阉人，执刀乱砍，半声狂叫，一命呜呼！（真是冤枉。）

宗爱即奉余即位，宣召群臣入谒，一班贪生怕死的魏臣，哪个还敢抗议，不得已向余下拜，俯首呼嵩。随即照例大赦，改元承平，尊赫连氏为皇太后，追谥魏主焘为太武皇帝，授宗爱为大司马大将军太师，都督中外诸军事，领中秘书，封冯翊王。（备述宗爱官职，所以见余之不子。）余因越次继位，恐众心未服，特发库中财帛，遍赐群臣。不到旬月，库藏告罄。偏是南方兵马，蓦地来侵，几乎束手无策，还亏河南一带边将固守，胜负参半，才将南军击退。

原来宋主义隆，闻魏主已殂，又欲北伐，可巧魏降将鲁轨子爽，及弟秀复来奔宋，奏称父轨早思南归，积忧成病，即致身亡，臣爽等谨承遗志，仍归祖国云云。（鲁轨先奔秦，后奔魏，俱见第五第六回中。）宋主大喜，立授爽为司州刺史，秀为颍州太守，与商北伐事宜。爽等竭力怂恿，遂遣抚军将军萧思话，督率冀州刺史张永等，进攻确磝；鲁爽、鲁秀、程天祚等，出发许洛；雍州刺史臧质，率部众趋潼关。沈庆之等固谏不从。青州刺史刘兴祖，请长驱中山，直捣虏巢，亦不见听。反使侍郎徐爰，传诏军前，遇有进止，须待中旨施行。从前宋师败绩，均由宋主专制过甚，诸次趑趄莫决，所以致此。此次仍蹈前辙，眼见是不能成功。

张永等到了确磝，围攻兼旬，被魏兵穴通地道，潜出毁营，永竟骇退，士卒多死。萧思话自往督攻，又经旬不下，粮尽亦还。臧质顿兵近郊，但遣司马柳元景等向潼关，梁州参军萧道成（即萧承之子），亦会军赴长安，未遇大敌，无状可述。惟鲁爽等进捣长社，魏守将秃发幡弃城遁去，再进至大索，与魏豫州刺史拓跋仆兰，交战一场，斩获甚多。追至虎牢，闻确磝败退，魏又派兵来援，乃还镇义阳。柳元景等自恐势孤，亦引军东归，一番举动，又成画饼。宋主因他擅自退师，降黜有差，这也不在话下。

且说魏主余闻宋师已退，放心大胆，整日里沉湎酒色，间或出外畋游，不恤政事。宗爱总握枢机，权焰滔天，不但群臣侧目，连魏主余亦有戒心。有时见了宗爱，颇加裁抑，宗爱不免含愤，又复怀着逆谋，欲将余置诸死地。（小人难养，观此益信。）会余夜祭东庙，宗爱即嘱令小黄门贾周等，用着匕首，刺余入胸，立刻倒毙。

群臣尚未闻知，惟羽林郎中刘尼，得知此变，便入语宗爱，请立皇孙濬以副人望。爱愕然道："君大痴人，皇孙若立，肯忘正平时事么？"（指太子晃事。）尼默然趋出，密告殿中尚书源贺。贺有志除奸，即与尼同访尚书陆丽，与丽晤谈道："宗爱既立南安，今复加弑，且不愿迎立皇孙，显见他包藏祸心，不利社稷，若不早除，后患正不浅哩！"丽惊起道："嗣主又遭弑么？一再图逆，还当了得！我当与诸君共诛此贼，迎立皇孙！"遂与尚书长孙渴侯，商定密计，令与源贺率同禁兵，守卫宫廷，自与尼往迎皇孙。皇孙濬才十三岁，即抱置马上，至宫门。长孙渴侯开门迎人，丽入宫拥卫皇孙，尼率禁兵驰还东庙，向众大呼道："宗爱弑南安王，大逆不道，罪当灭族。今皇孙已登大位，传令卫士还宫，各守原职！"大众闻言，欢呼万岁。尼即麾众拿下宗爱、贾周，勒兵返营。奉皇孙濬御永安殿，即皇帝位，召见群臣，改元兴安。诛宗爱、贾周，具五刑，夷三族。追尊景穆太子晃为皇帝，庙号恭宗，妣郁久闾氏为恭皇后，立乳母常氏为保太后。常氏本辽西人，因事入宫，濬生时母即去世，由常氏哺乳抚育，乃是成人，所以特别尊养，隐示报酬。寻且竟尊为皇太后。（虽曰报德，未足为训。）封陆丽为平原王，刘尼为东安公，源贺为西平公，长孙渴侯为尚书令，加开府仪同三司，国事粗定，易危为安。那南朝的宋天子，却亲遭子祸，死于非命，仿佛有铜山西崩，洛钟东应的情状，这正所谓乱世纷纷，华夷一律呢。（开下半回文字。）

宋自袁皇后病逝后，潘淑妃得专总内政。太子劭性本凶险，又忆及母后病亡，由淑妃所致，不免仇恨淑妃，并及淑妃子浚。浚恐为劭所害，曲意事劭，因得与劭相亲。劭姊东阳公主，有婢王鹦鹉，与女巫严道育往来。道育夤缘干进，得见公主，自言能辟谷导气，役使鬼物。妇人家多半迷信，遂视道育为神巫。道育尝语公主道："神将赐公主重宝，请公主留意！"公主记在心中，入夜卧床，果见流光若萤，飞入书笥，慌忙起视，开箧得二青珠，即目为神赐，益信道育。

劭与浚出入主家，由公主与语道育神术，亦信以为真。他两人素行多亏，常遭父皇呵斥，可巧与道育相识，便挽她祈请，欲令过不上闻。道育设起香案，对天膜拜，念念有词，也不知是她甚么咒语，既而向空问答，好似有天神下降，与她对谈，约有半个时辰，才算祷毕，（无非捣鬼。）入语劭、浚二人道："我已转告天神，必不泄露。"二人大喜，共称道育为天神。道育恐所言未验，索性为劭、浚设法，用巫蛊术，雕玉成像，假托宋主形神，瘗埋含章殿前。东阳公主婢王鹦鹉，与主奴陈天与、黄门陈庆国，共预秘谋。劭擢天与为队主，宋主说他录用非人，面加诘责。（天神何不代为掩饰。）劭未免心虚，且恨且惧，适浚出镇京口，遂驰书相告。浚复书道："彼人若所为不已，正好促他余命。”彼人暗指宋主，劭与浚往来通信，尝称宋主为彼人，或曰其人。（却是一个新名词。）

已而东阳公主，一病不起，竟致谢世。（何不先挽道育替她禳解？）王鹦鹉年亦浸长，既为公主毕丧，理应遣嫁，当由浚代为主张，命嫁府佐沈怀远为妾。怀远格外爱宠，竟至专房。鹦鹉原是得所，偏她有一种说不出的隐情，横亘在胸，未免喜中带忧。看官道为何因？原来鹦鹉在主家时，曾与陈天与私通，此次嫁与怀远，恐天与含着醋意，泄漏巫蛊情事，左思右想，无可为计，不如先杀天与，免贻后患。（世间最毒妇人心。）当下自往告劭，但说是天与谋变，将发阴谋。劭怎知情弊，立将天与杀死。陈庆国骇叹道：“巫蛊秘谋，惟我与天与得闻，天与已死，我尚能独存么？”遂入见宋主，一一具陈。宋主大惊，即遣人收捕鹦鹉，并搜检鹦鹉箧中，果得劭、浚书数百纸，统说诅咒巫蛊事。又在含章殿前，掘得所埋玉人，当命有司穷治狱案，更捕女巫严道育。道育已闻风逃匿，不知去向，（想是由天神救去）。只晦气了一个王鹦鹉，囚禁狱中。宋主连日不欢，顾语潘淑妃道：“太子妄图富贵，还有何说？虎头（浚小字。）也是如此，真出意料！汝母子可一日无我么？”遂遣中使切责劭、浚，两人无从抵赖，只得上书谢罪。宋主虽然怀怒，尚是存心舐犊，不忍加诛！（真是溺爱不明。）

蹉跎蹉跎，又经一载，已是元嘉三十年了。浚自京口上书，乞移镇荆州，宋主有诏俞允，听令入朝。今闻严道育匿居京口张旿家，即饬地方官掩捕，仍无所得；但拘住道育二婢，就地审讯，供称道育曾变服为尼，先匿东宫，后至京口依始兴王，（浚封始兴王，已见十三回中。）曾在旿家留宿数宵，今复随始兴王还朝云云。宋主大怒，即命京口送二婢入都，将与劭、浚质对。

浚至都中，颇闻此事，潜入宫见潘淑妃。淑妃抱浚泣语道：“汝前为巫蛊事，大触上怒，还亏我极力劝解，才免汝罪，汝奈何更藏严道育？现在上怒较甚，我曾叩头乞恩，终不能解，看来是无可挽回，汝可先取药来，由我自尽，免得见汝惨死哩！”浚听了此言，将母推开，奋衣遽起道："天下事任人自为，愿稍宽怀，必不相累！"说着，抢步出宫去了。

宋主召入侍中王僧绰，密与语道："太子不孝，浚亦同恶，朕将废太子劭，赐浚自尽，卿可检寻汉魏典故，如废储立储故例，送交江、徐二相裁决，即日举行。"僧绰应命趋出，当即检出档册，赍送尚书仆射徐湛之，及吏部尚书江湛，说明宋主密命，促令裁夺。江湛妹曾嫁南平王铄，徐湛之女为随王诞妃，两人各怀私见，因入谒宋主，一请立铄，一请立诞。宋主颇爱第七子建平王弘，意欲越次册立，因此与二相辩论，经久未决。

僧绰入谏道："立储一事，应出圣怀，臣意宜请速断，不可迟延！古人有言，当断不断，反受其乱，愿陛下为义割恩，即行裁决！若不忍废立，便当坦怀如初，不劳疑议。事机虽密，容易播扬，不可使变生意外，贻笑千秋！"宋主道："卿可谓能断大事，但事关重大，不可不三思后行！况彭城始亡，人将谓朕太无亲情，如何是好？"（瞻望徘徊，终归自误。）僧绰道："臣恐千载以后，谓陛下只能裁弟，不能裁儿！"宋主默然不应，僧绰乃退。

嗣是每夕召湛之入宫，秉烛与议，且使绕壁检行，防人窃听。潘淑妃遣人伺察，未得确保，俟宋主还寝，佯说劭、浚无状，应加惩处。宋主以为真情，竟将连日谋画，尽情告知。淑妃急使人告浚，浚即驰往报劭。劭与队主陈叔儿、斋帅张超之等，密谋弑逆，即召集养士二千余人，亲自行酒，嘱令戮力同心。

到了次日，夜间诈为诏书，伪称鲁秀谋反，饬东宫兵甲入卫，一面呼中庶子萧斌、左卫率袁淑、中舍人殷仲素、左积弩将军王正见等，相见流涕道："主人信谗，将见罪废，自问尚无大过，不愿受枉，明旦将行大事，望卿等协力援我，共图富贵！"说至此，起座下拜。萧斌等慌忙避席，逡巡答语道："从古不闻此事，还请殿下三思！"劭不禁变色，现出怒容。斌惮劭凶威，便即改口道："当竭力奉令！"仲素等亦依声附和。淑独呵叱道："诸君谓殿下真有此事么？殿下幼尝患疯，今或是旧疾复发哩。"劭益加奋怒，张目视淑道：

"汝谓我不能成事么？"淑答道："事或可成，但成事以后，恐不为天地所容，终将受祸！如殿下果有此谋，还请罢休！"陈叔儿在旁说道："这是何事，尚说可罢手么？"遂麾淑使出。

淑还至寓所，绕床行走，直至四更乃寝。（何不速报宋主。）翌晨宫门未开，劭内着戎服，外罩朱衣，与萧斌同乘画轮车，出东宫门，催呼袁淑同载。淑睡床未起，经劭停车力促，乃披衣出见，劭使登车，辞不肯上，即被劭指麾左右，一刀了命。（实是该死。）遂趋至常春门，门适大启，推车直入。旧制东宫队不得入禁城，劭取出伪诏，指示门卫道："接奉密敕，有所收讨，可放后队入门。"门卫不知是诈，便一并放入。张超之为前驱，领着壮士数十人，驰入云龙门，驰过斋阁，直进含章殿，宋主与徐湛之密谋达旦，烛尚未灭，门阶户席，卫兵亦尚寝未起。

超之等一拥入殿，宋主惊起，举几为蔽，被超之一刀劈来，剁落五指，投几而仆。超之复抢着一刀，眼见得不能动弹，呜呼哀哉！享年四十七岁。小子有诗叹道：

到底妖妃是祸胎，机谋一泄便成灾；
须知枭獍虽难驭，衅隙都从帷帟来！

宋主被弑，徐湛之首宿殿中，闻变惊起，趋往北户，未知能逃脱性命否？且待下回续详。

北朝弑主，南朝亦弑主，仅隔一年，祸变相若，以天地间不应有之事，而乃数见不鲜，可慨孰甚！尤可骇者，魏阉宗爱，一载中敢弑二主，当时忠如崔允，直如古弼，俱尚在朝，不闻仗义讨贼，乃竟假手于刘尼、陆丽，诸人向未著名，反能诛逆，彼崔允、古弼辈，得毋虚声纯盗耶！宋主被弑，出自亲子，当断不断，反受其乱，诚如王僧绰所言。江、徐两相，得君专政，不能为主除害，寻且与主同尽，怀私者终为私败，人亦何苦不化私为公也！然乱臣贼子遍天下，而当时之泯泯棼棼，已可慨见。太武称雄，元嘉称治，史臣所云，其然岂其然乎！

第十七回　发寻阳出师问罪　克建康枭恶锄奸

却说徐湛之趋入北户，正拟开门逃生，那背后已有乱兵追到，立被杀死。江湛夜直上省，早起闻喧噪声，料知有变，喟然叹道："不用王僧绰言，乃竟至此！"遂避匿小屋中，亦被乱兵搜捕，结果性命。左细仗主广威将军卜天与，不暇被甲，执刀持弓，疾呼左右出战，一箭射去，几中劭颈，劭匆忙闪避，幸得躲过。劭党围击天与，确断天与左臂，大吼一声，倒地而亡。队长张泓之、朱道钦、陈满等，一同战死。

劭入含章殿中阁，杀毙中书舍人顾嘏，他如宿卫旧将罗训、徐罕，及左卫将军尹弘，皆望风屈附。劭又使人闯入东阁，往杀潘淑妃。淑妃方才起床，尚未盥栉，蓦见乱兵冲入，吓做一团。赳赳武夫，管甚么玉骨冰肌，竟把她一刀砍死，剖开胸膛，挖心献劭。（何不前时仰药，免得受此惨劫。）还有宫中侍役，平时得宋主亲信，约有数十人，也共做了刀头鬼，随着潘淑妃的芳魂，同到冥府中去侍宋主了。

浚宿居西州，由舍人朱法瑜，踉跄走告道："不好了！不好了！宫中变起，外面统说是太子造反了！"浚佯惊道："有这等事情？奈何奈何！"法瑜道："不如急往石头，据城观变。"将军王庆呵止道："宫中有变，未知主上安危，做臣子的理应投袂赴难，奈何反往石头！"浚尚未知宫中确耗，竟从南门趋出，带着文武千余人，驰往石头城。

城中由南平王铄留守，见浚奔至，惊问宫廷情状，浚答说未毕，即由张超之到来，召浚入朝。浚屏去左右，向超之问明底细，便戎服上马，急驰而去。朱法瑜劝阻不从，王庆叩马直谏，提出声罪讨逆四字，更与浚意相反。浚即怒叱道："皇太子有令，敢有多言，便当斩首！"遂与张超之匆匆入朝，与劭相见。劭说道："弟来甚好！可惜这潘淑妃！"说到妃字，不禁住口，浚问道："敢是已死了么？"劭见他形色自如，才答道："为兄的一时失检，淑妃竟为乱兵所害！"浚怡然道："这是下情所愿，死何足惜！"（劭可无父，浚亦何必有母！）劭甚至是喜慰，又诈传诏书，召入大将军江夏王义恭，及尚书令何尚之，拘至别室，胁令屈服；并召百官入殿，有数十人应召到来。劭即被服冕旒，居然登位，且宣示敕书道：

> 徐湛之、江湛弑逆无状，吾勒兵入殿，已无所及，号惋崩恤，肝心破裂。今罪人斯得，元凶克殄，可大赦天下，改元太初，俾众周知！

即位已毕，便还居永福省，不敢临丧，但命亲党入宫殿中，棺殓宋主及潘淑妃，谥宋主义隆为景皇帝，庙号中宗。当即发丧，葬长宁陵。命萧斌为尚书仆射，领军将军，何尚之为司空，前太子右卫率檀和之戍石头，征虏将军营道侯义綦镇京口，（义綦系道怜幼子。）殷仲素为黄门侍郎，王正见为左军将军，张超之、陈叔儿以下，皆升官进爵有差。又令辅国将军鲁秀，与屯骑将军庞秀之，分掌禁军，杀尚书左丞荀赤松、右丞臧凝之。两人系江、徐亲属，所以被杀。王僧绰授任吏部尚书，兼官司徒。嗣由劭检查故牍，及江湛家书疏，得僧绰所上前代废储典故，不禁怒起，令即加诛。（迟死数日，便是逆臣。）僧绰弟僧虔亦死。劭又诬称宗室王侯，与僧绰谋反，收系义欣子长沙王瑾，及瑾弟楷，义庆子临川王晔、义融子桂阳侯觊、义宗子新渝侯玠（义融、义宗皆义欣弟。）一并处死。授江夏王义恭为太保，南谯王义宣为太尉，始兴王浚为骠骑将军，调雍州刺史臧质为丹阳尹，随王诞为会州刺史。立妃殷氏为皇后。后季父殷冲为司隶校尉。号女巫严道育为神师，释王鹦鹉出狱，厚赏金帛。鹦鹉至劭处谢恩。劭见她妖冶善媚，格外加怜，竟引入密室，特赐雨露。鹦鹉本来淫荡，骤然得此奇遇，真是喜出望外，流连枕席，曲意承欢，引得劭心花怒放，通宵取乐，恨不即立她为后。只因正宫有主，一时不便废易，权且列作妾媵，再作后图。（鹦鹉原是禽类，应与禽兽为匹。）

是时武陵王骏，移镇江州，仍然开府。（回应十四回中江州罢府事，文笔不漏，且与十三回中江州应出天子语，亦遥相印证。）适值江蛮为寇，骏也屯五州，并由步兵校尉沈庆之自巴水来会，并讨群蛮。劭阳授骏为征南将军，暗中却与沈庆之手书，令他杀骏。可巧典签董元嗣，也自建康至五州，具言太子弑逆状。庆之密语僚佐道："萧斌妇人，余将帅皆不足道，看来东宫同恶，不过三十人，此外胁从，必不为用，我若辅顺讨逆，不患无成！"乃入帐见骏，骏已略闻密书消息，阴有戒心，即托疾不见。庆之竟自突入，取出劭书，当面示骏。骏无从避匿，但对书泣下道："我死亦不怕，但上有老母，可否许我一诀？"原来骏母为路淑媛，尝随骏就藩，所以骏有此言。庆之奋然道："殿下视庆之为何如人？庆之受先帝厚恩，今日当辅顺讨逆，惟力是视，殿下何必多疑！"骏起座再拜道："国家安危，皆在将军！"庆之答拜毕，即命内外勒兵，克期东指。

府主簿颜竣道："劭据有天府，急切难攻，若单靠一隅起义，未免孤危，不如待诸镇协谋，然后举事。"庆之厉声道："今欲仗义出师，乃来这黄头小儿，挠阻军心，怎得不败？宜斩首号令，振作士气！"骏见庆之动怒，忙令竣拜谢庆之，庆之乃和颜语竣道："君但当司笔札事，出兵打仗，非君所能与闻。"骏喜说道："愿如将军言！"当下戒严誓众，命沈庆之为府司马，襄阳太守柳元景、随郡太守宗悫为谘议参军，内史朱修之署平东将军，颜竣为录事，长史刘延孙为寻阳太守，行留府事。

庆之部署内外，才阅旬日，便已整备，时人目为神兵。当命颜竣草檄，传示四方，使共讨劭。荆州刺史南谯王义宣、雍州刺史臧质、司州刺史鲁爽，首先起应，举兵相从。骏留鲁爽守江陵，自与臧质出赴寻阳。

劭闻骏出师，调兖、冀二州刺史萧思话为徐、兖二州刺史，起张永为青州刺史。思话不奉劭命，竟率兵应骏。建武将军垣护之，也自历城赴寻阳，与骏联合。就是随王诞亦致书与骏，愿共讨逆。不到一月，已是义师四起，伐鼓渊渊。（可见人心未死。）劭尚自恃知兵，召语朝士道："卿等但助我料理文字，不必注意军旅，若有寇难，我自难抵御，但恐贼虏未敢遽动呢！"嗣闻四方兵起，方有忧色，乃下令戒严。

春去夏来，警信益急，柳元景统领宁朔将军薛安都等，出发溢口，共计十有二军。武陵王骏，亦自寻阳出发，命沈庆之总掌中军，浩浩荡荡，杀奔建康。一面传檄入都，历数劭罪。

劭得阅檄文，探知是颜竣手笔，便召太丞颜延之入殿，投檄相示道："你可知何人所作"延之方应劭征，入为光禄大夫，竣即延之长子，延之从容览檄，料知劭是故意质问，便直供道："这当是臣儿所为。"劭又问道："汝如何知晓？"延之道："臣子竣笔意如此，臣不容不识。"劭又道："竣如何这般毁我？"延之道："竣不顾老父，怎知顾陛下！"劭怒少解，叱令退朝，命拘竣子至侍中下省，义宣子至太仓空舍，一体幽禁，且欲尽杀三镇将士家口。

江夏王义恭、司空何尚之进言道："人生欲举大事，必不顾家，否则定是胁从，无法解免；若将他家室诛灭，益令众心绝望，更增敌焰呢。"（娓娓动听，保全不少。）劭也以为然，因不复问。惟自思朝廷旧臣均不足恃，只好厚抚辅国将军鲁秀，及右军参军王罗汉，委以军事，令萧斌为谋主，殷冲掌兵符。

斌劝劭整率水军，自出决战，或保据梁山，固垒扼守。江夏王义恭，有心结骏，恐他仓猝起兵，船只狭小，不利水战，乃劝劭养锐待期，不宜远出。斌厉色道："武陵郎二十少年，能做出这般大事，殆未可量；况复三方同恶，势据上流，沈庆之谙练军事，柳元景、宗悫屡次立功，形势如此，实非小敌。今都中人心未离，尚可勉力一战，若端坐台城，如何能久持哩！"劭不听斌言，但慰劳将士，督治战舰，拟俟敌军逼近，然后决战。（呆鸟。）或劝劭保石头城，劭说道："前人据守石头，无非待诸侯勤王，我若守此，何人来援，惟应与他决战，方可取胜。"既可遣庞秀之出戍石头，秀之竟往奔骏军，于是人心大震。

骏军到了鹊头，宣城太守王僧达，又驰往谒骏，骏即授为长史，置诸左右。柳元景因舟舰未坚，不便水战，特倍道疾行，至江宁登岸，使薛安都带领铁骑耀兵淮上，且贻书朝士，为陈逆顺利害。朝士多潜出建康，往投军前。骏自寻阳东行，途次遇疾，不能见将士，惟颜竣出入卧内，亲视起居，有时因骏病加剧，不便禀白，即专行裁决，军政以外，所有文檄往来，似出一人，毫无稽滞。

好容易过了兼旬，连舟中甲士，亦未知骏有危疾，毫不慌张。那柳元景日报军情，俱由竣批答出去，令他相机进取，不为遥制。元景潜至新亭，依山为垒。劭使萧斌统步军，褚湛之统水军，与鲁秀、王罗汉等，合精兵万余人，攻新亭寨，劭自登朱雀门督战。

元景下令军中道："鼓繁气易衰，声喧力易竭，汝等但衔枚接仗，听我鼓起，方许发声。"传令已毕，遂分兵士为两队，出寨决斗，一队抵敌步军，一队防遏水军，所有勇士，悉数遣出，但留左右数人，宣传军令。两下里猛力交锋，争个你死我活，一边是仗义而来，人人奋勇，一边是贪赏而至，个个争先。自午前杀至午后，不分胜败。那王罗汉杀得性起，挺着一枝长矛，闯入义军队内，左挑右拨，无人敢当。褚湛之亦麾兵登岸，与萧斌左右夹攻。看着义军势弱，有些儿招架不住，元景出营督战，也捏着一把冷汗。忽闻萧斌军内，打起几声退鼓，顿令萧斌、褚湛之等动起疑来，向后却顾。元景觑着此隙，援桴击鼓，冬冬不绝，部众闻鼓踊跃，呐一声喊，统向敌军杀去。敌军骇散，多半坠入淮水，溺毙甚多。

劭见各军败退，自率余众，再来攻垒，复被元景杀败，伤亡无数。萧斌受伤先遁，鲁秀，褚湛之，檀和之，统奔降柳营，劭单骑走脱，驰还建康。

元景迎纳鲁秀等，谈及军事，才知前次退鼓，乃由鲁秀所击，就是褚、檀两人，也由秀邀他反正，所以同奔。元景大喜，露布告捷，且迎武陵王骏至新亭。

骏病体已痊，即至新亭劳军，乘便入江宁城。凑巧江夏王义恭，自建康脱身驰至，上劝进书。又来了散骑侍郎袁爰，佯说是追赶义恭，亦至武陵王处投顺。爰素习朝仪，遂令兼太常丞，草述即位仪注。编制已就，便在新亭筑坛，由武陵王骏即皇帝位，大赦天下。文武各赐爵一等，从军加二等，改谥大行皇帝曰文，庙号太祖。授大将军义恭为太尉，录尚书事，兼南徐州刺史，南谯王义宣为中书监，兼扬州刺史，随王诞为卫将军，兼荆州刺史，臧质为车骑将军，兼江州刺史，沈庆之为领军将军，萧思话为尚书左仆射，王僧达为右仆射，柳元景、颜竣为侍中，宗悫为右卫将军，张畅为吏部尚书。其余将士各加官有差。改号新亭为中兴亭，再图进取。

劭自新亭奔还，闻义恭逃去，即将他十二子一并拘到，尽行杀毙，立子伟之为太子，又复大赦。惟刘骏、义恭、义宣、诞不原。命浚为南徐州刺史，与南平王铄并录尚书事。浚闻骏军将至，忧迫无计，当与劭想出一法，用辇迎蒋侯神像，舁置宫中，稽颡求福，拜大司马，封钟山王，又封苏侯为骠骑将军，也是焚香顶礼，日夕虔求。（想是严道育教他。）偏是臧质等步步进逼，直指建康，劭遣殿中将军燕钦等出拒，相遇曲阿，未战即溃。劭乃缘淮树栅，派兵戍守。男丁多半逃散，城内外只有妇女，也迫令从军，充当役使。鲁秀等募勇士攻破大航，钩得一舶。王罗汉尚逍遥江上，挟妓醉酒，忽闻秀军已经登岸，急得不知所措，慌忙出降。缘淮各戍，依次奔散，器仗鼓盖，充塞路衢。

劭闻戍军溃退，没奈何闭守六门，并在城内凿堑立栅，城中一日数惊，非常慌乱。丹阳尹尹弘等逾城出降，萧斌亦令部兵解甲，自石头城携着白幡，奔投军前。鲁秀等奏达新亭，奉诏以斌甘党恶，情罪较重，饬即处斩，当下将斌械送，枭首行辕。

这时候的元凶刘劭，自知大势已去，毁去乘辇及冕服，打算逃走。浚劝劭载运宝货，航海远奔。劭恐人情离散，载宝出走，反惹众目，意欲轻骑逃生。两人计议未决，那闾阖门外的守兵，已走还入殿，薛安都、程天祚等领着义师，乘乱随入。臧质、朱修之分门杀进，同会太极殿前。逆党四处逃奔，王正见首被擒获，当场斩首。张超之走入含章殿，匿御床下，被义军追寻得手，抓出殿阶，乱刀分尸，刳肠剖心，噉肉立尽。

劭不能出走，穴通西垣，窜入武库井中，义军队副高禽，率兵进内，七手八脚，将劭擒住，反绑起来。劭问道："天子何在？"禽答道："就在新亭！"当下牵劭出庭，臧质瞧着，向他悲恸。劭觍然道："天地所不覆载，丈人何为见哭！"（此时也自知罪么？臧质何故恸哭，我亦要问。）质乃停泪，把劭缚住马上，押送行辕。一面捕得伪皇后殷氏、伪皇子伟之等兄弟四人，并诸女妾媵，及严道育、王鹦鹉等，妇女系狱，男子械送，封府库，清宫禁，只不见了传国玺。再遣人向劭诘问，劭言在严道育处，因将道育身上检搜，果然藏着，便即取献新皇。（道育怀藏国宝，莫非要送与天神不成！）

劭与四子俱至军门，江夏王义恭等出现，义恭先叱劭道："我背逆归顺，有何大罪，乃杀我十二儿？"劭答道："杀死诸弟，原是我负叔父！"江湛妻庾氏，乘车往詈，庞秀之亦加诮让，劭厉声道："何必多说！我死罢了！"义恭怒起，先命斩劭四子，然后及劭。劭临刑时，尚叹息道："不图宋室弄到如此！"（出汝逆贼，所以如此。）劭父子首都枭示大航，暴尸市曹。

义恭奉命先归，道出越城，正值浚父子狼狈逃来，还有铄亦偕行。见了义恭，浚下马问道："南中郎今作何事？"义恭道："皇上已君临万国！"浚又道："虎头来得太迟了！"（虎头见前。）义恭道："未免太迟。"浚又问："可不死否？"义恭道："可诣行阙请罪。"乃勒令上马相从，乘他不备，剁下头颅。浚有三子，一并斩首，献至行辕，命与劭父子首同悬大航。

又有诏传入建康，凡伪皇后殷氏以下，俱赐自尽。殷氏且死，语狱丞江恪道："我等无罪，何故枉杀？"恪答道："受册为后，怎得无罪！"殷氏道："这是暂时的册封，稍迟数月，便当册王鹦鹉为后了。"随即用帛自尽。诸女妾媵皆自杀，惟严道育、王鹦鹉两人，牵出都市，鞭笞交下，宛转致毙，（要想做天师、皇后的滋味。）焚尸扬灰，掷置江中。殷冲为殷氏季父，尹弘、王罗汉，曾事劭尽力，一概赐死。淮南太守沈璞，坐守湖上，观望不前，亦即加诛。

嗣主骏自新亭入都，就居东府，百官踵府请罪，有诏不问。遂遣建平王弘至寻阳，迎生母路淑媛，及妃王氏入都。尊母为皇太后，册妃为皇后。追赠袁淑为太尉，徐湛之为司空，江湛为开府仪同三司，王僧绰为金紫光禄大夫。毁劭所居东宫斋室，作为园池。封高禽为新阳县男，追号潘淑妃为长宁国夫人，特置守冢。（祸由彼起，不应追赠，即如王僧绰之甘受伪命，亦不宜赠官。）进江夏王义恭为太傅，领大司马，南平王铄为司空，建平王弘为尚书左仆射，随王诞为右仆射，寻且改南谯王义宣为南郡王，随王诞为竟陵王。余皆论功行赏，各有迁调。惟褚湛之本为浚妇翁，自南奔归顺后，赦去前罪，受职丹阳尹，女为浚妃，因湛之反正，浚与妃绝，亦得免诛。又有何尚之虽曾附逆，但与义恭从中调护，保全三镇，心向义军，理应特别原情，仍授为尚书令，子何偃为大司马长史，任遇如故。宋主骏乃入居大内，粗享太平。小子有诗咏道：

江州天下语非虚，一举功成恶尽除。

毕竟人情犹向义，元凶结局果何如！

过了两月，南平王铄竟致暴亡，究竟为着何事？待小子下回表明。

弑宋主者为元凶劭，劭何能弑主？潘淑妃实召之。宋主死而淑妃亦死，宜也。淑妃死而劭与浚相继俱死，尤其宜也。武陵王骏，亦南平王铄之流，非真能成大事者，幸赖沈庆之昌言起义，始得号召义旅，入诛元凶。天下虽滔滔皆是，而公论犹存，凶人卒殄，是可见弑君弑父者，终不能幸全性命；否则天理沦亡，顺逆不辨，几何不胥为禽兽也。乃逆党殄平，不问原委，且追赠潘淑妃为长宁国夫人，另置守冢，是岂不可以已乎！吾乃知骏之终为暗主也。

第十八回　犯上兴兵一败涂地　诛叔纳妹只手瞒天

却说南平王铄，与义恭等还入建康，虽得进位司空，但因归义最迟，终为宋主骏所忌。铄亦常怀忧惧，寤寐不安，夜眠时或尝惊起，与家人絮谈，语多荒谬，及神志清醒，始自觉为失魂。一旦食中遇毒，竟尔暴亡，当时统说由宋主所使，将他毒毙，表面上追赠司徒，总算掩饰过去。

越年就是宋主骏元年，年号孝建。才经一月，江州复起乱事，免不得又要兴师。自宋主骏入都定位，凡被劭拘禁诸子，及义宣诸儿，当然放出。立长子子业为皇太子，并封义宣子恺为南谯王。义宣固辞，乃降封恺为宜阳县王。恺兄弟有十六人，姊妹亦多，或随义宣就藩，或留住都中。义宣受宋主骏命，兼镇扬州，他却不愿内任，情愿还镇荆州。宋主骏准如所请，义宣陛辞而去，所留都中子女，仍然居京邸中。

宋主骏年才三八，膂力方刚，正是振作有为的时候，偏他有一种好色的奇癖，（好色亦是常情，不得目为奇癖。）无论亲疏贵贱，但教有几分姿色，被他瞧着，便要召入御幸，不肯放松。路太后居显阳殿中，内外命妇，及宗室诸女，免不得进去朝谒，骏乘间闯入，选美评娇，一经合意，便引他入宫，迫令侍寝。有时竟在太后房内，配演几出龙凤缘。太后溺爱得很，听令胡闹，不加禁止，因此丑声外达，喧传都中。

义宣诸女，曾出入宫门，有几个生得一貌如花，被宋主骏瞧着，也不管她是从姊从妹，竟做了春秋时候的齐襄公。义宣女不好推脱，只好勉遵圣旨，也凑成了第二、三个鲁文姜。天下事若要不知，除非莫为，渐渐的传到义宣耳中，看官你想这义宣恨不恨呢？（女为帝妃，何必生恨！）

会雍州刺史臧质，调任江州，自谓功高赏薄，阴蓄异图，闻义宣怀恨宋主，遂遣心腹往谒义宣，赍投密书。略云：

自来负不赏之功，挟震主之威者，保全能有几人！今万物系心于公，声迹已著，见机不作，将为他人所先。若命鲁爽、徐遗宝驱西北精兵，来屯江上，质率沅江楼船，为公前驱，已得天下之半。公以八州之众，徐进面临之，虽韩白（韩信、白起）复生，不能为建康计矣。且少主失德，闻于道路，沈（庆之）、柳（元景）诸将，亦我之故人，谁肯为少主尽力者？夫不可留者年也，不可失者时也。质常恐溘先朝露，不得展其膂力，为公扫除。再或蹉跎，悔将无及，愿明公熟思之！

义宣得书，反复览诵，不免心动。质系臧皇后从子（臧皇后见前。）与义宣为中表兄弟，质女为义宣子采妻，更做了儿女亲家，戚谊缠绵，深相投契，此次怨及宋主，又是不谋而合，义宣总道他有几分把握，自然多信少疑。还有谘议参军蔡超、司马竺超民等，希图富贵，统劝义宣乘时举事，如质所言，义宣乃复书如约。

时鲁爽为豫州刺史，素与义宣交好，亦与质相往来，兖州刺史徐遗宝，向为荆州部将，义宣即遣使分报二人，密约秋季举兵。爽方被酒，未曾听明来使传言，即日调集将士，首先发难，私造法服登坛。自号建平元年。遗宝亦整兵向彭城。爽弟瑜在建康，闻信奔至爽处。瑜弟弘为质府佐，有诏令质收捕。质执住诏使，也即举兵，一面报知义宣，促令会师。

义宣出镇荆州，先后共计十年，虽然兵强财富，但欲称戈犯阙，期在秋凉。蓦闻鲁爽、臧质先期发难，自己势成骑虎，不得不仓猝起应。只因师出无名，不得不与质互商，想出一条入清君侧的话柄，各奉一表，传达建康。义宣自称都督中外诸军事，置左右长史司马，使僚佐上笺称名，加鲁爽为征北将军。爽送所造舆服至江陵，使征北府户曹投义宣版文，有云：“丞相刘今补天子，名义宣，车骑臧今补丞相，名质，皆版到奉行。”义宣瞧着，很加诧异。（我亦惊慌。）复贻书臧质，密令注意。质意图笼络，特加鲁弘为辅国将军，令戍大雷。义宣亦谘议参军刘湛之，率万人助弘，并召司徒刺史鲁秀，欲使为湛之后继。秀至江陵，入见义宣，彼此问答片时，即出府太息道：“我兄误我，乃与痴人作贼，这遭要身败家亡了！”（既知义宣不知恃，何不另求自全之计？）

宋主骏闻义宣发难，恐他兵力强盛，不能抵敌，乃与诸王大臣商议，为让位计，拟奉乘舆法物，往迎义宣。竟陵王诞劝阻道：“兵来将挡，火来水灭，况义宣犯上作乱，无幸成理，奈何持此座与人！”宋主乃止，命大司马江夏王义恭，作书劝谕义宣，历陈祸福，义宣不报。于是授领军将军柳元景为抚军将军，兼雍州刺史，左卫将军王玄谟为豫州刺史，安北司马夏侯祖欢为兖州刺史，安北将军萧思话为江州刺史。四将一齐会集，即令元景为统帅，往讨义宣、臧质及鲁爽。

雍州刺史朱修之，得义宣檄文，佯为联络，暗中却通使建康，愿共讨逆。宋廷本虑他趋附义宣，所以令元景兼刺雍州，即得修之密报，当然复谕奖勉，调他为荆州刺史。益州刺史刘秀之，斩义宣使，遣中兵参军韦崧，率万人袭江陵。义宣尚未闻知，命臧鲁两军先发，自督部众十万，出发江津，舳舻达数十里。授子慆为辅国将军，与左司马竺超民，留镇江陵，檄朱修之出兵接应。修之已输诚宋室，那里还肯发兵，义宣始知修之怀贰，特遣鲁秀为雍州刺史，分兵万人，令他北攻修之。

王玄谟闻秀北去，不由得心喜道：“鲁秀不来，一臧质怕他甚么！”遂进兵扼守梁山。冀州刺史垣护之，系徐遗宝姊夫，遗宝邀护之同反，护之不从，且与夏侯祖欢约击遗宝。遗宝方进袭彭城，长史明胤预先预备，击退遗宝，并与祖欢、护之合军，夹击湖陆。遗宝保守不住，焚城出走，奔投鲁爽。（兖州叛兵已了。）

爽引兵直趋历阳，与臧质水陆俱下。殿中将军沈灵赐，奉元景将令，带着百舸，游弋南陵，正值臧质前锋徐庆安率舰东来，灵赐即掩杀过去。可巧遇着东风，顺势逆击，把安庆坐船挤翻，庆安覆入水中，由灵赐指麾勇夫，解衣泅水，得将庆安擒住，回军报功。臧质闻庆安被擒，怒气直冲，驱舰急进，径抵梁山。王玄谟扼守多日，营栅甚固，质猛攻不下，乃夹岸立营，与玄谟相拒，且促义宣从速援应。义宣自江津启行，突遇大风暴起，几至覆舟，尚幸驶入中夏口，始得无恙。（已兆死谶。）

好容易到了寻阳，留待臧、鲁二军消息。既得臧质来书，便拨刘湛之率兵助质，又督军进驻芜湖。质复进攻梁山，顺流直上，得拔西垒。守将胡子友等迎战失利，弃垒东渡，往就玄谟。玄谟忙向柳元景告急。元景正屯兵姑熟，急遣精兵助玄谟，命在梁山遍悬旗帜，张皇声势。又令偏将郑琨、武念山戍南蒲，为梁山后蔽。果然臧质派将庞法起，率兵数千，来击梁山后面，冤冤相凑，与琨、念碰着，一场厮杀，法起大败，堕毙水中。

时左军将军薛安都、龙骧将军宗越，往戍历阳，截击鲁爽，斩爽先行杨胡兴。爽不能进，留驻大岘，使弟瑜屯守小岘，作为犄角。宋廷特遣镇军将军沈庆之，出督历阳将士，奋力进讨。庆之系百战老将，为爽所惮。且因粮食将尽，麾兵徐退，自率亲军断后，从大岘趋往小岘。兄弟相见，杯酒叙情，总道是官军未至，可以放心畅饮，不防薛安都带着轻骑，倍道追来，直至小岘营前，爽与瑜方才得悉。仓皇出战，队伍未齐，爽已饮得醉意醺醺，不顾好歹，尽管向前乱闯。兜头碰着薛安都，挺刃欲战，偏偏骨软筋酥，抬手不起。但听得一声大喝，已被安都一枪刺倒，堕落马下。安都部将范双，从旁闪出，枭爽首级。爽众大溃，瑜亦走死。安都追至寿阳，沈庆之继至，寿阳城内只有一个徐遗宝，怎能支持？便弃城往奔东海，为土人所杀。（豫州叛众又了。）

兖、豫二州，俱已荡平，爽系累世将家，骁勇善战，号万人敌，一经授首，顿使义宣、臧质心胆皆惊。沈庆之又将爽首赍送义宣，义宣益惧。勉强到了梁山，与质相晤，质献上一策，请义宣攻梁山，自率万人趋石头，义宣迟疑未决。原来江夏王义恭，屡与义宣通书，谓质少无美行，不可轻信，（实是离间之计。）因此义宣怀疑。刘湛之又密白义宣道："质求前驱，志不可测，不如合攻梁山，待已告克，然后东进，方保万全。"义宣遂不从质议，只令质进攻东城。

那时薛安都、宗越等，均已驰至梁山，垣护之亦至，王玄谟慷慨誓师，督众大战。薛安都、宗越并马出垒，分作两翼，俟质众登岸，即冲杀过去。安都攻质东南，一枪刺死刘湛之；宗越攻质西北，亦杀毙贼党数十人。质招架不住，只好退走，纷纷登舟，回驰西岸。不防垣护之从中流杀来，因风纵火，烟焰蔽江，质众大乱，走投无路，各舟又多延燃，烧死溺死等人，不计其数。（可谓水火既济。）

义宣在西岸遥望，正在着急，那垣护之、薛安都、宗越各军，已乘胜杀来，吓得不知所措，即驶船西走，余众四溃。臧质亦单舸遁去，梁山所遗贼寨，统被官军毁尽，内外解严。质奔还寻阳，欲与义宣计事，偏义宣已先经过，不及入城，但命将臧采妻室，接取了去，（即义宣女。）一同西奔。质知寻阳难守，毁去府舍，挈了妓妾，奔往西阳。太守鲁方平，闭门不纳，转趋武昌，也遇着一碗闭门羹。日暮途穷，无处存身，没奈何逃入南湖，采莲为食。未几有追兵到来，他自匿水中，用荷覆头，止露一鼻。忽为追将郑俱儿望见，射了一箭，直透心胸。既而兵刃交加，肠胃尽出，枭首送建康。（江州叛首又了。）

义宣奔至江夏，欲趋巴陵，遣人往探，返报巴陵有益州军，不得已回入径口，步向江陵。众散且尽，左右只十数人，沿途乞食，又患脚痛。好几日始至江陵郭外，遣人报知竺超民，超民乃率众出迎。义宣见了超民，且泣且语，备述败状。超民恐众心变动，慌忙劝阻。义宣左右顾望，又见鲁秀亦在，惊问底细，方知秀为朱修之杀败，走回江陵。不如意事常八九，可与人言无二三，没奈何垂头丧气，偕超民等同入城中。亲吏翟灵宝谒过义宣，便即进言道："今荆州兵甲，不下万人，尚可一战，请殿下抚问将佐，但说臧质违令致败，现特治兵缮甲，再作后图。从前汉高百败，终成大业，怎知他日不转败为胜，化家为国呢！"义宣依议召慰将佐，也照了灵宝所说，对众晓谕。他本来口吃舌短，如期期艾艾相似，语不成词。此次又仓皇誓众，更属塞涩得很，及说到汉高百败一语，他竟忙中有错，误作项羽千败。（语言都不清楚，记忆又甚薄弱，乃想入做皇帝，真是痴人！）大众都忍不住笑，各变做掩口葫芦。义宣始觉说错，禁不住两颊生红，返身入内，竟不复出。

鲁秀、竺超民等，尚欲收拾余烬，更图一决，可奈义宣昏沮，腹心皆溃，所有城中将弁，多悄悄遁去。鲁秀知不可为，因即北行，义宣闻秀已北去，亦欲随往，急令爱妾五人，各扮男装，自与子慆带着佩刀，携着干粮，前导后拥，跨马而出。但见城中兵民四扰，白刃交横，又不觉惊惶无措，吓落马下。（真正没用家伙。）还亏竺超民随送在后，将他扶起，送出城外，复将自己乘马，授与义宣，乃揖别还城，闭门自守。

义宣出城数里，并不见有鲁秀，随身将吏，又皆逃散，单剩子慆一人、爱妾五人、黄门二人，举目苍凉，如何就道？不得已折回江陵，天色已晚，叩城不应，乃转趋南郡空廨，荒宿一宵。无床席地，待至天明，遣黄门通报超民。超民已变初意，竟给他敝车一乘，载送至刺奸狱中。义宣入狱，坐地长叹道："臧质老奴，误我至此！"（似你这般痴人，即不为臧质所误，恐亦未必长生。）嗣由狱吏遣出五妾，不令同居，义宣大恸道："常日说苦，尚非真苦，今日分别，才算是苦！"

那鲁秀本拟奔魏，途次从卒尽散，单剩了一个光身，不便北赴，也只好还向江陵。到了城下，城上守兵，弯弓竞射，秀急忙趋避，背后已中一箭，自觉逃生无路，投濠溺毙。守兵出城取首，传送都中，诏令右仆射刘延孙至荆、江二州，旌别枉直，分行诛赏。且由大司马义恭，与荆州刺史朱修之，叫他驰入江陵，令义宣自行处治。书未及达，修之已入江陵城，杀死义宣及子慆，并同党蔡超、颜乐之、徐寿之，就是竺超民亦不能免罪，一并伏诛。义宣有子十八人，两子早死，尚余十六子，由宋廷一一逮捕，俱令自尽。臧质子孙，亦悉数诛夷。豫章太守任荟之、临川内史刘怀之、鄱阳太守杜仲儒，并坐质党，同时处斩。加封沈庆之为镇北大将军，柳元景为骠骑将军，均授开府仪同三司。余如王玄谟以下，皆迁升有差。

先是晋室东迁，以扬州为京畿，荆、江二州为外藩，扬州出粟帛，荆、江二州出甲兵，各使大将镇守。宋因晋旧，规制不改。宋主骏惩前毖后，谓各镇将帅，一再叛乱，无非由地大兵多所致，遂令刘延孙分土析疆，划扬州浙东五郡，为东扬州，置治会稽，并由荆、湘、江、豫四州中，划出八郡，号为郢州，置治江夏。撤去南蛮校尉，把戍兵移居建康，荆、扬二镇，坐是削弱，但从此地力虚耗，缓急难资。太傅义恭，见宋主志在集权，不欲柄归臣下，乃请将录尚书事职衔，就此撤销；且裁损王侯车服器用，乐舞制度，共计九条。宋主自然准奏，尚因王侯仪制，裁抑未尽，更令有司加添十五条，共计二十四条，嗣是威福独专，隐然有言莫予违的状况。

沈庆之功高望重，恐遭主忌，年纪又已满七十，乃告老乞休，宋主不许，庆之入朝固请道："张良名贤，汉高且许他恬退，如臣衰庸，尚有何用？愿乞赐骸骨，永感圣恩！"宋主仍面加慰留。经庆之叩头力请，继以涕泣，乃授庆之为始兴公，罢职就第。柳元景亦辞去开府，迁官南兖州刺史，留卫京师。朝右诸臣，见义恭及沈、柳两人，尚且敛抑惧罪，那个还敢趾高气扬，大家屏足重息，兢兢自守。就使官廷有重大情事，也不敢进谏，个个做了仗马寒蝉。（不意庸才如骏，却有这番专制手段。）

宋主骏乐得放肆，除循例视朝外，每日在后宫宴饮，狎亵无度。前时义宣诸女，虽是仰承雨露，尚不过暗地偷欢，未尝列为嫔御，至此由宋主召令入宫，公然排入妃嫱，追欢取乐。只是姊妹花中，性情模样，略有不同，有一个生得姿容纤冶，体态苗条，面似芙蕖，腰似杨柳，水汪汪的一双媚眼，勾魂动魄，脆生生的一副娇喉，曼音悦耳，（痴人生此娇女，恰也难得。）引得这位宋主骏，当作活宝贝看待，日夕相依，宠倾后宫。几度春风，结下珠胎，竟得产一麟儿，取名子鸾，排行第八，宋主越加喜欢，拜为淑仪。但究竟是个从妹，不便直说出去，他托言是殷琰家人，入义宣家，由义宣家没人掖廷。俗语有云：张冠李戴，明明是个义宣女，冒充殷氏家人，封号殷淑仪，这真叫作张冠李戴呢。小子有诗叹道：

自古人君戒色荒，况兼从妹备嫔嫱；

冠裳颠倒同禽兽，国未亡时礼已亡。

中冓丑闻，总难掩饰，当时谤言四起，又惹出一场阋墙的大衅来了。欲知后事，且看下回。

宋武七男，少帝、文帝，为臣子所废弑，义真、义康，先后受戮，义季不寿，所存者仅义恭义宣耳。义宣讨逆有功，受封南郡，方诸姬旦，几无多让。曩令始终不贰，安镇荆州，则以懿亲而作外藩，几何不与国同休也。乃始而诛逆，继且为逆，轻率如臧质，狂躁如鲁爽，引为同党，率尔揭竿，乃知向之躬与讨逆者，第为一时之侥幸，至此则情态毕露，似醉似痴。圣狂之界，只判几希，能讨逆则足媲元圣；一为逆则即属痴人，身名两败，家族诛夷，非也不幸也，宜也。然义宣启衅之由，始自宋主骏之淫及己女，义宣败而女为淑仪，宠擅专房，女无耻，男无行，易刘为殷，欲盖弥彰，其得保全首领以殁也，何其幸欤！然骨肉相残，人禽无辩，祸不及身，必及子孙，阅者于此，足以观因果焉。

第十九回　发雄师惨屠骨肉　备丧具厚葬妃嫱

却说宋主骏既诛义宣，复纳义宣女为淑仪，冒称殷氏，一面压制诸王，凌轹大臣，省得他多嘴多舌，起事生风。偏是专制益甚，反动益烈，群臣原屏足重息，那宋主自己的亲弟，却未肯受他抑迫，免不得互起猜嫌。原来宋主骏有二兄，一劭一浚，已经诛死。亲弟却有十六人，最长的即南平王，遇毒暴亡；次为庐陵王绍，已经早卒；又次为建平王弘，佐骏除劭，官左仆射，未几亦殁；又次为竟陵王诞，受职右仆射；又次为东海王祎、义阳王昶、武昌王浑、湘东王彧（即明帝）、建安王休仁、山阳王休祐、海陵王休茂、鄱阳王休业、新野王夷父、顺阳王休范、巴陵王休若。除夷父夭逝外，余皆少年受封，无甚表见。（叙次明白。）

孝建元年，柳元景辞去雍州兼职，令武昌王浑为雍州刺史。浑年轻有力，身长七尺，莅任以后，与左右戏作文檄，自称楚王，年号元光，备置百官。长史王翼之，上表奏闻，有诏削浑王爵，免为庶人，寻即逼令自杀。（痴儿可悯。）竟陵王诞，年龄较长，功绩最高，讨劭时已预义师，讨义宣时，又主张出兵。得平三镇，遂进官太子太傅，领扬州刺史。他遂造立亭舍，穷极工巧，园池华美，冠绝一时。又募壮士为卫，甲仗鲜明，夸跃畿甸。宋主骏本来多疑，更经义宣乱后，益滋猜忌，见诞举动不经，特阳示推崇，加诞为司空，调任南徐州刺史，出镇京口。嗣因京口尚近都城，更徙诞为南兖州刺史，另派右仆射刘延孙镇守南徐，阴加戒备。朝内用了两戴一巢，作为腹心，遇有军国大事，必与三人裁决，然后施行。两戴一名法兴，一名明宝，旧为江州记室，宋主即位，均擢为南台侍御史，兼中书通事舍人。一巢名叫尚之，涉猎文史，颇擅声誉，亦得与两戴同官。

到了孝建三年冬季，两戴一巢，上书献谀，无非说是臣民翕服，远近畏怀。宋主骏亦踌躇满志，特命改孝建四年元旦，为大明元年正朔，大赦天下，行庆施惠，粉饰太平。忽由东平太守刘胡，递入急报，说索虏内侵，与战失利，乞即发兵出援。宋主乃遣薛安都等往救，驰至东平，魏兵已退，因即班师。嗣是内外粗安，直至次年秋季，南彭城民高阇，与沙门昙标等谋反，勾通殿中将军苗允，拟内应外合，推阇为帝。幸有人告讦密谋，事前捕获，斩首了案。中书令王僧达，自恃才高，诽议朝政，路太后兄子尝访僧达，升榻高坐，竟被舁弃，遂入诉太后，求惩僧达。太后转告宋主，宋主已恨他讪上，即诬僧达与阇通谋，冤冤枉枉的把他赐死。

已而魏镇西将军封敕文，又入攻清口，为守将傅乾爱所破。魏征西将军皮豹子，复入寇青州，也为青、冀刺史颜师伯所败，索头军不能得志，相继退还。南兖州刺史竟陵王诞，竟乘隙思逞，托词防魏，缮城聚甲，将与宋主骏一决雌雄。（又是一个痴人。）参军刘智渊，料知诞将作乱，请假还都，密报诞状。宋主命智渊为中书侍郎，俟诞起事，即加声讨。会吴郡民刘成、豫章民陈谈之，均上书告变，一说诞私造乘舆，一说诞密行巫蛊。宋主连得二书，遂召台臣劾诞罪恶，应收付廷尉治罪。及批答出去，却援着议亲议功故例，特别宽宥，但降爵为侯，撤去南兖州领职，遣令就国。另擢义兴太守桓阆为兖州刺史，拨给羽林禁兵，且遣中书舍人戴明宝，为阆主谋，乘间袭诞。（做了堂堂天子，为何专喜鬼祟。）

阆至广陵（即南兖州治所），诞毫不防备，典签蒋成，得戴明宝密函，约为内应。成恐孤掌难鸣，更与府舍人许宗之相谋，求他臂助。宗之佯为允诺，悄悄的入府白诞。时已入夜，诞至就寝，听着宗之密报，披衣惊起，立呼左右，及平时食客数百人，收捕蒋成，一面列兵登陴，阖城拒守。待至黎明，果闻桓阆叩城，便即斩了蒋成，掷首城下。阆得了成首，始知事泄，急忙策马倒退，不防诞驱兵杀出，仓猝间不及措手，立被杀毙。只戴明宝脱身奔还。

宋主闻报，特起始兴公沈庆之为车骑大将军，兼领南兖州刺史，统兵讨诞。诞毁去郭邑，驱城外居民入城，分发书檄，要结远迩；且遣人奉表，投诸建康城外。当有人拾见表文，呈入宫廷，宋主当即披阅，但见上面写着道：

往年元凶祸逆，陛下入讨，臣背凶赴顺，可谓常节。及丞相构难，臧鲁协从，朝野恍惚，咸怀忧惧，陛下欲遣百官羽仪，星驰推奉，臣前后谏诤，方赐俞允。社稷获全，是谁之力？陛下接遇殷勤，累加荣宠，骠骑扬州，旬月移授，恩秩频加，复赐徐兖，臣感蒙恩遇，久要不忘！岂谓陛下信用谗言，遂令无名小人，来相掩袭！不任枉酷，即加诛翦。雀鼠贪生，仰违诏敕。今亲勒部曲，镇捍徐兖。先经何福，同生皇家；今有何愆，便成胡越。陵锋奋戈，万没岂顾；荡定之期，冀在旦夕。陛下宫闱之丑，岂可三缄？临纸悲塞，不知所言！（特录诞表，见得诞犹可原，以揭宋主不义不友之隐。）

看官，你想宋主骏览着此表，尚能不怒愤填胸么？当下遣官四缉，凡与诞有亲友关系，及诞党同籍期亲，留居都中，不论他通诞与否，一体处斩，共死千余人。（淫刑以逞。）自己出居宣武堂，内外戒严，（奈何不与从妹同宿？）且促庆之速进广陵，并饬豫州刺史宗悫、徐州刺史刘道隆，会师广陵城下，限期破城。

宗悫，南阳人，字元干，少有大志，叔父炳高尚不仕，尝问悫志如何，悫答道："愿乘长风破万里浪！"炳叹道："汝不富贵，且破我家！"悫兄泌方娶妻，吉夕有盗入门，悫年仅十四，挺身拒盗，盗约十余人，皆披靡不敢入室，勇名始著。后随江夏王义恭麾下，义恭举悫南略林邑，奏绩北归。已而为随郡太守，复征服雍州群蛮；元凶劭肆逆时，从讨有功，官左卫将军，封洮阳侯。（宗系一代人杰，故叙述较详。）至诞据广陵，不服朝命，悫正驻节豫州，表求赴讨，当即乘驿入都，面受节度。时年逾六十，顾盼自豪，宋主很是嘉勉，便遣令赴军，归沈庆之节制。

诞闻宗悫到来，颇加畏惧，但下令军中道："宗悫助我，尽可放心！”悫至城下，知城中有如此伪令，即绕城一周，跃马大呼道：“我宗悫也！只知讨逆，不知助逆。”（如闻其声。）诞自悔失计，登城俯望，正值庆之指麾众士，将要攻城，便凄声呼语道：“沈公沈公，年垂白首，何苦来此？”庆之道：“朝廷因君狂愚，不足劳动少壮，所以遣老夫前来。”

诞见军势甚盛，颇有惧色，当即下城整装，留中兵参军申灵赐居守，自将步骑数百人，及帐下亲卒，托词出战，开门北走。约行十余里，望见后面尘头陡起，料有追兵到来，大众哗噪道：“同一遇敌，不如还城！”诞蹙额道：“我若还城，卿等能为我尽力否？”众皆许诺。部将杨承伯牵住诞马，且泣语道：“无论生死，且返保城池，速即退还，尚可入城，迟恐不及了！”诞乃复还，即与追军相值，来将为戴宝之，单骑直前，挺槊刺诞，几中咽喉，亏得杨承伯用刀格去，敌住宝之，余众拥诞冲锋，杀开一条走路，匆匆还城。承伯且战且行，宝之因随后不多，也放令走还。

诞既入城，授申灵赐为骠骑府录事，参军王屿之为中军长史，世子景粹为中军将军，别驾范义为中军长史，此外府州文武将佐，一概加秩，筑坛歃血，誓众固守。命主簿刘琨之为中兵参军，琨之系宋宗室将军刘遵考子，不肯就职，正色谢诞道：“忠孝不能两全，琨有老父在都，未敢奉命！”诞怒他抗违，囚絷狱中，不屈遇害。右卫将军垣护之、虎贲中郎将殷孝祖等，前曾奉诏防魏，至是俱还广陵，与沈庆之合军攻城。诞遗庆之食物，庆之毫不启视，悉令毁去。诞又在城上捧一函表，托庆之转达朝廷，庆之道：“我受诏讨贼，不能为汝送表，汝欲归死朝廷，便当开门遣使，我为汝护送便了！”（写庆之忠直。）诞无词可答，乃遣将分出四门，袭击宋营，俱被宋将杀退。

宋主颁发金章二钮，赍至军前。一为竟陵县开国侯，食邑一千户，系是悬赏擒诞；一为建兴县开国男，食邑三百户，乃是悬赏先登；并命庆之预设三烽，举一烽是克外城，举两烽是克内城，举三烽是已擒诞。且又遣屯骑校尉谭金、前虎贲中郎将郑景玄，率羽林兵再助庆之，促令速拔广陵。

会值夏雨连绵，不便进攻，因此久持不下，诏使相继催迫，络绎道旁。及天雨已霁，宋主命太史择日，拟渡江亲征，太傅义恭固谏，方才罢议。但使御史奏劾庆之，并将原奏寄示行营，令他自省。（若使庆之不忠，岂非激令附逆。）庆之益督励诸军，奋勇进攻。诞屡战屡败，穷蹙无法，将佐多逾城出降。记室参军贺弼，曾再四谏诞，终不见听。或劝弼宜早出，弼答道："叛君不忠，背主不义，只好一死明心罢了！"乃饮药自杀。参军何康之等，斩关出降，诞拘住康之母，缚置城楼，不给饮食，母且呼且号，数日而死。（诞已死在目前，尚且如此残忍。）庆之亲冒矢石，攻破外郭，乘势进拔内城。诞与申灵赐走匿后园，为庆之裨将沈胤之等追及，击伤诞面，诞堕入水中，又被官军牵出，枭首送京。诞母殷修华，（修华为女嫔名。）妻徐氏，俱随诞在镇，同时自尽，余众多死。

庆之连举三烽，报捷都中，宋主御宣阳门，左右争呼万岁，独侍中蔡兴宗在侧，绝不作声。宋主顾问道："卿何独不呼？"兴宗正色道："陛下今日，正应涕泣行诛，怎得令称万岁？"宋主怫然不悦，且传令军前，饬屠广陵城。沈庆之忙即奏阻，请自五尺以下，并皆贷死。虽是宋主许可，但丁壮皆诛，妇女充作军赏。（庶民何辜，遭此惨虐！）更有杀人不眨眼的宗越，临辕监刑，备极苛虐，或刳肠抉目，或笞面鞭腹，先令他血肉横飞，然后剁落头颅，共计首级三千余，奉诏持至石头城南岸，聚为京观。诞子景粹，由黄门吕昙济，携逃出城，匿居民间，好几日始得觅着，当然处斩。临川内史杨璇，与诞素善，连坐伏诛。山阳内史梁旷，家在广陵，因不应诞召，全家被戮，至是受命为后将军。刘琨之亦得擢为黄门侍郎。

沈庆之班师回朝，赏赍有差，诏进庆之为司空，领南兖州刺史。庆之受职未久，仍然乞休，且将司空职衔，让与柳元景，自挈家属徙居娄湖，广辟田园，优游自乐，蓄有妓妾数十人，奴僮千计，非经朝贺，不复出门，居然想做一陶朱公了。（若果与世无求，何至后来遇祸？）

颜竣因佐命功，得为丹阳令，席丰履厚，夸耀一时。乃父颜延之，仍布衣茅屋，不改书生本色。尝乘羸牛笨车，出游郊外，遇竣跨马前来，仪从甚盛，即屏住道侧。山而步入竣署，面诫竣道："我生平不喜见要人，今不料见汝！"竣仍不改，广筑居室，华丽无比。延之又申谕道："汝宜善为，勿令后人笑汝拙呢！"竣又尝晏起，甚至宾客盈门，尚未出见。延之往斥道："汝在粪土中，升云霄上，乃遽骄惰如此，怎能长久哩？"（延之生平品行，无甚可取，惟诫子数语，却是治家格言。）

既而延之病卒，竣丁父忧，才阅一月，即起为右将军，仍任丹阳尹。宋主奢淫自恣，竣欲沽名市直，屡有诤言，为宋主所隐恨。（身且不正，安能正君？）竣见言多不纳，乞请外调，有诏徙为东扬州刺史。竣始知恩宠已衰，渐有惧意。寻遭母忧，送葬还都，偏为仇家所讦，说他怨望诽谤，宋主竟将竣列入诞案，诬称与诞通谋，勒令自尽，妻子徙交州。复遥嘱押解官吏，把他男口沉死江中。延之所言，果然尽验。（功成不退，往往罹祸。）

庐陵内史周朗，每上书言事，语多切直，宋主怒起，命传送宁州，杀毙道旁。

到了大明五年，雍州刺史海陵王休茂，又复谋变，未成即死。休茂为宋主第十四弟，兄浑被诛，（见本回上文。）出代后任。司马庾深之行府州事，因休茂年少，不令专决；府吏张伯超，得休茂宠，专恣不法，尝遭深之呵责，伯超遂劝休茂杀死深之，建牙驰檄，征兵作乱。参军尹玄度潜结壮士，夜袭休茂，当场擒获，斩首送建康，母蔡美人亦死。

义恭进位太宰，希宋主意旨，即把竟陵、海陵等作为话柄，申请裁抑诸王，不使出任边州，且令绝宾客，禁甲兵。宋主意欲准奏，由侍中沈怀文固谏，方将此议搁起，但心中未免怏怏。怀文素与颜竣、周朗友善，竣、朗受诛，惟怀文犹进直言。宋主尝召与语道："竣若知有死日，也不敢向朕多嘴了。"怀文不答。

看官听说！古来直臣正士，明知暗君不能受谏，只因一腔热血，熬受不住，总要出去多言；况宋主骏好色好货，好博好饮，好猜忌群下，好狎侮大臣，种种行止，皆失君道，试想庸中佼佼的沈怀文，怎能隐忍过去？每过旬日，总有一二本奏牍，数十句箴言，宋主始终逆耳，不愿听从。怀文又尝偕侍臣入宴，宋主必使列座沉醉，互相嘲谑。独怀文素不饮酒，又不喜戏言，宋主益恨他故意违旨，出为广陵太守。大明六年正月，入都觐贺，事毕当还，因女病乞请展期，致挂弹章，奉旨免官。怀文请卖去京宅，返归武康原籍，那知益触主怒，竟诬他还家谋变，下诏赐死。

朝中又少了一个直臣，于是正人短气，奸佞扬镳。两戴一巢，内邀恩宠，外受赃贿，家累千金，门外成市。还有青冀刺史颜师伯，入为侍中，生平所长，莫如谀媚，朝夕入直，事事得宋主心。（好算一个人才。）宋主常与他作樗蒱戏，一掷得雉，自谓必胜，师伯独一掷得卢，急得宋主失色，不意师伯善解上意，慌忙敛子道："几乎得卢。"遂自愿认输。待至罢博，师伯竟输钱百万缗，宋主大喜。（君臣相博，成何体统？况师伯所输之钱，试问从何处得来？）平时对大臣言谈，好涉戏谑，常呼光禄大夫王玄谟为老伧，仆射刘秀之为老悭，颜师伯为齴。齴系露齿的意义，师伯唇下包齿，故有此称。此外长短肥瘦，各替他取一绰号。又嬖宠一昆仑奴，状似昆仑国人，长大多力，令他执仗侍侧，稍不惬意，便令他殴击群臣。惟蔡兴宗入朝，容仪严肃，颇为宋主所惮，不敢狎媟，且命与给事中袁粲，同为吏部尚书。（有仪可象，其效如此！）粲亦持正，吏治少清。

惟宋主骄侈日甚，奢欲无度，土木被锦绣，赏赐倾库藏，财用不足，想出一个敛取的方法，每经刺史二千石，卸职还都，辄限使献奉；又召他入戏樗蒱，必将他宦囊余积，悉数输出，然后快意。（仿佛无赖子所为。）所得财物，又任情挥霍，因嫌宫殿狭小，特另造玉烛殿。坏高祖所居潜室，见床头用土作障，壁上挂葛灯笼、麻绳拂，宋主瞧着，用鼻作嗤笑声。侍中袁觊，有意讽谏，极称高祖俭德，宋主反变色道："田舍翁得此器用，已算是过度了！"（试问汝是田舍翁何人？）觊知话不投机，方才退去。

义恭自诸王被祸，日夕忧惧，他本兼领扬州刺史，因恐权重遭忌，一再表辞。宋主乃令次子西阳王子尚为扬州刺史。年未十龄。嗣又立第八子子鸾为新安王，领南徐州刺史，年仅六龄。鸾母殷淑仪，宠擅专房，（见前回。）鸾亦独邀异数，怎奈红颜命薄，天不假年，大明六年四月，殷淑仪一病身亡，惹得这位宋主骏，悲悼不休，如丧考妣。追册淑仪为贵妃，予谥曰宣，埋玉龙山，立庙皇都。出葬时特给辒辌车，载奉灵柩，卫以虎贲班剑，导以鸾辂九旒，前后部羽葆鼓吹，几比帝后发丧，还要烜赫。送丧人数，不下数千，外如公卿百官，内如嫔御六宫，无不排班执引！素服举哀。宋主出南掖门，目送丧车，悲不自胜。（何不去做孝子?）因饬执事中谢庄，作哀策文。庄夙擅文才，援笔立就，说得非常哀艳，可泣可歌。宋主还宫偃卧，由内侍呈入哀诔，才阅数行，禁不住潸潸泪下。及全篇阅毕，起坐长叹道："不谓当今复有此才!"说着，自己亦觉技痒，特拟汉武帝李夫人赋，追诔殷贵妃，语语悱恻，字字缠绵，但比那谢庄哀文，尚自觉弗如。当下将谢庄哀文颁发，勒石镌墓，都下传写，纸墨价为之一昂。小子因限于篇幅，无暇录述，但总结一诗道：

为昵私情益悼亡，秽闻欲盖且弥彰；
伤心南郡犹知否？父死刀头女盛丧！

宋主忆妃爱子，更进子鸾为司徒，加号抚军，命谢庄为抚军长史，令佐爱儿。好容易过了两年，宋主骏也要归天了。欲知宋主何疾致死，且看下回说明。

郑伯克段于鄢，《春秋》不书第贱段而甚郑伯也，甚郑伯之处心积虑成于杀也。宋竟陵王诞，罪不段若，而宋主骏之惎刻，则过于郑庄。诞之反，实宋主骏激成之，雀鼠哀生，情殊可悯。及沈庆之攻克广陵，复下诏屠城，虽经庆之谏阻，尚杀三千余口，筑为京观，视骨肉如鲸鲵，不仁孰甚！且杀颜竣，戮周朗，赐沈怀文死，饰非拒谏，草菅人命，而独嬖一从妹，宠一爱子，何薄于彼而厚于此耶？至若好博好财，有愧君道，盖独其失德之小事。古谓其父行劫，其子必且杀人，无怪子业之淫恶加甚也。

第二十回　狎姑姊宣淫鸾掖　辱诸父戏宰猪王

却说宋主骏忆念宠妃，悲悼不已，后宫佳丽虽多，共产二十八男，但自殷淑仪死后，反觉得此外妃嫔，无一当意，也做了伤神的郭奉倩（即魏郭嘉），悼亡的潘安仁（即晋潘岳），渐渐的情思昏迷，不亲政事。挨到大明八年夏季，生了一病，不消几日，便即归天。在位共十一年，年只三十五岁，遗诏命太子子业嗣位，加太宰义恭为中书监，仍录尚书事；骠骑大将军柳元景，领尚书令，事无大小，悉白二公。遇有大事，与始兴公沈庆之参决，军政悉委庆之。尚书中事委仆射颜师伯，外监所统，委领军王玄谟。

子业即位柩前，年方十六，尚书蔡兴宗亲捧玺绶，呈与子业。子业受玺，毫无戚容，兴宗趋出告人道："昔鲁昭不戚，叔孙料他不终，（是春秋时事。）今复遇此，恐不免祸及国家了！"（不幸多言而中。）

既要追崇先帝骏为孝武皇帝，庙号世祖，尊皇太后路氏为太皇太后，皇后王氏为皇太后。子业系王氏所出，王太后居丧三月，亦患重疾。子业整日淫狎，不遑问安，及太后病笃，使宫人往召子业，子业摇首道："病人房间多鬼，如何可往？"（奇语。）宫人返报太后，太后愤愤道："汝与我快取刀来！"宫人问作何用？太后道："取刀来剖我腹，那得生宁馨儿！"（也是奇语。）宫人慌忙劝慰，怒始少平，未几即殁，与世祖同葬景宁陵。

是时戴法兴、巢尚之等，仍然在朝，参预国事。义恭前辅世祖，尝恐罹祸，及世祖病殂，方私自庆贺道：今日始免横死了！"（慢首。）但话虽如此，始终未敢放胆，此番受遗辅政，仍然引身避事。

法兴等得专制朝权，诏赦皆归掌握。蔡兴宗因职掌铨衡，常劝义恭登贤进士，义恭不知所从。至兴宗奏陈荐牍，又辄为法兴、尚之等所易，兴宗遂语义恭及颜师伯道："主上谅闇，未亲万机，偏选举例奏，多被窜改，且又非二公手笔，莫非有二天子不成？"义恭、师伯愧不能答，反转告法兴，法兴遂向义恭谗构兴宗，黜为新昌太守。义恭渐有悔意，乃留兴宗仍住都中。同官袁粲，改除御史中丞，粲辞官不拜。领军将军王玄谟，亦为法兴所嫉，左迁南徐州刺史，另授湘东王彧为领军将军。越年改元永光，又黜彧为南豫州刺史，命建安王休仁为领军将军。已而雍州刺史宗悫，病殁任所，乃复调彧往镇雍州。

子业嗣位逾年，也欲收揽大权，亲裁庶政。偏戴法兴从旁掣肘，不令有为。子业当然衔恨，阉人华愿儿，亦怨法兴裁减例赐，密白子业道："道路争传，法兴为真天子，官家为假天子；况且官家静居深宫，与人罕接，法兴与太宰颜、柳，串同一气，内外畏服，恐此座非复官家有了！"子业被他一吓，即亲书诏敕，赐法兴死，并免巢尚之官。颜师伯本联络戴、巢，权倾内外，蓦闻诏由上出，不禁大惊。才阅数日，又有一诏传下，命师伯为尚书左仆射，进吏部尚书王彧为右仆射，所有尚书中事，令两人分职事办理，且将师伯旧领兼职，尽行撤销。师伯由惊生惧，即与元景密谋废立，议久不决。

先是子业为太子时，恒多过失，屡遭乃父诟责，当时已欲易储，另立爱子新安王子鸾。还是侍中袁顗，竭力保护，屡称太子改过自新，方得安位。乃入承大统，临丧不哀，专与宦官、宫妾，混作一淘，纵情取乐。华愿儿等欲攫大权，所以抬出这位新天子来，教他显些威势，好做一块挡风牌。

元景、师伯，即欲声明主恶，请出太皇太后命令，废去子业，改立义恭。当下商诸沈庆之。庆之与义恭未协，又恨师伯平时专断，素未与商，乃佯为应允，密表宫廷。子业闻报，遂亲率羽林兵，围义恭第，麾众突入，杀死义恭，断肢体，裂肠胃，挑取眼睛，用蜜为渍，叫做鬼目粽，并杀义恭四子。（宋武诸子至此几尽。）另遣诏使召柳元景，用兵后随。元景知已遇祸，入辞老母，整肃衣冠，乘车应召。弟叔仁为车骑司马，欲兴甲抗命，元景不从，急驰出巷。巷外禁兵林立，挟刃相向，元景即下车受戮，容色恬然。元景有六弟八子，相继骈戮，诸侄亦从死数十人。颜师伯闻变出走，在道被获，当即杀毙，六子尚幼，一体就诛。（师伯该死，义恭、元景未免含冤。）

子业复改元景和，受百官朝贺，文武各进位二等，进沈庆之为太尉，兼官侍中；袁觊为吏部尚书，赐爵县子；尚书左丞徐爰，夙善逢迎，至是亦侥功获赏，并得子爵。自是子业狂暴昏淫，毫无忌惮，有姊山阴公主，闺名楚玉，与子业同出一母，已嫁驸马都尉何戢为妻，子业独召入宫中，留住不遣，同餐同宿，居然与夫妇相似。（父淫从妹，子何不可与女兄宣淫。）有时又同辇出游，命沈庆之为骖乘（沈公年垂白首，何若如此?）徐爰为后随。

山阴公主很是淫荡，单与亲弟交欢，意尚未足，（为问伊母王氏，那得此宁馨儿?）尝语子业道：“妾与陛下男女虽殊，俱托体先帝，陛下六宫万数，妾止驸马一人，事太不均，还请陛下体恤!”子业道：“这有何难?”遂选得面首三十人，令侍公主。面首，即美貌男子，面谓貌美，首谓发黑。公主得许多面首，轮流取乐，兴味盎然。忽视吏部侍郎褚渊，身长面白，器宇绝伦，复面自子业，乞令入侍，子业也即允许，令渊往侍公主。那知渊不识风情，到了公主私第中，似痴如呆，随她多方挑逗，百般逼迫，他竟守身如玉，好似鲁男子一般，见色不乱，一住十日，竟与公主毫不沾染，惹得公主动怒，把他驱逐出来。（恰是难得，只辜负了公主美意。）

子业且封姊为会稽长公主，秩视郡王。不过因公主已得面首，自己转不免向隅。故妃何氏颇有姿色，奈已去世，只好追册为后，不能再起图欢。继妃路氏，系太皇太后侄女。（辈分亦不相符。）年虽髫秀，貌未妖浮，子业未能满意。此外后宫妾媵，亦无甚可采，猛忆着宁朔将军何迈妻房，为太祖第十女新蔡公主，生得杏脸桃腮，千娇百媚，此时华色未衰，何妨召入后廷，一逞肉欲。中使立发，彼美旋来，人面重逢，丰姿依旧。子业此时，也顾不得姑侄名分了，顺手牵扯，拥入床帏。妇人家有何胆力，只得由他摆布，任所欲为，流连了好几夕，恩爱越深。连新蔡公主的性情，也坐被熔化，情愿做了子业的嫔御，不欲出宫。子业更不必说，但如何对付何迈？无策中想了一策，伪言公主暴卒，舁棺出去。这棺材里面，却也有一个尸骸，看官道是何人？乃是硬行药死的宫婢，充做公主，送往迈第殡葬。一面册新蔡公主为贵嫔，诈称谢氏，令宫人呼他为谢娘娘。（何谓肖子。）一日与谢贵嫔同往太庙，见庙中只有神主，并无绘像，便传召画工进来，把高祖以下的遗容，一一照绘。画工当然遵旨，待绘竣后，又由子业入庙亲览，先用手指高祖像道："渠好算是大英雄，能活擒数天子！"继指太祖像道："渠容貌恰也不恶，可惜到了晚年，被儿子斫去头颅！"又次指世祖像道："渠鼻上有齄，奈何不绘？"（音楂，鼻上疱也。）立召画工添绘齄鼻，乃欣然还宫。新安王子鸾，因丁忧还都，未曾还镇。子业记起前嫌，想着当年储位，几乎被他夺去，此时正好报复，便勒令自尽。子鸾年方十岁，临死语左右道："愿后身不再生帝王家！"子鸾同母弟南海王子师，及同母妹一人，亦被杀死。并掘发殷贵妃墓，毁去碑石，（怪不得先圣有言，丧欲速贫，死欲速朽。）甚且欲毁景宁陵。（即世祖陵，见前。）还是太史上言，说与嗣主不利，才命罢议。

义阳王昶系子业第九个叔父，（见前回。）时为徐州刺史，素性褊急，不满人口，当时有一种讹言，谓昶将造反，子业正想用兵，出些风头，可巧昶遣使求朝，子业语来使蘧法生道："义阳曾与太宰通谋，我正思发兵往讨，他倒自请还朝，甚好甚好！快叫他前来便了。"法生闻言，即忙退去，奔还彭城，据实白昶。昶募兵传檄，无人应命，急得不知所为。蓦闻子业督兵渡江，命沈庆之统率诸军，将薄城下，那时急不暇择，夤夜北走，连母妻俱不暇顾，只挈得爱妾一人，令作男子装，骑马相随，奔投北魏。在道赋诗寄慨，佳句颇多。魏主濬时已去世，太子弘承接魏阼，闻昶博学能文，颇加器重，使尚公主，赐爵丹阳王。昶母谢容华等还都，还算子业特别开恩，不复加罪。

吏部尚书袁顗，本为子业所宠任，俄而失旨，待遇顿衰。顗因求外调，出为雍州刺史。颢舅就是蔡兴宗，颇知天文，谓襄阳星恶，不宜前往。颢答道："白刃交前，不救流矢，甥但愿生出虎口呢！"适有诏令兴宗出守南郡，兴宗上表乞辞，颢复语兴宗道："朝廷形势，人所共知，在内大臣，朝不保夕，舅今出居南郡，据江上流，颢在襄沔与舅甚近，水陆交通，一旦朝廷有事，可共立桓、文（齐桓、晋文）功业，奈何可行不行，自陷罗网呢！"兴宗微笑道："汝欲出外求全，我欲居中免祸，彼此各行己志罢了。"（看到后来，毕竟兴宗智出一筹。）颢匆匆辞行，星夜登途，驰至寻阳，方喜语道："我今始得免祸了！"（未必。）兴宗却得承乏，复任吏部尚书。

东阳太守王藻，系子业母舅，尚太祖第六女临川公主。公主妒悍，因藻另有嬖妾，很为不平，遂入宫进谗，逮藻下狱，藻竟愤死。公主与王氏离婚，留居宫中。（岂亦效新蔡公主耶？）新蔡公主，既充做了谢贵嫔，寻且加封夫人，坐鸾辂，戴龙旗，出警入跸，不亚皇后。只驸马都尉何迈，平白地把结发妻房，让与子业，心中很觉得委屈，且惭且愤，暗中蓄养死士，将俟子业出游，拿住了他，另立世祖第三子晋安王子勋。偏偏有人报知子业，子业即带了禁军，掩入迈宅，迈虽有力，究竟双手不敌四拳，眼见是丢了性命。（有艳福者，每受奇祸。）

沈庆之见子业所为，种种不法，也觉得看不过去，有时从旁规谏，非但子业不从，反碰了许多钉子，因此灰心敛迹，杜门谢客。（迟了！迟了！）吏部尚书蔡兴宗，尝往谒庆之，庆之不见，但遣亲吏范羡，致兴宗处请命。兴宗道："沈公闭门绝客，无非为避人请托起见，我并不欲非法相干，何故见拒！"羡乃返白庆之，庆之复遣羡谢过，并邀兴宗叙谈。兴宗又往见庆之，请庆之屏去左右，附耳密谈道："主上渎伦伤化，失德已甚，举朝惶惶，危如朝露。公功足震主，望实孚民，投袂指挥，谁不响应？倘再犹豫不断，坐观成败，恐不止祸在目前，并且四海重责，归公一身！仆素蒙眷爱，始敢尽言，愿公速筹良策，幸勿自误！"庆之掀须徐答道："我亦知今日忧危，不能自保，但始终欲尽忠报国，不敢自贰，况且老退私门，兵权已解，就使有志远图，恐亦无成！”（尸居暮气。）兴宗又道：“当今怀谋思奋，大有人在，并非欲侥功求赏，不过为免死起见；若一人倡首，万众起应，指顾间就可成事。况公系累朝宿将，旧日部曲，悉布宫廷，公家子弟，亦多居朝右，何患不从？仆忝职尚书，闻公起义，即当首率百僚，援照前朝故事，更简贤明，入承社稷，天下事更不难立定了，公今不决，人将疑公隐逢君恶，有人先公起行，祸必及公，百口难解！公若虑兵力不足，实亦不必需兵，车驾屡幸贵第，酣醉淹留，又尝不带随从，独入阁内，这是万世一时，决不可失呢！”庆之终不愿从，慢慢儿答道：“感君至信，当不轻泄，但如此大事，总非仆所能行，一旦祸至，抱忠没世罢了！”（死了！死了！）兴宗知不可劝，怏怏别去。

庆之从子沈文秀，受命为青州刺史，启行时亦劝庆之废立，甚至再三泣谏，总不见听，只好辞行。果然不到数日，大祸临门。原来子业既杀何迈，并欲立谢贵嫔为后，恐庆之进谏，先堵青溪诸桥，杜绝往来。庆之怀着愚忠，心终未死，仍入朝进谏。及见桥路已断，始怅然折回。是夕即由直阁将军沈攸之，赍到毒酒，说是奉旨赐死。庆之不肯遽饮。攸之系庆之从子，专知君命，不顾从叔，竟用被掩死庆之，返报子业。子业诈称庆之病死，赠恤甚厚，谥曰忠武。庆之系宋室良将，与柳元景齐名，元景河东解县人，庆之吴兴武康人，异籍同声，时称沈柳。（两人以武功见称，故并详籍贯。）

庆之死时，年已八十，长子文叔，曾为侍中，语弟文季道：“我能死，尔能报！”遂饮庆之未饮的药酒，毒发而死。文季挥刀跃马，出门径去，恰也无人往追，幸得驰免。文叔弟昭明，投缳自尽。至子业被弑后，沈、柳俱得昭雪，所遗子孙，仍使袭封，这且慢表。

且说庆之已死，老臣殆尽，子业益无忌惮，即欲册谢贵嫔为正宫。谢贵嫔自觉怀惭，当面固辞，乃册路妃为后，四厢奏乐，备极奢华。子业又恐诸父在外，不免反抗，索性一并召还，均拘住殿中，殴捶陵曳，无复人理。湘东王彧、建安王休仁、山阳王休祐，并皆肥壮，年又较长，最为子业所忌。子业号彧为猪王，休仁为杀王，休祐为贼王，尝掘地为坑和水及泥，褫彧衣冠，裸置坑中，另用木槽盛饭，搅入杂菜，使彧槽餂食，似牧猪状，作为笑谑。且屡次欲杀害三王，亏得休仁多智，谈笑取悦，才得幸全。东海王祎，姿性愚陋，子业称为驴王，不甚见猜。桂阳王休范、巴陵王休若，尚在少年，故得自由。（自彧以下，均见前回。）

少府刘曚妾，怀孕临月，子业迎入后宫，俟她生男，当立为太子。湘东王彧，不愿做猪，未免怨怅，子业令左右缚彧手足，赤身露体，中贯以仗，使人舁付御厨，说是今日屠猪。休仁在旁佯笑道："猪未应死！"子业问是何故？休仁道："待皇太子生日，杀猪取肝肺。"子业不待说毕，便大笑道："好！好！且付廷尉去，缓日杀猪。"越宿，由休仁申请，但言猪应豢养，不宜久拘，乃将彧释出。及曚妾生男，名曰皇子，颁诏大赦，竟将屠猪事失记。这也是湘东王彧，后来应做八年天子，所以九死一生。

晋安王子勋，系子业第三弟，五岁封王，八岁出任江州刺史。（幼年出镇，都是宋武遗传。）子业因祖考嗣祚，统是排行第三，（太祖义隆为宋武第三子，世祖骏太祖第三子。）恐子勋亦应三数，意欲趁早除去。又闻何迈曾谋立子勋，越加疑忌，遂遣侍臣朱景云，赍药赐子勋死。景云行至溢口，停留不进，子勋典签谢道迈，闻风驰告长史邓琬。琬遂称子勋教令，立命戒严，且导子勋戎服出厅，召集僚佐，使军将潘欣之，宣谕部众，大略谓嗣主淫凶，将危社稷，今当督众入都，与群公卿士，废昏立明，愿大家努力云云。众闻言尚未及对，参军陶亮，跃然起座，愿为先驱。于是众皆奉令，即授陶亮为谘议中兵，总统军事，长史张悦为司马，功曹张沈为谘议参军，南阳太守沈怀宝、岷山太守薛常宝、彭泽令陈绍宗等并为将帅，传檄远近，旬日得五千人，出屯大雷。

那子业尚未闻知，镇日宣淫，又召诸王妃、公主等，出聚一室，令左右幸臣，脱去衣裳，各嬲妃主。妃主等当然惊惶，子业又纵使左右，强褫妃主下衣，迫令行淫。南平王铄妃江氏，抵死不从，子业怒道："汝若不依我命，当杀汝三子！"江氏仍然不依，子业益怒，命鞭江氏百下，且使人至江氏第中，杀死江氏三子敬深、敬猷、敬先。铄已早死，竟尔绝嗣。（淫恶如此，自古罕闻。）子业因江氏败兴，忿尚未平，另召后宫婢妾，及左右嬖幸，往游华林园竹林堂。堂宇宽敞，又令男女裸体，与左右互相蹴逐，或使数女淫一男，或使数男淫一女，甚且想入非非，使宫女与羝羊猴犬交，并缚马仰地，迫令宫女与马交媾。一宫女不肯裸衣从淫，立刻斩首。诸女大惧，只好勉强遵命。可怜红粉娇娃，竟供犬马蹂躏，有几个毁裂下体，竟遭枉死。子业反得意洋洋，至日暮方才还宫。夜间就寝，恍惚间一女子突入，浑身血污，戟指痛詈道："汝悖逆不道，看你得到明年否？"子业一惊而醒，回忆梦境，犹在目前。翌日早起，即向宫中巡阅，适有一宫女面貌，与梦中女子相似，复命处斩。是夜又梦见所杀宫女，披发前来，厉色相诟道："我已诉诸上帝，便当杀汝！"说至此，竟捧头颅，掷击子业，子业大叫一声，竟尔晕去。小子有诗咏道：

反常尚且致妖兴，淫暴何能免咎征。

两度冤魂频作厉，莫言幻梦本无凭。

毕竟子业曾否击死，试看下回便知。

自古淫昏之主，莫如桀纣；然桀在位五十二岁，纣在位三十二祀，历年已久，昏德始彰，未有若宋子业之即位逾年，而淫凶狂暴，若是其甚者也！伊尹放太甲，霍光废昌邑王贺，太甲、昌邑王，亦不子业若，而后事以伊尹为圣，霍光为贤，国君危社稷则变置，古训昭然，无足怪也。沈庆之以累朝元老，不能行伊、霍事，反害义恭及柳元景，寻亦被杀，愚忠若此，何足道焉！阅此回几令人作三日呕云。

第二十一回　戕暴主湘东正位　讨宿孽江右鏖兵

却说子业被女鬼一击，竟致晕去。看官不要疑他真死，他是在睡梦中受一惊吓，还道是晕死了事，那知反因此晕死，竟得醒悟，仔细一想，尚觉可怕，可是要想出除鬼的法子来了。（还是被鬼击死，免得刀头痛苦。）

先是子业杀死诸王，恐群下不服，或致反动，遂召入宗越、谭金、童太一、沈攸之等，令为直阁将军，作为护卫。四子皆号骁勇，又肯与子业效力，所以俱蒙宠幸，赏赐美人、金帛，几不胜计。子业恃有护符，恣为不道，中外骚然。左右卫士，皆有异志，但因宗越等出入警跸，惮不敢发。湘东王彧，屡次濒危，朝不保夕，乃密与主衣阮佃夫、内监王道隆、学官令李道儿、直阁将军柳光世等，共谋杀主，觑隙行事。子业素嫉主衣寿寂之，常加呵斥，寂之又与阮佃夫等连合，并串通子业左右，如淳于文祖、朱幼、王南、姜产之、王敬则、戴明宝诸人，同伺子业行动，候便开刀。

子业不务防人，反欲防鬼，竟带了男女巫觋，及采女数百人，往华林园中的竹林堂，备着弓箭，与鬼从事。（鬼岂畏射，真是妄想！）会稽长公主，也同随往；建安王休仁、山阳王休祐，受命前导。独湘东王彧，尚软禁秘书省中，不使同行。当时民间讹言，湘中将出天子，子业欲南巡厌胜，令宗越等先期出阁，部署各军，暗中谋杀湘东王，然后启程。会因两次梦鬼，猝拟往射，总道是鬼不胜力，且有巫觋为卫，不必召入宗越等人，所以左右扈驾，无一勇士。

当下到了竹林堂，时已黄昏，先由巫觋作法，作召鬼状，然后由子业亲发三箭，再命侍从依次递射。平白地乱了一阵，巫觋等齐拜御前，说是鬼已尽死，喧呼万岁。（真是捣鬼。）子业大喜，便命张筵奏乐，庆鬼荡平。

正要入座饮酒，蓦见有一群人，持刀直入，为首的是寿寂之，次为姜产之，又次为淳于文祖，此外不及细认。但觉他来势凶猛，料知有变，慌忙引弓搭箭，向寂之射去。偏偏一箭落空，寂之仍然不退，反向前趋进。（不能射人，专能射鬼。）那时脚忙手乱，不遑再射，只好向后逃走。休仁、休祐等，已早奔出，巫觋、采女等，亦皆四窜。子业且走且呼，口中叫了寂寂数声，已被寂之追及，一刀刺入背中，再一刀断送性命。寂之即齐声道："我等奉太皇太后密命，来除狂主，今已了事，余众无罪，不必惊慌！"话虽如此，那竹林堂中，除寂之等外，已阒如无人了。

休仁奔至景阳山，未知竹林堂消息，正在遑迫无措，可巧寂之等寻至山中，报称宫廷无主，亟应迎立湘东王。休仁乃径诣秘书省，见了湘东王彧，便拜手称臣。彧虽有心弑主，但未料到这般迅速，此次从睡中惊起，由休仁促赴内廷，中途失履，跣足急行。既至东堂，犹着乌帽，休仁召入主衣，易用白帽，并给乌靴。仓猝登座，召见百官，群臣依第进谒，统无异言。当由中书舍人戴明宝，代草太皇太后命令，对众宣读，词云：

前嗣王子业，少禀凶毒，不仁不孝，著自髫龄。孝武弃世，属当辰历，自梓宫在殡，喜容靦然。天罚重离，欢恣滋甚。逼以内外维持，忍虐未露，而凶惨难抑，一旦肆祸，遂纵戮上宰，殄害辅臣。子鸾兄弟，先帝钟爱，含怨既往，枉加屠酷。昶茂亲作扞，横相征讨。新蔡公主，逼离夫族，幽置深宫，诡云薨殒。襄事甫尔，丧礼顿释，昏酣长夜，庶事倾遗。朝贤旧勋，弃若遗土。管弦不辍，珍羞备膳。詈辱祖考，以为戏谑。行游莫止，淫纵无度，肆宴园陵，规图发掘。诛剪无辜，籍略妇女。建树伪竖，莫知谁息。拜嫔立后，庆过恒典，宗室密戚，遇若婢仆，鞭捶陵曳，无复尊卑。南平一门，特钟其酷，反天灭理，显暴万端。苛罚酷令，终无纪极，夏桀殷辛，未足以譬。阖朝业业，人不自保，百姓皇皇，手足靡措。行秽禽兽，罪盈三千，高祖之业将泯，七庙之享几绝。呈老疾沈笃，每规祸鸩，忧遂漏刻，气命无几。开辟以降，所未尝闻。远近思奋，十室而九。卫将军湘东王体自太祖，天纵英圣，文皇钟爱，宠冠列藩，呈早识神睿，特兼常礼。潜运宏规，义士投袂，独夫既殒，悬首白旗，社稷再兴，宗祐永固，人鬼属心，大命允集，且勋德高邈，大业攸归，宜遵汉晋故事，纂承皇极。未亡人余年不幸，婴此百艰，永寻情事，虽存若殒，当复奈何！当复奈何！

宣读既毕，天已大明。直阁将军宗越等闻变，始踉跄趋入，湘东王好言慰抚，越等也无可奈何，惟惟从命。扬州刺史豫章王子尚，傲顽无礼，不啻乃兄；会稽长公主淫乱宫闱，俱由太皇太后命令，即日赐死。（面首三十人可令殉葬！）子业尸首，尚暴露竹林堂，未曾棺殓。蔡兴宗语仆射王彧道："彼虽凶悖，曾已为天下主，应使丧礼粗备，否则人言可畏，亦足寒心。"彧乃依言入白，因草具丧礼，藁葬秣陵县南，年仅十七。改元未及一年，时人称为废帝。（穷凶极恶，总有此日。）

湘东王母沈婕妤早卒，尝经路太后抚养，王事太后甚谨，太后爱王亦笃，至是命太后从子路休之为黄门侍郎，茂之为中书侍郎，算是报答太后的深恩：又复论功行赏。如寿寂之等十余人，或封县侯，或封县子。（弑主者得与荣封，究属未当。）改号东海王祎为庐江王，兼中书监太尉，建安王休仁为司徒尚书令，领扬州刺史，山阳王休祐为荆州刺史，桂阳王休范为南徐州刺史，晋安王子勋为车骑将军，开府仪同三司。是年十二月，湘东王彧即皇帝位，宣诏中外，又有一篇革故鼎新的文字，小子亦录述如下：

昔高祖武皇帝德润四瀛，化绵九服，太宗文皇帝以大明定基，世祖孝武皇帝以下武宁乱，日月所照，梯山航海，风雨所均，削衽袭带，所以业固盛汉，声溢隆周。子业凶嚚自天，忍悖成性，人面兽心，见于龆日，反道败德，著自比年，其狎侮五常，怠弃三正，矫诬上天，毒流下国，实开辟所未有，书契所未闻。再罹遏密，而无一日之哀，齐斩在躬，方深北里之乐。虎兕难柙，凭河必彰，遂诛灭上宰，穷衅逆之酷，虐害国辅，究孥戮之刑。子鸾同生，以昔憾殄殪，敬猷兄弟，以睚眦歼夷，征逼义阳，将加暑脍，陵辱戚藩，捶楚妃主，夺立左右，窃子置储，肆酗于朝，宣淫于国。事秽东陵，行污飞走，积衅罔极，日月兹深。比遂图犯玄宫，暴行无忌，将肆枭獍之祸，逞豺虎之心，又欲鸩毒崇宪（路太后居崇宪宫。）虐加诸父。事均宫闱，声遍国都。鸱枭小竖，莫不宠昵，朝廷忠臣，必加戮挫。收掩之旨，虓虎结辙，掠夺之使，白刃相望。百僚危气，首领无有全地，万姓崩心，妻子不复相保。所以鬼哭山鸣，星钩血降，神器殆于驭索，景祚危于缀旒。朕假寐凝忧，泣血待旦，虑大宋之基，于焉而泯，武文之业，将坠于渊。赖七庙之灵，借八百之庆，巨猾斯殄，鸿沴时褰，皇纲绝而复纽，天纬缺而更张。猥以寡薄，属承乾统，上缉三光之重，俯顾庶民之艰，业业兢兢，若履冰谷，思与亿兆，同此维新。可大赦天下，改景和元年为泰始元年，一切法度，悉依前朝令典。其昏制谬封，并皆刊削，不使留存。特此谕知！

即位礼成。又有一番封赏，特进南豫州刺史刘遵考为光禄大夫辅国将军，历阳、南谯二郡建平王景素为南豫州刺史，荆州刺史临海王子顼为镇军将军，徐州刺史永嘉王子仁为中军将军，左卫将军刘海隆为中护军。建安王休仁，闻道隆升职，上表辞官，谓不愿与道隆同朝。宋主彧几莫名其妙，嗣经左右查明，方知子业在日，曾召入休仁母杨氏，嘱令道隆逼奸。道隆乐得宣淫，竟将这位杨太妃，按倒榻上，备极丑态。（杨氏亦不为无过，如何不学南平王妃？）休仁不堪此辱，所以情愿解职。宋主彧既知底细，便将道隆赐死。（片刻欢娱，丢去性命，何苦何苦！）宗越、谭金、童太一等，虽经新皇抚慰，心中终属不安，嗣复闻有外调消息，遂与沈攸之密谋作乱。攸之竟去告密，越等当然被捕，勒毙狱中（好杀人者，终为人杀，观越可知。）尚书右仆射王彧，表字景文，因避宋主名讳，易字为名，正任仆射，总尚书事，内外布置，统已就绪。独晋安王子勋，偏不肯服从命令，仍然用兵未休。

子勋年仅十龄，晓得甚么军事，凡事统由长史邓琬作主。琬因子勋排行第三，且起兵寻阳，与世祖骏相符，还道是后先辉映，定获成功。当时由都中新令，传到江州，将佐统共喜贺，琬忽取令投地道："殿下将南面听政，如车骑将军等职，乃是我等所为，奈何授与殿下！"众皆骇愕，琬独与陶亮合谋，缮治兵甲，征兵四方。

雍州刺史袁顗，偕谘议参军刘胡，起兵相应，诈称奉太皇太后密令，嘱使出师。一面表达寻阳，劝子勋速即帝位。邓琬遂替子勋传檄，略言孤志遵前典，废幽陟明，湘东王彧，矫害明茂，（指宋主杀豫章王事。）篡窃大宝，干我昭穆，寡我兄弟，藐孤同气，犹有十三，圣灵何辜，乃致乏飨云云。这檄文传达远近，四处闻风，于是郢州刺史安陆王子绥、荆州刺史临海王子顼、会稽太守寻阳王子房，均与子勋谊关兄弟，愿作臂助。他如徐州刺史薛安都、冀州刺史崔道固、青州刺史沈文秀、义阳内史庞孟虬、行会稽郡事孔觊、吴郡太守顾琛、吴兴太守王昙生、义兴太守刘延熙、晋州太守袁标、益州刺史萧惠开、湘州行事何慧文、广州刺史袁昙远、梁州刺史柳元怙、山阳太守程天祚等，皆归附子勋。（何攀龙附凤者之多耶！）

邓琬因趋附日多，遂伪言受路太后玺书，率将佐劝进，草草定仪，竟于宋主彧即泰始二年，奉子勋为帝，改元义嘉，用邓琬为尚书右仆射，张悦为吏部尚书，袁顗为尚书左仆射，此外将佐及诸州郡官吏，各加官进爵，赏赐有差，四方贡献，多归寻阳。

宋主彧只保有丹阳、淮南数郡，几乎危急得很，亟派建安王休仁，都督征讨诸军事，命王玄谟为江州刺史，做了休仁的副手，沈攸之为寻阳太守，率兵万人，出屯虎槛。休仁等出都西去，才隔数日，忽由东南传来警报，说是会稽太守寻阳王等，已进兵至永世县。永世县地隔建康，不过数百里，都下震惧，风鹤惊心。宋主彧忙召群臣计事，蔡兴宗进言道："今普天同叛，各怀异志，亟宜处以镇静，推诚待人；即如叛党亲戚，散布宫省，若用法相绳，转致激变，不为瓦解，必为土崩。今宜速颁明诏，示以罪不相及，待至舆情既定，人有战心，将见六军精勇，器械犀利，与叛众交战，自操胜算，何必过忧？”宋主彧连声称善，依议施行。

甫越两日，又闻豫州有附逆消息。豫州刺史殷琰，家属多在建康，本不愿归附寻阳，建武司马刘顺，替寻阳游说，力劝琰背东归西，琰犹豫未决。寻由右卫将军柳光世，出奔彭城，道过寿阳，谓建康万不可守，又兼豫州参军杜叔宝，从中迫胁，令琰不能自脱，没奈何起应子勋。宋主彧又复添忧，仍召兴宗等入商，蹙然与语道：“各处未平，殷琰又复同逆，奈何奈何？”兴宗道：“顺逆两端，臣不暇辨，惟现时商旅断绝，米却丰贱，四方云合，人情反安，照此看来，荡平可卜。臣所忧不在今日，却在将来。昔晋羊祜言事平以后，方劳圣虑，臣意亦这般想呢。”宋主道：“诚如卿言，且卿前言叛党亲属，不宜株累，朕今拟厚抚琰家，卿以为何如？”兴宗道：“这正是招携怀远的要策呢。”宋主遂令侍臣慰抚琰家，令他作书招琰，并遣兖州刺史殷孝祖甥荀僧韶，往谕孝祖，饬令即日入朝。

僧韶到了兖州，谒见孝祖道：“景和凶狂，开辟未闻，今主上夷凶翦暴，再造河山，不意群迷相煽，摇动众听。假使天道助逆，群凶逞志，亦必至祸难百出，不堪复问。舅父少有大志，若能招集义勇，辅佐明廷，不但匡主静乱，且更足扬名竹帛呢。”孝祖听了，奋袂遽起，也不管甚么妻孥，立率文武二千人，随僧韶至建康。

时会稽各郡叛军，愈逼愈近，内外忧危，群欲奔散，亏得孝祖驰至，所带随兵，饶有赳赳气象，人心因是得安。宋主彧进孝祖为抚军将军，督前锋诸军事，使往虎槛。再遣山阳王休祐为豫州刺史，督领辅国将军刘勔、宁朔将军吕安国等，北讨殷琰。又派巴陵王休若，率同建威将军沈怀明、尚书张永、辅国将军萧道成等，东讨孔觊。觊方会合东南各军，使出晋陵，气焰甚盛。沈怀明至奔牛镇，未敢进战，但筑垒自固。永至曲阿县，更被吓退，逃还延陵，往就休若。时方孟春，连日风雪，陂塘崩溃，众无固志。诸将劝休若退保破冈，休若怒道：“叛贼未来，奈何轻退，敢有言退者斩！”诸将方不敢再言，乃筑垒息甲，严兵以待。

适殿中御史吴喜，在宋主前自请效力，宋主授喜建武将军，特简羽林勇士千人，遣往军前。喜尝出使东吴，性情宽厚，得人敬爱，此次出兵，竟自成一路。往捣贼巢。吴人闻喜到来，多望风欢迎，不战自服。（足副大名。）永世县令孔景宣，本已叛应孔觊，为土民徐崇之所杀，向喜报捷。喜令崇之权置县事，自进兵至吴城，连破义兴军。义兴太守刘延熙，筑栅长桥，保郡自守。喜正长驱进击，又来了一个好帮手，乃是司徒参军任农夫，也是自请从军。到了义兴，与喜同攻刘延熙，延熙保守不住，栅毁兵溃，投水自尽，眼见得义兴克复了。

孔觊闻义兴兵败，不寒自栗。宋廷又遣积射将军江方兴、御史王道隆，出至晋陵，督厉诸军，连战皆胜，攻克晋陵，各军皆遁，王昙生、顾琛、袁标等，亦弃郡出走。吴郡、吴兴、晋州各地，相继荡平。捷书连达宋廷，宋主调张永等击彭城，江方兴等击寻阳，但留建武将军吴喜，与建威将军沈怀明，东击会稽。喜遂弓兵入柳浦，拔西陵，兵威所至，无不披靡。上虞县令王晏，复起兵攻郡城，孔觊逃往嵴山，单剩一个寻阳王子房。子房系子勋弟，与子勋同年，乳臭犹存，怎能自保，当被王晏攻入，把他缚住，械送建康。复悬赏购觊，觊即被获，并觊从弟孔璪，一并诛死。

会稽平定，王昙生、顾琛、袁标等，无路可逃，不得已诣吴喜营，叩首乞怜。喜代达朝廷，均蒙赦宥，就是子房解到建康，也因他年幼无知，特别宽免，但贬为松滋侯。（东路了。）

山阳王休祐到了历阳，令刘勔为先行，进军小岘。殷琰所署南汝阴太守裴季之，举合肥城出降。宁朔将军刘怀珍，又奉了宋主遣发，带同龙骧将军王敬则等，共步骑五千人，诣刘勔营，助讨寿阳，击斩庐江太守刘道蔚。琰遣部将刘顺、柳伦、皇甫道烈、庞天生等，率兵八千，东拒宛唐，与刘勔南北相持，约有月余。刘顺等粮食将尽，急向殷琰处索粮。参军杜叔宝，发车千五百乘，运粮饷顺，途次为勔军所劫，弃粮遁还。顺军无从得食，自然溃败，刘勔遂进薄寿阳。殷琰非常惶急，但与杜叔宝招集散兵，婴城自守，势孤援绝，料难保全。

张永与萧道成，往攻彭城。彭城系徐州治所，为薛安都所据。安都从子薛索儿，偕太原太守傅灵越，夺据睢陵，阻截官军。张、萧两将与索儿大战城下，索儿败退，食尽走死。傅灵越奔往淮西，武卫将军王广之，诱执送勔。勔送建康，宋主爱他骁勇，颇欲贷死，灵越抗言不逊，因即伏诛。惟殷孝祖驰至虎槛，会同寻阳太守沈攸之，进攻赭圻，仗着自己猛力，不顾士卒，昂然直往，且用羽仪前导，显示威风。他将已料他不终，果然与寻阳军将，大战一场，身中流矢，倒地而亡。小子有诗叹道：

为王执殳效前驱，危局颇期只手扶。

忠勇有余谋不足，赭圻一战竟捐躯。

孝祖中箭阵亡，众情大沮，后来胜负如何，容至下回续表。

子业为寿寂之所弑，湘东王彧实尸之，例以春秋书法，彧为首恶，不能辞咎。惟子业淫昏凶暴，浮于桀纣，汤武征诛，不为不义，何尤于湘东！本回标目，不曰弑而曰戕，至演述事实，复连录二令，所以罪子业恕湘东也。子勋起兵寻阳，对于子业，尚属有名，对于湘东，实为无理。彼虽幼稚，未知逆顺，但既有统军之名，不得以其年幼而恕之，标目曰讨，书法特严。历叙叛党之不耐久战，正以见助逆之难成，莫谓乱世之果无公理也。

第二十二回 扫逆藩众叛荡平 激外变四州沦陷

却说殷孝祖阵亡，众情震骇，还亏沈攸之御众有方，勉力支持，方得镇定人心，不致溃散。时江方兴已由南调北，与攸之名位相埒，(应前回。)大众拟推攸之为统军，攸之独让与方兴。方兴大喜，便督厉诸将，准备开战。

赭圻守将，为寻阳左卫将军孙冲之、右卫将军陶亮等人，统兵约二万名。冲之语亮道："孝祖骁将，一战便死，天下事不难手定了。此地不须再战，便当直取京师。"亮不肯从，但与部将薛常宝、陈绍宗、焦度等，出兵对垒，决一胜负。方兴与攸之夹攻敌阵，有进无退，杀得寻阳军士，弃甲曳兵，一哄儿逃出姥山，死亡过半，失去湖、白二城。陶亮大惧，亟与孙冲之退保鹊尾，只留薛常宝等守赭圻。

寻阳长史邓琬，闻前军败绩，复遣豫州刺史刘胡，率众三万，铁骑二千，援应孙、陶。胡系宿将，颇有勇略，为将士所敬惮，孙、陶二人，亦倚以为重，总道是长城可靠，后必无虞。会宋廷已擢沈攸之为辅国将军，代殷孝祖督前锋军事，又调建武将军吴喜，自会稽至赭圻。攸之以军势颇盛，遂麾军围赭圻城。

薛常宝乘城扼守，且因粮食不继，向刘胡处乞援。胡自督步卒万人，负囊运米，乘夜救薛。天明至城下，偏为攸之大营所阻，不得入城。攸之且出兵邀击，与刘胡鏖斗多时，胡却也利害，持槊直前，冲突多次。经攸之号令诸军，迭发强弩，把他射住，胡尚三却三进，直至身中数箭，方自觉支撑不住，向后倒退。攸之乘势奋击，胡众大败，舍粮弃甲，缘山奔去。胡狼狈退走，仅得回营。

薛常宝见胡败去，料知孤城难守，便开门突围，走入胡寨。他将沈怀宝，也想随奔，适被攸之截住，战不数合，就做了刀头鬼。陈绍宗单舸走鹊尾，城中尚有数千人，当即出降。攸之入赭圻城，建安王休仁自虎槛至赭圻。宋主复遣尚书褚渊，驰抵行营，犒赏将士，促兵再进。

邓琬传子勋号令，征袁𫖮至寻阳，令他统军赴敌。𫖮尽率雍州部曲，来会寻阳各军。楼船千艘，战士二万，如火如荼，趋至鹊尾，刘胡等迎𫖮入营，谈论军情，𫖮略略交谈，便算了事。住营数日，并未闻有甚么方略，但见他常服雍容，赋诗饮酒，差不多似没事一般。（也想学谢太傅么？）刘胡因南军未至，军需匮乏，特向𫖮商借襄阳军资，𫖮不肯应允。又闻路人谣传，谓建康米贵，斗米千钱，遂以为不劳往攻，可以坐定，因此连日延宕，不发一兵。刘胡等屡请出战，𫖮乃令胡出屯浓湖，堵截官军。

会青、兖各郡吏，并起兵应建康，青州刺史沈文秀，勉与相持，势颇危急。弋阳西山蛮田益之，也输诚宋室，率蛮众万人围义阳。司州刺史庞孟虬，由邓琬差遣，击退益之，且引兵往援殷琰。刘勔致休仁书，请分兵相助。休仁欲遣龙骧将军张兴世赴援，兴世方谋绕越鹊尾，上据钱溪，截击寻阳军粮道，偏休仁令他北援，未免背道而驰，甚为叹惜。

沈攸之本赞成兴世，即入白休仁道："孟虬蚁聚，必无能为，但遣别将往救，已足相制。兴世谋袭叛军粮道，乃是安危枢纽，万难中止，还请大帅注意！"休仁依攸之言，另派部将段佛荣率兵救勔，令兴世简选战士七千，用轻舸二百艘分装，泝流而上。途次辄遇逆风，屡进屡退。刘胡闻报大笑道："我尚不敢轻越彼军，下取扬州，张兴世有何能力，乃敢据我上流呢！"遂不复戒备。

那知天心助顺，不如人料，一夕东北风大起，兴世得悬帆直上，径越鹊尾。及刘胡闻知，急令偏将胡灵秀往追，已是不及。兴世竟趋钱溪，扎住营寨，堵截交通。刘胡自率本部各军，往攻钱溪，前锋为兴世所败，伤毙数百人。胡不禁大怒，驱军猛进，不防袁𫖮着人追还，说是浓湖危急，促令返救，胡只得回军浓湖。看官听说！这浓湖危急的军报，并非袁顗虚造，实是休仁遥应兴世，特令沈攸之、吴喜等，率舰进击，牵制刘胡。胡既东返，攸之等也即引还。（无非是亟肄以敝，多方以误之计。）

是时广州刺史袁昙远，为下所杀。山阳太守程天祚，反正投诚。赣令萧赜，系辅国将军萧道成世子，擒获南康相沈肃之，据住南康，起应君父。就是庞孟虬到了弋阳，也被吕安国等击走，遁还义阳。王玄谟子昙善，又起兵据义阳城，击逐孟虬，孟虬窜死蛮中。皇甫道烈等，闻孟虬败死，相率降勔。勔遂遣还段佛荣，仍至浓湖。

刘胡等军中乏食，粮运为兴世所阻，梗绝不通。胡再攻钱溪，仍然不克。再遣安北府司马沈仲玉，竟往南陵征粮。仲玉至南陵，载米三十万斛，钱布数十舫，还过贵口，可巧碰着宋将寿寂之、任农夫，麾兵杀来，那时逃命要紧，不得已弃去米布，走回顗营。

刘胡闻报大惊，阴谋西窜。佯令人通知袁顗，只说是再攻钱溪，兼下大雷，暗令薛常宝办船，径趋海根，毁去大雷诸城，自向寻阳遁去。顗至夜方知，顿足大愤道："不意今日为小子所误，悔无及了！"一面说，一面即出跨乘马，顾语部众道："我当自往追胡，汝等不应妄动，在营守着！"语毕，即带着千人，策马飞驰，走往鹊头。（依样画葫芦。）

浓湖及鹊尾各营，统共不下十万人，两处并无主帅，如何保守？索性尽降宋军。建安王休仁，即入浓湖，复至鹊尾，收降敌垒数十，遂遣沈攸之等追顗。

顗与鹊头守将薛伯珍，又趋向寻阳，夜止山间，杀马飨将士，且语伯珍道："我非不能死，但欲一至寻阳，谢罪主上，然后自尽呢。"伯珍不答。到了翌晨，竟请屏人言事。顗不知他是何妙计，便命左右退去，与他密谈，那知他拔剑出鞘，向顗砍来。顗骇极欲避，偏偏身不由主，手足反笨滞得很，只听见砉的一声，魂灵儿已飞入幽都。

伯珍枭了顗首，持示大众，嘱令降宋，众皆听命，他即持顗首驰往钱溪。适遇马军将军俞湛之，出首相示，湛之佯为道贺，暗拔刀斫伯珍首，共得两颗头颅，送往休仁大营，据为己功。（强中更有强中手。）

寻阳连接败报，邓琬等仓皇失措，忽见刘胡到来，诈称袁顗叛去，军皆溃散，惟有自己全军回来，请速加部署，再图一战。琬信为真言，拨粮给械，令他出屯湓城，不料他一出寻阳，竟转向沔口去了。

琬闻胡去，越加惶急，与中书舍人褚灵嗣等，商量救急方法。大家智尽能索，无一良谋。尚书张悦，却想出一条妙计，诈称有疾，召琬议事。琬应召入室，向悦问安，悦答道："我病为国事所致，事至今日，已迫危境，足下首倡此谋，敢问计将安出！"琬踌躇多时，方嗫嚅答道："看来只好斩晋安王，封库谢罪，或尚得保全生命！"（好计策。）悦冷笑道："这也太觉不忍，难道可卖殿下求活么？且饮酒一樽，徐图良策。"说至此，即向帐后回顾，佯呼取酒。帐后一声应响，便闪出许多甲士，手中并无杯箸，但各执刀械相饷。琬欲走无路，立被甲士拿下，由悦数责罪状，当场斩首！（该杀。）复令捕到琬子，一并加诛，自乘单舸诣休仁军前，献入琬首，赎罪乞降。

休仁即令沈攸之等驰往寻阳。寻阳城内，已经大乱，子勋已被蔡道渊囚住，城门洞开，一任攸之等趋入。可怜十一岁的垂髫童子，做了半年的寻阳皇帝，徒落得一刀两段，身首分离。

当下传首建康，露布告捷，再遣张兴世、吴喜、沈怀明等，分徇荆、郢、雍、湘各州，及豫章诸郡县。刘胡逃至石城，为竟陵丞陈怀直所诛。郢州行事张沈、荆州行事孔道存，相继毕命。临海王子顼由荆州治中宗景，执送建康，勒令自杀。安陆王子绥，也即赐死。还有邵陵王子元，系子勋弟，本迁任湘州刺史，道出寻阳，为子勋所留，加号抚军将军，至是亦连坐受诛，年止九岁。所有叛附子勋诸党，除见机归顺外，多被捕诛。徐州刺史薛安都、冀州刺史崔道固、益州刺史萧惠开、梁州刺史柳元怙等，先后乞降。独湘州刺史何慧文，未曾投顺，由宋主诏令吴喜，宣旨招抚。慧文叹道："身陷逆节，不忠不义，还有何面目见天下士！"遂仰药自杀。有诏追赠死节诸臣，及封赏有功将士，各分等差，并召休仁还朝。

时路太后已遭毒身亡，追谥为昭太后，葬孝武陵东南，号修宁陵。名目上虽未减退，实际上很是草率。原来路太后闻子勋建号，颇以为幸，及子勋将败，路太后竟召入宋主，置毒酒中，伪令侍饮。宋主彧全不加防，经内侍从旁牵衣，始悟毒谋，即将计就计，起奉面前樽酒，为太后寿。路太后无可推辞，只好拼死饮尽，（原是自己速死）是夕毒发暴亡。宋主彧尚秘不发丧，但迁殡东宫，至寻阳告捷，乃草草奉葬。

休仁应召入都，复密白宋主道："松滋侯兄弟尚在，终为祸阶，宜早自为计！"宋主因将松滋侯子房以下，共计兄弟十人，一并赐死；连路太后从子休之、茂之也连坐加诛。总计孝武二十八子，至此俱尽。上文虽约略分叙，未曾详明，由小子列表如左。

废帝子业（遇弑）。豫章王子尚（赐死）。晋安王子勋（被杀）。安陆王子绥（赐死）。子深（未封而殇）。寻阳王子房（降为松滋侯赐死）。临海王子顼（赐死）。始平王子鸾（为子业所杀）。永嘉王子仁（赐死）。子凤（未封而殇）。始安王子真（赐死）。子玄（未封而殇）。邵陵王子元（赐死）。齐敬王子羽（早卒，追加封谥）。子衡、子况（俱未封而殇）。淮南王子孟（赐死）。南平王子产（赐死）。晋陵王子云（早卒）。子文（未封而殇）。庐陵王子羽（赐死）。南海王子师（为子业所杀）。淮阳王子霄（早卒，追加封谥）。子雍（未封而殇）。子趋（未封赐死）。子期（未封赐死）。东平王子嗣（赐死）。子悦（未封赐死）。

以上为孝武帝二十八男，由宋主彧赐死，得十四人，这也可谓残虐骨肉，太无仁心了。（咎在休仁。）

辅国将军刘勔，围攻寿阳，自春至冬，尚未能下。宋主彧使中书草诏，招抚殷琰。尚书蔡兴宗入谏道："天下既定，琰宜知过自惧，但须由陛下赐给手书，彼方肯来，否则仍使疑贰，尚非良策！"宋主不从。果然殷琰得诏，疑是刘勔行诈，不敢出降。杜叔宝且藏瞒寻阳败报，益加守备。嗣经宋主发到降卒，使与城中人问答，守卒始知寻阳败没，各生贰心。琰欲北走降魏，主簿夏侯详极力劝阻。琰乃使详出见刘勔，婉言乞请道："今城中兵民，明知受困，尚且固守不变，无非惧将军入城，一体受诛；倘将军逼迫太急，彼将北走降魏。为将军计，不如网开三面，一律赦罪，大众得了生路，还有不相率归顺么？"勔慨然应诺，即使详至城下，呼城上将士，传达勔意。琰乃率将佐面缚出降，勔悉加慰抚，不戮一人。入城又约束部曲，秋毫无犯，城中大悦。宋主亦有诏赦琰。琰还都后，复得为镇南谘议参军，仕至少府而终。（北路亦了。）

他如兖州刺史毕众敬、豫章太守殷孚、汝南太守常珍奇，从前曾响应子勋，至是俱上表输诚，愿赎前愆。宋主因叛乱已平，更欲示威淮北，特授张永为镇军将军，沈攸之为中领军，使统甲士十五万，往迎徐州刺史薛安都。蔡兴宗谏道："安都已经归顺，但须一使传书，便足征召，何必多发大兵，反令疑忌呢！若谓叛臣罪重，不可不诛，亦应在未赦以前，早为处置。今已加恩宽宥，复迫令外叛，招引北寇，恐欲益反损，朝廷又不遑旰食了！"（历观兴宗所陈，多有特见。）宋主不以为然，转询萧道成，道成亦答称不宜遣兵，宋主道："诸军猛锐，何往不利，卿等亦未免过虑了！"（骄必败。）遂径遣张、沈二将北行。

安都闻大兵将至，果然疑惧，亟遣子入质魏廷，向他求救。汝南太守常珍奇，亦恐连坐遭诛，也举悬瓠城降魏。魏主弘系拓跋濬长子，濬在位十四年病殂，由弘承父遗统，与宋主彧同年即位，尊濬为文成皇帝。弘年仅十二，丞相太原王乙浑，总决国事。（补前文所未详。）越年乙浑有谋反情事，太后冯氏密定大计，收浑伏诛。冯氏为弘嫡母，颇有智略，因临朝听政。可巧薛安都、常珍奇二人，奉书乞援，遂与中书令高允等，商决出兵，立派镇南大将军尉元、镇东将军孔伯恭等，率兵骑万人，东救彭城。镇西大将军西河公拓跋石，都督荆豫南雍州诸军事张穷奇，率步兵万人，西救悬瓠。授薛安都为镇南将军，领徐州刺史，封河东公；常珍奇为平南将军，领豫州刺史，封河内公。

兖州刺史毕众敬，与安都异趋，表达建康，请讨安都。书尚在途，忽闻子元宾坐罪被杀，不禁大怒，拔刀斫柱道："我已白首，只生一子，今在都中受诛，我亦不愿生存了！"（为子叛君，也不合理。）未几魏军至瑕丘，众敬即遣人乞降。魏将尉元，拨部众随入兖州，便将城池据去，不令众敬主持。众敬始觉悔恨，好几日不进饮食，但已是无及了。

魏西河公石至上蔡，与尉元同一谋划，俟常珍奇出迎，即麾众入城，勒交管钥，据有仓库。珍奇也有悔心，复欲图变，奈石已防备严密，无从下手，没奈何屈意事石，蹉跎过去。（引狼入室，应有此遇。）

薛安都尚未知两处消息，但闻张永、沈攸之等，已到下磕，忙遣使催促魏军。尉元长驱至彭城，见薛安都开门迎谒，便派部将李璨，偕安都入城，收检库钥。更令孔伯恭用精兵二千，守卫城池内外，方才驰入。既至府署，堂皇高坐，令安都下阶参见，好似上司对下属一般。安都不禁愤恚，退语部众，再欲叛魏归宋，偏又为尉元所闻，召入署中，语带讥讽。安都且愧且惊，不得已携出私资，重赂尉元，复委罪女夫裴祖隆，将他杀死。（女夫何罪，乃斫其首，女又何辜，乃令其寡，徇利贪生，一至于此，比毕、常二人犹且勿如。）元乃使李璨守城，安都为助，自率兵出袭张永粮道。

永正派羽林监王穆之，领兵五千，在武原守住辎重，不意魏兵杀到，措手不及，只好将辎重弃去，奔就永营。永等方进薄彭城，蓦见穆之逃来，说是辎重被夺，不觉大骇，又兼冬春交季，雨雪纷纷，自知站立不住，索性弃营遁还。适泗水冰合，船不能行，复把兵船弃去，渡水南走。士卒已多半冻毙。及渡过南岸，行抵吕梁相近，突遇魏兵杀出，首领正是尉元。原来元袭穆之辎重，已绕出永营后面，预料永军绝食，必将奔还，因即逾淮待着，截击永军。永无心恋战，即遇魏军，不得不勉强厮杀，那知后面又有鼓声，乃是薛安都领兵追到，也来乘势邀功。（何颜之厚！）永前后受敌，如何了得，急令沈攸之抵挡后军，自督兵冲突前军。好容易杀开血路，已是足指被伤，忍痛走脱。沈攸之也仅以身免。部众死亡逾万，横尸六十里，所有军资器械，抛散殆尽。

宋主接到败报，召语蔡兴宗道："朕不听卿言，竟致徐、兖失守，今自觉无颜对卿呢。"兴宗道："徐、兖已失，青、冀亦危，速请抚慰为是！"宋主乃遣沈文季弟文炳，持诏宣抚；又遣辅国将军刘怀珍，与文炳同行。途次果闻青、冀有变，由怀珍兼程急进，连定各城，青州刺史沈文秀、冀州刺史崔道固，始不敢生贰，仍绝魏归宋，怀珍乃还。

魏既得徐、兖二州，复拟攻青、冀二州，再遣平东将军长孙陵赴青州，征南大将军慕容白曜为后应，驱兵大进，势如破竹，据无盐，破肥城，夺去糜沟、垣苗二戍，又进陷升城，守将非死即降。宋主复命沈攸之等规复彭成，俾得通道东北，往援青、冀。攸之谓淮泗方涸，不便行军。宋主怒起，立要他立功赎罪，攸之不得已北行。萧道成亦奉命镇淮阴，接应攸之军需。攸之至濉清口，被魏将孔伯恭截住，战了半日，攸之败退。孔伯恭乘胜追击，杀毙宋龙骧将军崔彦之，攸之身亦受创，走还淮阴。下邳、宿豫、淮阳诸守将，皆弃城遁还。

青、翼二州，日夕待援，始终不至，崔道固孤守历城（即冀州治所），被围年余，力竭降魏。沈文秀固守东阳（即青州治所），被围三年，士卒昼夜拒战，甲胄生虮虱，魏将长孙陵，督众陷入，执住文秀，缚送慕容白曜。白曜喝令下拜，文秀亦厉声道："汝为北臣，我为南臣，彼此各位从同，何必拜汝！"白曜倒也起敬，待以酒食，始转送平城。魏主令为中都下大夫，于是青、冀二州，也为魏有。小子有诗叹道：

无端挑衅启兵争，外侮都因内变生；
试看四州沦陷日，才知师出本无名。

豫州境内，又有魏兵出入，亏得有人守住，击斩魏将，才得保全。欲知此人为谁，且至下回再叙。

子勋之死，咎由自取，袁顗、邓琬、刘胡等，死有余辜，更不足责。子顼、子房、子绥，同类受诛，尚不得为冤死。子元被留寻阳，死非其罪，顾犹得曰受抚军将军之伪令，固不便轻赦也。子仁以下共九人，年皆冲幼，又未尝趋附子勋，何罪何辜，乃尽赐死。休仁原是不仁，而宋主彧之妄加锄戮，举孝武遗胄而悉屠之，安得谓非残忍乎？子勋既败，余党尽降，薛安都亦奉表归命，无端发兵十五万，往迎安都，可已不已，激成外变，卒至徐、兖、青、冀四州，相继沦没。江左小朝，不及北魏之半，又复失去四州，是地且益小矣。呜呼！刘彧弄巧成拙，原厥祸始，实误于“骄”之一字。裴子野谓齐桓矜干葵丘，而九国叛，曹公不礼张松，而三国分，合以宋主彧之失四州，几成鼎足，乃知持盈保泰之固自有道也。

第二十三回 杀弟兄宋帝滥刑 好佛老魏主禅统

却说豫州刺史刘勔，甫经莅任，闻魏司马赵怀仁，入寇武津，亟遣龙骧将军申元德，出兵拦截。元德击退魏兵，且斩魏于都公阏于拔，获运车千三百乘。魏移师寇义阳，又由勔使参军孙台瓘把他驱逐，豫州才幸无事。勔复致书常珍奇，叫他反正，珍奇亦生悔念，乃单骑奔寿阳，魏始不敢南侵。宋亦无力恢复，但矫立徐、兖、青、冀四州官吏，徐治钟离，兖治淮阴，青、冀治郁州，虚置郡县，招辑流亡，不过摆着个空场面。那徐、兖、青、冀的人民，都已沦为左衽，无力南迁了。

宋主彧遭此一挫，未尝刷新图治，反且纵暴肆淫。即位初年，立妃王氏为皇后。王氏系仆射王景文胞妹，秉性柔淑，赋质幽娴，与宋主却相敬爱。后来宋主纵欲，选择嫔御数百人，充入后房，渐把王后疏淡下去。王后倒也不生怨忿，随遇自安。惟王后只生二女，未得毓麟，就是后宫许多嫔御，亦不闻产一男儿。（寡欲始可生男，否则原难望子。）

宋主好色过度，渐至不能御女，只好向人借种，乃把宫人陈妙登，赐给嬖臣李道儿。妙登本屠家女，原没有甚么廉耻，既至李家，与道儿连日取乐，不消一月，已结珠胎。（如此得孕，有何佳儿？）事为宋主所闻，又复迎还。（曾不思履水难收么？）十月满足，得产一子，取名慧震，宋主说是自己所生。又恐他修短难料，更密查诸王姬妾，遇有孕妇，便迎纳宫中，倘得生男，杀母留子，别使宠姬为母，抚如己儿。至慧震年已三龄，牙牙学语，动人怜爱，宋主即册立为太子，改名为昱。册储节宴，很是热闹。

到了夜间，复在宫中大集后妃，及一切公主命妇，列坐欢宴。饮到半酣，却下了一道新奇命令，无论内外妇女，均令裸着玉体，恣为戏谑。王皇后独用扇障面，不笑不言，宋主顾叱道："外舍素来寒乞，今得如此乐事，偏用扇蔽目，究作何意?"后答道："欲寻乐事，方法甚多，难道有姑姊妹并集一堂，反裸体取乐么? 外舍虽寒，却不愿如此作乐!"宋主不待说毕，益怒骂道："贱骨头不配抬举，可与我离开此地!"王后当即起座，掩面还宫，宋主为之不欢，才命罢宴。

次日为王景文所闻，语从舅谢纬道："后在家时，很是懦弱，不意此番却这般刚正，真正难得!"纬亦为叹赏不置。

看官听说! 从来淫昏的主子，没有不好色信谗，女子小人，原来连类并进，似影随形。宋主彧既选入若干妇女，免不得有若干宵小。游击将军阮佃夫、中书舍人王道隆、散骑侍郎杨运长，并得参预政事，权亚宋主。就中阮佃夫最横，纳货赂，作威福，宅舍园池，冠绖都中。平居食前方丈，侍妾数百，金玉锦绣，视同粪土，仆从附隶，俱得不次升官，车夫仕至中郎将，马士仕至员外郎。朝士无论贵贱，莫不伺候门庭。从前二戴一巢，号称权幸，也未及佃夫威势。且巢、戴是士人出身，尚知稍顾名誉，佃夫是从小吏入值，由主衣得充内监，不过因废立预谋，骤得封至建城县侯；寻阳乱作，从军数月，又得兼官游击将军，声灵赫耀，任性妄行。王道隆、杨运长等，与为倡和，往往援引党徒，排斥异类。最畏忌的是皇室宗亲，宗亲除去，他好侮弄人主，永窃国权，所以随时进谗，凭空构衅。(好一段大文章，含有至理。)

宋主彧本来好猜，更有佃夫等从旁鼓煽，越觉得至亲骨肉，纯是祸阶。可巧皇八兄庐江王祎，与河东人柳欣慰，诗酒劝酬，订为知交。欣慰密结征北谘议参军杜幼文，意图立祎，偏幼文奏发密谋，遂将欣慰捕戮，降祎为车骑将军，徙镇宣城，特遣杨运长领兵管束。运长更嘱通朝士，讦祎怨望，祎坐夺官爵，且为朝使所迫，勒令自裁。

杨州刺吏建安王休仁，与宋主彧素相友爱，前曾保全彧命。彧即位后，更由休仁亲冒矢石，迭建大功，位冠百僚，职兼内外，渐渐的功高遭忌，望重被谗。休仁已不自安，至袆被诛死，即上表辞扬州兼职。宋主乃调桂阳王休范为扬州刺史，并改封山阳王休祐为晋平王，自荆州召还建康，另派巴陵王休若为荆州刺史。休祐刚狠，屡次忤旨，守主积不相容，故召回都下，设法翦除。

泰始七年春二月，车驾至岩山射雉，特令休祐随行。射了半日，有一雉不肯入场，呼休祐驰逐，必得雉始归。休祐既去，宋主密嘱屯骑校尉寿寂之等，追随休祐，自己启跸还宫。天气将暮，日影西沉，休祐尚未得雉，控辔驰射，不意后面突来数骑，冲动马尾，马遇惊跃起，意将休祐掀下。休祐料有急变，奋身腾立，顾见寿寂之等，正要诘问，那寂之等已四面凌逼，拳足交加。休祜颇有勇力，也挥拳抵敌，横厉无前，忽背后被人暗算，引手撩阴，一声爆响，晕倒地上，复被大众殴击，自然断命。寂之驰白宋主，报称骠骑坠马。休祐原任骠骑大将军，所以有此传呼。宋主佯为惊愕，即遣御医络绎往视，医官检验伤痕，明知殴毙，但返报气绝无救罢了。殓葬时尚追赠司空，旋且废为庶人，流徙家属。（究竟要露出真相。）

一波未平，一波又起，都中忽起谣言，谓巴陵王休若，有大贵相，宋主复召休若为南徐州刺史。休若将佐，都劝休若不宜还朝，中兵参军王敬先进言道："荆州带甲十余万，地方数千里，上可匡天子，除奸臣，下可保境土，全一身，奈何自投罗网，坐致赐剑呢！"休若阳为应诺，至敬先趋出，即令人把他拿下，奏请加惩，奉诏将敬先诛死。及启行入都，会宋主遇疾，医治乏效，自恐病不能兴，特召杨运长等，筹商后事。运长独指斥建安王休仁，以为此人不除，必贻后患。宋主尚觉踌躇，嗣闻宫廷内外，多属意休仁，拟俟宋主晏驾，即行推戴，（仍恐出运长等谗言。）于是决计先发，召休仁直宿尚书省。

休仁至尚书省中，闲坐多时，已将夜半，乃和衣就寝。蓦然有诏使到来，宣敕赐死，且进毒酒。休仁叱道："主上得有天下，究系何人的功劳？今天下粗安，乃欲我死！从前孝武诛夷兄弟，终至子孙灭绝，前车不鉴，后辙相循，宋祚岂尚能长久么？”（原是冤枉，但松滋兄弟，并无致死之罪，汝何故奏请诛夷？）诏使逼令饮酒，休仁道：“我死后，看他能活到何时？”说着，遂取杯饮尽，未几毒发身死。宋主虑有他变，力疾乘舆，夜出端门，及接得休仁死报，才复入宫。

黎明又下一诏，诈言休仁谋反，惧罪引决，应降为终安县王。惟休仁子伯融，许令袭爵。伯融为休仁妃殷氏所出。殷氏嫠居抱病，延医生祖翻诊治。祖翻面白貌秀，殷氏亦甫在中年，两下相窥，你贪我爱，竟相拥至床，后来奸案发觉，遣还母家，亦迫令自尽。（裸体纵欲，已成常事，何必勒令自尽！）宋主且语左右道：“我与建安年龄相近，少便款狎，景和泰始年间，原是仗他扶持，今为后计，不得不除，但事过追思，究存余痛呢！”说至此，潸然泪下，悲不自胜，左右相率劝解，还说是情法两全，可以无恨。（彼此相欺，亡无日矣。）

先是吏部尚书褚渊，出为吴郡太守，宋主谋杀休仁，促令入见，流涕与语道：“我年甫逾壮，病日加增，恐将来必致不起，今召卿进来，特欲卿试着黄椤呢。”看官道黄椤是何衣？原来是当时乳母服饰，宋主以子昱年幼，有志托孤，乃有此语。渊婉辞慰答，及与谋诛休仁事，却由渊谏阻。宋主怒道：“卿何太痴！不足与计大事。”渊乃恐惶从命。既而进右仆射袁粲为尚书令，渊为尚书左仆射，同参国政。

适巴陵王休若，到了京口，闻得休仁死耗，惊惧交并，正在进退两难的时候，接到朝廷手敕，调任江州，惟促令入都相见，定期七夕会宴。休若不得已入朝，宋主尚握手殷勤，叙家人谊。到了七夕宴期，休若入座，主臣欢饮，并没有甚么嫌疑。宴罢归第，时至入夜，偏有朝使随到，赍酒赐死。休若无可奈何，只好一饮而尽，转眼间已是毕命。追赠侍中司空，命子冲袭封，总算敷衍表面，瞒人耳目。

又调休范刺江州。休范在兄弟中，最为朴劣，宋主或尝语王景文道：“休范材具庸弱，不堪出镇，只因我承大统，令他富贵，释氏谓愿生王家，便是此意。”（承情之至。）景文惟惟而退。其实文帝十九子，除宋主彧外，此时只休范尚存，不过因他庸愚寡识，尚得苟延残喘，但也是死多活少，命在须臾了。（文帝十九子，已见前文，故本回不再复述。）

宋主既猜忌骨肉，复迷信鬼神，特辟故第为湘宫寺，备极华丽。新安太守巢尚之，罢职还朝，宋主与语道："卿可往湘宫寺否？这是朕生平一大功德。"尚之还未及答，旁有一官闪出道："这都由百姓卖儿贴妇钱，充作此费，佛若有灵，当暗中嗟叹，有甚么功德可言！"宋主闻言，怒目顾视，乃是散骑侍郎虞愿，便喝令左右，驱愿下殿。愿从容趋出，毫不动容。

过了数日，宋主与彭城丞王抗弈棋。抗本善弈，远出宋主上，只因天威咫尺，不便争胜，往往故意逊让，且弈且言道："皇帝飞棋，使臣抗不能下手。"这句话明明是不愿与弈，那宋主还自得其乐，愈嗜弈棋。虞愿又进谏道："尧尝用弈教丹朱，非人主所应留意。"宋主只听得两语，已经怒起，便挥手使退。但因他是个文人，不足为虞，所以未尝加罪，始终含容过去。独屯骑校尉寿寂之，孔武有力，豫州有督吴喜，智计过人，均阴中上忌，先后赐死。（寂之手刃子业，应死已久；吴喜且有大功，奈何赐死！）

萧道成出镇淮阴，为人所谮，也被召入朝。将佐等劝勿就征，道成慨然道："死生自有定数，我若淹留，乃足致疑；况朝廷摧残骨肉，祸必不远，方当与卿等戮力图功，有甚么顾虑呢！"随即偕使入朝。果然到了阙下，并无危祸，惟改官散骑常侍，兼太子左卫率，不令还镇罢了。（能杀他人，不能杀萧道成，岂非天数。）

宋主又欲规复淮北，命北琅琊兰陵太守垣崇祖出师。当时北琅琊、兰陵两郡，已被魏陷没。崇祖侨驻郁州，只率数百人，袭入魏境，据住蒙山。魏人闻信出击，崇祖恐众寡不敌，仍然引还。

魏自拓跋弘即位，第一年改元天安，第二年又改元皇兴。皇兴元年，后宫李夫人生下一子，取名为宏，由冯太后取入己宫，勤加抚养，一面把政权付还魏主。魏主弘始亲国事，追尊生母李贵人为元皇后。向例魏立太子，即将生母赐死。弘册为太子时，李贵人应依故事，条记事件，付托兄弟，然后自尽。（此等秕政，实属无谓。）弘回忆生初，当然伤感，因追尊为后。自亲政后，大小必察，赏不滥，刑不苛，黜贪尚廉，保境息民。十五六岁的北朝天子，居然能移易风俗，整肃纪纲。中书令高允，却也竭诚辅导，知无不言。所以皇兴年间，魏国称治。惟冯太后尚在盛年，不耐寡居，巧值尚书李敷弟奕，入充宿卫，太后见他年少貌美，遂引入宫中，赐以禁脔。宫女等素惮雌威，不敢窃议，所以李奕得出入无忌，尝与冯太后交欢，只瞒着魏主弘一人。

魏主弘性好释老，做了三五年皇帝，已不耐烦，就将那襁褓婴儿，册为储贰。到了皇兴五年，太子宏年仅五岁，一时不便禅授，意欲传位京兆王子推。子推系文成帝弟，与魏主弘为叔父行，弘因他器宇深沉，故欲推位让国，令他主治，自己可以养性参禅。（匪夷所思。）当下召集公卿，议禅位事。公卿等听作奇闻，莫敢应对。独子推弟任城王子云，抗言进谏道："陛下方坐致太平，君临四海，怎得上违宗庙，下弃兆民！必欲委置尘务，亦应传位储君，方不乱统。"（不私所亲，却是一个正人。）太尉源贺、尚书陆馛，亦相继应声道："任城所言甚是，请陛下采纳！"魏主弘不禁变色，似有怒意。中书令高允插口道："臣不敢多言，但愿陛下上思宗庙付托，何等重大，追念周公抱成王事，也是从权办法，陛下择一而行，才不致惊动中外！"魏主弘乃徐徐道："据卿等奏议，宁立太子，不过太子幼弱，全仗卿等扶持。"高允等尚未及答，魏主弘又道："陆馛素来正直，必能保全我子。"馛闻言即叩首谢奖，魏主即授为太保，令与太尉源贺，准备禅位事宜。

宏生有至性，上年魏主病痈，由宏亲为吮毒，至是得受禅信息，向父泣辞。魏主弘问为何因，宏答道："臣儿幼弱，怎堪代父承统，中心忧切，因此泪下！"（五岁小儿却能如此，恐未免史笔夸张。）魏主弘叹道："尔能如此，必可君人，我意已决定了！"遂令陆馛等整缮册文，即日传位。文中略云：

> 昔尧舜之禅天下也，皆由其子不肖，若丹朱、商均，果能负荷，岂必搜扬侧陋而授之哉！尔虽冲弱，有君人之表，心能恢隆主道，以济兆民。今使太保建安王陆馛、太尉源贺，持节奉皇帝

玺绶，致位于尔躬。尔其践升帝位，克广洪业，以光祖宗之烈，使朕优游履道，颐神养性，可不善欤！

五龄太子，出受册文，也被服帝衣，登上御座，受文武百官朝谒，改年为延兴元年。礼毕还宫，又由公卿大夫，引汉高帝尊奉太上皇故事，奉魏主弘为太上皇帝，仍总国家大政。魏主弘准如所请，自徙居崇光宫，采椽不斫，土阶不垩，差不多有太古风。又仿西印度传闻，特在宫苑中建造鹿野浮图，引禅僧同住，研究佛学。惟国有大事，始令上闻，这也是别有心肠，非人情所得推测呢。这且慢表。

且说北朝禅位以后，遣使告宋，宋亦遣使报聘，南北又复通好，暂息兵争。只宋主屡次抱病，骨瘦如柴，（无非渔色所致。）渐渐的支撑不住。自恐一旦不讳，子昱尚幼，不能亲政，势必由皇后临朝，王景文为皇后兄，必进为宰相，大权在握，易生异图。乃特书手敕，遣人赍付。景文方与客围棋，见有敕至，启函阅毕，徐置局下。及棋局已终，敛子纳奁，乃取敕示客道："有敕赐我自尽。"客不觉大惊，景文却神色自若，自书墨启致谢，从容服毒而死。使人得启返报，宋主方才安心。是夜又梦人告语道："豫章太守刘愔谋反了！"宋主突然惊寤，俟至天明，便发使持节，驰至豫章，杀死刘愔。

嗣是心疾日甚，精神越加恍惚，每当夜静更阑，辄见有无数冤魂，环集榻旁，争来索命。他亦无法可施，特命改泰始八年为泰豫元年，暗取安豫的意思。（也是痴想。）又命在湘宫寺中，日夕忏醮，祈福禳灾。可奈神佛无灵，鬼魂益迫，休仁、休祐，索命愈急。宋主呓语不绝，尝云司徒恕我，或说是骠骑宽我，模模糊糊的说了几回，略觉有些清醒，便命桂阳王休范为司空，褚渊为护军将军，刘勔为右仆射，与尚书令袁粲，仆射兼镇东将军蔡兴宗，及镇军将军郢州刺史沈攸之，入受顾命，嘱令夹辅太子。渊等受命而出，复由渊保荐萧道成，说他材可大任，乃加授道成为右卫将军，共掌机事。

是夕宋主彧病剧归天，享年三十四岁，改元二次，在位共八年。太子昱即皇帝位，方赦天下，命尚书令袁粲、护军将军褚渊，左右辅政，尊谥先帝彧为明皇帝，庙号太宗。嫡母王氏为皇太后，生母陈氏为皇太妃。昱时年仅十龄，虽然有一个妃子江氏，妻随夫贵，也得受册定仪。正位中宫。一对小夫妻，统治内外，眼见是宫廷紊乱，要收拾那宋室的江山了。小子有诗叹道：

乏嗣何妨竞择贤，如何借种便相传！

十龄天子痴狂甚，两小宁能把国肩。

还有阮佃夫、王道隆等，依旧用事，搅乱朝纲。欲知后来变乱情形，俟小子下回再叙。

休仁为兄弟计，议杀诸侄。宋主彧为嗣子计，并杀兄弟，而休仁亦不得免。休仁不能保身，而宋主彧不能保子，且不能保国，天下未有自残骨肉，而尚能庇其身世者也！夫同姓不可恃，遑问异姓，观后来之萧齐篡宋，尽灭刘氏，何莫非宋主彧好杀之报乎？若夫魏主弘之禅位，亦出不经，考魏主践阼之年，仅十二龄，越年改元天安，又越年改元皇兴，禅位时年仅十有九岁。太子宏虽聪睿夙成，究属五龄童子，未能御宇，况冯太后内行不正，秽渎深宫，不知先事防闲，乃迷信佛老，遽弃尘务，是亦为取祸之媒，不至杀身不止。王道不外人情，蔑情者必亡，矫情者必危，观宋、魏遗事而益恍然矣。

第二十四回 江上堕谋亲王授首 殿中醉寝狂竖饮刀

却说阮佃夫、王道隆等，仍然专政，威权益盛，货赂公行。袁粲、褚渊两人，意欲去奢崇俭，力矫前弊，偏为道隆、佃夫所牵制，使不得行。镇东将军蔡兴宗，当宋主彧末年，尝出镇会稽，彧病殂时，正值兴宗还朝，所以与受顾命。佃夫等忌他正直，不待丧葬，便令出督荆、襄八州军事。嗣又恐他控制上游，尾大难掉，更召为中书监光禄大夫，另调沈攸之代任。兴宗奉召还都，辞职不拜。王道隆欲与联欢，亲访兴宗，蹑履到前，不敢就席。兴宗既不呼坐，亦不与多谈，惹得道隆索然无味，只好告别。未几兴宗病殁，遗令薄葬，奏还封爵。兴宗风度端凝，家行尤谨，奉宗姑，事寡嫂，养孤侄，无不尽礼。有子景玄，绰有父风，宋主命袭父职荫，景玄再四乞辞，疏至十上，乃只令为中书郎。三世廉直，望重济阳，（兴宗济阳人，父廓为吏部尚书，夙有令名。）信不愧为江南人表。（铁骨铮铮，理应表扬。）

自兴宗去世，宋廷少一正人，越觉得内外壅蔽，权幸骄横。阮佃夫加官给事中，兼辅国将军，势倾中外。吴郡人张澹，系佃夫私亲，佃夫欲令为武陵太守，尚书令袁粲等不肯从命，佃夫竟称敕施行，遣澹赴郡。粲等亦无可奈何，但就宗室中引用名流，作为帮手。当时宗室凌夷，只有侍中刘秉，为长沙王道怜孙，（刘道怜，见前文。）少自检束，颇有贤名，因引为尚书左仆射，但可惜他廉静有余，才干不足，平居旅进旅退，无甚补益。尚有安成王准，名为明帝第三子，实是桂阳王休范所生，收养宫中，昱既践阼，拜为抚军将军，领扬州刺史。准年只五龄，晓得甚么国家大事，惟随人呼唤罢了。

越年改元元徽，由袁、褚二相勉力维持，总算太平过去。翌年五月，江州刺史桂阳王休范，竟擅兴兵甲，造起反来。休范本无材具，不为明帝所忌，故尚得幸存。及昱嗣宋祚，贵族秉政，近习用权，他却自命懿亲，欲入为宰辅，既不得志，遂怀怨愤。典签许公舆。劝他折节下士，养成物望，由是人心趋附，远近如归。一面招募勇夫，缮治兵械，为发难计。宋廷颇有所闻，阴加戒备。会夏口缺镇，地当寻阳上流，朝议欲使亲王出守，监制休范，乃命皇五弟晋熙王燮出镇夏口，为郢州刺史。（郢州治所即夏口。）燮只四岁，特命黄门郎王奂为长史，行府州事。（四岁小儿，如何出镇，况所关重要，更属非宜，宋政不纲，大都类是。）又恐道出寻阳，为休范所留，因使众太子洑绕道莅镇，免过寻阳。

休范闻报，知朝廷已经疑己，遂与许公舆谋袭建康，起兵二万，骑士五百，自寻阳出发，倍道急进，直下大雷。大雷守将杜道欣，飞使告变，朝廷惶骇。护军将军褚渊、征兆将军张永、领军将军刘勔、尚书左仆射刘秉、右卫将军萧道成、游击将军戴明宝、辅国将军阮佃夫、右军将军王道隆、中书舍人孙千龄、员外郎杨运长，同集中书省议事，半日未决。

萧道成独奋然道："从前上流谋逆，都因淹缓致败，今休范叛乱，必远惩前失，轻兵急下，掩我不备。我军不宜远出，但屯戍新亭、白下，防卫宫城，与东府石头，静待贼至。彼自千里远来，孤军无继，求战不得，自然瓦解。我愿出守新亭，挡住贼锋，征北将军可守白下，领军将军但屯宣阳门，为诸军节度。诸贵俱可安坐殿中，听我好音，不出旬月，定可破贼！"说至此，即索笔下议，使众注明可否。大众不生异议，并注一同字。（一班酒囊饭袋。）独孙千龄阴袒休范，谓宜速据梁山。道成正色道："贼已将到，还有甚么闲军，往据梁山，新亭正是贼冲，我当拚死报国，不负君恩。"说着，即挺身起座，顾语刘勔道："领军已同鄙议，不可改变，我便往新亭去了。"

勔应声甫毕，外面又走进一人，素衣墨绖，曳杖而来，是人为谁？就是尚书郎袁粲。粲正丁母艰，闻变乃至。当由萧道成与述军谋，粲亦极力赞成。道成即率前锋兵士，赴戍新亭。张永出屯白下，另遣前南兖州刺史沈怀明，往守石头城；袁粲、褚渊，入卫殿省。事起仓猝，不遑授甲，但开南北二武库，任令将士自取，随取随行。

道成到了新亭，缮城修垒，尚未毕事，那休范前军，已至新林，距新亭不过数里。道成解衣高卧，镇定众心，既而徐起，执旗登垣，使宁朔将军高道庆、羽林监陈显达、员外郎王敬则等，带领舟师，堵截休范。两军交战半日，互有杀伤，未分胜负。

翌日黎明，休范舍舟登岸，自率大众攻新亭，分遣别将丁文豪，往攻台城。道成挥兵拒战，自辰至午，杀得江鸣海啸，天日无光，休范兵不少却，但觉鼓声愈震，兵力愈增，城中将士，都有惧色。道成笑道："贼势虽众，行列未整，不久便当破灭了！"

言未毕，忽有休范檄文，射入城内，当由军士拾呈道成。道成取视，但见起首数行，乃说杨运长、王道隆等，蛊惑先帝，使建安、巴陵二王，无罪受戮，望执戮数竖，聊谢冤魂云云。后文尚有数行，道成不再看下，即用手撕破，掷置地上。旁边闪出二人道："逆首檄文，想是招降，公何不将计就计，乘此除逆？"道成瞧着，乃是屯骑校尉黄回，与越骑校尉张敬儿，便应声问道："敢是用诈降计么？"两人齐声称是。道成又道："卿等能办此事，当以本州相赏。"两人大喜，便出城放仗，跑至休范舆前，大呼称降。

休范方穿着白服，乘一肩舆，登城南临沧观，览阅形势，左右护卫，不过十余人，既见两人来降，便召问底细。回佯致道成密意，愿推拥休范为宋主，惟请休范订一信约。休范欣然道："这有何难？我即遣二子德宣、德嗣，往质道成处，想他总可相信了。"遂呼二子往道成垒中，留黄、张二人侍侧。亲吏李桓、钟爽等，交谏不从，自回舟中高坐，置酒畅饮，乐以忘忧。所有军前处置，都委任前锋将杜黑骡处置。那知遣质二子，早被道成斩首，他尚似在梦里鼓里，一些儿没有闻知。

黄回、张敬儿，反导他游弋江滨，且游且饮。一夕天晚，休范已饮得酒意醺醺，还是索酒不休，左右或去取酒，或去取肴，黄回拟乘隙下手，且示敬儿，敬儿即趋至休范身后，把他佩刀抽出。休范稍稍觉察，正要回顾，那刀锋已经刺来，一声狂叫，身首两分。（好去与十八兄弟重聚，开一团圆大会，重整杯盘。）左右统皆骇散，敬儿持休范首，与回跃至岸上，驰回新亭报功。

道成大喜，即遣队长陈灵宝，传首都中。灵宝持首出城，正值杜黑骡麾兵进攻，一时走不过去，没奈何将首投水，自己扮作乡民模样，混出间道，得达京城，报称大憝已诛。满朝文武，看他无凭无据，不敢轻信，惟加授萧道成为平南将军。道成因叛军失主，总道他不战自溃，便在射堂查验军士，从容措置。不防司空主簿萧惠朗，竟率敢死士数十人，攻入射堂。道成慌忙上马，驱兵搏战，杀退惠朗，复得保全城垒。原来惠朗姊为休范妃，所以外通叛军，欲作内应。

惠朗败走，杜黑骡正来攻扑，势甚慓劲，亏得道成督兵死拒，兀自支撑得住。由晡达旦，矢石不息，天又大雨，鼓角不复相闻。将士不暇寝食，马亦觉得饥乏，乱触乱号，城中顿时鼎沸，彻夜未绝。独道成秉烛危坐，厉声呵禁，并发临时军令，乱走者斩，因此哗声渐息，易危为安。（可见为将之道，全在镇定。）

黑骡尚未知休范死耗，努力从事，忽闻丁文豪已破台城军，向朱雀桁进发，遂也舍去新亭，趋向朱雀桁。右军将军王道隆，领着羽林精兵，驻扎朱雀门内，蓦闻叛军大至，急召刘勔助守。勔驰至朱雀门，命撤桁断截叛军，道隆怨道："贼至当出兵急击，难道可撤桁示弱么？"勔乃不敢复言，遽率众出战。甫越桁南，尚未列阵，杜黑骡已麾众进逼，与丁文豪左右夹攻，勔顾彼失此，竟至战死。道隆闻勔已阵亡，慌忙退走，被黑骡长驱追及，一刀杀毙。（害人适以自害。）张永、沈怀明，各接败报，俱弃去泛地，逃回宫中。抚军长史褚澄，开东府门迎纳叛军，叛众劫住安成王准，使居东府，且伪称休范教令道："安成王本是我子，休得侵犯！"中书舍人孙千龄，也开承明门出降，宫省大震。

皇太后王氏、皇太妃陈氏，因库藏告罄，搜取宫中金银器物，充作军赏，嘱令并力拒贼。贼众渐闻休范死音，不禁懈体，丁文豪厉声道："我岂不能定天下，何必借资桂阳！"许公舆且诈称桂阳王已入新亭，惹得将吏惶惑，多至新亭垒间，投刺求见，名达千数。道成自登北城，俯语将吏道："刘休范父子，已经伏诛，暴尸南冈下，我是萧平南，请诸君审视明白，勿得自误！"说至此，即将所投名刺，焚毁城上，且指示道："诸君名刺，今已尽焚，不必忧惧，各自反正便了。"（正好权术。）将吏等一哄散去。道成复遣陈显达、张敬儿等，率兵入卫。

袁粲慷慨语诸将道："今寇贼已逼，众情尚如此离沮，如何保得住国家？我受先帝付托，不能安邦定国，如何对得住先帝？愿与诸公同死社稷，共报国恩！"说着，披甲上马，纵辔直前。诸将亦感激愿效，相随并进。可巧陈显达等亦到，遂共击杜黑骡。两下交战，流矢及显达目，显达拔箭吮血，忍痛再斗。大众个个拼死，得将黑骡击走。黑骡退至宣阳门，与丁文豪合兵，尚有万余人。越日天晓，张敬儿督兵进剿，大破叛众，斩黑骡，战文豪，收复东府，叛党悉平。

萧道成振旅还都，百姓遮道聚观，同声欢呼道："保全国家，全赖此公！"（为将来篡宋张本。）道成既入朝堂，即与袁粲、褚渊、刘秉会着，同拟引咎辞职。表疏呈入，当然不许，升授道成为中领军，兼南兖州刺史，留卫建康，与袁粲、褚渊、刘秉三相，更日入直决事，都中号为四贵。

荆州刺史沈攸之，曾接休范书札，并不展视，具报朝廷，且语僚佐道："桂阳必声言与我相连，我若不起兵勤王，必为所累了！"乃邀同南徐州刺史建平王景素、郢州刺史晋熙王燮、湘州刺史王僧虔、雍州刺史张兴世，同讨休范。休范留中兵参军毛惠连等守寻阳，为郢州参军冯景祖所袭，惠连等不能固守，开门请降。休范尚有二子留着，一体伏诛。有诏以叛乱既平，令诸镇兵各还原地，兵气销为日月光，又有一番升平景象了。（语婉而讽。）

宋主昱素好嬉戏，八九岁时，辄喜猱升竹竿，离地丈余，自鸣勇武。明帝在日曾饬陈太妃随时训责，扑作教刑，怎奈江山可改，本性难移，到了继承大统，内有太后、太妃管束，外有顾命大臣监制，心存畏惮，未敢纵逸。元徽二年冬季，行过冠礼，三加玄服，遂自命为成人，不受内外羁勒，时常出宫游行。起初尚带着仪卫，后来竟舍去车骑，但与嬖幸数人，微服远游，或出郊野，或入市廛。陈太妃每乘青犊车，随踪检摄，究竟一介女流，管不住狂童驰骋。昱也惟恐太妃踪迹，驾着轻车，远驰至数十里外，免得太妃追来。有时卫士奉太妃命，追踪谏阻，反被昱任情呵斥，屡加手刃，所以卫士也不敢追寻，但在远山瞻望，遥为保护。昱得恣意游幸，且自知为李道儿所生，尝自称为李将军，或称李统。营署巷陌，无不往来，或夜宿客舍，或昼卧道旁，往往与贩夫商妇，贸易为戏，就使被他揶揄，也是乐受如饴，一笑了事。（真是一个无赖子。）平生最多小智，如裁衣制帽等琐事，过目即能，他如笙管箫笛，未尝学吹，一经吹着，便觉声韵悠扬，按腔合拍。

蹉跎蹉跎，倏过二年，荆襄都督沈攸之，威望甚盛，萧道成防他生变，特使张敬儿为雍州刺史，出镇襄阳。世子赜出佐郢州，防备攸之。攸之未曾发难，京口却先已起兵。原来建平王景素，时为南徐州刺史，他是文帝义隆孙，为故尚书令宣简王弘长子，（弘为文帝第七子，见前文。）好文礼士，声誉日隆。适宋主昱凶狂失德，朝野颇属意景素，时有讹言。杨运长、阮佃夫等，贪辅幼主，不愿立长，密唆防阁将军王季符，诬讦景素反状，俾便出讨。萧道成、袁粲窥破阴谋，替他解免，阻住出师，景素亦遣世子延龄，入都申理。杨、阮等还未肯干休，削去景素征北将军职衔，景素始渐觉不平，阴与将军黄回、羽林监垣祇祖通书，相约为变。

酝酿了好几个月，忽由垣祇祖带了数百人，奔至京口，说是京师乱作，台城已溃，请即乘间发兵。景素信为真言，即据住京口，仓皇起事。杨、阮闻报，立遣黄回往讨。萧道成知回蓄异图，特派将军李安民为前驱，夜袭京口，一鼓破入，擒斩景素，所有叛党，统共伏诛。

宋主昱因京口告平，骄恣益甚，无日不出，夕去晨返，晨去夕归，令随从各执铤矛，遇有途人家畜，即命攒刺为戏，民间大恐，商贩皆息，门户昼闭，道无行人。有时昱居宫中，针椎凿锯，不离左右，侍臣稍稍忤意，便加屠剖，一日不杀，便愀然不乐，因此殿省忧惶，几乎不保朝暮。

阮佃夫与直阁将军申伯宗、朱幼等，阴谋废立，拟俟昱出都射雉，矫太后命，召还队仗，派人执昱，改立安成王准。事尚未发，为昱所闻，立率卫士拿住阮佃夫、朱幼，下狱勒毙。（佃夫也有此日耶！）申伯宗狼狈出走，中途被捕，立置重刑，或告散骑常侍杜幼文、司徒左长史沈勃、游击将军孙超之，亦与佃夫同谋，昱复自往掩捕，执住杜幼文、孙超之，亲加脔割，且笑且骂，语极秽鄙，不堪入耳。转趋至沈勃家，勃正居丧在庐，蓦见昱持刀突入，不由的怒气上冲，便攘袂直前，手搏昱耳道："汝罪逾桀纣，就要被人屠戮！"说到戮字，已由卫士一拥而进，把勃劈作两段，昱又亲解支体，并命将三家老幼，一体骈诛。（十四岁的幼主如此酷虐，史所未闻。）杜幼文兄叔文，为长水校尉，即遣人把他捕至，命在玄武湖北岸，裸缚树下，由昱跨马执槊，驰将过去，用槊刺入叔文胸中，钩出肝肠，嬉笑不止，卫士齐称万岁！

昱尽兴还宫，偏遇皇太后宣召，勉强进去，听了好几句骂声，无非说他残虐无道，饬令速改，惹得昱满腔懊闷，快快趋出。已而越想越恨，索性召入太医，嘱令煮药，进鸩太后。左右谏止道："若行此事，天子应作孝子，怎得出入自由！"昱爽然道："说得有理。"乃叱退医官，罢除前议。嗣是狎游如故，偶至右卫翼辇营，见一女子娇小可怜，便即搂住，借着营中便橱，云雨起来。事毕以后，又令跨马从游，每日给数千钱，供她使用。

一日盛暑，竟掩入领军府。萧道成昼卧帐中，昱不许他人通报，悄悄的到了帐前，揭帐审视，见他袒胸露腹，脐大如鹄，不禁痴笑道："好一个箭靶子！"这一语惊醒道成，张目瞧视，见是当今小皇帝，不胜惊异，慌忙起床整衣。昱摇手道："不必不必，卿腹甚大，倒好试朕的箭法！"说着，即令左右拥着道成，叫他露腹直立，画腹为的，自引弓作注射状。道成忙用手版掩腹，且申说道："老臣无罪！"旁由卫队长王天恩进言道："领军腹大，原是一好射堋，但一箭便死，后来无从再射，不如用骲箭射腹，免致受伤!”（是道成救星。）昱依天恩言，即令他取过骲箭，搭上弓弦，喝一声着，正中道城肚脐。当下投弓大笑道：“箭法何如?”天恩极口赞美，连称陛下只须一箭，不必更射，说得昱喜上加喜，方出署自去。

道成无词可说，送出御驾，回入署中。自思此番幸用骲射，乃是骲镞所为，不致伤人。（骲箭注射，就此带叙。）但侥幸事情，可一不可再，当速图自全，乃密访袁粲、褚渊二人，商及废立问题。渊默然不答，粲独说道：“主上年少，当能改过，伊霍事甚不易行，就使成功，亦非万全计策。”道成点首而出。（点首二字暗寓狡猾。）

俄由宫中漏出消息，得知昱尝磨铤，欲杀道成，还是陈太妃从中喝阻，谓道成有功社稷，不应加害，昱乃罢议。道成却越加危惧，屡与亲党密谋，意欲先发制人。或劝道成出诣广陵，调兵起事；或谓应令世子赜率郢州兵，东下京口，作为外应。道成却欲挑动北魏，俟魏人入寇，自请出防，乘便笼络军士，入除暴君。这三策都未决议，累得道成日夕踌躇。领军功曹纪僧真，把三策尽行驳去，谓不若在内伺衅，较为妥当。道成族弟镇军长史顺子，及次子骠骑从事中郎嶷，均言幼主好为微行，但教联络数人，即可下手，何必出外营谋，先人受祸等语。道成乃幡然变计，密结校尉王敬则，令贿通卫士杨玉夫、杨万年、陈奉伯等，共二十五人，专伺上隙。

夏去秋来，新凉已届，宋主昱正好夜游，七月七日，昱乘露车至台冈，与左右跳高赌技。晚至新安寺偷狗，就昙度道人处杀狗侑酒，饮得酩酊大醉，方还仁寿殿就寝。杨玉夫随从在后，昱顾语道：“今夜应织女渡河，汝须为我等着，得见织女，即当报我；如或不见，明日当杀汝狗头，剖汝肝肺!”（你的狗头要保不牢了。）玉夫听着醉语，又笑又恨，没奈何应声外出。

看官听说！自昱嗣位后，出入无常，殿省门户，终夜不闭，就是宿卫将士，统局居室中，莫敢巡逻。只恐与昱相值，奏对忤旨，便即饮刃，所以内外洞开，虚若无人。杨玉夫到了夜半，与杨万年同入殿内，趋至御榻左近，侧耳细听，呼呼有鼾睡声，再走进数步，启帐一瞧，昱仍熟睡。惟枕旁置有防身刀，当即抽刀在手，向昱喉下戳入，昱叫不出声，手足一动呜呼哀哉！年仅十五，在位只五年，后人称子业为前废帝，昱为后废帝。小子有诗叹道：

童年失德竟如斯，陨首宫廷尚恨迟；
假使十龄身尸死，刘家兴替尚难知。

杨玉夫已经弑昱，持首出殿，突遇一人拦住，不由得魂飞天外。究竟来人为谁，且至下回说明。

桂阳王休范，不死于泰始之时，而死于元徽之世，殊属出人意外；然其获免也以愚，其致死也亦以愚。愚者可一幸不可再幸，终必有杀身之祸。试观其中诈降计，纳黄回、张敬儿于左右，肘腋之间，自召危机，尚复日饮醇酒，游宴自如，不谓之愚得乎！建平王景素，亦一愚夫耳，轻信垣祗祖之言，仓猝起兵，不亡何待！史家不恕休范，而独恕景素，殆以景素发难，由杨、阮之激迫而成，欲罪杨、阮，不得不于景素有恕词，要知亦一愚人而已。废帝昱愚而且暴，与子业相似，其被弑也亦相同。狡如宋武，而后嗣多半昏愚，然后知仁厚者可卜灵长，而狡黠者之终难永久也。

第二十五回　讨权臣石头殉节　失镇地栎林丧身

却说杨玉夫手持昱首，驰出殿门，适与一人相遇，不觉惊惶。及仔细审视，乃是同党陈奉伯，方才放心，即将昱首交与奉伯。奉伯诈传敕旨，开承明门，门外由王敬则待着，复把昱首转交。敬则驰诣领军府，叩门大呼，道成不知何事，未敢开门。敬则投首入墙，由道成洗首验视，果系昱头，乃戎服乘马，偕敬则等入殿。殿中相率惊怖，经道成说明昱死，始同声呼万岁。道成就殿廷槐树下，托称王太后命，召袁粲、褚渊、刘秉等入议。

道成语秉道："这是君家私事，外人不敢擅断。"秉顾视道成，但见他须髯尽张，目光似电，令人可怖，不由得嗫嚅道："尚书诸事，可以见委，军旅处分，当由领军作主！"（错了！错了！）道成复让与袁粲，粲亦不敢承认。（也是没用。）王敬则拔刀跃入道："天下事都应关白萧公，如有异言，血染敬则刀！"遂手取白纱帽，加道成首，劝他即位，且说道："今日尚有何人，敢来多嘴？事须及热，何必迟疑！"（比许褚、典韦还要出力。）

道成取去纱帽，正色呵斥道："汝等统是瞎闹！"粲欲乘势进言，又被敬则怒目相视，不敢开口。褚渊接入道："今非萧公不能了此！"道成乃徐徐道："诸君都不肯建议，我亦未便推辞，今日只有迎立安成王为是！"刘秉、袁粲等模糊答应。敬则尚欲推戴道成，由道成用目相示，乃挟刘、袁、褚三相，出待东城，另备法驾往迎安成王准。

秉行过道旁，适与从弟韫相遇，韫急问道："今日事是否归兄？"秉答道："我等已让萧领军主持！"韫惊叹道："兄肉中究有血否？今年恐被族灭了！"秉似信非信，与韫别去。

既而安成王准已经迎入，当由道成替太后宣令，追废昱为苍梧王，命安成王准嗣皇帝位。略云：

前嗣王昱以冢嫡嗣登皇统，方冀体识日弘，社稷有寄，岂意穷凶极悖，自幼而长，善无细而不违，恶有大而必蹈！前后训诱，常加隐蔽，险戾难移，日月滋甚。弃冠毁冕，长袭戎衣，犬马是狎，鹰隼是爱，皂历轩殿之中，韝绁衷之侧。至乃单骑远郊，独宿深野，手挥矛铤，躬行刳斮，白刃为弄器，斩害为恒务，舍交戟之卫，委天毕之仪，趋步阓阛，酣歌垆肆，宵游忘返，宴寝营舍，夺人子女，掠人财物，方策所不书，振古所未闻。沈勃儒士，孙超功臣，幼文兄弟，并预勋效，四人无罪，一朝同戮，飞镞鼓剑，孩稚无遗，屠裂肝肠，以为欢谑，投骸江流，以为欢笑。又淫费无度，帑藏空竭，横赋关河，专充别蓄，黔首嗷嗷，厝生无所。吾与其所生，每励以义方，遂谋鸩毒，将骋凶忿。沈忧假日，虑不终朝。自昔辛癸，爰及幽厉，方之于此，未譬万分。民怨既深，神怒已积，七庙阽危，四海褫气，废昏立明，前代令范，况乃灭义反道，天人所弃，衅深牧野，理绝桐宫。故密令萧领军潜运明略，幽显协规，普天同泰。骠骑大将军安成王，体自太宗，天听淹睿，风神凝远，德映在田，地隆亲茂，皇历攸归，亿兆系心，含生属望，宜光奉祖宗，临享万国。便依旧典，以时奉行。昱虽穷凶极暴，自取覆灭，弃同品庶，顾所不忍，可特追封苍梧郡王。未亡人追往伤怀，永言感绝，所望嗣皇帝远绍洪规，近惩覆辙，痌瘝兆民，期天永命，则宗庙社稷之灵，庶其攸赖，用此令知！

小子前述明帝彧事，说他不能御女，致乏子嗣，昱已为李道儿所生，准为明帝彧第三子，料亦由诸王所出，取育宫中。史称明帝有十二男，陈贵妃生昱，就是后废帝；谢修仪生法良，早年去世；陈昭华生准，就是安成王；徐婕妤生第四皇子，未曾取名，即已夭殇；郑修容生智井，及晋熙王燮；泉美人生邵陵王友，及江夏王跻；徐良人生武陵王赞；杜修华生南阳王翙，及次兴王嶷；最幼的是始建王禧，也相传为泉美人所出，其实统是螟蛉继儿，由妃嫔抚养成人，便冒充为己子哩。（特别表明，贯穿前后。）

且说安成王准，由东城迎入朝堂，刘秉、袁粲、褚渊，随归谒见，萧道成也带领百官，一同迎谒，当奉准升殿入座，即皇帝位。准年仅十一，颁诏大赦，改元徽五年为升明元年。尊生母陈昭华为皇太妃，替苍梧王发丧，降陈太妃为苍梧王太妃，江皇后为苍梧王妃。萧道成为司空录尚书事，兼骠骑大将军，领南徐州刺史，留镇东府，刘秉为尚书令，加中军将军，褚渊加开府仪同三司，袁粲为中书监，出镇石头，进号荆州刺史，沈攸之为车骑大将军，兼尚书左仆射，王僧虔为尚书仆射，刘韫为中领军，兼金紫光禄大夫，王琨为右光禄大夫，晋熙王燮为抚军将军，调任扬州刺史，武陵王赞为郢州刺史，邵陵王友为江州刺史，南阳王翙为湘州刺史，杨玉夫等二十五人，各赏赐爵邑有差。（无非导人篡弑。）此外文武百官，皆加官二级，不在话下。

先是刘秉用意，以为尚书关系政本，由己主持，可致天下无变，所以与道成会议时，情愿将兵权让与道成。及道成兼总军国，散布心腹，予夺自专，褚渊又趋炎附势，甘党道成，秉势成孤立，始有悔心。袁粲素性恬静，每有朝命，必一再固辞，不得已乃始就职。至是知道成跋扈不臣，有心除患，因此一经朝命，毫不推让，即出镇石头城去了。

荆襄都督沈攸之，前与道成同直殿省，很是和协，道成且与订姻好，把长女嫁攸之子文和为妻。及攸之出镇荆州，与道成尚无嫌隙，不过因朝局日紊，未免雄心思逞，暗蓄异图。会直阁将军华容人高道庆，告假回家，路过江陵，为攸之所邀，戏与赌槊。彼此争胜，语未加检，攸之不免失词，由道庆记在胸中。假满入朝，遂述攸之狂言，已露反状，愿假轻骑三千，往袭江陵。刘秉等未以为然，道成顾念亲情，更力保攸之不反。惟杨运长等嫉忌攸之，与道庆密谋，使刺客潜往江陵，无隙可乘，反为攸之察觉，杀死刺客。攸之因怨恨朝廷，并疑道成不为帮护，亦有微嫌。

主簿宗俨之、功曹臧寅，劝攸之从速举兵，攸之因长子元琰留官建康，投鼠忌器，未便速发，乃延宕下去。会苍梧王被弑，朝政一变，道成也嫉杨运长，出为宣城太守。又遣攸之子元琰，持苍梧王刳斮遗具，往示攸之，在道成意见，一则为攸之黜退仇人，示全亲谊；二则使攸之与闻主恶，表明己功。偏攸之以道成名位，素出己下，至是专制朝权，愈加不平，且因元琰得至江陵，疑为天助，遂顾语道："儿得来此，尚复何忧？我宁为王陵（王陵汉人）死，不为贾充（贾充晋人）生！"乃留住元琰，不使还都。一面上表称庆，并与道成书，阳为推功。

适有朝使至江陵，加攸之封号，并由太后赐烛十挺，攸之遂借此开衅，谓在烛中剖出太后手敕，有云社稷事一以委公，因此整兵草檄，指日举事。攸之妾崔氏、许氏同谏道："官年已老，奈何不为百口计！"攸之指示裲裆角，由两妾审视，乃是素书十数行，写着明帝与攸之密誓。（恐也是捏造出来。）两妾颇识文字，阅罢后亦不便多言。

攸之复遣使往约雍州刺史张敬儿、豫州刺史刘怀珍、梁州刺史范柏年、司州刺史姚道和、湘州行事庾佩玉、巴陵内史王文和等，共同举兵。敬儿本由道成差遣，监制攸之，当然是不肯照约，即将来使斩讫，驰表上闻。（敬儿出镇见前回。）怀珍、文和也与敬儿相联，依法办事。柏年、道和、佩玉，模棱两可，共守中立，文和胆力最小，一俟攸之出兵，便弃去州城，奔往夏口。

攸之又贻道成书云："少帝昏狂，应与诸公密议，共白太后，下令废立，奈何私结左右，亲加弑逆，乃至暴尸不殡，流虫在户，凡在臣下，莫不惋骇。且闻擅易朝旧，密布亲党，宫阁管籥，悉付家人，我不知子孟（即汉霍光）、孔明（即诸葛亮）遗训，曾否如此！足下既有贼宋之心，我宁敢捐包胥之节！"（书中语恰也近理，可惜他未必为公！包胥即楚申包胥。）

这封书驰达道成，道成自然动恼，当即入守朝堂，命侍中萧嶷代守东府，抚军行参军萧映往镇京口。嶷、映皆道成子，故特付重任。

长子赜本出佐晋熙王燮，以长史行郢州事，燮徙镇扬州，赜升任左卫将军，随燮东行。刘怀珍致书道成，谓夏口冲要，不宜失人，道成乃与赜书，令他择能代任。赜荐郢州司马柳世隆自代，世隆得奉朝命为郢州长史，辅佐武陵王赞。（燮徙扬州，赞镇郢州，俱见上文。）赜临行时，语世隆道：“我料攸之必将作乱，一旦变起，倘焚去夏口舟舰，顺流东下，却不可当；若留攻郢城，顿兵不进，君为内守，我为外援，攸之不足虑了！”世隆应声如约，赜乃启行。

甫至寻阳，已闻攸之发难，朝廷尚不见处置。或劝赜速赴建康，赜摇首道：“寻阳地居中流，密迩畿辅，我今当留屯湓口，内卫朝廷，外援夏口，保据形胜，控制西南，这是天授机会，奈何弃去！”左中郎将周山图，亦极端赞成。赜即奉燮镇守湓口，军事悉委山图。山图截取行旅船板，筑楼橹，立水栅，旬日办竣，使人驰报道成。道成大喜道：“赜真不愧我子呢！”（仿佛曹丕。）逐授赜为西讨都督，山图是副。赜又恐寻阳城孤，表移邵陵王友同镇湓口，但留别驾胡谐之守住寻阳。（这是防攸之推戴邵陵，故表移湓口。）

适前湘州刺史王蕴，因母丧辞职，还过巴陵，与攸之潜相结纳。及入居东府，为母发丧，欲乘道成出吊，把他刺死。偏道成狡猾，先事预防，但遣人吊唁，并未亲往。蕴计不能遂，乃与袁粲、刘秉，共图别计，将吏黄回、任侯伯、孙昙瓘、王宜兴、卜伯兴等，皆与通谋。

道成亦防粲立异，自至石头城，与粲计事，粲拒不见面。通直郎袁达，劝粲不应相拒，粲答道：“彼若借主幼时艰四字，迫我入朝，与桂阳时无异，我将何辞谢绝？一入圈中，尚得使我自由么？”遂不从达言。（也中误处。）

道成另召褚渊入议，每事必咨，格外亲昵。渊前为卫将军，遭母丧去职，朝廷敦迫不起，粲独往劝渊，渊乃从命。乃粲为尚书令，亦丁母忧，免官守制，渊也亲往怂恿，力劝莅事，粲终不为动，渊由是恨粲。（小事何足介意，渊之度量可知！）至是进白道成道：“荆州构衅，事必无成，明公先当防备内变，幸忽疏虞！”道成点首称善。

已而粲与刘秉等谋诛道成，拟告知褚渊。众谓渊素附道成，断不可告，粲说道："渊与彼虽友善，但事关宗社，渊亦不得大作异同，倘若不告，是多增一敌手了！"（此着大误。）遂把密谋告渊。渊原为萧氏爪牙，当即转白道成。道成即遣军将苏烈、薛渊、王天生等，往戍石头，名为助粲，实是监粲。又因刘韫为中领军，卜伯兴为直阁将军，与粲相通，特派王敬则一同直阁，牵制二人。

粲谋矫太后令，使韫与伯兴，率宿卫兵攻道成，由黄回等为外应，定期举事。刘秉尚在都中，届期这一日，禁不住心惊肉跳。那起事的期间，本在夜半，偏秉胆小如鼷，竟于傍晚时候，载家属奔石头，部曲数百，张皇道路。粲闻秉骤至，忙出相见道："何事遽来？这遭要败灭了！"秉泣答道："得见公一面，虽死无恨！"（笨伯岂可与谋？）说着，孙昙瓘亦自京奔至，粲越加惶急，但也想不出甚么方法，只顿足长叹罢了。

丹阳丞王逊，走告道成，道成亦已略悉，即遣人密告王敬则，使杀刘韫、卜伯兴等人。时阁门已闭，敬则欲出无路，亟凿通后垣，佩刀出走。趋至中书省，正值韫列烛戒严，危坐室中。突见敬则闯入，便惊起问道："兄何为夜顾？"敬则瞋目道："小子怎敢作贼！"一面说，一面用手拔刀。韫忙抱住敬则，怎禁得敬则力大，用拳掴颊，韫不胜痛楚，晕倒地上，被敬则拔刀一挥，立致殒命。敬则持刀至伯兴处，伯兴猝不及防，也被杀死。

苏烈、王天生等，已据住仓门，与粲相拒；道成又遣军将戴僧静，助烈攻粲、粲遣孙昙瓘出战，与苏烈等相持一宵，到了黎明，戴僧静攻毁府西门。刘秉在城东回望，见城西火起，竟与二子俣陔，逾城遁去。（真不济事。）粲亦料不可守，下城谕子最道："早知一木难支大厦，但因名义至此，死不足恨了！"语尚未已，僧静已逾城进击，最奋身翼粲，为僧静斫伤。粲涕泣向最道："我不失忠臣，汝不失孝子。"遂与最力斗数合，俱为所害。百姓为粲哀谣道："可怜石头城，宁为袁粲死，不为褚渊生！"（有志无才，徒付一叹。）

僧静既杀害袁氏父子，复召集各军，往追刘秉，驰至额檐湖，得将秉父子拿住，立即斩首。（秉实该死。）任侯伯等乘船赴石头，闻粲已死节，便即驰还。王蕴也率数百壮士，到石头城，被薛渊闭城射退，逃往斗场，也遭擒戮。孙昙瓘遁去。黄回由新亭进攻，行过石头，得悉同党俱败，乃佯称入援道成。道成也知他刁狡，但一时不欲多诛，因慰抚如旧，仍然遣驻新亭。此外坐粲党羽，一体赦免，均不复问。（巧与笼络。）授尚书仆射王僧虔为左仆射，新除中书令王延之为右仆射，度支尚书张岱为吏部尚书，吏部尚书王奂为丹阳尹。

满朝文武，已尽是道成心腹。道成乃自请出讨攸之，有诏假道成黄钺，出屯新亭。攸之也遣中兵参军孙同等五将，率五万人为前驱，司马刘攘兵等五将，率二万人为后应，中兵参军王灵秀等四将，分兵出夏口，据住鲁山。

攸之自恃兵强，饶有骄态，遣人至郢州，语柳世隆道："奉太后令，当暂还都，卿果同心奉国，应知此意。"世隆托使人答复道："东下雄师，久承声问，郢城镇小，只能自守，恕不相从！"攸之闻言，不禁动怒，即欲往攻郢城。功曹臧寅谓郢城险固，攻守势异，非旬日可拔，不如长驱东下，速图建康。攸之乃留偏师攻郢城，自率大众东进。

将要启行，忽报柳世隆出兵西渚，前来搦战。攸之使王灵秀迎击，郢兵不战即退。灵秀进薄城下，郢州参军焦度，登城拒守，百般辱骂，恼得灵秀兴起，麾兵猛扑。那城上矢石交下，反将灵秀兵击伤数百人。灵秀飞报攸之，请即济师，攸之被他一激，遂改计攻郢，亲督诸将西行。到了城下，筑起长围，昼夜攻战。（着了道儿。）柳世隆随方拒应，或战或守，游刃有余。相持过年，攸之屡攻不克，反被世隆击破数次，伤损甚多。萧赜依着前约，令军将桓敬屯据西塞，为世隆声援。

攸之素失人情，全是势迫形驱，意气用事。初发江陵，已有兵士逃亡，及顿兵郢城，月余不拔，逃亡逾多。攸之乘马巡查，日夕抚慰，怎奈大众离心，单靠着一言一语，无人肯信，仍相继离散。攸之大怒，召集诸将道："我奉太后令，仗义起师，大事若成，当与卿等共图富贵；否则朝廷诛我百口，不涉他人。近来军人叛散，皆由卿等不肯留意，自今以后，兵士叛去，军将当连带坐罪！”诸将虽然面从，心中愈觉不平，会闻道成遣黄回等西袭荆州，泝流而上，大众益加惊骇，各怀异志。刘攘兵射书入城，愿降世隆，请他上表洗罪。世隆复称如约，攘兵遂毁营自去。诸军猝见火起，顿时骇散，将帅不能禁。攸之忿火中烧，气得咬须嚼齿，立收攘兵兄子天赐，及女夫张平虏，处以极刑，自率残众东归。

行至鲁山，众竟大溃，各将亦皆四散，独臧寅慨然道：“得势即从，失势即去，我却不忍出此！”遂投水自尽。攸之只有数十骑相随，忙宣令军中道：“荆州城中，大有余钱，何不一同还取，作为资粮！”这令一下，散军乃逐渐趋集，且因郢州未有追军，徐还江陵，复得随兵二万人。（无所望而去，有所望而来，此等兵将如何足恃！）哪知途次接得急信，好好一座江陵城，已被张敬儿夺去！（奈何！奈何！）逼得攸之进退无路，只好转走华容，沿途随从复溃，到了栎林，随身只有一人，乃是攸之子文和。攸之下马长叹数声，解带悬林，自尽而死，文和亦缢。村民斩二人首，献入江陵。

原来张敬儿侦得攸之攻郢，江陵空虚，遂引兵掩袭江陵。江陵城内，由攸之子元琰，与长史江义、别驾傅宣共守。夜间听着鹤唳声，疑是军至，义与宣即开门遁去，吏民接踵逃散。元琰也奔往宠洲，为人所杀。敬儿尚在沙桥，得悉此信，急趋入城，捕诛攸之二子四孙，并及攸之亲党，掳得财物数十万，悉入私囊。嗣经栎林村民，献入攸之父子首级，即按置楯上，覆以青伞，徇行城市，越日乃函首送建康。

留府司马边荣，先为府录事所辱，攸之替荣鞭杀录事。及敬儿入城，荣被执住，由敬儿慰问道：“边公何不早来？”荣答道：“身受沈公厚恩，受命留守，怎敢委去！本不祈生，何须见闻？”敬儿笑道：“死何难得！”即命左右牵荣出斩。荣怡然趋出，荣客程邕之抱荣道：“与边公交友，不忍见边公死，乞先见杀！”兵士又入白敬儿，敬儿道：“求死甚易，何为不许！”遂命先杀邕之，然后杀荣。旁观诸人，共为泪下。主簿宗俨之、参军孙同等，皆被杀死。小子有诗叹道：

功名富贵漫相争，取义何妨且舍生；
谁是忠贞谁是逆，千秋总有大公评！

荆州既平，萧道成还镇，封赏功臣。欲知详情，且阅下回自知。

袁粲、刘秉，皆非任重才。秉以军事让萧道成，已为失策，至约期举事，先奔石头，胆小如此，安望有成！粲平时闻望，高出秉上，乃密谋甫定，遽告褚渊，彼与渊共事有年矣，宁不知渊为萧党，而独不从众议，贸然相告，是并秉且不若矣！裴子野谓粲蹈匹夫之节，无栋梁之具，诚哉其然也。沈攸之不速赴建康，反顿兵郢城，就令军无贰志，亦与讨贼之志不合，南辕北辙，不死奚为！夫当时粲秉图内，攸之图外，取萧道成犹反手事耳。粲以寡识败，攸以失机败，反使道成权位愈隆，篡逆愈急，是袁粲、沈攸之之起事，非惟无益，反从而害之矣。然史家书法，于沈攸之之举兵也则书讨，袁粲、刘秉之定议也，则书谋诛；嫉乱贼，奖忠义，此其所以羽翼麟经，有功名教也。本回亦隐寓是意，可于夹缝中求之。

第二十六回　篡宋祚废主出宫　弑魏帝淫妪专政

却说萧道成还镇东府，命长子赜为江州刺史，次子嶷为中领军，进尚书左仆射，王僧虔为尚书令，右仆射王延之为左仆射，柳世隆为右仆射。道成送还黄钺，自加太尉，都督南徐等十六州军事，加卫将军褚渊为中书监司空。召平西将军黄回还至东府，留住外斋，即令宁朔将军桓康，率数十人缚回，历数回罪，一刀杀死。骠骑长史谢朏素有清名，道成欲引为腹心，参赞大业。每夜召入与语，屏除侍从，但使二小儿捉烛，总道他有佐命良谟，造膝前陈，那知朏坐了多时，并没有说及心事。道成恐朏为难，取烛置案，再遣去二小儿，朏仍然无言。（愚不可及。）道成乃呼入左右，朏亦别去。太尉右长史王俭，窥知道成微意，密语道成道："功高不赏，古今甚多，如公所处地位，难道可长居北面么？"道成佯为呵止，面色却微露欢容，俭又说道："蒙公青睐，故言人所未言，奈何见拒！试想宋氏失德，非公可能安定；但恐人情浇薄，未能久持，公若再加延宕，人望且从此去了！不但大业永沦，连身家亦将难保呢！"道成始徐徐道："卿言亦似有理。"俭复道："公今日名位，不过一经常宰相，理应加礼同寅，微示变革。现在朝右大臣，惟褚公尚可与商，俭愿为公先容。"（教猱升木，不顾名义。）道成道："我当自往！"

越两日亲访褚渊，说了许多闲文，方才说道："我梦应得大位。"渊支语道："目下一二年间，恐未便轻移，就使公有吉梦，亦未必应在旦夕，请公慎重为是。"道成乃出，还告王俭，俭答道："这是褚公尚未曾达识哩，俭当为公设法。"遂倡议加道成太傅，假授黄钺，使中书舍人虞整草诏。（简直是没有宋主。）道成亲吏任遐道："如此大事，应报褚公。”道成道：“褚公不从，奈何！”遐笑道：“褚彦回（系褚渊字。）贪生怕死，并没有奇材异能，怕他甚么！遐今往报，不患不从！”道成乃令遐告褚。褚渊前尚犹豫，经遐怵以利害，渊果无异词。（确是贪生怕死。）

遐欣然还报，便即缮诏颁发，假道成黄钺，都督中外诸军，加官太傅，领扬州牧，剑履上殿，入朝不趋，赞拜不名，余官如故。道成上表佯辞，由侍臣奉诏敦劝，乃受黄钺，辞殊礼。（酷肖刘裕。）召赜为领军将军，调嶷为江州刺史，令三子映为南兖州刺史，四子晃为豫州刺史。

已而宋主准立谢氏为皇后，（十二岁即立皇后，未免太早。）后系故光禄大夫谢庆女孙，即谢朏侄女。既已正位，覃恩庆赏，再申前命，加封道成，道成尚不肯受。越年正月，擢江州刺史萧嶷，都督荆、湘等八州军事，领荆州刺史，出左仆射王延之为江州刺史。道成又欲引用谢朏，令为左长史，尝置酒召饮，与论魏晋故事，微言挑逗道：“昔石苞不早劝晋文（指司马昭），迟至奔丧，方才恸哭，若与冯异相较，（冯异东汉人，曾向光武帝劝进。）究不得为知机。”朏答道：“晋文世事魏室，所以终身北面，设使魏行唐虞故事，亦当三让鸣高。”

道成愀然不乐，改官朏为侍中，再用王俭为长史。俭格外效力，先申前命，请道成不必再辞。复拟加封公爵，初议封为梁公，员外郎崔祖思道：“谶书有云，金刀利刃齐刈之，今宜称齐，乃应天命。”于是代为缮诏，进道成为相国，总掌百揆，封十郡，为齐公，备九锡礼。所有官属礼仪，并仿朝廷。道成三让乃受，即命王俭为齐尚书右仆射，兼领吏部。

会宣城太守杨运长免职还家，道成遣人勒死运长。陵源令潘智与运长友善，为临川王刘绰所深知。绰系故临川王义庆孙，承袭旧封，自忧宋祚将移，遂遣亲吏陈赞，向智代白道：“君系先帝旧人，我是宗室近属，一旦权奸得志，势难两全，乘此招合内外，起图保国，尚可挽回末运，免致沦胥！”智佯为允诺，遣归陈赞，暗中却报知道成。道成即遣兵捕绰，并绰兄弟亲党，悉数加诛。

嗣复毒死武陵王赞，召还雍州刺史张敬儿，令为护军将军。授萧长懋为黄门侍郎，出官雍州刺史。长懋系道成孙，即赜长子，赜领南豫州刺史，为相国副。寻复进爵道成为齐王，增封十郡，得建天子旌旗，出警入跸，冕十有二旒，乘金根车，驾六马，备五时副车，乐舞八佾，设钟簴簇宫悬。世子赜改称太子，王女王孙爵命，一如旧仪。（与刘裕篡晋时，好似一幅印板文字。）于是大事告成，好把那刘宋四世六十年的帝祚，轻轻夺来。

不到数日，便逼宋主准禅位，可怜十三岁的小皇帝，在位只三年，也要他下禅位诏。诏曰：

惟德动天，玉衡所以载序；穷神知化，亿兆所以归心。用能经纬乾坤，弥纶宇宙，阐扬鸿烈，大庇生民，晦往明来，积代同轨。前王踵武，世必由之。宋德湮微，昏毁相袭，景和骋悖于前，元徽肆虐于后。三光再霾，七庙将坠，璇极委驭，含识知泯。我文武之祚，眇焉如缀，静惟此紊，夕惕疚心。相国齐王，天诞睿圣，河岳炳灵，拯倾提危，澄氛靖乱，匡济艰难，功均造物。宏谋霜照，秘算云回，旌旆所临，一麾必捷，英风所拂，无思不偃，表里清夷，遐迩宁谧。既而光启宪章，弘宣礼教，奸宄之类，睹隆威而革情，慕善之俦，仰徽猷而增厉，道迈于重华，勋超乎文命，荡荡乎无得而称焉！是以辫发左衽之酋，款关清吏，木衣卉服之长，航海来庭，岂惟萧慎献楛，越裳荐翚而已哉！故四奥载宅，六府克和，川陆效珍，祯祥麟集，卿烟玉露，旦夕扬藻，嘉穟芝英，晷刻呈茂。革运斯炳，代终弥亮，负扆握枢，允归明哲，固已狱讼去宋，讴歌适齐。昔圣政既沦，水德缔构，天之历数，皎焉攸征。朕虽寡昧，阇于大道，稽览隆替，为日已久，敢忘列代遗则，人神至愿乎？便逊位别宫，敬禅于齐，依唐、虞、魏、晋故事，俾众周知！

这诏传出，宋主准应即徙居，那阴鸷险狠的萧道成，尚有一番做作，连上三表恳辞，所以宋主还得淹留一日。王公大臣，统向齐王府劝进，朝廷又连下诏书，促令受禅。内推外挽，统是一班狐群狗党，巧为播弄，遂于次日行禅位礼。

宋主准本应临轩，他却畏缩得很，匿居佛盖下。王敬则引兵入殿，令军士舁着板舆，趋进宫中，胁主出宫。因宋主避匿，一时搜寻不着，惹得敬则动恼，大肆咆哮。太后等惊骇得很，只好自督内侍，四处找寻。既将幼主觅着，乃送交敬则，可怜幼主准鼻涕眼泪，迸做一堆，瞧着板舆，好似囚车一般，不肯坐入。当由敬则拥令升舆，驱使出殿。准收泪语敬则道："今日要杀我否?"敬则道："没有此事，不过徙居别宫，官家先世取司马家，也是这般!"（报应显然。）准复泣下，自作恨声道："愿后身世世勿复生帝王家"（帝王末路，多半如此，人生何苦想作皇帝!）宫中自太后以下，无不哭送。

准复拍敬则手道："如无他虑，愿饷公十万钱!"敬则不答。及出至朝堂，百官均已候着，独侍中谢朏，入直阁中，并未出来。当由诏使趋呼道："侍中应解玺绶授齐王!"朏答道："齐自应有侍中，何必使我!"说着，引枕自卧。诏使不禁着忙，便问道："侍中是否有疾！我当走报。"朏又道："我有甚么疾病，不劳诓言!"诏使无法，只好自去。朏竟步出东掖门，登车还宅。

齐仆射王俭代为侍中，趋至宋主身旁，解去玺绶。敬则遂令宋主改乘画轮车，出东掖门，就居东邸，静待新皇命令。光禄大夫王琨，在晋末已为郎中，至是复见宋主授禅，便攀宋主车号哭道："他人以寿为欢，老臣以寿为戚，既不能先驱蝼蚁，乃复遇着此事，怎得不悲!"（老而不死是为贼。）左右亦为泣下，敬则反加呵止。俟宋主已入东邸，派兵监守，然后再入殿门。

司空褚渊、尚书令王僧虔，赍奉玺绶，率百官驰诣齐宫，道成尚佯为谦让，（善学刘裕。）渊等固请受玺，并由渊宣读玺书道：

皇帝敬问相国齐王。大道之行，与三代之英，朕虽阍昧而有志焉。夫昏明相袭，晷景之恒度，春秋递运，岁时之常序，求诸天数，犹且隆赟，矧伊在人，能无终谢！是故勋华弘风于上叶，汉魏垂式于后昆。昔我高祖钦明文思，振民育德，皇灵眷命，奄有四海。晚世多难，奸宄实繁，憝鼓宵闻，元戎旦警，亿兆夷人，启处靡厝，加以嗣君荒怠，敷虐万方，神鼎将迁，宝策无主，实赖英圣，匡济艰危。惟王体天则地，含弘光大，明并日月，惠均云雨，国步斯梗，则棱威外发，王猷不造，则渊谟内昭。重构闽吴，再宁淮济。静九江之洪波，卷海岍之氛沴，放斥凶昧，存我宗祀，旧物维新，三光改照。逮至宠臣裂冠，则裁以庙略，荆汉反噬，则震以雷霆。麾旆所临，风行草靡，神算所指，龙举云属，诸夏郭清，戎翟思韪，兴文偃武，阐扬洪烈。明保冲昧，翱翔礼乐之场，抚柔黔首，咸跻仁寿之域。自霜露所坠，星辰所经，正朔不通，人迹罕至者，莫不逾山越海，北面称藩，款关重译，修其职贡。是以祯祥发采，左史载其奇，玄象垂文，保章审其度。凤书表肆类之运，龙图显班瑞之期。重以珠衡日月，神姿特挺，君人之义，在事必彰。书不云乎：皇天无亲，惟德是辅，民心无常，惟惠之怀。神祇之眷如彼，苍生之愿如此，笙管变声，钟石改调，朕所以拥璇持衡，倾伫明哲。昔金德既沦，而传祚于我有宋；历数告终，实在兹日，亦以水德而传于齐。式遵前典，广询群议，王公卿士，咸曰惟宜。今遣使持节兼太保持中中书监司空褚渊，兼太尉守尚书令王僧虔，奉皇帝玺绶，受终之礼，一依唐、虞故事。王其允副幽明，时登元后，宠绥八表，以酬昊天之休命！

还有太史令陈文建，奏陈符命，说自六为亢位，后汉历一百九十六年，禅位与魏；魏历四十六年，禅位与晋；晋历一百五十六年，禅位与宋；宋历六十年，禅位与齐，数朝俱六终六受，验往揆今，若合符节，这便是大齐受命的符瑞。（牵强附会。）王俭又呈上即位的仪注，劝道成即日登基。因择定宋升明三年四月甲午日，即位南郊，祭告天地，改元建元，登坛受贺。褚渊、王僧虔以下，称臣三呼，舞蹈如仪。（丑。）

礼成还宫，颁诏大赦，废宋主准为汝阴王，王太后为汝阴王太妃，谢皇后为汝阴王妃，撤去汝阴王陈太妃名号，各令迁出宫中，移居丹阳，筑宫置戍，限制自由。降宋晋熙王燮为阴安公，江夏王跻为沙阳公，随阳王翙（翙已改封为随阳王。）为舞阴公，新兴王嵩为定襄公，建安王禧为荔浦公，郡公主为县君，县公主为乡君。所有宋室功臣子孙，袭爵封国，一并撤销，惟存南康、华容、萍乡三邑封爵，使奉刘穆之、王弘、何无忌宗祀。二台官僚，依任摄职，进褚渊为司徒，柳世隆为南豫州刺史，陈显达为中护军，王敬则为南兖州刺史，李安民为中领军，他如王俭、张敬儿以下，各加官进爵有差。

褚渊从弟炤，前为安成太守，卸职家居，当渊奉玺劝进时，曾问渊子贲道："司空今日何往？"贲答道："奉玺绶往齐王府！"炤叹道："我不知汝家司空，把一家物送与一家，是何命意？"及渊为司徒，贺客迎门，炤复叹道："彦回少立名行，不意病狂至此，门户不幸，致有今日；倘使彦回作中书郎时，便即病死，岂不是一位名士么？正惟名德不昌，乃享期颐上寿。"（渊有此弟，不啻跖惠。）渊闻炤言，颇自觉惭闷，上表辞官。奉朝请裴顗，独上表数道成罪恶，挂冠径去。道成遣人追及，把他杀死。太子萧赜请杀谢朏，道成摇首道："彼不畏死，我若杀他，反成彼名，不如置诸度外，足示包容。"于是朏乃免死，但罢职归家。

处士何点戏语人道："我已撰罢《齐书》，首列功臣二赞，分作十六字四句：第一句是渊既世族，第二句是俭亦国华，第三句是不赖舅氏，第四句是遑恤国家！"原来渊父湛之，曾尚宋武帝女始安公主，俭父僧绰，亦尚武康公主，所以何点讥讽二人，如是云云。

那废主准徙居丹阳，未及匝月，忽闻门外有走马声，卫士疑为乱起，奔入杀准，伪报病死。萧道成未曾加罪，反且赏功，但追谥为宋顺帝，一切饰终仪制，如晋恭帝故事。宋自武帝至此，共历四世八主，计六十年而亡。尤可恨的是齐主道成，一不做，二不休，索性把刘宋宗室，如阴安公燮以下，一概捕戮，各家无论少长，也同处死。惟刘遵考子澄之，与褚渊善，渊代为哀求，总算赦免，尚得幸存。（比刘裕还加惨毒，故享国较短。）

萧氏既开国号齐，追尊祖考，他本汉相国萧何二十四世孙，当然以萧何为始祖。萧何居沛，何孙彪徙居东海兰陵县，传至淮阴令令整，即道成五世祖，适值晋乱，奔至江左，居晋陵武进县。当时邑人统皆南徙，便号称为南兰陵。道成父承之，仕宋至右军将军，屡立战功。（前文于承之事，亦曾散叙。）宋元嘉二十四年，承之病殁，道成年亦弱冠，姿表英异，龙颡钟声，鳞纹遍体，时人已目为英奇。又有一种异征，他母陈氏生道成时，屡忧乏乳，夜梦神人持糜粥两瓯，呼令尽饮，饮毕乃醒，乳遂大出，陈氏也不胜惊异。道成有庶兄二人，一名道度，一名道生，有相士见陈氏道："夫人当生贵子，只可惜不能亲见！"陈氏叹道："我有三儿，不知将哪个应相？"嗣复指道成道："斗将大约将来当应验汝身呢！"原来道成表字绍伯，小名斗将。当丧父时，家乏余资，母陈氏尚亲操井臼。及道成为建康令，冬月尚无缣纩，独奉膳甚厚。陈氏尝撤去兼肉，语道成道："居家务宜勤俭，我得一盘肉食，也好知足了。"未几亦殁。

道成篡宋受禅，追尊父承之为宣皇帝，母陈氏为孝皇后。还有两兄一妻，均先时去世，追封兄道度为衡阳王，道生为始安王。妻刘氏少年寝卧，常有云气拥护，适道成后，治家有法。宋明帝末年，刘亦病殁，升明二年，追赠为齐国妃，齐建元元年，复册谥为昭皇后。（补叙萧氏履历，是必不可少之笔。）太子赜为皇储，次子嶷为豫章王，三子映为临川王，四子晃为长沙王，五子晔为武陵王，六子暠为安成王，七子锵为鄱阳王，八子铄为桂阳王，九子早夭，十子鉴为广陵王，十一子钧为衡阳王，钧出继道度为嗣，皇孙长懋为南郡王，光前裕后，安国定邦，饶有兴朝气象。

蓦闻魏遣梁郡王拓跋嘉，奉丹阳王刘昶，（昶系宋文帝第九子，景和元年奔魏，事见前文。）南侵寿阳。齐主道成怡然道："我早料有此着，已派垣崇祖出镇豫州，力能制虏，当不至有他虑。"遂不复调兵遣将，但拨运粮饷，接济寿阳。

小子欲叙寿阳战事，又不得不将北朝事迹，约略补述。自魏主弘传位太子，自居崇光宫，柔然侵魏，弘因嗣主年幼，不能治军，乃复督兵北讨，逐走虏众。嗣复南巡西幸，一再外出，这位淫姣不贞的冯太后，乐得与李奕朝欢暮乐，共效于飞。（应二十三回。）适尚书李䜣，出为相州刺史，受赃枉法，被人告讦，尚书李敷，暗中袒䜣，替他掩饰，偏为上皇弘所闻，槛车征䜣，考验当死。又欲黜退李敷兄弟，䜣婿裴攸，替䜣设法，谓应讦发李敷兄弟阴事，当可免罪。䜣初意不欲背敷，转思生死攸关，也顾不得旧时僚谊，乃列李敷兄弟罪状三十余条，奏陈上去。弘不禁大怒，立诛李敷兄弟，䜣得减死，未几仍复任尚书。

看官，你想这冯太后贪欢恋爱，与李奕如何情密，平白地将情夫诛死，怎得不痛恨交并！当下嘱使左右，就上皇弘饮食间，暗加鸩毒。弘不知就里，食将下去，须臾毒发，痛得肝肠寸裂。七窍流血，一命呜呼！（妇人心肠，如此阴毒。）年仅二十三岁，追谥为献文帝，庙号显祖。时为魏主宏延兴六年，即宋主昱元徽四年。（点醒年序，令人豁目。）

冯太后复临朝称制，改元太和，受尊为太皇太后，知书达事，亲决万机。授兄冯熙为太师中书监。熙恐人情不服，一再乞辞，乃出除洛阳刺史，仍官太师。太卜令王睿，姿貌伟皙，由冯氏特加青睐，令作李奕第二，超拜尚书。秘书令李冲，美秀而文，亦邀私宠。（去一得二，其乐也融融。）外面却优礼勋旧，如东阳王拓跋丕等，均加厚赏。

丹阳王刘昶，由宋奔魏，迭遭宠遇，三尚公主。至是闻萧氏篡宋，表请声讨。冯太后与群臣计议，许昶规复旧业，世胙江南，作为魏藩，乃发兵数万，号称二十万人，归梁郡王嘉统带，奉昶南下，寿阳大震。豫州刺史垣崇祖，却不慌不忙，想出一条御敌的计策，保守危城，果得建功。小子有诗叹道：

捍边端的仗奇谋，胡骑南侵不足忧，
借得一泓淝水力，管城城守等金瓯。

毕竟崇祖用何妙计，且看下回分解。

果报二字，为释氏口头禅，儒家亦未尝不守此说。子舆氏曰，杀人之父，人亦杀其父，杀人之兄，人亦杀其兄，然则非自杀之也，一间耳。观于刘裕篡晋，传及四世，而萧道成起而篡宋，与刘裕如出一辙，阴谋攘夺，阳示谦恭，零陵汝阴，同归于尽。王敬则更明告汝阴王，谓官家先取司马家亦如此，令起刘裕而问之，恐亦不能自解也。天网恢恢，疏而不漏，其报应诚巧矣哉！魏冯太后之弑魏主弘，亦未始非北朝之果报。北朝故事，后宫生子，将为储贰，必先令其母自尽，秕俗相沿，乃有母杀其子之怪剧，是亦一天之巧于报应也。若夫萧道成之奸险，与冯太后之淫乱，而演义已详，无容赘论焉。

第二十七回 膺帝箓父子相继 礼名贤昆季同心

却说齐豫州刺史垣崇祖，闻魏兵大至，即设一巧计，命在寿阳城西北，叠土成堰，障住淝水。堰北筑一小城，四周掘堑，使数千人入城居守。将佐统言城小无益，不足阻寇，崇祖笑曰："我设此城，无非为诱敌起见，虏骑远来，骤见城小，必以为一举可拔，悉力尽攻，谋破我堰。我决堰纵水，淹彼不备，就使不尽淹没，也要漂流不少。锐气一挫，自然遁去了！"（原是好计。）将佐等方无异言。

果然魏兵一至，即攻小城。崇祖自往督御，坐着肩舆，从容登城。魏兵举首仰望，但见他冠服雍容，不穿甲胄，首戴白纱帽，身著白绛袍，好似平居无事一般。大众很是惊讶，惟自恃人多势旺，也不管他甚么态度，当即蚁附攻城。不意澎湃一声，大水骤至，城下一片汪洋，害得魏兵无从立足，慌忙倒退。怎奈前队兵士，被后队挤住，一时不能速走，那流水最是无情，霎时间淹去人马，已达千数，余众拼命奔逃，也已拖泥带水，狼狈不堪。这一场的挫败，把魏兵一股锐气，消磨了一大半。崇祖仍将淝堰筑好，还驻寿阳，一面派兵往朐山，令他埋伏城外，与城中相呼应，防敌往攻。魏将梁郡王嘉，心果未死，移师往攻朐山。甫至城下，伏兵齐起，与守卒内外夹击，又杀伤魏兵千余。梁郡王嘉，只好麾众北走，退出豫州境外去了。

先是崇祖在淮上，谒见齐主萧道成，便自比韩信、白起，众皆未信。及捷报入都，齐主语朝臣道："我原料他力能制虏，今果如是，真是朕的韩、白呢！"（可惜是为汝爪牙，终累盛名。）遂进宫都督，号平西将军，增封千五百户。崇祖闻陈显达、李安民等，得增给军仪，因也上表请求，随即奉到朝廷敕书，谓卿才如韩、白，比众不同，今特赐给鼓吹一部，崇祖拜受。又恐魏骑转寇淮北，奏徙下蔡城至淮东。

是年夏季，魏兵果欲攻下蔡，既闻内徙，乃声言当平除故城。崇祖麾下诸将佐，虑虏骑设戍故城，崇祖道："下蔡距镇甚近，虏岂敢立戍，不过欲平城示威罢了。我当率众往击，休使轻视！"遂率众渡淮，正值魏兵毁掘城址，便驱兵杀将过去，吓得魏兵弃去器械，匆匆退走。崇祖趁势奋击，追奔数十里，杀获数千人，到了日暮，才收军回城。垣氏威名，从此远震。

越年，魏兵复侵齐淮阳，军将成买，拒守甬城。齐遣将军李安民、周盘龙等，领兵往援，买亦出城与战。魏兵分头抵敌，很是厉害，买竟战死。李安民、周盘龙等，与魏兵相持，未分胜负。那魏兵已战胜买军，并力来围李、周两人。盘龙子奉叔，率壮士二百人，突入魏兵阵内，又被魏兵围住。或言奉叔陷殁，惹得盘龙兴起，跃马奋矟，杀入魏阵，所向披靡。奉叔乘隙杀出，闻知乃父陷入，复转身杀进，救父盘龙。父子两骑萦扰，十荡十决，得将魏兵击退。李安民驱军追上，力破魏兵。魏兵约有数万，四散奔逃，乃不敢再窥齐境。刘昶亦打消前念，还居平城。

既而齐遣参军车僧朗，至魏行聘。魏主宏问僧朗道："齐辅宋日浅，何遽登大位？"僧郎答道："唐、虞登庸，身陟元后，魏、晋匡辅，贻厥子孙，这都是因时制宜，不容相提并论呢。"魏主却也不加辩驳，惟赐宴时，尚有宋使一人，因萧齐篡宋，留住魏都，至是也召入列宴，位置在僧朗上首。僧朗不肯就席，宋使出言诟詈，顿时恼动僧朗，拂衣趋出，仍就客馆俟命。刘昶祖护宋使，阴使人刺杀僧郎。魏主宏颇不直刘昶，厚赆丧仪，送榇南归，并遣还宋使。齐主道成，尚欲整兵北伐，只因年将花甲，筋力就衰，有时且患疾病，未免力不从心。

好容易过了四年，褚渊已进任司徒，豫章王嶷进位司空，兼骠骑大将军，领扬州刺史；临川王映为前将军，领荆州刺史；长沙王晃为后将军，兼护军将军；南郡王长懋为南徐州刺史；安成王暠为江州刺史；召江州刺史王延之，令为右光禄大夫。未几疾病交作，医治罔效，甚且沉重，自知不起，乃还召司徒褚渊、左仆射王俭至临光殿，面授顾命。且下遗诏道：

朕本布衣素族，念不到此，因藉时来，遂隆大业。风道沾被，升平可期，遘疾弥留，至于大渐。公等奉太子，愿如事朕，柔远能迩，辑和内外，当令太子敦穆亲戚，委任贤才，崇尚节俭，弘宣简惠，则天下之理尽矣。死生有命，夫复何言！

越二日，就在临光殿逝世，年五十六，在位只四年。太子萧赜嗣位，追谥为高皇帝，庙号太祖，窆武进泰安陵。齐主秉性清俭，喜怒不形，博涉经史，善属文，工草隶书。即位后，服御无华，主衣中有玉介导，（或作玉导，系是冠簪。）谓留此反长病源，命即打碎。后宫器物栏槛，向用铜为装饰，悉改用铁。内宫施黄纱帐，宫人著紫皮履，华盖除金花，爪用铁回钉，尝语左右道："使我治天下十年，当使黄金与土同价。"（即使天假之年，恐亦未能得此，且恭俭乃是小善，不能掩篡弑大恶，夸诞何为！）

自齐主殁后，嗣主赜力从俭约，尚有父风。赜小字龙儿，为刘昭后所出。（刘昭后见上。）生赜时，与始陈孝后同梦，见龙据屋上，因字赜为龙儿。赜少受父训，颇具韬略，后来亦屡立战功，至是得承遗统，升殿即位，命司徒褚渊录尚书事，尚书左仆射王俭为尚书令，车骑将军张敬儿为开府仪同三司，司空豫章王嶷为太尉，追册故妃裴氏为皇后。裴氏为左军参军裴玑之女，纳为太子妃，建元三年病殁，予谥曰穆，故前称穆妃，后称穆皇后。立长子长懋为太子，次子子良为竟陵王，三子子卿为庐陵王，四子子响，出为豫章王嶷养子，未得受封，五子子敬为安陆王，六子早夭，七子子懋为晋安王，八子子隆为随郡王，九子子真为建安王，十子子明为武昌王，十一子子罕为南海王，余子并幼，因特缓封。尚有幼弟数人，前尚年少，未得封爵，乃特封皇十二弟锋为江夏王，十五弟锐为南平王，十六弟铿为宜都王，后来又封十八弟铼为晋熙王，十九弟铉为河东王。总计齐祖萧道成，共生十九男，自赜以下至十一子，已见前回，十三、十四、十七子，早亡无名，史家称为高祖十二王。（衡阳王钧出继，不在此例。）太子长懋昭业，亦得受封为南郡王。司徒褚渊，复进位司空。且由嗣主赜召宴东宫，群臣多半列座，右卫率沈文季，与渊谈论，语言间偶有龃龉。渊不肯少让，文季怒道："渊自谓忠臣，他日死后，不知如何见宋明帝！"渊亦恼羞成怒，起座欲归，还是齐主赜好言劝解，特赐他金镂柄银柱琵琶，（朝秦暮楚，不啻娼妓，应该特赐琵琶。）乃顿首拜受，终席始出。

越宿入朝，天气盛热，红日东升，渊用腰扇为障。功曹刘祥，从旁揶揄道："作这般举止，怪不得没脸见人！但用扇遮面目，有何益处？"渊听入耳中，禁不住开口道："寒士不逊。"祥冷笑道："不能杀袁、刘，怎得免寒士！"渊惭不能答。自是愧愤成疾，竟致谢世。渊丰采过人，独眼多白睛，世拟为白虹贯日，指作宋氏亡征。（亦太附会。）殁时年四十八岁。长子贲为齐世子中庶子，领翊军校尉，既丁父忧，当然免职。及服阕进谒，诏授侍中，领步军校尉，贲固辞不拜。渊曾封南康公，贲当袭爵，他复让与弟蓁，自称有疾。大约是耻父失节，所以守志不仕，营墓终身，这也可谓善干父蛊了。（幸有此儿。）

越年改元永明，授太尉豫章王嶷领太子太傅，护军将军长沙王晃为南徐州刺史，镇北将军竟陵王子良为南兖州刺史。召还豫州刺史垣崇祖，令为五兵尚书。（中兵、外兵、骑兵、别兵、都兵为五兵。）改司空谘议荀伯玉为散骑常侍。从前齐主赜为太子时，年已强仕，与乃父同创大业，朝政多由专断。幸臣张景真，骄侈僭拟，内外莫敢言，独司空谘义荀伯玉密白宫廷，齐祖道成即命检校东宫，收杀景真，且宣敕诘责太子。赜惊惶称疾，月余尚难回父意，几乎储位被易。幸亏豫章王嶷无意夺嫡，孝悌兼全；王敬则又替赜救解，始免易储。但伯玉益得上宠，赜更引为怨恨，与伯玉势不相容。垣崇祖亦未尝附赜，当破魏入朝时，尝与太祖密谈终夕，赜亦未免怀疑。因此即位改元，便召崇祖入都，佯抚为慰。过了数月，密嘱宁朔将军孙景育，诬告崇祖构煽边荒，意图不轨，伯玉与为勾结，约期作乱等事，遂将崇祖、伯玉收系狱中，论死处斩。

车骑将军张敬儿，因佐命有功，很是宠遇，家中广蓄妓妾，奢侈逾恒。初娶毛氏，生子道文，后见尚氏女有美色，竟将毛氏休弃，纳尚氏为继妻。尚氏尝语敬儿道："从前妾梦一手热，君得为南阳太守，嗣梦一脾热，君得为雍州刺史，近复梦半身热，君得为开府仪同三司，今且梦全体俱热，想又有绝大的喜事了。"（要杀头了。）敬儿大悦，私语左右，当有人报入宫中，齐主赜不能无疑。敬儿又遣人贸易蛮中，朝廷又疑他勾通蛮族。适华林园设斋超荐，朝臣皆奉敕入园，敬儿亦往，才经入座，即有卫士突出，拿下敬儿。敬儿自脱冠貂，愤然投地道："都是此物误我！"（贪图富贵者其听之！）下狱数日，便即诛死，子道文、道畅、道固、道休并伏诛，惟少子道庆赦免。（聊为汝阴吐气。）弟恭儿官至员外郎，留居襄阳，闻敬儿被诛，率数十骑走蛮中。

小子尝阅《宋书》，得悉敬儿兄弟略迹。敬儿初名狗儿，恭儿名猪儿，宋明帝因他名称鄙俚，改名敬儿、恭儿。敬儿叛宋佐齐，做了一个开国功臣，总道是与齐同休，那知阅时未几，父子同死刀下，这可见助恶附逆的贼臣，侥幸成功，也不能富贵到底，人生亦何苦不为忠义呢！敬儿本南阳人，曾在襄阳城西，筑造大宅，储积财货。恭儿虽官员外郎，却不愿出仕，并与敬儿异居，自处上保村中，起居饮食，不异凡民，自虑为兄受累，乃窜迹蛮穴。后来上表自首，历陈本末，齐主赜亦知他与兄异趣，下诏原宥，仍得还家。（一死一生，公理自见，本书不嫌琐叙，实欲唤醒梦梦。）

侍中王僧虔，为宋太保王弘从子，世为宰辅。齐祖萧道成，素与僧虔友善，所以开国前后，特加重任。齐祖善书，僧虔亦善书，两人尝各书一纸，比赛高下。书毕，齐祖笑示僧虔道："谁为第一？"虔答道："臣书第一，陛下书亦第一。"齐祖复笑道："卿可谓善自为谋了。"建元三年，出任湘州刺史，都督湘州诸军事。永明改元，召还都中，授侍中左光禄大夫，开府仪同三司，僧虔累表固辞。尚书令王俭，系僧虔从子，僧虔与语道："汝位登三事，将邀八命褒荣，我若复得开府，是一门有二台司，岂不是更增危惧么！”既而得齐主敕书，收回开府成命，改授侍中特进左光禄大夫。

或问僧虔何故辞荣？僧虔答道：“君子所忧无德，不忧无宠，我受秩已丰，衣暖食足，方自愧才不称位，无自报国，岂容更受高爵，加贻官谤！且诸君独不见张敬儿么？敬儿坐诛，不特子孙受殃，连亲戚亦且坐罪。谢超宗门第清华，不让敝族，今亦因张氏赐死，你道可怕不可怕呢！”原来超宗为谢灵运孙，好学有文辞，宋孝武帝时，为新安王子鸾常侍，曾为子鸾母殷淑仪作诔，孝武帝大为叹赏，谓超宗殊有凤毛，当是灵运复出，遂迁为新安王参军。（足补前文十九回之阙。）后来齐祖萧道成为领军，爱超宗才，引为长史。萧氏受禅，迁授黄门郎，嗣因失仪被黜，竟至免官，超宗未免怨望。及萧赜嗣统，使掌国史，除竟陵王谘议参军，益快快不得志。尝娶张敬儿女为子妇，敬儿死后，超宗语丹阳尹李安民道：“往年杀韩信，今年杀彭越，尹亦当善自为计！”安民具状奏闻，齐主赜遂收系超宗，夺官戍越，行至豫章，复赐自尽。所以僧虔引为申诫。

僧虔于永明三年病殁，追赠司空，赐谥简穆。王俭本僧绰子，僧绰遇害，俭由僧虔抚养成人。至是为僧虔守制，表请解职。齐主不许，但改官太子少傅。向例太子敬礼师长，二傅从同，此时朝廷易议，太子接遇少傅，视同宾友。太子长懋，颇知好学，每与俭问答经义，俭逐条解释，曲为引申。竟陵王子良、监川王子映，亦尝侍太子侧，互相引证，天演讲学，望重一时。子良尤好宾客，延揽文士。永明五年，进官司徒，他却移居鸡笼山，特开西邸，召集名流，联为文字交。当时如范云、萧琛、任昉、王融、萧衍、谢眺、沈约、陆倕八人，皆有才誉，子良各与相亲，号为八友。次如柳恽、王僧孺、江革、范缜、孔休源等，亦皆预列。惟太子好佛，子良亦好佛，东宫尝开拓玄圃，筑造楼观塔宇。子良亦就西邸中，开厦辟舍，营斋造经，召致名僧，日夕呗诵。（萧氏好佛，此为先声。）范缜屡言无佛，子良道：“汝不信因果，何故有富贵贫贱？”缜答道：“人生与花蕊相似，随风飘荡，或吹入帘幌，坠诸茵席，或吹向篱墙，落诸粪坑。殿下贵为帝胄，譬如花坠茵席，下官贱为末僚，譬如花落粪坑，贵贱虽殊，究竟有甚么因果呢！”（理由亦未尽充足。）缜又著《神灭论》，以为神附于形，形存神自存，形亡神亦亡，断没有形亡神存的道理。子良使王融与语道：“卿具有美才，何患不得中书郎，奈何矫情立异，自辱泥涂！”缜笑说道：“使缜卖论取官，就使不得尚书令，也好列入仆射了。”

范云即缜族兄，子良尝奏白齐主，请范云为郡守，齐主赜道：“我闻云卖弄小材，本当依法惩治，就使不尔，亦将饬令远徙。”子良道：“臣有过失，云辄规谏，谏草具存，尽可复核。”遂取云谏书上呈，由齐主赜检阅，约百余纸，词皆切直，因语子良道：“不意云能如此直言，我当长令辅汝，怎可使他出守！”

太子长懋，尝出东田观获，顾语僚佐道：“刈此亦殊可观。”众皆惟惟，不复置议，独云趋前进言道：“三时农务，关系国计民生，伏愿殿下知稼穑艰难，毋令一朝游佚！”太子闻言，改容称谢。齐主赜素好射雉，云复劝子良进谏，代为属草，大略说是：

> 銮舆亟动，天跸屡巡，陵犯风烟，驱驰野泽，万乘至重，一羽甚微，从甚微之欢，忽至重之诫，臣窃以为未可也。顷郊郭以外，科禁严重，匪直刍牧事罢，遂乃窀掩殆废。且田月向登，桑时告至，士女呼嗟，易生噂议，弃民从欲，理未可安。曩时巡幸，必尽威防，领军景先，（高帝从子。）詹事赤斧，（高帝从祖弟。）坚甲利兵，左右屯卫。令驰骛外野，交侍疏阔，晨出晚还，顿遣清道，此实愚臣最所震迫耳。况乎卫生保命，人兽不殊，重躯爱体，彼我无异，故语云闻其声不食其肉，见其生不忍其死。今以万乘之尊，降同匹夫之乐，夭杀无辜，易致伤仁害福。菩萨不杀，寿命得长，施物安乐，自无恐怖，姑无论驰射之足以致危，即此动辄伤生，亦非陛下祈天永命之意。臣本庸愚，齿又未及，以管窥天，犹如得失，庙廊之士，岂阐是非，未闻一人开一说，为陛下远害保身，非但面从，亦畏威耳！臣若不启，陛下于何闻之？

齐主赜览表，颇为感动，不复出射。

会因连年无事，有志修文，特命王俭领国子祭酒，就在俭宅开学士馆，举前代四部书，充入馆中。俭夙娴礼学，谙究朝仪国典，所有晋宋故事，无不记忆，当朝理事，判决如流，发言下笔，皆有精采。十日一还学，监试诸生，巾卷在庭，剑卫令史，仪容甚盛，自作解散髻，斜插簪帻，朝野吏士，相率仿效。俭尝语人道："江左风流宰相，惟有谢安。"言下寓有自拟意。（恐怕勿如。）至永明七年，遇疾而殁，年才三十八岁。礼官欲谥为文献，吏部尚书王晏与俭有嫌，特入启齐主道："此谥自宋氏以来，不加异姓。"齐主赜乃令改谥文宪，追赠太尉侍中书监，旧封南昌公，仍使如故。一切丧葬礼制，悉依前太宰褚渊故事。小子有诗咏王俭道：

斜簪散髻号风流，侈拟东山转足羞。

谢傅不为桓氏党，如何附势倡奸谋！

未几为永明八年，巴东王子响，忽有谋反消息，又惹起一番兵祸来了。究竟子响是否谋反？容待下回表明。

萧赜嗣位，即杀垣崇祖、荀伯玉，盖亦一雄猜之主也。崇祖为萧齐健将，御虏有功，正宜令彼捍边，永作干城，乃以青宫私怨，诬罪处死，其冤最甚。伯玉亦无可杀之罪，挟嫌报怨？置诸死地，究属非宜。即如张敬儿之伏诛，诛之可也，令诛者为齐王萧赜，不可也。彼佐齐篡宋，甘为贼首，虽死尚有余辜，但于齐则固为佐命功臣，杀之不以道，我且为敬儿呼冤矣。褚渊、王俭，身为贰臣，皆不足道。王僧虔因贵知惧，犹不失为智士，然赍宋玺绶，送入齐宫，对诸袁粲、刘秉，当有愧色。绳以春秋贼讨之义，其亦褚渊之流亚乎？长懋兄弟，敬师下士，颇有可取，然江左文人，尚风流而少气节，虽得百士，亦属无补。且佞佛背经，几与村妪相似，是亦不足观也已。

第二十八回 造孽缘孽儿自尽 全愚孝愚主终丧

却说巴东王子响，系宋主赜第四子，本出为豫章王嶷养儿。嶷早年无子，后来连生五男，乃命将子响还本，进封巴东王。永明七年，由江州刺史调镇荆州，都督荆、襄、雍、梁、宁、南北秦七州军事。子响少年好武，膂力绝人，能开四斛重硬弓。自选壮士六十人，被服甲胄，随从左右。莅镇年余，辄在内斋杀牛置酒，犒飨壮士，又令内人私作锦袍绛袄，与蛮人交易器仗。长史刘寅等，密表上闻。齐主赜遣使查问，子响拒不见面，先将刘寅等拿下，一一杀毙。朝使奔归阙下，报明齐主。齐主当然动怒，即召将军戴僧静入朝，令他统兵万人，往讨子响。

僧静奏道："巴东王少年喜事，不知审慎，长史等亦操持太急，忿不思难，所以致此。试想天子儿过误杀人，也没有甚么大罪，骤然遣军西进，反致人情惶惧，恐非良策，还请陛下三思！"（僧静所奏，似是而非。）齐主乃别遣卫尉胡谐之、游击将军尹略、中书舍人茹法亮，带领甲仗数百人，驰往江陵，查捕群小，且传诏道："子响若束身来归，当许保全生命。"

谐之等行至江津，筑城燕尾洲，遣传诏石伯儿，诣江陵城抚慰子响。子响闭门不纳，但白服登城，呼语伯儿道："天下岂有儿子叛父的道理？长史等捏造蜚言，负我太甚，所以将他杀死。我罪不过擅杀，便当单骑还阙，自请处分，何必筑城相遇，欲捉我报功呢！"伯儿返报燕尾洲，尹略愤然道："擅杀长史，罪已非轻，今又拒绝诏使，还好说是不反么？"遂欲整众攻城。子响闻报，乃杀牛具酒，遣使至燕尾洲犒军。略将来使拘住，所有牛酒，悉委江流。（太为造孽，所以速死。）

子响又使人走告法亮，愿见传诏。法亮复把他拘系。于是子响怒起，洒泪誓众，集得府州兵卒二千人，即令养士六十人为前导，从灵溪西渡，直薄燕尾洲，自与百余人跨马后随，押着连臂弓数十张，接应前军。尹略不管好歹，一闻叛兵驰至，即驱兵出敌。趋至堤上，正遇叛兵相值，不暇问答，便与交锋。叛兵头目王冲天，左手执盾，右手执刀，恶狠狠的向前冲突，略挺枪拦阻，才经数合，杀得略气喘吁吁，臭汗直流，慌忙虚晃一枪，勒马返奔。不防叛兵里面，发出无数硬箭，没头没脑的射来，略正叫苦不迭，忽听见飕的一声，那箭镞已射着项后，贯入颈中，一时忍不住痛，晕落马下。巧巧王冲天追到，顺手一刀，剁作两段。（该死。）余众死了一半，逃还一半。王冲天持盾陵城，茹法亮胆怯即奔，胡谐之亦弃城退走。燕尾洲的城垒，被王冲天毁去。

齐主赜接得败报，再遣丹阳尹萧顺之，率之讨逆。顺之为齐祖道成族弟，尝从齐祖为军副，所向有功。（顺之为梁主萧衍父，故特别提明。）石头一役，黄回顺流直下，由顺之坐据朱雀桥，从容镇定，回夙仰威名，始不敢进攻。（补二十五回所未及。）齐祖倚若左右手。赜为太子时，顺之尝至东宫问讯，豫章王嶷在侧，赜指示道：“我家若非此翁，无以致今日！”及赜既嗣祚，颇相忌惮，故不使入居台辅，但封为临乡县侯，授领军将军，兼丹阳尹。此次奉命西行，威声先达，叛兵望风生畏，相率散去。（王冲天也无能为力了。）

子响知事不济，自乘小舰赴建康。太子长懋，素忌子响，密与顺之书，谓须早为了结，勿令生还。顺之乃截住子响，子响穷蹙，进见顺之，乞顺之代为申诉，顺之不许。又请随诣阙前，自行请死，顺之又不许。子响乃索纸笔，手书绝启，托顺之代呈，随即解带自经，年只二十三岁。其启文中有云：

刘寅等入斋检校，具如前启。臣罪逾山海，分甘斧钺，奉敕遣胡谐之、茹法亮等，俯赐重劳，胡、茹竟无宣旨，便建旗入津，对城南岸，筑城相逼。臣累遣书信，招呼法亮，乞白服相见，乃卒不见从，遂致群小惶怖，酿成攻战，此臣之罪也。臣于是月二十五日，束身投军，希还天阙，停宅一月，臣自取尽，可使齐代无杀子之讥，臣无逆父之谤。既不遂心，今便命尽。临启哽咽，知复何陈。

顺之窜改数语，方才进呈。廷臣又奏绝子响属籍，及削夺爵邑，废为庶人，改姓为蛸。余党依次搜捕，分别定罪，刘寅等统皆赠官。后来齐主赜游华林园，见一猿跳掷悲鸣，不觉奇诧起来。左右进言道："猿子前日坠崖，竟致跌死，所以老猿如此哀鸣！"齐主赜览物生感，禁不住悲从中来，太息泪下。先是高祖弥留，尝戒赜道："宋氏非骨肉相残，他族怎得乘弊，汝宜知戒，勿忘予言！"赜涕泣受教。嗣位后待遇子弟，虽不甚苛刻，但亦未尝相亲。

长沙王晃为南徐州刺史，罢职归都，载还兵仗数百人，赜尝禁诸王蓄养私仗，闻晃违命犯法，立欲科罪，亏得豫章王嶷顿首代请道："晃罪原不足宥，但陛下当忆先朝垂爱白象！"说至此，呜咽不能成声，赜亦泣下，乃搁置不提。白象系晃小字，最得父宠，故嶷有此言。

武陵王晔，尝入宫侍宴，醉后伏地，冠上貂抄入肉柈。（音槃，义亦相通。）齐主赜笑道："肉且污貂，岂不可惜！"晔因醉忘情，率尔奏对道："陛下未免爱羽毛，疏骨肉了！"齐主不禁变色，饶有怒容。既而游宴东田，诸王皆应召趋至，独不闻召晔。豫章王嶷面请道："风景颇佳，诸弟毕集，可惜只缺一武陵！"齐主赜乃宣晔入宴。酒后命诸王赌射，晔连发数矢，无不中的，遂顾语四座道："手法如何？"座间多半喝采，惟齐主有不悦状。嶷已窥破隐情，即面白齐主道："阿五平日，没有这般善射，今日仰仗天威，所以发无不中。"（好兄弟，我愿崇拜之。）齐主赜乃开颜为笑，畅饮而归。（补入此段，以表齐主之好猜。）至子响缢死，不得丧葬，豫章王嶷复上疏乞请道：

臣闻将而必戮，炳自春秋，罄于甸人，著于经礼，犹怀不忍之言，尚有如伦之痛，岂不事因法往，情以恩留？故庶人蛸子响，识怀靡树，见沦不逞，肆愤一朝，取陷凶德，遂使迹邻非孝，事近无君，身膏草野，未云塞衅。但豺矢倒戈，归罪司戮，即理原心，亦既迷而知返，衅骨不收，辜魂莫赦，抚今追往，载伤心目。伏愿一下天矜，爰诏蛸氏，使得安兆末郊，旋窆余麓，微列苇辖之容，薄申封树之礼，岂仅穷骸被德，实且天下归仁。臣属忝皇枝，偏蒙友睦，以臣继别未安，子响言承出命，提携鞠养，抚恩成人。虽辍胤蕃条，归体璇萼，循执之念不移，传训之怜何已？敢冒宸严，布此悲诚，涕泣上闻！

齐主赜始尚未许，嗣经嶷入宫申请，乃命将子响营葬，赐封鱼复侯。嶷身长七尺八寸，善持容范，文物卫队，礼冠百僚。每出入殿省，人皆瞻仰，他却深自敛抑，事上甚谨，对下亦恭，始终保全同气，曲意周旋。每见父兄盛怒，辄婉言劝解，片语回天。乃父原是钟爱，乃兄亦友爱日深，就是内外大臣，亦无一与忤，相率敬服。（道成有此佳儿，却是难得。）

永明五年，进位大司马，至七年表求还第。有诏令嶷子子廉，代镇东府，遇有军国重事，常召入咨询，或且就第与商。有时车驾出游，必令嶷相随。嶷妃庾氏有疾，内侍屡奉旨往省。及疾已渐瘳，齐主挈领妃嫔，统往嶷宅庆贺，且先敕外监道："朕往大司马第，不啻还家，汝等但当清道，不必屏除行人。"既至嶷第，趋入后堂，张乐设饮，欢宴终日。嶷执卮上寿，且语齐主道："古来颂祝圣寿，尝谓寿如南山，就是世俗相沿，亦必称皇帝万岁，愚以为言近虚浮，反欠切实，如臣所怀，愿陛下寿享百年，意亦足了！"齐主笑道："百年何可必得，但教东西一百，便足济事。"嶷矍然道："陛下年逾大衍，臣年亦将半百，百岁已周，怕不能再过百年么？"齐主亦自觉失言，一笑而罢。饮至月上更催，方率宫人还宫。

偏齐主酒后率词，竟同谶语。转瞬间为永明十年，嶷正四十九岁，忽然抱病，病且日甚，齐主屡往问视，遍召名医诊治，无如寿数已尽，药石难回。长子子廉、次子子恪，侍疾在侧，嶷顾语道："人生在世，本无常境，我年已老，死不为夭，但望汝兄弟共相勉励，笃睦为先。才有优劣，位有通塞，运有富贫，这是理数使然，不必强求。若天道有灵，汝等各自修立，便足保全世祚。勤学行，守基业，治闺庭，尚闲素，如此自无忧患，圣主储君及诸亲贤，当不以我死易情。我死后丧葬从俭，祭祀毋丰，我虽才愧古人，颇不以遗财为累，所余薄资，汝有弟未婚，有妹未嫁，可量力办理。后事甚多，不能尽告，汝兄弟依理而行，我死亦瞑目了！”（遗训足传后世。）子廉等垂泪受教，嶷又申述己意，命子廉草遗启道：

臣自婴今患，亟降天临。医走术官，泉开藏府，慈宠优渥，备极人臣。臣生年疾迫，遽阴无几。愿陛下审贤与善，极寿苍旻，强德纳和，为亿兆御。臣命违昌数，奄夺恩怜，长辞明世，伏涕呜咽！

启奏草就，齐主又自来省视，握手欷歔。嶷略说数语，无非是启中大意。齐主尚嘱他保重，流涕自去。傍晚又枉驾过问，嶷已口不能言，对着齐主一喘而终。齐主悲不自胜，掩面还宫，越宿即下诏道：

宠章所以表德，礼秩所以纪功，慎终追远，前王之盛策，累行酬庸，列代之通诰。故使持节都督扬、南徐二州诸军事、大司马、领太子太傅扬州牧豫章王嶷，体道秉哲，经仁纬义，挺清誉于弱龄，发韶风于早日，缔纶霸业之初，翼赞皇基之始，孝睦著于乡闾，忠谅彰乎邦邑。及秉德论道，总牧神甸，七教必荷，六府咸理，振风润雨，无愆于时候，恤民拯物，有笃于矜怀。雍容廊庙之华，仪形列郡之观，神凝自远，具瞻允集。朕友于之深，情兼家国，方授以神图，委诸庙胜，缉颂九统，陪禅五岳。天不憖遗，奄焉薨逝，哀痛伤惜，震恸乎厥心。今先远戒期，寅谋袭吉，宜加茂典，以协徽猷，可赠假黄钺都督中外诸军事扬州牧，具九服锡命之礼，侍中大司马太傅王如故。给九旒鸾辂，黄屋左纛，虎贲班剑百人，辒辌车前后部羽葆鼓吹葬送，仪依汉东平献王故事，以示朕不忘勋亲之至意。

嶷殁后第库无现钱，一切丧葬费用，皆由国库支给，原不消说。齐主又月给现钱百万，赡养子孙，并赐谥文献。自夏经秋，内廷不举乐，不设宴，好算君臣兄弟，善始善终了。（原是叔世所罕闻。）是年授司徒竟陵王子良为尚书令，领扬州刺史，更命西昌侯萧鸾为尚书左仆射。鸾系齐祖道成兄子，父即始安王道生，道生早殁，鸾年尚幼，为叔父所抚养。宋泰豫元年，出为安吉令，颇有吏才，升明中累迁淮南、宣城二郡太守。齐建元二年，封西昌侯，调郢州刺史。永明元年入为侍中，领骁骑将军，至是复擢为尚书左仆射，渐渐的位高望重，专制朝权。这且待后再表。（隐伏一案。）

且说魏主宏秉性孝谨，事无大小，悉禀命慈闱。宏本后宫李夫人所出，由冯太后抚养成人。（见二十三回。）宏为太子，李夫人依例赐死，宏终不知为谁所生，但从幼随着太后冯氏，视祖母如生母一般，所以乃父遇害，越觉孝顺太后。太后冯氏，已尊为太皇太后，临朝称制，乐得恣行威福，任意欢娱。尚书王睿，出入闱闼，不数年便为宰辅，加封至中山王，赏赐无算，已而睿死，赐谥立庙，令文士作诔，约百余篇。秘书令李冲，是太后第二情夫，密加赐赍，也不可胜纪。宦官王琚、张祐、符承祖等，送暖迎新，非常得宠，自微阉拔为大官，居然得拜爵崇封。

太后自知内行不谨，常令权阉侦察内外，遇有谤言丑语，立刻捕至，也不关白魏主，便即杀毙。青州刺史南郡王李惠，为魏主宏母舅，所历各郡，颇有政声，只不合评谤宫闱，致为冯太后所闻，竟诬他谋逆，屠戮全家。惟待遇勋旧，恩礼不衰。就使宠臣有过，亦不肯少恕，动加箠楚，多至百余，少亦数十。不过性无宿憾，过必罚，功必赏，往往昨日受刑，明日升官，所以人无怨言，反愿效死。（这是英雄手段。）

中书令光禄大夫高允，历事五朝，出入三省，居官五十余年，资望最隆，年逾九十，因老乞归。冯太后怀念老成，仍用安车征至平城，拜为中书监；特命乘车入殿，朝贺不拜，且使他申定律令。允老眼无花，按律审刑，折衷至当，尝慨然叹道："刑狱为人命所系，不容轻忽。古称至德如皋陶，明刑弼教，应无枉滥，后嗣子孙，英六先亡，况在常人，可不再三审慎么！"冯太后代主下诏，谓允家贫养薄，饬传乐部十人，五日一诣允第，奏乐娱允，朝晡给膳，朔望致牛酒，月给衣服绵绢，入见备几杖。垂问政事，允知无不言。魏主宏太和十一年，允病殁都城，年九十八，追赠司空，予谥曰文。

越三年冯太后病殂，年四十九。魏主宏哀毁过礼，勺饮不入口，约有五日。（何不使李冲等殉葬。）群臣上章固谏，始进一粥。王公表请依例茔葬，魏主宏有诏答道："奉侍梓宫，犹希仿佛，山陵迁厝，尚未忍闻！"王公等又复固请，乃奉葬永固陵。太尉荣阳王拓跋宏，申请勉抑至情，循行旧典。魏主宏又道："祖宗志在武略，未遑修文，朕仰禀圣训，思习古道，论时此事，与先世不同。况圣人制礼，卒哭变服，夺情以渐，今甫及旬日，即从吉服，岂非有违古礼么？"秘书丞李彪道："汉明德马后，保养章帝，后崩后葬不淹旬，旋即从吉，章帝不受讥，明德不损名，愿陛下垂察！"魏主宏复道："朕眷恋衰绖，情所未忍，并非矫饰沽名，且公卿尝称四海晏安，礼乐日新，可以参美唐、虞，今乃苦夺朕志，使朕不得逾魏、晋，究是何意？"群臣尚未及答，魏主宏申说道："朕闻高宗谅阇，三年不言，若不许朕衰绖视事，理应拱默礼庐，冢委政宰，二事惟公卿所择！"尚书游明根对道："渊默不言，大政将旷，仰顺圣心，请从衰服。"魏主宏呜咽道："朕处不言地位，不应如此喋喋，但公卿欲夺朕情，遂至烦言，追念慈恩，叫朕如何释念哩！"说至此，号哭而入。（顾小失大，迂愚可笑。）群臣亦流涕退出。

既而有诏颁发，决行期年衰服，近臣亦皆服衰，外臣得变服就练，七品以下，除服从吉，于是公卿以下，莫敢异议。追谥太皇太后为文明太后，且屡次谒祭永固陵。

越年元旦，魏主宏乃临朝听政。看官，你道魏主宏这般孝思。究竟是大孝呢，还是小孝呢？想看官阅过上文，应知冯太后这般行为，不该出此孝孙，小子也无容评断了。（不贬之贬，尤甚于贬。）

齐主萧赜，特派散骑常侍裴昭明、侍郎谢竣，如魏吊丧，意欲朝服行事。魏命著作郎成淹，据经辩驳，昭明等无词可答，乃改易吊服。魏亦命散骑常侍李彪，随使报聘。既至齐廷，齐为置宴设乐，彪固辞道："主上孝思罔极，兴坠正失，朝臣虽除衰绖，尚是素服从事，使臣何敢仰叨盛觋呢！”齐主见他尽礼，颇加器重，因撤乐留饮，馆待数日。及彪陛辞北还，车驾亲送至琅琊城，且命群臣赋诗，作为嘉宠。彪亦申谢而去。嗣是南北又复通使，彪六次往返，均不辱命。那魏主宏却有心复古，正祀典，作明堂，营太庙，周年祥祭，易服终哭，谒永固陵，哀瘠殊甚。

先是冯太后在日，忌宏英敏，恐于己不利，尝在严寒时候，幽诸空室，绝食三日，意欲把他废立，还幸朝右大臣，上疏切谏，因得释出。嗣又由权阉暗中谗构，致宏无故受杖，宏竟毫不介意。及丧已逾期，还是哭泣不休。魏臣多退有后言。可巧隆冬大旱，兼遇大风，司空穆亮借此进谏，谓天子父天母地，子或过哀，父母亦必不欢，今和气不应，未始非过哀所致，愿陛下袭轻裘，御常膳，庶使天人交庆云云。魏主宏却下诏辩驳，说是孝悌至行，无所不通，今飘风旱气，是由诚慕未深，不能格天，所言咎本过哀，殊为未解等语。

冯太后尝欲家世贵宠，简选冯熙二女，充入掖廷。后宫林氏，生皇子恂，魏主宏拟废去故例，不令林氏自尽，独冯太后不肯俯允，迫令依旧施行。恂尚未得立储，林氏却先勒死。到了太和十七年，魏主终丧，始知生母为李夫人，追尊为思皇后，并册谥故妃林氏为贞皇后。惟总不忘冯氏旧恩，续立冯熙次女为皇后，长女为昭仪。昭仪系是庶出，所以妹尊姊卑。只是娥眉争宠，狐媚工谗，免不得要捣乱宫闱了。小子有诗叹道：

背父忘仇已不伦，那堪更尔顾私情？

国风敝笱贻讥久，二女如何再近身！

北朝方隐构内衅，南朝又迭报大丧。欲知一切情形，待至下回申叙。

子响非真好叛者，误在任性好杀，不明是非。戴僧静谓其忿不思难，固也；谓天子儿杀人，无甚大罪，则其言实谬。法为天下共守之法，岂人主所得而私废乎？茹法亮、尹略等，又激动兵戈，致子响身罹大戮，投环自尽，不足为冤。但齐王赜纵容于先，抑勒于后，失君臣之义，伤父子之情，感猿兴悲，嗟何及哉。豫章王嶷，仁恕廉谨，德望冠时，史家以嶷比周公，原为过誉。惟庸中佼佼，铁中铮铮，叔季有此人，应当崇拜，亟表扬之以风后世，亦尚论者应有事耳。魏冯太后亲弑上皇，律以不共戴天之义，嗣主宏应负深仇，况秽渎宫闱，淫乱禁掖，拘而废之，亦为通变达权之举。顾乃生尽孝养，殁尽哀思，祖父不可忘，君父独可忘乎？忘君不忠，忘父不孝，忠孝已乖，反于仇人而事之，淫后而尊之，可已不已，不可已而已，斯其所以为蛮夷之孝也夫！

第二十九回　萧昭业喜承祖统　魏孝文计徙都城

却说齐主赜永明十一年，太子长懋有疾，日加沉重，齐主赜亲往东宫，临视数次，未几谢世，享年三十六岁，殓用衮冕，予谥文惠。长懋久在储宫，得参政事，内外百司，都道是齐主已老，继体在即，忽闻凶耗，无不惊惋。齐主赜抱痛丧明，更不消说。后经齐主履行东宫，见太子服玩逾度，室宇过华，不禁转悲为恨，饬有司随时毁除。

太子家令沈约，正奉诏编纂《宋书》，至欲为袁粲立传，未免踌躇，请旨定夺。齐主道："袁粲自是宋室忠臣，何必多疑！"（说得甚是。）约又多载宋世祖（孝武帝骏）、太宗（明帝彧）诸鄙琐事，为齐主所见，面谕约道："孝武事迹，未必尽然，朕曾经服事明帝，卿可为朕讳恶，幸勿尽言！"约又多半删除，不致芜秽。

齐主因太子已逝，乃立长孙南郡王昭业为皇太孙，所有东宫旧吏，悉起为太孙官属。既而夏去秋来，接得魏主入寇消息，正拟调将遣兵，捍守边境，不意龙体未适，寒热交侵，乃徙居延昌殿，就静养疴。乘舆方登殿阶，蓦闻殿屋有衰飒声，不由得毛骨森竖，暗地惊惶。（死兆已呈。）但一时不便说出，只好勉入寝门，卧床静养。偏北寇警报，日盛一日，雍州刺史王奂，正因事伏诛，乃亟遣江州刺史陈显达，改镇雍州及樊城。又诏发徐阳兵丁，扼守边要。竟陵王子良，恐兵力不足，复在东府募兵，权命中书郎王融为宁朔将军，使掌召募事宜。会有敕书传出，令子良甲仗入侍。子良应召驰入，日夕侍疾；太孙昭业，间日参承。齐主恐中外忧惶，尚力疾召乐部奏技，藉示从容。怎奈病实难支，遽致大渐，突然间晕厥过去，惊得宫廷内外，仓猝变服。独王融年少不羁，竟欲推立子良，建定策功，便自草伪诏，意图颁发。适太孙闻变驰至，融即戎眼绛袍，出自中书省阁口，拦阻东宫卫仗，不准入内。太孙昭业，正进退两难，忽由内侍驰出，报称皇上复苏，即宣太孙入侍，融至此始不敢阻挠，只好让他进去。其实子良即并无妄想，与齐主谈及后事，愿与西昌侯萧鸾，分掌国政。当有诏书发表道：

始终大期，贤圣不免，吾行年六十，亦复何恨；但皇业艰难，万几事重，不能无遗虑耳。太孙进德日茂，社稷有寄，子良善相毗辅，思弘治道，内外众事，无论大小，可悉与鸾参决。尚书中事是职务根本，悉委王晏、徐孝嗣；军旅捍边之略，委王敬则、陈显达、王广之、王玄邈、沈文季、张瓌、薛渊等。百辟庶僚，各奉尔职。谨事太孙，勿复懈怠，知复何言！

又有一道诏书，谓丧祭须从俭约，切勿浮靡，凡诸游费，均应停止。自今远近荐献，务尚朴素，不得出界营求，相炫奢丽。金粟缯纩，弊民已多，珠玉玩好，伤工尤重，应严加禁绝，不得有违。（后嗣不从，奈何。）是夕齐主升遐，年五十四，在位十一年。

中书郎王融，还想拥立子良，分遣子良兵仗，扼守营禁。萧鸾驰至云龙门，为甲士所阻，即厉声叱道："有敕召我，汝等怎得无礼？"甲士被他一叱，站立两旁，鸾乘机冲入。至延昌殿，见太孙尚未嗣位，诸王多交头接耳，不知何语。时长沙王晃已经病殁，高祖诸子，要算武陵王晔为最长，此次也在殿中。鸾趋问道："嗣君何在？"晔即朗声道："今若立长，应该属我，立嫡当属太孙。"鸾应声道："既立太孙，应即登殿。"晔引鸾至御寝前，正值太孙视殓，便掖令出殿，奉升御座，指麾王公，部署仪卫，片刻即定。殿中无不从命，一律拜谒，三呼万岁。子良出居中书省，即有虎贲中郎将潘敞，奉著嗣皇面谕，率禁军二百人，屯居太极殿西阶，防备子良。子良妃袁氏，前曾抚养昭业，颇加慈爱，昭业亦乐与亲近。及闻王融谋变，因与子良有隙。成服后诸王皆出，子良乞留居殿省，俟奉葬山陵，然后退归私第，奉敕不许。王融恨所谋不遂，释服还省，谒见子良，尚有恨声道："公误我！公误我！"子良爱融才学，尝大度包容，所以融有唐突，子良皆置诸不理，一笑而罢。越宿传出遗诏，授武陵王晔为卫将军，与征南大将军陈显达，并开府仪同三司，西昌侯鸾为尚书令，太孙詹事沈文季为护军，竟陵王子良为太傅。又越数日，尊谥先帝赜为武皇帝，庙号世祖。追尊文惠皇太子长懋为世宗文皇帝，文惠皇太子妃王氏为皇太后。立皇后何氏。何氏为抚军将军何戢女，永明二年，纳为南郡王妃，此时从西州迎入，正位中宫。先是昭业为南郡王时，曾从子良居西州，文惠太子常令人监制起居，禁止浪费。昭业佯作谦恭，阴实佻达，尝夜开西州后阁，带领僮仆，至诸营署中，召妓饮酒，备极淫乐。每至无钱可使，辄向富人乞贷，无偿还期，富人不敢不与。师史仁祖、侍书胡天翼，年已衰老，由文惠太子拨令监督。两人苦谏不从，私相语道："今若将皇孙劣迹，上述二宫，恐不免触怒皇孙，且足致二宫伤怀。若任他荡佚，无以对二宫，倘有不测，不但罪及一身，并将尽室及祸。年各七十，还贪甚么余生呢?"遂皆仰药自杀。（二人亦可谓愚忠。）昭业反喜出望外，越加纵逸，所爱左右，尝预加官爵，书黄纸中，令他贮囊佩身，俟得登九五，依约施行。女巫杨氏，素善厌祷，昭业私下密嘱，使咒诅二宫，替求天位。已而太子有疾，召令入侍，他见着太子时，似乎愁容满面，不胜忧虑；一经出外，便与群小为欢。及太子病逝，临棺哭父，擗踊号啕，仿佛一个孝子；哭罢还内，又是纵酒酣饮，欢笑如恒。世祖赜欲立太孙，尝独呼入内，亲加抚问，每语及文惠太子，昭业不胜呜咽，装出一种哀慕情形。世祖还道他至性过人，呼为法身，再三劝慰，因此决计立孙，预备继统。至世祖有疾，又令杨氏祈他速死；且因何妃尚在西州，特暗致一书，书中不及别事，但中央写一大喜字，外环三十六个小喜字，表明大庆的意思。有时入殿问安，见世祖病日加剧，心中非常畅快，面上却很是忧愁。世祖与谈后事，有所应诺，辄带凄声。世祖始终被欺，临危尚嘱咐道："我看汝含有德性，将来必能负荷大业；但我有要嘱，汝宜切记！五年以内，诸事悉委宰相，五年以后，勿复委人，若自作无成，可不至犯恨了！"（哪知他不能逾期。）昭业流涕听命。至世祖弥留时候，握昭业手，且喘且语道："汝……汝若忆翁，汝……汝当好作!”说到作字，气逆痰冲，翻目而逝。昭业送终视殓，已不似从前失怙时擗踊哀号。到了登殿受贺，却是满面喜容。礼毕返宫，竟把丧事撇置脑后，所有后宫诸妓，悉数召至，侑酒作乐，声达户外。(此时原不必瞒人了。)

过了十余日，便密饬禁军，收捕王融，拘系狱中。融既下狱，乃嘱使中丞孔稚珪，上书劾融，说他险躁轻狡，招纳不逞，诽谤朝政，应置重刑，于是下诏赐死。融母系临川太守谢惠宣女，夙擅文艺，尝教融书学，因得成才。可惜他恃才傲物，常怀非望，每自叹道：“车前无八驺，何得称丈夫!”至是欲推戴子良，致遭主忌，因即罹祸。融上疏自讼，不得解免，更向子良求救，子良已自涉嫌疑，阴怀恐惧，那里还敢援手，坐令二十七岁的卓荦青年，从此毕命!(少年恃才者，可援以为戒。)融临死自叹道：“我若不为百岁老母，还当极言!”原来融欲指斥昭业隐恶，因恐罪及老母，所以含忍而终。

齐嗣主昭业，既斩融以泄恨，遂封弟昭文为新安王，昭秀为临海王，昭粲为永嘉王。尊女巫杨氏为杨婆，格外优待，民间为作《杨婆儿》歌。奉祖柩出葬景安陵，未出端门，即托疾却还，趋入后宫，传集胡伎二部，夹阁奏乐，这真所谓纵欲败度，痴心病狂了。

小子前叙世祖遇疾时，会有北寇警报，至昭业嗣位，反得淫荒自恣，不闻外侮。究竟魏主曾否南侵，待小子补笔叙明。魏主宏雅怀古道，慨慕华风，兴礼乐，正风俗，把从前辫发遗制，毅然更张，也束发为髻，被服衮冕。且分遣牧守，祀尧舜，祭禹周公，谥孔子为文圣尼父，告诸孔庙，另在中书省悬设孔像，亲行拜祭；改中书学为国子学，尊司徒尉元为三老，尚书游明根为五更，又养国老庶老，力仿三代成制。

他尚日夕筹思，竟欲迁都洛阳，宅中居正，方足开拓宏规，因恐群臣不从，特议大举伐齐，乘便徙都。先在明堂右个，斋戒三日，乃命太常卿王谌筮易。可巧得了一个革卦，魏主宏喜道：“汤武革命，顺天应人，这是最吉的爻筮了!”尚书任城王拓跋澄趋进道：“陛下奕叶重光，帝有中土，今欲出师击伐，反得革命爻象，恐未可谓全吉哩。”魏主宏变色道：“繇云大人虎变，何为不吉?”任城王澄道：“陛下龙兴已久，如何今才虎变?”魏主宏厉声道：“社稷是我的社稷，任城乃欲沮众么?”澄又道：“社稷原是陛下所有，臣乃是社稷臣，怎得知危不言!”魏主宏听了此言，却亦觉得有理，乃徐徐申说道：“各言已志，亦属无伤。”

说毕，启驾还宫，复召澄入议，屏人与语道：“卿以为朕真要伐齐么?朕思国家肇兴北土，徙都平城，地势虽固，但只便用武，不便修文，如欲移风易俗，必须迁宅中原。朕将借南征名目，就势移居，况筮易得一革卦，正应着改革气象，卿意以为何如?”澄乃欣然道：“陛下欲卜宅中土，经略四海，这是周汉兴隆的规制，臣亦极愿赞成!”魏主宏反皱眉道：“北人习常恋故，必将惊扰，如何是好!”澄又道：“非常事业，原非常人所能晓，陛下果断自圣衷，想彼亦无能为了。”魏主笑道：“任城原不愧子房哩。”（汉高定都关中，想是魏主记错。）遂命作河桥，指日济师。一面传檄远近，调兵南征。部署至两月有余，乃出发平城，渡河南行，直达洛阳。

适天气秋凉，霖雨不止，魏主宏饬诸军前进，自著戎服上马，执鞭指麾。尚书李冲等叩马谏阻道：“今日南下，全国臣民，统皆不愿，独陛下毅然欲行，臣不知陛下独往，如何成事!故敢冒死进谏。”（冲果拼死，何不从冯太后于地下?）魏主宏发怒道：“我方经营天下，有志混一，卿等儒生，不知大计，国家定有明刑，休得多渎!”说着，复扬鞭欲进。安定王拓跋休等，又叩首马前，殷勤泣谏。魏主宏说道：“此次大举南来，震动远近，若一无成功，如何示后?今不南伐，亦当迁都此地，庶不至师出无名。卿等如赞成迁都，可立左首，否则立右。”定安王休等均趋右侧，独南安王拓跋桢进言道：“天下事欲成大功，不能专徇众议，陛下诚撤回南伐，迁都洛邑，这也是臣等所深愿，人民的幸福呢!”说毕，即顾语群臣，与其南伐，宁可迁都，群臣始勉强应诺，齐呼万岁。于是迁都议定，入城休兵。

李冲复入白道：“陛下将定鼎洛邑，宗庙宫室，非可马上迁移，请陛下暂还平城，俟群臣经营毕功，然后备齐法驾，莅临新都，方不至局促哩。”魏主宏怫然道：“联将巡行州郡，至邺小停，明春方可北归，今且缓议。”冲不敢再言。魏主即遣任城王澄驰还平城，晓谕留司百官，示明迁都利害。且饯行嘱别道：“今日乃真所谓革呢！王其善为惠谕，毋负朕命！”澄叩辞北去。

魏主宏尚虑群臣异议，更召卫尉卿征南将军于烈入问道：“卿意如何?”烈答道：“陛下圣略渊远，非浅见所可测度，不过平心处议，一半乐迁，一半尚恋旧呢。”魏主宏温颜道：“卿既不倡异议，便是赞同，朕且深感卿意。今使卿还镇平城，一切留守庶政，可与太尉丕等悉心处置，幸勿扰民。”于烈亦拜命即行。原来魏太尉东阳王丕，与广陵王羽，曾留守平城，未尝随行，故魏主复有是命。

魏主宏乃出巡东墉城，征司空穆亮，与尚书李冲，将作大匠董爵，经营洛都。自从东墉趋河南城，顺道诣滑台，设坛告庙，颁诏大赦，再启驾赴邺。凑巧齐雍州刺史王奂次子王肃，奔避家难，（王奂伏诛，见上文。）驰至邺城，进谒魏主，泣陈伐齐数策。魏主已经解严，不愿南伐，惟见他语言悲惋，计议详明，不由得契合入微，与谈移晷。嗣是留侍左右，器遇日隆，或且屏人与语，到了半夜，尚娓娓不倦，几乎相见恨晚，旋即擢肃为辅国将军。

适任城王澄，自平城至邺，报称“留司百官，初闻迁都计划，相率惊骇，经臣援引古今，譬谕百端，已得众心悦服，可以无虞。”魏主宏大喜道：“今非任城，朕几不能成事了。”随即召入王肃，谕以：“朕方迁都，未遑南伐，俟都城一定，当为卿复仇。卿为江左名士，应素习中朝掌故，所有我朝改革事宜，一以委卿，愿卿勿辞！”肃惟惟遵谕，便替魏主草定礼仪，一切衣冠文物，逐条裁定，次第呈入，魏主无不嘉纳，留待施行。当下在邺西筑宫，作为行在。又命安定王休，率领官属，往平城迎接家属，自在行宫过了残冬。

越年为魏太和十八年，即齐主昭业隆昌元年，魏中书侍郎韩显宗，上书陈事，共计四条：一是请魏主速还北都，节省游幸诸费，移建洛京；二是请魏主营缮洛阳，应从俭约，但宜端广衢路，通利沟渠；三是请魏主迁居洛城，应施警跸，不宜徒率轻骑，涉履山河；四是请魏主节劳去烦，啬神养性，惟期垂拱司契，坐保太平。魏主宏颇以为然，乃于仲春启行，北还平城。

留守百官，迎驾入都，魏主宏登殿受朝，面谕迁都事宜。燕州刺史穆羆出奏道："今四方未定，不应迁都，且中原无马，如欲征伐，多形不便。"魏主宏反驳道："厩牧在代，何患无马，不过代郡在恒山以北，九州以外，非帝王所宜都，故朕决计南迁。"尚书于果又接入道："臣非谓代地形胜，得过伊洛，但自先帝以来，久居此地，吏民相安，一旦南迁，未免有怫众情。"魏主听了，面有愠色，正要开口诘责，平阳公丕复进议道："迁都大事，当询诸卜筮。"魏主宏道："昔周召圣贤，乃能卜宅，今无圣贤，问卜何益？且卜以决疑，不疑何卜？自古帝王以四海为家，或南或北，随地可居。朕远祖世居北荒，平文皇帝（即拓跋郁律），始居东木根山，昭成皇帝（即什翼犍。）更营盛乐，道武皇帝（即拓跋珪），迁都平城。朕幸叩祖荫，国运清夷，如何独不得迁都呢？"群臣始不敢再言。魏主宏又复西巡，幸阴山，登阅武台，遍历怀朔、武川、抚冥、柔玄四镇。及还至平城，已值秋委。到了初冬，闻洛阳宫阙，营缮粗竣，便即亲告太庙，使高阳王拓跋雍，及镇南将军于烈，奉神主至洛阳，自率六宫后妃，及文武百官，由平城启行，和鸾锵锵，旗旐央央，驰向洛都来了。小子有诗咏道：

霸图造就慕皇风，走马南来抵洛中，
用夏变夷怀远略，北朝嗣主亦英雄。

魏主迁洛的时候，正值齐廷废立的期间，欲知废立原因，且看下回演叙。

冢子先亡，嫡孙承重，此系古今通例，毫不足怪。萧昭业为文惠太子之胤，太子殁而昭业继，祖孙相承，不背古道。议者谓昭业淫慝，难免覆亡，不若王融之推立子良，尚得保全齐高之一脉，其说是矣。然天道远，人道迩，立孙承祖，人道也，孙无道而覆祖业，天道也。帝乙立纣，不立微子，后世不能归咎于太史，以是相推，则于萧鸾乎何尤！王融妄图富贵，叛道营私，何足道哉。魏主宏南迁洛阳，本诸独断，后世又有讥其轻弃根本，侈袭周汉故迹，以至再传而微。夫国家兴替，关系政治，与迁都无关，政治修明，不迁都可也，即迁都亦无不可也。否则株守故土，亦宁能不危且亡者！必谓魏主宏迁都失策，亦属皮相之谈。本回于萧鸾之拥立太孙，魏主宏之迁都洛邑，各无贬词，良有以也。

第三十回　上淫下烝丑传宫掖　内应外合刃及殿庭

却说齐嗣主昭业，即位逾年，改元隆昌。自思从前不得任意，至此得了大位，权由己出，乐得寻欢取乐，快活逍遥，每日在后宫厮混，不论尊卑长幼，一味儿顽皮涎脸，恣为笑谑。世祖时穆妃早亡，不立皇后，后宫只有羊贵嫔、范贵妃、荀昭华等，已值中年，尚没有甚么苟且事情。独昭业父文惠太子宫内，尚有几个宠姬，多半是面貌韶秀，华色未衰，不过贞淫有别，品性不同。就中有一霍家碧玉，年龄最稚，体态风骚，当文惠太子在日，也因她柔情善媚，格外见怜。此时嫠居寂寞，感物伤怀，含着无限凄楚。偏昭业知情识趣，眉去眼来，一个是不衫不履，自得风流，一个是若即若离，巧为迎合。你有情，我有意，渐渐的勾搭上手，还有甚么礼义廉耻。更有宦官徐龙驹，替两人作撮合山，从旁怂恿，密为安排。（好一个牵头。）于是云房月窟，暗里绸缪，海誓山盟，居然伉俪，说不尽的鸾颠凤倒，描不完的蝶浪蜂狂。龙驹又想出一法，只说度霍氏为尼，转向皇太后王氏前，婉言禀闻。王太后哪识奸情，便令将霍氏引去。龙驹竟导至西营，令与昭业彻夜交欢，恣情行乐，并改霍氏为徐氏，省得宫廷私议，贻笑鹑奔。此外又选入许多丽姝，充为妾媵，就是两宫中的侍女，也采择多人。不过霍氏是文惠幸姬，格外著名，昭业更格外宠爱，所以齐宫丑史，亦格外播扬。

更可丑的是皇后何氏，也是一个淫妇班头。她在西州时候，因昭业入宫侍奉，耐不住孤帐独眠，便引入侍书马澄，与他私通。及迎入为后，与昭业虽仍恩爱，但昭业是见一个，爱一个，见两个，爱一双，仍使何后独宿中宫，担受那孤眠滋味。她前时既已失节，此时何必完贞。可巧昭业左右杨珉，生得面白唇红，丰姿楚楚，由何氏窥入眼中，便暗令宫女导入，赐宴调情。杨珉原是个篾片朋友，既承皇后这般厚待，还有甚么不依，数杯酒罢，携手入帏，为雨为云，不消细说。那时昭业上蒸庶母，何后下私幸臣，尔为尔，我为我，两下里各自图欢，倒也无嫌无疑，免得争论。（却是公平交易。）

昭业不特渔色，并好佚游，每与左右微服出宫，驰骋市里，或至乃父崇安隧中，掷涂赌跳，作诸鄙戏，兴至时滥加赏赐，百万不吝。尝握钱与语道："我从前欲用汝一枚，尚不可得，今日须任我使用了！"（钱神有知，应答语道：快用快用，明年又轮不着用了！）

先是世祖赜生平好俭，库中积钱五亿元，斋库亦积钱三亿万金银布帛，不可胜计。昭业更得任情挥霍，视若泥沙，（祖宗为守财奴，子孙往往如此。）尝挈何后及宠姬，入主衣库，取出各种宝器，令相投击，砰磅砰磅的好几声，悉数破碎，昭业反狂笑不置；或令阉人竖子，随意搬取，顷刻垂尽。中书舍人綦母珍之、朱隆之，直阁将军曹道刚、周奉叔，各得宠眷。珍之内事谄媚，外恣威权，所有宫廷要职，必须先赂珍之，论定价值，然后由珍之列入荐牍，一经保奏，无不允行。珍之任事才旬月，家累巨万，往往不俟诏旨，擅取宫物，及滥调役使，有司辄相语云："宁拒至尊敕，难违舍人命！"

宦官徐龙驹，得受命为后阁舍人，常居含章殿，戴黄纶帽，披黑貂裘，南面向案，代主画敕，左右侍直与御坐前无异。（这是做牵头的好处。）卫尉萧谌，为世祖赜族子，世祖尝引为宿卫，使参机密。征南咨议萧坦之，与谌同族，曾充东宫直阁，昭业因二人同为亲旧，亦加信任。谌或出宿，昭业常通宵不寐，直待谌还直宫中，方得安心。坦之出入后宫，每当昭业游宴，必令随侍。昭业醉后忘情，脱衣裸体，坦之扶持规谏，略见信从，但后来故态复萌，依然如故。何皇后私通杨珉，恐事发得罪，所以对着昭业，比前尤昵，曲意承欢。昭业喜不自胜，迎后亲戚入宫，使居耀灵殿，斋阁洞开，彻夜不闭，内外淆杂，无复分别，好似那混沌世界，草昧乾坤。（想是子业转世，来亡齐祚。）

当时恼动了一位宰辅，屡次上疏，规戒主恶，怎奈言不见听，杳无复谕，自欲入宫面奏，又常被周奉叔阻住禁门，不准放入。情急智生，由忧生愤，遂欲仿行伊霍故事，想出那废立的计谋。这人为谁？就是尚书令西昌侯萧鸾。（特笔提叙，喝起下文。）鸾拥立昭业，得邀重任，政无大小，多归裁决。武陵王晔，虽亦见倚赖，但政治经验未能及鸾，所以遇事推让。竟陵王子良已被嫌疑，只好钳口不言，免滋他祸。

鸾专握朝纲，见嗣主纵欲怙非，不肯从谏，乃引前镇西谘议参军萧衍，与谋废立。衍劝鸾待时而动，不疾不徐。鸾怅然道："我观世祖诸子，多半庸弱，惟随王子隆（世祖第八子），颇具文才，现今出镇荆州，据住上游，今宜预先召入，免滋后患。惟他或不肯应召，却也可忧。"衍答道："随王徒有美名，实是庸碌，部下并无智士，只有司马垣历生、太守卞白龙，作为爪牙，二人惟利是图，若给他显职，无有不来！随王处但费一函，便足邀他入都了。"鸾抚掌称善，即征历生为太子左卫率，白龙为游击将军。果然两人闻信，喜跃前来。再召子隆为抚军将军，子隆亦至。鸾又恐豫州刺史崔慧景，历事高武二朝，未免反抗，因即遣萧衍为宁朔将军，往戍寿阳。慧景还道是意外得罪，白服出迎，由衍好言宣慰，偕入城中。那萧鸾既抚定荆、豫，释去外忧，便好下手宫廷，专除内患。

萧坦之、萧谌两人，本系业昭业心腹，因见昭业怙恶不悛，也恐祸生不测。鸾乘间运动，把两萧引诱过来，晓以祸福利害，使他俯首帖耳，乐为己用。然后使坦之入奏，请诛杨珉。昭业转告何后，何后大骇，流涕满面道："杨郎（直呼杨郎，曾否知羞？）年少无罪，何可枉杀！"昭业出见坦之，也将何后所说，复述一遍。坦之请屏左右，密语昭业道："杨珉与皇后有情，中外共知，不可不诛！"昭业愕然道："有这般事么？快去捕诛便了。"坦之领命，忙去拿下杨珉，牵出行刑。何皇后闻报，急至昭业前跪求，哭得似泪人儿一般。昭业也觉不忍，便命左右传出赦诏。（甘作元绪公。）那知坦之早已料到此着，一经推出杨珉，便即处决，至赦文传到，珉早已头颅落地了。

（牡丹花下死，做鬼也风流。）诏使返报昭业，昭业倒也搁起，独何后记念情郎，不肯忘怀，一行一行的泪珠儿，几不知滴了多少。

坦之虑为所谮，向鸾问计。鸾正欲诛徐龙驹，便嘱坦之贿通内侍，转白何后，但言杨珉得罪，统是龙驹一人唆使。坦之依计而行，何后不知真假，便深恨龙驹，请昭业速诛此人，昭业尚未肯应允，再经鸾一本弹章，令坦之递呈进去，内外夹迫，教龙驹如何逃生！刑书一下，当然毙命。

杨、徐既除，要轮到直阁将军周奉叔了。奉叔恃勇挟势，陵轹公卿，尝令二十人带着单刀，拥护出入，门卫不敢诃，大臣不敢犯。尝哓哓语人道："周郎刀，不识君！"鸾亦亲遭嫚侮，所以决计翦除。当下嘱使二萧，劝昭业调出奉叔，令为外镇。昭业耳皮最软，遂出奉叔为青州刺史。奉叔乞封千户侯，亦邀俞允。独萧鸾上书谏阻，乃止封奉叔为曲江县男，食邑三百户。奉叔大怒，持刀出阁，与鸾评理。鸾不慌不忙，从容晓谕，反把奉叔怒气，挫去了一大半，没奈何受命启行。部曲先发，自入宫面辞昭业，退整行装，跨马欲走。鸾与萧谌矫敕召奉叔入尚书省，俟奉叔趋入省门，两旁突出壮士，你一锤我一挝，击得奉叔脑浆迸流，死于非命。鸾始入奏，托言奉叔侮蔑朝廷，应就大戮，昭业拗不过萧鸾，且闻奉叔已死，也只好批答下来，准如所请。（只能欺祖考，不能欺萧鸾。）

溧阳令杜文谦，尝为南郡王侍读，至是语綦毋珍之道："天下事已可知了！灰尽粉灭，便在旦夕，不早为计，将无噍类呢。"珍之道："计将安出？"文谦道："先帝旧人，多见摈斥，一旦号召，谁不应命？公内杀萧谌，文谦愿外诛萧令，就是不成而死，也还有名有望，若迟疑不断，恐伪敕复来，公赐死，父母为殉，便在眼前了！"珍之闻言，犹豫未决。不到旬日，果为鸾所捕，责他谋反，立即斩首。连杜文谦也一并拘住，骈首市曹。

武陵王晔，忽尔病终，年只二十八。竟陵王子良，时已忧闷成病，力疾吊丧，一场哀恸，益致困顿。既而形销骨立，病入膏肓，便召语左右道："我将死了！门外应有异征。"左右出门瞭望，见淮中鱼约万数，浮出水上，齐向城门，不禁惊讶异常，慌忙回报。子良已痰喘交作，奄然而逝了，年三十有五。

子良为当时贤王，广交名士，天下文才，萃集一门。又有刘瓛兄弟，素具清操，无心干进。子良欲延瓛为记室，瓛终不就；继除步兵校尉，又复固辞；京师文士，多往从学。世祖且为瓛立馆，拨宅营居，生徒皆贺，瓛叹道："室美反足为灾，如此华宇，奈何作宅，幸奉诏可作讲堂，尚恐不能免害呢！"子良折节往谒，瓛与谈礼学，不及朝政。年四十余，尚未婚娶，历事祖母及母，深得欢心。母孔氏很是严明，尝呼瓛小字，指语亲戚道："阿称（阿瓛小字）便是今世曾子呢。"后奉朝命，娶王氏女。王女凿壁挂履，土落孔氏床上，孔氏不悦，瓛即出妻。年五十六病终。子良移厨至瓛宅，嘱瓛徒刘绘、花缜等，代为营斋。后世为瓛立碑，追谥贞简先生。

瓛弟琎亦甚方正，与瓛同居，瓛至夜间，隔壁呼琎共语，琎下床着衣，然后应瓛。瓛问为何因？琎答道："向尚未曾束带，所以迟迟。"又尝与友人孔澈同舟，澈目注岸上女子，琎即与他隔席，不复同坐。子良为他延誉，由文惠太子召入东宫，遇事必咨。琎每上书，辄焚削草稿。寻署琎为中兵兼记室参军，病殁任所。（刘瓛兄弟，系叔季名士，故特笔带叙。）

及子良逝世，士类同声悲悼，独昭业素有戒心，至是很觉欣慰，不过形式上表示褒崇，赙赠加厚，算作饰终尽礼罢了。看官听说！这武陵王晔，与竟陵王子良，本是高武以后著名的哲嗣，位高望重，民具尔瞻，此次迭传耗问，失去了两个柱石，顿使齐廷阒寂，所有军国重权，一古脑儿归属萧鸾。昭业虽进庐陵王子卿（世祖第三子）为卫将军，鄱阳王锵（高帝第七子）为骠骑将军，究竟两人资望尚浅，比萧鸾要逊一筹。鸾又得加官中书监，进号镇军大将军，开府仪同三司。自是权势益隆，阴谋益急，废立两字的声浪，渐渐传到昭业耳中。

昭业尝私问鄱阳王锵道："公可知鸾有异谋否？"锵素和谨，应声答道："鸾在宗戚中，年齿最长，并受先帝重托，谅无他意。臣等少不更事，朝廷所赖，惟鸾一人，还请陛下推诚相待，勿启猜疑！”昭业默然不答。过了数日，又商诸中书令何胤。胤系何后从叔，后尝呼胤为三父，使直殿省。昭业与谋诛鸾，胤不敢承认，但劝昭业耐心待时。

昭业乃欲出鸾至西州，且由中敕用事，不复向鸾关白。鸾知昭业忌己，急谋诸左仆射王晏，及丹阳尹徐孝嗣，乞为臂助，两人亦情愿附鸾。会由尼媪入宫，传达异闻，昭业又召问萧坦之道：“镇军与王晏、萧谌，意欲废我，传闻藉藉，似非虚诬，卿果有所闻否？”（偏偏问着此人，真是昭业快死。）坦之变色道：（变色二字，甚妙。）“天下宁有此事！好好一个天子，谁乐废立，朝贵亦不应造此讹言，想是诸尼媪挑拨是非，淆惑陛下，陛下切勿轻信！况无故除此三人，何人还能自保呢？”昭业似信非信，复商诸直阁将军曹道刚。道刚为昭业心腹，即密与朱隆之等，设法除鸾。尚未举行，鸾已有所闻，急告坦之。坦之转白萧谌，谌答道：“始兴内史萧季敞、南阳太守萧颖基，已奉调东都，我正待他到来，共同举事，较易成功。”坦之道：“曹道刚、朱隆之等，已有密谋，我不除他，他将害我。卫尉若明日不举，恐事已无及了！弟有百岁老母，怎能坐听祸败？只好另作他计呢。”谌被他一吓，不由得惶遽起来，亟向坦之问计。坦之与他附耳数语，谌连声称善，当即约定次日起事，连夜部署，准备出发。

一宵易过，转瞬天明，谌令兵士早餐，食毕入宫，正与曹道刚相遇。道刚惊问来由，才说一语，刃已入胸，倒毙地上，肠已流出。谌麾众再进，又碰着朱隆之，乱刀直上，挥作数段。直后将军徐僧亮，怒气直冲，扬声号召道：“我等受主厚恩，今日应该死报！”说着，即拔刀来斗，究竟寡不敌众，也被萧谌杀死。萧鸾继入云龙门，内着戎服，外被朱衣，踉跄趋进，急至三次失履。王晏、徐孝嗣、萧坦之、陈显达、王广之、沈文季等，一并随入，宫中大扰。昭业在寿昌殿，闻有急变，忙使内侍闭住殿门。门甫阖就，外面已喊声大震，萧谌引着数百人，斩关直入。昭业骇极，奔入徐姬房，与姬诀别。徐姬也抖作一团，涕泗滂沱。（这便是先笑后号咷。）

两人正无法可施，偏喊声又复四集，昭业遽起，拔剑出鞘，吞声饮恨道："他……他不过要我性命，我就自了罢！"说着，用剑自刺，急得徐姬抢前来救，将昭业抱住，连呼："陛下，动不得！动不得！"（何不前日作此语？）昭业见徐姬满面泪容，凄声欲绝，禁不住心软手颤，坠剑落地。俄而萧谌驰入，逼昭业出殿庭，昭业自用帛缠颈，随谌出延德殿。宿卫将士，皆隶谌麾下，作壁上观。昭业也竟无一言，被谌引入西斋，就昭业颈上缠帛，把他勒毙，年止二十一岁。遂舆尸出殡徐龙驹故宅，一面奉萧鸾命，收捕嬖倖，并及改姓无耻的徐姬，尽行牵出，一刀一个，了结残生。（绝妙徐娘，又好与昭业作地下鸳鸯了。）

鸾顾语大众道："废君立君，目下应属何人？"（已有自立意。）徐孝嗣应声道："看来只好立新安王！"鸾微笑道："我意也是如此，但必须作太后令，卿可急速起草。"孝嗣道："已早缮就了。"说着，即从袖中取出一纸，递呈与鸾。鸾略阅一周，便道："就是这样罢。"当下将令文宣布，大略说是：

自我皇历启基，受终于宋，睿圣继轨，三叶重光。太祖以神武创业，草昧区夏，武皇以英明提极，经纬天人，文帝以上哲之资，体元良之重，虽功未被物，而德已在民，三灵之眷方永，七百之基已固。嗣主特钟沴气，爰表弱龄，险戾著于绿车，愚固彰于崇正，狗马是好，酒色方湎，所务惟鄙事，所嫉惟善人。世祖慈爱曲深，每加容掩，冀年志稍改，立守神器。自入纂鸿业，长恶滋甚。居丧无一日之哀，缞绖为欢宴之服，昏酣长夜，万机斯壅，发号施令，莫知所从。阉竖徐龙驹，专总枢密，奉叔、珍之，互执权柄。自以为任得其人，表里缉穆，迈萧、曹而愈信、布，倚泰山而坐平原。于是恣情肆意，罔顾天显，二帝姬嫔，并充宠御，二宫遗服，皆纳玩府，内外混漫，男女无别。丹屏之北，为酤鬻之所，青蒲之上，开桑中之肆。又微服潜行，信次忘返，端委以朝虚位，交战而守空宫。宰辅忠贤，尽诚奉主，诛锄群小，冀能悛革。曾无克己，更深怨憾。公卿股肱，以异已置戮，文武昭穆，以德誉见猜，放肆丑言，将行屠脍，社稷危殆，有过缀旒。昔太宗克光于汉世，简文代兴于晋氏，前事之不忘，后人之师也。镇军居正体道，家国是赖，伊霍之举，实寄渊谟，便可详依旧典，以礼废黜。新安王体自文皇，睿哲天秀，宜入嗣鸿业，永宁四海，即当以礼奉迎，使正大位。未亡人属此多难，投笔增慨，不尽欲言！

看官阅过前回，应知新安王就是昭文，系文惠太子第二子。当时曾任中军将军，领扬州刺史，年方十五。由萧鸾等迎入登台，援鸾为骠骑大将军，录尚书事，兼领扬州刺史，晋封宣城郡公。颁诏大赦，改隆昌元年为延兴元年。复奉太后命令，追废故主昭业为郁林王，何皇后为王妃。总计昭业在位，仅得一年，小子有诗叹道：

到底欢娱只一年，两斋毙命亦堪怜；

早知如此遭奇祸，应悔当初恶未悛！

昭文即位，朝局粗定，除萧鸾晋爵外，还有一番封赏。欲知底细，须待下回表明。

宋有子业，齐有昭业，好似天生对偶，名相似而迹亦略同。且子业时代，有会稽公主、谢贵嫔之淫乱，昭业时代，有霍姬、何皇后之淫污，男女宣淫，又若后先一辙。其稍有不同者，则子业好杀，昭业尚不如也。宋湘东王彧，屡濒于危，不得已而图一逞，死中求生，情尚可原。齐西昌侯萧鸾，权倾中外，诛杨珉、徐龙驹，杀周奉叔、綦毋珍之，一举即成，不烦智力。假使有伊之志，放昭业于崇安隧中，用正人以辅导之，亦未始不可为太甲，乃必谋废立，弑主西斋，为将来篡逆之先声，以视湘东王彧之所为，毋乃过甚。本回演述大意，始则归咎昭业，继则归罪萧鸾，盖与二十一回之文法，隐判异同，明眼人自能灼见也。

第三十一回 杀诸王宣城肆毒 篡宗祚海陵沉冤

却说新安王昭文嗣位，封赏各王公大臣，进鄱阳王锵为司徒，随王子隆为中军大将军，卫尉萧谌为中领军，司空王敬则为太尉，车骑大将军陈显达为司空，尚书左仆射王晏为尚书令，西安将军王玄邈为中护军。此外亲戚勋旧，各有迁调，不及细表。独萧鸾从子遥光、遥欣，本没有甚么大功，不过遥欣为始安王道生长孙，得袭封爵，此次复为鸾效力，因特授南郡太守，不令莅镇，仍留为参谋。遥光除兖州刺史，嗣又命遥欣弟遥昌，出为郢州刺史。鸾已有心篡立，所以将从子三人，布置内外，树作党援。

鄱阳王锵、随王子隆，年龄俱未及壮，但高武嗣子，半即凋零，要算锵与子隆，名位最崇，资望亦最著。萧鸾阴实忌他，外面却佯表忠诚，每与锵谈论国事，声随泪下。锵不知有诈，还道他是心口相同，本无歹意，实则朝廷内外，统已看透萧鸾诡秘，时有戒心。

制局监谢粲，私劝锵及子隆道："萧令跋扈，人人共知，（萧鸾已进录尚书事，粲尚呼为萧令，是沿袭旧称。）此时不除，后将无及！二位殿下，但乘油壁车入宫，奉天子御殿，夹辅号令，粲等闭城上仗，谁敢不从？东府中人，当共缚送萧令，去大害如反掌了。"（恐也未必。）子隆颇欲依议，锵独摇首道："现在上台兵力，尽集东府，鸾为东府镇守，坐拥强兵，倘或反抗，祸且不测，这恐非万全计策呢！"（我亦云然，但外此岂竟无良策么？）

已而马队长刘巨，复屏人语锵，叩头苦劝。锵为所怂恿，命驾入宫，转念吉凶难卜，有母在堂，须先禀诀为是。乃复折回私第，入白生母陆太妃。陆太妃究系女流，听着这般大事，吓得魂不附体，慌忙出言谕止，累得锵迟疑莫决，只在家中绕行。盘旋了好半日，天色已晚，尚未出门，事为典签所闻，（典签，官名，即记室之类。）竟驰往东府告鸾。鸾立遣精兵二千人，围攻锵第。锵毫无预备，只好束手就死。谢粲、刘巨俱为所杀。

子隆方待锵入宫，日暮未闻启行，黄昏又无消息，正拟就寝，忽闻有人入报，鄱阳王居第已被东府兵围住了。子隆料知有变，但也没法自防，不得不听天由命。（统是没用人物。）过了片刻，那东府兵已蜂拥前来，排墙直入，子隆无从逃匿，坐被乱兵杀死。两家眷属，并皆遇害，财产抄没。锵年才二十六，子隆年只二十一，一叔一侄，携手入鬼门关去了。

江州刺史晋安王子懋，系子隆第七兄，闻二王罹祸，意甚不平，遂欲起兵赴难。自思生母阮氏，尚居建康，应先事往迎，免得受害，乃密遣人入都，迎母东行。偏阮氏临行时，使人报知舅子于瑶之，令自为计。（传文作兄子瑶之，疑有误。）瑶之反驰白萧鸾，（自为计则得矣，如亲谊何！）鸾即奏称子懋谋反，自假黄钺督军，内外戒严，立派中护军王玄邈，率兵往讨子懋，一面遣军将裴叔业，与于瑶之，径袭寻阳。

子懋与防阁军将陆超之、董僧慧商议，以湓城为寻阳要岸，恐都军泝流掩击，即拨参军乐贲，率兵三百人往守。裴叔业等乘船西上，驶至湓城，见城上有兵守着，便不动声色，但扬言奉朝廷命，往郢州行司马事，当下悬帆直上，掉头自去。城中兵见他驶过，当然放心，夜间统去熟睡。不意到了三更，竟有外兵扒城进来，一声喧躁，杀入署中。乐贲仓皇惊醒，披衣急走，才出署门，兜头碰着裴叔业，大呼速降免死！贲知不可脱，没奈何伏地乞降。叔业收纳乐贲，据住湓城。因闻子懋部属多雍州人，骁悍善战，不易攻败，乃更使于瑶之诣寻阳城，往赚子懋。

子懋因湓城失陷，正在着忙，召集府州将吏，登城捍御。忽见瑶之叩门，还疑是戚谊相关，前来相助，便命开城迎入。瑶之视了子懋，行过了礼，便开口说道：“殿下单靠一座孤城，如何久持！不若舍仗还朝，自明心迹，就使不能复职，也可在都下作一散官，仍得保全富贵，决无他虑！”子懋被他一说，禁不住心动起来。寻阳参军于琳之，系瑶之亲兄，此时也从旁边闪出，与乃兄一唱一和，说得子懋越加移情。琳之复劝子懋重赂叔业，使他代为申请，洗刷前愆。子懋已为所迷，遂取出金帛，使琳之随兄同往。琳之见了叔业，非但不为子懋说情，反教叔业掩取子懋。叔业即遣裨将徐玄庆，率四百人随着琳之，驰入州城。

子懋正坐斋室中，静待琳之归报，蓦闻门外有蹴踏声，惊起出视，只见琳之带着外兵，各执着亮晃晃的宝刀，踊跃而来，不由得大骇道：“汝从何处招来兵士？”琳之瞋目道：“奉朝廷命，特来诛汝！”子懋乃怒叱道：“刁诈小人，甘心卖主，天良何在！”言未已，琳之趋至面前。子懋退入斋中，被琳之抢步追入，揿住子懋，用袖障面，外边跟进徐玄庆，顺手一刀，头随刀落，年只二十三。（死由自取，不得为枉。）

琳之取首出斋，徇示大众，那时府中僚佐，早已逃避一空，剩得几个仆役，怎能反抗！此外有若干兵民，统是顾命要紧，乐得随风披靡，顺从了事。可巧王玄邈大军亦到，见城门洞开，领兵直入。琳之、玄庆等接着，报明情形，玄邈大喜，复分兵搜捕余党。

兵士捕到董僧慧，僧慧愤然道：“晋安举兵，仆实预谋，今为主死义，尚复何恨！但主人尸骸暴露，仆正拟买棺收殓，一俟殓毕，即当来就鼎镬！”玄邈叹道：“好一个义士！由汝自便。我且当牒报萧公，贷汝死罪！”僧慧也不言谢，自去殓葬子懋。子懋子昭基，年方九岁，被系狱中，用寸绢为书，贿通狱卒，使达僧慧。僧慧顾视道：“这是郎君手书，我不能援救，负我主人！”遂号恸数次，呕血而亡！

还有陆超之静坐寓中，并不避匿。于琳之素与超之友善，特使人通信，劝他逃亡。超之道：“人皆有死，死何足惧！我若逃亡，既负晋安王厚眷，且恐田横客笑人！”（田横，齐人，事见汉史。）玄邈拟拘住超之，囚解入都，听候发落。偏超之有门生某，妄图重赏，佯谒超之，觑隙闪入超之背后，拔刀奋砍，头已坠下，身尚不僵。（超之非羿，其徒恰似逢蒙。）遂携首往报玄邈。玄邈颇恨门生无礼，但一时不便诘责，仍令他携首合尸，厚加殡殓。大殓已毕，门生助举棺木，棺忽斜坠，巧巧压在门生头上，一声脆响，颈骨已断。待至旁人把棺扛起，急救门生，已是晕倒地上，气绝身亡！（莫谓义士无灵！）玄邈闻报，也不禁叹息，惟受了萧鸾差遣，只好将昭基等械送入都，眼见是不能生活了。

鸾复遣平西将军王广之，往袭南兖州刺史安陆王子敬。（系武帝第五子。）广之命部将陈伯之为先驱，佯说是入城宣敕。子敬亲自出迎，被伯之手起刀落，砍倒马下。后面即由广之驰到，城中吏民，顿时骇散。经广之揭张告示，谓罪止子敬，无预他人，于是吏民复集，稍稍安堵。广之飞使报鸾，鸾更遥饬徐玄庆，顺道西上，往害荆州刺史临海王昭秀。

玄庆轻车简从，驰抵江陵，矫传诏命，立召昭秀同归。荆州长史何昌寓料有他变，独出见玄庆道："仆受朝廷重寄，翼辅外藩，今殿下未有过失，君以一介使来，即促殿下同去，殊出不情！若朝廷必须殿下入朝，亦当由殿下启闻，再听后命。"玄庆见他理直气壮，倒也不好发作，乃告辞而去。嗣由正式诏使，征昭秀为车骑将军，别命昭秀弟昭粲继任，昭秀乃得安然还都。

萧鸾续命吴兴太守孔琇之，行郢州事，且嘱使杀害晋熙王銶。（高帝第十八子。）琇之不肯受命，绝粒自尽。乃改遣裴叔业西行，翦除上流诸王。叔业自寻阳至湘州，湘州刺史南平王锐，拟迎纳叔业。防阁将军周伯玉朗声道："这岂出自天子意？为今日计，宜收斩叔业，举兵匡扶社稷，名正言顺，何人不依！"（快人快语。）锐年才十九，没甚主见，典签在旁，呵叱伯玉，竟勒令下狱。待叔业入城，矫诏杀锐，又将伯玉杀死。叔业再趋向郢州，也是依法炮制。銶年十六，更加懦弱，服毒了命。更由叔业驰往南豫州，豫州刺史宜都王铿，（高帝第十六子。）也不过十八岁，惊惶失措，也被叔业勒毙。

上游诸王，已经尽歼，叔业欣然东还，复告萧鸾，萧鸾遂自为太傅，领扬州牧，进爵宣城王，引用当时名士，与商大计，指日篡位。

侍中谢朏不愿附逆，求出为吴兴太守，得请赴郡。用酒数斛，贻送吏部尚书谢瀹，且附书道："可力饮此，勿预人事！"（统做好好先生，自然乱贼接踵。）原来瀹系朏弟，朏恐他好事惹祸，故有此嘱。

宣城王鸾，尚恐人情未服，不免加忧。骠骑谘议参军江祏面请道："大王两髀上生有赤志，便是肩擎日月，何不出示众人，俾知瑞异！"鸾点首无言。适晋寿太守王洪范，入都谒鸾，鸾便袒臂相示，且故意密语道："人言此是日月相，愿卿勿泄！"洪范道："公有日月在躯，如何可隐？当为公极力宣扬！"鸾佯为失色，洪范退后，却暗暗喜欢，欣慰不置。桂阳王铄（高帝第八子），与鄱阳王锵齐名，锵好文章，铄好名理，时称鄱桂。鄱阳王遇害，铄由前将军迁任中军将军，并开府仪同三司。他本来流连诗酒，不愿与闻政事，此时勉强接任，明知鸾不怀好意，也因没法推辞，虚与周旋。一日往东府见鸾，坐谈片刻，还语侍读山悰道："我日前往见宣城王，王对我呜咽，即夕害死鄱阳、随郡二王；今日宣城见我，又复流涕，且面有愧色，恐我等也要受害哩！"（自知颇明，惜不能先几远引。）是夕心惊肉跳，有觉不安，果然到了夜半，有东府兵斩关突入，把铄杀毙，年只二十四。

铄以下诸弟，便是始兴王鉴，（高帝第十子。）曾为秘书监，领石头戍事，时已去世。又次为江夏王锋，锋有才行，并有武力，任骁骑将军，至是贻书责鸾，说他残虐宗族，忍心害理。鸾引为深恨，只因他勇武过人，不敢遣兵入第，但使他出祀太庙，就庙中埋伏甲士，俟锋登车前来，突出害锋。锋从车上跃下，挥拳四击，前至数人，皆被击倒，怎奈来兵甚众，四面攒殴，且手中尽执刀械，绕身攒刺，任你江夏王如何骁悍，毕竟赤手空拳，寡不敌众，身上受了数十创，大吼而亡，年只二十。

鸾又遣典签何令孙，往杀建安王子真（武帝第九子）。子真方十九岁，胆子甚小，走匿床下。令孙追入，一把抓住，吓得子真浑身发抖，伏地叩首，哀乞为奴，冀免一死。偏令孙不肯容情，拔剑一挥，呜呼毕命！

鸾杀死数王，意尚未足，更令中书舍人茹法亮，往杀巴陵王子伦（武帝第十三子）。子伦阅年十六，颇有英名，时正为南兰陵太守，镇治琅琊。闻得法亮到来，即从容不迫，整肃衣冠，出受诏命。法亮读过伪敕，并递过毒酒一杯，逼令速饮。子伦唏嘘道："圣人有言，鸟死鸣哀，人死言善，先朝前灭刘氏，几无遗类，今子孙遭祸，也是理数循环，不足深怨。惟君是我家旧人，独奉使到此，想是事不得已。此酒何劳劝酬，我拚着一死罢了！"（此子颇觉明白，可惜为鸾所杀。）法亮怀惭不答，但看他酒已毕饮，当即趋退。不到片时，子伦已毒发归天。法亮又入内殡殓，也为泪下。（假惺惺何为？）随即返报萧鸾。鸾并杀死衡阳王钧。钧系高帝十一子，过继衡阳王道度为嗣，曾任秘书监，好学有文名，生年二十二岁，也为萧鸾所害。看官！你道是冤不冤，惨不惨呢！（出尔反尔，盍读子伦遗言。）

鸾逞情杀戮，无一敢违，正好趁势做去，把高武两帝传下的宝座，篡夺了来。齐主昭文，本来是个殿中傀儡，一切政事，听命萧鸾，就是一饮一食，也必经萧鸾允给，方由御厨供奉。一日思食蒸鱼菜，饬厨官进陈，厨官答称无宣城命，竟不上供。似这无权无力的小皇帝，要他推位让国，真是容易得很。况且宗亲懿戚，已害死了一大半，朝上一班元老，又统是朝秦暮楚，没甚廉耻，但得保全富贵，管甚么帝祚旁移！因此延兴元年十月终旬，竟颁出一道太后敕令，废齐王昭文为海陵王，命宣城王鸾入登大位。令云：

夫明晦迭来，屯平代有，上灵所以眷命，亿兆所以归怀。自皇家淳耀，列圣继轨，诸侯官方，百神受职，而殷忧时启，多难荐臻。隆昌失德，特紊人思，非徒四海解体，乃亦九鼎将移。赖天纵英辅，大匡社稷，崩基重造，坠典再兴。嗣主冲幼，庶政多昧，且早婴尫疾，弗克负荷，所以宗正内侮，戚藩外叛，觇天视地，人各有心。虽三祖之德在民，而七庙之危行及，自非树以长君，镇以渊器，未允天下人之望，宁息奸宄之谋！太傅宣城王，胤体宣皇，钟慈太祖，识冠生民，功高造物，符表夙著，讴颂有在。宜入承宝命，式宁宗祐。帝可降封海陵王，吾当归老别馆。

昔宣帝中兴汉室，简文重延晋祀，庶我鸿基，于慈永固。言念国家，感庆载怀。

这令一下，昭文当然出宫，别居私第。还有昭文妃王氏，方册为皇后，不到旬月，仍降为海陵王妃。就是太后王氏，本居养宣德宫，至鸾入嗣位，也只好让出宫外，另就鄱阳王故第，略加修葺，沿袭旧号，仍称为宣德宫。那太傅领大将军、扬州牧宣城王萧鸾，还且三揖三让，待至群臣三请，然后入殿登基。（愈形其丑。）当即改元建武，颁诏大赦。自谓入承太祖，列作第三子。（要篡就篡，何必强词附会！）加授太尉王敬则为大司马，司空陈显达为太尉，尚书令王晏为骠骑大将军，左仆射徐孝嗣为中军大将军，中领军萧谌为领军将军，兼南徐州刺史，中护军王玄邈为南兖州刺史，平北将军王广之为江州刺史，晋寿太守王洪范为青冀二州刺史。所有扬州刺史要缺，特委任长子宝义。宝义少有废疾，不堪外镇，乃更改命始安王遥光代任。遥光弟遥欣镇荆州，遥昌镇豫州，三人与鸾最亲，更有佐命功勋，所以特委重任，倚若长城。（为后文伏笔。）

度支尚书虞悰，独自称病重，不肯入朝。王晏奉新主命，慰谕虞悰，令他出佐新朝，悰慨然道："主上圣明，公卿戮力，自能安邦定国，还须老朽何用？悰实不敢闻命！"说至此，恸哭不已。惹得王晏无可再说，只得入朝复旨，朝议即欲具奏劾悰，徐孝嗣独进言道："这也是古来遗直呢！"（想亦自觉腼颜。）朝臣闻孝嗣言，方才罢议。

过了数日，追尊生父始安王道生为景皇帝，生母江氏为景皇后。赠故兄凤为侍中骠骑将军，封始安王弟缅为侍中司徒，封安陆王。凤仕宋为郎官，宋季已经病故，嗣子就是遥光兄弟。缅在齐太祖时，受爵安陆侯，世祖永明九年病殁，嗣子宝晊袭爵，出为湘州刺史。宝晊弟宝览，封江陵公，宝宏封汝南公。册故妃刘氏为皇后，追谥曰敬。刘后去世，差不多有六七年，遗下四子，长宝卷，次宝玄，次宝夤，又次为宝融。尚有庶出诸子，最长的就是宝义，次宝源，次宝攸，次宝嵩，最幼为宝贞。鸾既为帝，欲立储贰，因宝义虽为长子，究是庶出，且有废疾，因特立宝卷为太子，封宝义为晋安王，宝玄为江夏王，宝源为庐陵王，宝寅为建安王，宝融为随郡王，宝攸为南平王，宝嵩为晋熙王，宝贞为桂阳王。

又对着废主昭文，佯加优待，命依汉东海王疆（汉光武子）故事，给虎贲旄头画轮车，设钟虡宫悬，一切供养，俱从隆厚。到了十一月间，忽称海陵王有疾，屡遣御医诊视，那知进药数剂，反把他断送性命。形式上却下了一道哀诏，命大鸿胪监护丧事，殓用究冕，葬给辒辌车，仪仗用黄屋左纛，前后羽葆鼓吹，挽歌二部，予谥为恭。可怜十五岁的废主，徒博得一副葬仪，还算比高武、文惠诸男，外观较美呢。小子有诗叹道：

郁林废去海陵来，半载蹉跎受劫灰。
幼主未曾闻失德，徒遭篡弑令人哀！

齐主鸾正心满意足，如愿以偿，偏外人仗义执言，竟尔声罪致讨，兴动干戈。欲知何人讨鸾，且看下回再详。

高武、文惠诸男，不可谓少，乃萧鸾图逆，恣意杀戮，未敢有违。惟鄱阳王锵、随王子隆、晋安王子懋，本欲先发制鸾，顾皆为鸾所害。三王之死，皆一疑字误之，当断不断，反受其乱，古语诚不虚也。夫以诸王之内居外守，竟不能监束一鸾，毋乃所谓景升之子，皆豚犬耶！昭文嗣位，未及一年，饮食起居，皆待鸾命，捽而去之，犹反手耳。然昭文不足亡国，而亡国者实为昭业，鸾之篡位，昭业使之也。但前有郁林，后有东昏，悖入悖出，两两相称。鸾犹残戮诸王，为后嗣计，毒若蛇蝎，愚若大彘，读此回而不叹恨者，未之有也。

第三十二回 假仁袭义兵达江淮 易后废储衅传河洛

却说魏主宏迁都洛阳，经营粗定，（应二十九回。）闻得南齐废立，萧鸾为帝，意欲乘机出兵，托词问罪。可巧边将奏报，谓齐雍州刺史曹虎，有乞降意。魏主大喜，即遣镇南将军薛真度出攻襄阳，大将军刘昶、平南将军王肃出攻义阳，徐州刺史拓跋衍出攻钟离，平南将军刘藻出攻南郑，四路并进。又特派尚书仆射卢渊，督襄阳前锋诸军。渊不愿受命，托言未习军事。魏主不许，渊叹息道："我非不愿尽力，但恐曹虎有诈，将为周鲂（周鲂三国时人）奈何？"相州刺史高闾上表，略称洛阳草创，曹虎并未遣质，必非诚心，不应轻举。魏主仍然不从，再召公卿会议，欲自往督师。镇南将军李冲，及任城王澄，同声劝阻，独司空穆亮，主张亲征。公卿等多半模棱，澄瞋目语亮道："公等平居议论，俱未尝赞成南征，何得面对大廷，即行变议！事涉欺佞，岂是纯臣所为？万一倾危，试问咎归何人？"李冲从旁插入道："任城王所言，确是效忠社稷！"魏主宏怫然道："任城王以从朕为佞，不从朕为忠，朕闻小忠为大忠之贼，任城王可也晓得否？"澄复道："澄质愚暗，虽似小忠，要是竭忠报国，但不知陛下所谓大忠，究有何据？"魏主宏无词可答，但气得目瞪口呆，坐了半晌，拂袖还宫。越日竟传出敕命，令季弟北海王详为尚书仆射，留掌国事，李冲为副，同守洛都；又命皇弟赵郡王干、始平王勰，分统禁军宿卫左右，自率大军南下。

行至悬瓠，连促曹虎会兵，虎终不至，魏主宏仍不肯罢兵。警报传达齐廷，齐遣镇南将军王广之、右卫将军萧坦之、尚书右仆射沈文季，分督司、徐、豫三州兵马，抵御魏军。魏将拓跋衍攻钟离，由齐徐州刺史萧惠休乘城拒守，且用奇兵出袭魏营，击败拓跋衍。刘昶、王肃攻义阳，由齐司州刺史萧诞抗御。诞出战不利，闭城自守，城外居民多半降魏，统计约万余人。

魏主宏渡淮东行，直抵寿阳，众号三十万，铁骑满野。适春雨连宵，魏主自登八公山，览胜赋诗，并命撤去麾盖，冒雨巡行，示与士卒共同甘苦；见有军士抱病，辄亲加抚慰。一面呼城中人答话，豫州刺史萧遥昌，使参军崔庆远出见魏主，且问何故兴师？魏主宏道："卿问我何故兴师，我且问汝主何故废立？"庆远道："废昏立明，古今通例，何劳疑问！"魏主又道："齐武子孙，今皆何在？"庆远道："周公大圣，尚诛管、蔡，今七王同恶，不得不诛。此外二十余王，或内列清要，或外典方牧，并没有意外祸变。"魏主复道："汝主若不忘忠义，何故不立近亲，与周公辅成王相类，为什么自行篡取呢？"庆远道："成王有守成美德，所以周公可辅，今近亲皆不若成王，故不可立。汉霍光尝舍武帝近亲，迎立宣帝，便是择贤为主的意思。"魏主笑道："霍光何以不自立？"庆远道："霍光异姓，故不自立，主上同宗，正与汉宣帝相似。且从前武王伐纣，不立微子，难道也是贪图天下么？"（亏他善辩，好似宋张畅之答魏尚书。）魏主被他驳倒，几乎理屈词穷，便强作大笑道："朕本前来问罪，如卿所言，却似有理，朕也未便显斥了。"庆远便接口道："见可而进，知难而退，便不愧为王师！"（前驳后谀，正好口才。）魏主道："据卿意见，欲朕与汝国和亲么？"庆远道："南北和亲，两国交欢，便是生民大幸。否则彼此交恶，生灵涂炭，这在圣衷自择，不必外臣多言！"

魏主不禁点首，便赏庆远宴饮，并赏给衣服，遣令还城，自移军转趋钟离。齐复遣左卫将军崔慧景、宁朔将军裴叔业，至钟离援萧惠休。平北将军王广之，与黄门侍郎萧衍、太子右卫率萧诔等，至义阳援萧诞。诞为萧谌兄，诔为萧诞弟，此次救兄情急，从广之往救义阳，恨不得即日驰到。偏广之行至中途，距义阳城百余里，探得魏兵甚盛，未敢遽进。诔急白萧衍，请催广之进兵，衍乃转告广之。广之尚在迟疑，经衍自请先驱，愿与诔间道赴援，广之乃分兵拨给，令他二人前去。

二人领兵夜发，衔枚疾走，直达贤首山，去魏军仅隔数里，满山上插起旗帜，鼓角齐鸣。魏刘昶、王肃等，正堑栅三重，并力攻义阳城，蓦闻鼓角声从后传至，不禁惊异，回首探望，隐约见有无数旌旗，飘扬山上，几不辨齐军多少，未敢派兵往攻。转眼天明，城中亦望见援军，由长史王伯瑜带领守兵，出攻魏栅，因风纵火，烟焰熏天。萧衍等从高瞧着，急驱军下山，从外夹击，一番混战，魏军支持不住，解围遁去。萧诞复会师追击，俘获至数千人。

魏主时在钟离城下，尚未接义阳败耗，拟乘锐渡江，掩齐不备，乃自督轻骑南行。司徒冯诞病不能从，魏主与他诀别，忍泪出发。约行五十里，即接得钟离急报，报称诞已逝世，不由的涕泪俱下。又闻齐将崔慧景等，来援钟离，相去不远，乃只好夤夜趋还。到了钟离城下，抚冯诞尸，哭泣不休，达旦犹闻哭声。诞与魏主宏同年，幼同砚席，并尚魏主妹乐安公主，平素虽无甚才名，但资性却是淳厚，所以魏主格外含哀，赙殓仪制，特别加厚。待诞榇发回安葬，魏主尚无归志，又遣使临江，传达檄文，历数齐王鸾罪状，（应该有此。）自督兵围攻钟离。

钟离城守萧惠休，本来有些智勇，那崔慧景、裴叔业等，又复驰至，扎营城外，与城中相应，内守外攻，与魏兵相持旬日，魏兵不得便宜，反战死了许多士卒。魏主宏乃至邵阳，就洲上筑起三城，栅断水路，为久驻计，被裴叔亚率兵攻破，计不得逞。更欲置戍淮南，招抚新附，会魏相州刺史高闾，及尚书令陆叡，先后上书，劝魏主退归洛阳，魏主乃渡淮北去。

兵未渡完，忽有齐兵飞舰前来，据住中渚，截击魏人。魏主宏亟悬赏购募，谓能击破中渚兵，当立擢为直阁将军。军弁奚康生应募奋出，缚筏积薪，引着壮士数百名，驶至中渚，因风纵火，毁齐战舰，趁着烟雾迷蒙的时候，持刀直进，乱斫乱砍，逼得齐兵仓皇失措，四散逃去。魏主大喜，即令康生为直阁将军，各军依次毕济。

惟将军杨播，领着步卒三千，骑兵五百，作为殿军，尚未涉淮，偏齐兵又复大至，战舰塞川，截住杨播归路。播结阵自固，齐兵上岸围攻，由播猛力搏战，相拒至两昼夜，兀自守住。只苦军中食尽，不能枵腹从戎。魏主宏在北岸遥望，屡思越淮救播，可奈春水方涨，船只未备，急切不便徒涉，无从施救，惟有相对欷歔。幸而淮水渐退，播自阵中杀出，引得精骑三百名，至齐舰旁大呼道："我等便要渡江，有人能战，快来接仗，休得误过！"一面说，一面跃马入水，向北径渡。齐兵见他勇悍，也不敢追逼，由他游泳自去。（越不怕死，越不会死。）

魏主宏见播到来，很是喜慰，便引兵回洛去了。惟邵阳洲上，尚留魏兵万人，也欲北归，因被崔慧景等阻住，无法退还，不得已遣使求和，愿输良马五百匹，借一归路。慧景未许，副将张欣泰道："归寇勿遏，不如纵使北去。否则困兽犹斗，彼若拼死来争，就使我得幸胜，亦不为武，不胜反隳弃前功，岂不可惜！"慧景乃纵令北还。嗣被萧坦之劾奏，二人皆不得赏，未免怏怏，后文另有交代。

惟魏兵出发，本由四路进兵，钟离、义阳两路，已经退归。还有襄阳一路，是魏将薛真度为帅，到了南阳，为齐太守房伯玉杀败，无功而还。南郑一路，军帅乃是刘藻，行至中途，适梁州刺史拓跋英，也引兵来会，便合军进击汉中。齐梁州刺史萧懿，遣部将尹绍祖、梁季群等，率兵二万，据险扼守，设立五栅，防御敌兵。拓跋英侦得消息，便嚣然道："齐帅皆贱，不能统一，我但挑选精卒，攻他一营，彼必不肯相救；一营得破，四营不战自溃了。"说着，便自统精骑数千人，急攻一营。营中守将正是梁季群，蓦闻魏兵到来，便开栅逆战。拓跋英持槊当先，与季群大战数合。季群力怯，战不过拓跋英，正思勒马退走，不防拓跋英乘隙刺来，慌忙闪避，被英横槊一掠，跌了一个倒栽葱，即由魏兵擒去。齐兵失了主将，当然弃栅逃散。尹绍祖闻季群遭擒，吓得魂胆飞扬，把四栅一并弃去，狼狈奔回。拓跋英乘胜长驱，进逼南郑。萧懿又遣他将姜修击英，途次遇着伏兵，俱为所俘，竟至片甲不回，遂直达南郑城下，四面围住。懿登陴固守，约历数十日，城中粮食将尽，兵中恟惧异常。参军庾域却想了一计，封题空仓数十，指示将士道："仓中粟米皆满，足支二年，但能努力坚守，怕甚么强虏呢！"大家听了此语，方得少安。懿复遣人煽诱仇池诸氐，使起兵断英运道，英乃不能久持。适魏主有敕颁到，召还刘藻，并令英还镇，英乃撤围西返，使老弱先行，自率精兵断后，且仰呼城中，与懿告别。懿恐有诈谋，不敢遽追，过了两日，方遣将倍道追去。英见有追兵，下马待战，故示从容，懿兵又不敢进逼，重复折回。英始取道斜谷，返入仇池，沿途遇着叛氐，且战且前，流矢射中英颊，英督战如故，终得将叛氐杀平，安抵仇池。（叙清两路，缴足上文。）

又有魏城阳王拓跋鸾，攻齐赭阳，也不能拔。齐遣右卫率垣历生赴援，鸾恐众寡不敌，下令退兵，偏部将李佐，留兵逆战，吃了一个大败仗，方匆匆走还。督军卢渊，本是勉强受命，至此归心愈急，早已弃师还洛。

魏主转趋鲁城，亲祀孔子，拜孔氏四人、颜氏二人为官，且选孔氏宗子一人，封崇圣侯。奉孔子祀，重修园墓，更建碑铭，饶有尊圣明经的意思。既而还都，特立国子太学，四门小学，选了几个耆年硕彦，充做国老庶老，赐宴华林园，各给鸠杖衣裳，求遗书，正度量，制礼作乐，黼黻太平。

越年，又下诏易姓，称为元氏。魏人尝自称为黄帝子昌意后裔，昌意少子，受封北国，有大鲜卑山，遂以为号。黄帝以土德王，北俗谓土为拓，后为跋，所以叫作拓跋氏。魏主宏谓土属黄色，是万物原始，此次变礼从华，不宜仍袭北语，因特改姓为元。凡诸功臣旧族，姓或重复，悉令改更，就是内外文牍，及普通语言，均不得再仍旧俗。又仿南朝制度，一切选调，推重门族。尚书仆射李冲进言道："陛下选用官吏，如何专取门品，不拔才能。"魏主道："世家子弟，就使才具平常，德性自要纯笃，朕故就此录用。"冲又道："傅说版筑，吕望钓叟，何尝出自世家？"魏主道："非常人物，古今只有一二人，怎得拘为成例？"中尉李彪亦插嘴道："鲁有三卿，如何孔门四科？"魏主道："如有高明特达，出类拔萃，朕亦自当重用，不拘一格呢。”两李方才无言，相继告退。（南朝雅重门望，实是敝制，如何魏亦仿此？）看官！你知道魏主宏变夷从夏，好似一个有道明君，那知他钓名沽誉，诸多粉饰，连宫闱里面，尚是偏听不明，对着六七个嗣子，亦未闻有义方教训，是不能齐家，焉能治国！名为尊崇孔圣，实与孔子遗言，简直是不大相符呢。

从前魏主终丧，曾纳太师冯熙二女，长为昭仪，次为皇后，当时因长女庶出，所以妹尊姊卑，小子于前文二十八回中，曾已略叙。但皇后颇有德操，昭仪独工姿媚，魏主宏初尚重后，后来觉得中宫坦率，总不及爱妾多情，而且玉貌花容，妹不及姊，好德不如好色，魏主宏正犯此病。迁都以后，姊妹花同入洛阳，冯昭仪尤邀宠幸。魏主除视朝听政外，日夕在昭仪宫内，同餐同宿，形影不离。昭仪更献出百般殷勤，笼络魏主，直把那魏主爱情，尽移到一人身上，不但后宫无从望幸，就是中宫皇后，也几同寂寂长门。冯皇后虽非妒妇，也不免自嗟命薄，私怨鸰原。昭仪本自恃年长，不肯遵循妾礼，又况宠极专房，更视阿妹如眼中钉。每当枕席私谈，无非说皇后坏处，惹得魏主怒上加怒，竟把皇后废去，贬入冷宫。（无以妾为妻，魏主曾闻古语否？）后乞出居瑶光寺，情愿为尼，总算得魏主允许，遂以练行尼终身。（看到后文，乃姊应自愧弗如。）朝臣进谏不从，惟暂将立后问题，搁起了三五月。

冤冤相凑，又惹出废储一案，遂致夫妇不终，父子亦不终。魏主长子名恂，系故妃林氏所出。（见二十八回。）太和十七年，恂年十一，立为皇太子。既而行加冠礼，魏主为他取字，叫作元道。且召令入见，诫以冠义，并面嘱道：“字汝元道，所寄不轻，汝当顾名思义，勉从吾旨。”及改姓元氏，又改字宣道。适太师冯熙，病死平城，魏主遣恂吊丧，临行嘱咐道：“朕位居皇极，不便轻行，欲使汝展哀舅氏，并顺便拜谒山陵，及汝母墓前。在途往返，当温读经籍，勿违朕言。”（冯熙之死，就此带过。）恂虽允诺而去，但素性懒惰，不甚好学，体又肥壮，每苦河洛暑热，不愿南居，此时奉命北去，乐得假公济私，偷图安逸。偏是乃父心急，相离不过两三月，竟下了数道诏旨，促使南归。恂无法推诿，只好硬着头皮，还洛复命。魏主训责数语，又令在学宫勤学，不得佚居。恂阳奉阴违，且有怨词，中庶子高道悦，屡次苦谏，恂不惟不从，反引为深恨。

会魏主巡幸嵩岳，留恂驻守金墉城。恂欲轻骑北去，为道悦所阻，顿时触动恂怒，拔剑一挥，杀死道悦。幸领军奉敕，勒兵守门，不使恂得擅越，一面遣报魏主。魏主骇惋，亟自汴口折还，召恂责问，亲加笞仗。皇弟咸阳王禧等，入内劝解，魏主反令禧代杖百下。禧虽未下重手，恂究竟是金枝玉叶，从未经过这般捶楚，宛转呻吟，不能起立。魏主叱令左右，把恂扶曳出外，幽锢城西别馆。恂卧床不起，竟至月余。魏主怒尚未息，至清徽堂召见群臣，议即废恂。司空兼太子太傅穆亮、仆射太子少保李冲，并免冠顿首，代为哀请。魏主勃然道："古人有言：大义灭亲，此儿今日不除，必为国家大祸。南朝永嘉乱事，可为借鉴，奈何好姑息养奸哩！"遂即下诏，废恂为庶人，移置河阳无辟城，所供服食，仅免饥寒。

适恒州刺史穆泰、定州刺史陆叡，不乐移徙，共谋作乱。魏主闻报，急使任城王澄，掩捕二人，拘系平城狱中。魏主又亲往审鞫，诛穆泰，赐陆叡自尽。还至长安，接得中尉李彪密报，谓废太子恂，将与左右谋逆。（恐是蜚言。）乃使咸阳王禧，与中书侍郎邢峦，奉诏赍药，迫令取饮。恂饮毕即死，年才十五。用粗棺常服为殓，藁葬河阳城。另立次子恪为太子。恪母高氏，为将军高肇妹，幼时梦为日所逐，避匿床下，日化为龙，绕身数匝，大惊而寤，时已目为奇征。年十三岁入掖庭，婉艳动人，由魏主召幸数次，得孕生恪，嗣又生子名怀。恪为太子，怀亦受封广平王。至冯昭仪得宠，高氏亦为魏主所疏。昭仪无出，闻高氏幼有异梦，料将来应在恪身，乃欲养恪为子，竟将高氏毒毙。恪年尚幼，遂归冯昭仪抚养，每日必亲视栉沐，慈爱有加。魏主还嘉她抚恪有恩，不啻己出，其实她是慕效姑母，想做第二个文明太后，蓄志正不小呢！（计策固佳，可惜无文明太后福命。）

东阳王拓跋丕，前曾劝阻迁都，及魏主诏改衣冠，丕仍著旧服，诸多忤旨，降封为新兴公。丕子隆及弟超，又与穆泰密谋为乱，经魏主宏穷治泰党，隆、超皆连坐伏诛。丕本不预谋，亦被斥为民。当时北魏宗室，丕年最高，资望亦为最隆，历事六朝，垂七十年，骤然夺职，还为庶人，朝野皆为叹惜。（魏有两拓跋丕，一为太武之弟，封乐平王，已早殁，此拓跋丕为代王翳槐玄孙，非道武嫡裔，阅者幸勿混视。）魏主宏还特别加恩，免丕死罪。未几，即立冯昭仪为继后，疏斥老成，专宠艳妃，一位守文中主，损德实不少呢。小子有诗叹道：

无辜弃妇先伤义，有意诛儿又害慈；

尽说孝文（魏主宏殁后谥法）能复古，如何恩义两乖离！

魏主远贤近色，好大喜功，闻得南朝屡杀大臣，众心不服，复乘隙起兵，进攻南阳，欲知胜负如何，下回再行详叙。

本回所叙，专指魏事，齐朝事连类带叙而已。魏主之决计南伐也，名非不正，乃屈于崔庆远之数言，即致气沮，已见其用志之不专。萧鸾横逆，敢弑二君，据事驳斥，彼将何辞？乃以萧衍之战胜，冯诞之病死，即引军还洛，仅遣使临江，数罪而去，言不顾行，多辞奚益？要之一味意气用事，徒假虚名以欺人世耳。至若皇后无过，乃以宠妾之谗构，遽黜为尼；太子恂少年寡识，未始不可教之为善，乃始则废徙，继则赐死。观夫李彪之密表，及次子恪之归养昭仪，竟得夺嫡，其暗中之谗间播弄，不问可知。魏主宏甘为所蔽，以致夫妇失道，父子贼恩，家不齐则国不治，是而谓为守文令主也，谁其信之！

第三十三回 两国交兵齐师屡挫 十王骈戮萧氏相残

却说齐主鸾篡位时，第一个佐命功臣，要算中领军萧谌。鸾曾许他迁镇扬州，及事后食言，但命他兼刺南徐，别授萧遥光为扬州刺史。谌怏怏失望，尝语友人道："炊饭已熟，便给别人。"尚书令王晏，得闻谌言，却暗中冷笑道："何人再为谌作瓯箸！大家得过且过罢了。"鸾性本好猜，即位后更密遣亲信，随处侦察。（应是贼胆心虚。）凡谌平时言动，多经侦役报明，遂致疑忌。可巧魏主侵齐，谌兄诞力守司州，与魏相拒，诞弟诔更从军援诞，昆季二人，为国效劳，鸾只好暂从含忍，迁延未发。谌不管死活，尚且恃功干政，遇有选用，窃援引私党，嘱使尚书录奏，因此益遭主忌，酿祸尤深。

会魏兵已退，鸾召大臣入宴华林园，谌亦与坐，畅饮尽快，至夜才撤席散去，谌亦退居尚书省。忽由御前亲吏莫智明，赍敕到来，向谌宣读道："隆昌时事，非卿原不得今日，今一门二州，兄弟三封，朝廷相报，不为不优，卿乃屡生怨望，乃云炊饭已熟，合甑与人，究是何意？今特赐卿死！"谌听毕敕语，当然惶骇，转思事已至此，无法求免，遂顾语智明道："天人相去不远，我与至尊杀高武诸王，都由君传达往来，今令我死，君未尝出言相救，我将申诉天廷，冤冤相报，莫谓地下无灵呢！"（郁林、海陵，干卿甚事，何故助桀为虐？此次赐死，难道不是天道么？）语至此，即服毒自杀。

智明入内报鸾，鸾更遣使至司州，诛诞及诔。复将西阳王子明（世祖第十子）、南海王子罕（世祖第十一子）、邵陵王子贞（世祖第十四子）亦一并牵连进去，概赐自尽。子明、子罕，年仅十七，子贞年仅十五，少不更事，有何谋虑？此次为萧谌一案，缘同连坐，显见得是冤诬致死哩。（揭破鸾谋，不肯滑过。）

尚书令王晏，因萧谌已死，乘势专权，又为嗣主鸾所忌。始安王萧遥光，前已劝鸾诛晏，鸾曾迟疑道："晏与我有功，且未得罪，如何就诛？"遥光道："晏尝蒙武帝宠任，手敕至三百余纸，与商国事，彼尚不肯为武帝尽忠，怎肯为陛下效力呢！"（一语足死王晏。）鸾不禁变色。已而亲吏陈世范，报称晏尝屏人私语，恐有异谋。鸾愈加戒备，更命世范悉心侦伺。

好容易至建武四年，世范又复告密，谓晏将俟主上南郊，纠集世祖亲旧，窃发道中。鸾闻言益惧，竟召晏入华林省，敕令诛死，并杀晏弟广州刺史诩，及晏子德元、德和。

鸾两次废立，晏皆与谋，从弟思远谏晏道："兄荷世祖厚恩，今一旦叛德助逆，后来将如何自立！若及此引决，还可保全门户，不失后名。"晏微笑道："我方啖粥，未暇此事。"及超拜骠骑将军，顾语子弟道："隆昌末年，阿戎（思远小字）尝劝保自裁，我若依他，何有今日！"思远遽应声道："如阿戎所见，今尚为未晚哩。"晏仍然未悟。濒死前十日，思远又语晏道："时事可虑，兄亦自觉不凡，但当局易昧，旁观乃清，请兄早自为计！"晏默然不答，思远乃出。晏且叹且笑道："世上有劝人觅死，真是出人意外！"那知过了旬日，便即遭诛。

晏外弟阮孝绪，亦知晏必罹祸，辄避不见面。晏赠酱甚美，孝绪未觉，食酱时亦称为异味。嗣闻由晏家送来，立即吐出，倾覆水中。至晏既受诛，孝绪亲友，恐他连坐，代为加忧，孝绪怡然道："亲而不党，何畏何疑！"果然王晏狱起，孝绪不闻连累，就是思远亦得免罪。（趋炎附势者其听之！）不过萧谌死后，莫智明果遇祟暴亡。王晏为陈世范所害，世范却安然如故，幽明路隔，无从查悉原因，小子但依事演述罢了。（补出莫智明死状，回应萧谌遗言。）

齐主鸾授萧坦之为领军将军，徐孝嗣为尚书令，宣抚中外，粗定人心。那魏主宏谓有隙可乘，大发冀、定、瀛、相、济五州丁壮，得二十万，亲自督领，出发洛阳。留吏部尚书任城王澄居守，中尉李彪、仆射李冲为辅。授彭城王勰为中军大将军，都督行营事宜，勰面辞道："亲疏并用，方合古道，臣叨附懿亲，不应屡邀宠授。"魏主不从，命勰调军后随，自引兵径诣襄阳。

先是镇南将军薛真度，劝魏主先取樊邓，魏主命他往攻南阳，竟被齐太守房伯玉击退。至是为报复计，先向南阳进发，众号百万，各用齿吹唇，作鹰隼声，响彻远近。

既至南阳城下，一鼓作气，攻克外郭，房伯玉入守内城，誓众抵御。魏主遣中书舍人孙延景，传语伯玉道："我今欲荡平六合，不似前次南征，冬来春去，如或未克，终不还北。卿此城当我首冲，不容不取，远期一载，近止一月，封侯枭首，就在此举！且卿有三罪，今特一一晓示：卿先事武帝，不能效忠，反靦颜助逆，这就是第一大罪。近年薛真度来，卿乃伤我偏师，这就是第二大罪。今銮辂亲临，尚不闻面缚出降，这就是第三大罪。若再怙恶不悛，恐死在目前，我虽好生，不能轻贷！"（三大罪中，只有第一条还算中肯。）伯玉亦遣副将乐稚柔答语道："大驾南侵，期在必克，外臣职守卑微，得抗君威，与城存亡，死且得所！从前蒙武帝采拔，怎敢妄思？只因嗣主失德，今上光绍大宗，不特远近惬望，就是武皇遗灵，亦所深慰，所以区区尽节，不敢贰心！即如前次北师深入，寇扰边民，外臣职守所关，惟力是视，难道北朝政府，反导人不忠么？"（语颇近理，可惜不能坚持！）延景返白魏主，魏主自逼城外吊桥，跃马径上。不意桥下却突出壮士，戴虎头帽，身服斑衣，来击魏主，魏主人马皆惊。幸有魏将原灵度随着，拈弓搭箭，发无不中，连毙南阳壮士数人，方将魏主救脱。魏主乃留咸阳王禧攻南阳，自引军趋新野。

新野太守刘思忌，凭城守御，魏主屡攻不克，四筑长围，并遣人呼守卒道："房伯玉已降，汝何为独取糜碎？"思忌亦遣人应声道："城中兵食尚多，未暇从汝小虏命令，彼此各努力便了！"魏主倒也没法，但命将围攻，连日不休。

齐主鸾闻魏兵压境，曾遣直阁将军胡松，助北襄城太守成公期，保守赭阳，义阳太守黄瑶起保守舞阴。又因雍州关系重要，遣豫州刺史裴叔业往援。叔业谓北人不乐远行，专喜抄掠，若侵入虏境，虏主自然回顾，司雍便可无虞。齐主鸾以为奇计，许他便宜行事。叔业遂引兵攻魏虹城，俘得男女四千余人。一面令别将鲁康祚、赵公政等，率兵万人，攻往太仓口。

魏豫州刺史王肃，使长史傅永，率甲士三千人，堵塞太仓，与齐军夹淮列阵。永语左右道："南人专喜斫营，夜间必来劫我寨，近日乃是下弦，夜色苍茫，我料他越淮前来，当在淮中置火，记明浅处，以便还涉。我正可将计就计，歼敌立功，就在今日了！"遂分部兵为二队，埋伏营外；又使人用瓠贮火，密渡南岸，至水深处置火，嘱待夜闻火起，悉数燃着，不得有误。各士卒依言去讫。永设着空营，厉兵以待。到了夜静更深，果有齐兵杀到。鲁康祚、赵公政，并马入营，见营中虚设灯火，不留一人，料知中计，急忙麾兵退还。蓦闻一声胡哨，伏兵从左右杀出，夹击齐军。鲁赵两将，拼命冲突，也顾不得行列步伐，霎时间人马散乱，弄得七零八落。赵公政策马飞奔，兜头遇着一将，正是傅永，一时不及措手，被永伸手过来，活活擒去。鲁康祚见公政就擒，慌忙脱去甲胄，从刺斜里奔至水滨，跃马急渡。偏偏南岸信火，散作数处，辨不出甚么浅深，那时情急乱涉，失足灭顶，竟至溺死。部下兵士，一半为魏人所杀，还有一半渡淮南奔，也因深浅难辨，溺毙无数，只有几个寿命延长的，奔报叔业。

永械住赵公政，复捞得鲁康祚尸首，奏凯而归。王肃大喜，遣使向魏主处报述永功。嗣闻叔业进薄楚王戍，仍令永率三千人赴援。永先遣心腹将弁，倍道驰告戍军，令急填塞外堑，就城外埋伏千人，俟援军驰至，鸣炮为号，两路夹攻，戍军当然遵行。既而叔业进兵戍所，正拟部分将士，下令猛攻，不防号炮一响，前有伏兵杀出，后有永兵掩至，害得叔业心慌意乱，夺路奔逃，连一切伞扇鼓幕，一并弃去，兵士甲仗，丧失无算。（也是鲁、赵一流人物。）永也不蹑击，但收拾所得兵械，整军欲归。左右尚劝永急进，永喟然道："吾弱卒不过三千人，彼精甲犹盛，并非力屈，不过堕我计中，仓猝遁去。我但俘获此数，已足使彼丧胆，还要追他做甚么？"乃驰还报捷。

肃更为奏闻，魏主即拜永为安远将军，兼汝南太守，封贝邱县男。永有勇力，好学能文，魏主尝叹道：“上马击贼，下马作露布，惟傅修期一人。”修期便是永字，魏主呼字不呼名，正是器重傅永的意思。（原是能手。）

一面命统军李佐，急攻新野。刘思忌堵守不住，竟被攻入，且因巷战力竭，为佐所缚，献至魏主驾前。魏主笑问道：“今可降否？”思忌朗声道：“宁作南朝鬼，不为北虏臣！”（可为硬汉。）乃推出斩首。魏主遂南循沔水，沔北大震。赭阳戍将成公期、舞阴戍将黄瑶起，相继南遁。瑶起曾害死王奂，魏主欲为王肃报仇，饬兵追捕，竟得擒住。当下缚送与肃，肃见是杀父仇人，便摆起香案，破瑶起心，哭祭父灵。再将瑶起脔割烹食，聊泄旧恨。（王奂被杀，王肃投魏事，见前文二十九回中。）魏主又移南阳，房伯玉势孤援绝，不得已面缚出降。（有愧刘思忌。）伯玉从父弟思安，曾仕魏为中统军，屡为伯玉泣请，魏主乃特命贷死，留居营中。

齐王鸾闻新野、南阳相继陷没，复遣太子中庶子萧衍、度支尚书崔慧景，带领军将刘山阳、傅法宪等，共将士五千余人，出救襄阳。进诣彭城，忽见魏兵数万骑，蹀躞前来，气势甚盛，慧景忙敛众入城，为守御计。萧衍检阅城中，无粮无械，禁不住一把冷汗，便顾语慧景道：“我军远来，蓐食轻行，已有饥色；若见城中粮备空虚，势必溃变，如何保守得住！不若仗着锐气，冲击一阵，倘能杀退虏兵，士气尚可振作，不致为变呢。”慧景支吾道：“我看虏众多是游骑，日暮自当退去，尽可无虑。”既而天色将晚，魏兵越来越多，势且凭城。慧景竟潜开南门，带着自己部曲，向南遁去，余众当然大哗，相继皆遁。萧衍亦不能禁遏，只好令山阳、法宪二将，率兵断后，且战且行。

魏兵自北门杀入，见齐军已经尽遁，便长驱追赶。齐军闻有追兵，都想急奔，适前面有一阔沟，上架木桥，被崔慧景前队过去，急不暇择，已将桥梁踏断。那后队无桥可渡，挤做一堆，惊惶的了不得。魏兵煞是厉害，用着强弓硬箭，夹道射来，傅法宪中箭落马，一呼而亡。士卒拼死逾沟，多半坠没。亏得刘山阳遇急生智，忙令军士舍去甲仗，填塞沟中，逃兵始得半沉半浮，褰裳过去。山阳亦越沟南还，趋至沔城，已值黄昏，后面鼓声大震，魏主自率大兵驰至。山阳急入城闭门。幸城中备有矢石，陆续运至城上，或射或掷，伤毙魏兵前队数十人，魏主乃退。转趋樊城，城上守御颇严，雍州刺史曹虎，正在此堵截魏军。魏主料知难下，转向悬瓠城去了。（魏又一胜，齐又一挫。）独镇南将军王肃，进攻义阳。

齐豫州刺史裴叔业，自楚王戍败归，搜卒补乘，得五万人；闻义阳被攻，又用了一条围魏救赵的计策，不救义阳，直攻涡阳。（仍然是老法儿。）魏南兖州刺史孟表，为涡阳城守，无粮可因，但食草木皮叶，飞使至悬瓠乞援。魏主使安远将军傅永、征虏将军刘藻、辅国将军高聪等，并救涡阳，统归王肃节制。高聪为前锋，刘藻继进，被裴叔业迎头痛击，杀得人仰马翻，东逃西散。傅永从后接应，也为前军所冲，不能成列，没奈何收军徐退。（傅将军也没法了。）叔业驱军再进，聪与藻都弃师逃窜，单剩傅永一军，抵当叔业，部下都无斗志，勉强战了几合，便即溃走，永亦只得奔还。这次算是齐军大捷，斩首万级，活捉三千余人，所得器械杂畜财物，不可胜计。

魏主闻败，命锁三将至悬瓠，聪与藻流戍平州，永亦夺官，连王肃亦坐降为平南将军。肃请再遣军救涡阳，魏主复谕道："卿何不自救涡阳，乃徒向朕絮聒，更乞派兵。朕处若分兵太少，不足制敌，太多转不足扈跸，卿当为朕熟筹！义阳可取乃取，不可取即舍，若失去涡阳，卿不得为无罪哩！"肃得了此谕，乃撤义阳围，转救涡阳，步骑共十余万。叔业见魏兵势盛，不敢抵敌，夤夜退兵，翌晨被魏兵追及，杀伤甚众，匆匆的走保义阳，王肃亦收军而回。（齐兵又败。）

齐主鸾连得败耗，颇怀忧惧，渐渐的积忧成疾，不能视朝。宗室诸王，都入内问安。鸾叹道："我及司徒诸儿，多未长成。（司徒指安陆王缅，见三十一回。）独高武子孙，日见壮盛，将来终恐为我患呢！"既而太尉陈显达进谒，鸾述及己意，显达道："这等小王，何足介意！"鸾闭目不答。及显达退出，遥光入见，鸾复与议及，正中遥光下怀，便竭力撺掇，劝鸾尽歼高武子孙。原来遥光素有躄疾，每乘肩舆入殿，辄与鸾屏人密谈，鸾即向左右索取香火，供爇案上，自己呜咽流涕。到了次日，必杀戮同宗，遥光非常快意。他的存心，并非为萧鸾子孙计，实欲借鸾逞凶，灭尽高武后裔，等到鸾死，却好把鸾子鸾孙，再加翦灭，将来的齐室江山，容易占住，也得安然为帝。鸾未曾察觉，还道是遥光爱已，惟言是从，遥光遂乘鸾有疾，矫制收捕高武子孙，共得十王，一律杀死。欲知十王为谁，由小子表明如下：

河东王铉（高帝第十九子，时年十九）。**临贺王子岳**（武帝第十六子，时年十四）。**西阳王子文**（武帝第十七子，年亦十四）。**衡阳王子峻**（武帝第十八子，年亦十四）。**南康王子琳**（武帝第十九子，年亦十四）。**永阳王子岷**（武帝第二十子，出继衡阳王道度为孙，时年亦十四）。**湘东王子建**（武帝第二十一子，时年十三）。**南郡王子夏**（武帝第二十三子，年仅七岁）。**巴陵王昭秀**（由临海王改封，系文惠太子第三子，时年十六）。**桂阳王昭粲**（文惠太子第四子，年才八岁）。

自这十王被杀后，高武子孙得封王爵诸人，无一留遗，煞是可叹！从前齐世祖武帝在日，尝梦见一金翅鸟，突下殿廷，搏食小龙无数，始飞上天空。文惠太子长懋，亦尝语竟陵王子良道："我每见鸾，辄怀恶心，若非彼福德太薄，必与我子孙不利！"至是皆验。遥光既杀死诸王，乃使公卿诬构十王罪状，请正典刑。鸾尚有诏不许，俟再奏后，方才允议。且进遥光为大将军，并改建武五年为永泰元年。

大司马王敬则，出任会稽太守，因见萧谌、王晏依次受诛，未免动了兔死狐悲的观感。至此复闻高武子孙悉数尽歼，又加了一层疑惧。自思为高武旧将，终且被嫌，日夜筹画，尚苦无自全计策。齐主鸾却也相疑，不过因他年已七十，并居内地，所以稍稍放心，未曾诛夷。敬则长子仲雄，留侍殿廷，雅善弹琴，宫中留有蔡邕（汉人）焦尾琴一具，由鸾给仲雄鼓弹，仲雄操懊侬曲，曲中有歌词云："常叹负情侬，郎今果行许。”又有语云：“君行不净心，那得恶人题！”鸾闻琴声，愈加猜愧。及寝疾日笃，特命张瓌为平东将军兼吴郡太守，防备敬则。敬则大惊道：“东无寇患，用甚么平东将军？大约是欲平我呢，我岂甘心受鸩么？”

徐州行事谢朓，系敬则女婿，敬则第五子幼隆，曾为太子洗马，与朓密书往来，约同举事。朓竟执住来使徐岳，奏报朝廷，于是鸾决计加讨，指日遣兵。消息传到会稽，敬则族子公林，曾为五官掾，劝敬则急速上表，请诛幼隆，自乘单舸还都谢罪。敬则不应，竟举兵造反，扬言奉南康侯子恪为主，将入都废鸾。子恪系豫章王嶷次子。为这一番传闻，遂令大将军始安王遥光，驰入白鸾，请将高武余裔，无论长幼，悉召入宫，一体就诛。鸾已病剧，模糊答应，遥光遂召集高武诸孙，置诸西省，所有襁褓婴儿，亦令与乳母并入，令太医速煮椒二斛，都水监办棺材数十具，俟至三更天气，好将高武诸孙，尽行毒毙。小子有诗叹道：

忍心竟欲灭同宗，狼子咆哮亦太凶；
待到东城匍伏日，问他曾否得乘龙！（事见下文。）

毕竟高武诸孙，是否同尽？容至下回说明。

魏主宏二次出师，再攻襄邓，实是忿兵，忿兵必败。其所以幸胜者，由齐君臣之互相猜忌，所遣将吏，未肯为主尽力耳。萧谌诛矣，王晏死矣，两人有佐命大功，结果如此，彼如裴叔业、崔慧景、萧衍诸人，能不寒心。心一寒而气即馁，欲其杀敌致果，谈何容易。然魏兵且有涡阳之败，以屡胜之傅永，亦致狼狈奔还，忿兵必败之言，非其明证欤？齐主鸾不能外攘，专事内残，遥光得乘间而入，屠戮十王。前用鸾者为萧道成，后用遥光者为萧鸾，卒之皆授人以柄，自取覆亡。遥光后虽诛死，而东昏已成孤立，齐祚之不永也有以夫！

第三十四回　齐嗣主临丧笑秃鹫　魏淫后流涕陈巫蛊

却说南康侯子恪，本不与敬则通谋，他曾为吴郡太守，因朝廷改任张瓌，卸职还都。蓦闻都下有此谣传，不禁大骇。起初是避匿郊外，嗣得宫中消息，谓将尽杀高武诸孙，乃拼死还阙，徒跣自陈。到了建阳门，时已二更三点了，中书舍人沈徽孚，与内廷直阁单景俊，正密谈遥光残忍，无法救解。适萧鸾睡熟，拟将三更时刻，暂从缓报。可巧子恪叩门，递入诉状，景俊大喜，忙至寝殿中白鸾。鸾亦醒寤，令景俊照读状词，待至读毕，不禁抚床长叹道："遥光几误人事！"乃命景俊传谕，不准妄杀一人，并赐高武子孙供馔，诘旦悉遣还第，授子恪为太子中庶子。

嗣闻敬则出发浙江，张瓌遁去，叛众多至十万人，已达武进陵口，（高武诸陵，俱在武进。）乃亟诏前军司马左兴盛、后军将军崔恭福、辅国将军刘山阳、龙骧将军胡松等，共赴曲阿，筑垒长冈；又命右仆射沈文季都督各军，出屯湖头，备京口路。敬则驱众直进，猛扑兴盛、山阳二垒。兴盛、山阳竭力抵御，尚不能敌，意欲弃垒退师，又苦四面被围，无隙可钻，不得已督兵死战。胡松引着骑兵，来救二垒，从敬则后面杀入。敬则部众虽多，大都乌合，顿时骇散。兴盛、山阳趁势杀出，与胡松并力合攻，敬则大败。崔恭祖又倾寨前来，正值敬则返奔，便挺枪乱刺，适中敬则马首，敬则忙跃落马下，大呼左右易马，怎奈左右俱已溃乱，仓猝不及改乘，那崔恭祖的枪尖，又刺入敬则左胁。敬则忍痛不住，竟致仆地。兴盛部将袁文旷，刚刚杀到，顺手一刀，结果性命。余众或死或逃，一个不留。当下传首建康，报称叛党扫平。

时齐主鸾已经病笃，太子宝卷，急装欲走，都下人士，惶急异常，至捷报传到，方得安定。所有敬则诸子，悉数捕诛，家产籍没，宅舍为墟。敬则母尝为女巫，生敬则时，胞衣色紫，母语人道：“此儿有鼓角相。”及年龄稍长，两腋下生乳，各长数寸，又梦骑五色狮子，侈然自负。善骑射，习拳术。萧氏得国，实出彼力，因此官居极品，父子显荣。只是天道昭彰，善恶有报，似敬则的逼死苍梧，助成篡逆，若命他富贵终身，子孙长守，岂不是惠迪反凶，从逆反吉吗！（至理名言。）

左兴盛、崔恭祖、刘山阳、胡松四人，平敬则有功，并得封男。谢朓先期告变，亦得擢迁吏部郎，朓三让不许。惟朓妻王氏，常怀刃衣中，欲刺朓谢父，朓不敢相见。同僚沈昭略尝嘲朓道：“君为主灭亲，应该超擢，但恨今日刑于寡妻！”朓无言可答，惟赧颜相对罢。（为当日计，却亦难乎为朓。）

是年七月，齐主鸾病殁正福殿，年四十七，遗诏命徐孝嗣为尚书令，沈文季、江祏为仆射，江祀为侍中，刘暄为卫尉，军事委陈太尉显达，内外庶务，委徐孝嗣、萧遥光、萧坦之、江祏。遇有要议，使江祀、刘暄协商；至若腹心重任，委刘悛、萧惠休、崔慧景三人。此外无甚要言，但面嘱太子宝卷道：“作事不可落人后，汝宜谨记勿忘！”看官听着！为了这句遗嘱，遂令宝卷委任群小，任情诛戮，搅乱的了不得，终弄得身亡国灭呢。（是谓天道。）

宝卷即位，谥鸾为明皇帝，庙号高宗。鸾在位只五年，改元二次，残刻寡恩，事多过虑，平时深居简出，连郊天大典，都屡次延约，始终不行。又尝迷信巫觋，每出必先占利害，东出云西，西出云北，及疾已大渐，尚不许左右传闻。（无非推己及人，防他变乱，但如此为帝，有何趣味？）且因巫觋进言，谓后湖水经过宫内，不利主上，乃欲堵塞后湖，作为厌胜。其实宫中取饮，全仗此湖，鸾为疗疾起见，至欲因噎废食，亏得早死数日，事乃得寝。史家称他起居俭约，宫禁肃清，罢新林苑，废钟山楼馆，斥卖东田园囿，舆辇舟乘，剔去金银，后宫服饰，概尚朴素。御食时有裹蒸一大枚，尝令剖作四块，食半留半，充作晚餐。从前高武俭德，亦不过如是。那知圣帝明王，德量宽广，不在区区小节；若徒从俭省一事，传作美谈，岂非是不虞之誉，未足凭信么？（评论精严。）

这且不必絮谈。且说太子宝卷，素性好弄，不喜书学，乃父亦未尝斥责，但命尽家人礼。宝卷求每日入朝，有诏不许，但使三日一朝。夜间无事，辄捕鼠达旦，恣情笑乐。至入承大统，不愿咨询国事，但与宦官宫妾等，终日嬉戏，彻夜流连。梓宫殡太极殿中，才经数日，即欲速葬。徐孝嗣入内固争，始延宕了一月，出葬兴安陵。宝卷临丧不哀，每哭辄托云喉痛。大中大夫羊阐入临，号恸俯仰，脱帻坠地，露首无发，好似秃头一般。宝卷瞧着，忍不住狂笑起来。且笑且语道："秃鹫啼来了！"左右闻言，亦笑不可抑，统做了掩口葫芦。到了奉灵安葬，宝卷越无哀思，从此欢天喜地，纵乐不休。左右嬖幸，捉刀随侍，俱得希旨下敕，时人遂有刀敕的称呼。扬州刺史始安王萧遥光、尚书令徐孝嗣、右仆射江祏、右将军萧坦之、侍中江祀、卫尉刘暄，更番入直，分日帖敕，朝三暮四，无所适从。眼见是纪纲日紊，为祸不远了。（暂作一结。）

魏主宏闻齐主病殂，却下了一道诏敕，证经引礼，不伐邻丧，说得有条有脊，居然似仁至义尽，效法前贤，那知他却有三种隐情，不得不归，乐得卖个好名，引兵北去。（极写魏主心术。）看官听我叙来，便可知晓。魏主南下，留任城王澄，及李彪、李冲居守。（见上回。）彪家世孤微，赖冲汲引，超拜太尉，此次共掌留务，偏与冲两不相容，事多专恣。冲气愤填胸，历举彪过，请置重辟。魏主但令除名。冲余恨未平。竟病肝裂，旬日毕命。（好去重会文明太后了。）洛阳留守，三人中少了二人，魏主不免担忧，遂动归志。（这是第一层。）还有高车国在魏北方，服魏多年，此次魏主南侵，调发高车兵从行，高车兵不愿远役，推奉袁纥树者为主，抗拒魏命。魏主遣将军宇文福往讨，大败奔还。更命将军江阳王元继，再出北征，继主张招抚，一时不能平乱。魏主未免心焦，拟自往北伐，所以不能不归。（这是第二层。）最可恨的是宫闱失德，贻丑中冓，累得魏主躁忿异常，不得不驰还洛都，详讯一切。（魏主好名，偏遇艳妻出丑，那得不恨。）

原来冯昭仪谗谋得逞，正位中宫，本来是鱼水谐欢，无夕不共。偏偏魏主连岁南下，害得这位冯皇后，凄凉寂寞，闷守孤帏。适有中官高菩萨，名为阉宦，实是顶替进来，仍与常人无二，而且容貌颀晰，资性聪明，每日入侍宫帏，善解人意，冯皇后很加爱宠。他竟巧为挑逗，引起冯后欲火，把他侍寝，权充一对假鸳鸯。冯后是久旱逢甘，得此奇缘，喜出望外。（真是一个救苦救难的大菩萨。）嗣是朝欢暮乐，我我卿卿，又得阉竖双蒙等，作为腹心，内外瞒蔽，真个是洞天花月，暗地春宵。但天下事若要不知，除非莫为，冯皇后虽买通侍役，代为掩饰，终不免漏泄出去，使人闻知。会魏主女彭城公主，曾为刘昶子妇，年小嫠居，冯后欲令他改嫁，即为亲弟北平公冯夙求婚。请命魏主，魏主却也允许。偏是公主不愿，将近婚期，竟潜挈婢仆十数人，乘轻车，冒霖雨，直达悬瓠，进谒魏主，跪陈本意，且言后与高菩萨私乱情形。魏主将信将疑，又惊又愕，只好暂守秘密，还鞫实情。（这是第三层。）

途次忧愤交并，竟致成疾。彭城王勰，筑坛汝滨，祷告天地祖宗，自乞身代。果然神祖有灵，勰仍无恙，魏主却渐渐告痊。行还邺城，接得江阳王继来表，招抚高车，已有成效，树者虽亡入柔然，但也有出降意，尽可无忧。魏主稍稍放心，休养旬月，就在邺城过冬。越年为魏主太和二十三年，就是齐主宝卷永元元年，（年序不便常混，故本编屡次点清。）正月初旬，魏主即自邺还洛，一入宫廷，便拿下高菩萨、双蒙，当面审问，二人初尚狡赖，一经刑讯，才觉熬受不住，据实招供，并说出冯后厌禳情事。

先是彭城公主南赴悬瓠，冯后恐公主讦发阴私，渐生忧虑，召母常氏入宫，求托女巫厌禳，使魏主速死，自得援文明太后故例，另立少主，临朝称制。又尝取三牲入宫，托词祈福，阴实为厌禳计。常氏或自诣宫中，或遣婢入宫，与相报答。偏迅雷不及掩耳，那高菩萨、双蒙等，已被魏主讯得确供，水落石出。冯皇后原是惊惶，魏主亦气得发昏，旧疾复作，入卧含温室中。

到了夜间，令菩萨等械系室外，召后问状，后不敢不来，入室有遽色。魏主令宫女搜检后身，得一小匕首，长三寸许，便喝令斩后。后慌慌跪伏，叩头无数，涕泣谢罪。魏主乃命她起来，赐坐东楹，隔御寝约二丈余，先令菩萨等陈状，菩萨等不敢翻供，仍照前言陈明。魏主瞋目视后道："汝听见否？汝有妖术，可一一道来。"后欲言不言，经魏主一再催迫，方乞屏去左右，自愿密陈。魏主使中宫侍女，一概出室，惟留长秋卿白整在侧，且起取佩刀，指示后面，令她速言。后尚不肯语，但含着一双泪眼，注视白整。魏主会意，用棉塞整两耳，再呼整名，整已无所闻，寂然不应，乃叱后从实供来。后无可抵赖，只得呜呜咽咽，略述大概。（亏她老脸自陈。）

魏主大愤，直唾后面。且召彭城王勰、北海王详入室，嘱令旁坐。二人请过了安，见后亦在座，未免局促不安。魏主指语道："前是汝嫂，今是他人，汝等尽管坐下。"二人方才谢坐。魏主又语道："这老妪欲挟刃刺我，可恶已极，汝等可穷问本末，不必畏难！"二人见魏主盛怒，只好略略劝解。魏主道："汝等谓冯家女不应再废么？彼既如此不法，且令寂处中宫，总有就死的一日，汝等勿谓我尚有余情呢！"二趋退，魏主即命中官等送后入宫，后再拜而出。

过了数日，魏主有事问后，令中官转询，后又摆起架子，向中官叱骂道："我是天子妇，应该面对，怎得令汝传述呢？"中官转白魏主，魏主大怒，即召后母常氏入宫，详述后罪，并责常氏教女不严，纵使淫妒。常氏未免心虚，恐为厌祷事连坐致刑，不得已挞后百下，佯示无私。魏主尚顾念文明太后旧恩，不忍将后废死，但敕诛高菩萨、双蒙二人，并嘱内侍等不得纵后，略加管束。就是废后敕书，亦迟久不下，所有六宫嫔妾，仍令照常敬奉，惟太子恪不得朝谒，示与后绝，这真算是特别加恩了。（未免有情。）

会闻齐太尉陈显达、督领将军崔慧景，规复雍州诸郡，魏将军元英迎战，屡为所败，被齐军夺去马圈、南乡两城。魏主病已少痊，力疾赴敌，并命广阳王拓跋嘉，从间道绕出均口，邀截齐军归路。齐军前后受敌，杀得大败亏输，显达南走，慧景亦还。魏主虽然欣慰，但跋涉奔波，终不免有一番劳顿，病骨支离，禁受不起，又复病上加病，奄卧行辕。彭城王勰，旁侍医药，昼夜不离，饮食必先尝后进，甚至蓬首垢面，衣不解带。（好兄弟，好君臣。）魏主命勰都督中外诸军事，勰面辞道：“臣侍疾无暇，怎可治军？愿另派一王，使总军务。”魏主道：“我正恐不起，所以命汝主持，安六军，保社稷，除汝外尚有何人？幸勿再辞！”勰乃勉强受命。

既而魏主疾亟，乘卧舆北归，行次谷塘原，病势益甚，顾语彭城王勰道：“我已不济事了，天下未平，嗣子幼弱，倚托亲贤，所望惟汝！”勰泣答道：“布衣下士，尚为知己尽力，况臣托灵先皇，理应效命股肱，竭力将事。但臣出入喉膂，久参机要，若进任首辅，益足震主，圣如周旦，尚且遁逃，贤如成王，尚且疑惑，臣非矫情乞免，实恐将来取罪，上累陛下圣明，下令愚臣辱戮呢！”（勰非不知远虑，后来仍难免祸，功高震主之嫌，非上智其能免乎！）魏主沉吟半晌，方徐答道：“汝言亦颇有理，可取过纸笔来。”勰依言取奉纸笔，由魏主强起倚案，握笔疾书，但见上面写着：

汝第六叔父勰，清规懋赏，与白云俱洁，厌荣舍绂，以松竹为心。吾少与绸缪，提携道趣，每请朝缨，恬真邱壑。吾以长兄之重，未忍离远，何容仍屈素业，长婴世网？吾百年之后，其听勰辞蝉舍冕，遂其冲挹之性也！

书至此，手已连颤，不能再写，乃掷笔语勰道：“汝可将此谕付与太子，惬汝素怀。”勰见魏主困惫，扶令安卧。魏主喘吁多时，又命勰草诏，进授侍中北海王详为司空，平南将军王肃为尚书令，镇南大将军广阳王嘉为尚书左仆射，尚书宋弁为吏部尚书，令与太尉咸阳王禧、尚书右仆射任城王澄，并受遗命，协同辅政。随即口述己意，命勰另书道：

谕尔太尉、司空、尚书令、左右仆射、吏部尚书：惟我太祖丕丕之业，与四象齐茂，累圣重明，属鸣历于寡昧，兢兢业业，思纂乃圣之遗踪，迁都嵩极，定鼎河瀍，庶南荡瓯吴，复礼万国，以仰光七庙，俯济苍生，天未假年，不永乃志。公卿其善毗继子，隆我魏室，不亦善欤，可不勉之！

勰俱书就，呈与魏主阅过，魏主始点首无言。是时惟任城王澄、广阳王嘉从军。嘉为太武帝焘孙，澄为景穆太子晃孙，年序最长，齿爵并崇，当由魏主召入，略述数语。二王奉命退出，勰仍留侍。越二日，魏主弥留，复语彭城王勰道："后宫久乖阴德，自寻死路，我死后可赐她自尽，葬用后礼，庶足掩冯门大过，卿可为我书敕罢！"勰复依言书敕，书毕呈阅，魏主已不省人事，顷刻告终，年三十有三。

魏主宏雅好读书，手不释卷，所有经史百家，无不赅览，善谈庄老，尤精释义，才藻富赡，好为文章诗赋铭颂。自太和十年以后诏册，俱亲加口授，不劳属草。平居爱奇好士，礼贤任能，尝谓人君能推诚接物，胡越亦可相亲，与兄弟等。又尝诫史官道："直书时事，无讳国恶，人主威福自擅，若史复不书，尚复何惧！"至若郊庙祭祀，未有不亲。宫室必待敝始修，衣冠迭经浣濯，犹然被服。在位二十三年，称为一时令主。惟宠幸冯昭仪，以致废后易储，有乖伦纪，渐且酿成宫闱丑事，饮恨而终，这可见色为祸原，常人且不宜好色，况系一国的主子呢。（大声疾呼。）

彭城王勰与任城王澄等计议，因齐兵尚未去远，且恐麾下有变，只得秘不发丧，仍用安车载着魏主，趱程前进。沿途视疾问安，仍如常时，一面飞使赍敕，征太子恪至鲁阳。及两下会晤，才将魏主棺殓，发丧成服。奉恪即位。咸阳王禧是魏主宏长弟，自洛阳奔丧，疑勰为变，至鲁阳城外，先探消息，良久乃入。与勰相语道："汝非但辛勤，亦危险至极！"勰答道："兄识高年长，故防危险，弟握蛇骑虎，不觉艰难。"禧微笑道："想汝恨我后至哩。"此外东宫官属，亦多疑勰有异志，密加戒备。勰推诚尽礼，无纤芥嫌。俟恪即位，即跪奉遗敕数纸。恪起座接受，一一遵行。当下令北海王详，及长秋卿白整等，赍着遗敕，并持药入宫，赐冯后死。冯后尚不肯引决，骇走悲号，整指挥内侍，把后牵住，强令灌下。小子有诗叹道：

尤物从来是祸苗，一经专宠便成骄；

别官赐死犹嫌晚，秽史留贻恫北朝！

欲知冯后曾否服毒，且俟下回再表。

萧鸾一生凶诈，而独有狂愚之嗣子；拓跋宏一生英敏，而独有淫恶之艳妻。先贤有言，身不行道，不行于妻子，鸾之不德，宜有是儿。魏主好文稽古，兼长武事，顾乃不能制一妇人，菩萨为祟，厌禳继兴，巫蛊不足，甚且挟刃图逞。天下好妒之妇人，未有不淫，好淫之妇人，未有不悍，魏主宏为色所迷，已乖伦纪，身为元绪公，险作刀头鬼，犹沾沾于文明太后之私恩，不声罪以诛之。夫文明太后，有杀父之大仇。尚不知报，何怪淫后之胆大妄为，效尤益甚。其得安殂谷塘原，保全首领以殁，亦幸矣哉！然后知凶诈者固不足诒谋，英敏者亦非真能制治也。

第三十五回 泄密谋二江授首 遭主忌六贵洊诛

却说魏冯后见了毒药，尚不肯饮，且走且呼道：“官家那有此事，无非由诸王恨我，乃欲杀我呢!”嗣经内侍把她扯住，无法脱身，没奈何饮毒自尽。白整等驰报嗣主，咸阳王禧等欢颜相语道：“若无遗诏，我兄弟亦当设法除去，怎得令失行妇人，宰制天下，擅杀我辈呢?”魏主恪遵照遗言，尚用后礼丧葬，谥为幽皇后。仍命彭城王勰为司徒，摄行冢宰，委任国事。一面奉梓宫还洛阳，守制月余，乃出葬长陵，追谥皇考为孝文皇帝，庙号高祖，并尊皇妣高氏为文昭皇后，配飨高庙。（高氏见三十二回。）封后兄肇为平原公，显为澄城公。

从前冯氏盛时，冯熙为文明太后兄，尚公主，官太师，生有三女，二女相继为后，还有一女亦纳入掖廷，得封昭仪。子诞为司徒，修为侍中，聿为黄门郎。侍中崔光尝语聿道：“君家富贵太盛，终必衰败。”聿变色道：“君何为无故诅我?”光答道：“物盛必衰，天地常理，我非敢诅咒君家，实欲君家预先戒慎，方保无虞。”聿转白父熙，熙不能从。过了年余，修获罪黜，熙与诞先后谢世，幽后废死，聿亦摈弃，冯氏遽衰。（述此以讽豪门。）高氏遂得继起，一门二公，富贵赫奕，几与冯氏显盛时，相去不远了。这且待后再表。

且说齐王萧宝卷，嗣位以前，曾简萧懿为益州刺史，萧衍为雍州刺史。衍闻宝卷入嗣，萧遥光等六人辅政，遂语从舅参军张弘策道：“一国三公，尚且不可，今六贵同朝，势必相图，乱将作了。避祸图福，无如此州，所虑诸弟在都，未免遭祸，只好与益州共图良策呢!”弘策亦以为然。懿为衍兄，衍所说益州二字，便是指懿。嗣是密修武备，多伐竹木，招聚骁勇，数约万计。中兵参军吕僧珍，阴承衍旨，亦私具橹数千张。

已而懿罢刺益州，改行郢州事。衍即使弘策说懿道："今六贵比肩，人自画敕，争权夺势，必致相残。嗣主素无令誉，狎比群小，慓轻忍虐，怎肯委政诸公，虚坐主诺！嫌疑久积，必且大行诛戮。始安欲为赵王伦（晋八王之一），形迹已露，但性褊量狭，徒作祸阶，萧坦之忌克陵人，徐孝嗣听人穿鼻，江祏无断，刘暄暗弱，一朝祸发，中外土崩。吾兄弟幸守外藩，宜为身计！及今猜嫌未启，当悉召诸弟西来，过了此时，恐即拔足无路了。况郢州控带荆湘，雍州士马精强，世治乃竭忠本朝，世乱可自行匡济，因时制宜，方保万全。若不早图，后悔将无及呢！"懿默然不应，惟摇首示意。弘策又自劝懿道："如君兄弟，英武无敌，今据郢、雍二州，为百姓请命，废昏立明，易如反掌，愿勿为竖子所欺，贻笑身后！雍州揣摩已熟，所以特来陈请，君奈何不亟为身许！"懿勃然道："我只知忠君，不知有他！"（语非不是，但未免迂愚。）弘策返报，衍很为叹息，自遣属吏入都，迎骠骑外兵参军萧伟，及西中郎外兵萧憺，并至襄阳，静待朝廷消息。

果然永元改元，甫阅半年，即有二江被诛事。江祏、江祀，是同胞兄弟，系景皇后从子，与齐主鸾为中表亲。（景皇后系鸾生母，见三十一回。）鸾篡帝祚，祏与祀并皆佐命，所以格外信任，顾命时亦特别注意。卫尉刘暄，乃是敬皇后弟，（敬皇后系鸾故妃，亦见三十一回。）与二江同受遗敕，夹辅嗣君。当时宝卷不道，屡欲妄行，徐孝嗣不敢谏阻，萧坦之依违两可，独祏常有谏诤，坚持到底，致为宝卷所恨。宝卷平日，最宠任茹法珍、梅虫儿二人，祏又屡加裁抑，法珍等亦视若仇雠。徐孝嗣常语祏道："主上稍有异同，可依则依，不宜一律反对。"祏答道："但教事事见委，定可无忧。"（专欲难成。）

宝卷失德益甚，祏欲废去宝卷，改立江夏王宝玄，独刘暄与他异议，拟推戴建安王宝夤。（宝玄、宝夤并系鸾子，见三十一回。）原来暄前为郢州行事，佐助宝玄，有人献马，宝玄意欲取观，暄答道：

"马是常物，看他什么?"宝玄妃徐氏，命厨下燔炙豚肉，暄又不许，且语厨人道："朝已煮鹅，奈何再欲燔豚?"为此二事，宝玄尝恚恨道："舅太无渭阳情。"暄闻言，亦滋不悦。至是人秉政权，当然不愿立宝玄。祏因暄异议，乃转商诸萧遥光。看官阅过上文，应知遥光本意，早图自取。此时正想下手，怎肯赞同祏意，推立宝玄！惟又不便与祏明言，只好旁敲侧击，托言为社稷计，应立长君。祏知他言中寓意，出白弟祀，祀亦谓少主难保，不如竟立遥光，累得祏惶惑不定，大费踌躇。(如此大事，怎得胸无主宰。)

萧坦之正丁母忧，起复为领军将军，祏乘便与商，谓将拥立遥光。坦之怫然道："明帝起自旁支，入正帝位，天下至今不服，若复为此举，恐四方瓦解，我却不敢与闻呢!"祏乃趋退。坦之恐为祏所累，仍还宅守丧。

吏部郎谢朓，素有才望，祏与祀引为臂助，召朓入语道："嗣主不德，我等拟改立江夏王，但江夏王年少，倘再不堪负荷，难道再废立不成！始安王年长资深，乘时推立，当不致大乖物望。我等为国家计，因有此意，并非欲要求富贵呢!"朓未以为然，不过支吾对答，说了数语，便即辞归。可巧丹阳丞刘沨，奉遥光密遣，致意于朓，嘱使为助。朓又随口敷衍，似允非允。沨返报遥光，遥光竟命朓兼知卫尉事。朓骤得显要，反有惧心，即转将祏、祀密谋，转告太子右卫率左兴盛。兴盛却不敢多言。朓又说刘暄道："始安王一旦南面，恐刘沨等将入参重要，公将无从托足呢!"暄佯作惊惶，俟朓去后，即驰报遥光及祏。遥光道："他既不愿相从，便可令他出外，现在东阳郡守，正当出缺，令他继任便了!"祏独入阻道："朓若外出，适足煽惑众人，必于我辈不利，请早日翦除为是!"(比遥光更凶。)遥光乃矫制召朓，收付廷尉，然后与徐孝嗣、江祏、刘暄三人，联名具奏，诬朓妄贬乘舆，窃论宫禁，私谤亲贤，轻议朝宰，种种不法，宜与臣等参议，肃正刑书等语。宝卷游狎不遑，无心查究，便令他数人定谳，当即论死，勒令狱中自尽。朓入狱后，还想告讦遥光等阴谋，意图自脱，偏狱吏不容传书，无从讦发，乃流涕叹息道："我虽不杀王公，王公由我而死！（指前回王敬则事。）今日罹祸，不足为冤，我死罢了！”遂解带自经。

遥光即欲发难，不料刘暄又复变计。看官道是何因？他想遥光得位，自己把元舅资望，凭空失去，转致求荣反辱，所以变易初心。（萧衍谓刘暄暗弱，尚非定评，暄实一反复小人，不止暗弱而已。）祏与祀见暄有异，也不敢从速举事。遥光察悉情状，恨暄切齿，潜遣家将黄昙庆刺暄。祏正出过青溪桥，护队颇多，昙庆惮不敢出，留匿桥下。偏暄马惊跃而过，惹动暄疑，仔细侦察，方知由遥光暗算，幸得免刺。由惊生惧，由惧生怒，竟想出一条釜底抽薪的计策，密呈一本，报称江祏兄弟罪状。宝卷仰承遗训，不肯落后，即传敕召祏，并即收祀。祀正入值内殿，略得风声，忙遣使报祏道：“刘暄似有异谋，应如何防备？”祏尚不以为意，但说出镇静二字。有顷由敕使驰至，召祏入见，暂憩中书省候宣。忽有一人持刀入省，用刀环击祏心胸，张目叱祏道：“汝尚能夺我封赏么？”祏仓皇辨认，乃是直阁袁文旷，不由地颤动起来。文旷前斩王敬则，论功当封，祏坚执不与。文旷因此挟嫌，乘势报复，先将祏击伤，然后用械锁祏。俄而又来敕使，传敕处斩，文旷即将祏牵出，交与刑官。祏至市曹，祀亦被人牵至，两人相对下泪，喉噎难言。只听得一声号令，魂灵儿已驰入重泉，连杀头的痛苦，也无从知觉了。（兄弟同死，却免鸰原遗恨。）

宝卷既除江祏，无人敢谏，好似拔去眼中钉，乐得逍遥自在，日夜与左右嬖幸，鼓吹戏马，每至五更始寝，日晡乃起，台阁案奏，阅数十日乃得报闻，或且被宦官包裹鱼肉，持还家中，连奏牍都不见着落。一日乘马出游，顾语左右道：“江祏常禁我乘马，此奴尚在，我怎得有此快活呢！”左右统是面谀，盛称陛下英明，乃得除害。宝卷又问江祏亲属，有无留存，左右答道：“尚有族人江祥，拘系东冶，未曾处决。”宝卷道：“快取纸笔来。”左右奉呈纸笔，就从马上书敕，赐祥自尽，令人传往东冶。东冶乃是狱名，祥本以疏亲论免，至此被诛。此外江祏家属，不问可知，小子也毋庸细述了。

萧遥光虽未连坐，心下很是不安，季弟遥昌，领豫州刺史，已病终任所，只有次弟遥欣，尚镇荆州，他遂与遥欣通书，密谋起事，据住东府，使遥欣自江陵东下，作为外援。事尚未发，遥欣偏又病亡，弟兄三人，死了一双，弄得遥光孤立无助，懊怅异常。宝卷亦阴加防备，尝召遥光入议，提及江祏弟兄罪案，遥光益惧，佯狂称疾，不问朝事。

会遥欣丧还，停留东府前渚，荆州士卒，送葬甚多。宝卷恐他为变，拟撤他扬州刺史职衔，还作司徒，令他就第。当下召令入朝，面谕意旨，遥光恐蹈祏覆辙，不敢应召。一面收集二弟旧部，用了丹阳丞刘沨，及参军刘晏计议，托词讨刘暄罪，夜遣数百人，破东冶出囚，入尚方取仗，并召骁骑将军垣历生，统领兵马，往劫萧坦之、沈文秀二人。坦之、文秀已闻变入台，免被劫去。历生遂劝遥光夜攻台城，遥光狐疑不决，待至黎明，始戎服出厅，令部曲登城自卫。历生复劝他出兵。遥光道："台中自将内溃，不必劳我兵役。"历生出叹道："先声乃能夺人，今迟疑若此，怎能成事呢！"

萧坦之、沈文秀两人，入台告变，众情恟惧。俟至天晓，方有诏敕传出，召徐孝嗣入卫，人心少定。左将军沈约，也驰入西掖门，于是宫廷内外，稍得部署。（遥光若从历生计议，早可入台，然如遥光所为，若使成事，是无天理了。）徐孝嗣屯卫宫城，萧坦之率台军讨遥光，出屯湘宫寺，右卫率左兴盛屯东篱门，镇军司马曹虎屯青溪桥，三路兵马，进围东府。遥光遣垣历生出战，屡败台军，阵斩将军桑天受，坦之等未免心慌。忽由东府参军萧畅，及长史沈昭略，自拔来归，报称东府空虚，少攻必克。坦之大喜，便督军猛攻。东府中失去萧、沈两人，当然气沮。萧畅系豫州刺史萧衍弟，沈昭略系仆射沈文季从子，两人俱系贵阀，所以有关人望，垣历生见两人已去，益起贰心，遥光命他出击曹虎，他一出南门，便弃槊奔降虎军。虎责他临危求免，心术不忠，竟喝令枭首。遥光闻历生叛命，从床上跃起，使人杀历生二子，父子三人统死得无名无望，恰也不必细说。

坦之等攻城至暮，用火箭射上，毁去东北角城楼，城中大哗，守兵尽溃。遥光走还小斋，秉烛危坐，令左右闭住斋阁，在内拒守。左右皆逾垣遁去，外军杀入城中，收捕遥光，破斋阁门，遥光吹灭烛焰，匍匐床下。外军暗地索寻，就床下用槊刺入。遥光受伤，禁不住有呼痛声，当被军人一把拖出，牵至阁外，禀明萧坦之等，便即饮刀。（死有余辜。）军人复纵火烧屋，斋阁俱尽，遥光眷属，多死火中。刘沨、刘晏，亦遭骈戮。一场乱事，化作烟消。

坦之等还朝复命，有诏擢徐孝嗣为司空，加沈文季为镇南将军，进萧坦之为尚书右仆射，刘暄为领将军，曹虎为散骑常侍右卫将军。坦之恃功骄恣，又为茹法珍等所嫌，日夕进谗。宝卷亟遣卫帅黄文济，率兵围坦之宅，逼令自杀。

坦之有兄翼宗，方简授海陵太守，未曾出都，坦之呼语文济道："我奉君命，不妨就死，只从兄素来廉静，家无余资，还望代为奏闻，乞恩加宥！"文济问翼宗宅在何处，坦之以告，经文济允诺，乃仰药毕命。文济返报宝卷，并述及翼宗事，宝卷仍遣文济往捕，查抄翼宗家资，一贫如洗，只有质钱帖数百。（想即钱券之类。）持还复命，宝卷乃贷他死罪，仍系尚方。坦之子秘书郎萧赏，坐罪遭诛。茹法珍等尚未满意，复入谮刘暄。宝卷道："暄是我舅，怎有异心！"（彼也有一隙之明耶？）直阁徐世标道："明帝为武帝犹子，备受恩遇，尚灭武帝子孙，元舅岂即可恃么？"（谗口可畏。）宝卷被他一激，便命将暄拿下，杀死了事。嗣后因曹虎多财，积钱五千万，他物值物，亦与相等，一道密敕，把虎收斩，所有家产，悉数搬入内库。（萧翼宗因贫免死，曹虎因富遭诛，世人何苦要钱，自速其死！）统计三人处死，距遥光死期，不到一月。就是新除官爵，俱未及拜，已落得身家诛灭，门阀为墟！（富贵如浮云。）

惟徐孝嗣以文士起家，与人无忤，所以名位虽重，尚得久存。中郎将许准，为孝嗣陈说事机，劝行废立。孝嗣谓以乱止乱，决无是理，必不得已行废立事，亦须俟少主出游，闭城集议，方可取决。准虑非良策，再加苦劝，无如孝嗣不从。沈文季自托老疾，不预朝权，从子昭略，已升任侍中，尝语文季道："叔父行年六十，官居仆射，欲以老疾求免，恐不可必得呢！"文季但付诸微笑，不答一词。

过了月余，有敕召文季叔侄，入华林省议事。文季登车，顾语家人道："我此行恐不复返了！"及趋入华林省，见孝嗣亦奉召到来，三人相见，正在疑议，未知所召何因。忽由茹法珍趋至，手持药酒，宣敕赐三人死。昭略愤起，痛詈孝嗣道："废昏立明，古今令典，宰相无才，致有今日！"说至此，取酒饮讫，用瓯掷孝嗣面道："使作破面鬼！"言讫便僵卧地上，奄然就毙。文季亦饮药而尽。孝嗣善饮，服至斗余，方得绝命。子演尚武康公主，况尚山阴公主，统皆坐诛。女为江夏王宝玄妃，亦勒令离婚。昭略弟昭光，闻难欲逃，因不忍别母，持母悲号，被收见杀。昭光兄子昙亮，已经逃脱，闻昭光死，且恸且叹道："家门屠灭，留我何为！"也绝吭自尽。（未免太迂。）

嗣是同朝六贵，只剩太尉陈显达一人。显达为高武旧将，当明帝鸾在位时，已恐得罪，深自贬抑，每出必乘敝车，随从只十数人，非老即弱。尝蒙明帝赐宴，酒酣起奏道："臣年衰老，富贵已足，惟欠一枕，还乞陛下赐臣，令臣得安枕而死！"明帝失色道："公已醉了，奈何出此语！"既而显达又上书告老，仍不见许，及预受遗敕，出师攻魏，为魏所败，狼狈奔还。（见前回。）御史中丞范岫，劾他丧师失律，应即免官。显达亦请解职，宝卷独优诏慰答，不肯罢免。寻且命显达都督江州军事，领江州刺史，仍守本官。显达得了此诏，好似跳出陷坑，非常快慰。至朝中屡诛权贵，且有谣言传出，谓将遣兵袭江州，显达遂与长史庾弘远、司马徐虎龙计议，拟奉建安王宝寅为主，即日起兵。小子有诗叹道：

寻阳一鼓起三军，主德昏时乱自纷，
我有紫阳书法在，半归臣子半归君。

师期已定，又令庾弘远等出名，致书朝贵，颇写得淋漓痛快，可泣可歌。欲知书中详情，容待下回录叙。

六贵同朝，人自画敕，此最足以致乱，萧衍之说韪矣。但平心论之，六人优劣，亦有不同。萧遥光怂恿萧鸾，残害骨肉，其心最毒，其策最狡。江祏、江祀，密图废立，乃欲奉戴遥光，党恶助虐，绳以国法。遥光固为罪首，二江其次焉者也。刘暄反复靡常，亦不得为无罪。萧坦之、徐孝嗣、沈文季三人，讨平遥光，非特无辜，抑且有功。就令坦之恃功骄姿，而罪状未明，乌得妄杀！孝嗣、文季，更无罪之可言。故遥光可诛，江祏、江祀可诛，刘暄亦可诛，坦之、孝嗣、文季，实无可诛之罪，诛之适见其诬枉耳！人徒谓宝卷滥杀大臣，因致亡乱，不知无罪者固不应诛，有罪者亦非真不可诛也，彼宝卷之亡国。犹在彼不在此焉。

第三十六回 江夏王通叛亡身 潘贵妃入宫专宠

却说陈显达决计起兵，将攻建康，先令长史庾弘远、司马徐虎龙致书朝贵，大略说是：

诸公足下：我太祖高皇帝，睿哲自天，超人作圣，属彼宋季，纲纪自紊，应禅从民，构此基业。世祖武皇帝，昭略通远，克篡洪嗣，四关罢险，三河静尘。郁林、海陵，顿孤负荷。明帝英圣，绍建中兴。至乎后主，行悖三才，琴横由席，绣积麻筵，淫犯先宫，秽兴闺阃，皇陛为市廛之所，雕房起战争之门，任非华尚，宠必寒厮。江仆射兄弟，忠言屡进，正谏繁兴，覆族之诛，于斯而至。故乃犴嗑之刑，四剽于海路，家门之衅，一起于中都。萧、刘二领军，拥升御座，共秉遗诏，宗戚之苦，谅不足谈，渭阳之悲，何辜至此！徐司空累叶忠荣，清简流世，匡翼之功未著，倾宗之罚已彰。沈仆射年在悬车，将念几杖，欢歌园薮，绝影朝门，忽招陵上之罚，何万古之伤哉！遂使紫台之路，绝搢绅之俦，缨组之阁，罢金张之胤。悲哉，蝉冕为贱宠之服。呜呼，皇陛列劫竖之坐。且天人同怨，乾象变错，往者三州流血，今者五地自动，咎征迭著，昏德未悛，此而未废，孰不可兴！诸公多先朝遗旧，志在名节，并列丹书，要同义举。建安殿下，秀德冲远，实允神器。昏明之举，往圣留言，今忝役戎驱，亟请乞路，须京尘一静，西迎大驾，歌舞太平，不亦佳哉！我太尉体道合圣，仗德修文，神武横于七伐，雄略震于九纲，是乃仗义兴师，还抗社稷。本欲鸣笳振铎，无劳戈刃，但忠谠有心，节义难遣，信次之间，森然十万，飞旍咽于九派，列舰迷于三川，比盖捧海浇萤，列火消冻耳。吾子其择善而从之！毋令竹帛无名，空为后人笑也！

朝臣得了此书，当即报知宝卷。宝卷令护军崔慧景为平南将军，督兵往击显达；后军将军胡松、骁军将军李叔献，率水军屯梁山，左卫将军左兴盛，督前锋屯杜姥宅。陈显达出发寻阳，沿流东下，道出采石，适遇胡松截住，两下交锋，约历半日有余，胡松败走。再进兵至新林，左兴盛麾军堵御，彼此未经大战，显达却虚设屯火，绊住兴盛，自率轻舸夜渡，潜袭都城。偏偏遇着逆风，至晓方达，舍舟登落星冈。守卫诸军，不意显达猝至，急忙闭城设守。显达手横长槊，匹马当先，随后有勇士数百人，鼓噪攻城。城中出兵与战，挡不住显达长槊。显达年已七十三，尚是精神矍铄，奋勇无前，战至数十回合，十荡十决，刺死守卫军百余人。俄而槊竟折断，一时掉不出顺手兵器，只好仗剑督战。会左兴盛各军，回救都门，显达寡不敌众，没奈何退至西州。后骑官赵潭注，率兵力追，抢步至显达马后，用槊猛刺。显达不及预防，竟被刺落马下，再加一槊，已是血流满地，不能动弹了。诸子皆被执伏诛。庾弘远亦为所获，临刑索帽，顾语刑官道："子路结缨，吾不可以不冠。"及帽既取戴，复慨然道："我非乱贼，乃是义兵，来此为诸君请命。陈公太觉轻事，我曾谏他持重，若用我言，人民当免致涂炭呢。"（也恐未必）弘远有子子曜，年才十四，抱父乞代，并为所杀。（父愚子亦愚。）各军将入城报功，当又有一番封赏，不消琐述。

豫州刺史裴叔业，闻朝廷屡诛大臣，很是危惧，朝廷亦防他有变，调镇南兖州，令他内徙。叔业愈觉不愿，未肯启行。他有兄子裴植，曾为殿中直阁，至是亦惧奔寿阳，谓朝廷必相掩袭，宜早为计。叔业遣亲人马文范，潜赴襄阳，问萧衍道："天下大势，已是可知，但我辈不能自存，现拟回面向北，尚不失为河南公，公意以为何如？"衍使文范返报道："群小用事，怎能虑远？若果疑公，暂宜送家还都，作为质信，万一意外相迫，可勒马步军，直出横江，断他后路，天下事一举可定。今欲北向，恐彼必遣人相代，别以河北一州相处，河南公尚可复得么？”（智虑却是过人。）

叔业乃遣子芬之入质建康。芬之已去，又欲北向投魏，特向魏豫州刺史薛真度处，致书探问，略表己意。真度劝令早降，复书有云：若至事迫始来，反致功微赏薄，事贵从速，不必多疑。叔业意终未决，不过与真度屡通书信，往来不绝。都中人士，已渐有风闻，咸传叔业外叛，芬之恐被收捕，溜出都门，竟返寿阳。叔业竟遣芬之奉表降魏。魏主宏令彭城王勰出镇寿阳，封叔业为兰陵郡公，仍领豫州刺史。齐廷闻报，不得不发兵加讨，特遣平西将军崔慧景，带领水军，出讨叔业。宝卷亲出送行，戎服坐琅琊城上，召慧景单骑入城，略问数语，慧景即拜辞而去。宝卷还宫，复下诏命萧懿为豫州刺史，助慧景西讨寿阳。

慧景此次出行，已蓄异图，曾与子觉密约，令他隔宿出都，驰赴军前。觉曾为直阁将军，得了父命，即于次日单骑出走，行抵广陵，始与慧景相会。慧景过广陵十余里，召会各军将弁，涕泣晓谕道：“我受三帝厚恩，愧无以报，今幼主昏狂，朝廷浊乱，持危扶倾，莫如今日，愿与诸君还立大功，共立社稷，未知众意若何？”众皆应声听令。慧景遂还向广陵，司马崔恭祖守广陵城，开门迎入。慧景停广陵二日，将集众渡江，因遣人驰见江夏王宝玄，愿奉他为主。宝玄喝斩来使，发兵守城，并飞报都中。宝卷亟派马军将戚平、外监黄林夫，出助宝玄，镇守京口。总道他是长城可靠，不生变端，那知宝玄是阳绝慧景，阴实勾通。他与妃子徐氏，本来伉俪情深，只因孝嗣被杀，迫令离婚，心中好生不乐。此次斩使请命，实欲引诱台军，自增势力。

戚平、黄林夫，到了京口，宝玄即引与密商，探他意见。二人语多未合，恼动宝玄，呼令左右，劚二人首。司马孔矜、典签吕承绪，不禁大呼道：“殿下造反了！”宝玄更怒不可遏，杀死二人。（好杀不祥。）更派长史沈佚之、谘议柳澄，分统部众，专待慧景到来。

慧景自广陵东返，顺抵京口，由宝玄开城纳入，即令慧景为先驱，自乘翠舆，手执降麾幡，督军继进。都中大震，亟遣骁骑将军张佛护、直阁将军徐元称等，出屯竹里，堵截叛军。慧景前锋将崔恭祖，带着百战不疲的壮士，与佛护等一场鏖斗，佛护等败入城中。恭祖乘胜攻入，斩佛护，降元称，进迫查硎。中领军王莹，奉宝卷命，都督水陆各军，据住湖头，筑垒蒋山西岩，屯甲数万，恭祖不能前进。及慧景继至，亦无法可施，悬赏求计。

竹塘人万副儿献议道："今平路皆有重兵堵住，不可议进，最好从蒋山背后，蹑登山顶，从上临下，出其不意，方可得志。"慧景依计而行，遂分遣壮士千名，绕出山后，鱼贯而上。俟至夜半，突起鼓角，由西岩驰下，各戍垒闻声大骇，不知所为，一齐弃垒遁去。慧景得追至都下，攻扑各门。右卫将军左兴盛，率台军三万人，就北篱门扼守，军中望风溃散，兴盛亦遁。东府、石头、白下、新亭诸城，统皆骇走。兴盛无路可奔，逃匿淮渚荻舫中，被慧景部兵搜获，立即杀毙。慧景突入外城，驻乐游苑。崔恭祖率骑兵千余，攻北掖门，将要陷入，为宫中卫兵所拒，仍复折回，宫门皆闭。慧景引众围攻，又毁去兰陵府署，作为战场。宫中危急万分，幸得卫尉萧畅，屯守南掖门，处分城内，多方应拒，众心稍定。

慧景捏传宣德太后命令，（宣德太后见三十一回。）废齐主宝卷为吴王，却把推立宝玄的问题，反搁置起来，未曾提及。（又生变计。）原来竟陵王子良子昭胄，曾封巴陵王，永泰元年，十王被戮，昭胄与弟昭颖，避难出奔，至江西溷迹为道人。慧景举兵入都，昭胄兄弟，又奔投慧景，慧景与谈甚欢，更欲拥立昭胄，心如辘轳，未能遽定。子觉又与恭祖争功，竹里一捷，功出恭祖，觉但主粮运，偏说是功与相侔。慧景舐犊情深，不免袒觉，遂致恭祖失望。恭祖又进献一计，请用火箭攻北掖楼，慧景道："大事垂定，何必多毁，免得将来更造，多费财力。"恭祖怏怏而退。慧景素好佛学，善谈释义，自乐游苑移居法轮寺，镇日闲坐，对客高谈。恭祖窃叹道："今日何日，难道是参禅时么！"（想是要求往西方去了。）

蓦闻豫州刺史萧懿，自采石渡江，来援都城，恭祖忙至法轮寺中，自请击懿。慧景道："汝且留此，不如叫我子前去罢。"恭祖趋出，大为怫意，还顾寺门道："看汝父子能成事么？萧豫州岂是好惹的人！"慧景全然未悟，竟遣觉率精兵数千，往拒萧懿去了。

懿本奉命西讨，出屯小岘，闻得裴叔业病死，正拟乘虚往击，忽由都中遣到密使，促令勤王。懿方就食，投箸起座，即率军将陆松、李居士等数千人，从采石渡江东行，举火示城中。台城居人，欢呼称庆。懿军已达南岸，崔觉才领军趋至，与懿接仗。懿下令军中，前进有赏，后退即斩，于是人人致死，个个拚生。

崔觉本非战将，骤遇劲敌，教他如何抵挡！战不多时，即大败奔还，部下伤毙二千余人。觉率败众逃还都中，正值恭祖抄掠东宫，取得女使数人，饶有姿色。觉不禁垂涎，竟把他拦住，将女使劫为己有。（强盗碰着强盗。）恭祖已怨恨慧景，又经此一激，不由的忿火中烧，竟与骁将刘灵运，夜降台军。慧景部下，见崔觉败还，恭祖引去，料知不能成事，多半离散，慧景亦立足不住，潜引心腹数人，自往北渡。余众尚未曾闻知，留住城下。那萧畅却麾兵杀出，击毙数百人，众始散走。

慧景留都历十二日，一败涂地，匆匆奔至江滨，被萧懿麾下的巡兵，驱逐一程，随从都不知去向。只有慧景一人一骑，逃至蟹浦。浦口有渔人会集，见他行迹可疑，仔细盘问，知是崔慧景。渔人已闻他是叛首，乐得杀叛邀赏，呼众奋斫，立将慧景砍死，枭了首级，纳入鱼篮，担送建康。觉亡命为道人，嗣被捕诛。崔恭祖虽然投顺，朝议以他穷蹙始降，不能贷罪，仍拘贷尚方，未几亦处斩如律。宝玄逃匿数日，因都中大索，无人容纳，没奈何自出投首。宝卷召入后堂，四面用幛围裹，令群小数十人，鸣鼓而攻。且使人传语道："汝近日围我，与此相类，我亦令汝一尝此味呢！"（仿佛儿戏。）已而牵出，赐药勒毙。

军将搜得叛人党册，内列姓氏甚多，朝士亦或参入，宝卷并不察阅，但令左右取毁，且慨然道："江夏尚且如此，还问别人做甚？"寻又颁诏大赦，所有叛徒余孽，悉令自新，不复穷治。这却是宝卷即位以后，绝无仅有的美政！（却是难得。）偏一班佥任宵小，不依诏书，查有家道殷实的人民，概诬为贼党，屠门借资，充入私囊。若本系贫穷，就使前时从贼，也置诸不问。或语中书舍人王咺之道：“赦书无信，物议沸腾。”咺之道：“会当复有赦书。”已而赦书又下，群小横行如故，宝卷日事嬉游，无心顾问，但任他所为罢了。统计宫中嬖幸左右侍从，凡三十一人，黄门十人。

直阁骁骑将军徐世摽，得委重权，一切刑戮，都由他一人主持。世摽亦知宝卷昏纵，密语同党茹法珍、梅虫儿道：“何世天子无要人，可惜我主太恶，恐未能长保呢！”法珍等本阴忌世摽。得此一言，便转告宝卷。宝卷怒起，即令法珍督领禁兵，往杀世摽。世摽拒战不胜，终遭杀毙。法珍、虫儿，得并为外监，口称诏敕，王咺之专掌文翰，朋比为奸。及慧景乱平，法珍且受封余干县男，虫儿亦得封竟陵县男。

宝卷以权贵悉除，益加骄纵，或间日一出，或一日一出，既无定时，亦无定所，东西南北，无处不游，朝夕旦暮，在所不计。所经道路，必先屏逐居民，有人犯禁，格杀勿论。自万春门至郊外，周围数十百里，皆空家尽室，巷陌悬幔为高幛，置使人防守，号为屏除，亦称长围。尝游至沈公城，有一妇临产不去，即命剖腹验胎，辨视男女。（商纣遗风。）又尝至定林寺，有僧老病不能行，藏匿草间，偏为宝卷所见，命左右射僧，百箭俱发，集身如猬。宝卷亦自发数矢，贯入僧脑，自夸绝技。置射雉场二百九十六处，每出射雉，必先令尉司击鼓，鼓声一传，当役诸人，立命奔走，甚至不暇衣履。尝在夜中三四更间，驾出蹋围，鼓声四起，火光烛天，幡戟横路，士民喧走，相随老小，无不震惊，啼号遍道，宝卷反自鸣得意。他本膂力过人，能挽三斛五斗的重弓，又能在齿上驾运白虎幢，高可七丈五尺，甚至折齿不倦。

在东宫时，纳妃褚氏，即位后册为皇后。妾黄氏生子名诵，立为太子，黄氏得封淑媛。褚氏本故相褚渊侄女，姿貌平庸，宝卷不甚垂爱。黄淑媛略有姿色，不幸早亡。茹法珍、梅虫儿等格外效劳，代主采艳，选了美女数十名，充入后宫。就中翘楚，要算余、吴两姬为最美，宝卷封余氏为妃，吴氏为淑媛。后来得了一个潘家女，是王敬则营妓，流落都中，真乃天生尤物，妖冶绝伦，体态风流，如春后梨云冉冉，腰肢柔媚，似风前柳带纤纤，一双眼秋水低横，两道眉春山长画，肤成白雪，异样鲜妍，发等乌云，倍增光津。更有一种销魂妙处，便是裙下双钩，不盈一握。（销魂处，恐尚不止此。）

宝卷得了此女，好似天女下凡，见所未见。一宵欢会，五体酥麻，越日即册封为妃；又越月余，复册为贵妃。所有潘氏服御，极选珍宝，无论如何价值，但得潘氏欢心，千万亦所不惜。相传一琥珀钏，值价百七十万。就得潘氏宫中的器皿，亦纯用金银。内库所贮，不够取用，更向民间收买，金银宝物，价昂数倍，并令京邑酒租，折钱输金。那潘氏既邀特宠，也任情挥霍，一些儿不知节省，今日索某宝，明日采某珍，供使络绎，不绝道中。每当宝卷出游，必穷极华装，与驾同出。宝卷却令他乘舆先驱，自跨骏马后随。（天子为随奴，潘妃亦大出风头。）急装缚裤，不避寒暑，驰骋至渴，辄下马解取腰边蠡器，酌茗为饮，或且亲至潘妃舆前，持茗给妃，然后还登马上，仍然驰去。日暮尚未言归，辄往亲信家留宴。

潘父宝庆，因妃得宠，赐第都中，宝卷呼他为阿丈。就是对着茹法珍，亦以丈相呼。（茹家无女，何亦呼他为丈？）呼梅虫儿为阿兄。营兵俞灵韵，素善骑马，宝卷向他学驰，故亦呼他为兄。一淘儿游戏，即一淘儿至宝庆家，妃为调羹，躬自汲水。安排既就，便与潘妃并坐取饮，法珍、虫儿等依次列席，不分男女上下，恣为欢谑。还有阉人王宝孙，年仅十余，生得眉目清扬，不啻处女，宝卷号为伥子，非常宠爱。就是潘妃亦青眼相看。宝孙小巧玲珑，常坐潘妃膝上，一同饮酒。至夜深还宫，得在御榻旁留寝，因此恃宠生骄，渐得干政。甚且移易诏敕，控制大臣，如梅虫儿、王咺之等，尚有惧意。有时骑马入殿，诋诃天子，宝卷不以为意，日夕留侍，备受宠怜。

从前世祖赜筑兴光楼，上施青漆，宝卷谓武帝未巧，何不纯用琉璃！谁意永光二年八月间，宝卷挈潘妃等夜游，尚未还宫，祝融氏忽入临宫禁，大肆威焰，毁去房屋三千余间。宫门夜闭，外人非奉敕令，不敢擅开。至宝卷闻火驰归，传谕开门，宫内已付诸一烬。侍女小竖，烧死无数，宝卷也不禁叹息。

当时宫中嬖幸，皆号为鬼，有赵鬼能读《西京赋》，向宝卷进言道："柏梁既灾，建章是营。"宝卷乃大起芳乐、玉寿等殿，用麝涂壁，刻为装饰，穷工极巧。（此番想可纯用琉璃了。）工匠彻夜动作，尚苦不及，因搜剔佛寺刹殿，见有玉石狮象，便运入新屋，充作点缀。且凿金为莲花，遍贴地面，命潘妃徐行而过，花随步动，步逐花娇。宝卷从旁称羡道："这真是步步生莲花呢！"小子有诗叹道：

纤足风开自六朝，莲花生步不胜娇；

美人未必能倾国，祸水都从暗主招。

古人有言，乐不可极，极乐必亡，似宝卷这种淫乐，怎得不自速危亡！欲知后事，试看下回。

陈显达一举即败，崔慧景已入外都，殆将成事，乃以多疑而亦败。此由宝卷之恶贯未盈，故陈、崔皆无所成耳。《纲目》于二人起事，未尝书叛，及其死也，又不书诛，非为二人恕，嫉宝卷不得不恕二人。江夏王宝玄，无拳无勇，徒欲依慧景以觊天位，多见其不自量耳。裴叔业之叛齐降魏，其居心之卑鄙，更出陈、崔二人下，宜其为萧衍所齿冷也。宝卷不道，恶不胜纪，而独归咎于潘贵妃，非一妇人即足亡国，盖蛊惑主聪，乱必及之。桀纣之亡，史家必兼咎妹妲，盖亦此物此志也夫。

第三十七回　杀山阳据城传檄　立宝融废主进兵

却说萧懿入援，得平崔慧景，宝卷留懿在都，超拜尚书令，懿弟畅为卫尉，职掌管籥。雍州刺史萧衍，系懿次弟，即遣亲吏虞安福，入都语懿道："兄一举平贼，功高震主，就使遭际清时，尚或难免，况在乱世，怎能自全！计不如勒兵入宫，行伊霍故事，却是万世一时的机会。否则仍表请还镇，托名拒虏，内畏外怀，谁敢不从！若放弃兵权，徒縻厚爵，高而无民，必生后悔！"懿摇首不答，长史徐曜甫从旁苦劝，又不见从。茹法珍、王咺之等，惮懿威权，密语宝卷道："懿将行隆昌故事，恐陛下命在旦夕。"宝卷矍然起座，即命法珍等设法除懿。

徐曜甫得知消息，慌忙具舟江渚，劝懿出奔襄阳。懿慨然道："自古皆有死，岂有叛走尚书令么？"懿有弟九人，除衍、畅外，长为萧敷，余为融、宏、伟、秀、憺、恢。伟与憺已入襄阳。（见三十五回。）敷、融等统尚在都，预备逃匿。法珍等恐懿为变，伺懿在尚书省，即持敕赐药。懿毫不流连，惟向中使慨语道："家弟在雍，很为朝廷担忧哩。"（既有衍将为变，不如先立贤君，尚得保全齐祚。）说毕，即饮药而尽。懿弟侄统皆亡去，惟融为所捕，亦被处死。一面遣直后将军郑植，往刺萧衍。

植弟绍叔，曾为衍宁蛮长史，法珍等遣植往刺，嘱令联络绍叔，乘间行事。绍叔既与植会谈，即将乃兄来意，据实告衍。衍特备办酒宴，令担至绍叔家，为植接风，自己亦备驾前往。宾主会席，饮至半酣，衍笑语道："朝廷遣卿图我，今日闲宴，我特戴头前来，何勿急取！"植亦大笑道："且待明日取公，今且饮酒罢。"及酒阑席散，衍又令植遍阅城隍府库，与士马器械舟舰。植既阅毕，退语绍叔道："雍州实力，确是坚强，未易规取。"绍叔道："兄还都后，不妨实告天子，若欲取雍州，绍叔愿率众力战，一决雌雄。"植住了两日，便告辞而行。绍叔送至南岘，握手流涕，欷歔别去。

植出都时，懿尚未死，所以植未提及。至是耗问已至，衍东向恸哭，到了夜间，便召参军张弘策、吕僧珍，长史王茂，别驾刘庆远，功曹吉士瞻等，入宅定议。翌晨出厅视事，召集僚佐与语道："昏主暴虐，恶逾桀纣，当与卿等入都，废昏立明，共扶社稷！"众皆许诺。当下建牙集众，得甲士万余人，马千余匹，船三千艘，出从前所贮竹木，补葺船只。事皆立办，诸将又复索橹，吕僧珍有橹数百张，搬将出来，每船付与二橹，适足敷用。

正拟整军出发，闻朝廷遣辅国将军刘山阳，到了荆州，会合荆州长史萧颖胄，将袭襄阳。衍遂遣参军王天虎驰赴江陵，沿途与州府书，声言山阳西上，并袭荆、雍。又与颖胄兄弟各一函，约他同时起义，共入建康。颖胄是齐祖萧道成族侄，父名赤斧，曾为太子詹事，（见二十七回子良疏中。）殁后由颖胄袭荫，累佐诸王出镇。此时南康王宝融，（明帝第八子。）都督荆州，命颖胄为冠军将军西中郎长史，行荆州府州事。既得衍书，怀疑未决。颖胄弟颖达，亦在南康王幕中，览书后与兄密议，也一时不能定谋。

山阳行至巴陵，逗留十余日，徘徊不进。颖胄已遣还天虎，天虎复奉萧衍命，传书颖胄，指示方略。颖胄乃呼参军席阐文，及谘议柳忱，闭斋密议。阐文道："萧雍州蓄养士马，非复一日，江陵人素畏襄阳，又众寡不敌，万难相制。就使幸能制服，朝廷反多疑忌，不肯包容。今若诱杀山阳，与雍州共事，改立天子，号令诸侯，未始非一时霸业呢！"忱亦接入道："朝廷狂悖已甚，京师贵人，莫不重足屏息，君等幸在远镇，尚能自安。今乃命山阳前来，假我图雍，这明明是卞庄刺虎的计策。君独不闻萧令君么？率精兵数千，破崔氏十万众，尚为群邪所陷，竟至杀身！况萧雍州雄略盖世，必非山阳所能敌。山阳被破，朝廷转归罪荆州，谓我不能相助，进退两难，何不早从席参军言，别筹良计。”萧颖达闻二人言，亦奋然道：“二君言是，阿兄不可不依！”颖胄道：“席参军劝我诱杀山阳，计将安出？”阐文道：“山阳迟疑不进，明是疑我，我只好斩天虎首，送与山阳，山阳必欢然前来，我得乘便下手了。”颖胄道：“如杀天虎，萧雍州能不疑我么？”阐文道：“这也不难！可先复书与他，说明诱杀山阳，不得不尔。以一天虎易山阳，想萧雍州亦必谅我呢！”（计固甚善，可惜太毒。）

颖胄依议，遂遣使报达萧衍，自召天虎入室，愀然与语道：“卿与刘辅国相识，今只得权借卿头。”（头可借得么？）天虎骇极。方欲答言，已由颖达趋入，从背后拔出佩剑，劈死天虎。当即枭首送与山阳，一面征发车牛，扬言将起兵讨雍。山阳得天虎首，即单车白服，只带左右数十人，来见颖胄。颖胄使前汶阳太守刘孝庆等，伏兵城内，自率数人出迎。待山阳入城，一声暗号，伏兵齐出，就使山阳三头六臂，至此也不能抵敌，立即毙命。山阳副将李元履，闻山阳被杀，不得已挈众请降。

颖胄恐司马夏侯详未肯从议，商诸柳忱。忱答道：“这也容易，近日详子求婚，尚未允诺，今欲举大事，何惜一女呢！”遂以女字详子子夔，约同起事，详当然允洽。乃即奉南康王宝融为主，下教戒严。宝融年只十三，有何大略，凡事俱由颖胄主张，不过假他为名。令萧衍都督前锋诸军事，自为都督行留诸军事，加夏侯详为征虏将军，遣宁朔将军王法度，出徇巴陵。一面使人送山阳首至雍州，约期来年二月，进兵建康。

衍遣王天虎赍书时，曾语张弘策道：“兵法以攻心为上，天虎往荆州，人皆有书，独于南康部下，只有两函，与行事兄弟，外人必谓行事另有隐谋，行事无以自明，不得不姿心就我，是两空函足定一州了。”（萧衍隐谋，借他口中自述。）及颖胄计诱山阳，驰书说明杀天虎事，衍不加可否，无词答复。（便是默许。）至山阳首传到，谓须延期进兵。衍问何因？来使言年月未利，所以延期。衍勃然道：“行军全仗锐气，事事赶先，尚恐疑怠，若顿兵十旬，必生悔吝。且太白星已现西方，仗义兴师，有何不利！从前周武伐纣，行逆太岁，并未闻展年待月，终得成功。今处分已定，事难中止，还要迁延作甚！”（言之有理。）遂遣还来使，自上南康王笺，请称尊号，即日举义进兵。

南康王宝融，一时未敢称尊，但使萧颖胄、夏侯详二人出名，檄告京邑百官，及诸州郡牧守。檄云：

夫运不尝夷，有时而陂，数无恒剥，否极则亨。昔我太祖高皇帝，德范生民，功极天地，仰纬彤云，俯临紫极。世祖嗣兴，增光前业，云雨之所沾被，日月之所出入，莫不举踵来王，交臂纳贡。郁林昏迷，颠覆厥序，俾我大齐之祚，翦焉将坠。高宗明皇帝，建道德之盛轨，垂仁义之至踪，绍二祖之鸿基，继三五之绝业。昧旦丕显，不明求衣，故奇士盈朝，异人辐辏。嗣主不纲，穷肆陵暴，十愆毕行，三风咸袭，丧初而无哀貌，在戚而有喜容，酣酒嗜音，罔悛其侮，谗贼狂邪，是与比周，遂令亲贤婴荼毒之谋，宰辅受葅醢之戮。江仆射、萧刘领军、徐司空、沈仆射、曹右卫，或外戚懿亲，或皇室令德，或时宗民望，或国之虎臣，并勋彰中兴，功比周召，秉钧赞契，受遗先朝，咸以名重见疑，正直贻毙，害加党族，虐及婴孺。曾无渭阳追远之情，不顾本支歼落之痛，信必见疑，忠而获罪，百姓业业，罔知攸暨。崔慧景内逼淫刑，外不堪命，驱土崩之民，为免死之计，倒戈回刃，还指宫阙，城无完守，人有异图。赖萧令君勋济宗祐，业拯苍氓，四海蒙一匡之德，亿兆凭再造之功。江夏王拘迫威强，牵制巨力，迹屈当时，心犹可亮，竟不能内恕探情，显加鸩毒。萧令君自以亲惟族长，任实宗臣，至诚苦言，朝夕献入，谗丑交构，渐见疏疑，浸润成灾，奄罹冤酷。用人之功以宁社稷，刈人之身以骋淫滥，台辅既诛，奸小兢用。梅虫儿、茹法珍妖忍愚戾，穷纵丑恶，贩鬻主威，以为家势，营惑嗣主，恣其妖虐。宫女千余，裸服宣淫；孽臣数十，袒裼相逐，帐饮阛肆之间，宵游街陌之上。刘山阳潜受凶旨，规肆狂逆，天诱其衷，既就枭翦。

夫天生蒸民，树之以君，使司牧之，勿使失性。岂有尊临寓县，毒遍黔首，绝亲戚之恩，无君臣之义，功重者先诛，勋高者速毙！九族内离，四夷外叛，封境日蹙，戎马交驰，帑藏已空，百姓已竭，不恤不忧，漫游是好，民怨于下，天谴于上。故荧惑袭月，孽火烧宫，妖水表灾，震蚀告沴。七庙阽危，三才莫纪，大惧我四海之命，永沦于地。南康殿下，体自高宗，天挺英懿，食叶之征，著于弱年，当璧之祥，兆乎绮岁，亿兆颙颙，咸思戴奉。且势居上游，任总连帅，忧深责重，誓清时艰。今特命冠军将军杨公则等，振旅三万，径造秣陵；冠军将军蔡道恭等，被甲二万，直指建业（即建康）；辅国将军邓元起等，铁骑一万，分趋白下；宁朔将军柳忱等，组甲五万，络绎继发。雄剑高挥，则五星从流，长戟远指，则云虹变色，天地为之矞皇，山渊以之崩沸。幕府亲贯甲胄，授律中权，董率熊罴之士，十有五万，征鼓纷沓，雷动荆南。宁朔将军南康王友萧颖达，领虎旅三万，抗威后拒。萧雍州勋业盖世，谋猷渊肃，既痛家祸，兼愤国难，泣血枕戈，誓雪冤酷，精卒十万，已出汉川。张郢州（见上文）节义慷慨，悉力齐奋。江州邵陵王（即宝攸）、湘州张行事、王司州，（并见下文。）远近悬契，不谋而同，并勒骁猛，指景风驱，舟舰鱼丽，车骑云屯，平原雾塞。以同心之士，伐倒戈之众，盛德之师，救危亡之国，何征而不服，何诛而不克哉！今兵之所指，惟在梅虫儿、茹法珍二人而已。诸君德载累世，勋著先朝，属无妄之时，居道消之运，受迫群竖，念有危惧。大军近次，当各思拔迹，来赴军门。檄到之日，有能斩送虫儿、法珍首者，封二千户，开国县侯！若迷惑凶党，敢拒军锋，刑兹无赦，戮及宗族！赏罚之信，有如皦日！江水在此，誓不食言！

是时宁朔将军王法度，延宕不进，勒令免官；改遣冠军将军杨公则进拔巴陵，直向湘州。又命辅国将军邓元起，进兵夏口。适夏侯详子骁骑将军亶，自建康逃至江陵，颖胄遂授以密计，教他托称宣德太后敕令，谓南康王宜纂承皇祚，方俟清宫，未即大号，可封十郡为宣城王，相国荆州牧，加黄钺，选百官，领西中郎府南康国如故。凡遇军次，近路军主，宜详依旧典，备驾奉迎等语。时将年暮，宝融拟俟新岁受命，但将太后敕颁示四方。

萧衍部署军马，即拟启行。竟陵太守曹景宗，劝衍迎宝融至襄阳，建都正位，然后进军，衍置诸不答。（已有帝制自为之意。）长史王茂语张弘策道："今使南康王置人手中，彼挟天子令诸侯，节下前进，受人指使，这岂是他日的长计么？"弘策依言白衍，衍微笑道："若前途大事不捷，势且兰芝同焚；幸而得克，方且威震四海，怎敢不从！岂长是碌碌因人，听他处分么？"（志意毕露。）

先是陈、崔发难，人心不安。上庸太守韦叡道："陈虽旧将，非命世才，崔颇历练，庸懦不武，怎能成事？欲平天下，必在我州将呢！"乃遣二子结识萧衍。衍既起兵，叡率精兵二千，倍道诣襄阳。华山太守康绚，亦率三千人往会。沩均口戍弁冯道根，方居母丧，亦率乡人子弟依衍。梁南、秦二州刺史柳惔，即柳忱兄，亦起兵相应。

衍在沔南立新野郡，安置新附，候令调遣。都中已备闻消息，下诏讨荆、雍二州。命冠军长史刘浍为雍州刺史，遣骁骑将军薛元嗣、制局监暨荣伯，带领兵士，并运粮百四十余艘，送交郢州刺史张冲，使拒西师。元嗣等得江陵檄文，有张郢州悉力齐奋一语，未免生疑，且惩刘山阳覆辙，益有惧心，乃停住夏口浦，不敢入郢。嗣闻西师将至，张冲亦未通江陵，乃输粮入郢城。前竟陵太守房僧寄，卸职还都，途次接着朝敕，令留守鲁山，除拜骁骑将军。张冲与他结盟，更遣军将孙乐祖，率数千人助守。萧颖胄与邓元起，寄书张冲，劝令归附，冲竟不从。杨公则兵至湘州，湘州行事张宝积迎降，公则驰入长沙，揭示安民，湘州遂定。

越年为永元三年，南康王宝融，始称相国，颁令大赦，惟梅虫儿、茹法珍不在赦例。令萧颖胄为左长史，号镇军将军，萧衍为征东将军，杨公则为湘州刺史。衍自襄阳出兵，积雪开霁，众皆欢跃，留弟伟总府州事，憺守垒城。魏兴太守裴师仁、齐兴太守颜僧都，不受衍命，反举兵袭襄阳，幸伟、憺发兵邀击，大破二军，裴、颜等遁去，雍州乃安，衍得无后顾忧。

行次竟陵，命长史王茂、太守曹景宗为前军，留中兵参军张法安守城。诸将共白萧衍，请用正军围郢，偏军袭西阳武昌，衍摇首道："房僧寄固守鲁山，与郢城为犄角，我若悉众前进，僧寄必来绝我后，悔无可及！今遣王曹诸军渡江，与荆州军合，共逼郢城，我自围鲁山，通道沔汉，使郢城、竟陵济粟，江陵、湘中济兵，兵多食足，何忧两城不拔？天下事正可坐定呢！"（成算在胸。）乃使王茂等率众济江。

进次九里，正值郢州参军陈光静，前来搦战，由茂等一鼓杀退。光静身受重伤，还城即死。张冲闭城自守，茂与景宗，遂进拔石桥浦。荆州将邓元起、王世兴、田安之，率数千人，来会雍州兵；湘州刺史杨公则，亦悉众至夏口，萧颖胄命荆州诸军，皆受公则节度，另使参军刘坦为长沙太守，行湘州事。坦先尝任职湘州，素得民心，至是下车，民多欢迎。坦遂发民运粮，得三十余万斛，助荆雍军，兵食才免匮乏。衍筑汉口城阻住鲁山，且命水军将张惠绍游弋江中，断绝郢、鲁二城往来。张冲恚愤成疾，便即逝世。骁骑军薛元嗣，与冲子孜及征虏长史程茂，共守郢城。

两军尚相持未下，南康王宝融，已由萧颖胄等劝进，即位江陵，改元中兴。就南北郊设立宗庙，宫府悉依建康旧制。立皇后王氏，授萧颖胄为尚书令，兼守本官，萧衍为左仆射，都督征讨诸军，夏侯详为中领军，晋安王宝义（明帝长子）为司空，庐陵王宝源（明帝第五子）为车骑将军，开府仪同三司，建安王宝夤（明帝第六子）为徐州刺史，将军萧伟为雍州刺史，废主宝卷为涪陵王，大赦天下。梅虫儿、茹法珍仍不准赦。且遣御史中丞宗夬至夏口，慰劳衍军。宁朔将军庾域，隶衍部下，为衍语夬道："黄钺未加，不便总率侯伯，君何不代为请命？"夬应诺而还。未几即由冠军将军颖达，来助衍军，乘便传敕，假衍黄钺，衍欣然领命。小子有诗叹道：

未经建绩已怀奸，黄钺秉承始上坛；
千古枭雄同一例，果然名器假人难！

衍既受黄钺，即道出沔江，命王茂、萧颖达进逼郢城。欲知郢城攻守如何，答待下回再叙。

萧颖胄之起事江陵，实由萧衍诱成之，是颖胄之才智，已非衍敌。宝融固一傀儡耳，颖胄亦一萧衍之傀儡也。曹景宗反劝衍奉迎宝融，安知衍之本意？衍岂甘居人下者？彼为衍效力诸军将，皆傀儡中之傀儡耳。观其初出夏口，即欲假黄钺，其居心已可概见。宋齐开国之王，何一不自假钺始耶！檄文一篇，却写得声容并壮，是南朝时代一篇好文字，故特录之。

第三十八回 张欣泰败谋罹重辟 王珍国惧祸弑昏君

却说萧衍出沔，命王茂、萧颖达等进逼郢城。薛元嗣不敢出战，但闭城严守，并遣使至建康乞援。宝卷已命豫州刺史陈伯之，移镇江州，西击荆、雍，至是复令军将吴子阳、陈虎牙等，率十三军往救郢州，进屯巴口。

萧颖胄令席阐文至军前语萧衍道："今顿兵两岸，不并军围郢，定西阳、武昌，转取江州，似已失计，不如向魏通好，乞师为助，尚是上策。"衍笑语道："汉口路通荆、雍，控引秦梁，粮运资储，四面可达，所以兵压汉口，连结数州。今若并军围郢，又分兵前进，鲁山必截我后路，粮道不通，如何持久！西阳、武昌，非不可取，但取得二城，应该分兵把守，最少须有万人，粮饷相等。倘使东军西来，用万人攻两城，我若再分军应援，首尾俱弱，否则孤城必陷，一城失守，全局土崩，天下事从此去了！今若得拔郢城，西阳、武昌自然风靡，何必先分兵散众，自取祸患呢！大丈夫举事，欲清天步，拥数州兵入诛群小，譬如悬河注火，一扑即灭，怎得北面事虏，求援戎狄？彼未信我，我已足羞，这是下计，何谓上策！卿为我还白镇军，（即指颖胄。）前途攻取，不妨悉委，事在目中，无虑不捷，但仗镇军静镇便了！"（料得着，说得透。）阐文惟惟而去。衍命军将梁天惠等屯渔湖城，唐修期等屯白阳垒，夹岸相对，专待东军到来。

吴子阳进至加湖，距郢城约三十里，见西师沿路设屯，不敢前敌，但倚山带水，筑寨自固。会值春水暴涨，衍使王茂等率领自师，夜袭加湖。子阳未曾预备，骤闻西军大至，战鼓喧天，急得心慌意乱，不遑部署。那王茂等已登岸攻寨，杀进帐中，子阳上马急奔，仓皇走脱，将士溺死杀死，不可胜计。茂等俘得余众，回营报功。郢、鲁二城，闻子阳败去，相率夺气。鲁山守将房僧寄，又遭病死，众推助防将孙乐祖为主，仍复拒守。无如粮食已罄，所有军士只在矶头捕鱼供食。衍探悉情形，恐他出走，特遣偏军截住去路，一面致书劝降。孙乐祖窘迫无计，只好依了衍书，举城归顺。

郢城被围，已经数月，士卒十死七八，守将薛元嗣、邓茂，日坐围城，惶急万状。衍令孙乐祖作书招降，元嗣等以鲁山失守，孤城万难保全，不得已令张孜复书，情愿投诚。张冲故吏房长瑜语孜道："前使君忠贯昊天，郎君亦当坐守画一，负荷析薪；若天命已去，惟有幅巾待命，下从使君，奈何觍颜出降呢！"孜不能从，与薛、邓等迎纳衍军。衍即令韦叡为江夏太守，行郢府事，恤死抚生，郢人大安。

诸将欲休兵夏口，缓日进行，衍叱道："此时不乘胜长驱，直捣建康，尚待何时！"张弘策、庾域等，亦以为然，乃整军出发，陆续东行。

可笑那齐主宝卷，尚在都中撤阅武堂，改造芳乐苑，恣意奢淫。苑中山石，概涂五采，闻民家有好树美石，概毁墙撤屋，徙置苑间。傍池筑榭，叠石成楼，复壁邃房，俱绘着裸体男女，作猥亵状。又就苑中设立店肆，使宦官宫妾，共为稗贩，命潘妃为市令，自为市吏录事。遇有争斗等情，概就潘妃判断，应罚应笞，一由妃意。宝卷自有小过，妃辄上座审讯，或罚宝卷长跪，甚且加杖，宝卷乐受如饴。（后世之跪踏板者，想是受教东昏。）复开渠立埭，躬自引船，埭上设店，入坐屠肉。都下有歌谣云："阅武堂，种杨柳，至尊屠肉，潘妃酤酒。"宝卷闻歌，愈觉得意，待遇潘妃，不啻孝子。潘妃生女，百日夭殇，他却自服衰绖，内衣亦悉著粗布，积旬不听音乐，群小来吊，盘旋坐地，举手受执蔬膳。后经伥子王宝孙等，并营肴馐，云为天子解菜，方食荤腥。（潘妃无福，不能早死，若此时病殁，倒有一个大孝子，应比潘妃女哀毁十倍。）

潘妃父宝庆，与诸小共逞奸毒，富人悉诬为罪犯，籍资归己，又辗转牵连，一家被陷，祸及亲邻，宝卷概不过问。惟素性好淫，虽然畏惮潘妃，尚引诸姊妹游苑，觑隙交欢。或为潘妃所闻，辄召入杖责，乃敕侍臣不得进荆荻，期免凌辱。（古今无此愚主。）又偏信蒋侯神（即蒋子文），迎入宫中，尊为灵帝，昼夜祈祷。嬖臣朱光尚，自言能见鬼神，日引巫觋，哄诱宝卷，宝卷迷信益深。博士范云语光尚道："君是天子要人，当思为万全计。"光尚道："至尊不可谏正，当托鬼神达意便了。"既而宝卷出游，人马忽惊，便顾问光尚，光尚诡词道："向见先帝大瞋，不许屡出。"宝卷大怒道："鬼在何处？汝快导我前去，杀死了他！"遂拔刀促行。光尚无法，只得领他寻鬼，盘旋了好几次，方言鬼已遁去，因缚菰为明帝形，北向枭首，悬诸苑门。（可恨可笑。）

先是昭胄兄弟，奔投崔慧景，悲景败死，昭胄等幸免株连，仍得以王侯还第，惟心中总不自安。前为竟陵王防阁将军桑偃，至是入宫，为梅虫儿军副，因感子良旧恩，谋立昭胄。（子良即昭胄父，见三十六回。）故巴西太守萧寅，与桑偃友善，亦与同谋。昭胄预许寅为尚书左仆射护军，复遣人诱说新亭戍将胡松，约言宝卷出游，即闭城行废立事；若宝卷奔至新亭，幸勿纳入，松亦许诺。适宝卷新造芳乐苑，经月不出，偃等拟募健儿百余人，从万春门入刺宝卷，昭胄谓非良策。偃党王山沙虑事久无成，转告御刀徐僧重，谋遂被泄。昭胄弟兄，与桑偃等，皆为所捕，同时伏诛。

胡松闻昭胄事败，隐怀危惧。会新除雍州刺史张欣泰与弟欣时，递给密书，将与前南谯太守王灵秀、直阁将军鸿选等，奉立建安王宝夤，废去宝卷，诛诸嬖幸，乞松为助。松当然复书赞成。宝卷方遣中书舍人冯元嗣，往援郢州，茹法珍、梅虫儿，及太子右卫率李居士、制局监杨明泰，送元嗣至新亭。欣泰使人怀刃，随着元嗣，俟法珍等入座饯别，突起斫元嗣头，坠入盘中。明泰慌忙救护，也被刺倒，剖腹流肠。虫儿亦受伤数处，手指皆堕，忍痛逃出。法珍、居士，抢先急走，驰还台城。王灵秀趋至石头，迎入建安王宝夤，百姓数千人，皆空手相随，欣泰亦驰马入宫。

说时迟，那时快，法珍等知有变祸，飞马奔还，先至禁中，闭门上仗，禁止出入。欣泰不得进去，鸿选亦不敢发，宝夤入憩杜姥宅待至日暮，并没有喜信传到，从人渐渐溃散。宝夤再欲出城，城门已闭，城上有人守着，用箭射下，自知不能脱走，仍然折回，向隐僻处躲避三日。城中大索罪人，欣泰等次第见收，统遭死罪，连胡松亦俱收诛。宝夤索性出来，戎服诣草市尉，自请处分。（还是此着。）尉报宝卷，宝卷召宝夤入宫，问明原委，宝夤泣答道："臣在石头，不知内情，偏有人逼使上车，令入台城，左右皆有人监制，不许自由。今左右皆去，臣始得出诣廷尉，自行请罪。"（亏他善诳，暂得保全性命。）宝卷不禁冷笑，再经宝夤哀请，始令仍复爵位。（宝卷还能顾全兄弟，不似乃父残忍。）

嗣又命宝夤为荆州刺史，冠军将军王珍国为雍州刺史，辅国将军申胄监郢州事，龙骧将军马仙琕监豫州事，骁骑将军徐元称监徐州事，特简太子右卫率李居士，总督西讨诸军事，屯新亭城。旋闻江州刺史陈伯之降附衍军，乃更令居士兼领江州刺史。

伯之初镇江州，为吴子扬等声援，子扬败去，郢、鲁二城，俱为衍有。衍语诸将道："用兵非必需实力，但教威声夺人，已足使远近丧胆。寻阳不必劳兵，一经传檄，自可立定了。"乃命查检俘囚，得伯之旧部苏隆之，厚加赏赐，令招伯之，且仍许伯之为江州刺史。过了数日，隆之返报，果得伯之降书，但云大军不应遽下。衍笑道："伯之虽云归附，还是首鼠两端，我军今宜往逼，使他计无所出，方肯诚心来降。"乃命邓元起引兵先驱，自率杨公则等从后继进，伯之退保湖口，留陈虎牙守湓城。虎牙即伯之子。至衍军进薄寻阳，伯之只好迎降。

新蔡太守席谦，从伯之镇寻阳。乃父恭祖，曾为镇西司马，被鱼复侯子响杀死。（子响事见二十八回。）谦闻衍东下，语伯之道："我家世忠贞，有死无二。"伯之遂拔刀杀谦，出城迎衍，束甲待罪。衍托宝融命令，授伯之为江州刺史，虎牙为徐州刺史。汝南民胡文超，亦起兵遥应，司州刺史王僧景，遣子贞孙请降。衍遂留骁骑将军郑绍叔守寻阳，与伯之引兵东下。临行语绍叔道：“卿是我萧何、寇恂呢！（隐以汉高、光武自居，怎肯受制宝融。）事若不捷，我应任咎，粮运不继，责专在卿。”绍叔流涕应命，衍得无后顾忧，专向建康。

忽由江陵驰到急使，报称巴西太守鲁休烈、巴东太守萧惠子璜，出兵峡口，东击江陵，将军刘孝庆败走，任漾之战死，江陵危急，请即遣还杨公则，顾救根本。衍复答道：“公则已经东向，若令他折回江陵，就使兼程趋至，亦恐不及。休烈等系是乌合，不能久持，但教镇军少须持重，便足退敌。必欲急需兵力，两弟在雍，尽可调遣，较易入援，请镇军酌夺！”来使还报颖胄，颖胄自遣军将蔡道恭，出屯上明，抵御巴军。

衍驱兵东进，直指江宁。宝卷以前次乱事，不久即平，此次亦视若寻常，仅备百日刍粮，且顾语茹法珍道：“待叛众来至白门，当与一决。”嗣闻衍军已抵近郊，乃聚兵议守。特赦二尚方二冶囚徒，充配军役，惟已经论死，不得再活，即牵至朱雀门外，斩决了案。总督军士李居士，自新亭出屯江宁，西军先锋曹景宗，率兵至江宁城下，未曾列营，居士即出兵邀击，鼓噪而前，景宗麾军迎战，劲气直进，大破居士。居士遁还新亭，景宗乘胜进逼，王茂、邓元起、吕僧珍依次继进。新亭城主江道林，引兵出战，被各军左右夹攻，悉数擒归。于是景宗据皂荚桥，王茂据越城，邓元起据道士墩，陈伯之据篱门。李居士侦得僧珍兵少，复率锐卒万人，薄僧珍垒。僧珍道：“我兵不多，未可逆战，须俟他入堑，并力向前，方可获胜。”俄而居士兵皆越堑拔栅，僧珍分兵上城，矢石俱发。自率马步三百人，绕出居士后面，城上人复下城出击，号炮一声，内外齐奋，杀得居士胆战心寒，拨马奔回，又丧失了许多甲械。

宝卷再遣征虏将军王珍国，及军将胡虎牙，率精兵十余万，列阵朱雀航南，宦官王宝孙持白虎幡督战，开航背水，自绝归路，示与西军拼命。两军初交，东军却是厉害，并力冲击，西军稍稍却退。王茂奋然下马，单刀直前，茂甥韦欣庆，手扶铁缠矟，翼茂继进；曹景宗复麾兵直上，专向东军中坚，冒死突入，东军也抵死招架，鼓声咚咚，杀气腾腾，几乎天昏地暗，寒日无光。适遇西风骤起，飞石扬沙，吕僧珍乘风纵火，焚扑东营，珍国等不禁骇乱，纷纷退走。王宝孙持幡大骂，斥辱诸将，直阁将军席豪，发愤西向，突入西军阵内，西军已经得势，就使生龙活虎，也要食肉寝皮，何况是区区一个席豪，当下将豪围住，你刀我槊，把豪槊成几个窟窿，眼见是不能活了。豪系著名骁将，一经战殁，全军瓦解，赴淮溺死，数不胜计，积尸与航等，宝孙亦弃幡逃回。（只有这般胆力，何必信口骂人。）

衍军追至宣阳门，都中恟惧。宁朔将军徐元瑜，举东府城出降。青、冀二州刺史恒和，奉召入援，见衍军势盛，也率众请降。光禄大夫张环，弃去石头，奔还宫中。李居士孤守新亭，也穷蹙乞降。衍入石头城，令诸军围攻六门。宝卷命烧门内营署，驱兵民尽入宫城，闭门自守。外军筑起长围，把他困住。都人谓宝卷出游，随处障幔，叫作长围，（见三十六回。）便是预谶。衍家弟侄，前遭懿难，逃匿各处，至此俱出赴军前，衍令他晓谕各戍，劝令从顺。于是京口屯将左僧庆、广陵屯将常僧景、瓜步屯将李叔献、破墩屯将申胄，相继奉书，愿归麾下。衍遣弟秀镇京口，恢镇破墩，各权授辅国将军；从弟景镇广陵，权授宁朔将军。

嗣接中领军夏侯详密函，报称颖胄病殁，因恐巴东、巴西两军乘隙进逼，所以秘不发丧。衍作书答详，令亟向雍州征兵，自在军中亦绝口不谈颖胄死事。详遂向雍征兵，留守萧伟，遣弟憺赴援。巴东西军闻建康已危，且有援军来攻，相率骇散。萧璝、鲁休烈，不得已投降宝融。江陵乃为颖胄发丧，追赠丞相，封巴东公，予谥献武。（速死为幸，否则和帝废死，颖胄亦恐难幸免了。）

自颖胄死后，众望尽属萧衍，衍已得宝融诏敕，便宜从事，此时中外归心，更觉大权在握，可以任所欲为了。

宝卷为衍所困，城中军事，悉委王珍国，兖州刺史张稷入卫，受命为珍国副手，兵甲尚有七万人。宝卷与黄门刀敕，及后宫健妇，习斗华光殿，佯作败状，仆地僵卧，令宫人用板舁去，号为厌胜。又尝跨马出入，用金银为铠胄，饰以孔翠，昼眠夜起，仍如平时。（倒也亏他镇定。）或闻外面鼓噪声，便自被大红袍，登景楼屋上，遥望外兵，流矢几及足胫，却也不甚畏惧，从容下楼，但遣朱光尚祷蒋侯神，求福禳灾。茹法珍发兵出战，一再败还，乃请诸宝卷，乞发库银犒军，振作士心。宝卷道："贼来岂独取我么？何故向我求物！"（愚鄙可笑。）后堂贮数百具大木，法珍等欲移作城防，宝卷谓留此造殿，不得妄移，并饬工匠雕镂杂物，务求速成。（岂已自知要死，速成玩物，以图一快耶？抑恃有蒋侯神默祷耶？）众情无不怨怠，惟待早亡，但无人敢为首难。

梅虫儿又邀同法珍，入白宝卷道："大臣不忠，使长围不解，陛下宜诛罪伸威，方得军人效命！"宝卷迟疑未决，那消息已传达军中，王珍国、张稷当然忧惧，即密遣亲吏出城，赍一明镜，献与萧衍，衍亦断金为报。（各寓隐情。）珍国遂与稷定谋，令兖州参军冯翌、张齐，入弑宝卷，并约后阁舍人钱强，御刀丰勇之为内应。

时已残冬，宝卷在含德殿中，与潘妃等夜饮，仍然是笙歌杂奏，环佩成围。（只此半夕了。）钱强潜开云龙门，放入张齐、冯翌等人，自为前导，直趋含德殿。宝卷已经撤宴，潘妃等均返后宫，只宝卷饶有醉意，暂就殿中寝榻，为休息计。突闻兵入，即趋出北户，欲还后宫，宫门已闭，宦官黄泰平，用刀刺宝卷膝，痛极仆地，外兵已经驰入，张齐执刀先驱，见宝卷仆地呼号，便手起刀落，劈作两段。宝卷年才十九，在位三年。

珍国与稷，也引兵入殿，召尚书右仆射王亮等，列坐殿前，令百僚署笺，并用黄绌裹宝卷首，遣博士范云等，送诣石头。右卫将军王志叹道："冠虽敝不能加足，奈何倒行逆施呢！"遂佯作痴呆，不肯署名。云等既至石头城，萧衍大喜，且因与云有旧，留参帷幄，使张弘策等先入清宫，封府库及图籍。城中珍宝委积，由弘策禁勒部曲，秋毫无犯。杨公则率兵入东掖门，卫送公卿士民出城，俱使安归，毫不侵掠。惟拿下茹法珍、梅虫儿、王宝孙、王咺之等四十一人，及妖艳淫靡的潘贵妃，拘系狱中，听候萧衍发落。衍乃入屯阅武堂，用宣德太后令，追废涪陵王宝卷为东昏侯，褚后及太子诵为庶人。小子因有诗叹道：

到底淫荒足杀身，为君在位仅三春。

孽妃受戮原同罪，但累妻孥作庶人！

欲知太后令中，如何措词，请看官续阅下回。

宝卷即位三年，变乱四起，至于荆、雍举事，已失上游，非陈显达之仅恃江州，崔慧景之专依京口，所得而比。乃犹撤阅武堂，筑芳乐苑，穷奢极欲，恣意荒淫，其致亡也必矣。萧昭胄意图自立，无兵可恃，张欣泰欲拥立宝夤，其失与昭胄等。假使外应荆、雍，伏甲以待，则他日成事，亦不失王侯之赏，乃自便私图，侥幸求逞，故宝卷可亡，而二人不能亡宝卷，反致速死。及西军长驱入都，宫廷被围，王珍国等谋贰于内，不烦兵戈，而昏主授首。萧衍无弑主之名，坐收讨乱之实，虽其智力过人，亦未始非乘势待时之利也。然举兵之始，即以天子自居，彼心目中固已无宝融矣。萧鸾残害骨肉，卒不能保全子嗣，终为疏族所篡夺，猜忍者果何益哉！

第三十九回 谏远色王茂得娇娃 窃大宝萧衍行弑逆

却说萧衍入屯阅武堂，即称奉宣德太后命令，晓示官民。大略说是：

皇室受终，祖宗齐圣，太祖高皇帝肇基骏命，膺箓受图，世祖武皇帝系明下武，高宗明皇帝重隆景业，咸降年不永。宫车早晏。皇祚之重，允属储元，而禀质凶愚，发于稚齿。爰自保姆，迄至成童，忍戾昏顽，触途必著。高宗留心正嫡，立嫡惟长，辅以群才，间以贤戚，内外扶持，冀免多难。未及期稔，便逞屠戮，密戚近亲，元勋良辅，覆族歼门，旬月相系。凡所任杖，尽慝穷奸，皆营伍屠贩，容状险丑，身秉朝权，手断国命，诛戮无辜，纳其财产，睚眦之间，屠覆比屋。身居元首，好是贱事，危冠短服，坐卧以之。晨出夜返，无复已极，驱斥氓庶，巷无居人，老幼奔皇，置身无所。东迈西屏，北出南驱，负疾舆尸，填街塞陌。兴筑缮造，日夜不穷，晨构夕毁，朝穿暮塞，络以随珠，方斯已陋，饰以璧珰，曾何足道。时暑赫曦，流金铄石，移竹艺果，匪日伊夜，根未及植，叶已先枯，畚锸纷纭，动倦无已。散费国储，专事浮饰，逼夺民财，自近及远，兆庶恟恟，流窜道路，工商稗贩，行号道法。屈此万乘，躬事角觝，昂首翘肩，逞能橦木，观者如堵，曾无怍容。芳乐华林，并立阛阓，踞肆鼓刀，手操轻重，干戈鼓操，昏晓靡息，无戎而城，岂足云譬。至于居丧淫宴之愆，三年载弄之丑，反道违常之衅，牝鸡晨鸣之慝，于事已细，尚可得而略也。罄楚越之竹，未足以言，校辛癸之君，岂或能匹！征东将军忠武奋发，投袂万里，光奉明圣，翌成中兴，乘胜席卷，扫清京邑。而群小靡识，婴城自固，缓戮稽诛，倏逾旬月。宜速剿定，宁我邦家。乃潜遣间介，密宣此旨，忠勇齐奋，遄加荡朴，放斥昏凶，卫送外第。未亡人不幸遭此百罹，感念存殁，心焉如割。令依汉海昏侯（即昌邑王贺）故事，宝卷降封为东昏侯，宝卷后褚氏，及太子诵并为庶人。肃清宫掖，重见升平，未亡人亦与有幸焉。

看官！你想此时的宣德太后，出居鄱阳王故第，来管什么朝事？（也轮不着管。）萧衍不欲自居废立，因借太后为名，这也是古今废立的常例。又托太后命令，进衍为大司马，录尚书事，兼骠骑大将军、扬州刺史，封建安郡公，承制行事，百僚致敬。王亮出见萧衍，衍与语道："颠而不扶，焉用彼相！"亮答道："若果可扶，明公亦不得有今日！"衍不禁大笑，即授亮为长史，以司徒扬州刺史晋安王宝义为太慰，仍领司徒，改封建安王宝夤为鄱阳王。衍弟宏得拜中护军。诛茹法珍、梅虫儿、王宝孙、王咺之等四十一人。潘贵妃尚在狱中，衍不忍加戮，意欲留侍巾栉，特商诸领军王茂。茂答道："亡齐乃是此物！若留居宫中，必招外议。"衍不得已勒令缢死。（威福已享尽了。）当下颁发敕文，蠲除敝制，放宫女二千人出宫，分赐将士。惟余妃、吴淑媛，华色未衰，衍早闻艳名，便即入镇殿中，据住二美。还有宫人阮氏，系始安王遥光妾媵，遥光败后，没入掖庭，也生得身材袅娜，体态轻盈。衍亦纳为彩女，随意谐欢。（均为后文伏线。）自古英雄多好色，这也不足深怪。

当时远近州郡，均望风纳款，独豫州刺史马仙琕、吴兴太守袁昂，不肯受命。衍使仙琕故人姚仲宾招降。仙琕设筵相待，至仲宾述及衍意，被仙琕叱出，枭示军门。驾部郎江革，为衍致书袁昂，书中略云："根本既倾，枝叶安附，况竭力昏主，未足为忠，家门屠戮，非所谓孝，何若幡然改图，自招多福。"昂复书婉拒，大致谓既食人禄，不便遽忘，请示含容，勿责后至等语。衍乃复命李元履为豫州刺史，出抚东土，令勿以兵威从事。元履还吴兴，昂仍然不降，但开门撤备，由他拘去。及转招仙琕，仙琕泣语将士道："我受人任寄，义不容降，君等皆有父母，不应令家属坐诛，我为忠臣，君等为孝子，两无所憾了！”乃悉遣将士出降，尚剩壮士数十人，闭门独守，俄而元履兵入，仙琕令壮士持弓相待，兵不敢逼。到了日暮，仙琕始投弓道：“诸君但来见取，我义不降！”兵士始执住仙琕，槛送建康。衍见马、袁两人送至，亲为释缚，且语左右道：“令天下见二义士。”两人感衍厚意，始皆归降。（仍然降顺，前时何必做作！）

衍前在竟陵王西邸，曾与范云、沈约、任昉等同处宾僚，（见二十七回。）至是怀念故交，引范云为谘议，沈约为司马，任昉为记室。又征前吴兴太守谢朏、国子祭酒何胤，二人不至。衍迎宣德太后王氏入宫，即于中兴二年正月，奉后称制，自撤承制二字，余官如故。沈约入语衍道：“齐祚已终，明公当入承帝运，虽欲自守谦光，恐不可复得了。”衍沉吟道：“此事可行得么？”约又道：“天人相应，何不可行！”衍复嗫嚅道：“且待三思。”约慨答道：“公初建牙樊沔，应该三思，今王业已成，何容疑虑！若不早定大业，将来天子入都，公卿在位，君臣分定，无复异心；果使君明臣忠，难道尚有他人助公作贼么？”（极力怂恿，好个梁初走狗。）衍始点首。

约既趋出，复召范云入议，云所对亦如沈言。衍欣然道：“智士所见略同，卿明早与休文更来。”云出语约，约答道：“明晨须要待我，同见大司马。”云笑道：“休文何必多虑，当然相待。”遂拱手别去。休文是约表字。诘旦云仍趋入，未见约至，待了多时，仍然没有到来，问明殿中卫士，方知约已早入，不禁惊诧异常。本欲闯将进去，又恐未奉传宣，不便遽入，乃徘徊寿光阁下，连呼咄咄怪事！（攀龙附凤，应走先着，云自己落后，被人愚弄，何怪之有！）既而见约出来，慌忙迎问道：“何以处我？”约举手向左，云始解颐道：“幸不失望！”看官道是何因？原来沈约左指，便是令云为左仆射的意思。云已经解意，所以转惊为喜，即得开颜。（热中如此，可叹可鄙！）

未几由衍召入，取出数纸，折递与云。云接入手中，约略瞧视，一纸是加九锡文，一纸是封梁王文，还有一纸，竟是内禅诏书，不由的失声道：“好快笔墨！”（从范云目中看出，笔法不平。）衍叹道：

"休文才智，当今无匹。我起兵至今，已历三年，诸将同心辅助，各有功劳，但造成帝业，惟卿与休文二人！"云欣然称谢。

越数日，即诏进大司马衍位相国，总百揆，领扬州牧，封十郡为梁公，备九锡礼。又越数日，复诏梁公增封十郡，进爵为王。所有梁国要职，悉依天朝成制。于是授沈约为吏部尚书，兼右仆射，范云为侍中。云前为约诳，致落人后。此时日夕留心，恨不把梁王衍即刻抬上，便好做个开国元勋。自二月间衍封梁王，迁迟旬月，尚不闻准备受禅，连衍亦未曾提及，不禁格外心焦。常思乘间进言，偏衍深居简出，除出殿视事、对众裁决外，镇日里在内休养。有时云入启事，且往往谢绝，不得见面。仔细探听，方知衍为女色所迷，竟将大事搁起。

衍妻郗氏，为故太子舍人郗晔女，幼即明慧，善隶书，通史传，女工女容，无不娴熟。宋后废帝昱欲纳女为后，事不果行；齐初安陆王缅，又欲娶女为妃，郗家托词女疾，婚议复寝。建元末年，竟嫁衍为妻，伉俪甚谐。衍出为雍州刺史，郗氏随行，病殁襄阳官廨中。惟郗氏在日，性多妒忌，禁衍置妾。衍只有一妾丁氏，尝遭郗氏虐待，每日使舂米五斛。幸丁氏是一村女，不甚懦弱，却还吃苦得起，按日照舂。若有神助，从未违限，亦无怨言。郗氏迭生三女，不得一男，丁又遭忌，鲜得当夕。及郗氏病死，丁氏始得怀妊，产下一男，取名为统，就是后来的昭明太子。统生月余，衍起师围郢，丁氏母子，当然是不便随行，留居雍城。（带叙萧衍妻妾，贯穿前后。）

及衍既入建康，已做了两年旷夫，骤得余、吴两姬，趋承左右，朝拥暮偎，欢乐可知。惟吴淑媛已经有娠，未便常侍枕席，遂令余妃专宠，日夕相亲。这位多才多智的梁王衍，也被那色魔扰住，几乎似醉似痴，沉湎不治。（色之害人大矣哉！）

云既洞悉情由，遂屡次求见，衍不好屡却，或诸进谒。云请屏去左右，衍但说左右俱是心腹，有事不妨尽言。究竟投鼠忌器，属耳须防，云恐为左右泄语，未敢直谏，只得隐约陈情，劝衍戒色。衍虽然面允，耽乐如故。云乃想出一计，特邀领军王茂，一同进谏。茂佐衍起兵，战必先驱，推为功首，初为雍州长史，超迁至领军将军，衍格外优待，言听计从。云得茂为帮手，便放胆进去，排闼入见，衍惊问何因？云朗声道："昔汉高祖居山东，贪财好色，及入关定秦，财帛无所取，妇女无所幸，范增畏他志大，后来终得成功。今明公始定建康，海内方想望风声，奈何为色所迷，取亡国女子，自累盛德呢！"衍默然不答，茂即下拜道："范云言是！公以天下为念，不宜留此亡国妇。"

衍被二人缠住，勉强答说道："我便当放她出去。"云趁势进言道："公既采纳愚言，便应速行。前时放出宫人二千名，分赏将士，独王领军尚无所得。王领军为公效力，忠勇过人，何为独令向隅？今愿将余、吴二姬，择一为赐！"衍遽答道："吴氏已有娠了。"云复道："吴既有娠，请出余氏赉茂罢。"说至此，以目视茂，茂即顿首拜谢。衍心实不愿，转思大事将成，不能为一女子，违忤功臣，反滋众怨，因慨然语茂道："我便将余氏赉卿！"说着，顾令左右，召出余氏，竟命王茂领去。余妃不防有此一着，急得蛾眉紧蹙，珠泪欲垂，当即拜倒衍前，嘤嘤泣语。衍不待启口，便拂袖起座道："汝去罢！不必多说了。"又顾王茂道："卿须善待此妇，勿负我言！"一面说，一面走入内室去了。（有此决心，故得为帝四十余年。）余氏不好再留，只得起身收泪，随茂出门，上舆赴茂私第。从此又另是一番情缘，毋庸细表。（倒便宜了王茂。）

且说衍既放出余妃，复赐云、茂钱各百万，（是霸王权术。）于是决计篡齐，准备参禅。湘东王宝晊，系安陆王缅嗣子，素好文学，为衍所忌，诬他谋反，立即捕诛。宝晊弟宝览、宝宏，一并受戮。还有邵陵王宝攸、晋熙王宝嵩、桂阳王宝贞，年龄都不过十岁上下，都缘宝晊连坐，悉令自尽。庐陵王宝玄忧死，鄱阳王宝夤，穿墙夜出，逃匿山涧，昼伏夜行，得抵寿阳东城，投降北魏。明帝诸子，只剩了晋安王宝义及江陵嗣主宝融，衍乃奉表江陵，佯请宝融东归，入都为帝。宝融带领百官，便即启行，留萧儋为荆州刺史，都督荆湘军事。

那边马首是瞻，这边已攀龙附凤，自行劝进。接连上陈符瑞，迭报祯祥，或称景星见，或称甘露降，或称凤凰至，或称驺虞兴，种种奇异，不知他是真是假，统说是上天应命，百兽率仪。沈约、范云等又贻书夏侯详，教他迫主禅位，不得迟延。夏侯详见风使帆，乐得做个人情，同佐新朝景运。及宝融到了姑熟，便遣使入都，与范云、沈约等接洽，定受禅位。应用诏书，已由沈约草就，便即颁发出来。语云：

夫五德更始，三正迭兴，驭物资贤，登庸启圣。故帝迹所以代昌，王度所以改耀，革晦以明，由来尚矣。齐德沦微，危亡荐袭，隆昌凶虐，实违天地，永元昏暴，取紊神人。三光再沈，七庙如缀，鼎业几移，含识知泯。我高明之祚，眇焉将坠，永惟屯难，冰谷载怀。相国梁王，天诞睿哲，神纵灵武，德格玄祇，功均造物，止宗社之横流，及生民之涂炭，扶倾颓构之下，拯溺逝川之中，九区重辑，四维更纽，绝礼还纪，崩乐复张，文馆盈绅，戎亭息警，浃海隅以驰风，罄轮裳而禀朔，八表呈祥，五灵效祉，岂止鳞羽祯奇，星云瑞色而已哉！勋茂于百王，道昭乎万代，固已明配上天，光华日月者也。河岳表革命之符，图谶纪代终之运，乐推之心，幽显共积，歌颂之诚，华裔同著。昔水政既微，木德升绪，天之历数，实有攸归，握镜璇枢，允集明哲。朕虽庸蔽，闇于大道，永鉴崇替，为日已久，敢忘列代之高义，神人之至愿乎！今便敬禅于梁，即安姑熟，一依唐、虞、晋、宋故事，王其毋辞！

这诏传出，那宣德太后王氏，当然是不能安居，也由沈约等代下一令道：

西诏至，帝宪章前代，敬禅神器于梁。可临轩遣使，恭授玺绶，未亡人归于别宫，如令施行。

中兴二年四月壬戌日，宣德太后遣尚书令王亮等，奉玺绶诣梁宫，又有一两篇大文章。其玺书云：

夫生者天地之大德，人者含生之通称，并首同本，未知所以异也。而禀灵造化，贤愚之情不一，托性五常，强柔之分或舛。

群后靡一，争犯交兴，是故建君立长，用相司牧，非谓尊骄在上，以天下为私者也。兼以三正迭改，五运相迁，绿文赤字，征文表洛。在昔勋华，深达兹义，眷求明哲，授以蒸人。迁虞事夏，本因心于百姓，化殷为周，实受命于苍昊。爰自汉、魏，罔不率由，降及晋、宋，亦遵斯典。我高皇所以格文祖而抚归运，畏上天而恭宝历者也。至于季世，祸乱荐臻，王度纷纠，奸回炽积。亿兆夷人，刀俎为命，已然之逼，若线之危，跼天蹐地，逃形无所，群凶挟煽，志逞残戮，将欲先殄衣冠，次移龟鼎，衡保周召，并列宵人，巢幕累卵，方此非切。自非英圣远图，仁为己任，则鸱枭厉吻，翦焉已及。惟王崇高则天，博厚仪地，镕铸六合，陶甄万有。锋驲交驰，振灵武以遐略，云雷方扇，鞠义旅以勤王。扬旍旆于远路，戮奸宄于魏阙，德冠往初，功无与二，弘济艰难，缉熙敬止。待旦同乎殷后，日昃过于周文，风化肃穆，礼乐交畅。加以赦过宥罪，神武不杀，盛德昭于景纬，至义感于鬼神。若夫纳彼大麓，膺此归运，烈风不迷，乐推攸在，治五韪于已乱，重九鼎于既轻，自声教所及，车书所至，革面回首，讴吟德泽。九山灭祲，四渎安流，祥风扇起，淫雨静息，玄甲游于芳荃，素文驯于郊苑，跃九川于清溪，鸣六象于高岗，灵瑞杂沓，玄符昭著。《书》云：天监厥德，用集大命。《诗》云：文王在上，于昭于天。所以二仪乃眷，幽明永叶，岂惟宅是万邦，缉慈讴讼而已哉！朕用是拥璇沈首，属怀圣哲。昔水行告厌，我太祖既受命，代终在日，天禄永谢，亦以木德而传于梁。远寻前典，降惟近代，百辟遐迩，莫违朕心。今遣使兼太保侍中中书监尚书令王亮，兼太尉散骑常侍中书令王志，奉皇帝玺绂，受终之礼，一依唐、虞故事，王其陟兹元后，君临万方，式传洪烈，以答上天之休命！

衍既得玺书，踌躇满志，只形式上未便遽受，不得不抗表陈让，佯作谦恭。（又要抄老文章了。）齐百官豫章王元琳等八百十九人，及梁侍中范云等一百十七人，（此次由范云列首，也算如愿以偿。）再上书称臣，乞请践阼，衍尚谦让不受。太史令蒋道秀，陈天文符谶六十四条，事皆明著，（亏他摄拾。）范云等又复固请，乃择期丙寅日，即位南郊，祭告天地，登坛受百官朝贺。改齐中兴二年为梁天监元年，大赦天下。废齐主宝融为巴陵王，暂居姑熟，宣德太后为齐文帝妃，迁往别宫。皇后王氏为巴陵王妃，齐世王侯封爵，悉从降省，惟宋汝阴王不在降例。追尊父顺之为文皇帝，庙号太祖，母张氏为献皇后，追谥故妃郗氏为德皇后，追赠兄太傅懿为长沙王，予谥曰宣，弟融为桂阳王，予谥曰简，又因弟敷、畅并歿，赠敷为永阳王，予谥曰昭，畅为衡阳王，予谥曰宣。封拜文武功臣夏侯详等为公侯，食邑有差。

还宫以后，复召入沈约、范云等密商，拟改南海郡为巴陵国，徙居宝融。云未及答，约忙说道："不可慕虚名，受实祸。"梁主颔首。过了一日，即遣亲吏郑伯禽，驰赴姑熟，用生金进巴陵王。巴陵王宝融叹道："我死不须金，醇醪亦足了。"乃取酒令饮，饮至沉醉，就将他拉毙榻上，年才十五。伯禽返报，衍却托称暴亡，伪为哀恸，且追尊为齐和帝，葬恭安陵。先是文惠太子与才人共赋七言诗句，辄云愁和帝，至此方验。总计齐自太祖萧道成篡宋，至和帝亡国，凡七主，共二十三年。当时独有一个齐末忠臣，不食数日，为齐殉节。小子有诗赞道：

新朝佐命尽弹冠，独有孤臣大节完，
劲草疾风知不改，首阳遗石好重刊。

毕竟何人殉节，且至下回叙明。

沈约、范云，同赞逆谋，而约尤为狡黠。与云同约，即负云先入，但慕荣利，不顾小信，其心迹尤为可鄙。且云尚知谏衍，请出余妃，一节可取，而约独无闻。约第知劝衍受禅，迫宝融传位。即如宝晊等之受戮，亦安知非由约之参谋，不过史未之详耳。且衍废宝融，尚欲全其生命，而约独嗾使加弑，为衍弭祸，即为己固宠。范云之所不敢为者，约皆悍然为之，是衍之篡逆，实约一人首导之也。不然，衍因范云、王茂之直谏，能举余妃而急出之，未始非可与有为之主，假令辅佐得人，亦宁不能为唐高、宋太耶！篡即未免，弑或不为，略迹论心，不能不深恶痛嫉于沈休文矣！

第四十回 萧宝夤乞师伏虏阙 魏邢峦遣将夺梁州

却说齐和帝被弑，有一位殉节忠臣，绝粒而死，看官欲问他姓名，乃是琅琊人颜见远。他本为荆州参军，乃宝融称帝，进官御史中丞，至是独为齐死节。（备书爵里，法本紫阳。）梁主衍闻报，慨然说道："我自应天顺人，何预天下士大夫事？不意颜见远乃竟至此！"因命萧宝义为巴陵王，使奉齐祀。宝义幼有废疾，暗不能言，独不中时忌，得终天年。宣德太后逊居外宫，本来是个庸妪，任人播弄，故亦得寿终，后来附葬崇安陵，由梁廷谥为安皇后，这也不必琐叙。（了过齐朝。）

梁主衍南面垂裳，大封勋戚，命弟宏为临川王，领扬州刺史，秀为安成王，领南徐州刺史，伟为建安王，领雍州刺史，恢为鄱阳王，授左卫将军，憺为始兴王，领刑州刺史。加领军中军王茂为镇军将军，中书监王亮为尚书令，左长史王莹为中书监，吏部尚书沈约为尚书右仆射，侍中范云为尚书左仆射。立子统为皇太子，置谤木，设肺石，备附一函。凡布衣处士，欲陈清议，可投谤木函中。功臣材士，欲伸屈抑，可投肺石函中。御用衣饰，概从朴素，常膳只备菜蔬。每简长史，务选廉平，皆召见前殿，勖以政道。小县令有能，迁大县，大县令有能，迁二千石，廉能知劝，吏治少清。惟尚有东昏余孽，隐怀反侧，推孙文明为首，密谋作乱。

五月初旬，天适阴雨，夜昏如墨，孙文明竟纠众起事，毁神虎门入总章观。卫尉张弘策，直宿观中，被他杀毙。复烧尚书省及云龙门，军司马吕僧珍亟召集卫兵，出御乱党。因天昏不辨咫尺，虽有火炬，总难用力奋斗，没奈何保住殿省，分堵各门。那乱党呼喊连天，声彻宫禁。梁主衍身著戎服，出御殿前，镇定众心，且语左右道：“贼从夜间作乱，人必不多，待晓便散走了，汝等可传谕巡士，速击五鼓！”（毕竟有智。）左右领命出去，不到片刻，即闻更鼓五下，音响且清。这更声传达门外，乱党疑是将晓，果然散去。偏遇镇军王茂，引兵入卫，把乱党拦住，或杀或捉，所有孙文明以下诸悍目，悉数擒住，诘旦骈诛，宫禁乃安。

才阅数日，接得豫章太守郑伯伦急报，内称江州刺史陈伯之造反，侵及豫章，请速发兵讨逆云云。原来伯之从梁主入都，受禅事定，令复原镇。伯之目不识书，一切予夺，俱取决幕僚。别驾邓缮、参军褚緭、朱龙符，乐得乘间舞弊，恣为奸利。梁主闻知弊窦，乃请人代缮，伯之不肯受命。缮且劝伯之造反，緭亦一律赞成，便诈为齐建安王宝寅书，使伯之取示僚佐。伯之更对众泣语道：“我受明帝厚恩，应誓死报德！”当下部勒兵士，移檄州郡。豫章太守郑伯伦，整军为备，一面飞报朝廷。梁主览奏，便命镇军将军王茂兼领江州刺史，率兵讨叛。伯之正进攻豫章，与伯伦相持不下，偏王茂引军趋至，来攻伯之。城中守兵，又由伯伦督领，杀将出来，伯之内外受敌，不能招架，只好挈了亲属，夺路北走，绕出间道，渡江奔魏。

魏任城王澄，方受任为镇南大将军，迎纳齐建安王宝寅，（宝寅奔魏，见前面。）优礼相待。宝寅为故主持丧，自服衰绖，居处一庐。澄率官僚赴吊，宝寅拜伏地上，泣请复仇。澄乃令自谒魏主，护送入洛。可巧伯之亦至，也拟请兵伐梁，遂由澄一并送行，随宝寅同赴洛都。

先是齐和帝即位江陵，魏镇南将军元英，曾上书魏主，乞乘隙南侵。车骑大将军源怀，也与元英同意，相继请命。魏主乃命任城王澄为镇南大将军，领扬州刺史，经略江东。澄既受命，将欲出师，偏又接到魏主敕命，令他慎重，不应轻进。（魏主不乘隙南下，实是失机。）

此次齐宝寅到了魏廷，终日伏阙，定要乞师南伐，虽遇暴风大雨，终不暂移。（好似一个申包胥。）陈伯之亦请兵自效，诚恳异常，魏主恪乃召入宝寅，赐令旁坐。宝寅年只十七，与魏主相问答，语语呜咽，字字凄凉，说得魏主也为动容，遂允请发兵。过了两日，即授宝夤为镇东将军，加封齐王，都督东阳等三州军事，给兵万人屯东城；伯之为平南将军，仍任江州刺史，都督淮南诸军事，率旧部出屯阳石，俟秋冬交季，大举伐梁。宝夤闻命，尚通宵恸哭，达旦即诣阙拜命。（真耶假耶！）魏主见他惨形悴色，愈觉垂怜，又听宝夤自募四方壮勇，补充队伍。

宝夤叩首辞行，沿途募得壮士数千人，拔颜文智、华文荣等六人为军将，使统新军；且屡致书任城王澄，乞他上书提早师期。澄乃表闻魏主，略言萧衍堵塞东关，欲令巢湖泛滥，灌我淮南诸戍，且灌且掠，淮南地恐非我有；寿阳去江五百余里，众庶惶惶，并惧水害，若因民愿望，攻敌空虚，预集诸州士马，首秋大举，应机经略，就使不能混一，江西定可无虞了。魏主乃发冀、定、瀛、相、并、济六州兵马，得兵二万人，马千五百匹，令至仲秋中瀚，毕会淮南，并寿阳屯兵三万，俱归任城王澄调度。就是萧宝夤、陈伯之两军，亦皆受澄节制。嗣复令镇南将军元英，督征义阳诸军事，与任城王澄同时举兵。

梁同州刺史蔡道恭，闻魏军将至，亟遣将军杨由，收集城外居民，屯保贤首山，列为三栅。梁天监二年秋季，元英麾军至贤首山，围攻三栅，杨由督厉兵民，且战且守。约历旬月，兵民伤亡不少。由用法过峻，为民所怨，土豪任马驹斩由出降。

任城王澄，命统军党法宗、傅竖眼、王神念等分攻东关、大岘、淮陵、九山，高祖珍率三千骑为游军，澄自为后应。魏军连拔关要、颍川、大岘三城，白塔，辛城、清溪诸梁戍，望风奔溃。梁徐州刺史司马明素，率兵三千救九山，徐州长史潘伯邻率兵二千救淮陵，宁朔将军王燮保焦城。魏将党法宗等，长驱直进，锐不可当。一战拔焦城，王燮败溃；再战破九山，明素受擒；三战入淮陵，潘伯邻被杀。势如破竹，直趋阜陵。

阜陵由南梁太守冯道根居守，道根先期月余，已修城隍，严斥堠，俨临大敌。僚佐笑为多事，道根道：“诸君不闻怯防勇战么？若俟寇逼城下，何暇及此！”（是谓有备无虞。）已而城工粗竣，党法宗等有众二万，果然掩至，众皆失色。道根命大开城门，缓服登城，但遣精骑二百人，出城冲阵，东荡西突，撞倒魏军前队数百人，杀毙数十，从容退还。魏兵见所未见，又仰望城上高坐的冯道根，笑容可掬，毫无惧色，总道是城中设伏，不敢进去，便引兵却退。（仿佛空城计。）道根复遣百骑掩击高祖珍，亦得胜仗，且扬言将袭魏粮，党法宗等正恐粮运不继，慌忙引还。阜陵解严，道根因功超擢，得拜豫州刺史。

越年二月，任城王澄复举兵攻钟离，梁将军姜庆真乘虚袭寿阳，魏长史韦缵，仓皇失措，急忙调兵抵御，已是不及，被梁兵攻入外郭。任城王太妃孟氏，素有干才，勒众据守内城，激厉文武，抚慰新旧，又亲披戎服，昼夜巡城，不避矢石，严定赏罚，因此人人争奋，守备遂坚。萧宝夤引兵来援，与州将合击庆真，庆真败走。孟太妃乃遣使报澄，令他安心进攻，澄遂把钟离围住。梁遣将军张惠绍等输粮至钟离，为澄将刘思祖所邀，大战邵阳，梁兵败绩，杀虏几尽，惠绍等俱被擒去。思祖因功论赏，应封千户侯，侍中元晖向思祖索求二婢，思祖不与，元晖遂从中抑制，不令封侯，由是军心未服，不免懈体。

既而霪雨连旬，淮水暴涨，澄乃引还寿阳。一经退军，行伍自乱，由梁军追蹑数里，俘斩至四千余人，澄坐降三阶。梁主命将所俘将士，向魏易还张惠绍等，得澄允许，彼此俘虏，各得生还。

魏镇南将军元英，闻澄无功还镇，不禁愤懑起来，遂投袂奋起，督兵围攻义阳。义阳城中，守兵不满五千人，粮食仅支半载，魏兵昼夜猛扑，声势甚锐。幸司州刺史蔡道恭，随方抗拒，相持至百余日，魏兵无从攻入，反丧亡了许多人马，意欲卷甲退还。

会道恭积劳成疾，竟致不起，呼从弟骁骑将军灵恩，兄子尚书郎僧勰，及部下将佐，至榻前面嘱道："我受国厚恩，不能杀退虏众，愧愤交并！今疾病缠身，万不可支，但望汝等效死守节，勿使我殁有遗恨！"灵恩等涕泣受命，道恭不久即殁。

灵恩摄掌州事，代守城池。梁主遣平西将军曹景宗及后军将军王僧炳，分领步骑三万，往救义阳。僧炳率二万人先进，行次凿岘，适魏冠军将军元逞等，奉元英军令，趋至樊城，来截僧炳。僧炳上前搦战，见来兵不多，未免藐视，那知鼓声一响，敌骑踊跃前来，冲突入阵，前队各军，统皆披靡，后队亦被牵动。僧炳弹压不住，只得返奔，失去四千余人。曹景宗趋至凿岘，正值僧炳奔还，不觉大惊，遂顿兵不进。（统是酒囊饭袋。）

义阳因丧了道恭，将士夺气。魏兵本欲引退，得此消息，反麾兵急攻。灵恩飞使求救，梁廷再遣宁朔将军马仙琕，统兵赴急。仙琕转战而前，兵势颇锐，元英派将堵截，俱被击退，乃自至士雅山，结寨立栅，分命诸将埋伏四隅，掩旗示弱。仙琕恃胜生骄，直迫英营。英亲出挑战，才斗数合，即回马佯奔，诱至伏中，纵令伏兵四出，合攻仙琕。仙琕已知中计，但事已至此，不得不驱兵鏖斗。猛见敌军中有一老将，擐甲执槊，冲将过来，便命军士放箭，一箭正中老将左股，那老将不慌不忙，拔去箭镞，流血及趾，仍然猛力驰入，握槊四刺，槊毙梁兵多人，连仙琕子亦死槊下。仙琕不胜悲愕，引兵亟走。这老将便是魏统军傅永。永见仙琕败去，尚跃马前进，元英急向前拦阻道："公已受伤了，请还营休养，待我督兵追击罢！"永答道："昔汉祖受伤扪足，不令人知，下官虽微，也是国家一将，伤未及死，怎得畏缩呢！"说毕，仍然力追，俘获梁兵多名，及暮始返。永时年已七十三，全军皆为敬服。（老当益壮。）

仙琕输了一阵，再收集余众，尚得万人，复与元英决战。三战三败，阵亡大将陈秀之，余军不能再振，狼狈奔还。义阳城内的蔡灵恩，势穷援绝，只为了贪生怕死四字，竟违背兄言，举城降魏。（千古艰难惟一死。）平靖、武阳、黄岘三关，所有梁朝戍将，亦弃关南遁。魏封元英为中山王，傅永以下俱得加赏，士马欢腾，不消细说。

惟梁廷连接败报，当然惊惶。御史中丞任昉，奏弹曹景宗拥兵不救，应即加谴。梁主因他佐命有功，置诸不问，但令就南义阳建置司州，移镇关南，用卫尉郑绍叔为刺史。绍叔立城隍，缮器械，广田积谷，招集流亡，兵民安堵，复成重镇。魏人却也不敢进逼，惟据住义阳，扼要设戍罢了。

已而梁汉中太守夏侯道迁，复举汉中降魏。魏令刑峦为镇西将军，西略梁州，所向摧破。白马戍将尹天宝、景寿太守王景胤，都向益州告急。益州刺史邓元起，观望不前。天宝战死，景胤败走，巴西太守庞景民，又为郡民严玄思所杀，举地附魏。梁遣将军孔陵等，率兵西援，一面招诱仇池军将，令他叛魏归梁，夹击魏军。

仇池自杨文德归宋，杨难当降魏后，彼此分事南北。（见前文）文德弟文度，据有葭芦，自立为武兴王，被魏击死。文度弟文弘，奉表魏廷，谢罪称藩，魏乃文弘为南秦州刺史，授武兴王封爵，兼拜征西将军西戎校尉。文弘传侄后起，后起传子集始，集始又传子绍先，并受魏封。绍先年幼，委事二叔集起、集义。两人闻汉中入魏，恐仇池不免翦夷，又经梁人招诱，遂鼓动群氐，推绍先为帝，出截魏人粮道。

魏镇西将军刑峦，拨兵邀击，得将氐众杀退。（叙仇池事简而不漏。）又遣统军王足，带领万骑，抵敌梁将孔陵，连战皆捷，陵退保梓潼。足攻入剑阁，趁势略地，凡梁州十四郡，尽为魏有，益州大震。梁假邓元起都督征讨诸军事，出援梁州，另授西昌侯萧渊藻代为刺史。

渊藻莅镇，见粮储器械，悉被元起取去，免不得愤恨交乘，遂入元起营，乞拨还良马百匹。元起勃然道："年少郎君，要良马做甚？"渊藻愈愤，忍气而出。越宿邀元起过宴，托词饯行，更迭行觞，灌使烂醉，渊藻拔剑遽起，把他杀死。且指挥左右，尽戮元起随员，然后闭城自固。元起部曲，立营城外，闻元起被戮，便即围城，呼问元起罪状。渊藻登城朗声道："天子有诏，命诛元起，汝等无罪，速宜敛甲归营，毋得取咎！"众乃散归。惟元起故吏罗研，诣阙讼冤，梁主以渊藻为兄懿次子，不忍加谴，但遣使责让，贬渊藻为冠军将军，恤赠元起，赐谥曰忠。（未免失刑。）

渊藻年未弱冠，颇有胆识。会益州乱民焦僧护，纠众起事，渊藻共乘肩舆，巡行贼垒，乱党聚弓乱射，箭如飞蝗，渊藻左右，忙举楯为蔽，渊藻叱令撤去，大呼道："汝等多是良民，奈何从贼！能射速射，不能射速降！"贼众闻言，俱为咋舌。又见所发各箭，统从渊藻身旁飞过，毫不受伤，更疑为神助。（不是神助，实由乱党乌合，未能射着。）渊藻从容退归，贼竟夜遁。由渊藻发兵进剿，斩首数千级，僧护窜死，余党荡平，渊藻得进号信威将军。

魏将王足，进围涪城，邢峦且一再上表，请即大举入蜀，魏主独敕令从缓，但令王足行益州刺史，相机进兵。（不识何意？）不到数日，又命梁州军司羊祉代足，足很是怏怏。时魏主恪委政权幸，疏忌亲属，足恐遭谗被祸，即背魏归梁。

邢峦失一骁将，叹息不置，自在梁州驻节，恩威并著，原是抚驭有方，大得众心。但一身不能分镇，所得巴西郡城，只好遣军将李仲迁往守。仲迁好酒渔色，既莅任后，广采美姬，得了一个张法养女，妖淫善媚，宠爱异常，郡中公事，悉任属吏办理。就是邢峦有事，遣人往商，亦不得见他一面。使人返报刑峦，峦当然痛恨，正拟把他撤调，偏巴西已经变乱，仲迁被戕，首级献与梁人，一座城池，得而复失，又为梁人占据去了。

峦且恨且悔，更闻杨集义等围攻阳平关，因使建武将军傅竖眼领兵往讨，兼程前进。到了关下，大破氐众，集义遁走。竖眼乘胜逐北，掩入仇池，执住杨绍先，送入洛阳。集起、集义奔匿数日，穷无所归，也只得出降魏军。仇池自晋惠帝时，氐王杨茂搜始据此地，至是乃灭。改称武兴镇，寻又改为东益州，这是梁天监五年、魏正始三年间事。

那时梁主衍因失去司梁，无从泄恨，既得王足等投降，报称魏廷内容，才知魏政腐败，如咸阳王禧、北海王详等，均已受诛，外戚高肇，宠臣茹皓，内外弄权，谗害勋旧，正是有隙可乘的时候。遂命扬州刺史临川王萧宏都督北讨诸军事，尚书右仆射柳惔为副，出次洛口，调兵北进。宏系皇室介弟，位虽隆重，才实平庸，骤然间手握兵符，身为统帅，看官试想，能胜任不胜任呢！小子有诗叹道：

兵为凶器战尤危，庸竖何堪使帅师！

梁室初年纲已紊，输人一著是萦私。

宏既出师，魏人怎肯退缩，当然遣兵派将，来抗梁师。但魏主恪委政权幸，上文未曾详叙，须待下回说明。看官少安毋躁，请阅下回便知。

萧宝夤避难奔魏，乞师魏阙，效申包胥秦庭之哭，似乎忠臣孝子之所为；然观后来之叛魏称帝，则无非借忠孝之名，觊一时之富贵耳。史称其伏阙终日，风雨不移，拜命前夕，恸哭达旦，过期尚悴色粗衣，未尝嬉笑者，皆伪态也，自宝夤乞师南下，而魏任城王澄，及镇南将军元英，分兵内扰，据有司州；镇西将军邢峦，又遣王足等夺据巴西，兵锋直达涪城。梁人东西奔命，应接不遑。虽萧衍以篡弑得国，不足深惜，然百姓何辜，遭此蹂躏，是岂非由宝夤之挟私图逞，贻害生灵乎？后人犹有以逡巡观望，为魏主咎者。夫欲咎魏主，即归美宝夤，一孔之见，实属大谬。论人者当就其终身行事，以下定评，岂可徒以一节称之？况第为声音笑貌云乎哉！

第四十一回　弟子舆尸溃师洛口　将帅协力战胜钟离

却说魏主恪即位时，改元景明，年仅十六，未能亲决大政，曾授皇叔彭城王勰为司徒，录尚书事。勰志在恬退，未几辞职归第。太尉咸阳王禧，进位太保司空，北海王详进位大将军，两王俱系魏主叔父，所以倚畀俱隆。魏主尊生母高贵人为太后，（高氏为冯幽后毒毙，见三十二回。）兄肇在朝，由魏主推类锡恩，特封为平原公，也得专政。（见三十五回。）还有太尉于烈，兼充领军，烈弟劲有女端好，得册为后，因此烈、劲并预朝权。政出多门，已成乱兆，再加幸臣茹皓、王仲兴、赵修、赵邕、寇猛等，居中用事，更觉庶政丛脞，泯泯棼棼。

咸阳王禧因权为所夺，致蓄异图，竟欲废帝自立，谋泄被诛，诸子削籍，家产分给高肇、赵修二家，及内外百官。禧家财帛，不可胜计，百官所得分赐，每人得帛百匹，或数十匹，最少亦有十匹。宫人常作歌道："可怜咸阳王，奈何作事误！金床玉几不能眠，夜蹋霜与露，洛水湛湛弥岸长，行人那得度！"歌辞惋切，流传江表。

北海王详，尝讦禧阴谋，至是得进位太傅，兼领司徒。高肇得官尚书令，茹皓任冠军将军。皓娶高肇从妹为妻，妻姊为安定王元燮妃。燮为详从父，详常出入燮家，见燮妃容貌妖冶，未免垂涎。燮妃高氏，亦见详丰姿秀美，远出燮上，两人眉去眼来，也不顾婶侄名分，竟做成了苟且的事情，嗣是与茹皓益相亲狎。皓虽闻详奸通妻姊，但因详权势方隆，亦乐得依附，引作党援。（皓独不怕做元绪公么？）直阁将军刘胄，系详所引荐，与殿中将军常季贤、陈扫静等，皆党同详、皓，招权纳贿，无所不至。

高肇系出高丽，为详、皓等所轻视，偏魏主恪为母尊舅，格外优礼，事必与商。肇遂欲与详、皓争权，辄相谗构。肇兄偃生有一女，貌美色娇，得入为贵嫔，她即暗受肇嘱，与肇表里为奸，诬称详、皓有谋逆情事。魏主恪方宠高贵嫔，当然信为真言，遂于正始元年四月，（魏景明五年，改元正始。）召中尉崔亮入禁中，使劾详贪淫骄纵，及茹皓、刘胄、常季贤、陈扫静四人，专恣不法，谋为不轨等情。亮依旨上奏，当夜收捕皓等，拘系南台。更遣虎贲百人，围守详第。诘旦赐皓等死，废详为庶人。锢居太府寺。详母高太妃、妻刘氏，仍居旧第，令五日得一视详。

高太妃家法素严，详有微罪，辄用絮裹仗，亲加笞罚，所以详平日贪淫，不敢白母。至此高太妃始悉淫烝事，向详怒叱道："汝自有妻妾侍婢，皆年少如花，何故与高丽婢犯奸？今致此罪，我若见高丽婢，当生啖彼肉！"说着，携杖去絮，挞详百下。详不胜痛楚，杖痕累累，皆至创脓。高太妃又指详妻刘氏道："汝亦大家女，门户匹敌，何畏何疑，乃不规劝夫婿？"刘微笑不答，跪伏姑前，亦被杖数十。刘氏即宋王刘昶女，姿色寻常，为详所憎，她独不谈夫恶，情愿受杖，却是一位贤妇。

未几详即暴死，想是由魏主遣使暗害，但佯下诏敕，令得还丧故宅。所有诸王宗室，仍使奔赗，母妻等依然给饩，当时以详虽贪淫，罪不至死，共为惊叹不置。魏主复起彭城王勰为太师，勰固辞不获，乃遵敕就职。但高肇益得弄权，且劝魏主分拨卫队，监守诸王宅第。勰切谏不从，从此外戚有权，宗室反无权了。（隐伏下文。）

且说魏主闻梁师大举，已出洛口，乃授中山王元英为征南将军，都督扬、徐诸军事，率众十万，抵敌梁军。又使镇西将军邢峦，都督东讨诸军事，发定、冀、瀛、相、并、肆六州人马，约十余万，接济元英。魏兵尚未到齐，梁军已经先出。江州刺史王茂，侵魏荆州，诱魏边民及诸蛮，更立宛州，随遣所署宛州刺史雷豹狼等，袭取河南城。太子右卫率张惠绍，侵魏徐州，攻入宿预城，擒住守将马成龙。北徐州刺史冒义之，也得拔魏梁城。（迭写梁军胜仗，反衬下文。）

豫州刺史韦睿，遣长史王超等攻小岘，日久未下。睿亲往行营，巡阅围栅，魏兵亦出数百人，列阵门外。睿即欲下令攻击，部将叩马进谏道："今日随驾来此，未具战备，请还镇授甲，方可进战。"睿驳说道："魏城中有二三千人，尚能固守，今无故出城列阵，必自恃骁勇，藐视我军，我若败他一阵，使他知惧，然后守卒寒心，此城可不攻自破了！"众将面面相觑，各有难色。睿张目四顾，握节出示道："朝廷授我此节，并非徒饰外观，诸君相从有年，难道还未知韦睿军法么？"大众见他动恼，方才应令，乃并力向前，猛击魏兵。魏兵果自恃骁悍，齐来争锋，那禁得睿军拼死，一当十，十当百，竟把魏兵击退，便乘势攻城，果然城中内溃，经宿即下。遂乘胜进薄合肥，就淝水设了一堰，令水汇集城旁，使通舟舰。

魏将杨灵胤率众五万，来救合肥。梁将恐众寡不敌，请睿奏请添兵。睿笑道："强虏当前，再求添兵，还来得及么？况我来添兵，彼亦添兵，何时得了？兵贵出奇，虽多何益！"说着，即列阵以待。至灵胤驱军过来，便冲杀前去。灵胤未曾防着，恰被睿驰突一场，折损了许多人马，退至数里下寨。睿本遣军将王怀静，筑垒堰旁，令他守堰，灵胤夜遣锐卒，攻破怀静营垒，复掩至堤下，兵容甚盛。睿众又欲退守巢湖，或拟还保三汊，睿变色道："那有此理！"遂命取大纛旗矗立堤下，并下令道："堤存与存，堤亡与亡，妄动即斩！"既而魏人俱来凿堤，睿督众与争，掼弓攒射，箭伤魏兵多名，魏兵怯走。睿即沿堤筑垒，约高数仞，并将斗舰架起垒上，与城相齐，然后鸣鼓督攻。城中人失去凭借，个个慌张，骇极而哭。守将杜元伦登城督战，中箭倒毙，蛇无头不行，兵无主自乱，就在夜间开城遁去。睿一面入城，一面发兵追逐，斩俘万余级，获牛马亦万数。

睿素来体弱，未尝跨马，每战辄乘白板舆，督厉将士，勇气无敌。平时与士卒同甘苦，极意拊循，所以令出必行，无战不胜。（平时待下有恩，战时始可用威，否则士不用命，威亦何益，这是本段着眼处。）灵胤亦闻风退走，睿率将士至东陵，有诏令他班师，乃悉遣辎重前行，自乘小舆殿后，从容还至合肥。魏人服睿威名，不敢追蹑。

睿就把豫州官府，俱迁入合肥城，即以合肥为豫州治所。庐江太守裴邃，也有能名，连拔魏羊石、霍邱二城。青、冀二州刺史桓和，又克魏朐山及固城。

梁廷屡得捷书，盈廷相庆，那知胜负靡常，得失无定，王茂到了河南城，被魏平南将军杨大眼，一鼓杀败，茂弃甲遁还，雷豹狼亦弃城逃走，河南城复为魏有了。张惠绍自宿预进发，北攻彭城，遣署徐州刺史宋黑，往围高冢，又被魏武卫将军奚康生，率兵来援，黑竟战死。惠绍继战亦败，仍退保宿预城。魏中山王元英，及将军邢峦，先后继进，连战皆捷。再加魏平南将军安乐王元诠，亦督后军随赴淮南，梁军都望风生畏，节节退还。桓和保不住固城，张惠绍保不住宿预，俱隳弃前功，仓猝南奔。（前叙胜，后转败，兔起鹘落，笔势不平。）

那时临川王宏，尚逗留洛口，拥兵不进。闻魏军进逼梁城，不禁生惧，亟召诸将会议，意欲旋师。吕僧珍首先开口道："知难而退，也是行军要诀。"宏即答道："我意也作是想。"柳惔接入道："我军出境，连克名城，怎得谓难？何必遽退！"裴邃亦说道："此次出师，原为杀敌而来，明知非易，奈何畏难？"马仙琕朗声道："王奈何自堕志节，甘取败亡！试想天子举全国将士，悉数付王，有前死一尺，无却生一寸！"昌义之更怒气勃勃，须发尽张，面唾僧珍道："吕僧珍直可斩首，岂有百万大兵，出未遇敌，便望风遽退！似此庸奴，尚有面目还见圣主么？"朱僧勇、胡辛生拔剑趋出道："欲退自退，下官当前向取死！"诸将亦含怒欲出，僧珍乃谢诸将道："殿下昨来风动，意不在军，深恐大致沮丧，故欲全军速返。"裴邃尚欲有言，见僧珍以目示意，乃含忍不发。俟大众尽退，宏亦入内，遂复问僧珍道："公系佐命元勋，今为何自怯若此？"僧珍即附耳低语道："王不但全无谋略，且很是胆怯，我与王屡言军事，俱格不相入，看此情势，怎能成功！故不如见机退兵，还得保全大众。"邃始叹息而出。

宏因众情违沮，未便遽退，却亦未敢遽进。魏人知他不武，以巾帼相遗，宏虽不免怀惭，始终畏缩不前。当时魏人有歌谣云："不畏萧娘与吕姥，但畏合肥有韦虎！”韦虎是指韦睿，萧娘指宏，吕姥指僧珍。僧珍听得此谣，越加愧叹，请遣裴邃分军取寿阳，宏终不从。

魏将奚康生，遣杨大眼请命元英，略言梁军屯留不进，畏我无疑，王若进军洛口，彼自奔败云云。英答说道：“萧临川虽然庸骏，部下却有良将，韦、裴诸人，皆未可轻视，汝等且静观形势，勿与交锋！”（元英亦未免自沮，然用兵不可无良将，于此益见。）

未几已值深秋，洛口暴风大作，继以骤雨，梁军相率惊哗。临川王宏，竟潜率数骑夜遁，将士求宏不得，顿时四散，弃甲抛戈，填满水陆。宏乘小船渡江，趋至白石垒，天尚未明，便叩城求入。临汝侯萧渊猷，系衡阳王萧懿第三子，据守垒城，便登城问为何人？宏以实对，渊猷答道：“百万雄师，一朝鸟散，国家前途，可危孰甚！倘或奸人乘间图变，如何支持？此城地当冲要，不便夜开，且俟至天明罢。”宏亦无法，惟向渊猷求食，渊猷乃缒食馈宏，待旦方才纳入。（渊猷颇不愧官守。）

昌义之尚驻守梁城，闻洛口军溃，与张惠绍引兵退还。此次梁廷出师，倾国大举，器械统是精利，甲仗亦很整齐，出次半年，只招降了一个反复无常的陈伯之，与梁廷没甚利益。伯之亦旋即病殁。此外劳师糜饷，损失甚多，兵士溃散，及老弱死亡，差不多有五万人，这都由任将非人，徇私废公，所以遭此一跌呢。（语意谨严。）

魏主恪传诏各军，乘胜平南，中山王英进陷马头城，夺得城中积粟，悉数运去。梁主闻宏溃归，急命添戍钟离，或谓魏兵运粮北归，当不致南下，梁主衍道：“这真是狡虏诈计，怎得不防！”（此时还算明白。）遂饬昌义之速入钟离城，缮垣浚濠，严兵守着。不到数日，魏兵前队，已到钟离城下，亏得昌之先已防备，毫不仓皇，一攻一守，相持多日。

魏主复令刑峦引兵会攻，峦上疏道：“南军虽不善野战，却善城守，今尽锐往攻钟离，实为失策。钟离远处淮南，就使束手归顺，尚恐无粮可守，况顿兵城下，血薄与争呢！国家有事南方，转瞬经年，士卒劳疲，不问可知，愚意谓不如敛兵北返，修复旧戍，抚循诸州，徐图后举。”魏主不从，反促令进兵。峦复申奏道：“今中山王进军钟离，臣实未解。若专图南略，不顾万全，亦不如直袭广陵，或可掩他不备。乃徒载八十日刍粮，欲取钟离城，谈何容易！钟离天险，城堑水深，非可填塞，彼坚守不战，我师当然坐老；若遣臣接应，从何致粮？臣部下只带袷衣，未赍冬服，倘遇冰雪，又从何取济？臣宁受责逗挠，不愿同遭败损。陛下果信臣言，乞赐臣免职，若谓臣惮行求还，臣愿将所率部曲，尽付中山王，任他处分，臣不妨孑身单骑，听令驱策。倘知难不言，非但负将士，并且负陛下了！”（颇有远识。）魏主乃召峦还，另遣镇东将军萧宝夤助攻钟离。

钟离守将昌义之，守备有余，因恐魏兵日增，不得不奉表求援。梁主因遣右卫将军曹景宗，督兵二十万，往救钟离，且令暂留道人州，候诸军到齐，然后进发。景宗请先据邵阳洲尾，奉诏不许，他却违诏前进，途次适遇暴风，淹死数百人，乃还守先顿。梁主衍闻报，反有喜色道：“景宗不能独进，是天意教我破贼了！若孤军得行，猝遇大敌，必至狼狈，大将溃走，他有何望呢？”景宗静待各军，过了残冬，尚未能启行。

越年为梁天监六年，魏中山王英，与平东将军杨大眼等，率众数十万，进围钟离。城北阻住淮水，不便合围，英特就邵阳洲上，筑桥跨淮，树栅为垒，屯兵攻城。英据南岸，大眼据北岸，督众猛扑，不舍昼夜。城中守卒才三千人，昌义之激励将士，随方抵御。魏人负土填堑，复用严骑追蹙，人未及返，土又随压，连人带泥，跌入堑中。俄而堑满，即用冲车撞城，城土屡堕。义之用泥补城，随坏随补，始得堵住。魏人缘梯登城，更番相代，前仆后继，不少退却，经义之率领守兵，用着长刀大戟，刈人如草，但见魏兵随升随堕，始终不得登城。一日战数十合，前后杀伤万计，尸与城平，城仍未下。魏主因顿兵日久，召英使还，英不肯退兵。但请宽假时日。魏又遣步兵校尉范绍。驰抵英营，相视形势。范绍见钟离城坚固难下，亦劝英还，英仍不从。（非败不归。）

那时梁统帅曹景宗，已经启行；豫州刺史韦睿，亦受命会师，归曹景宗节度。睿自合肥出发，取便道赴钟离，所过阴陵大泽，道多涧谷，随架飞桥，立即济师。或虑魏兵势盛，请睿缓行，睿毅然道："钟离兵民，凿穴而处，负户而汲，不胜困惫，我等急往赴难，还恐不及，难道尚可延宕么？魏人已堕我腹中，愿卿等勿忧！"于是星夜前进。到了邵阳洲，才阅旬日，曹景宗亦即驰至，两下相见，似漆投胶，很是欢洽。景宗本来好胜，动辄凌人，惟韦睿年高望重，颇为景宗所敬礼，故毫无嫌疑，和衷办理。梁主衍也恐景宗使气，先给密敕道："韦睿老成，与卿有关乡望，卿宜厚待为是！"及闻景宗见睿，持礼甚谨，便欣然道："二将和衷，无不济事了！"（想亦惩宏覆辙，故格外小心。）

睿自率部众，夜逼魏营，堑洲设垒，通宵赶筑。南梁太守冯道根，为睿前驱，能走马步地，按步计功。才至天明，垒已成立。魏中山王英，总道他无此迅速，所以夜间不加防备。天明出望，梁营已经屹立，距本寨仅百余步，不禁大惊，用杖击地道："是何神速至此！"魏将见梁营联接，横亘洲旁，旗帜器械，焕然一新，也相顾夺气。

杨大眼系杨难当孙，勇冠诸军，径率万余骑攻睿。睿结车为阵，按兵不动，俟大眼麾骑围绕，乃发出梆声。一声怪响，万弩齐发，洞甲穿胸，射得魏兵个个倒躲，连大眼右臂，也中数矢，只好退去。（可惜只射中右臂，不能射他两目。）

翌晨，英自督众来战，睿乘木舆，执白角如意，麾军对敌。杀了数十回合，英不能胜，怅然回营。过了两日，魏人复猛攻睿垒，飞矢如雨，睿登垒督守，绝不畏避。睿子黯请下垒避箭，及将士有怯噪声，统由睿厉声呵止，静镇不乱，仍然得安。

杨大眼臂创少愈，复遣兵四出，断截梁兵刍牧。曹景宗募得勇士千余人，竟至大眼营前，筑垒堵住，不令出掠。大眼一再来争，均被梁兵杀退。及垒既筑就，使别将赵草扼守。草内护外拒，刍牧无忧，因呼为赵草城。（可谓劲草。）

已而有朝敕到来，授他方略，乃是火攻计，令景宗与睿，各攻一桥，两将依敕待行。光阴易过，又是春暮，淮水暴涨六七尺，睿遣前锋冯道根，与庐江太守裴邃、秦郡太守李文钊等，各乘斗舰，奋击洲上魏兵，一战尽殪。别用小船载草，沃以膏油，纵火焚桥，风烈火炽，烟尘缭乱。道根等皆亲自搏战，麾动锐卒，拔栅斫桥。桥梁栅木，半被毁去，半入淮流，顷刻俱尽。曹景宗因使众军鼓噪，奋突魏营，仿佛似川鸣谷应，海啸山崩。魏中山王英，弃营亟走；杨大眼亦毁营窜去。诸垒依次土崩，抛戈弃甲，争投淮水中，多半溺毙，淮水为之不流。睿遣报昌义之，义之且悲且喜，不暇答语，但呼道："更生！更生！"当下部署残军，也出城追虏。景宗与睿，遣各军并力逐北，至濊水上。沿途尽情杀掠。伏尸四十里，生擒五万人，收获军粮器械、牛马驴骡，不可胜计。

景宗与诸将争先告捷，睿独居后。及义之邀诸军入城，置酒犒宴，请景宗与睿共席。酒酣兴至，掷骰为戏，设二十万钱为博注，景宗一掷得雉，睿徐掷得卢，他却忙取一子，翻将转来，情愿作塞，且连称异事，景宗一笑而罢。小子有诗咏韦睿道：

不贪名利不争功，德愈谦时望愈隆，
为问萧梁诸将士，阿谁能学韦公风？

景宗等既献捷报功，当由梁主下诏，命班师还朝。欲知凯旋后事，且看下回分解。

梁室诸将，莫如韦睿，次为裴邃。当时欲出师北伐，何不用睿为帅，邃为将，专阃得人，奏功自易事耳。不此之审，乃独用一无才无勇之临川王宏，宏虽介弟，未足统军，不战而逃，原意中事。假令当日无韦、裴二将，为敌所忌，魏中山王英等，直迫洛口，吾恐宏且南走之不暇，而全军且尽覆没矣！异哉萧衍，明知韦睿之为时望，而不能重用，几陷乃弟于死地。乃弟可死，如全军何！及钟离一役，又未尝专任韦睿，而独任曹景宗，令睿归景宗节制。幸睿素负重名，为景宗所敬礼，始得和衷共济，大破魏军。否则景宗尝违诏进军矣，虽有密诏，令彼敬睿，亦乌足恃！然后知萧衍之智，不过寻常，无怪其老且益愚也！

第四十二回 诬通叛魏宗屈死 图规复梁将无功

却说曹景宗奉诏班师，还朝饮至，盈廷大臣，统皆列席。当时左仆射范云，已早病逝，另用尚书左丞徐勉，及右卫将军周捨，同参国政。左仆射沈约，有志台司，终不见用。惟才华富瞻，兼长诗文，梁主衍有所制作，必令约属草，倚马万言。至是与宴华光殿中，遵敕赋诗，夸张战绩。曹景宗亦擅诗才，不得与赋，意甚不平，遂起求赋诗。梁主衍道："卿技能甚多，何必吟咏？"景宗求作不已，梁主衍见约所作，赋韵将尽，只剩得竞病二字，便笑语景宗道："卿能赋此二字否？"景宗索笔成书，立就四语，呈与梁主。但见纸上写着：

去时儿女悲，归来笳鼓竞。借问路旁人，何如霍去病！

梁主瞧毕，击节叹赏道："卿文武兼全。陈思王（即魏曹植）不能专美了！"景宗顿首谢奖。及宴毕散座，梁主还宫，即颁发诏敕，进景宗为领军将军，加封竟陵公。韦睿为右卫将军，加封永昌侯。昌义之为征虏将军，移督青、冀二州军事，兼领刺史。余如冯道根以下，各受赏有差。越年出景宗为江州刺史，病殁道中，追赠征北将军、开府仪同三司，予谥曰壮。是年尚书右仆射夏侯详，亦老病谢世。这且慢表。

且说魏中山王英，及镇东将军萧宝夤，败奔梁城。魏廷言官，当然上章弹劾，请诛英及宝夤。魏主恪减等议罪，夺去二人官爵，除名为民。杨大眼亦坐徙营州。别简中护军李崇为征南将军，兼扬州刺史。崇深沉宽厚，颇得士心，出镇寿阳，远近畏服，所以钟离虽挫，淮右尚安堵如常。独魏主恪外宠高肇，内惑高贵嫔，疏忌宗室，迷信桑门，一切军国大事，未尝亲理。彭城王勰，虽起任太师，有位无权。勰兄广陵王羽，受职司空，好酒渔色，尝与员外郎冯俊兴妻私通。俊兴恚恨，伺羽夜游，骤出狙击，致受重伤，未几即死。羽弟高阳王雍，继任司空，学识短浅，无善可称。还有广陵王嘉，系太武帝拓跋焘庶孙，齿爵并尊，但好容饰。雍由司空擢太尉，嘉得进位司空，旅进旅退，备员全身。就是魏主四弟，如京兆王愉、清河王怿、广平王怀、汝南王悦等，资望皆轻，未足参政，所以北朝政令，几全出高氏手中。（总叙魏主宗室，俱为后文伏案。）

皇后于氏，本为魏主所宠爱，自纳高贵嫔后，宠遇渐衰。正始四年，后忽暴疾，半日即殂。宫禁内外，明知由高氏加毒，但怕她势大，不敢显言。魏主已移情高氏，也没甚悲悼，惟依礼丧葬，谥为顺皇后，算作了事。于后有子名昌，年只二岁，越年三月，昌复得病，侍御师王显，不加疗治，由他啼号，才阅两日，一命呜呼。魏主仅得此子，忽然夭逝，当然比于后殁时，较为哀痛。嗣因高贵嫔从旁劝慰，仗着三寸慧舌，挽回一片哀肠，遂令魏主境过情迁，竟将于后母子二人，撇诸脑后，就是王显失医等情，亦绝不问及。看官不必疑猜，便可知是高氏阴谋，巧为蒙蔽了。于后世父于烈，出镇恒州，父于劲，虽留仕魏都，究竟孤掌难鸣，未敢奏讦。高氏得逍遥法外，任所欲为。

过了数月，高贵嫔即受册为后。太师彭城王勰，上书谏阻，那魏主已堕入迷团，任他如何苦口忠言，统已逆耳不受，反令勰得罪高氏，视若仇家。高肇恃势益骄，权倾中外，妄改先朝成制，削封秩，黜勋臣，怨声盈路，朝野侧目。度支尚书元匡，独与肇抗衡，先自造棺，置诸厅间，拟舆棺诣阙，详劾废罪，然后自杀，隐寓尸谏的意思。（忠而近愚。）事尚未行，适奉诏议权量事，与太常卿刘芳互有龃龉。高肇主张芳议，匡不直肇，便据理力争，且表称肇指鹿为马，必为国害。魏主尚未批答，偏奏斥元匡的弹章，相继呈入，署名为谁，就是前充侍御师、后升中尉的王显。（可见前次失医皇子，明是高氏授意。）当下将两奏尽行颁出，命有司论奏，有司皆趋承高肇，统复称元匡诬谤宰相，应处死刑，还算魏主加恩宽免，但降匡为光禄大夫。

权豪跋扈，祸变猝来，魏主弟京兆王愉，忽自信都起兵构乱，也居然称帝改元，托言高肇谋逆，魏主被弑，不得不从权继立，入讨乱臣。看官听着！高肇虽然专横，究竟尚未弑逆，如何京兆王凭空捏造，骤敢作乱？说将起来，也有一段隐情。

先是魏主恪颇知友爱，尝令诸弟出入宫掖，寝处与共，不异家人。愉由护军将军迁授中书监，入直殿阁，更成常事。魏主为娶于后妹为妃，于氏貌不动人，未得愉欢。愉另纳妾杨氏，能歌善媚，宠擅专房。只因杨氏出身微贱，特令拜中郎将李恃显为养父，冒姓为李。产下一子，取名宝月。于妃未免妒恨，屡入宫诉告乃姊，于后因召李入宫，亲加斥责，且勒令为尼，把宝月归妃抚养。愉虽不能抗命，心中总系念宠妾，日夕不忘，乃托人请求后父，乞为转圜。时于后尚未产男，后父于劲，也劝后格外包容，使魏主得广纳嫔御。又因愉屡次请托，乐得替他说情，仍将李氏归愉。于后本来柔淑，遂勉承父命，遣还李氏。碧玉重归，情好益笃。自高肇用事，高贵嫔得立为继后，魏主信任外戚，摈斥宗亲，待遇诸弟，迥异从前。愉又喜引宾客，崇奉佛道，用度浩繁，常患不足，渐渐的纳贿营私，致有不法情事。高肇害死于后，常恐于氏报复，愉为于婿，适中肇忌，所以日陈愉短，谮毁多端。魏主恪召愉入宫，面数罪恶，杖愉五十，出为冀州刺史。

愉既莅任，愤无所泄，乃欲乘间构难，冒险求逞，长史羊灵，抗词谏诤，竟为所杀。司马李遵，畏死相从，遂诈称得清河王怿密函，说是高肇弑逆，应该继统讨罪。当下筑坛城南，自称皇帝，改元建平，伪诏大赦。又把这娇娇滴滴的爱妾，抬举起来，立为皇后。（以妾为妻，第一着便铸成大错，怎得济事？）法曹参军崔伯骥，不肯从命，又为所杀。且逼令长乐太守潘僧固，一同起事。僧固系彭城王勰母舅，为此一隙，遂令一代贤王，也陷入案中，平白地做了一个枉死鬼魂。

高贵嫔得为继后，勰尝谏阻，高氏恨勰甚深，只苦无隙可乘，不能置诸死地。可巧僧固附逆，被高肇吹毛求疵，抵隙下石。一面请遣尚书李平，督军讨愉，一面诬奏彭城王勰，说他与愉通谋，纵舅助逆，应速除内应，才戢外奸。魏主恪尚称明白，把遣发李平一奏，立即允议，独将彭城王一案，暂从搁置。

高肇怎肯罢手，嗾使侍中元晖，申疏论勰，晖不肯从。乃更嘱郎中令魏偃、前防阁高祖珍，交章谗构，证成勰罪。魏主方才动疑，召问元晖，晖力白冤诬。（晖亦一小人，此时独持正论，故特揭之。）魏主乃更问高肇，肇又引魏偃、高祖珍，共陈勰有通谋实情，说得魏主不能不信。再加那艳后从中煽惑，遂决计杀勰。竟与高肇等定谋，征令入宴，秘密行诛。

越宿即遣出中使，召勰及高阳王雍、广阳王嘉、清河王怿、广平王怀，入宴禁中，肇亦与宴。勰妃李氏方产，固辞不赴，中使一再敦促，不得已与妃诀别，乘牛车入东掖门。将度小桥，牛不肯进，由中使解去牛缆，挽车驰入。彼此列席宴饮，直至黄昏，尚无他变。大家都有酒意，各起至别室休息。

才阅须臾，忽由卫军元珍引着武士，赍鸩前来，逼勰使饮。勰瞿然道："我有何罪？愿一见至尊，虽死无恨！"元珍道："至尊不能再见！"勰复道："至尊圣明，不应无罪杀我，诬告何人，愿与一对曲直！"元珍不应，但目视武士。武士用刀环击勰三下，勰抗声道："冤哉皇天！忠乃见杀。"武士再用刀击勰，勰乃取鸩饮讫。毒尚未发，又被武士刺死。翌晨用褥裹尸，载归故第，诈云因醉致死。李妃闻报，向天大号道："高肇枉理杀人，天道有灵，怎得善终！"魏主佯为举哀，赙赠从厚，赐谥武宣。及举柩出葬，行路士女，统望柩流涕道："高肇小人，枉杀如此贤王！"嗣是中外舆情，益恨肇不休。（莫谓直道无存！）

那李平督领各军，进攻信都，愉出城拒战，屡战屡败，乃闭门静守。李平分兵围城，连日攻扑，闹得城中昼夜不安，各生贰心。再加河北各州，已由定州刺史安乐王诠，檄称魏主无恙，休信叛王讹言，遂致鬼蜮伎俩，俱被瞧破，没一人信从伪主。愉情势两穷，没法摆布，只好挈了伪后，及爱子四人，并左右数十骑，溜出后门，命伪冀州牧韦超，居守信都。李平闻愉出走，亟遣统军叔孙头追捕，自督将士登城。即日攻入，杀死韦超，揭榜安民，全城复定。叔孙头也将愉等拿到，不漏一人，便由平奉表告捷。

高肇等请就地诛愉，魏主不许，但命槭送洛阳，责以家法。平乃派将送愉，及愉妾李氏子四人，乘驿解往。愉每止宿亭，必与李氏握手言情，备极私昵，一切饮食，悉如平日，毫无作容。行至野王，由高肇传到密令，迫愉自杀。愉服毒待尽，且语人道："我虽不死，亦无面目见至尊。"又与李氏永诀，悲不自胜，俄而气绝，年只二十一。李氏与四子至洛，魏主赦免四子，惟拟置李氏极刑。中书令崔光谏道："李氏方娠，刑至刳胎，乃桀、纣所为，严酷非法，须俟产毕，然后行刑。"魏主依议，按功行赏，加李平散骑常侍，即令还朝。平入信都，从参军高颢言，宥胁从，禁杀掠，子女玉帛，一无所取。还都以后，中尉王显索赂不得，遂劾平隐没官口，（乱党子女，应没入官廷，叫作官口。）显有情弊。高肇亦恨他毫无馈遗，奏除平名。有功反罪，国事更可知了。（不乱不止。）

梁天监七年，魏郢州司马彭珍等，叛魏降梁，潜引梁兵趋义阳。三关（即平靖、武阳、武胜三关，并见前文。）戍将侯登，亦向梁请降。魏悬瓠军将白早生，又杀死豫州刺史司马悦，自号平北将军，致书梁司州刺史马仙琕，乞发援师。仙琕上书奏闻，梁主衍令仙琕往援早生，且授早生司州刺史。仙琕进屯楚王城，但遣副将齐苟儿，率兵二千，助守悬瓠。魏复起中山王英，都督南征诸军事，出援郢州。再命尚书刑峦，行豫州事，领兵击白早生。峦尚未发，先遣中书舍人董绍，抚慰悬瓠，早生执绍送建康。峦闻绍被执，忙率骑士八百，倍道兼行，五日至鲍口，早生遣将胡孝智，领兵七千，出城二百里逆战，为峦所破，遁还悬瓠。峦进至汝水，早生自往截击，又复败还。峦遂渡水围城，魏宿预守将严仲贤，因邻境被兵，正拟戒严，参军成景儁，刺死仲贤，竟举城降梁。于是魏郢、豫二州属境，自悬瓠以南，直至安陆，均为梁有。惟义阳一城，为魏坚守。

中山王英，虑兵不敷用，求请添兵。魏主但遣安东将军杨椿，率兵四万，进攻宿预。命英就邢峦军，同攻悬瓠。悬瓠城已经危急，复见英军助攻，越加恂惧。白早生尚欲死守，偏自司州遣来的齐苟儿，遽开城出降。（苟儿应改名狗儿，故愿乞怜外族。）魏兵一拥入城，擒斩早生，及余党数十人，英乃引兵赴义阳。

义阳太守辛祥，与郢州刺史娄悦，婴城共守。梁将军胡武城、陶平虏，引兵进逼，祥与悦共议战守事宜。悦但主守，俟英来援，祥独主战，夜率壮士掩袭梁营。梁人果然中计，胡武城仓猝逃还，陶平虏略慢一步，被辛祥活捉了去。义阳得安，悦耻功出祥下，奉书高肇，掩没祥功，赏竟不行。

中山王英到了义阳，梁兵早已败去，乃欲规取三关。先与众将计议道："三关相须，如左右手，若攻克一关，两关可不战自下。攻难不如攻易，应先攻东关为宜。"（东关即武阳关。）众将自无异言。英又使长史李华，引兵赴西关（即平靖关）。牵制梁军，自督诸军向东关。六日而下，虏得守将马广、彭瓮生、徐元季。再移兵攻广岘，守将李元履遁去，又攻西关，梁将马仙琕亦遁。

梁主亟遣韦睿往援仙琕，行至安陆，闻三关已经失守，忙入城为备，增筑城垣二丈余，更开大堑，起高楼，收集溃卒，严加防堵。部将或以怯敌为疑，睿笑道："为将当有怯时，怎可徒恃勇气！"马仙琕等陆续退还，魏中山王英，乘胜急追，欲复邵阳旧耻，及闻睿复出守安陆，不免生畏，便即退师。

梁主以连岁用兵，师劳力竭，特释魏中书舍人董绍，召入面谕道："两国战争，连年不息，民物涂炭，彼此同忧，吾今释卿归国，愿修和好，卿宜备申朕意。若果罢战息民，我愿将宿预还魏，魏亦当还我汉中。"绍惟惟遵谕。辞还洛都，即将梁主意旨，详报魏主。魏主不从，南北失好如故。

已而魏荆州刺史元志，率兵七万攻潺沟，驱迫群蛮。群蛮皆渡过汉水，乞降雍州。梁雍州刺史侯昺，收纳群蛮，使司马朱思远，部勒蛮众，往击魏军。蛮众积忿竞斗，大破元志，斩首万余级，元志走还。

过了两年，（天监十年。）琅琊土豪王万寿，纠众戕官，据住朐山，密召魏兵。魏徐州刺史卢昶，遣戍将傅文骥赴援。青、冀二州刺史张稷，发兵往剿，与战失利，文骥入据朐山。梁廷遣马仙琕往攻，把朐山城围住，困得水泄不通，朐山无粮可因，樵汲复断，文骥无法可施，没奈何开城出降。卢昶不谙军事，仓猝往援，途次接得朐山败报，回马就逃，部众皆溃。时值大雪，冻皲甚多，又经仙琕追击，十死七八，粮畜器械，丧失无数。

惟张稷还兵郁州，（青、冀二州，宋时已被魏陷没，南朝借郁州地，侨置青、冀州治，事见前文。）自愧无功，心益郁闷。他尝仕齐为侍中，东昏被废，稷曾与谋。梁主衍因他有功，迁任左卫将军。稷自谓功大赏薄，每当侍宴，辞色怏怏。梁主衍瞧透情形，便向他嘲笑道："卿与杀君主，有何名称？"稷答道："臣原无美名，不过对着陛下，未为无功。况东昏暴虐，义师一起，天下归心，岂止臣一人响应么？"梁主掀髯微哂道："张公真足畏人！"（语带忌刻。）乃命他为安北将军，领青、冀二州刺史。稷仍未惬望，莅镇后懒治政事，宽弛失防。朐山一役，无功而归，僚吏益多轻视，乐得暗地营私。

好容易过了二年，郁州人徐道角，招集亡命，及许多怨民，夤夜袭入州城，闯进官廨，环刃害稷。稷长女楚瑗，为会稽孔氏妇，无子归宗，随稷在任。至此挺然出来，以身蔽父。乱党见人便斫，管什么孝女烈妇，第一刀杀死楚瑗，第二刀将稷剁毙。（不没楚瑗，意在阐幽。）索性枭稷头颅，函送北朝，作为贽献礼物。魏主调兵收降，偏被梁北兖州刺史康绚，走了先着，引兵掩入郁州，捕诛乱党。及魏兵东下，徐道角早已伏辜，郁州平定如恒，那魏兵也只得敛甲告归。

梁主本不满张稷，追论稷病民致乱，削夺官爵。（稷固无状，稷女何不旌扬！）嗣复与沈约谈及，尚觉不平。约答道："已往事不必复论。"梁主陡然忆起，知约与稷尝联婚谊，不由的愤愤道："卿作此语，好算得忠臣么？"语毕入内。约骤遭诘责，不觉惊惶，连梁主入室时，都似未见，仍然呆坐。经左右呼令趋退，方惘惘还第。未曾至床，却悬空睡将下去，跌了一交，几乎中风。家人忙扶他入寝，延医服药，稍得免痛。到了夜间，忽大声叫道："啊哟！不好了！不好了！舌被割去了！”小子有诗叹道：

为慕虚荣不顾名，与谋篡弑得公卿。

可知夜气销难尽，妖梦都从胆怯生。

究竟何人割舌，待至下回报明。

先圣有言，女子小人为难养，养且不可，况宠信乎！高肇小人也，高贵嫔为女子，更无庸言。魏主恪委任高肇，使握朝纲，嬖宠高贵嫔，使攘后位，内有艳妻，外有豪戚，女子小人，表里用事，毒于后，害皇子昌、谮京兆王愉，诬彭城王勰，阴贼险狠，莫此为甚。愉迫于私忿，遽敢称戈，野王之戮，尚其自取。勰为中外属望之贤王，乃冤诬致死，妨贤病国，高氏宁能长存乎？顾魏政不纲，朝野解体，降梁者日益众。梁出师图复郢、豫，旋得旋失，终归败挫，非魏将之勇略过人，实梁无良将之所致也。梁有一韦睿而不能重用，何怪其屡出无功乎？朐山、郁州之平乱，其犹为幸事哉。

第四十三回 充华产子嗣统承基 母后临朝穷奢极欲

却说沈约夜卧床中，精神恍惚，似觉舌被割去，痛不可耐，乃拼命呼救。待家人把他唤醒，尚觉舌有余痛，细忆起来，乃是南柯一梦。梦中见齐和帝入室，手执一剑，把自己舌根截去。于是越想越慌，嘱家人召入一巫，令他详梦。巫不待说明，便道是齐和帝作祟，乃即挽巫祷禳，日夕忏醮；并自撰赤章，焚诉天廷，内称禅代情事，统是梁主衍一人所为，与已无涉。（人且不可欺，天可欺乎?）凑巧梁主遣御医徐奘，往视约疾，得见赤章，问明原由，才知梦状。当下还宫复命，据实具陈。梁主不禁怒起，立遣中使责约，略言禅让草诏，皆约所为，怎得诿诸朕躬！约愈加惶急，既畏主谴，又惧冥诛，两忧相迫，便即毙命，寿已七十三岁了。（不死何为?）

梁主还算有情，仍赠本官，赙钱五万，布百匹。朝议请赐谥为文，梁主独改一隐字。（颇合沈约行谊。）约以文名著世，所撰《晋书》百十卷，《宋书》百卷，《齐纪》二十卷，《宋文章志》三十卷，文集百卷。又制四声谱，自谓穷神入妙。梁主衍不以为奇，且问参政周捨道："何谓四声?"捨举"天子圣哲"四字，表明平上去入的四声。梁主淡淡的答道："这也有什么奇怪呢?"遂将韵谱搁起，不复遵用。后来却流传人世，推为巨制。

当时与约齐名，尚有江淹、任昉等人。淹字文通，仕齐为秘书监，梁主起兵，却微服往投。嗣迁金紫光禄大夫，封醴陵侯。天监四年逝世，予谥曰宪。淹少年好学，尝梦神人授以五色笔，遂擅文才。晚年又梦神人将笔索还，从此遂无妙句，时人叹为江郎才尽。平生著作百余篇，及《齐史十志》，并传后世。

昉字彦升，雅善属文，尤长载笔，起草即成，不加点窜。母裴氏尝昼寝，梦见一彩旗盖，四角悬铃，从天坠下，一铃落入怀中，惊动有娠，遂得生昉。昉在齐末，亦官司徒右长史，梁主入都，召为骠骑记室参军，寻拜黄门侍郎，迁吏部郎中。天监六年，出为宁朔将军，领新安太守，为政清约，辄曳杖徒行，为民决讼视事。斯年病殁官舍，百姓怀德不忘，就城南设一祠堂，岁时祭奠。梁主亦闻讣举哀，追赠太常卿，予谥曰敬。留有杂传二百四十七卷，地记二百五十二卷，文章三十三卷，亦传诵士林，历久不磨。

此外尚有前侍中谢朏，亦素有文名。齐季归隐田里，屡征不起。梁初又征朏为侍中，朏仍不至。嗣忽自乘轻舟，诣阙陈词，有诏命为侍中司徒尚书令，朏表称足疾，不堪拜谒，但戴角巾，坐肩舆，诣云龙门谢诏。梁主召见华林园，又乘小车就席，翌日梁主又亲至朏宅，宴语尽欢，朏固陈本志，未邀俞允，因请还里迎母，为梁主所允准，赋诗送别。寻奉母至京师，虽奉诏受职，不治官事，未几即丁母忧，仍令摄职。服阕后改授中书监司徒，旋即病死，追赠侍中司徒，谥曰靖孝。著有文章书籍，亦广流传，不过晚节不终，迹近矫诈，免不得贻讥公论呢。（类举文士，亦寓重才之意。）这且不必细表。

且说魏主恪宠信高贵嫔，立为继后。后貌美性妒，所有后宫嫔御，不令当夕。生下一子一女，子偏早殇。魏主年已将壮，尚未有嗣，不免心焦。可巧宫中有一胡充华，为司徒胡国珍女，容色殊丽，秀外慧中。相传胡女生日，红光四绕，术士赵胡，尝由国珍召问，谓此女后必大贵，当为天地母。（实是一个祸水。）魏主恪略有所闻，特召入掖庭，册封充华。高后见她纤丽动人，当然加忌。偏胡充华巧言令色，颦笑皆妍，能使这位貌美性妒的高皇后，也觉得楚楚可怜，另眼相待。魏主恪乘间召入，与胡充华演了一出鸾凤缘，天子多情，美人有幸，竟暗结珠胎，怀成六甲。

先是六宫嫔御，相与祈祷，但愿生诸王公主，不愿生太子。独胡充华慨然道："国家旧制，子为储君，母应赐死，这原是特别的苛条，但妾却不怕一死，宁可令皇家育一家嗣，不愿为贪生计，贻误宗祧！”（语似有理，志已不凡。）及怀妊后，同列或劝他服药堕胎，胡充华不从，夜间焚香，仰天私誓道：“但得产下男儿，排行居长，就使子生身死，亦所不辞！”已而分娩，竟生一男，魏主取名为诩，且恐皇后妒忌，致生不测，特另择乳保，取育别宫，不但皇后不得过问，就是胡充华也不使抚视。

过了三年，诩已三龄，魏主欲立诩为太子，下诏改元，号永平五年为延昌元年，加尚书令高肇为司徒，清河王怿为司空，广平王怀为骠骑大将军，开府仪同三司。到了孟冬，便立皇子诩为太子。此次册立皇储，竟变易旧制，不令胡充华自尽。高后与高肇很是不服，劝魏主仍遵故事。魏主始终不从，反进胡充华为贵嫔。高后越加愤恚，欲暗下毒手，置胡死地。胡向中给事刘腾求救，腾转告左庶子侯刚，刚又转告侍中领军将军于忠。忠系领军于烈子，嗣父袭爵，因于后暴亡事，憾及高后，当下借公报私，即向太子少傅崔光处问计。光与忠附耳数语，忠大喜照行。仅阅两日，即由魏主下一内敕，命将胡贵嫔迁居别宫，饬令亲军严加守卫，不得妄通一人。为这一策，竟使高氏无从施毒，胡贵嫔得安居无恐，保养天年。（死期未至，故得救星。）

清河王怿惩彭城覆辙，常有戒心。一夕与高肇等侍宴禁中，酒酣语肇道：“天子兄弟，尚有几人，公何故翦灭殆尽？从前王莽头秃，借渭阳势力，遂篡汉室，今君身曲，恐终成乱阶，不可不慎！”肇不禁惊愕，扫兴趋出。会天遇大旱，肇擅录囚徒，宥死颇多。怿复入白魏主道：“臣闻名器不可以假人，昔李氏旅泰山，孔子引为深戒，这无非为天尊地卑，君臣有别，事贵防微，不应加渎呢！今欲减膳录囚，应归陛下所为，司徒究是人臣，奈何擅敢僭越，下陵上替，祸且不远了！”魏主恪向他微笑，不发一言。（已是会意。）

越年，魏恒、肆二州，地震山鸣，人民压死甚众。魏主忧心天变，益防高氏。又越年冬季，梁涪人李苗，及校尉淳于诞奔魏，上书魏阙，请即取蜀。魏主乃即命高肇为大将军，率步骑十万，攻益州。侍中游肇进谏道：“今国家连年水旱，不宜劳役，蜀地险隘，镇戍无隙，怎可轻信浮言，遽动大众！事不慎始，恐后悔转无及了。”魏主又默然不应。

倏忽间已是岁阑，度过残冬，便是魏延昌四年正月。高肇西去，尚无捷音，那魏主恪却生成重疾，医药无灵，才经三日，便已归天。侍中领军将军于忠、侍中中书监崔光、詹事王显、庶子侯刚，即至东宫迎太子诩，趋入内殿，夤夜嗣位。王显系高氏心腹，谓翌日登基，也不为迟。崔光道："天位不可暂旷，何可待至明日？"显又道："太子即位，亦须奏达中宫。"光又道："皇帝驾崩，太子继位，这乃是国家常典，何须中宫命令！"进请太子东序，由于忠扶住太子，西向举哀。哭至十余声，便令止哭。光摄太尉，奉册进玺绶。太子跪受册玺，被服衮冕，御太极殿，即皇帝位。光等与夜直群臣，伏殿朝贺，稽首呼万岁。翌日大赦天下，征还西讨东防诸军，尊谥先帝恪为宣武皇帝，庙号世宗。皇后高氏为皇太后，胡贵嫔为皇太妃。

于忠与门下省侍中等官，会议国事，大略以嗣主冲幼，未能亲政，宜使高阳王雍裁决庶事。又因任城王澄，为肇所忌，久居闲散，此时肇西出未归，正好起用老成，使总国事。当下奏白太后，请即敕授。王显意欲弄权，不愿二王秉政，独矫太后命，令高肇录尚书事，自与肇兄子猛，同为侍中。于忠等先发制人，即乘显入殿，喝令拿下，责他侍疗无效，传旨削职。显临执呼冤，被直阁将军用刀环击伤腋下，牵送右卫府，一宿即死。遂下诏令太保高阳王雍入居西柏堂，任城王澄录尚书事。百官总已听命二王，中外却也悦服。

高肇西至函谷关，所乘戎车，忽然折轴，已是隐怀疑虑。至此接到嗣主哀书，且召令入朝，益恐内廷有变，于己不利，急得朝夕哭泣，神槁形枯。（贼胆心虚。）匆匆东归，途次由家人相迎，亦不与见，即星夜跑至阙下，（格外小心，已是无及。）满身穿着衰服，入临太极殿，恸哭尽哀。高阳王雍，与领军于忠密议，拟即诛死高肇，断绝后患。当下令卫士邢豹等，潜伏中书省中，俟肇哭毕，由于忠引他入省，托名议事，甫经入门，忠忽大呼道："卫士何在？"邢豹等应声突出，把肇执住。肇欲开口鸣冤，偏被豹用手叉喉，不令出声。两手又为卫士所缚，不得动弹。才过片时，喉噎气塞，再由豹用力一扼，但见他目出舌伸，立即毙命。（威焰到何处去了?）当有一道敕书，数肇过恶，说他畏罪自尽，此外亲党，悉无所问，但褫肇官爵，葬用士礼。到了黄昏，从厕门出尸，送归肇家。

肇既伏诛，高太后当然不安。再加这位胡太妃乘势报怨，竟与于忠等商议，勒令高太后为尼，徙居瑶光寺，非大节庆，不得入宫。（这叫做打落水狗。）嗣是于忠内结宫闱，外总宿卫，又为门下省领袖，专揽朝政，权倾一时。尚书裴植、仆射郭祚，恨忠专横，密白高阳王，劝令黜忠。雍尚未发，忠已先闻，即令有司诬构二人，证成罪状，矫诏赐他自尽。甚至欲杀高阳王，还是侍中崔光，从旁力阻，乃出雍归第，不令执政。寻且尊胡太妃为皇太后，居崇训宫，进于忠为尚书令，崔光为车骑大将军，刘腾为太仆，侯刚为侍中。这四人都有功胡氏，所以加官进爵，同日酬勋。

太后父胡国珍，得封安定公，兼职侍中。还有太后妹胡氏，适江阳王继子乂为妻。江阳王继，系道武帝珪曾孙，袭封江阳王，宣武时为青州刺史，取良家女为奴婢，坐罪夺爵。胡太后为妹加恩，复继本封，进位太保，授乂为通直散骑侍郎，乂妻为新平君，拜女侍中。于忠、崔光等且奏请太后临政，太后当即允议，垂帘称制。她本是个聪明伶俐的女钗裙，喜读书，善属文，内外政事，均亲自裁决，随手批答。又素娴骑射，发矢能中针孔。有此种种技艺，故指挥如意，游刃有余。（哲妇倾城。）听政经旬，即引门下侍官，入问于忠声望。群臣揣摩迎合，料太后不慊于忠，因俱言未能称职。太后颔首，遂出忠为征北大将军，领冀州刺史。忠既外出，雍乃上表自劾，谓“臣初入柏堂，每见于忠专恣，欲加裁抑，忠反欲矫诏杀臣，幸由同僚坚拒，始得免死；自思忝官尸禄，辜负恩私，愿返私门，伏听司败”等语。胡太后不忍罪忠，但优诏慰雍，起为太师，领司州牧。加清河王怿为太傅，兼官太尉；广平王怀为太保，兼官司徒；任城王澄为司空，兼官骠骑大将军。澄希承意旨，奏请安定公宜出入禁中，参谘大务，胡太后当然乐从。

太后初临朝时，尚称令行事，群臣上书称殿下，旋即改令为诏，居然称朕，群臣亦改称陛下。到了冬季十二月，大飨宗庙，太后因嗣主年幼，未能亲祭，拟仿周礼君与夫人交献古制，代行祭礼。礼官均以为未可，乃转问侍中崔光。光独曲意逢迎，竟引据汉和熹邓后（汉和帝皇后）荐祭故事，陈将上去，适中胡太后心坎，便将光语援作铁证，饬侍卫备齐全副仪仗，亲至宗庙，摄行祭祀。又饬造申讼事，随时驾御，出云龙门，进千秋门，遇有吏民诉讼，当即审判；有所未决，乃付有司。凡州郡荐举孝廉秀才，及一切计吏，也由胡太后亲御朝堂，临轩发策，且自览试卷，评定甲乙，颇洽舆情。

一日与幼主幸华林园，就都亭曲水旁，宴集群臣，令王公以下各赋七言诗。太后自为首唱，随口说道："化光造物含气贞。"次语令幼主诩续下，诩年方七岁，却也有些聪慧，思索半晌，乃续咏道："恭己无为仰慈英。"太后面有喜容，（又合心坎。）即叹赏道："七龄幼主，有此续句，也好算是难得了。"群臣齐呼万岁。太后乃令群臣赓续，你一语，我一句，凑成一片古风，无非是颂扬母德，敷奏升平。太后大喜，命左右取出贮帛，颁赏有差。

越年改元熙平。（是梁天监十五年。）侍中侯刚，掠杀羽林军，为中尉元匡所劾，诏付廷尉议处。廷尉谓杀人抵死，应处大辟。胡太后记念前功，偏说刚因公掠人，邂逅致死，不得坐罪。嗣经少卿袁翻，力为辩驳，始削刚封邑三百户，撤去尝食典御使职。刚以善烹调得幸，尝主御食，要使垂三十年，至此始被撤销，但仍得出入宫禁，与闻朝政。有时且随从太后，游幸宗戚、勋旧各家，往往宴至夜半，方才还宫。侍中崔光，援经据史，谏止游宴。（太后可主祭祀，为何不可游幸！）

看官，你想胡太后到了此时，已是荡逸飞扬，从心所欲，那里还肯听信崔光，深居简出呢？而且历朝妇女，多信佛事，胡太后有一姑母，曾作女冠子，好谈释教，太后自幼相依，耳熟能详，至此特命在崇训宫侧，建造一永宁寺，又在伊阙口建石窟寺。两寺皆备极华丽，永宁寺尤觉辉煌，内设九层浮图，高九十丈，浮图上柱，复高十丈，四面悬着铃铎，每当夜静，铃铎为风所激，清音泠泠，声闻十里。此外佛殿僧房，尽是珠玉锦绣，炫饰而成，真是个五光十色，骇人心目。自从佛法传入中国，寺刹巍峨，得未曾有。落成时候，太后率领王公夫妇等，自往拈香。凡京内外僧尼士女，俱得入寺瞻仰，络绎奔赴，不下十万人。扬州刺史李崇，谓宜裁省寺塔糜费，移葺明堂太学，一再上表，好似石沉大海，毫无转音。到了熙平三年，有人献一异龟，当作神奇看待，遂改称神龟元年，（恐怕是个死乌龟，要应在宣武身上。）颁诏大赦，庆宴群臣。

忽报称征北大将军灵寿公于忠身死，大众颇称快意，独太后优诏褒荣，赐谥武敬，并赠厚赙。又越数日，司徒安定公胡国珍又死。国珍系胡太后父，饰终典礼，格外从隆，追赠相国太师，兼假黄钺，加号太上秦公，并迎太后母皇甫氏灵柩，同墓合葬，称为太上秦孝穆君。当时有一个谏议大夫张普惠，还想斟情酌理，竭力奏谏，说是太上名称，不能施诸人臣，同朝统说他不识时务，从旁讥笑，普惠却应机辩析，驳得朝臣哑口无言。但终是空费辱舌，不闻收回成命，徒博得一个直臣名目罢了。

过了数月，天象告变，月食几尽。胡太后恐自己当祸，特想出一件替身符来，密令心腹内侍，赍毒至瑶光寺中，药死故太后高氏，佯说是得病暴亡，棺殓俱用尼礼，草草治丧，即令舁柩至北邙山，埋葬了事。（高氏该有些结局，胡氏狠毒尤甚，怪不得后来沉河。）内外百官，毫无异议。胡太后越无顾忌，索性任情纵欲，引入一位皇叔，自荐枕席，作成了一段叔嫂奇缘。小子有诗叹道：

雉鸣求牡已增羞，叔嫂何堪结凤俦！
才识妇人须尚德，飞扬荡逸总贻忧。

欲问皇叔为谁？待小子下回申叙。

北魏故例，皇宫生男，立为太子，即赐母自尽，此为夷狄之敝俗，不足为训。但胡氏不死，后意临朝称制，恣为威福，穷极奢淫。论者或归咎魏主恪，谓其不遵古制，致贻后患，实则未然。北魏之宫闱不正，非自胡氏始；就使胡氏已死，而貌美心狠之高皇后，安知其不与胡氏相等耶！高氏专横已甚，天特假手胡氏，令其翦灭。胡氏不惩前辙，尤而效之，罪又甚焉。故其后日之结果，亦较高氏为尤甚。盖天下未有骄淫荡佚之妇人，而能长此不亡者也。故圣王起化，始自闺门，刑于之大本先端，自可无忧女祸，彼留子杀母之故事，岂真足为治平之道乎！

第四十四回　筑淮堰梁皇失计　害清河胡后被幽

却说胡太后引入皇叔，自荐枕席，这位皇叔为谁？就是清河王怿。怿为孝文诸子中，最美丰仪，胡太后看上了他，授以重位，事必与商。且尝至怿第夜宴，目逗眉挑，已非一日。怿却不愿盗嫂，虚与周旋，未尝沾染。偏胡太后欲火上炎，忍耐不住，一夕召入寝宫，托名议事，怿只好奉诏进去。那知她与怿相见，开口叙谈，便是床头兵法。怿始知中计，但已无法脱身，不得不通变达权，将顺了事。嗣是出入宫闱，几成惯习，渐渐的秽声腾播，贻谤都中。只因怿素有才望，好贤下士，辅政后亦多所裨益，所以毁不掩誉，一时尚能免害。但日长时久，总不免为人所乘，翩翩佳公子，恐跳不出后来一著呢。（色上有刀。）小子因胡后听政时，有梁魏争夺淮堰一事，不得不将魏廷内政，暂从缓表，且将淮堰事叙明。

梁天监十二年，魏寿阳城为水所渰，漂没庐舍。镇帅李崇，勒兵泊城上，天雨不止，水涨未已，城垣仅露二版。将佐皆劝崇弃去寿阳，往保北山。崇喟然道："我忝守藩岳，德薄致灾，淮南万里，系诸我身，我一动足，百姓瓦解，此城恐非我有了！但士民无辜，不忍令他同死，可结筏随高，各使自脱，决与此城俱没，幸勿多言！"治中裴绚率城难民数千家，泛舟南走，避水高原。因水势迭涨，还道崇必北归，乃自称豫州刺史，送款梁将马仙琕，情愿投诚。崇闻绚叛，未测虚实，特遣僚吏韩方兴单舸召绚，绚且惊且悔，转思势成骑虎，已是难下，乃遣方兴返报道："适因大水迷漫，为众所推，不得已便宜从事。今民非公民，吏非公吏，愿公早行，无犯将士！"崇得报始愤，即遣从弟李神等，率领舟师讨绚。绚战败窜匿，被村民执住，械送寿阳。绚至中途，对湖长叹道："我有何面目再见李公!"因投水自尽。马仙琕调兵救绚，不及而还。

寿阳水势渐退，居民复安。为这一番水溢，遂由魏降将王足，献策梁廷，请堰淮水以灌寿阳。(王足降梁，见四十回。)梁主衍称为良策，便遣材官将军祖暅、水工陈承伯等，相地筑堰，大发淮、扬兵民，充当工役。命太子右卫率康绚，权督淮上各军，看护堰作。这次筑堰，为梁廷特别巨工，南起浮山，北抵巉石，依岸培土，合脊中流。役夫需二十万众，兵士不足，取派人民，每二十户令出五丁，并力合作，自天监十三年仲冬为始，直至次年孟夏，草草告成。不料一宵风雨，水势暴涨，澎湃奔腾，竟将辛苦筑成的堤堰，冲散几尽。当时舆论纷纭，早有人谓淮岸聚沙，地质未固，恐难成功，梁主不以为然，决拟兴作，及经此一溃，仍然不肯中阻，再接再厉。(实是多事。)或谓蛟龙为祟，能乘风雨破堰，惟性最畏铁，可用铁冶入水中，免致冲损，于是采运东西冶铁，得数千万斤，沉诸水滨，仍不能合。(蛟龙畏铁，不知出自何典?)乃改用他法，伐树为井榦，填以巨石，上加厚土，沿淮百里内，木石无论巨细，悉数取至。兵民朝夕负担，肩上皆穿，更且夏日熏蒸，蝇蚋攒集，酿成一股疫气，不堪触鼻。可怜充当巨役的苦工，迭受驱迫，无法求免，没奈何拼去性命，与天时相搏战。究竟人不胜天，死亡相踵。好容易到了秋天，暑气已退，乘流增筑，尚堪耐劳。奈转眼间又是寒冬，淮、泗尽冻，朔风凛冽，劳役诸人，手足俱僵。天公也故意肆虐，雨雪连宵，比往年更增冷度，浮山堰中的兵民，十死七八，真可谓一大巨劫了。(为谁致之?孰令听之?)

天下本无事，庸人自扰之，那淮堰尚未竣工，魏已复起杨大眼为平南将军，督诸军屯荆山，来争淮堰。梁主衍意图先发，亟派左游击将军赵祖悦，袭据魏境西硖石，进逼寿阳。魏假定州刺史崔亮旌节，命充镇南将军，出攻硖石。又起萧宝夤为镇东将军，进攻淮堰。梁将赵祖悦闻崔亮到来，出城迎击，为亮所败，退归拒守。亮竟率兵围城，并约寿阳镇帅李崇，水陆并进。崇屡次愆约，遂致亮围攻硖石，隔年未下。

魏胡太后闻崔亮无功，料知诸将不一，特简吏部尚书李平，任镇军大将军，兼尚书右仆射，率步骑二千，驰抵寿阳，别为行台，节度诸军，准令军法从事。平至寿阳，督谕李崇，令即调发水陆各军，助攻硖石，一面促萧宝夤进攻淮堰。宝夤遣部将刘智文等，渡淮攻破三垒，又在淮北击败梁将垣孟孙。梁使左卫将军昌义之，率兵救浮山。义之未至，护淮军使康绚，已麾兵杀退萧宝夤军。义之在途奉敕，与直阁将军王神念，溯淮往救硖石。魏将崔亮，遣将军崔延伯守下蔡。延伯与别将伊瓮生，夹淮为营，取车轮去辋，削锐轮福，两两接对，揉竹为緪，互相连贯，穿成十余道，横木为桥，两头施火辘轳，随意收放，不使烧斫。既断赵祖悦走路，又得堵截梁援。义之、神念，不能前进，只得暂驻梁城。李平自至硖石，督令水陆各军，奋力猛扑，攻克外城。赵祖悦势穷出降，为平折斩，余众尽为魏俘。平复进攻浮山堰。崔亮以前日李崇愆期，隐怀宿憾，平又为崇从弟，更不愿受他节制，遂托疾请归，带领部曲，竟自返洛。平奏请处亮死刑，胡太后意在袒亮，但诏许立功补过，平不免怏怏，索性全军退还。（崇前守寿阳，颇见忠诚，不知他何故愆期？平不责从兄，专咎崔亮，亦属未是。）

魏廷论功加封，进李崇为骠骑将军，加开府仪同三司，李平为尚书右仆射，崔亮亦进号镇北将军。平在殿前争论亮罪，亮亦斥平挟私排异，由胡太后曲为调解，改亮为殿中尚书。萧宝夤尚在淮北，梁主衍致书招降，令袭彭城。宝夤将来书陈报魏廷，胡太后下诏嘉奖，令他静守边防。杨大眼亦敛兵不出，但在荆山驻守。

梁人得专力筑堰。至天监十五年四月，淮堰始成，长约九里，上阔四十五丈，下阔一百四十丈，高二十丈，杂种杞柳，间设军垒。有人献议康绚道："淮列四渎，天所以节宣水气，不宜久塞；若凿湫（同湫）东注，使它波流纡缓，这堰可长久不坏了。"（说近无稽。）绚又开湫东注，又使人纵反间计，往语萧宝夤道："梁人但惧开湫，不畏野战。"宝夤正患水涨，遂为所诳，乃开湫北注，水势日夜分流，尚不少减。李崇就硖石戍间，筑桥通水，又在八公山（即北山）东南，筑魏昌城，作为寿阳城保障。居民多散处冈垄，旧有庐舍冢墓，多被浸没，此嗟彼怨，不得宁居。李崇随处抚慰，大众益仇恨梁人，誓死守境，各无叛心。

梁徐州刺史张豹子，自谓筑堰监工，必归己任，偏梁廷简派康绚，并饬豹子受绚节制。豹子惭愤交迫，多方谗构，诬绚与魏有交通情事。梁主衍虽然未信，但因筑堰事毕，召绚还朝。绚既奉诏入都，淮堰归豹子管辖。豹子不复加修，堰受水激，不免松动。惟魏廷以寿阳被水，引为大患，更授任城王澄为上将军，都督南讨诸军事，将东下徐州，大举攻堰。仆射李平进言道："淮堰不久必坏，何须兵力！"乃敕任城王暂从缓进，静待秋汛。

忽由东益州刺史元法僧，呈入警报，乃是葭萌乱民任令宗，擅杀晋寿太守，举城降梁；梁益州刺史鄱阳王恢，遣太守张齐迎纳令宗，据住葭萌；法僧遣子景隆拒齐，连战皆败，齐更进围武兴，全境岌岌，请速济师等语。魏遂授傅竖眼为益州刺史，引兵赴援，倍道入益州境。转战三日，行二百余里，连获胜仗，解武兴围。张齐退保白水，嗣复出兵侵葭萌关。关城守将，为梓潼太守苟金龙，时适患疾，不能督战，妻刘氏率厉兵民，登关守御。副戍高景谋叛，由刘氏察觉，拿下斩首。嗣因水道为梁兵所据，守卒乏饮，幸值天雨，刘氏出公私布绢，及所有衣服，悬诸空中，绞取雨水，储以杂器，于是饮水不竭，人心乃固。（特叙刘氏为巾帼劝。）竖眼复移师往救，击退张齐，齐乃引还，葭萌复为魏有。魏封金龙子为平昌县子，旌刘氏功。（应该加旌。）

已而时值季秋，淮水盛涨，梁堰崩溃，声如雷吼，震动三百里左右。沿淮城戍及村落，兵民约十余万口，一古脑儿漂入海中，连尸骸都无着落。胡太后闻报大喜，优赏李平，停止任城王进兵。惟梁主衍懊怅终日，空耗了许多财帛，死了若干生命，终弄到前功尽弃，毫无效益，渐渐的自怨自艾，迷信佛教。诏罢宗庙牲牢，荐祭只用蔬果，朝野诧为奇闻，统说宗庙去牲，乃是不复血食。再由廷臣参议，拟用大脯代牛，偏梁主决意舍牲，但命用面捏成牲像，以饼代脯，这真叫做舍大就小，轻人重畜哩。（越弄越错。）

临川王宏自洛逃归，未赏加罚，仍令为扬州刺史，加官司徒。宏好内爱酒，沉湎声色，侍女数百人，皆极绮丽，妾吴氏更擅国色，宠冠后庭。有弟法寿，性粗且悍，恃势杀人，尸家指名申诉，怎奈法寿匿宏府中，有司不能搜捕。旋为梁主所闻，始令宏缴出法寿，即日伏法。南台御史请并罪宏，罢免官爵，梁主挥涕批答道："爱宏是兄弟私情，免宏是朝廷王法，准如所议！"罢宏归第。未几复以宏为司徒，宏淫侈如故。

天监十七年，梁主将幸光宅寺，忽闻都下有谋变情事，乃从各船中搜索，得一刺客，讯知为宏所使。乃召宏入，涕泣与语道："我人才胜汝百倍，幸居天位，时恐颠坠，汝奈何尚作妄想？我非不能为周公、汉文，（周公诛管蔡，汉文废死济北、淮南二王。）为汝愚昧，特加怜悯，汝反不知感，真太无人心了！"宏顿首道："无是！无是！"梁主因再免宏官，勒令回第。嗣又有人密报梁主，谓宏私藏铠仗，包藏祸心。梁主乃送盛馔与宏，且亲往就饮，酒至半酣，径入宏后堂检视。列屋约三十余间，各有色纸标封，旁顾及宏，面色沮丧，益疑是所报非虚，便命随从校尉邱佗卿，启封查阅，每屋多贮制钱，百万为一聚，标用黄签；千万为一库，标用紫签。梁主与佗卿屈指计算，凡三十余间屋内，约得现钱三亿余万，尚有旁屋数所，各贮布绢、丝棉、漆蜜、纻蜡、朱纱、黄屑、杂货等，满室堆砌，不知多少。宏恐梁主见斥，越加慌张，那知梁主反露笑容，温颜与语道："阿六，（宏排行第六。）汝生计大佳！"（民膏民脂，岂容敛积，如何梁主反为得意！）遂返座畅饮，至夜方还。自经此次检查，料宏徒知私积，当无大志，乃更使复原职。

梁主次子豫章王综，仿晋王褒《钱神论》，戏作《钱愚论》讥宏，梁主犹命综速毁，但已流传都中。宏引为愧恨，稍自敛束。不久复萌故态，更闯出一桩逆伦伤化的重案，这也由梁主姑息养奸，为私忘公，一误再误，贻患实不浅呢！事且慢表。

且说魏胡太后称制五年，奢淫无度，一掷千万，毫不吝惜，赏赐左右，不可胜计。又命内外添筑寺塔，竞尚崇闳，特派使臣宋云，与比邱（僧徒别称）慧生等，往西域求佛经，西行约四千里，度过赤巅，乃出魏境。再西行历二年，至乾罗国，始得佛书百七十部而还。（其时交通不便，所以有此困难。）胡太后分供佛寺，设会施僧，又糜费了无数金银。诸王贵人、宦官、羽林军，迎合意旨，各在洛阳建寺，所费不赀。且因奢风传播，习成豪侈。高阳王雍，富甲全国，河间王琛（系文成帝浚孙。）与他斗富，厩畜骏马十余匹，俱用银为槽，窗户上装璜精美，相传为金龙吐旆，玉凤衔铃。宴会酒器，有水精峰、玛瑙盌、赤玉卮等，统是绝无仅有的珍品。尝夸语僚友道："我不恨不见石崇，（晋人。）但恨石崇不见我。"当时传为异谈。

看官，试想宇宙间所出财产。地方上所供赋税，本有一定数目，不能凭空增添，亏得北魏历朝皇帝，按时节省，代有余积，熙平、神龟年间，府库颇称盈溢。偏经这位胡太后临朝，视若粪土，浪用一空。他如宗室权幸，虽由祖宗积蓄，朝廷赏赉，博得若干财帛，但为数也属不多，要想争奢斗靡，免不得贪赃纳贿，横取吏民。一班热中干进的下僚，蝇营狗苟，恨不得指日高升，荣膺爵禄，所以仕途愈杂，流品益淆。（小说中有些大议论，益增光采。）

征西将军张彝子仲瑀，独上封事，请量削选格，排抑武人。羽林虎贲各军士，得此消息，立集千人，至尚书省诟骂。省门急闭，乱众抛瓦掷石，闹了片时，便趋诣张宅，把张彝父子拖出，拳打脚踢，几无完肤。一面纵火焚宅，仲瑀兄始均叩头乞恕，被乱党提掷火中，烧得乌焦巴弓。仲瑀奄卧地上，贼疑为已死，不加防守，他得忍痛走免。彝气息仅属，再宿即死。胡太后闻变，慌忙派官宣抚，但收捕乱首八人，斩首伏辜，余皆不问。且下诏大赦，并令武人得依资入选。

适怀朔镇函使高欢至洛阳，（函使谓函奏往来之使。）见张彝死状，还家散财，结交宾佐。或问为何意？欢答道："宿卫军将，焚杀大臣，朝廷不敢穷究，政事可知，私产怎能守呢？"（乱世枭雄，类具特识。）欢系渤海蓨县人，字贺六浑，曾祖湖为燕郡太守，奔投魏国。

祖谧为魏御史，坐法徙怀朔镇，因此居北边。欢执役平城，有富人娄氏女，见他状貌魁梧，愿嫁为妇，乃得资购马，报效镇将，充做函使。后来便是北齐始祖，事见下文。（志北齐之所自始。）

魏尚书崔亮，迁掌吏部，因官不胜选，特创立停年格，不问贤否，只论年限，虽为杜绝幸进起见，未始非权宜计策；但贤能或因此负屈，庸才反循例超升，选举失人，实自此始。洛阳令薛琡，一再辨谬，终不见从；就是亮甥刘景安，贻书劝阻，亮亦不从。寻且以国用不足，减损百官俸禄，四成中短少一成。任城王澄，谓不如节省浮费，较全大体，胡太后置诸不理，恣肆依然。

宦官刘腾，恃功怙宠，由太仆迁官侍中，兼右光禄大夫，干预朝政，卖官鬻爵。胡太后不加禁止，反擢腾为卫将军，加开府仪同三司。惟清河王怿，用法相绳，不肯容情。吏部请授腾弟为郡守，怿搁置不提。还有散骑侍郎元乂，超擢至侍中领军将军，骄恣不法，亦为怿所裁抑。乂与腾共嫉怿如仇，阴图报复。

龙骧府长史宋维，由怿荐为通直郎，浮薄无行，怿常加戒饬。乂乘隙召维，用利相啗，使告怿有谋反情事。胡太后与怿通奸，更兼怿实无反情，一经案验，全出冤诬，怿当然无罪。维照例反坐，乂亟入白太后道："今若诛维，他日果有人真反，何人敢告！"胡太后听了乂言，也觉有理，乃止黜维为昌平郡守。乂与腾更日夜密谋，料知怿为太后所幸，非用釜底抽薪的计策，断不能独除一怿。一不做，二不休，索性把太后幽禁，方好任所欲为。当下使主食胡定，进白魏主，伪言怿将进毒，贿臣下手，臣不敢为逆，故即自首。魏主年方十一，究是儿童性质，容易被欺，遂嘱定转告元乂，速图去害。

是年为魏神龟三年，序值新秋，乂奉魏主御显阳殿，腾闭住永巷门，杜绝太后出路，独召怿入见。怿至含章殿后，又为乂所阻，不令怿入。怿大声道："汝欲造反么？"乂亦怒叱道："乂不敢反，特欲缚汝反贼。"怿再欲抗辩，已由乂指挥宗士，牵住衣袖，迫入含章东省，令人监守。腾称诏召集公卿，论怿大逆，拟置死刑。群臣畏他势力，莫敢抗议。独仆射游肇，出言相阻。乂、腾毫不理睬，竟入白魏主，谓公卿同议诛怿。魏主有何主见，含糊许可，当即将怿处死。并诈为太后诏敕，自称有疾，归政嗣君，遂将太后幽锢北宫，宫门昼夜长闭，内外断绝。腾自执管钥，连魏主都不得入省，只许按时进餐。太后不免饥寒，私自泣叹道："养虎遭噬，便是我今日所处了！"（此时尚非真苦。）

是时任城王澄已殁，乂与太师高阳王雍等，同掌朝政，改元正光。乂为外御，腾作内防，魏主呼乂为姨父，政由乂出，高阳王雍等亦只能随声附和，不敢相违。游肇愤悒而终。朝野闻怿被杀，统皆丧气，胡人为怿𠏉面，计数百人。小子独有诗讥怿道：

含章受刃似冤诬，笔伐难逃古董狐，
自古人生终有死，为何被胁作淫夫？

已而由相州递入急奏，请诛元乂、刘腾，且将起兵讨罪。究竟相州是何人主持，待至下回表明。

梁主用降人王足计，命筑淮堰，无论其劳民费财，实为厉阶。即令淮堰易成，成且经久，亦岂遽足夺寿阳！果使寿阳归梁，于魏亦无一损，仁者杀一辜而得天下，犹且不为，况丧民无数，以邻为壑，必欲争此一城，果何为者！甚矣哉梁武之不仁也！夫欲筑淮堰，不惜民命，荐祭宗庙，乃欲废牲，甚至如宏之一再谋乱，一再姑息，子弟可爱，百姓独不必爱乎？牺牲可惜，人民独不足惜乎？愚谬若此，真出意外。若夫胡太后之骄奢淫佚，原足致乱，即无元乂、刘腾，亦岂能长治久安？清河王怿之罹害，不无冤累，但未能预为防闲，反甘受牝后之淫逼，宫闱之乐事未终，而釜镬已临于颈上，畏死者仍归一死，亦何若拒淫死义之为愈乎！吾予怿无所取焉。

第四十五回　宣光殿省母启争端　沃野镇弄兵开祸乱

却说魏相州刺史元熙，系中山王元英长子。英自攻克三关后，（三关事见三十二回。）还朝病故，由熙袭封。熙颇好学，具有文才，惟轻躁浮动，常为英忧。英欲立熙弟略为世子，略固辞乃止。熙妻为于忠女，借忠威权，骤擢为相州刺史。又与清河王怿素称友善，通问不绝。

熙莅任时，时方初秋，忽遇狂风骤雨，酿成奇寒，冻死驴马数十匹，随卒数人。嗣复有蛆生庭中。熙尝夜寝，见有一人与语道："任城王当死，死后三日外，君亦不免；如或不信，但看任城王家。"熙恍惚相随，趋至任城王家前，果见四面墙坍，不遗一堵。正在惊叹，蓦被鸡声唤醒，方知是梦。回忆梦境，恐兆不祥，告诸亲友，大都从旁劝解，说是梦不足凭。及闻怿被诬受戮，不禁怒从中来，便欲起兵讨罪。熙妃于氏，援梦谏阻，熙已忿不可遏，不从妻言，遽称兵邺上，声讨乂、腾。

黄门侍郎元略、司徒祭酒元纂，俱系熙弟，由洛阳奔至邺城，助兄举兵。长史柳元章等，佯为从命，暗中却嗾动部众，鼓噪入府，杀熙左右，即将熙、纂二人拿住，锢置高楼，一面飞报都中。元乂立派尚书左丞卢同，赍诏至邺，监斩熙、纂，及熙诸子。熙将死时，贻僚友书道："我与弟并蒙太后知遇，兄据大州，弟得入侍，垂训殷勤，恩同慈母。今太后见废北宫，清河王横遭屠酷，主上幼年，不能自主，君亲若此，臣子奚安？所以督厉兵民，誓建大义，不幸智力浅短，遽见囚执，上惭朝廷，下惭知交，流肠碎首，亦复何言！凡百君子，各敬尔身，为国为家，善勖名节！（元熙发难，虽若可原，但始谋不慎，徒死何裨?）至熙首传至洛阳，亲旧莫敢过视，惟前骁骑将军刁整，竟为收埋，时共称为义友。

熙弟元略，独得幸脱，走匿西河太守刁双家，约历年余。因内外索捕甚急，别双奔梁，梁封为中山王，领宣城太守。魏元乂闻略受梁封，特遣使至建康，与梁通好。梁亦知魏深意，虚与应酬，即日遣归罢了。

魏主诩久疏定省，意欲朝母，向乂陈明，乂乃允诺。太后在西林园，由魏主带领文武百官，朝见太后，并即开宴，魏主与群臣侍饮。饮至半酣，武臣起舞为欢。右卫将军奚康生，独为力士舞，阶下盘旋，每顾视太后，举手蹈足，作执杀罪人形状。太后窥透微意，暗暗心喜，但一时未敢遽言。看官听着！康生与乂，本是转弯亲戚，康生子难当娶侯刚女为妻，刚子为元乂妹婿，所以乂幽太后，康生亦曾与谋。但康生素性粗武，与乂同值禁中，往往因词气高下，致有龃龉，积久遂成嫌隙。（也是一个小人。）此时借着舞势，示杀乂意。胡太后毕竟聪明，默视良久，待至日色将暮，即命魏主留宿北宫。侯刚在旁道：“至尊已经朝讫，何必在此留宿?”康生道：“至尊为太后陛下亲儿，太后有命，至尊不可不遵。”胡太后乘势起座，即携住魏主臂，下堂径去。

既入宣光殿，（在北宫中。）太后挈魏主上坐，左右侍臣，分立阶下。康生仗着酒胆，即欲传诏执乂，不意乂已防着急变，指令军士，闯入殿中，七手八脚，把康生牵去。两阶侍臣，当然哗乱。胡太后见此情形，也觉慌张。光禄勋贾粲，入白太后道：“侍臣惶恐不安，请陛下出殿抚慰。”胡太后便即起身，甫出殿阶，粲即扶魏主下座，就东序趋出，至显阳殿。太后回顾，已失魏主所在，自知为粲所绐，复入殿徘徊。（聪明人，又着了道儿。）那贾粲又偕刘腾等人，进胁太后，仍居北宫。所有宫殿各门，照旧关锁去了。

奚康生被牵至门下省，由侍中、黄门、仆射、尚书等十余人，私承乂嘱，当夜审讯，模糊定谳，康生拟斩，子难当拟绞。草案呈入，乂在内矫诏处决，康生死罪，如群臣议，难当恕死，坐流安州。时已昏暮，刑官即驱康生赴市，依谳处斩。难当哭辞乃父，康生独慨然道：“我无反状，乃为贼臣陷害，一死何辞！汝亦不必哭了！”遂伸颈就刑。（前时何故附乂？）难当收尸埋葬，又得留家百余日，始往流所。这是元乂顾全侯刚面目，暂时卖情。及难当去后，密遣人致书行台，叫他刺死难当。难当仍不得生，一道羁魂，往冥府中去寻死父，自不消说。

刘腾得进任司空，刑余腐竖，位列三公，实为北魏创例。八座九卿，尝旦造腾宅，伺候颜色，既得腾命，然后各赴省府，依言办事。公私请托，专视货贿多少，决定可否。岁入以巨万计，寡廉鲜耻的下吏，辄投拜门下，愿为义儿。权焰熏天，远近侧目。车骑大将军崔光，随班进退，无所补救，时人比为汉张禹、胡广，至此得升授司徒。江阳王继，为元乂父，已徙封京兆王，本领司徒重职，继恐父子权位太盛，愿以司徒让崔光。元乂听从父意，请命魏主。魏主虽将司徒授光，仍改官继为太保，名异实同，不过掩饰耳目罢了。

未几又有元乂贪金，用兵柔然事。柔然前为魏主所逐，逃居漠北，后来复屡入寇边，终被魏戍兵击退。魏宣武帝正始元年，柔然库者可汗，复遣兵寇魏沃野，及怀朔镇，魏遣车骑大将军源怀，出巡北边，增筑九城，设兵防守，柔然始不敢入窥。库者可汗死，子佗汗可汗嗣。佗汗可汗，屡向魏乞和，魏廷勿许。既而佗汗为高车所杀，子伏跋可汗继立，勇悍有武略，为父复仇，击破高车，擒杀酋长弥俄突，漆头为溺器，复扫灭叛国，转弱为强。伏跋有幼子祖惠，忽然亡去，四觅勿得。适有女巫地万，入见伏跋，谓祖惠现在天上，我能召还。乃即就大泽中量地张幄，祷祀天神。地万喃喃诵咒，约历昼夜，果见祖惠自帐中出来，自言为天神所摄，今始遣归。伏跋大喜，号地万为圣女。地万出入帐中，姿态妖淫，善蛊人主。伏跋初颇尊敬，继与狎亵，竟得地万顺从，枕席风光，远过妾妇，喜得伏跋似遇天仙，当即册为可敦，（地万所望在此。胡人称主为可汗，后为可敦。）大加爱宠。

已而祖惠浸长，与母私语道：“我系人身，怎得上天？地万留我在家，教我诳言。”母闻祖惠言，便转告伏跋。伏跋已为地万所迷，摇首答说道：“地万能前知未然，汝等何必谗妒呢！”地万且喜且惧，谮杀祖惠。祖惠母怎肯干休，泣诉伏跋母候吕陵氏。候吕陵氏乘伏跋出畋，竟把地万拘住，遣大臣具列等绞死地万。及伏跋闻变驰归，地万已死，他不胜悲愤，欲诛具列等人。适值邻国阿至罗入寇，由伏跋率兵邀击，失利奔还。候吕陵氏竟会同群臣，杀死伏跋，立伏跋弟阿那瓌为可汗。

甫经匝旬，伏跋族兄示发，举兵击阿那瓌。阿那瓌战败，与弟乙居伐奔魏。魏使京兆王继等迎入，赐劳甚厚，引见置宴，封为朔方公蠕蠕王。阿那瓌乞请援师，回国讨叛，朝议经久未决。阿那瓌居洛数月，得知元乂用事，贿金百斤，元乂乃调发近郡兵万五千人，使怀朔镇将杨钧为将，送阿那瓌返国。尚书右丞张普惠，上书谏阻，谓蠕蠕久为边患，今天亡丑虏，使彼自乱，阿那瓌束身归命，正好令为内属，戢彼野心，奈何发兵送还，自增劳扰？这一书奏将进去，那元乂全然不睬，但令杨钧从速部署，指日北行。（无非为了百斤黄金。）阿那瓌入辞北堂，特赐给军器衣被、杂米粮畜，悉从优厚，阿那瓌拜谢而去。

时柔然为示发所破，杀死阿那瓌祖母候吕陵氏，及他亲弟二人，偏又有从兄婆罗门，纠从逐示发，示发奔往地豆干。地豆干把他杀毙，国人推立婆罗门为可汗。杨钧入柔然境，恐柔然出兵抗拒，再乞济师。魏遣使臣谍云具仁，先往宣谕。婆罗门骄倨不逊，经具仁与他抗辩，始令大臣邱升头等，随具仁迎阿那瓌。具仁轻骑还报，阿那瓌又惧不敢进，情愿还洛。会高车王弥俄突弟伊匐，乞师嚈哒，收拾余众，来击柔然，报复兄仇，大破婆罗门。婆罗门窘急，也率十部落诣凉州，向魏乞降。

柔然无主，国人愿迎奉阿那瓌，阿那瓌又复请归。魏凉州刺史袁翻，上言蠕蠕二主，并宜抚存，可令东西各居，分驭部落，也是一条安边保塞的至计。朝议颇以为然，乃命阿那瓌居怀朔北方，地名吐若奚泉；婆罗门居凉州北境，就是西海故郡。

那知戎狄豺狼，野性难测。婆罗门却阴怀异志，侨居逾年，走归哌哒，幸由魏平西长史费穆，引兵往讨，用埋伏计诱婆罗门，一鼓掩获，送至洛阳，好容易瘐死狱中。阿那瓌先求粟种，魏输给万石；继复因年谷不登，突入魏境，表求赈给。魏令尚书右丞元孚，持节抚劳，反被阿那瓌拘留，引众南侵，所过剽掠，直至平城附近。闻魏遣尚书令李崇等，大举北征，始将元孚释回，驱民北遁。李崇追蹑三千里，不及乃还。这都由元义贪赂纵奸，酿成戎祸，渐渐的尾大不掉，反为夷狄所制呢。（暗伏后文。）

元义为恶不悛，取民无度。乃父京兆王继，性亦贪纵，专受赂遗。平时请属有司，无敢违慢，牧令守长，那个肯毁家报效，当然是竭泽而渔，上供欲壑，于是朔方叛乱，相继迭起。（又开生面。）

先是魏都平城，曾在四邻置设六镇，一武川、二抚冥、三怀朔、四怀荒、五柔玄、六御夷，皆在长城北面，用备藩卫，素来资给从厚。至孝文南迁，漠然相待，将士渐有怨言。尚书令李崇出击阿那瓌，长史魏兰根语崇道："从前沿边置镇，地广人稀，所遣将士，或系强宗子弟，或系国家爪牙。晚近以来，有司号为府户，役同厮养，厚内薄外，适足滋怨，怨久必乱，不可不防。今宜改镇立州，分置郡县，凡属府户，悉免为民，入宫次叙，一准旧制，文武兼用，威爱并施，庶几人心归向，可无北顾忧了。"（此语若行，何致生乱？）崇颇以为然，依议奏闻。权贵只识金钱，晓得甚么后虑，便将崇奏搁起不提。

怀荒镇将于景，系故尚书令于忠弟，为元义所忌，出就外镇。阿那瓌入寇时，镇民求饷，景不肯给，激动众怒，竟将于景杀死。乱尚未了，那六镇以外的沃野镇，复有豪民破六韩拔陵，聚众造反，攻杀镇将，据境称王。遣党徒卫可孤，围武川镇，又分兵攻怀朔镇。怀朔镇将杨钧，擢尖山人贺拔度拔为统军。度拔有三子，长名允，次名胜，幼名岳，皆有材力，随父从军，分任队长。据守经年，外援不至，杨钧遣贺拔胜突围而出，至临淮王元彧处告急，且语彧道："怀朔一陷，武川亦危，虽有良、平，（张良、陈平皆汉人。）不能为计了。”彧许为出师，并即表闻。魏命彧都督北讨军事，往征破六韩拔陵，彧遣胜先归。会武川失守，杨钧弃城南遁，留胜父子居守，卫可孤乘隙攻入，胜父子巷战力屈，俱为所擒。及彧至五原，两镇早陷，破六韩拔陵，麾众邀击，尽锐冲突，彧不能抵敌，大败退归。

魏主闻耗，亟召群臣问计。吏部尚书元修义，请遣重臣督军，出镇恒、朔，捍御叛寇。魏主欲任用李崇，崇已早还朝，时亦在列，便自陈衰老，请另择贤才。魏主不许，即加崇开府仪司三司，领北讨大都督事，所有抚军将军崔暹，及镇军将军广阳王元渊以下，（渊或作深，系太武帝曾孙。）皆受崇节度，陆续北行。

是时西北一带，寇盗蜂起，响应拔陵。敕勒酋长胡琛、凉州幢帅于菩提、营州民就德舆等，群起为乱。还有朔方汾州诸胡，亦乘时蜂起，骚扰边境。各州刺史，就近征剿，倏出倏没，未得荡平。秦州刺史李彦，政刑残虐，群下生怨，部将薛珍等，突入杀彦，推党人莫折大提为秦王。南秦州民张长命、韩祖香、孙掩等，亦戕刺史崔游，举城应大提。大提袭入高平，杀害镇将赫连略，及行台高元荣。既而大提病死，子念生居然称帝，自号天建元年。魏令雍州刺史元志为征西都督，往讨念生。念生弟天生，率众下陇，志连战连败，退保岐州。天生乘胜进逼，四面登城，志竟被杀，岐州陷没。

说也奇怪，元志方战殁岐州，李崇也败退云中。崇本遣崔暹出北道，教他不得浪战，但牵制拔陵兵力，自从东道进兵，直捣沃野。暹违崇将令，竟转斗而前，被拔陵诱入伏中，杀得全军覆没，只剩了一人一骑，狼狈走还。拔陵得并力攻崇，崇抵挡不住，没奈何退守云中，与寇相持。魏正遣尚书元修义为西道行台，规复岐州，偏又接得李崇败报，宫廷相率惊惶。广阳王渊，申崇前说，仍请改镇为州。魏主不省，惟召还崔暹，命系廷尉。暹忙将良田美妓，献纳元乂，乂替他解免，竟得宥罪。

未几东西铁敕部，统皆叛命，归附破六韩拔陵，魏主乃思李崇及元渊言，下诏改镇为州，遣黄门侍郎郦道元为大使，抚慰六镇兵民。哪知六镇已皆叛魏，道元去亦无益，仍折回都中。南秀容人乞伏莫于，又复起反，总算出了一个酋长尔朱荣，集众讨平。当下奉表魏廷，详报平贼情事，魏封荣为博陵郡公。荣高祖羽健，初封秀容川，父名新兴，善事畜牧，牛羊马驼，辨色为群，尝弥漫山谷间。魏有事北方，新兴辄献牲畜助军。至荣讨平叛乱，进爵为公，方阴蓄大志，拟乘四方变乱的时候，发愤为雄。所以畜牧资财，悉数取出，散给勇士，结交豪杰。于是侯景、司马子如、贾显度、段荣、窦泰等，先后趋附，整日里练兵储械，待时出发。这乃是北魏一大隐患，不比那四方草寇，剽掠无定，尚容易处置呢。（俱为下文写照。）

且说梁主萧衍，闻魏乱方盛，欲趁势经略中原。当时南朝良将，为韦睿、裴邃二人。睿于普通元年病逝，（随笔带过韦睿。）只裴邃尚存。乃授邃为信武将军，领豫州刺史，出使合肥。适临川王宏第三子正德，背梁奔魏。魏已起萧宝夤为尚书仆射，谓正德无故来投，情不可测，不若拘戮为是。魏主虽然不从，但亦未尝礼待，正德因复逃归。前时梁主无子，曾取正德为养儿。及太子统生，仍使正德还本，赐爵西丰侯。正德以不得立储，衔恨多年，乃觑隙奔魏。既不得志，南行还梁，恐遭梁主诘责，不得不捏造诳言，当诣阙谢罪，托言北侦虏情，确是有乱可乘，请速出师等语。梁主亦瞧透三分，诘问数语，正德具陈魏乱，似觉详明，乃仍复本封，并促裴邃出兵北略。

邃因率骑袭寿阳，掩入外郛。魏扬州刺史长孙稚，奋力抵御，一日九战，杀伤相当。邃因后军不至，引军暂归。嗣复取魏建陵、曲木及狄城、甓城、司吾城。徐州刺史成景俊拔睢陵，将军彭宝孙拔琅琊，曹世宗拔曲阳、秦墟，李国兴且进拔三关。魏徐州刺史元法僧，又遣子景仲至梁，奉表输诚。梁即授降王元略为大都督，与将军陈庆之等，率兵接应，为魏安乐王元鉴击败。法僧却乘鉴骄怠，杀将过去，得了一个大胜仗。梁授法僧为司空，封始安郡公，复命西昌侯萧渊藻，及豫章王萧综等，相继进兵，接济裴邃。

邃攻下新蔡郡，进克郑城、汝颍一带，所在响应，魏河间王元琛，及寿阳守将长孙稚，率众五万，前来截击。邃暗设四伏，诱稚入阱，四面相迫，好似网中捕鱼，瓮中捉鳖。还算长孙稚有些勇力，拼命冲突，夺路奔逃。再加元琛从后援应，方得将长孙稚救回寿阳，但已丧毙了一二万人。邃威名大振，将乘胜荡平淮甸，再图河洛，偏偏天不假年，竟尔一病不起，告殁军中。身后赠典，比韦睿更优，睿得赠侍中，给谥曰严；邃亦得赠侍中，且进爵为侯，予谥曰烈。淮、淝军民，感念邃恩，莫不流涕。（再与韦睿相较，是不忘良将之意。）小子有诗叹道：

北征大将肃军威，万众全凭只手挥，

功业未成身已殒，萧梁气运兆衰微。

邃既死事，后任为中护军夏侯亶。亶虽有才名，究竟不及韦、裴两人，因此敛兵不进，南北粗安，那魏人得专力北方。欲知后事，且看下回叙明。

元乂、刘腾，为北魏之祸首，而胡后实纵成之。奚康生久预军机，始不能诛锄权戚，乃反甘作爪牙，与谋幽后。后固自取，而康生之党恶济奸，未始非乂、腾之流亚也。及西林省母，渐有转机。康生如有悔心，亦惟导后以慈，勖主以孝，内联母子，外正君臣，则苦志弥缝，安身即以安国。计不出此，乃徒以舞势示意，挑拨胡后，宣光殿之被执，门下省之受诛，虽死何补，适见其好乱取祸耳！沃野之乱，不特为六镇之引线，并且为亡魏之祸阶。一蚁溃穴，全堤皆动，乱之不可以使长也，有如此者。然不有内乱，安有外乱，胡后导于先，乂、腾踵于后，读史者可以知所鉴矣。

第四十六回 诛元义再逞牝威 拒葛荣轻罹贼网

却说魏尚书元修义，出讨莫折念生，中途遇着风疾，不能治军，乃命萧宝夤代任，并命崔延伯为岐州刺史，兼西道都督，与宝夤俱出屯马嵬。莫折念生弟莫折天生方列营黑水，由延伯前往挑战，天生开营追逐，延伯徐徐引还，行伍整齐，步伐不乱，反将贼众惊退。越日复勒兵出战，延伯当先突进，将士尽锐长驱，大破天生，俘斩十余万，追奔小陇山，岐雍及陇东皆平。魏京兆王继正受命为大都督，出统西道各军，既得岐雍捷报，乃诏令班师。

时宦官刘腾已死，司徒崔光亦卒，元义耽酒好色，淫宴自如，无论姑姊妇女，稍有姿色，即与宣淫。嗣是常留家不出，或出游忘返，无暇防卫宫廷。

胡太后察悉情形，转忧为喜，乘义他出，即召魏主与群臣入见，当面宣谕道："元义隔绝我母子，不听往来，还复留我何用？我当削发出家，修道嵩山，闲居寺院，聊尽余生罢了。"说着，泪下不止。（一派伪态。）魏主见太后容色，免不得天良发现，即叩头劝阻，群臣亦跪伏哀求。胡太后置诸不理，反令侍女觅取快剪，立即削发。魏主越加惶急，禁住侍女，再三苦劝，太后尚未肯依。（越装越像。）群臣乃请魏主伴宿，夜间母子叙情，谈至夜半，无非说元义不法，必将为乱。左右且从旁报密，谓义尝遗从弟洪业，与武州人姬库根，潜买马匹，预备起事。魏主年已十六，已有知觉，也恐帝位被夺，顿起疑心，遂与太后密谋黜义。及义还朝入直，魏主但与言太后意见，将往嵩山修道。义巴不得太后出家，便劝魏主顺承母旨，魏主含糊应允。

看官！试想这胡太后年将四十，尚是华装艳服，盛鬋丰容，那里肯出家为尼，除绝六欲？她不过借此为名，计愚元乂。乂却竟为所愚，还道太后无颜问政，不必防闲。太后遂得屡御外殿，不似以前幽锢。有时且偕魏主出游，无人阻碍。乂举元法僧为徐州刺史，法僧叛魏奔梁，太后屡以为言，乂颇自愧悔。高阳王雍虽位居乂上，权力不能及乂，所以暗加畏忌。会魏主奉太后出游，往幸雒水，雍邀两宫至私第中，开宴畅饮。饮至日晡，太后与魏主起座，偕雍同入内室，谈了许多时刻，方才出来，从官皆不得与闻。惟由太后传令还驾，始皆奉跸还宫。

过了数日，雍从魏主入朝太后，奏称元乂父子，权位太重，致多疑谤。太后乃召乂入语道："元郎若果效忠朝廷，何故不辞去领军，以他官辅政？"乂乃免冠拜伏，求解领军职衔。当由两宫允准，授乂为骠骑大将军，开府仪同三司，兼尚书令，仍守侍中等官。改用侯刚为领军将军，暂安乂意。乂因刚为同党，果然不疑。

魏主立太后侄女胡氏为后，不甚爱宠。（想是姿貌平庸。）寻纳一潘氏女为充华，名叫外怜，色擅倾城，容能媚主，最得魏主欢心。（南有潘贵妃，北有潘充华，何潘家多美女乎？）阉竖张景嵩、刘思逸等，与乂未协，屡白潘充华，谓乂有害潘意。潘充华乃泣诉魏主道："元乂心存叵测，尝欲杀妾，并将不利陛下，请陛下早为留意！"魏主既受教兹闱，又牵情帷闼，遂视元乂为眼中钉，恨不把他即日捽去。侍中穆绍，又劝胡太后即速除乂。太后以乂党尚盛，未便遽发，先出侯刚为冀州刺史，去了元乂一条左臂，又迁贾粲为济州刺史，把元乂右臂亦复除去，然后安排黜乂。

正光六年四月朔，胡太后复临朝摄政，下诏罪元乂、刘腾，黜元乂为庶人，追削刘腾官爵。清河国郎中令韩子熙，乘间上书，为清河王怿讼冤，乞诛元乂，并戮刘腾尸。太后乃命发刘腾墓，劈棺散骨，尽杀腾养子，籍没家资。遣使追杀贾粲，降侯刚为征虏将军，夺刺史官。刚还家病死。召子熙为中书舍人，又征齐州刺史元顺还朝，授职侍中。顺为任城王澄子，前为黄门侍郎，直言忤乂，因致外迁；此次还都受职，颇邀宠眷。他本与乂未协，因见乂尚未伏诛，不免忧怀。

一日入朝内殿，由太后赐令旁坐，顺拜谢毕，顾视太后右侧，坐一中年妇人，乃是太后亲妹，即元乂妻房，当下用手指示道：“陛下奈何眷念一妹，不正元乂罪名，使天下不得大伸冤愤！”太后默然不答。乂妻已潸然泪下，顺乃趋出。先是咸阳王禧，谋逆见诛，诸子多南奔入梁，（咸阳王事见前文。）一子名树，受梁封为邺王。树贻魏公卿书，暴乂罪恶，大略说是：

乂本名夜叉，弟罗实名罗刹，两鬼食人，非遇黑风，事同飘堕，呜呼魏境，罹此二灾。恶木盗泉，不息不饮，胜名枭称，不入不为。况昆季此名，表能噬物，暴露久矣，今始信之。

魏公卿得了此书，也即进呈，胡太后因妹乞恩，尚不忍诛乂。至此顾语侍臣道：“刘腾、元乂，前向朕索求铁券，冀得不死，朕幸未照给。”舍人韩子熙接入道：“事关生杀，不计赐券，况陛下前尚未给，今何故知罪不诛？”太后怃然无言。（是谓妇人之仁。）

已而有人讦乂阴谋，将与弟瓜招诱六镇降户，谋变定州，太后尚迟疑未决。群臣固请诛乂，魏主亦以为然，乃赐乂及弟瓜自尽。乂既伏诛，犹赠乂原官。京兆王继亦被废归家，未几即死。独乂妻居家守丧，寂寂寡欢。乂弟罗未曾连坐，有心盗嫂，日夕勾引，竟得上手，即与乂妻结不解缘，情同伉俪。胡氏姊妹，淫行相同，这乃不脱夷狄旧俗哩。（中国亦未必不尔。）

胡太后两次临朝，改元孝昌，把前日被幽苦况，撇诸脑后，依然是放纵无度，饱暖思淫。乃父胡国珍有参军郑俨，容仪秀美，不亚清河，当即引为中书舍人，与同枕席。俨又引入徐纥、李神轨，皆为舍人，轮流侍寝，彻夜交欢。太后愈老愈淫，多多益善。惟心目中最爱郑俨，俨有时归家，太后必令内侍随去，只许俨与妻同言，不准留宿。俨亦无法，只好勉从慈命。（淫妇必妒，盍观胡氏。）太后又屡出游幸，装束甚丽，侍中元顺面谏道：“古礼有言，妇人无夫，自称未亡人，首去珠玉，衣不文饰。陛下母仪天下，年垂不惑，修饰过甚，如何能仪型后世呢？”太后惭不能答。及还宫后，召顺诘责道：“千里相征，岂欲从中见辱？”顺又抗声道：“陛下不畏天下耻笑，乃独恨臣一言，臣亦未解！”（却是个硬头子。）太后驳他不倒，一笑而罢，但心中也未免怨顺。城阳王元徽，与中书舍人徐纥，窥承意旨，屡加谗毁，太后始尚含容，后竟徙顺为太常卿。顺拜命时，见徐纥侍侧，戟指诟詈道：“此人便是魏国的宰嚭，魏国不亡，此人不死，想也是气数使然呢！”纥面有愧容，胁肩而去。顺复叱语道：“尔系刀笔小才，只应充当书吏，奈何污辱门下，坏我彝伦！”（实不止污辱门下，顺尚言之未尽。）纥踉跄避去，太后佯作不闻，顺亦自出。

忽闻豫章王综，自徐州来归，胡太后喜他投诚，嘱令魏主优礼相待。魏主乃召综入殿，温言相见，特授职侍中，封丹阳王。综系梁主衍次子，母为吴淑媛，本系齐东昏侯宠妃，衍入建康，据为己有，七月生综，宫中多说是东昏遗胎。（吴淑媛事，见前文。）既而吴氏年暮色衰，渐次失宠。综已浸长，年约十余，尝梦见一肥壮少年，抚摩综首，综私自惊讶，密语生母吴淑媛。淑媛问及梦中少年，如何形状，由综约略陈述，正与东昏侯相似，便不禁泣下道：“我本齐宫嫔御，为今上所迫，七月生汝，汝怎得比诸皇子？但汝为太子次弟，幸保富贵，切勿泄言。”综听了此语，抱母而泣。嗣复将信将疑，暗思人间俗语，用生人血滴死人骨，渗入乃为父子，此次正可仿行，试验真伪。遂密引心腹数人，微行至东昏侯墓前，私下发掘，剖棺出骨，沥血试验，果然渗入。返至家中，有次子才生月余，竟将他一把揿死，蒿葬数日，日夜遣人发取儿骨，再行滴血，渗入如初。遂自信为东昏遗子，每日在静室中，私祭齐氏祖宗，一面求经略边境。

梁主始尚未许，会魏元法僧降梁，元略、陈庆之接应法僧，为魏所败，（见前回。）乃命综出督诸军，镇守彭城，并摄徐州府事。召法僧入都授职，法僧应召诣建康。魏调临淮王彧为东道行台，率兵逼彭城，梁主又恐综未惯战，促令引还，（出尔反尔，究属何因！）综竟输款魏营，夜投彧军。城中失了主帅，隔宿大溃，魏人陷入彭城，掳去长史江革，及司马祖暅，令随综入洛阳。综得受魏封，遂为东昏侯举哀，服斩衰三年，改名为赞。（一作缵。）

梁主闻报，大为骇愕。有司奏削综爵土，撤除属籍。有诏准议，并废吴淑媛为庶人，寻且赐死。已而魏遣还江革、祖暅，交换元略，梁主乃礼遣略归。略还魏阙，魏已给复乃父中山王熙官爵，并拜略为侍中，赐爵东平王，迁尚书令，格外宠任。但徐、郑用事，略亦不能有为，只好随俗浮沉罢了。

梁主衍既遣归元略，召问江革、祖暅，问明综奔魏情形，江革、祖暅据实奏陈。梁主以综顾本支，颇有孝思，且追忆吴淑媛旧情，又复生悔。（萧衍晚年误事，便由胸无主宰。）乃赐复综爵，仍令入籍，并复吴淑媛品秩，予谥曰敬。封综子直为永新侯，令主吴淑媛丧葬事宜。

还有一件暧昧的事情，说将起来，尤觉可丑可笑。梁主衍有数女，临安、安吉、长城三公主，并有文才，独永兴公主，顽而且淫，竟与叔父临川王宏通奸。宏与谋篡逆，约事成后立为皇后。（回应四十四回。）梁主尝为三日斋，与诸公主并入斋室。永兴公主使二僮行刺，乔扮女装，随入室中。僮逾阈失履，为真阁将军所疑，密白丁贵嫔。贵嫔欲转告梁主，因恐梁主未信，特使真阁加防。真阁令舆卫八人，整装立幕下。及斋座将散，永兴公主果上前面陈，请叙机密。梁主屏去左右，令主密谈。那二僮竟趋至梁主背后，拟从怀中取刃，舆卫八人，立即突出，擒住二僮。梁主惊坠地上，幸由卫士扶起，坐讯二僮逆迹。二僮初尚抵赖，一经搜检，取出利刃二柄，且系假充女婢，水落石出，无从讳言，只得供明逆情，说是为宏所使。梁主不欲详诘，但命将二僮斩讫，用漆车载着公主，撵逐出外。公主也觉无颜，便即暴卒。临川王宏，忧惧成疾，梁主犹七次临视，未几告终，尚追赠侍中大将军扬州牧，并假黄钺，给羽葆鼓吹一部，增班剑六十人，赐谥曰靖。傲弟逆女，如此不法，尚欲多方掩饰，不忍行诛，甚且特别优待，这真叫做当断不断，反受其乱了。

那北魏的祸乱，也是日盛一日，不可收拾。莫折天生虽然败去，敕勒酋长胡琛，却自称高平王，遣部将万俟丑奴，寇魏泾州。萧宝夤、崔延伯，移师往援，与丑奴会战安定。丑奴狡猾得很，屡次诈败，引诱延伯。延伯恃胜轻进，至为丑奴所乘，杀伤至二万人。宝夤入城自保，延伯再战再败，中矢而亡。贼势益盛，魏廷大震。

时北道都督李崇病殁，广阳王渊进兵五原，贺拔度拔父子，正袭杀拔陵将卫可孤，西拒铁勒。度拔战死，子胜等奔至五原，投入广阳王渊麾下。渊爱他骁勇，引为亲将，适破六韩拔陵，纠众大至，把五原城四面围住。胜募健卒二百人，开东门出战，斩贼百余人，贼渐引却。渊乃拔军赴朔州（即怀朔镇）。参军于谨，能通诸番言语，招降西铁勒部酋长乜列河，并结合蠕蠕主阿那瓌，大破拔陵，收降叛众二十万。拔陵穷蹙，奔还沃野，阿那瓌出兵进击，连战皆捷，擒斩拔陵，献捷魏廷。（拔陵了。）魏主遣中书舍人冯隽，前往宣劳，犒赏从优。阿那瓌送归冯使，遂自称头兵可汗，蟠踞塞外，拥众称雄。这且待后再表。

且说沃野告平，魏已去一乱首，只有莫折念生、胡琛两路，尚未扑灭，不能不分头征剿，静俟澄清。那知二寇未歼，复又生出二寇，遂致乱祸益炽，势等燎原。看官听说！一路是柔玄镇乱民杜洛周，起反上谷，改元真王；一路是五原降户鲜于修礼，起反定州，改元鲁兴。警报与雪片相似，传达魏廷。魏命幽州刺史常景，为行台征虏将军，与幽州都督元谭，往讨洛周。扬州刺史长孙稚，为骠骑将军，都督北讨军事，与都督河间王琛，往讨鲜于修礼。（两两写来，有条不紊。）彼此战争数月，元谭军溃，用别将李琚相代，琚复战死，更换了一个于荣。荣颇善战，军务始有起色。河间王琛与长孙稚未协，稚兵至滹沱河，被修礼伏兵邀击，伤亡甚多。琛观望不救，稚大败南奔，两人互相奏讦，俱坐罪除名。改用广阳王渊为大都督，以章武王元融，及将军裴衍为副，出击修礼。渊为太武帝曾孙，与城阳王元徽系是从祖兄弟。徽妻于氏，与渊相奸，徽不能防闲于氏，惟恨渊甚深。渊既出征，徽上白胡太后，谓渊心不可测，恐有异图。胡太后乃密敕章武王融，令他潜加防备，融却持密敕示渊。渊乃上表讦徽，论徽过恶，说他谗害功臣，并及己身，请调徽出外，然后得免牵掣，方可效死击贼。胡太后搁置不理。徽时为尚书令，与郑俨等朋比为奸，外似柔谨，内实忌克，赏罚任情，魏政益乱。渊闻朝廷不用己言，越加疑惧，事无大小，不敢自决，因此沿途逗挠。会贼将元洪业，杀㲼鲜于修礼，向渊请降，（鲜于修礼了。）渊正拟遣将招抚，偏修礼部下葛荣，替主复仇，刺死洪业，自为贼帅。旋且僭称皇帝，立国号齐，居然下诏改元，称为广安元年，率众趋瀛州。魏廷促渊进讨，渊遣章武王融，前往击荣，兵败战死。渊外畏贼势，内虑谗言，越弄得进退徬徨，自悲岐路。（你要奸通人妻，应该受此折磨。）城阳王徽，乐得下井投石，嘱令侍中元晏，劾渊盘桓不进，坐图不轨，参军于谨，实主渊谋。胡太后因诏牓省门，悬赏缉谨。谨既有所闻，乘便语渊道："今女主临朝，信用谗佞，殿下迹被嫌疑，若无人代为表明，恐遭奇祸！谨愿束身归罪，宁可诬谨，不可诬殿下！"渊乃与谨泣别。谨星夜入都，自投牓下，有司以闻，胡太后立即召入，厉声责谨。谨从容奏对，为渊辩诬，且备陈按兵情由，说得胡太后亦为动容，不由得怒气潜消，释谨不问。

徽计不得逞，又致书定州刺史杨津，嘱使图渊。渊因葛荣势盛，退保定州。津遣都督毛谧等，夜袭渊舍，渊只率左右数人，仓皇走脱。行至博陵郡界，正值葛荣游骑，把他截住，劫往见荣。贼党欲奉渊为主，荣已自称天子，势不两立，便将渊杀死了事。城阳王徽即诬渊降贼，拘渊妻孥。（莫非欲污辱渊妻么？）还是广阳府佐宋游道，替渊诉理，具报渊遇害实情，乃赦渊家属，不复论罪。即授杨津为北道都督，使拒葛荣，并因朔方扰乱，特援博陵郡公尔朱荣为安北将军，都督恒、朔二州军事。荣过肆州，刺史尉庆宾闭城不纳，惹动荣怒，引众登城，执庆宾还秀容，擅署从叔羽生为刺史。嗣是兵威渐盛，魏不能制。小子有诗叹道：

一魔出督便称雄，枭桀何曾肯效忠？

试看肆州轻易吏，咆哮已自藐皇风。

贺拔胜兄弟，也投奔尔朱荣。荣得胜大喜，署为军将。欲知后事如何，待至下回再叙。

元乂可诛，而牝后不宜再出，胡氏之重复临朝，魏之乱亡也必矣。高阳王雍等，卑鄙无能，原不足道，元顺刚直敢言，何不力请胡后归政魏主，乃徒谏华饰，斥幸臣，不揣其本而逐其末，讵得谓之社稷臣乎？元略奔梁，萧综奔魏，当时南北一朝，喜纳亡人，几成习惯。略之逃亡也有名，综之叛亡也亦未始无名，但为梁主计，则综实乱贼，似难曲恕，彼既削综籍，旋即赐复，朝令暮改，憧憧往来，无非由内省多疚耳！淫弟逆女犹可恕，于综果何尤耶？魏既召还元略，赐爵东平，而略仍不能匡救时艰，犹之一高阳王雍也。盗贼麇于外，嬖幸蟠于内，庸臣旅进旅退，毫无干济。广阳王渊，虽遭谗罹祸，饮刃贼巢，然常则思淫，变则思避，天下有如是之取巧乎？其致死也，谁曰不宜！

第四十七回　萧宝夤称尊叛命　尔朱荣抗表兴师

却说尔朱荣在肆州，得了贺拔胜兄弟，不禁大喜，抚胜背道："卿兄弟肯来从我，天下便容易平靖了。"遂署为军将，行止进退，随时与议。胜等亦乐为效力。看官阅荣词色，已可知他跋扈飞扬，名为魏廷御乱，实是后来一大厉阶。那魏廷正乱势纷纷，只忧兵将不足，想靠荣做北方长城，眼前事且不暇顾，怎能顾到日后呢！

古人有言：外宁必有内忧，这魏国是内忧交迫，外亦未宁，正是内外摇动的时候。梁豫州刺史夏侯亶，趁着淮水盛涨，攻魏寿阳。魏扬州刺史李宪，待援不至，只好举城降梁。亶令将军陈庆之入城安民，收降男女七万五千人，复称寿阳为豫州，改合肥为南豫州，二州俱归亶管辖。嗣复由梁将湛僧智，及司州刺史夏侯夔，会师武阳关，围魏广陵。魏尝称广陵为东豫州，刺史元庆和，保守不住，外城被陷。魏将陈显伯，率兵赴援，又为僧智所破。庆和无法可施，不得已投降梁军。显伯夜遁，梁军追击至十里外，斩获万计。僧智受命镇广陵，夏侯夔镇安阳。

已而梁主复遣将军陈庆之与领军曹仲宗等，攻魏涡阳，寻阳太守韦放，亦引军往会。途次与魏将元昭等相遇，不及列营，部下皆有惧色。元昭麾下，步骑共五万人，分队夹进，声势锐甚。放系睿子，夙受家传，至此仍不慌不忙，免胄下马，自坐胡床，誓众迎战。于是士卒皆奋，踊跃直前，一当十，十当百，竟得杀退魏兵，（不略韦放，仍为韦睿生色。）乃徐徐收军，趋晤庆之。庆之不肯落后，也率麾下二百骑，驰往奋击，斫死魏兵前队百余人。因勒骑还营，与诸军并进。元昭分设十三垒，抵御梁军，两下相持，互有杀伤。差不多过了一年，仲宗因欲班师，庆之独杖节军门，誓死不退，遂简选锐卒，衔枚夜出，直捣魏营。魏人积劳致倦，仓猝不能抵敌，溃去四垒。庆之俘馘多名，陈列涡阳城下，指示守将王纬，纬乃乞降。魏兵尚有九垒，又由庆之移示俘馘，鼓噪进攻，吓得魏兵四散奔逃。元昭亦顾命要紧，弃垒遁去。庆之上前追蹑，杀毙无数，涡阳为尸血所积，几乎胶浅不流。自宋季被魏南侵，淮北为魏所据，齐末又由魏兵渡淮，陷入淮南，至此梁乘魏乱，攻克两淮城镇。

魏人失地颇多，无力与争，已是懊怅得很。（叙入南北交涉，是按时销纳文字。）再加那北方乱事，日急一日，真个是寇氛遍地，烽火连天。杜洛周寇掠蓟南，转趋范阳，屡为行台常景所破。景所恃惟一于荣，荣忽病殁，景遂失势。幽州民甘心从乱，竟开门迎纳洛周，景被掳去，幽州当然陷没了。葛荣守瀛州南趋，进逼殷州。殷州由定、相二州分出，领有四郡。刺史崔楷，甫经到任，城内无备，由楷召集兵民，谕以忠义，与贼党徒手相搏。连战半旬，终因力竭城崩，被贼杀入，楷不屈遇害。荣复转围冀州。刺史元孚，督厉将士，昼夜拒守，自春及冬，粮储告罄，外无救兵，尚且据城死战。及城已被陷，孚与兄祐俱为所擒，兄弟各自引咎，愿为国死。都督潘绍等，亦向荣叩请，愿代死以活使君，荣叹为忠臣义士，统皆赦免。（强盗发善心，连叙崔楷、元孚，意在教忠。）

但殷、冀二州，俱为贼有，还有西道行台大都督萧宝夤，出兵累年，縻饷添兵，不知凡几，始终没有成效。（特提萧宝夤，为本回前半截主脑。）莫折念生，与胡琛不和，两贼自相攻杀。念生屡挫，乃输款宝夤。宝夤使行台左丞崔士和，往收秦州。不意念生复反，擒杀士和，秦州再陷。宝夤出师泾阳，亲讨念生，一场交战，全军败绩，退屯逍遥园东。汧城、岐州，相继降贼；豳州刺史毕祖晖，又复战没。西道都督北海王元颢，亦被杀败，关中大扰。雍州刺史杨椿，急忙募兵拒守，得士卒七千余人，登陴力御，才获保全。魏加椿为侍中，领行台统帅，节制关西诸将。念生遣弟天生，大举攻雍州，萧宝夤令部将羊侃，往助杨椿。侃隐身堑中，伺天生近城，一箭射去，应弦而斃。椿乘势杀出，贼众大溃，斩首数千级，雍州解严。念生方进据潼关，闻天生已死，乃弃关西去。

魏主因宝夤败退，褫夺官爵，免为庶人。一面下诏西征，整备兵马。既得潼关捷音，复说将北讨葛荣。诏书中很是夸张，仿佛有跸銮亲临，灭此朝食的气象。其实统是纸上谈兵，惟日在销金帐中，与潘嫔等练习肉战，有什么行军思想。那胡太后亦纵情行乐，宫闱里面，通宵狎亵，笑语时闻，任他警报频来，且管目前肉欲，毫不加忧。（死在目前，乐得纵欢。）一切军事，都委城阳王徽，及二三嬖臣，随便处置。

可奈贼势未靖，宿将渐凋，雍州行台杨椿，又复上书报病，请人相代。魏廷无将可遣，只得复任萧宝夤，都督淮、泾等四州军事，兼领雍州刺史。椿交卸还乡，因子昱将适洛阳，特嘱昱转奏两宫，谓宝夤非不胜任，但恐有异志，须慎选心膂为辅，方可戢彼野心。昱奉命至洛，面启魏主母子，两宫已是晨昏颠倒，神志迷离，那里肯如言施行。

会闻葛荣进围信都，乃命金紫光禄大夫源子邕，为北讨大都督，率兵赴援。子邕方发，又接相州急报，刺史乐安王元鉴（文成帝孙），据邺叛魏，通款葛荣。因再命舍人李神轨，出会子邕，并召同将军裴衍，先讨邺城。才算一举得手，入邺诛鉴，传首洛阳。神轨还都，诏除子邕为冀州刺史，使讨葛荣。裴衍亦表请同行，奉敕允议。子邕独上书自陈，谓两人不宜同往，衍行臣请留，臣行请留衍，若逼使同行，必致败衄。有诏不许，子邕不得已偕衍北进。行至漳水，突遇贼十万众，蜂拥前来。两将本不同心，号令不一，猝遭大敌，兵士骇散，子邕及衍，相继阵亡。葛荣尽锐攻相州，还亏刺史李神，悉众固守，协力致死，才得不陷。（可见用兵之道，全恃一心。）偏雍州行台萧宝夤，竟杀死关右大使郦道元，居然造起反来。（果如杨椿所料。）

宝夤西讨莫折念生，前次败绩遣谴，已不自安，后来虽得起复，终怀疑惧。莫折念生返至秦州，由州民杜粲纠众发难，击死念生，粲自掌州事。南秦州城民辛琛，亦自行州事，各遣使至萧宝夤处乞降。

（莫折念生亦了。）宝夤表闻魏廷，魏主尽复宝夤旧封，仍爵齐王兼尚书令。

中尉郦道元，素号严猛，不避权戚。司州牧汝南王元悦，宠信小吏邱念，弄权不法。道元收念付狱，拟处重刑。悦亟白胡太后，请赦念罪。太后敕令赦念，偏道元不待赦至，先已杀念，复劾悦纵奸枉法诸罪状，太后不理。悦深恨道元，想出一法，请调道元为关右大使。关右为萧宝夤势力范围，遣使镇压，明明是悦的诡计，使他激怒宝夤，好借刀杀死道元，魏廷那里知晓，即派道元西行。果然宝夤闻知，由疑生畏，由畏生忿，特商诸僚佐柳楷，楷答道："大王为齐明帝子，天下属望，何必定居人下！况近有谣言：鸾生十子，九子毈（音断，卵坏也。）一子不毈，关中乱。乱训为治，大王当治关中，已无疑义。"宝夤乃决计叛魏，密遣部将郭子恢，潜伏阴盘驿，俟道元过境时，突出拦阻，把他刺死。佯言为贼所害，命人收殡，诡词奏闻。魏廷责宝夤捕凶正法，宝夤当然不理，即欲称帝关中。

行台郎中苏湛，人品端方，素为宝夤所重，时正抱病在家。宝夤使他姨弟姜俭与商，湛不待说毕，便放声大哭。（奇哉！）俭惊问何因？湛且泣且语道："我家百口，今将屠灭，怎得不哭！"又哭至数十声，乃徐语俭道："为我白齐王王本似穷鸟投人，赖朝廷假王羽翼，荣宠至此，奈何无端背德！且魏德虽衰，天命未改，齐王恩信，未洽民情，乃欲率羸惰兵卒，守关问鼎，怎能有成？湛不能举家同尽，愿乞骸骨归还乡里，使得病死，下见先人。"俭返报宝夤，宝夤知湛不为己用，听令还里。

长史毛遐，与弟鸿宾，奔往马祗栅，召集氐羌，抗拒宝夤。宝夤遣将军卢祖迁击遐，一面自称齐帝，改元隆绪，置百官都督，公然被服衮冕，出祀南郊，行即位礼。伪官呼嵩未毕，忽有败报传来，祖迁败死，禁不住神色仓皇，匆匆入城。别派部将侯终德，往击毛遐兄弟，并派重兵据守潼关。

正平民薛凤贤、薛修义等，亦聚众河东，分据盐池，围攻蒲坂，东西连结，响应宝夤。魏命尚书仆射长孙稚，为行台统帅，往讨宝夤，遣都督宗正珍孙，往讨二薛。

长孙稚驰至恒农，闻宝夤围攻冯翊，尚未陷入，乃与将佐会议所向。行台左丞杨侃献计道：“贼据潼关，守御已固，未易攻入，不如北取蒲坂，渡河西行，直捣心腹。贼回顾巢穴，冯翊必当解围，就是潼关守兵，亦必却顾而走，支节既解，长安自可坐取了。若以为愚计可行，愿效前驱！”长孙稚皱眉道：“汝计甚善，但薛修义方围河东，薛凤贤复据安邑，近闻宗正珍孙，军至虞坂，不能前进，我军如何可往？”侃微笑道：“珍孙一行阵匹夫，怎知行军？二薛党羽，统是乌合，只能欺吓珍孙，不能欺吓别人。”（虏在目中。）稚乃使长男子彦，随着杨侃，带领骑兵，自恒农北渡进据石锥壁。侃扬言道：“我军今且停此，暂待步军。为念沿途村民，无知受胁，情实可怜，今先告父老百姓，速送降名，各自还村，俟我军举起三烽，也当举烽相应，我军誓不相犯；若无人应烽，定系贼党，当进屠村落，夺子女玉帛，犒赏我军。”（诳贼足矣。）村民闻了此言，转相告语，多递降名。一俟官军举烽，无论已降未降，皆举烽相应，火光彻数百里。薛修义等围住河东，遥见烽火齐红，不觉大骇，当即遁还，与凤贤同约来降。潼关守兵，果然返顾，相率却走，侃即飞报长孙稚。稚见潼关空虚，已率全军入关，进至河东，与侃相会。侃更长驱直进，宝夤遣将郭子恢截击，连战皆败。那往击毛遐的侯终德，竟与遐等联络，还袭宝夤。

宝夤连忙出敌，军无斗志，未战先逃，慌得宝夤驱马奔回，挈领妻孥，自后门出奔，径投万俟丑奴。丑奴为胡琛部将，琛被拔陵余党费律诱至高平，将他杀死。（胡琛了。）余众并归丑奴，再据高平，剪灭拔陵余党。既得宝夤投奔，引为谋主，授官太傅，自称天子，僭置官属。适波斯国献狮至魏，被丑奴截留，作为符端，自称神兽元年。奴可为帝，兽足表年，扰乱时代，应该有此奇闻呢！（语极冷隽。）

且说魏主诩年已浸长，知识日开，胡太后帷薄不修，时怀疑忌。通直散骑常侍谷士恢，得邀上宠，日在魏主左右。胡太后恐他传闻秽事，诬以他罪，勒令自尽。尚有密多道人，能作胡语，亦尝出入殿廷，为魏主所亲信。太后又使人伺他踪迹，刺死城南，佯为悬赏购贼。此外如魏主宠臣，多被太后迁黜。魏主当然恚恨，遂致母子生嫌。

是时葛荣、杜洛周，互相吞噬，洛周被葛荣击死，（杜洛周了。）余党降荣。荣凶焰益盛，南趋邺城。安北将军尔朱荣，因葛荣南逼，表请自发骑兵，东援相州，并不见报。惟纳女入宫，得册为嫔。（魏主诩所爱惟此。）进封尔朱荣为骠骑将军，都督并、肆、汾、广、恒、云六州军事，寻复进位右光禄大夫，开府仪同三司。怀朔镇函使高欢，初与段荣、尉景、蔡儁先等，投入杜洛周，嗣见洛周不能成事，转奔葛荣，旋复亡归尔朱荣。荣见欢形容憔悴，不以为奇，但安置帐下，作为随卒。会欢从荣入马厩，厩有悍马，专喜踶啮，荣命欢修剪马鬣。欢不加羁绊，执刀徐剪，马竟不动。剪毕，语荣道："御恶人也如是呢！"荣暗暗点首，即引欢入室，屏去左右，访问时事。欢抵掌道："今天子暗弱，太后淫乱，嬖孽擅命，朝政不行，如公雄才大略，乘时奋发，入讨郑俨、徐纥等，廓清君侧，霸业可一举即成了。"荣大喜道："得卿言，似梦初醒哩。"遂复与欢促膝密谈，自日中至夜半，欢才趋出。嗣后遇有军事，必与欢谋。

并州刺史元天穆，系元魏宗室，与尔朱荣很是投契，荣复与他密谋入洛，天穆亦甚赞成。帐下都督贺拔岳，又从旁怂恿，荣遂部署兵马，聚集义勇，北捍马邑，东塞井陉，将南向入都。适接到魏主密敕，召荣入除徐、郑，荣愈觉有名，即日出师，用高欢为前锋，浩浩荡荡，向南出发。（此是高欢发轫之始。）

行次上党，忽又有密敕颁到，止荣入都。荣不禁踌躇，欢又语荣道："明公今日，骑虎难下，有进无退，何必多疑！"荣乃复拟进行。越日由都中发出哀诏，说是魏主暴崩，立嗣子为皇帝。又越数日，传到太后诏令，谓嗣子非男，实系皇女，今决立临洮王世子钊，入纂正统，大赦天下。这种迷离恍惚的诏书，顿时触怒尔朱荣，当即抗表道：

伏承大行皇帝，背弃万方，奉讳号踊，五内摧剥。仰承诏旨，实用惊惋。今海内草草，异口一言，昔云大行皇帝鸩毒致祸，臣等外听讼言，内自追测。去月二十五日，圣体康怡，隔宿即奄忽升遐，即事观望，实有所惑。且天子寝疾，侍臣不离左右，亲贵名医，瞻仰患状，面奉音旨，亲承顾托，岂容天子不豫，初不召医，崩弃曾无亲奉，欲使天下不为怪愕，四海不为丧气，岂可得乎？是以皇女为储两，虚行庆宥，上欺天地，下惑朝野。已乃选君于孩提之中，使奸竖专朝，贼臣乱纪，惟欲指影以行权，假形而弄诏，此何异掩眼捕雀，塞耳盗钟！今秦陇尘飞，赵魏雾合，丑奴势逼幽雍，葛荣凭陵河海，楚兵吴卒，密迩在郊。古人有言：邦之不臧，邻之福也。一旦闻此，谁不窥阉？窃惟大行皇帝，圣德驭宇，断体正君，犹边烽迭举，妖寇不灭。况今从佞臣之计，随亲戚之谈，举潘嫔之女以诳百姓，奉未言之儿而临四海，欲使海内安乂，实所未闻！伏愿留圣善之慈，回须臾之虑，鉴臣忠诚，录臣至款，听臣赴阙，参预大议，问侍臣帝崩之由，访禁卫不知之状，以徐、郑之徒，付之司败，雪同天之耻，谢远近之怨，然后更召宗亲，推其年号，声副退迩，改承宝诈，则四海更苏，百姓幸甚！

看官听说！这魏主诩年才十九，素无疾病，如何忽然暴崩？原来郑俨、徐纥，因尔朱荣引兵南向，情甚惶急，阴与胡太后商议，谋鸩魏主。太后已与魏主有嫌，乐得依从，遂将魏主鸩死，立伪皇子为帝。先是潘嫔生女，托称皇子，庆赦并行，改元武泰。及魏主被鸩，权立皇女，后且据实声明，改立临洮王世子钊。从前京兆王愉，叛命削籍，（见四十二回。）胡太后却追愉为临洮王，令子宝月袭爵。（《魏书·明帝纪》作宝辉。）钊即宝月子，年甫三岁，太后利他年幼，因即迎立，偏尔朱荣出来反对，抗表上闻。胡太后接览荣表，很是惊心，亟拟故主诩尊谥，称为孝明皇帝，庙号肃宗，丧葬礼仪，概从隆备。一面遣荣从弟世隆，赍敕慰荣，劝令还镇。小子有诗叹道：

淫牝怎得屡司晨，况复戕君灭大伦！
当日尔朱犹假义，出师还算魏忠臣。

究竟尔朱荣曾否依敕，且至下回再详。

萧宝夤事魏已久，封王爵，拜尚书令，魏之待宝夤也，不为不优。即一再免官，亦由宝夤之丧师致罪，非魏之过事苟求也。况旋黜旋用，宠眷不衰，彼乃妄思称尊，构兵叛魏，其视杜洛周、葛荣、万俟丑奴辈，固不可同日语矣。杜、葛等未受魏恩，揭竿为乱，史笔不得谓之非贼，况宝夤乎！本回历叙战事，独提宝夤为主脑，诛其心也。胡太后以母害子，纲目直书曰弑，君主时代，尊无二上，不得以太后恕之；况其为淫乱不法，毫无母德耶！尔朱荣抗表问罪，义正词严，假使他日入洛，清宫掖，肃纪纲，则功绩岂出伊霍下。故以事迹论，则尔朱兴师之日，尚非肆逆之时。应贬则贬，应褒则褒，论史者固具有苦心乎！

第四十八回　丧君有君强臣谢罪　因敌攻敌叛王入都

却说尔朱世隆，赍着魏廷诏敕，行至晋阳，适与尔朱荣相遇。兄弟叙谈，当然有一番情话。荣览敕后，语世隆道："这事我不便依从，弟亦无须回朝。"世隆道："朝廷疑兄，故遣世隆到此，今留世隆，反使朝廷得以预防，亦属非计。"荣乃遣还世隆，自与元天穆商议，谓彭城王勰夙有忠勋，名传身后，第三子子攸，近封长乐王，亦有令望，不如将他拥立，较孚众望云云，天穆亦以为然。荣因令从子天光等，往见长乐王子攸，具述荣意。子攸便即允议。（皇帝是人人喜做的）天光等返至晋阳，向荣报命，荣又不免疑惑起来。从前魏国立后，必范铜为像，像成方得册立，否则目为不祥，应即罢议。荣援例卜吉，也将显祖献文帝（即魏主弘）子孙，一一铸像，多半未就。惟长乐王独成，乃即起兵发晋阳。

世隆还都后，模糊复旨，及闻荣南下，潜逃出都，径投荣军。胡太后得了军报，很觉彷徨，悉召王公大臣等入议。大众都不直太后，莫肯发言。独徐纥出对道："尔朱荣乃是小胡，擅敢称兵向阙！据现在文武宿卫，出外控制，已是有余。今但分守险要，以逸待劳，臣料彼千里远来，士马疲敝，不出数月，包管能剿灭呢。"（不容你算奈何？）胡太后乃授黄门侍郎李神轨为大都督，率众拒荣。另遣他将郑先护、郑季明等，往守河桥，武卫将军费穆屯小平津。

荣行至河内，遣使至洛，密迎子攸。子攸即与兄彭城王劭，弟霸城公子正，潜自高渚渡河，至河阳会荣。将士见子攸到来，争呼万岁，子攸即引着荣军，复济河南行，在途称帝，筑坛受朝。（也未免太急。）进兄劭为无上王，子正为始平王，尔朱荣为侍中，都督中外诸军事，兼尚书令领军将军，封太原王。当即传诏远近，谕令效顺。

郑先护素善子攸，与郑季明开城相迎，费穆亦奉表通诚，李神轨狼狈夜遁。徐纥闻报，料知大势已去，也不暇顾及胡太后，竟捏称诏敕，夜开殿门，取御厩中良马十匹，挈领眷属，东奔兖州。郑俨也照样施行，逃回乡里。（统是薄幸郎。）胡太后失去二嬖，好似没有手足一般，急得不知所措，踌躇多时，想出一着无聊的方法，尽召肃宗后妃，迫令出家，自己亦执着银剪，把头上的玲珑宝髻，一刀除去。（烦恼青丝，已剪得太迟了。）她以为做了道姑，总可免罪，省得尔朱荣追究。那知尔朱荣不肯放松，一面召百官出迎新主，一面派骑士入宫，掳了太后及幼主，同至河阴。百官奉召，急急的奉了玺授，备着法驾，至河桥恭迎新主子攸。胡太后见了尔朱荣，尚带泣带语，自言为嬖幸所误，请荣鉴原，幼主钊一味啼哭，晓得什么好歹，惹得荣拂衣起座，顾令左右，立把太后、幼主驱出，沉入河中。（河伯如欲娶妇，倒还可以将就。）

费穆入见尔朱荣，附耳密语道："公士马不出万人，今长驱向洛，兵不血刃，成功太速，威力无闻。京中文武官吏，不下数百，兵民更不可胜计，若知公虚实，必致轻视。今日非大行诛罚，更植亲党，恐公他日北还，未逾太行山，内变便要发作了。"（导人好杀，怎得令终。）荣一再点首，转告亲将慕容绍宗，绍宗道："胡太后荒淫失道，嬖幸弄权，淆乱四海，所以公得兴兵问罪，入清宫廷。今无故歼戮多士，不分忠佞，恐天下失望，反于公有不利，请公三思！"

荣不肯从，佯请新主子攸，就陶渚引见百官，只说是即日祭天。俟百官趋集，却下了一声军令，纵骑兜围，把百官困住垓心，然后申辞指斥，说是国家丧乱，肃宗暴崩，统由朝臣贪虐，未能匡弼，应该声罪行诛，不使稽戮云云。这语一传，王公大臣等，才知为荣所赚，各吓得魂驰魄散，面色仓皇。那尔朱荣确实厉害，即遣骑士入围捕戮，拿一个，杀一个，也不问有罪无罪，一古脑儿割下首级，自丞相高阳王雍，司空巨平公钦、仪同三司东平王略，以及广平王悌、常山王邵、北平王超、任城王彝、赵郡王敏、中山王叔仁、齐郡王温等，凡元氏宗室，在朝任职，悉数毕命。就是直声卓著的元顺，时已为左仆射，亦为所杀。（不忘遗直。）公卿以下，遇害至二千人，尚有朝士百余，迟到数刻，亦被胡骑围住。荣又下令道：“有人能作禅位文，便即免死！”言未毕，即有侍御史赵元则，应声如响。（是一个好差使，那得不上前速应？）当下释出元则，令他草诏，余多戮毙。荣复谓元氏当灭，尔朱氏当兴，嘱军士同声附和，共称万岁。乃遣将弁数十人，持刀入行宫，剁毙彭城王劭、始平王子正，迫子攸徙居河桥，锢置幕下。（比董卓、朱温还要凶狠。）

子攸忧愤交并，使人向荣达意道：“帝王迭兴，盛衰无常，今四方瓦解，将军投袂起师，所向无前，这是天意，原非人力所能致此！我生不辰，遭际衰乱，本不敢妄觊天位，只因将军见逼，勉强承统。若天命已归将军，不妨早正位号：就使推让不居，存魏社稷，亦当更择亲贤，善为辅弼。我但求保全生命，不必多疑！”荣听了此言，再与将佐熟商。都督高欢，劝荣即日称帝。独将军贺拔岳进言道：“将军首建义兵，志除奸逆，大勋未立，遽有此谋，恐未必邀福，反足速祸呢！”荣忐忑不定，自铸铜为像，四次不成。又令功曹参军刘灵助，卜筮吉凶，灵助亦言未吉。荣沉吟良久，方语灵助道：“我若不吉，天穆何如？”灵助道：“天穆亦不应推立，只有长乐王方应吉征。”荣素信灵助言，不由得惭惧起来，自傍晚至夜半，不食不寝，但在室中绕行，且自言自语道：“尔朱尔朱，为何这般弄错？只好一死塞责，报谢朝廷！”贺拔岳乘间入言，请杀高欢谢天下。荣亦被他激动，意欲杀欢，经左右代欢解免，方才罢议。

时已四更，荣匹马出营，直诣河阳幕下，拜谒子攸，叩头请死。（何前倨而后恭？）子攸不得已慰勉数语，扶令起身，荣即自为前导，引子攸入宿营中，诘旦即拟奉主入都。部众以滥杀朝士，积成怨愤，将来必有报复情事，谓荣不如迁都北方，可避后患。荣至此又不免起疑，（好听人言，怎能有成？）武卫将军汎礼，从旁力谏，乃将迁都计议，仍复打消。于是安排仪仗，簇拥嗣主子攸，舆驾入洛阳城，下诏大赦，改元建义。

京中官吏，已十死八九，剩了几个散员末秩，也是逃避一空，不敢出头。宿卫空虚，官守废旷，只有散骑常侍山伟，诣阙谢赦，叩首山呼。尔朱荣瞧这形状，也觉凄寂得很，便上书陈请道：

臣世荷藩寄，征讨累年，奉忠王室，志存效死。直以太后淫乱，孝明暴崩，遂率义兵，扶立社稷。陛下登祚之始，人情未安，大兵交际，难可齐一，诸王朝贵，横死者众，臣今粉躯，不足塞往咎以谢亡者。然追荣褒德，谓之不朽，乞降天慈，微申私责，无上王请追尊帝号；诸王刺史，乞赠三司；其位班三品，请赠令仆；五品主官，各赠方伯；六品以下，赠以镇郡。诸死者无后听继，即授封爵，均其高下，节级别科，使恩洽存亡，有慰生死，或尚足少赎臣愆，谨拜表以闻！

魏主子攸，当然允议，先尊皇考彭城王勰为文穆皇帝，皇妣李氏为文穆皇后，迁神主至太庙，号为肃祖。然后尊皇兄劭为孝宣皇帝，皇嫂李氏为文恭皇后。从子韶窜匿民家，遣人访获，令还朝袭封彭城王。他如皇伯父高阳王雍，皇弟始平王子正等，悉予尊谥。其余死难诸臣，亦如荣言赐恤。荣又请遣使劳问旧臣，文官加二阶，武官加三阶，百姓复相役三年，都下吏民，始得少安。旧臣亦相继赴阙，多仍原职。荣部下诸将士，因从龙有功，普加五阶。

诸将士尚防有后患，劝荣请魏主徙都，荣复为所动，入白魏主子攸，主张北迁。都官尚书元谌，独出来反对，与荣力争。荣怒叱道："迁都事与君无关，何必争执？且河阴一役，君曾闻知否？"谌亦抗声道："天下事当与天下公论，奈何举河阴毒虐，来吓元谌！谌系国家宗室，位居常伯，生既无益，死亦何损，就使今日碎首流肠，也不足畏呢！"（元氏犹有此人，好算难得。）这一席话，惹得荣气冲斗牛，即欲加谌死罪。尔朱世隆在旁力劝，谌得不死。盈廷无不震慑，谌仍神色不变，徐徐引退。

过了数日，魏主子攸，偕荣登高，俯视宫阙壮丽，列树成行。荣叹息道："前日愚昧，有北迁意，今见皇居壮盛，方信元尚书言，确有至理，无怪他抵死不从呢。"魏主亦好言抚谕，荣乃绝口不谈迁都事。惟郑俨、徐纥、李神轨三人，在逃未获，檄令地方有司，搜捕治罪。俨遁归乡里，与从兄荥阳太守仲明，谋据郡起兵，为部下所杀。纥奔至泰山郡，投依太守羊侃，嗣闻朝廷严捕，乃与侃南奔降梁。神轨不知下落，想已是窜死了。汝南王悦、临淮王彧、北海王颢，前已避难南奔，彧因魏主定位，方求宗室，乃上书梁廷，乞求放归。梁主颇惜彧才，但不便强留，准令北还。魏主授彧尚书令，兼大司马，彧遇事敢言，颇有直声。

已而魏主欲册立皇后，尔朱荣嘱使朝臣，拟将前时纳充嫔御的孀女，改配魏主，好乘时正位中宫。看官，试想荣女曾为肃宗嫔，肃宗诩系子攸从侄，名分攸关，怎得将侄妇充做御妻？子攸不便依荣，又未敢违荣，当然是怀疑未决。黄门侍郎祖莹进议道："从前春秋时候，晋文在秦，怀嬴入侍，事贵从权，幸陛下勿疑！"（却是一条正比例，但怀嬴止为晋文妾，荣女却为子攸后，是尚不能强同。）子攸不得已如祖莹言。小子上文曾叙及肃宗后妃，被胡太后迫令出家，及尔朱荣入都，荣女正在瑶光寺，由荣迎回。此时祖莹为荣申请，既得魏主允准，赶即报荣。荣不禁大喜，即令孀女释服改装，打扮得与姮娥相似，乘舆入宫。魏主子攸，见她炫服华容，倒也可爱，乐得将错便错，同赴高唐，一连三宿。订定立后礼仪，御殿受册。这位尔朱嫔丰神绰约，环珮雍容，居然被服翚衣，统掌六宫事宜，好做那北朝国母了。魏加尔朱荣为北道大行台，巡方黜陟，先行后闻。

荣乃欲还镇晋阳，入阙白主，申谢河桥罪过，誓言后无贰心。魏主起座扶荣，也与他握手设誓，彼此不贰。荣很是喜慰，求酒畅饮，喝得酩酊大醉，由魏主召令左右，掖入床舆。听他鼾声大作，不由的重忆前恨，惹起杀心。当下取刀在手，拟即杀荣，左右慌忙谏阻，各说是投鼠忌器，万不可行，乃命将床舆舁入中常侍省。荣尚一睡未醒，直到夜半，方才惊寤。渐闻魏主有下刃意，心不自安，遂辞行北去。特荐元天穆为侍中，录尚书事，领京畿大都督，兼领军将军。行台郎中桑乾、朱端为黄门侍郎，兼中书舍人，内外勾通，腹心密布，仍然与在朝无异，不肯放宽一着。魏主亦只好得过且过，付诸缓图。

会葛荣引兵围邺，众号百万，魏主将亲往讨，命大都督上党王元天穆，总众八万为前军；大将军太原王尔朱荣，带甲十万为左军；司徒杨椿，勒兵十万为右军；司空穆绍，统率八万为后军。荣奉到诏敕，亟自率精骑七千名，倍道兼行，用侯景为前驱，东出滏口。葛荣横行河朔，所过残破，闻尔朱荣孤军前来，侈然语众道："区区一军，怎能敌我！尔等可各办长绳，来一个，缚一个，不得有误！"（如此骄盈，不败何待？）便令列阵数十里，西向待着。

尔朱荣潜军山谷，分骑士为数队，每队约数百骑，扬尘鼓噪，使贼众不辨虚实，自率健骑绕出葛荣阵后，预约夹攻。葛荣只管前面，不管后面，但听得哗声大至，急忙备御。等了许久，并无来军，正拟解甲休息，又觉得喊声四起，尘头滚滚。好多时不见到来，转使葛荣且惊且疑，既而自笑道："这是尔朱荣的疑兵计，毫无实力，徒乱我心，我适受彼赚，不如大众静坐，休养锐气为是！"（这才中计。）遂令部众静守，不必他顾。部众各散伍小憩，不意阵前阵后，胡哨迭吹，霎时突入铁骑，搅乱贼阵。葛荣仓猝上马，尚且督众向前，为抵敌计，忽背后驰到一大将，手起槊落，竟将葛荣打倒马下，一声呼喝，已由好几个健卒，跳跃而至，立把葛荣缚住。贼众见渠魁受擒，无不胆落，那大将又复传旨，降者免死，于是贼众一齐投戈，匐匍乞降。大将又宣谕道："尔等都有父母妻孥，奈何从贼寻死！我但拿问首逆，不问胁从，愿留者听，愿归者亦听。"这谕传出，大众多半愿归，泥首拜谢，欢跃而去。冀、定、沧、瀛、殷五州，自是肃清。看官欲问大将为谁？无非是尔朱荣。

荣既遣散贼众，尚有若干贼目，无家可归，亦量能录用，不使失所。可巧贼目中有一少年，虎背猿躯，与众不同，问他姓名，叫做宇文泰。乃父名肱，随鲜于修礼战死，泰转投葛荣，至此为尔朱荣所爱，擢为军将。（宇文泰始此。）随将葛荣槛送入洛，枭斩都市。（葛荣了。）魏主加荣为大丞相，都督河北畿外诸军事，并封荣诸子为王。一面撤回元天穆各军，进司徒杨椿为太保，城阳王徽为司徒。

是时梁将军曹义宗，围魏荆州，已历三年，守将王罴，百计拒守，幸得不陷。魏廷因朔方多难，不遑南顾，至是始遣中军将军费穆，部督南征各军，往援荆州。梁军久顿城下，已经疲惫，不料费穆猝至，闯入梁营，曹义宗不及措手，竟被擒去，荆州解围。梁主衍闻义宗被虏，当然不肯甘休，索性想出因敌攻敌的计策，封降王元颢为魏王，派将军陈庆之引军纳颢。（颢南奔梁，见上文。）颢遂北行，得拔荥城，擒住魏行台统帅济阴王元晖，自称魏帝，改元孝基。

魏大都督元天穆方出略河间，往讨伪汉王刑杲，杲前为幽州主簿，也想乘乱为王，招集河北流民，占踞北海，骚扰青州。天穆奉敕东征，一军不能两顾，魏主令他熟筹缓急。他决计先灭邢杲，然后讨颢。却喜东征得手，不到数月，便将杲擒送洛阳，斩首了事。乃移军南趋，在途迭闻警耗，系是元颢导着梁军，乘虚深入，取梁国，拔荥阳。当下驱军急进，直至荥阳城下，偏被陈庆之杀将出来，急切不能阻拦，竟至败北。庆之乘势追击，复陷虎牢。虎牢为洛阳要塞，一经失守，洛都当然大震。

魏主子攸，急欲避难，未知所向，因召群臣会议。或劝魏主赴长安，中书舍人高道穆进言道："关中荒残，不宜再往，颢乘虚深入，将士不多，若陛下亲率卫士，背城一战，臣等亦誓尽死力，不难破颢。倘谓胜负难料，不若暂时渡河，征召大丞相尔朱荣，与大将军天穆，犄角进讨，不出旬月，定可成功。这乃是万全之计呢！"魏主子攸，遂带领数骑，夜走河内。都中无主，便即大乱。临淮王彧、安丰王延明，倡议迎颢，遂封府库，备法驾，率百僚迎颢入城。

颢入洛阳宫，改建武，也循例施赦，授陈庆之为侍中，领车骑大将军。元天穆收集败卒，得四万人，掩入大梁，再分兵二万，使费穆为将，往攻虎牢。颢亟遣庆之击穆，费穆正力攻虎牢，闻庆之将至，已有畏心，嗣又得天穆北去消息，只剩得自己孤军，越觉彷徨失措，一俟庆之到来，即望尘迎降。庆之送费穆至洛，颢责他趋奉尔朱，滥杀王公，即令推出枭首。（该杀。）一面命黄门侍郎祖莹，作书贻子攸道："朕泣请梁朝，誓在复耻，但欲问罪尔朱，出卿虎口。卿与我肯同心戮力，皇威或可再兴，否则尔朱得福，卿益得祸。卿宜三复斯言，庶富贵可共保哩。”

书去后杳无复音，惟河南州郡，陆续输诚。再遣使四出，招谕官民。齐州刺史沛郡王元欣，意欲受诏，军司崔光韶抗言道：“元颢受制南朝，引寇兵覆宗国，乃是乱臣贼子，人人得诛，不但大王家事，所应切齿，就是下官等亦夙受国恩，未敢仰从！”长史崔景茂等，亦齐声道：“军司言是！”欣乃斩颢使，示与决绝。还有襄州刺史贾思同、广州刺史郑先护、南兖州刺史元暹，俱不受颢命。冀州刺史元孚，自葛荣受诛后，仍复原职。颢令为东道行台，封彭城郡王，孚将颢书转献魏主子攸，表明诚意。平阳王元敬先，起兵讨颢，不克而死。

颢入洛城时，适遇暴风，缓辔至阊阖门，马忽惊跃，不肯入城，当由左右代为执辔，驱策数次，才得驰入。颢顿有戒心，所以入城申谕，禁止侵掠，内至宫掖，外及民舍，统皆安堵如恒。过了一二旬，渐渐的骄怠起来，所有宾客近习，统皆宠待，自己日夕纵酒，不恤兵民。所从南兵，陵轹市里，不复加禁，因此朝野失望，公私不安。恒农人杨昙华私语亲友道：“颢必无成，假衮冕不过六十日。”谏议大夫元昭业，亦窃议道：“从前更始（即新莽时之刘玄。）自洛西行，初发马惊，奔触北宫铁柱，三马皆死，后卒无成。援古证今，相去亦不远呢。”高道穆兄子儒，自洛阳出从子攸，子攸问洛中事，子儒答道：“颢败在旦夕，不足深虑！”子攸才得少安。小子有诗叹道：

休言成败属穹苍，一得生骄定不长；
阊阖门前惊坐马，区区未足验灾祥。

颢既骄恣，复欲叛梁。欲知后来情形，俟至下回再表。

尔朱荣入清君侧，本属有名，前回中已经评及，及观本回所叙之事实，乃知荣之心术，比莽、操为尤凶。胡后有罪，亦应上告宗庙，妥定刑名，幼主何辜？竟同赴洪流，惨遭溺毙。如此处置，已觉过甚，复误信费穆奸言，屠戮王公大臣，多至二千余人；长乐二弟，亦遭骈戮，是可忍，孰不可忍乎？天夺其魄，始迎新主入都，乃复有纳女为后一事。女为嫠妇，使之改适，一不可也；以侄妇而再醮叔翁，逆伦伤化，二不可也。倒行逆施，一至于此，魏岂尚有国法乎？葛荣恶贯满盈，天始假诸荣手，非荣之果能歼贼也。彼元颢导敌覆宗，亦不足道。彭城王勰，有功枉死，其子子攸，尚为人所属望。北海王详，贪淫不法，死不足惜。颢徒藉梁军以图一逞，误矣。况一得自豪，即萌骄态，此而不亡，不特无天道，并且无人道矣。贬抑之以儆效尤，所以示天下乱贼之防也。

第四十九回 设伏甲定谋除恶 纵轻骑入阙行凶

却说元颢自铚县出发，转战入洛，共取三十二城，大小四十七战，无不获胜，这都出之陈庆之的功劳。那知他忘恩负义，潜生二心，私与临淮王彧、安丰王延明，密谋背梁，因此待遇庆之，亦渐不如前。庆之已微察隐情，预为戒备，且入朝语颢道："我军不满万人，远来至此，幸得成功，人情尚未尽服。彼若知我虚实，调兵四合，如何抵御？不如速启南朝，更请济师。如北方有南人陷没，应敕诸州送入都中，兵多势厚，方可无虞。"颢支吾对付，转告安丰王延明。延明道："庆之兵不过七千，已是难制，今若更添兵力，怎肯再为我用？大权一去，事事仰人鼻息，恐元氏宗社，要自此颠覆了。"颢乃遣使上表梁廷，但言河北、河南，同时戡定，只有尔朱荣一部，尚敢跋扈，臣与庆之自能擒讨，不烦添兵劳民云云。庆之副将马佛念，密白庆之道："将军威行河洛，声震中原，功高势重，为魏所疑，一旦变生不测，祸且及身，不如乘他无备，杀颢据洛，倒是千载一时的机会，将军幸勿错过！"（为庆之计，确是良谋。）庆之摇首道："此计太险，恐不可行。"

嗣来了河北急报，尔朱荣自晋阳发兵，与天穆相会，护送子攸南还，前驱已到河上了。庆之亟往见颢，颢令庆之出守北中城，自据南岸，抵遏北军。庆之引兵直前，与北军相持三日，接仗十一次，杀伤甚众，未尝败衄。安丰王延明等，沿河固守，北军泛舟可渡，亦不能亟进。尔朱荣意欲退师，再图后举，黄门侍郎杨侃语荣道："胜负本兵家常事，裹创血战，古今屡闻，况今并未大损，怎可中道折还，自阻锐气？今四方颙颙，视公此举，遽复引归，民情失望。如虑乏舟渡河，何勿多为桴筏，参用舟楫，沿河数百里间，皆为渡势，使颢防不胜防，一或得渡，必立大功。”高道穆亦进言道：“今乘舆飘荡，主忧臣辱，大王拥百万雄兵，奉主南归，若分兵造筏，沿河散渡，指掌可克，奈何无端退却，使颢复得完聚？这所谓养虺成蛇，悔将无及了。”荣已为感动，询及刘灵助，灵助亦谓不出十日，河南必平。适伏波将军杨欟族人，居住马渚，自言有小船数艘，愿为向导。荣乃命从子车骑将军尔朱兆，与都督贺拔胜，缚木为筏，自马渚夜渡，袭击颢军。

颢不及预备，仓猝应敌，至为北军所乘。领军将军冠受，系颢爱子，竟被擒去，颢大惊遁还。安丰王延明等，亦皆溃退。陈庆之孤军失倚，忙收众结阵，匆匆引归。会值嵩高水涨，不便徒涉，那尔朱荣却自督大军，从后追来。庆之部众，急不择路，或投河溺毙，或缘河逃散，单剩得数十百骑，随着庆之。庆之急令从骑下马易服，自把须发剃去，混充沙门，从间道逃至汝阴，始得奔归建康。

颢由辕南出临颍，从骑四窜，临颍县卒江丰，诱颢入室，取刀杀颢，传首洛阳。魏主子攸，早至北邙，由中军大都督杨津，洒扫宫禁，召集百僚，出迎子攸，涕泣谢罪，子攸慰劳已毕，遂入居华林园，颁诏大赦。加尔朱荣为天柱大将军，尔朱兆为车骑大将军，仪同三司，元天穆为太宰，凡北来军士，及随驾文武诸臣，各加五级，出宫人三百名，缯锦杂彩数万匹，班赐有差。临淮王彧，仍诣阙请罪，有诏不问。安丰王延明，自觉无颜，挈妻子南奔梁朝，后来病死江南。

尔朱荣留都数日，仍辞归晋阳，遣都督贺拔胜，出镇中山，复使统军侯渊，讨灭葛荣余党韩楼。越年再使从子骠骑将军尔朱天光，与左都督贺拔岳，右都督侯莫陈悦，率兵往讨万俟丑奴。丑奴出没关中，屡为民患，时正往攻岐州，令党徒尉迟菩萨等，自武功南渡渭水，扑城攻栅。贺拔岳引着千骑，倍道赴援，菩萨已拔栅收兵。岳前往挑战，诱菩萨至渭南，依山设伏，俟菩萨轻骑追来，发伏齐起，得将菩萨捉住，（名为菩萨，奈何毫无神力？）收降贼众万余。

丑奴闻菩萨陷没，退保安定。岳与天光会师岐州，扬言夏令将至，不便行师，应俟秋凉再进。丑奴信为实言，散众归耕，据险立栅。天光遂与岳、悦二都督，乘夜发兵，攻入大栅。所得俘囚，悉数纵还，诸栅闻风皆降。天光长驱直进，径达安定。丑奴无兵可守，弃城出走。贺拔岳等，从后追蹑，赶至平凉，围住丑奴。裨将侯莫陈崇，单骑突入，与丑奴交手，不到三合，便把丑奴活捉了来，大呼出阵，贼皆披靡。乘胜进逼高平，萧宝夤为丑奴太傅，尚欲拒守，天光将丑奴推至城下，指示守卒，谕令速降。守卒立即应命，执住宝夤送入大营，关中悉平。丑奴、宝夤，械送都中，缚至阊阖门外，示众三日，方将宝夤赐死，丑奴处斩。（丑奴了，宝夤亦了。）

宇文泰曾随军讨颢，因功封宁都子，至此复从贺拔岳入关，讨平丑奴。魏主子攸，擢泰为征西将军，行原州事。泰安抚关陇，待民有恩，民皆感悦，互相告语道："早遇宇文君，我等怎肯从乱呢?"（为北周开国张本。）

这且慢表。且说尔朱荣迭平叛乱，勋爵愈隆，威势亦愈盛，虽居外藩，遥制朝政，宫廷内外，遍布心腹，伺察魏主动静。魏主有心振作，勤政不怠，常与吏部尚书李神儁，议清治选部，荣奏补曲阳县令，资格未合，为神儁所搁置。荣当即怒起，擅自调补，神儁惶恐辞职。荣即使从弟仆射尔朱世隆代理吏部，欲调北人镇河南诸州，魏主未许。太宰元天穆，出镇并州，竟为荣上奏道："天柱立有大功，为国宰相，若请变易全国官吏，陛下亦不得遽违，况止调数人为州吏，如何不即允许哩。"魏主复谕道："天柱若不为人臣，朕亦须听他命令；如犹存臣节，怎得黜陟百官!"天穆转告尔朱荣，荣当然生恨。尔朱后性又妒忌，稍有不平，便忿然道："天子由我家置立，怎得自专？我父原拟自为，何不早自决计呢?"（尔父若为天子，尔只能做个公主，怎能总制六宫？）世隆亦谓兄不为帝，自己未得封王，阴生觖望。惟魏主外制强臣，内迫悍后，居常愀然不乐。城阳王徽妃，系魏主舅女，侍中李彧，是魏主姊婿，魏主因他戚谊相关，格外亲信。二人欲得权宠，尝恨尔朱氏牵制，所以日夕毁荣，劝主除害。侍中杨侃、胶东侯李侃晞、仆射元罗等，亦曾与谋。魏主亦时思除荣，只一时未敢猝发。荣好游猎，寒暑不辍，辄绘缚虎图进呈，谓臣不记武功，实欲北扫汾胡，南平江淮，为天子作统一计。又称参军许周，劝臣取九锡礼，臣未立大功，怎得叨受殊荣，已将许周斥去等语。魏主见他词意骄倨，益有戒心，惟玺书褒答，申奖忠诚。（无非以假应假。）

会尔朱后怀妊九月，将要分娩，荣表请入朝，欲乘便视后。城阳王徽等，谓荣果诣阙，正好伏兵刺毙。李侃晞独言荣必设备，恐未可图，不如先杀荣党，发兵拒荣为是。（两议俱属未妥。）魏主尚是未决，都下已颇泄秘谋。中书侍郎刑子才等，多畏祸东去。尔朱世隆亦有所闻，自为匿名书，粘贴门上，有天子欲杀天柱一语，旋即揭纸寄荣。荣自恃盛强，不以为意，且扯书掷地道："世隆胆怯，孰敢生心！看我单骑入朝，有人能挠我毛发么？"荣妻亦劝荣不行，荣终不听，即率将士南下，妻亦随行，直抵洛阳。

魏主本即欲杀荣，因恐天穆在并州，必为后患，乃虚与周旋，优礼相待。荣入宫侍宴，醉后奏陈，谓外人屡言陛下疑臣，竟欲加诛。魏主不待说毕，便接口道："人亦有言王欲害我，谣说无凭，怎可轻信！"荣欢颜称谢。嗣是入谒，从人不过数名，又皆不持兵仗，魏主见荣尚无反意，拟取消前议，城阳王徽怂恿道："就使荣果不反，亦不可耐，况未必可保呢？"魏主乃征天穆入朝，欲一并除去，荣全未察觉。再加朝士随员，向荣献谀，或说是将加九锡，或说是将下禅文，或说是长星入中台，为除旧布新的预兆，或说是并州城上有紫气，不日当有应验，哄得尔朱荣心花怒开，扬扬自得。

荣有小女，适魏主兄子陈留王宽，荣尝指宽示人道："我终当得此婿力。"这种词态，传入宫廷，越令魏主生嫌。魏主又梦中取刀，自割十指，醒后很觉惊惧。问诸徽及杨侃，徽答道："蝮蛇螫手，壮士断腕，梦中割指，亦是此类，陛下若临机立断，可保吉征。"魏主意乃决定。

可巧天穆奉召入都，由魏主邀同尔朱荣迎入西林园，摆酒接风。

荣请令群臣校射，且面奏道："近来侍臣多不习武，陛下宜率五百骑出猎，振励武功。"魏主含糊许可，但心中愈觉动疑。越日召入中书舍人温子升，问汉杀董卓事，魏主道："王允若赦凉州人，必不至死。"良久复语子升道："如朕心理，卿亦应知，死犹欲为，况未必死呢！若戮及渠魁，曲赦余党，想不至有意外祸端！"子升唯唯应命。魏主嘱他预作赦文，指日诛恶，子升受命退去。

诘旦即召荣与天穆，入宴明光殿，令杨侃等伏甲以待。荣与天穆入座，宴饮未毕，便即起出。侃等从东阶入殿，见荣等已至中庭，不便动手，乃任他自去。既而荣诣陈留王家饮酒，大醉而归，因自称病发，连日不入。

魏主恐密谋漏泄，寝馈不安。城阳王徽入白道："事不宜迟，何不托言后生太子，召荣入朝，就此毙荣？"魏主道："后怀孕只及九月，怎得即言生子？"徽又道："妇人不及产期，便是生儿，也是常事，彼必不疑。"魏主乃再伏兵明光殿，声言皇子生，遣徽驰告荣及天穆。荣正与天穆坐博，徽即脱去荣帽，欢舞盘旋。忽又由殿中文武，传声促入，荣信以为真，遂与天穆一同入贺。（两人应该同死，所以连属。）

魏主闻荣等进来，不觉失色，温子升趋入道："陛下色变，速请饮酒壮胆。"魏主因索酒连饮，渐觉心胆少豪。子升袖出赦文，正要呈览，遥见荣已登殿，料知不及再阅，便取文趋出。巧巧与荣相遇，荣问是何文书？子升只说一敕字。荣见他神色自若，也不欲取视，惘然竟入。魏主在东序下西向坐着，荣与天穆，至御榻西北入席。尚未开谈。李侃晞等持刀进来，荣料知有异，起趋御座，魏主已横刀膝下，顺手取出，向荣力斫，荣即仆地，侃晞追上一刀，呜呼毙命！天穆亦被砍死，荣长子菩提等，共三十一人，随荣入宫，俱为伏兵所杀。内外欢噪，声满都城。

魏主即登闾阖门，饬温子升宣诏大赦，并遣武卫将军奚毅、前燕州刺史崔渊，率兵镇北中城。尔朱世隆，闻变夜出，奉荣妻及荣部曲，走屯河阴。荣党田怡等，欲进攻宫门，贺拔胜谓内必有备，不如出城，再图他计。怡乃随世隆出走，胜独不往。黄门侍郎朱瑞，虽为荣所委，却能委曲将事，颇得主眷。故虽从世隆出城，半途逃回。金紫光禄大夫司马子如，素为尔朱氏死党，弃家奔世隆。世隆即欲北还，子如道：“兵不厌诈，今天下汹汹，惟强是视，君若北走，反示人以弱，不如分兵据守河桥，还袭京师，出其不意，或可成功。”（子如实是戎首。）世隆依议，即夜攻河桥，擒杀将军奚毅等人，据北中城。魏主大惧，遣前华阳太守段育慰谕，竟被世隆杀死。

先是散骑常侍高乾，与弟敖曹避难奔齐，受葛荣官爵，聚民为乱。魏主招令反正，授乾为给事黄门侍郎，敖曹为通直散骑侍郎。尔朱荣奏请黜乾兄弟，谓叛人不宜再用，乃听解职还乡。敖曹复行抄掠，由荣诱拘晋阳。荣入都时，恐他生变，独令随行，禁居驼牛署。荣已诛死，魏主释令入侍，授官直阁将军。高乾亦自冀州到洛都，魏主命为河北大使，使与敖曹偕归，招集乡曲，作为外援。乾兄弟临行时，魏主亲送出城，举酒指河道：“卿兄弟本冀部豪杰，能令士卒致死，倘京都有变，可为朕至河上，耀众扬尘。”乾垂涕受谕，敖曹拔剑起舞，誓以必死。待魏主回城，始相偕引去。

世隆遣族人尔朱拂律归，率胡骑千人，白衣至郭下，索太原王尸。魏主自登大夏门眺望，且令从臣牛法尚俯语道：“太原王立功不终，阴图叛逆，王法无亲，已正刑书，罪止荣身，余皆不问。”拂律归应声道：“臣等随太原王入朝，忽致冤酷，今不忍空归，愿得太原王尸，生死无恨！”言已大哭，群胡相率举哀，声震京邑。魏主亦觉怅然，便遣朱瑞赍着铁券，往赐世隆。世隆道：“太原王尚不得生，两行铁字，何足为凭！”说着，举券投地。瑞拾券还报，魏主乃募敢死士讨世隆。三日得万人，出御拂律归。究竟士系新募，未习战阵，屡战不克。会皇子诞生，下诏大赦。庆贺既毕，复议讨叛，群臣皆面面相觑，不发一言。（只能放火，不能收火，此等人有何用处？）独散骑常侍李苗挺身道：“小贼敢横逆如此，臣虽不武，愿率一旅出战，为陛下径毁河桥！”魏主大喜，即假平西将军职衔，率数百人出城，由马渚上流，乘船夜下，纵火焚河桥。尔朱兵顿时大乱，从南岸争桥北渡，俄而桥绝，溺毙甚众。苗还泊小渚，守待南援，哪知官兵一个不至，敌兵却陆续趋击。苗拼死力战，终因寡不敌众，部下尽歼，苗亦投水自尽。魏主闻报，很是痛惜，追封河阳侯，予谥忠烈。（何不预发援兵？）尔朱世隆经此一吓，却召回拂律归，向北遁去。

魏主诏行台都督源子恭出西道，杨昱出东道，各率兵万人，追讨世隆。子恭至太行丹谷，筑垒设防，控遏晋阳。时尔朱兆为汾州刺史，已发兵至晋阳城，拟即南向犯阙。适值世隆北返，两下会谈，议先奉太原太守行并州事长广王晔为主，然后进攻洛阳。晔系前中山王英从子，轻躁有力，既得尔朱氏推戴，便欣然称帝，改元建明。命世隆为尚书令，兆为大将军，皆封王爵。世隆从兄卫将军度律为太尉，天柱长史彦伯为侍中，徐州刺史仲远为车骑大将军，兼尚书左仆射，领徐州大行台。仲远遂起兵遥应，约共入洛。

骠骑大将军尔朱天光，正与贺拔岳、侯莫陈悦，西循关陇，闻荣死耗，亦下陇南行，拟向洛阳。魏主使朱瑞往抚，进天光为侍中，仪同三司，兼领雍州刺史。天光与贺拔岳谋，欲令魏主外奔，更立宗室。乃使瑞归报云："臣无异心，但欲仰奉天颜，再申宗门罪状。"又令僚属佯为奏闻，谓天光暗蓄异图，愿思胜算，以防微意。（狡哉天光。）魏主两得奏报，不免怀疑，只好加封天光为广宗王，曲示羁縻。那长广王晔亦封天光为陇西王。天光隐持两端，观望成败。

尔朱兆引众向洛，先召晋州刺史高欢，愿与偕行。兆素骁勇善战，独尔朱荣未死时，谓兆非欢匹，终当为彼穿鼻。至是欢接兆书，慨然叹道："兆狂愚如是，敢为悖逆，我不能长事尔朱了！"遂托言山蜀未平，不肯应召。

兆自督众南行，到了丹谷，与源子恭相持。尔朱仲远，亦自徐州北向，陷西兖州，擒去刺史王衍。魏主亟命城阳王徽兼大司马，录尚书事，总统内外，使车骑将军郑先护为大都督，与右卫将军贺拔胜共讨仲远。先护疑胜曾附尔朱，挥置营外，胜已心怀怨望。及行次滑台东境，与仲远相遇，交锋数次，先护并不出援，竟至败却。胜挟恨益深，遂潜奔仲远，返攻先护。先护狼狈奔走，后且投顺梁朝。南路失败，北路亦溃，源子恭部将崔伯凤阵亡，史仵龙开壁降兆。子恭慌忙奔回，还算幸全性命，洛阳大怖。

城阳王徽，毫无韬略，但惜财吝赏，失将士心。魏主与他商议，一味敷衍，谓小贼无虑不平。魏主亦以大河深广，兆等未能即来。谁知永安三年十一月间，河水浅涸，暴风扬尘，兆竟轻骑南来，渡河入都。守城将士，仓猝四溃，及兆纵骑叩宫，宿卫方才惊觉，立即骇散。魏主仓皇出走，步行至云龙门外，适遇城阳王徽，骑马急奔，连呼数声，并不见应。及徽已去远，却来了胡骑数十名，顺手把魏主牵住，往报尔朱兆去了。小子有诗叹道：

叛臣入阙始惊奔，失势何人认至尊？

天子穷途犹若此，才知处士贵争存。

未知魏主性命如何，容待下回再详。

平葛荣，灭元颢，诛万俟丑奴，擒萧宝夤，尔朱荣之功，不可谓不高。功高者本易震主，况如尔朱荣之有心篡逆，遥制朝政，而能不遭主忌耶！魏主子攸，定谋阙下，伏甲除奸，梁冀死而钟虡不惊，董卓诛而宫廷无恙，不可谓非一时快事。惜乎所用非人，满廷阘茸，城阳王徽，贪佞无能，而任为统帅；源子恭、郑先护辈，皆等诸自郐以下，不足讥焉。忠愤如李苗，挺身出战，冒险焚桥，乃不为后援，任其战死，虽欲不亡，宁可得乎？逆兆入宫，始得闻知，狼狈出走，立遭牵絷，识者有以知子攸之自取矣。

第五十回 废故主迎立广陵王 煽众兵声讨尔朱氏

却说魏主子攸，被胡骑牵去，往报尔朱兆。兆不欲与见，但令牵往永宁寺中，锁禁楼上。自入宫扑杀皇子，见有嫔御妃主，一并拘住，拣得几个美貌少妇，恣情污辱。（独不提及尔朱后，想尚顾全姊妹。）余皆随给将弁，任他处置，并纵兵大掠，都市为墟。司空临淮王彧、尚书左仆射范阳王诲、青州刺史李延实等，皆为乱兵所杀。

城阳王徽，走至山南，抵前洛阳令寇祖仁家。祖仁一门三刺史，皆徽所引拔，总道他记念旧情，肯为留纳，那知祖仁佯为欢迎，请徽入室。徽有金百斤，马五十匹，皆寄交祖仁。祖仁私语子弟道："今日富贵并至，不但可得徽财，且可因徽得赏呢！"徽仅留一日，祖仁即伪言官捕将至，纵令他适。徽慌忙逃避，途次被杀。这刺客便由祖仁所使。既得徽首，便传送洛阳，兆竟不加赏。

未几兆梦中见徽，叫他往祖仁家，取贮金二百斤，马百匹。（鬼犹狡猾，生前可知。）兆即遣人掩捕祖仁，祖仁料不可匿，据实供明。兆疑与梦中未符，硬要逼索，祖仁将私蓄黄金三十斤，马三十匹，悉数输兆。兆尚未信，怒执祖仁，悬首高树，用大石系足，搒掠至死。可怜寇祖仁贪图富贵，不顾仁义，害得这般结局！孽报难逃，可作后鉴，奉劝世人，勿昧心利己哩！（苦口婆心。）

尔朱世隆，闻兆已成功，也即至洛。兆按剑瞋目道："叔父在朝日久，耳目应广，如何令天柱受祸！"说至此，声色俱厉，吓得世隆胆战心惊，慌忙拜谢，方得无事。仲远亦自滑台入洛阳。会河西贼帅纥豆陵步蕃，声称奉魏主密诏，讨尔朱兆，进军秀容。兆无暇居洛，亟还晋阳，并将魏主劫去，留世隆、度律、彦伯等，镇守洛都。晋州刺史高欢，率骑兵邀截魏主，已是不及，乃作书致兆，为陈祸福，谓不应加害天子，徒受恶名。兆毁掷欢书，竟拘魏主至三级佛寺中，把他缢死，年才二十四。越二年，为魏主修太昌元年，始追谥为孝庄皇帝，庙号敬宗。

陈留王宽，曾随魏主北行，也为兆所杀。兆自率众御步蕃，到了秀容，连战皆败，急遣使至晋州，向刺史高欢乞援。欢虽应召，沿途逗留，直至兆再三告急，方与兆会师平乐。步蕃乘胜进逼，欢约兆为后应，自当前锋。行至石鼓山，大破河西寇众，击死步蕃。兆大喜过望，即与欢约为兄弟，连宵宴饮，相得甚欢。（恐要被他穿鼻了。）且因葛荣余党，出没六镇，谋乱不止，特向欢问计。欢答道："六镇叛众，不能尽歼，王何不选用心腹，使为统帅！如有叛乱，统师连坐，叛乱自渐少了。"兆欣然道："此计甚善！但何人可使？"旁座贺拔允接入道："莫如高公！"道言未绝，那唇间已着了一拳，流血满口，折落一齿。看官道由何人所击？原来就是高欢。（出人不料。）欢既击落允齿，且厉声道："天下事取舍在王，汝何得妄言！王宜速杀此人！"（浑身是假。）兆摇手道："允言甚是，君何必作态？今日便分兵属君，统帅六镇。"（正要你说出此语。）欢尚饰词谦让，兆以欢为诚，越加信任，坚嘱勿辞。

酒阑席散，兆已醉枕座上，欢恐他醒后悔言，遂出谕大众，已受委统州镇兵，可集汾东受号令。乃即建牙阳曲川，部署兆军。军士素惮兆凶狠，情愿就欢，相率投效麾下。欢又请将并、肆降户，就食山东。兆信欢方深，又复依议。长史慕容绍宗道："不可！不可！今四方纷扰，人怀异望，高公雄才盖世，若再使外握强兵，譬如蛟龙得云雨，尚肯受人约束么？"兆咈然道："我与彼有香火重誓，何必过虑！"绍宗道："亲兄弟尚不可信，何论一区区香火呢！"兆不禁动怒，便叱道："你敢离间我友情么？"遂喝令左右，把绍宗牵禁狱中，（全然是一卤莽汉。）一面促欢就道。

欢自晋阳出滏口，正值尔朱荣妻，自洛阳行来，有良马三百匹。他即指麾军士，截夺良马，另用羸马掉换。荣妻未敢与争，只好入城报兆，兆始觉惊疑，释出慕容绍宗，再与商议。绍宗道："欢去未远，还是掌握中物呢。"兆乃自追欢至襄垣。适漳水暴涨，桥被冲坍，欢隔水拜语道："借马非有他意，实防山东盗贼，王乃信谗来追，欢何惜一死，但恐部众便要叛离了。"兆亦自明无他，复跃马渡水，与欢并坐帐前，拔刀授欢，引颈就斫。欢大哭道："自从天柱薨逝，贺六浑何所仰望，但愿大家千万岁，戮力同心，今奈何忽出此言！"兆乃投刀地上，复命斩白马，与欢为誓，且留宿夜饮。欢部下尉景，欲乘机执兆，欢啮臂戒谕道："今欲杀兆，彼党必并力来争，势不可敌，不若且从缓议。兆徒勇无谋，将来总为我所擒呢。"尉景乃止。

诘旦，兆渡河归营，复召欢会谈，欢上马欲行，长史孙腾牵住欢衣，欢乃托词不赴。兆隔水责欢，说他负约，欢不与答语。兆亦无法，不得已驰还晋阳。

那尔朱世隆等镇守洛阳，屏除盗贼，流通商旅，恰尚能勉力维持，尔朱天光入会世隆，谈及新主元晔，未洽人望，不如更立近亲，世隆也以为然。郎中薛孝通入白天光道："何不改立广陵王？既属近支，又有令望，沈晦不言，多历年所，若奉以为主，必天人允叶了！"天光因告世隆，世隆道："广陵王数年不言，莫非真有暗疾不成？"天光道："且遣人试验真伪。"乃使尔朱彦伯往告广陵王，他竟说出"天何言哉"四字，才知他并非真暗，实是"遵养时晦"的意思。彦伯返报世隆，世隆大喜，便决意改立广陵王。

究竟广陵王为谁？闻他单名是一恭字，就是孝文帝宏的侄儿，广陵王羽的嗣子。（广陵王羽，见四十二回中。）从前元义擅权，恭恐得祸，避居龙华寺，佯称暗疾，谢绝交通。至永安年间，都下谣传，寺中有天子气，由魏主子攸遣人监束，并无异征，乃得免害。世隆等既议定废立，天光仍还雍州。（同谋不同行，无非取巧。）可巧长广王晔，来都定位，已至邙山南首，世隆亟遣泰山太守窦瑗往启晔道："天意人心，俱属广陵，愿王行尧舜事，勿再迟疑。"晔不觉失色，满口支吾，瑗已怀着禅文，竟取出示晔，硬令署印。晔无法推托，只好照署，瑗即返示广陵王恭。恭尚奉表三让，及百官备驾恭迎，然后入宫即位，改建明二年为普泰元年。令黄门侍郎邢子才草撰赦文，文中叙及太原王荣枉死情状，魏主恭勃然道："永安手翦强臣，并非失德，不过因天未厌乱，所以遇着成济的遗祸呢。"（成济弑曹髦，见三国《魏史》中。）因取笔自作赦文，节去尔朱荣死事。恭闭口八年，至是始言，中外推为明主，想望太平。改封长广王晔为东海王，余如乐平王尔朱世隆、颍川王尔朱兆、彭城王尔朱仲远、陇西王尔朱天光、常山王尔朱度律，各仍元晔时故封。车骑大将军高欢，及都督斛斯椿以下，各加六级。斛斯椿本为魏东徐州刺史，曾依附尔朱荣，荣受诛时，椿惧祸南奔，依附汝南王悦。（悦曾奔梁，见四十二回。）及尔朱复盛，仍然北归，得为将军，这且待后再叙。

惟尔朱世隆等，请追赠尔朱荣，魏主恭赠荣为相国晋王，并加九锡。世隆意尚未足，再使百官议荣配飨。司直刘季明抗言道："今若配飨世宗（恪），时若无功；配飨孝明（诩），亲害乃母；配飨先帝，（子攸。）为臣为终，下官谓无从配飨！"（不愧司直。）世隆发怒道："汝不怕死么？"季明道："下官既为议首，自当依礼直陈，不合尊意，剪戮惟命！"世隆倒被他驳倒，不敢加刑，但将荣配飨高祖（即孝文帝）庙廷。又至首阳山立庙，就借周公庙旧址，重加建筑。庙貌甫成，偏被祝融氏收去，（不可谓元圣无灵。）世隆亦只好罢休。

尔朱兆以废晔立恭，事未预闻，将发兵攻世隆。世隆令彦伯前往调停，费了无数唇舌，才平兆怒，总算按兵不发，但已未免生嫌了。（尔朱之败，已露端倪。）

最可笑的是幽州刺史刘灵助，好谈术数，为尔朱荣所赏拔，得刺幽州。此时自加推算，逆料尔朱将衰，竟纠众为乱，自称燕王，声言为故主子攸复仇，且妄述图谶，谓刘氏当王。幽、瀛、沧、冀四州愚民，多往奔投，灵助遂引众南下，进据博陵郡的安国城。

河北大使高乾兄弟，前曾奉遣至冀州，招募徒众，（应前回。）尔朱兆防他为变，特遣监军孙白鹞往冀州城，托言调发兵马，将掩捕高乾兄弟。乾瞧破机关，即与前河内太守封隆之等，袭据信都，击杀白鹞，奉隆之行州事，并为故主子攸举哀，缟素升坛，誓众讨尔朱氏。一面通书灵助，愿受节制。殷州刺史尔朱羽生，率兵袭击，及城中闻知，羽生兵已到城下。高敖曹不及擐甲，携槊上马，仅十余骑出城，冲入羽生军中，舞槊四刺，无人敢当。从骑亦皆死战，以一当百，顿时摧陷敌阵，纷纷窜散。高乾登城拒守，缒下五百人接应，那羽生已魂销胆落，逃回殷州去了。时人俱服敖曹骁勇，称为项籍再生。

偏高欢硬来出头，扬言将讨灭信都，信都人当然惊惶。高乾道："高晋州雄略盖世，岂肯长居人下！今日尔朱无道，弑君虐民，正是英雄立功的机会。他欲来此，必有深谋，我且前去谒他，定可无虞。"乃与封隆之子子绘，潜至滏口，迎见高欢。欢召入与语，乾乘机进言道："尔朱酷逆，痛结神人，凡有知识，莫不思奋。明公威德素著，天下归心，若兵以义动，无论如何倔强，不足敌公。敝州虽小，户口不下十万，赋税亦足济军资，愿公熟思，毋误事机！"欢见乾词气慷慨，语语动人，几乎相见恨晚，便促膝与谈，呼乾为叔。话至夜半，且引与同寝。

越宿先遣乾归，自引兵东向徐进。前驱遇着一人，乘露车，载素筝浊酒，投刺军前，自言愿谒见高公。当有军吏传报，欢略阅名刺，见是南赵郡太守李元忠数字，便道："这人是个酒鬼，见我何为？"说着，也不传见，又不拒绝。元忠待了片刻，不见复语，便下车独坐，酌酒掰脯，且饮且嚼。连饮了好几觥，乃复顾语军吏道："闻高公招延隽杰，故不惜来谒。今未见吐哺迎贤，慢士可知，请还我名刺，不劳再报！"军吏又复告欢，欢始命引入，尚是淡漠相遭。元忠再就车上取酒及筝，一面饮酒，一面弹筝，继以长歌，歌罢乃语欢道："天下事已可知，公尚欲事尔朱么？"欢答道："富贵皆因彼所致，怎敢不为彼尽节！"元忠喟然道："迂拘小谨，怎得称为英雄！"（狂态嫚语，仿佛三国时之祢衡。）嗣又问及高乾兄弟曾来过否，欢诈言未来。元忠又道："公果是真语呢？还是假语呢？"欢微哂道："赵郡醉了。"因使人扶出，元忠不肯起，长史孙腾进言道："此君系天遣至此，愿公勿违。"欢乃复与问答，元忠慨陈时事，呜咽流涕，欢亦不觉动容。元忠因进策道："河北形势，莫如冀、殷，殷州城小，又无粮仗，不足济大事，最好是往就冀州，高乾兄弟，必倾心事公，殷州便可赐委元忠。冀、殷既合，沧、瀛、幽、定自然弭服了。"欢闻言起座，握元忠手，亲为道歉，留诸幕下，与谈数日，方令归图殷州，自率众至信都。

隆之与乾，开门纳欢。敖曹正在外略地，未预乾议，闻乃兄迎欢入城，嗤为妇人，即遣兄布裙。欢素知敖曹勇悍，加意笼络，特遣长子澄往见敖曹，执子孙礼，敖曹乃与澄俱来。格外优待，敖曹方无异言。

乾与隆之，本依附刘灵助，既迎高欢为主帅，便与灵助断绝往来。魏亦使大都督侯渊，骠骑将军叱列延庆，往讨灵助。灵助尝自占道："三月末旬，必入定州。"渊至固城，用延庆计，伪言将西入关中，暗中却简选精骑，昏夜疾驰，直入灵助垒中，掩他不备，得将灵助首级取来，函入定州，正值三月末日。灵助只算得半着，平白地丧了性命。

魏廷既讨平灵助，复欲规画冀州，阳赐高欢为渤海王，征命入朝。看官，试想此时的高欢，还肯应命入都，再受尔朱氏的暗算么？尔朱世隆升授太保，专揽朝纲。尔朱兆兼督十州军事，奄有并汾。尔朱天光加位大将军，专制关右。尔朱仲远徙镇大梁，复加兖州刺史，性最贪暴，境内富室，往往诬他谋反，取男子投入河流，籍没妇女财产，悉入私家，所入租税，亦未尝解送洛阳。东南州郡，畏仲远似虎狼，恨不即日诛殛。只因尔朱势盛，未敢反抗，没奈何忍气吞声。（即为尔朱灭亡张本。）独高欢养士缮甲，招兵抚民，将与尔朱氏决一雌雄，蓄锐以待，所以魏廷征令入朝，当然托辞不至。魏廷亦无可如何，只好设法羁縻，授欢为大都督东道大行台，领冀州刺史。（征朝不至，反授重寄，尔朱氏未亡先馁，衰兆已见，魏主恭亦安得为英主耶？）

欢益起雄心，再加部将斛律金、库狄干，及妻弟娄昭，姊夫段荣，从旁怂恿，劝他速讨尔朱。欢乃诈为尔朱兆书，谓将遣六镇人刺配契胡，众皆忧惧。又伪示并州符檄，征兵讨步落稽。（亦胡人之一种。）因调发万人出郊，由欢亲自送行，洒泪叙别，大众号恸，声震原野。欢且泣且谕道：“我与尔等均为羁客，义同一家，不意在上征发如此！今若西向，一当死；后军期，二当死；配国人，三当死。奈何奈何？”大众齐声道：“只有造反一法。”（逼出一个反字。）欢皱眉道：“造反二字，实非美名，必不得已，亦须推一人为主帅。”大众闻言，当然推欢。欢又叹道：“尔等独不见葛荣么？有众百万，散漫无纪，终致败亡。今若推我为主帅，当听我号令，毋陵汉人，毋违军律，否则我不能为天下笑呢！”众皆叩首道：“死生惟命。”欢乃椎牛飨士，起兵信都，但尚未敢显斥尔朱。

会李元忠起兵逼殷州，欢令高乾率众往应。乾佯言是赴救殷州，单骑入见尔朱羽生，与谋守事宜。羽生即偕乾出御元忠。乾觑隙刺死羽生，与元忠会师，持羽生首胁降州民，遂留元忠守殷州，自携首级报欢。欢抚膺道：“今日只好决计造反了！”乃令元忠为殷州刺史。随即表闻魏廷，历举尔朱氏罪状，抗辞声讨。

尔朱世隆匿表不通，但奏称高欢造反，于是尔朱兆、尔朱仲远、尔朱天光、尔朱度律等，皆受命讨欢，由世隆居中调度。（狼子狼孙，一齐出来，煞是热闹。）欢闻尔朱氏一齐来攻，当然要部署兵马，出御各军。

忽有一人满身衰绖，踉跄至军门，求见高欢。欢一见名刺，即命召入。那人到了案前，匍匐地上，放声大哭。欢亦泪下，自起扶持，令他起坐。（与见李元忠时又是一种写法。）那人尚流涕道：“一家百口，尽毙贼臣手中，闻明公起义兴师，所以奔波至此，愿效犬马，图报大仇！”欢叹息道：“君家世忠孝，乃为逆贼所屠，可悲可恨，我正为此起事，天道有知，必不使逆贼漏网哩！”遂面授行台郎中，令他参议军情。

看官道此人为谁？原来是魏司空杨津子愔。津长兄名播，次兄名椿，皆仕魏有名。播性刚毅，椿、津谦恭，家世孝友，缌服同爨，男女百口，人无间言。椿、津位至三公，一门七郡太守，三十二州刺史。播先病逝，子侃曾为侍中，与杀尔朱荣。（见前回。）尔朱兆入洛，侃逃归华阴故里，尔朱天光佯言赦侃，召令出仕。侃明知有诈，但尚望保全百口，宁糜一身，乃即出应召，果为天光所杀。时杨椿亦已致仕，与子昱同返华阴。椿弟冀州刺史顺，顺子东雍州刺史辩，正平太守仲宣，皆在洛阳，就是司空津，亦留居都中。尔朱氏恨侃切齿，甚至欲屠戮全家，乃由世隆出奏，诬言杨氏谋反，请一律捕治。魏主恭不肯依议，偏经世隆固请，乃命有司检案以闻。世隆遽遣兵围津第，屠戮无遗。原来天光亦发兵至华阴，把杨氏一门老少，杀得精光。只有杨愔在外，幸得脱逃，奔至信都谒欢。（尚留杨愔一人，未始非孝友之报，然亦惨矣。）

愔颇有才智，为欢谋议，甚得欢心。欢因将文檄教令等件，一概委愔，但令谘议参军崔㥄，作为副手。愔下笔千言，词多慨切，一经颁布，无不传诵，于是尔朱氏罪恶，遐迩共知。尔朱兆出攻殷州，李元忠独力难支，弃城奔信都。（酒鬼究属无用。）尔朱仲远及尔朱度律，与将军斛斯椿、贺拔胜、贾显智等，亦进军高平，欢颇以为忧。

长史孙腾献议道："今朝廷隔绝，号令无所禀承，众将沮散，不如先立元氏宗亲，维系众志。"（此策实属无谓。）欢不能无疑，腾一再固请，乃奉渤海太守鲁郡王元朗为帝。朗系景穆太子晃玄孙，父为章武王融，至是迎入信都，即皇帝位，改元中兴。命高欢为侍中丞相，都督中外诸军事，高乾为侍中司空，高敖曹为骠骑大将军，领冀州刺史，孙腾为尚书左仆射，魏兰根为右仆射。欢既受命统军，指日出征，用了一条反间计，遂令尔朱氏自相猜忌，走仲远、度律，并大破兆军。小子有诗叹尔朱氏道：

人生兴废本无常，一姓争荣一姓亡；

自古强宗无不覆，祸根多半起参商。

究竟高欢计策若何，请看下面第五十一回。

本回述高氏得势之由来，即北齐开国之动机，无尔朱氏之乱魏，则高氏不得兴，无尔朱氏之举兵相委，则高氏亦不得兴。谚有之：乱世出英雄，高欢其果为乱世之英雄乎。彼尔朱子弟，皆非欢敌，尔朱荣固已逆料之矣。尔朱将佐，只有一慕容绍宗，而不能用；贺拔兄弟，反复无常，皆不足取。欢则蓄甲养士，疏狂如李元忠而优容之，悍戾如高敖曹而礼遇之，迹其所为，仿佛魏武，宜乎乘时崛起，而为一世雄也。然尔朱氏目无长上，置君如弈棋，倏废倏立，致当时目为乱贼，而高欢亦从而蹈之，为义不忠，以暴易暴，欢之与尔朱相去，得毋所谓不能以寸耶！

第五十一回　战韩陵破灭子弟军　入洛宫淫烝大小后

却说高欢自信都发兵，出御尔朱氏各军。因闻尔朱势盛，颇费踌躇。参军窦泰，劝欢用反间计，使尔朱氏自相猜疑，然后可图。欢乃密遣说客，分途造谣，或云世隆兄弟，阴谋杀兆，或云兆与欢已经通谋，将杀仲远等人。兆因世隆等擅废元晔，已有贰心，至是得着谣传，越发起疑，自率轻骑三百名，往侦仲远。仲远迎他入帐，他却手舞马鞭，左右窥望。仲远见他意态离奇，当然惊讶，彼此形色各异。兆不暇叙谈，匆匆出帐，上马竟去。（却是粗莽气象。）仲远遣斛斯椿、贺拔胜追往晓谕，反为所拘。仲远大惧，即与度律引兵南奔。（狼怕虎，虎怕狼，结果是同归于尽。）

兆既执住椿、胜，怒目叱胜道："汝有二大罪，应该处死！"胜问何罪？兆厉声道："汝杀卫可孤，罪一；（卫可孤为拔陵将，与兆何与？兆乃指为胜罪，一何可笑。）天柱薨逝，尔不与世隆等同来，反东击仲远，罪二。（杀可孤事见四十六回，击仲远事见四十九回。）我早欲杀汝，汝尚有何言？"胜抗言道："可孤乃是贼党，胜父子为国诛贼，本有大功，怎得为罪！天柱被戮，是以君诛臣，胜当时知有朝廷，不暇顾王。今强寇密迩，骨肉构隙，不能安内，怎能御外！胜不畏死，畏死不来，但恐大王未免失策啰。"兆闻胜言，恰是有理，倒也不欲下手，再经斛斯椿婉言劝解，乃释二人使归，自待高欢厮杀。

欢尚恐众寡不敌，更问段荣子韶，韶答道："尔朱氏上弑天子，中屠公卿，下虐百姓，王以顺讨逆，如汤沃雪，怕他什么？"欢又道："若无天命，终难济事！"韶申说道："尔朱暴乱，人心已去，天从人愿，何畏何疑？"欢乃进至广阿，与兆一场鏖斗，果然兆军皆溃，兆亦遁走，俘得甲士五千余人，随即引兵攻邺。

相州刺史刘诞，婴城固守，相持过年。欢掘通地道，纵火焚城，城乃陷没，刘诞受擒。欢授杨愔为行台右丞，即令愔表达新主元朗，迎入邺城。朗至邺后，进欢为柱国大将军，兼职太师，欢子澄为骠骑大将军。

尔朱世隆闻欢得邺城，当然忧惧，急忙卑辞厚礼，向兆通诚，与约会师攻邺。并请魏主恭纳兆女为后，兆乃心喜，更与天光、度律，申立誓约，复相亲睦。斛斯椿与贺拔胜，自兆处释归，仍入尔朱军。椿密语胜道："天下皆怨恨尔朱，我辈若再为所用，恐要与他同尽了，不如倒戈为是。"胜答道："天光与兆，各据一方，去恶不尽，必为后患，如何是好！"椿笑道："这有何难！看我设法便了。"（妙有含蓄。）遂入见世隆，劝他速邀天光等，共讨高欢。世隆自然听从，立即遣人征召天光。

天光意存观望，延不发兵。斛斯椿自愿西往，兼程入关，进见天光道："高欢作乱，非王不能平定，王难道坐视不成？高氏得志，王势必孤，唇亡齿寒，便在今日。"天光瞿然道："我亦正思东出哩。"时贺拔岳为雍州刺史，天光召与熟商，岳献议道："王家跨据三方，士马强盛，料非高欢所能敌，诚使戮力同心，往无不胜。今为王计，莫若自镇关中，固守根本，分遣锐卒，与众军合势，庶进可破敌，退可自全。"（若用岳言，天光何至遽死？）天光颇欲从岳，偏斛斯椿力请自行，乃留弟尔朱显寿守长安，自引兵赴邺城。椿即返报世隆，世隆亟邀兆与仲远两军，同会天光，又遣度律自洛往会。于是四路尔朱军，陆续到邺，众号二十万，列着洹水两岸，扎满营垒，如火如荼。（返跌下文。）

高欢尽起徒众，步兵不满三万人，骑兵不过二千。此时既遇大敌，只好一齐调出，往屯紫陌。时封隆之已升任吏部尚书，留使守邺，欢亲出督师。高敖曹进官都督，也率里人王桃汤等三千人从欢。欢见敖曹部曲，统系汉人，恐未足济事，欲分鲜卑兵千余人，接济敖曹。敖曹道："兵与将贵相熟习，鲜卑兵素不相统，若羼杂旧部，适起争端，反足碍事，不如各专责成为是。”（我亦云然。）欢乃罢议。便在韩陵山下，设一圆阵。后面用牛驴连系，自塞归路，以示必死。尔朱兆出营布阵，召欢答话，问欢何故背誓？欢应声道：“我与汝前曾立誓，共辅帝室，今天子何在？”兆答道：“永安枉害天柱，我出兵报仇，何必多议！”欢又道：“君要臣死，不得不死！况天柱未尝不思叛君，罪亦应诛，何足言报？今日与汝义绝了！”说着，即擂鼓开战。欢自将中军，高敖曹将左军，欢从父弟岳将右军，各奋力向前，拼死决斗。兆为前驱，天光、度律为左右翼，仲远为后应，仗着兵多将众，包抄过来，恰是厉害得很，且专向中军杀入，意欲取欢。欢虽督众死战，怎奈敌势凶猛，实在招架不住，前队多被杀伤，后队未免散走。高岳、高敖曹两军，未曾吃紧，岳遂抽出五百锐骑，直冲尔朱兆；敖曹率健骑千人，横击尔朱左右翼；别将斛律敦，收集散卒，绕出敌军后面，攻击仲远。尔朱各军，各自受敌，便皆骇奔。欢见他阵势分崩，麾众皆进，大破尔朱军，贺拔胜与徐州刺史杜德，解甲降欢。兆知不可敌，对着慕容绍宗，抚膺太息道：“不用公言，乃竟至此！”说着便驱马西走。（勇而寡谋，实是无用。）还亏绍宗返旗鸣角，取拾溃兵，始得成军退去。仲远亦奔往东郡，度律、天光逃向洛阳。

都督斛斯椿，语别将贾显度、贾显智道：“尔朱尽败，势难而振，今不先执尔朱氏，我辈将无噍类了。”乃夜至桑下立盟，倍道先还，入据河桥，把尔朱氏的私党，一并捕戮。度律、天光闻变，整兵往攻，适值大雨倾盆，士卒四散，两人只率数十骑，拖泥带水，向西窜去。斛斯椿遣兵追捕，捉住度律、天光，解至河桥。再由贾显智等，入袭世隆，也是马到擒来。尔朱彦伯，入直禁中，闻难出走，同为所执，与世隆牵至阊阖门外，枭了首级，送往高欢。就是度律、天光两人，虽尚未死，也被械送入邺，归欢处治。欢将二人暂系邺城。

魏主恭使中书舍人卢辩，赍敕劳欢。欢使见新主元朗，辩抗辞不从。欢不能夺志，遣令还洛。尔朱部将侯景，本与欢并起朔方，辗转投入尔朱军，至是仍奔邺依欢。（不略侯景，为下文伏案。）还有雍州刺史贺拔岳，闻天光失败，亦生变志，商诸征西将军宇文泰。（泰为征西将军，见四十九回。）泰劝岳径袭长安，并为岳至秦州诱约刺史侯莫陈悦，一同会师，直抵长安城下。长安留守朱显寿，（见上。）猝闻敌至，一些儿没有防备，只好弃城东走。泰等追至华阴，得将显寿擒住，送与高欢。欢令岳为关西大行台，泰为行台左丞，领府司马。嗣是泰在岳麾下，事无巨细，悉归参赞。这且待后再表。

且说高欢奉主元朗，自邺城出发，将向洛阳。行至邙山，又复变计，密与右仆射魏兰根商议，谓新主元朗，究系疏族，不如仍奉戴元恭。兰根道："且使人入洛觇视，果可奉立，再决未迟。"欢即使兰根往观。及兰根返报，主张废恭。看官道是何因？原来魏主恭丰姿英挺，兰根恐他将来难制，所以不欲奉戴。欢召集百官，问所宜立，太仆綦母俊称恭贤明，宜主社稷。黄门侍郎崔㥄作色道："必欲推立贤明，当今莫若高王！广陵本为逆胡所立，怎得尚称天子？若从俊言，是我军到此，也不得为义举了！"（好一只高家狗。）欢乃留郎居河阳，自率数千骑入洛都。

魏主恭出宫宣慰，由欢指示军士，露刃四逼，竟将魏主恭拥入崇训寺中，把他锢住，自己仗剑入宫，拟往杀尔朱二后。

小子前曾叙过，魏主子攸，纳尔朱荣女为后，魏主恭复纳尔朱兆女为后，当时宫中有大尔朱后，小尔朱后的称呼。尔朱兆入洛时，尝污辱嫔御妃主，只因大尔朱后为从妹，当然不好侵犯，仍令安居。至广陵王恭入嗣，大尔朱后尚留宫内，未曾徙出。既而兆女为后，与大尔朱后有姑侄谊，彼此素来熟识，更兼亲上加亲，格外和好，不愿相离，偏偏高欢发难，把尔朱氏扫得精光，死的死，逃的逃，单剩姑母侄女，在宫彷徨，相对欷歔。（总叙数语，贯串前后。）不料魏主恭又被劫去，累得这位小尔朱后，越加惊骇，忙至大尔朱后宫寝中，泣叙悲怀，不胜凄惋，大尔朱后亦触动愁肠，潸然泪下。

正在彼此呜咽的时候，忽有宫人奔入道："不好了！不好了！高王来了！"这语未毕，小尔朱后已吓做一团，面无人色。还是大尔朱后芳龄较长，究竟有些阅历，反收了泪珠儿，端坐榻上。才经片刻，果见高欢仗剑进来，大尔朱后不待开口，便正色诘问道：“你莫非是贺六浑么？我父一手提拔，使汝富贵，汝奈何恩将仇报，杀死我叔伯兄弟？今又来此，难道尚欲杀我姑侄不成！”欢见她柳眉耸翠，杏靥敛红，秀丽中现出一种威厉气象，不由得可畏可慕；旁顾小尔朱后，又是颤动娇躯，别具一种可怜情状，当下把一腔怒气，化为乌有，惟对着大尔朱后道：“下官怎敢忘德！当与卿等共图富贵。”（不呼后而呼卿，意在言中。）语毕，仍呼宫人等好生侍奉，不得违慢。随即趋出，派兵保护宫禁，不得损及一草一木，违令处死。

当下与将佐议及废立事宜，将佐等不发一言，欢独说道：“孝文帝为一代贤君，怎可无后！现只有汝南王悦，尚在江南，不如遣人迎还，使承大业。”将佐等惟惟如命，乃即派使南下迎悦。（舍近就远，究为何意，看官试阅下文。）

斛斯椿私语贺拔胜道：“今天下事在尔我两人，若不先制人，将为人制。现在高欢初至，正好趁势下手，除绝后患。”胜劝阻道：“彼正立功当世，如欲加害，未免不祥。”椿尚未以为然。嗣与胜同宿数宵，胜再三谏止，椿乃不行。

那高欢借迎悦为名，乐得安居洛都，颐指气使，享受一两月的尊荣。就中有一段欢娱情事，也得称愿，真是心满意足，任所欲为。（天未厌乱，故淫人得以逞志。）原来欢本好色，前娶娄氏为妻，却是聪明伶俐，才貌双全，所以伉俪情深，事必与议。女子好时无十年，免不得华色渐衰，未餍欢欲。（欢娶娄氏，见四十四回。）欢又屡出从军，做了一个旷夫，见有姿色妇女，当然垂涎。不过位置未高，尚是矜持礼法，沽誉钓名。到了战败尔朱，攻入邺城，威望已经远播，遂不顾名义，渐露骄淫。相州长史游京之，有女甚艳，为欢所闻，即欲纳为妾媵，京之不允，欢令军士入京之家，硬将京之女抢来，迫令侍寝。一个弱女，如何抗拒，只得委身听命，供他受用。京之活活气死。

及欢自邺入洛，本意是欲斩草除根，杀毙尔朱二后，嗣见二后容貌统是可人，便将杀心变作淫心。每日着人问候，加意奉承，后来渐渐入彀，索性留宿宫中。大尔朱后原没甚气节，既做了肃宗诩的妃嫔，复改醮庄宗子攸，册为皇后，此时何不可转耦高欢？而且高欢见了大尔朱后，把平时雄赳赳的气象，一齐销熔，口口声声，自称下官，我我卿卿，誓不薄幸。大尔朱后随遇而安，就甘心将玉骨冰肌，赠与老奴。小尔朱后也是个水性扬花，便跟了这位姑母娘娘，一淘儿追欢取乐。再经高欢是个伟男子，龙马精神，一夕能御数女，兼收并蓄，游刃有余，于是大小尔朱后，又俱做了高王爷的并头莲。（尔朱氏真是出丑。）高欢一箭双雕，快乐可知。

光阴似箭，倏忽兼旬，汝南王悦，已自江南至洛。欢又不愿推立，说他素好男色，不礼妃妾，性情狂暴，及今未悛，不堪继承大统，乃另求孝文嫡派，奉为魏主。

是时魏宗诸王，多半逃匿，独孝文孙平阳王修，为广平王怀第三子，匿居田舍，竟被访着。欢使斛斯椿往见。椿知员外散骑侍郎王思政，为修所亲，乃特邀与同行，见修行礼，说明来意。修不禁色变，问思政道："得毋卖我否？"思政答了一个不字。修又问道："可保得定么？"思政又道："变态百端，未见得一定可保哩！"（确是真言。）斛斯椿在旁，却为欢表诚，谓无他意，修支吾不决，椿即返报高欢。

欢便遣四百骑迎修入都，相见帐下，涕泣陈情。修自言寡德，欢再拜固请，修亦答拜。当下进汤沐，出御服，请修装束停当，彻夜严警。诘旦命百官入谒，由斛斯椿奉表劝进。修令思政取表，瞧阅一周，顾语思政道："今日不得不称朕了！"欢又遣人至河阳，迫元朗作禅位书，持入示修。一面筑坛东郭，出郊祭天，还御太极殿，受群臣贺。

礼毕升阊阖门，下诏大赦，改元太昌。命高欢为大丞相天柱大将军太师，世袭定州刺史。欢子澄加侍中开府仪同三司。从前尔朱党中的侍中司马子如与广州刺史韩贤，与欢有旧，所以子如虽已出刺南岐州，仍由欢召回，委充大行台尚书，参预国事；韩贤任职如故。余如尔朱氏所除官爵，一概削夺。另派前御史中尉樊子鹄，兼尚书左右仆射，为东南道大行台，与徐州刺史杜德，往追尔朱仲远。仲远已窜往梁境，寻即病死，乃命樊、杜等移攻谯城。

谯郡曾为魏所据，梁主衍特遣降王元树，乘魏内乱，夺占谯郡。树为魏咸阳王禧第三子，因父罪奔梁，受封邺王。（禧被诛事，见四十一回。）此时踞住谯城，屡扰魏境，魏因遣樊、杜二将往攻。元树坚守不下，樊子鹄使金紫光禄大夫张安期，入城游说，勖以无忘祖国，树乃愿弃城南还。安期返报子鹄，子鹄佯为允诺，诱令出城，杀白马为盟。誓言未毕，那杜德竟麾兵围树，把树擒送洛阳，迫令自尽。子鹄等便即班师。已而杜德忽发狂病，喧呼元树打我，至死犹不绝口，身上俱成青黑色。子鹄亦不得善终，冤冤相报，不为无因。（劝人莫做亏心事。）

高欢因谯郡已平，拟即还镇，但尚虑贺拔岳雄跨关中，未免为患，乃请调岳为冀州刺史。魏主修当即颁敕，敕使入关，与岳相见。岳即欲单骑入朝，右丞薛孝通问岳道："公何故轻往洛都?"岳答道："我不畏天子，但畏高王！"孝通道："高王率鲜卑兵数千，破尔朱军百万，威势烜赫，原是难敌，但人心究未尽服。尔朱兆虽已败走，尚在并州，余众不下万人。高王方内抚群雄，外抗劲敌，自顾不暇，有什么工夫来争关中！公倚山为城，凭河为带，进可控山东，退可封函谷，奈何反甘为人制呢?"岳矍然起座，握孝通手道："君言甚是！我决不南行了。"遂遣还敕使，并逊辞为启，复奏朝廷。

高欢亦无可如何，便整装还邺。先挈大小尔朱后出宫，派兵载归，并访得任城王妃冯氏、城阳王妃李氏，青年嫠居，都生得国色天姿，不同凡艳，当下遣兵劫至，不管她从与不从，一并带回邺中。（也好算得惠及怨女。）魏主修亲自饯行，出城至乾脯山，三樽御酒，一鞭斜阳，这大丞相天柱大将军太师高王，毕饮辞行，向东北去讫，魏主修也即还宫。

过了旬日，邺中解到尔朱度律，及尔朱天光二犯，由魏主命即正法，骈戮市曹。于是尔朱子弟，只剩一尔朱兆，由晋阳遁至秀容，负隅自固。高欢一再声讨，师出复止，直至次年正月，潜遣参军窦泰，带领精骑，日夜行三百里，直抵秀容，欢复率大军继进。兆正在庭中宴会，突闻欢军驰至，仓皇惊走，当被窦泰追杀一阵，众皆溃散。兆只挈数骑遁去，爬过赤洪岭，窜入穷谷，见前后统是峭壁，几乎无路可奔。兆下马长啸数声，拔剑杀死乘马，解带悬树，自缢林中。部将慕容绍宗，收众降欢，欢厚待绍宗，并厚葬兆尸。并州告平，尔朱军皆尽。惟尔朱荣子文畅、文略，由欢挈归，仍给厚俸。看官，你道高欢果真不忘旧德？无非顾着大小尔朱面上，所以格外周全呢。小子有诗叹道：

甘将玉体事仇雠，国母居然愿抱裯；

虽是保家由二女，洛波难洗尔朱羞！

欢既平兆，上书告捷。魏主当然优奖，欢反表辞天柱大将军名号。是否得邀俞允，容待下回说明。

尔朱氏以二十万众夹击邺城，高欢以三万人御之。众寡悬殊，欢似有败而无胜，乃韩陵一战，胜负之数，反不如人所料，此非欢之能灭尔朱，实尔朱之自取覆亡也。天道喜谦而恶盈，如尔朱氏之所为，骄盈极矣，虽欲不败，乌得而不散！智如曹操，犹熸于赤壁，强如苻坚，犹覆于彭城，况如尔朱氏者，而能不同就败亡耶？惟欢之骄恣，不亚尔朱，尔朱立晔而复废晔，欢亦立朗而复废朗，晔、朗俱无过可指，忽立忽废，其道何在？借曰疏远，则推立之始，胡不审慎若是！且入洛以后，举大小尔朱后而尽烝之，二后虽亦无耻，为尔朱家增一丑秽，然欢尝臣事二主，奈何敢宣淫宫掖耶？去一尔朱，又生一尔朱，是又关于元魏之气运，非仅在二族之兴亡已也。

第五十二回　梁太子因忧去世　贺拔岳被赚丧身

却说魏主修接阅欢表，见他词意诚恳，坚请辞去天柱名号，料知欢借鉴尔朱，不愿有此称呼，因即优诏允许。惟魏主恭尚幽居崇训寺，朗自河阳入都，受封为安定王。嗣主修势不相容，先议除恭，次议除朗。恭在寺中赋诗云："朱门久可患，紫极非情玩，颠覆立可待，一年一易换，时运正如此，惟有修真观！"这诗一传，益触时忌。即由魏主修派遣心腹，导恭入门下外省，逼令服毒自尽，时年三十五，葬用殊礼。过了旬月，定安王朗，亦被鸩死，年只二十。既而又将东海王晔、汝南王悦，一并加害。总道是嫌疑尽去，当可高枕无忧，那知当时的大患，不在宗室，却在强藩！平白地残害同宗，究竟有什么好处？（为魏主修下一定评。）史家称恭为前废帝，朗为后废帝，独晔为尔朱氏所立，称帝不过三月，所以不入帝纪。至西魏摈斥高欢，连元朗亦被削去，但追谥恭为节闵帝，所以后人作北魏世系图，仅列前废帝恭，未及后废帝朗。（梳栉详明。）

事已叙过。且说魏主修已经定位，所有宗室诸王，渐次还朝，指阙进谒。淮阳王欣、赵郡王谌，俱系献文帝弘孙，为魏主修从叔。（欣系广陵王羽子，谌系赵郡王干子。）南阳王宝炬（京兆王谕子），清河王亶（清河王怿子），俱系孝文帝宏孙，为魏主修从兄弟。魏主修授欣为太师，谌为太保，宝炬为太尉，亶为骠骑大将军，兼官司徒，侍中长孙稚为太傅。追谥魏主子攸为孝庄帝，葬宣武皇后胡氏，就是从前两次临朝的胡太后。胡太后被尔朱荣沉死，遗尸收殡双灵寺中，至此乃得安葬，仍用后礼，加谥曰灵。（补叙胡太后葬谥，笔不渗漏。）又追尊皇考广平王怀为武穆帝，皇太妃冯氏为武穆后，皇妣李氏为皇太妃。迎丞相欢女高氏为皇后，遣使纳币。

高欢时已徙居晋阳，特建大丞相府，坐镇西北。朝使到了晋阳，由欢迎见，彼此及是故交，握手言欢，很是亲昵。看官道来使为谁？原来就是李元忠。（见五十回。）元忠曾随欢入洛，留任太常卿，此次充纳币使，正是魏主修因事择人。欢从容与宴，述及旧事，元忠连饮数巨觥，（酒鬼作冰人，恰合身分。）方笑语道："昔日与王起义，却是轰轰烈烈，很有趣味，近来寂寞得很，无人过问，倒弄得郁郁寡欢了！"欢亦大笑，指示旁座道："此人逼我起兵。"元忠戏言道："若不令我为侍中，当别求起义的地方。"欢亦戏应道："起义原无止境，但虑如此老翁，不可再遇！"元忠道："正为此老翁不可多得，所以不去。"说着，起座捋欢须，大笑不已。欢亦知他意诚，殷勤款待。元忠复坐下酣饮，直至夜静更阑，方才罢席。一住数日，大宴小宴，几不胜计，乃迎欢女至洛阳，诹吉行册后礼。仪文隆备，龙凤呈祥，不消细说。

小子因魏乱迭起，梁尚太平，所以连叙魏事，几把梁朝情事，搁起不提。此处不得不将梁廷要事，约略叙入。（却是要紧。）

梁主衍篡齐据国，已过了三十年，改元约有数次。天监十九年，改元普通；普通八年，改元大通；大通二年，又改元为中大通。中大通元年以前，事已略见上文，就是图洛纳颢，攻败垂成。陈庆之狼狈奔还，也是中大通元年事。（见四十八回。）陈庆之为南朝骁将，败归后不闻加谴，仍得任右卫将军。平时尝语散骑常侍朱异道："我前谓大江以北，必无异人，那知到了洛阳，衣冠文物，几非江东可及，才知北朝实未可轻图呢！"异正以经术邀宠，入参机密，（梁祸始自朱异，故特别提出。）即闻庆之言论，便即转告梁主，梁主乃稍戢雄心，不复北略。

是年冬季，妖贼僧强，起乱北徐州，自称天子。土豪蔡伯龙纠众响应，竟将北徐州城占去。还亏庆之出镇北兖州，就近讨贼，擒斩僧强、蔡伯龙，克日肃清。先是庆之在洛，曾与萧赞通书，劝令回国。赞即梁主次子豫章王综，（见四十六回。）降魏后得任职司徒，且尚魏主子攸姊寿阳公主。时方出镇齐州，故庆之致书相劝，赞复答庆之，颇愿南归。嗣因庆之奔归，遂不果行。及尔朱发难，齐州归附尔朱兆，赞走死阳平。梁人窃赞柩归南，梁主衍尚葬以子礼。不意假子去世，真子也接踵而亡。而且还是一位贤明仁孝的储君，竟致不禄，害得梁主衍晚年哭子，几乎丧明。

梁主长子名统，即位初年，便立为太子。（见前文。）统幼年聪睿，三岁受《孝经》《论语》，五岁能遍诵五经，十余岁尽通经义。又善评诗文，每出游宴，祖道赋诗，动辄数十韵，随口吟成，不劳思索。天监十四年，始行冠礼，梁主使省录朝政，辨析诈谬，秋毫必睹，但徐令改正，未尝纠弹一人。平断刑狱，往往全宥，士民交称为仁慈，更且宽和容众，喜怒不形，好引才俊，不蓄声伎。每遇淫雨积雪，必遣左右巡行闾巷，赈济贫寒。平居在东宫坐起，面常西向，不敢乱尊。入朝必在五鼓以前，守待殿外，毫无倦容。至普通七年，生母丁贵嫔有疾，亟入宫侍奉，夜不解带。贵嫔薨逝，水浆不入口，腰带十围，减削过半。梁主屡遣使戒谕，劝进饮食，统稍食饘粥，日止数合，不尝兼味。至葬后始进麦粥一升。惟贵嫔葬后，有一道士操堪舆术，谓将来不利长子，宜预先厌禳，乃为蜡鹅及诸物，埋藏墓侧。

宫监鲍邈之，初得太子亲信，后忽见疏，进密白梁主，谓太子有厌祷事。梁主遣人发掘，果得鹅物，免不得惊疑交集，便欲付有司穷治。幸经右光禄大夫徐勉固谏，乃止诛道士，不问太子。（道士欲为太子厌祷，何不先自禳灾，乃致轻生若此！）太子虽幸得无事，但终身引为渐恨，闷闷不乐。到了中大通三年，竟生就一种绝症，病不能兴。惟尚恐乃父增忧，奉敕慰问，尚力疾书启，不假人手。既而疾笃，左右欲入白梁主，尚摇手戒止道："奈何使至尊知我如此！"（是仅得谓之小孝。）未几即殁，年才三十一。梁主亲幸东宫，临哭尽哀，殓用衮冕，谥曰昭明。司徒左长史王筠，奉敕为哀册文，词甚悱恻，由小子节录如下：

式载明两，实惟少阳，既称上嗣，且曰元良。仪天比峻，俪景腾光，奉祀延福，守器传芳。睿哲应期，旦暮斯在，外弘庄肃，内含和恺。识洞机深，量苞瀛海，立德不器，至功弗宰。宽绰居心，温恭成性，循时孝友，率由严敬。咸有种德，惠和齐圣，三善递宣，万国同庆。轩纬掩精，阴羲弛极，缠哀在疚，殷忧衔恤。孺泣无时，蔬馆不溢，禫遵逾月，哀号未毕。实惟监抚，亦嗣郊禋，问安肃肃，视膳恂恂。金华玉藻，玄驷班轮，隆家干国，主祭安民。光奉成务，万机是理，矜慎庶狱，勤恤关市。诚存隐恻，容无愠喜，殷勤博施，绸缪恩纪，爰初敬业，离经断句。奠爵崇师，卑躬待傅，宁资导习，匪劳审谕，博约是司，时敏斯务。辨究空微，思探几赜，驰神图纬，研精爻画。沉吟典礼，优游方册，餍饫膏腴，含咀肴核。括囊流略，包举艺文，遍该湘素，殚极邱坟，卷帙充积，儒墨区分，瞻河阐训，望鲁扬芬。吟咏性灵，岂惟薄技！属词婉约，缘情绮靡。字无点窜，笔不停纸，壮思泉流，清章云委。总览时才，网罗英茂，学穷优洽，辞归繁富，或擅谈丛，或称文囿。四友推德，七子惭秀。望苑招贤，华池爱客，托乘同舟，连舆接席。摛文掞藻，飞觞泛醳，恩隆置醴，赏逾赐璧。徽风遐被，盛业日新，神器非重，德輶易遵。泽流兆庶，福降百神，四方慕义，天下归仁。云物告征，祲渗褰象，星埋恒耀，山颓朽坏。灵仪上宾，德音长往，具僚无荫，咨承安仰。呜呼哀哉！皇情悼愍，切心缠痛，胤嗣长号，跗萼增恸。慕结亲游，悲动氓众，忧若殄邦，惧同折栋。呜呼哀哉！首夏司开，麦秋纪节，容卫徒警，菁华委绝。书幌空张，谈筵罢设，虚馈餍餍，孤灯翳翳。呜呼哀哉！简辰请日，筮合龟贞，幽埏夙启，玄宫献成。式校齐列，文物增明，昔游漳滏，宾从无声，今归郊郭，徒御相惊。呜呼哀哉！背绛阙以远徂，辚青门而徐转，指驰道而讵前，望国都而不践。陵修阪之威夷，溯平原于之幽缅，骥蹀足以酸嘶，挽凄怆而流泫。呜呼哀哉！混哀音于箫籁，变愁容于天日，虽夏木之森阴，返寒林之萧瑟。既将反而复疑，如有求而遂失，谓天地其无心，遽永潜于容质。呜呼哀哉！即玄宫之冥漠，安神寝之清闷，传声华于懋典，观德业于徽谥。悬忠贞于日月，播鸿名于天地，惟小臣之纪言，实含毫而无愧。呜呼哀哉！

自昭明太子薨逝，朝野惋愕，京师士女，奔走宫门，号泣满路。就是四方氓庶，亦闻讣含哀。梁朝有些贤储贰，偏不永年，这也未始非关系气数哩。太子遗有文集二十卷，古今典诰文言正序十卷，文章英华二十卷，文选三十卷，传诵后世，推为词宗。太子有数男，长男名欢，已封华容公，梁主欲立为太孙，历久未决。嗣竟立第三子晋王纲为太子，时议多以未顺。侍郎周宏正尝为纲主簿，上笺谏纲，劝纲为宋目夷、曹子臧。（俱春秋列国时人。）纲不能从。（孰不乐为嗣君？无怪萧纲。）已而梁主因人言未息，特进封欢为豫章王，欢弟誉为河东王，誉弟詧为岳阳王，这且待后再表。

且就魏主修既纳欢女为后，欢权势益隆，仿佛当年尔朱荣。斛斯椿在都辅政，受职侍中，本来是有意图欢，至是与南阳王宝炬、将军元毗、王思政等，屡加谗构，劝魏主预先戒备。中书舍人元士弼，又劾欢受诏不敬，魏主惩尔朱覆辙，也觉动疑，遂用斛斯椿计，添置内都督部曲，约数百员，统由四方骁勇，募集充选。一面密结关西大行台贺拔岳，倚为外援。又封贺拔胜为荆州刺史，佯示疏忌，实建屏藩。

时高乾已入任侍中，兼官司空，因父丧解职，不预朝政。魏主修欲引为己用，尝召乾入华林园，特别赐宴。宴罢与语道："司空累世忠良，今日复建殊勋，虽与朕名为君臣，义同兄弟，愿申立盟约，历久不渝！"乾莫明其妙，但答言道："臣以身许国，何敢有贰！"魏主修定欲与盟，乾不便固辞，共申盟约，当时亦未尝报欢。嗣闻元士弼、王思政等，往来关西，情迹可疑，乃致书晋阳，密陈时事。欢得书后，即召乾至并州，面谈一切。乾因劝欢逼魏禅位，欢用袖掩乾口道："幸勿妄言！今当令司空复为侍中便了！"（欢此时尚无歹意。）乾辞欢回洛，欢为乾表，请许乾复任，魏主不允。

乾知祸变将作，自愿外调，再作书告欢，乞代求徐州刺史。欢再为陈请，魏主乃授乾为骠骑将军，出刺徐州。乾尚未发，魏主闻乾漏泄机密，即传诏与欢道：“乾邕（即高乾子）与朕私有盟约，今乃反复两端，令人不解！”欢未闻乾谈及盟事，也疑乾暗中播弄，离间君臣，遂将乾前时密书，遣使呈入。魏主便召乾对责，乾勃然道：“陛下自有异图，乃斥臣为反复，欲加臣罪，何患无辞！臣死有知，尚幸无负庄帝！”魏主竟敕令赐死，又遥敕东徐州刺史潘绍业，往杀乾弟敖曹。敖曹方镇守冀州，闻乾死耗，急遣壮士伏住要路，得将绍业拘住，搜出诏敕，遂率十余骑奔晋阳。欢抱敖曹首大哭道：“天子枉害司空，可悲可叹！”（汝亦未尝无功。）乃留敖曹居幕下，优待如初。敖曹次兄仲密，方为光州刺史，亦由间道奔晋阳。

仲密名慎，因字著名，就是敖曹本名，也只是一昂字。高氏兄弟三人，惟仲密颇通文史。乾与敖曹，素来好勇，敖曹尤为粗悍，少就外傅，便不遵师训，专事驰骋。尝言：“男儿当横行天下，自取富贵；若徒端坐读书，做一个老博士，有何益处！”乃父次同道：“此儿不灭吾族，当光大吾门。”嗣与兄乾四出劫掠，骚扰闾里。乾求博陵崔圣念女为妻，崔氏因乾强暴无行，当然不许。敖曹即引乾往劫，硬将崔女牵回，置诸村外，且促乾道：“何不行礼？”乾遂胁崔女交拜，野合而归。（实是强盗出身。）既而乾颇改行，且系前中书令高允族侄，因得入仕。

欢自乾被戳后，才知为魏主所卖，悔恨交生，乃与魏主有隙。魏主修方信任贺拔岳，屡遣心腹入关，嘱令谋欢。岳尝使行台郎冯景往晋阳，欢与景设盟，约与岳为兄弟。景归语岳，谓欢奸诈有余，不宜轻信。府司马宇文泰，自请至晋阳侦欢。欢见泰状貌非常，欲留为己用，（惺惺惜惺惺。）泰固求复命，欢乃遣还。泰料欢必后悔，兼程西行，驰抵关前，后面果有急足追至，他亟纵辔入关，关内守卒如林，那追来的晋阳急骑，只好回马自去。

泰入语岳道：“高欢已欲篡魏，所惮惟公兄弟，侯莫陈悦等皆非所虑。公但先时密备，图欢不难。今费乜头（代北别部，后遂为姓。）骑士，不下万人；夏州刺史斛拔弥俄突，有胜兵三千余名；灵州刺史曹泥、河西流民纥豆陵伊利，各拥部众，未有所属。公若移军近陇，威爱两施，即可收缉数部，作为爪牙。又西抚氐、羌，北控沙塞，还军长安，匡辅魏室，一高欢不足畏了！”岳闻言大喜，遂遣泰往诣洛阳，密陈情状。魏主面加泰为武卫将军，仍令返报如约。寻即授岳都督雍、华等二十州军事，兼雍州刺史，并割心前血赐岳。岳因西出平凉，借牧马为名，招抚各部。斛拔弥俄突、纥豆陵伊利，及费乜头、万俟受洛干、铁勒斛律沙门等，相继归附，惟曹泥不服。

众推宇文泰出镇夏州。岳沉吟道：“宇文左丞，乃我左右手，怎可遣往！”继思此外乏才，乃表请用泰为夏州刺史。魏廷自然依议。泰奉敕赴夏州。

这消息传到晋阳，高欢即遣长史侯景，劝谕纥豆陵伊利，伊利不从。欢得景归报，即引兵袭击伊利，把他擒归。魏主闻信，驰诏责欢道：“伊利不侵不叛，为国纯臣，王无端袭取，且未尝预报朝廷，究出何意？”欢含糊答复。惟力图贺拔岳，且恐秦州刺史侯莫陈悦，与岳连合，更觉可忧。右丞翟嵩入请道：“何不用反间计？嵩愿为王效力，管教他自相屠灭呢。”欢改忧为喜，立遣嵩赴秦州，凭着三寸利舌，一说便妥。嵩驰还晋阳，报知高欢，安坐观变。

贺拔岳因曹泥不服，正拟往讨，特使都督赵忠至夏州，商决行止。泰说道：“曹泥孤城远阻，未足为忧；侯莫陈悦，贪诈无信，不可不防！”那知岳误会泰言，反邀悦会师高平，一同讨泥。悦欣然前来，与岳叙宴，两下里很似投契，实是一真一假，心志不同。悦且愿作前驱，先至河曲立营，俟岳引兵继进，便邀他入帐，坐议军事。谈论未毕，悦伪称腹痛，托辞如厕，岳毫不觉察。忽有一人趋至岳后，拔刀斫岳，那砉的一声，岳已身首分离，倒毙座下。看官欲知何人下手？乃是悦婿元洪景。

洪景既将岳杀毙，复出谕岳众，只说是奉旨诛岳，不及他人。岳众尚无异言，悦却未敢招纳，自率部众还水洛城。岳尸被悦取去，由赵贵诣悦请尸，方许收葬。岳众散走平凉，未得统帅，赵贵道：“宇文夏州，英略盖世，远近归心，若迎为军帅，无不济事了！”都督杜朔周应声赞成，遂由朔周驰至夏州，请泰还统岳军。泰与将佐共议去留，大中大夫韩褒倡言道："这乃天授，何必多疑！"泰点首道："我意也是这般。悦既敢害我元帅，不乘势直据平凉，反退屯水洛，可知他无能为了。天下事难得易失，我当速往！"（开口便胜悦一筹。）当下与诸将共盟讨悦。察得都督元进，阴怀异谋，便叱出斩首。立率帐下轻骑，驰赴平凉，收集岳众，为岳举哀。将士悲喜交集，无不如命。小子有诗咏道：

一波未了一波生，大陆龙蛇竞战争；
优胜无非由劣败，枭雄多向乱邦鸣！

泰至平凉，便拟为岳复仇。欲知发兵情形，待至下回再表。

于魏事杂沓间，忽插入梁太子病殁事，非为时序起见，实因太子贤孝，不得不特别表明，阐扬潜德耳。录入王筠哀文，亦本此意。否则储君之殁亦多矣，作者尝随事带叙，固非皆另成片段也。高欢之恃宠怙权，固失臣道，然衅隙之生，始之者为斛斯椿，成之者实魏主修。贺拔岳之死，亦半由魏主致之。侯莫陈悦，一庸才耳，而岳且死于其手，岳不能拒悦，亦安能敌欢耶！魏主修之联岳拒欢，亦徒促其死已耳，吾于魏主修无讥焉。

第五十三回　违君命晋阳兴甲　谒行在关右迎銮

却说宇文泰到了平凉，一经招抚，众心已定，即令杜朔周引兵据弹筝峡。朔周沿途宣抚，士民悦附，泰得加器重，令复本姓，改名为达。原来朔周旧姓赫连，曾祖库多汗避难改姓，至是乃仍得复原。高欢闻贺拔岳已死，亟令侯景往抚岳众，偏被宇文泰走了先着。行至安定，两下相遇，泰语景道："贺拔公虽死，宇文泰犹存，卿来此何为？"景失色道："我身似箭，随人所射！"泰乃遣还。及泰至平凉，欢复使劳泰，并令散骑常侍张华原、义宁太守王基偕行。泰不肯受命，且欲劫留华原。华原不屈，乃俱使还晋阳。王基归见高欢，请速出兵击泰，欢笑道："卿不见贺拔、侯莫陈悦么？我自有计除他。"（太轻觑宇文了。）

魏主正遣将军元毗收还贺拔岳部军，并召侯莫陈悦，悦不肯应召。泰与元毗相见，请朝廷暂留岳众，即托毗赍还表文。略谓臣岳惨遭非命，臣泰为众所推，权掌军事。今高欢已驱众至河东，侯莫陈悦尚屯水洛，岳众多是西人，顾恋乡邑，且必欲逼令赴阙，恐欢与悦前后邀击，势且立尽，不如少赐停缓，徐令东行。（巧言如簧。）魏主乃命泰为大都督，使统岳兵，并遣卫将军李虎，西行佐泰。虎本在贺拔岳麾下，岳死，乃奔诣荆州，至贺拔胜处告哀，劝胜往收岳众。胜不肯行，虎还至阌乡，为高欢部将所获，解送洛阳，魏主反拜为卫将军，使往就泰。泰与虎叙谈，已知朝廷意向，乃贻侯莫陈悦书，内言贺拔公为国立功，尝荐君为陇右行台，君背德负盟，反党附国贼，共危社稷，岂非大谬！今我与君俱受诏还阙，进退惟君是视。君若下陇东趋，我亦自北道还朝；倘或首鼠两端，我即为贺拔公复仇，指日相见云云。

悦置诸不理，泰即进拔原州，留兄子导居守，自引兵上陇，秋毫无犯，百姓大悦。出木峡关，时适春季，北道尚寒，雪深二尺。泰引军速进，为悦所闻，但留万人守水洛，自己退守略阳。泰至水洛，守兵即降。再趋略阳，悦又退保上邽，召南秦州刺史李弼，与同拒泰。弼本悦妻妹夫，曾致书与悦道："贺拔无罪，公乃加害，又不抚纳遗众。今宇文夏州前来，声言为主复仇，理直气壮，恐不可敌。公宜解兵谢过，否则难免噬脐！"晚不肯从。乃弼至上邽，料知悦必败亡，便遣人诣泰，愿为内应。（谏悦不从，便即图悦，亦未免对不住姨夫。）泰依约逼城，弼即开门迎泰。悦惊窜南山，欲往灵州依曹泥，偏泰将贺拔颖率军追来。悦手下不过数十骑，如何抵敌，没奈何投缳毕命。

泰入上邽，收悦府库财物，尽犒士卒，不取纤毫。左右窃一银瓮，由泰察出，立即加罪，命将银瓮剖赐将士。（无非笼络人心。）即命李弼镇原州，部将拔也恶蚝镇南秦州，可朱浑道元镇渭州，赵贵行秦州事，征幽、泾、岐、东、秦各州粟米，赡给军糈。氐酋杨绍先，前已逃归武兴，仍然称王，闻泰并有关中，忙上表称藩，且送妻孥为质。高欢闻泰军甚盛，复用甘言厚币，向泰结欢，泰仍然拒绝，且封欢书上达魏主，一面使雍州刺史梁御，入据长安。魏主封泰为关西大都督，略阳县公，承制封拜。泰因命督寇洛为泾州刺史，调李弼为泰州刺史，起前略阳太守张献，为南岐州刺史，练兵储粟，东向图欢。

从前欢入洛阳，曾留封隆之、孙腾在朝辅政，隆之为侍中，腾为仆射。适魏主妹平原公主，丧夫守寡，颇有姿色，腾与隆之并皆丧妻，争欲娶公主为继室，魏主令妹自择，平原公主愿适隆之，乃许隆之尚主。（想是隆之年轻貌秀。）腾且妒且忿，屡思中伤。可巧隆之有密书致欢，谓斛斯椿等擅权，必构乱祸。欢未知隆之与腾有隙，尝与腾书，述及隆之关白，请并防斛斯椿。腾正欲加害隆之，竟向椿告发，椿即转白魏主。隆之闻密书被泄，恐不免祸，逃归乡里。（公主曾带去否？）欢召隆之诣晋阳。嗣腾带仗入省，擅杀御史，亦惧罪奔欢。

欢使大都督邸珍，潜至徐州，胁逼守吏华山王鸷缴出管钥。魏主亦将欢党建州刺史韩贤、济州刺史蔡俊，免去官职，作为报复。又增置勋府庶子骑官，各数百人，欲伐晋阳。因即下诏戒严，佯称将南下征梁，大发河南诸州兵，与斛斯椿出阅洛水，部署戎行。

越日颁诏晋阳，令欢守密，内言：宇文泰、贺拔胜等，颇有异志，所以朕托辞南伐，潜为防备，王亦宜共为声援，此诏读讫，请付丙丁等语。欢亦复泰云：闻荆、雍将有逆谋，臣今潜勒兵马三万，自河东渡往，又遣恒州刺史库狄干等，统兵四万，自来达津出发；领军将军娄昭等，率兵五万，南讨荆州；冀州刺史慰景，将山东兵七万，突骑五万，东讨江左，现皆部勒成军，伏听处分等语。

魏主览奏，料欢已猜透秘谋，乃再行颁敕，谕止欢军。欢复上表云："臣为嬖佞所间，致动主疑，若臣果负陛下，使身受天殃，子孙殄绝。陛下能垂信赤心，愿赐酌量，亟废黜佞臣一二人！"魏主不答，但遣大都督源子恭守阳湖，汝阳王元暹守石济，又令仪同三司贾显智为济州刺史，率豫州刺史斛斯元寿等赴镇。元寿为斛斯椿弟，与贾同往，是恐他为欢所诱，特加监束的意思。偏前刺史蔡俊不肯受代，拒绝显智。显智逗留长寿津，据实奏闻。魏主愈怒，乃使中书舍人温子升撰敕赐欢，大略说是：

朕不劳尺寸，坐为天子，所谓生我者父母，贵我者高王，今若相安无事，则使身及子孙，宜如王誓。近虑宇文为乱，贺拔应之，故京邑戒严，并欲王遥为声援。今观其所为，尚无异迹。东南不宾，为日已久，我国乱离甫定，不堪再事穷兵。朕本暗昧，不知佞人为谁？高乾之死，岂独朕意！王忽对昂言乾枉死，且闻库狄干语王云：本欲取懦弱者为主，无庸立此长君，使其不可驾驭，今但作十五日行，自可废之。此论出自王间勋人，岂属佞人之口？且封隆之、孙腾，逋逃晋阳，王若事君尽诚，何不斩送二首？王虽启云西去，而四道俱进，南渡洛阳，东临江左，闻者宁能不疑？王若举旗南指，纵无马匹只轮，犹欲奋空拳而争死，纵令还为王杀，幽辱齑粉，了无遗憾！本望君臣一体，若合符契，不图今日分疏至此，言之增怅，惟王图之！

敕书颁去，欢亦不答。（一报还一报。）中军将军王思政，入白魏主道："高欢心术，昭然可知。洛阳非用武地，不如往就宇文泰，再复旧京，无虑不胜！"（欢不可恃，岂泰果可恃乎？）魏主因遣柳庆西往，与泰陈述上旨，泰愿奉迎车驾，遣庆复命。

会东郡太守裴侠，应征诣洛，王思政与商西巡事宜，侠答道："宇文泰雄踞秦关，所谓已操戈矛，怎肯轻授人柄？今车驾往投，恐也似避汤入火呢？"（言之有理。）思政道："如君言，今将何往？"侠皱眉道："东出图欢，祸在眉睫，西巡依泰，患在将来，且至关右，再作良图。"（暂济眉急，也是无策。）思政也以为然，乃荐侠为中郎将。

魏主意欲西行，尚未决议，忽闻高欢派遣骑兵，出屯建兴，并添河东及济州兵，拥诸和籴粟入邺城，将逼魏主迁邺。魏主益觉惊惶，复颁敕谕欢道：

王若厌伏人情，杜绝物议，惟有归河东之兵，罢建兴不戍，送相州之粟，追济州之军，使蔡俊受代，邸珍出徐，止戈散马，各事家业；脱须粮廪，别遣转输，则谗人结舌，疑悔不生，王可高枕太原，朕亦垂拱京洛矣。王若马首南向，问鼎轻重，朕虽不武，为宗庙社稷计，欲止不能。决在于王，非朕能定，为山止篑，甚为王惜之！

看官，试想这时候的高大丞相，已与魏主修势不两立，怎肯降心受诏，如敕施行！当下作书答复，极陈斛斯椿、宇文泰罪状，谓将代主除奸。魏主亦下敕罪欢，命宇文泰为关西大行台，且愿将爱妹妻泰，令泰遣骑奉迎。一面敕贺拔胜引兵入洛，同敌高欢。

欢已召弟定州刺史高琛守晋阳，长史崔暹为辅，自引大军南向，用高敖曹为先锋，星夜前进，声言率兵赴阙，但诛斛斯椿，不及他人。宇文泰亦传檄讨欢，自将大军屯高平，命前队出驻弘农。（两虎争雄，俱由斛斯椿一人所致。）独贺拔胜出屯汝水，作壁上观。（此子惟狡猾一事，尚算胜人。）魏主也下诏亲征，督军十万至河桥，令斛斯椿为前驱，列营北邙山。

椿请率精骑二千，乘夜渡河，掩欢不备，魏主称善。偏黄门侍郎杨宽进言道："高欢不臣，人所共知，斛斯椿心亦难测，若渡河有功，恐灭一高欢，又生一高欢了。"魏主即命椿停行。（当信不信，不当信而信，安得不败！）椿叹道："近日荧惑入南斗，天象告警，令上信左右谗间，不用我计，这真所谓天道了！"遂驰书报泰。泰亦顾语僚佐道："高欢远道急驰，数日行八九百里，这是兵家所忌，正当出奇掩击，主上不能渡河决战，但知沿河据守，试想黄河万里，防不胜防，一处疏虞，令彼得渡，大事去了！"说着，亟命赵贵自蒲坂渡河，直趋并州；又遣都督李贤率轻骑千名，往洛扈驾。

魏主使斛斯椿守虎牢，令行台长孙稚、大都督元斌之为副，行台长孙子彦守陕州，贾显智、斛斯元寿守滑台，总道是扼要居守，欢军不能飞渡。那知才阅两日，滑台军司元玄驰至河桥，报称显智怯退，速请济师。魏主亟遣大都督侯几绍赴援。未几又接到警报，绍已阵亡，显智降欢，欢已从滑台渡河了。魏主当然着忙，急向群臣问计，或请奔梁，（呆话。）或请南依贺拔胜，（也靠不住。）或请西就关中，（下策。）或请守洛口死战，（不能。）纷纷聚讼，镇日不决。忽见元斌之踉跄奔还，喘声报告道："高欢来了！"吓得魏主修不知所措，匆匆还洛。但挈妃主数人，及从妹明月西奔。（不及高后，隐伏下文。）

南阳王宝炬、清河王亶、广阳王湛，扈跸随行，沙门惠臻，负玺持千牛刀相从。途次遣人至虎牢，飞召椿还。椿及长孙稚，方与欢将窦泰相持，闻召却归，奔至瀍西，得见魏主，方知为元斌之所卖。斌之与椿争权，潜归绐主，诡言高欢已至，以至魏主骇奔。椿益加叹息，只好随主西行。椿弟元寿，因滑台失守，已为乱军所杀。长孙稚在虎牢独力难支，也即奔赴行在。就是长孙子彦，闻滑台、虎牢均已失败，也弃陕西走。子彦即长孙稚冢男，长孙父子，尚得重逢，斛斯兄弟，不能再见，这也是有幸有不幸呢！（百忙中有些骈句，亦可谓好整以暇。）

清河王亶、广阳王湛，竟从半途逃归，仍还洛阳。惟武卫将军独孤信，却单骑追及魏主，奉驾西进。魏主叹道："将军辞父母，抛妻孥，竟来从朕。古人有言：世乱识忠臣，朕始知非虚语了！"（比诸清河、广阳两王，应该优奖。）嗣是西向奔驰，途次糗浆乏绝，惟饮涧水。到了湖城，有村民献上麦饭壶浆，聊解饥渴，魏主命免该村徭役十年。再行至崤西，方与泰所遣李贤相遇，奉驾同归。及入潼关，大都督毛鸿宾迎献酒食，从行各员才得一饱了。

高欢长驱入洛，使娄昭、高敖曹等往追魏主，不及乃还。欢乃召集百官，启口诘问道："为臣奉主，理应匡救危乱，若处不谏诤，出不陪从，无事时希宠徼荣，有事时委主逃窜，臣节何在？请诸君自陈！"（你好算得尽臣节么？）众莫敢对，独尚书左仆射辛雄道："主上与近臣图事，雄等不得预闻。及乘舆西幸，若即追往，恐迹同佞党，所以留待大王，今又以不从蒙责，是转使雄等进退俱无从逃罪了。"（未免遁辞。）欢叱道："卿等备位大臣，理应尽忠报国，群佞用事，卿等曾有一言谏诤么？国事至此，罪将何归？"说至此，即指示左右，拿下辛雄，及仪同三司叱列延庆，兼吏部尚书崔孝芬、都官尚书刘廞、兼度支尚书杨机、散骑常侍元士弼，一并处死。（曾自记前言否？）推司徒清河王亶为大司马，承制决事，居尚书省。孝芬子中郎猷，出避家难，间道入关。

宇文泰使赵贵、梁御，引兵二千，出迎魏主。魏主循河西上，与赵、梁二人相遇，指河示御道："此水东流，朕乃西上，若得复见洛阳，亲谒陵庙，统是卿等的功劳哩！"言已涕下。（莫非自取。）泰备仪卫接驾，行至东阳驿，得见魏主，免冠伏谒道："臣不能式遏寇虐，使乘舆播迁，实为有罪！"魏主忙亲为扶起，且慰劳道："朕实不德，负乘致寇，今日相见，自觉厚颜，此后以社稷委卿，愿卿勉力！"

泰山呼万岁，方才起身。将士等亦呼万岁。随即导魏主修入长安，即以雍州廨舍为行宫，颁诏大赦。进泰为大将军雍州刺史，兼尚书令，取决军国大事。又命行台尚书毛遐、周惠达为左右尚书，分掌机要。二尚书戮力办公，积粮储，治器械，简士马，利赖一时。魏主即将爱妹冯翊长公主，嫁泰为妻，借践旧约。公主曾适开府张欢，欢性贪残，遇主无礼，魏主将欢杀死，因把公主改嫁与泰。后来生子名觉，就是北周的孝闵帝，这且待后再表。

先是荧惑入南斗，去而复还，留止六旬，江南北有童谣云："荧惑入南斗，天子下殿走。"梁主衍恐灾及己身，特跣足下殿，为禳灾计。乃闻魏主西奔，不禁赧颜道："北虏亦应天象么？"当时传为笑柄。（不知修德禳灾，乃徒跣足下殿，岂非丑态！）

自魏主入关，贺拔胜尚在汝南，未决进止。从前胜出发时，掾吏卢柔曾进三策，上策是席卷赴都，仗义讨欢，中策是拒欢联泰，观衅乃动，下策是举州归梁，苟全性命，胜俱不用。至欢已入洛，胜再与僚佐会议，意在南归，行台左丞崔士廉进议道："今帝室颠覆，主上蒙尘，公宜倍道兼行，往朝行在，然后与宇文行台，同心戮力，倡举大义，天下闻风，自当响应；若舍此遽还，恐人人懈体，一失事机，悔无及了！"胜乃使长史元颖行荆州事，居守南阳，自率部众西进。

行次淅阳，探得前途消息，高欢已攻克潼关，擒住守将毛鸿宾，进屯华阴。当下毛骨森竖，踉跄奔回。那知欢已遣行台侯景等攻荆州，荆民邓诞，袭执元颖，送往侯景，害得胜无路可归，不得不与侯景争锋。偏偏众情涣散，各无斗志，一遇景军，便即弃甲曳兵，四处奔窜。胜无计可施，只得依了当日卢柔的下策，奔往梁朝。（其名曰胜，实则善败。）

侯景驰入荆州，向欢告捷。欢自晋阳至洛，由洛至华阴，连上四十启，奏达魏主，不得一答，乃拟另立新主。返至洛阳，再遣使奉表魏主云："陛下若远赐一诏，许还京洛，臣当率领文武，清宫以待；若返正无日，宗社不能无主，臣宁负陛下，不负社稷"等语。魏主仍然不报，欢乃召集百僚耆老，议立新君。

清河王亶，已视帝座为己有，出入警跸。偏大众开议，由欢首倡，谓嗣主应继承明帝，不应昭穆失序，因语亶道："今欲立王，不如立王的世子，较为顺次。"语未说完，但听得在座诸人，同声赞成，亶只好俯首趋出，由愧生愤，由愤生忧，竟尔轻骑南奔。（子得为帝，便是大喜，何必狂奔如此？）欢遣人追还，遂于永熙三年孟冬，立清河王世子善见为帝，年才十一。改永熙三年为天平元年。于是魏分为二，高氏所立为魏主，史家称为东魏；宇文氏所奉的魏主，便叫作西魏了。小子有诗叹道：

世乱都从主暗来，江山分裂魏风颓，

北方从此无宁宇，虎斗龙争剧可哀！

魏既分裂，东西并峙，成为敌国，高欢遂定议迁都。究竟迁往何处，下回再当说明。

尔朱氏亡而高欢兴，高欢兴而宇文泰又起，一雄得势，而一雄继之，要之皆乱世之雄，欲其乃心魏室，始终不谕，是责莽懿为伊周，固世所罕有事也。但魏主修之得立为帝，实出高欢，欢虽雄鸷，而出镇晋阳，纳女为后，君臣之间初无芥蒂，魏主修乃误信斛斯椿言，始倚贺拔岳，继依宇文泰，卒至激成欢怒，引兵向洛。斛斯椿乘夜渡河之计，又复不从，前何信椿，后何疑椿！愚而多疑，安能处变，有徒为二雄之傀儡已耳！天下本无事，庸人自扰之，此二语实可为魏主修之定评。

第五十四回　饮宫中魏主遭鸩毒　陷泽畔窦泰死战场

却说高欢还洛，另立新君善见。善见尚在冲年，当然不能亲政，一切黜陟大权，全握欢手。欢请授赵郡王谌为大司马，咸阳王坦为太尉，仪同三司高盛为司徒，高敖曹为司空，以下文武百官，各有定职，规模粗具，再议西侵。忽闻宇文泰进攻潼关，杀毙守将薛瑜，虏去戍卒七千人，欢不禁彷徨，遂把迁都的计议，重复提起，即欲实行。当下入朝申谕，谓洛阳西逼关中，南近梁境，在在可虞，不如迁邺为是。嗣主善见，有何主意，王公大臣等，势难与抗，只得依议迁都。欢只限期三日，即奉驾启程，四十万户，狼狈就道，百官无从备马，多半乘驴东行。至车驾已到邺中，留仆射司马子如、高隆之，侍中高岳、孙腾，在邺辅政，改相州刺史为司州牧，魏郡太守为魏尹，司州改作洛州，命尚书令元弼为洛州刺史，镇守洛阳，欢仍还原镇。当时有童谣云："可怜青雀子，飞去邺城里，羽翮垂欲成，化作鹦鹉子。"时人指青雀为清河王，鹦鹉为高欢，这也无庸评断了。（洛阳遂为战争地。）

且说魏主修在洛阳时，性颇渔色，有从姊三人，不准他适，留侍宫中。最爱宠的就是明月，本与南阳王宝炬同产，受封平原公主；次为清河王亶妹，亦封安德公主；还有一个名叫蒺藜，史家未详为何儿女，也照例封为公主。这三公主留居宫掖，公然与魏主相奸，差不多与妃嫔相似，所以高欢女虽入宫为后，未蒙垂爱，绿衣黄裳，已成惯例。魏主修尝设内宴，使明月侍坐首席，诸宫人因羡生慕，即席赋诗，或咏鲍照乐府云："朱门九重门九闺，愿随明月入君怀！"魏主也不以为意，惟视明月如掌中珠，爱不忍离，就是弃洛西奔，把高皇后撇置宫中，独有明月不肯舍去，挈领入关。

宇文泰因魏主淫及从妹，渎伦伤化，暗令元氏诸王，诱出明月，置诸死地。及魏主闻报，已是玉殒香消，不得重生。看官，试想魏主所爱，只此一人，平白地为宇文泰所害，如何不悲！如何不愤！恨不得杀泰报仇！（又弄错了。）有时弯弓，有时推案，无非注意宇文泰，泰亦心不自安。

未几已是残腊，有高车别部阿至罗，遣使入朝，魏主幸逍遥园，宴待外使，顾语侍臣道："此处仿佛华林园，使人触景生悲。"已而宴毕，命取所乘波斯骝马，驾载还宫。偏该马不受羁勒，跳跃异常，魏主命南阳王笼辔扳鞍，马亦不服，一蹶而死。魏主乃另易他马，还至宫门，马又惊跃，未肯遽进，连下鞑扑，方才驰入。近侍潘弥，颇通术数，晨间曾启奏魏主，谓今日不可不慎，防有急兵。魏主记着，还宫后语潘弥道："今日幸无他事。"弥答道："须过夜半，方称大吉。"魏主似信非信。晚餐时多饮数杯，聊解忧闷，不意过了片刻，胸腹搅痛，竟不可当，连忙卧倒床上，痛益难耐，辗转呼号，神疲力尽，未几即殁，目瞪舌伸。侍臣料是遇毒，想由宇文泰主使，不敢发言。可怜魏主修在位，不满三年，年仅二十五岁。泰命将魏主棺殓，移殡草堂佛寺中，谥曰孝武。直至十年以后，方得安葬云陵。（弑主事不问可知。）

先时已有歌谣云："狐非狐，貉非貉，焦梨狗子啮断索。"至魏主遇弑，人方谓谣言有验。魏本索发，故称为索，焦梨狗子，就指宇文泰。泰小字叫作黑獭，籍隶武川，相传为系出炎帝。远祖葛乌兔，始为鲜卑酋长。数传至普回，得一玉玺，篆文有皇帝玺三字，惊为天授。鲜卑呼天为宇，君为文，因号宇文国，并以为氏。普回子莫那，徙居辽西，九传为前燕所灭，遗胤陵由燕奔魏，遂居武川。陵曾孙名肱，肱妻王氏生泰时，有黑气如盖，下覆儿身，所以取名黑獭，非狐非貉，便是暗寓黑獭的意义。（宇文泰家世，前未叙及，故就此带过。）

泰既毒死魏主修，遂率王公大臣，推立南阳王宝炬。宝炬为孝文帝孙，京兆王愉子，官拜太宰，录尚书事。宝炬循例三让，然后允诺。时已岁暮，遂于次年元旦，即位长安，大赦改年，纪元大统。追尊皇考愉为文景皇帝，皇妣杨氏为皇后。立妃乙弗氏为正宫，世子钦为太子。进宇文泰为大丞相，封安定郡公，都督中外诸军，录尚书事，斛斯椿为太保，广平王赞为司徒，广陵王欣为太傅，万俟寿乐干为司空。遣都督独孤信，招抚荆州，东魏令恒农太守田八能，候途邀击，为信所败。信直抵荆州，复击破东魏刺史辛纂，纂败遁入城，门未及阖，被信前驱杨忠，追入斩纂，遂据荆州。既而东魏复遣侯景、高敖曹等，攻荆州城，信因众寡不敌，复与杨忠奔梁，荆州又入东魏。

会渭州刺史可朱浑道元，潜与欢通，率部众三千户，奔往晋阳。高欢始闻魏主修遇弑事，因启请素服举哀。太学博士潘崇和，谓君以无礼待臣，不必素服，商民不哭桀，周臣不服纣，便是此意。国子博士卫既隆、李同轨等，但主张高后守制，谓高后未绝永熙，应为服素，东魏主乃命依议。

高后尚在青年，不耐守寡，勉强为故主素服，暗中却另思择配。适彭城王韶为司州牧，温文尔雅，年貌翩翩，（韶为彭城王劭子，见四十八回。）被高后瞧入眼波，惹动情思，屡与乃父谈及。高欢爱女情深，料她有意求合，遂召入彭城王韶，愿将嫠女嫁与为妃。韶见高家势盛，乐得借此攀援，遂满口称谢。欢遂令嫠女改服盛装，配韶为妇，并将洛阳宫中的珍宝，赠作嫁妆奁。就中有珍器二具，最称奇美，一是成对的玉钵，晶洁无瑕，雕工尤妙，用水贮入，虽经倒置，亦不渗漏；一是玛瑙榼，能容三升，凑缝中用玉嵌入，好似生成一般。相传为西域神工所制，献入魏廷，传为秘宝。余物不可胜计。韶既娶国母为妻室，复得了许多珍品，真是喜出望外，欣感莫名。那高氏女亦幸获佳偶，深慰渴念，鱼水谐欢，无容絮叙。（只是伦纪上说不过去。）

那高欢亦愈老愈淫，自载归尔朱两后后，左拥右抱，非常欢昵。大尔朱后生子名淑，小尔朱后生子名湝，俱为欢所钟爱。他如冯娘、李娘，（即五十一回之任城、城阳二王妃。）由洛阳取归，均被欢奸占为妾；还有韩娘、王娘、穆娘等，随时纳入，亦随时侍寝。王娘有子名浚，穆娘有子名淹，浚、淹未长，两母已亡。及迁都邺城，复得一广平王妃郑氏，芳名叫作大车，丰容盛鬋，妖冶绝伦，欢复据为己有，宠冠后庭。郑氏产得一男，取名为润。

东魏天平二年，欢因稽胡刘蠡升，据云阳谷，僭称皇帝，屡为边患，乃督军出征，兼程掩击，破灭蠡升，斩首而归。到了晋阳，忽得侍婢密报，说是世子高澄，与郑大车有暧昧之情事。欢因澄年才十四，未必遽敢淫烝，反斥侍婢妄言。嗣又经二婢为证，方勃然大怒，召澄入室，加杖百下，幽禁别室。澄系正妃娄氏所生，欢得发迹，半由娄氏为助，（见四十四回。）所以情好甚笃。娄氏连生六男二女，俱获长成，自欢广纳妾媵，把爱情移到美姬身上，不免与娄妃相疏。（负心汉。）偏又长子澄奸案发觉，恨子及母，竟与娄妃隔绝不通，且欲立大尔朱氏子澈为嫡嗣，将澄废黜。（何不并锢郑氏？）

澄很是焦急，忙向司马子如处求救。子如在邺辅政，得澄密书，即至晋阳谒欢。欢与子如向系旧交，无论国事家事，彼此从不讳言，而且妻妾俱得相见，不必趋避。此次子如到来，明明是为高澄母子说情，他却佯作不知，惟与欢谈论国事，直至无语可说，始请谒见娄妃。欢乃述及澄奸庶母，娄妃失察情状。子如微笑道："孽子消难，亦奸子如妾，家丑不宜外扬，只可代为掩饰！（亏得老脸说出家丑。）况娄妃是王结发妇，常把母家财物助王。王在怀朔镇时，触怒镇帅，受杖伤背，妃昼夜看护，目不交睫。后避葛贼，同走并州，沿途劳顿，日暮履穿，妃又亲燃马粪，化为制靴。此等恩义，怎可忘却！今日女嫁男婚，相安已久，更不宜为一妇人，自伤和气。况婢言亦未必可信呢！"欢答道："君言未尝无理，但事果属实，究难轻恕！"子如道："待子如鞫问情伪，再作计较。"欢即许诺。子如趋至别室，令释澄候质。澄即得见子如。尚未开口，子如便诘责道："男儿何故畏威，甘心自诬！"（好一个问官。）澄闻子如言，自然抵赖，且称三婢挟嫌诬告。子如召入数婢，厉声威吓，不令诉辩。三婢料不敢抗，统皆自缢。子如即报欢道："果系刁婢妄言，已情虚自尽了！"欢乃大悦，亟召娄妃母子进见，父子夫妻，相对泣下，嗣是和好如初。欢命设盛筵，款待子如，自起斟酒道："全我父子，皆出君力！"子如也避席称谢。这一席宴饮，自傍晚到了夜半，方才停撤，彼此散寝。次日子如辞行，欢赠子如黄金百三十斤，澄亦馈他良马五十匹，子如乐得叨惠，取金及马，驰还邺城。

澄自是不敢亲近郑大车，大车安然无恙，仍得欢宠眷，始终不衰。但如此重案，化作冰消，后庭侍姬，渐渐放纵起来。欢弟赵郡公琛，留居晋阳，总掌相府政事。他常出入帷闼，见小尔朱氏楚楚动人，竟引起邪心，随时挑逗。小尔朱氏，也爱他弱冠年华，丰神韶秀，竟伺欢外出时，邀琛入室，私与交欢。婢媪等惩着前辙，莫敢告发，一任他送暖偷香，消受温柔滋味。但天下事若要不知，除非莫为。欢本老奸巨猾，阴为伺察，稍有所闻，即设法赚他二人，果然奸夫淫妇，中了欢计。一夕正续旧欢，偏被欢破门突入，当场提出一对露水夫妻，当时怒极欲狂，即取过大杖，猛力击琛，接连数十百下，打得琛皮开肉烂，僵卧地上。再欲殴挞小尔朱氏，那小尔朱氏，早长跪膝前，凭着那一双泪眼，两道愁眉，娇滴滴的吐着珠喉，向欢乞怜，竟把欢的铁石心肠，渐渐熔化。结果是说出数语道："你欲求生，立刻离开此地，免我动手！"小尔朱氏无可奈何，只好磕头拜谢，草草整装，听欢发落。欢将她逐出灵州，置诸不齿。琛自被曳出户，因受伤甚重，延挨了一两日，便即毕命，年只二十有三。（色之害人大矣哉！）欢讣告邺中，但说是暴病身亡，东魏主善见，不得不追赐官阶，即赠琛为太尉尚书令，予谥曰贞。（贞字不知如何解法？）后来又加给太师，进爵为王。那小尔朱氏至灵州后，寂寞无依，孤苦了一两年，遇着一个范阳人卢景璋，娶为继室，竟随他过活去了。（还算幸事。）

惟东西魏已经分峙，北方各镇，东投西奔，忙个不了。关内都督赵刚，举东荆州归附西魏。宇文泰命为光禄大夫。刚劝泰召还贺拔胜等，泰甚以为是，即遣刚南下请求。刚至梁州，与刺史杜怀瑶相识，因托他移书建康。梁主衍尝优待降将，得书以后，召贺拔胜等入朝，令他自陈行止。胜等俱愿北返，梁主乃亲饯南苑，厚礼遣归。贺拔胜与独孤信、杨忠三人，同时返至长安，各得就职。泰爱忠勇，且留置帐下。胜感梁主恩礼，凡鸟兽南向，概不复射，借示报答的意思。西魏主宝炬，喜胜北还，特加隆眷，累擢胜至太师，胜乃与宇文泰部勒三军，专谋东略。时斛斯椿已死，宇文泰专政，进位柱国大将军，用李虎、元欣、李弼、独孤信、赵贵、于谨、侯莫陈崇七人为辅，进行台郎中苏绰为左丞。绰博闻强记，熟谙掌故，尝与泰终夜叙谈，娓娓不倦。泰目为奇士，一切机密，辄令参预。绰始作文案程式，朱出墨入，及计帐户籍诸法，推行一时，秩然不紊。后人多遵为定制，用备钩稽，这也好算一个吏治家了。（特别钩元。）

那东魏大丞相高欢，令世子澄入邺辅政，副以左丞崔暹。澄年方十五，用法严峻，威震中外。澄弟名洋，亦得封太原公，貌似不扬，内独明决。欢尝令诸子治理乱丝，试察智愚。诸子多脚忙手乱，不堪纷扰，洋独抽刀断丝，顾语兄弟道："乱即当斩，何必费心！"（后来狂暴，已见端倪。）欢因此儿有识，宠爱逾恒。嗣是邺城有澄，晋阳有洋，欢以为内顾无忧，尽可与西魏争衡。

适梁遣镇北将军元庆和侵入东魏，乃遣高敖曹率三万人趋项城，窦泰率三万人趋城父，侯景率三万人趋彭城，控御东南。元庆和闻报退还，侯景进陷楚州，掳去刺史桓和，且乘胜至淮上。梁都督陈庆之，发兵邀击，杀败景军，景抛弃辎重，仓皇北遁。

欢方锐图西魏，不暇南顾，遂想了一条远交近攻的计策，遣使南下，与梁修和。梁主衍亦得休便休，许与通好，敕庆之班师。于是欢调回各军，自率轻骑万人，径袭西魏夏州。沿途但食干粮，不遑火食，及抵夏州城下，正值夜半，见城上无人守御，便令军士缚稍为梯，猱升而上，顿时攻破全城，擒住刺史斛拔俄弥突，带回晋阳，并将部落五千户，悉数迁归，留都督张琼镇守。会闻灵州曹泥，为西魏将士所围，因复调兵往援，拔出曹泥，也令他徙至晋阳。可巧西魏传诏，数欢二十罪，指日东征。欢不禁大怒，亦斥宇文泰、斛斯椿为逆徒，谓当分命诸将，刻日西讨。两下里互相指斥，各说得我是人非，有道有理。欢欲先发制人，因高敖曹、窦泰等已皆北归，遂令敖曹移攻上洛，窦泰出逼潼关，自率军赴蒲坂，命筑浮桥三座，拟即渡河。

西魏大行台宇文泰，督兵出拒。进次广阳，即探悉欢军行踪，便语诸将道："贼犄我三面，浮桥待渡，这无非虚张声势，牵缀我军，使窦泰得乘虚西入呢！（欢计被泰揭破。）窦泰尝为欢前驱，屡战屡胜，必有骄心，我不如径袭窦泰，泰军一破，欢不战自走了。"将佐齐声道："舍近袭远，恐非良图；如欲往击窦泰，何不分兵前往！"泰笑语道："欢虽作桥，未能径渡，不过五日，我已可破窦泰呢。"乃扬言欲保陇右，退还长安，潜行东出。

诸将犹有异议。泰有从子名深，幼即好兵，尝叠石为营，折草为旗，与群儿布列行阵，井井有条。此时为直事郎中，屡预军谋。泰因向深问计，令他先陈意见。深答道："窦泰为高欢骁将，与欢东西分出，我若至蒲坂攻欢，欢扼我前，窦泰袭我后，岂不是表里受敌么？今若简选轻锐，潜出窦泰，彼性躁急，必来决战，欢不及往援，我就可一鼓擒窦了。窦既受擒，欢势自沮，回军击欢，定可决胜。"泰欣然道："我原作这般想，汝与我同心，我计决了！"遂夤夜东发。

又行了一昼夜，已抵小关，窦泰猝闻敌至，自恃骁勇，渡河直前。宇文泰列营牧泽，用四面埋伏计，引诱窦泰。窦泰不知厉害，怒马当先，陷入重围，泽中泥淖相间，铁骑不得驰突，再加西魏各军，万弩齐发，把窦泰手下将士，射死了一大半。窦泰见士卒垂尽，身上亦中了数箭，料知无法脱围，便拔出佩剑，自刎而亡。窦泰为高欢姨夫，战无不从，此次由邺出发，曾有惠化尼云："窦行台，去不回！"至是果验。小子有诗叹道：

将军一去不回头，拚死前驱未肯休；
牧泽陷围溅颈血，半由好勇半无谋！

窦泰既死，被西魏军枭了首级，送往长安。高欢尚在蒲坂，闻报大恸，几乎晕倒。欲知他后来处置，但看下回自知。

魏主修猜忌高欢，以致蒙尘出走，西入关中，幸宇文泰迎入雍州，尚有容身之所，为惩前毖后计，宜勇于改过，推诚待下，则以秦关之固，宇文之力，东向而待高欢，未始不可有为。奈何身为雄孤，效禽兽行，为一女子而怨及功臣，卒被毒毙，甚矣哉魏主修之淫且愚也！夫天下之好淫者，祸不及身，必及子孙。魏主修之死，死于淫，固已；高欢淫占多人，虽若无恙，然生前有子弟之烝报，死后有子孙之荒耽，有恶因必有恶果，高氏宁能幸免乎？且弄兵不戢，忽东忽西，骁勇如窦泰，终堕黑獭计中，陷死牧泽。泰虽寡谋，要不得谓非高欢害之也。泰妻为欢妃娄氏妹，夫死妻寡，惨及一门，欢岂不可以已乎！

第五十五回 用少击众沙苑交兵 废旧迎新柔然纳女

却说高欢闻窦泰死耗，不胜悲悼，自思泰既陷没，大违初愿，遂撤去浮桥，退回晋阳。宇文泰亦还军长安。惟高敖曹尚未得闻，引军急进，直抵上洛城下。洛郡人泉岳，及弟猛略，与顺阳人杜窋等，欲翻城出应敖曹。洛州刺史泉企，探悉阴谋，捕戮泉岳兄弟，独杜窋得缒城出走，奔归敖曹。敖曹猛力扑城，城上矢石交下，连中敖曹三矢。敖曹晕坠马下，良久复苏，复上马督攻。泉企固守旬余，二子元礼、仲遵，皆有勇力，随父拒敌，日夕不懈。会仲遵被流矢伤目，不能再战，城遂失陷，企与二子皆被擒。及企见敖曹，大声呼道："我系力屈，本心原不服哩！"敖曹也不去杀他，系诸幕下，即用杜窋为刺史。

休兵数日，拟进攻蓝田关，忽来了晋阳使人，传述欢令道："窦泰战殁，人心摇动，宜收军即还；万一路险贼盛，但求自脱罢了。"敖曹不忍弃众，令部曲先行，自己断后，徐徐引退。西魏军却不敢追蹑，任他自归。泉企子元礼，由敖曹带还。仲遵伤重不能行，仍使在洛州城。企在途中，私诫元礼道："我余生无几，死不足畏，汝兄弟二人，才器足以立功，须自觅生机，勿因我东去，遂亏臣节！"（此君颇似王陵母。）元礼乃伺隙逃还，与仲遵阴结豪右，袭杀杜窋，西魏遂授礼为洛州刺史，准令世袭，企竟病死邺中。

高欢欲为窦泰报仇，大阅兵马，再拟出师。适宇文泰出拔恒农，把东魏陕州刺史李徽伯掳去，欢即发兵二十万，由壶口趋蒲津，使高敖曹率兵三万出河南。时关中大饥，人自相食，宇文泰部下，不满万人，留屯恒农就食，已阅五旬。探报谓欢将渡河，乃引兵入关。高敖曹进围恒农，城中有备，一时攻打不下。欢长史薛琡语欢道：“西人连年饥谨，故冒死来陕州，欲取仓粟。今敖曹已围陕城，粟不得出，但宜置兵诸道，勿与野战，待他麦秋无收，民自饥死，宝炬、黑獭，无虑不降，今且不必渡河！”侯景时亦从军，也进谏道：“今日举兵西来，关系极大，倘或不胜，猝难收集，不如分作二军，相继进行，前军得胜，后军方进，前军若败，后军亦可往援，这乃是万全之计。”欢不肯依议，竟从蒲津济河。

华州刺史王罴，首当冲要，宇文泰致书相勉，罴复答道：“卧貉子怎得轻过？”及欢至冯翊城，呼罴问道：“何不早降？”罴戎服登陴，朗声传语道：“此城是王罴家，死生在此，汝等何人善战，请来一决雌雄！”欢知不可攻，乃移驻信原。

宇文泰因欢军入境，亦驰诣渭南，征调诸州兵马，急切未能召集。泰不堪久待，便欲进兵击欢，诸将以寡不敌众，请俟欢西进，再观形势。泰正色道：“欢若得至长安，人情必且大震，今乘他远来，兜头迎击，彼衰我锐，何患不胜！”遂下令军中，就渭水架设浮桥，即日渡渭，直抵沙苑，与东魏军相隔，只六十里。

诸将虽不敢违令，各有惧色，独宇文深称贺，并语泰道：“高欢镇抚河北，甚得众心，若据境自守，却是难图；今悬军渡河，非众所欲，彼无非为窦泰战死，挟恨前来，这就是叫作忿兵，忿兵必败。今愿假深一节，发王罴兵，截欢走路，前犄后角，使无遗类，怎得不贺？”（深有此智，不愧为宇文家儿。）泰乃遣颖昌公达奚武往觇欢军。武只率三骑潜往，改作东魏军装，日暮去营数百步，下马潜听，得敌军号，夜间上马历营，与巡夜相似。欢毫不防备，所有军中情状，俱被武窥悉，还营报泰。

泰正思进逼欢营，忽由侦骑报到，欢兵且至，泰又召集将佐，商议对敌的方法。仪同三司李弼献策道：“彼众我寡，不可平地列阵。此东十里有渭曲，请先行据守为佳。”泰亦称善，便徙至渭曲，背水列营，令李弼为右拒，赵贵为左拒，将士皆埋伏苇中，闻鼓乃起。待至日暮，欢军乃至，望见西魏营内，偃旗息鼓，毫无声响，营旁苇深土泞，不堪进逼。欢亦防有伏兵，拟纵火焚苇，偏侯景进言道：“我军大举前来，应生擒黑獭，晓示百姓，若徒用火攻，就使将黑獭烧死，也是无名无望，不足示威！”他将彭乐愤愤道：“我众贼寡，百人擒一，亦尚有余，要用什么火攻计！（好好一条计策，徒被二人破坏。）欢乃麾兵直进，大众争前恐后，一涌而上，无复行列。俄闻西魏营内，鼓声骤震，芦苇丛里的伏兵，执戈齐起，来杀欢军，赵贵从左冲入，李弼自右突进，把欢军袭作数截，欢军立即大乱。李弼弟檦，年少胆壮，隐身鞍甲中，跃马陷阵，伺敌不防，露首出矛，左搠右刺，应手落马。欢军争噪道：“当避此小儿！”

欢将彭乐，使性善斗，且带着三分酒意，跃马乱闯，好像猘尤一般。既而杀得兴起，把甲胄尽行卸去，裸体驰入宇文阵内，适遇西魏征虏将军耿令贵，一枪挑来，不偏不倚，刺入乐胸。乐忙用刀格开，肠已流出，鲜血狂喷，他却大吼一声，拼死再战。旁有他将驰至，接住令贵厮杀，乐方得回马出阵，纳肠裹胸，还欲返身杀入，怎奈各军俱已败还，连让步都来不及，怎能再入敌阵，那后面亦鸣金收军，只好随众退回。宇文泰也不追赶，勒兵还营，各将都上前献功。泰见了李檦，顾语左右道：“出兵打仗，全靠胆壮，不必昂藏七尺，但看他年轻身矮，亦能杀贼哩！”语未毕，又见耿令贵入帐，甲裳尽赤。泰又说道，“甲裳中有如许血迹，奋勇可知！”遂一一记功，静待犒赏。各将士散归本营，休息去讫。

那高欢奔回信原，尚欲收拾残军，再行决战，使张华原巡视各营，照簿点兵，无人出应，急忙还白道：“众已散尽，各营皆空虚了！”欢尚未肯去，阜城侯斛律金在侧，便启请道：“众心离散，不可复用，宜速还河东为是！”遂命左右牵马入帐，促欢上马。欢跨上马鞍，尚未纵辔，由金用鞭拂马，方才东驰。到了河滨，蓦闻后面人声马沸，震荡波流，料知有追兵到来，只好匆匆急渡。偏偏船离岸远，一时不能驶近，有许多将士情急逃生，跃马入河，俱被流水漂去，欢改乘橐驼就船，始得东渡。共计丧失甲士八万人，铠仗十有八万件。

宇文泰闻欢遁走，始督军追至河上，遥望欢已过河，乃停军不追。可巧征调各兵，陆续报到。都督李穆道："高欢已经破胆，请速渡河追去，毋令漏网。"泰叹道："穷寇莫追，兵家至言，我军已获全胜，得意不宜再往了！"乃返至战所，令每人种柳一株，留旌武功，越日凯旋渭南，奏捷论功，李弼、赵贵以下，皆进爵增邑有差。

高欢还入晋阳，忿懑异常。侯景亦愤然道："黑獭新胜而骄，必不为备，愿得精骑二万，擒归黑獭，报复前恨！"（又来说大话了。）欢迟疑未决，入白娄妃。娄妃道："果如景言，景岂尚有还理？得一黑獭，失一侯景，究有何利！"欢乃罢议。（娄妃却是知人。）高敖曹得欢败耗，也解恒农围，退保洛阳。

宇文泰自沙苑得胜，复欲图洛，乃遣行台王季海，与独孤信率步骑二万，径趋洛阳。又命洛州刺史李显赴三荆，贺拔胜、李弼围蒲坂。蒲坂守将为东魏秦州刺史薛崇礼，登陴力御。别驾薛善，系崇礼族弟，密语崇礼道："高欢有逐君大罪，善与兄忝列簪缨，世荷国恩，今大军已临，尚为高氏固守，一旦城陷，函首送长安，署为逆贼，死有余愧，不如先行归款，尚得自全！"崇礼嘿然不答，善竟与族人开城，迎纳贺、李等军。崇礼仓猝出走，中途被获。宇文泰闻捷驰至，赐薛善等五等封爵，善固敌不受。崇礼为善从兄，因得宥死，不复加罪。泰遂略定汾、绛二州。

独孤信行至新安，高敖曹引兵北去，只留广阳王元湛守洛阳。湛无胆略，也弃城奔邺，信遂得据金墉城。东魏颍川长史贺若统，又执住刺史田迄，举城降西魏军。梁州、荥阳、广州，望风归附。东魏行台任祥，往攻颍川，为西魏大都督宇文贵击败，任祥奔还，阳州刺史邢椿，被州将是云宝刺死，亦奔降西魏军。西魏都督韦孝宽，复攻陷东魏豫州，河南诸州郡，多半没入西魏。

东魏大行台侯景，治兵虎牢，谋复河南诸州，韦孝宽等未免胆怯，又弃城遁去。侯景出兵四略，夺还南汾、颍、豫、广四州，遂邀同高敖曹，进围金墉。高欢亦率军继进。独孤信飞报长安，请即济师。西魏主宝炬，正因洛阳得手，拟谒园陵，凑巧洛使告急，遂命尚书左仆射周惠达，辅太子钦守长安，自与宇文泰督军东行，令李弼、达奚武为前驱，直达谷城。

日暮下寨，李弼登高遥望，遥见群鸟向西北飞来，便道："天色已晚，鸟应归栖，今尚西翔，必有贼军前来，不可不防！"遂偕达奚武移屯孝水，遣人哨探，并令军士取薪为备。约过片刻，果有探马入报，敌军来了！弼即令部众曳薪扬尘，鼓噪前进。敌骑不过千人，未测弼军多寡，当即返奔。弼麾军追上，斫毙敌将一人，一将逃免，余众尽得俘获，解送恒农。看官道敌将为谁？一将叫作莫多娄贷文，已经被杀，一将就是可朱浑道元，竟得逃脱。（叙笔矫变。）原来侯景闻西魏军至，拟整兵待着，偏莫多娄贷文不受景命，邀同可朱浑道元，率千骑来袭西魏军，刚被李弼侦觉，一场追击，贷文丧命，元得幸还。

李弼待泰同进，共至瀍东，侯景撤围引去。泰率轻骑追至河上，景回马布阵，北据河桥，南倚邙山，与泰对仗。两军交锋，才及数合，景见泰执旗指挥，便拔箭射去，正中泰坐马。马负创惊逸，不可羁勒，泰随马窜去，约经里许，竟为所掀，坠落地上。侯景瞧着，骤马追来，泰身旁并无他人，只有都督李穆，紧紧随着。穆见侯景来追，手下约有百余骑，孤身如何抵挡？眉头一皱，计上心来，佯用马鞭扶泰背上，厉声叱道："笼东军士，（笼东系披靡之意。）尔主何在？乃尚留此，不急上马，更待何时？"（好似曹阿瞒的急智。）景听得此言，还疑自己看错，停马不追。穆即以己马授泰，与泰俱走，回入大营，调军再进。

侯景方才回营，总道泰军已去，不致复来，那知西魏兵如潮涌至，不及列阵，竟被蹂躏。景拨马遁去，部兵四散，独高敖曹自恃勇悍，尚建着麾盖，与泰角战。泰尽锐围攻，杀得敖曹部下七倒八歪。敖曹仗着长槊，突出重围，单骑走投河阳南城。守将高永乐，为欢从子，与敖曹有宿嫌，闭门不纳。敖曹潜匿桥下，追骑趋至，见有金带浮出，竟向桥下攒射。敖曹自知不免，始奋首与语道："来！来！好给汝开国公！"说着，那头颅已被人斫去。（强盗结果，应该如此。）

高欢得报，如丧肝胆，召责永乐，加杖二百下。追赠敖曹太师，兼大司马太尉。一面督率大军，自往争洛。两下相遇，彼此阵势绵亘，首尾远隔，从旦至未，战至数十百合，氛雾四塞，莫能相知。西魏左右翼独孤信、赵贵等，战并不利，又未知君相所在，弄得茫无头绪，弃军奔还。此外各军，当然溃散。宇文泰尚在营中，亦觉保守不住，毁去营寨，奉主西归，留仪同三司长孙子彦，守金墉城。西魏将军王思政，尚与东魏军猛斗，举稍横击，一举辄踣敌数人。既而陷入敌阵，左右尽死，思政亦受创晕仆。他平时出战，尝著破衣敝甲，敌人疑是末弁，由他倒地，不暇枭首。还有他将蔡祐，率亲兵数十人，下马步斗，齐声大呼，击毙东魏兵甚多。东魏兵四面绕集，围至数十重，祐弯弓持满，盘旋四射，发无不中，敌不敢近。突有壮士数名，身穿厚甲，手执长刀，跃马径入，去祐骑仅三十步。祐随身只有一矢，左右劝祐速射，祐从容道："我等性命，在此一矢，怎可虚发！"道言未绝，那来兵相距不远，方把弓弦一扯，飕的一声，正中来兵头目，流血坠下，余人却退。祐乘势突出，徐徐引还。东魏兵不敢追逼，也收军回营。思政部将雷五安，失去主将，复至战场寻觅尸首，可巧思政已苏，即割衣裹创，扶他上马，驰还恒农。

宇文泰已入恒农城，检阅大将，尚少王思政、蔡祐二人，正在着急，见祐引军回来。祐字承先，泰即呼道："承先得还，我无忧了！"再问及战斗情形，祐毫不言功。（最难得者在此，可为孟之反第二。）经部下替祐述明，泰益惊叹道："承先有功不伐，真算是难得了！"未几思政亦到，见他创痕累累，黯然泣下。（笼络将士。）因授思政为东道行台，留镇恒农，自奉宝炬还长安。

不料长安变乱，留守周惠连，偕太子钦出奔渭北，关中大忧。这变乱的原因，是由留守兵少，前所虏东魏士卒，拥戴故将赵青雀，伺隙据城。又有雍州刁民于伏德等，亦劫咸阳太守慕容思庆，同时作乱。西魏主宝炬，留驻阌乡，由宇文泰入关讨贼。泰因士马疲敝，不愿速进，且谓青雀等乌合，不足为患。散骑常侍陆通进谏道："蜂虿有毒，不宜轻视！今军虽疲乏，精锐尚多，加以明公声威，麾军压贼，立可荡平，若养痈贻患，转非良策。”泰即依议，整军西入。父老见泰回师，且悲且喜，士女亦交相庆贺。华州刺史宇文导，系泰从子，继王罴后任，起兵袭咸阳，斩思庆，擒伏德，渡渭会泰，同攻青雀，青雀败死。泰遣使至阌乡报捷，迎驾入长安。泰出屯华州。东魏丞相高欢，进攻金墉，长孙子彦毁去城中室庐，开门潜遁。欢入城巡视，遍地已成瓦砾，索性将城寨毁去，但使洛州刺史王元轨镇辖，自返晋阳。

是年冬季，西魏复遣将军是云宝，掩入洛阳，王元轨弃城东走。广州亦为西魏将赵刚所陷，襄广以西，复为西魏有。

是时柔然复强，头兵可汗阿那瓌，雄踞朔方。（见前文。）起初尚向魏称臣，及魏已分裂，遂把臣字削去，通使东西，居中取利。先向东魏求婚，东魏许将宗女兰陵公主，嫁与为妻。柔然遂帮助东魏，侵扰西魏。宇文泰方有事东方，不遑北顾，也只好设法羁縻，饷以女色。（无非晦气几个宗女。）乃使中书舍人库狄峙，北赴柔然，与议和亲。头兵可汗有兵塔寒，未曾婚娶，因向西魏求妇，西魏封舍人元翌女为化政公主，遣嫁了去。

但东西两魏，虽都用着美人计，笼络柔然，究竟东魏宗女，配与可汗，西魏宗女，不过一个可汗的弟妇，两边权势，相形见绌。宇文泰特劝主子宝炬，纳头兵女为妃。再向柔然议婚，偏头兵可汗，定欲纳女为后，方肯如约。泰不得已为废后计，请宝炬割爱从权。（以女易女，却还值得，只难为了乙弗后。）看官，试想宝炬已纳乙弗氏为后，生男育女，已有数人，就是太子钦亦乙弗后所出。后父瑗曾为兖州刺史，母为淮阳长公主，乃是孝文帝第四女，本来是阀阅名媛，更兼容德兼全，仁而且俭。此次顾全大局，不得不游居别宫，后且自愿为尼，削发参禅。乃令扶风王元孚至柔然迎女。

柔然送女南来，有车七百乘，马万匹，橐驼二千头。行次黑盐池，遇着卤簿仪仗，来迎新后。孚请柔然女正位南面，柔然女答道：“我未见汝主，尚是柔然女儿，汝国以南面为尊，我国却尚东面，各守国俗便了。”于是西魏仪仗，尽皆南向；柔然营幕，仍然东向。及迎入长安，即行册后礼。后号郁久闾氏，年才十四，容貌端严，颇饶才识，只有一种大病，便是一个妒字。他因废后乙弗氏尚在都中，常有违言。西魏主宝炬，取悦新后，特遣次子戊为秦州刺史，奉母乙弗氏赴镇。母子入宫辞行，与宝炬相见，并皆泣下。宝炬本无芥蒂，为势所迫，勉强出此，此时触起旧情，也泪下不止。且密嘱乙弗氏在外蓄发，再图后会。乙弗氏母子，乃拜辞而去。小子有诗叹道：

废后原来事不经，况兼妇德足仪型；

如何迎入侏儒女，诀别妻孥泣帝庭！

光阴易过，倏忽经年，那柔然竟来犯边。究竟为着何因，待小子下回再表。

沙苑之役，为东西魏第一次大战。高欢发兵二十万，渡河而西，当时已目无关中，风视黑獭如囊中物，卒之渭曲交兵，遭人暗算，曹操之败于赤壁，苻坚之败于淝水，高欢之败于沙苑，皆恃众不整，出以轻心故耳。厥后河东、河南，没入西魏，莫多娄贷文以轻战而死，高敖曹以轻敌而亡，轻躁者之不可行军，固如此哉！洛阳再战，宇文失利，一则因屡败而惧；一则因屡胜而骄，甚矣！用兵之不可不慎也。若夫两国相争，结邻为助，而柔然适得博渔人之利。智如黑獭，且劝宝炬废旧迎新，纳侏儒之女，逐上国之母，毋乃悖甚！况女德无极，妇怨无终，和亲岂果足恃耶？识者于此，当亦以轻率讥之矣。

第五十六回　战邙山宇文泰败溃　幸佛寺梁主衍舍身

却说西魏立柔然女郁久闾氏为后，是大统四年间事。越年废后乙弗氏，随子戊出居秦州。又越年二月，柔然入犯，举国南来，直抵夏州。西魏主宝炬，免不得遣使诘问，究为何事兴兵？柔然主头兵可汗，谓一国不能有二后，西魏故后尚存，将来仍拟复封，我女总要被黜，所以兴师问罪云云。看官，试想柔然远居塞外，如何晓得魏宫中情事？这无非是郁久闾氏，闻知乙弗氏临别，由西魏主嘱她蓄发，所以暗中怀妒，通报柔然，叫他兴兵内逼，好把故后除去，免贻后患。西魏主宝炬，接得去使还报，踌躇了好多时，便叹息道：岂有百万番兵，为一女子大举？但朕若不肯割爱，自招寇患，亦有何面目自见诸将帅呢？”（外人要你杀妻，你便将爱妻杀却，若叫你自杀，你将奈何？）乃遣中党侍曹宠，赍手敕赴秦州，令乙弗氏自尽。

乙弗氏洒泪，泣语曹宠道：“愿至尊享千万岁，天下康宁，我死无恨！”说着，召次子武都王戊至前，嘱他后事。且令传语皇太子，善事阿父，勿念生母，语多凄怆，惨不忍闻。左右皆垂涕失声，莫能仰视。时乙弗氏已蓄发鬑鬑，因复召僧供佛，再向佛像前落发，始入室服毒，引被自覆而殁，年三十一。

当下凿麦积崖为龛，殓棺告窆，柩将入穴，有二丛云先入龛中，一灭一出，人皆诧为异事，后来号为寂陵。曹宠还都复命，西魏主又遣人报告柔然，头兵可汗乃引兵退去。

是年郁久闾氏怀妊将产，居瑶华殿，辄闻狗吠声，心甚不安。继而临盆坐蓐，胞久不下。医巫相继召集，或为诊治，或为祈祷，郁久闾氏惟双睁凤目，满口谵言，忽言有盛饰妇人入室，忽言妇人立在床边，用物击我。医巫皆无所见，都吓得毛骨森竖，齿牙皆震。好容易产下一儿，那郁久闾氏已两目一翻，呜呼哀哉，年只十六。当时宫禁内外，统说是故后为祟，因致产亡。（容或有之。）西魏主宝炬，命将遗骸安葬少陵原，不消细述。

东魏接连改元，始因南兖州获得巨象，称为祯祥，乃改年元象。越年，册立高欢女为皇后，营立新宫，复改元兴和。禁民间立寺，改停年格，命百官就麟趾阁议定新制，号为麟趾格，颁敕施行。命侯景为吏部尚书，兼尚书仆射，出任河南大行台，随机防御。

适北豫州刺史高仲密，阴谋外叛。高欢遣将奚寿兴代掌军事，仲密竟执住寿兴，通款西魏，以虎牢为贽仪。原来仲密为高敖曹次兄，（见前。）本来是忠事东魏，官拜御史中尉，遇事敢言，颇有直声。嗣因与妻室反目，将妻休弃，遂致与妻舅崔暹有嫌。所选御史，均被暹排去，免不得怏怏失望，怨及朝廷。暹为高澄心腹，与澄同在邺中。（见五十四回。）澄为大丞相世子，姊入为后，又娶东魏主妹冯翊公主为妻，真是元勋贵戚，权焰熏天。崔暹倚作党援，当然是指挥如意。他妹被仲密休弃后，即由澄出为媒介，别嫁显宦，格外备仪。仲密亦娶一继妻李氏，美艳工文。澄借贺喜为名，亲往审视，果然是丰姿绰约，比众不同。嗣是暗地垂涎，伺仲密外出时，竟驰至高宅，挑诱李氏。李氏拒绝不从，澄竟用出强暴手段，硬胁李氏入室，为强奸计。当由高氏家人，飞报仲密，仲密踉跄归家，澄乃自去。李氏衣裳破裂，泣告仲密，仲密怀恨益深，遂乞请外调，出为北豫州刺史，挈眷赴镇，潜通西魏。可巧高欢激变，索性明目张胆，背东归西。（仲密无故弃妻，惹出许多祸祟，这也自贻伊戚，不得尽咎他人。）

高欢闻仲密叛去，事出崔暹，即召暹赴晋阳，将加死罪。（如何不知子恶？）暹忙向高澄乞怜。澄匿暹府中，浼人说欢，一再请免，欢乃宥暹不问。嗣闻西魏援仲密为侍中司徒，并由宇文泰督率诸军，来收虎牢，且进围河桥南城。欢因发兵十万，亲至河北御宇文泰。泰退军瀍上，令军士驾舟，纵火上流，欲毁河桥。东魏将斛律金，使行台郎中张亮，用小艇百余艘，阻截敌船，用链横河，系以长锁，钉住两岸，敌人不得近桥，桥始获全。欢渡河据邙山，依险立营，数日不进。泰在瀍留住辎重，乘夜袭欢。侦骑驰报欢营，欢笑道："贼距我四十里，夤夜前来，必患饥渴，我正好以逸待劳呢。"乃整阵待着。候至黎明，泰军果然驰到。欢将彭乐，不俟泰军列阵，便率数千精骑，冲将过去。泰军见欢有备，已是惊惶，更遇着骁勇善战的彭乐，执着一杆长刀，左右乱劈，但见头颅滚滚，飞掷空中，不由的旁观股栗，纷纷逃回。泰亦只好退走。

欢军见彭乐得胜，统上前力追，杀死泰军无数。彭乐且一马当先，追至瀍上，踹入泰营，泰弃营再遁。西魏侍中大都督临洮王元柬、蜀郡王元荣宗、江夏王元升、巨鹿王元阐、谯郡王元亮、詹事赵善等，仓猝不及遁逃，俱被虏去。泰正策马西奔，忽背后有人大呼道："黑獭休走！"泰急返顾，见一敌将威风凛凛，杀气腾腾，禁不住一身冷汗。勉强按定了神，徐声与语道："汝非大将彭乐么？（从泰口中呼出彭乐，笔势好不平。）一个伟男子，可惜太呆！试想今日无我，明日岂尚有汝么？何不急速还营，收取金宝！"彭乐闻言，也觉有理，遂停住不赶，泰得脱去。

乐还入泰营，得泰金带一囊，携去归营。诸将各收军还报，载归甲仗，不可胜计。欢升帐记功，已有人报乐纵泰。及乐入帐复命，且行且呼道："黑獭漏刃遁去，但已是破胆了！"欢不禁怒起，勃然离座道："汝敢来欺我吗？"乐本已心虚，慌忙伏地，欢亲捽乐头，三举三下，拔出佩剑，置诸乐颈，责他私纵黑獭，并前日沙苑一役，轻战致败的罪状。乐嗫嚅道："愿乞五千骑士，再为王擒取黑獭！"欢益怒叱道："汝纵他使去，尚说好擒取么？"说至此，又取剑欲斫，将下未下，共计三次。诸将已窥透欢意，均上前乞情，黑压压的跪满座下。欢乃还座，令左右取绢三千匹，压乐背上，乐兀自负住，不闻气喘。欢又道："有力不忠，也是徒然！今日饶汝，汝应自知前愆，效力赎罪！"乐连声遵令，欢因命将绢卸下，仍赐与乐，不没前驱的功劳。（好权术。）乐拜谢而退。

越日复与宇文泰交战，泰自将中军，领军若干惠（若干系复姓。）

为右军，两路夹击欢军。欢军败绩，所有步卒，悉为泰军所擒，落荒东走，随员只有七人，后面追兵大至，都督尉兴庆奋然道："王速去！兴庆腰佩百箭，尚能杀敌百人。"欢乃留兴庆拒战，纵辔急奔，兴庆独截追兵，矢尽而死。

泰料欢东奔不远，更召健卒三千人，令执短兵，用贺拔胜为统将，再往追欢。胜与欢本来相识，执槊当先，竟得追及。欢见胜到来，驱马急奔，胜率十三骑力赶，驰至数里，槊已及欢马尾，便大呼道："贺六浑！今日在贺拔破胡手中，誓必杀汝！"胜字破胡，故自称表字。欢吓得胆落，坠落马下。胜正挺槊刺欢，不防坐马一蹶，也将胜掀落尘埃。原来东魏将军段韶，正来救欢，见欢命在须臾，忙弯弓射胜，正中胜马，因此胜亦仆地。及胜跃起，韶已驰至，扶欢上马，向东逸去。胜易马再追，复有东魏河州刺史刘洪徽，引兵拦阻，连射二矢，毙胜从骑二人。胜知不能得欢，便即长叹道："今日不执弓矢，岂非天意！"（泰遇彭乐，欢遇贺拔胜，终得脱免，不可谓非天意。）乃引骑西还。

惟东魏骑兵，尚能再战，将军耿令贵整众复出，突入敌阵，锋刃乱下，死伤相继。西魏将士，不防有此回马兵，多半懈怠，怎禁得令贵冲入，似虎似狼，霎时间旗靡辙乱。西魏将赵贵等，禁遏不住，也俱回窜。宇文泰亲自出拒，交战数合，那东魏兵陆续攒集，气势甚锐，弄得泰亦无法拦阻，没奈何策马返奔。东魏兵鼓勇追蹑，幸亏西魏将独孤信、于谨等，收集散卒，从后绕出，大呼杀贼，追兵也彷徨惊顾，倒退下去，西魏各军，才得保全。若干惠且建旗鸣角，徐徐引还。

泰走入关中，屯兵渭上。欢进至陕城，泰使达奚武拒守。东魏行台郎中封子绘白欢道："混一东西，正在今日。昔魏太祖平汉中，不乘胜取巴蜀，失在迟疑，后悔无及。愿大王不以为疑！"欢点首称善，集诸将会议进止。诸将多说野无青草，人马疲瘦，不可远追。欢乃收军东归，但令侯景等收复虎牢。

时高仲密亦随泰入关，家属尚在虎牢城内，留偏将魏光居守。宇文泰遣谍赍书，送给魏光，令他固守待援。中途为侯景所获，搜得书札，改易数字，叫他速去。乃复将书发还，纵谍入城。光见书即夤夜遁走。景麾军入城，捕得仲密妻子，解送邺都。高澄得报，不禁喜出望外，忙盛服出城，往迎仲密后妻李氏。待了半日，方见心上人儿被军士押至，花容惨淡，云鬓蓬松，越觉可怜可爱，当即令军士释缚，载以良马，导入都中私第，召集婢媪，替李氏淋浴梳妆。到了黄昏，饮过交杯酒，搂入合欢床，绝处逢生的李美人，身不由主，只得任他所为。从此仲密妻变作高澄妾，又另是一番天地了。（千古艰难惟一死，伤心岂独息夫人！）

高欢因高乾有义勋，高敖曹死王事，家属皆免连坐。尚有仲密幼弟季式，曾行晋州事，镇守永安，至是先诣晋阳请罪，欢亦相待如初。惟高澄借父威势，得升任大将军，领中书监，移门下机事，总归中书，文武赏罚，皆由澄主张。（想是肉战的功劳。）侍中孙腾，自恃为高澄父执，不肯敬澄。澄叱左右牵腾至阶，筑以刀环，使立门下。定州刺史库狄干，为澄姑夫，自定州入谒，立门下三日，始得相见。尚书令司马子如、太师咸阳王坦，为澄心腹崔暹所劾，说他贪黩无厌，并削官爵。高欢反与邺中诸贵书，略言："儿年寝长，公等不宜撄锋，即如咸阳王、司马令两人，皆我故交，同时获罪，我尚不得相救，他人更不必论了。"（纵容儿子，一至于此。）自是公卿以下，无不惮澄。澄又授崔暹为御史中尉，宋游道为尚书左丞，二人俱系高澄鹰犬，所有弹章，无不照行，或黜或死，几难胜数。澄威权几过乃父。东魏主善见，简直是个木偶，毫无能力，徒拥虚名罢了。（为北齐篡位张本。）

西魏丞相宇文泰，自邙山败后，方惮东略，并且太师贺拔胜，悔恨致疾，又复去世，国中失一大将，愈觉灰心。胜弟岳早被杀关中，（见五十二回。）兄允留官洛阳，为高欢所忌，闭置一室，竟致饿死。胜诸子亦多为欢所杀。胜既悔失欢，又痛覆家，因此不得永年。临死时，自写遗书致宇文泰，书中略云："胜万里杖策，归身阙廷，每望与公扫除逋寇，不幸殒毙，微志不伸，死若有知，尚当魂飞贼庭，借报恩帅”等语。泰览书流涕，表请赠胜为太宰，录尚书事，予谥贞献。贺拔氏三弟兄，从此皆亡。后来贺拔岳子纬，纳宇文泰女为妻，受封霍国公，得承宗祀，事且慢表。（前段了过高仲密兄弟，此段了过贺拔胜兄弟，两人关系较大，故特表明始末。）

且说梁主衍中大通七年，复改元大同，江南无事，坐享承平。虽与北方屡有交涉，但北魏正东分西裂，无暇顾及江淮，且东魏与梁修和，边境安宁，更觉得櫜弓戢矢，四静烽烟。梁主衍政躬多暇，竟欲皈依佛教，为参禅计。特在都下筑一同泰寺，供设莲座，宝相巍峨，殿宇弘敞。他即亲幸寺中，设四部无遮大会，居然披服缁衣，趺坐蒲团，扮做一个老和尚，自号三宝奴，叫做舍身为僧。尤可笑的是公卿以下，醵钱一亿，纳入寺中，替梁主赎身还宫。（这种法制，好似从平康里中采来。）既而又舍身同泰寺，仍然戴毗卢帽，穿黄袈裟，亲升法座，为四部众讲涅槃经，说得天花乱坠，有条有理。其实统是佛学皮毛，未得大乘真谛。（就使识得真谛，亦与治道无关。）讲毕以后，拟在寺中居住，不复还宫，再经群臣出钱奉赎，表请返驾。第一二表还不肯从，三表乃许。（做出甚么鬼态！）

南印度僧菩提达摩，得悉梁朝重佛，从海路航至广州。梁主闻有高僧到来，亟命地方有司护送入都，召见内殿，赐他旁坐，且婉问道：“朕欲多造佛寺，写经度僧，可有功德否？”达摩答道：“没有什么功德，参禅不在形迹，须由静生智，由智生明，从空寂中体会出来，方有功德可言！”梁主答复道：“朕在华林园中，总集许多经典，高僧前来，可能为朕逐日讲解，指误觉迷否？”达摩微笑道：“佛学在心不在口，一落言诠，仍非上乘，所以明心见性，自能成佛，不在区区经论呢。”（确有至理。）梁主被他两番驳斥，反弄得哑口无言。达摩便起身告辞，梁主亦不挽留，由他自去。他乃渡江北行，至嵩山少林寺中，面壁十年，方才入寂，是为中国禅宗第一祖。弟子慧可，承受衣钵，这却是佛学真传。

那梁主衍，但尊俗僧慧约为师，亲自受戒，并令太子、王公以下，亦皆师事慧约，受戒至五万人。究竟佛学弘旨，无一了解，徒然开口谈经，闭口坐禅，有何益处？况且梁主是身为天子，一日万机，怎得无端佞佛，反将政事搁起？为这一误，遂使朝纲废驰，宵小弄权。贤相周舍、徐勉等，又相继逝世。侍中朱异、尚书令何敬容，表里用事。敬容还有些朴实，异才足济奸，辩能惑主，任官三十年，广纳贿赂，蒙蔽宫廷，所有园宅好玩，饮膳声色，均极华备。性又甚吝，不肯施舍，厨下珍馐腐烂，每月尝弃十余车。梁主衍却非常宠眷，言听计从，于是赏罚无章，隐生乱祸。并因梁主好佛，上行下效，士大夫争尚空谈，不习武事。

丹阳处士陶弘景，少年好学，有志养生，齐高帝萧道成，尝召为诸王侍读，虽应命入都，仍然谢绝交游，不愿与闻朝事，旋即上表辞禄，归隐茅山。梁主衍早与相识，即位后通问不绝，大事必谈，且劝令出山。弘景颇为献替，惟终不就征，当时号为山中宰相。梁主每得复书，辄焚香虔受，遥申敬礼。太子纲未为储贰时，曾出督南徐州，想望风采，延弘景至后堂，谈论数日，才许辞去。弘景年八十，得辟谷导引诸术，尚有壮容，又越五年乃殁。弥留时尚口占一诗道："夷甫（即晋王衍）任散诞，平叔（平叔即晋何晏字）善论空，岂悟昭阳殿，遂作单于宫！"时人谓弘景此诗，明明是讥讽时事，且为侯景乱梁的预谶。可惜梁廷不悟，卒致大乱。梁主衍闻弘景丧讣，特赠中散大夫，谥曰贞白先生。（前述达摩，此述陶弘景，畸人高士，亦必阐扬，是作者本意。）

大同八年，安城郡民刘敬躬，妖言惑众，逐去郡吏萧说，据郡造反。攻庐陵，陷豫章，党徒多至数万，进逼新淦、柴桑。（是由梁廷佞佛感召出来。）梁主第七子湘东王绎，方出为江州刺史，亟遣中兵参军曹子郢、府司马王僧辩，引兵往讨。南方久驰兵革，甲士窳惰，幸僧辩颇有智计，刘敬躬众皆乌合，因此一鼓荡平。

交州刺史武林侯萧谘（梁主从侄）苛暴失民心，郡民李贲纠众为乱。谘不能御，由梁廷派遣高州刺史孙冏、新州刺史卢子雄，会师往援。适值春瘴方起，众皆溃归，谘诬奏冏与子雄，通贼逗留，并皆赐死。子雄弟子略，为兄复仇，举兵攻谘，谘奔广州。高要太守陈霸先，召集精甲三千，克日出讨，大破子略，子略走死。霸先因功进直阁将军。梁廷召谘还都，改任杨瞟为交州刺史，霸先署府司马，进征李贲。贲方自称越帝，创置百官，屯兵苏历江口，阻遏官军。瞟推霸先为先锋，直逼苏历江，拔去城栅，所向摧陷。贲走嘉宁城，转奔典撤湖，俱被霸先攻入，再窜入屈獠洞中，由霸先谕令缚送，屈獠斩贲以献，传首建康，交州乃平。嗣是霸先威名，震耀南方。

霸先系吴兴人，字兴国，小字法生，自云为汉太邱长陈实后裔。少有大志，不事生产，及长乃涉猎史籍，好读兵书，身长七尺五寸，日角龙颜，垂手过膝。梁主闻他状貌过人，特令图形以进，并因更造建功，除拜西江督护，兼高要太守，都督七郡军事。（陈霸先、王僧辩俱为后来重要人物，惟霸先后为陈祖，故叙述处详略不同。）小子有诗叹道：

盛衰倚伏本无常，佞佛容奸即兆亡；

乱世偃文只尚武，但能平贼便称强。

欲知后事如何，且看下回再叙。

沙苑败而高欢不复西行，邙山败而宇文泰不复东出，分据之势，自是遂定。要之欢、泰两人，智力相埒，故急胜忽败变幻靡常。惟欢性好色，纵子淫暴，邙山之战，实自高澄酿成之。其得战胜宇文，实出一时之侥幸，或者由宇文助叛，名义未正，故有此挫失，俾高氏得以幸胜耳。梁主衍安据江南，不乘两魏相争之际，修明政治，渐图混一，乃迷信释教，舍身佛寺，一任朱异擅权，紊乱朝纪，何其愦愦乃尔！夫梁主衍手造邦家，未始非一英武主，其所由误入歧途，攻乎异端者，得毋鉴沈约之死，获罪齐和，自省亦未免多疚，乃欲借佛教以图忏悔耶！然而愚甚！然而谬甚！

第五十七回 责贺琛梁廷草敕 防侯景高氏留言

却说梁主信佛，太子纲独信道教，尝在玄圃中讲论老庄。学士吴孜，每入圃听讲，尚书令何敬容道："昔西晋丧乱，祸源在祖尚玄虚，今东宫复蹈此辙，恐江南亦将致寇了。"这语颇为太子所闻，很滋不悦。后来敬容妾弟费慧明，充导仓丞，夜盗官米，为禁司所执，交领军府惩办。敬容贻书领军将军，代为乞免。领军河东王萧誉，为太子纲犹子，（见五十二回。）当然与太子叙谈，太子即嘱令封书奏闻，梁主大怒，立将何敬容除名。敬容既去，朱异权势益专，更得引用私人，搅乱朝政。散骑常侍贺琛，不忍缄默，因上书论事，略云：

窃闻慈父不爱无益之子，明君不畜无益之臣，臣荷拔擢之恩，曾不能效一职，献一言，此所以当食废飧，中宵叹息也。今特谨陈时事，具列于后，倘蒙听览，试加省鉴，如不允合，乞亮赣愚。其一事曰：今北边稽服，戈甲解息，正是生聚教训之时，而天下户口减落，关外弥甚。郡不堪州之控总，县不堪郡之裒削，更相呼扰，莫得治其政术，惟以应赴征敛为事。小民辗转流离，或依于大姓，或聚于屯封，盖不获已而窜亡，非乐之也。国家于关外，赋税盖微，乃至年常租课，动致逋积，而民失安居，宁非牧守之过欤？东境户口空虚，皆由使命烦数，驽困邑宰，则拱手听其渔猎，桀黠长吏，又因之而贪残，虽年降复业之诏，屡下蠲赋之恩，而民终不得反其居也。其二事曰：天下宰守，所以皆尚贪残，罕有廉白者，实由风俗侈靡使然。夫食方丈于前，所甘一味，今之燕喜，相竞夸豪，积果如山岳，列肴同绮绣，露台之产，不周一燕之资，加以歌姬盛畜，舞女盈庭，竞尚奢淫，不问品制，凡为吏牧民者，竟事剥削，虽致资巨亿，而罢归以后，不支数年。率皆尽于燕饮之物，歌讴之具。所费等于丘山，为欢止在俄顷，乃更追恨向所取之少，今所费之多，如复傅翼，增其搏噬，一何悖哉！其余淫侈，日见滋甚，欲使人守廉隅，吏尚清白，安可得耶！今宜严为禁制，导之以节俭，贬黜雕饰，纠奏浮华，使众皆知变其耳目，改其好恶。盖论至治者必以淳素为先，正雕流之弊，莫有过于俭朴者也。其三事曰：圣躬荷负苍生以为任，弘济四海以为心，不惮胼胝之劳，不辞癯瘦之苦，岂止日昃忘饥，夜分废寐。至于百司，莫不奏事，上息责下之嫌，下无逼上之咎，斯实道迈百王事绝千载。但斗筲之人，藻棁兑之子，既得伏奏帐扆，便欲诡竞求进，不论国之大体，但务吹毛求疵，运挈瓶之智，侥分外之求，以深刻为能，以蝇逐为务，迹虽似于奉公，事更成其威福，长弊增奸，实由于此。所愿责其公平之效，黜其邪慝之心，则上安下谧，无侥幸之患矣！其四事曰：曩昔征伐北境，帑藏空虚，今天下无事，而犹日不暇给者，何也？去国弊，则省其事而息其费，事省则民养，费息则财聚。止五年之中，尚能无事，必能使国丰民阜；若积以岁月，成效愈巨，斯乃范蠡灭吴之术，管仲霸齐之由。今应内省职掌，各简所部，或十省其五，或三除其一，至国容戎备，在昔应多，在今宜少，凡四方屯传邸治，或旧有，或无益，有所宜除除之，有所宜减减之；兴造有非急者，征求有可缓者，皆宜停省，以蓄财而息民。蓄其财者，正所以大用之地；息其民者，正所以大役之也。若扰其民而欲求生聚，耗其财而徒务赋敛，则奸诈盗窃，日出不已，何以语富强，图远大乎！伏思自普通以来，二十余年，刑役荐起，民力雕流，今魏氏和亲，疆埸无警，不于此时大息四民，使之殷阜，减省国费，使之储峙，一旦异境有虞，关河可扫，则国弊而民疲，事至方图，恐无及矣！臣心所谓危，罔知忌讳，谨昧死上闻！

梁主衍览书，不禁大怒，立召侍臣至前，口授敕书，令他照录，大旨是诘责贺琛，令他据实指陈，不得徒托空言。第一事谓牧守贪残，应指出某官某吏，以便黜逐。第二事谓风俗侈靡，不便一一严禁，自增苛扰。朕常思本身作则，绝房室三十余年，不饮酒，不好音，雕饰各物，从未入宫。宗庙牲牢，久未宰杀，朝廷会同，只备蔬菜，且未尝奏乐。朕三更即起理事，每至日昃，日常一食，昔腰十围，今裁二尺，勤俭如许，不得谓非淳素。（舍本逐末，无益于事。）第三事谓百司干进，谁为诡竞？谁为吹毛求疵？谁为深刻蝇逐？若不令奏事，专委一人，与秦二世宠信赵高，汉元后付托王莽，亦复何异？第四事谓省事息费，究意何事宜省？何事宜息？国容戎备，如何减省？屯传邸治，如何裁并？何处兴造非急，何处征求可缓？宜条具以闻，不得空作漫语，徒沽直名。这首敕文，颁给贺琛，琛不禁畏缩，未敢复奏，但申表谢过罢了。（原来是银样蜡枪头。）

大同十二年三月，梁主衍又幸同泰寺，讲三慧经，差不多过了一月，方才罢讲。再设法会，大赦天下，改元中大同。是夜同泰寺竟肇事火灾，毁去浮图，梁主叹道："这便佛经上叫作魔劫呢！"（浮图成灾，并非魔劫，似你这般佞佛，却是要堕入魔劫了！）遂令重造浮图十二层，格外崇闳，需工甚巨，经年未成。梁主衍年逾八十，虽精神尚可支持，终究是老态龙钟，不胜繁颐。再加平时览诵佛经，时思修寂，尤觉得耄期倦勤，厌闻政治。

是时储嗣虽定，诸子未免不平，因为梁主不立嫡孙，但立庶子，大家资格相等，没一个人不觊觎神器，猜忌东宫。邵陵王纶，系梁主第六子，性最浮躁，喜怒无常，车服尝僭拟乘舆，游行无度。梁主屡戒不悛，曾将他锢置狱中，免官削爵，已而仍复旧封，命为扬州刺史，纵肆如故。遣人就市购物，不给价值，商民怨声载道，甚至罢市。府丞何智通，具状上闻，纶竟遣人刺杀智通。梁主乃将纶召回，锁禁第舍，免为庶人。过了数月，又赐复封爵，（何溺爱乃尔！）授丹阳尹。纶恃宠生骄，妄思夺储，太子纲当然嫉视，请出纶为南徐州刺史，有诏依议。还有梁主第五子庐陵王续，出镇荆州；第七子湘东王绎，出镇江州；第八子武陵王纪，出镇益州，皆权侔人生，威福自专。惟次子豫章王综，已死北朝；四子南康王绩、长孙豫章王欢，俱已去世，免为东宫敌手。但太子纲终不自安，常挑选精卒，为自卫计。

梁主衍未察暗潮，反因舍嫡立庶的情由，未免内愧，所以待遇昭明太子诸男，不亚诸子。河东王誉，得为湘州刺史，岳阳王詧，亦授雍州刺史。詧见梁主年老，朝多秕政，也不免隐蓄雄心，豫先戒备。自思襄阳形胜，为梁业开基地，正好作为根据，遂聚财下士，招募健卒数千人，环列帐下。一面究心政事，拊循士民，辖境称治。未几庐陵王续病殁任所，调江东王绎继任。绎喜得要地，入阁欢跃，靴履为穿。

梁主怎知诸子用意，总道是孝子贤孙，不复加忧，镇日里念佛诵经，蹉跎岁月。中大同二年，又复舍身同泰寺，群臣出金奉赎，如前二次故例。满望佛光普照，天子万年，那知祸为福倚，福为祸伏，平白地得了河南，收降了一个东魏叛臣，遂闹得翻天覆地，大好江南，要变做铜驼荆棘了。（直呼下文。）

且说东魏大丞相高欢，自邙山战后，按兵不动，休养了两三年。东魏主善见，复改元武定。嗣闻柔然与西魏连兵，将来犯境，乃亟令高欢为备。欢仍执前策，决与柔然续行修好，遣行台郎中杜弼为使，北诣柔然，申议和亲，愿为世子澄求婚。（澄已有妻妾，还要求什么婚！）头兵可汗道："高王若须自娶，愿将爱女遣嫁。"（还要悖谬。）杜弼归报高欢，欢年已五十，自思死多活少，不堪再偶柔然公主，因此犹豫未决。（何必犹豫，将来替汝效劳，大有人在。）事为娄妃所闻，遂白欢道："为国家计，不妨从权，王无庸多疑！"欢半响才道："我娶番女，岂不要委屈贤妃？"娄妃道："国事为大，家事为轻，枉尺直寻，何惜一妾！"欢一笑而罢。已而世子澄与太傅尉景，俱劝欢迎纳柔然公主，欢乃使慕容俨为纳采使，迎女南来。

欢出迎下馆，但见柔然仆从，无论男女，统皆控骑而至，就是这位新嫁娘，亦坐下一匹红鬃马，身服行装，腰佩弓矢，落落大方，毫无羞涩态度。最后随着一位番官，也是雄赳赳的少年，与新嫁娘面庞相似。欢又惊又喜，问明慕容俨，乃知送亲的随员，便是女弟秃突佳。当下彼此接见，问讯已毕，始引还晋阳城。欢妾大尔朱氏等，也出城相迎，一拥而归。柔然公主，素善骑射，在途见鸮鸟飞翔，便在佩囊中取出弓矢，一发即中，鸮随箭落。大尔朱氏亦不禁技痒，由从人手中取过了弓箭，亦斜射飞鸟，应弦而落。（既有此技，何不前时射死高欢，为主复仇？）欢大喜道："我得此二妇，并能击贼，岂非快事！"说着，便纵辔入城。

到了府舍，与柔然公主行结婚礼，娄妃果避出正室，令柔然公主安居。欢感激异常，寻至别室，得见娄妃，不由的五体投地，向妻拜谢。娄妃慌忙答礼，且笑且语道："男儿膝下有千金，奈何向妾下跪！况番国公主有所察觉，反觉不美，王尽管自去，与新人作交颈欢，不必多来顾妾了！"欢乃起身去讫。是夕老夫少妻，共效于飞，不必絮述。大尔朱氏器量褊窄，未及娄妃的大度，她情愿出家为尼。欢特为建筑佛寺，俾她静修。

秃突佳传述父命，谓待见外孙，然后返国，因此留居晋阳。看官！试想这高欢年经半百，精力渐衰，况他是好酒渔色，宠妾盈庭，平时已耗尽脂膏，怎能枯杨生枝，一索得男！柔然公主，望儿心急，每夕嬲欢不休，累得欢形容憔悴，疾病缠身。有时入宿射堂，暂期休养，偏秃突佳硬来逼迫，定要欢去陪伴乃姊。欢稍稍推诿，秃突佳即发恶言。可怜欢无从摆脱，没奈何往就公主，力疾从事，蛾眉伐性，实觉难支。欢乃想出一法，只说要出攻西魏，督军径行。（肉战不如兵战。）

先是西魏并州刺史王思政，居守恒农，兼镇玉璧。嗣受调为荆州刺史，举韦孝宽为代。孝宽莅任后，闻高欢率军西来，即至玉璧扼守。欢至玉璧城下，昼夜围攻，孝宽随机抵御，无懈可乘。城中无水，仰给汾河，欢堵住水道，并就城南筑起土山，拟乘高扒城。城上有二楼，孝宽缚木相接，高出土山，居高临下，使不得逞。欢愤语守兵道："虽尔缚楼至天，我自有法取尔！"因凿地为十道，穿入城中。孝宽四面掘堑，令战士屯守堑上，见有地道穿入，便塞柴投火，用皮排吹，地道变成火窟，掘地诸人，悉数焦烂。欢又改用攻车撞城，孝宽缝布为幔，悬空遮护，车不能坏。欢令兵士各执竿，上缚松麻，灌油加火，一面焚布，一面烧楼。孝宽用长钩钩竿，钩上有刃，得割松麻，竿仍无用。欢再穿地为二十道，中施梁柱，纵火延烧，柱折城崩。孝宽积木以待，见有崩陷，立即竖栅，欢军仍不得入。城外攻具已穷，城内守备却还有余。孝宽更夜出奇兵，夺据土山。

欢知不能拔，乃使参军祖珽呼孝宽道："君独守孤城，终难瓦全，不如早降为是！"孝宽厉声答道："我城池严固，兵多粮足，足支数年，且孝宽是关西男子，怎肯自作降将军！"珽复语守卒道："韦城主受彼荣禄，或当与城存亡，汝等军民，何苦随死？"守卒俱摇首不答。珽复射入赏格，谓能斩城主出降，拜太尉，封郡公，赏帛万匹。孝宽手题书背，返射城外，谓能斩高欢，准此赏格。欢苦攻至五十日，始终不能得手，士卒战死病死，约计七万人，共为一家。大众多垂头丧气，欢亦旧病复作。入夜有大星坠欢营中，营兵大哗，乃解围引还。（欢悉众攻一孤城，终不能下，所谓强弩之末，势不能穿鲁缟。）

当时远近讹传，谓欢已被孝宽射死。西魏又申行敕令道："劲弩一发，凶身自殒。"欢也有所闻，勉坐厅上，引见诸贵。大司马斛律金为敕勒部人，欢使作敕勒歌，歌云："敕勒川，阴山下，天似穹庐，笼罩四野。天苍苍，野茫茫，风吹草低见牛羊。"斛律金为首倡，欢依声作和，语带呜咽，甚至泪下。（死机已兆。）自此病益沉重，好容易延过残冬，次年为武定五年，元旦日蚀，欢已不能起床，慨然叹道："日蚀恐应在我身，我死亦无恨了！"（日蚀乃天道之常，干卿甚事！）遂命次子高洋往镇邺郡，召世子澄返晋阳。

澄入问父疾，欢嘱他后事，澄独以河南为忧。欢说道："汝非忧侯景叛乱么？"澄应声称是。欢又道："我已早为汝算定了，景在河南十四年，飞扬跋扈，只我尚能驾驭，汝等原不能制景。我死后，且秘不发丧，库狄干、斛律金，性皆遒直，终不负汝。可朱浑道元、刘丰生，远来投我，当无异心。韩轨少戆，不宜苛求。彭乐轻躁，应加防护。将来能敌侯景，只有慕容绍宗一人。我未尝授彼大官，特留以待汝，汝宜厚加殊礼，委彼经略，侯景虽狡，想亦无能为了。”说至此，喉中有痰壅起，喘不成声，好一歇始觉稍平，乃复嘱澄道：“段孝先（即段韶字）忠亮仁厚，智勇兼全，如有军旅大事，尽可与他商议，当不致误。”是夕遂殁，年五十二。

澄遵遗命，不发丧讣，但诡为欢书，召景诣晋阳。景右足偏短，骑射非长，独多谋算，诸将如高敖曹、彭乐等，皆为景所轻视。尝向欢陈请，愿得兵三万，横行天下，要须济江缚取萧衍老公，令作太平寺主。欢因使景统兵十万，专制河南。景又尝藐视高澄，私语司马子如道：“高王尚在，我未敢有异心，若高王已没，却不愿与鲜卑小儿共事。”子如忙用手掩住景口，令勿多言。景复与欢约，谓自己握兵在外，须防诈谋，此后赐书，请加微点。欢从景言，书中必加点以作暗号。高澄却未知此约，作书召景，并不加点。景遂辞不就征，且密遣人至晋阳，侦欢病状。

旋接密报，晋阳事尽归高澄主持，料知欢必不起，乃决意叛去，通书西魏，愿举河南降附。西魏授景为太傅，领河南大行台，封上谷公。景遂诱执豫州刺史高元成、襄州刺史李密、广州刺史暴显等。潜遣兵士二百人，夜袭西兖州，被刺史邢子才探悉，一律掩获，因移檄东方诸州，各令严防。高澄即派司空韩轨，督兵讨景。

景恐关、陕一路，为轨所断，不如南向投梁，较无阻碍，乃遣郎中丁和奉表至梁。内言：“臣景与高澄有隙，愿举函谷以东，瑕丘以西，如豫、广、颍、荆、襄、兖、南兖、济、东豫、洛阳、北荆、北扬等十三州内附，所有青、徐数州，但须折简，即可使服。齐宋一平，徐事燕赵，混一天下，便在此举”云云。（忽降西魏，忽附南朝，景之狡猾已可想见。）

梁主衍接阅景表，因召群臣廷议，尚书仆射谢举进谏道：“近来与东魏通和，边境无事，若纳彼叛臣，臣窃以为未可！”梁主怫然道：“机会难得，怎得胶柱鼓瑟？”群臣多赞成举议，请勿纳景。独有一人鼓掌道：“天与不取，反受其咎；况陛下吉梦征祥，臣曾料是混一的预兆，今言果验，奈何勿纳！”梁主亦欣然道：“诚如卿言，朕所以拟纳侯景呢。”小子有诗叹道：

竖牛入梦叔孙亡，故事曾从经传详；

尽说春秋成答问，如何迷幻自招殃！（梁武曾作春秋答问，见《梁书本纪》。）

究竟梁主曾梦何事，与梁主详梦，及劝纳侯景，又为何人？俟小子下回再详。

贺琛上书言事，胪陈四则，未尝无理。梁主衍护短矜长，颁敕诘责，昏髦情形，已可概见。然读其敕文，犹令琛指实具陈，琛少振即馁，仍作寒蝉。主不明，则臣不能伸其直，于琛何尤焉！惟梁主信佛过甚，教子无方，琛上书时，亦未闻提及，舍本逐末，皮相虚谈，绳以国家大体，琛固未足知此也。高欢年已五十，尚娶蠕蠕公主，老犹渔色，不死何为。玉壁之围，五旬不下，虽由韦孝宽之善守，亦由高欢之精神不济，未能振作军心，将帅疲敝，而望士卒之振奋，不可得也。及归死晋阳，犹能智料侯景，以慕容绍宗为嘱。工心计于生前，贻智谋于身后，此其所以为乱世英雄也欤！

第五十八回　悍高澄殴禁东魏主　智慕容计擒萧渊明

却说梁主衍太清元年正月，曾得一梦，梦见中原牧守，并举地来降，盈庭称庆，醒寤后尚觉得意。诘旦召入中书舍人朱异，详述梦境，且语异道："我平生少梦，若有梦必验。"异便即献谀道："这便是宇内混一的预兆哩。"至是侯景来归，群臣皆主张拒绝，就中有一个反对，援梦相证，请即纳景，便是曲意迎合的朱舍人。（是梁朝祸魁。）

梁主听了异言，即优待来使丁和，令居客馆俟命。越宿复召异入语道："我国家固若金瓯，无一伤缺，今忽受景地，倘自致纷纭，悔将无及！"异答道："圣明御宇，南北归仰，今侯景来降，为北方的先导，若一见拒，反绝人望，愿陛下勿再疑！"（仍是揣摩迎合。）梁主乃授景为大将军，封河南王，都督河南北诸军事。令丁和赍敕还报，续遣司州刺史羊鸦仁、兖州刺史桓和、仁州刺史湛海珍等，发兵三万，同趋悬瓠，接应侯景。

平西将军谘议周弘正，素善占候，数年前即语人道："国家将有兵变。"及闻朝廷纳景，不禁长吁道："乱阶在此了！"

东魏高澄，已派韩轨督兵讨景，复恐诸州有变，自出巡抚，乘便入邺都谒主。东魏主善见，特赐盛宴，澄酒酣起舞，欢跃异常，好似乃父未死时情状。及宴毕出宫，闻韩轨调兵未齐，不能遽发，因另遣将军元柱等率兵数万，往袭侯景。那知景已有备，设伏待柱。柱等遇伏中计，大败而还。景因梁军未至，亦退保颍川。

既而韩轨督军趋集，围颍川城。景见他兵势甚盛，阴有畏心，再遣使至西魏求救，愿割东荆、北兖、鲁阳、长社四城为赂。西魏尚书仆射于谨道："景奸诈难测，不必遣兵。"荆州刺史王思政，谓不若乘机进取，乃率荆州兵万余人，出鲁阳关，向阳翟进发。宇文泰时镇华州，承制加景大将军，兼尚书令，遣太尉李弼，仪同三司赵贵，率兵万人，援颍川。韩轨闻西魏军至，引兵还邺。

景又因通款西魏，恐被梁主诘责，特遣参军柳昕，上表朝廷，只说是王师未至，不得不乞援西魏，暂救目前。一面欲诱执李弼、赵贵，讨好梁廷。赵贵正虑景有诈，不愿见景，且闻东魏退兵，乐得与弼引归。惟王思政带兵入颍川。景畏他兵盛，不敢生谋，惟托词略地，出屯悬瓠，向西魏乞师。宇文泰再调同轨戍将韦法保等，往助侯景，且令召景入朝。景待遇法保，佯表谦恭。法保长史裴宽，密白法保道："景外示隆礼，内实藏奸，宽料他必不入关。公能设伏杀景，最为上策，否则当时时防备，愿勿信他诳诱，自贻后悔！"法保遂不敢信景，亦不敢图景，竟辞别还镇。王思政亦料景多诈，分布诸军，据景州镇。景乃决意归梁，致书报宇文泰道："我耻与高澄雁行，怎能比肩大弟！"泰乃召还前后所遣各军，示与景绝，且将授景各职，移给王思政。思政固辞，经泰再四敦谕，但受都督河南军事职衔。

梁司州刺史羊鸦仁，得引兵入悬瓠城。梁主命改悬瓠为豫州，寿春为南豫州，合肥为司州，即授鸦仁为司豫二州刺史，镇守悬瓠。西阳太守羊思达为殷州刺史，镇守项城。

已而梁廷下诏，大举伐东魏，拟选鄱阳王萧范为元帅。（范即恢子，系梁主侄。）朱异忌范英武，忙入阻道："鄱阳王雄豪盖世，颇得人死力，但所至残暴，恐未足吊民。"梁主踌躇良久，乃答说道："会理如何？"异对道："陛下得人了！"适贞阳侯萧渊明，亦上表请行，乃遣渊明、会理两人，分督诸将，陆续北赴。渊明系梁主兄懿子，本无将略；会理为梁主孙，即南康王绩子，袭封王爵，庸儒骄倨，在途常不礼渊明。渊明致书朱异，请调还会理，异乃申请召还。（梁主溺爱儿孙，故不察智愚，一味乱用。）时当盛夏，天气酷暑，军士不便就道，只好徐徐进行，所以沿途逗留，缓期出境。（盛暑行军，并非赴急，这也是违悖天道。）

东魏高澄，自邺下还晋阳，方为父欢发丧。东魏主举哀东堂，追赠欢为相国，进爵齐王，备九锡殊礼，谥曰献武。且亲临送葬，命高澄为大丞相，都督中外诸军，录尚书事，袭爵渤海王。澄表辞大丞相职衔，有诏依议。澄弟洋为京畿大都督，仍至邺都辅政。柔然世子秃突佳，尚在晋阳，因高欢已殁，始欲还国。澄因柔然公主，适在盛年，不愿令她守寡，意欲替父效劳。好在柔然国俗，子妻后母，数见不鲜，他即援心为例，与秃突佳面商。秃突佳转告乃姊，乃姊入偶高欢，虽已逾年，历时不过数月，正在懊恨得很，蓦闻此信，倒也忧喜兼并。况澄年才逾冠，又生得仪表雄伟，弓马精通，与公主是一对佳偶，移花接木，乐得随缘，便即应允下去。秃突佳转告高澄，澄喜如所愿，便即趋入正室，与公主略迹表情，两下里同会巫山，男贪女爱，不问可知。后来产了一女，毋庸细表。（这也可谓之世袭。）惟秃突佳急欲北还，由澄厚赠赆仪，出城饯别，自回柔然去了。（了过秃突佳，并了过蠕蠕公主。）

那东魏主善见，多力善射，又好文学，时人谓有孝文风烈。高欢在日，尚敬事善见，事无大小，必先上闻，可否听命。有时入朝侍宴，亦必俯伏上寿，或随主行香，执炉步从，鞠躬屏气，承望颜色。所以群下奉主，莫敢不恭。及澄既当国，与乃父大不相同，尝使黄门侍郎崔季舒，伺察深宫动静。善见未免不平，一经季舒报告，澄顿时怒起，立驰入邺，愤愤上朝。善见看他满面怒容，料知他怀恨在胸，只好盛筵相待。澄斟着大觞，强主饮尽，善见辞不能饮，澄勃然道："臣澄劝陛下酒，陛下如何却臣？"善见忍耐不住，拂袖起座道："从古无不亡的国家，朕连饮酒都不能自主，何用求生？"澄亦怒叱道："朕、朕，狗脚朕！"随呼季舒道："可殴他三拳！"（亏他说出。）季舒恃澄威势，竟举拳相饷，连击三下，澄乃趋出。

越日复遣季舒入谢，善见亦只好优容，反赐季舒绢百匹。（真是买打。）及季舒退后，随口咏谢灵运诗道："韩亡子房奋，秦帝仲连耻，本自江海人，忠义动君子！"侍讲荀济，闻诗知意，乃与祠部郎中元瑾、华山王大器、淮南王宣洪、济北王徽等，谋诛高澄。诈称在宫中作土山，隐开地道，通至北城千秋门，达澄寓所，拟募勇士从地道刺澄。（计亦太愚。）

偏门吏日夕巡逻，听得地下有发掘声，忙向澄报闻。澄使人掘视，下面有地道通入宫中，越气得神色咆哮。当下勒兵入宫，见了主子善见，竟不行礼，昂然就座，怒目视主道："陛下何意欲反？"善见听了，也觉无名火高起三丈，骤声答道："从古只闻臣反君，未闻君反臣，王自欲反，奈何责我！"澄又道："臣父子功存社稷，何负陛下！陛下想亦不欲害臣，或系左右嫔妃等，从中谗构，所以致此。"善见复答道："我不害王，王亦必害我，我身且不能顾，何惜妃嫔，必欲弑逆，迟速惟王！"（口齿亦健。）澄觉得语言太重，乃下座叩头，号泣谢罪。善见不得已扶他起坐，亦勉强慰谕，更设席与宴。澄借酒浇闷，饮至酣醉，夜久始出。

越日使人追究地道情事，知由荀济等所为，乃捕济等付有司。济少居江东，博学能文，与梁主衍为布衣旧交。梁主篡齐，济心不服，常语人道："我若得志，当就盾鼻上磨墨草檄。"梁主闻言，很觉不平。嗣后上书规谏，以信佛筑寺为戒，词多激切。梁主怒不可遏，便欲斩济。舍人朱异令济逃生，济因奔往东魏。高欢颇加爱重，但虑他锋芒太露，不加大任。及高澄入邺辅政，欲用济为侍讲，欢叹道："我欲全济，故不用济。"澄固请乃许。至此谋泄密被捕，侍中杨遵彦问济道："荀侍讲年力已衰，何苦乃尔！"济答辩道："正因年纪衰颓，功名不立，所以上挟天子，下诛权臣！"澄颇追忆父言，欲宥济死，特亲加审讯道："荀公，汝何为造反？"济抗声道："奉诏诛高澄，怎得谓反！"澄当然加怒，立命就烹。有司见济老病，用鹿车载至东市，纵火焚死。余如华山王大器以下，一并被焚。遂将东魏主善见，软禁含章堂，派心腹人监守，限制出入。谘议温子升，方为高欢作碑文，澄疑他与济通谋，俟碑文告成，即牵往晋阳，饿毙狱中，弃尸道旁，籍没家口。澄也自归晋阳。

适值彭城急报，杂沓前来，略言梁军来攻，请速发援兵。澄乃遣大都督高岳，往救彭城。拟令金门郡公潘乐为副。行台丞陈元康道：

"乐才不如慕容绍宗，况系先王遗命，何不遵行！"澄因命绍宗为东南道行台，与乐偕行。侯景在悬瓠治兵，方拟进攻谯城，闻绍宗督军南来，叩鞍有惧色，且惶然道："谁教鲜卑儿使绍宗来？难道高王尚未死么？"（死高欢能料生侯景。）遂遣人至萧渊明军，请勿轻视绍宗，如或得胜，逐北切勿过二里。

渊明在途数月，始抵彭城，梁廷复遣侍中羊侃，赍赦示渊明，令就泗水筑堰，截流灌城，俟得城后，再进军与侯景相应，渊明乃驻军寒山，距彭城约十八里，令羊侃监工筑堰，两旬告成。侃劝渊明乘水进攻，渊明正在狐疑，适接侯景来书，心下更忐忑不定。俄有探骑来报，慕容绍宗已率众十万，至橐驼岘，来援彭城了。羊侃在旁进言道："敌军远来，不免劳乏，请急击勿失！"渊明不答。翌晨又劝渊明出战，仍然不从。侃知渊明必败，索性自率一军，出屯堰上。

又越日绍宗率众进逼，自引前驱万人，攻梁左营。营将为潼州刺史郭凤，急忙抵御，矢如雨集。渊明正饮酒过醉，卧不能起，帐下迭报左营受敌，尚是鼾睡无闻。（糊涂虫。）好容易把他唤醒，他才发出军令，叫诸将出救郭凤。诸将皆不敢发，独北兖州刺史胡贵孙，鼓勇出营，往扑东魏军，劲气直达，所向无前，斩首二百级。绍宗见来军轻悍，麾众使退。当有探卒报知渊明。渊明闻贵孙得胜，顿时胆大起来，便上马督军，驰往战场。望将过去，果然东魏军弃甲曳兵，向北乱窜。一时情急徼功，竟把侯景书中要语，撇诸脑后，并力追赶。约追了三五里，不意后面有敌兵杀到，冲散梁军，前面又由绍宗麾兵杀转，首尾夹攻。梁军本无斗志，不过乘兴前来，蓦见前后皆敌，统吓得东逃西窜，抱头狂奔。渊明亦叫苦不迭，策马乱撞，被东魏兵围裹拢来，你牵我扯，把他硬拖下马，活擒了去。胡贵孙也杀得力疲，身中数创，也被擒住。他将被虏，不可胜计，丧失士卒数万名。惟羊侃结阵徐退，不失一人。看官不必细问，便可知渊明各军，是陷入绍宗的诱敌计了！（找足一笔。）

梁主衍方昼寝殿中，由宦官张僧胤入报，谓朱异有急事启闻。梁主慌忙起床，出殿见异，异才说出寒山失律四字，惊得梁主身子发晃，几乎堕落座下。（老头儿禁不起吓了。）僧胤急从旁扶住，方叹息道：“我莫非再为晋家么?”异亦嘿然而退。已而复闻潼州失守，郭凤遁归。嗣见风声鹤唳，触处生惊，忽又传到东魏檄文。略云：

皇家垂统，光配彼天，惟彼吴越，独阻声教，元首怀止戈之心，上宰薄兵车之命，遂解縶南冠，谕以好睦，虽嘉谋长算，爰自我始，罢战息民，彼获其利。侯景竖子，自生猜贰，远托关陇，凭依奸伪，逆主定君臣之分，伪相结兄弟之亲，岂曰无恩，终成难养。俄而易虑，亲寻干戈，衅暴恶盈，侧首无托，以金陵逋逃之薮，江南流寓之地，甘辞卑礼，委贽图存，诡言浮说，抑可知矣。而伪朝大小，幸灾忘义，主荒于上，臣蔽于下，连接奸恶，断绝邻好，征兵保境，纵盗侵国。盖物无定方，事无定势，或乘利而受害，或因得而更失。是以吴侵齐境，遂得勾践之师，赵纳韩地，终有长平之役。矧乃鞭挞疲民，侵轶徐部，筑垒壅川，舍舟徼利。是以援枹秉麾之将，拔巨投石之士，含怒作色，如赴私仇。彼连营拥众，依山傍水，举螳螂之斧，被蛣蜣之甲，当穷辙以待轮，坐积薪而候燎。及锋刃暂交，埃尘且接，已亡戟弃戈，土崩瓦解，掬指舟中，衿甲鼓下，同宗异姓，缧绁相望，曲直既殊，强弱不等。获一人而失一国，见黄雀而忘深阱，智者所不为，仁者所不向。诚既往之难逮，犹将来之可追。侯景以鄙俚之夫，遭风云之会，位班三事，邑启万家，揣身量分，久当止足；而周章向背，离披不已，夫岂徒然，意亦可见。彼乃授之以利器，诲之以慢藏，使其势得容奸，时堪乘便。今见南风不竞，天亡有征，老贼奸谋，将复作矣。然御坚强者难为功，摧枯朽者易为力，窃计江南军帅，虽非孙吴猛将，燕赵精兵，犹是久涉行阵，曾习军旅，岂同剽轻之师，不比危脆之众，拒此则作气不足，攻彼则为势有余。若及此不图，以恶为善，终恐尾大于身，踵粗于股，倔强不掉，狼戾难驯。呼之则反速而衅小，不征则叛迟而祸大。会应遥望廷尉，不肯为臣，自据淮南，亦欲称帝，但恐楚国亡猿，祸延林木，城门失火，殃及池鱼，横使江淮士子，荆扬人物，死亡矢石之下，夭折雾露之中。彼梁主者操行无闻，轻险有素，射雀论功，荡舟称力，年既老矣，耄又及之，政散民流，礼崩乐坏，加以用舍乖方，废立失所，矫情动俗，饰智惊愚，毒螫满怀，妄敦戒素，躁竞盈胸，谬治清净，灾异降于上，怨讟嚣兴于下，人人厌苦，家家思乱，履霜有渐，坚冰且至。传险躁之风俗，任轻薄之子孙，朋党路开，兵权在外，必将祸生骨肉，衅起腹心，强弩冲城，长戈指阙；徒探雀鷇，无救府藏之虚，空请熊蹯，讵延晷刻之命？外崩中溃，今实其时，鹬蚌相持，我乘其弊。方使骏骑追风，精甲辉日，四七并列，百万为群，以转石之形，为破竹之势。当使钟山渡江，青盖入洛，荆棘生于建业之宫，麋鹿游于姑苏之馆。但恐革车之所蹦轹，剑骑之所蹂践，杞梓于焉倾折，竹箭以此摧残。若吴之王孙，蜀之公子，归款军门，委命下吏，当即授客卿之秩，特加骠骑之号。凡百君子，勉求多福，檄到如约，决不食言！

这篇檄文，系是东魏军司杜弼手笔，后来梁室祸败，多如弼言。怎奈梁主不悟，反因渊明被擒，愈欲倚重侯景。景遣行台左丞王伟，驰赴建康，奏称东魏主为高澄所幽，元氏子弟，多避难南朝，请择立一人为主，镇抚河北云云。梁主令太子舍人元贞为咸阳王，拨兵护送，使还北方。贞系魏咸阳王元禧孙，梁降王元树子，树被东魏擒戮，贞留梁为太子舍人，至是由梁主诏敕，许他渡江即位，称为魏主。

那东魏将慕容绍宗，已乘胜进攻侯景。景退保涡阳，绍宗长驱而进，与景交锋。景令部众被短甲，执短刀，驰入绍宗阵内，但斫人胫马足，不少仰视，东魏军纷纷倒地，连绍宗坐下的马足，也被砍断，把绍宗掀落马下。亏得绍宗身材伶俐，急忙跳起，方得易马返奔。东魏仪同三司刘丰生，也受伤遁去。显州刺史张遵业，为景所擒。

绍宗等奔回谯城，裨将斛律光、张恃显等，因绍宗失律致败，互生讥议。绍宗道："我曾经百战，未见如侯景狡悍，汝等不服，尽可再试，看汝胜负何如！"光与恃显，乃引军再攻侯景。到了涡水，被侯景一阵乱射，恃显落马被擒，光狼狈走还。绍宗微哂道："今果如何！怎得咎我？"光惶恐谢罪。

越日恃显由侯景纵还，再约与绍宗决战。绍宗下令各军，不准妄动，深沟固垒，为久持计，这一着却是抵制侯景的上计。小子有诗叹道：

善战何如用善谋，凭城固垒且深沟；

跛奴纵有兼人技，末着终还逊一筹。

侯景与绍宗相持数月，粮食将尽，不能再持，绍宗乃下令出兵，突击侯景。欲知战时情状，待至下回表明。

语有之：其父行劫，其子必且杀人。高欢逐君为逆，改立少主，而每事上闻，恪恭将事者，岂果真心出此，毋乃由缘饰虚文，掩人耳目欤？及其子高澄当国，敢殴君主，且从而幽禁之，彼直视主上如犬马，而尚有下座叩头，号泣谢罪之伪态，狡黠如父，而凶悍过于父，是非所谓父行劫，子且杀人耶！高欢能防景于身后，而梁主衍不能察景于生前。杜弼谓年既老矣，髦又及之，正不啻一梁主写照。且误用从子渊明，自覆全军，昏耄之征，一至于此，无怪其终困死台城也。

第五十九回　纵叛贼朱异误国　却强寇羊侃守城

却说慕容绍宗，固守谯城，自冬经春，未尝出战。(是年为梁太清二月，东魏武定六年。)侯景求战不得，攻城又不克，营中粮食将尽，正在愁烦。忽报城中发出铁骑五千，由绍宗亲自督领，前来攻营。景急上马出寨，见敌骑甚是踊跃，士饱马腾，勇气百倍，不由的畏忌起来，旁顾部众，亦俱带惧容。他即想了一计，出言诳众道："汝等家属，已为高澄所杀，若要报仇，全仗此战。"部众不禁切齿，向敌大呼道："可恨高澄！歼我父母妻孥，我等当与汝拚命！"慕容绍宗听得此言，急从马上立着，遥应景军道："汝等休信跛奴诳言，现在汝等家属，并皆完好，若去逆归顺，官勋如旧！"景众尚未肯信，绍宗免冠散发，向北斗设誓。于是景众信为真情，一声呐喊，哄然散去。景将暴显等，统挈领部曲，奔降绍宗。侯景自知不佳，忙招众退还，偏众情已经北向，多半掉头不顾。那绍宗又麾骑杀来，此时景穷极无法，惟有向南逃走。

好容易渡过涡水，手下已经散尽，只剩得心腹数人，自硖石渡淮。散卒稍集，得步骑八百人，昼夜兼行，闻后面尚有追兵，乃遣人走语绍宗道："景欲就擒，公尚有何用?"绍宗乃收军不追。(这是绍宗误处，然若景得受擒，梁亦何致遽乱!)

景奔至寿春，监南豫州事韦黯，闭城不纳。景遣寿阳人徐思玉入城说黯，黯乃开门迎景。景入据寿阳，上表告败，自求贬削。

梁廷闻景败耗，未知确实消息，或云景与将士尽没，上下皆以为忧。时何敬容起为太子詹事，入侍东宫，太子纲语敬容道："侯景生死未卜，近有人传说，谓景已得免。"敬容道："景若遂死，还是朝廷幸福。”太子惊问原因，敬容道：“景反复叛臣，终当乱国。”太子尚将信将疑，嗣由梁主接得景表，喜景未死，即命景为南豫州牧，本官如故。光禄大夫萧介上书切谏道：

窃闻侯景为涡阳败绩，只马归命，陛下不悔前祸，复敕容纳。臣闻凶人之性不移，天下之恶一也。昔吕布杀丁原以事董卓，终诛董而为贼；刘牢反王恭以归晋，还背晋以构妖，何者？狼子野心，终无驯狎之性，养虎之喻，必见饥噬之祸。侯景以凶狡之才，荷高欢卵翼之遇，位忝台司，任居方伯，然而高欢坟土未干，即遭反噬，逆力不逮，乃复逃死关西；宇文不容，故复投身于我。陛下前者所以不逆细流，正欲比属国降胡以讨匈奴，冀获一战之效耳。（属国汉官名，疑指汉班超事。）今既亡师失地，直是境上之匹夫，陛下爱匹夫而弃与国，臣窃不取也！若国家犹待其更鸣之晨，岁暮之效，臣窃思侯景必非岁暮之臣，弃乡国如脱屣，背君亲如遗芥，岂知远慕圣德，为江淮之纯臣乎？事迹显然，无可致惑。臣老朽疾侵，不应干预朝政；但楚囊将死，有城郢之忠，卫鱼临亡，亦有尸谏之道。臣忝为宗室遗老，不敢不言，惟陛下垂察！

梁主阅书，恰也叹为忠言，但终不能用。那豫州刺史羊鸦仁，闻景军败溃，弃悬瓠城，走还义阳。殷州刺史羊思迁，亦弃项城走还。河南诸州，又尽入东魏。梁主衍怒责鸦仁等，鸦仁乃启申后期，屯军淮上。（何不责景？）

东魏大将军高澄，既复河西，乃遣书梁廷，复求通好，一面优待萧渊明，和颜与语道：“先王与梁主和好，已十余年，今一朝失信，致此纷扰，料非梁主本心，当是侯景煽动所致。卿可遣人启闻，若梁主不忘旧好，我岂敢违先王遗意？所有俘虏诸人，并即遣归；就是侯景家属，亦当同遣。”（言甘必苦。）渊明大喜，立遣从人奉启梁廷，备述澄言。梁主衍前得澄书，尚不欲许和，及得渊明奏启，即召群臣商议。朱异首先开口道：“静寇息民，不若许和。”（又是他来迎合。）御史中丞张绾等，亦随声附和。独司农卿傅岐道：“高澄方得胜仗，何必求和？这无非是反间计，欲令侯景自疑，景意不安，必图祸乱，他好从中取利呢！”（数语喝破。）偏朱异等固请宜和，梁主亦厌用兵，乃赐渊明书，令来使夏侯僧辩赍还。

僧辩还过寿阳，为侯景所遮留，索书启视，内云高大将军既待汝不薄，当别遣行人，重修睦谊云云。景不免懊怅，虽然遣去僧辩，心下很是不欢，遂上梁主书道：“高澄忌贾在狄，恶会在秦，（《春秋》晋灵公时，贾季奔狄，士会奔秦，晋人患之。）求盟请和，欲除彼患。若臣死有益，万殒无辞，惟恐千载，有秽良史。”又致书朱异，并赂金三百两，托他挽回。异将金收纳，所有景上梁主书，却阻使不通。（好一个贪利法门。）

梁主遣使赴晋阳，吊高欢丧，并与澄申议和约。侯景又上书道：“臣与高氏衅隙已深，仰凭威灵，期雪仇耻，今陛下复与高氏连和，使臣何地自处？乞申后战，宣扬皇威。”梁主复谕道：“朕与公大义已定，岂有忽纳忽弃的道理？今高氏有使求和，朕亦更思偃武，所以暂与修好。公但宁静自居，不劳多虑。”景更申请战期，梁主仍把前言敷衍，叫他不必渎陈。景乃诈为邺中书，求以贞阳侯易景。梁主不知真伪，即欲答允。司农卿傅岐，已升任中书舍人，朱异兼官中领军，两人入朝计议，傅岐道：“侯景因穷来归，既已收纳，不必再弃；况景系百战余生，难道肯束手受缚么？”异独抗声道：“景战败势蹙，但教一使传诏，便好就絷了。”（谚谓得人钱财，替人消灾，异贪而且凶，令人发指！）梁主竟用异言，复书有贞阳旦至，侯景夕返二语。景得复报，出书示左右道：“我原知吴老公是薄心肠呢。”

从前侯景归梁，曾由行台左丞王伟献议，此次伟复进言道：“今坐听亦死，举大事亦死，惟王裁察！”景始为反计，编寿春居民为兵，百姓子女，悉令配给将士，且屡向梁廷需索，并因妻孥陷没东魏，求与王、谢二家结婚。梁主复答道：“王、谢门高，不便择配，可就朱、张以下，访求佳偶。”景闻言生恨道：“会当使吴儿女配奴。”又表求锦万匹，为军人制袍。异但给以青布，景益愤愤。梁廷又遣建康令谢挺、散骑常侍徐陵，往聘东魏。景得知消息，反谋益甚。

咸阳王元贞，见景有异志，累请还朝。景与语道："河北事虽不能成，江南在我掌握，何不忍耐一二年？"贞闻言益惧，逃回建康，据实上闻。梁主但令贞为始兴内史，并不问景。

时临贺王萧正德，（履历见前文。）得任左卫将军，贪暴日甚，阴聚死士，潜谋不轨。正德前曾奔魏，与侯景有一面交，且与徐思玉素有交谊。景令思玉为司马，使他往见正德，赍笺以进，略言："天子年尊，奸臣乱国，大王位当储贰，中被废黜，海内俱代为不平。景虽不敏，实思自效，愿王允副苍生，鉴景诚款"云云。正德大喜，立写复书，令思玉带还。景启书审视，内云："朝廷事如公所言，仆亦存心多日，志与公同。今仆为内应，公作外援，何事不济？事贵从速，幸勿缓图！"（癞蛤蟆想吃天鹅肉了。）景遂部署兵马，指日发难。

鄱阳王萧范，（即恢子，系梁主侄。）方为合州刺史，居守合肥，已知景谋，密遣人报达梁廷。梁主也觉动疑，偏朱异谓景众皆散，必无反理。（还要误人。）梁主乃报范道："景孤危寄命，譬如婴儿仰人乳哺，何能为反？汝且勿忧。"范又上书道："不早翦扑，祸及君臣。朝廷若不欲发兵，臣范愿自率部众，往讨侯景。"梁主仍然不许。朱异且语范使道："鄱阳王太属多心，难道不许朝廷容纳一客么？"范得去使返报，大为愤闷。再请黜异讨景，均被异阻住，匿不上闻。

既而羊鸦仁执送景使，谓景邀臣同反，所以执使献阙，请朝廷从速预防。异反嚣然道："景手下只数百人，有何能为？"竟将景使释还。景益无忌惮，遂举兵叛梁，也公然移檄四方，但言中领军朱异、少府卿徐驎、太子右卫率陆验、制局监周石珍，蟠踞宫廷，荧惑主聪，所以兴师入朝，志清君侧云云。原来驎、验、石珍，并奸佞骄贪，为世所嫉，号为三蠹，故景托词除奸，耸动众听。当下出攻马头，执住戍将曹璆等。警报飞达梁廷，梁主反拈须笑道："景何能为？我一折箠，便足笞景了！"（谈何容易！）遂命合州刺史鄱阳王范为南道都督，北徐州刺史封山侯萧正表为北道都督，司州刺史柳仲礼为西道都督，散骑常侍裴之高为东道都督，特简侍中邵陵王纶为统帅，持节督军，会讨侯景。另悬赏格，谓斩景立功，得封三千户公，除授州刺史。

景闻台军已发，更向王伟问计，伟答道："邵陵若至，彼众我寡，必为所困，不如决志东向，直掩建康。临贺内应，大王外攻，天下可立定了！兵贵神速，请即进兵！"景乃留外弟王显贵守寿阳。佯称游猎，径袭谯州。助防董绍，开城出降，刺史萧泰，竟为所获。泰系范弟，贪虐百姓，所以人无斗志，遇寇即降。转攻历阳，太守庄铁，复举城降景，劝景速趋建康。景即命铁为前导，引兵临江，江上镇戍，连番报警。尚书羊侃，入朝献策，请急发二千人往据采石，截住贼景。一面遣邵陵王袭取寿阳，使景进退无路，方可就擒。（却是要着。）朱异又出阻道："景必不渡江，何必发兵！"（朱异昏愦，梁主何亦如此糊涂！）侃出叹道："这遭要败事了！"梁主再授临贺王正德为平北将军，都督京师诸军事，出屯丹阳郡。正德遣大船数十艘，诈称载荻，实是装运粮械，接济侯景。景大喜道："我得济事了！"遂从横江渡采石，部下不过八千人，马止数百匹，分兵袭入姑熟，直趋慈湖。

梁廷闻侯景渡江，统惊惶的了不得。太子纲戎服入觐，禀受方略。梁主支吾道："这是汝事，何必更问！今将内外军一概付汝，汝可便宜行事！"（大事已去，乃一概推与儿子。真变作萧娘了。）太子乃出留中书省，指挥军事，命扬州刺史宣城王大器，（系太子纲子。）都督城内诸军事，尚书羊侃为副。分派各将士守城，敛集各寺库公藏钱，聚置德阳堂，充作军需。可奈人情惶骇，莫肯应募。再加临贺王正德叛情，自梁主以下，无一察悉，反令他屯守朱雀门。这朱雀门是建康要户，乃使叛党把守，还有甚么好处？

侯景到了板桥，尚未知都城虚实，特派徐思玉入都，求见梁主。梁主当即召见，思玉入朝俯伏，诈称背景，请间白事。梁主命左右退去，舍人高善宝在旁，大声叱道："思玉方从贼中来，情伪难测，怎可使他独在殿上？"朱异侍坐道："徐思玉岂是刺客么？"（还似做梦。）梁主闻善宝言，却也迟疑，善宝令思玉直陈无隐。思玉乃出景奏启，内言异等弄权，臣景愿带甲入朝，肃清君侧。梁主阅毕，递示朱异，异且览且惭，赧然不答。

梁主乃遣中书舍人贺季、主书郭宝亮，随思玉赴景营，宣敕慰抚，景还算北面受敕。季问景道："今日此举，究属何名？"景直答道："无非想作皇帝呢！"（直捷得妙。）王伟趋进道："朱异等乱政，所以兴师除奸，皇帝一语，尚是戏言。"景复道："萧老公可做皇帝，难道我不配做皇帝么？"说着，即将贺季拘住，但令宝亮还报。

是时梁主建国，已四十七年，境内无事，公卿士大夫罕见甲兵，宿将又俱凋谢，后进少年，多在边戍，或随邵陵王军前。全仗羊侃一人指挥军旅，威爱两施，部下还勉强支住。景率众至朱雀桁南，正德已与密通音问。东宫学士庾信，率宫中文武三千余人，立营桁北，拟开桁冲击，借挫贼锋，正德不从。俄而景众大至，信始开桁迎敌，甫出一舶，见景军俱戴铁面，不禁骇退。信方含甘蔗，突有一飞矢射来，拂过信手，将蔗撞落。信亦魂胆飞扬，弃军遁还。正德遂派游军沈子睦，开桁渡景。正德率众出迎，至张侯桥相遇，马上交揖，并辔入朱雀门。景望阙下拜，佯作欷歔。先是童谣有云："青丝白马寿阳来。"景欲应谣，特跨白马，用青丝为辔，乘胜犯阙。

都中汹惧异常，羊侃诈称得邵陵王书，揭示大众，谓已与西昌侯萧渊藻，引兵入援，众心少安。惟石头、白下、石头城俱戍，已皆奔散。景得进围台城，鸣鼓吹角，喧声动地，纵火毁大司马东西华诸门。羊侃亲自督守，使凿门上为窍，喷水沃火。太子纲亦自捧银鞍，赏赐将士。将士始奋，逾城洒水，火才得灭。景又令众执长柄大斧，奋斫东掖门。羊侃又令凿门为孔，用槊戮出，刺死二人，景众乃退。景党宋子仙入据东宫，掠得东宫妓数百人，分给军士。范桃棒入据同泰寺，寺中蓄积被掠一空。景复作木驴数百攻城，城上投下大石，木驴多碎。景更作尖顶木驴，石不能破。侃使作雉尾炬，灌渍膏油，且燃且掷，尖驴又被焚尽。既而景又作登城车，高约十余丈，欲临射城中，侃笑说道："车高堑虚，彼来必倒，但教安坐看他啰！"及敌车推至堑中，果然尽覆。景屡次失败，乃但筑长围，断绝内外。又射入启文，请诛朱异等人。侃亦射出赏格，购募景首。

两下里相持数日，朱异请出兵击贼，梁主召问羊侃，侃答言不可。异一再固请。（总是他来作梗。）景使千余人出战，侃子鹭亦执殳从军。景麾众来争，城中兵未及交锋，已先吓退。鹭单骑断后，因被捉去，景令推至城下，招侃出降。侃愤然道："我倾宗报主，犹恨不足，岂顾一子？生杀任便！"景乃将鹭牵归。越数日又复牵来，侃语鹭道："我道汝已早死，哪知汝尚在世么？"说着，即引弓注射。景忙令牵鹭回营，因乃父忠义可风，倒也不敢杀他，留住营中。

太清二年十一月，景奉正德为帝，刑白马为盟，就太极殿前，祭祀蚩尤。正德被服兖冕，在仪贤堂登位，景率众朝谒，齐呼万岁。正德也下伪诏，略言普通以来，奸邪乱政，主上久病，社稷将危，河南王景释位来朝，猥奉朕躬，绍兹宝位，可大赦改元正平，立世子见理为皇太子，授景为丞相，以女妻景；并出私家宝货，悉助军资。

景立营阙前，护卫正德，（实是监守。）分兵二千人攻东府，三日乃克。杀死守将南浦侯萧推，且诈言梁主已死，令官民改奉新帝正朔。都中得此讹传，也觉疑信参半。太子纲请梁主巡城，梁主亲御大司马门，城上闻警跸声，并鼓躁流涕，于是谣言始息。

南津校尉江子一，当侯景济江时，曾率舟师拒景，舟师皆溃。子一奔还，梁主面责子一，子一拜谢道："臣以身许国，常恐不得死所，今所部皆弃臣遁去，臣只一人，怎能击贼！若贼敢犯阙，臣誓当碎首报君，自赎前罪！"梁主乃赦罪不问。至是与弟左丞子四、东宫主帅子五，领百余人出城，直抵景营。景发兵围攻，子一引槊四刺，杀贼数十人，贼众攒集，斫断子一左肩，乃倒毙地上。子四中槊，洞胸而死。子五伤股驰还，方至堑上，一恸迳绝。小子有诗赞道：

舍身报国赎前愆，战死疆场剧可怜！

兄弟三人同毕命，义碑好把姓名镌。

侯景围都城月余，城中日望外援，忽有临川太守陈昕，夜缒入城。究竟为着何事，待至下回再叙。

劝纳侯景者为朱异，激叛侯景者亦朱异，纵容侯景者又为朱异，吾不知朱异何心，必欲覆梁？并不知梁主何心，必欲信异？景之智力，并无太过人处，渡江时众不满万，设用萧范、羊侃之言，俱足制贼。叛王正德，前已奔魏，心术之坏，不问可知，废黜不用，绝景内线，景亦不至遽敢犯阙。乃一误再误，既不逆击叛首，反且委任叛党。梁主固昏耄无知，太子纲亦一庸才耳。古人有言：小人之使为国家，菑害并至，虽有善者，亦无如何。观羊侃之纳谋不用，又复率众守城，随宜却贼，实一梁朝社稷臣，然硕果仅存，内外无继，一善士其如梁何哉！

第六十回 援建康韦粲捐躯 陷台城梁武用计

却说临川太守陈昕，前曾出戍采石，为景所擒，景囚诸帐下，令党徒范桃棒监守。昕诱劝桃棒归梁，使率所部袭杀王伟、宋子仙等，桃棒颇也动心，纵昕出囚，令他缒城入报，愿为外援。梁主大喜，敕飨银券赐桃棒，俟侯景平定，即封桃棒为河南王。独太子纲疑他有诈，不肯轻信。（小心过甚，亦觉误事。）昕出城还报桃棒，桃棒又使昕入启，请开城纳降。太子纲终以为疑，不肯开门。俄而桃棒事泄，为景所杀。昕尚未知桃棒遇害，仍出城赴侯景营，景把昕拘住，逼令射书城中，诈称桃棒来降，好乘势入城。昕不肯从，反痛詈侯景，也被杀死。（不没昕忠。）

景乃射书入城，招降罪奴。朱异家有奴仆，缒城降景，景即授他仪同三司。奴乘良马，着锦袍，往来城下，且行且诟道："朱异朱异，汝做官至四五十年，才得一中领军，我方降侯王，便已仪同三司了。"于是群奴陆续偷出，趋降景营，共计千数，景一一厚抚，配入军伍。奴隶何知忠义？统皆感激私恩，愿为效死。

景初至建康，军令颇严，不许侵扰，及攻城不下，人心渐散，仰食石头常平诸仓，又将告罄，不得已纵兵掠民，无论金帛菽粟，并尽情劫夺。百姓流离荡析，无从得食，甚至升米万钱，多半饿死沟壑。正德太子见理镇守东府，素性贪险，夜与群盗出掠大桁，中矢竟死。

梁荆州刺史湘东王绎，移檄湘州刺史河东王誉、雍州刺史岳阳王詧、江州刺史当阳公大心（大器弟）、郢州刺史南平王恪（梁主侄，即萧伟子），使发兵勤王。自督兵三万人，由江陵出发，向东进行。就是邵陵王纶，前曾督师出都，行至钟离，闻侯景已渡采石，乃还军入援，渡江遇风，人马溺毙不少。纶率步骑三万，从京口西上，前谯川刺史赵伯超，在纶麾下，因即献议道："若从黄城大路进行，恐与贼遇，不如径指钟山，突据广漠门，出贼不意，围城当可立解了！"纶依伯超言，由黄城进兵，夜行失道，迂回二十余里，诘日始立营蒋山。景正分兵至江，防遏纶军，不意纶军猝至，也觉惶骇，遂送所掠妇女玉帛，贮石头城，更分兵三路攻纶。纶击破景军，景退至覆舟山北，招集败军，倚山列营。纶进逼玄武湖，与景对垒，相持不战。

到了日暮，景收军徐退。安南侯萧骏（懿孙），疑景怯走，即率壮士追赶，不料景麾众还攻，骏不能敌，败奔纶营。赵伯超见景众杀来，望尘先遁，诸军俱相顾惊溃，纶率余兵千人，奔入天保寺。景纵火烧寺，纶复遁往朱方。时值隆冬，冰雪盈途，士卒四处窜散，多半冻毙。西丰公大春（大器弟），及前司马庄邱慧、军将霍俊，不及逃避，均为所擒，辎重亦被景夺去。（邵陵一路败退。）

景将大春等推至城下，胁令给城中守卒，只说邵陵王已死军中。偏霍俊不肯从景，朗声呼道："邵陵王稍稍失利，已全军还京口，城中但坚守待着，援兵即至。"说至此，景众用刀击俊背，俊辞色益厉。景尚怜他忠义，不忍加害，那伪皇帝萧正德，独不肯放松，竟将俊杀死。（比强盗更凶。）

是日晚间，鄱阳王范，遣世子嗣与裴之高，及建安太守赵凤举，各将兵入援，驻营蔡洲。封山侯萧正表，本受命为北道都督，偏与景暗中勾通，受伪封为南郡王，兼南兖州刺史，（正表系正德弟，无怪他与兄同逆。）统军万人，立栅欧阳，佯言将入援都城，实是阻截上流援军；一面诱广陵令刘询，使烧城为应。询转告南兖州刺史南康王会理，（见五十八回。）会理使询领步骑千人，夜袭正表，攻入欧阳营栅。正表败走钟离，询取得正表军粮，返就会理，再行部署，为勤王计。

侯景闻正表败还，恐援军四集，索性大举攻城，就台城东西两面，高筑土山，临城攻扑。城中亦随筑土山，与他相持。会大雨倾盆。城内土山聚崩，景乘隙登城，与守卒城上鏖斗，两边死了多人，景众不退。羊侃忙令兵士争抛火炬，乱烧景众，又在城内筑垒为防，景众乃退。侃因连日忧劳，竟至遘疾，疾且日剧，旋即告终。城中所恃惟侃，侃既谢世，人心益震。幸有材官吴景，素有巧思，善制守具，随宜抵御。右卫将军柳津，潜凿地道，出挖城外土山，景未及豫防，土山猝倒，贼众压死甚多。嗣是弃去土山，自焚攻具，另决玄武湖水，灌入台城，阙前皆为洪流，势甚岌岌。

适衡州刺史韦粲，募兵五千，兼道赴援。司州刺史柳仲礼，亦率步骑万余人至横江，与粲相会。裴之高亦自蔡洲渡江，接应仲礼。粲正推仲礼为大都督，偏之高自命先进，负气不服。粲单舸至之高营，当面谯让道："今两宫危迫，猾寇滔天，惟柳司州久镇边疆，名足骇贼，所以粲等奉为主帅。公为梁臣，应以灭贼为期，不宜意气用事，必欲立异，咎将归公，公亦何苦受人唾骂呢！"之高乃垂涕致谢，便决推仲礼统军，集众十万，沿淮列栅，与景争锋。景亦在淮水北岸，列栅自固。且因之高弟侄子孙，俱在东府，令部众搜捕至营，驱列阵前，后面摆着刀锯鼎镬，遥呼之高道："裴公不降，即烹他弟侄子孙。"之高从容自若，反令弓弩手注射己子。再发不中，景乃撤回。

仲礼入韦粲营，部分众军，择地据守。令粲往扼青塘，粲说道："青塘当石头城要冲，贼必来争，粲无义可诿，但恐所部寡弱，奈何！"仲礼道："青塘要地，非兄不可，若嫌兵少，当拨军相助。"乃使直阁将军刘叔胤助粲。时已年暮，粲不敢逗留，便即启行。太清三年元旦，大雾漫天，不辨南北，粲军迷路迂行，及到青塘，夜已过半，立栅未就，景即率锐卒掩入，刘叔胤遁去，粲将郑逸战败，自相蹴踏，全营大乱。左右牵粲避贼，粲兀立不动，叱子弟力战！究竟寡不敌众，血战未几，粲弟助、警、构，从弟昂及子尼，陆续殉难，粲亦身受重伤，呕血毕命。（一门忠义，足表千秋。）

仲礼方徙营大桁，早起就食，闻粲死耗，投箸起座，披甲上马，麾众至青塘，掩击景军。景军败退，仲礼挺槊追景，相去咫尺。忽来了贼将支伯仁，从旁面骤斫一刀，适中仲礼左肩。仲礼慌忙闪避，已是不及，马又倒退数步，陷入淖中。贼众环刺仲礼，亏得仲礼骑将郭山石，力救仲礼，杀退贼众，仲礼才得走归。经此一战，景不敢复渡南岸，仲礼亦索然气馁，不敢再言战事了。（血气之勇，不足济事，仲礼各军，又复退却。）

邵陵王纶，再会同东扬州刺史临城公大连等，进驻桁南，亦推仲礼为大都督。湘东王世子方，及假节总督王僧辩，并至城下。台城被困多日，内外不通，就是援军音信，也无从递入。城中官民，共诟朱异，异惭愤成疾，因即致死。（大是幸事。）梁主还很加痛惜，特赠异为尚书右仆射，大众益视为恨事。太子纲迁居永福省，募人献计，使达援军音信。有小吏羊车儿进策，请作纸鸢系敕，顺风遥放，冀达众军，太子恰也依议。偏纸鸢放出城外，被贼射下，仍不得达。已而鄱阳王世子嗣，募人送启入城。部吏李朗，想出一条苦肉计，先受鞭扑，佯为得罪，往降景营，因得伺隙入城，城中方知援兵四集，鼓噪一时。（也欠镇定。）梁主授朗为直阁将军，赐金遣还。朗乘夜出城，从钟山后绕道归营，宵行昼伏，积日乃达。于是鄱阳王世子嗣、湘东王世子方，征集各军，相继渡淮，攻毁东府前栅，景众少退。

各援军立营青溪，再拟进攻。可巧高州刺史李迁仕、天门太守樊文皎，引兵五千人来援。文皎骁勇善斗，与迁仕驱兵独进，所向披靡。及抵菰首桥东，景将宋子仙用埋伏计，诱文皎陷入伏中，四面围集，毕竟双手不敌四拳，任你文皎如何勇力，怎禁得悍贼环攻，战了半日，力竭身亡。迁仕逃命要紧，管不及文皎生死，便即遁回。各军闻文皎战死，又复夺气，再加柳仲礼自惩前辙，不肯再进，待遇各将又傲慢不情。邵陵王纶每日候门，常被拒绝，坐是彼此离心，不愿再进。（数路援军，并皆失势。）

那侯景却也戒惧，更因士卒饥馁，无从掠食，未免加忧。王伟又献策道："今台城不可猝拔，援军日盛，我军乏食，何弗佯与求和，为缓兵计，俟他内外懈怠，一举攻入，方可得志。"景连声称善，遂遣将任约、于子悦二人，至城下跪伏，拜表求和，请赐还原镇。太子纲以城中穷困，入白梁主，劝许和议。梁主勃然道："和不如死！"（此语尚有见地。）太子固请道："都城久困，援军怯战，不如暂且许和，再作后图。”梁主踌躇多时，方嗫嚅道：“随汝自谋，勿令取笑千载！”太子乃承制许和。景乞割江右四州地，并求宣城王大器出送，然后退兵。中领军傅岐固争道：“怎有贼起兵犯阙，尚与许和？这不过欲却援军，借此给我，戎狄兽心，必不可信！且宣城王系皇家冢孙，国脉所关，岂可轻出！”（诚然！诚然！）梁主乃命大器弟石城公大款为侍中，出质景营，并敕诸军不得复进。敕文中有善兵不战，止戈为武两语。（堕贼狡计，还想虚词粉饰。）授侯景为大丞相，都督江西四州诸军事，领豫州牧，仍封河南王。设坛西华门外，遣仆射王克、吏部郎萧瑳，与景将任约、于子悦、王伟等，登坛为盟。又令右卫将军柳津，出西华门，与侯景遥遥相对，歃血为誓。一方面是专望解围，情真语挚，一方面是但知行诈，口是心非。

两下里盟誓既毕，总道景遵约撤兵，那知他仍然围住，托词无船，不能还渡。嗣又遣大款还台，复求宣城王出送。种种刁难，无非是设词迟宕。会南康王会理等，至马卬州，景复表请勒归会理。太子纲不得不从，饬会理退屯江潭苑。已而复称永安侯萧确，及直阁将军赵威方，截臣归路，请即召入，以便西还。有诏授确为广州刺史，威方为盱眙太守，即日入觐。确为邵陵王纶次子，固辞不入。邵陵王纶泣语确道：“围城既久，主上忧危，不得已从景所请，遣归贼众，汝宜遵敕入朝，奈何拒命？”确亦泣语道：“侯景虽云欲去，仍然长围不解，情迹可知。召确入城，究属何益？”未几由朝使出城，一再征确，确尚不肯入。纶不禁怒起，喝令斩确，确乃流涕入城。

城中粮食将尽，御厨中蔬菜亦绝，梁主时常蔬食，至是乃食鸡子。纶献入鸡子数百枚，由梁主亲自检点，欷歔不已。湘东王绎，驻兵武城；河东王誉，驻军青草湖；桂阳王慥，驻军西峡口，（慥系萧懿子。）皆观望不前。湘东参军萧贲，屡请进兵，为绎所恨。及得梁主和诏，贲仍执前议，竟被杀死。侯景闻援师已怠，并将东府米运入石头，遂有意败盟。伪皇帝正德，及左丞王伟，更从旁怂恿，景乃决计背约，胪陈梁主十失，上启梁廷。略云：

陛下与高氏通和，岁逾一纪，舟车往复，相望道路，必将分灾邺患，商休等戚，宁可纳臣一介之服，贪臣汝颍之地，便绝好河北，檄詈高澄。聘使未归，陷入虎口，扬兵击鼓，侵逼彭宋，天下宁有万乘之主，见利忘义若此！其失一也。（第一条即使梁主愧死。）臣与高澄既有仇憾，义不同国，归身有道，陛下授以上将，任以专征。臣受命不辞，实思报效，方欲荡涤夷氛，一匡宇内，乃陛下始信终疑，欲分臣功，使臣击河北，自举徐方。遣庸懦之贞阳，任骄贪之胡赵，才见旗鼓，鸟散鱼溃，慕容绍宗，席卷涡阳，诸镇靡不弃甲，疾雷不及掩耳，散地不可固全，使臣狼钡失据，妻子为戮，斯实陛下负臣之深。其失二也。（梁主任将非人，反令叛贼借口。）臣退保淮南，方欲收合余烬，克申后战，封韩山（即寒山）之尸，雪涡阳之耻，陛下丧其精魄，无复守气，使信贞阳谬启，复请通和。臣屡表谏阻，终不见从，反复若此，童子犹且羞之，况在人君！其失三也。畏懦逗留，军有常法，贞阳精甲数万，不能拒抗敌国，反受囚执，以帝之犹子，而面缚虏庭，实宜绝其属籍，以衅征鼓，陛下曾不追责，悯其苟存，欲以微臣相贸易，人君之道，可如是乎？其失四也。悬瓠大藩，古称汝颍，臣举州内附，而羊鸦仁无故弃之，弃之者不闻加罪，得之者未见加功，其失五也。臣涡阳退缩，非战之罪，实由陛下君臣，相与见误，乃还寿春，曾无悔色，祗奉朝廷。鸦仁自知弃州，内怀惭惧，遂启臣欲反，欲反当有形迹，何所征验，诬陷乃尔。陛下曾无辨究，默然信纳，岂有诬人莫大之罪，而可比肩事主者乎？其失六也。（此条实含血喷人。）赵伯超拔自无能，任居方伯，惟渔猎百姓，行货权幸。朱异之徒，积受金贝，遂拟胡赵为关张，（胡指贵孙，上文胡赵同此。）诬掩天听，谓为真实。韩山之役，女妓自随，才闻敌鼓，与妾俱逝，不待贞阳，故只轮莫返。论其此罪，应诛九族，而纳贿中人，还处州任。伯超无罪，臣功何论？赏罚无章，何以为国？其失七也。臣御下素严，无所侵物，关市征税，咸悉停原，寿阳之民，无不慰悦。乃裴之悌等助戍在彼，惮臣检制，无故遁归，又启臣欲反。陛下不责其违命离镇，反受其浸润之谮，处臣如此，使何地自安！其失八也。（此条未见上文，借景启中补入。）臣虽才愧古人，颇无遗策，及委贽陛下，罄竭忠规，每有陈奏，恒被抑遏。朱异专断军旅，周石珍总尸兵杖，陆验、徐驎，典司谷帛，皆明言求货，非赂不行。臣无贿于中，故常遭抑责。其失九也。鄱阳之镇合肥，与臣邻接，臣推以皇枝，每相祗敬。而嗣王无端疑忌，臣有使命，必加弹射，或声言臣反，或启臣纤介，招携当须以礼，忠烈何以堪此！其失十也。（此条又是诬罔。）其余条目，且不胜陈。臣心直辞戆，有忤龙鳞，遂发严诏，便见讨袭。昔重华纯孝，犹逃凶父之杖，赵盾忠贤，不讨杀君之贼，臣何亲何罪，而能坐受歼夷？韩信雄桀，亡项霸汉，末为女子所烹，方悔蒯通之说。臣每览书传，心窃笑之，岂容遵彼覆车，而快陛下佞臣之手哉！是以兴晋阳甲，乱长江而并济，愿得升赤墀，践文石，口陈枉直，指画臧否，诛君之恶臣，清国朝之秕政，然后还守藩翰，以保臣节，实臣之至愿也。谨此启闻。

看官，你想梁主衍见了此启，怎得不惭愤交并？便于三月朔日，就太极殿前设坛，祷告天地，说是侯景背盟，不可不讨。（恐天地亦不肯多管。）一面举烽征军，再拟交兵。先是闭城拒贼，城中男女共十余万，士卒约二万余人，被围即久，十死八九，乘城不满四千人，类皆羸饿。蓦闻侯景负约，当然大惧，惟日望外援。柳仲礼专聚妓妾，置酒作乐，不许诸将出战。乃父即右卫将军柳律，登城呼仲礼道：“汝君父日坐围城，汝尚不肯竭力，试想百岁以后，将目汝为何如人?”仲礼面色如常，毫不介意。邵陵王纶，亦顿兵不战。安南侯萧骏，向纶进言道：“城危至此，尚坐视不救，倘有不测，殿下有何颜再立人世！今宜分军为三道，出贼不意，当可却贼！”纶终不听。

南康王会理，与羊鸦仁、赵伯超等，进营东府城北，约在夜间渡军。鸦仁违约不至，景已令宋子仙攻击会理。会理营尚未就，军士惊乱，伯超先遁，会理支持不住，便即退走，战死溺死，约五千人。景聚首城下，指示守军，城中益惧。景督兵攻城，昼夜不息。邵陵世子坚，屯太阳门，终日蒱饮，不恤吏士。书佐董勋华、白昙朗等，夜引景众登城。永安侯确，力战不能却，乃排闼入宫，报知梁主道："城被陷了!"梁主衍尚安卧不动，喟然叹道："我得我失，亦复何恨!"复顾语确道："速去语汝父，勿以二宫为念!"确方欲趋出，又由梁主申命，使确慰劳外军。确奉命去讫。

俄而景左丞王伟，入殿奉谒，拜呈景启，无非说是奸佞所蔽，因领众入朝，惊动圣躬，特诣阙谢罪。梁主便问道："侯景何在？汝可为我召来!"伟乃出殿报景，景竟引甲士五百人，昂然入见。既至殿前，望见仪卫森严，也不禁三分胆怯，因跪就殿阶，叩首如仪。典仪引就三公座上，梁主正容语景道："卿在军日久，曾劳苦否？"景不敢仰视，汗涔涔下。（贼胆心虚。）梁主又道："卿何州人？乃敢至此。妻子尚在北方么？"景仍不敢对，景将任约在侧，代景答道："臣景妻子，皆为高氏所屠，只有一身归服陛下。"梁主复道："卿既忠事我朝，应即约束军士，不得骚扰。"景应诺而出。复至永福省谒见太子，太子亦无惧容。侍卫统皆骇散，惟中庶子徐摛、通事舍人殷不害在侧。摛朗声道："侯王来，当礼谒东宫!"景乃下拜。太子与言，景亦不能答。

既而退出，自语同党道："我尝跨鞍对阵，矢刃交下，了无惧意；今见萧公，使人自慑，岂非天威难犯，我不便再见两宫了!"随即纵兵入宫，胁逐两宫侍卫，劫掠乘舆服御，及宫女若干人。又收朝士王侯，送永福省，使王伟守武德殿，于子悦屯太极殿东堂，矫诏大赦，自加大都督中外诸军，录尚书事。小子有诗叹道：

> 乱贼猖狂反许和，痴心还望戢干戈；
>
> 推原祸始由贪利，后悔难追可奈何!

嗣又遣石城公大款，赍着敕文，解散援军。欲知援军是否遵敕，请看官续阅下回。

台城被困，各军之入援者，大都庸懦无能，才不足而志亦不专。邵陵一败而即溃，湘东一奋而即衰，目睹君父之危难，且偷生畏死，未肯赴义，遑问他人！独韦粲战死青塘，樊文皎战死菰首桥，功虽未成，忠则过之。而韦粲之死事尤烈。柳仲礼、裴之高，皆经粲激厉而来，之高虽为国忘家，卒未闻有血战之役；仲礼鼓勇追贼，亦颇壮往，乃以左肩之受伤，遂致怯战；以视粲之视死如归，甘与子弟同殉，其相去为何如耶！若侯景之称戈犯阙，明明为一叛贼，与贼许和，敕止援军，是延贼入门，又自绝其外援也。梁主亦知和不如死，乃胸无主宰，始明终昧，卒致堕入贼计，台城陷而正容语景，果何益耶？我得我失，死复何恨，徒付诸一叹而已，而梁亡矣。

第六十一回 困梁宫君王饿死 攻湘州叔侄寻仇

却说侯景伪传敕命，解散援军，邵陵王纶等，大开军事会议，推柳仲礼主决。纶语仲礼道："今日事悉委将军，请将军酌定进止。"仲礼熟视不答，裴之高、王僧辨齐声道："将军护从百万，坐致宫阙沦没，居心何忍！现只好竭力决战，何必多疑！"仲礼竟无一言，诸军遂陆续散归。邵陵王纶，亦奔往会稽。仲礼及羊鸦仁、王僧辩、赵伯超等，并开营降景。（僧辩既已主战，奈何降贼?）军士莫不愤惋。仲礼入城，先往谒景，然后入见梁主，梁主绝不与言；退省乃父，柳津不禁大恸道："汝非我子，何劳相见！"景遣仲礼归司州，僧辩归竟陵。

先是伪皇帝萧正德，与景私约，入城后不得全二宫。及景已入城，正德亦引众随至，挥刀欲入宫中，偏宫门被景军守住，不准放入。正德正要喧嚷，那知景已传示敕书，令他为侍中大司马。他恨景负约，又平白地将皇帝革去，仍降做梁朝臣子，叫他如何不愤，如何不悔？当下易去帝服，进见梁主，且拜且泣。梁主口述古语道："啜其泣矣，何嗟及矣！"（见《诗经》。）正德垂涕而出，懊丧欲绝。景却格外防范，不使与闻朝事。一面嘱前临江太守董绍先，使赍敕文，往召南兖州刺史南康王会理。绍先带去兵士，不满二百人，并且连日饥疲，面有菜色。会理拥有州兵，士饱马腾，僚佐说会理道："景已陷京邑，欲先除诸雍州藩，然后篡位，今若四方拒绝，立当溃败。王不如诛死绍先，发兵固守。倘虑兵力不足，尽可与魏连和，静观内变，奈何举全州土地，轻资贼手呢?"会理道："诸君心事，与我不同，天子年尊，受制贼虏，今有敕召我入朝，臣子怎得违背？且远处江北，事业难成，不若身赴京都，就近图贼，成功与否，听诸天命。我志已决定了！”（有兵有马，尚不能讨贼，难道赤手空拳还得成事么？）遂开城迎入绍先。绍先悉收文武部曲，铠仗金帛，但遣会理单骑还都。及会理诣阙，由景授官侍中，兼中书令。会理暗思匡复，怎奈手无寸柄，如何成谋？只得过一日，算一日，徐俟机会罢了。

那湘东王绎，出驻武城，始终不前。（应前回。）世子方等自都下驰归，才知台城失守，索性退还江陵。信州刺史桂阳王慥，自西峡口入江陵城，拟待绎回议军情，方还信州。适有雍州刺史张缵，贻绎密书，内称河东欲袭江陵，岳阳亦与同谋，不可不防。嗣又由裨将朱荣，亦遣人走报，谓桂阳留此，无非与河东岳阳，里应外合。为这种种谗构，遂使君父大仇，置诸不顾，徒惹出一场叔侄的争端来了。（回就五十七回。）雍州刺史岳阳王詧，与湘州刺史河东王誉，统是昭明太子遗胤。詧隐蓄异志，待乱图功，梁主早有所闻，特令张缵往代。缵本刺湘州，自河东王誉入湘，缵轻誉少年，迎候多疏，为誉所恨，因留缵不遣。缵轻舟夜遁，欲赴雍州，又恐詧不受代，左思右想，只有湘东王绎，尚是故交，不如径赴江陵，劝绎除灭誉、詧。可巧绎出屯武城，留缵助守。当时兵马倥偬，也无暇进陈私意，及援军还镇，乐得乘隙进谗，自快宿忿。朱荣与缵同党，更欲剪除桂阳。绎向来多疑好猜，闻谗即信，便匆匆返至江陵。

桂阳王慥，莫明其妙，上前相迎，片语未完，即由绎麾动左右，把慥拿下。慥问得何罪？绎责他勾通誉、詧，不容慥辩明冤诬，自拔佩剑，把他头颅砍去。（死得冤苦。）且遣人至汉口，说通戍将刘方贵，使袭襄阳。方贵系岳阳王詧府司马，本来受詧差遣，引兵勤王，旋因湘东各军，多半逗留，方贵亦勒兵不进。此次与绎连谋，将拟倒戈，忽由詧传令召还。方贵疑秘谋已泄，遂据住樊城，不受詧命。詧发兵往讨方贵，方贵出战被杀。樊城当然归詧。那湘东王绎，尚未得信，赠缵厚资，令赴雍州。缵至大堤，始闻方贵战死情状，彼时不便折回，只好赍敕赴任。

詧已得悉侯景入都，国家无主，那里还肯受代，暂令缵寓居城西白马寺，并令偏将杜岸绐缵道："看岳阳情势，不容使君，何勿且往西山，权时避祸。"缵信为真言，与岸结盟，自着妇人衣，乘青布舆，逃入西山。詧讨缵有名，即使岸引兵追蹑，把缵擒归。缵情愿割发为僧，改名法缵。詧含糊答应，但仍遣兵监守，不令他适。嗣是与绎有仇，专务私斗，把国家事全然不睬，反使侯景得独揽朝纲，任意横行。

梁主衍受制侯景，非常懊怅。景荐宋子仙为司空，梁主道："调和阴阳，须有特长，此种人物，怎得轻用！"景又欲使徒党二人为便殿主帅，亦不见许。太子纲虑景衔恨，入宫泣陈，梁主叱道："谁使汝来？若社稷有灵，终当克复；否则虽朝夕哭泣，亦属何益！"太子乃惶遽出宫。景擅使部从入直省中，或驱马佩刀，出入宫廷。梁主偶有所见，不免叱问，直阁将军周石珍随口答道："这是侯丞相的甲士。"梁瞋目道："什么丞相！但叫侯景罢了。"（口中倔强，亦属无益。）

景备闻消息，当然挟嫌，遂遣私党监视御膳，一切饮食，格外克损。梁主有所需索，辄不令进。自思衰年结局，弄到这般地步，那得不悲从中来，终日恹恹，郁极成病，遂致卧床不起，展转呻吟。太子纲随时入省，无非是以泪洗面，没法可施。并因正妃王氏，甫经病殁，悼亡未毕，禁不住再遘父危。最可恨的是叛贼侯景，还不肯令御医入治，但祝梁主早崩。就是太子出入，亦尝派人侦察，不使自由。太子益生疑惧，特致湘东王绎密书，以幼子大圜相托，且自剪爪发，一并寄去。湘东王绎，方与二侄为难，也不过虚与周旋，敷衍了事。太清三年五月上澣，梁主大渐，口中觉苦，索蜜不得，自呼荷荷，声嘶力竭，痰喘交作，竟尔去世，享年八十六岁。统计在位四十八年，改元七次。（天监、普通、大通、中大通、大同、中大同、太清。）

侯景秘不发丧，迁殡昭阳殿，但迎太子入永福省，使照常入朝。且使党羽王伟、陈庆等陪伴太子，名为侍侧，实是监督。太子只吞声饮血，不敢悲号。殿外文武，尚未知有大丧。直至五月下旬，景见内外无事，方才讣闻。把梓宫迁入太极殿中，奉太子纲即皇帝位，颁诏大赦。景屯朝堂，分兵守卫，并请嗣主覃恩，凡北人陷没南方，充作奴仆，概令释放。嗣主纲不得不从，他却从中收录，引为己用。未几有诏命传出，追谥故妃王氏为简皇后，立宣城王大器为皇太子，封诸子大心为寻阳王，大款为江陵王，大临为南海王，大连为南郡王，大春为安陆王，大成为山阳王，大封为宜都王。（简文首政，即以赠妻封子为急务，其志可知。）命南康王会理为司空，兼尚书令。会理懦弱，虽是有心讨贼，究竟不能制侯景。萧正德为景所卖，密诏鄱阳王范，令带兵入除首恶。偏传书人为景所获，立召正德对质，正德无言可答，被景驱入别室，将他绞死。（死已晚矣。）

景遣于子悦略吴郡，太守袁君正，举郡降景。惟新城戍将戴僧逷不肯从令。景又遣来亮入宛陵。宣城太宗杨白华，诱亮入城，拿下处斩。御史中丞沈浚，避难东归，与吴兴太守张嵊，会同讨景。景令李贤明攻宣城，侯子鉴入吴郡。特派仪同三司宋子仙，经略东南，又授仪同三司郭元建为尚书仆射，领北道行台，总江北诸军事。

永安侯萧确，（见前回。）材勇过人，自入都后，景爱他膂力，尝引置左右。邵陵王纶，顾念私恩，屡遣密使往召，（前时何故逼令入都？）确语来使道："侯景轻佻，一夫可制，我尝欲手刃此贼，但苦无闲可乘，卿为我还启家王，勿以确为念！"来使自去还报。确日伺景隙，辄思下手，可巧景召确同游钟山，确借射鸟为名，拈弓搭矢，向景射去，不料用力过猛，弓弦陡绝，那箭干抛至侯景马前，突然自落。景知确存心不善，即挥动左右，将确拿住。确怒叱道："我不能杀汝，汝即可杀我，我岂从贼为逆么？"说着，项下已着了一刀，陨首毕命。

南徐州刺史萧渊藻，因入援无功，又闻景将萧邕出据京口，迫令解职，顿时气愤填胸，疾病交作。或劝他出奔江北，渊藻叹道："我位居台铉，受眷特隆，既不能诛翦逆贼，正当同死，怎可投身异类，苟延残喘呢！"嗣是累日不食，竟致丧生。（确与渊藻尽忠梁室，故特别表明。）

鄱阳王范，闻建康失守，复拟整军入卫，僚佐进谏道："今东魏已据寿阳，若大王移足，虏骑必进窥合肥。前贼未平，后城失守，岂非失计！不如待四方兵集，再议兴师，进不失勤王，退可固根本，方算得两全了。”范闻言也觉踌躇。果然东魏遣西衮州刺史李伯穆进逼合肥，又使魏收致书与范，勸让合州。范方谋讨侯景，不得已将合州割让，又使二子勤广往质东魏，乞师图逆。自引战士二万人，出屯濡须，檄召上游各军，一同进援。偏上游无一到来，东魏亦不闻出师，害得范进退彷徨，更兼粮食告罄，没奈何溯流西上，到了枞阳。景发兵出屯姑熟，范将裴子悌率从降景。范势益孤。幸江州刺史寻阳王大心，贻书邀范，范乃趋诣江州，寓居湓城，尚向各镇通书，协图匡复。

湘东王绎，因自称奉得密诏，得假黄钺，大都督中外诸军事，承制封拜，集众讨景。一面征兵湘州，遣使督促军需。（明是挑衅。）湘州刺史河东王誉，已与湘东王有隙，自然不肯受命。绎即遣少子方矩，往代誉任，并令世子方等，发兵护送。行至麻溪，被誉率众邀击，一场鏖斗，方等败死。方矩慌忙逃还，侥幸得了性命。

绎闻方等败没，毫无戚容。看官道是何因？原来方等生母徐妃，与绎不睦。绎眇一目，妃尝为半面妆，居室俟绎。绎瞧见妃容，知她有意嘲笑，盛怒而出，所以累年不入妃房。妃妒而且淫，见有无宠的妾媵，始与接坐。或察知有娠，往往手刃致毙。平居无事，辄往寺院中焚香。荆州瑶光寺中，有一智远道人，面目伟哲，为妃所爱，竟引与私通。嗣又见湘东幕僚暨季江，才貌翩翩，丰神楚楚，遂使心腹侍婢，导他入房，密与交欢。一对露水夫妻，比伉俪还要狎昵。季江尝自叹道：“柏直狗，虽老犹能猎，萧溧阳马，虽老犹骏，徐娘虽老，犹尚多情。”那徐妃得了季江，起初原是我我卿卿，欢好无间，连智远道人的旧情，也撇置脑后。后来复得见僚佐贺徽，面庞儿还要俊俏，又不免惹动情魔，想与同梦，（煞是情敌。）屡次遣婢勾引，徽却尚知顾忌，不肯应命。徐妃想出一法，自往晋贤尼寺，设词召徽，徽只好前往。甫入禅林，即有二三侍女，引入密室，妃已卸妆相待。一见徽面，好似珍宝一般，相偎相倚，并入欢帏。待至云收雨散，起床整衣，特书白角枕为诗，互相唱和。诗中所述，无非是中冓私情，言之可丑，小子也不愿录述了。绎闻妃淫行，怒不可遏，便将她生平秽史，榜示大阁，且因此与方等有嫌。（徒扬家丑。）方等战死，绎毫不介意，置诸度外。会绎宠妃王氏生子，产后病逝，绎疑为徐妃下毒，逼令自尽，妃投井溺死。绎令将尸舁还徐氏，呼为出妻，槁葬江陵瓦官寺侧，才算泄恨。又遣竟陵太守王僧辩，与信州刺史鲍泉，出兵攻誉，限令即日就道。僧辩请略宽期限，绎召僧辩入问，声色俱厉，且拔剑斫伤僧辩，牵系狱中，但令鲍泉往攻。

泉至湘州，誉出兵迎战，为泉所败，乃退保长沙，并向雍州乞援。岳阳王詧，即留参军蔡大宝守襄阳，自率骑卒二万，径攻江陵，遥救湘州。湘东王绎，很是惊慌，急召僚佐会议，大众俱不知所答。适僧辩母为子谢罪，自陈无训，绎乃给她良药，疗治僧辩，且遣左右至狱中问计。僧辩侃侃直陈，有条有理，经绎闻知，忙释令出狱，面加慰劳，使为城中都督。（急时抱佛脚。）

詧至江陵，设十三营，环攻江陵城。偏天公不肯做美，连宵大雨，平地水深四尺，累得詧军拖江带水，锐气尽衰。新兴太守杜崱，随詧攻城。绎与崱素有交谊，招使归降，崱遂与兄岌、岸，弟劝安及兄子龛，入城降绎。岸愿率五百骑袭襄阳，得绎允诺，遂昼夜兼行，距襄阳才三十里，城中始觉。蔡大宝亟奉詧母龚氏，登城拒守，一面遣人报詧。詧慌忙退回，抛弃粮械金帛，不可胜计。张缵病足，詧常加监束，载缵从军，及仓猝奔还，恐为追兵所夺，把缵杀死，弃尸江中。杜岸闻詧还援，亦奔往广平，依兄南阳太守杜巘。詧使将军薛晖，追岸至广平城下，乘势围攻。巘不能守，弃城遁走，岸为晖所获，送往襄阳。詧见了杜岸，好似杀父大仇，先用乱鞭击面，使无完肤，再把他舌头拔去，支解四体，烹诸鼎镬。又厮发杜氏祖墓，焚骨扬灰，用头颅为漆碗。（杜岸叛詧不为无罪，但如此处置，抑何残忍！）

湘东王绎，既欲攻誉，又欲攻詧，特使王僧辩赴长沙，逮回鲍泉，因他日久无功，意欲加诛。还是僧辩替他转圜，令泉申启具谢，始得免罪。自是攻誉一路，专属僧辩；别遣司州刺史柳仲礼，出镇竟陵，为图詧计。詧恐不能自存，乃向西魏求救，愿为附庸。西魏丞相宇文泰，欲乘势经略江汉，乐得允许，即遣使至襄阳议约。詧专务防绎，也顾不得什么妻孥，即命正妃王氏，与世子嶚，入质西魏，乞即济师。宇文泰便遣开府仪同三司杨忠，都督三荆等十五州诸军事，镇守穰城。

适柳仲礼率众趋襄阳，杨忠遂与行台仆射长孙俭，同击仲礼。且分兵攻下义阳、随郡，收降义阳太守马伯符，拘住随郡太守桓和。再进军围安陵。柳仲礼引兵还援。西魏将士，统请杨忠急攻安陆，休待仲礼还师，忠笑语道："攻守势殊，未易猝拔，若旷日劳兵，表里受敌，更属非计。我闻南人多习水军，不习野战，仲礼兵马将至，我正好出他不意，用奇兵邀击，彼怠我奋，一举可克。既克仲礼，安陆不攻自下，诸城可传檄自定了。"诸将士方才拜服。忠即选精骑二千，衔枚夜进，行至漴头，择地伏着，专待仲礼到来。仲礼毫不防备，匆匆驰归，一入伏中，魏兵齐起，仲礼部下，不战已乱。最厉害的是遍设陷坑，无从顾避，但只听得跌蹋声、铙钩声、铁索声，不到数时，已将仲礼部众，一齐捆住。仲礼叫苦不迭，蓦觉马足不稳，也坠入坑中，被西魏兵手到擒来，缚住手足，似扛猪的抬将去了。（早知如此，何不拼死拒景，还好挣些名节。）

安陆守将马岫，闻仲礼被擒，便开门出降。竟陵守将王叔孙，也知保守不住，同做了降将军，于是汉东土地，尽入西魏。杨忠乘胜至石城，进逼江陵。湘东王绎，急得不知所为，还是舍人庾恪，愿往说忠，为绎解忧。绎即令驰赴敌营。恪不慌不忙，至西魏营中，进见杨忠道："湘东为叔，岳阳为侄，贵国助侄攻叔，如何能服天下？"忠答道："汝言未尝无理，但我军前来，是征讨不服，与叔侄无关。若湘东果愿投诚，我即便退去了。"恪如言回报，绎乃遣舍人王孝祀，送子方略往质，卑辞求和。忠许与通好，当由绎亲出歃血，加载盟书，略云：

> 魏以石城为封，梁以安陆为界，请同附庸，并送质子，贸迁有无，永敦邻谊；有渝此盟，明神殛之！

盟毕，绎仍然还城，忠亦退去。江陵解严，绎得专心攻誉，发兵助攻长沙。誉向邵陵王纶处乞师。纶颇思往救，因恐兵粮不足，未敢轻率从事，乃寄书湘东王绎，劝他休兵。大致说是：

天时地利，不及人和，况乎手足股肱，岂可相害！今社稷危耻，创巨痛深，惟应剖心尝胆，泣血枕戈，其余小忿，或宜容贯。若外难未除，家祸仍构，料今访古，未或不亡。夫征战之理，惟求克胜，至于骨肉之战，愈胜愈酷，捷则非功，败则有丧，劳兵损义，亏失多矣。侯景之军，所以未窥江外者，良为藩屏盘固，宗镇强密，弟若陷洞庭，不戢兵刃，雍州疑迫，何以自安？必引进魏军以求形援，弟若不安，家国去矣。必希解湘州之围，存社稷之计，顾全大局，毋俟踌躇！

书去后，得绎复音，申陈誉恶，罪在不赦。纶掷书地上，慷慨流涕道："天下事一败至此！湘州若亡，我亦将葬身无地了！"已而河东王誉，守不住长沙城，意欲溃围出走，偏部将慕容华，引僧辩入城。誉不及奔逃，竟为僧辩所执。誉语僧辩道："勿即杀我，愿一见七官！（绎为梁主衍第七子，向呼七官。）指出谗贼，死且无恨！"僧辩不许，把誉处斩，函首送江陵。湘东王绎，还首归葬，进僧辩为左卫将军，兼侍中镇西长史。

先是誉将败时，引镜照面，不见头颅，又夜见长人据屋，两手垂地，恍惚中被他抓住，噉脐暴痛，狂呼求救，始由左右入视，他已倒在地上，不省人事，好容易把他救醒，长人早已不知去向。未几复见白狗如驴，窜出城外，亦无下落。誉已自知不祥，至是终为僧辩所杀。小子有诗叹道：

叔侄如何不并容，兵戈构怨及同宗？
湘东推刃河东毙，首祸心肠亦太凶！

绎既攻克长沙，乃为梁主衍发丧，传檄讨景。欲知后事如何，试看下回便知。

湘东邵陵，皇子也，河东、岳阳，皇孙也，子视父难，竟养寇不讨，遑问皇孙！梁主衍有此胤嗣，无或乎受制逆贼，终致饿死也。惟当时之最乏孝思者，莫若湘东。湘东初移檄入援，河东、岳阳，并皆听命，乃出屯武城，逗留不进，发起者犹且如此，安能责及他人！且河东、岳阳，与湘东无纤芥嫌，乃以憸人之谗构，遽致骨肉之纷争，君父之危，可以不顾，叔侄之衅，必欲相残，试问湘东何心，乃倒行逆施若是乎！邵陵始勇终怯，不为无辜；然贻书湘东，词多痛切，彼犹知为大局计，湘东视之，有愧多矣。河东杀方，衅由湘东，而河东之因是陷戮，吾且为彼呼冤；若桂阳王慥之被害，则正冤之尤冤者耳。

第六十二回　取公主侯景胁君　篡帝祚高洋窃国

却说湘东王绎，为梁主衍开丧，已是隔年，时梁主梓宫，已奉葬修陵，追尊为武皇帝，庙号高祖。嗣主纲改元大宝，颁诏国中。独绎仍称太清四年，刻檀为高祖像，供设厅堂，每事必先启像前，然后施行。（捣什么鬼？）一面移檄远近，申讨侯景。景将侯子鉴已陷入吴兴，太守张嵊，并前御史中丞沈浚，俱被执送建康。景颇悯二人忠义，好言劝慰，嵊慨然道："我忝任专城，目睹朝廷倾危，不能匡复，还求什么生活？不如速死为幸！"景尚欲宥他一子，嵊复道："我一门已登鬼箓，不愿向尔贼乞恩！"景不禁怒起，遂并杀张嵊父子。沈浚亦不为所屈，同时殉节。

还有宋子仙受了景命，南略钱塘，新城戍将戴僧逷，战败出降。子仙引兵渡浙江，进攻会稽。邵陵王纶，奔往鄱阳。东扬州刺史南郡王大连，居守会稽城，朝夕酣饮，不恤士卒。司马留异，凶狡残暴，为众所嫉，大连却委以兵事。及子仙兵至，异毫不防守，即将城池献与子仙。大连醉卧室中，由左右舁入床舆，从后门出走，欲奔鄱阳。行至信安，被追骑掩至，把他拘去，骑将不是别人，就是司马留异！异将大连械送入都，大连还醉眼朦胧，昏头磕脑，途中过了一夜，方才惊寤。及抵建康，向景下拜，景因令释缚，授为轻车将军，行扬州事。自是三吴尽为景有。（三吴即吴郡、吴兴、会稽。）

独前广陵太守祖皓，从士人来嶷言，纠合勇士百余人，袭破广陵，斩景党南兖州刺史董绍先，（见前回。）推前太子舍人萧勔为刺史，传檄拒景。景遣郭元建攻皓，皓婴城固守，元建不能拔。景又令侯子鉴率舟师八千，从水道进攻，自督步兵一万，从陆路进攻。两军直指广陵，日夕猛扑。皓苦守三日，终为所乘，犹复巷战达旦，力竭被擒。景缚皓城头，麾众攒射，矢集如猬，然后车裂以殉。城中无论少长，概令活埋。来嶷满门屠戮，独一子逃免，后仕陈朝。萧勔降景免死，带还建康，留子鉴镇守广陵。

景凯旋入都，梁主纲特赐盛宴，饮至半酣，景离座跪请，乞赐溧阳公主为妻。溧阳公主系梁主纲爱女，年才十四，生得娇小玲珑，动人怜爱。景瞧在眼中，早已垂涎，此时当面乞求，不由梁主不从。他即胁梁主当夕遣嫁，饮毕载归。可怜妙年帝女，失身贼手，徒供他连宵受用，淫恣不休。（妒花风雨便相摧。）

未几已届上巳，景请梁主纲至乐游苑，禊宴三日。及梁主还驾，复与溧阳公主送入宫中，夫妇共据御床，南面并坐，令群臣分列两旁，张乐侍宴，梁主亦无可如何。既而景复请梁主幸西州，梁主乘坐素辇，侍卫四百余人，景率铁骑数千，翊卫左右。既至行宫，无非是酒醴具陈，笙簧迭奏。梁主闻声生感，不觉泪下，因恐景见泪生疑，命他起舞。景舞了一回，谓独舞无趣，亦请梁主起座对舞。梁主勉强应允，两下舞讫。（君臣对舞，成何体统？）兴阑席散，梁主掖景至床，唏嘘叹道："我念丞相！"景答道："陛下如不念臣，臣何至此！"说毕趋退，越宿乃归。

是年江南连年旱蝗，江扬尤甚，百姓流亡，共入山谷江湖，采取草根木实，聊充饥腹，草木垂尽，饿莩满野。就是富室豪家，亦皆乏食，鸠形鹄面，坐怀金玉，俯伏床帷，奄奄待毙。千里绝烟，人迹罕见，白骨成堆，高如丘陇。景绝不轸念，反在石头城设立大碓，凡兵民犯法，辄令捣毙。又尝戒诸将道："破栅平城，立屠毋赦，使天下知我威名！"诸将得此号令，每遇战胜，专务焚掠，杀人如草芥，人或偶语，刑及外族，故百姓虽惮景威，始终不肯乐附。景却命部下将帅，悉称行台；归附诸官，悉称开府；余如亲信军吏，号为左右厢公；勇力兼人，号为库直都督。但江南一带，叛附靡常，淮南更不遑顾及，坐使敌人入境，囊括全淮。这敌人属诸何国？就是与梁通好的东魏。

东魏大将军高澄，视萧渊明为奇货，嘱令通书梁廷，离间侯景，明明是使景叛梁，坐收厚利的秘计。景发难后，梁北徐州刺史萧正表，先举州降东魏，由澄收纳，东徐、北青二州，亦相继至东魏通诚。东魏不费一矢，坐得数州。澄又遣高岳及慕容绍宗、刘丰生等，往攻颍川。颍川为西魏土地，西魏令王思政扼守，无隙可乘。刘丰生乃决洧灌城，城多崩陷。王思政身当矢石，与士卒同劳苦，悬釜炊食，各无贰心。慕容绍容，募得弓弩手数百，乘着上舰，凭城迭射，守座多死，城几陷没。绍宗与丰生又亲至舰中，督兵登城。不料暴风大至，船被漂流，绍宗、丰生的坐船，向城撞去。城上守兵将，用长钩牵船，矢石雨下，二将皆被击毙。高岳忙收拾败军，退至十里外安营，不敢再进，但将败状报知高澄。

澄用散骑陈元康议，自往督攻，再命设堰，三成三决。顿时恼了澄意，把负土填堰的兵役，亦推入堰间，尸土相并，方得塞住。水势灌入城中，竟致暴涨，城坍坏数十丈，思政抢堵不遑，只好引众上土山，誓死固守。澄下令军中，谓能生致王大将军，应即封侯，若有损伤，立斩无赦。将士踊跃登山，思政虽竭力拦阻，究竟顾此失彼，无可奈何。因涕泣谕众道："我力屈计穷，只有一死报国！汝等去留任便。"说着，仰天大恸，复西向再拜，拔剑在手，意欲自刎。（何不即死？）都督骆训道："公尝面谕川等，谓汝赍我头出降，不但可得富贵，且可保全阖城百姓。今高相既有此令，公为百姓计，何勿从权相屈，且作后图！"思政尚未肯从，训等夺下手剑，不得引决。适东魏营中，来了通直散骑赵彦深，传达澄命，延请思政，乘势握思政手，一同下山，驰入营中。澄下座相迎，邀令旁坐，不复令拜。思政感澄厚待，乃即投诚。澄改颍川为郑州，顾语左右道："我不喜得颍川，独喜得王思政。"西阁祭酒卢潜道："思政不能死节，何足重轻！"（应该奚落。）澄笑答道："我有卢潜，是更得一王思政了。"

自颍川没入东魏，西魏将赵贵等，皆奉宇文泰军令，退兵还国。澄亦率军东归，乘便朝邺。东魏主善见，进澄为相国，封齐王，赞拜不名，入朝不趋，剑履上殿，仍都督中外诸军事。澄让封不许，乃归晋阳。看官阅过前文，当知高澄好色，胜过乃父。高欢一死，他便将柔然公主，恣意淫烝。（见五十八回。）嗣复令黄门侍郎崔季舒，物色娇娃，充入后房，朝欢暮乐，成为常事。

次弟太原公洋，娶妻甚美，高出长姒，澄暗加艳羡，且甚不平。洋貌为朴诚，口尝慎默，有时为妻李氏购办服玩，稍得佳件，澄即令逼取，李氏或恚不肯与，洋笑语道："此物并非难求，兄既需索，何必过吝呢！"澄闻李氏言，也不觉惶愧起来，未便径取，洋即持还，也不加谦。澄因目为痴物，常语亲属道："此人亦得富贵，相书究作何解？"从此不复忌洋。但见了弟妇，往往有调笑情事，洋亦假作不知，相安无语。

一日，澄出外游猎，途次遇着一个绝色丽姝，即召她至前，问明履历，系是魏高阳王斌庶妹，名叫玉仪。斌系高阳王雍子，雍遇害河阴，家室仳离，玉仪避居民间，不肯守贞，徒然借色炫人，流为歌妓。后来斌得袭封，屏诸不齿。玉仪辗转入孙腾家，颇得见宠。偏玉仪放浪形骸，已成习惯，免不得鬼鬼祟祟，暧昧不明。孙腾又把她放逐，遂致漂萍逐梗，随处栖身。此次得遇高澄，询明颠末，便载令归第，即夕同寝。荡妇得遇淫夫，仿佛似媚猪一般，曲尽绸缪，备极狎亵，引得高澄喜出望外。诘旦起来，出厅视事，见崔季舒在侧，便顾语道："尔向来为我求色，不如我自得一姝，只恨崔暹卖直，必来谏我；我亦当设法对待，免他多言！"及暹入白事，澄故作怒容，不假词色。暹当然解意，除陈明公事外，不加一词。澄即为玉仪奏请，乞为加封，魏主封玉仪为琅琊公主。玉仪倍加感激，竭力承欢，澄亦越加爱宠，惟尚恐崔暹进规。一日暹复入白事，袖中忽堕下一纸，为澄所见，令左右拾起，乃是一张名刺，便问暹怀此何用？暹悚然道："愿得达琅琊公主。"澄大喜道："卿亦愿见公主么？"遂起握暹臂，入见玉仪。暹执礼甚恭，玉仪却从容谈笑，毫不拘束。（确是一荡妇状态。）澄越加欣慰。及暹辞归，为季舒所闻，不禁叹息道："暹尝在大将军前，说我谄佞，应该处死，哪知他谄佞过我呢！"看官听说！季舒本与暹同宗，季舒为叔，暹为侄，叔侄宗旨，本来不同。此次暹惧失澄意，也变态逢迎，怪不得季舒揶揄呢。

澄得暹赞成，益无顾忌。玉仪有一同产姊静仪，面貌与玉仪相似，也是放荡风流，宜嗔宜笑，曾嫁黄门郎崔括为妻，因玉仪得澄殊宠，暇辄过访，留宿府中。澄得陇望蜀，意欲勾通静仪，做成一对并头莲。好在玉仪并不妒忌，反从旁撮合，使偿澄愿，澄亦为静仪乞封公主。（好称做难姊难妹。）还有黄门郎崔括，贪恋利禄，情愿戴着绿头巾，纵妻宣淫，绝不过问。（莫非是公妻主意。）澄见括知情识意，时加厚赐，连崔括的父母，也得了许多布帛，许多金银。（崔家幸有此佳妇，好博这般缠头费。）

澄既得了两仪，朝朝暮暮，缱绻情深，兴至时辄私语道："我若得为天子，当立卿二人为左右皇后。"两仪当然拜谢。澄因欲篡位，想出一法，假国本为名，诣邺谒主，面请同立皇太子，隐探主衷。东魏主善见，还道澄是好意，遂立皇子长仁为太子。那知澄是巧为尝试，实欲善见推位让国，令已受禅，偏偏弄假成真，册了皇储，大与本意相反；遂与散骑常侍陈元康、吏部尚书杨愔、黄门侍郎崔季舒，密谋篡立事宜。

适有膳奴兰京，入请进食，澄拍案叱退。元康等问为何因？澄答道："昨夜梦此奴斫我，我便思除彼，还要他来进食么？"过了片刻，兰京复捧盘趋进，就案陈食。澄大怒道："我不愿汝造食，汝为甚事复来胡闹！"京将盘放下，从盘底抽出快刀，向澄劈将过去，且厉声道："我来杀汝！"言未已，外面复跑入数人，俱手执刀械，来助兰京。澄见不可敌，离座返走，急不择路，足被绊伤，没奈何走匿床下。京率众追入，杨愔遁去，崔季舒窜避厕中，惟陈元康独力挡贼，与贼争刃，胸中被刺，肠出血流，晕倒地上。京众去床斫澄，乱刀齐下，就使生铁铸成，也被斫碎，还有什么不死，年只二十九岁。（柔然、琅琊两公主，闻之不知作何状？）

看官道兰京何故杀澄？京为梁徐州刺史兰钦子，被澄擒去，令充膳奴。钦作书贻澄，愿出重资赎还，澄不肯许。京又自请乞免，澄杖京百下，且呵叱道："汝若再赎，便当杀汝。"京遂私结同党，潜谋作乱。可巧澄入邺下，寓居城北东柏堂，地甚僻静，澄约琅琊公主等，往来欢会，所以喜静恶喧。此时与心腹密议，复屏去左右，所以兰京得乘隙下手。

澄弟太原公洋，在邺城东双堂，闻变出门，调兵立集，即趋至东柏堂讨贼，捉得一个不留，醢成肉酱。复从容出语道："恶奴为逆，大将军受伤，尚无大苦，可保生命。"说着，即指麾左右，舁澄尸入床舆，用衣盖着，托言尚生，令赴私第；并扶起陈元康，也用卧舆舁入第中。元康痛绝复苏，手书别母，并口占数语，令功曹参军祖挺代书，奏陈后事，入夜乃殁。洋俱密为棺殓，秘不发丧，召大将军督护唐邕，部分将士，镇遏四方。邕支配部署，须臾毕事，洋叹为奇材，深加器重。留太尉高岳、太保高隆之、开府司马子如、尚书杨愔守邺，自率甲士入朝，辞归晋阳。

魏主善见，得澄死信，方语左右道："大将军今死，似有天意，威权当复归帝室了。"言未已，洋已入谒，随从甲士，约八千人，随登殿阶，约二百余人，皆攘袂握刃，如临大敌。洋面奏道："臣有家事，须诣晋阳一行。"东魏主尚未对答，洋已再拜而起，掉头竟去。善见不觉失色，以目送洋，且垂涕自语道："此人又似不相容，朕不知死在何日了！"（一蟹不如一蟹。）

洋返至晋阳，晋阳旧臣宿将，素来轻洋，洋大会文武，谈论风生，英采飙发，与从前判若两人，顿令四座皆惊，不敢藐视。洋且钩考政令，见有不便推行的条件，酌量改革，不少延误。众益知洋有隐德，至此始彰。

越年，为东魏武定八年，洋见内外悦服，方为乃兄发丧。东魏主善见，亦至太极殿东堂举哀，赙帛八万匹，赠齐王玺绂辒辌车，黄屋左纛，羽葆鼓吹，并备九锡礼，谥曰文襄。进高洋为丞相，都督中外诸军，录尚书事，袭封齐王。洋用渤海人高德政为记室，言无不从。金紫光禄大夫徐之才、北平太守宋景业，皆善图谶，谓太岁在午。应该革命，遂托德政为先容，劝洋受禅。洋当然心动，但一时未便承认。当时有童谣云："一束藁，两头燃，河边羖羺飞上天。"之才等依谣解释，说是蕖然两头，便成高字，河边羖羺，就是水边羊，隐寓洋名；飞上天即龙飞预兆，因力劝洋乘机禅位。（童谣如此，恐即由之才等唆使。）

洋入告生母娄太妃，太妃道："汝父如龙，汝兄如虎，尚且终身北面，汝有何功德，乃敢觊觎天位呢！"说得洋哑口无言，出告之才。之才道："正为未及父兄，故宜早升天位；如或迟延，人且生心。况谶文有云：'羊饮盟津角拄天'，盟津是水，羊饮水就是王名，角拄天就是即尊，证以童谣，与谶相合，请王勿疑！"（又加一层附会。）洋尚有疑意，铸像卜兆，一制即成，乃决计篡位。特使仪同三司段韶，往问肆州刺史斛律金。金独言未可，自至晋阳谏洋，且请谒见娄太妃。洋乃请母出厅，与诸贵再开会议，太妃面谕道："我儿懦直，必无此心，想由高德政辈，贪功乐祸，教儿为此呢。"金因劝洋谴黜德政，并说宋景业首陈符命，应置死刑。洋默然不答，金亦辞去。

洋因人心不一，复令高德政诣邺，察公卿意，自率将士东行，作为后盾。司马子如，出迎辽阳，阻洋入都。长史杜弼，亦叩马谏诤，洋乃折回，居常闷闷不乐。徐之才、宋景业，又多方怂恿。洋令景业筮易，得乾之鼎，亟向洋称贺道："乾为君象，鼎为五月卦，王正可仲夏受禅。"洋欣然大悦，再发晋阳，使心腹陈山提，驰驿赍书，密报杨愔。愔愿为效力，即召太常卿刑邵，撰列受禅仪注，秘书监魏收，草定九锡禅让劝进诸文，并引东魏宗室诸王，入居北宫东斋，不准外人出入。才阅二日，即迫东魏主下诏，进洋位相国，总百揆，备九锡礼。及洋入邺城，召役夫办集筑具，即日筑受禅台。太保高隆之见洋，谓用此何为？洋作色道："我自有事，何劳君问！难道不畏灭族么？"隆之惶恐申谢，便即趋出。司马子如等，知洋意已决，不敢多言。（毕竟是贪生畏死。）于是作圜丘，备法物，建台设坛。安排停当，乃遣司空潘乐、侍中张亮、黄门郎赵彦深等，入宫启闻。

东魏主善见，御昭阳殿，召见潘乐等人，张亮首先开口道："五行递运，有始有终，齐王圣德钦明，万方归仰，愿陛下远法尧舜，禅位齐王。”善见敛容道：“此事推挹已久，谨当逊避。”侍中杨愔，当即趋入，袖出草诏，逼令署印。善见只好照署，且颤声道：“朕居何处？”愔答道：“北城别有馆宇，尽可徙居。”善见乃起身下座，步就东廊，口咏范蔚宗《后汉书·赞》云：“献生不辰，身播国屯，终我四百，永作虞宾。”随即入宫与后妃决别，阖宫皆哭。李嫔诵陈思王（即魏曹植）诗云：“王其爱玉体，俱享黄发期！”直阁将军赵道德，用犊车一乘，载着善见，送出云龙门。王公百僚拜辞，高隆之洒泪告别。（徒效儿女子态，何益故君？）善见遂徙居北城。杨愔遣彭城王元韶等，奉玺与洋，洋即于次日即位南郊，柴燎告天，登台南面，受群臣朝贺。礼毕还宫，大赦改元，称为天保元年，国号齐。史家恐与萧齐相混，特叫作北齐。小子有诗叹道：

君不君兮臣不臣，衰朝无复顾彝伦；
莫言勋戚堪长恃，篡弑多闻出帝姻。

高洋篡位以后，所有开国情事，待至下回表明。

侯景初欲择配王、谢，梁武以为未合，令求诸朱、张以下，不谓发难入都，毙梁武，立太子纲，玩二君于股掌之上，致使十四龄之溧阳公主，以身供贼，迫受淫污，谁竟为之，纵贼至此！嗣主纲且抱景至床，谓我念丞相。夫与其忍辱以偷生，曷若杀贼而拚死，况不死者亦未必终生乎！东魏主善见，庸弱相似，高澄侈淫，图篡未成，身死奴手。东魏谓似有天意，吾亦云然。高洋以韬晦闻，乃大权在手，悍过乃兄，逼主出宫，骤然南面。天不相澄而独相洋，令人不解！阅此回，窃不禁有搔首问天之感矣。

第六十三回　陈霸先举兵讨逆　王僧辩却贼奏功

却说高洋篡位，改国号齐，追尊祖树为文穆皇帝，祖妣韩氏为文穆皇后，父欢为献武皇帝，庙号高祖，兄澄为文襄皇帝，庙号世宗。奉母娄太妃为皇太后。降东魏诸臣封爵有差。惟效力高氏诸臣，不在此例。封宗室高岳等十人为王，功臣库狄干等七人，亦授王爵。皇弟浚为永安王，淹为平阳王，潊为彭城王，演为常山王，涣为上党王，淯为襄城王，湛为长广王，湝为任城王，湜为高阳王，济为博陵王，凝为新平王，润为冯翊王，洽为汉阳王。澄与洋本同母兄弟，就是演、湛、湝、济，亦系娄太妃所出，余六人出自他姬，不必絮述。洋降封故主善见为中山王，故后高氏为中山王妃，兼称太原长公主，免令称臣，派官监束。有时亦邀中山王入宴，或令随从出入。太原公主尝与偕行，饮食起居，随时护视，故善见尚得苟延。

洋拟立正妃李氏为后。李氏为赵郡李希宗女。高隆之、高德正两人，谓李系汉妇，不宜尊为国母。独杨愔请依汉魏故事，不改元妃。洋从愔言，竟立李氏为后。后子殷为太子，并尊文襄王妃为文襄皇后，居静德宫。文襄王子孝琬，得受封河间王，孝琬弟孝瑜，亦受封河南王。命太师库狄干为太宰，司徒彭乐为太尉，司空潘乐为司徒，仪同三司。司马子如为司空，高隆之录尚书事，弟淹为尚书令，元绍为尚书左仆射，段韶为尚书右仆射。既而段韶去职，进杨愔为右仆射。初政清明，简静宽和，任人以才，驭下以法，内外肃然，却是有些新朝气象。

西魏大丞相宇文泰，闻高洋篡位，假义兴师。由恒农筑桥渡河，进军建州。高洋亲自督兵，出次东城。泰闻洋军容严盛，不禁叹息道："高欢乃有此儿，虽死犹不死了！"会天雨不止，畜产皆死，乃引军西还。嗣是洛阳、平阳诸守吏，皆降北齐。洋又南略梁境，夺去南青州及山阳郡，并淮阴、司州，两河两淮，悉为齐有，好算是一个东方霸国了。（北齐盛时，无过于此。）

梁主纲受制侯景，事无大小，统须由景主张，又不敢通书藩镇，饬令勤王，只有日夕涕洟，听天由命。鄱阳王范，寓居湓城，本来是有心匡复，（应前回。）嗣因寄身江州，无从展足，乃改变方针，欲将江州据为己有，特升晋熙县为晋州，令世子嗣为刺史，渐渐的拓权略地，所有郡县名称，多半更张。江州刺史寻阳王大心，政令所行，不出郡门，乃与范生嫌，使部将徐嗣徽率兵二千，筑垒稽亭，遏绝市籴。范众无从得食，多半饿死。范且忧且愤，疽发背上，竟致病殁。（范尚有志操，可惜度量不足，徒致身死名裂。）

世子嗣尚在晋州，为侯景将任约所袭，也致败亡。约进击江州，大心迎战亦败，举州降约。徐嗣徽奔往江陵，投归湘东王绎麾下。鄱阳将侯瑱，居守豫章，亦被景将于庆攻入，力屈请降。邵陵王纶，自鄱阳避入郢州。是时有一乱世枭雄，崛起海南，独起兵讨贼，拥众北行，这人为谁？就是西江督护陈霸先。（见五十六回。）

先是广州刺史元景仲，得侯景书，密与联络，景仲遂欲起应。独霸先不从，集兵南海，击死景仲，别迎定州刺史萧勃镇广州。勃系梁武从侄，乃父便是吴平侯萧景。莅镇以后，适有前高州刺史兰裕，煽诱始兴等十郡，共攻衡州。监衡州事欧阳頠，向勃乞援。勃使霸先往救，一战即捷，擒斩兰裕。勃乃令霸先为始兴太守。霸先结交豪杰，得郡人侯安都、张偲等数千人，遂遣统将杜僧明、胡颖出屯岭上，檄讨侯景。勃反遣使劝阻。霸先慨语来使道："仆荷国恩，常图报效，前闻侯景渡江，即欲往援，适值元、兰构衅，梗我中道，因不果行，今外变已靖，内讧未平，君辱臣死，怎敢受命！君侯体重宗支，任系方岳，理应泣血枕戈，偕仆就道，奈何反谕仆中止呢！"（枭桀举事之初，统是名正言顺。）遂遣还勃使，派人由间道至江陵，愿受湘东王绎节度。绎授霸先为交州刺史，封南野县伯。

会南康土豪蔡路养，起兵据郡。萧勃令谭世远为曲江令，与路养相结，同遏霸先。(萧勃想无心肝，否则何至出此?) 霸先遂进讨南康。至大庾岭，杜僧明引军来会，与蔡路养交战南野。杜僧明策马先驱，横槊刺敌，路养亦持刃相迎，战至数合，敌不住僧明勇力，拖刀败走。僧明跃马追赶，不防路养妻侄萧摩诃，从斜刺里驰马出来，拦住僧明。僧明见他年尚垂髫，视为无能，即用槊猛刺过去，偏摩诃狡猾得很，把身一闪，致僧明一槊落空。僧明将槊抽回，那摩诃的长槊，已至胸前，慌忙策马一跃，槊头正中马眼。马负痛掀倒，僧明亦堕落地上，幸亏霸先驰救，杀退摩诃，扶起僧明。僧明愤激得很，仍欲再战，霸先即将自己乘马，让与僧明。僧明上马复进，霸先亦易马麾兵，奋勇杀入，路养大败，脱身遁去。萧摩诃投降，霸先得收复南康，修理崎头古城，引兵居守。

高州刺史李迁仁曾与兰裕交好，至是欲为友复仇，拟袭南康；并同高凉刺史冯宝，入州计事。冯宝为北燕遗裔，曾祖业浮海奔宋，留居新会，世为罗州刺史，及宝始徙任高凉；娶妻冼氏，智勇兼优，威服部众。宝奉召欲往，冼氏谏阻道："刺史无故不应召太守，想是迁仕欲反，胁君同行，愿君勿往，徐观后变！"宝乃托病不赴。果然迁仕出兵，使军将杜平虏往袭南康。霸先已经探悉，使部将周文育出拒，胜负未分。冼氏闻知消息，又语冯宝道："杜平虏与官军相争，不能骤还，迁仕在州，实无能为。君可致书迁仕，谓病尚未瘳，特遣妇参见，并输军资，彼必心喜，不加戒备。妾率千人步担杂物，声言输送，一入州城，便可破迁仕了。"宝依计行事。冼氏整装随发，行至高州城下，迁仕果然无备，开地纳入。那知担中统是甲仗，由冼氏一声暗号，大众各穿甲持械，攻入州署。迁仕仓皇窜逸，逾垣脱身，得往宁都。

杜平虏亦被文育杀败，走回城下，仰见城门紧闭，上面坐着一位女将军，俯首娇呼道："平虏休来！我已驱除叛贼了。"平虏料不肯纳，绕城遁去。及文育驰至，冼氏乃开始出迎，说明情由，文育大喜。冼氏欲往谒霸先，当由文育派兵为导，到了赣石，得与霸先相见。霸先厚加慰劳，且赐金帛，冼氏不受，辞归高凉复语冯宝道："陈都督不是常人，将来不但平贼，且必乘时立业，不可限量。君宜厚加资助，图保终身！"宝乃拨送粮械，接济霸先，霸先当然申谢。（此段力写冼氏，以旌女豪。）一面再遣杜僧明等往攻迁仕，迁仕拒守数月，终被僧明杀入，擒还南康，结果性命。

霸先自南康出发，进兵江州。赣石旧有二十四滩，行旅视为畏途，至此水涨数丈，巨石皆没，一任航行。霸先行次西昌，有龙出现水滨，五彩鲜曜，时人目为异征。湘东王绎，即授霸先为江州刺史。霸先请发兵相会，绎却无暇顾应，尚欲有事郢州。看官道是何因？原来邵陵王纶，至郢卅后，由刺史南平王恪（梁武侄，即萧伟子），推纶为假黄钺都督承制。纶大修铠仗，拟讨侯景。偏湘东王绎，不肯相容，竟使王僧辩、鲍泉率领舟师，潜往袭击。至鹦鹉洲，纶已察觉，特使人致书僧辩，略云："将军前年为人杀侄，今年复为人攻兄，借此求荣，恐为天下所不齿，请将军自思！"僧辩将原书报绎，绎仍令进军。纶闻僧辩复进，乃集众西园，挥涕与语道："我本无他，志在灭贼，湘东疑我争帝，发兵来攻，今日欲守，奈乏粮储，欲战且取笑千载，看来只好避往下流罢！"麾下壮士，争请出战，纶仍不从，即与世子瓒登舟北去。

郢州刺史南平王恪，迎僧辩入郢州城，僧辩送恪诣江陵，向绎报捷。绎遣世子方诸为郢州刺史。方诸年仅十五，因为绎宠妃王氏所生，格外钟爱，特令出镇江夏（即郢州治），用鲍泉为辅，控遏下游。邵陵王纶，北至武昌，稍收散卒，屯齐昌城，遣使向北齐乞降，齐封纶为梁王。（绎固无兄，纶亦无父，背国降虏，同归于尽。）纶乃移营马栅，将引齐军共攻南阳。侯景部将任约，方由江州西上，进寇西阳、武昌、闻纶在马栅立营，使偏将叱罗通，带领数百精骑，潜往袭纶。纶猝不及防，溃走汝南。汝南为西魏属地，城主李素系纶故吏，开门迎纶，纶乃修城池，集士卒，将图安陆。西魏安州刺史马岫，报知宇文泰，泰遣将军杨忠攻汝南。适天寒雨雪，不便攻扑，纶与李素，乘城协守，魏兵多死。相持数旬，天气趋温，杨忠督兵猛攻，李素中箭身亡，城遂被陷。纶拚命巷战，为忠所杀，投尸江岸。岳阳王詧，时已称臣西魏，受封梁王，在襄阳建台置吏，特遣人致书杨忠，愿收纶尸埋葬。忠即允诺，当由襄阳使人取尸棺殓，面色尚如生时，因载回襄阳，择地营葬去了。（梁武家儿又死一个。）

宁州刺史徐文盛，受湘东王绎命令，募兵得数万人，东下讨贼。行次贝矶，正值景将任约，据有西阳、武昌，拥着艨艟大舰，逆流前来。文盛纵兵迎战，击破约军，阵斩叱罗通等，约走西阳。

侯景方自称汉王，进位相国，又加号宇宙大将军，都督六合诸军事。梁主纲毫不预闻，及见文牍上载此名号，方惊叹道："将军乃有宇宙的称呼么？"景令王克为太师，宋子仙为太保，元罗为太傅，郭元建为太尉，张化仁为司徒，任约为司空，王伟为尚书左仆射，索超世为尚书右仆射。所有军国大权，仍归侯景掌中。会因任约兵败，乃引军自出，驻所晋熙。南康主会理，因侯景出戍，都城空虚，遂与左右将军柳警礼（即仲礼弟）、西乡侯萧劝、东乡侯萧勔，（皆萧景子。）密谋起兵，诛灭景党。王伟是景第一心腹，会理等暗中规画，想把他先开头刀。不意建安侯萧贲，（正德弟正立子。）与始兴王萧澹孙子邕，竟将会理等密谋，通报王伟。伟先制人，立率党羽，收捕会理与会理弟通理、义理，还有萧劝、萧勔、柳敬礼等，一古脑儿拘入狱中。飞使报景，乞请处置。景并不多说，只回答一个杀字。可怜会理等人，骈首就刑。那丧尽天良的萧贲、萧子邕，得景赐姓，改萧为侯，且受景封爵为王。萧氏得此坏子孙，直把那远祖萧何丞相的面目，都剥光了！（比正德还要弗如。）

武林侯萧谘（鄱阳王范弟。）姿禀文弱，不为景忌，尝得出入宫廷，侍谈主侧。自会理等谋泄被害，遂为贼党注目。谘因事至广莫门外，突然遇盗，把他杀死。这明明是景党所遣，伪为盗装，了结谘命。真也是一个斩草除根的绝计。景尝与梁主纲登重云殿，礼佛设誓道："自今君臣，两无猜贰，臣不得负陛下，陛下亦不得负臣！"至此景疑梁主与会理通谋，所以杀谘。梁主纲亦自知不久，见舍人殷不害在侧，指殿与语道："庞涓当死此下！"不害亦叹息而出。

惟侯景闻内变已平，遂由晋熙趋宣城。宣城守将杨白华，拒守经年，已累得粮尽力疲。偏侯景亲自到来，眼见得不能支撑，景又致书招降，许令不死，白华只好出迎。宣城虽下，三吴又义兵迭起，新吴有余孝顷，会稽有张彪，俱严辞讨景，羽檄文驰。景不得已还至建康，遣将堵御。怎奈顾东失西，图近忽远，任约屯兵西阳，屡次失利，武昌被徐文盛夺去，告急书络绎不绝。景只得再自出师，倍道而至西阳，与徐文盛夹江筑垒，准备厮杀。

文盛闭营不动，侯景渡江来攻，他始麾舟逆击。令旗一飐，数百号小舟，如箭驶至，攒攻侯景。景慌忙迎敌，正杀得难解难分，那文盛一箭射来，本意是欲射侯景，偏右丞库狄式和，立在前面，做了侯景的替死鬼，堕水丧命。景不禁胆寒，引舟急退，逃还营中，只晦气了若干将士。自经此一战，景知文盛难敌，拔营复退，遣宋子仙、任约等，掩袭郢州。

郢州刺史萧方诸，但知嬉戏，未谙军旅。行郢州事鲍泉，又是个酒囊饭袋，专供方诸戏弄，有时伏床作马，背负方诸，有时卧地作牛，口引方诸，镇日里游戏作乐，毫不设备。某日大风急雨，天色晦冥，有守卒登城遥望，隐约见有许多贼骑，卷旗前来，忙下城报泉道："贼骑来了！"泉怡然道："徐文盛方杀败贼众，何因得至？汝休得谎报！"说着，又有走报如前。泉尚未信，直至探报迭至，方令闭城。那贼骑已经趋入，守卒逃避一空。泉不闻声响，还与方诸戏狎。方诸踞坐泉腹，用五色彩线，替泉辫髯，忽有一将排闼径入，持刀欲斫，方诸眼快，忙跪伏地下，叩头求免。（确是一个小儿态。）泉望将过去，正是贼帅宋子仙，急向床下一缩，匍匐进去。（老头儿更不济事。）宋子仙早已瞧着，顺手去扯泉须，泉痛不可耐，只好爬出，须与彩线，已半被拔落。当由子仙召入部众，将两人捆送景营。景闻郢州得手，竟顺风张帆，越过文盛军营，直入江夏。文盛大惊，溃归江陵。

湘东王绎，已命王僧辩为大都督，率诸军至巴陵。途次闻郢州失守，乃即在巴陵驻军，飞使报绎。绎复书道："贼既乘胜，必将西下，卿不劳远击，但教守住巴邱，以逸待劳，无虑不胜！”又语僚佐道：“景若率水陆两路，直指江陵，最是上策；否则据夏首，积兵粮，尚不失为中策；倘徒力攻巴陵，及真是下策了。巴陵城小势固，僧辩自能坚守，景攻城不拔，野无所掠，待暑疫迭起，食尽兵疲，还有什么不破呢！（想是湘东应做数年皇帝，所以福至心灵。）乃命罗州刺史徐嗣徽、武州刺史杜崱，各引兵往助僧辩。

侯景使丁和守夏首，任约趋江陵，自督宋子仙等攻巴陵。（景颇三策并用，但注重巴陵，已落下计。）僧辩乘城固守，偃旗息鼓，静若无人。景遣轻骑至城下，问城中何人主守？僧辩令守卒回答道：“守将为王领军。”城下复仰问道：“何不速降？”僧辩复令守卒应声道：“汝军但向荆州，此城不足为碍。”骑兵返报侯景，景颇以为疑。宜州刺史王琳，从僧辩屯巴陵；乃兄王珣，前曾驻守江夏，投降景军。景乃把珣两手反翦，推至城下，使招琳降。琳厉声道：“兄受命拒贼，不能死难，尚敢来哄我么？”言已，弯弓欲射。殉赧颜趋退，景即督士卒百道攻城。但听城中梆声一响，旗鼓张皇，矢石如雨点般飞下，伤死景众无数，景只好退却。僧辩又迭出奇兵，与景角斗。景身被甲胄，在城下督战；僧辩却宽袍大袖，乘舆巡城，一些儿不露惊惶，反令守卒鼓吹奏乐。景不禁叹服，屡战无功。

湘东王绎，令武猛将军胡僧祐，出援僧辩，且面谕道：“贼若水战，但用大舰迎击，必然大胜；若止步战，可鼓棹自往巴邱，不烦与他交锋了。”僧祐奉令至湘浦，与景将任约相遇，佯为畏约，避就他路。约驱众急追，直抵羊口，遥呼僧祐道：“吴儿何不早降？走将何往？”僧祐不应，潜引兵至赤沙亭。适信州刺史陆法和，引兵来会。法和有异术，能预料吉凶，当侯景围台城时，尝语人道：“景亦胜亦不胜。”至此闻任约进逼江陵，自请会击。湘东王绎，乃令他接应僧祐。法和与僧祐定计，伏兵待约。约自恃屡胜，驰入阱中，那时伏兵骤起，左有僧祐，右有法和，两军围裹拢来，随你任约勇力过人，到此也似虎落陷坑，无从逞威，被法和军活擒了去。余众多死。

景在巴陵城下，众多病疫，又兼粮食告罄，正思退军，蓦闻任约被擒，且惊且惧，便即焚营夜遁。用丁和为郢州刺史，留宋子仙守郢城，别将支化仁守鲁山。法和送约至江陵，自请还镇，并语绎道："侯景将平，不必多虑，惟蜀贼将至，不可不防！"绎乃遣屯峡口。任约亦愿归诚，绎因许赦免。更命王僧辩、胡僧祐等引兵东下。僧辩先攻鲁山，擒住支化仁；进薄郢州，攻克外郭，斩首千级。宋子仙退据金城，僧辩四面筑垒，环攻不休。子仙惶急得很，情愿献还郢城，乞放开一网，俾得生还。（贼党也有此时。）僧辩假意允许，撤去一面围兵，给船百艘，令他载归。一面命别将杜龛，领着精兵千人，攀堞齐上，鼓噪掩进。子仙开城驾舟，与丁和飞桨遁逃。驰至白杨浦，天色将晚，子仙拟陇舟近岸，不防芦苇中闪出一军，为首一员大将，装束与天魔相似，大声喝道："逆贼休走！周铁虎等候多时了！"小子有诗为证，诗云：

悍贼横行已数年，到头毕竟有谁怜？
一声惊响心先碎，乱党从来少瓦全。

究竟宋子仙等能否逃生，且至下回再叙。

陈霸先起兵讨贼，为陈氏开基之始。彼本安居岭南，独能仗义执言，纠众兴师，当其出南海，越大庾，转战无前，所向摧靡，元景仲，兰裕、蔡路养、李迁仕等，非死即遁，未闻有敢与久持者，何其锐也！冯夫人冼氏，谓非常人，诚哉其然。惟冼氏为一妇人，乃能鉴别枭雄，已非凡品，且为冯宝设谋，智赚迁仕，有此巾帼，不亚须眉，宜本回之力为旌扬，不肯苟略。王僧辩之从容拒景，智勇不在霸先下，瑜、亮并生，同辅一主，设非后日之互启猜疑，各思攘柄，宁非亦萧氏之周召耶！故本回提出二人，作为纲领，所以表贼景之平，实由二人为首倡云。

第六十四回　弑梁主大憝行凶　裔侯贼庶支承统

却说宋子仙等行至白杨浦，兜头遇着一将，率兵拦住，叫做周铁虎。铁虎本在河东王誉麾下，誉败死后，铁虎为僧辩所擒。僧辩因他骁勇绝伦，屡摧将士，特下令就烹，铁虎大呼道："侯景未灭，奈何烹壮士！"僧辩暗暗称奇，乃许释缚，收为部将。至是特令他往截子仙，子仙已经胆怯，不得已与他交锋，战了数合，被铁虎卖个破绽，把他擒住，丁和本是无能，见子仙受擒，吓做一团，当由铁虎麾动左右，牵令下马，一同捆缚。余众或死或降。铁虎回营献俘，僧辩即解二俘往江陵。湘东王绎，亲加审讯，问明方诸、鲍泉下落，才知方诸由侯王带去，鲍泉已被丁和捶死，投尸黄鹤矶。于是绎怒不可遏，即将二俘斩首；并命王僧辩进兵江州，与陈霸先会师。

时侯景返至建康，猛将多死，自恐不能久存，因欲篡梁称帝，暂娱目前。王伟希旨进言道："从古移鼎，必须废立，既示我威，且绝彼民望，幸勿再廷！"景乃使前寿光殿学士谢昊，代草诏书，略言：弟侄争立，星辰失次，皆由朕非正绪，召乱致灾，宜祥位豫章王栋云云。（既要篡位，何必再立豫章？）诏既草就，遂遣党徒吕季略赍入，逼梁主纲署印，一面即着卫尉卿彭隽等，带兵入宫，拥梁主至永福省，派兵监守；杀太子大器、寻阳王大心、西阳王大钧、建平王大球、义安王大昕，（皆梁主纲子。）及宗室王侯二十余人。大器风度端嶷，未尝屈事贼党，或劝他稍贬气节，大器道："贼不杀我，抗礼无伤；若要见杀，百拜何益！"景西出时，曾挟大器俱行，为质军中。及自巴陵败归，步伍错乱，大器坐船在后，左右劝他乘隙北往，免受贼制。大器道："国家丧亡，本不图生，今若逃匿，不是避贼，乃是叛父了！”（此语未免愚孝。）景因他器宇深沉，防为后患，故先行下手。临死时颜色不变，且从容道：“久已待死，已恨过迟。”贼党取衣带上前，大器道：“此物何能即死，不如用系帐绳罢。”贼党乃将绳取下，套大器颈，一绞即已断气。后来湘东正位，追谥为哀太子，这且不必细表。

且说侯景既废去梁主纲，降封为晋安王，遣人迎立豫章王栋。栋系昭明太子长孙，父即豫章王欢。欢已去世，栋闲居第中，廪饩甚薄，方与妃张氏灌园锄葵，忽见法驾来迎，大惊失措，没奈何涕泣升舆。将入宫中，忽有回风，从地涌地，吹去华盖，飞出端门，都人已目为不祥。侯景等拥栋至武德殿，被服衮冕，即位受朝，改大宝二年为天正元年。太尉郭元建，自秦郡驰还，向景进言道：“主上系先帝太子，奈何见废？”景答道：“王伟劝我早绝民望，所以举行。”元建道：“我挟天子令诸侯，尚惧不济，况无端废立，更失人心，祸且不远了！”景犹豫未决。更有溧阳公主，顾念父恩，亦劝景迎父复位。景素爱公主，又因元建谏诤，即欲迎还故君，令新主栋为太孙。王伟闻信，亟入见景道：“废立大事，难道可朝令暮改么？”景乃罢议。伟又劝景尽杀梁主纲子，景因遣使四出，一至吴郡杀南海王大临，一至姑熟杀南郡王大连，一至会稽杀安陆王大春，一至京口杀高唐王大壮。又将太子妃赐郭元建，元建道：“岂有皇太子妃，为人作妾么？”（还算有些天良。）景亦不便强迫，乃搁过不提。

惟王伟凶恶得很，复劝景弑故主纲。景因遣彭隽、王修纂与伟同至永福省，尚说是奉觞上寿。纲笑道：“寿酒么？想是要祝我归天了！”遂嘱陈肴馔，兼使鼓乐，饮得酩酊大醉，入卧床中。伟使隽携入土囊，压纲身上，再令修纂就土囊上坐，一个醉天子，当然是气绝身僵，时年四十九岁，在位只有二年。纲字世缵，被幽时题壁自序云：有梁正士兰陵萧世缵，立身行道，始终如一，风雨如晦，鸡鸣不已，弗欺暗室，何况三光！数至于此，命也如何！又作连珠二首，词极凄怆，平素著述颇多，不可殚纪。王伟见故主已殁，便撤户扉为棺，迁殡城北酒库中，然后欣然复命。（想与梁主有宿世冤仇，故狠毒至此。）景为故主纲拟谥，称为明皇帝，庙号高宗。越年由王僧辩等入都，奉葬庄陵，追崇为简文皇帝，庙号大宗。

新主栋即位后，尊先祖昭明太子统为昭明皇帝，先考豫章王欢为安皇帝，进东道行台刘神茂为司空，余官如故。神茂闻侯景败归，阴谋反正，至司空命下，即誓众绝景，谓系受国厚恩，理应为国讨贼等语。乃据住东阳，遥应江陵。江陵大将王僧辩，复自郢州东下，收降豫章守将侯瑱，直入溢城，与陈霸先会师屯邱，得霸先接济粮米三十万石，军势大震。再引兵拔晋熙，下寻阳，所向无前，贼众尽靡。

侯景急欲称帝，自加九锡，置丞相以下百官。嗣建天子旌旗，出警入跸。未几逼栋禅位，僭号汉帝，升坛受贺。坛前忽有兔跃起，一跃即杳，天空有白虹贯日，众皆惊讶。景还登太极前殿，改天正元年为太始元年，封萧栋为淮阴王，幽锢监省。栋弟桥樛，亦并禁密室。王伟请立七庙，景问道："什么叫做七庙？"伟答道："天子祭七世祖考，所以应立七庙。"景默然不答。伟又问七世名讳，景乃说道："前代祖名，我不复记，但记我父名标，死在朔州。去此甚远，就是阴灵未泯，怎得到此来啵血食呢？"左右不禁暗笑。（我说他一生狡猾，惟此数语，尚本天真。）有一侯景旧将，记得景祖名乙羽周，余皆无考。王伟捏造名号，推汉司徒侯霸为始祖，晋征士侯瑾为七世祖，祖周为大丞相，父标为元皇帝。遣赵伯超为东道行台，往戍钱塘。令中军都督李庆绪，右厢都督谢答仁，左厢都督李遵等，出击刘神茂。神茂连战皆败，部将王晔郦通出降谢答仁，神茂亦穷蹙乞降。答仁送神茂至建康，景命特制大锉碓，自足至头，寸寸锉碎。还有神茂部将元頵、李占等，临阵被擒，亦截去手足，绑示大众，辗转呼号，经日乃毙。都人恨景残忍，愈觉离心。景又深居禁中，荒耽酒色，非故旧不得进见，部将亦多怨望。

那王僧辩、陈霸先两军，受湘东王号令，于次年二月初旬，会讨侯景，舳舻数百里，两统帅至白茅湾，筑坛歃血，共读誓文，大旨在协力讨贼，永无贰心。大众闻言，统皆踊跃听命。僧辩即使侯瑱率师，袭击南陵、鹊头二戍，两战皆克，遂顺流东进。侯景已遣侯子鉴带着水兵，出屯肥水，郭元建带着陆兵，进趋小岘。子鉴正攻入合肥外城，闻西师将至，退保姑熟。景又遣将史安和宋长贵等，往助子鉴，且自赴姑熟巡视垒栅，面谕子鉴道："西人善长水战，勿可轻与争锋，若得马步一交，定可得胜。汝但坚守待变便了。"言讫还都。子鉴依命办理，舍舟登陆，闭营不出。王僧辩等到了芜湖，探得侯子鉴立营岸上，却也不敢轻进，逗留至十余日。当有人通报侯景，谓西军将遁，急击勿失。景方下一伪诏，赦湘东王绎、王僧辩等罪状，部众笑为无益。乃令子鉴整备水战，子鉴复由陆登舟。僧辩得报，即率舟师趋姑熟。子鉴发步骑万余人，上岸挑战，另用鸼舠千艘，分载战士，为追逐计。（鸼舠音鸟了，系是长船，两旁着楫，往来如飞。）僧辩不与步战，且麾小船退后，但留大舰夹泊两岸。子鉴部下疑他怯战，便各驶船前追，僧辩待他过去，然后鼓动大舰，断他归路，复扬旗指麾小船，四面截击，鼓噪大呼，杀得贼船东沉西没，无路可奔。子鉴弃甲改装，夺路逃脱。败报为侯景所闻，景不禁大惧，涕下满面，引衾蜷卧，良久方起，叹道："我误杀乃公！"当下使石头戍将张宾，用海艟䌸沉淮中，堵塞淮口；再沿淮筑城，自石头城至朱雀桁，楼堞相接，亘十余里，拒遏西师。（也是呆人呆想。）

王僧辩督领诸将，乘潮入淮，见前面守备严整，也觉踌躇，因向陈霸先问计。霸先道："前柳仲礼拥兵数十万，隔水久驻，贼登高俯瞩，一望无余，故能覆我师徒。今欲围攻石头，须速渡北岸，诸将若不能当锋，霸先愿先去立栅，请公无虑！"僧辩大喜。霸先遂住石头西面落星山，择地筑栅。僧辩亦进军招提寺北。侯景亲出抵御，有众万余人，铁骑八百余匹；列阵西州西隅。霸先道："我众贼寡，应分贼兵势，休使他聚精蓄锐，向我致死。"乃命诸将分道置兵，张皇声势。

景意欲速战，纵骑进攻，冲入西军偏将王僧志营，僧志少却。霸先遣将军徐度，率弓弩手三千，绕出景后，更番迭射，景后队多伤，只好引退，霸先与王琳、杜龛等，麾动铁骑，突入景阵，僧辩又率大军继进，仿佛泰山压卵一般，教侯景如何抵挡？没奈何退入栅中。石头城守将卢晖，见西军势胜，景已败还，料知景必危亡，便开门出降。僧辩入据石头城，霸先尚在城外，与景相持。景尚督众死战，自率百余骑，弃槊执刀，硬行冲突，再行再却，众遂大溃。诸军逐北至西明门，景返至阙下，召王伟叱责道："尔迫我为帝，今日何如?"伟不能答。景即欲出走，伟执辔谏阻道："从古岂有叛天子！现在宫中卫士尚足一战，去此意欲何往?"景喟然道："我从前败贺拔胜，破葛荣，扬名河北，渡江入台城，降柳仲礼如反掌，今日是天亡我了!"（恶贯满盈，应该至此。）乃用皮囊盛二婴儿，系在江东所生，俱属襁褓，分挂鞍后，与亲党百余骑，东走入吴。侯子鉴、王伟等奔朱方。

僧辩命杜龛，杜崱等，入据台城。军士剽掠居民，不加禁止，可怜男女裸体，号泣盈途。（僧辩不得善终，已兆于此。）是夕军役失火，焚去太极殿及东西堂，所有宝器羽仪辇辂，一古脑儿付与祝融，僧辩命侯瑱等率精甲五千，驰追侯景，自率诸将诣阙。王克、元罗等，偕台内旧臣，恭迎道旁。僧辩笑语王克道："君等服事虏主，想亦甚劳!"克等惭不能对。僧辩又问玺绶何在，克嗫嚅道："已被持去。"僧辩叹道："我王氏百世卿族，一朝坠地无遗了!"当下迎故主纲梓宫入殿，率百官哭踊如仪，然后报捷江陵，奉表劝进，且迎都建康。湘东王绎，复称缓议。（不可无此做作。）

从前绎遣僧辩东行，僧辩道："平贼以后，嗣君万福，究应如何行礼?"绎直答道："六门以内，自极兵威。"（太觉忍心。）僧辩又道："讨贼事由臣负责，若命臣为成济，（见前注。）臣不敢为。请另用他人!"绎乃密嘱宣猛将军朱买臣，使他便宜处置。（此朱买臣非汉会稽太守之朱买臣。）及西师入都，萧栋及二弟桥樛，得从密室出走，途次遇着杜崱，替他释去锁械，桥樛相语道："今日始得免横死了。"栋皱眉道："倚伏难知，我尚担忧。"言未已，朱买臣已经趋至，呼萧栋兄弟下船，出酒劝饮，灌得二人醉如烂泥，令左右把他扛出，但听得扑通扑通好几声，俱到水晶宫挂号去了。（买臣虽奉主命，手段亦觉太辣。）

僧辩使陈霸先赴广陵，招降郭元建、侯子鉴等。子鉴恐不相容，与元建投奔北齐。独王伟与子鉴相失，俘归建康。僧辩问道："卿为贼相，不能死主，还想求活草间么？"伟答道："兴废乃是天命，若汉帝早从伟言，明公岂有今日！"僧辩冷笑数声，送往江陵，归湘东王取决。

惟侯景南走钱塘，赵伯超闭门不纳；再北趋松江，被侯瑱追及。景尚有船二百艘，众数千人，瑱麾众进击，擒住彭隽、田迁、房世贵等。景与心腹数十人，单舸飞奔，推堕二子入水，拟东航入海。瑱遣副将焦僧度追景。景手下有库直都督羊鹍，为景妾兄，曾随景东走，见景穷蹙无归，不觉心变，乘景昼寝，却令舟子转舵，驶向京口，景睡醒起望，前面已是胡豆洲，距京口不过数十里，顿时大骇，召鹍入问。鹍拔刀指景道："我等为王效力，已有数年，今王已无成，乞借头颅，博取富贵！"景未及答，刀锋已近身旁，慌忙避入船中，用佩刀抉船底，意欲凿船逃生。鹍取过一槊，用刀猛刺，直穿景背，景猛叫一声，立即倒毙。景将索超世在别船，鹍诈传景命，召至船中，把他拘住，连人带尸，献与南徐州刺史徐嗣徽。嗣徽诛死超世，用盐纳景腹中，送往建康。僧辩枭景首级，传入江陵，尸身陈列市曹，士民争往脔食，并骨俱尽。溧阳公主，尚在都中，因父兄遇害，恨景亦深，也欲烹食景肉。众将景阳物割下，畀与公主，公主亦囫囵吞入，嚼尽无余。（上下倒置，太要朵颐。）赵伯超、谢答仁等，皆乞降瑱军，瑱一并送至建康。僧辩只斩一房世贵，余皆解往江陵。

湘东王驿得侯景首，悬市三日，用漆烫过，藏诸武库。遣南平王萧恪为扬州刺史；进王僧辩为司徒，镇卫将军，封长宁公；陈霸先为征虏将军，开府仪同三司，封长城县侯。一面审讯俘囚，十杀七八，只赦任约，谢答仁。王伟在狱中，曾上五百言诗，绎爱他文才，欲加赦宥，或谓伟前日曾作檄文，词意甚佳。（此人必与伟有仇。）绎即命检视，檄文中有联语云："项羽重瞳，尚有乌江之败，湘东一目，宁为赤县所归！"绎不禁大怒，命牵伟出狱，拔舌钉柱，剜腹脔肉，然后致死。（侯景叛逆，皆伟主议，虽置伟极刑，不足蔽辜，但湘东为私意杀伟，转难服众。）

伟既伏诛，乃下令大赦。南平王恪等，统上书劝进，绎尚未遽，但已遣人求玺。这玺绶曾由侯景带去，景嘱侍中兼平原太守赵思贤掌管，且预语道：“若我死，宜沉玺入江，勿使吴儿再得此物！”（玺有何用？岂吴儿不得此玺，便不能为帝吗？）思贤惟惟受命。及景为羊鹍所杀，思贤持玺潜逃，从京口渡江，中途遇盗，投弃草间，奔至广陵，详告郭元建，元建使人寻取，果然得玺，献与北齐行台辛术。术转献齐廷，传国玺遂为高氏所有了。

齐王高洋，使散骑常侍曹文皎，南下聘问。湘东王绎，亦遣散骑常侍柳晖报聘。两下方玉帛修仪，不意高洋纳郭元建言，竟令司空潘乐出兵，偕元建围梁秦郡。行台辛术，谓信使往来不绝，不宜无端动兵，高洋不从。陈霸先方出镇京口，先遣徐度，杜崱等陆续赴援，寻且自往秦郡，击退齐兵，斩首万余级，然后班师。王僧辩再会公卿百官，奉表江陵，请绎嗣位。绎乃准如所请，即位江陵，颁行诏书。略云：

> 失树之以君，司牧黔首，帝尧之心，岂贵黄屋？诚弗获已而临莅之。朕皇考高祖武皇帝，明并日月，功格区宇，应天从民，惟睿作圣。太宗简文皇帝，地侯启诵，方符文景，羯寇凭陵，时难孔棘。朕大拯横流，克复宗社，群公卿士，百辟庶僚，咸以皇灵眷命，归运所及，天命不可以久淹，宸极不可以久旷，粤若前载，宪章令范，畏天之威，算隆宝历，用集神器于予一人。昔虞、夏、商、周，年无嘉号，汉、魏、晋、宋，因循以久，朕虽云拨乱，且非创业，思得上系宗祧，下惠亿兆，可改太清六年为承圣元年。（绎尚奉太清年号，见六十二回。）逋租宿负，并许弘贷；孝子义孙，可悉赐爵；长徒锁士，特加原宥；禁锢夺劳，一皆旷荡。与民更始，令众周知！

即位这一日，不升正殿，但在偏殿中召集百僚，草草行礼，算是权宜办法。越数日，追尊生母阮修容为文宣太后，立王子方矩为皇太子，改名元良。方智为晋安王，方略为始安王。当时江陵以东，但以长江为限，江北地俱入北齐；江陵以西，仅至峡口；西蜀一带，有益州刺史武陵王纪据守，不服湘东命令；岭南也由萧勃自主，阳奉阴违。绎虽称帝，权力有限，不过千里以内，尊为梁主罢了。小子有诗叹道：

国难君危两不知，疾心但望嗣皇基；
江陵侥幸登君位，蜗角偷安得几时！

梁主绎即位时，湘州长史陆纳，已经起叛。欲问他出自何因，容至下回分解。

侯景之乱，成之者为王伟，败之者亦王伟，伟之恶实浮于景，不过景为渠魁，罪归于主，故后世多嫉景而略伟耳。试阅本回之弑纲废栋，及屠戮大临、大连等人，何一非伟导成之？自篡弑之恶，大暴于天下，而景之始鸣得意者，终变而为大失意，众矢集的，不亡何待！脔割之遭，虽为恶贯满盈所致，顾景非王伟，恶不至此，误杀乃公之悔，顾何及哉！湘东王绎，尚欲曲宥伟罪，及见湘东一目之文，始有拔舌刳腹之罚。满腔私意，无自服人，此所以即位未几，而仍致败亡也欤！

第六十五回　杀季弟特遣猛将军　鸩故主兼及亲生女

却说湘州刺史王琳，曾偕僧辩入都平景，功居第一。他本家居会稽，以行伍起家，姊妹皆入湘东王宫，琳因侍王左右，得邀荣宠，平时常倾身下士，所得赏赐，不入私囊，尽给兵吏。麾下约有万人，多系江淮群盗，乐为彼用。自平乱有功，恃宠纵虐。僧辩不能禁，密表请诛，绎但调琳为湘州刺史。琳恐及祸，使长史陆纳率部众赴州，自诣江陵陈谢。临行时，与约相语道："我若不返，汝将何往？"纳等齐声请死，乃洒泪而行。既至江陵，一入殿中，即被卫军拿住，下吏论罪，另授皇子始安王方略，代镇湘州，用廷尉黄罗汉为长史，使与太舟卿（太舟官名。）张载，同至巴陵，抚驭琳军。陆纳及士卒并哭，不肯受命。载素性悍戾，又得主眷，遂厉声喝阻。（不管死活。）才及半语，已由纳麾动士卒，一拥而上，把载绑缚起来，并将罗汉拘住。惟方略为主琳甥，纵使归报。

梁主绎续遣宦官陈旻，往谕纳众。纳反将张载牵出，刳腹抽肠，系诸马足，策马使行，肠尽气绝，及剖心焚骨，率众欢舞。惟黄罗汉向来清谨，得免惨祸。（究竟悍吏不及清官。）纳遂引兵据住湘州。

梁主绎复令宜丰侯萧循（萧谘弟）为湘州刺史，一面征王僧辩督师会讨。循至巴陵，驻节以待，忽得纳请降书，求送妻子，循微笑道："这明是诈降计，今夜必来袭我了！"因将麾下千人，分头埋伏，自己兀坐胡床，开垒待着。延至夜半，纳果用轻舸载兵，飞驰而至，遥见垒门大启，上面坐着一人，端居不动。纳未免惊诧，便令兵士鼓噪直前。将逼垒门，那上坐的仍然如故。当时疑为草人，正思用槊入刺，不防两旁突起伏兵，大刀阔斧，奋勇杀来。纳知是中计，忙勒兵倒退，已被杀伤多人，慌忙下舟南遁。最后一舰，不及开驶，眼见为循军夺去。纳垂头丧气，走保长沙。王僧辩亦至，与循相会，共逼长沙城下。纳复率众迎战。僧辩亲执旗鼓，循亦躬冒矢石，东西并进，大破纳众。纳入城拒守，由僧辩等进兵环攻，连旬不下。梁主绎特遣送王琳至长沙，令谕纳众。纳众在城上罗拜，且泣语道："朝廷若肯赦王郎，乞许彼入城，纳等情愿待罪。"僧辩尚未肯许，仍将王琳送回江陵。

适武陵王纪自西蜀发兵，来窥江陵。信州刺史陆法和，屯兵峡口，与纪相持，并遣人至江陵乞援。梁主绎欲调长沙兵往助，不得已赦琳前罪，仍遣为湘州刺史。琳复至长沙，纳众迎降，湘州告平，乃更调琳拒蜀。

看官欲知武陵王纪，何故与江陵为难？说来又是一种情由。纪系梁武第八子，少得父宠，大同三年，受命为益州刺史。纪因道远固辞，梁武密嘱道："天下方乱，惟益州可免，故特处汝，汝宜勉行为是。"纪乃涕泣赴镇。及侯景入都，曾得朝廷密敕，加位侍中，假黄钺都督征讨诸军事，促令入卫。纪尝令世子圆照，领兵三万，受湘东王绎节度，会兵讨景。绎命圆照屯白帝城，未许东下。至梁武饿死，纪将督兵自行，又为绎所劝阻。纪次子圆正，方任西阳太守，绎署为平南将军，诱令人谢，把他囚住，荆、益衅端，从此始开。纪颇有武略，居蜀十七年，南开宁州、越隽，西通资陵、吐谷浑，内劝农桑，外通商贾，财用丰饶，器甲殷积，因与江陵生隙，遂从长史刘孝胜言，僭号蜀中，改元天正，与萧栋同一年号。时已有人顾名思义，谓天为二人，正为一止，已各寓一年即止的预兆。（这也未免牵强。）司马王僧略、参军徐怦，谓不应称帝，并皆切谏，纪不但不从，且把他并置死刑。

梁主绎承圣二年，纪遂率军东下，留益州刺史萧㧑守成都。行次西陵，军容甚盛。惟峡口设有二城，为陆法和所增筑，取名七胜城，锁江断峡，使纪军不得飞越，但乞江陵速发援师。梁主绎很怀忧惧，特贻书西魏，书中引着左氏传文，有"子纠亲也，请君讨之"二语。

西魏大丞相宇文泰道："取蜀制梁，在此一举。"诸将俱以为未可。惟大将军尉迟回，为宇文泰甥，力言可克，且禀泰道："蜀与中国隔绝，百有余年，自恃险远，不虞我至，若用铁骑倍道进兵，径袭成都，蜀自不战可破了。"泰乃托词援梁，即遣尉迟回出散关，引军入蜀。进至涪水，潼州刺史杨乾运，举州请降。回分兵守潼州，径袭成都。纪方锐意东下，接得成都急报，乃遣梁州刺史谯淹还援，偏又为尉迟回所破。败报复至西陵，纪欲返救根本，独世子圆照，及益州长史刘孝胜，力言不可，纪乃舍西图东，诸将各有异言，纪竟下令道："敢谏者死！"（自投死路，还要吓人。）遂命将军侯叡，率众七千，遍筑营垒，与陆法和相拒。梁主绎释出任约，令为晋安王司马，使领禁兵，往助陆法和。继又用谢答仁为步兵校尉，遣令再往。且至书与纪，劝他还蜀，专制一方。纪不肯从，答书如家人礼，并未称臣。绎复致复道：

> 吾年为一日之长，属有平乱之功，膺此乐推，事归当璧，倘遣使乎？良所希也。如曰不然，于此投笔，兄肥弟瘦，无复相见之期，让枣推梨，永罢欢愉之日，心乎爱矣！书不尽言。

纪得书不答，满望旗开得胜，直指江陵，怎奈屡战无功，师老财匮，又闻西魏军围攻成都，孤危愤懑，不知所为，乃遣度支尚书乐奉业，诣江陵求和。奉业反入白梁主道："蜀军乏粮，士卒多死，危亡可立待呢。"梁主绎因拒绝和议，纪亦无法。将士多半思归，各有贰心，更因纪吝啬不情，平时尝熔金成饼，饼百为箧，箧以百计，银比金约五六倍，锦罽缯彩，不可胜数，每战但悬示将士，并未分赏。宁州刺史陈智祖，请犒军励士，纪不肯从，智祖竟至哭死。或欲向纪申请，纪又辞疾不见，因此众心益离。（守财奴怎思济事！）巴东民符升等，斩峡口城主公孙晃，出降王琳。谢答仁、任约，合攻侯叡，连破三垒，于是两岸十四城俱降。梁游击将军樊猛，出兵截纪归路，纪不获退兵，只好顺流再进。猛趁势追击，纪众大溃，赴水溺死，约八千余人。再由猛联舟为阵，把纪众困在垓心，一面飞章奏捷。梁主绎密敕复报道："与纪生还，不得言功！"（杀害骨肉，已成惯技。）猛乃督兵环攻纪船，纪在舟中绕床而走，不知所为。蓦见猛一跃过舟，挺槊来刺，自知命在须臾，急取金囊掷猛，且顾语道："此物赠卿，愿送我一见七官。"（注见前。）猛叱道："天子如何得见？我杀足下，金将何往？"说着，手起槊落，把纪戳倒，又加一槊，立即毙命。（金钱本可买命，至此时也属无济了。）

纪有幼子圆满，亦遭杀死。陆法和收捕圆照兄弟三人，送入江陵，梁主绎削纪属籍，改姓饕餮氏。刘孝胜亦被擒至，拘系狱中，嗣得释出。纪次子圆正在狱，由绎使人传语道："西军已败，汝父已不知存亡了。"这二语是逼他自裁，圆正但号呼世子，哭不绝声。绎乃使与圆照相见，圆正顾圆照道："兄奈何自残骨肉？徒使痛酷至此！"圆照惟自悔前误，付诸长叹罢了。既而两人并囚狱中，连日不得一餐，甚至啮臂啖血，历旬又二日乃死。近远统代为悲悼，咎绎不仁。

那西蜀已被西魏军取去，成都守将萧捴，举州外附，尉迟回使民复业，惟收奴婢及储积，犒赏将士，不私一钱。西魏命回为益州刺史，自剑阁以南，均归回承制黜陟。回申明赏罚，互用恩威，抚辑州民，招徕异族，华夷相率翕服，安帖无哗，从此西蜀版图，归入西魏，后事容待缓表。

且说梁主绎既除季弟，便欲还都建康。将军宗懔、黄罗汉，皆系楚人，不愿东迁。领军将军胡僧祐、御史中丞刘瑴亦与宗、黄同意，极力谏阻，绎乃召朝臣会议，多至五百人，仍然聚讼未决。绎复下令道："劝吾迁都可左袒，否则右袒。"一时左袒的人，竟至过半。武昌太守朱买臣进言道："建康旧都，山陵所在，荆镇边疆，非帝王所居地，愿陛下勿疑，免致后悔！臣家在荆州，岂不愿陛下居此？但恐是臣富贵，并非陛下富贵呢。"（买臣此语，不为无见。）梁主再使术士杜景豪卜易，未得迁都吉兆，因答言未吉。及趋退后，私语亲友道："此兆恐为鬼贼所留呢。"嗣是梁主因建康凋残，江陵全盛，卒从僧祐言，但令王僧辩还镇建康，陈霸先还镇京口。会齐遣郭元建治军合肥，将袭建康，梁命南豫州刺史侯瑱迎战东关，击退齐师。

时齐主高洋，已鸩死故主善见，并善见三子，谥为魏孝静皇帝，葬诸邺城西隅。故后高氏，已降为中山王妃，与善见情好颇笃，善见被幽，高氏随时护视。洋欲行弑，特召高氏入宴，至宴毕退还，善见已死。妃当然哀号，葬毕入宫，为洋所迫，令她转嫁杨愔，愔毫不推辞，竟礼迎而去。（乐得受赐。）洋复发中山王墓，把故主善见遗棺，投入漳水，并将所有元魏神主，焚毁殆尽。彭城公元韶，曾纳孝武后高氏为妃，特邀异宠。开府仪同三司美阳公元晖业，位望隆重，从齐主洋在晋阳，尝至宫门外骂韶道："汝不及汉朝老妪，负玺畀人，何不当时击碎？我出此言，自知必死，看汝能生得几时！"（谓汉元后投玺缺角，韶何故奉玺入齐！）果然齐主闻言，召入晖业，一刀了事。韶文弱似妇女，由齐主令剃须髯，施粉黛，着妇人衣，随从出入。尝语左右道："我用彭城为嫔御。"韶亦不以为羞，旅进旅退，委蛇过去。

齐王洋又亲征突厥，并救柔然。自柔然与高氏结婚，往来通好，连年无事。（回应五十七回）高洋篡魏，柔然主头兵可汗亦遣使入贺，洋亦答使报聘。偏有突厥起自西域，为柔然患。相传突厥系平凉杂胡，姓阿史那氏，集成部落，后被邻部破灭，只剩一个十龄小儿，刖足断臂，委弃草泽中，有牝狼衔肉相饲，乃得生长，竟与牝狼交合，俨若夫妇。邻部酋长，复派兵捕杀遗儿，惟牝狼窜至高昌国西北，匿居深岸。狼已有孕，一产十男，十男渐长，分出穴中，掠民为妻，嗣是生育日蕃，得五百家，聚居金山南面，服属柔然，世为铁工。金山形似兜鍪，蕃俗呼兜鍪为突厥，因以为号。传至大叶护，种类渐强。既而伊利嗣世，强悍过人，募众击铁勒部，收降五万余家，遂自称土门可汗，遣人向柔然求婚。头兵可汗不允，且叱为煅奴，使人斥责。伊利怒斩来使，率众袭柔然。柔然与战不利，由伊利乘胜进击，围住柔然营帐。头兵可汗屡战屡败，愤恚自杀。有子庵罗辰，及头兵从弟登注俟利等，突围奔齐。伊利可汗亦得胜回国。柔然余众，拥立登注次子铁伐为主。铁伐为契丹所杀，齐因送还登注，入主柔然。登注也不得善终，众复推立登注子库提。

适伊利弟木杆俟斤，承袭兄业，状貌奇异，面阔尺余，颜似赭石，眼若琉璃，素性刚暴多智，锐意拓地，便起兵再击柔然。柔然酋长库提，哪里是他对手，没奈何举族奔齐。齐主高洋，督军北巡，迎纳柔然部众，惟废去库提，改立庵罗辰为可汗，令居马邑川，赐给禀饩缯帛。当下往御突厥。突厥主木杆可汗，闻齐天子亲自出马，前来征剿，也带着三分惧意，便致书请降。齐主洋亦得休便休，但饬令每岁朝贡，定约而还。(突厥事始此。)

越年为齐天保五年，齐主洋复自击山胡，大破番众，男子过十三岁，一律腰斩，妇女及幼弱充赏，遂得平石楼山。山本绝险，终魏世不得制服，经齐主一鼓荡平，远近胡人，始不敢抗命。齐主洋乃志得气盈，渐成狂暴。有都督战伤将死，医治难疗，索性刳挖五脏，令九人分食，骨肉俱尽。此后视人如畜，刲割烹炙，几成为常事了。北齐事暂且按下，西魏事应当叙入。

自宇文泰当国以后，权势日盛，西魏主宝炬，拱手受教，不能有为。泰初用苏绰为度支尚书，百度草创，损益咸宜。绰又尝以国家为己任，荐贤拔能，务期称职，每与公卿谈论，自昼达夜，事无巨细，若指诸掌，因此积劳成疾，遂至谢世。泰痛悼不置。当绰柩归葬时，由泰亲送出城，酹酒为奠道："尔知我心，我知尔意，方欲共平天下，奈何舍我遽去！"说至此，举声大恸，酒卮竟堕落地上，尚未觉着，直至柩已去远，方怏怏退回。

未几又仿古时寓兵于农遗意，创作府兵，平时仍然务农。到了农隙，讲阅战阵，马畜粮械，由民自备，惟将租庸调三项，尽行蠲免。(输粟为租，输帛为调，力役为庸。)每府归一郎将统率，百府得百郎将，分属二十四军，每军归一开府主持，合两开府置一大将军，合两将军置一柱国，共计柱国六人，最高统帅，称为持节都督，宇文泰即手握都督重权。看官试想，国家治内控外，莫如兵力，泰既膺此重任，简直是把西魏版图，运诸掌上，那主子宝炬，还有什么权威？但教画诺允行，不违泰意，便算是明哲保身了。(府兵制度，向称良法，故特别提及。)

宝炬在位十七年，病终乾安殿，年四十有五。太子钦入嗣帝位。尊父为文皇帝，母乙弗氏为文皇后，合葬永陵。越年虽然改元，不立年号，册妃宇文氏为皇后，就是宇文泰女。尚书元烈，系西魏宗室，密谋诛泰，谋泄被杀。钦由是怨泰，屡思拔去眼中钉。临淮王元育、广平王元赞，统说宇文氏根深蒂固，不能动摇，否则必将及祸，钦不以为然。两王再涕泣固争，仍然不省。泰诸子皆幼，兄子章武公导、中山公护又皆出镇，惟用诸婿为腹心。清河公李基、义成公李晖、常山公于翼，并取泰女为妇，故各为武卫将军，分掌禁兵。钦有所谋，无非与二三幸臣，日夕私议，怎得中用，且反为宇文氏所探知。泰遂将钦废去，徙置雍州，改立钦弟齐王廓，且逼廓复姓拓跋氏。魏初统国三十六，大姓九十九，后多灭绝。泰封有功诸将为三十六国，次为九十九姓，所领士卒，变改从统将姓氏。（是何意见？）

过了三月，复由泰密遣心腹赍毒酒至雍州，鸩死故主元钦，史家称为废帝。钦后宇文氏自愿殉夫，也饮鸩而亡。后幼有风神，尝在座侧置列女图，有志效法。泰辄语人道："每见此女，良慰人意。"及嫁为钦妃，志操雅正，内助称贤，钦亦格外爱重。至钦嗣父祚，不置嫔御，仍与后伉俪甚欢。钦被废徙，后亦随往，可怜一对好夫妻，生同室，死同穴，魂魄相随，作地下鸳鸯去了。小子有诗叹道：

殉夫殉国两全贞，烈妇由来不惜生；
拚死愿随故主去，好教彤史永留名！

宇文泰既弑故主，复讽淮安王育上表，请如古制，降爵为公，于是西魏宗室诸王，皆降为公爵。眼见得拓跋就衰，宇文益盛，要将西魏篡取了去。欲知后事，试阅下回。

武陵王纪，出镇益州，梁武谓可以免祸，其为爱子计，固至密矣。贼景入都，纪尝遣子入援，中道为湘东所阻，乃逗留不进，是其咎当归诸湘东，于武陵犹可恕也。湘东平贼，因即正位，略心原迹，尚属名正言顺。武陵本为季弟，绳以兄友弟恭之义，应当赞助湘东，光复旧物；否则据境自守，专制一方，犹不失为中计，奈何僭号称帝，挟忿兴师，一误于刘孝胜，再误于世子圆照，卒致身死峡口，地为魏有，可恨亦可悲也！或谓武陵之死，由湘东激之使然，斯亦未尝无见。但湘东当乱离之余，究竟不遑西顾，纪之冒昧东进，正不啻飞蛾扑火，自取其灾耳。宇文泰既弑孝武，复弑废帝，两弑君主，凶逆与高氏相同。独高欢二女，并为帝后，厥后长女嫁元韶，次女适杨愔，降尊就卑，不耻再醮；而宇文女乃独能为夫殉节，有光名教，乃父闻之，其亦知愧否耶！

第六十六回　陷江陵并戕梁元帝　诛僧辩再立晋安王

却说宇文泰既鸩死帝后，改立新主，朝野上下，统料他有心篡逆，不肯再守臣节。偏泰迟延未发，仍然照常办事。（是曹阿瞒第二。）一面窥伺东南，特遣侍中宇文仁恕，借聘问为名，觇梁虚实。仁恕至江陵，凑巧齐使亦至，梁主绎礼待仁恕，不及齐使。仁恕归国语泰，泰笑道："吴儿必有所求，所以待卿有礼呢。"既而梁果遣使报聘，请据旧日版图，重定疆界。泰问梁使道："汝主尚思拓土么？但教保得住江陵，已算万幸了。"梁使亦抗词对答，语多不逊，被泰叱使南归，且顾语左右道："古人有言：天之所废，谁能兴之？难道萧绎违天不成！"嗣是图梁益急。再加降王萧詧，按时贡献，屡请师期，（好一个虎伥。）乃特召荆州刺史长孙俭入朝，商议攻取方法。俭振振有词，与泰意隐相符合，乃复令还镇，使他预备刍粮，为进兵计。魏将马伯符，旧为梁臣，陷入关中，至此颇眷怀故国，密遣人赍书至梁，报知泰谋。梁主绎尚多疑少信，置诸不提。

会广州刺史萧勃，启求入朝，梁主绎特徙勃为晋州刺史，另调湘州刺史王琳代任。琳部曲强盛，又得众心，所以梁主绎阴怀猜忌，特将琳远徙岭南，琳亦知上微意，私语江陵主书李膺道："琳一小人，蒙官家拔擢至此，岂不知感？今天下未定，迁琳岭南，倘有不测，琳怎得远道奔援？窃想官家微旨，无非疑琳生变。琳毫无奢望，何至与官争帝？为官家计，不若令琳为雍州刺史，镇守武宁，琳自放兵屯田，为国御侮，君臣一德，内外无忧，岂不是今日良策么？"膺深服琳言，但一时不敢启闻。琳乃陛辞而去。（叙入此事，为后文许多伏案。）

散骑郎庾季才，颇识天文，特直上书预谏道："今年八月丙申，月犯心中星，今月丙申，赤气犯北斗，心为天主，丙主楚分，臣恐一建子月，江陵必有寇患，陛下宜留重臣镇江陵，整旆还都，远避祸患；就使魏虏侵蹙，止失荆、湘，尚不至倾危社稷，愿陛下勿疑！"梁主绎亦略知天象，喟然叹道："祸福在天，何从趋避？"遂不从庾言。

到了暮秋，西魏果遣柱国常山公于谨、中山公宇文护、大将军杨忠等，出发长安，南下图梁，将士共五万人。长孙俭迎入戍所，向谨启问道："大军前往江陵，未知萧绎将出何计？"谨答道："耀兵汉沔，席卷渡江，直据丹阳，乃为上策；移郭内居民，退保子城，深沟高垒，静待援军，尚是中策；若不先移动，但守外郭，便成为下策了。"俭又道："如公高见，究竟绎用何策？"谨微哂道："我料萧绎必出下策！"（老成料事，如在目中。）俭问何因，谨说道："绎庸儒无谋，多疑少断，愚民又难与虑始，皆恋邑居，上下偷安，我所以料定萧绎，必出下策哩。"俭闻言拜服，且预贺成功。谨等遂统兵南下。

梁武宁太守宗均，忙向梁廷告警。梁主绎与群臣会议，领军胡僧祐，太府卿黄罗汉道："两国通好，未生嫌隙，当不至兵入寇。"侍中王琛亦插入道："日前臣奉使西魏，宇文尝温颜相待，何致忽然生变！"（彼且不知有君，遑问汝国！）绎乃复令琛北行，探问确音，琛奉命而去。是时，梁主绎迷信道教，方在龙光殿中，召集群臣，演讲老子道德经。忽有边骑入报，谓西魏兵已至襄邓，叛王詧亦率兵往会，指日前来，不可不防。梁主绎乃辍讲戒严。已而复由黄罗汉呈上一书，乃是王琛寄至，内云我至石梵，境上帖然。边报多是戏言，未足为凭。绎将信将疑，再至龙光殿讲论老子，百官戎服以听。（父好佛，子信老，非此父不生此子。）越宿又得边警，尚疑为未确。及警耗迭至，乃使主书李膺赴建康，征王僧辩为大都督，兼荆州刺史，命陈霸先徙镇扬州。僧辩、霸先两人，正与齐冀州刺史段韶，交兵境上，失利还师。闻江陵被寇，僧辩亟遣豫州刺史侯瑱、兖州刺史杜僧明，分领程灵洗、吴明彻诸将，先后进兵。郢州刺史陆法和，亦自郢州入汉口，将诣江陵。梁主绎独遣使谕止法和，略云都兵已足御贼，卿但镇郢州，不烦前来。法和不得已退还，涂垩城门，自著衰绖，兀坐苇席，终日乃脱去。（无非幻术欺人。）

那西魏军已渡汉水，由于谨派令宇文护、杨忠两将，率精骑先据江津，堵截东路，建康各军，不得入援。护复攻克武宁，把太守宗均掳去。梁主闻报，夜率妃嫔等登风凰阁，仰观天文，皱眉太息道："客星入翼轸，恐难免败亡了！"妃嫔等并皆泣下，绎相对欷歔，夜半乃还宫就寝。翌晨，出津阳门阅兵，适值朔风暴雨，当面吹扑，冷不可当，没奈何轻辇折回。

又过了数日，已是十一月了，绎复乘马出城，督军筑栅，周围六十余里。命领军将军胡僧祐，都督城东诸军事尚书右仆射张绾为副；左仆射王褒，都督城西诸军事，四厢领直元景亮为副；他如王公以下，各派职守。部署已毕，始还入城中。未几已闻敌兵至黄华，距江陵仅四十里，绎亟命太子元良巡阅城楼，令居民助运木石。是夕即有敌骑进逼栅下。武昌太守朱买臣、衡阳太守谢答仁等，诘旦出战，互有杀伤，未得胜仗，仍然退还。西魏统帅于谨，令部众纵火焚栅，烈焰燎原，不可向迩，栅内居民数千家，及城楼二十五座，俱成灰烬，遂四筑长围，断绝江陵出入。

绎屡次巡城，俯瞩敌军强盛，惟四顾叹息，莫展一筹。或且口占诗词，命群臣属和，算是消愁的方法。（愚不可及。）嗣复裂帛为书，遣人催促王僧辩，书云：我忍死待公，何不速至！这书传将出去，终被西魏军截住，无从得达。王褒、胡僧祐、朱买臣、谢答仁等，再开门出战，又皆败还。

绎复令王琳为湘州刺史，征使还援。琳忙督军北上，先遣长史裴政，从间道入报江陵。行至百里州，为萧詧部下所获。詧与语道："我乃武皇帝孙，难道不可为尔主么？若从我计，贵及子孙，否则立杀勿贷。"政跪言惟命。詧锁政至城下，嘱令传语，谓王僧辩已自称帝，琳军孤弱，不能入援。政一面允诺，一面呼语守兵道："援军大至，各思自勉，我奉王将军命，前来通报，不幸被擒，当碎身报国！”詧闻言大怒，即命斩首，西中郎参军蔡大业谏阻道：“这是民望，若一杀死，江陵便不能下了。”乃释缚纵还。（裴政孤忠，足以风世。）

西魏军百道攻城，城中守兵，负户蒙楯，由胡僧祐日夕指挥，亲当矢石，明赏罚，严军律，众皆致死，胡尚得相持数日。不料僧祐中箭身亡，内外大骇。朱买臣按剑进言道：“今日惟斩宗懔、黄罗汉，尚可谢天下！”梁主绎叹道：“前日不愿移都，实出我意，宗、黄何罪？”这语一传，众情益贰。及西魏军并力攻城，竟有人偷开西门，纳入敌兵。绎忙与太子元良，及王褒、朱买臣等，退保子城。诸将苦战终日，渐不能支，相继散去。绎入东阁竹殿，命舍人高善宝，焚去古今图书十四万卷，并欲自投火中，为左右所阻，乃用宝剑击柱，且击且叹道：“文武大道，今夜毁尽了！”（死且不悟，可叹可恨！）

当下使御史中丞王孝祀，草就降文，谢答仁、朱买臣进谏道：“城中兵士尚多，乘夜突围，寇必惊退；如得脱身，便可渡江求救。”绎素不便走马，摇首语道：“难成！难成！”答仁道：“陛下如不便驰骋，臣愿从旁扶掖陛下。”王褒闻言厉声道：“答仁系侯景余党，怎得相信！与其倚贼，不若出降。”答仁气愤填膺，复申请道：“臣蒙陛下厚恩，所以自愿效死！陛下如不愿夜出，内城将士，尚不下五千人，臣请背城一战，死亦甘心！”绎颇为感动，面授答仁为大都督，许配公主，即令出外部署。偏王褒固言答仁难信，且五千人怎能退敌，绎乃收回成命。及答仁再请入见，被门吏所阻，气得肝火暴升，狂喷鲜血，倒地而亡。（贼中非无义士！）

绎遣人出递降书，于谨征太子为质，由王褒奉绎命令，送太子元良入西魏营。谨闻褒善书，经与纸笔，褒执笔为书道：“柱国常山公家奴王褒。”（偷生怕死，一至于此。）谨令褒召绎出迎。绎服素衣，乘白马驰出东门，抽剑击扉，自呼表字道：“萧世诚，奈何至此！”西魏兵见绎出城，即逾堑牵住绎马，胁入营中。既见于谨，强令下拜，萧詧复在旁斥辱，绎亦无可奈何，但忍气吞声，由他发落。（何不早死？）詧将绎囚住乌幔下，于谨复逼使为书，传召王僧辩。绎不肯照写，魏使道："王今岂尚得自由？"绎答道："我既不自由，僧辩亦不由我！"或问绎何故焚书？绎凄然道："读书万卷，犹有今日，我所以尽焚了。"（读与不读无异，想是一目已眇，只能看得偏旁。）于谨拟处置萧绎，尚未定议，萧詧独坚请杀绎，并遣尚书傅准监刑，遂用土囊将绎压死。（詧弑叔父，罪不容诛，但绎亦好戕骨肉，故亦遭死报。）詧令用布缠尸，外用蒲席为殓，藁葬津阳门外。并杀太子元良，及始安王方略，桂阳王大成等人。（大成系简文帝子。）总计梁主绎在位三年，享年四十七岁，生平好学能文，著述词章，多半传世；惟秉性残忍，不知仁恕，兄弟子侄，视同陌路，稍挟私忿，必尽杀乃快。至魏兵围城，狱中死囚，多至数千人，有司请一律释放，充作战士，绎尚不允，概令处死，未及施刑，城已被陷。后来弄到这般结果，江陵人士，未尚叹惜，这可见众叛亲离，终归绝灭呢！（唤醒尘梦。）

詧将尹德毅，向詧进言道："魏虏贪残，任情杀掠，江东人民，涂炭至此，统说由殿下主使，怨气交乘。殿下既杀人父兄，孤人子弟，人尽仇敌，谁与相助？今为殿下计，莫若佯为设宴，会请于谨等入席，暗中设伏武士，起杀虏帅；再分派诸将，掩袭虏营，大歼群丑，使无遗类，然后收抚江陵百姓，礼召王僧辩、陈霸先诸将，朝服渡江，入践皇位，不出旬日，功成业就。古人有言：天与不取，反受其咎，愿殿下恢弘远略，勿徇小谅！"（此计太毒，即使有成，恐天道亦不相容。）詧半晌才道："卿策未尝不善，但魏人待我甚厚，不宜背德；若骤从卿计，恐人将不食吾余了！"德毅叹息而退。魏立詧为梁主，但将荆州给詧，延袤止三百里。雍州被圈领了去，又置防兵居西城，托名助詧，实加监制。命前仪同三司王悦，留镇江陵。于谨收取府库珍宝，及宋浑天仪、梁铜晷表，及南朝遗传法物。尽俘王公以下，及百姓男女数万口，编充奴婢，分赏三军，驱归长安。老弱残疾，一并杀死，仅留存三百余家。詧送归魏军，还城四顾，已是寂莫荒凉，目不忍睹，不由得长叹道："悔不用尹德毅言！"（不悔为虏作伥，反悔不听德毅，始终谬误。）

越年正月，詧始称帝，改元大定。追尊昭明太子为昭明皇帝，庙号高宗。太子妃蔡氏为照德皇后，生母龚氏为皇太后，立妻王氏为皇后，子岿为太子，刑赏制度，多从旧制。惟上表西魏，仍然称臣。用参军蔡大宝为侍中，王操为五兵尚书。大宝足智多谋，晓明政事，詧目为诸葛孔明，推心委任。操亦大宝流亚，竭诚辅詧，詧始得稍具规模，成一个荆州小朝廷，史家称为后梁，这且慢表。

且说齐王高洋，闻魏兵进围江陵，曾遣清河王岳，攻魏安陆，遥救萧梁。岳至义阳，探悉江陵被陷，乃进军临江。郢州刺史陆法和，举州降齐。（有幻术者，亦不过尔尔。）齐因立贞阳侯萧渊明为梁王，令上党王高涣率兵护送，使向建康进发。（渊明被虏见五十八回。）时萧绎第九子晋安王方智，已由江州刺史任内，东归建康。王僧辩与陈霸先定议，奉方智为梁主，即皇帝位，年才一十三岁。命僧辩守官太尉，录尚书事，领中书监，兼骠骑大将军，都督中外诸军事。陈霸先守官司空，加征西大将军职衔，追尊皇考绎为孝元皇帝，庙号世祖。

正在兴绝继废的时候，忽由北齐尚书邢子才，驰驿到来，赍书与王僧辩。当由僧辩接阅来书，但见书中写着：

贵国丧君有君，见卿忠义；但闻嗣主冲藐，未堪负荷。贞阳侯系梁武犹子，长沙之胤，以年以望，堪保金陵，故置为梁主，送纳贵国，卿宜部分舟舰，迎接今主，并心一力，善建良图。

僧辩瞧着，不胜惊疑。那刑子才又取出一书，交与僧辩，书由萧渊明署名，求僧辩派兵出迎。僧辩踌躇多时，乃向刑子才道："主位已定，不应再易，烦君复报，以口代书。"子才复加劝导，僧辩不从，但另写一书，答复渊明，托子才带回。书云：

嗣主体自宸极，受于文祖，明公倘能入朝，同奖王室，伊吕之任，佥曰仰归；若意在主盟，不敢闻命！

子才持书自去，还报齐王。齐王高洋，怎肯罢休？仍饬高涣等进行。涣与渊明，行至东关，更遣人致书僧辩。僧辩亟遣散骑裴之横等，率兵往阻。之横到了东关，与齐兵交锋，不幸败没，只剩得溃卒数百人，走报僧辩。僧辩大惧，出屯姑熟，乃拟迎纳渊明。陈霸先方留镇京口，忙遣使劝阻僧辩毋纳渊明。僧辩不敢拒齐，只好与霸先异议，奉启渊明，定君臣礼，且请许晋安王为太子。渊明准如所请，遂由采石渡江，直指建康。

僧辩备齐龙舟法驾，往迎江宾。齐高涣驻兵江北，但遣侍中裴英起，护卫渊明，趋至建康郊外，与僧辩相会。僧辩见到英起，即礼谒渊明。渊明涕泣慰谕，由朱雀门入都，越宿即位，改元天成，降晋安王方智为皇太子，命僧辩为大司马，霸先为侍中。齐师闻渊明得立，当然北归。渊明再表请齐廷，乞还郢州。郢州自陆法和降齐，齐遣仪同三司慕容俨镇守，僧辩亦尝令江州刺史侯瑱往攻。俨坚守数月，城中食尽，至煮草木根叶，及靴皮带角为食，守卒尚无异心。及齐得渊明乞请，乃召俨归国，举州还梁。且因梁已称藩，所有前时虏归的梁民，一律放还。渊明复申表陈谢，那知历时未几，京口发难，侥幸窃位的萧渊明，坐不住这凤阁鸾台，于是新旧交替，又要那冲年天子，入篡皇基。这事起自陈霸先，待小子说明情由。

霸先与僧辩共灭侯景，情好甚笃，僧辩又为子頠聘霸先女，正要成婚，适值僧辩丧母，乃将婚礼展期。頠兄顗屡在父前，极言霸先难信，僧辩不以为然。及僧辩迎纳渊明，霸先力争不得，因与僧辩生嫌。霸先尝叹道："武帝子孙甚多，惟孝元能复仇雪耻，嗣子何罪，乃遭废黜？况我与王公同处托孤地位，王公独一旦改图，外依戎狄，援立失次，究不知是何意？我为大义计，也顾不得私情了。"（语虽近是，意未尽然。）乃谋进击建康。可巧僧辩记室江旰，前来京口，说是齐将入寇，应该预防。霸先趁势定谋，留旰不遣，竟发兵往袭僧辩，留从子著作郎昙郎，居守京口，自督马步军启行。使部将徐度、侯安都，率水军趋石头城。

石头城北接冈阜，不甚危峻，安都舍舟登岸，潜至城下，被厚甲，带长刀，令军士以肩承足，迭接而上，自己作为首导，逾城直入，众亦随进，击死南门守卒，开城纳霸先军。僧辩方升厅视事，有人报称兵至，忙自厅内驰出，与子頠同到门外，随从约数十人。侯安都已到门前，持门四劈，僧辩亦上前迎战，不到数合，安都部众，一拥而进，霸先亦率众接应。眼见是孤寡难支，当下夺路奔窜，走登南门楼。霸先麾众围攻，急得僧辩仓皇失措，只好拜请求哀。霸先毫不怜惜，反令部众搬集薪刍，势将纵火。僧辩无法，挈子下楼，为众所执。霸先问僧辩道："我有何罪，公乃欲引齐兵讨我？且何为无备至此？"僧辩道："委公北门，何谓无备？"霸先不答，竟命将僧辩父子牵系，绞死狱中。（怕死者，反至速死。）

前青州刺史程灵洗，率部曲救僧辩，与霸先军鏖战多时，灵洗败退。霸先遣使招谕，许为兰陵太守，灵洗乃降。霸先遂传檄中外，具列僧辩罪状，且云罪止僧辩父子兄弟，余皆不问。萧渊明闻僧辩被杀，自知帝位难居，便逊国就邸。（还算见机。）霸先仍奉晋安王方智正位，颁诏大赦，改元绍泰，内外文武百官，各赐位一等，授渊明为司徒，封建安郡公；霸先为尚书令，都督中外诸军令，兼扬、徐二州刺史，仍官司空。小子有诗叹道：

到底枭雄不让人，乘机掩入杀王臣；
大权攫得心才快，宁顾当时儿女亲！

霸先复立晋安王，都城粗安，忽由吴兴传到警信，乃是三叛连盟，反抗霸先。欲知三叛为谁，待至下回声明。

萧绎偷安江陵，不愿迁都，已自取败亡之兆。及魏兵南下，尚无志渡江，甘出下策，其致亡也必矣。夫绎性成残忍，无父无兄无子侄，伐柯寻斧，自戕枝叶，颠蹶致毙，非不幸也，宜也！独萧詧甘心召寇，主议杀叔，罪且浮于萧绎，即其后江陵存祚，传位二君，而昭明有知，亦岂肯遽往歆祀耶！萧渊明身为敌虏，宁足承祧？王僧辩以齐师之逼，迎立为主，宜为陈霸先所讥。但霸先之袭杀僧辩，亦非真心乎为梁。利害切身，亲友可以不顾，朝婚媾则暮寇仇，军阀固如是乎！读此回，窃不禁有居今思古之感云。

第六十七回　擒敌将梁军大捷　逞淫威齐主横行

却说吴兴太守杜龛，系是王僧辩女夫，僧辩尝改称吴兴为震州，即进杜龛为刺史。龛闻妇翁被害，当即据城拒命。还有僧辩弟僧智，为吴郡太守，亦起应杜龛。义兴太守韦载，本是僧辩心腹，也与连盟，反抗霸先。霸先兄子陈蒨，助守吴兴，已得霸先密书，令还长城故里，立栅备龛。蒨至长城，收兵才数百人。龛遣部将杜泰，率精兵五千人，掩至栅下。蒨众相顾失色，独蒨谈笑自若，毫不张皇，众心乃定。泰攻扑数旬，不克乃还。霸先使周文育，往攻义兴。韦载募集弓弩手，射退文育，便在城外据水立栅，用兵扼守。霸先自督兵接应文育，留高州刺史侯安都、石州刺史杜棱，宿卫台省。

谯、秦二州徐嗣徽，有从弟名叫嗣先，系僧辩外甥，僧辩被杀，嗣先怂恿嗣徽，举州降齐。及闻霸先东攻义兴，遂密结南豫州刺史任约，乘虚袭建康，掩入石头。游骑至台城下，侯安都闭门静守，且下令军中道："登陴窥贼者斩！"嗣徽莫明其妙，不敢进逼，暂收兵还石头。诘旦，又进攻台城，忽见城门大启，冲出壮士数百名，踊跃直前，锐不可挡。嗣徽抵敌不住，仍奔还石头城。（太不济事。）

霸先到了义兴，攻入水栅，使韦载族人韦翙，赍书招载。载因情穷势绌，不能坚持，没奈何偕翙出城，投降霸先。霸先好言慰抚，引置左右，特命翙监义兴郡事，乃卷甲还建康。移周文育兵救长城，更遣宁远将军裴忌，轻骑倍道，直趋吴郡。夜至城下，鼓噪登城。王僧智从睡中惊起，疑是大军到来，忙从后门逃出，轻舟奔吴兴。忌遂入据吴郡，奉霸先命留为太守。

霸先拟急攻石头，蓦闻齐兵来援徐嗣徽，并运粮三十万石，马千匹，已至湖墅。霸先未免担忧，亟向韦载问计，载答道："齐兵若分据三吴，略地东境，岂不可虑？今急宜至淮南筑城，保护东方粮道，再分兵绝彼输运，使他进无所资，不出旬日，齐将头颅，定可悬阙下了！"霸先依议，即使侯安都夜袭湖墅，放起一把无名火来，把齐船千余艘粮米，一炬成空。仁威将军周铁虎，得擒住齐北徐州刺史侯领州，械送建康。韦载复至淮南筑垒，使杜棱驻守，借通饷道，建康各军，才得无虞。（霸先能善用叛人，因有此效。）齐兵就仓门水南，设立二栅，与梁军相拒。侯安都出袭秦郡，攻破城栅，俘数百人，得徐嗣徽家琵琶及鹰，因遣人送还嗣徽，且传语道："昨至老弟处得此，军前不需此物，因特送还。"（调侃得妙。）嗣徽大惊，急向齐营乞援。齐淮州刺史柳达摩，渡淮列阵。霸先督众猛斗，纵火烧栅，齐兵大败，溺死甚众。嗣徽与任约再引齐兵，屯驻江宁浦口。侯安都又带领水军，袭破齐兵。嗣徽等单舸脱走，柳达摩尚不肯去，留守石头城。霸先召集水陆各军，围攻石头。城中无水，达摩无法可施，乃遣使求和，惟要求质子。霸先与百官会议，大众以建康虚弱，粮运不继，不若易战为和。霸先乃令从子昙朗，及永嘉王萧庄，出质齐营，与达摩会盟城外。（霸先此着，未免太弱。）达摩始引兵自去。徐嗣徽、任约，偕出奔齐。齐主高洋，闻达摩擅与梁和，且丧亡粮械马匹，不可胜计，遂归罪达摩，将他诛死，再令仪同三司萧轨，调集大军，克期南下。时已残冬，雨雪盈途，急切里不便行军，暂命展缓。

那震州刺史杜龛，尚据住吴兴，未曾除去。梁将周文育，与霸先兄子蒨，屡攻杜龛，龛固守不下，相持逾年。文育暗结龛将杜泰，作为内应，一面诱龛出战。龛与杜泰出城，两下交锋。泰按兵不动，害得龛独力难支，奔回城中。泰亦随入，劝龛出降。龛迟疑未决，商诸妻室王氏，王氏道："我与霸先，仇隙甚深，何可求和？"（倒还是个烈女。）因取奁中金银首饰，及所藏布帛等类，悉数犒军，与决一战。军士得了重赏，统是感激得很，情愿效死，开城出斗，一当十，十当百，果将梁军杀败，退至十里外下寨。

龛素嗜酒，每饮辄醉，此时幸得胜仗，便放心畅饮，镇日里醉意醺醺，几忘朝晚。那知杜泰已勾引梁军，开门纳入。龛尚高卧床中，沉醉未醒，妻王氏屡唤不应，也顾不得结发深情，当下将万缕青丝，付诸并剪，变了一个秃头妇人，混出府舍，往做尼姑去了。王僧智尚在吴兴，忙与弟僧倍，从后门出走，奔投北齐。陈蒨等杀入府中，搜捕杜龛。龛鼾声直达，还在黑甜乡中做那痴梦。当由梁军把他舁出，扛至项王寺前，一刀了事。（不在刘伶祠，而在项王寺，未免杀错地方。）

东扬州刺史张彪，向为王僧辩党羽，不附霸先，霸先更遣蒨、周文育往袭会稽。（即东扬州。）彪迎战大败，走入若耶山中，被蒨将章昭达追及，枭首报功。

南方已平，只北方警信日亟。徐嗣徽、任约进袭采石，执去明州张怀钧。霸先闻报，急遣帐内荡主（主勇士，以荡突敌人，故称荡主。）黄丛，率兵往堵。适齐大都督萧轨，引兵南下，与徐嗣徽、任约合军，众至十万，趋向梁山。黄丛仗着锐气，迎头痛击，杀死齐兵前队数百人，齐兵不觉惊骇，退至芜湖。（十万大军，不敌黄丛，其后日之覆亡已可想见。）当下致书霸先，但言奉齐主命，来召建安公萧渊明，并非与南朝争胜。霸先乃具舟送渊明，偏渊明背上生疽，病不能兴，未几竟死。齐兵待渊明不出，即从芜湖出发，入丹阳，至秣陵。霸先亟遣周文育出屯方山，徐度出屯马牧，杜棱出屯大航，抵御齐军。齐人跨淮筑桥，立栅渡兵，自方山直进倪塘，游骑竟至都下，建康大震。

霸先忙召周文育等还援，自督军出屯白城。周文育亦率兵来会，与齐军对垒列阵。两下相交，正值西风大起，扑入梁营。霸先拟收军以待，独文育请战。霸先道："用兵最忌逆风，奈何出战？"文育道："事已急了，何用古法？"遂抽槊上马，鼓勇先进。众军一齐随上，风亦转势，得俘斩齐兵数百人。徐嗣徽分扰耕坛，由梁将侯安都截住。安都麾下只十二骑，左冲右突，无人敢挡。齐将乞伏无劳，独拨马来截安都，战不三合，即被安都运动猿臂，活擒了去。（无劳要想有劳，当然败事。）嗣徽骇退，齐兵亦敛迹回营。

已而复潜至幕府山，霸先早已防着，密遣别将钱明，带领水师，绕出齐军后面，截击齐人粮船，劫得数十艘。齐军乏食，至宰食驴马充饥。未几又入逾钟山，霸先与众军分屯乐游苑东及覆舟山北，断敌冲要。齐兵复转趋玄武湖，将据北郊坛，梁军也从覆舟山移驻坛北，与齐兵相持。可巧连日大雨，平地水深丈余，齐人昼夜立泥淖中，足指腐烂，悬釜以炊。惟梁军居处高原，尚得无虞。不过因霪雨连绵，粮运不继，未便枵腹从戎。会由陈蒨馈运米三千斛，鸭千头，到了梁营，霸先亟命炊米煮鸭，各令用荷叶裹饭，夹入鸭肉数脔，分给将士，大众饱餐一日，遂于翌日黎明，麾众出幕府山。侯安都为先锋，语部将萧摩诃道："卿骁勇有名，千闻不如一见。"摩诃答道："今日当令公亲见便了！"（萧摩诃见六十三回。）说着，即偕安都杀入敌阵。齐兵见他来势凶猛，急命军士迭射，安都不肯少却，冒矢向前，身上受了数箭，尚非致命要穴，却还熬受得住。偏马眼中着了一矢，马竟狂跃，将安都掀落地上。齐人见安都坠马，争来擒捉，猛听得一声大呼，突入一位少年将军，用槊四拨，把齐人纷纷杀退，救起安都。这少年不必细问，便可知是萧摩诃。安都易马再战，齐军披靡，霸先令部将吴明彻、沈泰等，首尾齐举，纵兵大战。安都引兵横出，冲散齐军，齐人大溃。徐嗣徽及弟嗣宗，先被梁军擒住，斩首示众，复鼓众力追，直至临沂，沿途屡有擒获，连齐大都督萧轨，也逃走不及，由梁将活捉了来。只任约、王僧愔跑得较快，幸免性命。余众无舟渡江，各缚荻筏北渡，中流沉溺，不计其数，流尸塞岸，弃械盈途。

梁军凯旋还都，由霸先下令，把齐帅萧轨以下，凡将吏四十六人，悉数处斩，然后请旨大赦，内外解严。霸先得进位司徒，加中书监，封长城公，余官如故，他将各封赏有差。霸先以侯安都为首功，愿将徐州刺史兼职，让授安都。梁主方智，当然依议，寻且加授霸先为丞相，录尚书事，兼镇卫大将军扬州牧，封义兴公。霸先乃踌躇满志，要想帝制自为了。

独广州刺史王琳，前曾北援江陵，行次长沙，闻元帝殉难，自己家属亦被西魏军掳去，不禁涕泪交并；遂为元帝发丧，三军缟素，且遣别将侯平率舟师攻后梁。侯平连破后梁军，兵威颇振，遂不受王琳命令，琳遣将讨平，平走依江州刺史侯瑱。琳所有精锐，本已尽给侯平，平已叛去，军势遂衰，不得已奉表降齐。又因妻子皆为魏虏，复献款长安，乞请取赎。魏太师宇文泰，许还妻子，琳又请归元帝及太子元良棺木，亦邀宇文泰允许。琳迎葬元帝父子，报闻梁廷，仍然称臣，自是王琳一人，变做了三国臣仆，这好算是狡兔三窟呢。（太觉聪明。）

且说齐王高洋，闻齐师覆败，萧轨等被梁擒斩，当然大怒，亦命将质子陈昙朗，置诸极刑。惟永嘉王萧庄，非陈氏子，准令免死。本拟兴兵报怨，适值大修宫殿，无暇再举，乃将兵事搁起，专务佚游。原来高洋自荡平山胡，致生骄侈，（应五十九回。）渐渐的荒耽酒色，肆行淫暴。或躬自歌舞，尽日通宵，或散发胡服，杂衣锦彩，或袒露形体，涂傅粉黛，或乘牛、驴、橐驼、白象，不施鞍勒，或盛暑炎热，赤膊游行，或隆冬严寒，去衣驰走，从吏俱不堪苦虐，洋独习以为常。有时觉得疲倦，令崔季舒、刘桃枝扶掖而行。勋戚私第，朝夕临幸，闲街曲市，常见足迹。既而淫恣益甚，遍召娼妓，褫去衣裳，令从官相嬲为乐。自己淫兴勃发，即使娼妓杂卧榻上，任意奸淫。甚至行及宫中，凡元氏、高氏两族妇女，悉数征集，亦视如娼妓一般。先择几人上前，逼令卸装露体，供他淫污，稍或违拗，即拔刀杀死。除与己交欢外，把妇女分给左右，概使当面肆淫。左右乐得从命，可怜这班妇女，为了一条性命，只好不顾羞耻，任他所为！（父兄好淫，子弟必从而加甚。）

高澄妻元氏，由洋尊为文襄皇后，居静德宫。洋忽猛忆道：“我兄昔戏我妇，我今须报。”遂将元氏移居高阳宅中，自入元氏卧室，用刀相迫。元氏不敢逆意，没奈何宽衣解带，惟命是从。娄太后闻洋昏狂，召洋诃责，且举杖击洋道：“当效汝父，当效汝兄！”洋不肯认错，受仗数下，即起身奔出，回指太后道：“当嫁此老母与胡人。”娄太后大怒，遂不复言笑。洋颇知自悔，屡向太后前谢罪，娄太后怒气未平，终不正视，洋自觉乏趣，惟饮酒解闷，醉后益触起旧感，复趋至太后宫中，匍匐地上，自陈悔意。娄太后仍然不睬，洋不由得懊恼起来，把太后的坐榻，用手掀起。太后未尝预防，突然倒地，经侍女从旁扶起，面上已有伤痕。当时怒上加怒，立将洋撵出宫外。未几洋已酒醒，大为悔恨，又至太后宫请安。娄太后拒不肯见，洋使左右积柴炽火，欲投身自焚。当人报知太后，太后究系女流，免不得转恨为怜，乃召洋入见，强为笑语道："汝前酒醉，因致无礼，后当切戒为是！"洋乃命设地席，且召平秦王高归彦入宫（归彦系高欢从祖弟。）令执杖施罚，自跪地上，袒背受仗，并语归彦道："仗不出血，当即斩汝！"娄太后亲起扶持，免令加杖。洋流涕苦请，乃使归彦笞脚五十，然后衣冠拜谢，呜咽而出。因是戒酒数日，过了旬余，又复如初，甚且加剧。

归彦幼孤，寄养清河王高岳家，（岳为高欢从父弟，见前文。）岳待遇甚薄，及归彦长成，辄怀隐恨。岳尝将兵立功，颇有威望，起第城南，很是华丽。归彦向洋进谗，说岳僭拟宫禁，洋由是忌岳。岳性爱酒色，曾召入邺下歌妓薛氏姊妹，侑酒为欢。后来薛氏妹得入后宫，邀洋宠爱，洋遂往来薛氏家。薛氏姊为父乞司徒，洋勃然怒道："司徒大官，岂可求得？"薛氏姊亦出言不逊，竟被洋饬人锯死。且因薛氏妹尝侑岳酒，疑岳通奸，便召岳入问。岳答道："臣本欲纳此女，因嫌她轻薄，所以不取，并未与她有奸。"洋终未释嫌。及岳辞归，即令归彦赍鸩赐岳。岳自言无罪，归彦道："饮此尚得全家。"岳乃服鸩而亡。洋仍葬赠如礼，惟令改岳宅为庄严寺。薛氏妹尚是得宠，册为嫔御。嗣忽忆她与岳通奸，亲斫薛首，藏诸怀中，自赴东山游宴，肴核方陈，群臣列席，洋探怀出薛氏头，投诸盘上，一座大惊。又命左右取薛氏尸，把她支解，以髀骨为琵琶，且击且饮，且饮且泣，喃喃自语道："佳人难再得。"乃载尸以归，被发步行，哭泣相随，待亲视殓葬，然后还宫。（实是丧心病狂。）

已而嫌宫室卑陋，乃发工匠三十余万，修广三台宫殿。殿高二十七丈，两栋相距二百余尺，工匠危怯，皆系绳防蹶，洋登脊疾走，毫不畏怖。旁人代为寒心，他却身作舞势，折旋中节，好多时方才下来。

平时出游，好作武夫装，兵器不离手中。尝在途中见一妇人，面目伶俐，便召回道：“你道今日的天子行为如何?”妇人未曾相识，猝然答道：“癫癫痴痴，成何天子!”语未毕，已被洋一刀两段。

洋乘便入李后母家，后母崔氏出迎，不防洋突射一矢，正中面颊。崔氏惊问何因?洋怒叱道：“我醉时尚不识太后，老婢问我何为?”遂复用马鞭乱击，至百余下，打得崔氏面目青肿，方才驰去。转入第五弟彭城王浟家，浟母即大尔朱氏，当然出见。洋瞧将过去，觉得尔朱氏虽值中年，尚饶丰韵，不觉欲火上炙，竟牵住尔朱氏，欲与交欢。尔朱氏难以为情，未肯照允，惹得洋易喜为怒，立即拔刀砍去。尔朱氏无从闪避，头破身亡。（前时已经失节，此时偏要顾名，死不值得!）

洋既杀死尔朱氏，复别往魏安乐王元昂家。昂妻李氏，即李后之姊，颇有姿色。巧值元昂外出，由李氏出迓车驾。洋入室后，便将李氏拥住。李氏惮他淫威，无法摆脱，勉承主欢。嗣是洋屡次往幸，并欲纳为昭仪，恐昂不肯舍，先召昂入便殿，使他匍伏，自引弓射昂百余箭，凝血满地，乃使舁归家中，即夕毕命。洋反自往吊丧，就丧次逼拥昂妻，与他续欢。一面命从官脱衣助禭，号为信物。李后终日哭泣，不愿进食，但乞让位与姊。娄太后俟洋入宫，面加训导，方不纳昂妻为昭仪。

洋又作大镬、长锯、锉碓等类，陈列殿庭，每醉辄杀人为戏，封解屠炙，成为常事。左丞卢斐、李庶，及都督韩哲，俱无罪遭戮。惟宰相杨愔，始终倚任，但亦视若奴隶，使进厕筹，或用鞭笞愔背，流血盈袍。有时令愔露腹，欲执小刀劙皮，还是崔季舒托为诽言，从旁笑语道：“老小公子恶戏。”因把刀掣去，才免破腹。愔因洋嗜杀人，尝简邺下死囚，置诸仗内，号为供御囚，三月不杀，方才赦宥。开府参军裴谒之，上书极谏，洋语愔道：“谒之愚人，怎敢如此!”愔答道：“彼欲陛下加刑，使得传名后世。”（谲谏语。）洋笑道：“我不杀他，怎得成名!”（正要你说此言。）

一日，洋语群臣道："黑獭不受我命，奈何！"都督刘桃枝道："臣愿得三千壮士，西入关中，牵絷以来。"洋闻言大喜，赐帛千匹。侍臣赵道德进言道："东西两国，势均力敌，我可擒彼，彼亦可擒我；桃枝妄言应诛，陛下奈何滥赏！"洋幡然道："道德言是！"乃收回桃枝赐绢，转赏道德。会洋使道德从游，至漳水旁，欲跃马驰下峻岸，道德揽辔劝阻。洋恨他逆旨，拟拔刀刺道德，道德从容道："臣死不恨，当至地下启奏先帝，谓此儿淫凶颠狂，不可教训！"（滑稽得妙。）洋亦为默然，回马径归。

典御丞李集面谏，比洋为桀、纣，洋当即怒起，令缚置水中，好多时才命引出，复问道："我究竟与桀、纣相同否？"集正色道："恐尚不及桀、纣！"（却是真活。）洋又令入水，三沉三问，集对答如初。洋大笑道："天下有如此痴人，方知龙逢、比干，未是俊物！"乃挥集使去。嗣复被引入见，又欲进言，洋窥知集意，竟令左右驱出腰斩。一道忠魂，趋入地府，往寻那龙逢、比干，证引同调去了。小子有诗叹道：

为臣原贵格君非，君太狂昏要见几；
强谏徒然罹一死，何如先事学鸿飞！

洋淫恶未悛，还亏杨愔主持政务，百度修饬，才得粗安。那西魏及南朝，篡弑相寻，真是泯泯棼棼，不可纪极了。看官欲知详情，待小子逐节叙明。

陈霸先战败齐兵，为后来篡梁预兆。齐魏为南朝劲敌，齐或胜梁，霸先犹有惧心，乃全军覆没，令霸先得以逞志，他不肯受制于萧家小儿，已可知矣。然齐主高洋，方淫昏失德，所任将帅，如萧轨等皆庸阘，亦安能制胜疆场耶！齐兵败覆，高洋乃不遑报怨，但沉湎酒色，兴役土木，任意淫烝，逞情杀戮，儗以桀纣，诚有过之无不及者。李集虽忠，徒死无益，本回结束一诗，最得李集定评。"事君数，斯疏矣。"况其为暴君乎！古训之不可不遵也如此。

第六十八回　宇文护挟权肆逆　陈霸先盗国称尊

却说宇文泰废立嗣君，专权如故，尝欲仿行古制，依周礼改定六官，至是决意施行。泰自为太师大冢宰，李弼为太傅大司徒，赵贵为太保大宗伯，独孤信为大司马，于谨为大司寇，侯莫陈崇为大司空，余官皆仿周礼，不消细述。泰前尚魏孝武妹冯翊公主，生子名觉，泰封安定公，觉亦得封略阳公。妾姚氏，生子名毓，又受封宁都公。毓年较觉为长，曾娶大司马独孤信女。泰欲立嗣，苦未能决，因语诸公卿道："我欲立子以嫡，但恐大司马见疑，如何是好？"尚书左仆射李远道："立子以嫡不以长，这是古来的常道，若虑信有异言，远愿为公斩信！"说着，拔剑遽起。（也是一个莽夫。）泰忙起身拦住道："何至如此！"信闻远言，亦入内自陈，主张立嫡，于是大众并从远议。远出外谢信道："临大事不得不尔，请公莫怪！"信亦谢远道："今日赖公决此大议。"乃一笑而散。泰遂立觉为世子。

西魏主廓三年八月，泰北巡渡河，还至牵屯山，忽然遇病，病且沉重，急发使驰驿，往召中山公护。护至泾州，入省泰疾，泰语护道："我诸子皆幼，外寇方强，天下事仗汝主持，汝宜努力，勉成我志！"护当然受命。（史称泰知人善任，奈何反不知犹子？）奉泰舆至云阳，泰气促身亡，年五十二。途中不便传讣，及异还长安，方才发丧，由魏主赐谥曰文。

世子觉嗣位太师大冢宰，袭封安定公。觉时年十五，尚乏谋断，国家大事，应由护一人办理。护名位素卑，虽经泰托命，未惬舆情，名公臣卿，多半不服。护未免加忧，商诸大司寇于谨，谨答道："谨蒙令先公知遇，情同骨肉，今日事当效死力争；若对众定策，公亦不宜推辞。”(谨亦不知知护。)护易忧为喜，欣然受教。次日与公卿会议，谨首先开口道：“从前帝室倾危，非安定公不得今日，今安定公一旦去世，嗣子虽幼，中山公亲为兄子，兼受顾托，军国重事，理应归中山公主决，何必多疑!”说至此，余音震响，面带威棱。公卿等不寒而栗，莫敢发言。护徐说道：“此乃家事，护虽庸昧，亦何敢遽辞!”谨即起立道：“中山公统理军国，使谨等有所依归，应当拜命!”遂向护再拜，公卿等亦不敢不拜。护一一答礼，众议乃定。护欲笼络众心，抚循文武，整肃纪纲，俱属有条不紊，朝右益无异言。

魏主廓复将岵阳土田，赐宇文觉，进封周公。护因觉幼弱，意欲导觉篡魏，自居首功，遂遣人入讽魏主，逼他禅位。魏主廓本无权力，好似傀儡一般，此时为护所迫，眼见得不能反抗。只好推位让国，拱手求生。乃使大宗伯赵贵，奉册周公，自愿逊位。宇文觉尚上表鸣谦，辞不敢受，再由济北公拓跋迪，赍交玺绶，公卿等相率劝进，觉乃受命。遂于次年正月朔，即位称天王，燔柴告天，朝见百官，国号周。史家称为北周。追尊皇考文公泰为文王，庙号太祖，皇妣元氏为文后，降魏主廓为宋公，进大司徒李弼为太师，大宗伯赵贵为太傅，大司马独孤信为太保，从兄中山公护为大司马，庶兄宁都公毓为大将军。余皆封拜有差。已而复封弼为赵国公，贵为楚国公，独孤信为卫国公，于谨为燕国公，侯莫陈崇为梁国公，大司马护为晋国公，各食邑万户，使作屏藩。魏主廓早已出宫，寄居大司马府，护拟斩草除根，索性把他鸩死，托言遇疾暴亡，加谥为魏恭帝。魏自道武帝拓跋珪建元，传至孝武帝修入关，共历九世，得十一主，计一百四十九年。东魏一主，凡十七年；西魏三主，凡二十三年。(总束北魏，万不可少。)

宇文护自恃功高，不免专恣。赵贵、独孤信等，本皆与宇文泰毗肩，不愿事护，只因为于谨所胁，勉强推让，至此见护揽权不法，遂密谋诛护。贵欲速发，信尚迟疑，开府仪同三司宇文盛，洞悉阴谋，即向护报闻。护乘贵入朝，潜伏甲士，将贵拿下，立即处斩；并免独孤信官，胁令自尽。护得进任大冢宰，势力益横。仪同三司齐轨，语御正大夫薛善道："军国大权，应归天子，奈何尚在权门！"善将轨语告护，护便命处死，授善为中外府司马。周主觉见护专横，一切刑赏，统是独断独行，未尝豫白，心中也隐觉不平。

司会李植、军司马孙恒，本系先朝佐命，久参国政，因恐护不相容，乃与宫伯乙弗凤、贺拔提等，秘密往来，欲清君侧。植与恒先入白道："护擅戮朝贵，威权日甚，谋臣宿将，争往依附，事无大小，绝不启闻。臣料护包藏祸心，未肯终守臣节，还望陛下早日图谋，无待噬脐！"周主觉唏嘘不答。凤与提从旁插嘴道："如先王明圣，犹委植、恒等参议朝政；今若将国事委托二人，何患不成！臣闻护常自比周公，周公摄政七年，然后还政，试问护能如周公的贤圣么？就使七年以内，护无异图，恐陛下事事受制，亦怎能忍待七年？"周主觉颇以为然，因屡引武士至后园，演习技艺，为除奸计。宫伯张光洛，系护心腹，他却佯言嫉护，交欢植等。植等未识真假，引与同谋，光洛即背地告护。护遂出植为梁州刺史，恒为潼州刺史。（还算不用辣手。）

周主觉怀念植等，每欲召还，护入内泣谏道："天下至亲，莫如兄弟，兄弟尚或相疑，此外何人可信？太祖以陛下春秋未盛，嘱臣后事，臣情兼家国，愿竭股肱，若陛下亲览万机，威加四海，臣虽死犹生；但恐臣一除去，奸邪得志，非但不利陛下，亦将倾覆社稷，臣至地下，何面目再见先王！且臣为天子兄，位至宰相，尚复何求？愿陛下勿信谗言，疏弃骨肉！"（巧言如簧，试问后日弑主将作何说？）觉乃罢议，但心终疑护。凤等益惧，密谋益亟，拟召公卿入宴，即席执护。张光洛又向护报闻。护召柱国贺兰祥、领军尉迟纲等，共谋废立。纲即入殿中，佯召凤等议事，待凤等趋入，麾兵拿下，送交护第。周主觉方册后元氏，在宫叙情。后系魏文帝宝炬第五女，姿容秀雅，觉为略阳公时，已纳为夫人，情好颇笃。此时大礼告成，格外欢昵，蓦闻外廷有变，料知情事不佳，急令宫人执兵自守。偏贺兰祥带兵入宫，逼主逊位，区区宫人，那里敌得过赳赳武夫，不由的四散奔窜。周主觉束手无策，只得挈了元后，出居旧第。（数月天王，不如不为!)

护更召公卿会议，仍废觉为略阳公，迎立岐州刺史宁都公毓。大众齐声道："这是大冢宰家事，敢不惟命是听!"乃驱出凤等，一一枭斩。复召还潼州刺史孙恒、梁州刺史李植。植父柱国大将军李远，正出镇弘农，亦被召还朝。远防有变祸，沉吟多时，乃慨然道："大丈夫宁为忠义鬼，怎可作叛逆臣!"遂就征诣长安。孙恒先至，当即被杀。植与远依次入都。护因远名望素隆，尚欲保全，特引与握手道："公儿忽有异谋，不但屠戮护身，且欲倾危宗社，叛臣贼子，理应同嫉，请公自行处置!"说着，即令执植付远。远素爱植，植又巧言抵赖，远不忍加诛。诘旦复率植谒护，护总道远必杀植，及闻父子俱来，因盛气传入，呼远同坐。且召略阳公觉与植对质，植无可讳言，乃抗声语觉道："本为此谋，欲利至尊，今日至此，有死罢了，何劳多言!"远听了此语，不禁起身投地，且愤愤道："果有此事，合该万死!"护即命左右牵植出外，斩首返报，并逼远自杀。植弟叔诣、叔谦、叔让皆处死，余子以幼冲得免。

过了月余，宁都公毓自岐州至长安，护即害死略阳公觉，（早知不免一死，亦不必诿罪李植。）并黜元后为尼，然后迎毓入宫，嗣天王位，大赦天下，就延寿殿朝见群臣。太师赵国公李弼，朝罢归第，便即婴疾，未几谢世。宇文护晋位太师，授皇弟邕为柱国，进封鲁国公。邕系宇文泰第四子，幼有器量，泰尝语人道："欲成吾志，必待此儿。"年十二，已得封公爵，至是官拜柱国，出镇蒲州，容后再表。毓妻独孤氏，得册为后。独孤氏悼父非命，屡思为父复仇，怎奈仇人在前，不得加刃，渐渐的抑郁成病，竟致不起，距立后期才及三月，已是玉殒香消，往地下去省乃父了。周主毓虽然悼亡，但亦没法图护，只好蹉跎过去。（毓不能为妇翁复仇，又不能为妇泄忿，如此懦弱，怎得不同归于尽!）

古人说得好，铜山西崩，洛钟东应，北周屡遭篡弑，南朝亦猝生变祸，画一个依样葫芦。自陈霸先进为丞相，手握重权，已把梁主方智，视若赘瘤。本拟即日篡梁，可巧南方起了兵祸，不得不遣将往讨，暂将受禅事搁过一边。晋州刺史萧勃，因王琳还援江陵，复徙居始兴。（应六十六回。）始兴郡已改称东衡州，即令欧阳頠为刺史。已而复调頠刺史郢州。勃留頠不遣，且遣兵袭頠，攻入城中，尽取资财马仗，把頠拘回。勃又命释頠囚，甘言抚慰，頠也只好得过且过，俯首听命。勃乃使归原任，联为指臂。及梁主方智嗣位，进勃为太尉，勃虽遣使入贺，仍然阳奉阴违。越年，梁又改绍泰二年为太平元年，国家多事，也无暇顾及南方。又越年为太平二年，陈霸先逆迹渐萌，勃却假名讨逆，发难广州。（前阻霸先北援，此时反欲为梁讨逆，谁其信之！）遣欧阳頠为前锋，从子萧孜部将傅泰为副，复檄南江州刺史余孝顷，引兵相会。頠出南康，屯苦竹滩，泰据蹠口城，孝顷出豫章，踞石头津。（渚名非建康之石头城。）

梁廷闻警，急遣平西将军周文育，调集各军，往讨萧勃。巴山太守熊昙朗，伪称应頠，约与共袭高州，暗中却已通知高州刺史黄法𣰰。頠不防有诈，出会昙朗，共赴高州城下。法𣰰出兵逆战，昙朗与战数合，便麾兵倒退，冲頠后军，法𣰰乘势杀来。頠始知中计，慌忙弃去军械，引兵遁去。昙朗却得收拾马仗，饱载而归。周文育统军前进，正苦乏船，探得余孝顷有船在上牢，潜遣军将焦僧度袭取，得船数百艘，乃溯江至豫章，立栅屯兵。适军中食尽，粮运不至，诸将俱欲还师，独文育不许，使人从间道至衡州，向刺史周迪乞粮，约为兄弟。迪得书甚喜，遂输粮济军。文育既得粮饷，并不进军，反遣老弱各兵，乘船东下，自毁营栅，作遁去状。孝顷闻梁军东返，总道他粮尽回师，毫不设备，那知文育却绕出上流，潜据芉韶，筑城飨士，营垒一新。

芉韶左近，为欧阳頠、萧孜营，右近为傅泰、余孝顷营，文育据住中间，惹得頠、孜等仓皇大骇，急欲移营。頠先退还泥溪，不料梁将周铁虎，引兵追及，槊及頠马。頠不得已回马与战，不到十合，但听铁虎猛喝一声，頠已落马，被梁军活擒了去，送入文育大寨。頠见文育，自言为勃所迫，并非真心事勃，文育乃亲释頠缚，与他乘舟同饮，张兵至蹠口城下。傅泰出战败走，由梁将丁法洪驱马追上，手到擒来。（统是没用的家伙。）萧孜、余孝顷，见两将被擒，吓得魂飞天外，统一溜烟似的逃走了去。德州刺史陈法武、前衡州刺史谭世远，正接萧勃檄文，率兵往助，猝闻勃军败衄，乐得倒戈从事，一哄而入，杀死萧勃。勃将兰敱不服，又袭杀世远，偏别将夏侯明彻，又将敱杀毙，持勃首出降梁军。

文育传首建康，并槛送欧阳頠、傅泰等人。霸先本与頠有旧，（见六十三回。）当然宥罪，且因他声著岭南，仍令为衡州刺史，使他招抚。一面遣平南将军侯安都，往助文育，剿平余孽。萧孜、余孝顷，尚分据石头津，夹水列营，多设舟舰。安都趋至，潜师夜袭，借着祝融氏的威焰，顺风纵火，把石头津左右的军船，烧得精光。再由文育督众夹攻，萧孜惶急乞降，孝顷窜去。文育等乃奏凯班师。欧阳頠到了岭南，诸郡皆望风归顺，广州亦平。

霸先闻孝顷往依王琳，特征琳为司空，琳不肯就征，乃命周文育、侯安都等，率舟师至武昌，进击王琳。一面安排篡梁，自为相国，总百揆，胁梁主进封陈公，加九锡礼。未几即进爵陈王，建天子旌旗；又未几即迫梁主禅位，颁发策命，词云：

咨尔陈王：惟昔上古，厥初生民，骊连、栗陆之前，容成大庭之世，杳冥荒忽，故靡得而议焉。自羲农、轩昊之君，陶唐、有虞之主，或垂衣而御四海，或无为而子万民，居之如驭朽索，去之如脱敝屣，裁遇许由，便能舍帝，暂逢善卷，即以让王。故知玄扈璇玑，非关尊贵，金根玉辂，示表君临，及南观河渚，东沈刻璧，菁华既竭，耄勤已倦，则抗首而笑，惟贤是与，谤然作歌，简能斯授，遗风余烈，昭晰图书。汉魏因循，是为故实，宋齐授受，又弘斯义。我高祖应期抚运，握枢御宇，三后重光，祖宗齐圣。及时属阳九，封豕荐食，西都失驭，夷狄交侵，惵惵黔首，若崩厥角，黴黴皇极，将甚缀旒。惟王乃神乃圣，钦明文思，二仪并运，四时合序，天锡智勇，人挺雄健，珠庭日角，龙行虎步，爰初投袂，仗义勤王，电扫番禺，云撤彭蠡，剪其元恶，定我京畿。及王贺帝弘，贸兹冠履，既行伊霍，用保冲人。

震泽稽涂，并怀衅逆，獯羯丑虏，三乱皇都，才命偏师，二邦自殄，薄伐俨狁，六戎尽殪，岭南叛涣，湘郢连结，贼帅既擒，凶渠传首，用能百揆时叙，四门允穆。无思不服，无远弗届，上达穹旻，下漏渊泉，蛟鱼并见，讴歌攸属。况乎长彗横天，已征布新之兆，壁日斯既，实标更姓之符。七百无常期，皇王非一族，昔木德既穷，而传祚于我有梁，天之历数，允集明哲。式遵前典，广询群议，敬从人祇之愿，授帝位于尔躬。四海困穷，天禄永终，王其允执厥中，轨仪前式，以副普天之望，禋郊祀帝，时膺大礼，永固洪业，岂不盛欤！

策命既颁，再由尚书左仆射兼太保王通，司徒左长史兼太尉王玚，赍奉玺绶，交给霸先。霸先不得不三揖三让，装出许多伪态，经百官一体劝进，乃允议受禅。遂使中书舍人刘师知，往引将军沈恪，勒兵入殿，逼梁主方智出宫。恪不愿偕行，独排闼入见霸先，叩头泣谢道："恪曾服事萧氏，今日不忍见此，情愿受死，不敢奉命！"（还算是庸中佼佼。）霸先倒也默然，改派荡主王僧志，胁梁主迁居别宫。梁自武帝萧衍篡齐，共传四主，计五十六年而亡。

霸先即位南郊，国号陈，改元永定。废梁主方智为江阴王。追尊皇考文赞为景皇帝，皇妣董氏为安皇后，前夫人钱氏为昭皇后，世子克为孝怀太子。立夫人章氏为皇后。霸先少娶同郡钱仲方女，早年去世，因纳章氏为继室。章氏吴兴人，原姓钮氏，过养章家，乃改姓为章，善书计，能诵诗及楚辞。相传章母苏氏，尝遇道士，赠一小龟，光彩五色，且语以三年有征。后来及期生女，紫光照室，独龟却不知去向。这恐是史家附会，未足为凭，小子亦不过有闻必录罢了。

霸先长子名克，也已夭折。次子名昌，与从子顼前居江陵，并为西魏所虏，霸先遥封昌为衡阳王，顼为始兴王。他如在都从子蒨封临川王，昙朗封南康王。蒨与顼为霸先兄道谭子，道谭曾仕梁为散骑常侍，昙朗为霸先弟休先子，休先亦仕梁为骠骑将军。兄弟俱已逝世，由霸先追赠为王，即令从子袭爵。一人为帝，举族荣封，这也是应有的常例。惟梁主方智，废徙逾年，终为陈主霸先所害。可怜他在位三年，年才十六，终落得非命而亡，总算得了一个嘉谥，号为梁敬帝。小子有诗叹道：

伤心世变等沧桑，半壁江山又速亡；
宗社沉沦君被弑，祖宗造孽子孙当。

陈主即位未几，忽闻武昌舟师，败绩郢州，各将均被虏去，不禁惊骇异常。究竟如何覆师，且看下回再叙。

宇文氏之篡魏，非觉为之，护实使之然也，故觉可恕，护不可恕。护既导觉为恶，复弑魏主，彼犹得曰吾为宗族计，吾为昆弟计，不得不尔。即如杀赵贵，逼死独孤信等，俱尚有词可辩；觉负何罪，乃遽废之，且并弑之？然则护之凶逆，一弑再弑，固不问为何氏子也。宇文泰为乱世英雄，奈何误信逆侄，得毋由天夺其魄，特假手于乃侄，以戕害其子嗣乎？陈霸先袭杀王僧辩，攫得重权，废萧渊明而仍立萧方智，彼固玩孤儿于股掌之上，可以随我舍取也。萧勃讨逆，不得谓其有名，但霸先犹有所忌，至勃死而余不足惮矣。一介幼主，捽而去之，易如反手，未几即为所害，阅史者为方智惜，实则不足惜也。萧衍尝手刃同宗，能保子孙之不为人戮乎！

第六十九回　讨王琳屡次交兵　谏高洋连番受责

却说周文育、侯安都等带领舟师一万人，往击王琳。师至武昌，武昌守将樊猛，已归附王琳，至此弃城遁去。安都正欲进兵，接得陈主受禅的诏敕，不禁叹息道："我今必败，师出无名了。"时安都为西道都督，文育为南道都督，两将不相统摄，号令不一，部众彼此歧视，每有争端。军至郢州，琳将潘纯陀先已据守，用着强弓硬箭，遥射梁军。安都前队的步兵，多为所伤。安都怒起，督兵围攻，数日未下。那王琳已出屯弇口，来截梁军。安都不得已撤郢州围，移兵往趋沌口，留沈泰一军守汉曲。途次适遇逆风，不得前进。文育亦引兵来会，与王琳隔江相持。琳据东岸，梁军据西岸，两下里按兵数日，乃整舰交锋，偏偏东风大起，骇浪四奔，梁军各舰，帆樯俱折，舵且把持不定，怎能与琳军对敌。琳军却顺风猛击，跳跃如飞，文育、安都不及奔避，俱被琳军擒去，还有偏将周铁虎、徐敬成、程灵洗等，亦皆成擒。惟沈泰留军汉曲，闻败急退，尚得旋师。（霸先即位，便致偏师败覆，这也是天道恶逆，故有此警。）

琳见文育诸将，责他不当助逆，文育等统垂首无言。独周铁虎词色不挠，反唇相讥，顿时触动琳怒，把铁虎推出斩首。（徒勇者多不得其死。）所有文育、安都等，用一长链拘系，锁置后仓，令宦寺王子晋看管。进军湓城，行至白水浦，文育、安都，用甘言啗子晋，许给重赂。子晋竟为所动，伪用小船垂钓，夜载文育、安都等，渡至岸上，纵使脱逃。琳已睡着，毫不觉察。文育、安都等，从深草中潜行而出，东走还都。

陈主霸先，闻得全军覆没，正在惊惶，未几得文育、安都等奏启，自言从贼中逃还，入都待罪，又不禁易惊为喜，下诏赦宥，并召入陛见，令他立功自赎，各复原官。王子晋随入建康，特酬重赏。王琳失去梁将，又不见子晋，料知为子晋所纵，懊悔不已，乃移湘州军府至郢城。更因江州刺史侯瑱还都，特遣樊猛袭据江州。陈主霸先，再拟讨琳，但恐西南一带，各郡豪帅，反复无常，不得不先行招抚，免生他变，因遣侍郎萧乾，持节慰谕。乾系齐豫章王萧嶷孙，遣令宣慰，亦无非借用故臣，俾便笼络的意思。当时巴山太守熊昙朗在南昌，衡州刺史周迪在临川，尚有东阳太守留异，晋安太守陈宝应，均起自草泽，雄据一方。南中土豪，多立寨自保，不服朝令。萧乾到处慰抚，晓示祸福，总算是各无异言，奉表投诚。陈主即令乾为建安太守，镇抚远近。

会王琳东至溢城，招兵买马，为东侵计，特与北江州刺史鲁悉达交欢，使为镇北将军。陈主亦颁诏至北江州，授悉达为镇西将军，两造各送鼓吹女乐。悉达狡猾得很，做一个骑墙将军，所得赠品，老实收受，西不拒琳，东不却陈，其实是安坐观望，两无所就。（倒是一个好法门。）陈主使安西将军沈泰袭击，他却严兵防守，无隙可乘。王琳欲引军东下，也被他截住中流，不能前进。琳乃使记室宗虩向齐乞援，且请纳永嘉王庄，续承梁祀。庄系梁元帝萧绎孙方等所出，江陵陷没，庄才七岁，避匿女尼法慕家，得辗转至建康，嗣因入质北齐，尚留邺下。（见六十七回。）齐从琳请，发兵护送萧庄至郢州，并册封琳为梁丞相，都督中外诸军，录尚书事。琳乃奉庄即皇帝位，改元天启，追谥建安公渊明为闵皇帝。（不尊方等而尊渊明，却也可怪。）琳自为侍中大将军、中书监，余依北齐册命。当下传檄伐陈。

陈主霸先，命司空侯瑱，领军将军徐度，率舟师为前军，溯江讨琳。因恐复蹈覆辙，先遣吏部尚书谢哲，谕琳利害。琳愿归湘州，乃召还诸军，使屯大雷。衡州刺史周迪，闻王琳引兵东下，欲自据南川，召集所部八郡守吏，结一盟约，托言将入卫建康。事为陈主所闻，也防他借名图变，特遣人谕止，并加厚抚，迪乃按兵不动。独余孝顷进语王琳道：“周迪等皆依附金陵，阴窥间隙，大军若下，必为后患，不如先定南川，然后东行。孝顷愿招集旧部，随效驱驰。”琳乃复遣部将樊猛、李孝钦、刘广德等出兵临川，使孝顷总督三将，威吓周迪。孝顷先向迪征粮，迪惶急请和，愿送粮饷。孝顷得步进步，还未肯退军，樊猛不愿进战，与孝顷龃龉，遂致军心涣散。

那周迪因孝顷未退，乞援邻郡，高州刺史黄法𣰋、吴兴太守沈恪、宁州刺史周敷，合兵救迪。敷分兵扼截江口，刘广德顺流先下，被敷擒住。孝顷、李孝钦，与迪等交战，也遭败衄，弃舟步走。迪麾众追击，悉数擒归，独樊猛坐视不救，奔回湘州。余孝顷等解至建康，席藁待罪，得蒙赦宥。惟孝顷弟孝励，及子公飏，尚据临川营栅，相拒未下。周迪表请济师，陈主命周文育统率将士，前往会迪。巴山太守熊昙朗，亦引兵来会，众至万人。文育出次金口，余公飏诣营请降，文育见他词色支离，料他有诈，喝令左右把他缚住，囚送建康。孝励忙向王琳告急，琳使部将曹庆率兵赴援。庆令偏将常众爱，往拒文育，自督众袭击周迪。迪仓猝逆战，遂致败绩。文育进屯三陂，与常众爱列营相拒，未分胜负，适值迪败报传来，乃退屯金口。

熊昙朗忽生异心，竟想联络众爱，戕害文育。文育监军孙白象，探悉昙朗阴谋，即向文育报知，并谓宜先除昙郎，免滋后患。文育尚半信半疑，且更欲推诚相待，俾安反侧，坐是因循姑息，不先下手。（是谓当断不断，反受其乱。）可巧有迪书到来，乞分兵援助，文育拟拨昙朗往救，乃亲至昙朗营中，面与商议。昙朗谋杀文育，正苦无隙可乘，偏文育自来送死，不禁喜出望外，遂命壮士伏在帐后，自己出营相迎。待文育入营坐定，但叙数语，即传了一个暗号，使壮士一齐杀出，攒刃文育座前，文育无从奔避，眼见是身首两分了。昙朗既杀死文育，复威胁文育部曲，令他从顺，进据新淦城，转袭周敷。敷已侦悉情事，严阵以待，一俟昙朗趋至，便纵兵痛击，昙朗抵敌不住，更兼文育部众，统是乘势倒戈，弄得昙朗走投无路。好容易杀出圈外，只剩得一人一骑，奔还巴山，旋为村民所杀。

陈主霸先，尚未知文育死耗，特遣侯安都率兵接应。安都将至豫章，始知文育被戕，因引师退还。途遇王琳将周炅、周协南归，顺便邀击，得将二周擒住。淩巧孝励弟孝猷，率部下四千家，往投王琳，也被安都截断，不得已投降安都。安都得此胜仗，便放胆进攻常众爱，众爱败奔庐山，曹庆亦遁。庐山民杀死众爱，送首至营，安都即传首建康，引还南皖。临川王陈蒨，方奉命在南皖筑城，安都当然进谒。正在会叙的时候，忽有急足从建康驰至，报称主上宴驾，请临川王速即还都。蒨惊愕异常，便引安都偕行入都。都中骤遇大丧，内无嫡嗣，外有强敌，老成宿将，又多在外边镇戍，只有中领军杜棱，典宿卫兵，与中书侍郎蔡景历，入宫定议，拟立临川王蒨，遣使征还。

蒨入居中书省，由杜棱等启请嗣位，蒨辞不敢当。安都入白道："今日继承大统，舍王为谁？王当顾全大局，不宜拘守小节！"蒨含糊答应。安都趋出，立即登殿，召集百官，请章皇后下令，立临川王蒨为嗣君，百官面面相觑，不敢发言。看官道是何因？原来陈主霸先，在位三年，因嗣子昌被虏西去，屡请北周放归，虽尚未得请，总望他后日生还，所以东宫虚位，未曾立储。到了临崩时候，口不能言，竟未定何人入嗣。（一代枭雄，连嗣主未曾嘱定，何贪传子孙乃尔。）中领军杜棱等，当时面谒章皇后，请立临川王，章皇后也只得允从。无如妇人见识，少断多疑，后来又记念嗣子，更因蒨自甘推让，乃复踌躇起来。公卿大臣，已探悉皇后意旨，也不敢决议。当下恼动了侯安都，正色厉声道："今四方未定，何暇远迎？临川王有功天下，应该嗣立，如有异议，请污吾刀！"说至此，拔剑出鞘，迫众承认。百官统有惧色，始齐声赞成。安都即入见章皇后，请后出玺，后只好将玺绶持授，再令中书舍人代草后令，立即颁发。令曰：

昊天不吊，上玄降祸，大行皇帝奄捐万国，率土哀号，普天如丧，穷酷烦冤，无所逮及。诸孤藐尔，返国无期，须立长君，以宁寓县。侍中安东将军临川王蒨，体自景皇，属惟犹子，建殊功于牧野，敷盛业于戡黎，纳麓时叙之辰，负扆乘机之日，并佐时庸，是同草创；祧祐所系，遐迩宅心，宜奉大宗，嗣膺宝箓，使七庙有奉，兆民宁晏。未亡人假延余息，婴此百罹，寻绎缠绵，兴言感绝。特此令闻！

临川王蒨，既接章皇后令，尚再三推辞。百官等又复固请，乃入御太极前殿，即皇帝位，颁诏大赦。追尊大行皇帝为武皇帝，庙号高祖，奉章氏为皇太后，立妃沈氏为皇后，进司空侯瑱为太尉，侯安都为司空，杜棱为领军将军，内外文武百官，俱进秩有差。越二月，葬高祖武皇帝于万安陵。陈主霸先，颇有智谋，临敌制胜，多由独断。及即位后，政尚宽大，性独俭约。常膳不过数品，私飨曲宴，常用瓦器蚌盘，后宫衣不重彩，饰无金翠，歌钟女乐，禁令入宫，当时号为明主。但躬蹈篡弑，不脱前代恶习，故历世传祚，亦不得灵长，本身亦不过做了三年皇帝，土宇比宋、齐、梁为尤狭。殁时年已五十七，竟不得一子送终。可见有智不如有德，有勇不如有仁，有仁有德，乃足永世，单靠着一时智勇，取人家国，终究是不能享呢。（至理名言。）这且不必絮述。

且说齐主高洋，淫暴日甚，既广筑宫殿，复增造三台，并发工役，修造长城，东西凡三千余里。适大河南北，飞蝗蔽天，伤及禾稼，洋问魏郡丞崔叔瓒道："何故致蝗？"叔瓒答道："五行志有云：土动不时，蝗虫为灾，今外筑长城，内兴三台，适如五行志所言。"洋不待说毕，勃然怒起，即使左右殴击，且把他倒浸厕中，使尝粪味，然后曳足以出，释使归家。叔瓒无可奈何，只好自认晦气罢了。(粪味如何？)

先是齐有术士，谓亡高者黑衣。洋因问左右，何物最黑？左右答言是漆。洋想入非非，默思兄弟辈中，惟上党王涣，排行第七，莫非应在此人，遂使库直都督破六韩伯升，驰驿召涣。涣偕伯升至紫陌桥，料知此行不佳，竟杀死伯升，渡河南逸。行致济州，为人所执，送至邺下，系入狱中。

永安王浚，系洋第三弟，洋少不好饰，尝与浚同见兄澄，涕垂鼻下，浚责洋左右道："何不替二兄拭鼻？"洋因此挟嫌。及洋即位，浚为青州刺史，颇有政声，闻洋酗酒失性，尝语亲近道："二兄嗜酒败德，朝臣无敢直言，我当入朝面谏，未知肯用我言否？"语虽如此，尚未启行，已有人密为传闻，洋更加忿恨。及浚入都，从洋游东山，洋袒裼裸裎，纵酒为乐。浚进谏道："这非人主所宜。"洋益不悦。浚又密召杨愔，责他将顺主恶，愔当面虽曾道歉，心中却不以为然。更因洋尝有命令，不准大臣交通诸王，为此两种嫌忌，即将浚言转奏。洋大怒道："小人情性，令人难忍！"遂罢酒还宫。浚辞别还州，复上书切谏。（多话无益。徒取杀身。）洋严旨召浚，浚也防不测，托疾不赴。

未几即有缇骑驰至，促浚就道。吏民多感浚恩惠，老幼泣送，至数千人。及至邺中，洋令与上党王涣，并纳入铁笼，置诸北城地牢中。饮食溲秽，共在一处。后来洋巡北城，往视地牢，临穴讴歌，令浚、涣属和。浚、涣且悲且怖，音颤声嘶，洋亦不禁泣下，意欲释放。长广王湛，系洋第九弟，与浚有隙，独上前进谗道："猛虎岂可出穴？"（悍过高洋。）洋乃默然。浚闻湛言，呼湛小字道："步落稽，天不容汝！"（此时已无天道。）湛又在旁笑骂，挑动洋怒。洋即取槊刺浚，被浚拉断，引得洋忿火益炽，命壮士刘桃枝，就笼乱刺。浚与涣随接随拉，呼号声震彻远近。洋并命投入薪火，烧杀二人，加填土石。后来掘土起尸，皮发皆尽，遗骸如炭，旁观多为痛愤，洋却不以为意。

既而三台告成，亲往游宴，酒酣兴至，戏用槊刺都督尉子辉，应手毙命。常山王演，为洋第六弟，时适侍侧，见洋无故杀人，不由得惨然变色。洋已窥觉，顾演与语道："但令汝在，我为何不纵乐！"演未便直谏，但拜伏涕泣。洋不觉发现天良，取杯掷地道："汝大约嫌我多饮，今后敢进酒者斩！"演且拜且贺。洋面命演录尚书事，不到三日，洋酗狂如故。演自草谏牍，将要进陈，演友王晞，力为劝阻，演不肯从，竟递将进去。果然触动洋忿，召演至前，令御史纠弹演过。御史一无所言，演才得免。

演妃元氏，系魏朝宗室，洋欲令演离婚，许为演广求淑媛。演虽承旨纳妾，与元氏情好依然。洋复赐给宫人，由演领去。嗣因酒后失记，谓演擅取宫人，召演入责，自取刀环，乱殴演胁，几至晕绝，乃令左右舁演还第。演气愤填胸，情愿绝粒待毙。演与洋、湛等，俱为娄太后所出，太后恐演不测，亦日夕涕泣。洋酒醒亦颇知悔，并闻太后悲泣情状，急得不知所为，每日往视演疾，且劝慰道："努力强食，当将王晞还汝。"原来晞为演友，洋疑演谏奏，出自晞笔，已将晞髡配出去，到是面约还晞，因即将晞释归，使往劝演。演见晞到，强起抱晞道："我气息奄奄，恐不得再见！"晞流涕道："天道神明，岂令殿下遂毙此舍！至尊亲为人兄，尊为人主，怎好于他计较，惟殿下不食，太后亦不食，殿下纵不自惜，难道不念太后么？"演乃强坐进饭，渐得告痊。

过了数月，演又欲进谏，令晞草奏。晞条陈十余事，因复语演道："今朝廷所恃，惟一殿下，乃欲学匹夫耿介，轻视生命，一旦祸至，误国政，负慈恩，岂不是两失么？"演嘘嘘道："祸乃至此么？"因将谏草对晞毁去。嗣复忍耐不住，再行进谏，洋使力士将演反绑，自拔刀架演颈，且叱责道："小人何知，究竟是何人教汝？"演答道："天下噤口，除臣外何人敢言？"洋又令左右杖演数十下，自己醉倦入寝，演乃得出。

太子殷礼士好学，颇得令名，洋常嫌殷得汉家性质，不类自己，意欲废立。会登览金凤台，（三台之一。）召殷随侍，喝令手刃囚犯。殷恻然有难色，再三不肯下刃。洋用马鞭捶殷，吓得殷神经错乱，竟至气悸语吃，状似痴迷。洋屡言太子性懦，终当传位常山王，太子少傅魏收语杨愔道："太子关系国本，不应动摇，至尊每言传位常山，如果属实，即当决行，天子怎可戏言？"（彼常视国事如儿戏，难道汝尚未知吗？）愔乃将收言白洋，洋始罢议。

已而凶暴更甚，杀死胶州刺史杜弼，及尚书仆射高德政，无非为了强谏致忿，置诸死刑。尚书右仆射崔暹，屡有谏诤，洋念他故旧大臣，格外容忍。未几暹歿，洋亲往吊丧，问暹妻李氏道："汝可思故夫么？"李氏随口答道："怎得不思！"洋笑道："汝果思暹，何不自往省视？"说至此，拔刀一挥，李氏头落，即取掷墙外。

时已为天保十年，（即陈主霸先临殁之年。）彗星出现，太史奏请除旧布新。洋特问彭城公元韶道："汉光武何故中兴？"韶猝然答道：

"为诛诸刘不尽。"（不诛王莽，反启杀心，真是该死的狗奴。）洋因下令，捕戮始平公元世哲等二十五家，拘禁元韶等十九家。韶幽住地牢，数日不得一餐，甚至衣袖啗尽，活活饿死。（应该如此，但未知伊妻高氏果从死否?）洋索性尽诛诸元，男子无论少长，一律斩首，共杀三千人，弃尸漳水。水中鱼吃食尸骸，百姓取鱼剖腹，得人爪甲，遂相戒不食，好几月不往网鱼。（鱼却得多活数月。）惟常山王妃父元蛮，本支近族，得保存数家。自经这次惨戮，洋乃恶贯满盈，即成暴疾，喉间似有物哽住，不能下食。好容易拖延两三日，自知不能久存，乃召李后及常山王演至榻前，谆嘱后事。小子有诗叹道：

夏桀商辛并暴君，如斯淫虐尚无闻；

榻前一诀安然逝，乱世似无善恶分。

欲知洋所说何事，俟至下回续表。

王琳事梁，似不可谓为非忠，梁元帝陷死江陵，琳赴援不及，缟素举哀，复因陈主篡梁，传檄东讨。侯安都谓师出无名，果遭败殁，师直为壮曲为老，诚哉是言也。然忽降齐，忽降魏，主持不定，未免多私。既已奉庄为主，又听从陈使谢哲，愿还湘州，大忠者固如是乎！江右之乱，出援无功，天已未免厌琳矣。陈霸先病殁之年，齐高洋亦即病死。齐、陈相较，高洋之恶，远过霸先。但霸先以篡弑得国，敢犯大不韪之名，虽有小善，殊不足道。高洋之恶，古今罕有，浚与涣皆遭惨毙，独演再三进谏，濒死者数矣，而卒得不死，岂其后应登帝箓，乃幸邀天助耶。然洋恶如此，而尚得令终，翘首天阍，几令人无从索解云。

第七十回 戮勋戚皇叔篡位 溺懿亲悍将逞谋

却说高洋病剧，召李后至榻前，握手与语道："人生必有死，死何足惜！但恐嗣子尚幼，未能保全君位呢！"继复召演入语道："汝欲夺位，亦只好听汝；但慎勿杀我嗣子！"（汝杀多矣，还想保全己子耶？）演惊谢而出。嗣复召入尚书令杨愔、大将军平秦王高归彦、侍中燕子献、黄门侍郎郑颐等，均令夹辅太子，言讫即逝，年三十一岁。当下棺殓发丧，群臣虽然号哭，统是有声无泪，惟杨愔涕泗滂沱。（想是蒙赐太原公主的恩情。）常山王演，居禁中护丧。娄太后欲立演为主，偏杨愔等不肯依议，乃奉太子殷即位，尊皇太后娄氏为太皇太后，皇后李氏为皇太后，进常山王演为太傅，长广王湛为司徒，平阳王淹（高欢第四子。）为司空，高阳王湜为尚书左仆射，河间王孝琬（高澄第三子。）为司州牧。异姓官员，自咸阳王斛律金以下，俱进秩有差。所有从前营造诸工，一切停罢。追谥父洋为文宣皇帝，庙号显祖，奉葬武宁陵。越年改元乾明。

高阳王湜，素以便佞得宠，执杖挞诸王，太皇太后娄氏，引为深恨。（大约演受杖时曾由湜下手。）湜导引文宣梓宫，尝自吹笛，又击胡鼓为乐，娄氏责他居丧不哀，杖至百余，打得皮开肉烂，舁回私第，未几竟死。

演奉丧毕事，就居东馆，取决朝政。杨愔等以演、湛二王，位居亲近，恐不利嗣君，遂密白李太后，使演归第，自是诏敕，多不关白。中山太守杨休之，诣演白事，演拒绝不见。休之语演友王晞道："昔周公旦朝读百篇书，夕见七十士，尚恐不足，王有何嫌疑，乃竟拒绝宾客？"晞知他来意，便笑答道："我已知君隐衷，自当代达，请君返驾便了！”及休之去后，晞遂入语演道：“今上春秋未盛，骤览万机，殿下宜朝夕侍从，亲承意旨，奈何骤出归第，使他人出纳王命！就使殿下欲退处藩服，试思功高遭忌，能保无意外情事么？”演半晌方答道：“君将如何教我？”晞说道：“周公摄政七年，然后复子明辟，请殿下自思！”演又道：“我怎敢上比周公！”晞正色道：“殿下今日地望，欲不为周公，岂可得么！”演默然不答，晞乃趋退。未几有诏敕传出，令晞为并州长史。晞与演诀别，握手嘱咐道：“努力自慎！”晞会意乃去。

先是领军将军可朱浑天和，曾尚高欢少女东平公主，尝谓朝廷若不去二王，少主终未必保全。侍中燕子献，已进任右仆射，拟将太皇太后娄氏，徙居北宫，使归政李太后。杨愔又因爵赏多滥，尽加澄汰，自是失职诸徒，都趋附二王。平秦王归彦，初与杨、燕同心，后因杨愔擅调禁军，未曾关白归彦，归彦总掌禁卫，免不得怨他越俎，亦转与演、湛二王联络。侍中宋钦道，向侍东宫，屡次进奏，谓二叔威权太重，非亟除不可，齐主殷不答。杨愔等乃议出二王为刺史，特通启李太后，具述安危。宫人李昌仪，系齐宗室高仲密妻，李太后引为同宗，素相昵爱，遂出启示昌议，昌议竟密白太皇太后。愔等稍有所闻，复变通前议，但奏请出湛镇晋阳，用演录尚书事。当由齐主殷准议。

诏书既下，二王应当拜职，演先受职，至尚书省，大会百僚。杨愔便拟赴会，侍郎郑颐劝止道：“事未可料，不宜轻往！”愔慨然道：“我等至诚体国，难道常山受职，可不赴会么？”（要去送死了，但不往亦未必终生。）遂径至尚书省中。演、湛二王，已命设宴相待，勋贵贺拔仁、斛律金，亦俱在座。愔与子献、天和、钦道等，依次入席。湛起座行酒，至愔面前，斟着双杯，且笑语道：“公系两朝勋戚，为国立功，礼应多敬一觞。”愔避座起辞，湛连语道：“何不执酒？”道言未绝，厅后趋出悍役数十人，似虎似狼，先将杨愔拿住，次及天和、钦道。子献多力，排众出走，才经出门，被斛律光追出门外，用力牵还，亦即受缚。杨愔抗声道：“诸王叛逆，欲杀忠臣么？

我等尊主削藩，赤心奉国，有甚么大罪呢！”（逐主妻后，怎说无罪。）演自觉情虚，意欲缓刑，湛独不可，即与贺拔仁、斛律金等，拥愔等入云龙门，由平秦王归彦为导。禁军本由归彦统率，不敢出阻，一任大众拥进。

演至昭阳殿，击鼓启事。太皇太后娄氏出殿升座，李太后与齐主殷，随侍左右。演跪下叩首道：“臣与陛下骨肉至亲，杨愔等欲独擅朝权，陷害懿戚；若不早除，必危宗社。臣与湛等共执罪人，未敢刑戮，自知专擅，合当万死！”时庭中及两庑卫士二千余人，皆被甲侍诏。武卫将军娥永乐，武力绝伦，素蒙高洋厚待，特叩刀示主，欲杀演、湛二王。偏是齐主口吃，仓猝不能发言。太皇太后娄氏，叱令却仗，永乐尚未肯退。娄氏复厉声道：“奴辈不听我令，即使头落！”永乐乃涕泣退去。娄氏又怆然道：“杨郎欲何所为，令我不解？”转顾嗣主殷道：“此等逆臣，欲杀我二子，次将及我，汝何为纵使至此？”殷尚说不出一词，娄氏且悲且愤道：“岂可使我母子，受汉老妪斟酌！”（总是溺爱亲子。）李太后慌忙拜谢，演尚叩头不止。娄氏复语嗣主殷道：“何不安慰尔叔！”殷以口作态，好一歇才说出数语道：“天子亦不敢为叔惜，况属此等汉人，但得保全儿命，儿自下殿去，此辈任叔父处分罢！”（乃父凶恶非常，奈何生此庸儿！）演闻言即起，便传言诛死愔等。湛在朱华门外候命，一得演言，立将愔等枭首。侍郎郑颐，亦被拿至。湛与颐有隙，先拔颐舌，截颐手，然后取他首级。演复令归彦引兵至华林园，擒斩娥永乐。

太皇太后娄氏亲临愔丧，见愔一目被剜，不禁号哭道：“杨郎杨郎，忠乃获罪，岂不可悲！”乃用御金制眼，亲纳愔眶，抚尸语道：“聊表我意！”（既纵子杀愔，何必如此假惺惺？想是见了寡女，又惹起哭婿的心肠，这真是妇人见识。）演亦觉自悔，乃请旨赦愔等家属。湛独说是太宽，定要连座五家。再经王晞上书力谏，乃各没一房。孩幼尽死，兄弟皆除名。命中书令赵彦深，代杨愔总掌机务。演自为大丞相，都督中外诸军录尚书事，出镇晋阳。湛为太傅，兼京畿大都督。

演至晋阳，奏调赵郡王高睿（高欢从子。）为左长史，王晞司马。

晞尝由演召入密室，屏人与语道：“近来王侯诸贵，每见敦迫，说我违天不祥，恐将来或致变起，我当先用法相绳，君意以为何如?”晞答道：“殿下近日所为，有背臣道，芒刺在背，上下相疑，如何能久持过去？殿下虽欲谦退，敝屣神器，窃恐上违天意，下拂人心，就是先帝的基业，也要从此废坠了。”演作色道：“卿何敢出此言？难道不怕王法么!”（其词若有憾焉，其实乃深喜之。）晞又道：“天时人事，皆无异谋，用敢冒犯斧钺，直言无隐!”演叹息道：“拯难匡时，应俟圣哲，我怎敢私议，幸勿多言!”晞乃趋出，遇着从事中郎陆杳握手与语，令晞劝进。晞笑说道：“待我缓日再陈。”越数日，又将杳言告演，演良久方道：“若内外都有此意，赵彦深时常相见，何故并无一言?”晞答道：“待晞往问便了。”遂出赴彦深私第，密询彦深。彦深道：“我近亦得此传闻，每欲转陈，不免口噤心悸，弟既发端，兄亦当昧死相告。”乃偕晞谒演，无非是劝演正位，应天顺人的套话。演遂入启太皇太后。太皇太后娄氏，问诸侍中赵道德，道德道：“相王不效周公辅政，乃欲骨肉相夺，难道不畏后世清议么!”（道德一言，却是有些道德。）太皇太后乃不从演请。

既而演又密启，说是人心未定，恐防变起，非早定名位，不足安天下。太皇太后娄氏，本已有心立演，即下令废齐主殷为济南王，出居别宫，命演入纂大统。不过另有戒语，嘱演勿害济南王。演接奉母后敕令，喜如所愿，便即位晋阳，改元皇建，乃称太皇太后娄氏为皇太后，改号李太后为文宣皇后，迁居昭信宫。封功臣，礼耆老，延访直言，褒赏死事，追赠名德，大革天保时旧弊。惟事无大小，必加考察，未免苛细贻讥。中书舍人裴泽，尝劝演恢宏度量，毋过苛求。演笑语道：“此时嫌朕苛刻，他日恐又议朕疏漏呢。”未几欲进王晞为侍郎，晞苦辞不受。或疑晞不近人情，晞慨然道：“我阅人不为不多，每见少年得志，无不颠覆，可见得人主私恩，未必终保。万一失宠，求退无地。我岂不欲做好官，但已想得烂熟，不如守我本分罢!”（语似可听，惟问他何故教猱升木?）

演进弟湛为右丞相，淹为太傅，湝为大司马。（湝即尔朱氏所生，为高欢第五子。）立妃元氏为皇后，世子百年为太子。百年时才五岁。看官听着！这长广王湛，助演诛仇篡位，无非望为皇太弟，演亦口头应许，此时忽背了前言，把五岁的小儿立做储君，你想长广王湛，怎肯心平气降，毫无变动呢？这且慢表。

且说梁丞相王琳，闻陈廷新遭大丧，嗣主初立，国事未定，料知他不遑外顾，遂令少府卿孙玚为郢州刺史，留总庶务，自奉梁主庄出屯濡须日，并致书齐扬州行台慕容俨，请他救应。俨因率众出驻临江，遥为声援，琳遂进逼大雷。陈将侯瑱、侯安都、徐度等，调集戍兵，严加防御。安州刺史吴明彻，素称骁勇，夤夜袭湓城，那知王琳早已料着，预遣巴陵太守任忠，伏兵要路，击破明彻。明彻单骑奔回，琳即引兵东下，进至栅口。

陈将侯瑱等出屯芜湖，相持历百余日，水势渐涨。琳引合肥、巢湖各守卒，依次前进，瑱亦进军虎槛州，正拟决一大战，琳忽接到孙玚急报，乃是周荆州刺史史宁，乘虚袭攻郢州，城中虽然严守，终恐未能久持等语。此时琳进退两难，又恐众心摇动，或至溃散，不得已将玚书匿住，但领舟师东下，直薄陈军。齐仪同三司刘伯球，亦率水兵万余人，助琳水战，再加齐将慕容子会，带领铁骑二千，进驻芜湖西岸，助张声势。可巧西南风急，琳自夸天助，引兵直指建康。那陈将侯瑱，佯避琳锋，听他急进。待琳船已过，徐出芜湖，截住琳后，西南风反为瑱用。琳见瑱船在后尾击，使水军乱掷火炬，欲毁瑱船，偏偏火为风遏，竟被吹转，反致自毁船只。瑱麾众猛击琳舰，并用牛皮蒙冒小艇，顺流撞击，又熔铁乱浇琳船，琳军大败。各舰多遭毁没，军士溺死甚众，余或弃舟登岸，亦被陈军截杀垂尽。齐将刘伯球被擒。

慕容子会屯兵西岸，望见琳军战败，麾兵返奔，自相践踏，并陷入芦荻泥淖中，骑士皆弃马脱走。不意陈军追至，奋勇杀来，齐兵越加惶急，四散窜去，剩下子会一人一骑，也被陈军捉归。独王琳乘着舴舰，突围出走，得至湓城，众皆散尽，只挈妻妾及左右十余人，北向奔齐。梁侍中袁泌、御史中丞刘仲威，曾留卫永嘉王庄，闻琳已败北，用轻舟送庄入齐，仲威随去，泌南来降陈。琳将樊猛与兄毅，亦趋降陈营。陈军复进指郢州。郢州城下的周兵，探得陈军将至，撤围自去。守吏孙玚，举州出降陈军。好几年经营的王琳，弄得寸土俱无，枉费气力。（三窟几已失尽。）

齐主演方在篡位，倒也没功夫计较，惟周大司马宇文护，听得陈军如此威武，颇为寒心。独想出一法，遣归陈衡阳王昌，使他自相攻害。昌致书陈主，语多不逊，（也是自寻死路。）陈主蒨召入侯安都，凄然与语道："太子将至，我当别求一藩，为归老地。"安都道："主位已定，怎得再移！从古岂有被代天子！臣愚不敢奉诏！"陈主蒨道："将来如何处置衡阳？"安都道："令他仍就藩封便了。彼若不服，臣愿往迎，自然有法处置。"（杀昌意已在言下。）陈主蒨将即命安都赍敕迎昌，授昌为骠骑大将军，扬州牧，仍封衡阳王。昌奉命渡江，与安都同坐一舟，安都诱昌至船头，托言观览景色。昌出与安都并立，不防安都用手一推，站立不住，便堕入江中，随波漂没。安都假意着忙，急令水手捞取，捞了半日有余，才得了一个尸骸，乃返报陈主。陈主命依王礼埋葬，封安都为清远公。（安都得封，可知陈主本心。）

侍郎毛喜，曾陷没长安，与昌俱还。他尚似睡在梦里，上言宜通好北周，与他和亲。陈主乃使侍中周弘正西行，与周修好。那陈将侯瑱等，已乘胜进攻湘州。周遣军司马贺若敦，率步兵赴援，再遣将军独孤盛，领水军俱进。会秋水泛滥，粮输不继，敦恐瑱探知虚实，乃在营内多设土囤，上覆以米。瑱使人侦探，果然被赚，不敢进逼。敦又增修营垒，与瑱相持，瑱亦无可如何。正拟退归，忽闻周主毓中毒暴亡，另立新主，料他内外必有变动，乐得留兵相州，伺隙进取。

究竟周主如何遇毒？原来就是宇文护嗾使出来。周主毓明敏有识，为护所惮。护佯请归政，竟邀允许，但令护为太师雍州牧。当下改元武成，由周主亲览万机。护弄假成真，欲巧反拙，遂密谋不轨，又起了一片杀心。好容易过了一年，护使膳部中大夫，置毒糖饼中，进充御食。周主毓食了数枚，不禁腹痛，自知不幸中毒，口授遗诏五百余言，并召语群臣道："朕子年幼，未能当国，鲁公邕系朕介弟，宽仁大度，海内共闻，将来弘我周家，必需此人。卿等宜同心夹辅，勿负朕言！"言讫遂殂，年仅二十七岁。鲁公邕已入为大司空，不烦远迎，便奉遗诏即皇帝位，追尊兄毓为明皇帝，庙号世宗。越年改元保定，进宇文护为大冢宰，都督中外诸军事。那时郢州援将独孤盛，已被陈军袭破杨叶洲，率众遁还。巴陵降陈，贺若敦亦支持不住，拔军北归，湘州亦下。巴湘入周数年，至此乃复为南朝所有了。

周主邕甫经践阼，不欲再行兴兵，更兼陈使周弘正前来修好，待命已久，乃拟与南朝讲和，索还俘虏，且许归安成王顼，使司会上士杜杲，偕弘正南下报聘。时陈主蒨已立长子伯宗为太子，次子伯茂为始兴王，奉皇伯孝昭烈王道谭宗祀，改封顼为安成王。（昭烈二字系始兴王道谭谥法，顼尚在周，无故徙封，乃以次子过继，陈主之心术益见。）既有周使来聘，不得不召入与议，互订和约。杜杲素长词辩，除索还俘虏外，更请相当酬报。陈主蒨许让黔中地及鲁山郡，杲乃称谢而去。

陈主蒨本纪元天嘉，与周议和，系天嘉二年间事，至天嘉三年，安成王顼，始由周使杜杲，护送南归。陈主授顼侍中中书监，亲中卫将军，得置佐史。并引见杜杲，温颜与语道："家弟今蒙礼遣，受惠良多，但鲁山不返，亦恐未能及此。"杲从容答道："安成王在长安，不过一个布衣，若送归南都，乃是陛下介弟，价值甚重，非一城可比。惟我朝敦睦九族，推己及人，上遵太祖遗训，下思睦邻通义，所以遣使南还。若云以寻常土地，易骨肉至亲，这却非使臣所敢闻呢！"陈主闻言，不禁怀惭，赧然语杲道："前言聊以为戏，幸勿介意。"（一言已出，驷马难追，即欲掩饰，恐已被外臣窃笑。）因厚礼待杲，复遣侍郎毛喜，与杲同诣长安，乞归安成王顼妻子。所有芜湖擒归诸周将，一体放还。周亦送归顼妃柳氏，及顼子叔宝，于是陈周言归于好。小子有诗讥陈主蒨道：

伯氏吹壎仲氏篪，鸰原急难要扶持，
如何只为儿孙计，福不重邀祸已随。

陈主蒨既与周和，复欲与齐通好，毕竟有无头绪，且至下回再详。

杨愔负魏不负齐，而独为高演所杀，论者咸为愔呼冤，愔何冤哉？如愔不诛，是真无天道矣。彼本东魏故臣，助洋篡国，胁逐故主，又敢妻母后，灭绝人伦，一死尚有余辜，安得为冤？即以事齐论之，高洋狂暴，未闻出言谏诤，且简囚供御，身进厕筹，无耻若此，忠果安在？其所以谋除二王者，亦无非为固位计耳。演杀愔，并杀愔党，愔党或为愔所累，或至含冤，愔固不足惜也。若夫演之篡国，何莫非高洋之自取，洋得令终亦幸矣，其能保全子嗣乎！陈主蒨乘机嗣立，授意安都，挤死衡阳王昌，甚至本生兄弟，亦且加忌，始兴一脉，遽令次子继承，视生弟如死弟，何其无骨肉情！及顼得生还，幸而免死，冥冥中似若有相之者。高洋杀浚、涣而不能杀演、湛，陈主蒨害昌而不能害顼，卒至后患相寻，南北一辙，此王道之所以贵亲亲也。

第七十一回　遇强暴故后被污　违忠谏逆臣致败

却说齐主高演，入嗣帝位，尚有意治安，惟对待南朝，未肯息怨罢兵，当遣降将王琳为扬州刺史，出镇寿阳，伺隙图南。陈主蒨颇思修和。因仇人在前，无从游说，不得已姑从缓议。会齐主演听高归彦言，召入济南王殷，把他害死，冤气盈廷，不免为厉，累得演精神恍惚，说鬼连篇。皇建二年孟冬，出外游猎，突有狡兔向马前驰过，演弯弓欲射，忽见兔跳跃起来，留神一瞧，好似一个被发戟手的夜叉鬼，不由得身体颤动，坠落马下，左右慌忙扶起，肋骨已经跌断，痛得不可名状。（仿佛齐襄之见公子彭生。）好容易掖回宫中，整日里卧床呼号，医治罔效。娄太后亲往视疾，问及济南王殷，演无言可答，接连三问，仍是默然。娄太后愤道："济南王已被汝杀死么？不用我言，应该速死！"遂掉头径去。嗣是演病益剧，痛到无可奈何的时候，往往神志昏迷，满口谵语。有时说着："文宣父子来了！"又有时说着："杨令公（愔）、燕仆射（子献）等俱来了！"当下模糊答辩，继又扶服推枕，叩首乞哀，结果是大数难逃，终难延命。（高洋凶恶，远过高演，洋死时，史中第称暴殂，演死时却详叙冤厉，是由高演所为，自觉过甚，未免愧悔，故作此状，洋则异是。可见鬼由心造，非真凭身为祟也。）临终时，曾留下遗书，贻弟高湛，召他入纂大统，书末有嘱语云："宜将吾妻子置一好处，勿学前人。"（问汝何故杀殷？）当下痛极毕命，年仅二十七岁。

先是高湛守邺，奉演密命，令派兵送济南王殷至晋阳。湛也不自安，向散骑高元海问计，元海道："愚见却有三策，一请殿下驰入晋阳，谒见太后主上，愿释兵权，不干朝政，自居闲散，安如泰山，是为上策。上策不行，或表称威权太盛，恐滋众谤，请徙为青、齐二州刺史，退居僻远，免招物议，尚为中策。”说至此，偏将第三策咽住不谈。湛问道：“下策如何？”元海道：“发言即恐族诛，不如不言。”湛说道：“但说不妨，我为卿严守秘密，怕他什么？”元海道：“济南世嫡，为主上所夺，众情未必悦服，今若召集文武，拥立济南，枭斩来使高归彦等，号令天下，以顺讨逆，这乃万世一时的机会，虽是下策，却比上策更佳。”湛不觉跃起，欣然说道：“上策上策，诚如卿言！”元海乃退。湛又召术士郑道谦等，卜定吉凶。道谦等占验卦爻，劝湛宜静不宜动，自得大庆。湛乃令数百骑送入济南王。闻济南被害，益加危惧。那知福为祸倚，祸为福伏，那晋阳竟传到遗诏，促令即刻就道，入承帝箓。这是湛梦想不到的喜事。他尚恐有诈，遣人探视，果系实情，乃立跨骏马，驰向晋阳。甫入城闉，已由文武百官，伏道迎谒，欢呼万岁。当下入临梓宫，不过哭了两三声，便被服衮冕，升殿即位，遁例大赦，即改皇建二年为大宁元年。（高湛登基，已在十一月中，两月光阴，竟不能待，便改元大宁，可见心目中已无兄。）进平秦王归彦为太傅，赵郡王睿为太保，平阳王淹为太宰，彭城王浟为太师，太尉粲为太保，尚书令段韶为大司马，丰州刺史娄睿为司空。冢弟任城王湝（高欢第十子。）为尚书左仆射，并州刺史斛律先，为尚书右仆射，其余内外百官，并皆晋级，不消细说。既而追尊兄演为孝昭皇帝，称元后为孝昭皇后，降封前太子百年为乐陵王。

过了一月，令送孝昭柩至邺都，葬文静陵。元皇后送葬至邺，湛闻她带有奇药，使人索取，不得应命。湛竟怒起，再令阉人就车叱辱，元皇后不便反唇，只忍气含羞，包着两眶泪珠，待至文静陵旁，恸哭多时，方才入宫。湛尚余恨未消，令她在顺成宫内，孤身独处，寂寞无聊，此情此景，怎不伤心？惟自悲命薄罢了。（比诸文宣皇后尚胜一筹。）

越年正月，湛自晋阳启行，到了邺都，南郊祭天，续享太庙，立妃胡氏为皇后。后为安定人胡延之女，初生时有鹦鸟鸣产帐上，时人目为不祥，及笄后，选为长广王妃，姿貌不过中人，性情却极淫荡。湛本是个酒色中人，得此媚猪，当然是谑浪笑敖，倍极欢昵，所以祀天祭祖，大礼告成，即令胡氏正位中宫。册后这一日，所有故主后妃，及内外命妇，俱来庆贺，珠围翠绕，乐叶音谐，不但胡氏非常欣慰，就是齐王湛亦格外欢愉。晚间在后宫庆宴，众皆列席，高湛方在外殿中，畅饮数十觯，已有七八分酒意，便闯入后宫，自来劝酒，惊动了一班妇女，统避席迎谒。湛狞笑道："此处合叙家人礼，尽可脱略形迹，休得迂拘。"众闻湛言，始称谢归座。湛展开一双醉眼，东张西望，蓦见上座有一位半老佳人，尚是丰姿绰约，秀色可餐，不由得魄荡魂驰。仔细审视，却是一位皇嫂李皇后，恨不得上前亲近，但因大众在座，未便失体，只得权时忍耐，说了几句劝饮的套话，转身自去。

是夕酒阑席散，各皆归寝，湛虽怀念嫂氏，也只好与新皇后敷衍一宵。到了次日的黄昏，竟不带左右，独自一人，步入昭信宫。（见前回。）当有宫女报知李后，李后不禁起疑，没奈何起身相迎。湛入宫坐定，并无一言，但将双目注视娇颜。李后且惊且羞，乃开口启问道："陛下到此，有何见谕？"湛笑语道："朕因夜间无事，特来陪伴皇嫂。"李后道："陛下新册正宫，并多嫔御，何不前去叙情，乃独顾及贱妾？"湛又道："未及皇嫂娇姿，所以乘暇来此。"李后见湛有意调戏，很是惊惶，便抽身欲退。湛即起座揽住后裾，李后大骇道："陛下身为天子，难道好不顾名义么？"说着，顺手一推。湛不防此着，竟至倒退数步，方得站住。顿时恼羞成怒，瞋目与语道："若不从我，当杀汝儿！"李后听了，急得玉容惨淡，粉面浸淫。宫女们见此情形，统已避了出去。那高湛见左右无人，竟仗着壮年膂力，把李氏轻轻举起，直入内寝，阖住双扉，好一歇不见动静。宫女们等至寝门外，侧耳细听，但只闻有窸窸声，颤动声，想已是阴阳会合，兴雨布云了。（高洋盗嫂，报及己妻。）

俗语说得好，寂寞更长，欢娱夜短，高湛把李氏淫烝一宵，转瞬间即已天明，不得不起床出宫，升殿视朝。嗣是常出入昭信宫，来续旧欢。李氏已经失节，也乐得随缘度日。春风几度，暗结珠胎。独胡后不耐岑寂，每当湛往昭信宫，却另寻一个主顾，入替高湛。看官道是何人？乃是给事和士开。士开善握槊，工弹琵琶，面庞儿亦生得俊雅。当湛为长广王时，已入侍左右，辟为开府参军。及湛即位，升任给事。胡后尝与相见，暗地生心。此时乘湛盗嫂，便贿通宫女，引入士开，赏给禁脔。士开得此奇遇，那有不极力奉承，多方欢狎，引得胡后心花怒放，竟与他誓山盟海，愿做一对长久夫妻。（这是高湛眼前孽报。）

高湛毫无所闻，反恐胡后责他盗嫂，曲意弥缝。胡后乘间，屡说士开好处，湛竟擢士开为黄门侍郎。胡后生子名纬，便立为皇太子。平秦王归彦，位兼将相，恃势骄盈。侍中高元海，及中丞毕义云、黄门郎高乾和，尝入白御前，谓归彦专权骄姿，必生祸乱，乃出归彦为冀州刺史。元海等并欲弹劾和士开。看官试想，这和士开外邀主宠，内结后援，官爵未尊，地位甚固，岂是高元海辈所得摇动么？果然元海等未上弹章，士开却先已下石，但言元海诸人，交结朋党，欲擅威福，轻轻的说了数语。已足挑动主心。元海、乾和、渐渐被疏，义云连忙纳赂，得为兖州刺史。独归彦心怀怨望，竟欲俟湛往晋阳，乘虚入邺。偏值娄太后逝世，宫中治丧，好几月不闻驾出，也只有蹉跎度日，暂作缓图。

娄太后自春间寝疾，衣忽自举，用巫媪言，改姓石氏，延至初夏，竟尔病终，年六十二。太后生六男二女，皆感梦孕。孕高澄时，梦见断龙；孕高洋时，梦见龙首；孕高演时，梦见龙伏地上；孕高湛时，梦见龙浴海中；孕二女俱梦月入怀。惟孕襄城王清、博陵王济，但梦鼠入下衣，清早世，济见下文，亦不得令终，惟澄、洋、演、湛，皆得称尊。一母生四帝，也是奇事。

太后未殁时，邺下有童谣云："九龙母死不守孝。"至是湛居母丧，竟不改服，仍著绯袍。未几且登临三台，置酒作乐。宫人进白袍，由湛怒掷台下。和士开在侧，请暂辍乐，亦为湛所殴击。（士开也算错一着。）湛排行第九，适应童谣，不过追谥太后为武明皇后。

合葬义平陵，总算依例办事罢了。

高归彦所谋未遂，屡使人探刺都中情事，偏被郎中令吕思礼告发，湛乃令大司马段韶，与司空娄睿，发兵往讨。归彦登城拒守，及兵逼城下。便大呼道：“孝昭皇帝初崩，六军百万，悉归臣手，臣至邺迎立陛下。当时不及，今日岂尚有异图？但恨高元海、毕义云、高乾和三人，诳惑主上，嫉忌忠良，如得杀此三人，臣愿临城自刭，死也甘心！”段韶等当然不睬，惟督令兵众攻城。内长史宇文仲鸾、司马李祖挹、别驾陈季璩等，与归彦不协，俱为所杀。兵民因此不服，各有贰心。归彦见不可守，弃城北走。到了交津，只剩得一人一骑，那段韶遣将追来，立刻擒住归彦，械送邺都。当下议定死罪，命都督刘桃枝牵入市曹，击鼓徇众，然后行刑。归彦子孙十五人，一并诛死。

湛既诛归彦，益加淫暴。所烝皇嫂李氏，怀孕将产。适太原王绍德入见，为李氏所拒。绍德系高洋次子，生母就是李氏。闻李氏匿不见面，顿时懊闷道：“儿也晓得了！姊姊腹大，故不见儿。”（家丑且不宜外扬，奈何取笑生母？）原来齐俗呼母为姑姑，亦称姊姊。这李氏听得此语，禁不住惭愤交并，过了数日，生下一女，竟令抛弃。湛闻产女不举，怒不可遏，手持佩刀，驰入昭信宫，怒叱李氏道：“尔敢杀我女么？我便当杀尔儿。”说着，即麾左右往召绍德。绍德不得已应召，湛俟绍德至前，便用刀环击去。绍德忍不住痛，只好长跪乞哀。湛大怒道：“尔父打我时，尔何不出言相救，今日乃想求活么？”语未说完，再用力猛击数下，打得绍德血流满面，晕倒地上，须臾气尽。

李氏见此惨状，未免有情，便极口哀号。湛越加咆哮，迫令宫女褫李氏衣，使她袒胸露背，然后取鞭自挞，大约有数十下，雪肤上面，都变红云，李氏号天不止。（与其受辱至此，何若从前死节？）湛亦觉自己手力有些酸麻，再命将李氏盛入绢囊，投诸宫沟，好多时才令捞起，启囊出视，但见流血淋漓，狼藉得不成样子。湛怒已少平，乃呼宫女道：“她若已死，不必说了；如若不死，可撵她往妙胜寺中做尼姑去。”言讫自行。宫女并皆不忍，待湛已去远，便即施救。李氏偃卧地上，气息奄奄，只有胸前尚热，经宫女各用手术，并灌姜汤，方得起死回生，眉目渐动。宫女将她舁上床榻，小心侍奉，挨过了两昼夜，才能起立，乃用牛车载送入妙胜寺，削发修行去了。（一年假夫妻，至此结局，岂不可叹。）

是年由青州上表，报称河、济俱清。（明是贡谀。）湛改大宁二年为河清元年。齐扬州刺史王琳，屡请出师南侵，湛欲允议发兵，独尚书卢潜，一再谏阻，且得陈主贻书，请罢兵息民。湛乃请散骑常侍崔赡，通好南朝，陈主亦遣使报聘。独王琳尚有违言，湛调琳回邺，即用卢潜为扬州刺史，领行台尚书。自是玉帛修议，岁使不绝，江南江北，总算平静了七八年。

陈主蒨因周齐连和，北顾无虞，乃遣司空南徐州刺史侯安都，出略西南。从前东阳太守留异，蟠踞一隅，屡怀反侧，陈武帝特将蒨女丰安公主，下嫁异子贞臣为妻，且征异为南徐州刺史，异迁延不就。及蒨既嗣位，复命异为缙州刺史，领东阳太守，异仍怀两端，并严戍边境。陈廷容忍数年，乃乘暇出讨；一面召江州刺史周迪、豫章太守周敷、闽州刺史陈宝应，一同入朝。周敷奉命先至，得加封安西将军，赐给女妓、金帛，遣还豫章。周迪不肯受诏，密与留异相结，且发兵袭敷，为敷所觉，吃了一个败仗，狼狈奔还。宝应为留异婿，虽陈主格外羁縻，许入宗籍，究竟翁婿情深，君臣谊浅，所以始终联异，也未肯入朝。

陈中庶子虞荔弟寄，流寓闽中，荔请诸陈主，召弟入都。宝应颇爱寄才，留住不遣。寄屡谏宝应，宝应不听，乃避居东山寺中，佯称足疾，杜门谢客。会留异为侯安都击破，妻孥多被掳去，仅与子贞臣走依宝应。周迪在临川，亦被陈安右将军吴明彻、高州刺史黄法𣰋、豫章太守周敷等夹攻致败，溃奔闽州。宝应已失两援，尚自恃险僻，与陈抗衡。虞寄复上书极谏，条陈十事，略云：

东山虞寄，致书于陈将军使君节下：寄流离世故，漂寓贵乡，将军待以上宾之礼，申以国士之眷，意气所感，何日忘之？而寄沉痼弥留，愒阴将尽，常恐猝填沟壑，涓尘莫报，是以敢布腹心，冒陈丹款，愿将军留须臾之虑，少思察之，则瞑目之日，所怀毕矣。自天厌梁德，多难荐臻，寰宇分崩，英雄互起，不可胜纪，人人自以为得之。然夷凶翦乱，四海乐推，揖让而居南面者，陈氏也。岂非历数有在，惟天所授乎？一也。以王琳之强，侯瑱之力，进足以摇荡中原，争衡天下，退足以偃强江外，雄长偏隅，然或命一旅之师，或资一士之说，琳则瓦解冰泮，投身异域，瑱则厥角稽颡，委命阙廷，斯又天假之威而除其患，二也。今将军以藩戚之重，东南之众，尽忠奉上，戮力勤王，岂不勋高窦融，宠过吴芮？析珪判野，南面称孤，国恩所眷，不宜辜负，三也。圣朝弃瑕忘过，宽厚得人，如余孝顷、李孝钦、欧阳颜等，悉委以心腹，任以爪牙，胸中豁然，曾无纤介，况将军衅非张绣，罪异毕谌，何虑于危亡，何失于富贵？四也。方今周齐邻睦，境外无虞，并兵一向，匪伊朝夕，非刘项竞逐之机，楚赵连从之势，何得雍容高拱，坐论西伯？五也。且留将军狼顾一隅，亟经摧衄，声实亏丧，胆气衰沮，其将帅首鼠两端，惟利是视，孰能披坚执锐，长驱深入，系马埋轮，奋不顾命，以先士卒者乎？六也。将军之强，孰如侯景，将军之众，孰如王琳，武皇灭侯景于前，今上摧王琳于后，此乃天时，非复人力。且兵革以后，民皆厌乱，其孰能弃坟墓，捐妻子，出万死不顾之计，从将军于白刃之间乎？七也。天命可畏，山川难恃，将军欲以数郡之地，当天下之兵，以诸侯之资，拒天子之命，强弱逆顺，可得侔乎？八也。夫非我族类，其心必异，不爱其亲，岂能及物？留将军自縻国爵，子尚王姬，犹弃天属而不顾，背明君而孤立，危急之日，岂能同忧共患，不背将军者乎？九也。北军万里远斗，锋不可当，将军自战其地，人多顾后，众寡不敌，将帅不侔，师以无名而出，事以无机而动，以此称兵，未知其利，十也。为将军计，莫如绝亲留氏，遣子入质，释甲偃兵，一遵诏旨。

方今藩维尚少，皇子幼冲，凡预宗支，皆蒙宠树，况以将军之地，将军之才，将军之名，将军之势，而能克修藩服，北面称臣，岂不身与山河等安，名与金石同寿乎？感恩怀德，不觉狂言，斧钺之诛，甘之如荠，伏维将军鉴之！

宝应览书，不禁大怒，幸左右进语宝应，谓虞公病势渐笃，词多错谬，请勿介意，宝应意乃少释。且因寄为民望，权示优容，惟分兵接济周迪。迪复越东兴岭为寇，陈令护军章昭达出讨，大破周迪。迪窜匿山谷，无从搜捕，昭达遂入闽，迪招集余众，再出东兴。东兴守吏钱肃，举城降迪，迪众复振。豫章太守周敷，已升任南豫州刺史，出屯定州，与迪对垒。迪作书给敷道："我昔与弟戮力同心，岂期相害，今愿伏罪还朝，乞弟披露肺腑，挺身同盟。"敷信为真言，只率从骑数人，出与迪盟，甫经登坛，被迪麾动部众，将敷杀死。

陈廷有诏赙恤，另遣都督程灵洗讨迪，并促章昭达速攻闽州。陈宝应令水陆设栅，严御昭达。昭达与战不利，顿兵上流，但令军士伐木为筏，待雨出发。会值大雨江涨，亟放筏进攻，连拔宝应水栅。凑巧陈将余孝顷，也奉陈主调遣，由海道驰至，两军会合，并力攻击，宝应连战连败，遁往莆田。顾语子弟等道："我悔不从虞公言，致有今日！"（迟了！迟了！）小子有诗叹道：

如何螳斧想挡车？一失毫厘千里差。

祸已临头才自悔，忠言不用亦徒嗟！

陈军追捕宝应，未知宝应再得脱走否，容至下回表明。

北齐宫闱，淫烝成习，惟高演尚乏色欲，故其妻元氏，虽被高湛斥辱，终得免污。若李氏为高洋妇，洋烝澄妻，湛即烝洋妻，何报应之若是其速也！但李氏不忍其子之死，含垢蒙羞，而其后子仍惨毙，身亦濒危，最为不值。自来义夫烈妇，其所由蹈死如饴者，诚有见夫名节为重，身家为轻，不应作一幸想，冀图苟活耳。否则，鲜有不蹈李氏之覆辙者也。陈宝应溺情闺阏，济恶妇翁，虞寄谏以十事，言甚明切，终不能挽宝应之迷，是误宝应者为留异，实则出之留异之女。天下之误己误人者，多半自妇女致之，非冶容诲淫，即昧几致祸，宝应亦一前鉴耳。如留异之凶狡，周迪之反复，更不足责也。

第七十二回　遭主嫌侯安都受戮　却敌军段孝先建功

却说陈宝应逃至莆田，被陈军从后追及，日暮途穷，如何支持，眼见是束手受擒。就是宝应妇翁留异，也与宝应同逃，无从漏网，翁婿妻孥，一并就缚。还有宝应宗族，及幕下僚佐，俱捉得一个不留，悉数械送建康。叛徒头脑，怎得免死，就是子弟党羽，亦难逃国法，骈戮市曹。惟异子贞臣，曾尚帝女，特别恩赦。（这是得妻房好处。）并命照达礼送虞寄乘驿入都。陈主蒨当即召见，温言奖谕道："管宁（汉末隐士）尚幸无恙。"寄拜谢而出。既而陈主自下手敕，命寄为衡阳王掌书记，衡阳王系武帝嗣子昌封爵，昌被侯安都溺死，（见七十四回。）陈主讳莫如深，只托言失足溺水，追谥为献。昌无子嗣，即令皇七子伯信过继，并授伯信为丹阳尹，得置佐吏。此次因虞寄经明行淑，特遣令往辅。寄奉敕入谢，陈主面谕道："今遣卿为衡阳记室，不但欲烦劳文翰，实因七儿年少，须卿教导，令作师资，卿毋以委屈见辞！"寄当然谦退，奉敕即行。未几复迁拜国子博士。寄表求解职，乞许归田。陈主优诏报答，许还会稽，仍令为东扬州别驾，寄又以疾辞。时寄兄虞荔已经病殁，亦引柩还乡，陈主追赠侍中，赐谥曰德，并亲出都门送丧，时人称为难兄难弟。荔子世基、世南、并少有文名。寄后来屡征不起，尝以知足不辱为言。诸王或为州将，必奉朝命问候，致敬尽礼。有时寄出游近寺，闾里互相传语，老幼罗列，望拜道左。乡有争讼，经寄一言，无不立解。人有誓约，但指寄名，均不敢欺。扰乱时代，得此高士，真好算作第一流人物了。（极笔褒扬，足以风世。）至陈主顼太建十一年，始病终故里，这且不必细表。

且说留异、陈宝应二人，已经伏辜，只有漏网余生的周迪，尚在东兴一带出没为患。陈都督程灵洗，自鄱阳别道出击，（应前回。）出迪不意，大破敌众，迪复与麾下十余人，窜伏山谷中。过了数月，遣人至临川郡市购办鱼虾，为临川太守骆牙所执，谕令进迪自效。随即使腹心勇士，跟入山中，诱迪出猎，把他捕诛，传首建康，悬示朱雀观三日。三凶尽歼，西南廓清，惟后梁主萧詧据守江陵，得周保护，陈主蒨未敢进攻。詧亦因封地狭小，邑居残毁，不能东出报怨，郁郁无聊，疽发背上，竟致逝世。太子萧岿嗣立，追谥詧为宣帝，庙号中宗，改元大保，这也是残喘仅存，有名无实。他如永嘉王萧庄，亦奔齐病死，萧氏已不能复振了。（随笔带过萧詧、萧庄。）

陈司空侯安都，自略定西南后，归镇京口，加封征北大将军，封邑增至五千户。安都自恃功高，渐生骄态，幕中多罗集文武，一宴辄至千人。部下将帅，往往不遵法度，朝旨检问，辄奔归安都，倚作护符。陈主蒨性好严察，闻安都庇护罪人，不免生恨。安都毫不觉察，骄横如故，就是入宫侍宴，亦不守臣礼。酒酣时箕踞倾倚，目无君上。尝陪乐游园褉饮，语陈主道："陛下今日，比做临川王时，趣味何如？"言下甚有得色，陈主默然无言。安都一再问及，陈主始淡淡的答道："这虽出自天命，也未始非明公功劳！"安都喜甚，便乞借供帐水饰。陈主勉强允诺，心中很是不悦，怏怏还宫。到了次日，安都挈妻妾至乐园，自升御座，令宾佐居群臣位，称觞上寿。（居然想学做皇帝。）陈主使人侦察，得悉安都情状，越加猜嫌。待安都还镇，屡遣台使按问安都部下，检括叛亡，安都才知上意，亦遣别驾周弘实，密结舍人蔡景历，探刺朝廷情事。景历具状奏闻，且言安都有谋反状。（无非希旨。）陈主乃调安都都督江、吴二州，领江州刺史。这一番调动，明明是诱他入阙，设法除患。安都果自京口还都。部伍入石头城，陈主引安都入宴嘉德殿，并令他部下将帅，会集尚书省听令。暗中却已密布禁军，乘安都入宴时，先把他拘系西省，然后收逮诸将帅，勒令缴出马仗，才许释放。因出舍人蔡景历表状，榜示朝堂，随即下诏论罪道：

昔汉厚功臣，韩（韩信）彭（彭越）肇乱；晋倚藩牧，敦

（王敦）约（祖约）称兵，托六尺于庞萌，野心窃发，寄股肱于霍禹，凶谋潜构。追维往代，挻逆一揆，永言自古，患难同规。侯安都素乏远图，本惭令德，幸属兴运，预奉经纶，拔迹行间，假之毛羽，推于偏帅，委以驰逐，位极三槐，任居四岳，名器隆赫，礼数莫俦，而志惟矜己，气在陵上，招聚逋逃，穷极轻狡，无赖无行，不畏不恭，受脤专征，剽掠一逞，推毂所镇，裒敛无厌。朕以奚初缔构，颇著功绩，飞骖代邸，预定嘉谋，所以掩抑有司，每怀遵养，杜绝百辟，日望自新，款襟期于话言，推丹赤于造次，策马甲第，羽林息警，置酒高堂，陛戟无卫，何尝内隐片嫌，却柏人而勿宿，外协猜防，入成皋而不留。而彼乃悖逆不悛，骄暴滋甚，招诱文武，密怀异图，近得中书舍人蔡景历启闻，报称安都曾遣别驾周弘实前来探刺，具陈反计，朕犹加隐忍，待之如初，爰自北门迁授南服，受命径停，奸谋益露。今者欲因初镇，将行不轨，此而可忍，孰不可容！赖社稷之灵，近侍诚悫，丑情彰暴，逆节显闻。可详按旧典，速正刑典，罪止同谋，余无可问。

这诏颁出，越宿即赐安都自尽，旋复有诏赦免家属，葬用士礼，丧事所需，仍由公款发给。从前武帝在日，尝命诸将侍宴，杜僧明、周文育、侯安都三人，各自称功。武帝喟然道：“卿等原统是良将，但各有短处，杜公志大识暗，狎下陵上；周侯交不择人，推心过差；侯郎傲慢无厌，轻佻肆志，将来恐不能自全，各宜戒慎为是！”三人怀惭而退。后来杜僧明病死江州，算是令终，惟无绩可言；文育为熊昙朗所杀；（见前文。）安都至是被诛，终不出武帝所料。古来明哲保身的智士，所以小心翼翼，功成身退，才能安享天年，流芳百世呢。（如范蠡、张良等人。）

话分两头，且说齐王高湛，信用黄门侍郎和士开，擢官侍中，并开府仪同三司，前后赏赐，不可胜计。士开百计谄谀，揣摩迎合，无不中肯，惹得高湛格外亲信，几乎一日不能相离。（你妻胡氏与他相昵，还有可说，你为何相信至此。）士开每侍左右，辞不加检，备极鄙亵，尝笑语湛道："自古以来，没有不死的帝王，尧、舜、桀、纣，统成灰土，有何异同？陛下春秋鼎盛，正应及时行乐，取快一日，足抵百年，国事尽可付与大臣，无虑不办，何必自取烦恼呢！"湛闻言大喜，遂委赵彦深掌官爵，元文遥掌财用，唐邕掌外兵，白建掌骑兵，冯于琮、胡长粲掌东宫，阅三四日才一视朝，须臾即罢。

士开善持槊，胡后亦颇喜学槊，湛令士开教导胡后。后与士开情好有年，当握槊时，眉目含情，无庸细说。他却故意弄错手势，使士开牵动玉腕，与他共握。湛高坐饮酒。一些儿没有窥觉，反且喜笑颜开，自得共乐。河南王孝瑜，系文襄皇帝高澄长子，目睹情形，不禁愤懑，便入内进谏道："皇后系天下母，怎得与臣下接手？"湛好似未闻，不答一语。（甘戴绿头巾，何劳多言！）孝愉乃退。嗣又上言赵郡王叡父死非命，不宜亲近。（叡父即赵郡王琛，与小尔朱氏私通，被高欢杖毙，事见前文。）湛亦不报。

叡与士开因此挟恨，便密谮孝瑜奢僭，谓山东只闻河南王，不闻有陛下。湛本与孝瑜同年，又是嫡亲兄子，甚相亲爱，至是不免加忌。孝瑜又行止未谨，尝与娄太后宫人尔朱摩女，暗地私通。及太子纬纳斛律光女为妃，孝瑜入宫襄事，与尔朱女喁喁私语，潜叙旧情，偏被旁人瞧着，向湛报知，湛顿触旧嫌，立召孝瑜至前，逼令饮酒三十七杯。（也是奇罚。）孝瑜体本肥大，强饮过醉，颓然倒地。湛命左右娄子彦，用犊车载出孝瑜，且密嘱数语。子彦领令，随车同行，途次由孝瑜索茶解渴，子彦以鸩酒代茶，孝瑜醉眼模糊，喝将下去，越觉烦躁不堪，行至西华门，蹶起索水，下车投河，竟致溺毙。子彦返报，湛假意举哀，追赠孝瑜为太尉，录尚书事。诸王虽有所闻，莫敢发言，惟孝瑜第三弟孝琬，曾封河间王，亲监兄丧，大哭而出，意欲他去，当由湛遣使追还，乃仍留邺中。蓦闻周与突厥连师，来攻晋阳，湛亦不禁着急，亲自往援。

突厥自伊利可汗击破柔然，柔然可汗阿那瓌自杀，（事见前文。）余众立阿那瓌叔父邓叔子为主，复为伊利子科罗所破。科罗死，弟俟斤立，号木杆可汗。木杆勇略过人，又追逐邓叔子，逼得邓叔子无路可奔，只好投入关中。是时西魏尚未被篡，宇文泰亦未谢世，木杆竟遣使至魏，索交邓叔子，泰不肯照给，木杆又西哒哌破，东逐契丹，北并结骨，威振塞外。凡东自辽海，西至青海，延袤万里，南自沙漠以北，直至北海，又五六千里，均为木杆所有。再向西魏索取邓叔子，泰畏他强盛，不敢不允，遂收邓叔子以下三千余人，尽付突厥来使。突厥使人不胜押解，即驱邓叔子等至青门外，尽加屠戮，但携邓叔子首级归国。（宇文泰视死不救，亦太残忍。）自是木杆与周通好，常有使节往来。宇文觉篡位受禅，修好如故。两传至宇文邕，曾与突厥连兵侵齐，见齐境守御颇固，因即折回。邕尚未立后，由太师宇文护等定议，遣御伯大夫杨荐，及左武伯王庆，于突厥求婚，木杆已经允许，偏齐人得此消息，也遣使至突厥和亲，卑礼厚币，愿迎木杆女为后。木杆贪齐重赂，便向周悔婚，且欲将荐等执交齐使。（夷狄之不可恃也如此。）荐乃上帐责木杆道："我周太祖（指宇文泰）与可汗结好，当时蠕蠕（即柔然，见前。）遣众数千来降，太祖俱执付可汗使臣，借敦睦谊，奈何今日欲背恩忘义！就使不畏我周，难道不畏鬼神么?"木杆听到鬼神二字，触动迷信，不由得打了一个寒噤，良久方答道："君言甚是，我计决了！当与贵国共平东寇，再行送女未迟。"遂叱还齐使，礼遣荐等南归。

周廷得荐等归报，乃召公卿会议，众请发十万人击齐，独柱国杨忠，谓兵不在多，但发骑兵万人，已足敷用。周主邕乃遣杨忠为帅，率领万骑，从北道出发；又遣大将军达奚武，统兵三万，从南道进行，约会晋阳城下。杨忠连下齐二十余城，攻破陉岭要隘，兵威大震。突厥木杆可汗，又亲率十万骑来会，长驱并进。看官听说！此时齐境警报，往来如织，虽然齐主湛沉湎酒色，也不能不被他惊起，亲督内外兵士，从邺都急赴晋阳。

是时为齐河清三年十二月，（即陈天嘉五年，周保定四年。）连日大雪，千山一白，齐主湛冒雪前行，兼程至晋阳，尚幸城外无寇，安然入城。命司空斛律光率步骑三万人，往屯平阳，防守南路。周柱国杨忠及突厥可汗，共麾兵直逼城下。齐主湛登城遥望，见敌兵鱼贯到来，好似潮头涌入，没有止境，不觉蹙然变色道："这般大寇，如何抵御哩！"说至此，便即下城，拟挈宫人东走。赵郡王叡、河间王孝琬，叩马谏阻，方才停留。孝琬又请将六军进止，归叡节度，湛乃命叡节制诸军，并使并州刺史段韶，执掌军务。

此守彼攻，相持过年，正月朔日，叡率部分诸军，出城搦战，军容甚盛。突厥木杆可汗，凭高观望，颇有惧容，顾语周人道："尔言齐乱，所以会师伐齐，今齐人眼中亦有铁，怎得轻敌！可见尔周人是好为虚言了。"周人闻木杆言，当然不服，并用步兵为前锋，向齐挑战。齐将俱欲迎击，独段韶不许，面嘱诸将道："步军势力有限，今积雪既厚，不便逆击，不如严阵待着，俟彼劳我逸，方可出战。"说着，即下令军中道："大众须听我号令，不得妄动！待中军扬旗伐鼓，才准出击，违令立斩！"（韶颇知兵。）各军始静守阵伍，毫无哗声，周军无从交战，渐渐的懈驰起来，突见齐兵阵内，红帜高张，接连是战鼓冬冬，震入耳中。正彷徨四顾，那齐兵已尽锐杀到，喊杀连天，眼见是抵敌不住，纷纷倒退。杨忠也不能禁遏，但望突厥兵上前助战，好将齐兵杀回，偏突厥木杆可汗，勒马西山，并未驰下，反且把部众一齐引上，专顾自己保守，不管周军进退。周军孤军失援，顿时大溃，奔回关中。木杆可汗，也从山后引遁。段韶始终持重，不敢力追。（似此亦不免太怯。）自晋阳西北七百余里，均遭突厥兵残掠，人畜无遗。木杆还至陉岭，山谷冻滑，铺毡度兵，胡马寒瘦，膝下毛皆脱落，及抵长城，马死垂尽，兵士多截槊挑归。周将达奚武至平阳，尚未知杨忠败还，嗣得齐将斛律光书，语带讥嘲，料知杨忠失败，乃即日引归，半途被齐兵追至，且战且走，好容易才得驰脱，已丧失了二千余人。

斛律光收兵还晋阳，齐王湛见了斛律光，抱头大哭。光不知为着何事，仓猝不能劝谏。（我亦不解。）任城王湝在旁，便进言道："想陛下新却大寇，喜极生悲，但亦何必至此！"湛乃止哭，颁赏有功，进赵郡王叡录尚书事，斛律光为司徒。光闻段韶不击突厥，但远远的从后追蹑，好似送他出塞一般，因向韶讥笑道："段孝先好改呼段婆，才不愧为送女客呢。”（孝先系韶表字。）

言未毕，邺中忽有报传到，乃是太师彭城王浟，为盗所戕。湛惊问何因？邺使说是浟在第中，被群盗白子礼等突入，诈称敕使，劫浟为主，浟大呼不从，因即遇害。湛又惊问道：“现在盗首已捕诛否？”邺使谓已经荡平，惟望陛下还驾。湛乃匆匆启行，返至邺城，即诣浟第临丧，赠浟假黄钺太师录尚书事，给辒辌车送葬，然后还宫。旋授段韶为太师。

过了数月，月中有白虹围日，绕至再重，赤星又现。齐主湛携盆水照星，用盖覆往，作为厌禳。越宿盆无故自破，湛很是忧疑。适有博陵人贾德胄呈入密启，启中有乐陵王百年手书，写着好几个敕字，湛不禁发怒，立使人促召百年。百年自知不免，割一带玦，与妃斛律氏诀别，自入都见湛。湛使百年再书敕字，笔迹与前字相符，顿时怒上加怒，喝使左右捶击。百年被击仆地，又使人且曳且殴，流血满地，气息将尽，乃呜咽乞命道：“愿与阿叔为奴。”湛不肯许，竟命斩首，投尸入池，池水尽赤，乃捞尸藁葬后园。斛律妃闻百年惨死，持玦哀号，绝粒而死，玦犹在手，拳不可开，年只十四岁。妃为斛律光女，由光亲往抚视，用手解擘，始舒拳释玦。邺中人士，统替她呼冤，小子亦有诗为证道：

济南死后乐陵亡，厥考贻谋太不臧，
难得贞妃年十四，犹知殉节保妻纲！

齐主湛既杀死百年，复因宫中有蜚语相传，连目钩考，查至顺成宫，得开府元蛮书信，述及百年冤死事，又不觉动起怒来。毕竟元蛮能否免祸，容待下回申叙。

陈文帝之杀侯安都，几似宋文帝之杀檀道济，然道济功多罪少，杀之适足以见宋文之失，安都功虽足称，而慢上不法，罪亦匪轻，况挤溺衡阳，害及故储，使陈文帝成不友之名，残忍成性，不死何为？纲目称杀不称诛，似犹为安都鸣冤。窃谓安都之死，实由自取，惟陈主诱令入宴，伏甲加诛，殊失人君赏罚之大经，纲目书法，所以不能无咎于陈文耳！齐主湛昏庸淫虐，几类高洋。晋阳之役，幸得一胜。然周师之所恃者为突厥，其心必异，周之遭败，亦其宜也。湛幸胜而归，即杀兄子百年，济南受戮，乐陵亦不得生，湛之不遵兄命，原属不仁，孝昭有知，其亦悔杀济南否耶！

第七十三回 背德兴兵周师再败 揽权夺位陈主被迁

却说齐主湛检得元蛮书，立即动怒，便欲将蛮加罪。蛮急贿托幸臣替他求免，还算罢官了事。蛮为百年母元氏父，蛮得免诛，元氏仍居顺成宫，不过伤子枉死，更增一层悲伤罢了。先是周太师宇文护母阎氏，及周主第四姑，并诸戚属等，皆寓居晋阳。自宇文泰西入关中，只命护随去。后来晋阳为高氏所有，护母阎氏等均致陷没，充入掖廷。及护为周相，相隔已三十多年，护屡遣人入齐访问，未得音信。会因晋阳一役，杨忠败归，护复欲连同突厥，大举伐齐。齐主湛得知军报，颇有戒心，特遣勋州刺史韦孝宽，致书与护，示明护母消息，且言周、齐释怨，可归护母，否则立斩勿贷。护复书愿和，乞释母西归。齐主湛先遣还周四姑，并令人为护母作书，备述护幼时情状，又寄护前所著绯袍，作为证物，书词说得非常痛切。略云：

吾年十九适汝家，今已八十矣，凡生汝辈三男二女，今日目下不睹一人，兴言及此，悲缠肌骨。赖皇齐恩恤，差安衰暮，又得汝姑嫂等相依，稍足自适，但一念及汝，百感丛生。今特寄汝小时所著锦袍一袭，汝宜检看，知吾含悲抱戚，多历年祀。禽兽草木，母子相依，吾有何罪，与汝分隔！今复何福，还望见汝！世间所有，求皆可得，母子异国，何处可求？假汝贵极王公，富过山海，有一老母八十之年，飘然千里，死亡旦夕，不得一朝同处，寒不得汝衣，饥不得汝食，汝虽穷荣极盛，光耀世间，与吾何益？吾今日之前，汝既不得申其供养，事往何论；今日以后，吾之残命，惟系于汝。汝戴天履地，中有鬼神，勿云冥昧，而可欺负！杨氏姑今虽炎暑，犹能先发，关河阻远，隔绝多年，言不尽情，汝其鉴之！

宇文护既接见四姑，复得母书，禁不住嚎啕大哭。（还算有些孝思。）当下取过纸笔，且泣且书，大致写道：

区宇分崩，遭遇灾祸，违离膝下，三十五年，受形禀气，皆知母子，谁知萨保（宇文护字）如此不孝，上累慈母！子为公侯，母为奴隶，暑不见母热。冬不见母寒，衣不知有无，食不知饥饱，泯如天地之外，无由暂闻，昼夜悲号，继之以血，分怀冤酷，终此一生，死若有知，冀见奉于泉下耳！不谓齐朝解网，惠以德音，摩敦、（周俗呼母为阿摩敦。）四姑，并许矜放。初闻此旨，魄爽飞越，号天叩地，不能自胜。四姑即蒙礼送，平安入境，萨保于河东拜见，得奉颜色，崩动肝肠。但离绝多年，存亡阻隔，相见之始，口未忍言，惟叙齐朝宽弘，每存大德，云与摩敦虽处宫禁，常蒙优礼。今者来邺，恩遇弥隆，重隆矜哀，听许摩敦垂谕，曲尽悲酷，伏读未周，五中似割。蒙寄萨保别时所留锦袍，年岁虽久，宛然犹识，顾视之下，愈觉疚心。今齐朝霈然之恩，既已沾洽，爱敬之旨，施及旁人，草木有心，禽鱼感泽，况在人伦而不铭戴！有国有家，信义为本，伏度来期，已应有日。一奉见慈颜，永毕生愿，生死肉骨，岂止今恩！负山戴岳，未足胜荷。二国分隔，理无书信，主上以彼朝不绝母子之恩，亦赐许奉答，不期今日得通家问。伏纸呜咽，不尽所云！（备录二书，以全伦纪。）

书毕函封，乃停泪发使，赍书至齐。齐主湛尚不肯放还护母，使更与护书，邀护重报，往返再三，乃拟遣归。太师段韶上言道：“周人反复无信，晋阳一役，已可概见。护外托为相，实与君主无异，既欲为母请和，何不正式遣使。若徒据移书，即送归护母，转恐示人以弱，不如阳为许诺，待至和亲坚定，遣归未迟。”（段婆胡为作此语？）齐主不听，即遣护母阎氏归周。护方因齐廷失信，请朝廷再为移文，忽闻慈舆已至，喜出望外，忙出都门迎入，举朝称庆。周主邕也迓阎氏入宫，率领亲戚，行家人礼，奉觞上寿。邕母叱奴氏，已尊为皇太后，至是亦略迹言情，握手叙欢，端的是母以子贵，宠荣无比呢。(为下文返照。)

护因慈母归来，颇感齐惠，拟与齐互结和约。偏突厥木杆可汗，遣使至周，谓已调集各部精兵，如约攻齐。护不禁踌躇，意欲拒绝外使，转恐前后失信，有伤突厥感情；况母已归家，无容他虑，还是联络突厥，免滋边患。乃表请东征，召集内外兵众，共得二十万人。周主邕祭太庙，亲授护斧钺，许令便宜行事，且自沙苑劳军，执卮饯护，护拜命乃行。到了潼关，命柱国尉迟迥为先锋，进趋洛阳。大将军权景宣，率山南兵出豫州，少师杨檦出轵关，护连营徐进，行抵弘农，再遣雍州牧齐公宪（宇文泰第五子。）同州刺史达奚武、泾州总管王雄，屯营邙山，策应前军。

杨檦恃勇轻战，既出轵关，独引兵深入，又不设备，不料齐太尉娄叡，带引轻骑，前来掩击，檦仓猝遇敌，行伍错乱，被齐兵杀得落花流水，一败涂地。檦逃生无路，没奈何解甲降齐。（三路中去了一路。）权景宣一路人马，却还骁劲，拔豫州，陷永州，收降两州刺史王士良、萧世怡，送往长安；另使开府郭彦守豫州，谢彻守永州。尉迟迥进围洛阳，三旬不克，周统帅宇文护，使堑断河阳要路，截齐援兵，然后同攻洛阳。诸将多轻率无谋，还道齐兵必不敢出，但遥张斥堠，虚声堵御。

齐遣兰陵王长恭（原名孝瓘，系高澄第五子。)、大将军斛律光，往援洛阳，两人闻周兵势盛，未敢遽进，洛阳又遣人告急齐廷。时齐太师段韶，出为并州刺史，由齐主湛召入问计。韶答道："周虽与突厥连兵，两面夹攻，但北虏狡猾，待胜后进，虽来侵边，实等疥癣，今西邻窥逼，实是腹心大病，臣愿奉诏南行，一决胜负。"（知己知彼，究竟还推段婆。）湛喜语道："朕意亦是如此。"乃命韶督精骑一千，出发晋阳，自率卫兵为后应，亦从晋阳启行。韶在途五日，济河南下，适连日阴雾，周军无从探悉，韶竟与诸将上登邙阪，窥察周军形势。进至太和谷，与周军相遇，韶即令驰告高长恭、斛律光两军，会师对敌。长恭与光，立即应召，韶为左军，光为右军，长恭为中军，整甲以待。周人不意齐兵猝至，望见阵势严整，并皆惶骇。韶语周人道："汝宇文护方得母归，何故遽来为寇？"周人无言可答，但强词夺理道："天遣我来，何必多问！"韶又道："天道赏善罚恶，遣汝至此，明明降罚，汝等都想来送死了！"（这是理直气壮之谈。）

周军前队，统是步卒，遂踊跃上山，来战齐兵，韶且战且走，引至深谷，始命各军下马奋击，周军锐气已衰，霎时瓦解，或坠崖，或投溪，伤毙无数，余众俱遁。兰陵王长恭，领五百骑士，突入洛阳城下围栅，仰呼守卒，城上人未识为谁，不免疑诘。迨经长恭免胄相示，乃相率鼓舞，缒下弓弩手数百名，接应长恭。周将尉延迥无心恋战，便撤围遁去，委弃营幕车仗，自邙山至谷水，沿途三十里间，累累不绝，独周雍州牧齐公宪，及达奚武、王雄等，尚勒兵拒战。雄驰马挺槊，冲入斛律光阵中。光见他来势凶猛，回头急走，趋出阵后，落荒窜去，身边只剩一箭，随行只余一奴。那王雄却紧紧追来，相距不过数丈，光情急智生，把马一捺，略略停住，暗地里取弓搭箭，返身射去。可巧雄槊近身，不过丈许。雄大声道："我惜尔不杀，当擒尔去见天子！"语未说完，箭已中额，深入脑中，雄不禁暴痛，伏抱马首，奔回营中。（莽夫易致偾事。）光幸得免害，当然不去追赶，也纵马归营。

天色已暮，两下里俱各收军。周将齐公宪部署兵士，拟至明晨再战，偏王雄负伤过重，当夜身死。军中越加恟惧，赖宪亲往巡抚，才得少安。达奚武入营语宪道："洛阳军散，人情震恐，若非乘夜速还，明日且欲归不得了！"宪尚觉迟疑，武复说道："武在军日久，备悉艰难，公少未更事，岂可把数营士卒，委身虎口么？"宪乃依议，潜令各营黄夜启程，向西奔还。权景宣得洛阳败报，亦将豫州弃去，驰入关中。及齐主湛至洛阳，早已狼烟净扫，洛水无尘。湛很是欣慰，进段韶为太宰，斛律光为太尉，兰陵王长恭为尚书令，余将俱照律叙功。惟尚恐突厥入塞，亟还邺都。嗣接得北方报，谓突厥亦已退军，更觉得心安体泰，又好酗酒渔色了。

当时齐廷有一个著作郎，姓祖名珽，有才无行，尝为齐高祖功曹，因宴窃得金叵罗（酒器名），为所察觉，又坐诈盗官粟三千石，鞭配甲坊，显祖高洋爱珽才具，复召为秘书丞。珽又萌故智，坐赃当绞，洋加恩免刑，且仍令直中书省。他见湛势力日盛，有意逢迎，因赍胡桃油入献，且拱手语湛道："殿下有非常骨相，后必大贵。"湛尚为长广王，不禁色喜道："若果得此，亦当与兄同安乐！"珽拜谢而出。及湛入嗣位，思路前约，即擢珽为中书侍郎。旋迁任散骑常侍，与和士开朋比为奸，尝私语士开道："如君子宠幸，古今无比，但宫车若一日宴驾，试问君如何克终？"（似为士开担忧，实是为己设法。）士开被他一说，惹得愁容满面，亟向珽商量计策，珽徐徐答道："何不入启主上，但言文襄、文宣、孝昭诸子，均不得嗣立为君，今宜令皇太子早践大位，先定君臣名分，自可无虞。此计若成，中宫少主，必皆感君，君可从此安枕了！"（恐也未必。）士开道："计非不善，惟主上年未逾壮，遽请他禅位太子，恐未必准议。"珽又道："君先婉白主上，再由珽上书详论，不患不从。"士开许诺。适值彗星出现，太史谓应除旧布新，珽即乘间上言，谓陛下虽为天子，未为极贵，宜传位东宫，上应天道，且援魏主弘禅位故事，作为引证。（魏主弘禅位见二十三回。）湛得书未决，再经和士开从旁怂恿，方才定议。遂于河清四年孟夏，使太宰段韶，奉皇帝玺绶，禅位太子纬。纬在晋阳宫即位，改元天统。册妃斛律氏为皇后，就是斛律光的次女。王公大臣，遂上湛尊号为太上皇帝，军国大事，仍然启闻。使黄门侍郎冯子琮、尚书左丞胡长粲，辅导少主，专掌敷奏。子琮系胡后妹夫，故得邀宠眷，祖珽拜秘书监，加开府义同三司，大蒙亲信，见重二宫。

看官听着！这齐主湛年方二十九岁，春秋虽盛，精力不佳，平居荒耽酒色，凡故宫嫔御，稍有姿色，多半被污，旦旦伐性，遂害得神志昏迷。此次禅位，也是乐得卸肩，再想高居深宫，享那一二十年的艳福。怎奈人有千算，天教一算，湛做了太上皇，反连年多病，就要长辞人世了。（和、祖二人之所以着急，想亦由此。）惟湛距死期，尚有三年，那陈主蒨却寿数将终，勉强延挨了一年，竟尔去世。

先是陈安成王顼，自周还陈，受官侍中，兼中书监，寻且都督扬、南徐、东扬、南豫、北江诸军事，威权日盛，势倾朝野。御史中丞徐陵，独上书纠劾，陈主蒨免顼侍中，惟仍领扬州刺史。会值天嘉六年冬季，天旱不雨，直至次年仲春，亢阳如故，陈主亦常患不适，乃改天嘉七年为天康元年，颁诏大赦，冀迓天府。到了孟夏，彼苍却已降甘霖，御体反更加委顿。安成王顼、尚书孔奂、仆射到仲举等，入侍医药，陈主已病不能兴，默念太子伯宗柔弱，未堪为嗣，乃顾语顼道："我欲遵周泰伯故事，汝意以为何如?"顼闻言惶遽，拜泣固辞。(何必做作?)陈主又语奂等道："今三方鼎峙，四海事重，应立长君，卿等可遵朕意。"奂流涕答道："皇太子圣德日跻，安成王足为周旦，若无故废立，臣不敢奉诏!"(无非一时献谀。)陈主叹道："卿可谓古之遗直了。"遂命奂为太子詹事，且进顼为司空尚书令。

未几陈主遂殂，遗诏令太子伯宗嗣位。总计陈主蒨在位七年，改元二次，享年四十有五，史家称他明察俭约，宵旰勤劳，往往刺取外事，即夕判决，每令鸡人伺漏，传递更签，令掷阶上有声，谓借此足唤起睡梦。但谋杀衡阳王昌，骤立次子伯茂始兴王，无非欲为子孙计。偏是私心益甚，后嗣益不能久长。看官试阅下文，便见分晓。

且说陈太子伯宗即位太极前殿，大赦天下，追谥皇考为文皇帝，庙号世祖。尊皇太后章氏为太皇太后，皇后沈氏为皇太后，立妃王氏为皇后，皇子至泽为太子。进皇叔安成王顼为司徒，录尚书事，兼督中外军务，其余文武百官，俱各进阶。越年改元光大，中书舍人刘师知，与仆射到仲举等，同受遗诏辅政，常在禁中参决庶事。安成王顼，位隆望重，入居尚书省，为师知等所忌，密与尚书左丞王暹等通谋，拟迁顼出外。东宫舍人殷不佞，素来浮躁，亦预闻师知密议，遂驰语顼道："有敕传出，谓四方无事，王可迁居东府，经理州务。"顼闻言将出，记室毛喜入白道："陈有天下，为日尚浅，国祸荐臻，中外危惧。太后深维至计，召王入省，共康庶绩。今日所言，必非太后本意，王可立即奏闻，毋使奸人得逞狡谋!"顼再商诸领军将军吴明彻，明彻亦赞同喜言，乃托疾不出，且伪召师知入商，留与长谈，暗中却遣毛喜入启太后。太后沈氏道："令嗣君幼弱，政事并委二郎，毫无他意。"喜又转白嗣主伯宗，伯宗亦说道："这是师知所为，朕未曾预闻。"喜亟出报顼。顼拘住师知，自入后廷谒见两宫，极陈师知奸诈，并自草诏敕，请嗣主盖印，持付廷尉。令将师知逮系狱中，当夜赐死。（是殷不佞害他。）降到仲举为光禄大夫。不佞素以孝闻，但令免官，王暹处斩，由是政无大小，悉归顼手。仲举被贬，心不自安，又与右卫将军韩子高图顼，事又被泄，仲举、子高，并下狱被诛。

湘州刺史华皎，与子高向来友善，闻子高被戮，很是不平，遂遣人西入长安，向周乞师，并自归后梁，遣子玄响为质。周太师宇文护，即遣湘州总管卫公直、（宇文泰第六子。）大将军田弘、权景宣、元定等，率兵助皎。后梁亦遣柱国王操等会师，长江上游，同时大震。陈遣吴明彻为湘州刺史，令率舟师三万，溯流先进；复命征南大将军淳于量，率舟师五万继应；再由冠武将军杨文通、巴山太守黄法慧，从陆路进兵，杨出茶陵，黄出醴陵，共击华皎。并饬江州刺史章昭达、郢州刺史程灵洗，亦联兵进讨。更简司空徐度，为车骑将军，总督步军趋湘州。华皎遣使诱章昭达，被昭达执送建康。又转诱程灵洗，灵洗将来使斩首。皎乃会同周军，水陆俱下，与陈将吴明彻等相持。

两下至沌口交锋，西军用舰载薪，因风纵火，不料风势一转，火转自焚，吴明彻等乘势猛击，西军多半沉溺，大败而逃。道过巴陵，见岸上已遍竖陈军旗号，不敢登岸，径奔江陵。周步军统将元定，因水师败溃，也即退还。到了巴陵，适被陈军截住。陈军统领，便是大将军徐度。度已袭破湘州，驻军巴陵，狭路相逢，怎肯放过元定。定自知不敌，向度乞路，度佯许结盟，俟定释械往就，顺手缚住。定愤恚不食，竟至饿毙。余众竟为徐度所俘。后梁将军李广，还未知情由，冒冒失失的趋至巴陵，也为度军所擒。那吴明彻复乘胜攻后梁，得拔河东。程灵洗又进袭沔州。周沔州刺史裴宽，极力抵御，苦守数旬，终被灵洗攻入，擒宽归报。后梁柱国王操，退归江陵，忙整顿败残人马，堵御陈军。吴明彻自河东进攻，数月不下，仍收军退归。是役陈军大捷，俘获万余人，马四千余匹，都送交建康。

安成王顼，自居功首，进位太傅，领司徒，加殊礼，履剑上殿，入朝不趋。（帝位已将到手了。）始兴王伯茂，恨顼专政，屡构蜚言。安成王顼，索性夺据帝座，胁迫太皇太后章氏御殿，召集百官，废陈主伯宗为临海王，黜始兴王伯茂为温麻侯。当下颁发命令，多半是悬空架诬。略云：

昔梁运衰落，海内沸腾，天下苍生，殆无遗噍。高祖武皇帝拨乱反正，膺图御箓，重悬三象，还补二仪，世祖文皇帝克嗣洪基，光宣宝业，惠养中国，绥宁外荒。伯宗昔在储宫，本无令闻，及居崇极，遂骋凶淫，居处谅阇，固不哀戚，婀嫱丱角，就馆相仍，且费引金帛，令充椒闱，内府中藏，军备国储，未盈期稔，皆已空竭。太傅项亲承顾托，镇守宫闱，遗诰绸缪，义笃垣屏，乃反遣刘师知、殷不佞等，显言排斥。韩子高小竖轻佻，推心委仗，阴谋祸乱，决起萧墙，元相不忍多诛，但除君侧，何意复密诏华皎，称兵上流，国祚忧惶，几移丑类。乃至要结远近，协乱巴湘，支党纵横，寇扰黟歙，岂止罪浮于昌邑，非惟声丑于太和。但贼竖皆亡，祆徒已散，日望悛改，尤加掩抑，而悖礼忘德，情性不悛，乐祸思乱，昏慝无已。祖宗基业，将惧覆陨，岂可复肃恭禋祀，临御兆民。式稽故实，宜在流放，今可转降为临海郡王，送还藩邸。太傅安成王固天生德，齐圣广深，二后钟心，三灵伫眷。自归国秉政以来，威惠相宜，刑礼兼设，指挥叱咤，湘郢廓清，辟地开疆，荆益风靡，若太戊之承殷历，中都之奉汉家，校以功名，曾何仿佛。况文皇知子之鉴，事过帝尧，传弟之怀，久符太伯，今可还申曩志，崇立贤君，方固宗祧，载贞辰象。中外宜依旧典，奉迎舆驾，入纂大统。始兴王伯茂，辜负严训，弥肆凶狡，嗣君丧道，职为乱阶，允宜罄彼司甸，刑斯剧人，姑念皇支，不忍稚刃，可特降为温麻侯，别遣就第。未亡人不幸，属此殷忧，不有崇替，将危杜稷，何以拜祠高寝，归祔武园？揽笔潸然，兼怀悲庆！

这令下后，陈主伯宗，立被徙居别第；始兴王伯茂，曾为中卫将军，居住禁中，此时也单车出宫，使往婚第寓居。婚第在六门外，是诸王冠婚礼庐，向来是四达康庄，烽烟不设，谁意伯茂出了内城，竟来了一班盗众，持着凶器，把伯茂殴倒车中。小子有诗叹道：

都下何由集匪人，皇支遭击骤伤身；

六朝天子多残悍，只顾尊荣不顾亲。

欲知伯茂性命如何，且待下回说明。

齐主湛在位五年，多失德事，独送归宇文护母姑，尚有以孝治人遗意。护不知感激，反与突厥连兵侵齐，背德不祥，其败也固宜。湛凯旋国都，遽信祖珽诡计，传位太子，上皇方壮，元子南面，果何为哉？陈主蒨杀衡阳王昌，独留安成王顼，意者以兄子难信，不若母弟之可亲欤？迨病至弥留，谬言禅位，兄以伪言餂弟，弟亦以伪态对兄，彼此相示以伪，卒至嗣子失国，悍叔登基，防人者终出于所防之外，作伪果何益乎？到仲举、韩子高等，为主而死，死尚足称；刘师知亲逼梁主，不忠不义，其死盖已晚矣。

第七十四回 昵奸人淫后杀贤王 信刁媪昏君戮胞弟

却说陈始兴王伯茂，被贬出内城，突遇盗众攒击，晕倒车中，立即殒命。门吏当然报闻，由朝中颁令索捕，过了数日，不得一盗，都下才晓得是陈顼所遣了。是时已是光大二年仲冬，距来春不过月余，内外百官，俱请顼登位。顼佯为谦让，故意迟延，到了次年元旦，始就太极前殿，御座受朝，改元太建，仍复太皇太后为皇太后，皇太后为文皇后。立妃柳氏为皇后，世子叔宝为太子，次子康乐侯叔陵为始兴王，奉昭烈王前谭遗祀，三子建安侯叔英为豫章王，四子丰城王叔坚为长沙王。所有内外文武百官，当然有一番封赏，不及细表。越年皇太后章氏去世，谥为宣太后。丧葬才毕，临海王伯宗，忽然暴亡，年仅十九，在位不满二年，史家号为陈废帝。看官，试想这暴亡的原因，自有形迹可寻，毋庸小子絮述了。（含蓄得妙。）废帝皇后王氏，已降为临海王妃，由陈主顼下诏抚慰，令故太子至泽袭封王爵，妥为奉养。至泽年仅四龄，晓得甚么孝事，不过一线未绝，还算是新主降恩，这且待后再表。

且说陈主顼窃位年间，便是齐王湛稔恶期限，恶贯满盈，当然告终。自湛为太上皇，所有执政诸臣，如赵彦深、元文遥、和士开等，揽权如故。河间王孝琬，见时政日非，每有怨语，且用草人书奸佞姓名，弯弓屡射。当由和士开等入白上皇，谓孝琬不法，妄用草人，比拟圣躬，昼夜射箭。湛正虑多病，听到此言，不觉怒起，又因当时有童谣云："河南种谷河北生，白杨树上金鸡鸣。"士开即指河南北为河间，金鸡鸣三字，隐寓金鸡大赦意义，谓谣言当出自孝琬，摇惑人心。湛即拟召讯，可巧孝琬得着佛牙，入夜有光，孝琬用槊悬幡，置佛牙前。（孝琬所为，亦多痴呆。）湛立派人搜检，得槊幡数百张，目为反具，因使武卫将军赫连辅玄，召入孝琬，用鞭乱挞，孝琬呼叔饶命，湛怒叱道："汝何人？敢呼我为叔？"孝琬道："臣神武皇帝嫡孙，文襄皇帝嫡子，魏孝静皇帝外甥，为甚么不得呼叔！"湛怒且益甚，竟用巨仗击孝琬足，扑喇一声，两胫俱断，孝琬晕死。湛命将尸骸拖出，藁葬西山。孝琬弟安德王延宗，（高澄第五子。）哭兄甚哀，泪眦尽赤，并为草人比湛，且鞭且问道："何故杀我兄？"（又是一个愚人。）不意复为湛所闻，令左右将延宗牵入，置地加鞭，至二百下，延宗僵卧无声，湛疑他已死，仍令舁出，延宗竟得复苏，湛亦不再问。

秘书监祖珽希望秉政，条陈赵彦深、元文遥、和士开等罪状，令好友黄门侍郎刘逖呈入。逖不敢转呈，赵彦深等已有所闻，先向上皇处自陈。湛命执珽穷诘，珽因和士开等朋党弄权，卖官鬻爵等事。（前日结士开，今日攻士开，小人情性，往往如此。）湛又动恼道："尔乃诽谤我！"珽答道："臣不敢诽谤，但惜陛下有一范增，不能信用。"湛瞋目道："尔自比范增，便目我为项羽么？"珽复道："羽一布衣，募众崛起，五年成霸业，陛下借父兄遗祚，才得至此，臣谓陛下尚不及项！"这数语益触湛怒，令左右把珽缚住，用土塞口，珽且吐且言。（也想卖直，实是狂奴。）湛命加鞭二百，发配甲坊。嗣复徙往光州，置地牢中，夜用芜菁子为烛，目为所熏，竟致失明。

左仆射徐之才善医，每当湛病，必召令诊治，随治随痊。和士开欲代之才位置，出之才为兖州刺史，湛果令士开为左仆射。不到一月，湛病复发，遣急足追征之才，之才未至，湛已频危。召士开嘱咐后事，握手与语道："幸勿负我！"（替汝至胡后寝处格外效劳何如？）言毕遂殂。越日之才乃至，士开伪言上皇病愈，遣还兖州。一连三日，秘不发丧。黄门侍郎冯子琮，为胡后妹夫，入问士开意见。士开道："神武、文襄丧事，皆秘不即发，今至尊年少，恐王公或有贰心，故必经大众议妥，然后发丧。"子琮道："大行皇帝，传位今上，朝贵一无改易，何有异心？时异势殊，怎得与前朝相比！且公不出宫门，已经数日，升遐事道路皆知，若迟久不发，朝野惊疑，那时始不免他变了。”（独不怕汝姨姊加嗔么？）士开乃下令发丧，追谥上皇为武成皇帝，庙号世祖。湛在位五年，为太上皇又四年，年只三十二岁。太上皇后胡氏，至是始尊为皇太后。胡氏与和士开相奸，已见前文，此次更毫无顾忌，好与士开日夕言欢，偏被冯子琮等识破，不得不举行丧葬，令士开出宫办事。

太尉赵郡王叡，与侍中元文遥等，又恐子琮倚太后援，干预朝政，因与士开会商，出子琮为郑州刺史。当时齐廷权贵，除和士开、赵彦深、元文遥外，尚有司空娄定远、开府三司唐邕、领军綦连猛、高阿那肱、度支尚书胡长粲，俱得柄政，齐人号为八贵。赵郡王叡、大司马冯翊王润，安德王廷宗，（润与廷宗，注皆见前。）与娄定远，元文遥等，并入白齐主纬，请出士开就外任。看官，试想士开系皇太后的私人，那肯听他外调，自取寂寞？齐主纬生性昏懦，当然拗不过太后，所以众论纷纷，始终不得邀准。会胡太后出御前殿，觞宴朝贵，赵郡王叡，挺身出奏道：“和士开为先帝弄臣，受纳贿赂，秽乱宫掖，臣等义难杜口，所以冒死直陈。”胡太后怫然道：“先帝在时，王等何不早言？今日欲欺我孤寡么？且饮酒，勿多言！”叡词色益厉，脱冠投地，拂衣而出。娄定远、元文遥等，亦皆离座自去。

翌日叡等复至云龙门，令文遥入劾士开，三入三返，终不见从。左丞相段韶，使胡长粲传太后谕旨道：“梓宫在殡，事太匆匆，欲王等三思后行！”叡等乃拜命散归。长粲复命，胡太后喜道：“成全妹母子家，实出兄力！”原来长粲为胡后兄，故如是云云。（何不谓成全假夫妻，实出兄力！）胡太后及齐主召问士开，士开道：“陛下甫经谅闇，大臣皆有觊觎；今若出臣，正是翦陛下羽翼。何不传语叡等，但说文遥与臣，并经先帝任用，可并出为州吏，待山陵事毕，然后遣行。”两宫皆以为然，如言颁敕，授士开为兖州刺史。文遥为西兖州刺史。待至奉葬已毕，叡等促士开就道，胡太后又欲留住士开，谓俟百日卒哭后，方令赴任。（总之不肯舍去。）叡不肯许，复入内苦争，胡太后令酌酒赐叡。叡正色道：“今论国家大事，何曾为酒一卮！”

言讫趋出，当下令娄定远等，监住宫门，不准士开复入。

士开窘极无聊，乃特采美女二人，珠帘一具，亲送定远。定远心喜，便问士开来意，士开道："在内久不自安，今得外调，实如本愿，但乞公等保护，长为大州，已感德不浅了！"定远信为真言，送出门外，士开复道："今当远出，愿入内辞觐二宫。"定远许诺，士开遂得入内，向二宫前跪陈道："先帝升遐，臣愧不能从死！窃看朝贵意旨，仍将行乾明故事，（乾明系废帝殷年号。）臣出后必有大变。臣受先帝厚恩，愧无面目相见地下！"说至此，伏地恸哭。胡太后与齐主纬，并皆泪下，（一是恐失所欢，一是恐不保位。）亟向士开问计。士开道："臣已得入，尚复何虑？但教数行诏书，便可了事。"胡太后忙令士开草诏，出定远为青州刺史，责赵郡王叡无人臣礼，即日颁发出去。赵郡王叡接得诏书，不由得愤闷万分，勉强过了一宵，翌晨即冠带入谏。妻子等统皆劝阻，叡勃然道："社稷事重，我宁死事先皇，不忍见朝廷颠沛呢！"遂拂袖径行。既入朝门，又有人与语道："殿下不宜入官，恐将及祸！"叡又道："我上不负天，死亦无恨！"遂入谏胡太后，坚守前议。太后默然不答，返身入内。叡惘惘出宫，行至永巷，突被卫兵拘住，牵至华林园，被武士拉死，年才三十六。大雾三日，中外称冤。（愚直之咎。）

和士开仍复原任，依然出入宫禁，好与胡太后长叙幽欢。娄定远见风使帆，还归士开原赂，且加送珍玩，巴结士开。士开方不念旧恶，彼此相安。领军高阿那肱，素与士开友善，又尝入侍东宫，希旨承颜，是他能手。齐主纬格外加宠，特擢为尚书令，封淮阴王，另进前东宫侍卫韩长鸾为领军。又有宫婢陆令萱，前坐本夫骆超谋叛罪名，没入掖庭，巧黠善媚，得胡后欢。（想是做和士开的牵头。）纬幼冲时，常使令萱保抱，呼为乾阿妳，渐渐的倚势弄权，独擅威福。至纬以禅，竟封令萱为郡君，令萱子名提婆，随母入宫，与纬朝夕戏狎，亦得拜官受禄。母子蟠踞宫禁，势焰无比。和士开、高阿那肱，俱老着脸皮，愿为陆令萱义儿。纬后斛律氏，有从婢穆黄花，生得轻盈妖艳，荡逸飘扬，纬爱她秀冶，时令入侍。穆黄花知情识意，乐得移篙近舵，卖弄风骚。纬被她勾引，那里按捺得住，便把她引入床帏，颠鸾倒凤，备极绸缪。自经过这一番云雨，益邀宠眷，特赐她一个佳名，叫作舍利。（想是视做佛上圆光。）此后便收为嫔御，擅宠专房。陆令萱欲借为奥援，很与相昵，穆氏亦呼她为养母。（也是惺惺惜惺惺。）你称我赞，争向齐主前说项，齐主纬竟封令萱为女侍中，穆舍利为弘德夫人，令萱子提婆，与穆舍利称兄道妹，就乘此冒姓为穆，穆夫人又替他揄扬，得为开府仪同三司。还有陆令萱弟悉达，也得夤缘进身，一岁三迁，居然与提婆同官，位至开府。

前秘书监珽，已蒙齐主纬赦出地牢，得为海州刺史，至是复思干进，因贻书悉达道："赵彦深心腹阴深，早欲行伊霍故事，仪同姊弟，岂得平安？何不早用智士，为自全计！"悉达转语令萱，令萱复转告和士开。士开因珽有胆略，亦欲引为谋主，乃蠲弃前嫌，借德报怨，特与令萱同白齐主道："襄宣昭三帝，皆不能传子，今至尊独在帝位，统是祖珽一人的功劳。珽德行虽薄，谋略有余，缓急可使，且双目已被熏盲，必无反心！"齐主纬正怀念祖珽，听了此言，急颁赦敕召入，许复原官。

陇东王胡长仁，系胡太后兄，不悦士开，士开即暗中进谗，出长仁为齐州刺史。长仁怨愤，谋遣刺客杀士开。偏为士开所知，向珽计议，珽引汉文帝杀薄昭事，作为援证。当由士开转白太后，一道诏令，竟将长仁赐死州廨。（宁可杀亲兄，不可死情郎。）且进士开录尚书事，改封淮阳王。命兰陵王长恭为太尉，琅琊王俨为太保，赵彦深为司空，徐之才为尚书令，唐邕为左仆射，冯子琮为右仆射。子琮素依附士开，既得重任，不由的自大起来，一切录用，不向士开预商。士开未免介意，只因子琮为太后亲属，一时不便摔去。独琅琊王俨，系齐王纬胞弟，素得父母爱宠。高湛在日，尝欲废纬立俨，事不果行。俨见和士开、穆提婆二人大修宅第，颇为不平，尝语二人道："君等营宅，早晚可成，何为迟延若此？"二人知他语带讥讽，阴怀猜忌，并互相告语道："琅琊王眼光奕奕，数步射人，前时偶与相对，不觉汗出，天子门奏事，尚不至此，此人若常握大权，我两人死无葬地了！”遂朝夕入谮，出俨居北宫，免太保官，只留中丞一职，限令五日一朝。

当时寡廉鲜耻的朝士，见士开扳倒亲王，愈加谄附，多拜士开为假父。士开偶患伤寒，医云须服黄龙汤。看官道黄龙汤为何物？乃是多年的粪汁。士开不愿进饮，很有难色。适有一假子省疾，见了此汤，便请先尝，一喝即尽。（此等人只配吃粪屎。）士开甚喜，也把粪汁取饮少许，果然渐痊。独治书侍御史王子宜，与琅琊王友善，探得士开等密谋，更欲徙俨出外，乃入北宫语俨道：“殿下被疏，统由士开谗间。近闻士开又欲移徙殿下，殿下何可轻出北宫，与百姓为伍呢？”俨左右开府高舍洛、中常侍刘辟疆，亦劝俨早自为计，毋为人制。俨乃密召冯子琮入商，屏人与语道：“士开罪重，儿欲杀死此贼。”子琮已与士开有嫌，当即赞成，许为援助。俨即令子宜奏弹士开，请收禁推讯。子琮收入奏牍，并搀杂另外文书，进呈御览。齐王纬略略省视，即觉厌烦，便语子琮道：“可行便行，朕不耐阅此。”子琮巴不得有此语，便令领军库狄伏连，收系士开。伏连请再复奏，子琮道：“琅琊王入奏邀准，何须再奏！”伏连乃夜遣甲士五十人，伏住神兽门外，待士开凌晨入朝，把他拘住，送交廷尉，一面报知北宫。俨大喜过望，即遣心腹将冯永洛，往斩士开。

士开伏诛，俨党尚不肯罢手，索性欲拥俨废主，逼俨率军士三千人，屯千秋门。齐王纬始闻急变，忙命刘桃枝奉敕召俨，俨答说道：“士开谋反，臣所以矫诏除奸；尊兄若欲杀臣，不敢逃罪；如蒙赦宥，请令姊姊来迎！”姊姊指陆令萱，（齐俗呼母为姊姊，见前注。）俨欲诱杀令萱，故有此语。桃枝返报，令萱适侍主侧，料知俨意不佳，且惧且泣。齐王纬再使韩长鸾召俨，许令免死。俨欲应命，刘辟疆牵衣谏阻道：“若不杀穆提婆母子，殿下万不可进去！”俨乃拒绝长鸾。

纬得长鸾回报，不禁惶急，便入启胡太后。太后闻士开被杀，已是悲痛交并，又见纬前来泣诉，益觉愤不可耐，便道：“逆子可恨，尔可速召斛律光，使执逆子入宫！”纬乃趋出，亟召斛律光入议。光闻俨杀死士开，抚掌大笑道："龙子所为，原是不凡！"遂入见齐主。齐主正召集卫士四百人，发给甲械，将要出战，光面启道："小儿辈弄兵，一与交手，反致激乱。鄙谚有言：奴见大家（臣妾呼天子为大家。）心死，至尊宜自至千秋门，琅琊王必不敢动。"说着，即导纬前行，至千秋门外，由光朗声呼道："大家来！"俨党素惮光威，相率骇散。齐主纬立马桥上，遥呼俨名，俨尚趑趄不进。光抢步上前，握住俨手，且笑且语道："天子弟杀一汉奴，何必慌张！"遂牵俨至齐主前，并为代请道："琅琊王尚在少年，脑满肠肥，举动轻率，将来年纪长成，自知改过，愿曲为恕罪！"（煞费调停。）齐主乃拔俨佩刀，但用刀环击俨首数下，便即释去，收捕库狄伏连、王子宜、高舍洛、刘辟疆、冯永洛等，缚住后园，由纬亲自射死，然后枭首，把尸支解，暴示都市。胡太后召俨入宫，面加叱责，俨泣答道："是子琮教儿。"太后留俨在宫，使人绞杀子琮。（独不顾亲妹么！）齐王欲尽杀俨府官吏，斛律光、赵彦深，力为劝阻，方论罪有差。

既而祖珽与陆令萱连谋，出赵彦深为兖州刺史，因即设法图俨。令萱密白齐主道："琅琊王聪明雄勇，当今无比。看他相表，必不肯为人下，不若早除为妙！"纬尚未决，召珽入问。珽又引出两条故事，一是周公诛管蔡，一是季友鸩庆父。（专用故事杀人，所谓才足济奸。）纬乃决意诛俨，使右卫大将军赵元侃，诱俨出诛。元侃顿首道："臣尝服事先帝，见先帝很爱琅琊王，今宁就死，不敢闻命。"纬变色道："汝不愿行此事，可出去罢！"元侃拜谢而出，即有诏敕随下，出元侃为豫州刺史。

纬自入启太后道："明旦欲与仁威出猎。"仁威系俨表字。太后许诺，但令纬早去早回。夜才四鼓，纬即使人召俨，俨颇动疑。陆令萱驰入道："尊兄唤儿，奈何不往！"俨乃趋出。甫至永巷，突遇刘桃枝把俨缚住，俨大呼道："乞见姑姑、尊兄。"（姑姑指胡太后，注见前。）桃枝用袖塞俨口，反袍蒙头，负至大明宫，用力勒死，年仅十四。用席包尸，埋葬室内，然后复命。纬使人禀白太后，太后临哭十余声，便被左右拥入宫中。这是齐武平二年间事。（齐尝改天统六年为武平元年。）越年三月，始加棺殓，出葬邺西，追赠俨为楚帝，谥曰恭哀。俨妃李氏，遗腹生男，亦被幽死。惟号李氏为楚后，使入居宣则宫，籍慰太后悲怀。其实胡太后也颇恨俨，（害死情郎应该加恨。）后因另结情人，把和士开撇过一边，始复忆及亲子。但死人不可重生，不得已勉抑悲哀，别图欢乐，又做出许多丑事来了。小子有诗叹道：

宫闱干政尚遗讥，况复淫昏不识非，

才信古人严礼教，要端阃范在防微。

欲知胡太后后来情事，试看下回便知。

赵郡王叡，与琅琊王俨，俱为和士开一人而死，叡之死，比俨更冤。俨得杀士开，尚足泄一时之愤，而叡第知强谏，竟死牝后淫人之手，设九泉之下，叔侄重逢（叡为俨从叔），叡毋乃自哭弗如乎！然叡与俨之所为，俱以怂率致亡。叡误于太愚，俨误于太莽，不能顾全大局，徒与一幸臣拼命，击之不中，徒自伤躯，击之幸中，亦不过除得一奸，盈廷皆妇女小人，徒除一蠹，果有何益？且屯兵逼主，尤属非是，卒之亦自杀身而已。读此回，不禁为叡悲，尤不禁为俨惜矣。

第七十五回　斛律光遭谗受害　宇文护稔恶伏诛

却说胡太后失去和士开，又害得寂寞无聊，她是个淫妇班头，怎肯从此歇手，遂借拜佛为名，屡向寺院中拈香。适有一个淫僧昙献，身材壮伟，状貌魁梧，为胡太后所中意。昙献亦殷勤献媚，引入禅房，男贪女爱，居然谐成了欢喜缘。胡太后托词斋僧，取得国库中金银，贮积昙献席下，复将高湛生平所御的宝装胡床，亦搬入寺中，与昙献共同寝坐。嗣又因内外相隔，终嫌未便，索性召入内庭，使他唪诵经咒，超荐亡灵，朝朝设法，夜夜交欢，正所谓其乐融融了。昙献又召集许多徒众，会诵一堂。胡太后赐号昭玄统僧，僧徒却欢呼昙献为太上皇。（宜呼为太上僧。）就中又有两个少年僧侣，面目秀嫩，好似女子一般。胡太后复不肯放过，陆续召幸，旦夕不离。但恐为皇儿所知，索性叫他乔扮女尼，搽脂涂粉，希图掩饰。齐主纬有时入省，起初尚未曾留意。后来二僧妆点愈工，姿态愈妍，惹得齐主亦觉动目，遂想出一法，给二僧至别室，迫令侍寝。二僧抵死不从，纬召婢媪等强褫僧衣，欲与行淫。那知二僧的下体，与纬相同，纬且惊且怒，才知母后有苟且行为。当下亲加讯鞫，二僧无从抵赖，只好实供，并及昙献肆淫事。纬即收诛昙献，并命二僧一体伏法。（何不留娈童！）又遣宦官邓长颙，率领众阉，徙胡太后至北宫，把她幽禁起来。

陆令萱趁这机会，竟想代做太后，密与祖珽熟商，珽又引出一条故典，说是魏太武帝焘，曾尊保母窦氏为保太后，借古证今，无不可行。（亏他想出。）且出语朝士道："陆虽妇人，实是豪杰，女娲以来，得未曾有哩。"令萱亦称珽为国师，珽得进任左仆射。惟陆为太后，始终无人赞成，因此令萱枉费一番心思，徒乐得画饼充饥，倒反作成了一个祖珽。

珽势力日盛，朝野侧目，独太傅咸阳王斛律光，素来嫉珽，每见珽在朝右，辄遥骂道："阴毒小人，今日又不知作何计！"复召语诸将道："边境消息，兵马处分，从前赵令恒（彦深字令恒）在朝，尝与我辈参议，今盲人入掌机密，并未会商，国家事恐终为所误哩！"诸将相率叹息。珽知光恨己，贿光从奴，密问光有无讥评，从奴答道："相王每夜抱膝闷坐，尝自叹道：'盲人入朝，国必危亡。'"珽闻得此语，当然挟嫌。开府穆提婆，求娶光庶妇为妇，光又不许。齐王拟拨晋阳田，赏给提婆，光复入谏道："此田自神武以来，累年种禾饲马，为御寇计，若赐给提婆，岂非与军务有碍么？"齐主乃止。提婆从此怨光，遂与祖珽日伺光隙。

光为斛律后父，累世勋贵，一门衣锦。弟羡为幽州刺史行台尚书令，雅善治兵，士马精强，斥堠严整，突厥尝加畏惮，称为南可汗。长子武都，为开府仪同三司，领梁、兖二州刺史，尚高洋女义宁公主。光父金在日，尝语光道："我虽不读书，闻古来外戚，如汉朝梁冀等，无不倾灭。女若得宠，诸贵人必多妒忌，女若无宠，天子又多生憎。我家以忠勤致贵，断不可借女生骄，我本不欲尔女入宫，无如累辞不获，深以为忧！"（炎炎者灭，隆隆者绝，斛律金颇知此义，可惜后来复蹈此辙。）及金年老去世，光颇遵父训，持身节俭，事主忠诚，不好声色，不贪权势，杜绝馈遗，罕见宾客。每当朝廷会议，常独后言，言必合理；或有疏奏，使人执笔起草，自己口授，概从朴实。行军仿乃父遗法，营舍未定，终不入幕。在营不脱甲胄，临阵时辄身先士卒。士卒有罪，惟用杖挞背，未尝滥杀，众皆乐为效力。自洛阳鏖兵后，（见七十三回。）受官右丞相，领并州刺史，屡与段韶出兵攻周。周勋州刺史韦孝宽，也是一员良将，与光交战汾北，竟至败北。光得拓地五百里，就西境筑十三城，立马举鞭，指画基址，数日告成。段韶亦得拔周定阳，擒归汾州刺史杨敷。敷至邺都，不屈被杀。齐主纬已宠任群小，不愿用兵，召还光、韶两军。韶未及还邺，病殁军中。韶为神武皇后娄氏甥，（即段荣子。）将略与光相亚，然性颇好色，尝纳魏黄门侍郎元瑀妻皇甫氏为妾，宠过正嫡，时论因劣韶优光。（韶亦北齐名将，故随笔带叙生卒。）余如先朝勋戚，百战功臣，均依次谢世。独光尚岿然独存，为齐柱石。周人不敢越境生事，亦未尝自夸功绩。

惟周勋州刺史韦孝宽，被光杀败，尝欲报恨，特构造谣言，使间谍传入邺中，有“百升飞上天，明月照长安”二语，又云“高山不推自崩，槲木不扶自举”。祖珽知言中寓意，索性又续下二句道：“盲老公背受大斧，饶舌老母不得语。”因暗令小儿遍歌市中。穆提婆听着，入白令萱。令萱未尽得解，因召珽入询语意。珽故意想了一会，乃笑说道：“得着了！得着了！百升是一‘斛’字，明月是斛律丞相表字，盲老公是指珽，饶舌老母是指尊颜，余言可不烦索解了。”令萱惶急道：“如此说来，非但危及尔我，并且危及国家，怎可不即日启闻！”遂并将谣言入启齐主，且为齐主解释意义。齐主迟疑道：“莫非斛律丞相，尚有异图么？”珽即接入道：“斛律氏累世掌兵，明月声震关西，富乐（羡字丰乐。）威行突厥，女为皇后，男尚公主，今有些谣言，正足令人生畏呢！”齐主不答，俟珽等趋出，召问领军韩长鸾，长鸾却谓斛律光必无贰心，乃搁置不提。珽见宫廷中毫无举动，因复入见齐主，称有密启，齐主屏去左右，惟留幸臣何洪珍在侧。珽尚未及言，齐王纬即与语道：“前得卿启，便欲施行，韩长鸾谓必无此理，所以中止。”何洪珍不待珽言，抢先进词道：“若本无此意，可作罢论；既有此意，尚未决行，倘事机泄露，反为不妙！”珽亦加说数语，请齐主从洪珍言。齐主纬乃点首道：“洪珍言是，我知道了！”珽才趋出。

纬本怯弱，终未能决。会又接丞相府佐封士让密启，略言斛律光奉召西归，即欲引兵逼主，事不果行。今闻该家私蓄弩甲，及奴僮千数，且常遣使至丰乐武都处，阴谋往来，若不早图，变且不测云云。（这也是由祖珽唆使出来。）纬览此密启，因语何洪珍道：“人心原是灵敏，我常疑光欲反，不意果然！”（实是呆鸟，还自夸灵敏么？）说着，即命洪珍转告祖珽，并向珽问计。珽说道："这有何难！可由皇上赐一骏马，但说明日当游幸东山，王可乘此马同行。那时光必入谢，只须二三壮士，便可捕诛此獠。"洪珍即还报齐主，齐主纬依议施行。果然光中珽计，单骑入谢，行至凉风堂，下马步趋，蓦见有人从后猛扑，几至被扑。幸亏脚力尚健，兀自站住，回顾身后，但见刘桃枝怒目立着，因呵叱道："桃枝你如何惯作此事？我实不负国家！"桃枝不答，复麾集力士三人，把光扑倒，用弓弦罥住光颈，将光扼死，颈血溅地，历久犹存。（可称为碧血千秋。）

于是由齐主下诏，诬光谋反，遣宿卫兵至光第，拘执光子世雄、恒伽，勒令自尽。惟少子钟年仅数龄，幸得免死。祖珽使郎官邢祖信籍没光家。祖信报珽，得弓十五，宴射箭百，刀七，赐槊二。珽厉声问道："此外尚有何物？"祖信亦抗声道："得枣杖二十束，闻拟处置家奴，凡奴仆犯私斗罪，杖一百。"珽不觉增惭，柔声与语道："朝廷已加重刑，郎中何必代雪呢！"祖信怆然道："祖信为国家惜良相！"说毕趋退。旁人咎他过直，祖信道："贤宰相尚死，我何惜余生呢！"（此人亦不可多得，故特叙入。）

齐主又遣使至梁州，杀光长子斛律武都，再命中领军贺拔伏恩，乘驿捕斛律羡。伏恩至幽州，尚未入城，门吏驰入报羡道："来使裹甲，马身有汗，恐不利将军，宜闭门不纳！"羡叱道："敕使岂可疑拒？"遂出迎伏恩。伏恩宣诏毕，即把羡拿下，就地取决。羡临刑自叹道："富贵至此，女为皇后，公主满家，天道恶盈，怎得不败！"遂从容受刑，五子皆死。伏恩等还都复命，除陆令萱母子，及祖珽奸党外，无不称冤。独周将军韦孝宽得信大喜，自幸秘计告成，急报知周主邕。周主了喜出望外，下诏大赦，举朝庆贺，互相告慰道："斛律受诛，齐虏在我目中了！"（为周灭齐张本。）

齐王纬后斛律氏，貌本平庸，未得主宠，至是亦连坐被废，迁居别宫。胡太后自愧失德，求悦齐主，特召入兄女，炫服盛装，与齐主相见。齐主是登徒子一流人物，见有姿色女郎，差不多肢体俱酥。当下问明姓氏，乃是前陇东王胡长仁女。父已受诛，女尚未字，乐得把她留住，做一对中表鸳鸯。胡女已受太后密嘱，曲意承欢，齐主纬越加怜爱，当即册为昭仪。就中一个情敌，就是弘德夫人穆舍利。穆舍利已生一男，取名为恒，齐主未有储嗣，特命斛律后抚养。才阅半年，即立为皇太子。此次斛律后废黜，穆夫人应该补升，偏被胡昭仪夹入，转令穆氏多一对头。胡太后复立侄女为后，料知穆氏义母陆令萱，必帮助穆氏，出来反对，不得已卑辞厚礼，结好令萱，约为姊妹。令萱至此，反觉左右为难，只因胡昭仪宠幸方隆，更由胡太后从中嘱托，乃与祖珽入白齐主，立胡昭仪为皇后。胡后深感姑恩，便提起母子大义，责备齐主，枕席私言，容易动听；况齐主纬已忘前嫌，所有北宫稽查，早命撤销，此次闻胡后语，便将太后迎还奉养。母子姑侄，团阕欢聚，自在意中。（胡太后计非不佳，但可暂不可久，奈何?）

独这阴柔狡黠的穆夫人，平白地将后位让人，如何忍受得住，当下埋怨陆令萱，说她无母女情。令萱也觉自悔，便慰穆氏道："汝休性急，不出半年，管教汝正位中宫！"穆氏泣道："我非三岁婴孩，何必哄我！"令萱对她设誓，决计替她转圜，穆氏尚似信非信。果然过了月余，齐主纬屡至穆氏寝室，申叙旧欢。穆氏半喜半嗔，佯劝纬往就中宫，纬作色道："皇后不知惹着何病，非痴非癫，想是有些失心疯了，朕不愿见她！"穆氏亦暗暗疑讶，默料必令萱所为，但亦未识她用着何术。只因齐主已经转意，自然提起精神，笼络齐主。陆令萱又乘间启奏道："天下有男为太子，母为奴婢么?"齐主默然，令萱乃出。

已而齐主复选得二女，一姓李，一姓裴，皆是美色，号李氏为左娥英，裴氏为右娥英。这取名的原因，是本舜妃娥皇女英，并合为一。令萱不禁替穆氏着急，便为穆氏设法，别造宝帐，及枕席器玩等具，俱为世所罕见，令穆氏穿着后服，满身珠翠，装束如天仙相似，静坐帐中。令萱即往白齐主道："有一圣女出世，大家何不往看！"齐主便即随行，由令萱引至穆氏坐处，揭开宝帐，即有一种兰麝奇香，沁人心脾。约略一瞧，果见一丽姝端坐，仿佛似巫山神女、姑射仙人。齐主不觉喝采，及丽姝起身出迎，仔细端详，才认识是穆夫人。齐主笑指令萱道："陆大姬真会弄乖！"令萱亦笑答道："似此丽质，尚不配做皇后，试问陛下将择何人？"（好似玩弄小儿。）齐主道："天子只有一后。"令萱便接口道："舜纳尧二女为妃，便是二后。舜为圣主，难道不可效法么？"（对症用方）齐主大喜，是夕即与穆氏并宿宝帐中，竭尽欢娱。次日立即立穆氏为右皇后，号胡氏为左皇后。

穆氏意尚未足，再托令萱设策，除去胡氏。令萱许诺，屡次入见胡太后。一日至太后前，佯作嗔语道："何物亲侄女，作如此语！"太后惊闻何事？令萱又摇首不答。经太后一再固问，方低声说道："胡后语大家云：太后行多非法，不足为训。"这语说出，激动太后怒意，立召胡后来前，命左右剪去后发，遣回家中。（落入圈套，还不自知，徒断送了一个侄女。）穆氏随得独为皇后。令萱向她道贺，穆氏亦敛衽拜谢，惟问及胡后致病事，令萱但微笑不言。看官道是何故？无非由令萱使人厌蛊，陷害胡氏罢了。嗣是穆提婆、高阿那肱、韩长鸾，共处钧轴，号为三贵。祖珽得总知骑兵、外兵事。宵小横行，内外蒙蔽，要把这高氏宗社，轻轻断送了。小子姑从慢表，且述周事。

自周主邕，与突厥连和，两次侵齐，俱遭败挫。（见七十二、七十三回。）太师宇文护由弘农退还，与诸将入朝请罪，周主邕一体赦免。越年春季，周改保定六年为天和元年，屡遣使至突厥迎婚。突厥木杆可汗，因齐人强盛，向齐通使，又欲与齐连姻，不愿送女适周。周使臣陈公宇文纯（宇文泰第九子）、许公宇文贵、神武公窦毅、南阳公杨荐等，俱被留住，好几年不得归国。宇文纯等再四请求，终不见允。会突厥遇大风雨，兼大雷震，旬日不止，番帐汗庭，均被漂坏。木杆恐是天谴，不合向南悔婚，乃将爱女阿史那氏，遣嫁周主，与宇文纯等偕至长安。周主邕行迎礼，出郊迎女，入宫备册，立阿史那氏为皇后。后虽出番族，貌颇端妍，邕尝优礼相待，两无间言。会宇文护母阎氏病殁，赙恤甚优。护丁艰避位，不到数月，即令起复，入朝视事。至天和五年，且由周主邕下敕，加护殊礼。诏书有云：

盖闻光宅曲阜，鲁用郊天之乐。地处参墟，晋有大搜之礼。所以言时计功，昭德纪行，使持节太师都督中外诸军事柱国大将军大冢宰晋国公，体道居贞，含和诞德，地居戚右，才表栋隆，国步艰难，寄深夷险，皇纲缔构，事均休戚。今文轨尚隔，方隅犹阻，典策未备，声名多阙，宜赐轩悬之乐，六佾之舞，崇奖功德，公其勿辞！

这诏书上面，连护名俱未称及，正是宠荣异数，自古罕闻。护性颇宽和，实昧大体，自恃功高，久揽政柄，所居私第，常屯兵护卫，威逾宫阙。诸子僚属，皆倚势作奸，蠹国殃民。护亦全不过问，任彼所为。周主邕深自晦匿，不加干预，一班王公大臣，也猜不透周主意旨，大都旅进旅退，虚与周旋。至天和七年三月朔，日食几尽，护乃召问稍伯大夫庾季才道："近日天象如何?"（大约想篡位了。）季才答道："蒙恩深厚，敢不尽言，近日天象告变，公宜归政天子，请老私门，庶几名同旦奭，寿享期颐，子子孙孙，常作屏藩，否则非季才所敢知了!"（护若肯从此言，何至遽死?）护沉吟多时，方微吁道："我亦作此想，但恐不得辞，所以蹉跎至今。公既为王官，可入依朝列，无须另参寡人!"季才知护介意，惟惟而去。嗣复陈书谏护，语极恳挚，护怎肯依议，反与季才有嫌。那知宫中已密为安排，要将他一刀两段，送入冥途。

先是卫公宇文直，与护相亲，自沌口一败，直坐免官，遂至怨护。（沌口战事，见七十三回。）尝密白周主道："护若不诛，必为后患。"周主邕乃屡与计议。又有右宫伯中大夫宇文神举，（宇文泰族子。）内史下大夫王轨，右侍上士宇文孝伯，（宅文深子。）也与周主同谋，议定一策，对付权臣。（三个缝皮匠，比个诸葛亮。）适护出巡同州，还都复命，周主邕御文安殿，面加慰劳。护请入省叱奴太后，周主邕怅然道："太后春秋已高，颇好饮酒，一或过醉，喜怒乖方，近虽犯颜屡谏，未蒙垂纳，兄今入省，愿更为启请。"说至此，即从怀中取出酒诰，交与护手道："烦取此入谏太后!"护当然接受，与周主邕一同进去。既见叱奴太后，问过了安，太后命护旁坐。护因周主邕嘱托，尚立读酒诰。周主阴执玉珽走至护后，猛力击护，护猝致倒地。周主令宦官何泉，用御刀斫下，泉不觉手颤，斫护未伤。卫公直已伏匿户侧，一跃而入，手起剑落，把护劈成两段。（该死久矣。）太后惊起，由周主邕婉言陈诉，谓护谋害两宫，所以诱诛。太后自然无言。邕即召入宫伯长孙览，收捕护子谭公会、莒公至、崇业公静、正平公乾嘉，及乾基、乾光、乾蔚、乾祖、乾威等，悉数伏诛，又杀柱国侯龙恩，大将军侯万寿、刘勇，中外府司录尹公正、袁杰，膳部下大夫李安。

时雍州牧齐公宪，为护亲任，赏罚黜徙，多所参预。至是由周主召入，勉励数语。宪免冠拜谢，乃使诣护第收兵符及诸文籍。卫公直素来忌宪，劝周主并宪加诛，周主不许。及宪入复命，闻李安亦在诛例，便面启道："安出自皂隶，惟主庖厨，向未预闻朝政，何足加戮！"周主正色道："世宗暴崩，实安所为，弟难道全未闻知么？"宪惶恐趋出。护世子训为蒲州刺史，即夕遣越公宇文盛，乘驿召还，至同州赐死。次子昌城公深，出使突厥，亦命开府宇文德赍去玺书，诛死道中。当下颁诏罪护，除首从已正典刑外，余皆肆赦。复改天和七年为建德元年。小子有诗斥护道：

怙权肆逆久稽诛，一死犹嫌未蔽辜；
玉珽扑身奸贼倒，九京才得慰宁都！（宁都见前文。）

护既就诛，周主亲政，当然有一番封赏。欲知何人代护，下回再当续详。

本回叙述，足为斛律光、宇文护两人合传。斛律光为高氏懿亲，效忠王室，足慑强邻。光不死则齐不亡，乃为宵小所排，卒遭惨死，齐之不永也宜哉！但功高震主，罕得保全，斛律金平生寄慨，斛律羡临死兴嗟，满招损，盈必覆，富贵其可常保乎！备录之以风后世，为斛律光惜，固不仅为斛律光惜也。彼宇文护历弑二主，罪恶昭彰，直至周主邕嗣位十三年，始得诱诛，死已晚矣。庾季才劝护归政，护若听季才言，尚可不死，但极恶如护，若得不死，宁有天道！诛之正以见周主之能，且可见元恶大憝，鲜有不杀身亡家者也。本回前后连叙，善恶相对，隐寓微义。而齐宫琐事，即由斛律后被废而致。斛律光死而齐即衰，宇文护死而周转盛，贤奸之关系盛衰也，固如是夫！

第七十六回　选将才独任吴明彻　含妒意特进冯小怜

却说周主邕亲政以后，进太傅尉迟迥为太师，柱国窦炽为太傅，大司空李穆为太保，齐公宪为大冢宰，卫公直为大司徒，赵公招（宇文泰第七子）为大司空，柱国辛威为大司寇，绥德公陆通为大司马。外如宇文神举、宇文孝伯及王轨等，亦皆进秩有差。又因庾季才一再谏护，特赐粟帛，升授太中大夫。当时老成宿将，如燕公于谨、郑公达奚武、隋公杨忠等，并皆去世。忠子名坚，曾为小宫伯，宇文护见坚非常相，屡欲引为腹心。忠密嘱道："两姑之间难为妇，汝宁勿往！"坚谨遵父训，故护伏法受诛，坚得不坐。忠于天和三年逝世，坚袭爵为隋公，后来便是篡周的隋文帝。（特笔提出。）

卫公直以勋旧沦亡，自己为诛护首功，益怀奢望，偏是三公名位，已被别人攫去，大冢宰又授齐公宪，大司马更授陆通，政权兵权，一些儿没有到手，心常快快。齐公宪曾任大司马，至是进官大冢宰，名为超擢，实夺兵权。开府裴文举，为宪侍读，周主邕尝召入与语道："昔魏末不纲，太祖辅政，及周室受命，晋公护乃起执大权，积久成常，便以为法应如是。试思从古到今，有三十岁的天子，尚须懿亲摄政么？《诗经》有言：夙夜匪懈，以事一人。一人就指天子。卿虽陪侍齐公，不得徒徇小忠，只知为齐公效死。且太祖以后，尚有十儿，难道可都登帝位么？卿须规以正道，劝以义方，辑睦我君臣，协和我兄弟，勿令自致嫌疑，再蹈晋公覆辙哩！"（周主邕亦煞费苦心。）文举拜谢而出，便即告宪。宪指心抚几道："这是我的本心，公岂不知！但当尽忠竭节，何必多疑！"卫公直与宪有隙，宪因此格外容忍，且因直系周主母弟，每加友敬。直无从寻隙，暂得相安。

周主邕追尊略阳公觉为孝闵皇帝，立皇子鲁公赟为太子。赟系后宫李氏所出，从前于淮平江陵，掳取李氏入关，周太祖泰，因李氏容貌端好，特赐与邕，乃遂生赟。赟性嗜酒色，周主邕因他居长，所以立为储贰。平时约束甚严，尝命东宫官属，录赟言语动作，每月奏闻，赟尚有所惮，不敢妄动。但江山可改，本性难移，父在时勉循礼法，父殁后谁作箴规？周主邕择嗣不慎，铸成大错，终不免贻误宗社了。（都为后文写照。）这且待后再表。

且说陈主顼即位后，转眼间已两三年。（应七十四回。）这两三年内，还算没有大事，只广州刺史欧阳纥，于太建元年冬造反，逾年即得荡平。欧阳纥是欧阳頠子，与頠同定广州，（欧阳頠事见前文。）因得袭职。自华皎叛命奔周，（见七十三回。）陈主顼不免疑纥，征为左卫将军。纥不禁惶惧，竟举兵造反，出攻衡州。陈廷遣使谕旨，怵以周迪、陈宝应故事，（见七十二回。）纥仍不服，乃续命车骑将军章昭达率师往讨。昭达未至，纥却诱引阳春太守冯仆，至南海同抗陈军。仆系故高凉太守冯宝子，（见前文。）宝殁时仆才九岁，赖宝妻冼氏怀集部落，安境息民，数州宴然。（冼氏亦见前。）陈调仆为阳春守，至是仆赴南海，遣人告母。冼夫人怅然道："我两世忠贞，不意出此不肖儿，今怎可惜子负国呢！"（深明大义。）遂发兵拒境，率诸酋长迎章昭达。昭达至始兴，纥出屯洭口，立栅堵御。昭达督兵进攻，立破水栅。纥出战败绩，返奔里许，被昭达从后追擒，械送建康，斩首示众。又表上冼夫人功劳。陈主遣使持节，册封冼氏母子，冯仆得封信都侯，迁石龙太守；冼氏为石龙太夫人，特赐绣幰安车，鼓吹卤簿，如刺史仪。（冼夫人应该受封，仆曾潜通叛人，不应滥赏。）

章昭达得胜班师，顺道攻后梁。后梁主岿，（岿嗣詧位，见七十二回。）与周总管陆腾，会军抵御。陆腾就峡口南岸筑城，横引大索，编苇为桥，借通饷运。昭达令军士并驾楼船，各施长戟，仰割大索，索断粮绝，遂得攻入城寨。后梁又向周告急，周使将军李迁哲往援，与昭达鏖战数次，昭达失利，方才引还。会陈太后章氏逝世，陈主居丧营葬，不复举兵。齐使人南下吊丧，独周使不至。已而章昭达病殁，陈主因新失大将，恐周伺隙来侵，乃遣使至周聘问，周始答使报聘。

好容易过了五年，仲春下浣，夜间有白气如虹，自北方贯入北斗紫宫。陈太史占验星象，谓北齐将要乱亡。陈主顼忽动雄心，拟起兵伐齐，公卿多有异言，惟镇前将军吴明彻，决策请行。陈主顼乃语公卿道："齐主荒乱，不久必亡，推亡固存，古有常训，朕已决计北伐，毋庸疑议！但何人可作元帅？应由卿等公推。"大众都应声道："莫如中权将军淳于量。"仆射徐陵独抗议道："吴明彻家居淮左，谙齐风俗，且将略人才，亦无过明彻，臣愿举明彻为元帅。"尚书裴忌亦接入道："臣意亦同徐仆射。"徐陵复续说道："裴忌亦是良副，愿陛下委任！"陈主遂授吴明彻都督征讨诸军事，裴忌为副，统兵十万，北向伐齐。

明彻出泰郡，另遣都督黄法𣰋出历阳。齐遣军援历阳城，为黄法𣰋所破，齐更命开府尉破胡、长孙洪略与侍郎王琳，率兵救秦州。齐主纬仍召入西兖州刺史赵彦深，拜为司空，封宜阳王，命参军机。彦深密向秘书监源文宗，谘询方略。文宗道："朝廷精兵，必不肯多付诸将，若止有数千人，徒供吴人刀俎。尉破胡人品卑劣，谅亦王所深知，此去必败无疑。为今日计，不若专委王琳，招募淮南三四万人，风俗相通，能得死力，并命旧将出屯淮北，自可固守。况琳与陈积衅甚深，必不肯反颜事陈。若不推诚用琳，更遣他人制肘，必成速祸，军事更不可为了！"彦深叹道："此策诚足制胜，我已力争数日，终不见从。时事至此，尚复何言！"因相顾流涕。文宗方受调为秦陉刺史，泣辞而去。（彦深实亦无能。）

尉破胡等出发邺都，特选长大有力的武士，充作前队，号为苍头犀角大力军。又募得西域胡人，控弩善射，箭无虚发。陈军颇加畏惮，未敢轻战。齐兵到了吕梁，直逼陈营。陈都督吴明彻，麾兵布阵，立马扬鞭，指语巴山太守萧摩诃道："敌军所恃惟胡人，若得殪此胡，彼必夺气，君名当不让关羽了！”摩诃道：“胡人形状如何？愿为公力取此胡。”明彻乃召前时降卒，令他指示，又自酌酒饮摩诃。摩诃一饮而尽，即上马冲入齐军，专向胡人前闯去。胡人亦有头目，方挺身出阵，弯弓未发，摩诃取出小凿，遥掷过去，正中胡额，应手立仆，余胡骇散。齐军阵内的大力军，忙向前拦截摩诃，被摩诃执刀乱砍，立毙数人，大力军又复溃走。（巨无霸尚不可恃，遑论大力军。）王琳忙语尉破胡道：“吴兵甚锐，不可力敌，宜速收军退回，别用良策决胜。”破胡不从，尚驱部众迎战。吴明彻见摩诃摧敌，把鞭一挥，陈军大进，好似万马奔涛，无人敢敌。齐军大败，长孙洪略战死，破胡单骑驰免，王琳亦孤身走入彭城。

吴明彻分兵进攻，连下瓦梁、阳平、庐江等城。黄法氍亦攻破历阳，进拔合肥。陈军势如破竹，齐城多望风迎降，所有高唐、齐昌、瓜步、胡墅诸城垒，次第入陈。又攻克滠口、青州、山阳、广陵诸城。齐遣尚书左丞陆骞，统后二万人救齐昌，遇陈西阳太守周炅，即与交锋。炅用疑兵挡住前面，自率精兵绕出骞后，掩击骞军。骞顾后失前，被炅杀入阵中，一番蹂躏，骞军垂尽，独骞抱头窜去。齐令王琳移守寿阳，与扬州道行台尚书卢潜、刺史王景显等，共保寿阳外郭。吴明彻料琳甫入寿阳，众心未固，亟乘夜率兵往攻，果然一鼓得手，破入外郭。王琳等退保内城。明彻攻扑不下，乃堰肥水灌城，城中多病肿泄，十死六七。

齐右仆射皮景和，率众数十万救寿阳，距城三十里，屯兵不进。陈军闻报，都向明彻面请道：“坚城未拔，大敌在迩，元帅将何法对待？”明彻拈须微笑道：“救兵如救火，彼乃结营不进，显是不敢来战，怕他甚么！我料这座寿阳城，定然旦夕可下了。”越日早起，令部兵饱餐一顿，自己亦亲擐甲胄，上马誓众，决破此城。当下出马督攻，四面攀援，鼓噪而上。守兵本来单弱，更且死亡甚众，怎能面面顾到。陈军既是登城，便即杀下。王琳、卢潜、王景显等，巷战至暮，均力屈被擒。琳轻财爱士，得将卒心，虽尝流寓邺中，齐人多说他忠义，共加爱重。（我说未必，试看前营三窟，便见一斑。）及被擒后，明彻军中，尚有王琳旧属，皆相见唏嘘，莫能仰视。明彻恐在军为患，即命将琳等押送建康，嗣又防他道中遇劫，遣使追诛。远近闻琳被戮，哭声如雷。有一叟赍酒脯奠尸，哭亦尽哀，收琳血而去。

齐廷屡促皮景和进兵，景和反抛戈弃甲，逃回邺中。齐主纬颇以为忧。穆提婆、韩长鸾等语齐主道："寿阳本南人土地，何防由他取去，就使国家尽失黄河以南，尚可作一龟兹国。（龟兹音周慈，为西域国名。）人生如寄，但当行乐，何用多事愁烦哩。"齐主遂转忧为喜，酣饮鼓舞。至皮景和入都，反称他全师北归，进为尚书令。（糊涂可笑。）

齐仆射祖珽，先尝媚事权幸，及得预政柄，也思黜退小人，沽名市直，因与陆令萱母子，互有龃龉。珽暗嘱中丞丽伯律，劾主书王子冲纳赂，事连提婆，欲因此并及令萱。令萱请诸齐主，释子冲不问，更令群小相率谮珽。令萱又在齐主前，自言老婢该死，误信祖珽，乃令韩长鸾检阅旧案，得珽伪敕，受赐等十余事，（此时即非作伪，亦不患无辞！）请加珽死刑。齐主尝与珽设誓，终身免刑，因特从谴轻，出为北徐州刺史。适陈军下淮阴，克朐山，拔济阴，入南徐州，直向北徐州进发。城外居民，多欲叛齐应陈。珽即大启城门，但禁人不得出衢路，城中寂然。叛民疑人走城空，不复设备，蓦闻鼓噪声自城中传出，祖珽竟督领州军，出地巡逻，叛民不禁骇走。会陈军前驱已到城下，叛民复联合陈军攻城。猛见珽跃马迎战，弯弓四射，屡发屡中。叛民先闻珽失明，料他不能行军，那知他有此绝技，又复惊退。再加珽参军王君植，挺身善斗，所向辟易，陈军倒也胆怯，不敢遽逼。珽且战且守，相持旬余。又遣部兵夜出城北，翌晨张旗擂鼓，向城南驰来，陈军疑是援兵，无心恋战，竟撤围退还。（珽实有小智，能善用之，却也可使建功。）穆提婆已经恨珽，故意不发援兵，总道他城亡身死，偏珽上表奏捷，真出意外。但终不得迁调，未几即病死在任所。（还算幸免。）

齐主纬丧师失地，毫不知愁，反阴忌兰陵王长恭，有意加害。长恭自邙山得胜，威名颇盛，（见七十三回。）武士相率歌谣，编成兰陵王入阵曲，传达中外。齐主纬尝语长恭道："入阵太深，究系危险，一或失利，悔将无及。"长恭答道："家事相关，不得不然。"齐王闻得家事二字，几乎失色，因令出镇定阳。长恭颇受货赂，致失民心，属尉相愿进言道："王既受朝寄，奈何如此贪财！"长恭不答，愿又道："大约因邙山大捷，恐功高遭忌，乃欲借此自秽么？"长恭才答一是字。愿叹道："朝廷忌王，必求王短，王若贪残，加罚有名，求福反恐速祸了！"（是极。）长恭泣下道："君将如何教我？"愿复道："王何不托疾还第，勿预时事！"（上策莫逾于此。）长恭颔首称善，但一时总未甘恬退，遂致蹉跎过去。至江淮鏖兵，长恭恐复为将帅，喟然太息道："我去年面肿，今何不复发呢？"自是佯称有疾，尝不视事。齐主纬察知有诈，竟遣使赐鸩，逼令自杀。长恭泣白妻郑妃道："我有何罪，乃遭鸩死？"妃亦泣答道："何不往觐天颜？"长恭道："天颜岂可再见？"遂饮鸩而死。齐主闻长恭自尽，很是喜慰，但表面上还想掩饰，追赠长恭为大尉。长恭一死，亲王中又少了一勇将了。（自折手臂，亡在目前。）

且说陈都督吴明彻，奏凯班师，陈主顼加封明彻为车骑大将军，领豫州刺史。又召入仆射徐陵，亲赐御酒道："赏卿知人。"陵拜谢道："定策圣衷，臣有何力？"陈主大喜，勉慰有加。遂命将王琳首级，悬示都市。琳有故吏朱玚，独致书徐陵，愿埋琳首。书中略云：

窃以典午将灭，徐广为晋家遗老，当涂已谢，马孚称魏室忠臣。梁故建宁公王琳，当离乱之辰，总方伯之任，天厌梁德，尚思匡继，徒蕴包胥之志，终遘苌弘之眚，致使身殒九泉，头行千里。伏惟圣恩博厚，明诏爰发，赦王经之哭，许田横之葬。不使寿春城下，惟传报葛之人，沧州岛上，独有悲田之客，岂不幸甚！

徐陵得书，即为启闻，奉诏将琳首给还亲属。玚遂就八公山侧，掘地殓埋。亲故会葬，多至数千人。葬毕，玚从间道奔齐，别议迎葬。旋有寿阳人茅智胜等，潜送琳柩至邺，齐赠琳开府仪同三司，录尚书事，予谥忠武，特给辒辌车送葬。究竟王琳忠梁与否，读史人自有定评，毋容小子哓哓了。（言下有不满意。）

齐主纬有庶兄名绰，与纬异母，俱于五月五日建生，惟绰生在辰时，纬生在午时。乃父高湛，因绰母李氏为嫔妾，不得与嫡相比，特降为次男。绰才十余岁，留守晋阳，酷爱波斯狗。开府尉破胡略加谏阻，即斫杀数狗，狼藉地上，破胡惊走，不敢复言。旋封为南阳王，领冀州刺史，每使人裸体，画为兽状，纵犬令噬，以为快乐。及左迁定州，专登楼上弹人，有妇人抱儿趋过，避入草间，绰发弹不中，不觉怒起，叱左右驰夺妇人手中儿，饲波斯犬。妇人号哭不休，绰又嗾犬使噬妇人。妇人为犬所伤，当然倒地。犬不欲食，由绰命涂上儿血，犬始争啮，顷刻而尽。

齐主纬闻他残暴，锁绰入讯，绰谈笑自若，竟蒙赦宥。纬问他在定州时何事最乐？绰答道："取蝎置器，再加粪蛆，蛆被蝎螫，蠕动不已，最是好看。"纬即夕令左右取蝎一斗，及晓，才得二三升，置诸浴盆，他却用人代蛆，迫令裸卧盆中，霎时间蝎集人身，竟体乱螫。可怜体无完肤，累得那人辗转哀号，纬与绰临盆注视，反手舞足蹈，乐不可支。（不知具何心肠，大约为戾气所钟，故兄弟同一暴虐。）纬顾语绰道："如此乐事，何不早驰驿奏闻！"遂进拜绰为大将军，朝夕同狎。韩长鸾嫉绰残虐，特令绰党诬告绰反，纬尚不忍加诛。长鸾奏言绰犯国法，断不可赦，纬乃使宠胡何猥萨，与绰相扑，把绰搤死。瘗诸兴圣佛寺，经四百余日，方才大殓，颜色毛发，尚如生时。俗言五月五日建生，脑可不坏，是真是假，亦无从证明。

纬盛修宫苑，穷极壮严，后宫皆锦衣玉食，竞为新巧。先尝为胡后造珠裙裤，费在巨万，为火所焚。寻复为穆后续制，并令造七宝车，真珠不足，向各处采买，不惜重价。当时童谣有云："黄花势欲落，清觞满杯酌。"穆后小名黄花，欲落是说她不久，清觞满杯酌，是说齐主纬昏饮无度。其实纬与穆后，虽然宠幸，那后宫的佳丽，却逐日增添，除上文所述左右两娥英外，还有乐人曹僧奴二女，也蒙纳人。大女不善淫媚，被纬剥碎面皮，撵逐出宫。小女善弹琵琶，又能得纬欢心，册为昭仪，甚且封僧奴为日南王。僧奴死后，又封他兄弟妙达等二人为王，并为曹昭仪别筑隆基堂，极尽绮丽，整日流连堂中，竟把穆后疏淡下去。穆后含酸吃醋，密托养母陆令萱设法，除去曹氏。令萱遂诬曹氏有厌蛊术，平白地将曹氏赐死。那知纬失了曹昭仪，复得一董昭仪，再广选杂户少女，纳入毛氏、彭氏、王氏、小王氏、二李氏等，并封为夫人，恣情淫欲，通宵达旦。穆后更弄得没法，每与从婢冯小怜，相对唏嘘。

小怜非常伶俐，貌亦可人，能弹琵琶，且工歌舞，独替穆后想出一计，情愿将身作饵，离间诸宠。（也无非自己卖俏。）穆后倒也赞成，就于五月五日，令小怜盛饰入侍，号曰续命。（要断送高氏命脉了，还想续甚么命！）齐主纬见她冰肌玉骨，雾縠轻纨，不由得神魂颠倒。巫山一梦，爱不胜言，从此坐必同席，出必并马，尝自作无愁曲，谱入琵琶，与冯氏对弹，嘈嘈切切，声达宫外。时人号为无愁天子。纬深幸得此冯美人，册为淑妃，命处隆基堂。冯淑妃虽奉命迁入，但因为曹昭仪旧居，恐非吉征，特令拆梁重建，并尽将地板反换，又费了许多金银。齐主纬毫无异言，纵教冯小怜如何处置，一体依从，所有内外国政，都交与陆令萱、穆提婆、韩长鸾、高阿那肱等人，眼见得上下相蒙，渐致乱亡了。小子有诗叹道：

天生尤物最招殃，桀纣都因美色亡；
况似晚齐淫暴甚，怎能长此保金汤！

欲知齐朝乱亡的情形，再从下回申叙。

陈用吴明彻为元帅，北向攻齐，势如破竹，似乎徐陵之推荐，可号知人。然其时齐主淫昏，不问国事，皮景和出救寿阳，有众数十万，尚不敢进，是乃齐之自取其败，非吴明彻之果能败齐也。惟王琳之被陈擒戮，当时俱以琳为梁室忠臣，惜其一死。夫忠臣不事二主，宁有事齐事周事陈，尚得为忠臣乎？即以梁事论之，湘东得国，名亦未正，琳徒以姊妹后宫之宠，甘心效力，是其委身之始，固亦非深明大义者，何足尚焉！齐之追赠高官，特给辒辌车引葬，亦未免失之滥赏。然如高纬之淫荒失德，喜怒无常，尚何赏罚之足言！黄花欲落，小怜续命，而齐之不亡亦仅矣。吾于高纬无讥云。

第七十七回 韦孝宽献议用兵 齐高纬挈妃避敌

却说齐主纬淫昏日甚，委政群小，不但穆提婆母子，及韩长鸾、高阿那肱诸人，得握政权，就是宦官邓长颙、陈德信等，并参预机要。他如旧苍头刘桃枝，及内外幸臣，均受高爵。封王百余人，开府千余人，仪同三司不可胜数。就是优伶巫觋，亦沐荣封，甚至狗马及鹰，统有仪同郡君名号，并得食禄。官由财进，狱以贿成，一戏给赏，动轧巨万。既而府库告匮，令郡县卖官取值，充作赏赐。民不聊生，国多乞人。齐主纬也在华林园旁，设立贫儿村，自著褴褛敝服，向人行乞，作为笑乐。（南面王原不如乞人之乐。）

这消息传入周廷，周主邕乃谋伐齐，亲临射宫，阅军进武，且进封齐公宪、卫公直以下诸兄弟，并皆为王。正拟会议出师，忽太后叱奴氏得病，医治罔效，旋即去世。周主邕居庐守制，朝夕歠粥，只进一溢米，命太子赟总理庶政。群臣表请节哀，累旬才命进膳。及太后奉葬山陵，周主跣行至陵旁，恸哭尽哀，诏行三年丧礼，惟百僚以下，遇葬除服。卫王直入谮齐王宪，说他饮酒食肉，无异平时。周主愀然道："我与齐主同父异母，俱非正嫡，彼因我入篡正统，所以丧服从同。汝是太后亲子，与我为同母弟，但当自勉，何论他人！"直碰了一鼻子灰，快快趋出。周主邕尝尚儒学，尝在太学中养老乞言，遵守古礼。嗣又禁佛、道二教，悉毁经像，饬僧道还俗，所有祀典未载诸淫祠，俱改作廨舍，且许诸王亦得徙居。卫王直独择一僻宇，作为居第。齐王宪语直道："弟已儿女成行，居室须求宽敞，奈何择此宅舍？"直怅然道："一身尚不能容，还管甚么儿女？"宪知他有怨愤意，隐有戒心。

会周主邕幸云阳宫，留右宫正尉迟运等，辅太子赟居守。卫王直托疾不从。及车驾远去，却纠合私党，径袭肃章门，门吏多仓皇遁走，户尚未扃。运在殿中闻变，忙自往闭门，正值悍党杀来，将进未进，运手指被斫，不暇顾痛，得将宫门阖住。直党不得趋入，纵火烧门，门几被毁。运索性取宫中材木，及所有木器，助张火势，门外似火山一般，不能通道。那留守兵已相率来援，直自知不能成功，引众退去。运遂督同留守兵出击，大破直众。直出都南遁，又由运派兵追蹑，把直擒回。周主邕亦闻报还都，尚因同气相关，未忍加诛，但免直为庶人，幽锢别宫。升任尉迟运为大将军，凡直田宅、妓乐、金帛、车马等，悉数赏运。直在囚室中尚有异图，乃下诏诛直，并及直子十人。（直有应诛之罪，惟绳以罪人不孥之例，周主亦未免太甚。）

内乱已平，乃复议伐齐，柱国于翼进谏道：“两国相争，互有胜负，徒损兵诸，无益大计，不如解严继好，使彼怠弛无备，然后乘间进兵，一举便可平敌了。”周主邕犹豫未决，更敕内外诸大臣，议决行止。勋州刺史韦孝宽，独上陈三策，大致略云：

> 臣在边积年，颇见间隙，不因际会，难以成功。是以往岁出军，徒有劳费，功绩不立，由失机会，何者？长淮之南，旧为沃土，陈氏以破亡余烬，犹能一举平之，齐人历年赴救，丧败而返，内离外叛，计尽力穷，传不云乎？雠有衅焉，不可失也。今大军若出轵关，方轨而进，兼与陈氏互为犄角，并令广州义旅，出自三鸦，又募山南骁锐，沿河而下，复遣北上稽胡，绝其并晋之路。凡此诸军，仍令各募关河之外劲勇之士，厚其爵赏，使为前驱，岳动川移，雷骇电激，百道俱进，并趋虏廷，必当望风奔溃，所向摧殄，一戎大定，实在此机，此一策也。若国家更为后图，未即大举，宜与陈人分其兵势。三鸦以北，万春以南，广事屯田，预为储积。募其骁悍，立为部伍。彼既东南有敌，戎马相持，我出奇兵，破其疆场；彼若兴师赴援，我则坚壁清野，待其去远，还复出师。常以边外之军，引其腹心之众。我无宿舂之

费，彼有奔命之劳，一二年中，必自离叛。且齐氏昏暴，政出多门，鬻狱卖官，惟利是视，荒淫酒色，忌害忠良，阖境嗷然，不胜其弊，以此而观，覆亡可待。然后乘间电扫，事等摧枯，此二策也。我周土宇，跨据关河，蓄席卷之威，持建瓴之势，南清江汉，西戡巴蜀，塞表无虞，河右底定。惟彼赵魏，独为榛梗者，正以有事三方，未遑东略，遂使漳滏游魂，更存余晷。昔勾践亡吴，尚期十载，武王取纣，犹烦再举。今若更存遵养，且复相时，臣谓宜还从邻好，申其盟约，安民和众，通商惠工，蓄锐养威，观衅而动，斯乃长策远驭，坐待兼并，亦未始非良策也。何去何从？孰先孰后？惟陛下择之。

周主览到此书，乃召入开府仪同三司伊娄谦，从容问道："朕欲用兵，当先何国？"谦答道："齐氏沉溺倡优，耽恋麴糵，良将斛律明月已被谗人谮死，上下离心，道路侧目，这却最是易取哩。"周主笑道："朕早有此意，烦卿以聘问为名，借觇虚实。"谦受命而出。周主再遣小司寇元卫，偕谦同行。谦至齐廷，照常纳币。齐主纬昏昏愦愦，也不知谦怀别意，惟权贵等略闻周事，密为盘诘。谦当然守着秘密，惟参军高遵，稍稍吐实。齐遂留住谦等，不肯遣回。（何不亟使备御，乃徒留使挑衅，安得不亡。）周主邕待谦不归，乃下诏伐齐。命柱国陈王纯、荥阳公司马消难、（即齐相司马子如子，高洋时，惧罪奔周。）郑公达奚震，为前三军；总管越王盛、赵王招、（俱周主弟。）周昌公侯莫陈琼，为后三军；总管齐王宪，率从二万，趋黎阳；随公杨坚；广宁公薛迥，率舟师三万，自渭入河。梁公侯莫陈芮，率众守太行道；申公李穆，率众三万守泾阳道；常山公于翼，率众二万出陈、汝。周主邕亲率六军，有众六万，出发长安。将至河阳，内史上士宇文弢，（古文弼字。）谓不如出师汾曲，民部中大夫赵煚，（音憬。）又谓应从河北趋太原，遂伯下大夫赵宏，且请进兵汾、潞，直掩晋阳。彼此各执一词，周主一概不依，竟从河阳趋河阴。前汾州刺史杨敷子素，愿率乃父旧部为先驱，（敷死已见七十五回，素从军以此为始。）周主称为壮士，许令前行。

既入齐境，即下令军中，禁止伐树践禾，违令即斩。时至河阴城下，由周主亲自督攻，数日即下。齐王宪也攻入武济，进围洛口，拔东西二城，纵火船焚毁河桥。齐永桥大都督傅伏，夜驰入中潬城，竭力保守，周军攻至二旬，尚未能拔。周主邕又亲攻金墉，守将独孤永业，亦防御甚严，无懈可击。周主连攻经旬，不觉过劳，竟至生疾，乃按兵罢攻。时齐廷宿将，多半丧亡，连司空赵彦深，都已逝世，只好推那高阿那肱，前去拒敌。高阿那肱已为右丞相，因朝中无人督师，没奈何引兵出晋阳，进援河阳。周主闻齐军将至，自己又患不豫，不如从孝宽言，暂且退兵，再图后举，因乘夜下令班师。齐都督傅伏，语行台乞伏贵和道："周师疲敝，愿得精骑二千追击，定可得功！"（也恐未必。）贵和不从，一任周军退去。周齐王宪、于翼、李穆等，连下齐三十余城，闻周主旋师，亦皆弃城西归。齐右丞相高阿那肱，当然东还，还道是周军畏惮，所以退去，越觉趾高气扬，睥睨一切了。

周主邕还至长安，更命太子赟巡抚西土，顺道伐吐谷浑。（见前。）吐谷浑素为魏属，受魏封册，得膺王爵。至魏分东西，不暇西顾，吐谷浑王夸吕，始自称可汗，居伏俟城，据青海西，有地长三千里，阔千余里。所置官属，也仿魏制，有王公、仆射、尚书及郎中、将军等名号。风俗与突厥相同，以畜牧为生计。尝至魏境抄掠，魏凉州刺史史宁，与突厥木杆可汗，袭击夸吕。夸吕遁去，妻子为史宁所虏，所贮珍物杂畜，亦被两军掠散。夸吕及遣使谢罪。及宇文氏篡魏称周，夸吕复寇周境，攻凉、鄯、河三州。凉州刺史是云宝，战殁。周遣贺兰祥、宇文贵往讨，击退夸吕，乘胜拔洮阳、洪和二城，改置洮州，方才还师。夸吕叛服无常，周主乃命太子西略，令大将军王轨、宫正宇文孝伯从行，太子赟未谙兵略，但好戏狎，宫尹郑译、王端等，又恃太子宠幸，不服军法。好容易到了伏俟城，夸吕坚壁清野，毫无动静。王轨因敌意难测，不如全军早归，（老成知机。）乃请诸太子从速还军。太子赞乐得依议，便即东返。此役未见一敌，亦无从侵掠，免不得受周主诘责。王轨详述军情，面劾郑译、王端，周主怒起，杖太子赟数十下，除译等名。及周主再行东伐，太子赟复召入译等，宠任如初。

看官听着！周主初次伐齐，是在周建德四年秋间，至二次伐齐，乃在建德五年冬季，便是齐主纬武平七年。（特书年月，以志齐亡。）周主邕重议伐齐，召谕群臣道："朕去岁行军，适有疹疾，因不得荡平逋寇。惟前入齐境，具见敌情，看彼行兵，几同儿戏；又闻他朝政益紊，群小益横，百姓嗷嗷，朝不保夕。天与不取，反贻后悔。若复如往年出军河外，徒足拊背，未足扼喉。晋州本高氏根本地，常为重镇，我若往攻，彼必来援，我严军以待，定足胜敌，乘势杀入，直捣巢穴，灭齐不难了。"诸将尚多有难色，周主邕勃然道："机不可失，时不再来，如有阻挠我军，朕当以军法从事！"（英武之主，亦赖独断。）乃命越王盛杞公亮（宇文泰从孙）随公杨坚，分率右三军，谯王俭、（周主邕异母弟。）大将军玉泰、广化公邱崇，分率左三军，齐王宪、陈王纯为前军，依次出发。周主邕留太子居守，自督各军趋晋州，或守或攻，部置停当。因自汾曲至晋州城下，围攻数日，城中窘急。齐行台左丞侯子钦，及晋州刺史崔景嵩，均暗地通款，乞降周军。周军大将军王轨，率同偏将段文振等，乘夜登城，城中已有内应，顿时哗溃。周军一拥而入，遂克晋州，擒住齐大行台尉相贵，及甲士八千人。别遣内史王谊监领诸军，攻克平阳城。

齐主纬方挈冯淑妃，出猎天池，晋州及平阳警报，自辰至午，已到三次。右丞高阿那肱道："大家正游猎为乐，边鄙稍有战争，乃是常事，何必急急奏闻？"（可笑。）延至日暮，平阳报称失守，齐主纬也未免吃惊，便欲还集将卒。偏冯淑妃兴尚未尽，固请更杀一围，纬不得不从，又猎了好多时，获得几头野兽，方才还宫。越日大集各军，出拒周师，使高阿那肱率前军先进，自挈冯淑妃后行。（不可一日无此妃。）周主命开府大将军梁士彦统兵万人，镇守晋州，自至平阳督师。途次接着军报，谓齐军大举来援，周主因欲西还长安，暂避敌锋。开府大将军宇文忻进谏道："如陛下圣武，乘敌人荒纵，似汤沃雪，何患不克？若使齐得令主，君臣协力，就使汤武复生，亦未易荡平了。”（忻系宇文贵子，与周同姓不宗。）军正王韶亦进言道：“齐失纪纲，已历数世，天奖周室，一战得扼住敌喉。取乱侮亡，正在今日，乃舍此遽退，臣实未解！”周主道：“卿等言非不是，但朕也自有主张。”（无非用韦孝宽第二策。）说毕，竟麾军西还，留齐王宪为后拒。

齐主闻周已退师，亟遣骁将贺兰豹子等，追击周军。宪与宇文忻各率百骑，轮流交战，且战且行。贺兰豹子穷追勿舍，被宪等诱入绝地，麾骑四蹙，得将贺兰豹子击死，然后徐徐引归。齐主纬遂围平阳，昼夜猛扑，毁堞摧墙，势焰甚盛。周晋州刺史梁士彦，入城守御，令军士血薄捍城，且慷慨语将士道：“死在今日，我为尔先！”于是勇烈齐奋，呼声动地，无不以一当百。齐兵少却，士彦令军士修城，军士不足，取诸人民，人民不足，济以妇女，甚至士彦妻妾，亦夹入妇女队中，搬土运石，补葺城堞，三日告成。齐人更掘通地道，轰陷城垣十余丈，将士乘势欲入，偏被齐主纬暂入，敕令暂停。看官道为何因？相传晋州城西石上，有圣人迹，纬欲召冯淑妃同观，淑妃画眉刷鬓，抹粉搽脂，好多时方才召到。那城墙缺处，已由守兵用木为栅，堵塞坚固。齐兵失了时机，无从冲入，个个怨气吞声，暗骂冯妃。齐主纬又恐城中弩矢，射及爱妾，特抽出攻城木具，筑造远桥，俾冯妃得登桥遥视。那知桥脚未坚，禁不起马足往来，（恐由军士情恨，故意筑此危桥。）砉然一声，坍坏数尺。还幸齐主及冯妃，尚立在危墙上面，不致失足，总算免做了水底鸳鸯。（还是此时溺死，或可保全齐宗。）

周主先令齐王宪出屯涑川，遥为平阳声援。旋由平阳告急，日紧一日，乃敕宪率领部曲，先向平阳进发，再集诸军八万人，亲自统带，直指平阳。齐人也恐周师猝至，先在城南穿堑，依堑自守。及闻周主到来，便在堑北列车，张皇兵势。周主命齐王宪往觇齐阵，宪复命道：“齐兵虽多，均无斗志，我军尽足破敌，今日可灭此朝食了！”周主喜道：“果如汝言，我无忧了。”遂命进逼齐军。堑阔数丈，无人敢逾，只在堑南鼓噪。

自旦至申，南北两军，相持未决。齐主问高阿那肱道："今日可战否?"高阿那肱道："我兵虽众，能战不满十万人，不如勿战为是，且退守高梁桥，以远待劳。"言未已，忽闪出一员猛将道："一撮许贼人，马上刺取，掷入汾水中，便可了事。"（一怯一骄，俱足败事。）齐主纬瞧着，乃是武卫安吐根，正在傍徨未决，诸内参又齐声道："彼亦天子，我亦天子，彼尚能远来，我如何守堑示弱呢!"纬点首道："说得甚是!"即令军士填堑争锋。周主大喜，麾动各军，向前进击。两军方合，兵刃初交，齐主纬与冯淑妃，并骑观战。但见周军来得凶猛，齐左军似难招架，向后倒退。冯淑妃遽变色道："败了！败了!"穆提婆忙接入道："大家快走!"齐主纬也不及辨明，竟挈冯淑妃奔高梁桥。

开府奚长谏阻道："半进半退，用兵常事，今兵众未曾伤损，陛下骤然返驾，恐马足一动，人情散乱，那才是真败了！愿速西向，镇定各军!"齐主纬不禁沉吟，俄而武卫张常山，亦自追至，忙报齐主道："军已收讫，完整如故，围城兵仍然不动，至尊即宜回至军前。如若不信，乞命内参往视。"齐主闻言，勒马欲回，穆提婆引动齐主右肘道："此言未可轻信。"冯淑妃又在旁作态，柳眉锁翠，杏靥敛红，一双蓟水秋瞳，几乎要垂下泪来。（前日曾请杀一围，此时何胆怯乃尔?）弄得齐主仓皇失措，不由的扬鞭再走。齐军失去主子，当然心乱，再经周军奋勇杀来，顿时大溃，死亡至万余人，军资器械，委弃如山。惟安德王延宗，全军引还。齐主纬奔至洪洞，才得稍息，冯淑妃出镜照面，重匀脂粉，突闻后面又报寇至，纬即掖冯淑妃上马，再行北遁。

先是齐主因平阳将下，欲归功冯淑妃，立她为左皇后，曾遣内侍至晋阳，取得皇后服御。登途复命，可巧遇着齐主，呈上袆翟等衣，齐主即代冯淑妃按辔，令将后服穿上，然后奔回晋阳。时平阳城下，齐兵统已溃去，不留一人，周主邕安稳入城。梁士彦出迎周主，持须涕泣道："臣几不得见陛下!"周主亦为之流涕。因见士卒疲敝，又欲还师。士彦道："齐兵已溃，众心尽离，乘胜灭齐，正在此举!"

周主执士彦手道："朕得此城，为平齐初基，若不固守，便难成事。朕既纾前忧，复滋后患，卿宜为朕守着，朕决计再进平齐。"乃复督动诸将，追击齐军。齐主纬闻周军进逼，慌得不知所为，急向群臣问计。群臣并献议道："为今日计，急宜省赋息役，安慰民心，一面收集溃兵，背城一战，以安社稷。"齐主乃下诏大赦。旋复有急报到来，周军入汾水关，开府贺拔伏恩等降齐，高阿那肱留守高壁，又被周军击走，周军将长驱到来了。齐主纬乃令安德王延宗、广宁王孝珩，募兵守晋阳，自拟奔避北朔州，若晋阳失守，再奔突厥。延宗得此消息，一再谏阻。齐主不从，密遣心腹数人，送胡太后及太子恒往北朔州，自与冯淑妃整顿行装，亦欲乘夜出奔。诸将俱相率谏诤，不使北去。

过了数日，城外鼓声大震，周军已杀到晋阳，齐主大惊，再下赦书，改元隆化，授安德王延宗为相国，领并州刺史，且召入与语道："并州由兄自取，儿今去了！"（语无伦次。）延宗泣谏道："陛下为社稷勿动，臣为陛下效死力战，决可破敌！"穆提婆在旁道："至尊已经决计，王不必再行阻挠。"延宗含泪趋退。齐主纬带领冯淑妃，夜开五龙门出走，意欲奔向突厥，从官多半散去。领军梅胜郎叩马固谏，乃转趋邺都。途中相随，只有高阿那肱，及广宁王孝珩、襄城王彦道等数十人。穆提婆初尚从行，约经数里，竟杳如黄鹤，不知所之。小子有诗叹道：

城狐社鼠最堪忧，搅碎河山便远投；
假使当年能幸免，人生何苦不忮求！

究竟穆提婆如何下落，待至下回再详。

韦孝宽所陈三策，原足制齐人之死命，周之伐齐，再驾而定山东，卒如孝宽所言。惟齐纬之覆国，实误于冯淑妃一人。夫妇人在军，士气不扬，就使齐主昵爱淑妃，亦不应挈入战场，使罹锋镝。况平阳已可攻入，乃偏欲使观圣迹，勒兵勿进。及两军大战，成败胜负，悬诸呼吸，乃东偏少却，遽因宠妃之一呼，仓猝北遁。兵可败，国可亡，而宠妃不可舍，试思兵已败矣，国已亡矣，宠妃尚能独存乎？昏愚至此，不死何为？即邻国无韦孝宽，但能稍知兵法，未有不能灭齐者，矧又有穆提婆辈之益促其亡耶！

第七十八回　陷晋州转败为胜　擒齐王取乱侮亡

却说穆提婆随主北行，途次见从官四散，料知齐亡在迩，不如降敌求荣，遂暗地奔回，往投周军。周主邕令提婆为柱国，领宜州刺史，且传檄齐境，晓谕君臣，谓齐主能深达天命，衔璧牵羊，当焚榇示惠，待若列侯；将相王公以下，及士民各族，有能深识事宜，建功立效，当不吝爵赏。或如我周将卒，逃逸彼朝，不问贵贱，概许自新。倘下愚不移，守迷莫改，不得不付诸执宪，明正典刑云云。这文一传，齐臣陆续奔周。齐始知穆提婆为首导，乃捕诛提婆家属。刁狡阴险的陆令萱，至此也无法自免，不待铁链套头，已是服毒自尽。(究竟还是聪明，免得一刀两段。)

先是齐高祖相魏，尝令唐邕典外兵，很是信任。及齐已篡位，邕以老成硕望，官至录尚书事，兼领度支。齐主纬宠任宵小，高阿那肱与邕有隙，谮诸齐主，将邕免官，另用侍中斛律孝卿代任，邕由是怏怏。时邕留寓晋阳，因与并州将帅，推立安德王延宗为主。延宗固辞，将帅等齐声道："王若不为天子，诸人懈体，恐不能为王效死了！"延宗没法，只好勉循众请，即皇帝位，并下玺书，略云武平孱弱，政由宦竖，斩关夜遁，不知所之，今王公卿王，猥见推逼，不得已祇承宝位。乃大赦中外，改元德昌，授唐邕为宰相，进封晋昌王。更命齐昌王莫多娄敬显、沐阳王和阿千子、右卫大将军段畅、武卫大将军相里僧伽、开府韩骨胡等为将帅，募集兵民，抵御周师。众闻新主登基，颇觉踊跃，往往不召自来。于是发府藏金帛，出后宫妇女，赐给将士，将籍没内参十余家，充作军费。延宗每见将吏，必执手称名，流涕呜咽，士皆致死。妇孺亦乘屋攘袂，投砖石拒敌。

周主督军围晋阳，劲骑四合，好似黑云一般。延宗命莫多娄敬显、韩骨胡拒城南，和阿干子、段畅拒城东，自率众拒城北。延宗素来肥壮，前如偃，后如伏，人常笑他臃肿无用，至是独开城搦战，手执大槊，驰骋行阵，往来若飞。尚书令史沮山，亦肥大多力，手握长刀，步随延宗，左斫右劈，毙敌甚多。惟武卫兰芙蓉、綦连延长战死。周主命齐王宪对敌延宗，自督将士攻东门。齐段畅、和阿干子，竟开门迎纳周师。

周主乘晚进城，先纵火焚烧佛寺。（周主最不信佛，故先毁去佛寺。）延宗见东门失火，料知周师入城，忙令北门暂闭，自由城外绕至东门。可巧莫多娄敬显，从城内率兵东援，与延宗表里夹攻，延宗杀入，敬显杀出，把周军裹在门中。周军争门夺路，自相填压，伤亡至数千人。周主邕进退两难，忙领亲兵冲突，从大刀长槊中，寻一生路。左右为敌械所伤，纷纷倒地。还亏承御上士张寿牵住马首，贺拔伏恩执鞭后随，拚命驰走，得出城阃。齐人从昏夜中乱击一阵，竟被周主逃脱。时已四鼓，城中已无周人，延宗还道周主已死，使人就乱尸堆中寻觅长须的尸首，终无所得。惟军士已得大捷，各入肆饮酒，醉后酣卧，延宗亦劳乏归寝。（大敌未去，如何疏忽至此？）

周主出城，腹中甚饥，意欲乘夜西去。诸将亦多欲退还，独宇文忻勃然进言道：“陛下得克晋州，乘胜至此，今伪主奔波，关东响应，自古至今，无此神速。昨日破城，将士轻敌，稍稍失利，何足介意！大丈夫当从死中求生，败中取胜，今齐亡在迩，奈何弃此他去？”齐王宪等亦以为不宜退师。降将段畅又说城中空虚，周主乃驻马停辔，鸣角收兵，不到天明，散军尽集，兵势复振，诘旦还攻东门。齐人尚高卧未起，延宗从梦中惊醒，忙披甲上马，出拒周军。但见东门已被攻破，自顾手下，只有数人随着，如何抵敌得住？没奈何奔往南门。那知南门亦已失陷，勉强上前拦阻，究竟寡不敌众。再走至城北，投入民家，周军紧紧迫来，任你延宗力大无穷，到此已成孤立，撑拒多时，始为所擒。押至周主面前，周主下马握延宗手，延宗推辞道：“死人手何敢迫至尊！”周主道：“两国天子，本无嫌怨，我但为救民至此。汝且勿怖，当不相害！”说着，仍给还衣冠，款待颇优。唐邕等并皆请降，惟莫多娄敬显奔赴邺都，齐主纬命为司徒。

延宗初称尊号，曾致书瀛州刺史任城王湝，（系小尔朱氏所生，曾见前注。）略言至尊出奔，宗庙事重，群公劝进，权主号令，战事幸平，终归叔父云云。湝正色道：“我乃人臣，怎得轻受此书！”因执来使送邺，齐主纬愤愤道：“我宁使周得并州，不愿为安德有！”（前说由兄自取，此时又复变调。）总计延宗称尊，未及两日，便即残灭。周主下令大赦，除齐苛制，并出齐宫中金银宝器，珠翠丽服，及宫女二千人，赏赐将士，前使伊娄谦，被齐拘住晋阳，（见前回。）至此得释，由周主面加慰劳。且因参军高遵，曾将秘谋告齐，责他不忠，使谦量罪加罚。谦顿首请赦高遵，周主道：“卿可聚众唾面，使他知愧。”谦答道：“如遵罪状，唾面亦不足责；陛下德量宽弘，索性付诸不校罢！”周主乃止，谦仍待遵如初。（遵罪可诛，周主与谦未免两失。）

周主欲进兵取邺，召问延宗。延宗道：“亡国大夫，何足图存！”（延宗为高澄子，与高氏休戚相关，亦不宜以李左车自比。）周主再三问及，延宗道：“若任城王据邺，臣不能知，但由今上自守，陛下可兵不血刃了。”（此语愈谬。）周主即命齐王宪先行，留陈王纯为并州总督，自率六军赴邺。邺中迭接警耗，齐主纬悬赏募军。及兵士应募，又无一物颁给。广宁王孝珩，请使任城王湝，率幽州道兵入土门，扬言趋并州；独孤永业率洛州道兵入潼关，扬言趋长安；自率京畿兵出滏口，逆击围师；如虑士气不振，亟应出宫人珍宝，作为赏赐，以便鼓励等语。齐主不从。斛律孝卿又请齐主亲劳将士，代为撰词，并谓宜慷慨流涕，感动人心。齐主纬倒也应允，及出语诸将，竟将孝卿所授，一律忘记，不由得痴笑起来，左右亦不禁失笑。将士皆含怒道：“本身尚且如此，我辈何必拚死！”嗣是皆无斗志。

适北朔州行台仆射高劢，护卫胡太后及太子恒，自土门道还邺。路见宦官苟子溢，强取民间鸡彘，劢不觉怒起，即将子溢拘住，将要处斩。偏胡太后在旁劝阻，乃释缚使去。既送太后等入宫，或语劢道："子溢等受宠两宫，言出祸随，公难道不虑后患么？"励勃然道："今西寇已据并州，达官并皆叛贰，正坐此辈浊乱朝廷。若今日得斩此辈，明日受诛，亦属无恨！"（励系高岳子，此时颇具忠愤，惜乎晚节不终！）当下入见齐主道："臣见朝中叛贰，皆属贵人，若士卒未尽离心，今请追五品以上家属，悉置三台，迫令出战；倘若不胜，将台焚毁，若辈顾惜妻子，必当死战。且王师屡败，寇众轻我，果能背城一决，也足吓寇示威！"（此计亦属轻率。）齐主纬不能用，但命一品以上各大臣，入朱华门，遍赐酒食，分给纸笔，令他各书所见，献策御敌。及大众录呈，又是人各一词，无所适从。

会有史官望气，谓国家当有变易，齐主纬遂引尚书令高元海等入议，决依天统故事，禅位太子。太子恒年才八岁，晓得什么国事，那齐主纬欲上应天象，竟想这八岁小儿，支持危局。看官，试想能不能呢！（酒色昏迷，一至于此。）是时已值残年，转瞬间即至元旦，齐太子恒，居然即皇帝位，改元承光，下令大赦。尊齐主纬为太上皇，皇太后胡氏为太皇太后，皇后穆氏为太上皇后。命广陵王孝珩为太宰。孝珩嫉视高阿那肱，因与莫多娄敬显等同谋，使敬业伏兵千秋门，更令领军尉相愿，率禁兵为内应，拟俟高阿那肱入朝，把他捕诛。不意高阿那肱，自别宅取便路入宫，计不得行。孝珩乃求拒西师，高阿那肱、韩长鸾，犹防他为变，使为沧州刺史。孝珩临行，向高阿那肱道："朝廷不赐遣击贼，想是怕孝珩造反呢！孝珩若得破宇文邕，进军长安，就使造反，亦与国家无与。事至今日，危急万状，尚如此猜忌，岂不可叹！"说毕，叹息自去。尉相愿拔刀斫柱道："大事已去，尚复何言！"

齐主使长乐王尉世辩，领着千骑，往探周师。行出滏口，登高西望，但见群鸟飞起，即疑周师已至，策马奔还，报称寇至。黄门侍郎颜之推、中书侍郎薛道衡、侍中陈德信等，因劝上皇往河外募兵，更为经略，事若不济，亦可南投陈国。上皇依议，遂先使太皇太后、太上皇后往趋济州，继又遣幼主东行。自己不及登程，即闻周师薄城，没奈何调兵出战。不到半时，已被周军杀败，或溃去，或奔还。齐上皇忙挈冯淑妃等，（尤物断不可舍。）从东门出走，使武卫大将军慕容三藏守邺宫。

周师毁门突入，齐王公以下皆降，惟三藏拒守不出。领军大将鲜于世荣，为齐宿将，尚鸣鼓三台，与周相抗。周主遣人招降世荣，赐给玛瑙杯，被世荣击碎。周主乃令将士往执世荣，世荣独力难支，受擒后仍然不屈，致为所杀。周主复招降三藏，三藏自知不支，始出见周主。周主优礼相待，面授仪同大将军。（究竟有愧世荣。）独拘住莫多娄敬显，数责罪状道："汝前守晋阳，遁入邺中，携妾弃母，是为不孝；外似为齐戮力，暗中向朕通款，是为不忠；既已送款与联，尚且阴怀两端，是为不信；有此三罪，不死何待！"遂命推出斩首。（也是一番权术。）一面颁敕安民。

齐国子博士熊安生博通五经，闻周主入邺，遽令扫门。家人问为何因？安生道："周主重道尊儒，必来见我。"果然过了半日，周主亲至熊家，握手引坐，赐给安车驷马，然后别去。又礼延齐中书侍郎李道林入宫，使内史宇文昂，访问齐朝政教风俗，及人物善恶，留宿三日，方才送归。（周主颇知礼士，熊、李亦颇疚心否？）

邺城大定，遂遣将军尉迟勤等，东追齐主。齐上皇纬渡河入济州，又令幼主恒禅位任城王湝。且替湝作诏，尊上皇谓无上皇，幼主为宋国天王。（真是儿戏。）使侍中斛律孝卿，送禅文及玺绶往瀛州。孝卿竟持入邺城，献与周主，湝全不得闻。齐洛州刺史独孤永业，有甲士三万人，前闻晋州失守，表请出兵击周，并不见报。至并州又陷，长叹数声，乃遣子须达奉款周军。周主遥授永业为上柱国，加封应公。齐上皇纬穷蹙无援，更思南奔，留胡太后居济州，使高阿那肱守济州关，觇候周师，自与穆后、冯淑妃、幼主恒，及韩长鸾、邓长颙等数十人，奔往青州。（母可弃，妻妾子孥等不可舍。）令内参田鹏鸾西出，伺敌动静。途次为周师所获，诘问齐主何在？鹏鸾但说齐主南行，想当出境。周人知系谎言，杖击鹏鸾手足，每折一肢，词色愈厉，至四肢俱折，爽然毕命，终不肯言。齐上皇至青州，即欲入陈，偏高阿那肱密召周师，愿生致齐主，作为贽仪。一面启达青州，只说周师尚远，已令部众截断桥路，定保无虞。齐上皇乃留住不行。那知周师到济州关，高阿那肱便即迎降。周将尉迟勤，驰入济州，先将胡太后掳去，复进军青州。距城不过一二十里，齐上皇方才闻知，亟用囊贮金，系诸鞍后，与后妃幼主等十余骑，南走至南邓村。方拟小憩，忽听后面喊声大起。不瞧犹可，回头一瞧，吓得魂飞天外。原来正是士强马壮的周军。看官，试想此时齐上皇以下十数人，半系妇女，半系童仆，就使插翅也难飞去。眼见得束手受擒，被周将尉迟勤，带回邺城去了。（妻妾同受磨劫，好算是休戚与共了。）

周主邕住邺数日，赈贫拔困，彰善瘅恶。因故齐臣斛律光、崔季舒等无罪遭戮，特为昭雪，并加赠谥，且令改葬。子孙各得荫叙，所有家口田宅，没入官库，概令发还。周主尝语左右道："斛律明月若尚在世，朕怎得至邺呢！"还有齐故中书监魏收，时已去世。收生前修撰魏史，意为褒贬，毫不秉公，每言何物小子，敢与魏收作色，我欲举扬，便使他上天，我欲按抑，便使他入地。及修史告成，众口喧然，号为秽史。邺城失陷，收冢被怨家发掘，暴骨道中。（特志此事，为秉笔不公者戒。）周公邕仍命检埋。收有从子仁表，曾为尚书膳部郎中，至是仍许为官。就是《魏书》百三十卷，亦不使铲削，迄今尚复流行。

高纬至邺，周主邕降阶相迎，待以宾礼，令与太后幼主及后妃诸王等，暂处邺宫。当下派兵监守，不烦细述。总计高纬在位，历十有三年。幼主恒受禅称帝，未及一月。延宗在晋阳称尊，只阅二日。任城王湝，未接禅位谕旨。所以北齐历数，后世相传，自高洋篡魏为始，至幼主被擒为止，凡六主二十八年；延宗与湝不得列入。湝闻邺都失守，当然悲愤，可巧广陵王孝珩，行至沧州，即作书遗湝，共谋匡复。湝遂与孝珩相会信都，彼此召募得士卒四万余人。领军尉相愿，亦带领家属，自邺奔至，湝仍令督率兵士，共抗周师。周主先令高纬致书招湝，湝拒绝使人，乃遣齐王宪、柱国杨坚等，统兵往击。途中获得信都谍骑，宪纵令还报，并委他寄书与湝，略云足下间谍，为我候骑所拘，彼此情实，应各了然。足下战非上计，守亦下策，所望幡然变计，不失知机。现已勒诸军分道并进，相会非遥，凭轼有期，不俟终日云云。湝得书不省，但出兵城南，列营待着。

过了两日，已见周军掩至。两下对阵，齐领军尉相愿，佯为出战，竟率所部降周师。湝与孝珩，忙收军入城，捕诛相愿妻子。越日复战，信都兵新经募集，毫无纪律，怎能敌得过百战周师？甫经交绥，即纷纷散去。周师或斫或缚，好似虎入羊群，无一敢当。结果是齐军全覆，连湝与孝珩，均被周师擒住。周齐王宪语湝道："任城王何苦至此！"湝叹道："下官乃神武皇帝第十子，兄弟十五人，惟湝独存，不幸宗社颠覆，湝为国捐躯，至地下得见先人，也可无遗恨了！"宪颇为赞叹，命归湝妻孥。再召孝珩入问，孝珩自陈国难，归咎高阿那肱等，说得声泪俱下。宪不禁改容，亲为洗疮敷药，礼遇甚厚。孝珩慨然道："自神武皇帝以外，我诸父兄弟，无一人年至四十，岂非命数？况嗣主不明，宰相不法，从前李穆叔谓齐氏只二十八年，竟成谶语。我不得入握兵符，受斧钺，展我心力，今已至此，尚有何言！"（欢有子澄，澄有子孝珩，虽未救国亡，还算有些气节。）宪执二王还邺，周主也温颜接见，暂留军中。

忽闻齐定州刺史范阳王绍义（高洋第二子），与灵州刺史袁洪猛，引兵南出，欲取并州，自肆州以北城戍二百余所，尽从绍义。周主急命东平公宇文神举（泰之族子。）统兵北行，略定肆州，进拔显州，执刺史陆琼，又乘势攻陷诸城。绍义退保北朔州，遣部将杜明达拒敌。明达至马邑，正值周兵到来，如风扫残云一般，明达大败奔还。绍义见明达败还，且惊且叹道："周为我仇，怎可轻降？不如北去罢！"遂拟奔突厥。部众尚有三千人，绍义下令道："愿从者听，不愿从者亦听。"于是部下辞去大半，涕泣告别。绍义只率着千骑，往投突厥去了。自绍义北去，所有北齐行台州镇，悉为周有。惟东雍州行台傅伏、营州刺史高宝宁，尚不肯归周。

周主邕命将所得各州郡，各派官吏监守，然后启节西还。凡齐上皇高纬以下，一律带回。道出晋州，遣高阿那肱等百余人，至汾水旁，召傅伏出降。伏整军出城，隔水问道："今至尊何在？"高阿那肱道："已受擒了。"伏仰天大哭，率众再返，就厅前北面哀号，约阅多时，才复出城降周。（同是一降，何必做作？）周主见伏道："何不早降？"伏流涕答道："臣三世仕齐，累食齐禄，不能自死，愧见天地！"（却是有愧。）周主下座握手道："为臣正当如此。"乃举所食羊肋骨赐伏道："骨亲肉疏，所以相付。"遂引为宿卫，授上仪同大将军。及西入关中，已至长安，周主命将高纬置诸前列，齐王公大臣等随纬后行。凡齐国车舆旗帜器物，依次列陈，自备大驾，张六军，奏凯乐，献俘太庙，然后还朝御殿，受百官朝贺。高纬以下，亦不得不俯伏周廷。周主封纬温国公，齐诸王三十余人，亦悉授封爵。纬自幸得生，深感周恩，惟失去一个活宝贝未蒙赐还，不得不上前乞请，叩首哀求。小子有诗叹道：

无愁天子本风流，家国危亡两不忧；
只有情人难割舍，哀鸣阙下愿低头。

究竟所求何物，且看下回说明。

高延宗困守晋阳，受迫称尊，原其本意，实出于不得已，非觊觎神器者比也。东门一役，几毙周主，以危如累卵之孤城，尚能力挫强敌，亦云豪矣。及周师再振，鸣角还军，城内皆醉人，守者尚寝处，因至城破兵溃，力屈守擒。虽不可谓非疏忽之咎，然其胜也，固第出于一时之锐气，可暂而不可久。周主邕去而复还，卒拔晋阳，此乃天意之亡齐，不得尽为延宗责也。齐主纬穷蹙无策，神位幼子，一何可笑！岂以帝位不居，便足却敌欤？彼平时之所最倚任者为穆提婆、高阿那肱，穆提婆先已降周，高阿那肱且倒戈授敌，及此不悟，尚复猜忌宗戚，信用阉人，宜其国亡身虏也。任城广宁，继安德而起，终致覆亡。厥后又有范阳，亦一战即遁。强弩之末，势不能穿鲁缟，固然无足怪耳。然如齐之世无令德，尚得四五传而亡，其犹为高氏之幸事也夫！

第七十九回　老将失谋还师被虏　昏君嗣位惨戮沉冤

却说高纬受封温公，尚向周主哀求一人，这人为谁？就是淑妃冯小怜。（念兹在兹，可算情种。）周主邕微哂道："朕视天下如脱屣，一妇人岂为公惜！"遂乃将冯妃给还高纬。纬拜谢而起，挈妃自出。既而周主召纬入宴，并及高氏诸王公，酒至半酣，令纬起舞，纬毫无难色，乘着三分酒意，舞了一回。（差不多似虞廷之百兽。）高延宗独悲不自胜，至宴罢归寓，即欲仰药，侍婢再三劝止，乃暂自偷生。到了秋尽冬来，有人诬告温公高纬，与宜州刺史穆提婆谋反。周主召还穆提婆，与纬等对簿，大众同声呼冤。惟延宗饮泣无言，用椒塞口，未几气绝。高纬父子，及齐宗室诸王，并皆赐死。穆提婆亦当然伏诛。独孝珩先期病逝，得归葬山东。纬弟仁英患狂，仁雅患瘖，亦均得免死，流徙蜀中。其余亲属故旧，一并流配，概死边疆。高纬虽在位十三年，死时尚只二十二岁，纬子恒只八岁而终。史称纬为齐后主，恒为齐幼主。

纬母胡氏，年已四十，尚有冶容，恒母穆氏，年仅二十有奇，自然更艳。两人流落无依，竟在长安市中，操着皮肉生涯，日与少年游狎。相传胡氏得陈夏姬术，（陈夏姬系春秋时人，有内视法。）与人欢会，常如处子，因此张帜平康，室无虚客。穆黄花妖冶善媚，亦得狎客欢心。胡氏尝语穆氏道："为后不如为娼，更饶乐趣。"无耻至此，未始非高氏好淫的果报呢！（登徒子其听之。）齐任城王湝与纬同死。湝妃卢氏，由周主赐与亲将斛斯征。卢氏蓬头垢面，长斋持佛，不与征同言笑，征乃听令为尼。独纬妃冯小怜，亦由周主命令，赏与代王达为妾婢。达本不好色，偏得了这个冯淑妃，竟被迷住，非常爱宠。

冯尝弹琵琶，忽断一弦，因随口吟诗道："虽蒙今日宠，犹忆昔时怜！欲知心断绝，应看胶上弦。"（你若果不忘旧情，何不早死，还可谢齐后主！）达妃李氏，与达本伉俪相谐，自经冯小怜入门，屡致夫妻反目，大妇含酸，小妻构衅，不问可知。后来达为杨坚所杀，坚篡周祚，又将冯氏赐与李询，询即达妃李氏兄。询母为女报怨，令小怜改着布裙，逐日舂米。弱质柔姿，怎禁贱役，再加询母多方谩骂，不堪蹂躏，只好自寻死路，赴入冥途。人生总有一死，死到此时，乃弄得无名无望。话休絮烦。

且说齐范阳王高绍义，投入突厥，突厥木杆可汗，已早去世，弟佗钵可汗继立，很加爱重，凡在北齐人，悉归隶属。齐营州刺史高宝宁，与绍义同宗，久镇和龙（即营州治所），颇得夷夏人心。周主遣使招降，宝宁不从，竟使人至绍义前，上表劝进。突厥亦许为臂助，绍义遂进据平州，自称齐帝，改元武平。命宝宁为丞相。佗钵可汗亦招集诸部，举众南向，声言立范阳王为齐帝，代齐报仇。周主邕正拟进讨，忽闻陈司空吴明彻等，出兵吕梁，进围彭城，乃先务南顾，亟遣大将军王轨，率兵赴援。原来陈主顼闻周人灭齐，欲争徐、兖，因命吴明彻督军北伐。行至吕梁，周徐州总管梁士彦，率众拒战，为明彻所破，斩获万计。乘胜进围彭城，月余不下。陈中书舍人蔡景历进谏道："师老将骄，不宜过穷远略，请下敕班师。"陈主顼不从景历，反说他阻惑众心，免官放归。

吴明彻在军日久，仍然无功，且年将七十，不堪久劳，没奈何力疾从事。那周大将军王轨，已出兵南下，来救彭城。明彻得周军出发消息，益锐意进攻，就清水筑起长堰，引波流至城下，环列舟舰，日夕猛扑。梁士彦多方抵御，仍不得下。适探报传入陈营，谓周将王轨，已引军入淮口，用铁锁贯住车轮数百，沉清水中，遏断陈军归路，且在两旁筑垒屯戍云云。陈军不禁恂惧。部将萧摩诃献议道："王轨始锁下流，两旁虽已筑垒，总还未就，速宜分兵往争，否则归路一断，我辈均为所虏了。"（此策确是要紧。）明彻掀髯微笑道："搴旗陷阵，属诸将军；长算远略，归诸老夫。老夫自有主裁，将军不必躁急！”（老昏颠倒。）摩诃失色而退。

蹉跎过了旬余，下流已被锁住，水路遂断。周军遂来救城，明彻正苦背疾，不能支持，萧摩诃复入请道：“今求战不得，进退失据，看来只好潜军突围，方保生还，请公率领步卒，乘车徐行。摩诃领铁骑数千，驱驰前后，必能保公安达京邑。此机一失，生还无望了！”明彻怅然道：“将军所言，原是良图，但我为总督，必须亲自断后，马军宜在前列，愿将军统率前行。”摩诃因率马军先发，乘夜登程。明彻亦决堰退军，自领舟师至清口。水势渐微，舟被车轮塞住，不能前进。周将王轨，正督军待着，一声胡哨，四面环击，杀得陈军无路可奔，纷纷投水自尽。明彻病不能军，连人带船，被周军掳去。将士辎重，悉数陷没。惟萧摩诃与将军任忠、周罗睺，从陆路偷过周营，全师得还。

陈主顼闻明彻被擒，始悔不用蔡景历言，即日召景历入都，令为鄱阳王，（名伯山，陈世祖第三子。）谘议参军。才阅数日，即迁员外散骑常侍，兼御史中丞。是岁景历病终，享寿六十，赠太常卿，追谥曰敬。景历为陈高祖佐命功臣，故后来复得配享高祖庙廷。吴明彻被掳至长安，忧恚而死，年已六十七岁。（一失足成千古恨。）及陈后主叔宝嗣位，也得追赠为邵陵县侯，这且休表。

惟周主邕得彭城捷报，赏功有差，且下诏改元宣政。自往云阳宫，大集各军，决计北讨。不料天不假年，二竖忽侵，兵马尚未调齐，皇躬竟致不起。乃下敕暂停军事，驿召宗师宇文孝伯。到了行在，由周主握手与语道：“我已疾亟，恐无生理，后事当尽付与君。君勉辅太子，勿负我言！”孝伯垂涕受嘱，且请乘舆还都。周主面授孝伯为司卫上大夫，总宿卫兵马事，先令驰驿还京，守备非常，自用卧床载归。途次气息仅属，甫近都门，骤致痰涌，喘息数声，竟尔归天。年只三十六岁，在位计十九年。

周主邕沈毅有智，即位时深自韬晦，至宇文护受诛，始亲万机。治事甚勤，持身甚俭，平居常自服布袍，寝用布被，后宫惟置妃二人，世妇三人，御妻三人，此外一律裁损。后宫服饰，概尚朴实。凡从前宇文护所筑宫室，并嫌过丽，悉令毁撤，改为土阶数尺，不施栌栱。所有雕斫各物，并赐贫民。至若校兵阅武，步行山谷，皆不惮劳苦。每当宴会将士，又必执杯劝酒，或手付赐物。平齐时见一军士跣行，即脱靴为赐，所以士皆用命，人愿效死。独太子赟不肖乃父，性好淫僻，宇文孝伯尝入白道："皇太子关系民社，未闻令德，臣忝列宫官，责难旁贷。今太子春秋尚少，志业未成，请妙选正人，辅导东宫，尚望迁善改过，否则后悔无及了！"周主道："正人岂复过君！君宜为我辅导太子。"及孝伯趋退，即命尉迟运为右宫正，孝伯为左宫正，寻擢孝伯为宗师中大夫。已而复召孝伯入问道："我儿近日渐长进否？"孝伯答道："皇太子近惧天威，尚无过失。"周主稍有喜色。嗣由王轨侍宴，起捋周主须道："可爱好老公，但恨后嗣暗弱！"周主失色，竟命撤席，且责孝伯道："君常与我云：'太子无过。'今轨有此言，显见是君多诳语了。"孝伯拜谢道："臣闻父子至亲，人所难言。陛下不能割情忍爱，臣亦只好结舌了！"周主沉吟良久，方徐谕道："朕已将太子委公，愿公勉力！"孝伯乃再拜而退。（孝伯不能导正东宫，何如先行引退？若周主之舐犊情深，其失愈甚。）至周主疾殂，太子赟迎尸入都，一经棺殓，便由赟嗣皇帝位。尊谥故主邕为武皇帝，庙号高祖，奉嫡母阿史那氏为皇太后，本生母李氏为帝太后。立妃杨氏为皇后。杨氏小名丽华，就是柱国随公杨坚长女，周建德二年，纳为太子赟妃，此时册为皇后，杨家权势，从此益盛了。（为杨坚篡周伏笔。）

赟本无令行，只因父教甚严，不得不勉强矜持，涂饰耳目。既得登位，遂复萌故态，渐渐的放纵起来。当时周室勋亲，第一人要算齐王宪，赟夙加忌惮，即令武卫长孙览总兵辅政，收夺齐王宪兵权。又密令开府于智，察宪动静，智遂诬宪有异谋，请先时防范。赟已授宇文孝伯为小冢宰，因召入密嘱道："公能为朕图齐王，当即令代齐王职使。"孝伯叩头道："先帝遗诏，不许滥诛骨肉。齐王系陛下叔父，戚近功高，社稷重臣，栋梁所寄，陛下若妄加刑戮，微臣又阿旨曲从，是臣为不忠，陛下亦难免不孝呢！"赟默然不答，孝伯自然退出。赟自是疏远孝伯，潜与于智等设谋除宪。计划已定，仍遣宇文孝伯传命，往语宪道："三公位置，应属亲贤，今欲授叔为太师，九叔为太傅，（九叔指陈王纯。）十一叔为太保，（十一叔指越王盛。）叔以为何如？"宪答道："臣才轻位重，早惧满盈，三师重任，非所敢当；且太祖勋臣，宜膺此选，若专用臣兄弟，恐滋物议，还请陛下三思！"孝伯依言返报，未几复来，谓今晚召诸王入殿议事，王勿爽约。宪当然应命，孝伯自去。

转瞬天晚，宪遵召前往，行至殿门，并不见诸王到来，恰也不免惊疑，但已经趋入，只好坦然前进。不意门内伏着壮士，见宪入门，便即突出，把宪拿下。宪辞色不挠，自陈无罪，蓦见于智出殿，与宪对质，统是捕风捉影，含血喷人。宪目光似炬，口辩如河，说得于智理屈词穷，只有支吾对付。或语宪道："如王今日事势，何用多言！"宪太息道："我位重望尊，一旦至此，死生有命，不复图存；但老母在堂，尚留遗恨，罢罢！我也顾不得许多了。"说着，将笏投地，竟被壮士缢死，年才三十五岁。

宪为周太祖泰第五子，幼即岐嶷，风采朗然。太祖泰尝赐诸子良马，任他取择，宪独取驳马。太祖问故，宪答道："此马色类不同，或多骏逸，将来从军征伐，牧圉亦容易辨明，岂不较善。"太祖道："此儿智识不凡，当成伟器。"后来果武略超群，累战皆捷。平时抚御士卒，甘苦同尝。平齐一役，长驱敌境，刍牧不扰，尤得民心。至是无辜被戮，远近含哀。大将军安邑公王兴，开府独孤熊、豆卢绍等，俱与宪相昵。嗣主诛宪无名，诬称兴等与宪谋叛，一并处死。宪母连步干氏，系柔然人，封齐国太妃。宪事母甚孝，母尝患风热，宪衣不解带，扶持左右。及宪冤死，母亦惊泣成疾，便即告终。宪长子贵早卒，余子质、责、贡、乾禧、乾洽，并封公爵，亦连坐被戮。梓宫在殡，遽戮勋亲，周事已可知了。（这一着便已致亡。）

于智得晋位柱国，封齐国公，授赵王招为太师，陈王纯为太傅，越王盛为太保，代王达、滕王逌（宇文泰幼子），及卢国公尉迟运，薛国公长孙览，并为上柱国。后父杨坚亦得进任上柱国兼大司马。从前王轨尝语武帝道：“太子非社稷主，普六茹坚有反相。”（周曾赐杨忠姓为普六茹氏，坚为忠子。故称普六茹坚。）武帝艴然道：“若天命有在，亦无可如何！”坚闻轨言，尝自晦匿，至此得掌军政，方握重权。会幽州人卢昌期据住范阳，起应高绍义，绍义引突厥兵赴范阳城，周廷即遣宇文神举往讨。神举兼程北进，行至范阳，卢昌期前来迎战，被神举用诱敌计，一鼓围攻，得擒昌期，遂克范阳。高绍义尚在途中，得知范阳失陷，昌期被虏，因素服举哀，折回突厥。营州刺史高宝宁，亦率数万骑救范阳，中途闻变，仍然退据和龙。宇文神举奏凯班师，送昌期入长安，当然枭斩，不在话下。

周主赟以内外粗安，乐得恣情声色，任意荒淫。尝自扪杖痕，向梓宫前恨骂道：“汝死已太迟了！”因此托名居丧，毫无戚容。整日里在宫中游狎，见有姿色的宫嫔即逼与淫乱。拜郑译为内史中大夫，委以朝政。又嫌梓宫在堂，未便改吉，便不守遗制，即令移葬山陵，约计殡灵期间，尚未逾月。一经葬毕，即易吉服。京兆郡丞乐运上疏，略言葬期既促，事讫即除，太为急切，不可训后。赟置诸不理。是年冬月，稽胡帅刘受逻千起反汾州，诏令越王盛为行军元帅，宇文神举为副，进军西河。稽胡向突厥求援，突厥遣骑赴救，为神举所侦悉，中途设伏，掩击突厥骑兵。突厥败走，稽胡帅刘受逻千，惶惧乞降。越王盛振旅还朝，神举留镇并、潞、肆、石等四州，号为并州总管。

越年正月朔日，周主赟在露门受朝，始服通天冠，绛纱袍，令群臣并服汉魏衣冠，颁诏大赦，改元大成。初置四辅官，命越王盛为大前疑，蜀公尉迟迥为大右弼，申公李穆为大左辅，随公杨坚为大后丞。大陈鱼龙百戏，庆赏太平。好几日尚未撤去，免不得有几个直臣，上书谏阻。赟非但不从，反越加恣肆，一不做，二不休，令百戏日演殿前，夜以继昼。又广采美女，罗列声伎，增筑离宫，大兴徭役，真个是穷奢极欲，惟恐不及。（想是自知速死，故不惮横行。）起初即位，尚嫌高祖时刑书要制，太觉从严，特为减轻条例，时加赦宥。此次因民多犯法，吏好强谏，因欲为威虐，慑服群下，乃更定刑名，务尚苛刻，叫作刑经圣制。便在正武殿大醮告天，颁示刑法。一面令左右密伺群臣，小有过失，即加诛谴。自己独游宴沉湎，旬日不朝，群臣请事，统由宦官代奏。于是京兆郡丞乐运，舆榇入朝，陈主八失：（一）事多独断，不令宰辅参议。（二）采女实宫，仪同以上诸女，不许擅嫁。（三）至尊入宫，数日不出，所有奏闻，统归阉人出纳。（四）下诏宽刑，未及半年，更严前制。（五）高祖斫雕为朴，崩未逾年，遽违遗训，妄穷奢丽。（六）劳役下民，供奉俳优角觝。（七）上书字误，辄令治罪，杜绝言路。（八）玄象垂诫，荧惑屡现，未能谘诹善道，修布德政。结末数语，乃是八过未改，臣见周庙将不血食了！看官，试想这种直言不讳的谏草，就使遇着中主，尚且忍受不起，况周主赟庸昏淫暴，那肯听受直言。当下勃然大怒，命运入狱，即欲加运死罪。朝臣相率惶怖，莫敢营救，独内史中大夫元岩叹道：“臧洪同死，人且称愿，（臧洪事见《三国志》。）况同时遇着比干，岩情愿与他同毙。”遂诣阁入谏道：“乐运不惜一死，实欲沽名，陛下不如好言遣归，借示圣度！”（也是讽谏。）赟怒乃少解，越日召运与语道：“朕昨夜思卿所奏，实为忠臣。”乃赐运御食。运拜谢而出。朝臣初见周主盛怒，莫不为运寒心，及见运释归，乃为运道贺，说是虎口余生，不可多得了。

时大将军王轨，出为徐州总管，因见上昏下蔽，恐祸及己身，私语亲属道：“我昔在先朝，屡言储君失德，实欲为社稷图存。今事已至此，祸变可知。本州控带淮南，近接强寇，欲为身计，易如反掌，但忠义大节，究不可亏，况素受先帝厚恩，志在效死，怎得因获罪嗣主，遽背先朝？今惟有待死罢了！千载以后，或得谅我本心。”果然不到数月，大祸临头，好好一位百战功臣，又复死于非命。原来中大夫郑译，与轨有嫌，又恨及宇文孝伯，屡思报怨。（事见七十八回，吐谷浑之役。）可巧周主自扪杖痕，谓是何人所致？译乘机答道：“事由王轨、宇文孝伯。”赟恨恨道：“我誓当杀彼！”译复述及王轨捋须事，（见上。）越激动周主怒意，遂遣内史杜虔，赍敕杀轨。中大夫元岩，不肯署敕，御正中大夫颜之仪，进谏不从。岩复继脱巾顿首，三拜三进，周主怒道："汝欲党轨么？"岩答道："臣非党轨，正恐滥诛功臣，失天下望！"周主赟叱令内侍，殴击岩面，将他逐出，即日免官。并促令杜虔就道，未见即由虔返报，轨已诛讫。

上柱国尉迟运，私语孝伯道："我等与王公同事先朝，素怀忠直，今王公枉死，我辈亦将及难，奈何？奈何？"孝伯道："今堂上有老母，地下有武帝，为臣为子，去将何往？且委贽事人，义难逃死。足下若为身计，何勿亟求外调，还可免祸。"尉迟运依计而行，得出为秦州总管。才阅数日，周主赟召问孝伯道："公知齐王谋反，何故不言？"孝伯道："齐王效忠社稷，实为群小所谮，因致冤戮。臣受先帝嘱托，方愧不能切谏，此外尚有何言！陛下如欲罪臣，臣有负先帝，死亦甘心了！"周主赟也觉怀惭，俯首不语，待孝伯告退，竟下敕赐死。又因宇文神举，受宠先朝，亦尝毁己，索性尽加辣手，命内史赍着鸩酒，速赴并州，逼令饮鸩自尽。尉迟运至秦州，迭闻孝伯、神举，依次毕命，不由得忧惧成疾，也即暴亡。小子有诗叹道：

未信仁贤国已虚，那堪勋旧尽诛锄！

人亡邦瘁由来久，黑獭从兹不食余。

周主赟既滥杀勋臣，又想出一种奇事，即拟施行。欲知周主有何设施，且至下回再表。

周主邕为一英武主，平齐以后，又复败陈，虽由陈将吴明彻之昏耆失算，以致兵败受擒，然非周将王轨之锁断下流，亦不至挫失如此。败陈者王轨，用轨者周主邕，推原立论，宁非由周主之英明乎？独周主邕号称知人，而不能自知其子，昏庸如赟，安得以大统相属，就令诸子尚幼，不堪承嗣，何妨援兄终弟及之例，传位同胞！况世宗毓已为前导，邕正可步厥后尘，奈何徒为子嗣计，不思为社稷计乎？及赟嗣位后，戮勋戚，杀功臣，种种失德，史不绝书，皆周主之贻谋不臧，有以致之。然当时如齐王宪辈，不能为伊霍之行，徒拱手而受戮，忠而近愚，亦不足取，身亡而国俱亡，此任圣之所以敻绝古今也！

第八十回　宇文妇醉酒失身　尉迟公登城誓众

却说周主赟嗣位改元，即封皇子衍为鲁王，未几立衍为太子。又未几即欲传位与衍。看官听着！赟年方逾冠，太子衍甫及七龄，如何骤欲内禅？这岂非出人意外的奇事！其实他的意见，是因耽恋酒色，不愿早起视朝，所以将帝座传与幼儿。诸王大臣，无敢违忤，只好请出东宫太子，扶上御座，大家排班朝贺。太子衍莫明其妙，几乎要号哭出来。当下草草成礼，仍送衍入东宫。赟令衍易名为阐，改大成元年为大象元年，号东宫为正阳宫，令置纳言御正诸卫等官。自称天元皇帝，尊皇太后为天元皇太后，所居宫殿，称为天台，冕用二十四旒，车旗章服，皆倍常制。每与皇后妃嫔等列坐宴饮，概用宗庙礼器，罇彝珪瓒，作为常品。每对臣下，自称为天，臣下朝见，必先致斋三日，清身一日，然后许入。又不准臣民有高大的称呼，高祖改称长祖，姓高改作姓姜，官名称上称大，悉改为长。并令国中车制，只用浑成木为轮，不得用辐。境内妇人，不得施粉黛，惟宫人得乘辐车，用粉黛为饰。宫室窗牖，概用玻璃，帷帐多嵌金玉，五光十色，炫耀耳目。更命修复佛道二像，与已并坐，大陈杂戏，令士民纵观。继又集百官宫人外命妇，具列妓乐，作乞寒胡戏。乞寒亦名泼寒，是西域乐名。臣下稍或忤意，便加楚挞，每一笞杖，以百二十为度，叫做天仗。就是宫人内职，甚至皇后宠妃，亦所不免。（历历写来，全是儿戏。）

皇后为杨坚女，已见前回。次为朱氏，芳名满月，本系吴人，因家属坐事，没入东宫，时年已二十余岁，掌赟衣服。赟年甫十余，已是好色，见朱氏貌美多姿，便引与同寝，数次欢狎，即得成孕，分娩时产下一男，就是小皇帝阐。又次为元氏，系开府元晟次女，十五岁被选入宫，容貌秀丽，比朱氏更胜一筹。且年龄较稚，正如豆蔻梢头，非常娇嫩，一经侍寝，大惬赟心，当即拜为贵妃。惟赟多多益善，得陇更思望蜀，复选得大将军陈山提第八女，轻盈袅娜，不让元妃，年龄亦不相上下。尤妙在柔情善媚，腻骨凝酥，不但朱氏无此温柔，就是元氏亦未堪仿佛。一宵受宠，立拜德妃。史官又揣摩迎合，奏称日月当蚀不蚀，乃称皇后杨氏为天元皇后，册妃朱氏为天元帝后。已而复纳司马消难女为正阳宫皇后，乃复尊帝太后李氏为天皇太后，改天元帝后朱氏为天皇后，并立妃元氏为天右皇后，陈氏为天左皇后。（各位俱由独创，赟可谓大思想家。）元氏父晟封翼国公，陈氏父山提封鄅国公。内史大夫郑译，本非懿戚，因执政有功，特别荣宠，亦封为沛国公。

正在天花乱坠，举国若狂的时候，忽闻突厥遣使请和，乃即令引见。突厥使乞请和亲，赟慨然允诺，特令赵王招女为千金公主，许字突厥。惟必须执送高绍义，方遣公主出嫁。突厥使惟惟而去，好几旬不见复命。赟因北方无事，欲南略示威，乃命上柱国韦孝宽为行军元帅，率同行军总管杞国公亮，（赟从祖兄。）郕国公梁士彦，出兵伐陈。孝宽进拔寿阳，亮拔黄城，士彦拔广陵，陈人望风退走，江北一带，陆续归周。

周主赟骄侈益甚，更命营造洛阳宫。遣使简视京兆及诸州，凡有民家美女，一律采选，充入宫中。又恐宫制狭陋，未如所望，特挈四皇后巡幸。赟亲御驿马，日驰三百里，命四皇后方驾齐驱，或有先后，便加谴责。文武侍卫，不下千人，并乘驿相随，人马劳敝，颠仆相继，赟反视为乐事。及至洛阳，宫尚未成，规模已经草创，壮丽异常。赟颇觉快意，乃但作十日游，命驾还都。都中所筑离宫，以天兴宫、道会苑为最大，赟随时行幸，晨出夜还，习以为常，侍臣皆不堪奔命。

大象二年正月朔，至道会苑受朝，命御座旁增造二康，左绘日，右绘月，又改称诏制为天制，诏敕为天敕。过了数日，又尊皇太后阿史那氏为天元上皇太后，帝太后李氏为天元圣皇太后，立天元皇后杨氏为天元太皇后，天皇后朱氏为天太皇后，天右皇后元氏为天右太皇后，天左皇后陈氏为天左太皇后，正阳宫皇后司马氏，直称皇后。宫中大庆，所有王公大臣诸命妇，不得不联袂入朝。就中有一杞国公子妇尉迟氏，乃是蜀国公尉迟迥孙女，西阳公宇文温的妻子，生得丰容盛鬋，玉骨冰姿，当时亦入朝与宴，为赟所见，竟惹动欲念，想与她并效鸾凰。但命妇与座，不下数百，如何同她苟合？便想出一计，暗嘱宫女，迭劝尉迟氏进酒，把她灌得烂醉。侍至宴毕撤席，大众散归，尉迟氏酒尚未醒，不能行动，当然扶入床帏，使她酣寝。赟见尉迟氏中计，心下大喜，便至尉迟氏卧处，把她卸去外衣，任意奸污。尉迟氏动弹不得，只好由他所为，占宿一宵。越日尚留住宫中，不肯放归。转眼间将要浃旬，始令归第。

杞国公亮，已料子妇着了道儿，密嘱子温彻底盘问。尉迟氏不能自讳，据实说明，温当然悔恨，亮也觉懊怅。（子妇被淫，与汝何涉？）遂语长史杜士峻道："主上淫纵日甚，社稷将危，我忝列宗支，不忍坐见倾覆。今拟袭取韦公营寨，并有彼部，别推诸父为主，鼓行而前，谁敢不从？"士峻也以为然，遂夜率数百骑，往袭韦孝宽营。到了营前，遥望营内刁斗无声，只有数点星火，亮不辨好歹，麾众杀入，乃是一座空营，并无一人。当下情急胆虚，自知不妙，忙引众奔还，突听得一声呐喊，伏兵四至，把亮困住。亮拼命冲突，杀透一层，又有一层，好容易杀开血路，慌忙奔走，手下已只剩数人。约行半里，忽有大将带领人马，从刺斜里冲出，截住去路。亮望将过去，这员大将，正是上柱国郧国公韦孝宽。此时冤家路狭，无处逃生，不得已抵死力争。怎奈寡不敌众，被韦军用槭乱刺，身受重伤，坠落马下，再经一刀，结果性命。孝宽传首入报，赟即命宿卫军抄斩亮家，把亮子温等，尽行杀死，独赦免温妻尉迟氏，令带回宫中。（倾家亡国多缘美色。）

嗣是得与尉迟氏连宵取乐，公然拜为长贵妃。嗣又欲立她为后，召问小宗伯辛彦之。彦之答道："皇后与天子敌体，不应有五。"赟佛然不悦，转问博士何妥。妥进谀道：“帝喾四妃，虞舜二妃，先代立后，并无定限。”赟始易怒为喜道：“究竟是个博士，实获我心。”遂免彦之官，特添置天中太皇后位号，令天左太皇后陈氏充任。即立尉迟氏为天左太皇后。因造玉帐五具，使五后各居一帐，又用五辂相载，每有游幸，必令从行。或且令五辂为前驱，自率左右步随。寻复想入非非，募取京城少年，使乔扮作妇女装，入殿歌舞，自与五后及其他嫔御，列坐观演，恣为笑乐。（不怕戴绿头巾么？）

天元太皇后杨氏，性情柔婉，素来顺旨，就是四皇后与她同处，班次相亚，亦从未闻杨后有嫌，所以互相敬爱，情好甚谐。惟赟好色过度，尝饵金石，渐渐的阳竭精枯，神精昏乱，暴喜暴怒，越令人不可测摸，朝晚施行天杖，动辄数百，连五皇后亦尝受天刑。杨后究系结发夫妻，免不得婉言规劝，顿时触动赟怒，命杖背百二十下。杨后仍从容面谏，词色如恒，赟大怒道：“汝可先死，我且灭汝家！”遂命将杨后牵入别宫，逼令自杀。当由宫监报知杨后母家，后母独孤氏大惊，亟诣阁陈谢，叩头流血，方得将杨后释出，仍还原宫。

既而赟又欲杀杨坚，召他入阁，先语左右道：“坚若变色，汝等即可为我动手。”左右领命待着。及坚入见，容止端详，言貌自若，乃得免祸，安然退出。

坚少与郑译同学，译见坚龙颜凤表，额上有五柱入顶，手中又有王字纹，知非常相，因深与结交。坚虑在朝罹祸，尝密语译道：“久愿出藩，公所深悉，何勿为我留意？”译答道：“如公德望，天下归心，欲求多福，自当代谋。”坚喜为道谢。未几译被召入内，与商南略事宜，译请简元帅，赟便令译举荐，译即以坚对。乃授坚为扬州总管，使偕译统兵伐陈。适坚有足疾，尚未果行。

时值仲夏，天气暴热，赟备法驾往天兴宫，为避暑计，是夕即病。次日复患喉痛，匆匆还宫，便召小御正刘昉、中大夫颜之仪，同入卧室，拟嘱后事。偏偏喉咙声哑，挣不成声，竟说不出一句话来。昉等慰解数语，便即趋出。之仪自归，昉独与郑译等商议国事。译引入御饰大夫柳裘、内使大夫韦誉、御正下士皇甫绩，共同议决，请后父杨坚辅政。坚辞不敢当，昉作色道："公若肯为，便当速为，必欲固辞，昉将自为了。"坚乃允诺。昉素以狡谄得幸，至是因幼主无用，乃更媚事杨坚。（可见憸人万不可用，即如内史郑译亦可类推。）既与坚有定约。因引坚入宫，托词受诏，居中侍疾，赟竟尔绝命。由昉、译主持宫禁，矫诏令坚总知中外兵马事。昉等一一署名，独颜之仪抗声道："主上升遐，嗣子幼冲，阿衡重任，宜属宗英，方今赵王最长，议亲议德，合膺重寄。公等备受朝恩，当思尽忠报国，奈何欲以神器假人！之仪宁为忠义鬼，不敢诬罔先帝！"（可谓朝阳鸣凤。）昉等知不可屈，代为署敕，颁发出去。诸卫军遵敕行事，各听坚节制。坚乃就之仪索取符玺，之仪复正色道："符玺系天子物，自有专属，宰相何事，乃欲索此？"坚不禁动怒，令卫士将他扶出，意欲置诸死刑，转思他有关民望，乃但黜为西边郡守。于是为故主赟发丧，迎幼主阐入居天台，罢正阳宫，大赦刑人，停止洛阳宫作。尊阿史那太后为太皇太后，杨后为皇太后，朱后为帝太后，所有陈后、元后、尉迟后，勒令出宫，并皆为尼。（尉迟氏最不值得。）追谥赟为宣皇帝，逾月奉葬。赟在位只越一年，禅位后又越一年，总算合成三年，殁时才二十二岁。（得保首领，大幸大幸。）

赟有六弟，介弟名赞，封汉王，次名贽，封秦王，又次名允，封曹王，又次名充，封道王，又次名兑，封蔡王，最幼名元，封荆王。汉王赞年将及冠，姿性庸愚，杨坚推他为上柱国右大丞相，阳示尊崇，实无权柄。自己为左大丞相，兼假黄钺。秦王贽为上柱国。此外皇叔并幼，不得入居朝列。幼主阐谅闇居丧，百官总已，听命左大丞相杨坚。坚又恐藩王有变，征令入朝，赵王招、陈王纯、越王盛、代王达、腾王逌五人，时皆就国。（诸王皆不在朝，怪不得杨坚逞志，但赟俱皆遣散，自翦羽翼，安得不亡！）至此闻有大丧，且接受诏旨，当然联翩入关。适突厥佗钵可汗，遣使吊丧，并迎千金公主。坚以为遗命当遵，遂与赵王招熟商，令他嫁女出番。特遣建成侯贺若谊等送往，多赍金帛，馈赠佗钵，令执送高绍义。佗钵乃伪邀绍义出猎，使谊候着，掩他不备，执还长安。坚因敕文甫下，免绍义死，流徙蜀中。绍义忧郁成瘵，不久即亡。（了结高齐，缴足前文。）

坚擅改正阳宫为丞相府，引司武上士郑赍为卫，潜令整顿兵仗，随坚入相府中。赍又召公卿与语道："公等欲求富贵，宜即随行。"公卿相率骇愕，互谋去就。不意卫兵大至，迫众随入相府。众不敢违，相偕至正阳宫，又为门吏所阻，被赍瞋目叱去，坚乃得入。赍遂得典丞相府宿卫，郑译为丞相府长史，刘昉为司马。御正下大夫李德林，自齐入周，尝司诏诰，坚知他文艺优长，特召入与语道："朝廷赐令总文武事，经国重任，今欲与公共事，愿公勿辞！"德林答道："愿以死奉公！"坚闻言大喜，即令德林为府属。内史大夫高颎，明敏有识，习兵事，多计略，坚又引为司录，遂改革秕政，豁除苛禁，删略旧律，更作刑书要制，奏请施行。坚躬履节俭，政尚清简，中外被他笼络，相率归心。汉王赞常居禁中，与幼主阐同帐并坐，有所议论，当然主谋。坚尚以为忌。相府司马刘昉，为坚设法，特饰美妓数人，亲送与赞。赞少年贪色，喜得心花怒开，便视昉为好友，尝相往来。昉因说赞道："大王系先帝介弟，时望所归，孺子幼冲，岂堪大事！今先帝甫崩，群情尚扰，王且归第，待事宁后，入为天子，乃是万全计策呢。"赞信为真言，便出居私第，日与美妓饮酒取乐，不问朝政。

那时内外政权，都归左大丞相杨坚。坚遂欲篡周祚，夜召太史中大夫庚季才问道："我以庸材受兹顾命，天时人事，卿以为何如？"季才已知坚意，顺口答道："天道精微，不能臆察，惟卜诸人事，符兆已定，季才纵言不可，公岂复得为巢许么？"（巢父、许由皆古隐士。）坚沉思良久道："诚如君言。"坚妻独孤夫人，为前卫公独孤信女，亦密语坚道："大事至此，势成骑虎，必不得下，宜勉图为要！"（欲作皇后耶？抑欲报父仇耶？）坚很以为然，特恐相州总管蜀国公尉迟迥，为周室勋戚，（迥母为宇文泰姊。）位望素重，或有异图。乃使迥子魏安公惇，赍诏至相州，饬令入都会葬，另派上柱国韦孝宽为相州总管，即日启行。

迥得诏书，料知坚谋篡逆，未肯应召，但遣都督贺兰贵，往候韦孝宽。孝宽行至朝歌，与贵相遇，晤谈多时，见贵目动言肆，察知有变，因称疾徐行，且使人至相州求取医药，阴伺动静。迥即令魏郡太守韦艺，持送药物，并促孝宽莅镇，以便交卸。艺系孝宽兄子，与迥相善，及见孝宽，但传述迥命，未肯实言。孝宽再三严诘，仍然不答，乃拔剑起座，竟欲斩艺，艺不觉大骇，始言迥有诡谋，不如勿往。孝宽即挈艺西走，每过亭驿，尽驱传马而去。且语驿司道："蜀公将至，宜速具酒食!"驿司依言照办。过了一日，果有数百骑到来，为首的并非尉迟迥，乃是奉迥所遣的将军梁子康，佯言来迎孝宽，实是追袭孝宽。驿中已无快马，只有盛馔备着，子康也是个酒肉朋友，乐得过门大嚼，聊充一饱。那孝宽叔侄，已早驰入关中去了。（孝宽不谓无智，但助坚篡周，终属非是。）

杨坚闻孝宽脱归，再令侯正破六韩裒，诣迥谕旨。并密贻相州长史晋昶等书，嘱令图迥。迥察泄隐情，杀裒及昶，遂召集文武官员，登城与语道："杨坚自恃后父，挟持幼主，擅作威福，逆迹昭彰，行路皆知。我与国家谊属舅甥，任兼将相，先帝命我处此，寄托安危，今欲纠合义勇，匡国庇民，君等以为何如?"大众齐声应命。迥乃自称大总管，起兵讨坚。坚即令韦孝宽为行军元帅，辅以梁士彦、元谐、宇文忻、宇文述、崔弘度、杨素、李询等七总管，大发关中士卒，往击尉迟迥。孝宽方才起行，雍州牧毕剌王贤（明帝毓长子），恰潜与五王同谋，（五王即赵、陈、代、滕诸王。）意欲杀坚。偏为坚所察觉，诬贤谋反，将贤捕戮，并及贤三子。只因外乱方起，未便尽杀五王，但佯作不知。且令秦王贽为大冢宰，杞公椿（杞公亮弟，亮诛后椿继任。）为大司徒，暂安众心。一面调兵转饷，专力图外。

青州总管尉迟勤，系迥从子，初由迥贻书相招，勤把原书赍送长安，自明绝迥。嗣闻相、卫、黎、洺、贝、赵、冀、沧、瀛各州，俱与迥相联络，更兼荣、申、楚、潼各刺史，亦应迥发难，单剩青州一隅，孤悬海表，如何抵挡得住，乃亦答复迥书，愿同戮力。迥又遣使联结并州刺史李穆。穆子士荣，劝穆从迥。穆独不愿，锁住来使，封上迥书。坚使内史大夫柳裘，驰驿慰穆，与陈利害，又使穆子左侍浑，往布腹心。穆即遣浑还报，奉一尉斗与坚，嘱浑致词道：“愿执持威柄，慰安天下！”还有十三镮金带，亦令浑带去持赠，十三镮金带，是天子服，明明是阴寓劝进的意思。（专冀富贵，不顾名义。）坚当然大悦，答书道谢，并令浑诣韦孝宽军前，详述穆意，免得孝宽后顾，好教他锐意前进。穆兄子崇为怀州刺史，本欲应迥，后知穆已附坚，慨然太息道：“阖门富贵，至数十人，今国家有难，竟不能扶倾定危，尚何面目处天地间呢！”话虽如此，怎奈孤掌难鸣，没奈何迁延从事。

迥再招东郡守于仲文，仲文不从，迥即令大将军宇文胄、宇文济，分道攻仲文。仲文不能守，弃郡奔长安，妻孥不及随奔，尽被杀毙。迥又遣大将军檀让略地河南。杨坚因命于仲文为河南道行军总管，使击檀让。另调清河公杨素，使击宇文胄、宇文济。并自为都督中外诸军事。会郧州总管荥阳公司马消难，亦因身为后父，愿保周室，亦举兵应迥。（消难女为幼主阐后，见前。）坚乃复遣柱国王谊为行军元帅，出攻消难。军书旁午，日无暇晷，更兼天气盛暑，将士出发，亦未能兼程急进，害得杨坚欲罢不能，免不得日夕忧烦。

赵王招等入长安后，已见坚怀不轨，常欲杀坚。自毕王贤被杀，心愈不安，乃想出一法，邀坚过饮。坚亦防招下毒，特自备酒肴，令左右担至招第，方才敢往。招引坚入寝室，使坚左右留住外厢，惟坚从祖弟大将军弘，及大将军元胄，随坚入户，并坐户侧。招与坚同饮。酒至半酣，招拔佩刀刺瓜，接连啖坚。元胄瞧着，恐招乘势行刺，即挺身至座前道：“相府有事，不便久留，请相公速归！”招怒目呵叱道：“我方与丞相畅叙，汝欲何为？”胄亦厉声道：“王欲何为？敢叱壮士！”招始佯笑道：“我有什么歹意？卿乃这般猜疑。”因酌酒赐胄，胄一饮而尽，站立坚旁。（仿佛鸿门会上时。）招与坚续饮数觥，伪醉欲呕，将入后阁，胄恐他为变，扶令上坐，至再至三。招复自称喉渴，令胄就厨取饮，胄仍屹然不动。适滕王逌后至，坚降阶出迎，胄乃得与坚耳语道：“事势大异，可速告归！”坚答道：“彼无兵马，何足为虑！”胄又低声道：“兵马统是彼物，彼若先发，大事去了！胄不辞死，恐死无益！”坚似信非信，重复入座。胄格外留意，忽听室后有被甲声，亟扶坚下座道：“相府事繁，公何得流连至此？”一面说，一面扯坚出走，招不禁着急，亦下座追坚。胄让坚出户，呼弘保坚同行，自奋身挡住户门，不令招出。小子演述至此，随笔写成一诗道：

欲为壮士贵争名，保主何如保国诚！
当户虽然资大力，公私两字欠分明。

毕竟杨坚如何脱身，待看下回表明。

周主赟淫昏失德，并立五后，其最称丑秽者，为西阳公温妻尉迟氏。温父亮为赟从祖兄，温妻尉迟氏，赟之从祖侄妇也。尉迟氏有美色，赟乘其入朝，灌酒使醉，逼而淫之，亮因此谋叛，祸及一门。尉迟氏被迫入宫，公然为后。赟之不道，原不足责，尉迟氏不能保身，复不能保家，甘心受污，侈服翚翟，以视春秋时之怀嬴；其犹有愧辞乎？及昏君毕命，仍出为尼，嗟何及哉！尉迟迥累世贵戚，地居形胜，愤坚专擅，誓众兴师，不可谓非忠义士。司马消难，亦举兵响应，名正言顺，事若可成。然试思淫暴如赟，宁尚能泽及后嗣耶！天意亡周，人力亦乌能挽之！徒见其倏起倏败而已。然如尉迟迥之为国死义，亦足垂千古矣！

第八十一回 失郧城皇亲自刎 篡周室勋戚代兴

却说杨坚为赵王招所诱，几乎遭害，幸亏大将军元胄，将坚扶出，奋身挡户，阻住赵王招，待至坚已去远，才转身趋归。赵王招见胄勇武，不敢与抗，眼见是纵虎出柙，自恨不先下手，因致迟误，徒落得弹指出血，结愤填胸。那杨坚怎肯罢休，即诬称赵王招图逆，与越王盛通谋，立刻驱策兵士，围住两王府第，屠戮全家；惟赏赐元胄，不可胜计。（元胄、宇文弘，仿佛许褚、曹洪。）

会益州总管王谦，亦自蜀起兵，与尉迟迥、司马消难等，互相联络。尉迟迥更贻书后梁，请为声援。后梁诸将，竞劝梁主举兵，谓与迥等联盟，进可尽节周氏，退可席卷山南。梁主岿踌躇未决，（岿嗣誊位，见七十二回。）乃使中书舍人柳庄，入周观衅。杨坚握手与语道："孤昔开府，尝从役江陵，深蒙梁主殊眷，今主幼时艰，猥蒙顾托，与梁主共保岁寒，勿爽旧约，请君为我达意！"柳庄应命而还，具述坚言，且语梁主岿道："尉迟迥虽是旧将，昏耄已甚，消难、王谦，才具庸劣，更不足道。周朝将相，多为身计，统已归附杨氏，看来迥氏等终当覆灭，随公必移周祚。不若保境息民，静观时变为是。"梁主岿因敛兵不动，作壁上观。

周行军元帅韦孝宽，已引军至武陟，与尉迟迥军隔一沁水，水势适涨，两下相持不战。孝宽长史李询，密报杨坚，谓总管梁士彦等，并受迥金，所以逗留，坚很加忧虑，与内史郑译等，商议易将。李德林独进言道："公与诸将皆国家贵臣，未相服从，今但由公挟主示威，勉从号令，若非推诚相与，动辄猜疑，将来如何使人？况取金纳赂，事实难明。今或临敌易将，恐郧公以下，莫不自危。军心一离，大势尽去了。”坚愕然道：“今将奈何？”德林道：“依愚见，速遣一才望并优的干员，往达军前，察看情伪。诸将果有异心，亦不敢立时变动；万一变起，也是容易制驭哩。”坚大悟道：“非公言，几误大事。”乃命少内史崔仲方往监诸军。仲方以父在山东，不愿受命，改遣刘昉、郑译。昉说是未尝为将，译又以母老为辞。（无非怕死而已。）坚不禁着急，幸司录高颎请行，乃即命出发，倍道至军，商诸孝宽，择沁水较浅处，筑桥渡军，一决胜负。

迥子魏安公惇，率众十万，列阵至二十余里，麾兵少却，拟俟孝宽军半渡，然后进击。孝宽乘势渡桥，鸣鼓齐进。惇兵上前堵截，尽被杀退。颎又命将浮桥毁去，自断归路，使将士上前死战。将士果然拚死杀去，尉迟惇不能抵当，奔回邺城，军多散失。韦孝宽麾动各军，乘势追至邺下。惇父迥与惇弟祐，尽驱部卒出城，共十三万众，屯驻城南。迥自统万人，均戴绿巾，着锦袄，号称黄龙兵。迥弟勤又集众五万，由青州援兄，自领三千骑先至。迥素习军旅，老犹被甲临阵，麾下兵多关中人，相率力战。孝宽与战不利，只好退走。邺下士民观战，亦不下数万人。行军总管宇文忻道：“事已急了，我当用计破敌。”说着，即命兵士各拈弓搭箭，竞射观战的士民。士民当然骇走，哗声如雷。忻即大呼道：“贼败了，贼败了，我等将士，奈何不乘势立功？”众闻忻言，气势复振，再接再厉，杀入迥阵。迥众已为士民所扰，心神惶乱，怎禁得敌军大至，不由的仓皇四溃。迥无法支持，急与二子走回城中。孝宽纵兵围攻，毁城直入，邺城遂陷。迥窘迫升楼，由周将崔弘度追入。弘度妹曾嫁迥子为妻，至是见迥弯弓欲射，索性脱去兜鍪，遥语迥道：“颇相识否？今日各图国事，不得顾私，但亲谊相关，谨当禁遏乱兵，不许侵辱。事已至此，请公早自为计，不必多费踌躇了。”（弘度果知为国么？）迥自知难免，把弓掷下，极口骂坚十余声，拔剑自刎。弘度顾弟弘升道：“汝可取迥头。”弘升乃枭前而去，持献孝宽。勤与惇、祐，俱东走青州。孝宽遣开府大将军郭衍，率兵追获，与迥首同送入长安。杨坚因勤尝呈入迥书，初意未差，特令赦罪，惟将惇、祐处刑。总计尉迟迥起兵，只六十八日而败，后人说他举事颇正，驭变无才，所以有此败亡呢。（论断谨严。）

孝宽更分兵讨关东叛吏，依次削平。坚命徙相州治所至安阳，毁去邺城及邑居，分置相州为毛州、魏州，无非是地小力分，化险为夷的意思。时周行军总管于仲文军至蓼堤，距梁郡约七里许，檀让引众数万，前来搦击。仲文用羸兵挑战，佯作败状，退走十里。让恃胜生骄，竟不设备，夜间被仲文还袭，霎时惊散，被俘五千余人。仲文进攻梁郡，守将刘子宽弃城遁去。再进击曹州，擒住尉迟迥所署刺史李仲康。又追檀让至成武。让再战再败，东窜数十里，终为仲文所获，械送长安，眼见得是不能活命了。（檀让又了，顾应前回。）还有宇文威、宇文曹等，亦由杨素剿平，报捷复命。（两宇文亦随笔了结。）惟司马消难及王谦两军，尚未扑灭，坚深以为忧，促王谊进军郧州，速平消难，一面使上柱国梁睿为西征元帅，进图益州。司马消难素无才略，但因尉迟迥发难，也想乘势图利，出些风头，（淫烝父妾，让你出头，战乃危事，如何轻试？）一闻尉迟迥败灭，吓得魂不附身，忙遣人至建康，向陈乞援。陈军尚未出发，王谊军已将驰至，消难不待王谊攻城，便夤夜南奔，投降南朝。陈主顼命为车骑将军，兼职司空，加封随公。王谊当然告捷。坚以外患将平，功成在迩，便自为大丞相，罢去左右丞相官衔，又杀害陈王纯，及纯子数人。

益州总管王谦，但望各军得胜，自出兵为后继，那知各处军报，都化作瓦解烟消，免不得心惊肉跳，非常忧虑。隆州刺史高阿那肱，（此子尚在耶？）因被坚外调，怏怏失望，遂向谦献计道：“公若亲率精锐，直指散关，蜀人知公仗义勤王，必肯为公效命，这是上策。出兵梁汉，占据腹地，这是中策。若坐守剑南，发兵自卫，这便成为下策了。”谦因上策太险，欲参用中下二策。总督长史乙弗虔、益州刺史达奚惎谓：“蜀道崎岖，来兵不能飞越，但当据险自固，俟衅出兵。”谦乃命两人率众十万，往堵利州。周西征元帅梁睿，调集利、凤、文、秦、成各州兵马，直向利州进发。途次与蜀兵相值，蜀兵不待交绥，便即溃散。乙弗虔、达奚惎两人，节节退走，梁睿节节进逼，两人无法可施，乃潜遣人至睿军，愿为内应，借赎前愆。睿当然允行。虔与惎遂退还成都。谦尚未知二人情伪，还道是自己心腹，令他守城，又命惎、虔子为左右军，仓猝出战。及睿军掩至，左右两翼，先已叛去，谦手下只数十骑，逃回城下，但见城门紧闭，城上立着乙弗虔、达奚惎，同声语谦道："我等已归附梁元帅，公请自便。"（还算客气。）谦不能入城，窜往新都。县令王宝，假意出迎，诱谦入城，把他杀毙，传首长安；梁睿驰入城都，擒得高阿那肱，械送入关。坚斩高阿那肱首，令与谦头一并示众。（高阿那肱至此方死，也是出人意料。）又传语梁睿，谓："惎、虔二人，本是首谋，不应贷死。"睿乃将二人斩首了事。数路大兵，统已荡平，权焰熏天的随公坚，便安安稳稳的，好篡那周室江山了。

郧国公韦孝宽班师未几，便即病殁，年已七十有二。孝宽智勇深沉，世称良将，每遇劲敌，从容布置，常为人所未解。及成功以后，众才惊服。平时在军，笃意文史，有暇辄自披阅。又早丧父母，事兄嫂加谨，所得俸禄，不入私房，亲族孤贫，必加赈给，士论更翕然称颂。惟甘心为杨坚爪牙，铲灭义师，酿成杨氏篡周的祸祟，徒落得晚节不终，遗讥千古，这岂非一大可惜么？（特为孝宽加评，隐寓惜才之意。）杨坚很是悲悼，追赠太傅，予谥曰襄。

高颎随军还朝，益得坚宠，命代刘昉为司马，且因此与郑译渐疏，虽未撤译官，独阴戒官属，不必向译白事。译渐觉自危，乞求解职。坚尚加慰勉，敷衍面子，但礼貌已是浸衰了。

周室五王，已被坚害三人，只剩得代王达与滕王逌，毫无权力。坚尚不肯放过，索性也诬他通叛，均令自尽。于是胁周王阐下诏，进坚为相国，总百揆，进爵随王，以安陆等二十郡为随国。坚佯为谦让，但受十郡。已而复有敕颁下，加随王九锡礼，得建台置官，且进随王妃独孤氏为王后，世子勇为王太子。坚三让乃受。开府仪同大将军庾季才、卢贲，及太傅李穆等，具劝坚应天受命，坚尚未肯遽允。又迁延逾年，至大象三年二月间，乃逼周主阐禅位，当有一道逊国诏书，略云：

元气肇辟，树之以君。有命不恒，所辅惟德。天心人事，选贤与能，尽四海而乐推，非一人所独有。周德将尽，妖孽递生，骨肉多虞，藩维构衅，影响同恶，过半区宇，或小或大，图帝国王，则我祖宗之业，不绝如线。相国随王，睿圣自天，英华独秀，刑法与礼仪同运，文德与武功并传。爱万物其如己，任兆庶以为忧。手运玑衡，躬命将士，芟夷奸宄，刷荡氛祲，化通冠带，威震幽遐。虞舜之大功二十，未足相比，姬发之合位三五，岂可并论？况木行已谢，火运既兴，河、洛出革命之符，星辰表代终之象，烟云改色，笙簧变音，狱讼咸归，讴歌尽至。且天地合德，日月贞明，故已称大为王，照临下土。朕虽寡昧，未达变通，幽显之情，皎然易识。今便祗顺天命，出逊别宫，禅位于随，一依唐虞汉魏故事。王其恪膺帝箓，幸勿再辞！

杨坚得此诏书，当然踌躇满志，惟表面上不得不三辞三让。乃再遣兼太傅杞公宇文椿奉册，金城公赵煚奉玺，至随王府中劝进。册书有云：

咨尔相国随王，粤若上古之初，爰启清浊，降符授圣，为天下君，事上帝而利兆人，和百灵而利万物，非以区宇之富，未以宸极为尊。大庭、轩辕以前，骊连、赫胥之日，咸以无为无欲，不将不迎。遐哉其详，不可闻已。厥有载籍，遗文可观，圣莫逾于尧，美未过于舜。尧得太尉，已作运衡之篇，舜遇司空，便叙精华之竭。彼褰裳脱屣，贰宫设飨，百辟归禹，若帝之初，斯盖上则天时，不敢不授，下祗天命，不可不受。汤代于夏，武革于殷，干戈揖让，虽复异揆，应天顺人，其道靡异。自汉迄晋，有魏至周，天历逐狱讼之归，神鼎随讴歌而去。道高者称帝，箓尽者不王，与夫父祖神宗，无以别也。周德将尽，祸难频兴，宗戚奸回，咸将窃发。顾瞻宫阙，将图宗社，藩维连率，逆乱相寻，摇荡三方，不合如砺，蛇行鸟攫，投足无所。王受天明命，睿德在躬，救颓运之艰，匡坠地之业，拯大川之溺，扑燎原之火，除群凶于城社，廓妖氛于远服，至德合于造化，神用洽于天壤，八极九野，万方四裔，圜首方足，罔不乐推。往岁长星夜扫，经天昼现，八风比夏后之作，五纬同汉帝之聚，除旧之征，昭然在上。近者赤雀降祉，玄龟效灵，钟石变音，蛟鱼出穴，布新之征，焕焉在下。九区归往，百灵协赞，人神属望，我不独知，仰祇皇灵，俯顺人愿。今敬以帝位禅于尔躬，天祚告穷，天禄永终。於戏！王宜允执厥和，仪刑典训，升圜丘而敬苍昊，御皇格而抚黔黎，副率土之心；恢无疆之祚，可不盛欤！

杨坚收受册书，及皇帝玺绶，便直任不辞（大事告成，何必再辞。）庾季才谓二月甲子日，应即帝位，坚依言办理。届期早起，召集百官，乘车入宫。宫中仪卫，已备齐衮冕，奉至坚前。坚立即被服，由百官拥至临光殿，升座受朝。一班舍旧从新的官吏，当然是舞蹈三呼，齐称万岁。国号隋，改元开皇。坚本袭父封，号为随公，他却以随字中箝一辵旁，（辵与辶同，音绰。）义训为走，作为朝名，恐有不遑安处的预兆，所以去辵作隋，想望升平。（徒从字义上着想，究有何意?）命有司奉册至南郊，燔燎告天，兼祀地祇。少内史崔仲方，请改周氏官仪，仍依汉魏旧制，诏如所请。乃置三师三公，及尚书、门下、内史、秘书、内侍等五省，御史、都水二台，太常等十一寺，左右卫等十二府，分司定职。又设上柱国至都督共十一等勋官，所以报功，特进至朝散大夫七等散官，所以旌贤。改称侍中为纳言，命相国司马高颎为尚书左仆射，兼纳言一职。相国司录虞庆则为内史监，兼吏部尚书。相国内郎李德林为内史令，典军元胄为左卫将军。追尊皇考忠为武元皇帝，庙号太皇，皇妣吕氏为元明皇后。立孤氏为皇后，长子勇为皇太子。

杨氏系出弘农，相传为汉太尉杨震后裔。坚六世祖元寿，为后魏武川镇司马，遂留居武川。元寿玄孙，就是杨忠，忠从周太祖举兵关西，赐姓普六茹氏。妻吕氏，生坚时，紫气充庭。有一尼来自河东，语吕氏道："此儿骨相非凡，不宜留处尘俗。"吕氏乃托尼择一别馆，移坚居养，尼亦尝往来省视。一日，吕氏抱坚在怀，忽见坚头上出角，遍体鳞起，不禁大骇，将坚置地。尼适从外趋入，忙把坚抱起道："已惊我儿，致令晚得天下。"吕氏再为复视，并无鳞角，依然形相如常。及坚既长成，尼已他去，不知下落。后来坚累迁显要，周室君臣，多加猜忌，竟得不死。至是竟篡周称帝。（史家于一代崛兴，往往叙及祯祥，这也是习见之谈。）降周主阐为介公，迁居别宫，食邑万户。车服礼乐，仍用周制。上书不为表，答表不称诏，似乎有永作隋宾的意义。阐后司马氏，坐父消难叛周罪，已早废为庶人。独周太后杨氏，系坚长女，年不过二十有奇，从前坚入宫辅政，杨太后本未与谋，但因嗣主幼冲，恐权畀他族，与己不利，既得乃父秉权，倒也喜如所愿。后来见父有异图，意颇不平，形诸词色，只是一介女流，如何抗得过当朝宰相？没奈何忍气吞声，迁延过去。既而周竟被篡，杨氏越加愤惋，屡思与父面争。坚也自觉惭愧，不令入见，惟遣独孤后好言抚慰。嗣复改封为乐平公主。且见他芳年尚盛，欲令改嫁，杨氏誓死不从，方得守志终身。尚有周太皇太后阿史那氏，经隋革命，便即病终。坚却令有司仍用后礼，祔葬周武帝陵。周太帝太后李氏，与介公阐迁居别宫，李氏不免愤懑，情愿出俗为尼，改为常悲。就是介公阐生母朱氏，亦随着李氏一同削发披缁，改名法净。周宣帝赟五后，惟杨氏留居宫中，陈、元、尉迟三后，早已为尼，（见前回。）与李、朱二氏，同心念佛。朱氏首先逝世，李氏继殁，尉迟氏亦随殒。陈、元二后，直至唐贞观年间，方才告终。杨后至隋炀帝大业五年病逝，得祔葬周宣帝陵。那被废的司马皇后，却改嫁与司州刺史李丹为妻，仍去做那宦家妇了。（总结一段，缴足前文。）

周氏诸王，尽降为公，另封皇弟邵国公慧为滕王，同安公爽为卫王，皇子雁门公广为晋王，俊为秦王，秀为越王，谅为汉王，命并州总管申国公李穆为太师，邓国公窦炽为太傅，幽州总管任国公于翼为太尉，金城公赵熲为尚书右仆射，汉安公韦世康为礼部尚书，义宁公元辉为都官尚书，昌国公元岩为兵部尚书，上仪同长孙毗为工部尚书，杨尚希为度支尚书，族子雍州牧邗国公杨惠为左卫大将军，从祖弟永康公杨弘为右卫大将军，从子陈留公杨智积为蔡王，杨静为道王。寻又令晋王广为并州总管，上柱国元景山为安州总管，当亭公贺若弼为楚州总管，新义公韩擒虎为庐州总管，神武公窦毅为定州总管。毅为邓国公窦炽从子，曾尚周太祖第五女襄阳公主，生有一女，尚未及笄，闻隋主受禅，自投堂下抚膺太息道："恨我不为男子，救舅氏患。"毅夫妇忙掩女口道："汝休妄言！恐灭我族。"（满朝官吏，不及一窦氏女儿。）后来此女嫁与唐公李渊，得做唐朝的开国皇后。可见人世无论男女，总要有些志向，志向一定，将来自然有一番事业哩！（唤醒庸人。）话休叙烦。

且说内史监虞庆则，劝隋主坚尽灭宇文氏，断绝后患。高颎、杨惠亦附和同声，独李德林力言不可。隋主坚变色道："君系书生，不足与语大事。"遂令宿卫各军，搜捕宇文氏宗族，所有周太祖泰孙谯公乾恽、冀公绚，闵帝觉子纪公湜，明帝毓子酆公贞、宋公实，武帝邕子汉公赞、秦公贽、曹公允、道公充、蔡公兑、荆公元，宣帝赟子莱公衍、郢公术等，一古脑儿拘到狱中，勒令自杀。未几，又将介公阐害死宫中，谥曰静帝，年仅九龄，总算做了两年有零的小皇帝。统计周自闵帝觉篡魏，至静帝阐亡国，中历五主，共得二十五年。小子有诗叹道：

九龄幼主罪难论，惨祸临头忽灭门；
莫道覆宗由外戚，厉阶毕竟自天元。

隋主坚已灭尽宇文氏，安然为帝，从此疏远李德林，又另征一人为亲信侍臣。究竟此人为谁，待至下回报明。

周末起兵讨坚，以尉迟迥为首难，故本回于尉迟迥之死，叙述较详，隐寓惋惜之意。韦孝宽为北周大臣，义同休戚，乃甘心助坚，致迥败死，迥才不及孝宽，乃舍生取义，死且留名，孝宽之死，阒然而已，后世或且有鄙夷之者。本回叙孝宽行谊，似有褒词，实则褒之正所以贬之耳。杨后丽华，柔婉不忌，周旋暴君，接御妃嫔，颇有卫风硕人之德，及乃父受禅，愤惋不平，虽未能保全周祚，以视盈廷大臣之卖国求荣，相去固有间也。至若窦毅之女，年未及笄，且自恨不能救舅氏患，巾帼妇女，犹知节义，彼昂藏七尺躯，自命为须眉男子者，曾亦自觉汗颜否耶？

第八十二回　挥刀遇救逆弟败谋　酣宴联吟艳妃专宠

却说隋主坚起用一人，令为太子少保，兼纳言度支尚书，这人为谁？就是西魏度支尚书苏绰子威。（先出官名，后出姓氏，笔法特变。）威五岁丧父，哀毁若成人，及长颇有令名，周太祖泰代为申请，令袭爵美阳县令。嗣由大冢宰晋公宇文护，强妻以女。威见护擅权，恐自遭祸累，遁入山中，栖寺读书，后来屡征不起。至隋主坚为丞相时，因高颎荐引，召入与语，很加器重。约居月余，威闻坚将受禅，又遁归田里。颎请遣人追还，坚拈须道："彼不欲预闻我事，且从缓召至。"受禅数月，坚与李德林有嫌，乃复召威入朝，处以清要，追封绰为邳公，令威袭爵，（观威后此行状，实是沽名钓誉。）威遂得与高颎并参朝政，日见亲信。尝劝隋主减徭轻赋，尚俭戒奢，隋主坚很是嘉纳，除去一切苛征，所有雕饰旧物，悉命毁除。威又入白道："臣先人每戒臣云，但读孝经一卷，便足立身治国。"隋主坚亦深以为然。

先是周定刑律，颇从宽简。隋既建国，更命高颎、杨素等修正，上采魏晋旧律，下至齐梁，沿革重轻，务取折衷主义，删去枭撄鞭各法，非谋反无族诛罪。始制定死刑二条，一绞一斩；流刑三条，自二千里至三千里；徒刑五条，自一年至三年；杖刑五条，自六十至百下；笞刑五条，自十至五十。士大夫有罪，必先经群臣公议，然后上请。罪有可原，酌量从减，或许赎金，或罚官物。人民有罪，须用刑讯拷掠，不得过二百，枷杖大小，俱有定式。民有枉屈，县不为理，得依次诉诸州郡省。州郡省仍不为理，准令诣阙申诉。自是法律简明，恩威两济。嗣隋主坚览刑部奏狱，数犹至万，尚嫌律法太严，乃敕苏威再从减省，法益简要，疏而不漏。且仍置法律博士弟子员，研究律意，随时改订，这也未始非慎重人命的美意。（心平爱民，宜加称扬。且隋唐以后，刑法简明，亦皆导源于此。）

惟郑译解职归第，尚留上柱国官俸。译怏怏失望，阴呼道士醮章祈福。适有婢女为译所殴，讦奏译为厌蛊术。隋主坚召译入问道："我不负公，公怀何意？"译不能答辩，顿首谢罪。隋主仍不忍加谴，敕令闭门思过，译遵旨自去。会宪司劾译不孝，尝与母别居。隋主乃下诏道："译嘉谟良策，寂尔无闻，鬻狱卖官，沸腾盈耳，若留诸世间，在人为不道之臣，戮诸朝市，入地为不孝之鬼。有累幽显，无可处置，宜赐以《孝经》，令彼熟读。"仍遣使与母同居。（周之亡，译为首恶，隋主不忍加诛，反出此诙谐敕文，殊失政体。）已而复授译为隆州刺史。译赴任未几，请还治疾，又得赐宴醴泉宫，许还官爵，这且慢表。

惟是时岐州刺史梁彦光，新丰令房恭懿，治绩称最，有诏迁彦光为相州刺史，擢恭懿为海州刺史，且饬令全国牧守，以二人为法。自是吏多称职，民物乂安。寻又因宇文孤弱，遂至亡国，特使三皇子分莅方面，作为屏藩。晋王广为河北行台尚书令，蜀王秀为西南行台尚书令，秦王俊为河南行台尚书令；一面通好南朝，与民休息。边境每获陈谍，皆赐给衣马，遣令南归。独陈尚未禁侵掠，并遣将军周罗睺、萧摩诃等，侵入隋境。隋主坚乃命上柱国长孙览、元景山两人，并为行军元帅，出兵攻陈，且持简尚书左仆射高颎，节度诸军。颎奉命南行，适值陈主顼新殂，太子叔宝嗣立，调回北军，且遣人至隋军求和。颎仰承上意，因奏请礼不发丧，隋主果然依议，诏令班师。

那陈朝却为了大丧，生出内乱，好容易才得荡平，说来亦是一番事迹，不得不约略表明。陈主顼子嗣最多，共生四十二男，长子就是叔宝，已立为皇太子。次子叫作叔陵，曾封始兴王，（见第七十四回。）累任方镇，任性淫暴，征求役使，无有纪极。夜常不寐，专召僚佐侍坐，谈论民间琐事，作为笑谑。且多置肴胾，昼夜啖嚼，自快朵颐，独不喜饮酒。每当入朝，却佯为修饰，车中马上，执简读书，高声朗诵，掩人耳目。陈主顼亦为所欺，迁擢至扬州刺史，都督扬、徐、东扬、南豫四军事。既而入治东府，好用私人，一经推荐，必须省阁依议，倘微有违忤，即设法中伤，使陷大辟。平时居府舍中，尝自执斧斤，为沐猴戏。又好游冢墓间，遇有著名茔表，辄令左右发掘取归，石志古器，并尸骸骨骼，持为玩物，藏诸库中。民间有少妇处子，略可悦目，即强取入府，逼为妾婢。及生母彭贵人病逝，他却请葬梅岭，就晋太傅谢安茔间，掘去谢棺，窆入母柩。又伪作哀毁形状，自称刺血写涅槃经，为母超荐，暗中即令厨子日进鲜食，且私召左右妻女，与他奸合。左右惮他淫威，不敢与校，但不免有怨言传出，为上所闻。陈主顼素来溺爱，不过召入呵责，并未加谴，因此叔陵得益加恣肆，潜蓄邪谋。

新安王伯固，系文帝蒨第五子，与叔陵为从父昆弟，形状眇小，独善为诙谑，得陈主欢。陈主顼宴集百官，往往引他入座，目为东方朔一流人物。（溺爱己子，尚还不足，还要添入一侄，宜乎陈祚速亡。）太子叔宝，更喜与伯固相狎，日必过从。叔陵却起了妒意，阴伺伯固过失，意欲加害。偏伯固生性聪明，做出一番柔媚手段，讨好叔陵，叔陵渐被笼络，不但变易恶念，反视伯固为腹心。叔陵好游，伯固好射，两人相从郊野，大加款昵。陈主顼怎知微意，用伯固为侍中，伯固有所闻知，必密告叔陵。太建十年，陈主命在娄湖旁筑方明坛，授叔陵为王官伯，使盟百官。又自幸娄湖誓众，分遣大使，颁诰四方。（这是何意？适以阶身后之乱。）叔陵既得为盟主，愈思夺嫡，只因乃父清明，未敢冒昧从事。

到了太建十四年春间，陈主顼忽然不豫，医药罔效，病且日深。太子叔宝当然入侍，叔陵与弟长沙王叔坚（陈主顼第四子），也入宫侍疾。叔坚生母何氏，本吴中酒家女，陈主顼微时，尝至酒肆沽饮，见何氏有色，密与通奸。至贵为天子，遂召何女为淑仪，生子叔坚，长有膂力，酗虐使酒。（是谓遗传性。）叔陵因何为贱隶，不愿与叔坚序齿，所以积不相容，常时入省，辄互相趋避。此次入侍父疾，只好一同进去。叔陵顾语典药吏道："切药刀太钝，汝应磨砺，方好使用。”（凡事不密则害成，况自露意旨耶？）典药吏不知何意。叔陵却扬扬踱入，在宫中厮混了两三日，忽见陈主病变，气壅痰塞，立致绝命。宫中仓猝举哀，准备丧事。那叔陵反嘱令左右，向外取剑，左右莫明其妙，取得朝服木剑，呈缴叔陵。叔陵大怒，顺手一掌，把他打出。（似此粗莽，也想谋逆，一何可笑？）叔坚在侧，已经瞧透隐情，留心伺变。越日昧爽，陈主小殓，太子叔宝伏地哀恸，叔陵觅得锉药刀，趋至叔宝背后，斫将下去，正中项上，叔宝猛叫一声，晕绝苫地。柳皇后惊骇异常，慌忙趋救叔宝，又被叔陵连斫数下。叔宝乳母吴氏，急至叔陵后面，掣住右肘，叔坚亦抢步上前，叉住叔陵喉管，叔陵不能再行乱斫，柳皇后才得走开。叔宝晕绝复苏，仓皇扒起。看官听说！这锉药刀究竟钝锋，不利杀人，故叔宝母子，虽然受伤，未曾致命。叔陵尚牵住叔宝衣裾，叔宝情急自奋，竟得扯脱，叔坚手扼叔陵，夺去锉药刀，牵就柱间，自劈衣袖一幅，将他缚住。且呼问叔宝道：“杀却呢？还是少待呢？”叔宝已随吴媪入内，未及应答。叔坚还想追问，才移数步，叔陵已扯断衣袖，脱身逃出云龙门，驰还东府。亟召左右截住青溪道，赦东城囚犯，充做战士，发库中金帛，取做赏赐。又遣人驰往新林，征集部曲，自被甲胄，着白布帽，登城西门，号召兵民，及诸王将帅，竟无一应命。独新安王伯固单骑赴召，助叔陵指麾部众。叔陵部兵约千人，尽令登陴，为自守计。

叔坚见叔陵脱走，急向柳后请命，使太子舍人司马申，往召右卫将军萧摩诃。摩诃入见受敕，率马步数百人，趋攻东府，屯城西门。叔陵不免惶急，因遣记室韦谅，送鼓吹一部与萧摩诃，且与约道：“事若得捷，必使公为台辅。”摩诃笑答道：“请王遣心膂节将前来订约，方可从命。”叔陵乃复遣亲臣戴温、谭骐驎，出与订盟。诃把二人执送台省，立即斩首，枭示城下，城中大骇。叔陵自知不济，仓皇入内，驱妃张氏及宠妾七人，俱沉入井中，自领步骑数百，与伯固夤夜出走，乘小舟渡江，欲自新林奔隋。行至白杨路，后面追兵大至，伯固避入小巷，叔陵亲自追还，拟与追军决一死战。锋刃未交，部下已弃甲溃奔。萧摩诃部将马容、陈智深，双刺叔陵，叔陵坠落马下，即被杀死。伯固亦为乱兵所杀。两首并传入都门，当下自宫中颁敕，所有叔陵诸子，一体赐死；伯固诸子，废为庶人。余党韦谅、彭暠、郑信、俞公喜等，并皆伏诛。于是叔宝即皇帝位，援例大赦，命叔坚为骠骑将军，领扬州刺史。萧摩诃为车骑将军，领南徐州刺史，晋封绥远公。立皇十四弟叔重为始兴王，奉昭烈王宗祀。余弟已经封王，一概照旧，未经封王，亦皆加封。尊谥大行皇帝为孝宣皇帝，庙号高宗，皇后柳氏为皇太后。总计陈主顼在位十四年，享年五十三。这十四年间，起兵数次，既得淮南，仍复失去，对齐有余，对周不足，只好算做一个中主。而且得国未正，传统未贤，偌大江东，终归覆灭，史称他德不逮文，智不及武，恰也是一时定评呢。（褒贬得当。）

叔宝已经嗣位，项痛未愈，病卧承香殿，不能听政，内事决诸柳太后，外事决诸长沙王叔坚。叔坚渐渐骄纵，势倾朝廷，叔宝未免加忌，只因他讨逆有功，含忍过去。寻且加官司空，仍兼将军刺史原官。立妃沈氏为皇后，皇子胤为皇太子。胤系孙姬所出，因产暴亡，沈后特别哀怜，养为己子。太建五年，已受册为嫡孙，寻封永康公，聪颖好学，常执经肄业，终日不倦，博通大义，兼善属文。既得立为储君，朝野慰望，共称得人。（反射下文。）越年正月，改元至德。叔宝疮疾早痊，亲自听政。都官尚书孔范、中书舍人施文庆，皆东宫旧侍，并得邀宠，遂日夕在叔宝前，陈论叔坚过失。叔宝本已相猜，更兼二人从旁构煽，越加动疑，遂调回皇弟江州刺史豫章王叔英（陈主项第三子），令为中卫大将军，出叔坚为江州刺史，另用晋熙王叔文（陈主项第十二子），代刺扬州。叔坚入朝辞行，又由叔宝当面慰谕，留任司空，再调叔文往江州，命始兴王叔重为扬州刺史。（甫经莅政，便已朝令暮改，自相矛盾。）叔坚既不得专政，又不得外调，郁郁困居，绝无聊赖，乃雕刻木偶为道人装，中设机关，能自拜跪，使在日月下，醮祷求福。（真是呆想。）当有人讦他诅咒，被逮下狱，由内侍传敕问罪。叔坚答道："臣本无他意，不过前亲后疏，意欲求媚，所以祈神保佑。今既犯天宪，罪当万死，但臣死以后，必见叔陵，愿陛下先传明诏，责诸泉下，方免为叔陵侮弄。"（仍是呆话。）这一席话，由内侍还报。叔宝也纪念前勋，不思加刑，乃特下敕书，但免司空职衔，仍使还第，食亲王俸。过了数月，复起为侍中，兼镇左将军。

前太子詹事江总，素长文辞，与叔宝相昵，叔宝为太子时，总自侍东宫，为长夜饮，且养良娣陈氏为女，导太子微行。陈主顼闻总不法，将他黜免。叔宝嗣位，即除授总为祠部尚书，未几又迁为吏部尚书，又未几且超拜尚书仆射。尝引总至内廷，作乐赋诗，互相唱和。侍中毛喜，系累朝勋旧，叔陵谋逆，喜与叔坚并主军事，更得纪功。叔宝亦颇加优礼，或令入宴。喜因山陵初毕，丧服未除，不应如此酣饮；且见后庭陈乐，所作诗章，多淫艳语，更觉看不过去，只一时不好多言。可巧叔宝酒酣，命喜赋诗，喜即欲规诫，又恐叔宝酒后动怒，乃徐徐升阶，佯为心疾，扑仆阶下。叔宝即命左右扶起，掖出省中。及叔宝酒醒，忆喜情状，顾语江总道："我悔召毛喜，彼实无疾，不过欲阻我欢饮，托疾相欺，如此奸诈，实属可恨。"说着，即欲使人系喜，还是中书舍人傅縡，谓喜系先帝遗臣，不宜重谴，乃谪喜为永嘉内史。

自喜被外谪，言官相率箝口，无人进规，叔宝日益荒淫，不是使酒，就是渔色。沈皇后为望蔡侯沈君理女，母即高祖女会稽公主。公主早亡，后年尚幼，哀毁如成人。宣帝顼闻后孝思，所以待后及笄，纳为冢妇。已而君理逝世，后复出处别舍，日夕衔哀，叔宝目为迂愚。且因后端静寡欲，很不惬意，另纳龚、孔二女为良娣。龚氏有婢张丽华，系兵家女，家事中落，父兄以织席为业，不得已鬻女为奴役。丽华得随龚入宫，年只十岁。龚、孔饶有容色，当然为叔宝所爱。张丽华小巧玲珑，周旋主侧，善承意旨，早得叔宝欢心。越两三年，更出落得娉婷袅娜，妖艳风流，叔宝即欲染指禁脔，迫与淫狎。丽华半推半就，曲尽绸缪，惹得这位陈叔宝，魂魄颠倒，无梦不恬。好容易生下一男，取名为深，益令叔宝由爱生宠，视若奇珍。胡天胡帝，号称专房。就是龚、孔二氏，也俱落丽华后尘。叔宝即位，册丽华为贵妃，龚、孔二氏为贵嫔。贵妃位置，与皇后只隔一级，贵嫔又在贵妃下。沈皇后本来恬淡，竟把六宫事宜，让与贵妃主持，自己不过挂个皇后虚名，居处俭约，服无华饰，左右侍女，亦寥寥无几，但静阅图史，闲诵佛经，作为消遣。张贵妃百端献媚，与叔宝朝夕不离。叔宝卧病承香阁，屏去诸姬，独留张贵妃随侍。病痊后又采选美女，得王、李二美女，张、薛二淑媛，并袁昭仪、何婕妤、江修容等七人，轮流召幸，但不及张贵妃的宠眷。至德二年，特命在光照殿前，添筑临春、结绮、望仙三阁，各高数十丈，袤延数十间，凡窗牖壁带，悬楣栏槛，均用沈檀香木制成，炫饰金玉，杂嵌珠翠，外施珠帘，内设宝床宝帐，一切服玩，统是瑰奇珍丽，光怪陆离。每遇微风吹送，香达数里，旭日映照，光彻后庭。阁下积石为山，引水为池，种奇花，植异卉，备极点染。叔宝自居临春阁，张贵妃居结绮阁，龚、孔二贵嫔居望仙阁。三阁并有复道，互便往来。

仆射江总，虽为宰辅，不亲政务，常与都管尚书孔范、散骑常侍王瑳等十余人，入阁侍宴，称为狎客。宫人袁大舍等，颇通翰墨，能作诗歌，叔宝命为女学士。每一宴会，妃嫔群集，女学士及诸狎客，两旁列坐，飞觞醉月，即夕联吟，彼唱此酬，无非是曼词艳语，靡靡动人。又选入慧女千余名，叫她学习新声，按歌度曲，分部迭进，更番传唱。歌曲有《玉树后庭花》及《临春乐》等名目，统由狎客、女学士编成。叔宝亦素工词赋，间加点窜，大略是赞美妃嫔，夸张乐事。最传诵的有二语，是“璧户夜夜满，琼树朝朝新”十字。（此十字亦无甚佳妙，不过似近今吴人小调而已。且狎客名目，尤属非宜，岂叔宝特开妓馆耶？一笑。）

张贵妃发长七尺，鬒黑如漆，光可照物，并且脸若朝霞，肤如白雪，目似秋水，眉比远山，偶一眄睐，光采四溢。每在阁上靓妆玉立，凭轩凝眺，飘飘乎如蓬岛仙姝，下临尘世。性尤慧黠，才辩强记。起初但执掌内事，后来干预外政。叔宝荒耽酒色，尝不视朝，所有百司启奏，统由宦官蔡脱儿、李喜度传递。叔宝将贵妃抱置膝上，共决可否。李、蔡或不能悉记，贵妃即逐条裁答，无一遗漏。又好笼络内侍，无论太监、宫女，都盛称贵妃德惠，芳名鹊起，益得主欢。自是内外连结，表里为奸，后宫家属，招摇罹法，但教向贵妃乞求，无不代为洗刷。王公大臣，如不从内旨，亦只由贵妃一言，便即疏斥。因此江东小朝廷，不知有陈叔宝，但知有张贵妃。（妇女擅权，势必至此。）

还有都官孔范，与孔贵嫔结为姊妹，阿谀迎合，善伺主意。舍人施文庆，心算口占，榷算甚工，并得叔宝亲幸。文庆且荐引沈客卿、阳惠朗、徐哲、暨慧景等，概邀擢用。客卿为中书舍人，惠朗为大市令，哲为刑法监，慧景为尚书都令史，数人皆以小吏起家，不达大体，督责苛碎，聚敛无厌。叔宝方大兴土木，供亿浩繁，国用正虑不给，经数人爬罗剔抉，取供内库，当然得哄动天颜。叔宝大喜过望，重任施文庆，叹为知人。孔范又自称有文武才，举朝莫及，尝从容入白道："外间诸将，起自行伍，统不过一匹夫敌，若望他有深见远虑，怎能及此！"叔宝信以为然。见将帅稍有过失，便黜夺兵权，把部曲分配文吏。领军将军任忠，素有战功，偶挂吏议，即夺忠部卒，交与孔范等分管。忠被徙为吴兴内史。于是文武解体，士庶离心，覆亡即不远了。小子有诗叹道：

宵小都缘女蛊来，玄妻覆祀古同哀；
临春三阁今何在？空向江东话劫灰。

叔宝既已荒淫，又复骄侈，夜郎自大，挑衅强邻，欲知底细，下回再详。

叔陵之谋杀乃兄，残忍无亲，原为名教罪人，但实受教于乃父。乃父虽未尝杀兄，而兄子伯宗，因曾篡废之而贼害之也。兄子可杀，去杀兄仅一间耳。幸而药刀锋钝，手刃不殊，叔坚助顺，逆弟脱逃，卒窜死白杨道中，叔宝始得安然嗣立。厥后耽情酒色，恣意声歌，疏骨肉，宠妇女，终致亡国败家。陈主顼欲为子孙计，而子孙仍为俘虏。谋国不仁，殃必及之，不于其身，必于其子，天道岂真无知欤？张丽华为江南尤物，与邺下之冯小怜相似，小怜亡齐，丽华亡陈，乃知尤物之贻祸国家，无古今中外一也。

第八十三回　长孙晟献谋制突厥　沙钵略稽首服隋朝

却说陈主叔宝，习成骄佚，当居丧时，隋主坚尝遣使赴吊，国书中自称姓名，并列顿首字样。叔宝疑为畏怯，答书多不逊语。隋主坚当然愤怒，出示廷臣。廷臣多献议伐陈，隋主方建筑新都，并因突厥未平，不遑南顾，乃暂从缓图。原来长安城制度狭小，宫阙亦多从简陋，隋主尝以为嫌。尚书苏威，亦劝隋主迁都，（无非希旨。）隋主再与高颎熟商，颎即为规画新都，夜半方休。翌晨，即由庾季才入奏道："臣仰观玄象，俯察图记，必有迁都情事。此城自两汉营建，将八百年，水皆咸卤，不甚宜人，愿陛下应天顺人，为迁徙计。"隋主愕然，顾语颎、威，诧为神奇。（有何神奇，不过巧为迎合。）乃诏颎等营造新都，择地龙首山麓，兴工赶筑。约近期年，新都告成，取名大兴城，涓吉移徙。一切规模，比旧都雄壮加倍。隋主坚自然惬心，遂遣将兴师，北图突厥。

突厥称雄朔漠，自伊利可汗为始，伊利传子科罗，科罗舍子摄图，独传弟俟斤。俟斤就是木杆可汗，木杆可汗临死，复舍大子逻便，立弟佗钵可汗。（均见七十二回及七十九回。）佗钵可汗，封兄子摄图为尔伏可汗，使统东方，弟褥但子为步离可汗，使居西方。当时北齐尚存，与北周争媚突厥，岁给缯絮锦彩，各数万匹。佗钵尝呼周、齐为两儿，谓："两儿常孝，何忧国贫？"已而齐为周灭，佗钵不及援齐，乃屡寇周边，且纳齐范阳王高绍义。周主赟与他和亲，封赵王招女为千金公主，嫁与佗钵。佗钵始执送高绍义，与周通好。才越一年，佗钵忽得暴病，自知将死，召子庵逻入嘱道："我兄舍子立我，我今病危，死在朝夕，但兄德未忘，汝当让与大逻便，休得相争！”（佗钵尚知有兄，不如诸夏之亡。）庵逻涕泣遵教。及佗钵已殂，庵逻果依父命，拟迎立大逻便，偏突厥部众谓：“大逻便生母微贱，不愿相迎。”摄图亦奔丧到来，慨语国人道：“若立庵逻，我愿率兄弟服事，若立大逻便，我必据境与争，备着长刃利矛，决一雌雄。”国人闻摄图言，越加踊跃，决立庵逻为嗣。大逻便不得人立，心常怏怏，常遣人詈辱庵逻。庵逻不能制，复让与摄图。摄图年长有力，国人归心，因即迎摄图，居都斤山，自号沙钵略可汗。庵逻降居独洛水，称第二可汗。大逻便又遣人语沙钵略道：“我与尔俱可汗子，各承父后，尔今极尊，我独无位，可算得公平么？”沙钵略无词可驳，乃使为阿波可汗，使领北部。又令从父玷厥为达头可汗，管辖西方。诸可汗各统部众，分镇四面。沙钵略居中抚驭，颇得众心。突厥遗俗，父兄死后，子弟得妻后母及嫂，千金公主出塞和亲，甫及一载，便成嫠妇，年龄不过及笄，当然是华色鲜妍。沙钵略很是羡慕，便援着俗例，纳千金公主为妻。千金公主也乐得另配，好做第二次的可贺敦。可贺敦三字便是番俗对后的称呼。（番俗原是如此，华女未免无耻。）

是时隋已篡周，千金公主闻宗祀覆没，未免伤心，遂日夜请求沙钵略为周复仇。沙钵略得了佳妇，正是新婚燕尔，鱼水情深，当下召集臣属，慷慨与语道：“我是周室亲戚，今隋公无故篡周，若非代为报仇，尚何面目见可贺敦呢？”臣下相率听命。沙钵略即遣使营州，与故齐刺史高宝宁连约，合兵攻隋。隋主坚甫经受禅，不暇北伐，但遣上柱国阴寿镇幽州，京兆尹虞庆则镇并州，屯边修城，以守为战。先是千金公主入突厥，司卫上士长孙晟，亦随送出塞，为突厥所留。沙钵略弟处罗侯，号称突利设，（突厥称军帅为设。）爱晟善射，密与相昵。至沙钵略继立，阴忌处罗侯。处罗侯潜与晟盟，约为心腹。沙钵略稍有所闻，乃遣晟南归。晟留居突厥年余，得考察山川形势，及部众强弱。既返长安，便一一启闻。隋主坚很是嘉奖，擢为奉车都尉。及突厥入寇，晟上书计事，略云：

臣闻丧乱之极，必致升平，是故上天放其机，圣人成其务。

伏维皇帝陛下，当百王之末，膺千载之期，诸夏虽安，戎虏犹梗，兴师致讨，尚非其时，弃诸度外，又来侵扰。故宜密运筹策，渐以攘之。玷厥之于摄图，兵强而位下，外名相属，内隙已彰，鼓动其情，必将自战。处罗侯为摄图之弟，奸多势弱，曲取众心，国人爱之，因为摄图所忌，其心殊不自安，迹示弥缝，实怀疑惧。阿波首鼠，介在其间。摄图受其牵率，惟强是与，未有定心。今宜远交而近攻，离强而合弱，通使玷厥，说合阿波，则摄图回兵，自防右地。又引处罗，遣连奚霫，则摄图分众，还备左方。首尾猜嫌，腹心离沮，十数年后，乘衅讨之，必可一举而空其国矣。

隋主览表，叹为至计，因召晟与语战守事宜。晟复口陈形势，手画山川，状写虚实，皆如指掌。隋主益喜，悉依晟议，乃遣太仆元辉出伊吾道，往诣达头可汗，赐给狼头纛。达头答使报谢，得隋优待，欢跃而去。又授晟为车骑将军，使出黄龙道，赍着金帛，颁赐奚霫、契丹等国。契丹愿为向导，密引晟至处罗侯所，诱令内附，处罗侯恰也依从。晟即归报。沙钵略可汗，尚未知隋廷计划，号召五可汗部众，得四十万骑，突入长城，自兰州趋至周槃。隋行军总管达奚长儒，屯兵只二千人，与突厥兵相遇，沙钵略亲率十万骑挑战，长儒明知不敌，颜色却甚是镇定，且战且行；中途被番兵冲击，屡散屡聚，转斗三昼夜，交战十四次，刀兵皆折，士卒但徒手相搏，肉尽骨现。突厥兵损伤数千，且恐长儒诱敌，才停军不追。长儒身受五创，幸得生还，因功封上柱国，并荫一子。那沙钵略分兵四掠，击逐隋戍，且欲乘胜深入。偏达头可汗不从，引兵自去。（长孙晟前策，已一次见效。）

长孙晟又布散谣言，谓："铁勒已与隋联络，将袭沙钵略牙帐。"沙钵略闻谣生惧，乃收兵出塞。越年为隋开皇三年，春暖草肥，突厥复寇隋北境。隋主坚乃决计出师，命卫王爽为行军元帅，率同河间王弘，（爽与弘俱见八十一回。）及豆卢勣、窦荣定、高颎、虞庆则等，分八道出塞，往击突厥。爽行次朔州，探得沙钵略已至白道，距军营仅数十里。总管李充进议道：“突厥骤胜而骄，必不设备，若用精兵袭击，定可破敌。”诸将闻言，多以为疑。独长史李彻，赞成充议。爽亦以为可行，即与充率精骑五千，夜袭突厥兵营。沙钵略果然无备，从睡梦中惊起，但见火炬荧荧，刀光闪闪，隋军四面冲入，几不知有若干万人，吓得心胆俱碎，见部众都已骇散，连左右都不知去向，一时仓皇失措，不及穿甲，就从帐后逃出，潜伏草中。（还算有智。）待隋军踏破营帐，寻不出沙钵略，方收拾驼马辎重，得胜回去。

沙钵略方敢出头，招集残众，急奔出塞。途次无粮，惟粉骨为食，又兼天热暑蒸，疫死甚众。幽州总管阴寿，闻突厥败还，乘势出卢龙塞，往攻齐营州刺史高宝宁。宝宁拒守数日，突厥不能救，势甚危急，乃弃城出奔，嗣为麾下所杀，传首军前，和龙遂平。卫王爽等多半归朝，但留窦荣定为秦州总管，并遣长孙晟辅佐荣定。荣定率步骑三万人，径出凉州，与阿波可汗相拒。阿波引众至高越原，屡战屡败，守寨自固。适前大将军史万岁，坐事褫职，流戍敦煌，至此诣荣定营，面请效力。荣定素闻万岁勇名，相见大悦，留居麾下，因遣使语阿波道：“士卒何罪？久战甚苦，今但各遣一壮士，与决胜负，我若不胜，愿即退兵。”阿波许诺，即遣一骑讨战。荣定语万岁道：“今日劳君一往，正效命立功的时候了。”万岁欣然应命，披甲上马，趋出营门。才阅半时，已斩得虏首，驰回报功。荣定益喜，自然叙功上闻。阿波大惊，不敢再战，遣使乞盟，引众自归。长孙晟却遣一辩士，追语阿波道：“摄图南来，每战辄胜，阿波才入，便即奔败，这岂非突厥的耻事吗？且摄图、阿波，势均力敌，今摄图日胜，阿波不利，摄图必进灭阿波。为阿波计，不若与隋连和，结连达头，相合图强，才算是万全上策。”（明明是反间计，但愚诱番酋，即此已足。）阿波竟信晟言，遣使随晟入朝。

沙钵略已得知消息，不待阿波返帐，急引兵往袭阿波居庐，一鼓掩入，杀死阿波母妻。阿波还无所归，西奔达头。达头愿助阿波，使率部众攻沙钵略，连战皆捷，得复故地，势日强盛。沙钵略部众多叛归阿波，沙钵略因此浸衰。（长孙晟前策，二次见效。）惟为了夫妻情谊，尚未肯与隋干休，又复鼓动余勇，入寇幽州。幽州总管阴寿，已经去任，后任叫做李崇。崇兵只有三千，转战数旬，卒因寡不敌众，中箭身亡。隋廷闻报，厚赠李崇，特遣高颎出宁州，虞庆则出原州，控骑数万，大攻突厥。且使人传语阿波，令与达头夹攻沙钵略。阿波果转告达头，并劝达头朝隋。达头遂派人向隋乞降，决与沙钵略断绝关系，定议东攻。沙钵略三面受敌，惊慌得了不得，没奈何与可贺敦熟商，只好委曲迁就，暂救燃眉。千金公主为势所迫，勉强承认，沙钵略乃使人往隋，乞请和亲，且为千金公主代作一表，自请改姓杨氏，为隋主女。（认仇为父，也属过甚。）隋主因遣开府徐平和，出使突厥，册封千金公主为大义公主，许与通好。沙钵略复书隋主，尚自称天生大突厥天下贤圣天子沙钵略可汗，隋主也不与多校，但答书云："朕为沙钵略妇翁，应视沙钵略如儿子，此后当时遣大臣，出塞省女，亦省沙钵略"云云。

未几，即授虞庆则为尚书右仆射，长孙晟为车骑将军，同赴突厥。既至沙钵略庐帐，使沙钵略拜受敕书。沙钵略盛兵相见，高坐帐中，诈称有病不能起立，且狞笑道："我诸父以来，从未向人下拜。"庆则正言诘责，沙钵略仍不肯从。长孙晟接入道："突厥与隋俱大国天子，可汗不起，也不便违意，但可贺敦为隋帝女，可汗就是大隋女婿，怎得不敬礼妇翁？"沙钵略乃笑顾群下道："须拜妇翁吗？"乃起拜顿颡，跪受玺书，戴诸首上，方才起身，嘱达官款待隋使。待庆则等退往别帐，沙钵略又不禁自惭，甚至悲恸。越日庆则又入见沙钵略，迫令称臣。沙钵略又顾左右道："臣字是什么讲解？"左右答道："隋朝称臣，就是我国称奴呢。"沙钵略道："得为大隋天子奴，统由虞仆射的功劳，不可无物相酬。"（番奴究有呆气。）乃馈庆则马十匹，并妻以从妹，留住数旬，方才遣归。

惟阿波可汗，既与沙钵略有隙，独立北方，渐渐的拓土略地，役使诸胡，东控都斤，西越金山，所有龟兹、铁勒、伊吾诸部落，及西域各小国，相率投附，阿波遂自称西突厥。沙钵略隐惮阿波，又畏达头，复遣人向隋告急，愿率部众度漠南，寄居白道川。隋主允如所请，并命晋王广带兵往援，赉给粮食，赐以车服鼓吹。沙钵略得此资助，因西击阿波，得胜而归，乃与晋王广立约，指碛为界，且上表道："天无二日，土无二王，大隋皇帝，是真皇帝，从此屈膝稽颡，永为藩附。"（长孙晟之策，可算完功。）当下遣子库合真入朝。库合真至隋都，隋主下诏道："沙钵略前虽通好，尚为二国，今作君臣，便成一体，华夷合德，共庆升平。"乃肃告郊庙，颁诏远近。且召库合真至内殿，赐以盛宴；又引见皇后，赏劳甚厚。库合真拜舞辞行，归报沙钵略，沙钵略大喜。嗣是岁时贡献，相续不绝。

隋主虽服役沙钵略，尚恐胡人为寇，乃更发丁夫，修筑长城。内地择要置仓，转运入关，使不乏食。又自大兴城东至潼关，凿渠引渭，借通运道，名为广通渠。尚书长孙平奏称："每年秋季，令民家各出粟麦一石，贫富为差，储诸里社，预备凶荒。"隋主亦当然依议，取名义仓。一面减徭役，驰酒盐禁，求遗书，修五礼，罢郡为州，颁甲子元历，端的是兴朝气象，国泰民安。（隋朝统一，实肇于此。）

西方有党项羌，闻风款关，请求内附。隋主慰谕来使，礼遣归国。独吐谷浑太子诃乞降请兵，隋主不许。原来吐谷浑王夸吕，（见七十七回。）在位日久，尝出兵寇掠陇西，惟不敢深入，隋初亦屡为边患，多被戍军击退。开皇六年，夸吕年已昏耄，喜怒无常，好几次废杀太子，少子嵬王诃依次为储，惩戒前辙，欲率部落万余户降隋，因上表隋廷，请兵出迎。隋主坚慨然道："吐谷浑风俗浇漓，大异中华，父既不慈，子又不孝，朕以德训人，奈何反助成恶逆呢？"乃召来使入见，正色与语道："父有过失，事当谏诤，岂可潜谋非法，自居不孝？普天下皆朕臣妾，各为善事，便副朕心，汝嵬王既欲归朕，朕但饬嵬王谨守子道，怎得远遣兵马，助他为恶呢！"（隋主此诏甚是，奈何教子无方，后来自蹈此辙。）来使惟惟自去。诃乃不至。

先是尉迟迥败殁，隋用梁士彦为相州刺史，未几即召还京师，置诸散秩。士彦自恃功高，甚怀怨望。宇文忻与士彦同功，封拜右领军大将军，恩眷甚隆。独高颎谓忻有异志，不可久握兵权，乃免去官职，忻亦因此怏怏。两人闲居京师，屡相往来。忻遂密语士彦道："帝王岂有定种？但得有人相扶，何不可为？公可往蒲州起事，我必从征，两阵相当，即可从中取事，天下不难手定哩。"士彦甚喜，密商诸柱国刘昉，昉极力赞成，愿推士彦为帝。看官听说！这刘昉自撤去司马，见疏隋主，本已抑郁无聊，此次推戴士彦，又别有一种用意。士彦继妻有美色，为昉所羡，因与士彦格外亲昵，交游日久，竟得把士彦妻勾搭上手，暗地通奸，士彦尚似睡在梦中，反引昉为知己。昉乃随口附和，幸得事成，当然是佐命元勋，否即归罪士彦，自己好设法摆脱，或得与士彦妻永久欢娱，亦未可知。（淫恶已甚，天道难容。）偏偏事出意外，三人密谋，竟被士彦甥裴通，上书讦奏。隋主坚疑通挟嫌，或有诬控情事，因特授士彦为晋州刺史，且使人潜伺情伪。士彦语忻及昉道："这真是天意了。"言下很有喜色。隋主得报，待士彦入朝辞行，乃令卫士将他拿下，并饬拘忻及昉，研鞫得实，一并伏诛。士彦年已七十二，忻亦已六十四岁，惟昉尚不过半百。（怪不得士彦继妻与他通奸。）老且谋逆，真是何苦！徒落得身首异处，遗臭万年，这且不必细表。

且说开皇七年，突厥沙钵略可汗，遣子入贡，且请游猎恒、代间，隋主优诏允许，更遣人驰至猎场，赐给酒食。沙钵略挈领徒众，再拜受赐。及还归营帐，得病身亡。讣达隋廷，隋主坚辍朝三日，并请太常卿吊祭，隐示怀柔。沙钵略有子雍虞闾，性质懦弱，所以沙钵略遗命，传位与弟处罗侯。处罗侯不受，且语雍虞闾道："我突厥自木杆可汗以来，尝以弟代兄，以庶夺嫡，违背祖训，不相敬畏。汝今当嗣位，我愿拜汝。"雍虞闾道："叔与我父共根连体，我乃枝叶，怎得不顾本根，屈尊就卑？况系亡父遗命，不可不遵，愿叔父勿疑！"两人逊让至五六次。处罗侯始入嗣兄位，号为莫何可汗，（叔侄相让，不意复出诸番俗。）遣使至隋，上表言状。隋使车骑将军长孙晟，驰节加封，并赐鼓吹旗幡。处罗侯自然拜谢，厚礼待晟，派兵送至境上。当下将所赐旗鼓，耀武扬威，西击阿波。阿波各部众，惊为隋兵相助，望风降附。处罗侯又素谙武略，竟得捣入北牙，擒住阿波，奏凯东归，上书隋朝，请处置阿波生死。隋主召群臣会议，安乐公元谐，谓宜就地枭斩，武阳公李充，谓宜生取入朝，显戮以示百姓。独长孙晟献议道：“今若突厥叛命，原应正刑敕法，今彼兄弟自相残灭，并非由阿波负我国家。倘因彼穷困，便即取戮，转非招远怀携的至意，不如两存为是。”左仆射高颎亦谓：“骨肉相残，不足示训，请从晟言，以示宽大。”隋主乃赦免阿波，徙置荒郊，令处罗侯乘便管束，阿波愤郁而死。已而处罗侯西略诸胡，身中流矢，创重致毙。部众因拥立雍虞闾，号为都蓝可汗。千金公主，还是一个半老徐娘，尚存丰韵，雍虞闾又援引俗例，据为己妇，于是千金公主，做了第三次的可贺敦。小子有诗叹道：

夷俗原来惯聚麀，如何汉女亦相侔？

堪嗟廉耻凌夷尽，淫妇宁能报国仇？

雍虞闾嗣立以后，仍然累岁朝贡，通使不绝。隋廷既得抚定西北，遂议经略东南，欲知后事，请看官续阅下回。

以夷攻夷，为中国制夷之上策，汉班超之所以制匈奴者在此，隋长孙晟之所以制突厥者亦在此。盖夷人无亲，又无信义，诱之以利，怵之以威，未有不为人所欺，而自相残杀者。晟上书计事，不过寥寥数语，而夷虏已在目中，厥后依策施行，无不获效，乃知制夷不难，难在无制夷之策，与制夷之人耳。千金公主，不忘宗祀，尚知不共戴天之义，然始妻佗钵，继妻沙钵略，最后又妻都蓝，节且不顾，义乎何有？况反颜事仇，甘为杨氏女耶？妇女见浅识微，断不足与语大事，有如此夫！

第八十四回　设行省遣子督师　避敌兵携妃投井

却说隋主坚既平西北，便思规画东南，可巧后梁启衅，召动隋师，于是后梁被灭，陈亦随亡。后梁主岿，孝慈俭约，颇得民心。尉迟迥发难，岿用柳庄言，不与联络，及闻迥等败没，召庄入语道："我若不从卿言，社稷已不守了。"嗣是贺隋登极，岁时致贡。隋主坚亦恩礼相加，屡给厚赐，寻且纳岿女为晋王广妃。（补叙隋梁交涉，为前后呼应文字。）岿在位二十三年，至开皇五年五月病终，后梁谥为孝明帝，庙号世宗。子琮嗣位，年号广运，时人已谓运字从军从走，目为不祥。（年号何关兴亡？附会之谈，不足尽信。）琮在位后，遣大将军戚昕，率舟师袭陈境，不克乃还。未几有将军许世武，潜谋通陈，谋泄被诛。越年，隋主坚征琮入朝，江陵父老，送琮下舟，相率陨涕道："我君恐不复返了。"（如何晓得？）隋廷因琮离江陵，特遣武乡公崔弘度引兵代守，行次都州，琮叔父岩及弟瓛等，恐弘度掩袭，遽向陈荆州刺史陈慧纪处，通使乞降。慧纪引兵至江陵，岩等遂驱文武官民一万余口，东奔陈国。隋主闻报，忙令高颎率兵往援，陈军乃退。颎留兵驻守，返报隋主。隋主不使琮南返，竟将江陵夷为郡县，派官治民，于是后梁灭亡。后梁自萧詧称帝，共历三世，合计得三十三年。琮留寓长安，受封莒国公，后幸得善终，不消细述。

先是隋主坚有意图陈，尝向高颎问计，颎答道："江北地寒，收成较晚，江南水田早熟，若乘彼收获，稍征士马，扬言掩袭，彼必屯兵守御，旷废农时。彼既聚兵，我便解甲。如此数次，彼必谓我虚声恫吓，不足为虑，我乃济师渡江，直指建康，彼怠我奋，定可取胜。又江南土薄，舍多茅竹，所有储积，皆非地窖。当密遣人因风纵火，毁彼粮储。彼兵备既弛，粮食又罄，尚能不为我灭么?”隋主一再称善，如法困陈，陈人果困。至陈纳萧岩等降人，隋主益愤，顾语高颎道：“我为民父母，岂可限一衣带水，不往拯救么?”颎因请指日伐陈。隋主命大造战船，为出兵计，群臣请秘密从事，隋主道：“我将显行天诛，何必守密呢?”并使投楫江中，任他东下，且颁谕道：“若彼知惧改过，我复何求?”（居然想为仁义师。）

那陈主叔宝，却深居高阁，整日里花天酒地，不闻外事。中书舍人傅縡，直谏被杀。江总、孔范专务贡谀，反得加官进禄。至德五年元日，有人报称甘露降，灵芝生，叔宝大喜，改年应瑞，就称是年为祯明元年。诏敕方颁，即闻地震，媚臣谐子，且随口捏造，称为阳气振动，万汇昭苏的吉兆。及萧岩、萧瓛渡江请降，陈廷又是一番庆贺，颁诏大赦，立授岩为平东将军，领东扬州刺史，瓛为安东将军，领吴州刺史，还道是布德行惠，近悦远来。太子胤未闻失德，尝在太学讲诵《孝经》，志在身体力行，尝使人入省母后，问安视暖。母后沈氏，免不得遣令左右，谕慰东宫。张贵妃宠冠后庭，密谋夺嫡，竟与孔贵嫔串同一气，谗构皇后太子，但说往来秘密，恐有异图。孔范等又入为证人。更兼沈皇后素来无宠，遂致有道储君，无辜被废，降为吴兴王。张贵妃所生子深，竟得立为太子。

已而妖异迭出，雨旸不时，郢州水黑，淮渚暴溢，有群鼠渡淮入江，无数漂没。东冶铸铁，空中忽堕下一物，隆隆如雷声，色甚赤，铁汁致飞出墙外，毁及民居。还有蔓草久塞的临平湖，无故自辟，草死波流，朝野诧为奇事，哗传一时。叔宝才有所闻，心中亦未免惊异，因卖身佛寺，自愿为奴，作为厌胜。张贵妃本来佞佛，往往托词神鬼，蛊惑叔宝，至此在宫中竟设淫祀，召集妖巫，祈福禳灾。叔宝又敕建大皇寺，内造七级浮图，工尚未竣，为火所焚。那祭大告庙的礼仪，反多阙略，好几年不见驾临。大市令章华，博学能文，因为朝臣所抑，尝郁郁不得志，至是独上书极谏，略云：

昔高祖南平百越，北诛逆虏，世祖东定吴会，西破王琳，高宗克复淮南，辟地千里，三祖之功勤亦至矣。陛下即位，于今五年，不思先帝之艰难，不知先帝之可畏，溺于嬖宠，惑于酒色，祠七庙而不出，拜三妃而临轩，老臣宿将，弃之莫莽，谄谀谗邪，升之朝廷。今疆场日蹙，隋军压境，陛下犹不改弦更张，臣见麋鹿复游于姑苏矣。

这书呈入，顿时大触主怒，即令斩首，且益逞荒淫。一年容易，又是春来，叔宝遣散骑常侍袁雅等聘隋，又令散骑常侍周罗睺，出屯峡口，侵隋峡州。（和中寓战，叔宝亦自诩妙计耶？）隋主正令散骑常侍程尚贤等报聘，忽闻峡州被侵消息，及决计伐陈，传敕中外，敕文有云：

昔有苗不宾，唐尧薄伐，孙皓僭虐，晋武行诛。有陈窃据江表，逆天暴物，朕初受命，陈顼尚存，厚纳叛亡，侵犯城戍。勾吴闽越，肆厥残忍，于时王师大举，将一车书。陈顼返地收兵，深怀震惧，责躬请约，俄而致殒。朕矜其丧祸，特诏班师。叔宝承风，因求继好，载伫克念，共敦行李。每见珪璪入朝，輶轩出使，何尝不殷勤晓谕，戒以维新？而狼子之心，出而弥野，威侮五行，怠弃三正，诛翦骨肉，夷灭才良，据手掌之地，恣溪壑之险，劫夺闾阎，资产俱竭，驱蹙内外，劳役弗已，微责女子，擅造宫室，日增月益，止足无期。帷薄嫔嫱，几逾万数，宝衣玉食，穷奢极侈，淫声乐饮，俾昼作夜。斩直言之客，灭无罪之家。欺天造恶，祭鬼求恩，盛粉黛而执干戈，曳罗绮而呼警跸，自古昏乱，罕或能比。介士武夫，饥寒力役，筋髓罄于土木，性命俟于沟渠。君子潜逃，小人得意，天灾地孽，物怪人妖，衣冠钳口，道路以目。倾心翘足，誓告于我。日月以冀，父奏相寻。重以背德违言，摇荡疆场，巴峡之下，海澨以西，江北江南，为鬼为域，死坐穷发掘之酷，生居极攘夺之苦。抄掠人畜，断绝樵苏，市井不立，农事废寝。历阳、广陵，窥觎相继，或谋图城邑，或劫剥吏人，昼伏夜游，鼠窜狗盗。彼则羸兵敝卒，来必就擒，此则重门设险，有劳藩捍。天之所覆，无非朕臣，每关听览，有怀伤恻。有梁之国，我南蕃也，其君入朝，潜相招诱，不顾朕恩。士女深迫胁之悲，城府致空虚之叹，非直朕居人上，怀此不忘，且百辟屡以为言，兆庶不堪其请，岂容对而不诛，忍而不救。近方秋始，谋欲吊民，益部楼船，尽令东骛，便有神龙数十，腾跃江流，引伐罪之师，向金陵之路，船住则龙止，船行则龙去，三日之内，三军皆睹，岂非苍昊爱人，幽明展事，降神先路，协赞军威？以上天之灵，助戡定之力，便可出师授律，应机诛殄，在斯举也，永清吴越。其将士粮仗水陆资，须期会进止，一准别敕。特此颁告天下，使众周知！

敕书既发，又令抄录三十万纸，传示江南。陈廷闻隋将大举，再遣散骑常侍许善心，诣隋修和。隋主留置客馆，不复遣归，一面贻送玺书，数陈主二十过恶，并命就寿春设淮南行省，即用晋王广为行省尚书令，告诸太庙，授钺南征。再令秦王俊及清河公杨素，俱为行军元帅，使广出六合，俊出襄阳，素出永安，并饬荆州刺史刘仁恩出江陵，蕲州刺史王世积出蕲春，庐州总管韩擒虎出庐江，吴州总管贺若弼出广陵，凡总管九十人，兵五十一万八千人，统受晋王广节度，旌旗舟楫，横亘数十里。（重用次子，已开逆恶之萌。）授左仆射高颎为晋王元帅府长史，右仆射王韶为司马，军事皆由二人参决，相机进行。

隋主相率临江，高颎问郎中薛道衡道："江东可攻取否？"道衡道："此去定司成功。尝闻晋郭璞有言，江东分王三百年，复与中国统合，今此数将周，是一可取；主上恭俭勤劳，叔宝荒淫骄侈，是二可取；国家安危，寄诸将相，彼用江总为相，惟事诗酒，萧摩诃、任蛮奴（即任忠小字。）为大将，不过匹夫小勇，怎能当我大敌？是三可取；我有道，国势复大，彼无德，国势又小，彼甲士不过十万，西自巫峡，东至沧海，分戍即势悬力弱，合屯又守此失彼，是四可取。有此四机，席卷江东不难了，何必多疑。"颎欣然道："得君数言，成败已可预定，素知君才，今益令人信服了。"遂驱军前进。

陈命散骑常侍周罗睺，都督巴峡沿江诸军，堵御隋师。隋秦王俊屯兵汉口，节制上流。杨素率舟师下三峡，径至流头滩，与狼尾滩相近。狼尾滩地形险峭，却有陈将戚昕，带着战舰扼守。素待至夜间，亲督黄龙舟数千艘，衔枚疾进，冲击陈舰。昕仓猝遇敌，与战失利，弃滩东走。素俘得陈人，悉数纵还，秋毫无犯，遂驱水军东下，舳舻蔽江，旌旗耀日。素容貌壮伟，坐大船中，好似金甲神一般，陈人惊为江神，沿途溃散。江滨诸戍，相继告警。施文庆，沈客卿反匿不上闻。陈江中无一战船，上流戍兵，又皆为杨素军所阻，不得入援，眼见是长江天堑，为敌所逾。陈护军将军樊毅，闻隋军逼近，忙进白仆射袁宪道："京口、采石，俱系要地，须各出锐兵五千，分载金翅舟二百艘，沿江守御，借备不虞。"宪亦以为然，乃与文武群臣共议，请如毅策。独施文庆、沈客聊以为多事，仍然迁延。宪又邀同萧摩诃，再三奏请，叔宝亦欲依议，偏文庆、客卿共启叔宝道："寇敌入境，已成常事，边城将帅，尽足堵御，何必多出兵船，自致惊扰。"叔宝再召江总熟商，总亦依违两可，未能决定。孔范独大言道："长江天堑，限制南北，今日虏军，岂能飞渡么？"叔宝遂耽乐如常，奏乐侑酒，赋诗不辍，且从容语侍臣道："金陵素钟王气，齐兵三来，周师再至，无不摧败。隋军亦何能为呢？"嗣是警报频来，悉置不问。

祯明三年正月朔，陈主叔宝朝会群臣，大雾四塞，殿中皆黑，叔宝不以为奇。退朝以后，张贵妃以下，俱来庆贺，当下开筵欢饮，灌得烂醉如泥，入寝鼾睡，直至黄昏，方才醒觉。越日由采石镇驰到急报，乃是隋将贺若弼，自广陵引兵渡江，韩擒虎亦自横江夜渡采石，沿江一带，多已失守了。（虽有天堑，无人如何为守？）文庆等也不便抑置，只好奏闻叔宝。叔宝才觉惊忙，召公卿入议军情，内外戒严。命骠骑将军萧摩诃、护军将军樊毅、中领军鲁广达并为都督，司空司马消难，及新除湘州刺史施文庆，并为大监军，南豫州刺史樊猛率舟师出白下，散骑常侍皋文奏，率兵镇南豫州，重立赏格，招慕兵士，僧尼道士，尽令执役。（急时抱佛脚，恐已来不及了。）这边方调将遣兵，陆续出发，那边已乘风破浪，踊跃前来。贺若弼攻拔京口，擒住南徐光州刺史黄恪，恪部下六千人，也尽作俘囚。弼给粮慰道，各付敕书，嘱他分道宣谕，于是所至风靡。韩擒虎先下采石，继陷姑熟，入南豫州城。皋文奏弃城东奔，所有樊猛妻子，悉被虏去。猛方与左卫将军蒋远逊游弋白下，突闻妻子被虏，当然心惊。叔宝还防他有异志，欲遣镇东大将军任忠代猛，先令萧摩诃谕意。看官！试想这樊猛愿意不愿意呢？摩诃因猛不愿意，启闻叔宝，叔宝又不便改调，仍令猛照旧办事。（如此驭将，怎得死力？）

鲁广达子世真，留屯新蔡，与弟世雄同降隋军，且为隋招降广达，广达将书呈奏，并自劾待罪。叔宝传敕抚慰，仍使督军如故。怎奈隋军所向无前，贺若弼从南道进兵，韩擒虎从北道进兵，势如破竹，如入无人之境。叔宝连接警耗，亟使司徒豫章王叔英屯朝堂，萧摩诃屯乐游苑，樊毅屯耆阇寺，鲁广达屯白土冈，孔范屯宝田寺。适任忠自吴兴入援，令屯朱雀门。偏贺若弼进据钟山，韩擒虎进踞新林，隋元帅晋王广又遣总管杜彦助新林军。陈将纪瑱，驻守蕲口，复被隋蕲州总管王世积击走，陈人大骇，相率降隋。

叔宝素来淫佚，不达军事，至此已成眉急，才觉易喜为忧，昼夜啼泣，台中处分，尽任施文庆。文庆忌诸将有功，每遇将帅启请，皆搁置不行。萧摩诃屡请出战，并不见从。既而奉命入议，摩诃尚欲袭击钟山，任忠时亦在侧，独出言谏阻道："兵法有言：客贵速战，主贵持重。"今国家足食足兵，还应固定台城，沿淮立栅。北军虽来，勿与交战，但分兵阻截江路。又给臣精兵一万，金翅舟三百艘，下江径掩六合，且扬言欲往徐州，断彼归途。彼军前不得进，后不得归，必致惊乱，不战自走。待春水既涨上江，周罗睺等得顺流来援，表里夹攻，必可破敌，这岂非是良策吗？"（此策若用，陈可不亡。）叔宝终未能决，踌躇了一昼夜，忽跃然出殿道："兵久相持，未分胜负，朕已厌烦得很，可呼萧郎出战。"摩诃承宣趋入。叔宝忙说道："公可为我决一胜负！"摩诃答道："出兵打仗，无非为国为身，今日出战，兼为妻子。"叔宝大喜道："公能为我却敌，愿与公家共同休戚。"摩诃拜谢而退。任忠叩首力谏，坚请勿战。叔宝不答，但宣摩诃妻子入宫，先加封号，一面颁发金帛，犒军充赏。

摩诃部署军伍，严装戒行，令妻子入宫候命，自出都门御敌。摩诃前妻已殁，娶得一个继室，却是妙年丽色，貌可倾城，当下艳妆入宫，拜谒叔宝。叔宝见色动心，乃不料摩诃有此艳妻，一经见面，又把那国家大事，置诸度外，便令设宴相待，留住宫中。摩诃子引见后，嘱令出宫候封，自与摩诃妻调情纵乐，作长夜欢。妇人多半势利，况摩诃老迈，未及叔宝风流，一时情志昏迷，竟被叔宝引入龙床，勉承雨露。（亡国已在目前，还要这般淫纵，真是无心肝。）摩诃那里知晓，出与诸军组织阵势，自南至北，从白土冈起头，最南属鲁广达，次为任忠，又次为樊毅、孔范，摩诃最北，好似一字长蛇阵，但断断续续，延袤达二十里，首尾进退，不得相闻。隋将贺若弼轻骑登山，望见陈军形势，已知大略，即驰下山麓，勒陈以待。鲁广达出军与战，势颇锐悍，隋军三战三却，约死二百余人。弼令军士纵火放烟，眯住敌目，方得再整阵脚，排齐队伍，暂守勿动。

萧摩诃闻南军交战，正拟发兵夹攻，忽有家报传到，妻室被宫中留住，已有数日，料知情事不佳，暗地里骂了几声昏君，不愿尽力，遂致观望不前。鲁广达部下，初战得胜，枭得隋军首级，即纷纷还都求赏。贺若弼见陈军不整，复驱军再进，自率精兵攻孔范。范素未经战，蓦与若弼相值，不禁气馁，兵士方才交锋，他已拨马返走。主帅一奔，全军皆溃，就是鲁广达、樊毅两军，也被牵动，一并哗散。任忠本不欲战，自然退去。萧摩诃心灰意懒，也拟奔回。那知隋军四面杀到，害得孤掌难鸣，且自己年力又衰，比不得少年猛健，一时冲突不出，竟被隋将员明擒去，送至贺若弼前。若弼命推出斩首，摩诃面不改色，反令若弼称奇，乃释缚不杀，留居营中。

任忠驰回都阙，报称败伏，并向叔宝道："官家好住，臣无所用力了。"叔宝着急，尚给金两滕，使募人出战。忠徐徐道："陛下但当备具舟楫，往就上流诸军，臣愿效死奉卫。"叔宝应诺，命忠出集舟师，自嘱宫人装束以待。那知忠已变意，潜赴石子冈，往迎韩擒虎军，直入朱雀门。守军欲战，忠摇手示意道："老夫尚降，诸军何事？"（虽由主听不聪，如此作为，终属不忠。）大众听了，便即散走。

台城内风声骤紧，文武百官，一概遁去。惟尚书仆射袁宪在殿中，尚书令江总在省中，叔宝见殿中无人，只留一宪，不禁泣语道："我向来待卿，未及他人，今日惟卿尚留，不胜追愧。朕原不德，也是江东气数，已经垂尽了。"（尚不肯全然责己，还想诿诸气数。）说着，匆遽入内，意欲避匿。宪正色道："北兵入都，料不相犯，事已至此，陛下去将何往？不若正衣冠，御正展，依梁武帝见侯景故事。"叔宝不待说完，便摇首道："兵锋怎好轻试？我自有计。"言已趋入，急引张贵妃、孔贵嫔两人，至景阳殿后，三人并作一束，同投井中。

台城已无守吏，一任隋军驰入。韩擒虎即至殿中，令部众搜寻叔宝，四觅无着，及见景阳井上，有绳系着，趋近探视，见下面有人悬住，连呼不应，乃拾石投入，才闻有号痛声。原来井中水浅，不致溺毙，隋军引绳而上，势若甚重，经数人提起，始见有一男二女，男子便是陈叔宝，当然大喜，即牵送至韩擒虎处，听候发落。豫章王叔英已经出降，沈皇后居处如常，太子深年方十五，开阁静坐，至隋军排闼进去，深从容与语道："戎旅在涂，得勿劳苦么？"隋军见他颜色自若，却向他致敬，不敢相侵。鲁广达退守乐游苑，未肯降敌，贺若弼乘胜与争，广达苦斗不息，战至日暮，手下将尽，始解甲面台，再拜恸哭道："我身不能救国，负罪实深了。"乃出降隋军。

若弼闻韩擒虎已得取叔宝，呼令相见。叔宝惶惧异常，向弼再拜。弼与语道："小国君主，只当大国上卿，拜亦常礼，入朝不失作归命侯，何必多惧呢？"乃使叔宝居德教殿，用兵监守，自恨功落人后，与韩擒虎龃龉，且欲令叔宝作降笺，归已报闻。事尚未行，晋王广已使高颎入建康，料理善后事宜。颎子德弘，随后踵至，传述广命，使留张丽华。颎勃然道："昔太公灭纣，尝蒙面斩妲已，此等妖妃，岂可留得？"说着，便令兵士取入张贵妃，斩首以徇。小子有诗叹道：

国即亡时身亦亡，临刑反为美人伤。

蛾眉螓首成虚影，地下可曾悔惹殃？

晋王广既遣德弘传命，复启节东下，来视张丽华，途次闻丽华已死，禁不住愤闷起来。欲知后事，且阅下回。

叔宝之恶，不如子业、宝卷之甚。子业屠灭宗族，宝卷渎乱天伦，而叔宝无是也。但宠艳妃，昵狎客，杀谏臣，有一于此，未或不亡，况并三者而备具耶。隋军大举，鼓楫渡江，沿江各戍，望风奔溃，叔宝尚委政宵小，恣情声色，可战不战，不可战而战，甚至敌临城下，犹奸通萧摩诃妻，如此淫肆，欲不亡得乎？景阳殿后，挈妃入井，向使毕命井中，即未足与殉社稷者比，而井底鸳鸯，冢成连理，未始非江东佳话。为叔宝计，其亦差足自慰欤？然天不从愿，出井见敌，再拜隋将，徒自贻羞，而张贵妃且难免刀头之阨，红颜白骨，作孽难逃。观于此而世为妃妾者，可以返矣；世之为人主者，亦可以戒矣。

第八十五回 据湘州陈宗殉国 抚岭表冼氏平蛮

却说晋王广系念张丽华，驰诣建康，途中闻高颎违命，竟把丽华杀死，不由得惊愤道："古云无德不报，我必有以报高公。"言下犹恨恨不已。及即入建康，高颎等上前迎接，广虽心恨高颎，面上却不露声色，仍然照常相见。随即慰劳三军，安抚百姓，一面拿住施文庆，沈客卿、阳惠朗、徐哲、暨慧景五人，责他蔽主害民，一并斩首。即令高颎与元帅府记室裴矩，收图籍，封府库，所有金帛珍玩，广皆不取。当时军民人等，统说晋王贤德，那知他是沽名钓誉、笼络人心呢。（隐伏下文。）

贺若弼先期决战，违背军令，广收付属吏，并遣使驰驿奏闻。隋主闻江南已平，很是欣慰，且传诏示广，谓："平定江表，功出韩、贺二人，不应吹求微疵，可将功抵罪，各赐帛万匹。"又别诏褒美韩、贺，并及前敌各将士。陈使许善心，尚留隋客馆中，隋主坚遣人相告，谓陈已灭亡，可归诚我朝。善心不禁大恸，改著缞服，就西阶下席草危坐，东向涕泣，三日不移。隋主复颁敕慰唁，越日又有诏至馆，命为通直散骑常侍，赐衣一袭。善心号哭尽哀，乃入房改服，出就北面，垂泪再拜，受隋敕书。（既愿事仇，何必如许做作。）翌晨，诣阙谢敕，伏泣殿下，悲不能兴。隋主顾左右道："我平陈国，只幸得此人，彼能怀念旧君，他日即我朝纯臣呢。"遂谕令平身，入直门下省，善心泣拜而退。从此遂低首下心，长作隋朝臣仆了。（含蓄不尽。）

陈水军都督周罗睺，与郢州刺史荀法尚，尚守江夏。隋秦王俊督三十六总管，及水陆十余万众，屯驻汉口，不得前进。陈荆州刺史陈慧纪，又遣内史吕忠肃进据巫峡，凿岩系链，锁住上流，堵遏隋师，且自出私财，充作军用。隋清河公杨素，麾兵奋击，与忠肃大小四十余战，忠肃踞险力争，杀死隋兵五千余人。嗣闻建康被困，士无斗志，杨素乘间猛攻，忠肃不能固守，弃栅南奔，退据荆门境内的延洲。素驶舟追击，大破忠肃，俘得甲士三千余人，忠肃孑身遁去。于是陈慧纪亦自知难守，毁去储蓄，引兵东下。巴陵以东，尽为隋有。陈晋王叔文，方卸任湘州，还至巴县，慧纪欲推为盟主，号召沿江各军，入援建康，偏被隋秦王俊军阻住。叔文又率巴州刺史毕宝等，向俊请降。慧纪徒望东慨叹，无计可施。

会建康已平，晋王广命陈叔宝作书，招谕上江诸将，诸城闻风解甲。周罗睺与诸将大哭三日，放兵散马，乞降俊军。陈慧纪势孤力蹙，也只好出降，上江皆平。隋将王世积在蕲口，移书告谕江南诸郡，江州、豫章，依次降隋。隋遂撤去淮南行省，但命诸将分途略定。陈吴州刺史萧瓛，自梁投陈，料知隋不相容，独募兵抗隋。隋大将军宇文述等，引兵进击，瓛连战皆败，竟为所擒。东扬州刺史萧岩，以会稽降，述将他弟兄并入囚车，押解长安。隋主坚责他负国忘恩，立命处斩。（了结岩、瓛，顾应八十三回。）

独湘州刺史岳阳王陈叔慎，系高宗顼第十六子，年甫十八，方才莅任。城中将士，闻隋军已据荆门，相距不远，相率谋降。叔慎设宴厅中，召集文武僚吏，举酒相属道："君臣大义，就此扫地么？"长史谢基，投袂起座，伏地呜咽。助防遂兴侯陈正理，（陈宗室。）亦慨然起语道："主辱臣死，诸君独非陈臣么？今天下有难，正当见危致命，就使无成，尚见臣节。今日不宜再误，宜力图恢复，后应者斩！"众闻此言，乃齐声许诺，自是刑牲结盟，誓同生死。适隋将庞晖，奉杨素命，招抚湘州，正理与叔慎商定密计，遣人赍诈降书，往迎庞晖。晖贸然驰至，叔慎伏甲待着，一俟晖入城门，发伏执晖，斩首徇众。晖手下有数十人，也同时拘住，杀得一个不留。叔慎亲至射堂，募集兵士，数日间得五千人。衡阳太守樊通，武州刺史邬居业，皆举兵入助。隋正命薛胄为湘州刺史，道过荆州，得见杨素，已知湘州拒命，便与素部下行军总管刘仁恩，会师进攻。行至湘州城下，陈正理、樊通，督兵迎战。两下相交，隋军比守军加倍，且都是惯战健卒，那里是陈、樊二人所能抵挡？战不多时，守兵四溃。陈、樊逃回城中，门未及阖，薛胄已加鞭追入，顺手一槊，击毙樊通。隋军一拥而上，突进城中，先擒正理，次擒叔慎。刘仁恩不欲收兵，即往击横桥。横桥为邬居业屯守地，当下拒战失利，也为所擒。三人俱被解至汉口，秦王俊诘问数语，叔慎词色不挠，即为所害。正理、居业，相继受刑。（叔慎虽死，义烈可风。）

湘州已下，进略岭南。高凉郡太夫人冼氏，威爱素孚，望重岭外。子石龙太守冯仆，壮年不禄，竟尔去世。（回应第七十六回。）仆长子魂，尚在少年，赖冼太夫人主持郡事，所有岭南数郡，畏服如初。及陈为隋灭，岭南未有所属，便奉冼太夫人为主，称为圣母，保境安民。陈豫章太守徐璒，自豫章奔据南康，意欲联结岭南，独霸一方。隋命柱国韦洸等持节安抚，为璒所拒，洸等不得进。晋王广因岭南未平，复令叔宝作书，往贻冼太夫人，谕以陈亡，使他归隋。冼太夫人，乃召集首领会议，相对恸哭，结果是慎重民命，决迎隋使，乃遣冯魂率众迎洸。洸已调动军士，击杀徐璒，凑巧冯魂来迎，遂驰至广州，慰谕诸郡，略定岭南。表冯魂为仪同三司，册封冼太夫人为宋康郡夫人。衡州司马任瓌，劝都督王勇据岭南，求陈氏子孙，立以为帝。勇不能用，率部众降隋，瓌弃官自去。于是陈地悉入隋朝，得州三十，郡一百，县四百，陈亡。总计陈自武帝篡梁，至叔宝止，共历五主，凡三十二年。且由晋元帝东渡，偏安江左，中阅东晋、宋、齐、梁、陈五朝，共得二百七十三年，始为北朝所并，中国复归统一。唐李延寿作《南北史》，把隋朝列入北史中，无非因他起自朔方，脱胎北周，后又仅得一传，便为李唐所灭，所以因类相聚，不复另起炉灶。小子就遵循故例，随笔叙下，看官不要疑我界划不明，模糊了事呢。（再顾本书卷首，并将南北纪年叙清起讫，一笔不漏。）闲文少叙。

且说晋王广振旅将归，奉诏毁平建康宫阙，俾民耕垦，更就石头城增置蒋州，派吏置兵，俱已就绪，乃奏凯还朝。所有陈叔宝以下，如后妃子女，公卿大臣，一并带归。水陆相继，累累不绝。隋主坚亲至骊山，慰劳旋师诸军，并入长安，献俘太庙，陈叔宝为首列，王公将相，并乘舆服御、天文图籍等，依次继进。两旁用铁骑夹道，由晋王广、秦王俊引入庙中，献告如仪。礼毕入朝，晋授晋王广为太尉，特赐辂车乘马，衮冕圭璧。广谢恩而出。越日由隋主坚坐广阳门观，召见陈叔宝等，使纳言宣诏抚慰，又令内史传敕，责他君昏臣佞，乃至灭亡。叔宝及王公大臣，并惶惧伏地，不敢答词。屏息良久，始下赦书。叔宝舞蹈谢恩，余众亦随着叩谢。惟陈司空司马消难，前曾得罪奔陈，此次陈隋交战，受任大监军，一筹莫展，也为所虏。隋主坚本欲加诛，因消难尝为父执，权从末减，特免他死罪，配为乐户。甫阅二旬，又加恩释免，特别引见。消难未免增惭，年又垂老，未几即死。鲁广达自悼国亡，遇疾不医，也即病终。

隋主坚再御广阳门，赐宴将士，门外堆满布帛，直达南郭，按班赏赐，计用三百余万匹。封杨素为越国公，贺若弼为宋国公，各赐金宝。惟韩擒虎为有司所劾，说他驭下不严，士卒在建康时，尝淫污陈宫，所以不得爵赏。擒虎心甚不平，遂与若弼争功御前，若弼道："臣在蒋山死战，破陈锐卒，擒陈骁将，震扬威武，遂平陈国，韩擒虎并未剧战，怎得与臣比功?"擒虎道："本奉明旨，令臣与弼同时合势，进取伪都。弼先期进兵，遇贼即战，致将士伤毙甚多，臣但率轻骑五百，直捣金陵，降任蛮奴，（注见前。）执陈叔宝，据府库，倾巢穴，弼至夕方扣北掖门，由臣开关纳入。据此看来，弼功何在，尚得与臣比论么?"（仿佛晋初浑浚。）隋主坚温颜与语道："两将俱为上勋，休得相争。"乃进擒虎位上柱国，赐帛八千匹，但仍未得封公。擒虎乃退。

隋主又召入高颎，面授上柱国，进爵齐公，赐帛九千匹，且面谕道："公伐陈后，有人诬称公反，朕已将他斩讫。君臣道合，岂青蝇所得相间么?"颎再拜称谢。隋主又使与若弼论平陈事，颎答说道："贺若弼先献十策，后在蒋山苦战破贼，功劳甚大。臣乃文吏，怎敢与大将论功。"隋主大笑道："让德如公，真不可多得了。"嗣命秦王俊为扬州总管，都督四十四州军事，使镇广陵；令晋王广还镇并州。陈都官尚书孔范，散骑常侍王瑳、王仪，御史中丞沈瓘，统是误国佞臣，晋王广尚未加罪，至是由隋廷按查得实，投诸四裔，以谢吴越。陈叔宝留寓隋都，尚蒙优待。惟宫人姊妹，多被没入掖廷，一妹进宫为嫔，就是将来的宣华夫人；一妹由隋主赐与杨素；一妹赐与贺若弼。叔宝全不在意，惟屡与监守官言，求一官号。监守官上白隋主，隋主坚微哂道："叔宝全无心肝。"说着，又问叔宝平日何事？监守官答称："叔宝常醉，少有醒时。"隋主又问他饮酒若干？监守官又答道："每日与子弟共饮，约需一石。"隋主惊诧道："一石如何使得，须要他节饮方好。"监守官应旨欲退，隋主又与语道："随他罢，否则叫他如何过日。"因即命陈氏子弟，分置边州，使给田业，作为生计。又常给叔宝衣食，且随时引见，班同三品；并授陈尚书令江总，为上开府仪同三司，陈仆射袁宪、骠骑将军萧摩诃、领军任忠，为开府仪同三司，尚书姚察为秘书丞。袁宪素有清操，且建康被陷，百官逃散，惟宪尚留在殿中，此事已为隋主所闻，隋主以为江表称首。陈散骑常侍袁元友，屡谏叔宝，隋主嘉他忠直，亦擢拜为主爵侍郎。隋主又尝语群臣道："平陈时候，我悔不杀任蛮奴，彼受人荣禄，兼当重寄，不能横尸徇国，乃云无所用力。古有卫弘演纳肝，（见列国时代。）今乃有此任蛮奴，相差真太远了。"（既知任忠不忠，奈何授为开府？况任忠以外又有误国之江总，不诛而赏，俱属谬误。）及陈水军都督周罗睺，入见隋主，隋主许以富贵，罗睺垂涕答道："臣荷陈氏厚遇，坐视沦亡，无节可纪，今得免死，已沐陛下厚赐，还想什么富贵呢？"隋主颇为嘉叹，竟授为上仪同三司。南北混一，朝野清平，乃令武夫子弟，一体学经，所有民间甲仗，悉皆除毁。

贺若弼自矜前功，备述平陈计画，称为御授平陈七策，呈入殿廷。隋主坚不愿披阅，当即发还，且语若弼道："公欲发扬我名吗？

我不求名，公可自载家传。”若弼受书，怀惭退去。左卫将军庞晃等，入谮高颎，俱被隋主叱退，并召语颎道：“独孤公可比一镜，每被磨莹，皎然益明。”看官！你道隋主何故呼颎为独孤公？原来颎父宾尝为独孤信僚佐，赐姓独孤氏，所以呼为独孤公，优礼不名。颎前为帅府长史，曾奉隋主意旨，向上仪同三司李德林问计，转授晋王广。隋主坚因德林有功，加封郡公，已经宣诏。或语高颎道：“今若归功李德林，诸将必多愤惋，且公亦虚此一行了。”颎乃入白隋主，谓德林不应重赏，乃收回成命。德林本恃才好胜，累年不得升级，已是愤懑不堪，至此又不得叙功，未免恨上加恨。当时颎与苏威，大蒙宠任，德林屡与苏威异议，颎又尝左袒苏威，排斥德林。德林遂被黜为湖州刺史，未几复转徙怀州，竟致病死。（德林为三朝臣，死不足惜，但高颎亦未免萦私。）楚州参军李君才，上书劾颎，隋主大怒，召君才入问，君才抗辞如故，益致隋主增恼，立命捶毙。

隋主自平陈以后，免不得猜忌臣僚，往往密遣左右，觇视内外，察知微过，辄加重罪。又患令史赃污，私令人赂遗金帛，得犯立斩。每在殿中捶人，鞭挞至死，不死亦即斩首。高颎等屡谏不省，兵部侍郎冯基，亦再三切谏，方有悔意。然转恨群臣不谏，又遣责数人。柱国郑译，乘时贡谀，请修正雅乐。（此子又来出头。）隋主命太常卿牛弘、国子祭酒辛彦之、博士何妥等，会议音律。弘奏言中国旧音，多在江南，今既得梁陈旧乐，请加修辑，以备雅乐。所有后魏、后周等乐声，未叶宫商，可悉令停罢。乃诏与许善心、姚察等，参酌订正。

乐尚未成，一声遥警，江南各州郡，又复大乱。越州乱首高智慧、苏州乱首沈玄桧，皆揭竿起事，自称天子，东攻西掠，陷没许多州县，所有陈国故土，大半震动，几乎前功尽隳，南北又要分疆。（笔亦不测。）原来江东习成奢靡，历代刑法，又多疏缓，自隋军平陈，尽反旧政，苏威复作五教，使民传诵，士民遂有怨言，并且谣诼纷纭，谓隋将尽徙南人，转入关中，于是民情益骇。至高、沈两人作乱，百姓相率依附，夺城池，戕守令，且哗然道：“尚能使我诵五教么?”这消息传到隋廷，隋主当然忧虑，即遣越国公杨素，率兵南征。素即日登程，将要渡江，先使部将麦铁杖，夜乘苇筏，越江战贼，还而复往，为贼所擒。贼使三十人监守，铁杖夺取贼刀，乱斫守役，三十人多被杀伤，脱械逃归。素大加赏识，奏授仪同三司，因即麾动舟师，自扬子津逾江击贼。玄恺败走，追擒伏诛。素乘胜进攻越州，用裨将来护儿为前驱，南下浙江，但见江东岸上，贼营编列，绵亘数十里，江中贼船，亦不可胜计。护儿用轻舸数百，直登江岸，袭破贼营，复顺风纵火，烟焰蔽天。素麾众继进，大破智慧。智慧逃入海中，走保闽越。

素遣总管史万岁，率兵二千，陆行逾岭，堵截海岸，自率大舰浮海，奄至泉州，贼众皆散。智慧穷蹙无归，由贼党执送军前，当然枭首。又分兵追捕余贼，约阅数旬，悉数荡平，惟史万岁杳无音信，还道他全军陷没，因致消息不通。后由海中得一竹桶，内藏万岁书函，略言：“逾岭越海，攻破溪洞无数，前后七十余战，转斗至千余里，现已肃清海贼，指日北返”等语。素大喜过望，因即班师，且上奏万岁功绩，隋主也为叹美，厚赐万岁家属。此外平南诸将，自杨素以下，俱优叙有差。

素既北归，番禺夷人王仲宣，忽然起反，纠合叛众，围攻广州。柱国韦洸，尚在广州驻节，急忙招募兵士，开城拒贼。贼势甚是凶悍，洸与战不利，退回城中，登陴督御，一面向高谅乞援。冼太夫人遣孙冯暄领兵援洸。暄至衡岭，遇着贼党陈佛智，屯兵岭上。佛智与暄素来认识，彼此通问往来，竟将战事搁起。冼夫人闻暄逗留，遣使执暄，拘系州狱，另遣孙冯盎往袭佛智。佛智未曾防备，突见盎军杀入，不及逃去，遂为所杀。时韦洸中箭身亡，副使慕容三藏，代理军事。隋廷亦遣给事郎裴矩，南行剿抚。矩至南康，发兵数千人，击斩仲宣别将，进至南海。可巧冯盎与三藏会合，击走仲宣。冼夫人又亲自接应，共至南海迎接裴矩。矩闻冼夫人到来，却也不敢生慢，更命军士排班恭待。过了片刻，前驱已至，来了一位少年军将，唇红齿白，烨烨有光，料知他就是冯盎，已足令人生羡。后面便是宋康郡冼夫人，首戴金冠，身披银铠，上张锦伞，下跨介马，前导骑士，后拥甲楯，虽已年越花龄，尚是春盈眉宇。矩不禁暗暗喝采，未与晤谈，先已下马待着。（非写裴矩有礼，实为冼夫人生色。）冼夫人老眼无花，忙令孙儿下骑，自己亦从容下鞍。当由慕容三藏，从后趋到，邀同冼夫人及冯盎上前见矩。彼此行过了礼，略谈数语，便相偕回入广州。矩因冼夫人望重岭南，请他一同巡行，安抚诸州。冼夫人绝不推辞，即同矩带着兵士，出城巡抚。苍梧首领陈坦、冈州首领冯岑翁、梁化首领邓马头、藤州首领李光略、罗州首领庞靖等，皆来参谒。矩承制署为刺史县令，还镇旧部，各首领欢跃而去。

岭南复定，矩使人驰驿上闻，有诏拜盎为高州刺史，追赠盎祖宝为谯国公，冼夫人为谯国夫人，特给印章，许开幕府，置官属，得征发六州兵马，便宜行事。且赦免冯暄前罪，拜为罗州刺史。待裴矩归朝后，复降敕褒美，赐帛五千匹。皇后独孤氏，亦颁给服饰。冼夫人并收贮金箧，并将梁、陈赐物，亦各藏一库，每岁大会，皆陈列庭中，指示子孙道："汝等宜尽赤心向天子，我事三代主，惟用一好心，今赐物具存，便是忠孝的食报呢。"后来复抚定俚獠，劾诛贪污，岭南无不称颂。至仁寿初年，才报寿终，隋廷谥为诚敬夫人。小子有诗赞道：

几番平虏见奇功，岭表扬仁众口同。
《南北史》中争一席，休言巾帼不英雄！

欲知隋朝后事，待至下回再表。

隋文平陈，与晋武平吴相似，惟陈之亡，与吴不同，迹其情事，颇似蜀汉。刘禅乐不思蜀，叔宝全无心肝，其类似一也；刘禅乞降，犹有北地王谌，叔宝被虏，犹有岳阳王叔慎，其类似二也。故北地王谌死而蜀始亡，岳阳王叔慎死而陈始亡，特为标叙，正在存臣子之大节耳。冼夫人保境拒守，得叔宝书，乃召集首领，相向恸哭，妇人犹知枕戈之义，叔宝何心，乃稽颡隋阙，伈伈伣伣，为民吏羞乎？厥后为民命计，始迎隋使。及番禺之乱，发兵助讨，嗣复与裴矩巡抚诸州，易乱为治，岭南之得免兵戈，未始非冼夫人之所赐也。本回叙冼夫人处，亦特笔表明，借巾帼以励须眉，作书者固隐寓深心欤。

第八十六回　反罪为功筑宫邀赏　寓劓于抚徙虏实边

却说隋左卫大将军杨惠，佐命有功，易名为雄，初封邗国公，旋且晋封广平王，（见八十一回。）职掌禁旅，宠绝一时。长安人士，号为四贵中第一人。四贵除杨雄外，就是苏威、高颎、虞庆则。雄又宽容下士，甚得众心。隋主坚因此加忌，改拜雄为司空。雄知隋主夺他兵柄，虚示推崇，乃杜门谢客，不闻政事。寻改封为清漳王，未几又改封为安德王。（还算明哲保身。）滕王杨慧，（亦见八十一回。）曾尚周武帝邕妹顺阳公主，美秀而文，时人号为杨三郎。隋主命为雍州牧，且常引与同坐，呼为阿三，嗣复易名为瓒。瓒虽为隋主同母弟，但因隋主篡周，屠灭宇文氏，未免目为残忍。顺阳公主，轸念宗亲，更觉得日夕悲伤，阴生咒诅，且与独孤后素不相容，益增怅触。独孤后家世贵盛，姿禀聪明，书史无所不晓，隋主甚加宠爱。每当隋主临朝，后辄与并辇而进，至阁方止。密遣宦官伺察朝政，稍有所失，便即记忆，俟隋主退朝，回返燕寝，婉言规谏，十从八九，宫中号为二圣。又尝与隋主密誓，不得有异生子。（悍妒可知。）看官！试想独孤后如此专宠，怎能不恨及顺阳公主，从中构煽呢？果然隋主听信后言，劝瓒离婚。瓒昵情伉俪，不忍相离，再三乞请，始蒙隋主谕允，但从此恩礼益衰。开皇十一年，瓒从事栗园，侍宴方终，忽然腹痛异常，片刻即毙。隋主坚并未加赠，且徙出顺阳公主，除去属籍。看官不必细猜，便可知瓒被毒死了。是夕，上柱国郑译病死，却遣使吊祭，赐谥曰达。朝臣因瓒不得谥，代为申请，才免强谥一“穆”字。

太子通事舍人苏夔，系尚书右仆射苏威子，少年能文，尤长音律，本名伯尼，因以知乐著名，威特令改名为夔。越公杨素，每加器重，尝戏语威道："杨素无儿，苏夔无父。"是时夔与国子博士何妥等共议正乐，互有龃龉，相持不决，并使百僚会议。大众多阿附苏威，不敢黜夔，于是赞同夔议，十得八九。妥愤愤道："我席间函丈四十余年，反为后生小子所屈辱么？"遂上书劾威父子，并及礼部尚书卢恺、吏部侍郎薛道衡、尚书右丞王弘、考功侍郎李同和等，说他朋比为奸，滥用私人。隋主令第四子蜀王秀，（秀本封越王，见八十一回，后复改封蜀王。）及上柱国虞庆则等，推按得实，乃免威官爵，令以开封就第。卢恺私受威嘱，用王孝逸为书学博士，因坐罪除名。薛道衡等但加薄谴，未曾免官。遂任杨素为右仆射，与高颎共掌朝政。素风度比颎为优，器量远不如颎，朝贵如苏威以下，多被陵蔑，遂致侧目。大将军宋国公贺若弼，尤为不服，且自思功出素右，理当为相，至此反为素所夺，越觉不平；有时入朝晋谒，语多不逊，隋主坚与语道："我用高颎、杨素为宰相，汝尝谓此二人只能啖饭，究是何意？"若弼应声道："颎与臣故交，素系臣舅子，臣素知二人材具，原有此语。"（骄矜已极。）隋主不禁变色。公卿等仰承上旨，遂劾若弼意存怨望，罪当处死。隋主即谕令系狱，未几又召问道："臣下守法不移，公可自恩，有无生理？"若弼道："臣将八千兵擒陈叔宝，愿因此事望活。"（叔宝为韩擒虎所絷，若弼仍为己功，始终不脱一矜字。）隋主道："这事已格外重赏。"若弼道："臣今还格外望活。"隋主踌躇良久，始贷免死罪，革职为民。过了余年，乃仍赐还爵位。苏威亦复爵邳公，仍为纳言。上柱国韩擒虎，与若弼互争短长，也是个矜才使气的人物，幸亏享年不永，尚得善终。

相传开皇十六年十一月，擒虎在家，邻母见擒虎门前仪卫甚盛，因不禁诧问，卫吏答道："我等特来迎王。"言讫不见。已而邻人暴疾，忽惊走入擒虎门，为门吏所阻，病人大言道："我来谒王。"门吏问为何王？病人答称阎罗王。两下里喧嗓起来，为擒虎子弟所闻，出探得实，欲挞病人。擒虎亦闻声出阻，遣归病人，且语子弟道："生为上柱国，死作阎罗王，我愿亦足了。"是夕便即罹疾，未几即逝。享年五十有五，究竟擒虎是否作阎罗王，此事无从确证，但不过付诸疑案罢了。

越年二月，隋主命杨素至岐州北，督造仁寿宫。素奏举宇文恺、封德彝为土木监。恺与德彝，专知谀媚，一经委任，格外效力监工，于是夷山堙谷，创立宫殿，崇台累榭，相属不绝。可怜这班丁夫工匠，昼不得安，夜不得休，害得身疲力乏，也没有医生疗治，到了奄奄就毙，便把尸骸推入坑谷，尸上填尸，差不多似小山一般。当下充作基址，筑成平地，好容易过了两年有余，才把仁寿宫造成。端的是规模闳丽，金碧辉煌，只人数却死了万余，模模糊糊的上了一个总账。（完全是膏血涂成，怎得称为仁寿？）

隋主坚令仆射高颎前往探视，还称奢华过甚，徒伤人丁。隋主本来节俭，得颎复奏，当然恨及杨素。素颇加忧惧，急遣人密启独孤后，谓："历代帝王，统有离宫别馆，今天下太平，仅造一宫，何足言费？"独孤后即日复报，叫素不必耽忧，自然有法转圜。既而隋主坚亲往仁寿宫，巡视一周，果嫌太侈，便召素面诘道："朕叫汝督造此宫，原因汝老成勤慎，酌量丰俭，能体我意，为何造得这般绮丽，使我结怨天下？"素无言可答，不得不叩头谢罪。隋主坚全不理睬，自往便殿小憩。素忐忑不安，恐遭严谴，封德彝密语道："公勿过忧！俟皇后到来，必有恩诏。"话才说毕，已有人报称皇后驾到，素忙上前迎谒，由独孤后面加慰劳，随即入见隋主。素尚不敢随入，过了半晌，已有旨宣素入对。隋主上坐，尚未开言，独孤后便从旁婉谕道："公知我夫妇年老，无以自娱，故盛饰此宫，使我夫妇安享天年，公真可谓忠孝了。"（我夫妇二字便已见得独孤权宠。）隋主虽未加劳，面色已是温和，绝不似从前严厉。素当即拜谢。独孤后又代为申请，赐素钱百万缗，绢三千匹。素复启独孤后道："老臣无功可言，监役勤劳，要推封德彝为首。"（佞人入朝，素实罪魁。）独孤后点首道："德彝自当另赏，公不必让赐。"素因谢赐而退。未几，即有诏擢德彝为内史舍人。嗣是隋主尝幸仁寿宫，每出必与后同行，且拨遣宫女，使在仁寿宫中常住，充当盥馈洒扫诸役，宫中不足，随时选入。隋主坚也心为物役，渐渐的爱恋声色了。（习俗移人，中主不免。）

先是隋平江南，得陈叔宝屏风，颁赐突厥大义公主。（即千金公主，见八十三回。）大义公主已做了都蓝可汗的可贺敦，前虽改姓杨氏，终非所愿，不过暂救目前，勉强承认。及屏风赐至，复触动旧感，特借陈亡作诗，书入屏中。诗云：

盛衰等朝露，世道若浮萍。
荣华实难守，池台终自平。
富贵今安在？空事写丹青。
杯酒恒无乐，弦歌讵有声？
余本皇家子，漂流入虏庭。
一朝睹成败，怀抱忽纵横。
古来共如此，非我独申名。
惟有昭君在，偏伤远嫁情。

这首诗传入隋廷，隋主知她诗中寓意，不免怀恨，自是礼赐浸薄。那大义公主，却也无义，既已三次改醮，复与胡人安遂迦暗地私通。适有流人杨钦亡入突厥，谬云："彭国公刘昶，已与妻族宇文氏联络，指日起事，请突厥发兵外应，定可灭隋"云云。大义公主以为有隙可乘，遂煽动都蓝可汗，不修职贡，潜出扰边。隋主复使车骑将军长孙晟，驰往突厥，传敕诘问。晟见大义公主，颇有微辞，公主语亦不屈。晟不与多辩，但在突厥往了旬日，侦察机密，已知都蓝叛隋，衅由杨钦及公主，且将公主私事，亦诇得大略，当即起程归朝，详报隋主。

隋主再遣晟往索杨钦，都蓝不与，但诡称无此流人。晟密赂突厥达官，访得杨钦所在，乘夜掩捕，果得获钦，遂牵示都蓝。都蓝无词可对，晟索性直言不讳，竟将公主私通安遂迦，一并说出。都蓝可汗也不禁羞惭满面，立把安遂迦拿下，亦付与晟。（番酋尚有耻心，不若千金公主之厚颜。）晟即将二人押回，并处死刑。隋主嘉晟有功，加授开府仪同三司，仍使赍敕西行，传语都蓝，废去大义公主名号。都蓝可汗尚怜爱公主，不忍废斥，隋再赐送美妓四人，饵诱都蓝。都蓝得了四个美人儿，自然把大义公主冷淡下去。

隋内史侍郎裴矩，谓必使都蓝杀死公主，方无后患。一再传谕，都蓝不从。时处罗侯子染干，自号突利可汗，镇守北方，独遣人至隋，乞许和亲。隋主使裴矩与语道："能杀大义公主，方可许婚。"突利闻言，便捏造谣传谓："公主将谋害都蓝。"一面贻都蓝书，挑动怒意。都蓝果然中计，竟将大义公主杀死。（淫妇该死久矣。）当下报达隋廷，更上表求婚。长孙晟已早归国，独入阙献议道："臣观雍虞闾（即都蓝可汗，见八十三回。）反复无信，不过与玷厥有隙，欲依我朝，就使许结婚姻，将来必致叛去。况今使得尚主，仰托声威，玷厥、染干，力不能拒，或且受彼驱策，更为我患，计不如招抚染干，许与通婚，使他南徙入边，为我保障，雍虞闾虽有异心，料亦无能为了。"（始终不外反间计。）隋主依议，既遣晟慰谕染干，许尚公主。染干喜出望外，厚待长孙晟，优礼送归。惟公主尚未指定，染干也未遽来迎，又延宕了三四年。

这三四年间，事迹不一，未便缕述，所有内外大事，荦荦纪：一是史万岁征服南宁蛮酋爨震，收降三十余部落，勒石铭功；二是周法尚讨平桂州俚帅李光仕，另遣令狐整为总管，镇定华夷；三是汉王谅东伐高丽，无功而还，高丽王元亦遣使谢罪。这三件是对外的军政。还有并州总管晋王广，调镇扬州，弟秦王俊调镇并州。俊性好奢，又多内宠，妃崔氏奇妒，置毒瓜中，俊食瓜致疾，征还免官，崔妃赐死。杨素进谏隋主，谓不应严谴秦王。隋主道："周公尚诛管蔡，我不及周公，怎能为子废法？"后来俊病已笃，始复拜上柱国，未几即殁。（还是速死为幸。）鲁公虞庆则，有爱妾与长史什柱相奸，什柱诬告庆则谋反，竟杀庆则，什柱得受封柱国。宜阳公王世积，出镇凉州，与皇甫孝谐有隙，孝谐上书告变，谓世积尝令道人相面，道人谓相法大贵，并言世积妻应作皇后，世积因此生谋，请早日惩处。隋主也不辨虚实，便召还世积，置诸死刑。左卫大将军元旻、右卫大将军元胄，及左仆射高颎，曾受世积馈遗，至是并发，两元罢官，惟颎得幸免。孝谐又得拜为上大将军。（都由猜忌功臣，以致信谗戮旧。）大都督崔长仁，犯法当斩，隋主因崔与后有中表亲，意欲减免，后独慨请道："既犯国法，怎得顾私？"长仁遂坐死。后异母弟独孤陀，为延州刺史，有婢事猫鬼，能驱令杀人。会后与杨素妻同是罹病，医官目为猫鬼疾，隋主疑由陀所为，令高颎等讯鞫，得了证据，有诏赐陀自尽。后三日不食，替陀请命，且泣语隋主道："陀若蛊政害民，妾不敢言。今为妾致死，妾实痛心，敢乞加恩赦宥。"乃减陀死罪一等。（独孤后可谓刁狡，看官莫被瞒过。）惟严禁蛊毒魇魅等邪术，有犯必惩，投御四裔。这数件是治内的刑政。（略叙一斑，已见隋主晚政之多失。）

到了开皇十九年，复从事西征，特命汉王谅为元帅，使率高颎、杨素、燕荣等，分讨突厥。突厥北部突利可汗（即染干），既得隋主许婚，约越三年有余，乃遣使迎女。隋主令番使居太常寺，演习六礼。又经数旬，方遣宗女安义公主，随番使出塞和亲。并令牛弘、苏威、斛律孝卿等，相继为使，厚结突利。突利亦屡次朝贡，前后不绝。隋主依长孙晟议，谕突利南徙，使仍居都斤山，作为屏藩，突利当然遵命。都蓝可汗，闻突利得尚公主，自己反不得所求，气得无名火高起三丈，遂召语部众道："我乃突厥大可汗，难道反不及染干么？"部众亦为不平，遂怂恿都蓝入寇。都蓝便誓绝朝贡，侵掠隋边。突利伺知动静，辄遣使奏闻，边鄙得预先戒备，不使都蓝逞志。都蓝因大修攻具，谋入寇大同城，又由突利遣人驰报。隋主亟使左仆射高颎，率兵出朔州道；右仆射杨素，率兵出灵州道；上柱国燕荣，率兵出幽州道，统归元帅汉王谅节制。谅为隋主少子，素蒙宠爱，不愿临戎，乃延期出发，贻误军情。都蓝可汗竟与达头可汗合兵，袭击突利。突利仓猝出战，一败涂地，弃帐南奔，兄弟子侄，尽为所杀。都蓝追击突利，渡河入蔚州，突利部落散亡，巧值长孙晟出使突利，中途相值，遂与晟一同南走，手下只有五人，沿途收得番众数百骑，突利即与密谋道："今兵败入朝，不过一个降人，大隋天子，岂肯礼我？我与达头本无仇隙，不若投彼为是。"晟见他附耳密谈，料知突利已有异图，遂密遣从人往伏远镇，令速举四烽。突利远远瞧着，见有四烽齐起，不禁诧问。晟随答道："我国边防，贼少，举二烽，来多，举三烽，大逼，举四烽。今四烽俱举，定是望见贼至，多而且近哩。"突利为晟所绐，不得已随晟南下，驰驿入朝，隋主厚赐突利，并迁晟为左勋卫骠骑将军。

适都蓝可汗，亦遣使至隋廷，隋主令与突利辩难。突利理直气壮，乃叱退都蓝使人。都蓝弟都速六，亦不直都蓝所为，弃家奔隋。隋主发出珍玩，使突利转赠都速六，都速六亦快慰异常。于是敕书分递，催促高颎、杨素等进军西讨。高颎出朔州，使上柱国赵仲卿，率兵三千为先锋。至族蠡山，与都蓝军相遇，交战七日，大破都蓝军。追奔至乞伏泊，都蓝大举前来，围住仲卿。仲卿摆设方阵，四面拒战，相持至五日。高颎自率军往援，合兵夹击，复破都蓝，追奔七百余里，虏人千余口，杂畜以万计，乃收军而还。杨素出灵州，可巧遇着达头，素不设鹿角，但令诸军上马列阵。达头大喜，称为天赐，即麾精骑十余万，来突素军。上仪同三司周罗睺，随素从军，忙向索献议道："贼阵未整，速击为是。"素点首称善。罗睺遂率锐骑出战，素督大兵接应。突厥向恃骑兵，冲突无前，不意此次隋军，却也非常厉害，纵横驰骤，不可抵挡，番兵立即奔散。达头迟了一步，身上已受了数创，只好忍痛急奔。隋军追杀一阵，俘获甚多。两路番军，都窜出塞外去了。（番兵实是无用。）

隋主因封突利为启民可汗，使长孙晟至朔州，督建大利城，为启民宅居地。突厥散众，多归启民，男女共约万余口。安义公主虽由启民挈徒，途中迭受惊苦，竟致病殁。隋主复遣宗女义成公主，嫁与启民；且辟夏、胜二州间旷地，使得畜牧。再令上柱国赵仲卿屯兵五原，为启民代御达头。代州总管韩洪等，率步骑一万，往镇恒安，作为声援。达头复集十万骑入寇，韩洪出战败绩。惟仲卿邀击达头，得斩虏首千余级，达头驰去。隋主用长孙晟言，复将启民徙至五原，免致不测，一面再遣杨素等出击都蓝。师未出塞，都蓝已为部下所杀，达头自立为步迦可汗，突厥大乱。启民奉隋主命，遣部吏分道招慰，降附甚众。越年孟夏，达头已抚定境内，复来犯塞。有诏令晋王广为统帅，带同杨素、史万岁、长孙晟等，分途出击。晟命置毒水中，突厥人畜，取饮多死，即惊为天殃，夤夜遁去。(愚如犬豕)。史万岁追出塞外，至大斤山，将及达头，达头问隋将为谁？探骑说是史万岁。达头大惧，飞马急奔，余众不及遁走，被万岁督兵纵击，斩首数千。又北入沙碛数百里，见四处乏人，方才南归。既而达头复遣从子俟利伐，来攻启民，隋又发兵往救，与启民击退俟利伐。启民上表陈谢道："大隋圣人可汗，如天无不覆，地无不载，染干似枯木更荣，枯骨更肉，千世万世，当为大隋典司羊马哩。"隋主又令赵仲卿增筑金河、定襄二城，保卫启民，启民益感恩不置。小子有诗咏道：

区区小惠示羁縻，愚虏何知坐被欺，
只是和亲终下策，伤心远嫁感流离。

启民既诚心内属，北顾无扰，隋主调还各军帅，共享太平，究竟隋廷能否久安，容至下回续叙。

萧何筑未央宫，汉高以其壮丽而斥之，杨素筑仁寿宫，隋主亦以其壮丽而嫉之，两主初意，固甚善也。乃汉高因萧何之狡辩，易怒为喜，隋主因独孤后之回护，反罪为功，是皆为物欲所蔽，以致自相矛盾，前后不符。且隋主之猜忌功臣，亦与汉高相类。一念为民，转念即为妻孥，妻孥之念一生，于是种种猜嫌，因之而起。惟隋之历世，远不若汉之灵长者，汉之得国以正，而隋实篡窃而来，况更有屠灭周氏之大恶耶？长孙晟两谋突厥，先以反间计制沙钵略，继以反间计驭突利，番奴宗族，自相屠翦，而隋适收渔人之利，晟固有大造于隋者。然娄敬和亲，功不补患，汉之饵匈奴，隋之诱突厥，皆不得为上策。天子有道，守在四夷，岂必诈术为哉？岂必用儿女子以啗之哉？而番虏之贪利无亲，更不足道矣。

第八十七回 恨妒后御驾入山乡 谋夺嫡计臣赂朝贵

却说隋主享国，已有十八九年，内安外攘，物阜民康，好算是太平世界。古人有言："存不忘亡，安不忘危。"这正是持盈保泰的至理。无如饥寒思盗，饱暖思淫，乃是人人常态。隋主坚虽称英武，究竟不是圣主明王，自筑造仁寿宫后，渐渐的系情酒色，役志纷华，只因独孤后生性奇妒，别事或尚可通融，惟不许隋主召幸宫娥，所以宫中彩女盈丛，花一团，锦一簇，徒供那隋主双目，不能与她亲近，图一夕欢。小子却有一比，好比那哑子吃黄连，说不出的苦况。一日，独孤后稍有不适，在宫调养，隋主得了这个空隙，便自往仁寿宫，消遣愁怀。仁寿宫内，宫女已不下数百，妍媸作队，老少成行。隋主左顾右盼，却都是寻常姿色，没有十分当意。信步行来，踱入一座别苑中，适有一妙年女郎，轻卷珠帘，正与隋主打个照面，慌忙出来迎驾，上前叩头。隋主谕令起来，那宫女方遵旨起立，站在一旁。当由隋主仔细端详，但见她秋水为神，梨云为骨，乌云为发，白雪为肤，更有一种娇羞形态，令人销魂。隋主见所未见，禁不住心痒难熬，便开口问道："你姓甚名谁？何时进宫？"宫女复跪答道："贱婢乃尉迟迥女孙，坐罪入宫，拨充此间洒扫。"隋主又说是不必多礼，可导朕入苑闲游。尉迟女便即起身，冉冉前行，引隋主入苑。隋主心中，只注意女郎，所有苑中琪花瑶草，不过是略略赏玩，随口与尉迟女问答。尉迟女情窦已开，料知隋主有意宠幸，乐得柔声娇语，卖弄风骚。（错了错了，难道不闻有母夜叉么？）隋主越加情动，竟与尉迟女趋入室中，使侍役供入酒肴，叫尉迟女在旁侍饮。尉迟女骤邀恩宠，正出意外，遂承旨饮了几杯，红霞上脸，越觉鲜妍。隋主越看越俏，连喝数觥，酒意已有五六分，索性开放情怀，与尉迟女调起情来。尉迟女若即若离，半推半就，那时隋主还记得甚么皇后，甚么旧盟，待至日暮，竟在苑中住宿。一宵快意，不消多说，嗣是绸缪数夕，方才还朝听政。

这独孤后病已略痊，见隋主数夕不归，早已含着醋意，密遣内侍侦探行止，还报得实，气得三尸暴炸，七窍生烟，便伺隋主临朝时候，悄悄带着宫监侍女，乘辇往仁寿宫去了。隋主视朝已毕，入宫去探皇后，那知独孤后早已他去，旁问内侍，还是含糊对答，经隋主动了怒意，方说皇后往仁寿宫。隋主听了，竟吓得非同小可，便也跨马追去。到了仁寿宫，急诣尉迟女住室，正值独孤后高声喝骂，声达户外。向内一望，摆着一个血肉模糊的尸体。细看不是别人，正是前日相偎相依的尉迟女。（痛煞！急煞！）再看独孤后坐在上面，好似母夜叉一般，双眉直竖，两目圆睁，分明瞧着隋主，却尚是满口胡言，兀坐不动。（气杀！）隋主本是有名的惧内，一时不敢发作，只因悲愤交并，索性转身上马，扬鞭径去。独孤后恃宠作威，正望隋主趋入，再好发泄数语，偏隋主变色自行，倒也着忙起来，便下座追出，连呼陛下快回。隋主全不理睬，只没路的乱跑，急得独孤后仓皇失措，慌忙分遣内侍，宣召高、杨二相。及高颎、杨素闻命驰至，距着隋主去时，已过了好一歇。既问明情由，便带着内侍数名，相偕追去。究竟两人是出将入相的豪杰，走马如飞，足足赶了二三十里，方见隋主在山村间，慢骑前行，二人齐声叫道："陛下何往？"隋主闻声回顾，见高、杨二相赶来，乃勒马停住。二人忙即下马，趋至隋主马前，挽住丝韁，跪地进谏道："至尊有何急事？竟尔轻身自出，难道可不顾社稷么？"隋主不禁长叹道："说也可羞，自古帝王，莫不有三宫九嫔，朕召幸一个宫女，偏被独孤后殴死。朕想田家翁多收几斛麦，要思易妻，家有千金，也要买几个歌婢。朕贵为天子，反不得自由，何如出居民间，倒还逍遥自在呢？"高颎道："陛下错了，陛下进身劳思，得有天下，岂可为一妇人，反把天下看轻？愿陛下三思，速即还驾！"隋主沉吟不语。杨素亦从旁力谏，且言："山僻村乡，断非御驾可以留憩。”隋主也自觉为难，可巧日已西沉，仪仗舆辇，并文武百官，一齐来迎。隋主怒亦稍平，方徐徐还朝。及驰入宫阙，已近夜半，独孤后倚阁待着，心下很是不安。（你也有惶急时么！）及闻御驾已回，方才放下了心。隋主尚不肯入宫，再由高颎、杨素苦劝始入。行至阁门，独孤后见了，忙下拜道：“贱妾一时暴戾，触怒圣衷，死罪死罪。但念妾十四于归，至今已数十年，与陛下无纤芥嫌，今因宫人得罪，还乞陛下恩宥！”隋主方答道：“朕非不念夫妇旧情，但卿亦太觉忍心。事已至此，也不必多说了。”独孤后涕泣拜谢，依旧并辇入宫。高、杨二相，也即随入，由隋主赐他夜宴，自与独孤后亦开樽饮酒。饮了数杯，不免记着尉迟女，露出悲悼情态。高、杨二相，与隋主虽然异席，却是相隔不远，又各出婉言和解，隋主始破涕为欢。待至斗转更阑，才命撤席。高、杨二相辞去，隋主与独孤后返入寝室。一宵易过，无容细表。自是独孤后稍易前情，从前选入的陈叔宝妹子，方许隋主得尝禁脔。（见八十五回。）陈家女国色天姿，不亚尉迟女孙，李代桃僵，老怀已适，当然把尉迟女的惨死，撇置脑后了。（皇帝统是负心汉。）

惟当时追还隋主，多亏高、杨二相，但颎有一语，传入后耳，竟致怀恨在心，看官道是何语？便是上文载着扣马力谏的数语。独孤后因他目为妇人，未免意存藐视，所以怏怏不乐，尝语心腹内侍道：“我道高颎是我父执，时常敬礼，不意他藐我至此。我乃堂堂国母，怎得轻我为妇人呢？”（你难道变做男子么！）颎那里知晓。一日，复应召入对，隋主与语道：“有神告晋王妃，谓晋王必有天下，卿意以为如何？”颎正色答道：“立储已定，怎可轻易？况长幼原有定序呢。”隋主嘿然，颎即趋出。为此一言，遂令独孤后怒上加怒，恨不得将高颎即日除去。看官听着！隋主生有五子，都是独孤后所出。隋主尝语群臣，谓：“朕旁无姬侍，五子同母，可谓真兄弟，当不致有争立情事。”那知一母所生的兄弟，也暗中相轧，并亲生母自己偏爱，酿成废立，反致正言相告的高仆射，无端牵入漩涡，坐罹谴谪，这也是出人意外的事情。（大气盘旋。）

太子勇，小字睍地伐，系隋主坚长子，素性坦率，不尚矫情，常参决军国大事，言多见纳。惟隋主尚俭，勇独文饰蜀铠，为父所见，尝面责道：“从古帝王，好奢必亡，汝为储君，当先知俭约，乃能奉承宗庙。我平时衣服，各留一袭，汝可随时取观，作为榜样，且赐汝旧刀一柄，菹酱一盒，令汝服食，汝宜默体我心。”勇虽应命趋出，但事过境迁，又复如常。会遇长至节日，百官皆往东宫贺节，勇张乐受贺。事为隋主所闻，愈滋不悦，特下诏戒谕群臣，此后不得擅贺东宫，嗣是恩宠渐衰。勇又多内嬖，昭训云氏，（昭训系东宫女职。）姿貌殊丽，尤得欢心，生子三人。还有高良娣、王良媛、成姬等，亦产下数男。独嫡妃元氏无宠，亦不闻生育。隋主坚却不暇计及，惟皇后独孤后，最恨人宠妾忘妻，平时闻王置妾，或妾有怀孕等事，辄劝隋主惩诫，甚至免官。（干卿甚事？）偏皇太子亲蹈此辙，怎得不令独孤后生愤？冤冤相凑，那太子妃元氏，遇着心疾，两日即殁。独孤后疑为云氏下毒，越觉不平，每当太子省内，尝带怒容。太子勇亦漫不加察，竟使云氏专掌内政，居然视若嫡妃，益敦情好。独孤后暗暗咒骂，并尝遣内侍侦察，俟太子另有过失，便当请诸隋主，把他废斥。

就中有个阴谋诡计的晋王广，有心夺嫡，默窥父母隐情，巧为迎合。姬妾虽有数人，他却与萧妃日夕同居，就使后庭生子，亦不使养育，但说是未曾产男。有时隋主及后亲临广第，广只留老丑婢仆，充当役使，自与萧妃又止衣敝缯，屏帐亦改用缣素，乐器任积尘埃，毫不拂拭，隋主当然惬意，独孤后愈觉生欢。及父母回宫，另遣左右探视，广不问贵贱，必与萧妃迎候门前，待以美馔，申以厚礼，因此宫中内侍，无不称晋王仁孝。隋主坚密遣相士来和遍视诸子，和答道：“晋王眉骨隆起，贵不可言。”隋主又问上仪同三司韦鼎，谓诸子谁当嗣立？鼎随口奏道：“至尊皇后，最爱何人，便使嗣统，此外非臣所敢知了。”（来、韦二人，恐亦得杨广好处。）隋主笑道：“卿尚不肯明言么？”鼎又道：“事在陛下，臣何必多言。”说毕自退。

会晋王广出镇扬州，甫经半载，便表请入觐，有旨允准。广即入觐父母，语言容止，无不加谨；就是接待朝臣，亦格外谦恭。宫廷内外，有口皆碑。及辞还行镇，并入宫别母，叙谈半日，无非是远离膝下，常怀孺慕的套话。待到天色将晚，将要出宫，又故意装出欲去不去的光景，欲言不言的情状。独孤后未免动疑，便问他有甚言语？广请屏去左右，只剩得母子两人，便伏地泣诉道："臣儿愚蠢，不知忌讳，每念亲恩难报，所以上表请朝。不知东宫何意，怒及臣儿，谓臣儿觊觎名器，欲加屠陷。臣儿远到外藩，东宫日侍朝夕，倘若谗言交入，天高难辩，或赐三尺帛，或给一杯鸩，臣儿不知死所，恐未能再觐慈颜了。"（好一张似簧利口。）说至此，呜咽不止。独孤后且怜且恨道："睍地伐（见上。）真令人难耐，我为他娶元氏女，向无疾病，忽然一旦暴亡，他却与阿云等日夕淫乐，生了许多豚犬。我长媳遇害丧生，我尚未曾究治，他竟又想害汝，我在尚然，我死后，汝等只合配做他鱼肉了。况东宫今无嫡妃，至尊万岁千秋后，汝等兄弟，且向阿云前再拜问候，这不是更加苦痛么？"说着，亦泫然泣下。广又假意劝慰，说是："臣儿不肖，转累慈圣伤心，更增罪戾。"云云。（一擒一纵，独孤虽狡，怎能不堕入彀中？）独孤后又咬牙密谕道："汝尽管放心还镇，我自有区处，不使我儿屈死。"广闻言暗喜，面上尚带着惨容，再拜而去。

独孤后遂决意废立，屡在隋主面前，挑唆是非。隋主因令选东宫卫士，入台宿卫。朝臣无人敢谏，独高颎入奏道："东宫宿卫，不便多调。"隋主不待说毕，便作色道："朕有时出巡，卫士应求雄毅，太子毓德东宫，何须壮士？我熟见前朝旧事，公不必再循覆辙了。"这一席话说得高颎面有惭色，只好退出。原来颎子表仁，曾娶太子勇女为妇，隋主言中寓意，越令高颎难以为情。既而颎妻病卒，独孤后乘间进言道："高仆射年已将老，骤致悼亡，陛下奈何不为颎娶？"隋主因召颎入阙，面述后言。颎含泪答道："臣今已老，退朝后惟斋居诵经，不愿再纳继室了。"隋主亦为悼叹，因即罢议，过了数月，颎妾生下一男，隋主颇为颎喜慰，惟独孤后很是不乐。隋主问为何因？后答道："陛下尚再信高颎么？前陛下欲为颎续娶，颎心存爱妾，面欺陛下，今诈请已见，怎能再信？"（看到此语，方知前时劝颎复娶，已寓阴谋。）隋主亦以为然，及与颎商废立事，颎又提出长幼伦序，对答隋主，（见上。）于是隋主益疑颎有私，拟加谴谪。复忆及王世积一案，再加复验。有司希旨锻炼，谓颎实有通叛情事，乃即罢左仆射，以公爵就第。

先是汉王谅东伐高丽，尝令颎为长史，面加重托。谅年少任气，与颎言多不合意，遂致无功而归。谅入见独孤后道："儿幸免为高颎所杀。"独孤后原记在心中，谅亦怀恨不休，常欲置颎死地。还有晋王广为张丽华事，又挟嫌伺颎。为此种种积仇，遂阴唆颎吏上书，讦颎私事，诬称颎子表仁，劝慰乃父，谓："司马仲达，尝托疾不朝，卒有天下，父今遇此，安知非福"等语。隋主得书大怒，遂拘颎至内史省，备加讯鞫。法司按不得实，反捏报他事，谓："沙门真觉，曾语颎云，明年国有大丧，尼令晖亦与颎言，皇帝将有大厄，十九年恐不可过。"隋主益怒，顾语群臣道："帝王岂可力求？孔子为古来大圣人，作法垂世，岂不欲有天下？但天命未归，只好作罢了。"（孔子岂肯效法篡逆么？）有司请即诛颎，隋主复叹道："去年杀虞庆则，今年斩王世积，若更诛，天下总道我残害功臣了。"乃褫颎爵邑，除名为民。颎有老母，尝诫颎道："汝富贵已极，但欠一斫头呢，奈何不慎？"颎既被黜，回忆母言，尚自幸不死，倒也没有恨色。那知生死有命，后来终难免一刀，这且慢表。

且说晋王广闻高颎免官，又少了一个对头，自思储君一席，此时不夺，更待何时？但一时也想不出妙计，默思安州总管宇文述足智多谋，何不将他奏调过来，好与他秘密商量。当下写字一表，奏调宇文述为寿州刺史。隋主怎识秘谋，便即批准。述受调南来，顺道谒广。广殷勤款待，向述问计。述答道："皇太子失爱已久，令德仁闻，无一可及大王，将来入承正统，舍王为谁？但废立大事，实不易言，大王虽经二圣宠爱，究竟事关重大，未便遽移，必须有一亲信大臣，从中怂恿，方可成功。"广皱眉道："亲信大臣，莫如杨素，但恐他不肯助我，奈何？"述接口道："这也何难？大理少卿杨约，为杨仆射亲弟，事必与谋。述与约相识，愿入朝京师，乘便语约，为大王效劳，何如？”广大喜过望，便多出金宝，令述携带入关。

一到长安，述即往访约，彼此相别有年，欢然道故，自在意中。述即赠约珍玩数件，适合约意，当即开筵接风，备极款洽，尽兴始散。越日述早起入朝，隋主照例召见，寥寥数语，即令退班。述回寓后，约正踵门答拜，述当然迎入，也即设宴相待。酒过数巡，席上陈设，多是南方佳玩，就是银杯象箸，亦无不雕刻玲珑。约且饮且赏，啧啧称美。述慨然道：“公既见爱，便当相赠。”说着，复取出周彝商鼎等类，与约过目。约爱不释手，赞不绝口。述见他已经入彀，复语约道：“述愿与公掷卢赌胜，就以此物为彩，可好么？”约趁着三分酒兴，便与述共博。述佯为不胜，把鼎彝等悉数输去。约得彩既多，也觉得难以为情，有谦让意。述附耳道：“公以为此物是述所输么？述那能有此？实是晋王所赐，令述与公交欢呢。”约愕然道：“兄赐尚不敢当，若是晋王所赐，更不敢受。”述笑答道：“这些须珍玩，何足希罕？尚有一场永远大富贵，送与令昆玉。”约愈觉失惊。述从容道：“如公兄弟，功名盖世，当涂用事，已历多年。朝臣为公家所屈辱，岂止一二人？且储君因所欲不行，往往切齿执政，一旦得志，至亲有云定兴等，（定兴即昭训父。）宫僚有唐令则等，试问公家兄弟，尚能长保富贵吗？”约不禁失色道：“如此奈何？”述又道：“今皇太子失爱慈圣，主上已有废黜的微意，想公家兄弟，谅亦窥悉。若请立晋王，但教贤兄一语，便可做到。诚使因时立功，晋王必感念不忘，这岂非避危就安，是一场永远大富贵吗？”（娓娓动人。）约点首道：“君言甚是，待商诸家兄，再行报命。”说着，又畅饮数杯，方才告别。述将所赠珍玩，遣人送往杨家，自不消说。

约即往告素，素大喜道：“我尚想不到此，赖汝有此计策，我便照行便了。”约复道：“今皇后所言，上无不用，兄须看着机会，早自结托，庶可长保富贵。若再迟疑，一旦有变，令太子用事，祸至无日了。”素掀须道：“这个自然。”约见素已允，便悄悄的报知宇文述。述当然反报晋王广，不在话下，惟杨素怀着鬼胎，日思进言，可巧隋主召令侍宴，独孤后亦在座中，素即称赞晋王孝悌恭俭，酷肖至尊。隋主尚未开口，独孤后已顾素道："公亦看重我次儿么？我儿大孝，每值内史往问，他知为我夫妇所遣，必迎接境上，言及违离，未尝不泣。且新妇萧氏，亦很觉可怜，我使婢去，必与她共寝同食，岂若睍地伐宠恋阿云，猜忌骨肉，全不像个储君体统。我所以益爱阿麽，常恐他被人暗害呢。"说至此，不禁泣下。看官道阿麽为谁？就是晋王广的小名。广将生时，独孤后梦见金龙入室，红光缭绕，后来忽堕落地上，跌断龙尾，变成一只老鼠模样，形大如牛。后猛然惊醒，随即产广。广生得丰颐广额，头角峥嵘，后甚是喜欢。及三日取名，后与隋主述及梦境，隋主半喜半惊，仔细忖量，似乎凶多吉少，但后事茫茫，究难预料，因他眉开额阔，便取名为广，小字阿麽。（俗本易麽为摩，大误。）所以独孤后向素答言，随口呼及晋王广的小名。素揣知后意，素性把东宫过失，直陈了一大篇，惹得隋主愈加懊恼，感叹了好几回。待素辞退后，独孤后又暗遣内侍，赍金赐素，素乐得拜受。小子有诗叹道：

漫言五子属同胞，偏爱偏憎已混淆；
更有权奸承内旨，几多谗口共謷謷。

这事传入太子勇耳中，勇自然忧惧，要想设法保全。毕竟有无良策，容至下回再详。

古人有言："哲妇倾城"，又云："谋及妇人，宜其死也。"夫古今来非无才智之妇人，但明通者少，悍妒者多。试观尉迟女之一经召幸，即被独孤后殴死，妒悍如此，尚能知大体乎？隋主坚不自类推，反以为五子同母，少长咸序，可无后患，讵知势均位敌，虽属同产至亲，不能无倾夺之害。况妇人最多偏爱，孽子又肆阴谋，浸润之谮，肤受之愬，非洞烛其奸，几何不为所蒙蔽也。高颎重臣，忠而见斥，杨素贪富贵，致为宇文述所饵，孽子匹嫡，外宠贰政，而废立之衅成，而弑逆之祸，亦自此兆矣。

第八十八回 太子勇遭谗被废 庶人秀幽锢蒙冤

却说太子勇安居东宫，喜近声色，免不得有三五媚臣，导为淫佚。就是云昭训父定兴，亦出入无节，尝献入奇服异器，求悦太子。左庶子裴政，屡谏不从。政因语定兴道："公所为不合法度，且元妃暴薨，人言籍籍，公宜亟自引退，方可免祸。"定兴不以为然，并将政语转告太子。太子勇便即疏政，出襄州总管，改用唐令则为左庶子。令则素擅音乐，勇使他教导宫人，弦歌不辍。右庶子刘行本，尝责令则道："庶子当以正道佐储君，奈何取媚房帷，自干罪戾?"令则闻言，也觉赧然，但欲讨好东宫，仍然不改。会太子召集宫僚，开筵夜饮，令则手弹琵琶，歌妩媚娘，太子大悦。当时恼动了一位直臣，便起座进规道："令则身为宫僚，职当调护，今乃广座前，自比倡优，进淫声，秽视听。事若上闻，令则罪在不测，殿下宁能免累么?"太子勇怫然道："我欲行乐，君勿多事!"说至此，那直臣知话不投机，也即趋出。这人为谁?就是太子洗马李纲。（叙法侧重李纲，为下文伏线。）勇由他自去，并不追问，仍使令则弹唱终席，方才遣散。嗣复与左卫率夏侯福手搏为戏，笑声外达。刘行本待福出来，召福面数道："殿下宽容，赐汝颜色，汝何物小人，敢如此恣肆无礼呢?"因将福执付法吏。勇反替福请免，乃得释出。还有典膳监元淹、太子家令邹文腾、前礼部侍郎萧子宝、前主玺下士何竦等，俱专务谐媚，导勇非法。

勇内多姬媵，外多幸臣，整日里歌宴陶情，不顾后患。至废立消息传到东宫，勇才觉着忙，闻新丰人王辅贤，素善占侯，因召问吉凶。辅贤道："近来太白袭月，白虹贯东宫门，均与太子有碍，不可不防。”勇越加惶急，遂与邹文腾、元淹熟商，引入巫觋，作种种厌胜术，又在后园内设庶人村，屋宇卑陋，勇常往寝处，布衣草褥，为厌禳计。（全是愚夫愚妇的作为。）隋主坚颇有所闻，遂使杨素诇视虚实。素至东宫，已经递入名刺，却故意徘徊不进。勇束带正冠，伫待多时，方见素徐徐进来。勇不觉懊恼，语多唐突。素即还报太子怨望，恐有他变。隋主尚将信将疑，再经独孤后遣人伺勇，每得小过，无不上闻，甚且架词诬陷，构成勇罪，说得隋主不能不信。乃自玄武门达至德门，分置侯人，窥察东宫动静。所有东宫宿卫，及侍官以上名籍，悉令移交诸卫府。宫廷内外，俱知废立在迩，乐得顺风敲锣，投井下石。至如晋王广盼望佳音，更觉迫不及待，密嘱督王府军事段达，贿通东宫幸臣姬威，使伺太子过失，密告杨素，于是内外喧谤，说得这个太子勇无恶不作，自古罕闻。

会隋主幸仁寿宫，将要回銮，段达往胁姬威道：“东宫罪恶，皇上尽知，已奉密诏，定当废立。君能和盘托出，大富贵就在目前了。”威满口应承。未几，隋主还朝，才阅一宵，已听得许多蜚语。越宿御大兴殿，即宣召东宫官属，怒目与语道：“仁寿宫去此不远，仍令我每还京师，严备仗卫，好似身入敌国一般。我近患下痢，寝不解衣，昨夜至后房登厕，恐有警急，又还就前殿，岂非尔辈欲坏我家国么。”说至此，即叱令左右，拿下左庶子唐令则等数人，付法司讯鞫，一面命杨素陈述东宫事状，宣告群臣。素竟随口编造，说出太子许多骄倨，且有密谋不轨等情。隋主喟然道：“此儿过恶久闻，皇后每劝我废去，我因此儿居长，且是布衣时所生，格外容忍，望他渐改，不料他怙恶不悛，反敢私怨阿娘，不与一好妇女，且指皇后侍儿，谓将来终是我物。新妇元氏，性质柔淑，忽然暴亡，我疑他别有隐情，召他入问，他便抗辞道：‘会当杀元孝矩。’试想孝矩为元氏父，现为庐州刺史，相隔甚远，何罪当杀？他无非意欲害我，借此迁怒呢。皇长孙俨，为云氏所出，朕与皇后老年得孙，抱养宫中，他偏不放心，遣人屡索。由今思昔，云氏系定兴女，与不肖儿在外私合，安知不是异种？昔晋太子取屠家女，生儿即好屠割，今若非类，便乱宗社。又闻不肖儿引入曹妙达，与定兴女同宴，妙达在外扬言，我今得劝妃酒，如此乖谬，想是因诸子庶出，恐人不服，特故意纵妾，欲收时望。我虽德惭尧、舜，怎可将社稷人民，付与这不肖子呢?”（多是妇女琐亵之谈，奈何出诸帝口?）语尚未毕，左卫大将军五原公元旻，听不入耳，竟出班面奏道：“废立大事，天子无二言，诏旨若行，后悔无及。谗言罔极，请陛下三思!”隋主全然不理。

旻尚欲再言，偏姬威入朝抗表，迭称太子失德。隋主览表已毕，复传威入见，谕令尽言。看官！你想威有什么好话？无非说太子好奢好淫，好杀好忌，又把那厌蛊诸术，尽情说出。最后一语，谓太子尝令师姥卜吉凶，转语臣道：“至尊忌在十八年，今已过期，好令人快意了。”隋主听到此言，气得老泪潸潸，且泣且叹道：“谁非父母所生？乃竟至此。朕近览齐书，见高欢纵子为恶，不胜忿懑，我怎可效尤哩?”说着，即传敕禁勇诸子，及勇党羽，令杨素讯谳，自下御座退朝，素与弟约深文巧诋，锻炼成狱，有司更希承素意，奏称：“元旻尝曲意事勇，当御驾在仁寿宫时，勇尝遣心腹裴弘，致书与旻，外面写着，毋令人知。”（既云密书，又云外面有此数字，明明是诬蔑之言，构陷元旻。）隋主看了，便失声道：“朕在仁寿宫，事无巨细，东宫即已闻知，比驿马还要迅速，朕尝称为怪事，那知有此辈引线呢。”遂遣武士拘旻下狱，并裴弘亦被拘入。右卫大将元胄，尝入值帝前，时当退班，尚留连不去，至此始面奏道：“臣向不退值，正为陛下防着元旻呢。”（可恶之极。）隋主被胄所欺，面加褒奖，胄欢跃而出。

开皇二十年十月，隋主决意废太子勇，使人召勇入见。勇见朝使失色道：“莫非欲杀我不成?”使臣支吾对付，勇只好硬着头皮，随使入武德殿。但见殿阶上下，兵甲森列，殿内东立百官，西立诸王，御座中坐着一位甲胄耀煌，威灵赫濯的大皇帝，不由得心胆俱碎，匍伏阶前。内史侍郎薛道衡，在阶上站着，朗声宣诏道：

太子之位，实为国本，苟非其人，不可虚立。自古储副，或有不才，长恶不悛，仍令守器，皆由情溺宠爱，失于至理，致使宗社沦亡，苍生涂地。由此言之，天下安危，系乎上嗣，大业传世，岂不重哉？皇太子勇，地则居长，情所钟爱，初登大位，即建春宫，方冀德业日新，隆兹负荷，而乃性识庸暗，仁孝无闻，昵近小人，委任奸佞，前后愆戾，难以具纪。但百姓者天之百姓，朕恭膺天命，属当安育，虽欲爱子，实负上灵，岂敢以不肖之子而乱天下？勇及其男女为王公主者，并废为庶人，顾维兆庶，事不获已，兴言及此，良深愧叹！

诏书读毕，当有卫士引勇诸子，趋入殿廷，褫去冠带，并由道衡传谕及勇道："如尔罪恶，人神共弃，若求免废，尚可得么？"勇即免冠再拜道："臣合伏尸都市，为将来鉴，幸蒙哀怜，得全性命。"说着，泪如雨下，良久始舞蹈而去。盈廷诸臣，莫不感悯，但也不便多言。勇有十子，亦一并牵出。长子俨曾封长宁王，尚表乞宿卫，情词恳切。隋主览表心动，意欲留俨，杨素进言道："伏愿圣心同诸螫手，不宜再事矜怜。"（素实可杀。）隋主乃快快入内。越日又下诏书，斩元旻、唐令则、邹文腾、夏侯福、元淹、萧子宝、何竦七人，妻妾子孙，并没入官庭。还有车骑将军阎毗、东郡公崔君绰、游骑尉沈福宝，术士章仇太翼，各杖百下，身及妻子为奴，资财田宅充公。副将作大匠高龙义、率更令晋文建、通直散骑郎元衡，并赐自尽。

太平公史万岁，与将士等共列朝堂，见太子被废，暗暗称冤，不辞而退。隋主记忆起来，召问杨素道："万岁为何遽退？"素答道："想是去谒东宫了。"隋主即召万岁入问。万岁为素所诬，当然不服，且言："前征突厥，被杨素抑功不赏，将士多半怨素，素实老奸巨猾，不可轻信。"隋主此时正深信杨素，便极口驳斥。万岁仍然反抗，词色益厉，顿时恼动上意，遽命左右推出朝门，把他击毙。已而不禁自悔，复令追还，那万岁的魂灵，已入枉死城，那里还追得转呢。当下赐杨素帛三千段，元胄、杨约各千段。文林郎杨孝政进谏道："皇太子为小人所误，宜加训诲，不宜废黜。"隋主又怒，喝令挞孝政胸，至数十下。孝政只得自认晦气，忍痛而出。隋主复召东宫官属，责他辅导无方，众皆惶惧，莫敢答言。独太子洗马李纲道：

"废立大事，满朝文武大臣，皆知事不可行，但莫敢发言，臣何惜一死，不为陛下直陈。太子性本中人，可与为善，可与为恶。向使陛下选择正人，辅导太子，非不可嗣守鸿业，乃用唐令则为左庶子，邹文腾为家令，二人惟知谄媚取容，怎得不败？这乃陛下自误，不得尽归罪太子。"说至此，伏地呜咽。隋主亦不觉惨然，欷歔良久道："李纲责我，不为无理，但徒知其一，未知其二，我本择汝为宫僚，勇不肯亲信，虽有正人，究属何益？"纲又答道："臣所以不见亲信，实由奸人在侧，蒙蔽东宫，若陛下早斩令则、文腾，更选贤才辅佐太子，臣何致被疏弃哩？从古来国家废立冢嫡，每至倾危，愿陛下深留圣恩，无贻后悔。"（胆愈壮则词愈达。）隋主听了，勃然变色，抽身入内。左右皆为纲寒心，纲却从容退归。已而有诏传出，移置废太子勇至内史省，恩给五品料食，又擢李纲为尚书右丞。朝臣始服纲胆识，交口称颂了。

过了数日，即立晋王广为太子，全国地震。广还要讨好父前，表请减杀章报，所用宫僚，不向东宫称臣。隋主坚嘉他礼让，优诏允从。广即调用宇文述为左卫率，又因洪州总管郭衍，亦曾与谋夺嫡，召为左监门率。隋主又移废太子勇至东宫，锢置幽室，令广管束。勇自思罪不当废，屡请见父申冤，广不肯允。勇升树号呼，期达上闻。广商诸杨素，素即上言："勇志日昏，想为癫鬼所祟，不可复收。"隋主乃令广从严锢勇。勇遂如罪犯一般，不许自由。从此九重远隔，永不得见天日了。

先是隋主克陈，天下多想望太平。监察御史房彦谦，私语亲友道："主上忌刻苛酷，太子卑弱，诸王擅权，天下虽得暂安，不久必生祸乱。"彦谦子玄龄，亦密白乃父道："主上本无功德，徒用诈术取天下，诸子又皆骄奢不仁，将来必自相诛夷，危亡即不远了。"会新乐告成，协律郎祖孝孙，及乐工万宝常，按律谱音，皆不见用，但创出一种繁闹的乐音，奉敕施行。宝常泫然道："淫厉而哀，天下不久便乱了。"自是辞去役使，情愿稿饿，并取乐谱毁去，且自叹道："用此何为？"未几竟绝粒而死。（回应八十六回中订乐事，笔法不漏，且以见隋代之将亡。）

隋主还道是立储得人，可无后忧。太史令袁充，当废立东宫时，曾进言天象告变，应该废立，至此又表称："隋兴以后，昼日渐长，兆庆升平。"隋主大喜，即改开皇二十一年为仁寿元年，大赦天下。（地球绕日，自有常度，乌有无故增长之理？）进杨素为左仆射，苏威为右仆射，文武百官，加秩有差。惟因日影增长，令百工作役，概加程课，丁匠等不免叫苦，隋主怎得与闻。散骑侍郎王劭，乘势献谀，谓自大隋受命，符瑞甚多，特辑成《皇隋灵感志》三十卷，进呈御览。隋主取阅全书，内容多系采集歌谣，旁及谶纬，并且掇拾佛书，意为注释，虽未免牵强附会，但自思得国未正，士民或有异议，正好借此宣示四方，表明应天顺人的征验。当下将劭书颁行天下，并赏劭金帛千匹，且亲祀南郊，答谢天庥。

才阅一年，岐、雍二州地震，毁坏民庐，不可胜计。到了孟秋，独孤后受凉感疾，饮食无味，寝卧不安。御医逐日诊治，毫不见效，反且沉重起来。天文似亦预兆灾祲，八月初旬，月晕四重；又越王日，太白犯轩辕，是夜独孤后病殁永安宫，年正五十。隋主感伤数次，乃命礼官治办丧仪，殡灵白虎殿下。太子广至灵柩前，哀号擗踊，若不胜情，至退处私室，饮食言笑，仍如平时。又每朝令进二溢米，暗中却嘱取肥肉脯鲊，置竹筒中，用蜡封口，裹着衣襆，悄悄纳入。外人无从得知，反盛称太子孝思，誉不绝口。转眼间已过了三月，奉柩出葬泰陵，追谥文献。这泰陵地域，是由上仪同三司萧吉所择，奏云："卜年三千，卜世二百。"隋主说道："吉凶由人，不关墓兆。"话虽如此，意中实喜得嘉地，竟从吉言。（言不由衷，无怪生儿更诈。）吉密语知友道："前太子尝遣宇文左率，嘱我善择山陵，令太子早日得立，必当厚报。我答言地已择就，不出四年，太子必御天下。实告诸君，太子嗣位，隋必致亡。我所云三千年，乃系三十，二百世乃系二传。诸君记着！看我言果有验否？"（吉为梁长沙王萧懿孙，既有此技，何前此无救国亡？）吉友闻言，也似信非信，搁过一边。

且说隋主第四子蜀王秀，容貌壮伟，很有胆力，年未及壮，即多须髯，常为朝臣所侧目。隋主尝语独孤后道："秀将来恐不令终，我在尚可无虑，至兄弟时必反无疑。"独孤后以秀无他过，置诸不理。隋主乃命秀镇蜀。秀莅治益州，奢侈逾制，车马衣服，僭拟天子。隋主稍有所闻，即语群臣道："坏我家法，必在子孙。"因遣使赍敕谴责，秀终未肯改。及太子勇遭谗被废，晋王广得为太子，秀意甚不平。广亦防秀有变，阴令杨素进谗，构成罪状。隋主乃召秀还朝。秀入都进谒，但见隋主满面怒容，不与一言。秀再拜而出，隋主乃使朝臣责秀，秀答谢道："臣忝荷国恩，出临藩岳，不能奉法，罪当万死。"太子广闻被责，很是欣慰，外面装出爱弟形状，邀同诸王入宫，替秀解免。隋主反加怒道："从前秦王縻费，我以父道相责，今秀蠹害生民，我当以君道相绳。汝等不必多言，我自有法处治呢。"说着，即令将秀付诸法司。开府仪同三司庆整进谏道："庶人勇既废，秦王已薨，（秦王俊病殁，见八十六回。）陛下儿子无多，奈何屡加严谴？且蜀王性甚耿介，今被重责，或且不愿生全，也是可虑。"隋主大怒道："你敢来多嘴么？我且断你舌根。"随即顾群臣道："当斩秀市中，以谢百姓。"群臣俱跪伏殿庭，代为乞免。乃令杨素、苏威、牛弘、柳述等，再加按治。太子广阴作木偶，缚手钉心，上书隋主及汉王姓名，下署数语云："请西岳慈父圣母，速遣神兵，收系杨坚、杨谅神魂。"令人埋诸华山下。一面使杨素发掘，作为罪证。又云："秀妄造图谶，迭言京师妖异，捏称蜀地祯祥。"并有檄文草稿，略云："逆臣贼子，专弄威福，当盛甲陈兵，指期问罪"等语。罪证已具，一并上奏，隋主见了，拍案盛怒道："天下有这等不肖子么？"便令废秀为庶人，幽锢内侍省，不得与妻孥相见，但给獠婢二人，充当役使。且缘秀连坐，计百余人。（又生了逆子奸相的诡计）秀上表称谢，表文中有云："伏愿慈恩，垂赐矜悯。令兹残息未尽，愿与瓜子相见，请赐一穴，令骸骨有归。""瓜子"二字，是指自己的爱子言。隋主反下诏数秀十罪，略云：

汝地居臣子，情兼家国。庸蜀重地，委以镇之。汝乃干纪乱常，怀恶乐祸，睥睨二宫，伫望灾衅。我有不和，汝便觇候，望我不起，便有异心。皇太子汝兄也，次当建立，汝假托妖言，乃云不终其位。自言骨相非人臣，德业堪承重器，诈称益州龙现，托言吉兆，重述木易之姓，更治成都之宫。妄说禾乃之名，以当八千之运，横生京师妖异，以证父兄之灾，妄造蜀地祯祥，以符己身之箓。鸠集左道，符书厌镇。汉王于汝，亲则弟也，乃画其形象，书其姓名，缚手钉心，妄云请西岳华山慈父圣母，收杨谅魂神。我之于汝，亲则父也，又画我形象，缚首撮头，仍云请西岳神兵，收杨坚魂神。如此悖谬，我不知杨坚、杨谅，果是汝何亲也。包藏凶慝，图谋不轨，逆臣之迹也。希父之灾，以为身幸，贼子之心也。怀非分之望，肆毒心于兄，悖弟之行也。嫉妒于弟，无恶不为，无孔怀之情也。违犯制度，坏乱之极也。多杀不辜，豺狼之暴也，剥削民庶，酷虐之甚也。惟求财货，市井之业也。专事妖邪，顽嚚之性也。弗克负荷，不材之器也。凡此十者，灭天理，逆人伦，汝皆为之，不祥之甚也。欲免祸患，长守富贵，其可得乎？

庶人秀得见此诏，吓是莫名其妙，自思诏书所言，纯是冤诬，不知被何人构造出来，锻成这般大罪。禁门深远，无从申诉，只好饮恨泣血，静坐囹圄。贝州长史裴肃，独遣使上书谓："二庶人得罪已久，宁不革心，愿陛下弘君父之慈，顾天性之义，各封小国，再观后效。若能迁善，渐更增益；如或不悛，贬削未迟。"这书奏入，隋主顾杨素道："裴肃忧我家事，也是一片诚心。"素默然不答。（不劾裴肃，还算厚道。）于是征肃入朝，面谕二庶人不能曲恕，且罢肃原官，放归田里。惟庶人秀诸子，听令同处。小子有诗叹道：

谗言蔽主益神昏，父子相夷最贼恩。
一摘已稀偏再摘，可怜皇嗣两含冤！

二庶人不得出头，太子广得步进步，更要作出逆天害理的大事来了。欲知他如何行事，请看下回便知。

太子勇非无过失，误在无正人以辅导之，如洗马李纲言，最为剀切。然有独孤后之偏爱，与晋王广之诡谋，就使勇无失德，亦必致废黜，况更有杨素之助桀为虐耶？隋主坚惩高欢覆辙，自谓不致纵子，而抑知妻儿谮愬，堕彼术中，其惑且比高欢为尤甚也。蜀王秀虽未免僭逾，而较诸废太子勇，更属无甚大罪，乃广、素相毗，百端构陷，复被废为庶人。自来阴贼险狠，莫如杨广，而隋主坚屡为所欺，溺爱不明，一至于此，有子者尚其鉴诸！

第八十九回 侍病父密谋行逆 烝庶母强结同心

却说太子广诈谋百出，构陷兄弟，全亏杨素一力帮助，因得如愿。素亦威权日盛，兄弟诸父，并为尚书列卿，诸子亦多为柱国刺史。广营资产，家僮数千，妓妾亦数千，第宅华侈，制拟宫禁。朝右诸臣，莫不畏附。惟尚书右丞相李纲，及大理卿梁毗，正直不阿，与素异趋。毗且上书劾素，说他："权势日隆，威焰无比，所私无忠谠，所进皆亲戚，子弟布列，兼州连县，天下无事，容息异图，四海有虞，必为祸始。陛下以素为阿衡，臣恐他心同莽、懿，伏愿揆鉴古今，量为处置，使得鸿基永固，率土幸甚。"隋主览奏大怒，收毗系狱，亲加鞫问。毗毫不畏缩，且极言："素擅宠弄权，杀戮无道，太子及蜀王得罪遭废，臣僚无不震悚，独素扬眉奋肘，喜见颜色，幸灾乐祸，不问可知。"隋主听到此语，不由的忆念二子，发现天性，暗暗的吞声饮泪，不愿再鞫，乃命毗还系狱中，越日传敕赦毗。嗣又诏谕杨素道："仆射系国家宰辅，不应躬亲细务，但阅三五日，一至省中，评论大事，便为尽职"等语。又出杨约为伊州刺史。素知隋主阴怀猜忌，更不自安；又见吏部尚书柳述，进参机密，得握政权，尤觉得心如芒刺，愤闷不平。（好与杨广同谋弑逆了。）

先是隋主第五女兰陵公主，下嫁仪同王奉孝。奉孝早逝，公主年才十八，隋主欲令她改嫁。晋王广因妻弟萧玚，正在择配，拟请将公主嫁玚。偏是乃父不从，令适内史柳述。隋主最爱此女，更闻她敬事舅姑，力循妇道，益加心慰，遂累擢述至吏部尚书。广既为太子，与述未协，并见述徼宠预政，越觉生嫌，再加杨素亦常憾述，眼见是虎狼在侧，怎得相安？当时龙门人王通，具有道艺，讲学河汾间，门徒甚众，目睹朝政日非，孽子权臣，互为表里，料知祸乱不远，因诣阙上书，胪陈太平十二策。隋主不能采用，通即拟告归。杨素夙慕通名，留通至第，劝他出仕。通答道："通尚有先人敝庐，足庇风雨，薄田数亩，足供饘粥，读书谈道，尽堪自乐。愿明公正己正人，治平天下，通得为太平百姓，受赐已多，何必定要出仕呢？"素闻通言，敬礼有加，因馆待数日。有人向素进谗道："通实慢公，公何故敬通。"素亦不觉生疑，转以问通。通从容道："公若可慢，是仆得计；不可慢，是仆失人。得失在仆，与公何伤？"素一笑而罢。（不必多辩，已使权奸心折。）通见素终未肯改过，便即辞归，仍然居家课徒。后来唐朝开国，如房玄龄、魏征诸贤臣，皆受教通门。通至隋大业末年，（大业系隋炀帝年号，见下文。）在家病卒，门人私谥为文中子，毋庸多表。（不略王通，足补史传之阙。）

会突厥步迦可汗，（即达头可汗，见八十六回。）屡扰隋边，并寇掠启民可汗庐帐。杨素发兵奋击，大破步迦。步迦穷蹙遁归，部众因此离心。铁勒仆骨等十余部落，并内附启民，突厥大乱。步迦奔往吐谷浑，隋主令启民归统部众，使长逊晟送出碛口，启民益感隋恩，岁修朝贡，亦不消细说。

且说隋主坚自皇后死后，不必惧内，遂专宠陈叔宝妹子，赐号贵人，叔宝亦得时常召见。隋主命修陈氏宗祀，令叔宝岁时致祭，且因此惠及齐、梁，特许齐后高仁英、梁后萧琮，修葺祖陵，逐年祭扫。叔宝因妹邀宠，早把亡国的痛苦，撇置脑后。（此之谓全无心肝。）一日，从隋主登邙山，奉谕侍饮。叔宝即席赋诗道："日月光天德，山河壮帝居。太平无以报，愿上东封书。"随主亦不加可否。至陪辇回朝，叔宝又表请封禅。当下接得复敕，暂从缓议。过了旬月，复召叔宝入宴。叔宝本来好酒，见着这杯中物，胜似性命，连喝了数大觥，酒意醺醺，方才罢席，拜谢而出。隋主目视叔宝道："亡国败家，莫非嗜酒，与其作诗邀功，何如回忆危亡时事。当贺若弼入京口时，陈人密启告急，叔宝饮酒不省；及高颎入宫，犹见启在床下，岂不可笑？这是天意亡陈，所以出此不肖子孙。昔苻秦征伐各国，俘得亡国主，概赐爵禄，意欲沽名，实是违天，所以苻氏享国，亦未能长久呢。”（休说别人，自己也要死亡了。）仁寿四年，叔宝病死隋都，年五十二。隋廷追赠叔宝为长城县公，予谥曰炀。史家称为陈后主，或沿隋赠号，呼为长城公。但叔宝死时，在仁寿四年仲冬，隋主坚却比他早死了几个月，并且死得不明不白。照此看来，一个统领中原的主子，结果反不及一亡国奴，说来也觉得可怜可痛呢。（从陈女递入叔宝，从叔宝之死，回溯隋主之殁，叙笔不漏不紊。）

原来隋主坚既宠一陈贵人，领袖六宫，复在后宫选一丽姝，随时召幸。这丽姝也由陈宫没入，母家姓蔡，籍隶丹阳，姿容秀媚，与陈贵人相差不远，隋主早已钟情，只因独孤后奇妒，不便染指。后死后，乃进蔡氏为世妇，享受温柔滋味，日加宠遇，寻亦拜为贵人，两贵人并沐皇恩，轮流服侍，隋主虽然快意，究竟消耗精神；况日间要治理万机，夜间要周旋二美，六十多岁的老头儿，哪里禁受得起？起初还是勉强支撑，至敷衍了一年有余，终累得骨瘦如柴，百病层出。仁寿四年孟春，尚挈二贵人往仁寿宫，想去调养身体，一切国事，均令太子广代理。无如万机虽卸，二美未离，总不免旦旦伐性，一住三月，偶感风寒，内外交迫，即致卧床不起，葠苓罔效，苤苜无灵，两贵人原是惶急，此外随驾人员，亦无不耽忧，便报知东宫太子，及在朝王公。太子广便即驰省，余如左仆射杨素、吏部沿书兼摄兵部尚书柳述、黄门侍郎元岩等，亦皆随往问疾。大众到了大宝殿，里面就是隋主寝所，便鱼贯而进，并至榻前，隋主正含糊自念：“若使皇后尚存，朕不致有此重疾了。”（谁叫你老且渔色？还劳记忆妒后吗？）太子广已经听着，默忖一番，（已寓后日诈谋。）才开口启呼父皇。隋主始张目外视道：“汝来了吗？我念汝已久了。”广故作愁容，详问病状，语带凄音。隋主略略相告，并由杨素等上前请安。隋主亦握手欷歔，自言凶多吉少，素等俱出言劝慰，方得隋主颔首，面命太子广居大玉殿，俾便侍奉。杨素等出外伺候，太子广等领命退出。广与素密谈数语，素惟惟而去。看官听说！这太子广见隋主病重，料知死期在迩，心下很是喜欢，便嘱令杨素预先留意，准备登基。及素去后，又因言不尽意，常自作手书。封出问素。素条陈事状，复报太子。

偏偏冤家有孽，宫人误将杨素复书，传入御寝，隋主取来展阅，大略一瞧，已是肝气上冲，喘急异常。两贵人慌忙过侍，一捶背，一摩胸，劳动了好多时，方渐渐的平复原状，悲叹数声，始朦胧睡去，这一睡却经过半日有余，醒来已是夜半，寝室中灯烛犹明，两贵人尚是侍着，隋主不禁怜惜道："我病日剧，累汝两人侍我，劳苦得很，可惜我将不起，汝两人均尚盛年，不知将如何了局哩。"（自然有人代汝效力，汝且不必担忧。）两贵人听了，连忙上前慰解，但心中各怀酸楚，虽勉强忍住珠泪，已是眼眦荧荧，隋主愈觉不忍，但又无可再言，只得命她寝息，越日传谕出去，加号陈氏为宣华夫人，蔡氏为容华夫人。两夫人得了敕旨，均加服环珮，并至榻前叩谢，隋主谕令平身。两人谢恩起立，容华夫人先出更衣，宣华夫人因隋主有所嘱咐，迟了一步，方才得出。

隋主见两夫人并去更衣，暂且闭目养神，以寐非寐，忽听得门帷一动，不同常响，争忙睁目外望，见有一人抢步进来，趋至榻前，露出一种慌张态度。再行审视，珮环依旧，钗钿已偏，不由得惊问道："你为何事着忙？"那人欲言未言，经隋主一再诘问，不禁泣下，且呜呜咽咽的说出"太子无礼"四字。隋主忽跃然起坐，用手捶床道："畜生何足付大事？独孤误我！"（悔已迟了。）说着，即呼内侍入室，命速召柳述、元岩，宣华亦劝阻不住。及述与岩奉召进来，隋主喘着道："快……快召我儿！"述答道："太子现往殿外，臣即去召来。"隋主又复喘着，说了勇、勇两声。述、岩应声出阁，互相商议道："废太子勇现锢东宫，须特下敕书，方可召入。"乃取觅纸笔，代为草敕。敕文颇难措词，又经两人琢磨多时，方得告就。正要着人往召，不防外面跑入许多卫士，竟将两人牵去，两人问为何因？卫士并不与言，乱推乱扯，拥至大理狱中，始见太子左卫率宇文述趋至，手执诏书，对他宣读，说他侍疾谋变，图害东宫，着即将两人拘系下狱。两人好似做梦一般，明明由隋主亲口嘱令召勇，如何从中又有变卦，另颁出一道诏书。看官！试想这诏书究从何来。若果是真，如何有这般迅速哩？原来太子广调戏宣华，见宣华不从，当然慌乱，便密召杨素入商。素惊诧道："坏了！坏了！"广愈觉着急，求素设法，几乎要跪将下去。素用手挽住，口中还是吞吞吐吐，（老贼狡猾，非极力描摹，不足示奸。）急得广向天设誓，有永不负德等语。素始拈须沉吟，想了一会，方与广附耳数语。广乃易忧为喜，立召东宫卫士，驰入殿中。正值述、岩两人商议草敕，便命卫士掩入，拘去两人，随即令宇文述写起伪诏，持示述、岩，一面发出东宫兵帖，上台宿卫，门禁出入，均由宇文述、郭衍监查，再派右庶子张衡入殿问疾，密嘱了许多话儿。

衡放步进去，正值隋主痰壅，只是睁着两眼，喉中已噎不能言。陈、蔡两夫人，脚忙手乱，在侧抚摩。衡抗声道："圣上抱疾至此，两夫人尚未宣召大臣，面受遗命，究竟怀着甚么异图？"蔡夫人被他一诘，吓得哑口无言，还是陈夫人稍能辩驳，含泪答道："妾蒙皇上深恩，恨不能以身代死，倘有不讳，敢望独生。汝休得无故罪人！"衡又作色道："自古以来的帝王，只有顾命宰辅，从没有顾命妃嫔，况我皇上创业开国，何等英明，岂可轻落诸儿女子手中！今宰辅等俱在外伺候，两夫人速即回避，区区殉节，无关大局。且皇上两目炯炯，怎见得便要升遐，何用夫人咒诅呢。"陈夫人见拗他不过，只是与蔡夫人同出寝室，自往后宫。去不多时，即由张衡出报太子，说是皇上驾崩。太子广与杨素等，同入检视，果见隋主一命呜呼，气息全无，只是目尚开着。太子广便即哀号，杨素摇手道："休哭！休哭！"广即停住哭声，向素问故，素说道："此时不便发丧，须俟殿下登极，然后颁行遗诏，方出万全。"广当即依议，便遣心腹守住寝门，不准宫嫔内侍等人视。就是殿外亦屯着东宫卫士，不得放入外人，倘有王公大臣等问安，但言圣驾少安，尽可无虑。又令杨素出草遗诏，并安排即位事宜，素也即去讫。可怜这枭雄盖世的隋主坚，活了六十四岁的年纪，做了二十四年大皇帝，徒落得一朝冤死，没人送终，反将尸骸搁起龙床，无人伴灵，冷清清的过了一日一夜，究竟是命数使然呢？还是果报使然呢？（数语足惊心动魄。）

但外面虽秘不发丧，宫中总不免有些消息，宣华夫人陈氏，自退入后宫后，很是惊疑，未几即有人传报驾崩，更觉凄惶无主，要想往视帝尸，又闻得内外有人监守，俱是东官吏卒，越吓得玉容惨澹，坐立不安。到了夕阳将下，忽有内使到来，呈入一个小金盒，说由东宫殿下嘱令传送。宣华一想，这盒中必是鸩毒，不觉浑身发抖，且颤且泣道："我自国亡被俘，已是拚着一死，得蒙先帝宠幸，如同再造，那知红颜薄命，到头终是一死。罢罢！今日便从死地下，了我余生便了。"说至此，欲要取盒开视，又觉两手不能动弹，复哽咽道："昨日为了名义关系，得罪东宫，那知他这般无情，竟要我死。"说了复哭。内使急拟返报，便催促道："盒中未必定是鸩毒，何弗开视，再作计较?"宣华不得已取过金盒，揭起封条，开盒一看，并不是什么鸩毒，乃是几个彩线织成的同心结。心下虽然少安，但面庞上又突然生热，手内一松，将盒子置在案上，倒退数步，坐下不语。（何必做作。）内使又催逼道："既是这般喜事，应该收入。"宣华尚俯首无言，不肯起身。诸宫人便在旁相劝道："一误不宜再误，今日太子，明日皇上，娘娘得享荣华，奈何不谢?"你一句，我一句，逼得宣华不能自主，乃勉强立起身来，取出同心结，对着金盒，拜了一拜。（一拜足矣。）内使见收了结子，便取着空盒，出宫自去。宣华夫人，满腹踌躇，悲喜参半。宫人进陈夜膳，她也无心取食，胡乱吃了一碗，便即罢手。寻又倒身床上，长吁短叹。好一歇欲入黑甜，恍惚似身侍龙床，犹见隋主喘息模样，耳中复听到"畜生"二字，竟至惊醒。向外一望，灯光月色，映入床帏，正是一派新秋夜景。蓦闻有人传语道："东宫太子来了。"宣华胸中，突突乱跳，几不知将如何对待。接连又走进几个宫女，拽的拽，扶的扶，竟将她搀起床中，你推我挽，出迎太子，太子广已入室门，春风满面，趋近芳颜，宣华只好敛衽上前，轻轻的呼了一声"殿下"。广即含笑相答道："夫人请坐!"一面说，一面注视宣华，但见她黛眉半锁，翠鬓微松，穿一套淡素衣裳，不妆不束，别饶丰韵。（越是美人，越是浅妆的好看。）广又惊又爱道："夫人何必自苦，韶华不再，好景难留，今宵月影团欒，正好及时行乐哩。”宣华斜坐一旁，似醉似痴，低头不答。广又道：“我为了夫人，倾心已久，几蹈不测，承夫人回心转意，辱收证物，所以特来践约，望夫人勿再却情！”说着，竟扬着右手，意欲来扯宣华。宣华方惊答道：“妾蒙殿下错爱，非不知感，但此身已侍先皇，义难再荐。况殿下登基在即，一经采选，岂无倾国姿容？如妾败柳残花，何足垂盼。还愿殿下尊重，勿使贻诮宫闱！”广复笑道：“夫人错了！西施、王嫱已在目前，何必再劳采访？如为礼义起见，何以文君夜奔，反称韵事？请夫人不必拘执了。”宣华还要推却，广已欲火如焚，竟起身离坐道：“千不是，万不是，都由夫人不是，如何生得这般美貌，使我寝食难忘？我情愿敝屣富贵，不愿错过佳人。”说到此处，又左右一顾，诸宫人统已识窍，纷纷避去。当即牵动宣华玉臂，曳入寝室，宣华自料难免，更且娇怯怯的身躯，如何挣扎？只好随广同入。广顺手关了寝门，拥入罗帏，于是舌吐丁香，芳舒豆蔻，国风好色，痴情适等鹑奔，巫雨迷情，非偶竟成鸳侣，峰狂蝶采，只曾顾方寸花心？凤倒鸾颠，管甚么前宵荼苦。（好骈文。）一夜欢娱，倏忽天晓，广因与杨素订定，当日即位，没奈何起床梳洗，衣冠出去。素已在大宝殿中，伫候多时，一见便嚷道：“殿下奈何这般宴起，须知今日是何日哩。”广微笑不答，素复道：“文武百官，已在殿外候朝，请殿下速穿法服，出升御座。”广乃趋入殿旁左厢，已有人备好裳冕，立即穿戴，由左右簇拥出殿。广心悸足弱，升座时几乎跌倒，幸杨素从旁扶住，方得坐定。当下传入诸王大臣，排班谒驾。素从袖中取出遗诏，付宣诏官朗读道：

嗟乎！自昔晋室播迁，天下丧乱，四海不一，以至周齐，战争相寻，生灵涂炭。上天降鉴，爰命于朕，拨乱反正，偃武修文，天下大同，声教远被。此乃天意欲宁区夏，所以昧旦临朝，不遑逸豫，一日万机，留心亲览。匪曰朕躬，盖为百姓计也。朕方欲令率土之人，永得安乐，不谓遘疾弥留，至于大渐。自思年逾六十，死不为夭，但筋力精神，一时劳竭，为国为民，所以致此。人生子孙，谁不爱念？既为天下，事须割爱。勇及秀并怀悖恶，不惮废斥，古人有言："知臣莫若君，知子莫若父。"若令勇、秀得志，共治国家，必当戮辱遍于公卿，酷毒流于民庶。今恶子孙已为民屏黜，好子孙足堪负荷大业。（乃父方死，当夜即烝庶母，真是个好子孙。）太子广地居上嗣，仁孝著闻，内外群臣，相与同心戮力，共治天下。朕虽瞑目，何所复恨？自古哲王，因人作法，前帝后帝，沿革随时。律令格式，或有不便于事者，宜依前敕修改，务当政要。（列此数语，导广种种妄为。）呜呼！敬之哉！无坠朕命！

群臣闻诏，那个来分辨真假，无非是舞蹈殿阶，三呼新天子万岁罢了。就中有个伊州刺史杨约，也入贺新君。广瞧在眼里，待退朝后，复宣约兄弟入殿。彼此商议多时，又由杨素捏造遗诏，使约迅赴都中，然后令素主持丧事，颁发讣音。广既得素治丧，乐得自寻快活，踱入后宫，再与那宣华夫人调情去了。小子有诗叹道：

人禽界画判几希，礼教防嫌在慎微。

何物阿麽同兽类？居然霸占父皇妃。

欲知后宫情事，且至下回再表。

隋主坚以诈术得国，卒能平齐灭陈，混一中国，几若有逆取顺守之才，史家谓其明敏有大略，亦多溢美之词，庸讵知其天性雄猜，素无学术，侥幸于一时，安能垂贻于后世？况周族何辜，乃俱为之屠灭乎？夫绝人之后者，人亦必绝其后。而天意好奇，又故假手于其妻若孥，先令翦除骨肉，然后身遭子祸，亦一举而殉之，痛矣哉杨坚之不得其死也！宣华为杨坚宠妾，复为逆子广所烝，宣华之贪生怕死，贻丑中冓，固不得为无咎，然谁纵逆子，以至于此？本回逐节演述，逐节描摹，禹鼎铸奸，穷形极相，尤令人不胜击节云。

第九十回 攻并州分遣兵戎 幸洛阳大兴土木

却说宣华夫人，已经被烝失节，迟明起床，自思夜间情事，未免萦羞，但木已成舟，无法挽回，不如将错便错，再博新皇恩宠。主意已定，遂复重施粉泽，再画眉山，打扮得娇娇滴滴，准备那新主退朝，好去谒贺。转念一想，中冓丑事，如何对人？倘或出迎御驾，越觉惹人讥笑，乃靓妆待着，俟至傍晚，方由宫人报称驾到。宣华便含羞相迎，俯伏门前，口称："陛下万岁，臣妾陈氏朝贺。"新皇帝当然大喜，亲手搀扶，同入寝宫，便令左右排上宴来。看官记着！这位弑父烝母的杨广，实与畜类相同，但后人沿袭旧史，统称他为隋炀帝。小子编述历史演义，凡统一中原的主子，大都以庙谥相呼。隋主坚庙谥为文，独不称为隋文帝，无非因他巧行篡夺，名为统一，仍与宋、齐、梁、陈异辙同途，所以沿例顺叙。只隋炀帝是古今相传，如出一口，炀字本不是甚么美谥，小子为看官便览起见，也只好称为炀帝，看官不要疑我变例呢。（依俗道俗，应该如此。）

炀帝既与宣华夫人宴叙，把酒言欢，备极温存。宣华亦放开情怀，浅挑微逗，更觉旖旎可人。况炀帝力逾壮年，春秋鼎盛，若与乃父相比，风流倜傥，胜过十倍，两下里我瞧你觑，风情毕露，且并有这红友儿助着雅兴，益觉情不自禁，更尚未起，酒即撤回，两人携手入床，再演那高唐故事，真个是男贪女爱，比昨宵的快乐，又自不同。偏晨鹃复来催逼，新天子又要视朝，免不得辜负香衾，出理国事。可巧杨约已来复命，由炀帝褒劳数语，约即拜谢而退。炀帝亦退入后庭，召语杨素道："令弟果堪大任，我好从此释忧了。"看官道是何事？原来使约入都，便是矫诏缢杀故太子勇，且顺便谪徙柳述、元岩，不但将官职尽行削去，还要将两人充戍岭南。杨素请封勇为王，掩饰人目，炀帝依了素议，追封勇为房陵王，但仍不为置嗣。

忽由外面呈入表章，便即取阅表文，乃是兰陵公主署名，请撤免公主名称，愿与本夫柳述同徙。炀帝冷笑道：“世上有这等呆女儿，且与我宣进来！我当面为诱导。”语甫说出，即有内侍应声往召。不到半日，兰陵公主已至，行过了礼，炀帝便劝她改嫁，公主抵死不从。炀帝大怒道：“天下岂无好男子？难道必与述同徙么？我偏不令汝随述。”公主泣答道：“先帝遣妾适柳家，令述有罪，妾当从坐，不愿陛下屈法申恩。”（公主前曾改醮，此时何必欲守节，但论人亦当节取，杨家有此令女，足愧阿麽。）炀帝始终不允，叱令退去。兰陵公主号恸而出，自与柳述诀别。咫尺天涯，两不相见，公主竟忧郁成瘵，旋即告终。临殁时复上遗表道：“昔共姜自誓，著美前诗，息妫不言，传芳往诰。（此语亦谬。）妾虽负罪，窃慕古人，生既不得从夫，死乞葬诸柳氏。”炀帝览表益怒，但使瘗诸洪渎川。柳述亦不得赦还，流死岭表。这是后话不题。

且说炀帝叱退公主，天色已晚，又记起那宣华夫人，偏又来了一个美貌宫嫔，且泣且拜，自称为尼。炀帝凝神一瞧，乃是容华夫人蔡氏，颦眉泪眼，仿佛似带雨海棠，虽比宣华稍逊一筹，也觉得世间少有，姿色过人。天下好色的男人，往往得陇望蜀，既已污了宣华，何不可再污容华？当下好言劝慰，仍叫她安居后宫，决不亏待。容华始收泪退入，那知炀帝到了晚间，竟踱入容华宫中，也与宣华处同一作用。容华胆子更小，且知宣华已为先导，何妨勉步后尘，暂图目前快乐，于是曲从意旨，也与炀帝作长夜欢。一箭双雕，真大快事。（容华被烝，见《隋书》后妃列传，并非无端污蔑。）又过了六、七宵，始奉梓宫还京师，谥隋主坚为文皇帝，庙号高祖。再阅两月，奉葬泰陵。太史令袁充又来献谀，谓：“新皇即位，与帝尧受命年月适合，应大开庆贺。”独礼部侍郎许善心，以为国哀未了，不宜称贺。宇文述素嫉善心，竟讽令御史交上弹章。善心降级二等，贬为给事中。

炀帝又恐汉王谅作乱，屡征入朝，第一道敕旨，还是在炀帝即位前，伪托乃父玺书，使车骑将军屈突通赍去；第二道敕旨，始由炀帝自己出名。那知汉王谅始终拒绝，反发出大兵，惹起一场骨肉战争。先是谅出镇并州，乃父曾密谕道："若有玺书召汝，敕字旁当另加一点，又与玉麟符相合，方可前来。"（玉麟符系刻玉为符，上作麟形。）及屈突通赍书前去，书中与前言不符，谅知有他变，一再诘通。通终不吐实，方得遣还。至二次传敕，谅益不肯就征，即调兵发难。他尚未识弑逆阴谋，只托言杨素谋反，当入清君侧。总管司马皇甫诞，泣谏不从，为谅所囚。遂遣所署大将军余公理出太谷，进趋河阳；大将军綦良出滏口，进逼黎阳；大将军刘建出井陉，进略燕赵；柱国乔钟葵出雁门，并署府兵曹裴文安为柱国，使与柱国纥单贵王聃等，直指京师。谅自简精锐数百骑，各戴羃䍦（系妇人帷帽。）诈称宫人还长安，径入蒲州。城中骤乱，蒲州刺史邱和，逾城逃去。谅既得蒲州，忽变易前策，召还裴文安。文安本劝谅直捣长安，中途闻召，只好驰还。入与谅语道："兵宜从速，本欲出其不意，一鼓入京，今王既不行，文安又返，使彼得着着防备，大事去了。"谅竟不答言，但令文安为晋州刺史，王聃为蒲州刺史，并使纥单贵堵河桥，扼守蒲州。代州总管李景，起兵拒谅，谅遣部将刘暠袭景，为景所觉，邀斩暠首，悬示城门。谅闻报大愤，再遣乔钟葵率兵三万，往攻代州。代州战士，不过数千，更且城垣不固，崩陷相继。景且战且筑，麾兵死斗，反得屡挫钟葵，屹然自固。

这消息传达隋廷，炀帝商诸杨素。素从容定计，自请一行。果然老将善谋，奉命就道，但率轻骑五千，夜至河滨，收得商贾船数百艘，席草载兵，悄悄的渡往蒲州。纥单贵未曾预备，天明方起，已被杨素兵登岸杀入。仓猝遇敌，如何交锋？不由的一哄而散。纥单贵匹马逃归。素进蒲州城下，王聃料知难守，便即出降。（真是易得易失。）素入城安居，上书报捷，有诏召素还朝，授素为并州道行军总管，兼河北道安抚大使，统着大军，再出讨谅。谅闻隋军大举，乃自往介州堵御，令府主簿豆卢毓，及总管朱涛留守。毓为谅妃兄，尝阻谅起兵，谅不能用，毓私语弟懿道："我匹马归朝，亦得免祸，但只为身计，非为国计，不若且静守待变。”及留守并州，召涛与语道：“汉王构逆，败不旋踵，我辈岂可坐受夷灭，辜负国家？当与君出兵拒绝，不令叛王入城。”涛大惊道：“王以大事付我二人，怎得有此异语？”因拂衣径去，毓见涛不肯相从，竟惹动杀心，立率左右追涛，把他杀死。又从狱中释出皇甫诞，协商军事，且与开府仪同三司宿勤武等，闭城拒谅。（毓似有大义灭亲之志，但甘助枭獍，亦不足取。）部署未定，已有人急往报谅，谅慌忙引还，西门守卒纳谅入城，毓与诞俱被杀死。

谅将余公理，自太行下河内，正值隋行军总管史祥，出守河阴。祥语军吏道：“余公理轻率无谋，且恃众生骄，若能智取，一战就可破灭呢。”因具舟南岸，佯欲渡兵，自率精锐潜出下流，乘夜渡河。公理只防南岸渡兵，聚众抵御，那知祥从旁面杀到，一时措手不及，即被捣乱队伍。再加对面隋军，乘机急渡，也来夹攻公理，公理逃命要紧，当即返奔。余众死了一半，逃去一半。祥东向黎阳，谅将綦良，方从滏口攻黎州，屯兵白马津，一闻公理败还，祥军掩至，便吓得魂胆飞扬，不战自溃。惟代州城尚在围中，李景与乔钟葵，相持约一月有余。朔州刺史杨文臣，奉敕往援，道出西陉，闻钟葵移兵逆击，自顾麾下兵寡，恐不能敌，乃想出一法，悉取军中牛驴，得数千头，复令数百人各持一鼓，潜匿涧谷间，然后进击乔钟葵。时已天晚，两军初交，义臣命谷中伏兵，驱着牛驴鸣鼓疾进，顿时尘埃蔽天，喧声动地。钟葵军疑是伏兵，又兼天色将昏，无从细辨，不由的纷纷倒退。义臣复纵兵奋击，大破钟葵。钟葵落荒窜去，代州解围。

杨素引兵四万，沿途诏降，晋、降、吕三州，俱向军前投诚。谅遣部将赵子开，拥众十万，栅断径路，屯踞高壁，列营延五十里。素令诸将攻栅，自引奇兵潜入霍山，攀藤援葛，穿出前谷，得绕至赵子开军后，击鼓纵火，直捣子开各营。子开不知所为，麾众亟遁，自相蹂踏，杀伤至数万人。

谅得子开败报，很是惊惶，搜括部下兵士，尚有十万人，乃悉众出城，往堵嵩泽。会秋雨连绵，不便行军，谅欲引军退还，谘议参国王頍道："杨素悬军深入，士马疲敝，王率锐骑往击，定可得胜。今未战先怯，挠动众心，待素军长驱到来，何人再为王效力呢？"谅不能用，竟退保清源。（既不从裴文安，又不从王頍，怎得不败？）王頍为梁朝王僧辩子，颇有智略，因见谅不肯依议，退回诫子道："汉王必败，汝宜随我，免为所擒。"遂密整行装，伺机潜遁。还有陈氏旧将萧摩诃，亦随谅麾下，年已七十有三，谅倚若长城。及素军进逼，摩诃率众出战，将士俱无斗志，单靠一个老摩诃，有何用处？反被素军擒去。谅弃了清源，走保晋阳。他本来仗着王頍、萧摩诃两人，偏偏一遁一擒，害得两臂俱失，不由得焦灼异常。素军又乘胜攻城，围得铁桶相似，眼见得朝不保暮，只得登城请降。素允他免死，谅即开城迎素。素系谅送长安，再分兵搜捕余党，或降或诛，悉数荡平。王頍欲出奔突厥，路梗道绝，自知不免，因即自刎，惟嘱子勿往故人家。頍子就石窟中，瘗埋父尸，自在山谷内躲避数日，无从得食，不得已违了父训，出访故人。果然被故人擒献军前，并因此获得頍尸，一并在晋阳枭首。萧摩诃亦即伏诛，妻子籍没。（不知他继妻容色，又仍依旧否？）并州吏民，坐谅死徙，共二十余万家。谅虽得免刑，终废为庶人，幽锢别室，竟致瘐死。隋文五子，除炀帝广外，已死三人，惟蜀王秀废锢如初，尚未遭害，俟后再表。

且说炀帝既得并州，又好恣意淫乐，坐享太平。惟宣华、容华两夫人，究不便明目张胆，收为嫔御，只好令他出居别宫，有时私往续欢，却被萧妃瞧透机关，冷讥热讽，说得天良发现，也觉怀惭。自思闷坐深宫，太无兴味，因欲出外巡游，可巧术士章仇太翼，伺旨希宠，上言："雍州地居西位，西是属金，与陛下木命相冲，不宜久居。且谶文有云：'修治洛阳还晋家'，陛下何不营洛应谶。"炀帝大喜，即留长子晋王昭居守长安，自率妃嫔王公等，往幸洛阳。一面发丁夫数十万，掘堑为防，自龙门直达上洛，择要置关，借资守御。又改洛阳为东京，营建宫阙。当时尚有与奢宁俭的敕文，欺人耳目。一班曲意逢迎的官吏，奉命监工，昼夜赶筑，先创造了几座大厦，作为行宫，以便驻跸。炀帝就此居住，过了残冬。

次年元旦，便在行宫受朝，改元大业，大赦天下。立萧妃为皇后，并使侍臣赍敕至长安，立晋王昭为皇太子，授宇文述为左卫大将军，郭衍为左武卫大将军，于仲文为右卫大将军，改豫州为溱州，洛州为豫州，废诸州总管府。过了两三旬，杨素自并州还朝，进谒行在，因敕有司大陈金宝器玩，锦彩车马，引素及从军有功诸将士，班列殿前。令奇章公牛弘宣诏，进素为尚书令，特给上赏。诸将依次进秩，赏赉有差。才阅片时，已将所陈各物，分给无遗，大众统叩首谢恩，欢呼万岁。炀帝亦欣然大悦，乃命素为东京总监工，盛造宫室，四处召募工役，多至二百万人，百堵皆兴，众擎易举。约阅月余，便已造成许多屋宇，统是规模闳敞，制度斋皇。

炀帝因东京人少，未免萧条，乃徙洛州郭内居民，及诸州富商大贾，凡数万户，尽至宫房居住，蔚成一个繁华胜地，富庶名区。又嫌杨素所筑宫室，虽然宽展，未尽美丽，复命将作大臣宇文恺，与内史舍人封德彝，另造离宫，再求精美。恺与德彝，是隋朝著名的佞臣，一奉命令，便至洛水南滨，相度形势，辟地数十里，迤南直至皂涧，造起地盘，大兴土木。一面差人分往东南，选办奇材异石，陆路用夫，水路用舟，所有江岭以南，水陆输运，络绎不绝。还要觅取奇花佳木，珍禽异兽，不论海内海外，但教寡二少双，总要采选来作为点缀。看官！试想为了一座离宫，须费财力多少，不要说几十围的大木，三五丈的大石，搬运艰难，就是一草一木，一禽一兽，也不知糜费若干钱粮，累死若干性命，方才得到洛阳。宇文恺、封德彝两人，只顾炀帝快意，不管那民间死活，府藏空虚，好容易造就一座宫室，上表告竣，请御驾亲幸落成。炀帝即日往阅，由恺与德彝迎入，东眺西瞩，端的是金辉玉映，翠绕珠围，当下笑语二人道："从前江南的临春、结绮，那有这般富丽？似此华厦，方惬朕心。二卿功劳，诚不小了。"恺与德彝，忙即拜谢。炀帝留宫数日，一一游赏，无不合意，遂定名为显仁宫。且命皇后妃嫔等，概行迁入，索性就此安居。

萧后本后梁主萧岿女儿，才色兼优，也是个宫闱翘楚，士女班头，平时与炀帝很是恩爱，从未反目。此外有几个妃嫔，统生得绰约多姿，炀帝得了这般妻妾，也好算是人生艳福。他忽然记起宣华夫人，不觉易喜为愁，整日里眉头不展，好似有一桩绝大心事，挂在面上。萧后素来婉顺，多方迎合，总未得炀帝欢心，至再三研诘，方由炀帝吐出实情。萧后微笑道："妾还道是甚么大事，原来为此。陛下既不忍割舍，妾若再来阻挠，便变一个妒妇了。好在此处不是长安，请遣使密召入宫，聊慰圣怀。"炀帝大喜称谢，即着内使飞马入都，往迎宣华。宣华正居仙都宫，虽觉寂寞寡欢，却还清闲自在。偏由内使到来，促他应召，他只得重加妆饰，出乘轻舆，兼程至洛阳显仁宫。炀帝正与萧后晚宴，得闻宣华到来，当即起座相见，不待宣华拜下，早已将他搀住，握手慰问。宣华见萧后在旁，便用目示意，请炀帝放手，然后至萧后面前，屈膝谒贺。（亏他厚脸。）萧后虽不惬意，但既许炀帝宣召，不如卖个人情，起身还了半礼，并令侍女扶起宣华，一同侍饮。席间有谈有笑，顿令炀帝心花怒放，宽饮了好几觥，连宣华也灌个半酣。萧后乐得做美，待至酒阑席撤，便令宫女掌灯，将炀帝、宣华两人，送入别宫。久旱逢甘，乐不胜言。自是今日赏花，明日玩月，饮酒赋诗，备极愉快。

惟显仁宫中的花木，多半从江南采来。炀帝是个贪得无厌的主子，有了这种，还想那种，自思江南山水，比洛阳还要秀丽，况且六朝金粉，传播一时，从前平陈时候，还想做些名誉，不便留恋江南，此时贵为天子，动作任情，何妨借名巡狩，一游江淮。但要去巡幸，也须铺排一番局面，方显得皇帝威风。当下传出诏旨，谓将巡历淮海，观风问俗。此诏一下，那宇文恺、封德彝等，便争来献言，或说是如何通道，或说是如何登程，独有尚书右丞皇甫议谓："陆行不便，须由水路南下，方可沿途观览，不致劳苦。惟江河俱向东流，欲要南北通道，必须开通济渠，引谷、洛水达河，再引河水入汴，引汴入泗，才得与淮水相通。"看官！你想如议所言，这样的开凿工程，所需几何？炀帝也不管财力，但教有水可通，便即照办。皇甫议当然监工，发丁百万，依照自己的条陈，逐段开掘；还要沟通江淮，发民十万，疏凿邗沟，直达江都。沟广四十步，旁筑御道，遍植杨柳。且自长安至江都，每隔百里，筑一行宫，总计得四十余所。更由黄门侍郎王弘等，奉遣南下，特往江南督造龙舟，及杂船数十艘。郡县当差，人民执役，已是痛苦得很；再加这般巨工，须限日告竣，朝夜督促，不得少延，可怜这般工役，不胜劳苦，往往僵毙道旁，做了许多无告冤魂，小子有诗叹道：

衰朝政令半烦苛，不似隋家役更多。

筑室开渠成惯事，可怜民血已成河！

炀帝如此劳民，却有一位老年宰相，不甚赞成，意欲入宫谏阻，可巧炀帝召他入宴，未知能否直言，且至下回再详。

汉王谅起兵晋阳，不讨杨广，独讨杨素，始谋已误。或者谓谅未识弑逆情事，不能无端罪广，似矣，然敕书不符，其由于广之矫擅，已可概见。况太子被废，蜀王遭黜，祸皆起自杨广一人，欲加之罪，岂犹患无辞乎？裴文安劝谅直捣京师，名已不正，已非胜算，至王頍之请为孤注，更不足道，无怪其一败涂地也。炀帝未曾改元，便即幸洛，命以洛阳为东京。夫成周定鼎，曾设陪都，由后追前，非不足法，但迹若相同，心则大异，炀帝为淫侈计，岂有宅中而治之思？筑宫不足，又复开渠，极天下之财力民力，以供一人之耳目，试思民殚财尽，尚能独享繁华耶？故后世之论杨广者，或詈其狡，或病其淫，或斥其奢，而吾则蔽以一言曰："愚而已矣。"

第九十一回　促蛾眉宣华归地府　驾龙舟炀帝赴江都

却说杨素奉召入显仁宫，见过炀帝，满肚中怀着谏议，但一时未便开口，只好入座侍宴。才经数觥，即停住不饮。炀帝一再劝酒，素起座答道："老臣闻得酒荒色荒，有一必亡，不但臣宜节饮，就是陛下亦不宜耽情酒色。"炀帝听了，不免拂意，便道："卿言虽是有理，但目今天下太平，朝廷无事，把酒消遣，亦没有甚么大害。况我朝勋旧，似公能有几人？今得一堂共乐，尽可畅饮数杯。"素见话不投机，便又说道："天下事都起自细微，渐成放荡，从前圣帝明王，慎微谨小，亦是为此。"（杨素前营仁寿宫，继复为炀帝监造东京宫室，职为厉阶，奈何不思？）炀帝默然不答。

适宫人上前斟酒，素恐他再来加斟，用袖一拂，宫人不及防备，竟将手中所执的酒壶，斜倾在素身上，浇湿蟒袍。素正在恼怅，无从发泄，至此便迁怒宫人，勃然变色道："这般蠢才，如此无礼！怎敢在天子前，戏弄大臣？要朝廷法度何用？请陛下加重惩责！"炀帝仍然无语。素竟叱左右，迫令牵出宫人，且厉声道："国家政令，全被汝等妇女小人弄坏，怎得不惩？"左右见炀帝无言，又见素怒不可遏，只得把宫人拿了下去，敲责了一二十下。素方向炀帝道："不是老臣无状，但由今日惩治，使这班宦官宫妾，晓得陛下虽然仁爱，还有老臣执法相绳，当不敢如此放肆了。"炀帝已十分不悦，但自思夺嫡秘谋，全仗他一人做成，就是万分难耐，也只好含忍过去，当下强颜为笑道："公为朕执法无私，整肃宫廷，真好算是功臣了。"素即起座告辞。炀帝也不挽留，由他自去，一面退入后宫，另与后妃等调情解闷，不消细说。

素悻悻归第，顾语家人道：“偌大郎君，由我一力提起，使作大家，现在酒色昏迷，不知他如何了得哩。”（谁叫你提起他来？）看官阅此，应知郎君二字，便是指着隋炀帝。素自恃功高，有时对着炀帝，亦直呼为郎君。炀帝终未曾驳斥，无非为了前时私约，不敢辜负的意思。（还算能践前言。）

一日，素复入宫白事，炀帝正在池中钓鱼，待素将国事说明，便邀素坐下同钓，素也不管君臣上下，即令左右移过金交椅，与炀帝并坐垂纶。时方初夏，日光渐热，炀帝命取过御盖，罩住上面。御盖颇大，巧巧蔽住两人。素毫不避让，从容钓鱼。炀帝钓了数尾，偏素不得一鱼，炀帝顾素道：“公文武兼全，也有一长未擅，如何钓了许久，尚是无着？”素本来好胜，怎禁得炀帝奚落，便应口道：“陛下只得小鱼，老臣却要钓一大鱼，岂不闻大器晚成么？”炀帝闻言，不由的忿恚交乘，又见素在赭伞下，风神秀异，相貌堂堂，数绺长髯，飘动如银，恍然有帝王气象，因此愈加生忌，遂投下钓竿，托词如厕，竟向后宫进去。当由萧后接着，见炀帝面带怒容，便即问为何事？炀帝道：“杨素老贼，骄肆得很，朕意拟嘱遣内侍，杀死此贼。”萧后不待说毕，忙阻住道：“使不得！使不得！杨素系先朝老臣，又有功陛下，今日诱杀了他，外官如何肯服？况素又是猛将，亦非几个内侍可以制服，一被漏脱，出外弄兵，陛下将如何对待呢？”炀帝半晌才道：“投鼠原是忌器，且从缓议罢了。”乃长叹数声，仍复出外。适杨素钓了一尾金色鲤鱼，即向炀帝夸说道：“有志竟成，老臣已得一鱼。”炀帝强笑不答。素已略窥炀帝微意，也即辞出。

炀帝当然退入，踱往宣华夫人住室。甫至住门，即由宫人迎驾，报称宣华有病在身，未能起迎。炀帝大惊，抢步入室，揭起床帏探视，但见双蛾敛翠，两鬓锉青，病态恹恹，似睡非睡。炀帝轻轻的问道：“夫人今日为何不快？”宣华闻声，方睁眼瞧着，见炀帝亲来问疾，意欲勉强起坐，无如挣扎不住，稍稍抬头，已是晕病难支，禁不住有娇吁模样。炀帝知情识意，忙用言温存道：“夫人切勿拘礼，仍应安睡。”说至此，用手按宣华额上，很觉有些烫热，便道：“夫人如此病重，奈何不速召御医？”宣华答道：“妾病非药可治，看来要与陛下长辞了。”说着，腮边已流下泪来。（胡不遄死？）炀帝大加不忍，几乎也要泪下，徐徐说道：“偶尔违和，医治即愈，奈何说此惊人语？”宣华且泣且语道：“妾……妾负大罪，无所逃命，别人病原可治，妾病实不可为。”炀帝听她话中有因，便道：“夫人有何罪过，速即明告，朕可代为设法消愆。”宣华欲言不言，如是数四。经炀帝催问数次，方从帐外四瞧。炀帝会意，即令宫人退去，始由宣华泣答道：“妾近日屡觉头痛，不过忽痛忽止，尚可支持。昨更饮食无味，夜间睡着，很是不安，恍惚入梦，头被猛击，痛得不可名状，醒来仍然不解，所以妾自知不久了。”炀帝惊讶道：“谁敢擅击夫人？”宣华道：“陛下定要问，妾只好实告。妾梦中实见先帝，责妾不贞，亲执沉香如意，击妾头上，且云死罪难饶。妾辩无可辩，已拼一死，但愿陛下慎自珍重，勿再念妾了！”说毕，哽咽不止。炀帝也不觉大骇，勉强支吾道：“梦幻事不足凭信，夫人不必胡思，但教安心调养，自可无虞。”宣华不再答言，惟有涕泣。炀帝又劝慰了数语，且语宣华道：“我即去宣召御医，夫人万勿过虑为是。”宣华只答了一个“是”字。

炀帝匆匆退出，传旨召医官诊治宣华。医官不敢迟挨，当即入诊。未几有复奏呈入，说是：“病入膏肓，不可救药”等语，急得炀帝心如辘轳，正在没法摆布，忽有宫人入报道：“宣华夫人危急了。”炀帝三脚两步，驰往宣华寝宫。宣华气已上逆，见了炀帝，还错疑是文帝，硬挣着娇喉道：“罢罢！事由太子，妾甘认罪，愿随陛下同去罢！”说毕，两眼一翻，呜呼哀哉！（迟死一年，遗臭千载。）年才二十九岁，炀帝不禁不恸。（比父死时何如？）可巧萧后亦来视疾，入见宣华已逝，也洒了数点珠泪。（这是假哭。）随即劝慰炀帝，挽出寝室，一面命有司厚办衣殓，择吉安葬。

只炀帝悲念宣华，连日不已，甚至好几天不能视朝。王公大臣，统入宫问安，杨素亦当然进去。甫至殿门，忽遇着一阵阴风，扑面吹来，不由得毛发森竖，定睛一瞧，见有一人，首戴冕旒，身穿衮服，手中拿着一把金钺斧，下殿出来。这位威灵显赫的大皇帝，并不是炀帝杨广，乃是文帝杨坚。素不禁着忙，转身急走，耳边只听得厉声道："此贼休走！我欲立勇，汝不从我言，反与逆子广同来谋我，我死得不明不白，今日特来杀汝。"素越觉惶骇，脚下好似有物绊住，欲前反却，后面已像被他追着，扑的一声，头脑上着了一下，痛不可耐，便即晕倒，口吐鲜血不止。殿上本有卫士，一见杨素跌倒，忙来搀扶，素尚不省人事，当由卫士舁入卧舆，送归私第。家人忙即延医，用药灌治，半晌才得醒来，开目顾视家人，凄声叹息道："我不得久活了，汝等可备办后事罢。"（贼胆心虚。）家人虽然应命，总还望他再生，四处访请名医，朝夕诊治。炀帝也遣御医往视，及御医返报，素一时虽不至死，但也不过苟延时日，难望痊愈。炀帝却很是喜欢，惟忆及宣华，总不免短叹长吁。萧后尝在旁劝慰道："人死不能复生，何必过悲？"炀帝道："佳人难再得，教朕如何忘怀？"萧后微笑道："天下甚大，难道除宣华外，就没有佳丽么？"这一语提醒炀帝，便命内监许廷辅等，出外采选，无论官宦、士庶各家，视有绝色女子，速即选取入宫。

廷辅等奉差四出，格外巴结，不到月余，已各缮册入报，多约数十名，少约十余名，统共有好几十处，由炀帝通盘筹算，不下一二千人，便自忖道："天下难道有许多美女么？大约连嫫母、无盐，都采取了来。"继又转念道："既已选集许多女子，总有几个可合朕意，且宫中充备洒扫，愈多愈妙。只显仁宫虽然浩大，究竟是个宫殿体裁，须要另辟一所大花园，方好安插许多女子。"计划已定，便召入一班佞臣，与他商议，就中有个内史侍郎虞世基，所议条陈，最为称旨，当即命他督造苑囿。世基就在洛阳西偏，辟地二百里，内为海，外为湖，湖分五处，暗寓天下五湖的意思。每湖周围十里，四面砌成长堤，尽种奇花异草。且百步一亭，五十步一榭，亭榭两旁，无非栽植红桃绿柳。湖内有青雀舫、翠凤舸，并有龙舟一艘，准备御驾乘坐。这五湖流水，均与内海相通，海周四十里，中筑三座大山，一名蓬莱，一名方丈，一名瀛洲，好似海外三神山一般。山上添造楼台殿阁，备极工巧，山顶高出百丈，西可回眺长安，南可远望江淮。湖海交界，造了一所正殿，轮奂崇闳，自不消说。海北一带，委委曲曲，筑成一道长渠，引接海中活水，纡回潆带。傍渠胜处，便置一院。院计十有六处，可以安顿宫人，在内供奉。天下无难事，总教现银子，世基监工才及数月，已是规模粗具，楚楚可观。适许廷辅等送入选女，炀帝便令往新苑中，候旨定夺，自挈萧后及妃嫔，乘舆至新苑游幸。虞世基当然接驾，由炀帝命为前导，逐段看来，无非勾心斗角，竞巧争新；更兼那海水澄青，湖光漾碧，三神山葱茏佳气，十六院点缀风流，桃成蹊，李列径，芙蕖满沼，松竹盈途，白鹤成行，锦鸡作对，金猿共啸，仙鹿交游，仿佛是缥缈云天，嫏嬛福地。炀帝非常愉快，便问世基道："五湖十六苑，可曾有名？"世基道："臣怎敢自专？还乞陛下圣裁！"炀帝道："这苑造在西偏，就可取名西苑。"世基才答一"是"字。炀帝又道："苑中万汇毕呈，无香不备，亦可称为芳华苑。"（实可名为腥血苑。）世基极口称扬，炀帝徐徐的行入正殿，下舆小憩。用过茶点，便令世基取过纸笔，酌取五湖十六苑名号。炀帝本是个风流皇帝，颇有才思，世基是个风流狎客，夙长文笔。一君一臣，你倡我和，费了两三小时，已将各名号裁定，由世基一一录出。小子亦照述如下：

五湖名称：东湖名为翠光湖，西湖名为金光湖，南湖名为迎阳湖，北湖名为洁水湖，中湖名为广明湖。

十六院名称：景明院，迎辉院，栖鸾院，晨光院，明霞院，翠华院，文安院，积珍院，影纹院，仪凤院，仁智院，清修院，宝林院，和明院，绮阴院，降阳院。

名称既定，已近昏黄，四面八方，悬灯爇烛，几似万点明光，绕成霞彩。炀帝格外动兴，乐不忘疲，便命内侍整办御肴，自与萧后等退入后殿。不消半时，酒肴等已依次陈上，炀帝就座取饮，后妃等列坐相陪。酒过数巡，炀帝顾语萧后道："十六院已将造就，只不过少缺装潢。虞内侍煞是能干，眼见得指日告成，朕意各院中不可无主，须选择佳丽谨厚的淑媛，作为每院的主持，卿以为何如？"萧后乐得凑机，便含笑答道："妾闻许廷辅等，已选入若干美人，何不就此挑选，充作十六院的夫人？"炀帝大喜道："似卿雅量宽洪，周后妃不能专美了。"（不妒却是妇人好处，然亦有坏处，试看萧后便知。）当下乘着酒兴，宣召许廷辅入苑，命将所选采女，一起起的带引进来。廷辅等便即领命，逐名点入。炀帝且饮且瞧，真是柳媚花娇，目不胜接；况且灯光半焰，醉眼微矇，急切里也辩不出甚么妍媸，但只见得一簇娇娃，眩人心目。还是萧后替他品评，这一个是肉不胜骨，那一个是骨不胜肉，这一个是瑜不掩瑕，那一个是瑕不掩瑜，好容易选定了十六人，好算得姿容窈窕，体态幽娴。炀帝便亲自面谕，各封四品夫人，分管十六院事。又命虞世基监制玉印，上面镌着院名及某夫人姓氏，制就后便即分给。又选得三百二十名，充作美人，每院分二十名，叫她学习吹弹歌舞，以备侍宴。此外或十名，或二十名，分拨各处楼台亭榭，充当职役。千余名选女，拜谢皇恩，陆续散去，又好似风卷残云，浪逐桃花，俱去得无影无踪了。（忽聚忽散，此中已可悟幻景。）时已更阑，酒兴亦衰，炀帝方命撤席，与萧后还入显仁宫。

越日命太监马忠为西苑令，专管出入启闭，且命虞世基逐处加饰，并诏天下境内，所有嘉木异卉，珍禽奇兽，一古脑儿运至西苑，点缀胜景。于是二百里的灵囿灵沼，倏变作锦绣河山，繁华世界，就是十六院中的四品夫人，都打扮得齐齐整整，袅袅婷婷，一心思想，盼望君王宠幸。那炀帝往来无时，或至这院，或至那院。运气的得博一欢，晦气的未邀一盼。

炀帝尚嫌不足，还想南下赏花，凑巧皇甫议等奏请河渠已通，龙舟亦成，喜得炀帝游兴勃发，便下了一道诏书，安排仪卫，出幸江都。宫廷内外，接读这道诏书，都要筹备起来。且知炀帝素来性急，一经出口，便要照行，势不能少许延挨。接连备办了十余日，忙碌得甚么相似，方才有点眉目，上表请期，好几日不见批答。看官道是何因？原来滕王瓒暴死栗园，（见前文。）嗣王纶曾拜邵州刺史，镇王爽亦已去世，嗣王集留居京师，未闻外调。纶与集俱系炀帝从弟，历见炀帝摧残骨肉，未免加忧。炀帝也只恐同族为变，虽是留恋洛阳，作宫作苑，但暗中却密遣心腹，伺察诸王。此次又要南幸，更宜格外加防。纶、集二人，常虑得罪，时呼术士入室，访问吉凶，并使巫祝章醮求福。有了这种动作，便被侦探得了隙头，立即报闻。炀帝趁这机会，想除二人，便将两人怨望咒诅的罪名，令公卿议定谳案。公卿统是希旨承颜，复称两人厌蛊恶逆，罪在不赦。炀帝假作慈悲，只说是："谊关宗族，不忍加诛，特减罪宥死，除名为民，坐徙边郡。"两王已经迁谪，炀帝方安然无忌，始将南行的日期，批定仲秋出发。令左武卫大奖军郭衍为前军统领，右武卫大将军李景为后军统领，扈驾南巡。文武官五品以上，赐坐楼船，九品以上，赐坐黄篾，并令黄门侍郎王弘，监督龙舟，奉迎车驾。

转眼间已是届期，炀帝与萧后龙章凤藻，打扮得非常华丽，并坐着一乘金围玉盖的逍遥辇，率领显仁宫、芳华苑内三千粉黛，出发东京，前后左右，统是宝马香车，簇拥徐行。扈从人员，又都穿服蟒衣玉带，跨马随着。前导的是左卫大将军郭衍，后护的是右卫将军李景，各带着千军万马，迤逦至通济渠。王弘早拢舟伺候。这通济渠虽经开凿，还嫌浅狭，非龙舟所能出入，只好另用小航，渡出洛口，方得驾御龙舟。炀帝乃与萧后下辇，共入小朱航。此外男女人等，统有便舟乘载，鱼贯而下。一出洛口，方见有巨舟二艘，泊住中流。最大一艘，便是龙舟，内容分四重，高四十五尺，长二百尺，上重有正殿、内殿、东西朝堂；中二重有百二十号房间，俱用金玉饰成；下重体制较杀，乃是内侍所居。这舟为炀帝所乘，不消细说。比龙舟稍小的一艘，叫做翔螭舟，制度略卑，装饰无异，系是萧后坐船。另外有浮景九艘，中隔三重，充作水殿，又有漾彩、朱鸟、苍螭、白虎、玄武、飞翔、青凫、陵江、楼船、板舱、黄篾等数千艘，分坐诸王百官，妃嫔公主，及载内外百司供奉物品。最奇怪的是有五楼、道场、玄坛等十艘，为僧尼道士蕃客所乘。统共用挽船士八万余人，内有九千余名，系挽龙舟、翔螭舟，各用锦彩为袍。卫兵所乘，又分平乘、青龙、艨艟、艚艓、八櫂、艇舸等数千艘，挽船不用人夫，须由兵士自引。龙旗舞采，画舫联镳，相接至二百余里。岸上又有骑兵数队，夹河卫行，所过州县五百里内，概令献食，往往一州供至数百车，穷极水陆珍馐。炀帝、萧后，及后宫诸妃嫔，反视同草具，饮食有余，辄抛置河中。自来帝王巡幸天下，那有这般奢侈！这般骄淫！小子有诗叹道：

帝王多半好风流，欲比隋炀问孰侔？

南北舆图方混一，可怜只博两番游。

欲知炀帝南巡后事，下回再行表明。

写宣华夫人之死，及杨素之遇鬼，似属冤仇相报，跃然纸上，虽未必实有其事，而疑心生鬼，亦人情所常有。且以见人生之不可亏心，心苟一亏，魂魄不摇而自悸，有不至死地不止者，此作者警世之苦心也。炀帝穷奢极欲，为古今所罕闻，极力摹写，愈见糟蹋妇女，荼毒生灵，天下宁有若是淫昏之主，而能长享太平，任所欲为耶？况事本韩偓《海山记》，并非无稽，而江都之游又为大业元年间事，此系炀帝南巡第一次。越年仍返东京，俗小说中却谓其一去不回，竟似炀帝十年外事。夫炀帝固尝死于江都，然事在后起，并非一次即了，隋史中自有年月可证，得此编以序明之，而史事乃有条不紊，非杂乱无章之俗小说，所能同日语也。

第九十二回 巡塞北厚抚启民汗 幸河西穷讨吐谷浑

却说炀帝南幸江都，在途约历数旬，所有四十余所的杂宫，统是赶紧筑造，大致粗就，炀帝到一处，留一二日，尚嫌他未尽完善，所以不愿稽延，便扬帆直下，竟达江都。江都为南中胜地，山水文秀，扬名海内，炀帝与后妃人等，朝赏夕宴，不暇细表。好容易又阅残年，便是大业二年元旦，炀帝在江都升殿，受文武百官朝贺。越日得东京将作大匠宇文恺奏报，内称洛阳宫苑，一体告成，当即进授宇文恺为开府仪同三司。过了正月，又诏吏部尚书牛弘、内史侍郎虞世基等，议定舆服仪卫，始备辇路，及五时副车，命开府仪同三司何稠为太府少卿，使他监造车服，由东京送达江都。稠智思精巧，参酌古今，衮冕统绣日月星辰，皮弁用漆纱制成，又作黄麾三万六千人仪仗，此外如皇后卤簿，及百官仪服，无非极意求华，仰称上意。尝责州县官采办羽毛，州县官使民弋捕大鸟，四处网罗，几无遗类。乌程有一大树，高逾百尺，上有鹤巢，卵育已久，百姓奉令取求，因高不可攀，特用刀刈根，为倒树计。鹤似解人意，恐雏为所杀，亟自拔氅毛，抛掷地上，时人反称为瑞兆，彼此谣传道："天子造羽仪，鸟自献毛羽。"州县官乐得谀媚，遂将民间歌谣，充作贺表中文料，炀帝格外欣慰。待羽仪汇集，四面翼卫，每出游幸，卫士各执麾羽，填街塞路，绵亘约二十余里。（不愧为大畜类。）

再过了二月有余，江南春暮，桃柳将残，炀帝方欲返东京，下诏北归。月杪自江都出发，一切仪制，比南下时更加华丽。四月下浣，行抵伊阙，陈列法驾，备具千乘万骑，驰入东京。炀帝自御端门，颁达赦书，豁免本年全国租赋，凡五品以上文官得乘车，在朝弁服佩玉，武官得跨马加珂，戴帻服裤褶，衣冠文物，盛极一时。太子昭本留守长安，闻炀帝已回东京，乃上表请觐，有旨准奏。昭即至洛阳，父子相见，免不得有一番恩谊。但炀帝是酒色迷心，把父子有亲的古训，当然忘记。（既已无父，何知有子。）昭入见时，不过淡淡的问数语，便令退出，嗣是不复召见。昭一住数旬，再请入省，炀帝虽未曾拒绝，惟面谕他速回长安。昭叩请少留，以便定省，反被炀帝叱责出去，惹得懊怅成疾；更兼形体素肥，天又盛暑，内外交迫，竟致绝命。炀帝闻耗，只哭了数声，便即止哀，草草丧葬，予谥元德。昭有三子，长名倓，次名侗，又次名侑，总算俱封王爵。倓为燕王，侗为越王，侑为代王，又立秦孝王俊子浩为秦王。（俊为隋帝弟，见前文。）可巧楚公杨素，亦同时病死。素本受封越公，太史尝言隋分野当有大丧，炀帝南幸时，特徙封素为楚公，因隋与楚，同一分野，意欲移祸与素。素老病居家，未尝从游，至将死时，弟约尚觅名医调治。素张目道："我岂尚想求活么?"炀帝得素死信，喜语左右道："使素不死，当灭他九族。"但表面上不好不敷衍过去，追赠素光禄大夫太尉公，赐谥景武，特给辒车班剑四十人，前后部羽葆鼓吹，粟麦五千石，赙帛五千段，命鸿胪卿监护丧事，也好算是生荣死哀，福寿全归了。（句中有刺。）

先是废太子勇生有十男，长男名俨，为云昭训所出，曾受封长宁郡王。勇被废后，俨亦坐斥。俨弟平原王裕、安城王筠、安平王嶷、襄城王恪、高阳王该、建安王诏、颍川王煚，均褫爵削籍。云昭训父云定兴，因纵勇为非，坐罪夺官，与妻子俱没为官奴。炀帝嗣位，闻定兴具有巧思，召至东京，襄办营造。定兴见宇文述得宠，曲意谀媚，特购集珍珠，络成宝帐，奉献与述。述喜出望外，兄事定兴，荐使督造兵器，且与语道："兄所作器仗，悉合上意。惟始终不得好官，无非为长宁兄弟，尚未处死哩。"定兴愤然道："此等俱无用物，何不劝上一体就诛。"（忍哉定兴！）述遂奏请处置俨等，炀帝当即依议，命鸩杀故长宁王俨，并将俨弟七人，充戍极边。襄城王恪妃柳氏，姿容端丽，四德俱全，恪前被废黜，柳氏毫无怨言，事夫益谨。

及恪奉诏徙边，与妻诀别，柳氏泣语道："君若不讳，妾誓不独生。"恪亦呜咽不能成词，彼此大哭一场，怆颜别去。行至中途，复有诏使到来，勒令自尽。恪与兄弟七人，同时骈死。至恪柩发还，柳氏语朝使道："妾誓与杨氏同穴，若身死后，得免别埋，就是朝廷的恩惠了。"说罢，抚棺一恸，自缢身亡，里人均为下泪。（特叙入以彰女贞。）勇十男已去其八，只幼子孝实、孝范，后来也不见史传，想是贬为庶人，终身不得出头，小子也只好搁过不提。

且说突厥启民可汗，自徙居碛口，尽有达头遗众，尝感隋室旧恩，岁遣朝贡。大业二年冬季，复上表自请入朝。炀帝欲张皇威德，夸示番俗，因命太常少卿裴蕴，征集天下前世乐家子弟，充作乐户，就是庶民百姓，能谱音乐，俱令入肄太常，于是四方散乐，大集东京。不但八音六律，吹拍成腔，并演习各种鱼龙山车等杂戏，务为淫巧，悦人耳目。俟演习成熟，便在西苑中精翠池侧，依次奏技。炀帝亲挈后妃诸人往阅，但见有一舍利兽，先来跳跃，激水满衢，继而鼋鼍鱼鳖，俱从水中浮出，丛集两岸，又有鲸鱼喷雾翳日，倏忽化成黄龙，长七八尺。未几复见二人戴竿，竿上各登一人，体轻善舞，欻然腾过，左右易处。最可怪的是神鳌负山，幻人喷火，千变万化，备极神妙。炀帝非常称赏，饬京兆、河南两尹，为伎人赶制锦衣，两京彩缎，搜括一空。甚且御制艳篇，令乐正白明达凑造新声，按曲度腔，声极哀艳。一面特建进士科，视有诗歌纤冶，即令入选。

故相高颎，闲居有年，不知炀帝寓着何意，偏召令为太常卿。（想是颎命中应该斫头。）颎独不赞成散乐，奏言："弃本逐末，有碍盛治。"炀帝那里肯依，反把从前的积恨，记忆起来。（并见前文。）颎又私语太常丞李懿道："从前周天元好乐致亡，殷鉴不远，怎可效尤？"（汝奈何不记母言？）这数语又被炀帝闻知，越加生嫌，惟一时未便发作，姑从缓图。

大业三年，启民可汗，来贺元日，炀帝命大陈文物，内外鼓吹。启民入朝拜谒，由炀帝赐他旁坐。启民东张西望，颇艳羡汉官威仪，急切未敢陈请。至退入客馆，方修表请袭冠带。炀帝初尚未许，及表文再上，乃准令易服，且语尚书牛弘道："目今衣冠大备，使单于亦为解辫，岂不是古今盛治么？"弘极口称贺。炀帝又道："这也未始非卿等功劳。"说至此，令侍臣出帛百匹，赐与牛弘。弘谢恩而退。启民可汗一住数日，宴赐甚厚。辞行时请车驾北巡，正合炀帝意旨，便即俞允，启民乃去。

待至初夏，天气清和，炀帝借安抚河北为名，下诏首途，发河北十余郡丁男，凿穿太行山，北达并州，使通驰道，一面启行至赤岸泽。启民遣兄子毗黎伽特勒，入朝行在，且附表请入塞迎驾。炀帝不允，遣归毗黎伽特勒，令启民在帐守候。又过二月有余，山路始通，方再从赤岸泽出发，北至榆林郡，意欲出塞耀兵。道出突厥部落，进指涿郡，恐启民不免惊惶，特先遣武卫将军长孙晟，往谕帝意。启民奉旨，召集属部各酋长，约数十人，与晟相见。晟见牙帐中芜秽拉杂，欲令启民亲自芟薙，为诸部倡，乃佯指帐前青草道："此草留植帐前，大约根必甚香。"启民未悟，拔草嗅鼻，毫无香气，遂答言不香。晟微哂道："天子巡幸，诸侯王宜躬自扫除，表明敬意。今牙内芜秽，我还道是留种香草，那知却是寻常植物呢。"启民至此，始知晟有意嘲讽，慌忙谢罪道："这是奴不经意的过失。奴辈骨肉，皆天子所赐，得效筋力，岂敢惮劳？不过因僻居塞外，未知大法，今幸将军教奴，使奴得达诚驾前，受惠正不少哩。"说着，即拔佩刀自芟庭草。帐下贵人达官，及诸部酋长，亦相率仿效，才阅数刻，已将庭草除尽。他如帐外杂草，亦遣番役随处扫除。长孙晟辞回榆林，报明炀帝。（晟用伪言，说动启民，亦非待人以诚之道。）炀帝便发榆林北境，东达蓟州。沿途建筑御道，长三千里，广且百步。启民可汗带同义成公主，来朝行宫；还有吐谷浑、高昌两国，亦遣使入贡。炀帝大悦，盛宴启民夫妇与两国使臣。越宿复亲御北楼，望河观渔，并赐百僚会宴。启民可汗又献名马至三千匹，炀帝赐帛至一万三千匹。启民复上表道：

窃念圣人先帝怜臣，赐臣安义公主，种种无乏，臣兄弟嫉妒，共欲杀臣。臣当是时，走无所适，仰视惟天，俯视惟地，奉身委命，依归先帝。先帝怜臣且死，养而生之，以臣为大可汗，还抚突厥之民。至尊今御天下，仍如先帝养生，臣及突厥之民，种种无乏，臣荷戴圣恩，言不能尽。臣今非昔日之突厥可汗，乃是至尊臣民，愿率部落，变改衣服，一如华夏，仰乞天慈，不猜所请，谨此上闻！

炀帝览表，未以为然，因令群臣集议，群臣多请依启民言。炀帝始终不从，乃下诏答启民道：

先王建国，夷夏殊风，君子教民，不求变俗，断发文身，咸安其性，旃裘卉服，各尚所宜。因而利之，其道弘矣，何必拘拘削衽，縻以长缨，岂遂性之至理，非包含之远度。衣服不同，既辨要荒之叙，庶类区别，弥见天地之情。况碛北未静，犹须征战，峨冠博带，更属非宜。但使好心恭顺，固无庸变服为也。特此复谕！

这谕既下，又令宇文恺特设大帐，帐中可容数千人，炀帝亲御大帐，南向高坐，两旁备设仪卫，下作散乐。启民率酋长三千五百人，入帐朝谒，由炀帝尽赐盛宴，笙醴杂陈。诸胡骇悦，争献牛羊驼马数千万蹄。炀帝亦命发帛二十万段，作为答赐。并赏启民辂车乘马，鼓吹幡旗，赞拜不名，位在诸侯王上。寻又发丁男百余万人增筑长城，西距榆林，东至紫河。尚书左仆射苏威，力谏不听。太常卿高颎、礼部尚书宇文弢，（音注见前。）光禄大夫贺若弼，互有私议，大略谓："待遇启民，未免过厚。"偏有媚臣谄子，奏劾三人怨谤。炀帝最恨直言，既有所闻，也不暇辨明是非，况与高颎本有宿忿，贺若弼又为颎所荐引，宇文弢也与颎友善，索性一律加罪，并置死刑。诏敕一颁，可怜三大臣俱无辜遭戮，骈首行辕。苏威亦连坐罢官。还有内史令萧琮，系是萧皇后兄弟，素邀恩眷，受爵莒国公，他与贺若弼往来莫逆。弼既被杀，复有童谣云："萧萧亦复起。"炀帝因疑及萧琮，亦令罢官还家。嗣又出巡云中，溯金河而上，甲士前呼后拥，共达五十余万，旌旗辎重，千里不绝。令宇文恺等造观风行殿，风容数百人，可离可合，下施轮轴，倏忽推移，并筑置行城，周二千步，用板为干，上蔽以布。涂饰丹青，楼橹悉备。胡人俱惊为神奇，每在御营十里外，屈膝稽颡，无敢乘马。启民还至牙帐，饰庐清道，恭候乘舆。越旬余始见驾至，由启民跪迎入帐，奉觞上寿。王侯以下，均袒割帐前，莫或仰视。炀帝万分快活，即事赋诗道：

鹿塞鸿旗驻，龙庭翠辇回。毡帷望风举，穹庐向日开。呼韩顿颡至，屠耆接踵来。（呼韩、屠耆皆汉时单于名。）索辫擎膻肉，韦韝献酒怀。何如汉天子，空上单于台。

启民奉觞既毕，面奏有高丽使臣来聘，不敢隐讳。炀帝即传高丽使臣入见。使臣惶恐顿首，乃使牛弘宣旨，谕高丽使臣道："朕因启民诚心奉国，所以亲至彼帐，明年当诣涿郡，汝可还语汝王，宜早来朝，勿生疑惧。朕一视同仁，待遇亦如启民。若敢违朕命，必与启民同巡汝土，休得后悔！"（为后文东征张本。）高丽使唯唯而去。

炀帝留宿启民牙帐，约有数日，萧后亦幸义成公主帐中。炀帝赐启民夫妇金瓮各一，外如衣服、被褥、锦彩等，不可胜计。番酋以下，各赏赍有差。

时已仲秋，启銮南归，使启民扈从入塞，行至定襄，乃令归藩。车驾返至太原，更营晋阳宫，（为李渊据宫伏案。）遂上太行山，开直道九十里，南通济源。幸御史大夫张衡宅中，留宴三日，才回东京。

会西城诸胡，多至张掖交市，有诏使吏部侍郎裴矩，掌管市易事宜。矩访诸商胡，得悉西域山川风俗，特撰西域图记三卷，入朝奏闻。且别绘道里，分为三路。北路入伊吾，中路入高昌，南路入鄯善，总汇处在敦煌。略言："国家威德及远，欲西度昆仑，易如反掌，只因突厥、吐谷浑，分领羌、胡，遏绝道途，所以未通朝贡。今得商胡密送诚款，愿为臣妾，但使一介行人，往抚诸番，自然帖服，无烦兵革"云云。炀帝大喜，赐帛五百匹，每日引矩至御座前，问西域事。矩复盛称胡地多产珍宝，吐谷浑容易吞灭，惹得炀帝野心勃勃，也想似秦皇、汉武一般，侥功外域。于是任矩为黄门侍郎，使至张掖，引致诸胡。胡人本无意服隋，由矩用利相啖，诱令入朝，西域诸国，贪利东来，络绎不绝，所经郡县，动需送迎，糜费以亿万计，这也是中国疲敝的一大原因。

炀帝意尚未餍，大业四年春季，复发河北诸军百余万众，穿永济渠，引沁水南达黄河，北通涿郡，丁壮不敷差遣，竟至役及妇女。一面再筑长城，自榆谷东迤，又数百里，劳民伤财，不问可知。炀帝复游幸五原，顺道巡阅长城，仪卫繁盛，不亚前时。更有一种极大坏处，为炀帝杀身亡国的祸根：他生平喜新厌故，无论子女玉帛，宫室苑囿，一经享受，便觉生厌，暇时辄搜罗各处舆图，一一亲览，遇有胜地名区，常令建设行宫，所以晋阳宫尚未告竣，汾阳宫又复兴工，视民命如草芥，看金钱如粪土。又遣谒者崔君肃，赍诏往谕西突厥，征使朝贡。

自大逻便据突厥西境，号阿波可汗，突厥遂分东西二部，阿波旋为处罗侯所执，（事见前文。）国人另拥立泥利可汗。泥利传子达漫，称泥撅处罗可汗。处罗可汗母向氏，本中国人，因泥利病死，不耐寡居，转嫁泥利弟婆实特勒。开皇末年，向氏夫妇入朝，适值达头为乱，不敢西归，乃留居长安。及达头逃亡，西路少通，处罗可汗颇忆念生母，遣使入塞，访母所在。可巧裴矩出屯敦煌，得知此信，遂奏请招抚处罗。崔君肃奉诏西行，驰入西突厥牙帐。处罗踞坐胡床，不肯起迎，君肃正色与语道："突厥中分为二，每岁交兵，经数十年，莫能相灭，今启民举部内附，借兵天朝，共灭可汗，天子已经俯允，师出有期。只因可汗母向夫人，留住京师，日夕守阙，吁请停兵，愿嘱可汗内属。天子格外加怜，故遣我到此，传达谕旨。今可汗乃如此倨慢，是向夫人有欺君大罪，必将伏尸都市，传首虏庭。且发大隋将士，合东国部众，左提右挈，来击可汗，试问可汗能自保否？奈何争小节，昧大局，违君弃母，自取灭亡？"说到"亡"字，那处罗已矍然起座，流涕再拜，跪受诏书。君肃又说处罗道："启民内属，受赐甚厚，所以国富兵强。今可汗后附，欲与启民争宠，必须深结天子，方得如意。"处罗闻言，忙向君肃问计。君肃道："吐谷浑为启民妇家，今天子以义成公主嫁启民，启民畏天子威灵，与吐谷浑断绝亲交，吐谷浑亦因此怀恨，不修职贡。可汗若请讨吐谷浑，会同上国兵马，出境夹攻，定可破虏，然后躬自入朝，既邀主眷，复谒母颜，岂非一举两得么？”（娓娓动听，才辩颇类长孙晟。）处罗大喜，厚待君肃，寻即遣使随行，贡汗血马，并表请会讨吐谷浑。炀帝面谕来使，以隔岁为期，来使奉命去讫。

流光如驶，一瞬经年，（已是大业五年。）春光明媚，冰泮雪融，炀帝乃整顿行装，出巡河右。时裴矩已诱令铁勒部，袭破吐谷浑。吐谷浑可汗伏允，（夸吕次子。）东走西平境，遣人入塞，乞请援师。炀帝正欲击吐谷浑，乘机发兵，即遣安德王杨雄出浇河，许公宇文述出西平，托词迎允，实嘱使袭取虏帐。伏允却也狡猾，探知隋兵势盛，不敢迎降，复率众奔雪山。宇文述引兵追往，连拔曼头、赤水二城，斩首三千余级，获王公以下二百人，虏男女四千口而还。所有吐谷浑故地，东西亘四千里，南北阔二千里，皆为隋有。分置郡县镇守，徙天下轻罪实边。炀帝又欲亲自耀威，出临平关，越黄河，入西平，陈兵阅武，将穷讨吐谷浑。特命内史元寿南逼金山，兵部尚书段文振北逼雪山，太仆卿杨义臣东屯琵琶峡，将军张寿西屯泥岭，四面围聚，为掩取伏允计。伏允率数十骑潜遁，嘱部酋诈为伏允，保守车我真山。隋右屯卫大将军张定和，恃勇无谋，自请往捕，身不被甲，即入山搜寻。不料山谷里面伏兵四布，任你如何能耐，终是双手不敌四拳，白白的丧失性命。只有裨将柳武建，步步为营，得免险难，且斩俘吐谷浑兵数百人。左光禄大夫梁默等，追讨伏允，也被伏允诱斩。卫尉卿刘权，出伊吾道，总算虏得千余口，回来报功。

炀帝亲至燕支山，高昌王麴伯雅，伊吾吐屯设，（官名，系突厥之监守伊吾者。）及西域二十七国使臣，俱伏谒道旁。炀帝预嘱河西士女，盛饰纵观，夸耀富有，如有车服未鲜，令郡县督率改制，因此骑乘炫目，绵亘通衢。吐屯设请献地数千里，炀帝当然喜慰，分置西海、河源、鄯善、且末等郡，令刘权居守河源，大开屯田，扞御吐谷浑，通道西域。并因裴矩绥远有功，进授银青光禄大夫。小子有诗叹道：

有道明王守四夷，何劳玉帛示羁縻？

凿空博望犹遭议，况复隋臣好尚欺。

欲知炀帝西巡余事，待至下回再详。

本回述炀帝之好大喜功，北巡西讨，可谓隋朝极盛时代。突厥内附，启民可汗恭顺无违，炀帝亲幸庐帐，索辫擎肉，韦鞲献酒，何其盛也。及西巡河右，出临平关，穷迫吐谷浑，虽张定和、梁默等，均陷没敌中，然观燕支山之受谒诸羌，道旁罗拜，亦曷尝不足夸人！奢淫如炀帝，有此幸遇，岂非意外尊荣？然炎炎者灭，隆隆者绝，以炀帝之无功无德，乃有此羌胡之归命，是正所谓天夺之鉴而益其疾也。况外人并非心悦诚服，无非贪利而来，我之利有穷时，彼之贪无穷境，利尽而彼即掉头去矣，彼去而我益困。外患未来，内讧先起，瓦解土崩，有必然者，此裴矩之所以难辞祸首也。

第九十三回 端门街陈戏示番夷 观澜亭献诗逢鬼魅

却说高昌王麴伯雅，及伊吾吐屯设等来朝行在，由炀帝特设观风行殿，召入赐宴；此外如蛮夷使臣，陪列阶庭，差不多有一二千人。炀帝命奏九部乐，并及鱼龙杂戏，备极喧阗。宴罢散席，复搬出许多绢帛，遍赐夷人，不过博得几声万岁的欢呼，又耗去若干资财。至车驾东还时，行过大斗拔谷，山路仄狭，仅容一人一骑，鱼贯而行；又值天气寒冷，风雪晦冥，前后不能相顾，累得断断续续，劳乏不堪；驴马十死八九，吏卒亦多致僵毙，后宫妃主，或狼狈相失，与军士杂宿山间，徒落得男女无别，一塌糊涂。（跟畜生同行，还要辨什么雌雄？）

炀帝顺便入西京，住了两三个月，因长安无可游玩，很不耐烦，仍转赴东京。时已改称东京为东都，视为乐国，不愿再入长安。从此朝朝暮暮，酒地花天，再加四面八方，按时进贡，有献明珠异宝，有献彪豹犀象，有献名马，有献美女，一古脑儿收入西苑，留供宸赏。独道州献入一个矮民，姓王名义，生得眉浓目秀，舌巧心灵。炀帝召入，见他身材短小，举止玲珑，也觉奇异得很，却故意的诘问道："汝有甚技能，敢来自献？"王义从容答道："陛下怀柔远人，不弃刍荛，所以南楚小民，也来观化。虽无奇能绝技，却有一片愚忱，仰乞圣恩收录！"炀帝笑道："朕有无数文臣猛将，没一个不竭诚事朕，要汝何用？"义又道："圣恩宽大，惠及困穷，小臣系远方废民，无处求生，只好自投阙下，冀沐生成。"炀帝最喜谀言，听得王义数语，如漆投胶，不熔自化，使命他留侍左右，就便驱策。好在王义知情识意，一经差遣，俱能曲体上心，无孔不入，因此炀帝逐渐宠爱，几乎顷刻不能相离。

一日辍朝入宫，回头见王义随着，不禁皱眉道："汝事朕多时，深合朕意，可惜非宫中物，不能随入宫中。"说着，又叹了几声，竟自入宫。义不好随入，但在宫门外痴然立着。凑巧有个老太监张成，自宫中出来，瞧着王义情状，问为何事踌躇？义便将炀帝谕言，重述一遍，且欲张成设法，为入宫计。张成微哂道："如欲入宫，除非净身不可。"义尚未知净身二字的意义，及张成再与说明，义竟不管死活，托张成替他买药，忍心自宫，接连病了数日。炀帝不免问及，经张成代为报明，益使炀帝感动，叹为忠义。及王义疮痕既愈，便令出入宫寝，有时使睡御榻下面，视作宫女一般。（割势以媚君，殊非人情。）

至大业六年正月，有盗数十人，素冠练衣，焚香持化，自称弥勒佛，竟潜入建国门，劫夺卫士甲伏，共谋作乱，亏得炀帝次子齐王暕，率兵出御，得将群盗诛死。暕有此功绩，并因元德太子早世，位次当立，但暕生平渔色，尝私纳柳氏女为妾，并与妃姊韦氏相奸。韦氏已为元氏妇，无端为齐王所占，当然不服，虽未敢上书诉讼，怨谤已传达都中。暕毫不顾忌，反召相士，遍视后庭。相士谓韦氏当为皇后，暕益自喜，且恐炀帝册立嫡孙，阴嘱巫觋为厌蛊术，事皆被泄。府僚如长史柳謇之以下，多半得罪，韦氏亦坐是赐死。（大约是阎罗王请去为后了。）暕爵位未削，已失宠爱，故始终不得立储。惟都中有盗，也是一种骇闻，炀帝不以为意，仍然照常行乐。

会值诸番入朝，酋长毕集东都，炀帝又要夸张富丽，暗暗传旨，不论城内城外，所有酒馆饭肆，如遇番人饮食，俱要将上等酒肴款待，不得索钱；再命有司在端门街上，搭设许多锦棚，排列许多绣帐，就是丛林杂树中，也都缠着缯帛，一面传集乐户，或歌或舞，有几处放烟火，有几处打秋千，有几处耍长竿，有几处蹴圆球，百戏杂陈，哗闹得不可名状。即如吹箫品竹的伶工，目多至万八千人。自昏达旦，连日不休，外人看了，相率惊异道："中国如此繁华，真不愧为天朝哩。"于是成群结队，纷纷游赏，或到酒肆中饮酒，或到饭店中吃饭，壶中无非佳酿，盘中悉是珍馐；及醉饱以后，取钱给值，偏肆主俱摇手道："不要不要，我中国富饶得很，区区酒肴，算甚么钱哩？"外人越觉称奇，便来来往往，饮过了酒，又去重饮，吃过了饭，又去重吃，乐得屠门大嚼，快我朵颐。有几个狡黠的胡奴，穿街逐巷，偶见穷民褴褛得很，体无完褐，不禁笑问市人道："中国亦有贫家，何不将树上缯帛，给与了他，免得悬鹑百结哩?"市人惭不能答。炀帝那里得知，一任外人游宴兼旬，方才遣归，且盛称裴矩才能，顾语群臣道："裴矩大识朕意，凡所奏陈，统是朕欲行未行，倘非奉国尽心，怎能得此。"群臣无敢异议，也不过随声附和罢了。

是时炀帝幸臣，除裴矩外，尚有大将军宇文述、内史侍郎虞世基、御史大夫裴蕴、光禄大夫郭衍、工部尚书宇文恺等，皆以谄媚得宠。衍尝劝炀帝五日一视朝，炀帝嗫嚅道："恐违先例。"衍又说道："陛下御宇，与高祖不同，高祖手定天下，应该宵衣旰食，今四海承平，府库充实，何必效法先人，自取勤苦呢!"炀帝乃心喜道："郭衍与朕同心，才不愧是忠臣。"（以佞为忠，怎能长治?）独司隶大夫薛道衡，上高祖颂，炀帝怅然道："这乃是《鱼藻》的寓意哩。"看官听着!《鱼藻》是《小雅》篇名，诗序谓刺周幽王。炀帝以道衡隐寓讥刺，将加罪谴，会议行新令，历久未决。道衡语人道："向使高颎不死，裁决已多时了。"裴蕴与道衡未协，因劾道衡负才怨望，目无君上。炀帝即收系道衡，处以绞罪，妻子俱流徙且末，天下称冤。

御史大夫张衡，已出为榆林太守，寻复调督江都宫役。衡恃有旧功，颇自骄贵，惟闻薛道衡被戮，也为不平。适礼部尚书杨玄感（即杨素子），奉使至江都，与衡相见。衡他无所言，但说薛道衡枉死，至再至三。玄感即据言上报。又有江都丞王世充，奏称衡克减顿具，两人共劾一衡，不由炀帝不信，立发缇骑械衡，即欲加诛，转思大宝殿事，全出衡力，（见九十回。）不得不暂从宽典，免官贷死，放归田里。

吏部尚书牛弘，学博量宏，素安沉默，得进位上大将军，改授右光禄大夫，至是病死，赙赠甚厚，追封文安侯，赐谥曰宪。隋朝文武官吏，惟弘富贵终身，不遭侮吝。史称他事上尽礼，待下尽仁，所以无好无恶，安然没世。弘弟名弼，好酒使性，尝射杀弘驾车牛。弘自公退食，妻迎语道："叔射杀牛。"弘怡然："便可作脯。"至弘既坐定，妻又与语道："叔忽射杀牛，大是异事。"弘但言已知，仍然无言。宽和如此，故终得免难。看官以为如弘行止，究竟可取不可取？想列位自有定评，无庸小子哓哓了。（同流合污。为德之贼。）

且说炀帝安处东都，与萧后及十六院夫人，整日行乐。显仁宫及芳华苑，两处交通，中为复道，夹植长松高柳，御驾往来无常时，侍卫多夹道值宿。后庭佳丽，日多一日，今夕到这院留宿，明日到那院盘桓，或私自勾挑，或暗中牵合，不但十六院夫人多被宠幸，就是三百二十名美女，有时奏着机缘，也得幸沾雨露。最邀宠的有几个芳名，甚么朱贵儿，甚么袁宝儿，甚么韩俊娥，还有雅娘、杳娘、妥娘等美人，几不辨他甚么姓氏，但叫容貌生得俊媚，身材生得袅娜，都蒙皇恩下逮，命抱衾裯。甚至僧尼道士，亦召入同游，叫作四道场。或在苑中盛陈酒馔，不分男女，随派入座。从前高祖嫔御，往往令与皇孙燕王倓、梁公萧臣、千牛（官名。）左右宇文晶，同列一席；僧尼道士，令与女官同列一席；自与后妃宠姬，同列一席。履舄交错，巾钗厮混，简直是不拘形迹，杂乱无章。甚至杨氏妇女，擅有姿色，亦公然留髡。就是妃嫔公主，亦免不得与幸臣交欢。女官尼觋，勾通僧道，炀帝也置诸不问，算是盛世宏恩。（诙谐得妙。）

又尝泛舟五湖，御制《望江南》八阕，分咏湖上八景，小子叙录如下：

（一）湖上月，偏照列仙家。水浸寒光铺枕簟，浪摇晴影走金蛇，偏欲泛灵槎。光景好，轻彩望中斜。清露冷侵银兔影，西风吹落桂枝花，开宴思无涯。

（二）湖上柳，烟里不胜摧。宿雾洗开明媚眼，东风摇动好腰肢，烟雨更相宜。环曲岸，阴伏画桥低。线拂行人春晚后，絮飞晴雪暖风时，幽意更依依。

（三）湖上雪，风急堕还多。轻片有时敲竹户，素华无韵入澄波，望处玉相磨。湖水远，天地色相和。仰面莫思梁苑赋，朝来且听玉人歌，不醉拟如何？

（四）湖上草，碧翠浪通津。修带不为歌舞缓，浓铺堪作醉人茵，无意衬香衾。晴霁后，颜色一般新。游子不归生满地，佳人远意寄青春，留咏卒难伸。

（五）湖上花，天水浸灵芽。浅蕊水边勾玉粉，浓苞天外剪明霞，只在列仙家。开烂漫，插鬓若相遮。水殿春寒幽冷艳，玉轩晴照暖添华，清赏思何赊？

（六）湖上女，精选正轻盈。犹恨乍离金殿侣，相将尽是采莲人，清唱漫频频。轩内好，嬉戏下龙津。玉管朱弦闻尽夜，踏青斗草事青春，玉辇从群真。

（七）湖上酒，终日助清欢。檀板轻声银甲缓，醅浮香米玉蛆寒，醉眼暗相看。春殿晚，仙艳奉杯盘。湖上风光真可爱，醉乡天地就中宽，帝主正清安。

（八）湖上水，流畹禁园中。斜日缓摇清翠动，落花香暖众纹红，萍末起清风。闲纵目，鱼跃小莲东。泛泛轻摇兰棹稳，沈沈寒影上仙宫，远意更重重。

这八阕词句，令宫女演习歌唱，每当月夜泛湖，歌声四起，一派脆生生的娇喉，真个似黄莺百啭，悦耳动人。就中有几个通文侍女，更将原阕分成波折，抑扬顿挫，愈觉旖旎风光，足动炀帝游兴。

一夕，炀帝泛舟北海，与内侍十数人同登海山，忽月光被薄云遮住，夜色迷蒙，当然是不便上登，就在海旁观澜亭中小憩。炀帝正带着三分酒意，醉眼模糊，凭栏四望，恍惚有一扁舟过来，舟中似有数人，还疑是十六院中的美人儿，前来迎驾。霎时间驶在亭前，有一人首先登岸，报称陈后主谒驾。炀帝忘他已死，且前与陈后主时常会晤，颇觉气味相投，至此即令传见。才阅片时，果见陈后主款段前来，所著服饰，仿佛似做长城公形状。炀帝忙起身相迎，陈后主屈身再拜。炀帝忙用手搀住道："朕与卿本是故交，何必拘此大礼。"说着，便令他旁坐。彼此已经坐定，陈后主开口道："亿昔与陛下交游，情爱与骨肉相同，今日陛下贵为天子，富有四海，尚记得陈叔宝否？”炀帝惊问道：“卿别来已久，今在何处？”陈后主道：“亡国主子，何处寄身？无非往来飘泊，做一个异乡孤客罢了。”炀帝又道：“卿如何知朕在此，前来一会？”陈后主道：“闻陛下得登大宝，安享承平，心甚钦服，但初意总道陛下勤政爱民，得臻至治，那知陛下亦纵乐忘返，取快目前，无甚美政。今又凿通洪渠，东游淮扬，自觉一时技痒，特来献诗数章。”说罢，便从怀中取出一纸，捧呈炀帝。炀帝闻陈后主言，已是不悦，勉强接阅诗词，巧值月色渐明，乃凝神细视，但见纸上写着：

隋室开兹水，初心谋大赊。一千里力役，百万民吁嗟。水殿不复返，龙舟成小瑕。溢流随陡岸，浊浪喷黄沙。两人迎客至，三月柳飞花。日脚沉云外，榆梢噪冥鸦。如今游子俗，异日便无家。且乐人间景，休寻海上槎。人喧舟番岸，风细锦帆斜。莫言无后利，千古壮京华。

炀帝阅罢，似解非解，但诗意总带着讥讽，不由的愤怒起来，便拂衣起坐道：“死生有命，兴亡有数，尔怎知我开河通渠，徒利后人？”陈后主亦起身道：“看汝豪气，能得几日，恐将来结果，还不及我哩。”一面说，一面走。炀帝亦从后追逐，又听陈后主揶揄道：“且去且去！后日吴公台下，少不得与汝相见。”炀帝也不辨语意，尚用力追去。那陈后主已是下舟，舟中有一绝世美人，花容玉貌，倾国倾城，可惜月光半明半灭，急切里看不清楚，正思回呼左右，拘留此舟，不料海面上卷起一阵阴风，吹得毛骨森竖，待至风过浪平，连扁舟俱已不见，还有甚么丽姝。（观此可以悟道。）炀帝到了此时，方猛然惊悟，自思叔宝早死。舟中美人，大约便是张丽华，两人都是鬼魂，如何与我相见？当下吓了一身冷汗，便把双眼睁开，仔细一望，仍然坐在亭中，便问左右道：“你等曾看见什么？”左右道：“不曾看见什么，但见万岁爷默然无言，恍似假寐，所以不敢惊动。”炀帝越加惊疑，忙出乘原舟，返入西苑，就近至迎晖院来。院妃王夫人接着，炀帝便与谈及陈后主相见事，王夫人也觉称奇，独朱贵儿入侍道："日有所思，夜有所梦，莫非陛下回忆张丽华，所以幻出这般奇梦。且怎知非花月精魂，晓得万岁在海中寂寞，故来与陛下相戏。此等幻梦，何足介意。"（实是被鬼揶揄。）炀帝听了，方才释疑。是夕便在迎辉院留宿，不劳絮叙。

既而夏气暄烦，苑中草木虽多，遮不住天空炎日，昼间未便冶游，到了日沉月上，清风拂暑，院落迎凉，炀帝但带着矮民王义，悄悄的入栖鸾院。院妃李庆儿，方仰卧帘下，沉睡未醒，可巧月光映面，炀帝见他柳眉半蹙，檀口微张，杏靥上现出一种慌张情态，好似欲言难言，炀帝指语王义道："他莫非梦魇不成，快与我叫他醒来！"义走到榻前，连叫数声李娘娘。庆儿方得醒寤，已挣得满身珠汗，弱不胜娇。炀帝亲自将她扶起，坐了半晌，方才明白，起身下拜道："妾适在梦寐，未知驾临，有失迎候。"炀帝道："且住！卿梦中有何急事，露出这般慌张？"庆儿道："妾正在梦魇，亏得陛下着人唤醒，但梦中情节支离，是吉是凶，妾不敢直说。"炀帝道："但说何妨。"庆儿道："妾梦见陛下如平时一般，携了妾臂，往游各院，到了第十院中，李花盛开，陛下入院高坐，开宴赏花，妾仍侍侧，那知一阵风起，花光变作火光，烈腾腾的烧将过来，妾避火急奔，回视陛下尚在烈焰中，急忙呼人救驾，偏偏四面无人，妾正急杀，却得陛下唤醒，这梦不知主何吉凶。"炀帝沉吟半晌，方强解道："梦兆往往相反，梦死正是得生，火势威烈，朕坐火中，正是得威得势，有何不吉。"庆儿乃喜。炀帝复令摆酒压惊，饮到夜静更阑，方共作阳台好梦。

晓起已迟，出过明霞院，正与院妃杨夫人相值。杨夫人且笑且语道："陛下来得正好，妾正要前来报喜。"炀帝问有甚么喜事？杨夫人道："酸枣县所献玉李，竟尔暴兴，荫达数亩。"炀帝淡淡的答道："玉李何故忽盛？"杨夫人道："昨夕院中各人，闻空中有聚语道：'李木当茂'。今晓往视，果然茂盛无比。"炀帝正因庆儿梦见李花，今又闻玉李忽盛，料知不是吉兆，便顾语王义道："你去传语院役，还将玉李伐去。"义答道："木德来助，正是瑞应，即使不祥，亦望陛下修德禳灾，伐树何益？"（语颇有理。）炀帝乃止，就在明霞院中勾留一日。越宿，往幸晨光院，院妃周夫人迎报道："院中杨梅，今已繁盛。"炀帝喜问道："杨梅茂盛，能如玉李否?"旁有宫女答道："尚不及玉李的浓荫。"炀帝不答，掉头径去。后来梅李同时结实，院妃采实进献。炀帝问二果孰佳?院妃道："杨梅虽好，味带清酸，终不若玉李甘美。"炀帝叹道："恶梅好李，岂是人情，莫非此中寓有天意么?"小子叙述至此，因作诗评驳道：

汤孙修德魇祥桑，玉李何能为国殃?

怪底昏君终不悟，徒将气运诿穹苍。

未几夏尽秋来，草木皆凋，炀帝又欲往幸江都，后妃等多不愿行，设法阻止。究竟能否阻住炀帝，且至下回续叙。

陈百戏于端门，全是一种张皇气象，不知外夷之向背，非在中国之富贫，且糜费愈甚，财力益枵，国赋所出，全在民力，民力已尽，试问将何以御外人?甚矣哉炀帝之愚也!且外人谓中国亦有贫民，何不将树上缯帛与之?其于中国之情势，已了如指掌。德不足怀，威不足畏，徒为外人所嘲讽，果奚补乎?海山见陈后主一节，正史不详，惟韩偓《海山记》却有此说。衰遇鬼，炀帝之气焰，已将尽矣。后文如庆儿之梦魇，玉李之忽茂，俱自韩偓记中采取而来。近如坊间之《隋唐演义》《隋杨艳史》亦尝采入，但彼多附会，此从简明，终非穿凿者所得比也。

第九十四回　征高丽劳兵动众　溃萨水折将丧师

却说大业六年，炀帝又欲南幸江都，因为洛阳宫苑，草木俱凋，无可留玩，偶然忆及江都富丽，且有琼花一株，非常鲜艳，前次曾经看过，此时不知如何景色，所以更欲一观。惟萧后以下，不耐跋涉，好好的婉言劝阻。偏炀帝执意不从，且对后妃等说道："卿等俱到过江都，应亦领略风景，与此处不同，不要说山川秀美，就是一花一木，也比此地格外鲜妍。并有琼花一株，是绝无仅有的珍品，今虽草木零落，当不似此间寂寞，所以朕更欲一游，聊抒愁闷。"说至此，有一美人接入道："陛下要不至寂寞，亦没有难事，限妾三日，管教这芳华苑中，百花开放。"炀帝瞧着，乃是清修院内的秦夫人，不禁冷笑道："卿有什么神术，能使万象回春？"秦夫人嫣然道："妾怎敢在天子前，谬作诳言，待三日后，自见分晓。"炀帝将信将疑，好容易过了三日，便至苑中探验真伪。一入苑门，果然花木盛开，芳菲斗艳，就是池沼中荷芰菱芡等类，亦皆翠叶纷披，澄鲜可爱，当下惊喜得很，极口称奇。那十六院夫人，已带了许多宫女，出来迎驾。秦夫人先笑问道："苑中花木，比江都何如？"炀帝迟疑道："朕且问卿这般幻术，从何处学来？否则现在天气，那里有这样繁盛？"众夫人听了此语，不禁哑然失笑，惹得炀帝越觉动疑。再三穷诘，方由大众奏明，乃是翦彩为花，制锦作叶，费了三日三夜的工夫，才布置得簇簇新新。炀帝仔细审视，方能辨明赝鼎。（确是一个糊涂虫。）又向秦夫人说道："似卿这么慧想，也好算巧夺天工了。"遂与众夫人到处游玩，但见红一团，绿一簇，仿佛与春间无二。待至游兴已阑，便往清修院中，小作勾留。秦夫人早已备好肴馔，请炀帝上坐，自与众夫人递相劝酬，把炀帝灌得烂酬，便在院中倦卧。到了酒消醉醒，已是昏黄，众夫人俱已散去，但有秦夫人侍坐榻前，瞧见炀帝醒来，当然递过香茗，畀他解渴。炀帝见秦夫人晚妆如画，别饶丰韵，不由的引起欲火，索性叫他卸衣侍寝。秦夫人乐得承恩，先替炀帝脱去龙袍，然后自己亦解衣入帏，云雨巫山，销魂真个，这也是数见不鲜，不容描摹了。

且说秦夫人剪彩为花，制锦作叶，又把炀帝留住游赏，安居一二旬，但假花假叶，色易黯敝，虽经宫人时常掉换，终究是鱼目混珠，艳而不芳。炀帝复觉生厌，仍决计往江都一行。后妃等不好拦阻，听他启銮。惟萧后未曾随往，十六院夫人，也不过去了一小半。外如宫娥彩女，随意拣选数百名，随着炀帝，仍坐龙舟南驶。沿途自有卫士拥护，不过比第一次南下时，已觉得轻车减从，简便许多。途中观山览水，随意消遣，不多日已抵江都。江都宫监王世充，已将宫室赶筑，大致告成，并选得若干美女，入宫执役。一闻驾到，便出郊迎谒，导引炀帝入城。炀帝至宫中巡视，凡一切布置，尽皆合意，又见诸宫女统来叩谒，无一非仪容俊雅，眉目轻盈。炀帝顾着世充，很是嘉奖。世充口才，本来便佞，又经炀帝奖赏，更是极口献谀，炀帝便将所携金帛，赏给若干，世充当然拜谢。且知炀帝嗜好，惟酒与色，便即呈上美酒盛馔，并令在宫女役，各携乐器，弹唱歌舞。那吴女一副歌喉，乃是天生成的娇脆，不比那北里胭脂，细中带粗。炀帝听了，只觉得靡靡动人，沁及心脾。惟所歌的多是本乡小调，不甚合宜，乃命世充录述《清夜游》曲，指导宫女。这《清夜游》曲系炀帝自撰，东都宫女，都能口诵，经世充录示诸女，到底吴中丽质，聪慧过人，有一半粗通文墨，用心默记，便能一一背诵，随口成腔，于是一半儿唱歌，一半儿鼓乐。炀帝且饮且听，但闻清声摇曳，歌云：

洛阳城里清夜矣，见碧云散尽，凉天如水，须臾山川生色，河汉无声，一轮金镜飞起，照琼楼玉宇，银殿瑶台，清虚澄彻真无比。良夜情不已，数千万乘骑，纵游西苑，天街御道平如砥，马上乐竹媚丝姣，舆中宴金甘玉旨。试凭三吊五，能几人不愧圣德穷华靡，须记取隋家潇洒王妃，风流天子。（这是补录《清夜游》曲，故借此叙入，看官莫被瞒过。）

炀帝见吴女绣口锦心，乐不可支，等到酒阑歌罢，便就吴女中拣选数名，留之旁侍。世充已知炀帝微意，即请炀帝安寝，拜辞出宫。炀帝挈领数名侍女，退入寝室，大约是轮流供御，从心所欲便了。但琼花已是凋谢，须待明春再开，炀帝就羁留江都，且思东游会稽，便命凿通江南河，自京口直达余杭，共计八百余里，使得通行龙舟。怎奈一时不能告成，只好耐心待着。

会接虎贲郎将陈稜捷报，乃是发兵航海，袭破琉球，击毙国王遏剌兜，虏归男女数千人，因此报功。原来琉球为东海岛国，风俗略似倭人。倭人即日本国，比琉球为大。大业四年，倭王阿每多利思北孤，（《日史》称推古帝。）曾贻隋书，有云："日出处天子致书，日没处天子无恙。"炀帝览书不悦，传旨鸿胪卿，谓蛮夷书如此无礼，勿再上闻。越年，乃遣文林郎裴清使倭国，倭王却优礼相待，并遣使人随贡方物。炀帝面问倭使，方知倭国东南，尚有琉球，因遣羽骑尉朱宽入海，赍诏宣抚。偏琉球国王不肯奉诏，宽当即还报，始令陈稜袭击。稜既得破灭琉球，炀帝更欲从事高丽，征高丽王高元入朝。看官阅过上文，应知炀帝在突厥时，已谕令高丽使臣，饬令朝贡。（见九十二回。）此时已越两年，高丽王并未应命，再行遣使征召，仍然不至。炀帝不禁动怒，拟即发兵亲征，课令天下富民，买马给役，每匹贵至十万钱，并饬戍官镇将，简阅器仗，务求精新，如或滥恶，立诛无贷。为这一役，又不免骚动中原。（天下本无事，庸人自扰之。）

到了大业七年的仲春，炀帝自江都出发，带了许多宫女，仍驾龙舟，经过永济渠，北向涿郡。途次颁诏四方，不论远近将士，概令会齐涿郡，东讨高丽。又敕幽州总管元弘嗣，速往东莱海口，造船三百艘。弘嗣不敢违慢，带同属吏，昼夜督造。工役日立水中，未尝少休，自腰以下，均皆生蛆，几乎十死三四。炀帝轻视民命，又发江淮以南水手万人、弩手三万人、岭南排镩手三万人，并饬河南、淮南、江南三处，造戎车五万乘，送至高阳，供载衣甲幔幕，令兵士自挽赴军，再调两河民夫，供给军需。嗣又拨派江淮民船，输运黎阳及洛口诸仓米，并至涿郡。舳橹千里，往返常数十万人，日夕不停，死亡相断。炀帝行抵涿郡，驻驾临朔宫，所有文武从官，俱令给宅安居，自在宫中迷恋酒色，不减平时。惟朝征粮，暮征兵，三令五申，不管兵民死活。可奈道途多阻，转运维艰，一时不能会集，没奈何捱延过去。自大业七年初夏开始，直到次年孟春，天下兵民，方趋集涿郡。

炀帝召入合水令庾质，当面询问道："高丽兵民，不能当我一郡，今朕悉众往讨，卿以为必克否？"庾质答道："以众临寡，何患不克？但不愿陛下亲行。"炀帝变色道："朕统兵至此，怎可未战先退，自挫锐气？"质又说道："胜负乃兵家常事，战若未克，反损威灵，不如车驾留此，但命猛将劲卒，指授方略，倍道兼行，出敌不意，方可必克。兵贵神速，迁缓便恐无功了。"炀帝不从，反叱责道："汝既惮行，尽可留此。"遂诏分全军为左右两翼，左十二军出镂方、乐浪等道，右十二军出粘蝉、襄平等道，络绎登程，总集平壤，共得一百十三万三千八百人，号称二百万，馈运饷糈，人数加倍。炀帝祃纛启行，亲授节度，每军置大将、亚将各一人，骑兵四十队，队各百人，十队为团，步兵八十队，分作四团，团各有偏将二人，铠胄缨拂旗幡，每团异色。辎重散兵等，亦为四团，令步兵夹进，进止立营，各有次序。前军先行，后军继进，相距约四十里。御营六军，最后出发。历四十日，方才尽出涿城，首尾衔接，鼓角相闻，旌旗绵亘九百六十里，真是近古以来，少见少闻的军仪。（不是行军，实同儿戏。）途次，复令段文振为左候卫大将军，出南苏道。文振在道中婴疾，上表行在，略云：

窃见辽东小丑，未服严刑，远降六师，亲劳万乘。但夷狄多诈，须随时加防，即日陈降款，亦不宜遽受。惟虑水潦方降，毋或淹迟，伏愿严勒诸军，星驰速发，水陆俱前，出其不意，则平壤孤城，势可拔也。若倾其本根，余城自克。如不及早裁定，待遇秋霖，必多艰阻，兵粮既竭，强敌在前，靺鞨出后，迟疑不决，非上策也。臣不幸遘疾，命在须臾，恐不能效力戎行，为国杀贼，自知罪戾，有辜圣恩，所望陛下扫除小丑，指日凯旋，则臣虽死，亦瞑目矣。谨此上闻！

帝览表，尚未以为然。未几，即接到文振死耗，炀帝虽然痛惜，但如文振表中所言，仍是疑信参半。好几日始至辽水，众军总会，临水为阵。高丽兵阻水拒守，隋军不得前济。右屯卫大将军麦铁杖语人道："丈夫性命，自有定数，怎能卧死儿女手中呢？"乃自请为前锋，并语三子道："我受国厚恩，今当死战。我若战死，汝等得长保富贵了。"（为儿孙作马牛，亦属何苦。）会工部尚书宇文恺，奉敕造浮桥三道。夤夜告成，引桥架辽水上面，自西至东，桥短丈余，不能相通，高丽兵大至，隋兵赴水接战，溺死甚众。麦铁杖一路登岸，闯入高丽阵内。虎贲郎将钱世雄、孟义，亦跃过中流，与麦铁杖先后杀人，十荡十决，差不多与猛虎一般，高丽兵亦被杀无数。怎奈后队不能跃上，徒令三人奋身死斗，毕竟势孤力竭，相继捐躯。隋军不得已敛兵引桥，复就西岸。

炀帝闻铁杖战死，追赠为宿郡公，使长子孟才袭爵，次子仲才、季才，并拜正议大夫。更命少府监何稠，督工接桥，二日乃成，再架水上。诸军依次奋进，得渡辽水，大战东岸，杀得高丽兵七零八落，死了万人，余众都遁入辽东城。隋军乘势进攻，把辽东城团团围住。炀帝亦渡辽东进，命尚书卫文升招抚辽左人民，免役十年，且下诏戒谕诸将道："朕此次东征，吊民伐罪，并非为功名起见。诸将或不识朕意，轻兵袭击，孤军独斗，徒思为己立功，冀邀爵赏，实非大军行法本旨。卿等进军，但当分为三道，有所攻击，必须三道相知，毋得轻进，猝致丧亡。并且军事进止，概宜预先奏闻，静待复报，如有专擅，就使有功，亦必加罪。"（还想沽名，比宋襄犹且不如。）诸将接到这道谕旨，莫敢先动。

高丽兵守御辽东城，日久未下。炀帝又觉焦急，亲阅城池形势，但见城不甚高，濠亦不甚广，偏如此旷日无功，想是将士疲玩所致，因复召诸将诘责道："尔等竟视朕为木偶么？朕欲东征，尔等多不愿朕来，今朕既到此，正欲观尔等所为，果然尔等畏死，不肯尽力，难道朕不能加刑，乃敢这般玩法么？”说至此，声色俱厉。（自相矛盾，叫人如何措手？）诸将相率惊惶，并皆谢罪。于是右翊卫大将军来护儿，决计进攻平壤，自率江淮水军，浮海先进，渡入浿水，去平壤约六十里，与高丽兵遇，乘锐邀击，大破敌兵，便麾兵进攻平壤城。副总管周法尚，从旁谏阻，谓宜俟各军偕至，然后进攻。护儿不听，即简精甲四万，直逼城下。高丽兵出来搦战，护儿督兵交锋，未及数合，高丽兵便即退回。护儿驱军入城，城门却也未闭，一任隋军掩入。（明是诈计。）隋军一入城闉，就分头四掠，无复步伍，那知城闉左右的空寺中，都有高丽兵伏着，一声胡哨，两旁杀出，好似斫瓜切菜一般。护儿见不是路，忙鸣金收军，军士半在城内，半在城外，内外不复相顾，死的死，逃的逃。护儿狼狈逃回。高丽兵在后追逐，还亏周法尚整军接战，方将高丽兵击退。护儿收拾残众，还屯海浦，不敢再进。（其进锐者其退速。）

左翊卫大将军宇文述，出扶余道；右翊卫大将军于仲文，出乐浪道；左骁卫大将军荆元恒，出辽东道；右翊卫将军薛世雄，出沃沮道；左屯卫将军辛世雄，出玄菟道；右御卫将军张瑾，出襄平道；右武候将军赵孝才，出碣石道；涿郡太守左武卫将军崔弘升，出遂城道；右御卫虎贲郎将卫文升，出增地道。这九军同时出发，约至鸭绿水西岸会齐。人马皆赍百日粮，又给排甲枪槊，并衣资、戎具、营帐等类，每人须负重三石，力不能胜。宇文述下令军中，如有遗弃粮仗，立斩无赦。士卒不堪负担，悄悄的掘了坑堑，埋窖粟米，才至中道，粮已将尽。高丽遣大臣乙支文德，诣营诈降。于仲文拟拘住文德，偏尚书右丞刘士龙为慰抚使，谓不应遽执来使，失外人心。仲文乃遣归文德，嗣复自悔，遣人往追，但说是尚有余议，诱令复来，那文德掉头不顾，渡江自去。仲文既失文德，甚是懊怅。及与宇文述相会，述因粮尽欲归，仲文还说是亟追文德，可以报功，述不愿再行。仲文悻然道：“将军统十万众，不能击破小丑，何面目回见主上？且仲文此行，早知无功，试想将多士众，人不一心，如何胜敌？”述不得已与诸将渡过鸭绿水，力追文德。

高丽将士，见隋军已有饥色，料知不能久持，佯用羸兵诱敌，每战辄走。自朝至暮，述七战七捷，恃胜骤骄，遂东渡萨水，距平壤城三十里，因山为营。文德复遣人许降，向述传语道："公若旋师，当奉高元来朝行在。"述见士卒疲敝，不可复战，又见平壤城险固难下，权时允许，引军西还，令部众结一方阵，防备不虞。果然高丽兵四面抄击，没奈何且战且行。及回渡萨水，各军半济，高丽兵从后掩击，隋将军辛世雄阵亡。隋军已无斗志，又见世雄战死，顿时惊溃，不可禁止。一日一夜，奔还鸭绿水，行至四百五十里。来护儿闻述等败归，亦自海浦奔回，惟卫文升一军独全。

先是九军渡辽，共三十万五千人，及返至辽东城，止二千七百人，资储器械，丧失殆尽。炀帝大怒，锁系宇文述等，收军驰还。留樊子盖居守涿郡，自驾龙舟还东都。宇文述素得上宠，子士及又尚帝女南阳公主，故炀帝不忍加诛，独斩刘士龙以谢天下，夺于仲文等官爵，进卫文升为金紫光禄大夫。诸将皆委罪仲文，所以诸将得释，惟仲文不赦。仲文忧恚成疾，方得出狱，但已是病重身危，未几即死。（得保首领，还是幸事。）前御史大夫张衡，已经放黜，炀帝恐他怨谤，尝令人伺察，至从辽东还驾，忽由衡妾上书告变，讦衡怨望谤讪。（衡不知有君，无怪衡妾不知有衡。）有诏赐令自尽，遣使监视，衡临死大言道："我为人作何等事，还敢望久活么？"监刑官自塞两耳，促令扼毙。

未几，已是大业九年，炀帝复欲再征高丽，征集天下兵至涿郡。因命代王侑留守西京，授卫文升为刑部尚书，使辅代王；越王侗留守东都，民部尚书樊子盖为辅，再议东击高丽。并诏复宇文述官爵，谓前时兵粮不继，致丧王师，这是由军吏供应不周，并非述罪，可仍令以原官统军，寻又加开府仪同三司。孟夏四月，复启跸东征，遣宇文述为前驱，与上大将军杨义巨，同趋平壤。左光禄大夫王仁恭，出扶余道。仁恭进军至新城，高丽兵数万拒战，仁恭率劲骑千人，首先突阵，击破高丽兵，高丽兵入城固守。炀帝自统大军攻辽东城，守兵随机守御，兼旬不拔。炀帝遍征攻具，四面扑城，仰攻用楼梯，俯攻用锹凿，终不见效。乃又饬造布囊百余万件，满贮土石，堆积城下，高与城齐，令战士上登攒击。又制八轮楼车，高出城墙，车上乘了弩手数百人，弯弓竞射。城中防不胜防，危蹙万状，正要一鼓攻入，不料内讧迭起，警报频来，遂令这位荒淫骄纵的隋炀帝，只好引军折回。小子有诗叹道：

无端劳动四方兵，功未成时祸已成。

试看黎阳生巨变，乱阶毕竟始东征。

欲知内乱详情，请看官续阅下回。

炀帝之征高丽，聚天下兵顿于一城，彼不过夸耀兵威而已，安知兵法？夫曹操赤壁，苻坚淝水，皆以兵多致败，岂有劳师万里，水陆淹留，尚以痴望成功耶？庾质、段文振，相继进谏，言皆可行，乃听之藐藐，反戒诸军轻进，坐误因循；及辽东城相持不下，乃责诸军疲玩，以致来护儿、宇文述等，躁进丧师。至于督兵再举，不惩前辙，是即无内讧之猝起，恐亦不败不止耳。王者耀德不观兵，德无可言，徒欲以兵力屈人，试鉴诸隋炀而已然矣。

第九十五回　杨玄感兵败死穷途　斛斯政拘回遭惨戮

却说高丽事起，征兵索粮，骚动天下，百姓不堪供亿，铤而走险，相聚为盗。邹平民王薄，据长白山，（此系山东之长白山。）自称知世郎。平原民刘霸道，据豆子航，号为阿舅贼。穆人高士达，聚众清河；鄃人张金称，聚众河曲；还有漳南人窦建德，也与同县孙安祖，戕官起事，攻陷高鸡泊，做起草头大王来了。既而济阴孟海公、齐郡孟让、北海敦方预、平原郝孝德、河间格谦、渤海孙宣雅，接踵为乱。暴客饥民，相率趋集，多或至十余万人，少亦数万，所在剽掠，村邑为墟。是时承平日久，人不习兵，地方官吏，与贼接战，往往败却。惟齐郡丞张须陁，骁勇果决，连败王薄，郭方预等。须陁部下有罗士信，年方十四，持槊当先，贼不敢进。每次交锋，必与须陁并进，贼众无不辟易，所以战无不克。但群盗如毛，山东糜烂，单靠张须陁一军，也只能保证一方，不能四面兼顾，坐是彼出此没，无术荡平。炀帝虽有所闻，尚说幺么小贼，不足为虑，所以再出东征。偏有一个勋臣后裔，也乘势揭竿，起兵黎阳，遂令炀帝心中惶急，不得不搁起外事，还戢内忧。

看官道黎阳起事，究是何人？原来就是楚国公杨素子玄感。（本回以玄感为主，故上文群盗，只用简笔略过。）玄感体貌雄伟，膂力强盛，善骑射，好宾客。蒲山郡公李密，世为北周将领，父宽为隋初柱国，密得袭父爵，官左亲侍，与玄感为刎颈交。密有智术，尝语玄感道：“临阵决胜，密不如公，居内运筹，公不如密。”玄感深服密言，故往来莫逆。会玄感迁任礼部尚书，奉炀帝诏敕，至黎阳督运，因闻山东盗起，乱事已发，料知天下从此多事，且乃父死时，炀帝尝谓素若不死，终当族灭，因此引以为忧。虎贲郎将王仲伯、汲郡赞治赵怀义，并为玄感腹心。玄感密与计议，欲令东征各军，乏粮致变，特使粮船故意逗留，可以伺隙起兵。玄感弟武贲郎将玄纵，及鹰扬郎将万硕，均从征辽东，由玄感密招还。又令人至京师召出李密，令与季弟玄挺，同抵黎阳。适将军来护儿，调集舟师，从东莱入海，将趋平攘。玄感即欲发难，暗遣家奴绕道东方，伪充驿使入城，托言来护儿愆期谋反，煽惑人心，遂径入黎阳城，大索男夫。并移书旁郡，以讨来护儿为名，令各发兵，会集仓所。（即欲发难，何妨声明昏主过恶？乃徒诬及来护儿，欺诱军吏，是与汉王谅起兵时同一谬误。）即用赵怀义为卫州刺史，东光县尉元务本为黎州刺史，河内主簿唐祎为怀州刺史。唐陁不肯受令，暗地逃回。

御史游元，与玄感共同督运，亦有违言。玄感与语道："独夫肆虐，陷身绝域，正是天使灭亡。我今大举义师，往诛无道，君意以为何如？"元正色道："尊公荷国宠荣，近古无比，公门皆拖青纡紫，正应竭诚尽节，上答鸿恩，奈何坟土未干，即图反噬？仆但知以死报君，不敢闻命。"玄感怒起，把他囚住，元始终不屈，竟为玄感所杀。乃就运夫中选集丁壮，得五千余人，舟子三千余人，刑牲誓众，当面宣谕道："主上无道，不念民生，天下骚扰，从征辽东的兵民，死了无数，今与君等起兵，往救百姓，岂不甚善？"大众踊跃听命。玄感大喜，遂勒兵分部。可巧李密与玄挺偕来，玄感倒履迎入，向密问计。密答说道："天子远在辽东，公能出其不意，长驱入蓟，扼住咽喉，高丽闻有内变，必从后蹑击，不出旬日，征东各军，资粮皆尽，就使不降，亦必溃散，这乃是今日的上计。"玄感道："中策若何？"密又道："关中为都城所在，今若率众西行，经城勿攻，直取长安，天子虽还，根本已失。公据险临敌，进可战，退可守，尚不失为中计。"玄感又道："此外便为下策吗？"密复道："公若随近逐便，直向东都，一鼓突入，亦足号令四方。但恐唐祎往告，先已固守，引兵攻战，必延岁月，百日不克，天下兵四面兜聚，大势一去，恐无能为了。"（李密三策，剀切详明。）玄感说道："今百官家口，俱在东都，我若得取，先声夺人，从征官吏，不寒而栗，如公下计，实是上策。若冒险入蓟，恐成孤注，改图关中，又嫌迂远，且经城勿攻，如何示威？我却不愿出此哩。”遂不从密言，竟引众向洛阳，遣弟玄挺率骁勇千人，充作前锋，先取河内。唐祎已入城拒守，一面飞报东都留守越王侗。侗急与樊子盖等，勒兵为备。修武县兵民，亦相率守临清关。玄感不能渡，乃至汲郡南渡河，亡命诸徒，相从如市。不到数日，有众数万，乃使弟积善，率兵三千，自偃师南沿洛水，向西进取；玄挺自白司马坡逾邙山，向南进行；玄感自领三千余人，从后接应。

东都留守越王侗，遣河南令达奚善意，统兵五千人，出拒积善；将作监河南赞治斐弘策，统兵八千人，出拒玄挺。善意至洛南，立营汉王寺，及积善兵到，未战即溃，铠仗皆为积善所取。弘策行至白司马坡，一战败走，退三四里，复收集散兵，列阵待着。玄挺徐至，连战至四五次，弘策皆败，奔还东都，玄挺直抵大阳门，玄感亦从后继至，屯上春门，尝对众宣誓道：“我身为上柱国，家累巨万金，还要求甚么富贵？今起兵来此，不顾灭族，无非欲解百姓倒悬，不得不尔！”众闻言皆悦，父老争献牛酒，子弟亦诣军门自效，每日不下千数。内史舍人韦福嗣，出敌玄感，兵败被擒。玄感优礼相待，使掌文翰，令贻樊子盖书，直数炀帝罪恶，谓欲废昏立明，请勿拘小礼，自贻伊戚。子盖不答，复使裴弘策出战，弘策失利而还。子盖部署败军，再使弘策出击，弘策不肯行，被子盖叱出斩首，由是将吏震肃，令行禁止。玄感尽锐攻城，子盖随方拒守，一守一攻，杀伤相当。

西京留守代王侑，闻东都被围，忙遣副守卫文升督兵往援。文升至华阴，掘杨素冢，暴骨扬灰。遂鼓行出崤、渑，直趋东都，率二万骑挑战。玄感用羸兵诱敌，精兵后伏，引卫文升兵追来，一声鼓号，四面伏发，杀死文升兵无数。文升慌忙逃回，前驱已经尽毙，无一得生。越三日再行交兵，两军初合，玄感诈使人大呼道：“官军已获得玄感了。”文升兵莫明其妙，东张西望，心不一致，那玄感却带领精骑数千，突入文升阵内。文升麾下，统被吓退，就是文升亦似入梦中，只好随众并走。玄感趁势斩获，一场蹂躏，把文升部曲三四万人，杀死了一大半，单剩了八千人，保护文升，狼狈退去。（玄感却是能兵，可惜初计不善。）玄感兵威大震，趋附益众，多至十万人。

右武侯大将军李子雄，曾坐事除名，诏令从来护儿东征，图功赎罪。自玄感变起，炀帝防他潜应玄感，令锁子雄达行在。子雄竟杀死诏使，逃奔洛阳，投入玄感军中，劝玄感速称尊号。玄感转问李密，密答道："秦陈胜自欲称王，张耳进谏被斥，魏武帝将求九锡，荀彧劝阻见诛，今密欲正言相规，还恐追踪二子，若阿谀顺意，又与密本意相违。试想公自黎阳起兵，虽得战胜数次，究竟未定一郡，未服一县，至若东都守御，坚固难拔，天下救兵，指日将至，公不速挺身力战，早定关中，乃急欲自尊，未免示人不广，请公三思！"玄感狞笑无言，暂将称尊事缓议，但心中不免芥蒂，渐与密疏，专任元福嗣为心膂。福嗣每与划策，首鼠两端。密复谏玄感道："福嗣本非同盟，实怀观望，明公初起大事，乃令奸人在侧，为所摇惑，他日必误军机，不如先诛为是。"玄感摇首道："君所言太过，福嗣亦何至如此。"密退语所亲道："杨公不信忠言，反昵匪类，恐我辈将一同为虏了。"（何不速去？）

已而炀帝返至涿郡，发兵四逼，使武贲郎将陈稜攻黎阳，武卫将军屈突通诣河阳，左翊卫大将军宇文述继进，右骁卫大将军来护儿，又从东莱还援，就是两战两败的卫文升，亦收余烬，进屯邙山南面，来决死战，与玄感一日数斗。玄感弟玄挺，伤重而死，余众少却。玄感方才知惧，又闻屈突通引兵将到，忙与李子雄商量对敌。子雄道："屈突通晓习兵事，一得渡河，胜负难料，宜速分兵往拒，休使越河前来。"玄感依议，便欲遣兵拒通，偏樊子盖瞧破机关，屡出兵来扰玄感军营。玄感无暇分兵，眼见得屈突通军，长驱直至，于是东有屈突通，西有卫文升，更兼樊子盖自出夹攻，三路动手，任尔杨玄感如何骁勇，也是招架不住。三战三北，无法支持。玄感再向李子雄请计，子雄道："东都援军四集，我师屡败，怎可久留？不如直入关中，据有府库，东向争天下，尚不失为霸王事业哩。"（迟了。）玄感乃释洛阳围，引众西行。至弘农宫，父老遮说玄感道："宫城空虚，又多积粟，何不急攻？"玄感遂留兵攻扑，李密以为未可，促令急行，玄感仍然不从。督攻三日，终不能拔。（还贪近利，不亡何待？）那屈突通、宇文述等，陆续追至，玄感又不得不走，与追军且战且行。路过董杜原，为追军所困，玄感大败，仅率十余骑溃围出走，窜林木间，辗转至葭芦戍，饥渴交迫。玄感自知不免，返顾后面，兄弟积善随着，乃泣叹道："一败至此，尚有何言？我不能受人戳辱，汝可杀我。"积善情尚未忍，忽见后面尘头大起，料有官军追来，因抽刀斫死玄感，继即自刺，手颤刀落，已有追兵驰至，拘住积善，并玄感首俱送行在。积善伏诛，玄感首悬示行宫，并命将遗尸磔陈东都市。越三日，脔割付火，尽成灰烬。玄感弟玄纵、万硕，自辽东潜逃。万硕至高阳，为监军许华所执，送斩涿郡。玄纵至黎阳，探阳玄感败亡，微服私奔，不知下落。尚有义阳太守玄奖、朝请大夫仁行，皆玄感弟，一在义阳受诛，一在长安被磔，余党悉平，独李密逃去。（为后文伏案。）

炀帝尚欲穷治党羽，命大理卿郑善果至东都，从严推勘。善果奋然道："玄感一呼，相从至十万人，可见天下不欲人多，多即为盗，不尽加诛，如何惩后？"遂派兵四捕，不分首从，一概枭首，所杀至三万余人。兵部侍郎斛斯政从驾东征，曾与玄感暗地通谋，至是恐株连坐罪，亡入高丽。政与弘化留守元弘嗣有婚媾谊，炀帝因政逃亡，遂疑及弘嗣，立遣卫尉少卿李渊，驰至弘化，把弘嗣拘入狱中，即令渊为留守。看官听说：这卫尉少卿李渊，系陇西郡成纪人，表字叔德，生得仪表雄伟，日角龙庭，若要追溯李氏世系，就是西凉武昭王暠七世孙，祖名虎，佐周代魏，赐姓大野氏。虎殁时得加封唐公，子昞袭爵。渊即昞子，复袭荣封，官拜卫尉少卿。至是留守弘化，便是唐朝发轫的初基。（唐室始祖，应该详叙。）炀帝怎能预料，总道他事君不贰，简放出去。那时李渊也确是效忠，依诏奉行。

炀帝自涿郡西还，安安稳稳的到了长安，但各处盗贼，仍所在蜂起。余杭人刘元进，手长尺余，臂垂过膝，自谓相表非常，阴蓄异志。当玄感起兵时，亦招集徒党，遥应玄感。玄感败死，元进气焰未衰，反得众数万人。吴郡人朱燮、晋陵人管崇，且纠合亡命，攻破吴郡，迎入刘元进，奉为天子。燮与崇为左右尚书仆射，署置百官。毗陵、会稽、建安诸郡民，多半响应。炀帝闻报，亟遣将军吐万绪、光禄大夫鱼俱罗，率兵南讨，击斩管崇。元进与燮结栅拒绪，屡败屡战，终不少怠。绪因士卒疲敝，奏称天气骤寒，请待来春进讨。俱罗亦上言贼骤平，且因诸子在洛，潜遣家仆往迎，偏为炀帝所闻，敕诛俱罗，召绪还京，另遣江都丞王世充讨元进。绪在道忧死。世充调兵渡江，连战皆捷，毙朱燮，枭刘元进，余贼四散。世充佯为下令，投降免死。散贼多闻风来降，共约三万余人，被世充引至黄亭涧，悉数坑死。尚有未降诸贼，自知不能逃生，索性再聚为盗，出没江淮。章邱杜伏威，年仅十六，勇冠贼中，共推为主。临济辅公祏、下邳苗海潮，亦勾通伏威，横行淮南。就是山东诸盗，亦迭起不已。惟唐县坐了一个妖人宋子贤，自称弥勒佛出世，不到数月，总算伏法。那知东边的弥勒佛，方才扑灭，西方的弥勒佛，又复出现。扶风僧徒向海明，也自号弥勒佛，哄动愚夫愚妇，居然造反，旋且僭称皇帝，改元白乌。还是隋廷用了太仆卿杨义臣，出讨海明，才得将这位弥勒皇帝，赶往西方。（弥勒佛想做皇帝，无怪他不能济事。）偏又贼帅唐弼，拥立李弘芝为主，有众十万，号称唐主。东反西乱，此仆彼兴，已闹得不可开交。独炀帝念念不忘高丽，反以为刁民作乱，不足计较，仍征天下兵东征，群臣莫敢进谏。

大业十年仲春，炀帝复往涿郡，士卒在途，逃亡相继，好容易到了怀远镇，已到夏尽秋来，将军来护儿为前锋，引兵至卑沙城，高丽发兵迎战，阵亡甚众，败奔平壤。护儿当然追逼，途中接得高丽来使，奉书乞降，且愿送还斛斯政。护儿飞报行在，炀帝大喜，命执斛斯班班师。护儿奉诏，报知高丽。高丽即将斛斯政交出，令护儿带归行在。炀帝命将士奏凯入关，即将高丽使臣，与罪犯斛斯政，献告主庙。（出甚么风头？）大将军宇文述进奏道："斛斯政有大罪，天地不容，人神同忿，若徒照国法处死，怎得惩戒乱贼？请变例处置！"炀帝允议，乃把政牵出金光门，缚诸柱上，令公卿百僚，更番迭射，以政为的。至矢集如猬，再将政尸支解，用镬烹炙，分食百官。百官多暗地抛去，惟几个佞臣媚吏，执肉大嚼，食至果腹，方才罢休。（肉味如何？）高丽使臣，赦免不诛，令他归语高元，速即入朝。高丽使去了多日，高元终不就征。炀帝再敕将帅整顿兵马，更图后举，但也是有名无实，行不顾言罢了。

未几，又有离石胡刘苗王造反，自称天子。汲郡人王德仁，亦起兵据林虑山，炀帝仍不以为意，又从西京出幸东都。太史令庚质谏阻道："近年三次伐辽，民实劳敝，陛下宜镇抚关内，使百姓尽力农桑，阅三五年，四海人民，稍得丰实，然后出巡东都，方为合宜。"炀帝不悦，决计东幸。质辞疾不从，竟至激怒炀帝，系质下狱，质旋即瘐死。炀帝径往东都，犹幸宫苑依然，后妃无恙，彼此重谈旧事，叙及东都被围情状，统是唏嘘泣下。炀帝在石榴裙下，最能体心着意，好好的温存一番，能使人破涕为笑，于是红灯绿酒，檀板金樽，重复陈设，三千粉黛，又各使出狐媚手段，挑逗炀帝。炀帝恣情拥抱，挨次交欢，又不知有擦乱事。

温柔乡里，再过一年，（是大业十一年。）外面有军书报到，王世充大破齐郡贼孟让，还有余贼左孝文，也由齐郡将张须陁讨平。炀帝很是喜慰，进世充为江都通守，须陁为河南讨捕大使。会涿郡人卢明月作乱，有众十余万，驻扎祝阿。须随发兵邀击，相持十余日，粮尽将退，顾语将士道："贼见我退，必悉众来追，若率千人掩袭贼营，定可大捷，但不知何人敢往？"大众统面面相觑，不敢应令。独罗士信上前道："小将愿往。"言未已，又有一裨将应声道："琼亦愿往！"须陁大悦，便命两人悄悄出马，带着精兵千名，从旁道趋去。看官道琼是何人，原来就是历城人秦琼，表字叔宝，后来佐唐受命，绘像凌烟阁上，正是一位著名的健将。（为了此人，方不略须陁之战。）须陁弃营伪遁，果然贼渠卢明月，驱众力追。那罗、秦两将，探得贼众大出，便衔枚疾进，趋至贼栅，栅门已闭，两将猱升而入，杀死守贼数人，大开栅门，纳入外兵，随即放起一把无名火来，把贼寨三十余栅，一齐毁去。明月正追赶须陁，偶然回顾，摇见有一片火光，冲起霄汉，已是心惊，忽又来了一个贼目，报称营寨被焚，不得不还救根本，当下收众退回。须陁得趁势返击，大破贼众。明月只率数百骑遁去，后来掠河南，为王世充所杀。当时谓须陁破贼，实是秦、罗二将，力破贼栅，因得立功。小子有诗叹道：

捣巢杀贼姓名标，列栅全归一炬烧。

可惜隋家王气尽，要图立绩在新朝。

须陁虽得破明月，但余贼四出，始终未能肃清，反且日甚一日。欲知后事，试看下回说明。

杨玄感发难黎阳，乘炀帝东征高丽，突然起兵，不可谓非良好之机会。但李密三策，以上策为最善。自来枭雄起事，非冒险不易成功。若中策则虽得关中，安见隋军之不能四集？转斗于蜗角之中，坐自困敝，吾知其难也。或谓李渊得关中，终足兴唐，但彼一时，此一时，时势不同，安得相比。至下策则更不足道矣。玄感急进图功，至中策且不能用，兵败族夷，亦何足怪。但乃父杨素，实为弑君之首贼，首贼后嗣，苟能建功立业，天道何存？迫之反而绝其后，乃正所以见天道之昭昭也。斛斯政阴通玄感，亡入高丽，寻被高丽执送行在，惨死长安，政固自取其戚，而炀帝之酷虐不仁，亦可概见。况用兵三次，仅得一逃犯而归，乃尚告诸太庙，置诸极刑，彼以为刑一儆百，足以威民，讵知民不畏死，奈何以死惧之！此盗贼之所以迭兴，而隋之所以终亡也。

第九十六回 犯乘舆围攻紫寨 造迷楼望断红颜

却说涿郡贼卢明月，虽然败死，上谷贼王须拔，复自称漫天王，据地称燕国。更有贼渠魏刀儿，自称历山飞，彼此各拥众十万，北连突厥，南掠燕赵。炀帝闻盗贼蜂起，户口逃亡，乃诏百姓各徙入城，就近给田。郡县、驿亭村坞，概令增筑城垒，随时加防。适有方士安伽陁，上言李氏当为天子，劝炀帝尽诛李姓。炀帝正怀隐忌，又记起乃父在日，尝梦洪水淹没都城，因迁都大兴。此时有郕公李浑，为隋初太师李穆第十子，世受崇封，宗族强盛。且既是李姓，浑字右旁又是从水，并浑从子将作监李敏，小名洪儿，有此种种疑案，不能不先发制人，因召李敏入内，说他小名不佳，适应谶语。愿即改名，那知炀帝是叫他自杀，免受明刑，惟一时不便出口。敏惶惧得很，及退归后，便告知从叔李浑，两下里设法求生，免不得日夕私议，密图良策。偏有人传将出去，竟被宇文述闻知。这宇文述正是李浑冤家，前此李穆病殁，嫡孙筠应该袭爵，浑将筠谋死，且向述乞援，愿将采邑所出一半酬劳，述因代为吹嘘，使浑得袭父封。后来浑竟背了前约，毫不酬述，述大生忿恨，日思报怨，可巧炀帝有疑浑意，遂暗嘱郎将裴仁基等，劾浑与敏背人私议，潜图不仇。（述固贪狠，浑亦自取。）炀帝遂收浑叔侄，饬问刑官从严鞫治，始终不得确证。述恐案狱平反，又使人诈诱浑妻，教她急速自首，免累家族。浑妻但求活命，竟依述言，述代为作表，诬供浑久蓄反意，前曾因车驾征辽，谋立敏为天子，事虽不累，心终未忘。这道表文，迫浑妻签名上呈，眼见是将无作有，浑与敏死有余辜了。（浑欲袭封而图侄，其妻欲活命而诬夫，天道好还，安得不畏。）当下颁敕诛浑，并及侄敏。浑妻总道得生，偏又被述遣人鸩死。就是李浑宗族，也一古脑儿坐罪遭刑，一班冤死鬼，共入冥府，这真叫做死不瞑目呢。都人统为浑、敏呼冤，偏亲卫校尉高德儒，奏称鸾集朝堂，显符瑞应。炀帝召问百官是否属实，百官明知德儒捣鬼，只好说是也曾目睹，俯伏称贺。炀帝色喜，擢德儒为朝散大夫，赐帛百端。及百僚退班，互问真伪，有几个说是孔雀二头，由西苑飞集朝中，转瞬间即已翔去，大家始付诸一笑，散归私第去了。（这与指鹿为马，相去不远。）

是时突厥启民可汗已死，子咄吉世嗣立，亦受隋廷册封，赐号始毕可汗。始毕因义成公主，尚在盛年，未免暗中生羡，即欲据为己妻，好在公主随缘乐助，也肯降尊就卑，竟与始毕成为夫妇。始毕遂援着胡俗，表请尚主。炀帝推己及人，并不加驳，反说是从俗从宜，应该准奏。始毕喜出望外，亲至东都朝谒，炀帝照章优待，慰劳有加，好几日方才辞去。始毕颇有勇略，招兵养马，部落渐盛。隋黄门侍郎裴矩，因始毕日强，恐为后患，奏请封始毕弟咄吉设为南面可汗，分减突厥势力。炀帝却也依议，便遣使册封咄吉设。怎奈咄吉设素性懦弱，不敢受诏，隋使徒劳跋涉，捧诏还朝。始毕闻报，明知隋廷是有意播弄，暗生怨怼。裴矩因初计不成，复探得突厥达官史蜀胡，为始毕谋主，遂用甘言厚币，诱他入边，暗中却设着埋伏，把史蜀胡杀死。始毕失了谋臣，越觉怀恨，从此与隋有仇。（无故开衅，裴矩可杀。）

会因汾阳宫告成，炀帝挈领妃嫔多名，并第三子赵王杲，往幸汾阳，且恐途中遇盗，调李渊为山西河东抚慰大使，先往清道。（渊亦姓李，名旁从水，奈何屡次重任，岂真王者不死耶？）果然有贼目母端儿，及敬盘陀等，往来龙门左右。渊发河东兵剿捕，击破母端儿，收降敬盘陀，道途肃清，炀帝乃得安抵汾阳宫。宫由新建，当然华丽异常，但为地所限，不甚闳敞。百官士卒，不能久居宫城，没奈何布散山谷，结草为营，暂时栖止。时为大业十一年初夏，天气渐暖，炀帝欲在宫中避暑，竟留住了百余日，待至秋高气爽，本好启跸南归，偏他欲顺道北巡，复从汾阳出发，竟往塞外。既出长城，忽由突厥来了密使，乃是奉义成公主差遣，前来上书。炀帝取书披览，略瞧数行，便失色道："不好了！不好了！始毕欲来袭我了！"说着，即命将来使留住，一面即饬扈从人等，速即回马，驰入雁门。大众闻有急变，仓猝回头，才将车驾拥返长城，把雁门关闭住。蓦闻胡哨声，号炮声，人马声，杂沓前来。当下登城北望，遥见胡骑漫山遍野，一齐驱至，前队统是弓弩手，未到关下，已是弯弓搭矢，似雨点般射来，飕的一声，把炀帝御盖穿通。炀帝把头一摸，侥幸脑上未被射着，那五尺有余的一支硬箭，从炀帝袍袖下拂落。炀帝吓得一身冷汗，忙趋还城下，与赵王杲相持涕泣，哭得双目皆肿，悔不可追。将士等前来请旨，报称始毕兵马，约有数十万人，倘若开关搦战，恐寡众不敌，不如拒守为是。炀帝踌躇多时，勉强镇定心神，令将士出外听宣，自己上马亲巡，传谕大众道："可恨始毕，无端掩袭，尔等当努力拒贼，苟能保全，无患不富贵，向有官职，依次进阶，向无官职，便除六品。"将士等闻言踊跃，齐呼万岁，就是寻常军民，也想乘此邀功，无一不摩拳擦掌，据关拒战。始毕麾众猛扑，守卒亦抵死不退，足足坚持了一二旬。

炀帝又诏令天下募兵，邻近守吏，各来勤王。屯卫将军云定兴，亦募集壮丁，遣令赴急，就中有一个少年豪杰，前来应募。定光见他器宇非凡，便召问籍贯，那人答称姓李，名叫世民，乃是现任抚慰大使李渊次子。（唐太宗出现。）定兴喜道："将门生将，古语不虚，但看汝尚属青年，恐未能为国效力。"世民朗声道："世民年已十六，怎见得不能效劳？况将在谋不在勇，岂必临阵杀敌，方可为将么？"定兴不禁称奇，延令旁坐。问及救驾计策，世民道："始毕骤举大兵，来围天子，必谓我仓猝不能赴援，故敢如此猖獗。此处兵少，应募诸徒，又皆乌合，不堪临敌，计惟有虚张声势，作为疑兵，日间引动旌旗，绵布数十里，夜间钲鼓相应，喧声四达，虏谓我救兵大至，不得逞志，自然望风遁去了。"（一鸣惊人。）定兴鼓掌称善，依计施行。始毕果然疑惧，不敢急攻雁门关。

炀帝又特遣密使，令突厥来使为导，相偕出关，从间道绕至突厥牙帐，请义成公主设法解围。义成公主乃致书始毕，伪称北方有急，促始毕还军。始毕不能前进，更致后顾，只得撤兵解围，嗒然引去。炀帝因始毕退还，又放大了胆，遣骑兵追蹑。始毕已经去远，只后面剩着老弱残兵，约有一二千人，被官军掳掠归来，复命报功。炀帝多命枭首，悬示关门，（终不脱虚骄故智。）然后启程南返。行次太原，宇文述等请仍还东都，忽有一老臣进谏道："近来盗贼不息，士马疲敝，愿陛下亟还西京，深根固本，为社稷计。"炀帝瞧着，乃是光禄大夫苏威，便怃然道："卿言甚是，朕当依卿。"威乃趋出。原来苏威自阻筑长城，忤旨被黜，未几复起任纳言，寻且进位光禄大夫，加封房公，此次亦从幸雁门，因有此请。炀帝见威已退出，复召宇文述入议。述答道："从官妻子，多在东都，就使欲还西京，亦何妨先到洛阳，勾留数日，再从潼关入京，也不为迟。"炀帝本意，原欲赴洛，述希旨承颜，巧为迎合，当然语语投机，无不中听，遂不往关中，竟自太原南下，直达东都。炀帝顾视街衢，面语侍臣道："尚大有人在，不可不防。"侍臣多未明语意，唯唯而罢。嗣经慧黠诸徒，从旁窥测，才知炀帝此言，还以为前平玄感，杀人未多，余党或混迹都中，故不能无虑。其实是人民反侧，全仗君相善为慰抚，岂是一味嗜杀，所能治平？并且炀帝喜杀靳赏，性多刻薄，从前平玄感时，赏不副功，此番将士固守雁门，共计万七千人，事后录勋，只千五百人得进官阶，与在雁门时所颁谕旨，全不相符。将士以王言似戏，互有怨言。樊子盖为众上请，亦谓不宜失信。炀帝变色道："公欲收揽人心么？"子盖碰了一个钉子，哪里还敢复言。自是将士解体，各启贰心。

那炀帝益流连忘返，始终不愿入关中，整日里沉迷酒色，喝黄汤，偎红颜，尤雨殢云，不顾性命。一日，顾语近侍道："人主享天下富贵，应该竭天下欢乐，今宫苑建筑有年，虽是壮丽闳敞；足示尊荣，但可惜没有曲房小室，幽轩短槛，悄悄的寻乐追欢。若使今日有此良工，为朕造一精巧室宇，朕生平愿足，决计从此终老了。"（得了大厦，还想小屋，真是欲望无穷。）言未已，有近侍高昌奏陈道：

"臣有一友，姓项名升，系浙江人氏，尝自言能造精巧宫室，请陛下召他入问，定能别出心裁，曲中圣意。"炀帝道："既有此人，汝快去与我召来!"高昌领旨，飞马往召项升。才阅旬余，已将项升引至，入见炀帝。炀帝道："高昌荐你能造宫室，朕嫌此处宫殿，统是阔大，没有逶迤曲折的妙趣，所以令汝另造。"升答道："小臣虽粗谙制造，只恐未当圣意，容先绘就图样，进候圣裁，然后开工。"炀帝道："汝说得甚是，但不可延挨。"升应旨出去，赶急画图，费了好几日工夫，方将图样画就，面呈进去。炀帝展开细看，见上面绘一大楼，却有无数房间，无数门户，左一转，右一折，离离奇奇，竟看不明白。经项升在旁指示，方觉得有些头绪，便怡然道："图中有这般曲折，造将起来，当然精巧玲珑，得遂朕意。"说着，即令内侍取出帛制百端，赏给项升，并面令即日兴工，升拜谢而出。

炀帝复连下二诏，一是饬四方输运材木，一是催各郡征纳钱粮，并令舍人封德彝监督催办，如有迟延，指出参劾，不得徇私。于是募工调匠，陆续趋集，就芳华苑东偏，拣了一块幽雅地方，依图赶筑。看官试想：天下能有多少财力，怎禁得穷奢极欲的隋炀帝，今日造宫，明日辟苑？东京才成，西苑又作，长城未了，河工又兴，还要南巡北狩，东征西略，把金钱浪掷虚化，一些儿不知节俭。就是隋文帝二十多年的积蓄，千辛万苦，省下来的民脂民膏，也被这位无道嗣君，挥霍垂尽。古人谓大俭以后，必生奢男，想是隋文帝俭啬太甚，所以有此果报呢。（好大议论。）

且说项升奉命筑楼，日夕构造，端的是人多事举，巧夺天工，才阅半年有余，已是十成八九，但教随处装璜，便可竣工。炀帝眼巴巴的专望楼成，一闻工将告竣，便亲往游幸。令项升引导进去，先从外面远望，楼阁参差，轩窗掩映，或斜露出几曲朱栏，或微窥见一带绣幕，珠光玉色，与日影相斗生辉，已觉得光怪陆离，异样精彩。及趋入门内，逐层游览，当中一座正殿，画栋雕甍，不胜靡丽，还是不在话下。到了楼上，只见幽房密室，错杂相间，令人接应不暇，好在万折千回，前遮后映，步步引入胜境，处处匪夷所思。玉栏朱楯，互相连属，重门复户，巧合回环，明明是在前轩，几个转弯，竟在后院；明明是在外廊，约略环绕，已在内房。这边是金虬绕栋，那边是玉兽卫门。这里是锁窗衔月，那里是珠牖迎风。炀帝东探西望，左顾右盼，累得目眩神迷，几不知身在何处，因向项升说道："汝有这般巧思，真是难得。朕虽未到过神仙洞府，想亦不过如是了。"升笑答道："还有幽秘房室，陛下尚未曾遍游。"炀帝又令项升导入，左一穿，右一折，果有许多幽奇去处。至行到绝底，已是水穷山尽，不知怎么一曲，露出一条狭路，从狭路走将过去，豁然开朗，又有好几间琼室瑶阶，仿佛是别有洞天，不可思议。炀帝大喜道："此楼曲折迷离，不但世人到此，沈冥不知，就使真仙来游，亦为所迷，今可特赐嘉名，叫作迷楼。"（愈迷愈昏，至死不悟。）随即面授项升五品官阶，升俯伏谢恩。

炀帝不愿再还西苑，却叫中使许廷辅，速至宫苑中，选召若干美人，俱至迷楼。一面搬运细软物件，到楼使用，就便腾出上等绸缎千匹，赏与项升。一面加选良家童女三千名，入迷楼充作宫女，又在楼上四阁中，铺设大帐四处，逐帐赐名，第一帐叫做散春愁，第二帐叫做醉忘归，第三帐叫做夜酣香，第四帐叫做延秋月。每帐中约容数十宫女，更番轮值。炀帝除游宴外，没一日不在四帐中，干那风流勾当，所有军国大事，撇置脑后；甚至经旬匝月，不览奏牍，一任那三五幸臣，舞文弄法，搅乱朝纲。

少府监何稠，又费尽巧思，造出一乘御女车，献与炀帝。什么叫做御女车呢？原来车制窄小，只容一人，惟车下备有各种机关，随意上下，可使男女交欢，不劳费力，自能控送。更有一种妙处，无论什么女子，一经上车，手足俱被钩住，不能动弹，只好躺着身子，供人摆弄。炀帝好幸童女，每嫌她娇怯推避，不能任意宣淫，既得此车，便挑选一个体态轻盈的处女，叫她上车仰卧。那处女怎知就里，即奉命登车，甫经睡倒，机关一动，立被钩住四肢，正要用力挣扎，不意龙体已压在身上，褫衣强合，无从躲闪，霎时间落红殷褥，痛痒交并，既不敢啼，又不敢骂，并且不能自主，揿控纵送，欲罢不能，没奈何咬定牙关，任他所为。炀帝此时是快活极了，好容易过了一二时，云收雨散，方才下车。又将那女解脱身体，听她自去。破题儿第一遭，一个是半嗔半喜，一个是似醉似痴，彼此各要休养半天，毋容细叙。越日赏赐何稠千金，稠入内叩谢。退与同僚谈及，自夸巧制。旁有一人冷笑道："一车只容一人，尚能算作佳器，况天子日居迷楼，正嫌楼中不能乘辇，到处需要步行，君何不续造一车，既便御女，又便登高，才算是心灵手敏呢。"稠被他一说，默然归家，日夜构思，又制了一乘转关车，几经拆造，始得告成。天下无难事，总教有心人。这乘车儿，下面架着双轮，左右暗藏枢纽，可上可下，登楼入阁，如行平地，尤妙在车中御女，仍与前车相似，自能摇动，曲尽所欢。稠既造成此车，复献进去。炀帝当即面试，一经推动，果然是转弯抹角，上下如飞，炀帝喜不自禁，便向稠说道："朕正苦足力难胜，今得此车，可快意逍遥，卿功甚大，但未知此车何名?"稠答道："臣任意造成，未有定名，还求御赐名号。"炀帝道："卿任意成车，朕任意行乐，就名为任意车罢。"一面说，一面又命取金帛，作为赏赐，且加稠为金紫光禄大夫。稠再拜而退。

嗣是炀帝在迷楼中，逐日乘着任意车，往来取乐。又命画工精绘春意图数十幅，分挂阁中，引动宫女情欲，使她人人望幸，可以竭尽欢娱。凑巧有外官御职来朝，献入乌铜屏数十面，高五尺，阔三尺，系是磨铜为镜，光可照人。炀帝即命取入寝宫，环列榻前，每夕御女，各种情态，俱映入铜镜中，丝毫毕露。炀帝大喜大喜道："绘画统是虚像，惟此方得真容，胜过绘像万倍了。"（魑魅魍魉，莫能遁形。）遂厚赏外官，调赴美缺。只是一人的精力有限，那能把数千美女，一一召幸?就中进御的原是不少，不得进御的也是甚多。一日，由内侍呈上锦囊，内贮诗笺，不可胜计。炀帝随意抽阅数首，书法原是秀丽，诗意又极哀感，便轻轻的吟诵起来。第一纸为自感二首，诗云：

庭绝玉辇迹，芳草渐成窠。隐隐闻箫鼓，君恩何处多？欲泣不成泪，悲来强自歌。庭花方烂漫，无计奈春何？春阴正无际，独步意如何？不及闲花草，翻承雨露多。

炀帝读罢，不禁大惊道：“这明明是怨及朕躬，但既有此诗才，必具美貌，如何朕竟失记？”再阅第二纸，乃是看梅二首，诗云：

砌雪无消日，卷帘时自颦。庭梅对我有怜意，先露枝头一点春。香清寒艳好，谁惜是天真？玉梅谢后和阳至，散与群芳自在春。

再阅第三纸，有妆成一首，自伤一首，更依次看下。妆成诗云：

妆成多自惜，梦好却成悲。不及杨花意，春来到处飞。

自伤诗云：

初入承明殿，深深报未央。长门七八载，无复见君王。春寒侵入骨，独卧愁空房。飒履步庭下，幽怀空感伤。平日新爱惜，自待聊非常。色美反成弃，命薄何步量？君恩实疏远，妾意待彷徨。家岂无骨肉，偏亲老北堂。此方无双翼，何计出高墙？性命诚所重，弃割良可伤。悬帛朱梁上，肝肠如沸汤。引颈又自惜，有若丝牵肠。毅然就死地，从此归冥乡。

炀帝看到此首，越觉失惊道：“阿哟！敢是已死了么？”随即问内侍道：“此笺究是何人所遗？”内侍答道：“是宫女侯氏遗下了，现在她已缢死了。”炀帝泫然泪下，手中正取过第四纸，上有遗意一首云：

秘洞扃仙卉，幽窗锁玉人。

毛君真可戮，不肯写昭君。

炀帝阅到此诗，转悲为怒道：“原来是这厮误事，左右快与我拿来。”左右问是何人？炀帝说是许廷辅。待左右去讫，复问内侍道：“侯女死在何处？”内侍答在显仁宫。炀帝忙驾着任意车，驰往宫中。内侍引入侯氏寝室，但见侯女已经小殓，尚是颦眉瞋目，含着愁容，两腮上的红晕，好似一朵带露娇花，未曾敛艳。炀帝顿足道：“此已死颜色，犹美如桃花，可痛可惜！”小子叙述至此，也不禁恻然，随笔写下一诗道：

深宫寂寞有谁怜，拼死宁将丽质捐。

我为佳人犹一慰，尚完贞体返黄泉。

炀帝见侯女死状，也不顾什么秽恶，便抚尸泣语，异常悲切。欲知他如何说法，下回自当表明。

雁门之围，为炀帝一大打击，若为中知以上之君，当痛加猛省，乐不可极，欲不可穷，诚使脱围返都，改过不吝，励精图治，天下事尚可为也。乃不从苏威之言，仍至东都淫乐。项升作迷楼，何稠献御女车及任意车，竭天下之财力，供一人之淫荒，虽欲不亡，讵可得乎？惟迷楼一事，未见正史，而韩偓撰《迷楼记》，当必有所本，至若侯夫人缢死，亦在《迷楼记》中叙及。本编所采，皆出自文献所遗，非徒录坊间小说者，所得借口也。

第九十七回 御苑赏花巧演古剧 隋堤种柳快意南游

却说炀帝抚侯女遗骸，且泣且语道："朕本爱才好色，不意宫帏里面，有卿才貌，偏不相逢，朕虽未免负卿，但卿亦命薄，朕又缘悭，此去泉台，幸勿怨朕。"说罢大哭，哭罢又说，絮絮叨叨，好似潘岳悼亡，感念不休。忽有侍卫入报道："许廷辅拿到了。"炀帝乃出宫御殿，见了廷辅，恨不得将他一脚踢死，当下厉声诘责，问他选召宫人，何故失却侯女？就中定有隐情，速即供明。廷辅极口抵赖，炀帝即把他叱出，付与刑官严讯。及刑官承旨拷问，方知侯女不得入选，实是廷辅索赂不遂，把她埋没。刑官当即复陈，炀帝怒不可遏，立将廷辅赐死，一面自制祭文，令内侍备好香果，至侯女柩前，亲奠三樽，并朗诵祭文道：

呜呼妃子！痛哉苍天！天生妃子，貌丽色妍，奈何无禄，不享以年。十五入宫，二十归泉。长门掩采，冷月寒烟。既不遇朕，谁为妃怜？呜呼痛哉！一旦自捐，览诗追悼，已无及焉。岂无雨露，痛不妃沾，虽妃之命，实朕之愆。悲抚残生，犹似花鲜。不知色笑，如何嫣然？泪下几行，心伤如煎。纵有美酒，食不下咽，非无丝竹，耳若充填。妃不遇朕，长夜孤眠，朕不遇妃，遗恨九泉。朕伤死后，妃苦生前。死生虽隔，情则不迁。千秋万岁，愿化双鸳。念妃香洁，酬妃兰荃。妃其有灵，来享兹筵。呜呼哀哉，痛不可言！

读罢，复泪下如丝，呜咽不止。经内侍在旁劝解，方才收泪，命照夫人礼厚葬，又敕郡县官厚恤侯夫人父母。侯氏虽生前不得受用，死后到也备极荣华。（侯女之死，还算值得。）惟炀帝犹怀伤感，无从排遣，没情没趣的乘着原车，回到迷楼。众美人都已得报，联翩前来，替炀帝设法解闷，就是萧皇后也登楼劝慰，炀帝终有几分不快。凡家人到死过以后，往往令人追忆，把从前歹事撇去，专记起他的好处。况侯夫人入宫多年，并未与炀帝相会，此番见她如许清才，如许美色，怎得不悲悔交乘？（体会入微。）钟情深处，容易成痴，见视迷楼中许多佳丽，没一个得及侯夫人，因此闲居索兴，游玩无心。芳草尽成无意绿，夕阳都作可怜红，正是炀帝当日情景。

萧后本逢场作戏，随风敲锣，目睹炀帝如此凄切，便乘间进言道：“侯女既死，想她何益？况天下甚大，岂无第二个侯夫人？但教留意采选，包管有绝色到来。”炀帝听了，不觉又触起往事，又想到那江都风景，便对萧后道：“朕前观壁上广陵图，忆及江东春色，贤卿劝我一游，果得饱尝风味。那年再往游览，为了东征高丽，不得久留。今日欲选择美女，除非是六朝金粉，或有遗留，若长在关洛，恐今生不能相遇了。”（从炀帝口中，追叙观图一事，是为补笔。）萧后自觉失言，忙转机道：“陛下何必多劳跋涉，只简放官吏数人，令往江东物色，便易办到。”炀帝道：“俗话说得好：‘眼见是真’，朕看内外官吏多半是靠不住的，倘都是许廷辅一流人物，岂不是一误再误么？”说着，即命左右往整龙舟，克日南巡。萧后知不可阻，只好听他自由。炀帝又命妃嫔侍御等整顿行装，满望即日就道，偏经内使返报：“龙舟遭劫，统被杨玄感乱党焚毁无遗。现在只好另造了。”炀帝闻报，立即颁敕，命江都再造龙舟。江都通守王世充，素来是奉君为恶，一经奉旨，便即督工赶造，但终非咄嗟可办，总须经过若干时日，方能有成。炀帝虽然性急，也只好勉强忍耐。

那四面八方的盗贼，又复竞起。东海出了剧盗李子通，与章邱杜伏威相合，嗣复分作两路，自据海陵。城父县内的朱粲，本是一个县佐，亡命为盗，自称迦楼罗王，众至十余万。淮北贼左才相，又复四出骚扰，残忍好杀，可怜人民涂炭，家室仳离。炀帝但在迷楼中，终日沉湎，不闻世事。至大业十二年元旦，御殿受朝，有二十余郡的守吏，未尝遣使表贺，才知寇盗未靖，道梗不通，乃分遣朝使赴十二道，发兵讨捕盗贼，一面诏毗陵通守路道德，在郡东南筑造宫苑，侯驾巡幸。转眼间又是上巳，天和日暖，草绿花红，西苑中湖海风光，格外明媚。炀帝召集群臣，至西苑水上会宴，命学士杜宝撰水师图经，采古水事七十二种，使朝散大夫黄兖，督率伎士，演剧水中，作傀儡戏。人物俱能自动，击鼓敲钟，不烦人力，能成节奏。又遣妓航酒船，往来穿梭，画桨齐飞，绿波似织，端的是赏心悦耳，游目聘怀。待至夕阳西下，灯火齐明，才命停罢，尽兴而归。

又越一月，西苑忽然失火。炀帝正在苑中，疑是有盗入苑，急忙避匿草间，亏得苑中人多，七八手脚，环绕拢来，你挑水，我扑火，方将祝融氏驱回。炀帝经此一吓，遂成了心悸病，每夕在睡梦中，辄呼有贼，必由数妇人在旁摇抚，乃得少眠。未几又是夏天，腐草为萤，纷飞不绝。炀帝想入非非，令宫苑内侍，齐捉萤火，收贮纱囊，得数百斛。遂乘着五月朔日，夜游海山，把纱囊中的萤火，一齐放出，光遍岩谷。都人远远望见，还道苑中又复失火，那晓得是一片萤光呢。（总算会寻快乐。）

炀帝喜极归寝，酣睡一宵，越宿接到急报，乃是魏刀儿部贼甄翟儿，率众十万寇太原，将军潘长文战死，炀帝因太原要地，有此贼焰，也觉心惊。亟调山西河东慰抚大使李渊，往讨甄翟儿。嗣是连得军警，左翊卫大将军宇文述，恐炀帝不乐，往往匿不上陈。炀帝稍有所闻，一日临朝，顾问群臣道："近来盗贼如何？"宇文述出班奏道："近已渐少。"光禄大夫苏威，独引身隐柱。炀帝召威过问，威答道："臣未主军旅，不知盗贼多少，但虑盗贼渐近。"炀帝问为何因？威说道："前日贼据长白山，今近在汜水，且往日租赋丁役，今皆无着，岂不是尽化为盗么？"炀帝道："区区小贼，尚不足虑。惟高丽王高元，至今未见来朝，实属可恨！"威复答道："高丽在外，盗贼在内，臣谓外不足恨，内实可忧。况陛下在雁门时，许罢东征，今复欲征发，民不聊生，怎能不相率为盗呢？"炀帝勃然失色，拂袖退朝。到了端午节，百僚竞献珍玩，威独献入《尚书》一部。有人从旁谮威道："《尚书》有五子之歌，威欲借此谤上。"炀帝正未明威意，听到此言，当然愈怒。既而复议伐高丽，廷臣莫敢进谏，独威入内奏请道："欲讨高丽，何必发兵，但赦免各处盗贼，便可得数百万人，饬令东征，必能立功赎罪，高丽不难平服了。"炀帝不答，面有愠色，威当即趋出。御史大夫裴蕴进奏道："威大不逊，天下何处有许多盗贼？"炀帝恨恨道："老革（犹言多兵。）多奸，虚张贼势，意欲胁朕，朕拟令人批颊，恩念他是多年耆旧，所以忍耐一二。"蕴亦辞退，另唆人上章劾威，说他前时典选，滥授人官。炀帝即夺去威官，除名为民。过了月余，又有人讦威私通突厥。裴蕴奏诏推按，证成威罪，请即处死。还是炀帝不忍加诛，许贷一死，惟并威子孙三世除名。

时光易过，又是秋来，江都新造龙舟，报称完工，制度比前日宏丽。炀帝甚喜，即拟南幸江都，留越王侗居守。右候卫大将军赵才进谏道："今百姓疲劳，府藏空竭，盗贼蜂起，禁令不行，愿陛下亟还西京，安抚兆庶，奈何反欲南巡呢？"炀帝大怒，命将才拘系狱中。建节慰任宗、奉信郎崔民象及王爱仁，先后谏阻，均为所杀，他人乃莫敢进言。

这番南巡，自后妃以下，尽行带去，外如仪仗一切，比第一次还要繁盛。甫出西苑，见有一人俯伏在地，口称小臣送驾，语带呜咽。炀帝从辇中俯视，乃是西苑令马守忠，便道："汝在此看守西苑，不劳送行。"守忠道："銮舆已经出发，料难挽回，只望陛下早日还驾，小臣愿整顿西苑，敬候乘舆。"说罢，泪如雨下。炀帝亦不觉怅然，半响又说道："朕偶然游幸，自当早回，何必这般过悲。"守忠道："陛下造这西苑，不知费了多少财力，始得有此五湖四海三神山十六院的风景，陛下岂不爱恋？乃舍此远游，致小臣对景伤心，故不禁下泪。"炀帝黯然道："朕难道永离此苑？但教汝好生看守，毋使园林零落，殿宇萧条。"说至此，因口占一诗道："我慕江都好，征辽亦偶然。但存颜色在，离别只今年。"吟罢，命从吏录出，递与守忠，留别宫人。守忠乃起，让过銮驾。左右见守忠奏请，炀帝答言，均寓悲感，统有些诧异起来，（死机已兆。）但也只好隐忍过去。拥了御驾，行至河滨，炀帝下辇登舟，望见新造船只，多半有云龙装饰，灿烂夺目，当然欣慰，便与萧后分坐最大的龙舟。十六院夫人，亦各坐龙舟一艘，规模略小。此外美人，也都一一分派，各有坐船。文武百官，或在船中居住，或在岸上夹护，鱼贯前进，连绵不绝。非奉停泊号令，就是夜间，亦要进行。起程这一夕，秋高气爽，水面上的凉飔阵阵，拂除那日间余暑，炀帝却不能安睡，起开舰窗，眺望夜景，但听得一片歌声，顺风刮来。歌云：

我兄征辽东，饿死青山下；
今我挽龙舟，又困隋堤道。
方今天下饥，路粮无些小，
前去千万里，此身安可保？
暴骨枕荒沙，幽魂泣烟草；
悲损门内妻，望断吾家老。
安得义男儿，焚此无主尸；
引其孤魂回，负其白骨归。

炀帝听罢，禁不住心中气愤，便令左右缉捕歌夫。左右奉命往捕，闹了半夜，并无踪迹。炀帝亦彷徨不寐，等到天晓，经左右复报，但说是没人唱歌，所以无从缉捕。炀帝虽然惊疑，却也只好略过一边，仍命启行。越日天气忽然暴热，竟致秋行夏令，好似盛暑一般。龙舟虽然宽敞，尚觉得天气困人。岸上牵缆诸役夫，统是挥汗如雨，不胜劳惫。炀帝亦为怜悯，用翰林学士虞世基言，令就汴渠两堤，移裡柳枝。且诏谕地方人民，献柳一株，即赏一缣。是时柳尚未凋，百姓都掘柳为献，炀帝从舟中登岸，自种一株，作为首倡，百官亦各种一株，然后令百姓分种，照柳给赏。百姓非常踊跃，越种越多，且随口编出几句歌谣道："栽柳树，大家来，好遮阴又好当柴。天子自栽，然后百姓栽。"炀帝听着，满心欢喜，又取钱散给百姓，并亲书金牌，悬挂最高的柳树上，赐柳姓杨，因此后人呼柳为杨柳。（说本韩偓《开河记》，但古时杨柳并称，训诂家谓杨枝上挺，柳枝下垂，今混称杨柳，是否起于隋时，待考。）

嗣是柳荫满堤，水天一碧，自大梁迤逦南下，到处都种柳树，顿时化热为凉，无风亦韵。江都通守王世充，又献上吴越女子五百名，在半途供应役使。炀帝也不暇细阅，但使他充作殿脚女，在岸上同牵船缆。每船用殿脚女十人，嫩羊十口，相间而行。于是蛾眉成队，粉黛分行，彩袖扬空，一路上绮罗荡漾，香风蹴地，两岸边兰麝氤氲。炀帝看了，喜不自胜，蓦见一个女子，生得非常俊俏，也夹在殿脚女中，好似鹤立鸡群，不同凡艳。炀帝不觉失声道："如此妙女，怎得使充贱役？"遂令左右宣召进来。既到面前，果然是明眸皎齿，玉貌花肤，更有两道黛眉，状如新月，格外动怜。炀帝笑孜孜的问道："汝是何处人？姓甚名谁？"那女子跪答道："贱婢乃姑苏人氏，姓吴名绛仙。"炀帝赞叹道："好个绛仙眉黛，可留此侍朕，不劳牵缆。"当下传将出去，着派他女另补，就叫绛仙在旁侍酒。到了夜间，便挽绛仙入帏，演了一出水上鸳鸯，不消细说。（又是一好女儿晦气。）绛仙既得宠幸，便珠膏玉沐，愈觉鲜妍，那黛眉更画得精工，就是文君再世，亦恐要输他一筹。又妙在知书识字，颇善诗歌。炀帝似遇洛妃，如逢神女，覆雨翻云，一些儿不嫌寂寞。

及行过雍邱，渐达宁陵地界，忽由虎贲郎将护缆使鲜于俱入奏道："前面水势湍急，阻碍龙舟，急切里驶不上去。"炀帝道："朕尝两幸江都，并没有甚么搁浅，为何今日有此阻碍？"说着，便召宇文述等同入御舟，问个明白。宇文述道："从前占天监耿纯臣上言，睢阳有王气环绕，此处地近睢阳，想是地脉灵长，所以浅深忽变。"炀帝道："就是地脉变迁，也没有这般迅速。"当下检查当日凿河人员，所有宁陵至睢阳一路，乃是总管麻叔谋监工。可巧麻叔谋亦扈驾同行，一召便至。炀帝当即盘问，叔谋道："臣前时监工凿河，测量甚准，并没有甚么浅深。今日忽然淤浅，连臣也不知何因。"炀帝道："想是开河工役，偷工躲懒，不曾挖得妥当，遂致今日搁浅，这却如何区处？"叔谋道："容臣再去开挖，将功赎罪。"炀帝道："若只一处搁浅，还易为力，只怕前途还有浅处，须要探视才是。"护缆使鲜于俱道："臣看水势湍急，人不能下去，篙又打不到底，怎能探试明白？”翰林学士虞世基接入道：“这却不难，请为铁脚木鹅，长一丈二尺，上流放下，如木鹅拦住，便是浅处。”炀帝依议，亟令右翊卫将军刘岑制造木鹅，往验浅深。及刘岑返报，自雍邱至灌口，共有一百二十九处淤浅。炀帝大怒道：“这明明是从前工役，不肯尽心开掘，致误国家大事，若非严法处死，如何镇压天下？”遂令刘岑往淤浅处，查究役夫姓名，悉行捕住，把他倒埋岸下，教他生作开河夫，死作抱沙鬼。可怜这一百二十九处地方，共捕得五万余人，照敕处置，活埋了事。（令人发指。）

麻叔谋见坑杀了许多丁夫，也觉寒心，连夜催督兵民，掘通淤道，请龙舟逐段通去。炀帝得了吴绛仙，日日纵欢，也不十分催促。每日或行三十里，或行二十里，或行十里，并未计较，因此麻叔谋得有功夫，逐节疏通，得至睢阳。炀帝猛记得宇文述语，睢阳留有王气，应该掘断龙脉，方可免患。当即召入麻叔谋，正色问道：“睢阳地方，曾掘去多少坊市？”叔谋道：“睢阳地灵，不好触犯，臣所以未敢开掘。”炀帝勃然道：“朕为天子，百灵均当效命，有什么不好触犯，显见汝挟有隐情。”叔谋无可回答，只得饰词答辩道：“陛下以爱民为心，臣见坊市复杂，好罢手便即罢手，况改道开河，相去不远，何必定就道睢阳。”炀帝听说，尚属有理，即命刘岑查探河道，究竟有无远近。那知刘岑却是叔谋的对头，一经查勘，迂远至二十里左右，便据实报明，炀帝遂将叔谋拿下，因系狱中。

究竟叔谋何故剩出睢阳，小子查阅稗史，却是别有原因。叔谋本是个贪暴人物，从前奉旨开河，管什么民居多少。当督工开掘时，在上源驿旁，发得一口绝大棺木，叔谋疑棺内必有宝藏，揭盖启视，一尸容貌如生，发从前覆，长过胸腹，此外别无珍宝，只搜得一石铭上有古篆，多不能识。只有一下邳人能读，篆文中云：“我是大金仙，死来一千年；数满一千年，背下有流泉。得逢麻叔谋，葬我在高原。发长至泥丸，更候一千年，方登兜率天。”叔谋听着，乃自备棺椁，安葬城北隅。（偷鸡勿着蚀把米。）乃掘至陈留，可巧有朝使到来，用少牢礼，并白璧一双，祭留侯张良庙中，向神假道。祭毕风起，失去白璧。后来有一中牟丁夫，在途中遇一贵人，峨冠博带，跨马前来，前后有人呵护，召夫至前，取白璧相授道："与我报尔十二郎，还尔白璧一双，尔当宾诸天。"中牟丁夫莫明其妙，跪拜受讫，不见贵人，当时非常惊愕，料知此璧定有来历，不敢隐匿，即奉献叔谋，并述神语。叔谋细忖一番，也想不出语中寓意，但见白璧很是莹洁，便充入私囊，且杀死中牟丁夫，为灭口计。天下事若要不知，除非莫为，当然有人传说。后来炀帝缢死江都，在位虽有十三年，扣足只有十二年，才知十二郎三字，便是指着炀帝。叔谋贪匿白璧，复监工至雍邱，适有一祠宇当道，叔谋问为何祠？"村人答道："古老相传，内有隐士墓，甚有灵兆。"叔谋道："何物隐士？敢当此冲。"遂命丁夫入祠掘墓，才经数尺，忽听得一声怪响，下露一洞，里面灯火荧荧，无人敢入。独有武平郎狄去邪，愿往一窥。叔谋喜道："狄郎将胆量过人，真好算荆（轲）聂（政）一流哩。"去邪扎束停当，用绳系腰，命役夫执住绳端，缒将下去。小子有诗咏道：

奋身下穴入幽城，聂政荆卿足并名。

若使逡巡甘却步，何来仙引得长生？

毕竟狄去邪所见何物，且待下回再表。

纲目于大业十二年三月，大书特书曰："宴群臣于西苑。"夫自西苑告成以后，宁独此次召宴群臣？其所以大书特书者，志其末也。盖是年七月，炀帝幸江都，自是不得复返，而西苑之设宴演剧，为东都淫乐之结局。越月而西苑遂火，天之儆炀帝也，亦可谓至矣。昏主不悟，犹决意南游，除苏威名，连杀谏官任宗、崔民象、王受仁，言莫予违，写尽昏淫气象。至隋堤种柳，令种柳一株，赏制一缣，虽有利民生，而无故费财，要不得谓仁恩之下逮。及宁陵搁浅，枉杀丁役至五万人，彼岂尚有爱民之心欤？正史中于麻叔谋一事，未曾叙及，而韩偓《开河记》言之甚详，是与上回迷楼相类，想不至全出虚诬也。

第九十八回 麻叔谋罪发受金刀 李玄邃谋成建帅府

却说狄去邪缒入深穴，约数十丈，脚方及地。去邪见有路可通，竟将腰中绳索解去，鼓勇前进，约行百余步，入一石室，东北各有四石柱，铁索二条，系一巨兽，形状似牛，仔细一瞧，乃是一个人间罕有的巨鼠，不由的骇了一跳。蓦闻石室西面，砉然一声，慌忙回顾，门已洞开，有一道童模样，出问去邪道："汝非狄去邪么？"去邪答声称"是"。道童道："皇甫君待汝已久，汝可速入。"去邪乃随他进去。见里面有一大堂，颇也宽敞，堂上坐着一位方面长髯的神君，服朱衣，戴云冠，也不知为何神，只好倒身下拜。那神君端坐不动，亦不发言，旁立一绿衣吏，待去邪拜讫，令他起身，引出西阶上立着。约过片时，里面有声传出道："快取阿麼来！"阶下即有人应声而去。须臾，即见武夫数人，牵入一物，就是柱上系着的大鼠。去邪本知炀帝小字，叫做阿麼，此时也无从访问，只得屏气待着，但听堂上神责鼠道："我遣尔暂脱皮毛，为中国主，如何虐民害物，不遵天道？"大鼠本不能言，但点头摇尾，作冥顽状。堂上神益怒，命武士挝击鼠脑，鼠即大吼，声似雷鸣。武士再拟击下，俄一童子捧天符下来，堂上神起座降陛，俯伏听旨。童子宣言道："阿麼数本一纪，今尚未满，俟限期既届，当用练巾系颈而死，今尚不必动刑。"说罢自去。堂上神仍然复位，令将巨鼠仍系原处，并召语去邪道："为我告麻叔谋，谢他掘我茔域，来年当赠他二金刀，勿嫌我轻酬哩。"说罢，即令绿衣吏引了去邪，自他门趋出，经过一林，径回路仄，蹑石扳籐，方得过去。回顾已失绿衣吏，去邪只好踽踽独行。又约三里许，见有茅舍，一老叟坐土塌上，去邪上前问讯。老叟道："此地为嵩阳少室山下，汝从何处来此?”去邪具述所由。老叟道：“汝已亲见各状，想亦能悟通玄机，汝能辞官，便能脱身虎口了。”（想是去邪人品纯良，故得种种指引。）去邪称谢而行，回视茅屋，又无影迹，自知身入仙境，已蒙指迷，惟不能不复报麻叔谋。乃趋往宁阳，得与叔谋相见，约略叙明。先是去邪入墓，墓忽崩陷，叔谋谓去邪已死，今日却来，目为狂人。去邪将错便错，即佯狂自去，隐居终南山。闻炀帝正患脑痛，月余不愈，益信冥中挞击，果然不虚。嗣是修道辟谷，竟得无疾而终。（此身原是有道骨。）

那叔谋既至宁陵，适患风逆，起坐不安。医生谓用羊羔蒸熟，糁药同食，方可疗治。叔谋如法炮制，果得全愈。嗣是蒸食羊羔，习以为常。宁陵人陶榔儿，家中巨富，性甚凶悖，恐先茔逼近河道，或为所掘，乃盗他人婴儿，割去头足，蒸献叔谋。叔谋咀嚼甚美，远胜羊羔，因召榔儿穷诘。榔儿初尚讳言，叔谋使人劝酒，把他灌醉，才得榔儿实告。叔谋不以为忍，反赏金十两，令工役保护榔儿先茔，一面专窃他人婴孩，宰割供食。宁陵、睢阳境内，失去婴孩数百，哀声四达。左屯卫将军令狐达，曾为开渠副使，上书弹劾，被中门使段达遏住，不使上闻。段达尝受叔谋巨贿，所以代为蒙蔽，使叔谋逍遥法外。凿河至睢阳城，睢阳坊市豪民，都恐宅墓被掘，醵金三千两，将献叔谋，尚苦无人介绍。适叔谋监掘古冢，穿通石室，室中漆灯棺木等，遇风化灰，惟得一石铭云：“睢阳土地高，竹木可为壕；若也不回避，奉赠二金刀。”叔谋不解，转问土人。答言故老传闻，谓是宋司马华元墓。叔谋奋然道：“小国陪臣，怕他什么?”

到了夜睡朦胧，忽有一人宣召，即随与同行。约经里许，恍惚见有宫殿，由来使导入，上面坐着一王，着绛绡衣，戴进贤冠。叔谋向他再拜，王亦起座答拜，且与语道：“寡人便是宋襄公，奉上帝命，镇守此地，将二千年。今将军来此掘河，幸回护此城，勿使人民失所。”叔谋不答。王又说道：“此地五百年后，当有兴王崛起，帝命寡人保护。岂可为了暴主逸游，掘伤王气?”（暗指宋太祖事。）叔谋仍然不答。忽殿外有人入报道：“大司马华元来了。”未几，即有一紫衣官趋入，拜觐王前。王与言保护睢阳事，未得叔谋允许，紫衣官怒视叔谋道："上帝有命，保护此城，何物顽奴，既毁我墓，又欲把此城毁掘？"便向王进议道："顽奴倔强，应用严刑。"（是极。）王说道："何刑最酷？"紫衣官道："熔铜灌口，烂腐胃肠，此为最酷。"王点首称善。紫衣官叱令左右，把叔谋曳至铁柱前，褫去衣冠，缚诸柱上，复有一人持过铜汁，盂中犹沸，欲灌入叔谋口中，叔谋吓得魂不附体，连声大呼道："愿依尊命，回护此城。"（读至此，我为一快。）当由殿中传令解缚，给还衣冠，入殿拜谢。紫衣官微笑道："上帝赐叔谋金三千两，令取诸民间。"说毕，挥手令人引出叔谋。叔谋闻有金可赐，因私问冥使道："上帝如何赐金？"冥使道："阴注阳受，自有睢阳百姓献汝，汝放心去罢。"一面说，一面推仆叔谋。叔谋出一大惊，便即醒寤，方知乃是一梦。越日果有家奴持入黄金三千两，说是睢阳坊市所献，请免掘城市。叔谋回忆梦中情状，老实收受，令役夫绕道西偏，委屈东回，竟将睢阳城腾出。

掘至彭城，路经大林，中有徐偃王墓，令人开掘，掘至数尺，里面坚不可发，乃是生铁熔成，旁竖石门，键鐍甚严。叔谋用鄭人杨民计议，用巨石撞开墓门。叔谋自往探望，有二童子在门内迎接，且语叔谋："我王久望将军，请速进来！"叔谋亦不知不觉，随他进去。内有宫殿，差不多与前梦相似，殿上亦坐着一王，冠服雍容。叔谋下拜，王起身答礼，和颜与语道："寡人茔域，适当河道，今请将军保护，愿奉玉宝为酬。"言讫，取出玉印，给与叔谋。叔谋瞧着，乃是历代帝王受命符玺，不觉又惊又喜。但闻王又续说道："将军须保重此宝，这是刀刀的预兆哩。"叔谋茫乎若迷，谢别出墓，传令役夫将墓盖好，仍复原状。时炀帝正失去国宝，四处搜觅，并无下落，只好秘密不宣。那叔谋得了国宝，还道是神灵相助，将来可身登九五，非常快乐，就把国宝好好藏着，不令外人知道。

至拘入睢阳狱中，正在惶急得很，偏经令狐达再上弹章，历述："叔谋盗食人子，义贼陶榔儿，私受睢阳民金三千两，擅易河道"等情。炀帝问他何不早奏？令狐达谓臣早经奏报，想被段达扼定，不得进呈。炀帝即命查抄叔谋私产，得黄金若干，尚辨不出是睢阳贿赂。这留侯所还白璧，及一颗受命符玺，搜将出来，却是字纹明显，一见便知。炀帝大惊道："金与璧尚是微物，不必说起，只朕的国宝，如何被他取来？"便召令狐达入问。令狐达道："闻叔谋尝令陶榔儿窃取人子，莫非国宝亦被盗不成？"炀帝失色道："叔谋今日盗我宝，明日将盗我头，这还了得！"（你的首级，却是不甚牢固。）便令法司严鞫叔谋，且捕得陶榔儿，一并审问。叔谋据实招供，问官尚说是凭空捏造，便指榔儿为巨窃。榔儿只供称窃儿是实，不敢窃宝。问官如何肯信，再四拷逼，竟将榔儿毙诸杖下，且定了谳案，请置叔谋极刑。炀帝道："叔谋原有大罪，姑念他开河有功，赦免子孙，但将叔谋腰斩结案。"先一夕，叔谋在狱，梦一童子从天降语道："宋襄公与大司马华元，特遣我来，感念将军护城厚意，因将去年所许二金刀，命我奉赠。"叔谋尚不知金刀为何物，向他索取。童子厉声道："死且不悟，明晨自见分晓了。"叔谋惊觉，细思梦境，才悟不祥，喟然叹道："我腰领恐难保了。"（还想食婴孩否？）越日辰牌，已有敕文传至，将叔谋如法捆绑，驱至河滨，斩为三段，家产籍没。中门使段达，助守东都，未曾扈驾，由炀帝遥传诏敕，加恩贷死，贬为洛阳监门令。睢阳、宁陵一带的百姓，闻叔谋被诛，相率称快，男男女女，都到河边来看叔谋死尸，你一砖，我一石，掷成肉酱，方才散去，这且不必细表。

且说炀帝小住睢阳，约过数天，复启程南下，沿途无甚阻碍，惟大将军许公宇文述，在道病亡。述子化及、智及、统皆无赖，前次尝从幸榆林，两人干犯禁令，与突厥互市。炀帝本欲骈诛，因念述有旧勋，特从宽免。述死，厚加赙恤，予谥曰恭。且授化及为右屯卫将军，智及为将作少监，仍令从行。智及弟士及，尚炀帝长女南阳公主，还称循谨，一对青年夫妇，亦随幸江都，后文自有表见。

惟一方面銮驾畅游，一方面寇盗益炽，前此在逃未获的李密，往投王薄、郝孝德，（均见九十五回。）皆不见礼，乃走匿淮阳村舍，变姓名为刘智远，聚徒教授。郡县长官，颇以为疑，遣吏往捕，又被遁去。适东都法曹翟让，坐事当斩，狱吏黄君汉惜他骁勇，破械出狱，令自逃生。让拜谢而去，潜往瓦岗寨为盗。同郡人单雄信，善用马槊，雄长乡里，纠合少年，入寨助让。还有离狐人徐世勣，年少多才，亦至让处献议道："东郡于公，与世勋谊属同乡，人多相识，不宜侵掠。荥阳、梁郡，系是汴水通流，商旅不绝，若剽掠商舟，便足自给了。"（世勣即徐懋功，初次献议，即导让剽掠商舟，无怪子孙被夷。）让即依议，令徒党入二郡间，掠夺商舟财货，充作用费。当时人心思乱，辗转引附，不多时便至万余人。此外有外黄盗王当仁、济阳盗王伯当、韦城盗周文举、雍邱盗李公逸，与翟让各据一方，不相通问。

李密既得漏网，往来诸贼帅间，劝他乘乱崛兴，规取中原。各贼帅初尚未信，经密说得天花乱坠，也觉动心，推为谋主。密互为联络，差不多如苏秦约纵一般，大家互相告语道："今人皆云杨氏当灭，李氏将兴，此人得一再脱险，莫非就是古人所言，王者不死么？"因相率敬密。会王伯当与翟让交通，互相往来，密即由伯当介绍，往见翟让，为让画策，并替他说降小盗。让遂与亲爱，尝同计事。密因说让道："刘、项皆起自布衣，得为帝王，今主德日昏，民生日困，大乱已起，正是刘、项奋起的机会。如足下雄才大略，拥众万余，若席卷二京，诛除暴虐，怎见得不如刘、项呢？"让谢不敢当。会东都有李玄英亡命，径访李密，倾心相事，他人问为何因？玄英道："近来民间歌谣，有桃李章云：'桃李子，皇后绕扬州，宛转花园里，勿浪语，谁道许！"这数语隐寓预谶。桃李子，谓李子逃亡，皇后宛转扬州，是天子将在扬州毕命，勿浪语，谁道许，是隐藏一密字，他日必为真主，所以特来投诚。"既而宋城尉房彦藻等，亦来依密，共处瓦岗寨。密又与瓦岗军师贾雄结交，令说让出图中原。雄因说让道："公若自立，恐未必成事，若立蒲山公，事无不济。"（蒲山公见前。）让笑道："蒲山公果得为王，何必依我？"雄答道："将军姓翟，翟义为泽，蒲非泽不生，所以来依将军。"（亏他附会。）让信为真言，遂依密前议，发兵攻取荥阳诸县。

荥阳通守郇王庆，懦弱无能，急向行在求援。炀帝特调张须陁为荥阳通守，使讨翟让。须陁系百战骁将，到了荥阳，屡破让众。让勒兵欲遁，密坦然道："须陁有勇无谋，兵又骤胜，既骄且狠，再战必败。公且列阵待着，密自有计破他，万勿加忧。"让不得已麾众再战。须陁已经轻让，直前搏击，让众已似惊弓之鸟，那里支撑得住，纷纷却退。须陁驱兵追赶，约十余里，过一大林，林内一声号炮，杀出两支生力军，左为王伯当，右为徐世勣，合裹拢来，围住须陁。须陁冲突出围，见左右不能尽出，再跃马突入，欲救余众。李密在高阜望见，急命弓弩手四面注射，箭如飞蝗，可怜一员隋朝勇将，竟堕入李密狡计，中箭身亡。部兵除被杀外，狼狈遁去，号泣不止。河南郡县，统皆丧气。有诏令光禄大夫裴仁基，为河南道讨捕大使，徙镇虎牢。

翟让经此大胜，喜出望外，乃分兵与密，别建一营，号为蒲山营。让获得辎重甲仗，便欲还向瓦岗，（实无大志，）密苦劝不从，竟与密别去。密独率麾下西行，沿途招降诸城，大获资储。让闻报甚悔，因复引众从密。密遂拟进击东都，忽闻太仆杨义臣，击毙张金称、高士达，逐走窦建德，兵势甚盛。密恐他还援东都，未敢骤进。后来又探得义臣罢归，窦建德复取饶阳，乃再议进行。这位隋太仆杨义臣，本是一个庸中佼佼的好官，自出兵河北，迭破群盗，辄列状上闻。内使虞世基，专事谄谀，谓义臣虚张贼势，居心叵测，不如撤归为是。炀帝深信世基，竟追还义臣，且遣散他麾下士卒，于是贼势复张。鄱阳复出一个剧盗，姓林名士弘，有众数万，攻杀隋御史刘子翊，居然自称楚帝，建元太平，据有九江、临川、南康、宜春等郡，猖狂南方。涿郡虎贲郎将罗艺，亦称兵造反，自称幽州总管，骚扰北境。惟伪燕王格谦，（见四十五回。）总算由王世充击死，但谦党高开道，收集败众，又复出掠燕地，气焰复张。光禄大夫陈稜，往讨杜伏威，又为所败，再加鲁郡起了徐圆郎，马邑起了刘武周，朔方起了梁师都，真是一波未平，一波又起，直使四方官吏，无可措手，只好得过且过，任盗所为。（随笔插述，省却无数笔墨。）

李密闻天下大乱，亟欲进取东都，据有腹地，号召四方，乃屡语翟让道：“今东都空虚，越王年幼，留守诸官，皆非将军敌手，若将军能用仆计，天下可指麾即定哩。”让犹怀疑惧，因遣党人裴叔方，往觇东部虚实。留守诸官方才察觉，缮城为备，且驰表告急行在。时已为大业十三年。翟让得叔方还报，谓东都有备，又生疑阻。密语让道：“事已如此，不得不发。密闻洛口仓储粟甚多。若引众袭取，赈给贫乏，远近孰不趋附？百万众亦可立集。然后檄召四方，引贤豪，选骁悍，智勇俱备，得天下如反掌了。”让答道：“这是英雄计略，非仆所能，但任君指麾，尽力从事，请君先发，仆为后殿。”密乃选三千人为前驱，让率四千人继进，出阳城，北逾方山，直抵洛口仓。仓中守卒，寥寥无几，顿时骇散。密攻破仓门，让亦踵至，开仓发粟，任民恣取，穷民大悦。前朝议大夫时德叡，举尉氏县应密。故宿城令祖君彦，亦自昌平来附。君彦素有才名，密引为记室，令掌书牍。

东都留守越王侗，遣虎贲郎将刘长恭、光禄少卿房崱，率步骑万五千人，来援洛口；又使河南讨捕使裴仁基，自汜水西进，从后夹攻。密已探知信息，分部众为十队，四队伏横岭下，截住仁基；六队列阵石子河，静待长恭等军。长恭鼓锐前来，势甚汹涌。让出当敌冲，接战不利，且战且走。长恭未曾朝食，忍饥追逐。中途被李密率兵冲出，截为两橛。军士已甚枵腹，不耐久战，更因遇伏心慌，统吓得弃甲曳兵，仓皇逃散。长恭见不可支，也解衣潜窜，遁归东都。隋兵十死五六，资械荡尽无余。密与让威名大振，让乃推密为主，号为魏公，自称元年。密登坛置吏，拜让为上柱国，兼司徒东郡公。单雄信、徐世勣，为左右大将军，此外各封拜有差。凡赵魏以北，江淮以南，许多贼帅，多闻风响应，愿受节制。密悉给官爵，仍使统领原部，自就洛口城扩地为垣，周围四十里作为根据地，特设行军元帅府，分兵四出，迭取河南郡县，并授齐郡盗孟让为总管，使他夤夜往袭东都。让至洛阳城下，城上不及防备，竟被让众扒入，焚掠外郭，还亏内城急忙抵御，才得保全。让手下只二千人，恐一经天晓，内城发兵来攻，不能抵挡，乃鼓啸而去。

河南讨捕使裴仁基，遇事迁延，洛口一战，愆期不至，又恐得罪朝廷，进退维谷。李密知他狼狈，使人诱降。仁基竟举虎牢降密，密封他为上柱国，使与孟让同袭回洛东仓，应手而下，遂烧天津桥，纵兵大掠。适东都出兵堵击，仁基等与战败绩，相率退还。李密督众自往回洛仓，大修营垒，进逼东都。还有秦叔宝、罗士信等，本在张须陁部下，须陁战死，秦、罗失了主帅，无处可依，也来投密。更有程咬金、赵仁基诸人，亦率众归密。密皆署为总管，分统部卒，遂令记室祖君彦，草就檄文，堂堂正正的声讨炀帝，数他十罪，（恰是有理。）略云：

宛公大元帅李密，谨以大义布告天下！隋帝以诈谋入承大统，罪恶滔天，不可胜数。紊乱天伦，谋夺太子，罪之一也；弑父自立，罪之二也；伪诏杀弟，罪之三也；迫奸父妃，罪之四也；诛戮先朝大臣，罪之五也；听信奸佞，罪之六也；开市扰民，征辽黩武，罪之七也；大兴宫室，开掘河道：土木之工遍天下，虐民无已，罪之八也；荒淫无度，巡游忘返，不理政事，罪之九也；政烦赋重，民不聊生，毫不知恤，罪之十也。有此十罪，何以君临天下？可谓罄南山之竹，书罪无穷，决东海之波，流恶难尽。密今不敢自专，愿择有德以为天下君，仗义讨贼，望兴仁义之师，共安天下，拯救生灵之苦。檄文到日，速为奉行。

檄语煌煌，钲鼓渊渊，乱世枭雄李玄邃，（是密表字）得机得势，风靡海内，似乎兴王盛业，要属此人。那知后来的真命天子，不是此李，却是别有一李。小子有诗咏道：

历代兴亡几变迁，半由人事半由天。
刘歆应谶翻遭戮，谁识玄机在事先？

究竟李密以外，尚有何处李姓，得成帝业，容待下回叙明。

麻叔谋腰斩一事，亦见韩偓《开词记》，正史中略而不详，意者以事同微渺，不可尽信欤？然既有文献之足征，不得谓竟无其事。况韩偓作记，年月并详，当非寓言可比。本编依记演述，存其真也。瓦岗寨始于翟让，而李密因之。密之自号魏公，已在洛口城中，并不在瓦岗寨。且秦叔宝、罗士信、程咬金等之依附，均在密称魏公之后，所与翟让共起寨中者，第单雄信、徐世勋二人已耳。《隋唐演义》混叙不明，且以瓦岗寨为绝大根据地，此于正史杂记中，向无所见，故绝不混述。可采者从之，不可采者舍之，下笔时固自有斟酌也。

第九十九回　迫起兵李氏入关中　嘱献书矮奴死阙下

却说李密传檄四方，余盗响应，总道是唾手中原，可以应谶，偏偏天命所归，不属李密，却付诸太原留守李渊。渊奉炀帝敕旨，调兵击破甄翟儿，遂在太原镇守。会晋阳令刘文静，与李密素有婚谊，坐罪除名，囚系狱中。渊子世民，已随父至太原，与文静素来友善，屡往探视，且代为叹惜。文静怅然道："近来天下大乱，性命原轻似鸿毛，除非汉高祖、光武帝复生，或能重见天日。"世民道："君怎知今世无人？我来相省，正欲与君共议大事，难道效儿女子哭泣么？"文静乃与世民密谈，想出一种下手方法，请世民父子掩取关中。世民颇费踌躇，再经文静附耳授计，始喜跃而去。

原来晋阳宫监裴寂，为渊旧友，文静知世民不便劝父，特嘱他结好裴寂，作为导线。寂尝使酒好博，世民投寂所好，尝引与宴昵，且故意输钱。寂遂日夕过从，彼此甚是欢洽。世民因举密谋相告，寂徐徐答道："恐尊公不从奈何？"世民一再相恳，寂想了片时，方道："有了，有了，他日报命。"过了一两天，寂引渊入晋阳宫，盛宴相待，饮至半醉，却走出两个美人儿，前来侑觞。渊已酒醉糊涂，也不问明底细，还道是歌伎一流，乐得借色陶情，畅饮遣怀。不多时，颓倒玉山，沉沉欲睡。（酒色两字，最足迷人，古来多少英雄，往往逃不过此关。）两美人扶他入寝，伴宿一宵。及天已黎明，渊才醒来，开眼一瞧，竟有两美人侍着，不禁咄咄称奇，连忙问及来历，乃是晋阳宫中的尹、张二妃，渊大惊而起，慌忙趋出，召问裴寂。寂答称不妨。渊失色道："这宫是天子的行宫，尹、张二美人，是天子留住行宫的嫔御，如何叫他侍寝？若被天子闻知，我还想保全性命吗？"

（谁叫你着了道儿？）寂笑道："唐公为何这般胆小？不要说起几个宫人，就是隋室江山，也可唾手取来。"渊只是顿足，连呼："误我！"忽有一人走报，突厥兵进寇马邑。渊只好匆匆出宫，亟遣副留守高君雅，率兵出援。

君雅去了数日，即有败报到来，渊很是不安。世民乘间进言，请渊速图大事，渊叱他妄言，嘱令缄口。越日世民再向渊密陈利害，渊始觉心动，喟然叹道："今日破家亡躯，由汝一人，化家为国，亦由汝一人了。"话虽如此，但因眷属尚在河东，一时不敢发难。忽由江都传到消息，乃是炀帝疑忌李渊，说他不能御寇，将遣使执诣江都，渊益加惊惧。世民复约同裴寂，共劝渊及早定计。渊为保身起见，也只好依他所议，勒兵待发。会江都又传到赦诏，仍令渊照旧供职，渊稍稍放心，暂且按兵不动。那世民却急不暇待，已暗地差遣心腹，赴河东去接家眷，一俟眷属至太原，便拟兴师。看官听着！这李渊的妻室，便是北周上柱国窦毅的女儿。毅曾尚周武帝姊襄阳公主，隋受周禅，窦女曾自恨我非男子，不能救舅家，（见八十一回。）毅已目为奇女。后来画屏射雀，因渊得中目，招为女夫。生子四，女一，长名建成，次即世民，又次名玄霸、元吉，一女适临汾人柴诏。是时窦氏已殁，（可惜不得见隋灭唐兴。）玄霸亦早逝，建成、元吉接到世民密书，便邀同柴绍，同赴太原。那刘文静已与世民密谋起事，怂恿裴寂速即劝渊。寂正恐宫人侍寝事泄被罪，屡次催渊起兵，渊乃释出文静，令他诈为敕书，发太原，西河、雁门、马邑人民，使讨高丽。百姓怎知诈谋，急得魂梦不安，日夕思乱。

偏马邑乱首刘武周，闯入汾阳宫，掠得宫中妇女，往献突厥，请他为助。突厥竟立武周为定杨可汗，僭号称元。又有流人郭子和起兵榆林，金城校尉薛举，起兵陇西，西北一带，几无宁宇。武周又逼近太原，闹得李渊无法图存，不得已冒险起事。可巧高君雅回城乞援，渊佯与议事，还有副留守王威，也在座中。刘文静引入司马刘政会，讦告威与君雅，潜召突厥入寇。两人怎肯诬认，正在辩论，世民已引兵趋入，立将两人拿下，送入狱中。才阅两日，突厥兵数万人，果入寇晋阳，（即太原。）渊命裴寂等埋伏城闉，竟将城门洞开。突厥兵不敢驰入，回头径去。渊遂诬称威与君雅，实召外寇，斩首以徇。兵民信为实事，哪个为两人呼冤。

建成、元吉，与柴绍同至太原，渊因家眷已至，便好安心发兵。刘文静恐突厥牵制，劝渊自作手书，通好突厥，啖以厚利。突厥始毕可汗，惟利是图，当然应允，且云唐公当自为天子，方出兵马相助。渊不敢骤然称尊，用裴寂计，尊隋帝为太上皇，立代王侑为帝，移檄郡县，改易旗帜，阳示突厥有更新意。并与突厥订约，共定京师，有土地归唐公，子女玉帛归突厥等语。突厥遂馈马千匹，作为军资。渊即遣建成、世民，往攻西河郡，一鼓即下，擒住郡丞高德儒。世民面责德儒道："汝指野鸟为鸾，欺惑人主，（见九十六回。）我故特兴义师，前来诛汝。"说至此，即令将德儒推出斩首，此外不戮一人，令百姓各安旧业，远近称颂。建成、世民引还晋阳，往返只越九日。渊大喜过望，遂自称大将军，开府置官，发仓赈民。裴寂为大将军府长史，遂将晋阳宫中子女玉帛，俱移送将军府中。于是尹、张二妃，由渊老实受用，左拥右抱，趣味可知。（已开后世宫闱之祸。）

待至新秋，渊自督兵西行，留季子元吉居守晋阳，传檄示众，无非说是发兵入关，拥立代王。代王侑却遣虎牙郎将宋老生屯霍邑，大将军屈突通屯河东，两路拒渊。渊途中遇雨，不能急进。会接李密来书，自恃兵强，欲为盟主。渊姑与周旋，复书推密，令他塞住河洛，牵缀隋兵。好几日才得天晴，用建成、元吉为前驱，进攻霍邑，阵斩宋老生，乘胜下临汾、绛郡，招降韩成。刘文静出使突厥，也引突厥兵五百人、马二千匹，前来相会。关中积盗孙华，望风投顺，愿为向导，遂引渊渡河。另在河东留住偏师，围攻屈突通。关中士民，陆续趋附。冯翊太守萧造，亦输款投诚。渊再命建成、刘文静等屯永丰仓，守住潼关，控制河东，世民、刘弘基等，往略渭北。自寓长春宫，居中调度。忽来了一队娘子军。为首的女英雄，就是李渊女儿、柴绍妻室。她本熟谙武略，因与从叔神通，募集丁壮，起应父兄。夫妻相聚，骨肉重逢，自有一番欢愉气象。世民进屯泾阳，收降关中群盗，有众九万人。柴绍夫妇，各置幕府，亦随世民同进。

代王侑急命将军阴世师，郡丞骨仪，保守关中，登城备御。那世民复自泾阳出发，一路秋毫无犯，经过延安、上郡、雕阴诸境，无不叩马迎降，因向长春宫报捷，请渊督兵会攻。渊乃启节西行，往会世民。世民已先抵长安城下，至渊来会师，合兵二十余万，先遣使传谕守吏，愿拥立代王，守将阴世师不服，叱回去使。渊乃下令攻城，并约将士入城后，不得犯隋七庙，及代王宗室。将士奉令攻城，前仆后继，连日不退。军头雷永吉首先登城，余众随上，杀散城头守卒，逾城开门，迎纳渊军。阴世师、骨仪，战败被擒。代王侑年只十三，有甚么能力，逃匿东宫，抖做一团。渊率军搜寻，得见代王，当下将他拥出，徙居大兴殿后厅。自寓长乐宫，与民约法十二条，悉除从前苛禁。杀阴世师、骨仪等十数人，余皆不问。越日即拥立代王侑为皇帝，遥尊炀帝为太上皇，改元义宁。（此举毋乃多事。）渊自为大丞相，都督内外军事，晋封唐王，命建成为世子，世民为秦公，元吉为齐公。

嗣接刘文静军报，已擒住屈突通，械送长安。原来河东各隋军，闻长安失守，家属被虏，当然恼惧。屈突通留部将桑显和镇守潼关，自率众趋洛阳。显和举关降刘文静，并与文静偏将窦琮，合兵追通。两下相见，显和大呼道："今京城已陷，汝等皆关中人，去将何往？"通众闻言，即释仗愿降，且将通执住，送至文静营中。文静乃转解长安。渊见了屈突通，忙令释缚，好言劝慰。通无法反抗，只得惟命是从。渊命通为兵部尚书，兼封蒋公，遣往河东城下，招谕通守尧君素。君素却是一个硬头子，但知为隋效死，不肯屈节，且举正言责通，说得通羞惭满面，还报李渊。渊暂将河东搁置，专探听东都消息。

自李密进逼东都，越王侗一再遣使向江都告急，虞世基尚谓越王少不更事，太属慌张，炀帝也以为然。至警报迭来，始命将军庞玉等，往援东都。越王侗亦使段达出兵，夜会庞玉，夹攻李密。密将柴孝和，劝密速袭长安，密不肯从，但在东都城下搏战。偏被庞、段两军掩击，竟致大败。密身中流矢，奔回洛口，既而复部署散卒，再向东都，杀败隋军，又遣徐世勣袭取黎阳仓。泰山道士徐洪客，向密上书，谓："宜沿流东指，直向江都，执取独夫，号令天下。"（此计最佳，比柴孝和之策，尤见优胜。）密也为称善，作书招致洪客，竟不知去向。适王世充等奉炀帝命，带领江淮劲卒，来击李密。密不能东行，只好与世充对垒。又值军中有变，正要设法除患，遂令徐洪客一条好计，徒作虚言。

先是密为翟让所推，得为主帅，让却虚心乐戴，偏让兄翟弘，心下不服，尝语让道："汝不欲为天子，尽可与我，何必与人。"让司马王儒信，亦劝让自为冢宰，让置诸不答。偏密得此信息，不免怀疑。左司马郑颋，更劝密除让，密因与颋等计议，竟诱让入宴，把他杀死，并捕戮翟弘、王儒信。部众以密忍心负友，多半不平，经密历加慰抚，方才少定。王世充私料李、翟二人，必不相容，拟乘他自乱，乘间进击。及闻让死，顿觉失望，且与密数次交锋，败多胜少，徘徊洛水，不得进救东都。这消息传入长安，李渊特命建成为抚宁大将军，世民为副，渡河南下，声言为东都援应，实是牵制李密，与他争鹿中原。

忽由江都传到急报，炀帝被弑，宇文化及另立秦王浩为帝，渊不禁恸哭道："我北面事人，不能救主，怎得不哀恸呢？"（恐是喜极成泪。）看官听说！自炀帝到了江都，荒淫益甚，宫中设百房余舍，各盛供张，每房居一美人，轮流作东道主，炀帝自作上客，东游西宴，天天的酒色昏迷，时炀帝年将半百，怎能禁此朝朝红友，夜夜新郎？更兼平时屡服春药，为纵欢计，当时原是百战不疲，一夕能御数女，后来力尽精枯，诸病杂起，并因天下危乱，也觉不安，尝戴幅巾，着短衣，策杖步游，遍历宫院，汲汲顾影，或夜与后妃至高台中，一面饮酒，一面观星，顾着萧后，效为吴语道："外间大有人图侬，侬虽失天下，当不失为长城公，卿亦不失为沈后，且暂管眼前行乐罢！"萧后素来柔顺，但知随声附和，因循过去。（妇人过柔，亦有坏处。）又越数日，晨起揽镜，复语萧后道："好头颅谁当砍我！"（也自知不得为长城公么?）萧后惊问何因？炀帝道："贵贱苦乐，循环相寻，有什么可惊哩?"已而江都粮尽，扈驾兵多关中人，久客思归。炀帝见中原已乱，无志北还，且欲徙都丹阳，士卒多半不愿。郎将窦贤，竟不别而行，率部西去。炀帝急遣卫士追杀窦贤，无如人不畏死，仍然悄悄逃走。虎贲郎将司马德戡，与直阁将军裴虔通等，也密议西归，辗转勾引。有一宫人闻知，报知萧后道：外间已人人欲反了。"萧后道："汝可奏达上闻。"宫人因申奏炀帝，炀帝怒道："汝晓得什么国事，乃来妄言?"随叱令左右牵出宫人，把他处死。自是无人敢言。

虎牙郎将赵元枢，已由司马德戡、裴虔通等，串通一气，约期西遁。他本与将作少监宇文智及，为莫逆交，因将密谋转告。智及微哂道："主上虽然淫虐，威令尚行，君等亡去，亦恐蹈窦贤覆辙，自取死亡了。"元枢皱眉道："如此奈何?"智及道："今天已丧隋，英雄并起，同心谋叛，眼前且不下数万人，若因此举事，小为王，大且为帝呢。"元枢半晌才答道："欲行大事，必推主帅，看来惟公兄弟，足当此任。"智及道："这却须与我兄熟商。"元枢乃出，告知同党。德戡等亦皆赞成。又复约同智及，相偕至化及居处，推他为师。化及胆怯，蓦闻此谋，不由的大惊失色。嗣经党人怂恿，再由智及力劝，方勉强允诺。德戡出召骁果军吏，晓示密谋，大众齐声道："惟将军命!"于是摩厉以须，戒期行事。炀帝未尝不防，并因微识星象，往往夜起观天，望见天象不佳，即召问太史令袁充。充伏地垂涕道："星文大恶，贼星逼帝座甚急，恐祸生旦夕，非修德无以禳灾。"炀帝愀然不乐，起入便殿，俯首欷歔。回顾见王义在侧，乃与语道："汝知天下将乱么？汝何故不言?"义泣对道："天下大乱，由来已久，小臣服役深宫，不敢预政，如或越俎早言，恐臣骨已早朽了。"炀帝炫然道："卿今为我直陈，令我知晓。"（迟了迟了。）义答道："待小子具牍奏明。"说毕趋退。越宿即面呈一书，究竟是否出自义手，亦不得而知。但书中指陈前弊，却是深切著明。书云：

臣本南楚卑薄之民，逢圣明为治之时，不爱此身，愿从入贡，出入左右，积有岁华，浓被恩私，皆逾素望。臣虽至鄙，颇好穷经，略知善恶之本源，少识兴亡之所以，深蒙顾问，方敢敷陈。自陛下嗣守元符，体临大器，圣神独断，谏议莫从。独发睿谋，不容人献。大兴西苑，两至辽东，龙舟逾于万艘，宫阙遍于天下，兵甲常役百万，士民穷乎山谷。征辽者百不存十，没葬者十未有一。帑藏全虚，谷粟涌贵，乘舆竞往，行幸无时，遂令四方失望，天下为墟。方今有家之村，存者可数，子弟死兵役，老弱困蓬蒿，饿莩盈郊，尸骸如岳，膏血草野，狐犬尽肥。阴风无人之墟，鬼哭寒草之下。目断平野，千里无烟，万民剥落，莫保朝昏。父遗幼子，妻号故夫，孤苦何多，饥荒尤甚。乱离方始，生死孰知？人主爱人，一何如此！陛下恒性毅然，孰敢上谏，或有鲠言，又命赐死。臣下相顾，箝结自全。龙逢复生，安敢议奏？左右近臣，阿谀顺旨，迎合帝意，造作拒谏，皆出此途，乃蒙富贵。陛下过恶，从何得闻？方今又败辽师，再幸东土，社稷危于春雪，干戈遍于四方，生民已入涂炭，官吏犹未敢言。陛下自维，若何为计？陛下欲幸永嘉，坐延岁月，神武威严，一何销铄？陛下欲兴师，则兵吏不顺，欲行幸，则侍卫莫从，适当此时，如何自处？陛下虽欲发愤修德，加意爱民，然大势已去，时不再来。巨厦之倾，一木不能支，洪河已决，掬壤不能救。臣本远人，不知忌讳，事已至此，安敢不言。臣今不死，后必死兵。敢献此书，延颈待尽，窃不胜惶切待命之至。

炀帝看罢，不禁太息道："从古以来，那有不亡的国家，不死的主子？"义跪伏涕泣道："陛下到了今日，尚自饰己过。臣闻陛下尝言，朕当跨三皇，超五帝，俯视商周，为万世不可及的圣主。今日时势至此，连乘舆都不能回京，岂非大悖前言么？"炀帝也不能自辩，只泣下沾襟道："汝真忠臣，朕悔已无及了。"义又泣道："臣昔不言，尚是贪生，今既具奏，愿一死报谢圣恩，请陛下自爱！"说至此，即叩头辞去。炀帝方再阅义书，有一人入报道："王义自刎了。"（却也难得，可惜徒死无益，未当国殇。）炀帝惊叹道："有这等事吗？可悲可痛！"遂命有司具礼厚葬。是日又接到几处警报，武威司马李轨，占据河西，自称凉王；罗川令萧铣，占据巴陵，自称梁王；还有金城乱首薛举，前僭号西秦霸王，今且移据天水，居然自称秦帝了。（两路新发，一路已见上文。）炀帝急得没法，只有自嗟自叹。好容易又阅数宵，正与后妃等饮酒排遣，忽见东南角上火光冲天，且有一片喧噪声，慌忙召入直阁将军，问为何因？那直阁将军不是别人，正是密谋作乱的裴虔通。虔通入对炀帝道："不过草坊中失火，外面兵民扑救，所以有此哗声，愿陛下勿虑！"炀帝遂放了心，但令虔通出外严守，自己酣饮至醉，挈了萧后，朱贵儿，安然同寝去了。（只有此宵。）

未几，鸡声报晓，天色微明，那叛兵已拥入玄武门，大刀阔斧，杀入宫来。玄武门前，本有宫奴数百人，统皆强壮，由炀帝特别简选，给他重饷，常令把守。是夕由司宫魏氏，得了叛党的贿嘱，矫诏放出，令得休息。司马德勘先驱进宫，如入无人之境，再加裴虔通作为内应，将宫门一律闭住，只开了东门，驱出宿卫，容纳叛党。惟右屯卫将军独孤盛，与千牛备身独孤开远，尚未与叛党勾通，眼见得情势不佳，即出来诘问虔通，虔通道："事已至此，与将军无干，将军不必动手，同保富贵。"独孤盛怒骂道："老贼说出什么话来？"遂拔刀与虔通奋斗，战约数合，司马德戡已率叛众直入，来助虔通，独孤盛手下，只有数人，那能敌得住许多的叛党，霎时间盛被刺死，左右逃散。独孤开远忙驰叩阁门，请炀帝亲自督战。途中集卫兵数百名，至阁门外大呼大叫，并没有一人答应。叛党已经驰到，开远回马接战，也是寡不敌众，被他刺中马首，掀落地上，为乱兵牵扯去了。阁内无人守住，由叛党斩门突入，趋至寝殿，来寻炀帝。小子有诗叹道：

群雄逐鹿几经秋，锦绣河山已半休。

到此昏君犹不悟，萧墙怎得免戈矛？

欲知炀帝曾否起床，且看后文结束的一回。

李渊之起兵，实不及李密之光明，狎宫妃，事突厥，铤而走险，不过为身家计，初无吊民伐罪之心，其所由得入关中者，全仗世民一人。世民才智，远过乃父，而李密无此佳儿，此其所以终落人后也。且李密曾劝杨玄感入关，及其自为元帅，反顿兵东都，利令智昏，不败不止，徒恃一祖君彦之文笔，究何益乎？炀帝至濒亡之际，戎虏伏于帷墙，尚自荒淫不悟，王义一书，痛快淋漓，读之令人酸鼻，而正史不录其事，岂因义为宫掖小人，本不足道，且一死谢君，固不过如匹夫匹妇之为谅乎？韩偓《海山记》独表而出之，故本编亦不肯苟略云。

第一百回　弑昏君隋家数尽　鸩少主杨氏凶终

却说裴虔通、司马德戡等入寻炀帝，趋至正寝，空帏寂寂，不见一人，当即退出，另向各处搜寻。行至永巷，撞着了一个宫人，挟了细软物件，拟往别处逃生。适被裴虔通一把拿住，便问主上现在何处？宫人尚推说不知，虔通举刀相逼，只得手指西阁，向他明示。虔通乃放去宫人，领着乱党，闯入西阁。校尉令狐行达，拔刀先进。炀帝正与萧后、朱贵儿，闻变急起，自正寝逃匿西阁，猛闻阁下人声喧杂，亟开窗俯瞩，正值行达耀武扬威，恶狠狠的持刀过来，便惊问道："汝欲来杀我么？"行达道："臣不敢为逆，但欲奉陛下西还哩。"说着，即突入阁门，登楼逼下炀帝。虔通亦入，炀帝与语道："汝非我故人么？何为叛我？"虔通道："臣不敢反，只因将士思归，即奉陛下还京。"炀帝道："朕非不思归，正为上江米船未至，是以迟迟，今便与汝等同归罢！"虔通乃出，但令行达等把守阁门，不准外人出入。一面遣同党孟秉，往迎化及。化及驰入朝堂，由司马德戡迎谒。化及犹俯首据鞍，自称罪过。(实是无用。)德戡等扶他下马，拥入殿中，推为丞相，宣召百僚。

裴虔通复入语炀帝道："百官统在朝堂，俟陛下亲出慰谕。"炀帝尚不欲出阁，由虔通迫令上马，挟出宫门。萧后、朱贵儿俱未及晓妆，蓬头披发，随在马后，将欲出殿。被化及瞧着，忙向虔通摇手道："何用持此物来！"虔通乃引炀帝至寝殿，自与德戡持刃夹侍。炀帝问世基何在？下面立着叛党马文举，厉声答应道："已枭首了。"炀帝叹道："我何罪至此？"文举道："陛下违弃宗庙，巡游不息，外勤征讨，内极奢淫，丁壮毙锋刃，老弱转沟壑，四民丧业，专任佞谀，拒谏饰非，怎得说是无罪？”炀帝道：“朕负百姓，不负汝等。汝等荣禄兼至，奈何负朕？今日事孰为戎首？”德戡应声道：“普天同怨，何止一人？”言未已，忽有一女子振着娇喉，挺身出骂道：“何等狂奴，胆大妄言！试想天子至尊，就使小有过失，亦望汝等好生辅导，怎得无礼至此？况三日以前，曾有诏令宫人各制絮袍，分赐汝等，天子方很加体恤，奈何汝等负恩，反敢迫胁乘舆？”德戡怒目注视，乃是炀帝幸姬朱贵儿，便反唇道：“天子不德，都是汝等淫婢，巧为蛊惑，以致如此。今日反来多言吗?!”朱贵儿尚大骂逆贼不止，惹得德戡性起，顺手一刀，把贵儿砍死，一道芳魂，已先入鬼门关，静候炀帝去了。(《海山记》载及此事，故特录及以表节烈。)德戡复语炀帝道：“臣等原负陛下，但今天下俱乱，两京已为贼据，陛下欲归无路，臣等亦求生无门，且自思已亏臣节，不能中止，愿借陛下首以谢天下。”炀帝听了，吓得魂飞天外，哑口无言。蓦见舍人封德彝趋入，还道他是心腹忠臣，必来救护，那知德彝亦满口胡言，历数炀帝罪恶，促令自裁。炀帝不禁动怒道：“武夫不知名分，还可说得，汝乃士人，读书明礼，也来助贼欺君。汝且自想该不该呢？”德彝也不觉自惭，赧颜退出。(可为信佞者作一榜样。)赵王杲系炀帝幼子，年仅十二，见炀帝如此被逼，竟上牵父衣，号啕大哭。虔通听得讨厌，索性也赠他一刀，杲当然倒毙，血溅御袍，便欲顺手行弑。炀帝道：“天子死自有法，怎得横加锋刃？快去取鸩酒来。”叛党不许。令狐行达复上前逼帝自决，炀帝乃自解练巾，授与行达。行达便将巾套帝颈上，用力一绞，一个淫昏无道的主子，气绝归天。总计炀帝在位十三年，享年五十。

叛党既弑了炀帝，便出报宇文化及，化及语众道：“昏主已死，宜立新帝，前蜀王秀尚被囚禁，近亦随至东都，不如迎立为主罢。”大众喧嚷道：“斩草须要除根，奈何再立蜀王？”遂不待化及命令，分头搜戮，杀死蜀王秀、齐王暕、燕王倓，并及杨氏宗戚，无论少长，一律斩首。惟皇侄秦王浩，系炀帝弟秦王俊子，炀帝曾令他袭封，平素与智及往来，智及一力保护，幸得免死。又杀内史侍郎虞世基、御史大夫裴蕴、左翊卫大将军来护儿、太史令袁充、右翊卫将军宇文协、千牛宇文晶、梁公萧钜等十数大臣。黄门侍郎裴矩，向来是炀帝幸臣，因他扈驾东都，曾替将士献议，搜括寡妇处女，分配将士，颇得众欢；且当化及入宫时，迎拜马首，所以得免。前光禄大夫苏威，亦往贺化及，化及优礼相待，惟为耆硕。百官闻威亦入贺，相率趋集。（实是怕死。）独给事郎许善心不至，化及恨他反对，即遣骑士就善心家，把他擒至朝堂，问他何故不贺？善心道："公为隋臣，善心亦食隋禄，难道天子被戕，尚有心称贺么！"化及无言可驳，乃令释缚。善心拂衣趋出，绝不道谢。化及又不禁动怒道："此人负气太甚，决不可留。"因复遣党人擒回，把他斩首，发尸还葬。善心母范氏，已九十二岁，抚柩不哭，但向尸叹息道："能死国难，不愧我子。"说着，扶杖还卧，绝粒数日而终。（母子同心，足愧佞臣。）

化及自称大丞相，总掌百揆，令弟智及为左仆射，士及为内史令，裴矩为右仆射，司马德戡、裴虔通等，各有封赏。时已天暮，乱党统喜跃而归。化及闲着，便带着亲丁数名，入视宫寝。行至正宫，但见一班妇女，围住萧皇后，在那里啼哭。化及朗声道："汝等在此哭甚么？"萧后前见朱贵儿被杀，吓得魂胆飞扬，逃入后宫，抖个不住，此时听得化及一声，又道他前来加刃，不由得起身离座，向后躲避。化及见她玉容乱颤，翠袖斜欹，已觉可怜得很，再从左右顾盼，无一非钗軃半瑳，眉目含颦，当下且怜且语道："主上无道，故遭横祸，与汝等本无干涉，不必过慌。"一班美人儿，你觑我，我觑你，莫敢发言。还是萧后接着道："将军请坐，我等命在须臾，幸乞将军保全！"（叫你献出禁脔，自然保全。）化及再注视萧后，更暗暗称奇。原来萧后虽已四十许人，望去却与盛年无二，依然是丰容盛鬋，秀色可餐，便踅近一步道："皇后不必过悲，倘不见嫌，愿共保富贵。"说着，复回顾亲丁道："快到御厨中往取酒肴，与后妃等压惊。"一亲丁奉令自去。化及复顾语萧后道："十六院夫人俱在此处否？"萧后道："多半在此。"化及道："快去召齐，到此饮酒。"萧后乃遣宫女分头往召，不一时俱已到来。好在酒肴亦俱搬入，化及分定宾主，自坐客席。萧后以下，列坐主席。起初尚觉有些羞耻，及饮了几杯，彼此忘怀，居然有说有笑，好似化及是个炀帝转身，一些儿不分同异。惟萧后婉语道："将军既有此义举，何不立杨氏后人，自明无私？"化及道："我亦做这般想。现惟秦王浩尚存，明日立他为帝便了。"萧后称谢。到了酒酣饭罢，席撤更阑，化及醉意醺醺，令众美人散归本室，自己搂住萧皇后，同入帐帏。萧后贪生怕死，也顾不得什么名义，屈节受污。嗣是化及占据六宫，把十六院夫人，挨次淫乱，就是吴绛仙、袁宝儿一班美人，也难幸免。（一班畜生。）看官听着！这隋炀帝烝淫无忌，纵欲无度，已受了白练套头的惨报，凡从前所有的预兆，一一应验，并且子孙被人诛，妻妾被人淫，好一座锦绣江山，平空断送，可见得衣冠禽兽，总要遭殃，就是贵为天子，也难逃此重谴哩。（如闻响钟。）

且说宇文化及占住后妃，方依萧后所请，托奉皇后命令，立秦王浩为帝，草草把炀帝棺殓，殡诸西院流珠堂。此外被杀各人，俱命藁葬。秦王浩惟一坐正殿，朝见百官，嗣后迁居尚书省，用卫士十余人监守，差不多与罪犯一般。国家大事，均归化及兄弟专断，但遣令史至尚书省，迫浩画敕。百官亦不得见浩。化及自奉，一如炀帝生前，纵恣月余，始从众议，欲还长安，命左武卫将军陈稜，为江都太守，领留后事。

当下出令戒行，皇后六宫，仍依旧式为御营，营前立帐。化及居中视事，仪卫队伍，概拟乘舆。凡少帝浩以下，并令登程，夺江都人民舟楫，取道彭城水路，向西进行。到了显福宫，虎贲郎将麦孟才、虎牙郎钱杰，与折冲郎将沈光，拟乘夜袭杀化及，为炀帝报仇，不幸事泄，被司马德戡引兵围住，一律杀死。及行抵彭城，水路不通，夺得民间牛车二千辆，并载宫人、珍宝。此外器仗，悉令兵士背负。道远力疲，俱有怨言，就是司马德戡、赵行枢等，亦皆生悔意，谋杀化及。偏又为化及所闻，遣士及诱他人谒，一并擒斩。（该死的坏党。）复带领部众，向巩洛进发。途次为李密所阻，不得西进，乃暂人东郡，借图休息，再与李密交兵。

唐王李渊，本欲掩取东都，才拟称帝，适建成、世民，自东都引归，劝渊称尊，号召天下，渊乃自为相国，职总百揆。过了数日，群僚再三劝进，因迫隋帝侑禅位，唐王渊公然称帝，即位受朝，改义宁二年为武德元年，废帝侑为酅国公，追谥太上皇为炀帝，但选录杨氏宗室，量才授职，总算与前朝篡国的主子，稍稍异趋，若要正名立论，恐终难免一篡字呢。（月旦公评。李氏自起兵至即位，俱用简文，详见《唐史通俗演义》。）

那东都留守各官，既闻炀帝凶耗，又接关中警信，遂推越王侗嗣皇帝位，改元皇泰，进用段达、王世充为纳言，元文都为内史令，共掌朝政。会闻宇文化及率众西来，东都人民，相率恟惧。有士人盖琮上书，请招谕李密，合拒化及。元文都等颇以为然，即授琮为通直散骑常侍，赍敕赐密。密与东都相持多日，又恐世充，化及左右夹攻，也乐得将计就计，复书乞降，愿讨化及以赎罪。皇泰主册拜密为太尉，兼魏国公，令先平化及，然后入朝辅政。密乃与世充息争，专拒化及。世充引众入东都，正值元文都等，张饮上东门，设乐侑觞。世充忿然道："汝等谓李密可恃么？密恐陷入围中，假意求降，宁有真心？况朝廷官爵，轻授贼人，试问诸君意欲何为？乃反置酒作乐，自鸣得意么？"文都虽不与多辩，心下很是不平，遂与世充有隙。嗣接李密连番捷报，已将化及杀退。东都官僚，互相称贺，独世充扬言道："文都等皆刀笔吏，未知贼情，将来必为李密所擒。况我军屡与密战，杀伤不可胜计。密若入都辅政，必图报复，我等将无噍类了。"这一席话，明明是挑动部曲，反抗朝议。文都情急，忙与段达密议，欲乘世充入朝，伏甲除患。偏段达转告世充，世充遂勒兵夜袭含嘉门，斩关直入。文都闻变，亟奉皇泰主御乾阳殿，派兵出拒世充。世充逐节杀入，无人敢当，进攻紫微宫门。皇泰主使人登紫微观，问世充何故兴兵？世充下马谢过，且言："文都私通外寇，请先杀文都，然后杀臣。"皇泰主得报，迟疑未决。可巧段达趋进，顾视将军黄桃树，把文都拿下。文都语皇泰主道："臣今朝死，恐陛下也不能保暮了。"（话虽甚是，但也失之过激。）皇泰主无法调停，只得垂泪相送，一经文都出门，便被世充麾下乱刀斫死。世充趋入殿门，谒见皇泰主。皇泰主愀然道："未曾闻奏，擅相诛戮，臣道岂应如此？公自逞强力，莫非又欲及我么？"世充拜伏流涕道："文都包藏祸心，欲召李密，共危社稷，臣不得已称兵加诛。臣受先帝殊恩，誓不敢负陛下，若有异心，天日在上，使臣族灭无遗。"（仿佛猪八戒罚咒。）皇泰主信为真言，乃引令升殿，命世充为左仆射，总督内外诸军事。世充又收杀文都党羽，令兄弟典兵，独揽大权，势倾内外，皇泰主但拱手画诺罢了。

李密追击宇文化及，直至魏县，乃引兵趋还东都。到了温县，闻东都有变，始还屯金墉城。适东都大饥，流民出都觅食，密开洛口仓赈济难民，收降甚众。王世充伪与密和，愿以布易米。密军多米乏衣，许与交易，东都得食，遂无人往降。密方知堕世充狡计，绝不与交。哪知世充已挑选精锐，前来攻密。密留王伯当守金墉，邴元真守洛口，自引众出偃师北境，抵御世充。世充夜遣轻骑，潜入北山，伏溪谷中。更命军士秣马蓐食，待晓即发，掩击密军。密藐视世充，不设壁垒，被世充麾兵杀入，行伍大乱。再由北山伏兵乘高驰下，锐不可当，密众大溃，遁回洛口。邴元真已愿降世充，闭门不纳。密东奔虎牢，王伯当亦弃金墉城，来与密会议行止。诸将多半解体。密乃决计入关，往降唐朝。当时随密同行，只一王伯当，他将多投入世充。唐授密为光禄卿，赐爵邢国公，密意尚未足，后来又与王伯当叛唐，终为唐行军总管盛彦卿所杀。王伯当亦死。惟徐世勣曾为密所遣，居守黎阳，寻即受唐招谕，赐姓李氏。

李渊因河东未下，尝遣刺史韦义节往攻不利，再命华州刺史赵慈景，与工部尚书独孤怀恩，率兵往攻。怀恩行至蒲坂，未曾设备，被河东守将尧君素发兵掩袭。怀恩败走，赵慈景挺身断后，力屈被擒，枭首城外。慈景曾尚李渊女桂阳公主，渊听得女夫战死，当然悲悼，桂阳公主更哭得似泪人儿一般，力请为夫复仇。渊劝她返家守丧，更促怀恩进攻。且查得君素妻室，尚在长安，特遣人执住，送至河东城下，使招君素。君素怒道："天下名义，岂妇女所能知晓？"说至此，即弯弓发矢，将妻射倒。又复誓众死守，决计不降。后来粮食告罄，守兵惶急，君素部下薛宗，竟刺杀君素，持首出降。偏别将王行本，又登陴拒守，趁着怀恩无备，鼓众出击，杀退怀恩，复得向别处运粮，接济城中士卒。唐廷责备怀恩，怀恩心怀怨望，反与行本联络，谋附刘武周。嗣经唐廷察觉，方将怀恩调回治罪，另遣将军秦武通往代，方得攻下河东，擒斩行本，但已是二年有余了。

这二年内，四方扰攘，迭起不已，吴兴太守沈法兴，独树一帜，据有江表十余郡，自称江南道大总管。东南亦不能安枕，就是前时剧盗，称帝称王，亦屡有所闻。此外小盗，忽起忽灭，不可胜数。那宇文化及退至魏县，兵势日衰，因怨智及无故发难，徒负弑君恶名。智及不服，彼此交哄，众益离叛。化及叹道："人生总有一死，但得能一日为帝，死也甘心。"（皇帝滋味，果如是甘美么"）遂鸩杀秦王浩，僭称许帝。才阅半年，为唐淮南王李神通所破，逃往聊城。可巧窦建德驱众杀来，化及等不能抵挡，生生被他擒住。惟建德对着萧后，却拱手称臣，不敢亵慢。（恐淫妇未必见情。）复立炀帝神位，素服发哀，把宇文智及等枭斩致祭。独化及尚囚住槛车，载归乐寿，斩首示众。建德素不好色，因将隋家妃妾，悉数遣归，只萧后无从安顿，令她安居别室。嗣经突厥可敦义成公主，遣使来迎，方送她出塞。还有炀帝幼孙杨政道，系齐王暕遗腹子，未曾遭害，也随萧后同赴突厥。突厥立政道为隋主，令与萧后同居定襄，萧后方安心住下了。（姑作一束，详见《唐史通俗演义》。）

东都既归王世充掌握，渐渐的骄恣不法，俄而自封太尉尚书令，俄而自称郑王，加九锡，又俄而背了前言，竟将皇泰主废去，自做皇帝，国号郑。皇秦主降为潞公。不到一月，遣人致鸩皇泰主。皇泰主布席礼佛道："愿自今以后，不复生帝王家。"乃取鸩饮下，一时尚未绝气，竟被来使用帛勒死。尤可怪的是东死一侗，西死一侑，两兄弟不约而同，好似冥冥中注有定数，要他一年间同见阎王。于是杨家称帝的子孙，覆亡净尽。唐谥侑为恭帝，王世充亦谥侗为恭帝，两恭帝在位，又同是二年。《隋书》帝纪，但录恭帝侑，不及恭帝侗，这是唐臣书法，不免徇私，其实是侑已被废，侗才嗣立，就隋论隋，未始非一线所存，应该称为隋朝皇帝。总计隋自文帝篡周，共历四主，凡三十一年。《隋史》自此告终。《南北史》也即收场，欲要问及群雄的结果，请看小子所编的《唐史通俗演义》，本书恕不缕述了。（戛然而止，余音绕梁。）看官不要遽尔掉头，尚有俚句二首，作为全书的锻尾声。

南北纷争二百年，隋家崛起始安全。
如何骤出淫昏主，破碎江山又荡然。

六朝金粉尽成空，殿血模糊尚带红。
漫道帝王真个贵，谁家全始得全终？

炀帝恶贯满盈，到头应有此劫，三千粉黛，殉主只一朱贵儿，而正史不载，非《海山记》之特为表彰，几何不同流合污，泯没无闻耶？化及立秦王浩，浩不能讨贼，且仍为贼所弑，原不足道。代王侑为李氏所立，越王侗为东都所立，虽其后同归废死，然李渊、王世充等，究与化及有间。侑废而唐兴，侗死而隋乃亡，稽古者固不得徒据《隋书》，存侑而略侗也。观隋家之如此收场，益见主德之不可不明，过眼繁华，皆泡影耳。人能恬此，庶乎近道矣。